深闺记事

SHEN GUI
JI SHI

源水漾 著

上

九州出版社
JIUZHOUPRESS

引子

穆氏一怒埋灾祸

熹平二十四年。

陈府，敬正堂。

一位身怀六甲、身材高挑、相貌端庄的妇人坐在主位，眉眼中隐含着高傲，冷笑道：“小叔子果然是长大了，想法也多了。敢给你兄长送小妾，下次是不是打算直接把儿子过继来啊？”声音不大，语调也平稳，但是清冷音色中含着怒气，让人觉得甚是压抑。

下面站着的年轻女子抬头看向妇人，露出一张柔美的脸庞，眼中却带着鄙夷，心道：一个生不出儿子的女人也敢坐在那儿张狂。

妇人笑看着年轻女子，眼神冰冷，轻叩茶碗。

年轻女子不甘地低下头。

妇人这才抿了口茶，只在低头的一瞬间，露出些许悲伤。她是当朝正三品礼部尚书陈廷和的夫人穆氏，与夫君成亲十年，现在才怀第一胎。

穆氏敛下心中的苦涩，再次抬起头来，还是刚才的模样。

穆氏放下茶碗，才慢慢道：“这事也不怪你，毕竟你也怕你们陈家后继无人。”语调微微带着嘲讽，顿了一下，收敛了语气，才继续平和地道，“既然怀孕了，那就抬起来吧。”

陈二爷陈廷远作揖道：“当时不知道嫂子已经有孕，都是小弟的错，一时鬼迷心窍，给嫂子添麻烦了。”

穆氏笑了一下，道：“小事而已。”

穆氏语毕，陈二爷松了一口气，刚要说什么就见穆氏严厉地盯着他，又忙摆出一副听训的恭敬姿态。

穆氏冷哼一声，站起来，厉声道：“虽是小事，但亦显你品性！此事便罢，若再有这等心思不正的事，我就请母亲开祠堂！看不打折了你这双腿！”穆氏在意的不是纳妾一事，而是陈二爷意图谋取陈家一事。

兄长无子，庶弟自然有打算，这次的妾室恐怕就是想让她一怒之下流了孩子。

陈二爷身子一颤，赶忙跪下道："嫂子息怒。"

穆氏不理会陈二爷，只看向陈二爷的妻子周氏。

周氏脸色苍白，手下意识地摸着肚子，看来亦是怀孕了。

穆氏眯着眼，不必拿孩子来要挟，她就不信周氏这次还能生个儿子。

陈二爷也看向周氏，周氏无奈也跪下，道："嫂子息怒。"

穆氏深吸一口气，露出笑意道："知错就好，起来吧。此事也怪你兄长把持不住。"

陈二爷不敢起，继续道："嫂子千万别误会兄长，兄长对嫂子一片痴情，十年未纳妾，都怪小弟鲁莽。"

穆氏道："好了，你们回去吧，我也要休息了。"

听到这话，周氏连忙站起来，又扶着陈二爷起来，两人又行了回礼，这才离开。

穆氏叹了一口气，人心难测，小叔子是夫君的庶弟，比夫君小十二岁。她刚嫁过来时陈廷远不过九岁，婆婆懒得管他，说是她抚养陈廷远长大的也不为过。结果，小叔子不过才成亲两年，生了儿子，就开始有自己的谋划了。

这时，从后面走出一名眉目疏朗、风采高雅的男子，这人正是陈廷和。

陈廷和坐在穆氏一旁，笑道："夫人还在生气呢？"

穆氏扭向一旁，道："妾身怎敢生气。"

陈廷和握住穆氏的手，道："你是明白我的，我也没承想二弟有了这想法。"

穆氏一听，哭道："都怪妾身不争气……让你现在还没有一儿半女，又不许你纳妾。"

陈廷和轻声安慰道："怎么就哭起来了，现在你肚子里不是已经有了一儿半女吗？更何况是我自己不愿纳妾的。"

陈家是大魏五大世家之首，曾官至宰相，陈廷和这一房更是陈家嫡脉，不怪陈二爷有了不该有的心思，只怪她不能生。

穆氏看着陈廷和，陈廷和目光温和，笑容暖人。陈廷和是真的不怨她，她已心满意足，好在肚子里现在有一个，就算是生个女儿，不还有刚刚纳进来的妾吗？

熹平二十五年，六月，穆氏生一女。

七月，陈廷和妾王氏生一女。

十月，陈二爷仅两岁的儿子夭折。

十一月，陈二爷之妻周氏，生一女。

熹平二十八年，周氏生龙凤胎。

熹平三十一年，穆氏再孕。

第一回 一入陈府深似海

薄情庵，后厢房一处小田地，一个女童正在挖野菜。

女童十一二岁，穿着一件嫩黄色的衣裙，头上戴着鹅黄色的头巾，举手投足间并不让人觉得野蛮，反倒是很认真的模样。

这时，拐角处溜进来一个十四岁左右的少年，一身雪白银丝的儒袍，在阳光下折射出淡淡的光，甚是好看，腰间束一条银绫长穗绦，上系一块羊脂白玉，眼眸似潺潺流水，温润得如沐春风，嘴角微微勾起，笑道："阿珠，就知道你在这里。这个给你。"说着递上一捧粉色的野花，"这是我过来的时候，背着母亲采的。"眼中还透着几分得意。

女童抬起头，露出一张稚嫩清丽的脸庞，腮边两缕发丝随风轻柔拂面，眼神中带着几分恬淡，看见男孩后才多了几分黠慧，拍拍手，站起来，浅浅一笑，酒窝在脸颊若隐若现，道："谢谢阿路。"接过野花，嗅了嗅，"难为你这个大家公子亲自动手。"

男孩的笑意加深了，似乎能得到这样的夸奖就已经很好了。

女童奇怪地问道："你今日怎么来了？今儿个还未到二十呢。"

男孩八岁便开始跟着薄情庵了清师太学习论辩，每月二十过来学习，因此与长住这里的阿珠相识。

男孩道："母亲陪着陈夫人过来上香，我想着上次咱俩论辩还没个结果，就跟着过来了。"

阿珠秀眉微蹙，有些严肃，让男孩不觉莞尔，阿珠明明才十二岁，却总是装成大人的模样。

阿珠想了一下，问道："陈夫人？是礼部尚书陈廷和陈家的二夫人吧？"

男孩一怔，笑道："你是从来不问这些俗事的。"

阿珠狡黠地一笑："人世间，尘世间，若无俗事，何来俗世？"

男孩无奈地笑道："牙尖嘴利，不怕找不到婆家。"不知道为什么，男孩倒是觉得阿珠找不到婆家也挺好的。

阿珠看着男孩不说话。

男孩对上阿珠一双沉静的眸子，知道阿珠生气了，忙作揖道："小生失礼了，不该与阿珠姑娘如此开玩笑。"

阿珠脸上也带着无奈，道："俗人便要遵守俗世间的规则，阿路以后万万不可这样对女孩子说话。"

男孩笑道："是，是，真是比师太还要唠叨。"顿了一下，道，"确实是你口中的陈家，只是礼部尚书陈廷和已经过世，他的夫人立志守节……"又顿了一下，"你刚才也说，尘世间就要守尘世间的规矩，陈夫人……"男孩在阿珠逼迫的眼神中无奈地改口道，"陈二夫人现在当家，她的夫君是礼部侍郎，深受当今圣上的喜爱……大家称一声陈夫人也不为过。"

阿珠笑了一下，然后淡淡道："当年陈二夫人的夫君陈廷远年幼，陈大夫人穆氏一过门便教其礼义廉耻，从未因其庶出而怠慢，后来更是为其娶亲，如今陈大夫人虽寡居，却连一个大字都当不起？"语调微微上扬，难掩嘲弄。

男孩说不出话来，很惊讶阿珠会如此反应。

阿珠一字一顿地道："长幼不分，忘恩负义！"说完拿起篮子道，"我先回去了，下次来咱们再论辩吧。"

男孩看着阿珠离开的身影发愣，没想到本来愉快的见面被什么大夫人、二夫人给弄成这个样子。这时，躲在一旁的小厮过来，道："公子，何苦在这儿和乡间丫头玩呢？若是让老太爷和夫人知道……"

男孩全然没了刚才的活泼，平静地看了一眼小厮，那小厮便识趣地不再说话。

阿珠提着篮子匆匆忙忙地回去，这陈二夫人突然来上香，定与母亲相关。

她母亲就是陈廷和的夫人穆氏。

阿珠快到的时候，见厢房前有几个奴仆守着，皱了一下眉头，提着篮子绕去了厢房的后面。

后面是柴房与奴仆所住的房间。

阿珠进了柴房，从一个小角门出去，通过一条奴仆专门走的窄道，就进了厢房。阿珠小心翼翼地进了母亲平时练字的房间，近几年母亲生病，一直卧病在床，就不再在这里练字了。

这里与母亲的房间不过一块木板之隔，若有人说话，自是能听得一清二楚。

阿珠轻手轻脚地走到木板旁，将耳朵贴上去，屏息听着那边的动静。

一个陌生且略带笑意的声音道："嫂嫂在这里修行得可好？都瘦成这副模样了，真让人心疼，是不是这里的奴仆没有好好伺候您？您可一定要告诉弟媳。"

这个应该就是陈二夫人的声音。

阿珠微微咬牙。

"劳你费心了。"音色清冷，不冷不热的语调，一听就知道是在敷衍——这是阿珠的母亲穆氏。

"嫂子何苦如此委屈自己？您当初在陈府可是说一不二，今儿个怎么就到了这般田地？啊，弟媳想起来了，六年前您生下来一个……"

话还没说完就听穆氏道："闭嘴！"

阿珠紧紧地攥着拳头，小心地走到房门处，用手轻轻戳了一下，从门缝处看去。

母亲还是躺在床上，虽然脸色灰败，但是目光微凛，神色是她从来没有见过的严肃与高傲，气势便让旁人无形落了下乘。

旁边的椅子上坐着一个女人，身着绣着迷离繁花由丝锦制成的暗红色广袖长袍，雍容华贵，容色绝丽，不可逼视。这位肯定就是陈二夫人了。

屋内一时安静，陈二夫人扶了扶发簪，似乎在掩饰刚才被穆氏镇住的尴尬，笑道："嫂子还是这么容易就生气。"

穆氏也平静下来，恢复到之前的淡然，问道："你今日来有什么事？"

陈二夫人拍了一下手笑道："呀，差点儿把最重要的事给忘记了。"见穆氏还是那副冷淡的样子暗中咬咬牙，继续道，"弟媳那可怜的小侄女也已经十二岁了……"这句话说完果然见穆氏一副关心的模样，陈二夫人得意地笑了一下，接着道，"弟媳是想，小侄女总住在这里也不好，总得回家的。"

"回家？"穆氏轻声问道，给人的感觉是在问自己而不是在问陈二夫人。

陈二夫人道："正是，小侄女在这尼姑庵里也住了六年了，嫂子总不能让她当尼姑吧，更何况看嫂子这身子，怕是也没几天了。"

穆氏不理会陈二夫人。

偷听她们说话的阿珠却气得要命，不过，她现在最担心的是母亲会把她送走。

陈二夫人继续劝道："小侄女一个女孩子家，碍不着弟媳，弟媳可不会干亏心事。再说，有太夫人在，弟媳哪里敢做什么，所以嫂子就放下心吧，小侄女毕竟姓陈，将来早晚要嫁人的。"

穆氏笑了一下，她干的亏心事还少？不过周氏说得对，自己可以一辈子住在这里，阿珠却不可以。她知道陈二夫人不会动阿珠，太夫人是原因之一，也因为阿珠好歹是陈家的嫡长女，可用来联姻。

这样想来，穆氏心中有些悲痛，她捧在手心里的宝贝却被她们当作筹码用来联姻，偏偏她这身子骨又熬不了几天……

约有一盏茶的工夫，陈二夫人都等得不耐烦了，就听穆氏道："什么时候？"

不管陈二夫人是怎么想的，阿珠却恨恨地跺了一下脚。

陈二夫人与穆氏看了眼房门，只当作没有听见动静。

陈二夫人笑道："嫂子说什么时候就什么时候，看嫂子的身子了，只是太夫人也想着过年前能见到孙女呢……"这算是间接告诉穆氏的死期呢。

穆氏瞟了一眼陈二夫人，道："知道了。"

陈二夫人还想说什么，见穆氏冰冷冷地，便嗤了一声站起来，道："那就不打扰嫂子了。"这个穆氏还没有看清，以后她的女儿可在自己手里呢，还如此不知好歹。

待陈二夫人走后，穆氏叹了一口气，过了一会儿，才道："还躲在那里呢？过来，让娘亲看看是不是哭鼻子了？"

这个时候，阿珠才从书房出来，蹭到穆氏身边，穆氏搂住阿珠，阿珠带着浓重的鼻音问道："娘亲，阿珠一定要回去吗？阿珠想和娘亲在一起。"

穆氏心软软的，阿珠是可以一直住在薄情庵的，薄情庵是历代皇族女子出家修行的地方，没有人会打扰她，守着一块小田地，闲来与了清师太论经，每日过着相同的日子。

只是她明白，一个女子若是没有尝试过这人世间的情爱，就算是白走一遭。

而阿珠，是蚌中明珠，早晚会露出光芒，她怎么忍心将阿珠留在这里？

穆氏拍着女儿的后背，轻声道："娘亲没几天日子了……"

阿珠挣扎着离开她的怀抱，道："娘亲不能乱说！"

穆氏握住阿珠的手，看着阿珠，摇摇头，道："娘亲没有乱说……乖，阿珠，不要哭，听娘亲说。"穆氏说着抹去阿珠的泪珠，接着道，"是娘亲传消息让陈家人来的……"只是没想到来的是她的冤家周氏，她不得不做出一副不愿意的架势，不然，周氏说不得就顺势让阿珠留下来了。

"娘亲……"阿珠忍着眼泪，她知道，娘亲这次说的是真的。

穆氏道："阿珠乖，娘亲没几天了，这几天阿珠高高兴兴地陪着娘亲好吗？娘亲想到了下面，也能记住阿珠的笑。等娘亲走了，你带着娘亲一起回陈家。"

阿珠忍着泪，笑着点头。

穆氏无奈地长叹一口气，这才是她的女儿，和她一样傲气，只是不知道这样是好是坏。

"阿珠，还记得娘亲以前和你讲过的陈家的事吗？跟娘说说。"去了宅门里，不能两眼一抹黑。

阿珠点点头，然后道："陈家有几百年的历史，祖上是江南富商，五世为臣，曾一门三进士，也曾官至宰相，是大魏朝五世家之首。陈家女子都是大家闺秀，不是入宫为妃，就是为官家妇。"阿珠说着说着也平静下来，"现在陈家当家的二夫人是周家嫡女，周家亦是五大世家之一，其夫君陈廷远的生母是陈太夫人的庶妹，陈太夫人因生一子后不再有所出，才将庶妹纳进自己家里。自……自……父亲陈廷和去世后，陈太夫人就不再管陈家的事。陈二夫人生有二子二女，长子夭折……"阿珠说的好似不是自家的事，穆氏听着也觉得这个陈家好似陌生了很多。

周氏就是认为自己害死了她的儿子，才下了毒手。

阿珠说完又哭了一场，哭累了，穆氏就哄着她睡觉了，自己却是睁着眼看着房顶。

六年前，她终于生下一个儿子，可惜是个……怪物……一个长着尾巴的孩子，还是个死胎。

穆氏的眼角滑下泪珠，那个时候陈廷和已经过世半年，周氏几乎将后院把持住，若不是太夫人与她娘家出面，说不得她现在就是一抔黄土了，哪里能在这尼姑庵里"养身子""立志守节"，可怜阿珠那时候才六岁……但是不将阿珠带过来，她不放心，当时周氏已经杀红眼了……

穆氏看着阿珠的小脸，阿珠从小就很聪明，从陈家到尼姑庵，从千金小姐到乡间姑娘，阿珠从来没有叫过苦，反而很喜欢这乡间野趣，了清师太见她有悟性，收她为徒，教她论辩。

若是阿珠从小就长在陈家，定能名满江南。

穆氏笑了一下，自己怎么又犯傻了，阿珠自己高兴就好，名声有时也是个累赘，她只希望阿珠能够平安康乐。

九月，穆氏病逝。

厢房，阿珠一身白衣面无表情地跪坐在棺材旁。

她在等着陈家的人，从母亲昏迷不醒到往生，一共等了五天。

母亲终究没有活着回到陈家。

母亲病重那几日，了清师太已经派人去通知陈家了，按理说母亲昨天去世时陈家人就应该到了。

阿珠心中冷笑了一下。

她们千方百计地将母亲赶到薄情庵里，最后还是要接回去的。

罢了，母亲终究要有个好归宿。

她知道，母亲言语中虽然怨恨陈家，但心里还是念着陈家的。母亲毕竟是陈家妇，回去了，就能与父亲团聚了。

她现在只是担心母亲的遗体，虽然了清师太准备了冰块，但是她哪里忍心母亲一直不能入土为安。

阿珠闭上眼睛，寻思着若是陈家人一直不来该怎么办。

正想着，房门突然被拉开，一个穿着暗红色长袄的婆子进来什么也不说，就哭着跪下，嘴里叨叨着："小姐吃苦了，夫人走得早啊……"

阿珠盯着这个婆子，见后面还有两个穿柳青色绫袄、蜜色缎掐芽背心的年轻妇人，其中一个妇人屈膝行礼，然后道："小姐，老太太派奴家来接小姐回家，小姐吃苦了……"说着也开始抹泪。

阿珠依然是面无表情，三个仆人只当是阿珠因母亲去世太过伤心。

阿珠突然站起来，一步一步地走到那个跪着的婆子面前。

婆子哭着抬起头，想抱住阿珠，谁知道阿珠突然一扬手给了那婆子一记耳光，想来是使出全力的，那个婆子直接跌在地上，屋内一丝哭声也没有了。

那婆子被打蒙了，回过神来，忍不住道："你这个野……"还好一个妇人使了个眼色。

两个妇人本来想询问，但是看着阿珠面色铁青、神色严厉，就不敢说话了。

阿珠道："滚！"

那婆子耐着性子道："小姐不要使性子，再说您母亲……"

阿珠又上前一步，那婆子捂着脸不敢说话。

阿珠盯着那婆子半晌，才慢慢地道："你穿的衣服是什么颜色的？"又对那两个年轻妇人道："你们头上戴着的花是什么颜色的？外面的车又是什么颜色的？准备用什么车载我母亲？"顿了一下，又道："陈家可是已经挂起了白绫？灵堂准备好了吗？回答得出来，我就跟你们走。"

那三个奴仆听了这话，哪里还敢争辩，都连滚带爬地出了厢房。

阿珠平静地拉上厢房的门，又跪坐在一旁，过了许久，才轻声道："母亲放心，阿珠一定风风光光地带您回陈家。"随即还是一副波澜不惊的模样。

约有一个时辰，阿珠听到走廊有脚步声，抬头看着厢房门，就听门口一个沉稳的声音："大小姐，奴婢是太夫人身边的妈妈，赵善家的。"

太夫人？

刚才那些人口中的老太太指的是陈二爷的生母，这太夫人才是穆氏的正经婆婆。且这个仆妇称她为大小姐，只是报上自己的身份，并没逼迫她开门回去。

阿珠眼中露出些许欢喜，看向棺材，心中道：娘亲，您可以回去了。

这欢喜也不过是一刹那，真可笑，本该属于她们的尊重，现在却只能这样得到。

阿珠又恢复之前冷淡的神情，道："进来吧。"

赵善家的进来后就见到一个跪坐着的小人儿，不卑不亢，并非哀痛至极，只是淡淡的，带着些冷傲。

赵善家的一愣，似乎又看到那个知道要被送到尼姑庵时的大夫人，也是这副淡淡的模样，不怒不悲，依然带着大夫人的气势。

赵善家的一身灰色的袍子，屈膝行礼，然后跪下，额头触地，带着哭音道："给大小姐道恼了。"

阿珠暗中点头，这才合规矩，主子还没哭呢，奴仆先哭起来算怎么回事。

阿珠的眼泪这才流下来，回礼道："妈妈快快起来吧，您是代表长辈来的，阿珠承受不起。"

有了之前的事，赵善家的自然不敢怠慢，继续道："太夫人与老太太都很想念大小姐，府上一应事物已经准备好了，还请大小姐上车吧。"说着又看向棺材，道，"大夫人若是看到现在这般，想来心中也是难受的。"

她口中根本没有提之前那三个婆子的事，阿珠也不知道到底是陈家已经准备好了，还是现在正在准备。

不管怎样，总是要回去的，若不是那三个婆子太过分，她也不会如此。

阿珠道："那就劳烦妈妈了。"

赵善家的扶着阿珠站起来，走到门口，又换一个小侍女扶着阿珠，阿珠回头看赵善家的，她都不知道这个女孩什么时候站到门口的。

赵善家的道："这是为您准备的侍女，不知道大小姐是否有侍女要带回去？老奴好去准备一下。"

阿珠淡淡地回道："不必带回去了。"

赵善家的回道："是。"心中只觉得阿珠性子太冷，不知道能不能在宅院里立足。

阿珠走到门口，见了清师太也在，才悲伤得有些不能自已，泪眼汪汪地看着了清师太，朝师太行礼道："这段时间劳烦师太了。"

了清师太回道："小施主日后要平平安安的。"说着上前给阿珠戴上一个手串，然后道，"走吧。"

阿珠忍住不哭，点了点头，道："了清师太保重。"

阿珠看着棺材被抬上了灵车，才上了马车。

这马车一看就知道是陈府小姐专用的，很精致，颜色素雅，看着不大的轿子，但是坐三个人也是没有问题的，一个镂空的花梨木长榻可坐可躺，上面铺着厚厚软软的素色银丝绸缎垫子与三个圆形小枕头，扶手两侧是玲珑八宝格，里面有一些吃食或是小玩意儿，长榻前面是一个小方桌，上面有点心与茶水。

侍女扶着阿珠坐在长榻上，然后坐在一个小锦凳上，问道："姑娘是否饿了？吃点儿点心？"

阿珠回道："多谢。"但是并不去吃，只是端正地坐在那里。

那侍女年纪不大，估摸着比她大一两岁，见阿珠如此，笑道："奴婢叫秋白，姑娘不用紧张，陈府的小姐性子都很好的。"

阿珠看向秋白，知道她把自己的整装待发当成害怕了，是自己身上的敌意太重了，连一个小侍女都看出来了。

阿珠放松一些，才道："秋白姐姐是婶娘身边的侍女吗？"秋白看起来并不像普通侍女，行动举止很是守规矩，说是小姐也是有人信的。

秋白只觉得阿珠之前是被吓坏了，不得不装得厉害些而已，便解释道："奴婢之前是夫人身旁的一等丫头，日后就在姑娘身旁服侍了。"

阿珠回道："委屈秋白姐姐了。"一个一等丫头来伺候一个无父无母、无依无靠的孤女，想来心中是不愿意的。

秋白虽连连说不敢，但是对阿珠口中的姐姐二字倒是应得痛快。

这时候，赵善家的也上了马车，见阿珠不似之前的冷漠，也很是高兴，哄着阿珠吃糕点。

阿珠便顺着赵善家的意思吃了些糕点，已经在回陈府的路上，心中多少还是松了一口气的。

待到吃完后，阿珠才问道："何时到家呢？"

赵善家的回道："姑娘不用急，明日早晨就到了。"

明日早晨？她们是清晨出发的，按道理来说天黑前就能到陈家的……

秋白笑道："姑娘，马车太快难免会颠簸了夫人的遗体。"

阿珠看了眼秋白，点点头不说话，心中却知道，怕是陈府那边还没有准备好呢。

阿珠又问道："妈妈给我讲讲妹妹的事可好？不知道玉珠妹妹还好？"玉珠是她父亲妾室所生的女儿，除去太夫人，算是阿珠唯一的亲人了。

赵善家的笑道："姑娘想知道这个，还是得问秋白，秋白可比老奴更了解。"

赵善家的不愿意多说什么。

阿珠看得出赵善家的与秋白这两人是各司其职，井水不犯河水。

而赵善家的所说的虽然不多，但是不会说谎，至于秋白就说不好了。

秋白暗恨赵善家的总是让她做坏人，听阿珠这样问，连忙笑道："玉珠小姐经常听夫人提起您，也还记得一些儿时的事呢。早年，夫人见玉珠小姐一个人孤零零的，就接到敬正堂与宝哥儿做伴，敬正堂是老爷与夫人的住处，前年，玉珠小姐与宝珠小姐才从敬正堂搬出来……”

阿珠点点头，她知道敬正堂，以前她也住在那里。

阿珠正想问为何陈二夫人的长女宝珠要被叫作宝哥儿，就听外面传来一阵马蹄声，众人面色一敛，眼看着天色越来越晚，去往薄情庵的山道是难得有人走的，都担心遇见强盗之流。

马车也随着马蹄声越来越近而停下。

不一会儿，就感觉马车旁飞奔过去一匹马，或许是马疾驰得太快，一阵风吹开窗帘的一角，阿珠恰好看见一个白衣少年……

阿珠才想到还没有和阿路告别。

车外，马夫道：“妈妈，是个贵公子骑马过去的，长得很是俊俏。”

赵善家的冷声道：“放肆，不懂规矩，赶好你的马车。”说完不好意思地朝阿珠笑笑，这个马夫太上不去台面了，哪能在小姐的马车前说这些话。

秋白上前将窗帘整理好，阿珠不在意地道：“将车窗关上吧，我也想休息了。”

两人又是一阵服侍。

待到阿珠躺下后，忍不住想，刚才那人或许是阿路，这么急着去薄情庵有什么事？随后又是一哂，她都自身难保了，哪里还有心思想别人。

阿珠又想起今日的种种，心中委屈，眼睛也湿润了，强忍着不要被这些情绪给冲垮了，手碰到佛珠，想起了清师太说的，不要妄加揣测自己不知道的事和不了解的人，她现在对于陈家是不是太先入为主了呢？

阿珠这样想着，就听秋白突然对赵善家的道：“妈妈被派来干这么个差事，真是大材小用。”声音略带谄媚。

赵善家的看了眼秋白不说话，只是下巴朝阿珠的方向抬了抬。

秋白笑道：“妈妈放心吧，姑娘这几天这么累，肯定睡得沉稳。”

赵善家的咳嗽了一声，见阿珠没有反应，才小声道：“姑娘毕竟是主子，还是要精心服侍。”说完这句话，赵善家的就不再理会秋白。

阿珠勾了勾嘴角，赵善家的可真是谨慎。阿珠知道明天一早到了陈家还有的折腾，也确实累了，听这两人不再说话，便踏实地睡了。

卯初一刻，她们已经进了苏州城。

平江府苏州城是大魏的三大繁华城市之一，陈家在这里扎根了数百年。

在城外时，阿珠就被秋白叫醒，一番洗漱更衣并换上陈家准备的素衣才作罢，这一夜虽然睡的时间长，但是并不沉，一会儿醒着一会儿做梦，很是疲惫。阿珠看起来憔悴了许多。

阿珠感觉自从进了城，赵善家的与秋白就变得异常谨慎，这反而让阿珠心里轻松不少。无论如何，她总是个主子。

不一会儿，这路越走越安静，之前还能听见小贩叫卖的声音，现在只能听见马蹄嘚嘚的声音。

阿珠知道，怕是已经到了陈家所在的那条街。

一街贯苏州，半数陈来半数民。

马车突然停下，应该是陈家正门。

赵善家的赶忙下了车，在下面交谈几句，又上来，对阿珠道："姑娘，已经到了。"话刚说完，就听外面有几个奴仆跪下道："给姑娘道恼了。"

秋白只是伤心地低着头，并不指点阿珠。

阿珠对着车窗道："辛苦各位了。母亲回了家，在天之灵也安生了。"从这里，她就要与母亲分开，棺材送去灵堂，她则去后院给太夫人请安。

阿珠掀开窗帘，大大方方地看着母亲的棺材被人抬向另一个方向。

赵善家的心中暗自点头，这位大小姐可不是个好欺负的，什么都懂。

马车又慢慢地动了起来，拐了一个弯儿，停下，这是陈府的侧门，赵善家的与秋白先下去，自有奴仆送上脚凳，秋白搀着阿珠下了车。

阿珠将赏钱递给奴仆。

秋白脸一红，这本来应该是她干的活计，只是她想着阿珠是个孤女无依无靠，定是舍不得这些赏银，因此并没有提前提醒。

这时又抬过来一顶素色软轿，秋白服侍着阿珠上了轿子，这轿子就只有阿珠一人坐，约一盏茶的时间到了后院的仪门，又换了一次轿子。

阿珠心想，这陈家果然规矩大，一路上都没有看见一个小厮，前院与后院泾渭分明，就是前院的婆子也难踏入后院。

这次坐的时间有些长，一路上悄声无息的。

赵善家的在一旁道："姑娘，先跟着老奴去给太夫人请安，太夫人住在如是居。"秋白不愿意提点阿珠，但是她不行，当然她也不会多说，只说与太夫人相关的。

"阿珠晓得。"

陈太夫人是皇封的一品诰命夫人，自从阿珠的母亲生下"怪物"后，陈太夫人无子无孙，没有了念想，便偏居一隅吃斋念佛，整个陈家交给陈二夫人，陈老太太也才母凭子贵，有了出头之日。

阿珠微微握紧拳头，心中对陈太夫人多少有些畏惧。

如是居在陈家后院最里面的竹林里，很是隐蔽静谧。

阿珠在竹林前下了轿子，赵善家的满怀歉意地道："太夫人的规矩，到这儿只能走进去。"

阿珠点点头，跟着赵善家的进去，才发现只有她二人。

赵善家的只是笑而不语，心道：阿猫阿狗的哪有资格进来。

竹林中鹅蛋大小的石子铺成一条蜿蜒的小路，不过有些小坡，对阿珠来说轻而易举。

约一炷香的时间便到了如是居，两人呼吸顺畅，额头也未有汗珠。

赵善家的脸上多了几分笑意，道："姑娘稍等一二。"

阿珠并不乱打量，只是安静地站着，很快，赵善家的就出来请阿珠进屋。

这如是居不大，倒与她在薄情庵所住的厢房差不多。

大厅中端坐着一位五十多岁的老妇人，感觉很是严肃，阿珠并不敢抬头看，跪到前面的蒲团上，叩头道："孙女给祖母请安。"顿了一下，陈太夫人并没有理会她，阿珠接着道，"母亲一直惦念着祖母，一直感激您对她的照顾，每日在佛前为祖母念经。阿珠感同身受，日后一定会好好孝顺祖母。"

这话是阿珠真心话，但是阿珠毕竟年纪小，言语又如此直白，听起来颇有些讨好的意味。阿珠说完就知道自己太过心急，只是想到母亲吃的苦，眼中含泪，身子忍不住有些颤抖。

好一会儿，才听太夫人道："知道了，你起来吧。"

屋中只有赵善家的，赵善家的上前扶起阿珠。

太夫人抬眼看了一下阿珠，语气淡淡地道："回去吧，这几日还要为你母亲守灵。"

阿珠不敢多说什么，回道："是。"

赵善家的将阿珠送出竹林。阿珠想问关于太夫人的事，却又不知道该怎样开口。

这次赵善家的难得主动道："姑娘放心，太夫人从来就是心善的，只是不喜欢理这些俗事罢了。"其实这也是暗示阿珠不要再来这竹林。

阿珠无奈地笑笑，道："阿珠明白的。"自是上了轿子去了他处。

赵善家的回到如是居，陈太夫人捻着佛珠念了一回经，才问道："你看这丫头怎么样？"

赵善家的躬身回道："像其母。"

陈太夫人愣了一下，想起以前种种，叹了一口气道："好，像她母亲好。她母亲是正经贵族穆家的女儿，是个好的，只可惜没有福分，也是我们陈家没有福分。"

赵善家的不敢回话。

陈太夫人摇摇头，继续捻着佛珠默念经书。

软轿上的阿珠来来回回地想着刚才在如是居的情景，只觉得自己太过鲁莽，只是初见太夫人心中怎能不紧张，接下来万万不可这样了。

从竹林走出来，慢慢就听见奴仆侍女轻声说话和问好的声音，现在已经过了辰时，正是请安的时候。

待到阿珠下轿时，也不禁被眼前华丽的庭院震了一下。

这里是华恩堂，陈老太太居住的地方，院子中连着铸了四个约一尺高五尺见方的五彩石鱼缸，每个里面养着一对七彩美人；廊下挂着一个白玉鸟架，上面站着一只白色小葵花凤头鹦鹉；窗下两边各摆着四盆万寿菊，开得正旺。

阿珠只觉得这黄色甚是刺眼。

门前站着两个相貌清丽的丫头，穿着竹青色绫袄白色缎掐芽背心，见到她便过来朝她行礼，其中一个小声道："姑娘稍等，老太太在里面更衣呢。"

另一个笑道："终于把姑娘盼来了，您都不知道老太太这两日怎样唠叨您呢。"这个女孩长得最为漂亮，言语也大胆一些。

阿珠只是腼腆一笑，便不说话。

她进入陈府已经有小半个时辰了……说不得这老太太唠叨两日不是觉得她回来得晚，而是觉得她回来得早吧。

不过，毕竟老太太是长辈，让她等等也说得过去。

其实，除了华恩堂窗下的万寿菊外，其他的地方以及丫头们的穿着都是按着家中有丧的规矩置办的，大面上并没有出大错，至于人们心中所想的，就不是人能左右的。

阿珠慢慢咀嚼着这些苦涩，慢慢咽下。

约有一刻钟，阿珠终于进了大厅，一进去，就被一个妈妈拉到老太太跟前，老太太攥着她的手就开始哭："我的心肝，终于把你盼来了，可是苦了你。你娘怎么这么狠的心啊，把你一人丢下……"

阿珠这下明白昨日那三个奴仆的出处了，忍不住想露出个嘲讽的笑意，却不知道怎么的这笑化作了苦涩，变成了眼泪流出来。

没一会儿，进来一个女人，看见她们如此，连忙走上前递上手绢、递上茶碗，道："哎呀，老太太，您可不能哭，前儿个大夫不是说您的眼睛受不住哭了吗？就是见到孙女也不该如此的。"又转头对那两个丫头道："你们怎么也不知劝劝。"

那两个丫头连忙解释老太太见到姑娘伤心等，倒是推得一干二净。

老太太已经收了泪，道："不用怪她们。"

阿珠被勾到伤心处，却难这样收放自如，只得抽泣着走到蒲团前，跪下道："阿珠给老太太请安。"

老太太道："嗯嗯，好，快起来吧。"

阿珠自己站起来，才看清那女人是陈二夫人周氏，衣服穿得素雅，面容艳丽无比，一双凤眼凛然生威，嘴角总是带着淡淡的笑意，看着亲近，实则不好接近。

阿珠屈膝行礼道："二婶娘。"

周氏佯装悲哀，拿着手绢擦着眼角，道："回来就好，回来就好，婶娘还以为你不愿回来了呢。"

阿珠回道："这里是阿珠的家，不回来又能去哪里呢？"

周氏听了这话，认真地打量起阿珠来，阿珠虽然看起来有些憔悴，但是并不给人娇弱的感觉，双眸似水，带着淡淡的冷，似乎能看透一切，皮肤不是大家闺秀那种苍白而是白中透红，清新动人，神情中带着一种与生俱来的倔强与高傲。

周氏好似从这稚嫩的脸庞上看见了穆氏的身影，眼中闪过一丝厌恶，若非这丫头占了个嫡长可以用来联姻助夫君，她宁可担上苛待侄女的名声也不会接她回来的。

周氏按捺住心中的厌恶，笑道："回家来就好，你两个妹妹这几日身体不好，去庄上养病了，不然倒是该介绍认识一番。"

两个妹妹指的是周氏的长女宝珠与次女惜珠。

阿珠回道："宝珠妹妹小时一团可爱，阿珠心中还是有印象的，四妹妹想来也是如此了，不知道玉珠妹妹可还好？"

周氏“呀”地拍了一下手道：“瞧我这记性，快把玉珠请过来。”

阿珠看了眼陈老太太，陈老太太不过五十，比太夫人小十几岁，看起来却和太夫人年纪差不多，只是笑盈盈地坐在那里——在华恩堂，周氏完全成为主角，这个后院谁当家不言而喻。

想来玉珠已经在华恩堂等着了，丫头不过出去一下，就带着玉珠过来了。

阿珠心中还是有些担心玉珠的，周氏不是个善茬儿，玉珠在周氏手底下讨生活也是不易，但是阿珠见到玉珠后，就知道周氏对玉珠应该是“相当”好的。

玉珠一身白线绣暗花白色长裙，素颜清雅、面上一点朱唇，神色间难掩忧愁，举止处有幽兰之姿，皆显大家闺秀的品格。

玉珠见到阿珠，眼中闪现点点泪光，走到阿珠面前，微微一福，道：“姐姐。”声音婉转动听。

阿珠连忙扶起来，道：“玉珠妹妹长高了不少。”

玉珠还没说话，周氏就笑道：“你离开时才六岁，玉珠自然会长高了。”

玉珠又连忙向周氏与老太太请安。

阿珠细细观察玉珠，玉珠只比她小一个月，又是庶出，小的时候母亲担心她一个人无趣，经常叫王氏抱着玉珠过来与她一起玩，印象中玉珠乖巧听话。现在玉珠也是乖巧听话，但是看得出来玉珠并不畏惧周氏，也不是没有灵性的木美人，玉珠的气度更像是个真正的嫡出大小姐。

周氏笑道：“今日咱们就在华恩堂吃了早饭吧，不然你二人还要再折腾回去。”也不等陈老太太说话，就传令下去开饭，又对阿珠道：“阿珠住的地方早已经收拾好了，琉璃园，就在玉珠的琳琅园旁边。要是有什么不喜欢的地方或是哪个不长眼的奴仆冒犯你了，你只管找婶娘。”

阿珠回道：“多谢婶娘。”

周氏点点头，对玉珠道：“你多陪陪阿珠，免得阿珠不习惯。”

说完，众人移步偏厅吃饭。

虽只是早饭，规矩却多，吃食相当精心，一人十二小碟凉菜、一小碗珍珠细米粥，碗是琉璃五彩碗，筷子与勺都是精致的雕花琉璃做的，只要轻轻一碰便会出现声音。

阿珠跟着众人坐下，细细品味，暗中观察这三人吃食喜好，老太太喜欢吃素的，周氏喜欢吃甜的，玉珠则什么都吃。

阿珠打量别人，别人自然也暗中打量她，见她用餐礼仪都合规矩且丁点儿不差心中都有些惊讶，这个阿珠不是从小生长在尼姑庵吗？就算是穆氏教她礼仪，也难用到这些金贵的东西。

周氏刚才已经问过秋白了，阿珠进了陈府后，对这些亭台楼阁、物件摆设没有任何惊讶的。

阿珠自然明白她们心中的疑问，这些人只当薄情庵的尼姑粗鄙，都是被宫中赶出来的，却不知道那些师太、女尼个个身世不凡，不过是躲个清静罢了，自然不缺精细的物件，说来阿珠见识过的不比玉珠等人少。

一场鸿门宴，就这样无声无息地开始，又无声无息地结束了。

在周氏的坚持下，阿珠不得不先去琉璃园梳洗一番再去灵堂守灵。

软轿上，玉珠道："琉璃园离我那里很近，姐姐可以经常来串门，宝珠妹妹住在满园，惜珠妹妹住在珠玑楼，也都不远的。"

阿珠挑了一下眉，道："满园？"母亲经常与她说起陈府的布局，从来没有听说过满园。她听母亲说过，周氏最疼爱的是大女儿宝珠，几乎与陈承业并论了。

玉珠低头笑了下，道："以前叫什么忘记了，是宝珠妹妹住进去以后改的。"

阿珠识趣，不再多问，等以后自然就知道那里是什么地方了。

阿珠只是问道："不知道宝珠妹妹与惜珠妹妹怎么样了，病得厉害吗？"

玉珠道："想来是入了秋，夜里着凉了，病发得猛一些，是叔叔亲自送她二人去的庄上。"顿了一下，叹道，"叔叔怕没个三五日是赶不回来的。"

简简单单的一句话，内容却不简单。

病发得猛，陈廷远"亲自"送到庄子里，去个三五日，可看周氏的样子却一点也不担心。

阿珠心中悲凉，这周氏到底与母亲有什么仇，居然都不想自己的子女和丈夫在母亲灵牌前拜祭。

阿珠佯装担心道："那业哥儿没被过了病气吧？"

陈承业，惜珠的龙凤胎弟弟，陈家唯一的男丁。

玉珠道："业哥儿在书院里读书，这几日正往回赶呢。"

阿珠不语，这陈承业怕也是赶不回来了吧，她就知道周氏舍不得咒自己的命根子。

说话间软轿已是到了琉璃园。

琉璃园相当精致华丽，门前一座精致的影壁，进去后奇花烂漫，又分两路，一路到琉璃园后面，一路到屋前，不过最令人瞠目结舌的是那座二层的小楼，看到它阿珠才明白这里为何叫琉璃园——这小楼窗户是各色琉璃做的，午后阳光下，想来一定光彩夺目。

阿珠上前，摸着窗上的琉璃，琉璃虽漂亮，却没有纸窗透亮，阿珠已经预见她日后在陈家的生活了——暗无天日。

阿珠苦涩一笑，这周氏果然好手段，绵里藏针，她是有苦说不出，还要谢恩。

不过玉珠很是高兴，赞不绝口。

阿珠见屋里侍女整理衣物，便对秋白道："把我带来的白丝透纱挂在窗上，暂且将这些琉璃的碗筷收拾起来吧。"

秋白愣了一下，道："毕竟是夫人一番好意……"

阿珠笑道："我在孝期，有些东西还是暂且收了好，若是传出去，人们说婶娘不敬重长嫂，那就是我的罪过了。"

秋白连忙道："姑娘说得是，那些奴仆想来知道夫人疼爱姑娘，就想讨好姑娘，结果倒是好心变坏事了。"

阿珠笑笑，对玉珠道："我这里乱得很，倒是不能安心说话了。"

玉珠连忙道："是我给姐姐添乱了。"说着露出伤心的样子，"不知道母亲生的什么病，何时走的，可说了什么……"说着眼泪流下来。

阿珠看着玉珠伤心的样子，心中也是难受，想起母亲去世前说的话，刚要对玉珠说，就听玉珠道："姐姐不如先去我那里换衣服吧，免得她们照顾不来，我那里清静。"说着还看了一眼秋白。

阿珠知道玉珠怕别人听去再传出去，其实就是听去也无妨，但还是笑道："也好。"

琉璃园与琳琅园确实很近，从侧门出去，过一处柳林，便到了。

玉珠笑道："这是妹妹的琳琅园，姐姐一定要时常找我玩。"

阿珠看了看，佳木茏葱，芳草青青，规整阔朗，颇有大家风范，道："妹妹好巧的心思，打理得甚是漂亮。"

玉珠脸上露出些得意的样子，很快又隐下去，道："等姐姐见过了惜珠的珠玑楼就知道妹妹的园子不过是落了俗套。"两人边说边进了小楼里，这小楼与琉璃园的格局是一样的，因是纸窗，看起来宽阔些。

阿珠顺着玉珠的话问道："不知珠玑楼是什么样的？"

玉珠道："珠玑楼虽然不大，但是一进门就是数棵桃树，春天时，风一吹，甚是好看。"

阿珠也跟着赞叹，心中却道，珠玑楼春夏秋这三季还好些，若是到了冬天，光秃秃的树枝怕就没有这么美了，这个惜珠倒是蹊跷。

玉珠进了屋，让丫头沏茶，要用她去年在梅花上收集的雪水，又要丫头去拿老太太赏的芙蓉点心，更是要丫头将前日叔父送的香点上，很是一番折腾，无不显出她主人风范。

阿珠道："不如让她们先准备着，咱二人还是先更衣洗漱吧。"换了衣服也好早些去灵堂守灵。

玉珠自是同意，两人进了玉珠的绣房，自有丫头过来服侍。

秋白没有跟着阿珠来，而是指派了一个七八岁的小丫头跟着阿珠，这丫头年纪太小，平常陪着玩闹还好，现在指不上她来伺候，因此玉珠让她身边的另一个丫头过来服侍阿珠更衣。

玉珠道："姐姐，这两个丫头都是婶娘给的，跟在我身旁也有段时间了，都是可信赖之人。"顿了一下，才继续问道，"不知道母亲到底是因何病去世？怎么好好的就……临走前有什么交代吗？唉，现在这陈家里，只有你我姐妹了……"

阿珠与玉珠相隔一个屏风，现在两人是换守灵时穿的白衣，布料柔软细腻，无花无边，阿珠摸着这衣服，心中怅然，过了好一会儿，才将衣服递给服侍她的丫头，问道："你叫什么名字？"

"谨言。"

阿珠让谨言服侍，才淡淡地道："不过是出陈府时落下的病根。"还没有出月子就被送到了薄情庵，再加上所生的孩子被人当作"怪物"，郁结于心，身体怎么能好好的呢？

阿珠说完就听那边玉珠嘤嘤地小声哭。

玉珠道："姐姐千万别责怪玉珠，玉珠其实一直挂念母亲和姐姐，听说母亲生病后，就一直想去庵里照顾，只是姉娘她……女儿不孝，不知道母亲可有责怪？"语气很是惴惴不安与自责。

她若是想来薄情庵，周氏肯定不拦着，但是去了薄情庵，就不会像阿珠那样容易回来的，她生母也是不愿她去的。

阿珠回道："妹妹不必伤心，母亲知道你在家里不易，不曾怪罪你的。"阿珠听那边还在嘤嘤地哭着，安慰道，"母亲时常对我提起妹妹，叫我不要忘记咱二人之间的姐妹情。"

玉珠道："这就好、这就好。那母亲她去之前……"

阿珠已经穿好衣服，站在镜前自己整理，镜中的自己神情严肃，眼神锐利，一副很难接近的样子，她怎么变成这个样子了？

阿珠深吸一口气，努力让自己的戾气不这样重，母亲肯定不喜欢自己变成这个样子的。

玉珠也穿戴好，见阿珠没有反应，出来问道："姐姐？"

阿珠已经调整好心态，回过神来，道："母亲说让我好好照顾你，妹妹以后不会孤单了。"

玉珠感动得直点头，不说话。

待到她二人去了灵堂，已经是巳时。

穆氏毕竟是陈家的嫡长媳，周氏心里就算再怎么不乐意，也不会在灵堂做手脚的。

阿珠与玉珠来时，灵堂中已经有一个年轻女子跪着了，这是阿珠父亲的妾室王氏。阿珠听母亲提起过王氏，也是个乖巧懂事的女人，只是母亲在说这个词的时候嘲讽地笑了一下。

阿珠与玉珠也跪下守灵。

阿珠这时候只觉得心中满满的悲痛，好似将自己淹没。

玉珠开始小声地哭泣着。

阿珠闭上眼，心中道：娘亲，回家了，您看见父亲了吗？

阿珠觉得眼睛湿润了，却硬生生地吞下去，她记得，母亲说要看着她笑，记住她高兴的样子。

有女客来吊唁，她们便回礼，好似木偶一般。

"江陵府温府主母、正二品户部尚书之妻温穆氏吊唁。"提到温家，连唱名人都忍不住抬高声音。

温家并不在五世家之内，却是正经八百的世家，自成派系，朝堂上称为温党，是皇帝的亲信，温家老爷子现在为宰相，下一任宰相说不得就是温穆氏的丈夫。

这个温穆氏虽然与阿珠的母亲同姓，但是两人的血缘较远，温穆氏是穆家嫡脉的。

温夫人看起来温和亲近，又不缺少主母的气势。

连玉珠也停下哭泣抬眼偷偷打量这位身份高贵的夫人，众人都没有想到温夫人会亲自来。

温夫人上了香，阿珠等人回礼，温穆氏问道："你是阿敏的女儿？"阿敏是穆氏的闺名。

自有侍女上前扶起阿珠与玉珠。

阿珠福身回道："是的。阿珠时常听母亲提起温夫人，知道您是她的闺中好友。"

温夫人眼中含泪点头，道："只可惜没帮上她一把。"

阿珠听后表情依然从容，道："温夫人万不可如此伤心。母亲走得很安稳。"胜者为王，败者为寇，母亲没有怨恨过谁。

温夫人闻言打量了阿珠一番，道："果然与阿敏很像，这周身的气派也就只有阿敏教得出来。"说着难掩悲伤，上前握住阿珠的手，道，"若有事便派人去与我说一声。今日不好多说，待到他日再来探望你。"

阿珠能感觉到温夫人的善意，心中也是高兴的。

待到温夫人离开后，一直被忽略的玉珠忍不住道："姐姐好有福气，能当得温夫人的一声赞扬。"

这温夫人赞扬过的，以后还怕找不到好婆家，若是幸运嫁到温家……

阿珠看了眼玉珠，不再说话。

她的生母在身后，自己的生母在棺材中，谁有福气？

有了温夫人的吊唁，其他世家夫人本想送份礼的也都亲自来了，穆氏丧礼也算办得风风光光的。

晚上阿珠只在灵堂一旁的房间睡了两个时辰，便起来。

一连三日，都是如此。

今晚是最后一夜。

玉珠劝道："姐姐这几日瘦得厉害，吃不好睡不好的，今日就同我睡一处吧。"

阿珠本想拒绝，但是玉珠又道："知道姐姐一片孝心，可是母亲在天之灵知道也会心疼的，更何况明日一早还要出殡，姐姐若是睡不好哪有精神送母亲最后一程？也没有让姐姐多睡，不过是换个地方，睡得舒服些。"

玉珠如此说，阿珠也就无奈地应下了，跟着玉珠去了琳琅园。

玉珠又好说歹说才劝动阿珠睡在自己的闺房。

阿珠与玉珠没有多聊，她这几日虽不劳累，但是精神很不好，很快便进入梦乡了。

阿珠与玉珠是在同一张拔步床上，阿珠在里，玉珠在外。

灯灭人静。

约有半个时辰，谨言小心地走到玉珠身旁，轻声喊道："大小姐，大小姐……"

"噤声！不是说不准喊我大小姐吗？"

"玉珠小姐……"

“行了，叫姑娘就可以了。”玉珠说着轻轻地坐起来，又道，“你刚刚检查过她的衣服了？”

“是的，姑娘，没有任何书信。秋白那里也没有。”

玉珠微微皱眉，莫非贴身带着？“你去搜搜她身。”

谨言摸着黑走到床边，想了一下又道：“还是姑娘来吧，不是奴婢不敢，若是万一阿珠姑娘醒了，奴婢在床上也不是个事，若是姑娘还可说盖盖被子。”

玉珠道：“没用的东西。”想着谨言说得也对，道，“我来吧。”

玉珠又回到床上，佯装给阿珠盖被子，阿珠倒是睡得沉，没有动也没有出声。

玉珠摸索了一下，失望地又坐回来，道：“没有。”

谨言小心地道：“或者阿珠姑娘根本就没有书信？”

玉珠摇摇头，自己心里琢磨着，她是长房的庶女，将来出嫁时公中给一份嫁妆，穆氏也应该从她的嫁妆里给她一份。她也不求与阿珠一样，她只要她应得的，穆氏嫁妆丰厚，怎么能真狠心一点都不给她呢？

穆氏死前肯定会写了书信之类安排这些事的，怎么会没有呢，难道阿珠想私吞？

玉珠站起来，道：“我去夫人那儿看看，若是她醒了，就说我……我被姉娘叫去了。”

“可是这么晚了……”说去姉娘那里她会信吗？

“叫你这样说你就这样说。”玉珠站起来只披了件外衣就匆匆忙忙地出去了。

谨言小心地看了一眼床上的阿珠，只盼着阿珠不要醒来，然后小心翼翼地出去了。

又过了一盏茶的工夫。

阿珠慢慢地坐起来，她本来是睡着了的，但是谨言的两声“大小姐”，将她唤醒了。

在这个陈家里就没有人称她为大小姐，原来她们一直唤玉珠为大小姐，根本就没有把她排上。

阿珠摸了摸手腕上的镯子，玉珠想找的书信在这里面，上面盖着母亲的私章和长房的公章，甚至已经在官府备案了，自然有关于嫁妆的处理。

难怪玉珠一直追问母亲去世前说了什么。

阿珠笑了，若是直接问她也会直接答的，偏偏如此拐弯抹角，原来人在脆弱的时候最容易受骗，她只当玉珠是自己的亲妹妹，现在想想玉珠露出了多少马脚，却都被她忽略了，真是天真。

阿珠揉了揉太阳穴，觉得脑子乱得很。

外面的谨言听见屋里有声音，小声地问道：“阿珠姑娘醒了？”带着浓重的鼻音，似乎也是才醒的样子。

阿珠道：“服侍我穿上衣服吧，我去灵堂。”

灵堂的火烛闪闪烁烁，让人心生畏惧。

但是阿珠不怕，这个世上，没有比人更可怕的了。

阿珠走到牌位前，跪下，额头触地，只是这样静静地待着，她不明白，为何母亲明知道陈府这样，还执意让她回来，一时间心中居然有些不平……

这时候，阿珠听见脚步声，以为是玉珠，抹了抹眼角抬起头，只是再听这脚步声，倒像是个男子的，阿珠猛地站起来转身看去。

在陈家能随意走动的男子就只有一人——陈廷远。

进来的是一个神色憔悴但又斯文俊朗的男子。这个男子的身影居然和记忆中的父亲有些重合，只是年轻很多，肯定是陈廷远了。

那男子看见阿珠也很是惊讶，见到阿珠防备的眼神，笑道："你是阿珠吗？我是你二叔。"

阿珠恭敬地道："二叔。"

陈廷远见她这样，笑道："果然和你母亲一个样。"

阿珠回道："二叔也和母亲说的一个样。"

陈廷远很惊讶或者说是惊喜地问道："哦？你母亲是怎么说我的？玩世不恭？轻佻放浪？"

阿珠听到陈廷远的形容词，微微皱了一下眉头，道："二叔还是先上香吧，早晨，母亲就要走了。"没想到陈廷远居然会赶回来。

陈廷远听后又恢复凝重的神情，恭恭敬敬地跪下磕头，又恭恭敬敬地上香，倒没有说些会爱护侄女什么的话，只是轻声说了句保重。

阿珠看着陈廷远的样子，有些惊讶，陈廷远看似倒是敬重母亲。

陈廷远站起来道："该你说了。"

阿珠一愣，这个陈廷远真是……阿珠也不知道用什么形容词，或许就如母亲说的那样："母亲说二叔思虑不足，机敏有余，但还算是个性情中人。"

陈廷远听后大笑。

阿珠心中觉得，确实应该加上"轻佻放浪"这个词。

阿珠看向牌位，如果陈廷远不是忘恩负义的人，母亲心中会好过些吧。

敬正堂。

周氏神色紧张，很是关心地对玉珠道："怎么这么晚过来了？可是这两天太累睡不着了？还是……出了什么事？"

玉珠站起来行礼，回道："让婶娘担心了。玉珠一切都好。"

周氏道："过来，到婶娘身旁坐，晚上的风有些凉。"

玉珠听话地挨着周氏坐下。

周氏握住玉珠的手，道："是跟阿珠吵架了？阿珠一直住在庵里，性子难免跳脱些，她又是长房唯一的嫡女，你多忍忍……"

玉珠听周氏如此说，哭道："婶娘不是不知道玉珠的性子，怎么会与姐姐吵架呢？唉，玉珠一直想念钦慕母亲，现在姐姐回来了，玉珠心中别提多高兴了，只是姐姐一直处在悲伤中，不愿意与玉珠多谈母亲的事，玉珠连母亲临走前有什么交代都不知道。玉珠心中难受……"

周氏安抚地拍着玉珠的后背，笑道："玉珠不用急，婶娘会帮你劝阿珠的。"

顿了一下道，“你母亲虽是穆家女，但是父母双亡，因为运气好养在穆家长房身边，她父母的家产穆家肯定不会私吞，所以她的嫁妆肯定不少，你将来的嫁妆也不会少的。”

玉珠听后，心中高兴，忙道谢。

这时候，进来一个婆子小声在周氏耳边说了句话。

周氏听后皱着眉，攥着玉珠的手越来越紧，低声问道：“他现在在哪儿？”

那婆子又在周氏耳边说了一句。

玉珠好似听到灵堂之类的词，但是也只是低着头，装作没有听到。

周氏沉着脸不说话，过了好一会儿才发现自己一直攥着玉珠的手，周氏不耐烦地放下，然后道：“玉珠先回去好好休息，你的事，婶娘记着呢。”

玉珠行礼告退。

玉珠刚出去，就听见周氏在屋里怒骂道：“人都已经死了，还惦念着！”玉珠赶忙快步离开。

清晨。

令阿珠没有想到的是陈承业也赶回来了。

陈承业不过才八岁，看起来斯文老成，就是有些瘦弱。

陈承业恭敬地喊阿珠大姐姐，又到穆氏牌位前上了香。

周氏的脸色十分不好，好在是穆氏出殡，配上这副脸色也说得过去。

看着众人神色不明，有幸灾乐祸的，有抑郁伤感的，阿珠有一种不真实的感觉，仿佛一切都是梦，等到她醒来，一切就会回到薄情庵的日子。

折腾了大半天，穆氏的丧礼总算是落幕了。

阿珠也回到了琉璃园。

秋白虽说不见得忠心，但是还算用心，琉璃园屋中的摆设与她在薄情庵的厢房差不多，这让阿珠舒服了许多，有了要在这里生活的真实感。

阿珠才知道自己一直都是不相信也不愿意在陈家生活的。

这几日她一直躲在琉璃园，没有给任何人请安，她服丧，出去了别人只会嫌她晦气，弄得玉珠也不好去给老太太、周氏请安，只好每日过来看她。

没几日，不知怎么的就传出她身体不好。

阿珠还没有来得及追究是怎么回事，就真的生病了。

阿珠从穆氏病危开始就没有好好休息过，进了陈家虽不用操心吃穿用度，但是却很累心，过了穆氏头七，原本紧绷着的那根弦松懈下来，身体也跟着松懈下来。

第二回 祠堂前阿珠正名

敬正堂。

周氏对陈廷远道："本来想把宝哥儿和惜珠接回来的，结果阿珠生病了，妾身想着不如让她们在庄上再玩耍几日，免得回来沾上病气。"

陈廷远手里拿着一本书，看了一页后，才点头"嗯"了声。

周氏知道陈廷远对她送宝珠和惜珠去庄上挺不满的，因此并不生气，小心地讨好着。

陈廷远被周氏扰得看不下书去，干脆放下，问道："阿珠那里可请了大夫？若是还不好就去请太医吧。"

周氏本来还是挺高兴陈廷远与她说话的，结果第一句话说的却是别人家的闺女，对自家闺女不理不睬的，周氏气不打一处来，但是也不敢表露出来，笑道："老爷放心，妾身自会安排妥当的，保证不让阿珠姑娘受委屈。"

陈廷远打量周氏一番，周氏长相偏柔美，但是当家后喜欢装扮得艳丽端庄，面对着这样的浓妆心中很是腻歪，只是点点头。

周氏见陈廷远这样，委屈道："知道老爷不放心妾身。"叹了一口气，接着道，"妾身承认，妾身是与长嫂有些不对付，但是人死如灯灭，就是有天大的仇恨也化为乌有了。"周氏顿了一下，道，"当然，妾身和长嫂也不可能有那么大的仇恨，不过家长里短罢了。"

陈廷远似是在认真思考周氏说的话，只是"嗯"了一下。

周氏连忙趁机道："妾身不敢说拿阿珠当亲生女儿般对待，但是毕竟是妾身的侄女，妾身是不会亏待阿珠的。"

陈廷远见周氏说得严肃，笑道："我不过就说了一句话，却惹出你这么多话来，我什么时候说过不放心你了？"

周氏笑道："妾身也是担心。好了，不说这些了。前日，妾身碰见娘家嫂子，看嫂子的意思，似乎相看上咱家宝哥儿了，老爷您看？"

陈廷远皱着眉头道："宝珠现在年纪还小，不着急，此事再说。"

周氏心中知道陈廷远看不上周家，嫌弃周家官小，还做着生意。但是周氏心中也不愿意拿自己的长女与周家联姻，因此并不多说什么。

谁知道陈廷远接着道："你倒是应该注意点阿珠的婚事，她无依无靠，又服丧三年，已经十二岁了，若是等除服再相看就晚了。"顿了一下，道，"玉珠也捎带着看看。门楣不必太高，不必非要占嫡占长，最好人口简单些，但也要书香门第，还算好找。"边说边拿起书继续看。

这些话噎得周氏一句话也说不出来，好似心中压了一大块石头。

玉珠的好找，那阿珠的就是不好找了？就要找门楣高还要占嫡占长的？她什么时候成媒婆了？

周氏不理会陈廷远，干脆去了里屋，自己生闷气。

陈廷远并不介意，看了会儿书，自是去了妾室祝氏那里。

气得周氏砸了一屋子的东西。

且说阿珠这边。

阿珠虽生病了却并不厉害，不过七八日便已经好了。

阿珠在床上靠着，看着阳光透过琉璃窗形成的斑驳光影，淡黄、苍绿、青蓝，这些颜色让她想到薄情庵后的那片田地，各色的野花、茂密的野草，还有头顶上的那片天空。

阿珠闭上眼睛，仿佛已经置身于薄情庵了。

轻微的脚步声，紧接着就是秋白小声地道："姑娘，该吃药了。"

阿珠睁开眼看向秋白，这些人总是努力营造出她病得很厉害的氛围。

阿珠挥了挥手，下床站起来，道："我已经好了。"

秋白从来没有见过这样的千金小姐，从某一方面来说，阿珠算是寄人篱下，总该收敛一下性子，但是阿珠从来都不，她说的话就是命令。阿珠从小生长在乡野，身上带着一种宅院里没有的野性，但是绝对不粗鄙，这种野性让人没由来地心生畏惧。

秋白脸上带着担心，还有些不知所措地道："奴婢看姑娘的脸色还有些苍白……"

阿珠已经坐在梳妆台前，从镜子里看着秋白，道："叫唱月过来给我梳头。"唱月是前几日一直跟着她的小丫头。

秋白连忙放下汤药，走到阿珠身后，笑道："唱月年纪太小，别扯着姑娘的头发，还是奴婢来吧。"

阿珠点点头，从这几天的试探来看，秋白在她身边最重要的目的是要成为她的亲信或者说想成为琉璃园大丫头，因此对她还算谄媚。

若是她想在陈府活得安逸些，总要有自己的亲信的。她记得母亲说过，她的奶娘还是可信任的，只是为何她回陈府这么多天，都没有来给她请安？是周氏搞的鬼？

秋白心灵手巧，不一会儿便帮阿珠梳好了头发，又陪着阿珠选衣服，秋白见阿珠穿着偏正式，问道："姑娘是去给老太太请安？"

阿珠在镜子前看一下没有问题，才道："我先去给太夫人请安，然后就去华恩堂。"

秋白脸色一白，正要说什么，就听门外有人笑道："姐姐终于好了，玉珠也就放心了。"进来见阿珠如此装扮，也问道，"姐姐是去老太太那里？正好妹妹也要去呢。"

阿珠笑道："我这里的丫头也太懒散了，你来居然都不通报一声，还好我已经收拾妥当了，不然就太失礼了。"看来她这里也有玉珠的人，不然玉珠没进来怎么知道她病好的？

玉珠怔了一下，赶忙道："是我没让她们通传的，怕姐姐还在养病，吵着你。"

阿珠并不揭穿玉珠的这些小把戏，道："没事，我已经好了，正想去给太夫人请安。"

玉珠的脸色也变了，喃喃道："太夫人向来不喜欢他人过去扰她，姐姐……"

阿珠点头道："不过在如是居前磕个头，你去吗？"

玉珠一时迟疑，她不想见到阿珠与太夫人亲近，但若是跟着去又担心会惹得老太太与周氏不喜。

阿珠看向秋白，秋白忙道："姑娘现在病也好了，奴婢见这院子里的丫头确实太没规矩了，今日教教她们规矩吧。"秋白摆明了不想沾上如是居。

阿珠道："让唱月跟着我吧。这院子里的丫头是该好好调教调教。"说完又看向玉珠。

玉珠想了一下，无奈地道："今日正好宝珠和惜珠两个妹妹回来，我得去华恩堂……"又赶忙道，"今儿个正是打算与姐姐一起去华恩堂呢。"

阿珠猜到玉珠是不去的，并不惊讶，但是宝珠和惜珠今日回来？没有人和她说过。阿珠笑道："那我先去如是居了。"说完只看着玉珠，并不走。

玉珠顿了一下，道："我与姐姐一起出去。"说完才离开。

碍于过会儿要去华恩堂迎接宝珠二人，所以阿珠乘了软轿，那些婆子听到她去如是居虽然惊讶，但也都觉得合理。

若是阿珠病愈后先去华恩堂请安而不去如是居才让人挑理呢。

到了竹林外下了轿子，阿珠带着唱月一起进了竹林，唱月或许是因为年纪小不懂这其中的勾当，反而一副与有荣焉的样子。

阿珠笑道："你之前是在哪里当差的？"

唱月回道："奴婢以前是在华恩堂喂金鱼的丫头，后来被夫人点了来琉璃园。"

华恩堂的？

阿珠道："你年纪这么小就在华恩堂当差了？"她本以为唱月可能是哪个婆子的孙女来琉璃园混个闲差。唱月年纪小，性子还没收敛，不大适合当谁的眼线。她也不认为自己有多重要，周氏放一两个眼线就可以了，若个个都是眼线，周氏也太浪费了。

唱月笑道："老太太喜欢看着小丫头在院子里玩耍，因此买了许多五六岁的丫头，喂鱼、喂鸟、浇花，算起来得有个二三十人呢，奴婢年纪大了，没有那些小丫头讨喜，就派去别处当差了。”

阿珠笑道：“你比我小三岁，还说年纪大了。”阿珠倒是相信唱月说的话，只是没有想到老太太这么奢侈，养这么多小女孩，怪不得唱月性子跳脱，不大会服侍人，因为根本就没有让妈妈调教过。

唱月也捂嘴嘿嘿一笑，倒是一副天真烂漫的样子。

不一会儿两人到了如是居门口。

阿珠并没有通报进去，而是跪下规规矩矩地磕了三个头，唱月也连忙跟着跪下去。

待到阿珠站起来，发现赵善家的已经在门口侧身避让着。

赵善家的面色不大好，问道：“阿珠姑娘这是……”

阿珠回道：“没想到吵到妈妈了，阿珠知道太夫人喜欢清静，但是阿珠想着自己既然已经病愈了，总该来给太夫人请安的。”

赵善家的脸色这才好些，但是又担心阿珠要求进来，刚才太夫人已经明确地说不会见阿珠，赵善家的不好意思地笑道：“阿珠姑娘，您看……”

阿珠道：“阿珠过来只是给太夫人磕头请安，妈妈放心，阿珠无事不会过来吵太夫人的，阿珠请完安也该走了。”说毕阿珠朝赵善家的微微福了一下身，然后就离开了。

倒是留下赵善家的不知所措。

赵善家的转身回了如是居。

太夫人捻着佛珠道：“走了？”

赵善家的笑道：“阿珠姑娘就是过来磕个头。”

太夫人点点头，问道：“她病愈了？”

赵善家的心中知道太夫人还是关心阿珠的，连忙回道：“阿珠姑娘已经好了，所以才过来的。”

太夫人道：“是个懂规矩的。”顿了一下，笑道，“也是个聪明的。”

欲擒故纵，示弱……这些用得倒是顺手。

阿珠出了竹林才松了一口气，她没有想那么多，最主要的目的就是想表明她的态度——她是陈家的正统，唯一的嫡脉。

阿珠还记得一点儿时的场景，太夫人是个对己对人都严格的人，虽然疼爱她，但是更多的是严厉，对父亲也是这样的……

阿珠握紧拳头，在陈府生活不易，但是她就得活得有滋有味才行！

到了华恩堂后，老太太对阿珠笑道：“应该的，应该去请安，是个懂礼的孩子。”

周氏却是不动声色，只在心中撇嘴，这个阿珠也不必对她好，将来肯定是个白眼狼。这个老太太更是个白眼狼。

阿珠只觉得自己把别人想得太简单，如老太太与周氏的人，怎么会和玉珠、秋白一样表现得那么明显呢？请安一事没有引起大的波澜总是好的，她只是想表明态度而已。

阿珠也将注意力放在宝珠与惜珠身上。

这几日她与秋白闲聊，已经明白众人为何称宝珠为宝哥儿。

周氏怀宝珠时长子夭折，从刚出生的宝珠身上得到慰藉，认为宝珠是长子的化身，更希望宝珠能给她带个儿子来，因此要众人喊宝珠为宝哥儿，没想宝珠两周时诊出周氏怀孕，生了一对龙凤胎。

周氏一直都觉得宝珠是她的福星。

关于惜珠，阿珠听说的就比较少了，只知道惜珠是龙凤胎里的姐姐，性子沉稳，作为弟弟的陈承业则有些体弱。

正想着，就见一个小丫头进来道："老太太、夫人，宝哥儿和三小姐到了。"

周氏没有注意到这话里的不对，笑道："快快进来吧，这个时候到，怕是赶了一路的车呢，告诉这丫头不要着急，就是不听。"

老太太也含笑道："定是在庄上闷得想早些回来。"

玉珠只是迅速地看了眼阿珠，也装作没听懂的样子，按理说，惜珠应该是四小姐。

想来周氏很高兴，难得捧老太太的场，笑道："您就是太宠她们了，这两个就是我的魔障，没去庄上的时候说这里不好那里不好的，送过去了，又急着回来，真真是讨人烦。"

老太太道："孩子小，自然是喜欢玩的。"

说着就进来一高一矮的两个小姑娘，个子高的必是宝珠，一身藕荷色宽袖罗裙，细看同色线绣着的茉莉花开满双袖，一根浅粉色的宽腰带勒紧细腰，腰间系着一块双鱼戏水的玉佩，手上戴着乳白色的玉镯子，头发用粉色与白色相间的丝带绾着，皮肤白皙细腻，与周氏一样的一双妩媚迷人的丹凤眼在眼波流转之间尽显光华。

宝珠见到周氏，灿烂一笑，更是明媚，微微福身，道："母亲。"

周氏连忙扶起宝珠，打量一番后，道："看着倒是瘦了些。"

宝珠身后是惜珠，惜珠不过九岁，个头小小的，粉雕玉琢，穿着一件牙色罗裙，看着十分清雅沉静。

待到周氏看向她，才福身道："母亲。"

周氏自然也是一番打量，然后带着两人给老太太请安。

请过安后，周氏又道："那位就是你们的大姐姐。"

宝珠与惜珠两人一进屋就看见一个穿着暗纹白衣、相貌清丽的女孩，宝珠早就听说过阿珠，众人话里话外都透着这位才是陈府的嫡长小姐，就连前几日周氏也传信来，提醒她小心注意，宝珠心中早就起了攀比的想法，只暗中打量着阿珠。

论相貌，阿珠清丽动人，她明媚可人，难分伯仲；论身份，她算不上是正经嫡出，但母亲可是陈府主母，父亲是礼部侍郎，可比这个丧父母的长女高上一等。

宝珠扬起一抹艳丽的笑容，微微福身，道："大姐姐。"

惜珠也跟着福身。

宝珠虽然是暗中打量，但毕竟是个十一岁的小女孩，神情动作早就露出来得意了，阿珠并不在意，回道："听说两位妹妹病了，不知道好些了吗？"

宝珠怔了一下，惜珠回道："多谢大姐姐关心，已经痊愈了。"

想来宝珠这才想起自己是因为"生病"才去的庄里，这当然也因为阿珠，才让她在庄子上闷了好几日，宝珠笑道："说得是呢，也不知道怎么回事，我和惜珠妹妹就病了，我疑心别是什么不祥的……"

这自然指的是阿珠。

阿珠微微蹙眉，这个宝珠也未免太……直白，阿珠看了一眼周氏，这可完全不是周氏的风格。

周氏道："小孩子家的不许说这些。"倒是没有反驳。

宝珠笑着福身道："是妹妹失言了。"

阿珠刚想说什么，宝珠就又问道："不知道姐姐住在哪里呢？不如住在我的满园吧，我那里屋子多，正好和我一起玩。"说着就看向周氏，撒娇道，"娘亲，你说好不好？"

周氏拍着宝珠的肩膀，慈爱之情显露出来，笑道："你这个丫头，你姐姐一来服丧，二来她已经住在琉璃园了。"

宝珠嘟着嘴道："真是的，娘亲偏心，明明知道人家喜欢那个琉璃园……"

周氏安抚着宝珠。

阿珠平静地看着这对母女的亲密，满园据说是周氏特意合并了宝珠喜欢的三个园子再重新命名为满园的，有山有水，一间闺房、一座绣楼，还有一间花房，可以说是陈府后院的园中园，也难怪之前阿珠不知道满园。

宝珠是看不上她的琉璃园的，这样说，不过是想向周氏撒娇罢了。

阿珠看向一旁的惜珠，惜珠神色平静，似乎是看惯了这些，阿珠笑道："听玉珠妹妹说，惜珠妹妹的珠玑楼可是相当精致呢。"

惜珠笑道："两位姐姐谬赞了，不过是一般而已，不如今日妹妹在珠玑楼摆上一桌给姐姐接风？"这一笑就能看出来长大了必定是个美人，惜珠长得不大像周氏，更像陈廷远。

那边宝珠见没有人理会她，不大高兴，扯了一下惜珠道："妹妹也真是的，难不成忘了大姐姐还在服丧？怕是不方便吧。"说着宝珠挑了一下眉，这神色别提多像周氏了。

惜珠脸色一红，朝阿珠福了福身。

阿珠爽快地笑道："惜珠妹妹太小心了，这顿饭留到我除服时不知道惜珠妹妹可还愿意？"

惜珠连忙道："姐姐没有怪罪就好。"又笑道，"这顿饭留在以后自然是好的，只是姐姐千万别忘记。"说完又与玉珠说话，问玉珠这几日可闷等。

阿珠倒是觉得惜珠懂事得不成样子，十分八面玲珑，想来也奇怪，周氏把长房庶女养得像嫡女，自家嫡女养得这般小心翼翼……

玉珠一一回答后，又问道："不知道庄上可有什么好玩的？"

宝珠不耐烦地道："刚开始还好，后来闷得很，不如在家中和姐妹们玩呢。

呀，大姐姐好像一直都在尼姑庵里，每日莫非也跟着女尼吃斋念佛？想来无趣得很，不知道这几年怎么过来的呢。”

一旁的周氏只与老太太说着话，对于她们这边不过是笑看两眼，两人就算听见宝珠说的话，也只当没听懂。

阿珠笑道：“不过每月初一十五为家人祈福罢了，平时也同妹妹们一样，在厢房中念书、刺绣。说到这个，当初在薄情庵中，我也为妹妹们绣了扇坠、香包。”转身对玉珠道，“前些日子赶上我生病，一时也没有拿给你，今日正好宝珠与惜珠两位妹妹回来，还请几位妹妹多多包涵。”说着轻轻福身。

玉珠等人连忙还礼。

那边老太太看了，点头赞道：“我就说这孩子是个懂礼的。”

周氏看着阿珠不语。

满园。

宝珠将一个精致的香包扔在地上狠狠地踩了两脚，道：“什么破烂玩意儿也好意思送过来，闻着就是一股香火味，臭死了。”

一旁的侍女没有一人敢过来劝。

惜珠过去捡起来道：“姐姐，别生气了，大姐姐她……”

“住口，不许你喊她大姐姐，谁知道她是什么怪物！”

这话就暗指穆氏当年生下“怪物”一事了，这可是陈家的禁忌。

惜珠看了眼周边的侍女，侍女们会意，纷纷出去。

宝珠自觉失言，但是在亲妹妹面前，碍于面子，喊道：“七珍，留下伺候，我还怕她不成。”

惜珠笑了笑，道：“姐姐何苦和她计较呢，这物件虽然姐姐要多少有多少，但难得的是她自己绣的。”说完递给七珍，道：“你修补下，别让人看出来。”

宝珠哼了一声。

惜珠叹道：“姐姐，她毕竟是陈家名副其实的嫡长女，虽然父母双亡，但她可是太夫人唯一的血脉，不在你我之下，姐姐还是忍让一二分吧，母亲之前不都在信上说了吗？她可没有那么简单。”

这话不提还好，一提，宝珠就更生气了，从来都是别人让她，怎么能让她隐忍别人？惜珠说一回两回还好，自从到了庄上，惜珠就不停地劝她，弄得她早就对阿珠不满了，什么叫作名副其实的嫡长女？莫非自己是假的？

宝珠对惜珠道：“就你不争气，你难道不是正经八百的嫡女？干什么对她毕恭毕敬的？”

惜珠支吾道：“连母亲都……”

宝珠恨恨地道：“没用的家伙，以后不许你和她说话，免得她欺负你。”

惜珠低头不说话。

宝珠道：“既然她送了香包，咱们也得回送些，才显得不失礼。”想了一下，笑道：“七珍，前几日我见你在绣一个喜鹊登枝的肚兜？给阿珠姑娘送过去。”

七珍一愣，道：“这……这是给姑娘绣的……而且是红色的……”

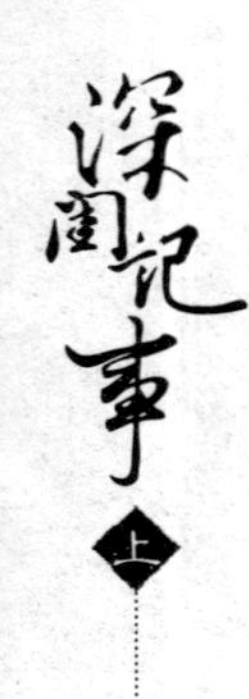

宝珠没好气地道："让你送你就送。"

惜珠连忙劝道："姐姐，何苦和她置气呢？而且……"顿了一下道，"若万一她说上面有针什么的……"话还没说完就见宝珠眼中带着喜悦。

惜珠慌忙地看向七珍，看宝珠这样子倒好像真的要在上面放针。

七珍也想到了，连忙道："奴婢现在就给阿珠姑娘送过去。"

宝珠笑道："不忙，我与你一起去吧。"站起来，对七珍道，"把你的针拿来几根。"

惜珠站到宝珠身旁，拉着宝珠的衣袖，不知所措道："姐姐……怎么……我……"

宝珠看惜珠这个样子，无奈地笑道："真是没用，你回去吧，我不过是拿针绣花。"

惜珠还是站在那里不动。

无奈，宝珠拉着惜珠到门外，道："妹妹慢走，姐姐就不送了。"说完关上门，留下惜珠一人。

惜珠看着紧紧关着的门，笑了一下，转身离开。

屋内。

宝珠见七珍还没有拿针，生气地踹了七珍一脚，自己去了里屋，拿了数根针放在衣袖里，还拿了几个自己绣的荷包。她不用七珍绣的肚兜了，肚兜是红的，放上针，阿珠也不会穿，她想到一个更妙的主意。

琉璃园。

阿珠端详着手中的几个碧蓝色香包，虽然颜色刻意避开了红色，但是碧蓝色也有些艳，想来是宝珠根本就没有素色的。绣工稚嫩，应该是宝珠自己绣的，并且亲自送过来，还颇有兴致地逛了琉璃园一圈。难得！

出了玉珠那一档子事，阿珠完全不认为宝珠会对她有善意，阿珠闻了闻香包，只是普通的花香，长出一口气，自己怎么变得疑神疑鬼了？

阿珠笑着摇摇头，回到闺房将香包收起来，准备小憩一下，只是手掀开被子时被什么扎了一下。

阿珠看着手指上的血珠，原来被角上别着绣花针。

这是宝珠的用意？没想到回来头一天就出招了，而且如此明显，这性子，实在不像周氏，周氏一定很头疼。

阿珠闭上眼睛，轻吮手指，想到宝珠刚才非要进她闺房，进来后东看看花瓶，西看看她带回来的菩提子，又坐在床边看她绣的手绢，应该就是在那个时候别上针的。当时秋白也在房间里问她是否喝竹叶茶，就这一闪神的工夫。

秋白进来，见阿珠愣在那里，笑道："姑娘躺下歇歇，今日起得早了些……"说着秋白也看见了被角上的针，脸色一白，连忙将绣花针拿下去，细细地检查床铺，最后抱来一床新被子铺上，才对阿珠道，"姑娘，这……"顿了一下，道，"姑娘的闺房除了奴婢，别人是不能进来的，除了刚才宝珠姑娘……"

阿珠挑了一下眉，倒是没有想到秋白会直接点出宝珠，问道："你说怎么办？”其实在阿珠眼里，这不过是宝珠不满自己占了嫡长女的名分而使的小性子，不算是什么大事。

秋白连忙道：“奴婢是万万不敢做出这种事的。”迟疑了一下，道，“莫不是宝珠姑娘身旁的七珍受了谁的蛊惑？”

阿珠笑了，若是七珍，怕也是受了宝珠的“蛊惑”，更何况七珍根本不敢靠近她的床……不过把事情推到七珍身上，也算是小事化了了。

秋白见阿珠不说话，一脸担心地道：“姑娘，若是这次作罢，怕是以后……不如禀告夫人。”

阿珠看着秋白，道：“先去拿药吧。”秋白说得不无道理，杀鸡儆猴不是不可，只是，她要“杀”的不是鸡，是“猴”。

待到秋白小心翼翼地帮阿珠擦拭伤口时，阿珠才道：“罢了，这次就算了。”就算是伤了七珍，周氏也不会在意，但是她与宝珠肯定结梁子了，既然不能打蛇七寸处，那就不如先示弱吧，想来宝珠会踏实一段时间。

待到她摸清宝珠几人性格再做打算吧。

秋白已经很了解阿珠的性子，知道再劝说下去也没有用，服侍阿珠躺下休息后，便退下去了。

院子中，秋白等了两刻钟，见阿珠没有再唤她，便嘱托唱月在房门口守着，然后匆匆忙忙出了琉璃园。

第二日清晨辰初，阿珠已经起床坐在梳妆台前，她因服丧除去初一十五是不需要去请安的，不过是习惯早起，在薄情庵时起得比这还要早半个时辰呢。

秋白心不在焉地给阿珠梳头，阿珠心中只想着，接下来的日子也要有个章程，陈家应该是有女学的……

一主一仆，两人各怀心事。

才梳好，唱月就进来，笑道：“姑娘，夏彤姐姐过来了。”夏彤是周氏身边的大丫头。

秋白见阿珠喜欢唱月，就将唱月安排在阿珠眼前，传个话，赔个笑。

在揣摩主子的心意上，阿珠对秋白一直都很满意。

秋白听唱月这样说，眼中有惊喜一闪而过。

阿珠从镜中看了一眼秋白，并不在意，只道：“快请进来吧。”

夏彤比秋白要大一点，相貌颇为出众，进来看见阿珠已经梳洗好，有些惊讶，福身笑道：“没想到姑娘已经起来了，奴婢还担心会扰到姑娘呢。”

阿珠懒得与夏彤周旋，直接笑问道：“夏彤姐姐如此早怕是婶娘有什么吩咐吧？可需阿珠过去一趟？”

夏彤连忙道：“姑娘真是玲珑心，夫人请您过去，若是姑娘还未吃饭先吃了也无妨。”

阿珠走到门口道：“现在去吧，免得婶娘久等。”又站住笑道，“再说，婶娘还在乎我这碗饭？”说毕出了房间。

夏彤愣了一下，看向秋白，小声道："这可不是个好伺候的主儿。"

秋白也觉得一头的冷汗，只敢道："夏彤姐姐请。"

敬正堂。

宝珠跪在大厅中，满脸的不忿，玉珠与惜珠在一旁很是焦急的样子。

惜珠见到阿珠进来，连忙上前，福身道："大姐姐千万替我姐姐说两句话。"

玉珠也一副想求情不敢求情的样子。

看这个样子，怕是和昨日被角别针一事有关了。

阿珠侧身看向秋白，秋白腿一软跪下了。

阿珠这才笑着拍拍惜珠的手，然后对周氏福身行礼道："给婶娘请安。"

周氏自然看清刚才的事，这秋白倒是被阿珠降住了。

周氏连忙道："快快起来，让你受委屈了，宝珠这丫头被我惯得不成样子……"

宝珠虽然生气，却不敢在这个时候插嘴，只得怒气冲冲地看着阿珠。

阿珠心中很是腻歪这种不把话说清的样子，莫非在宅院里的人都这个样子？

阿珠想了一下，笑道："婶娘莫非说的是昨日被角有针的事？"

周氏本还预备着和阿珠打几轮太极，没想到阿珠直言，便叹道："宝珠她……"

阿珠笑着打断周氏的话，道："不知道这与宝珠妹妹有什么关系呢？"

周氏心中不悦，这个阿珠太失礼，打断长辈说话，挑了一下眉，道："哦？那你的丫头怎么过来向我告状？"她知道这事是宝珠鲁莽，今天一来想给宝珠一个教训，二来也想给阿珠扣上欺负妹妹的帽子，就算扣不上，也能有个管不好下人的罪名，总之，今日不能让阿珠讨到好处。

周氏的目的，阿珠并不知道，只按照心里所想说道："让婶娘担心了，秋白这丫头是婶娘给阿珠的，一直对阿珠相当照顾，昨日见我被针扎了一下，想来也是太过重视了，就巴巴地过来告诉婶娘了。"秋白可不是她的丫头，是周氏的丫头，秋白有什么做不对的地方可与她无关。

周氏不说话。

阿珠扶起宝珠，宝珠想挣脱，却没有阿珠力气大。

阿珠继续道："倒是委屈宝珠妹妹了，只是婶娘对妹妹也太严格了，怎么不问一二就责罚妹妹呢？"

周氏脸色一变，这话是说她不分青红皂白就给宝珠泼脏水。

阿珠不给周氏说话的机会，道："昨日确实是宝珠妹妹走后，我就被被角上的针扎了，只是怎么就能证明是宝珠妹妹的针呢？退一万步说，就算能证明是宝珠妹妹的针，可是，宝珠妹妹来时，我并没有看见宝珠妹妹做过什么手脚。"这些其实也是她昨日不想向周氏告状的主要原因，甚至就算她亲手抓住宝珠，宝珠也一样能脱身。

宝珠是个直心眼儿的，听阿珠如此说，也笑呵呵的，一副得意的样子。

周氏心中叹了一口气，被阿珠钻了空子，这丫头甚是机灵，想着看向秋白：

"倒是这丫头嚼舌根！"

秋白只有磕头认错的份儿。

阿珠笑道："婶娘何苦怪她，想来她也不过说了句，宝珠妹妹走了，被上有针，是婶娘太过关心阿珠。"说着郑重一福身，道，"阿珠多谢婶娘关心。"

周氏知道，自己要是再在秋白身上磨叽，少不得最后还是说到宝珠身上，好在现在也没有让宝珠沾上不敬长姐的名声，便挥手道："罢了，快起来吧。"说完对宝珠道："明知道你大姐姐服丧，还过去烦你大姐姐，以后不准去。"

阿珠无奈，周氏现在只能在服丧上做文章了。

宝珠撇撇嘴，福身道："女儿知道了。"宝珠虽然直心眼儿，但是不傻，很快也明白过来怎么回事，在周氏严厉的眼神下，对阿珠福身道："这事毕竟是妹妹引起的，还望姐姐多担待。"

阿珠倒是受了这一礼。

周氏笑道："听说你还没吃饭呢，不如在这里用了吧。"

阿珠心中惊讶，从她到敬正堂，夏彤只与周氏交换了几个眼神，没想到周氏就知道她没吃饭，果然不能小觑。

一下子又觉得自己太过鲁莽，这次无形的交锋自己虽然可以说大获全胜，但是毕竟让周氏对她有了防备之心。

阿珠笑道："阿珠毕竟服丧，在这里用饭怕是婶娘忌讳。"说着看了眼玉珠，笑道，"阿珠非初一十五是不方便过来的，还请婶娘见谅。"

玉珠脸色苍白，她也应该如阿珠这般服丧的，结果出了穆氏的头七，就开始给老太太和周氏请安了。

她们戴孝，周氏与老太太说来心中也是忌讳见到她们的。周氏与老太太并不在意玉珠，是因为没有把她当长房的人，但是她毕竟不是二房的人，玉珠现在里外不是人。

玉珠恍然明白过来，连忙向周氏告罪，她终究是长房的庶女。

这一刻玉珠无比地恨阿珠，恨阿珠让她清醒过来。

阿珠最后还是被周氏留饭了，她也希望能看看儿时成长的地方，总该有些印象的。

几人在敬正堂的偏厅用饭。

阿珠一点儿印象也没有。

印象中敬正堂是一个华贵但不奢华的地方，古朴、威严，一直都是陈家后宅最高权力的象征。

现在的敬正堂，依然华贵，更多了几分精致。

周氏已经将敬正堂大换血了，只有敬正堂门前的梧桐树还在。

待几人坐好后，周氏对阿珠疼爱地笑道："这里本是你母亲见奴仆的地方，现在是用餐的地方，不过想来你之前也是没有来过这里的，你若是愿意可以去看看敬正堂的其他房间。"

周氏不仅换了摆设，连位置都更换了。

阿珠笑道："多谢婶娘，想来婶娘还有很多庶务处理，阿珠就不多打扰了。"

周氏也不是真的让阿珠去参观敬正堂，不过说说罢了。

周氏拿起小勺开始吃饭，众人也才开始用饭。

在惜珠身边伺候的是一个三十出头的妇人，看起来干净整齐，脸上总是笑眯眯的。

阿珠打量了半天，这个妇人看起来似乎有些面熟，只是她不可能认识惜珠身旁的人，就算这妇人是周氏身旁的人，她也不可能见过的。

饭毕，侍女撤下碗盘。

周氏道："王福家的，过来。"喊的正是惜珠身旁的妇人。周氏笑道："阿珠，她是你的奶娘，本来早该让她去给你请安的，偏巧惜珠生病，王福家的就跟着惜珠去了庄上。"

阿珠脸上难掩错愕，这是她的奶娘，怎么会在惜珠身旁？母亲说过，奶娘是可信之人……

王福家的过来给阿珠请安："见过姑娘，姑娘出落得越发好看了。"说着给阿珠磕头。

阿珠道："奶娘快起来，多年未见，差点儿认不出奶娘了。"

王福家的道："那时姑娘还小，又过了这么多年，姑娘认不出来是应该的。"顿了一下，哭道，"姑娘走后，奴婢一直都挂念着姑娘。"说着擦擦泪，又道，"见到姑娘平安回来，奴婢也就安心了。"说完就退到惜珠一旁。

阿珠点点头，也不知道该说什么，看向周氏。

周氏解释道："你离开时，惜珠才出生，她身子弱，谁的奶都不喝，只喝王福家的……"所以，现在王福家的是惜珠的奶娘。

阿珠惊讶的是母亲会看走眼？周氏会放心用王福家的？或许只是将王福家的养在身边罢了，这周氏为了有一天能奚落到她，就埋了这么多年的线?

阿珠强作镇定，但话语中终究还是带着刺："王福家的还能在府上就是婶娘仁慈，阿珠不扰婶娘了。"说着福身行礼离开，脚步有些踉跄。

玉珠也跟着阿珠退下了。

周氏无心理会玉珠，冷笑一下，终究还是个孩子，再沉着冷静也是有限的。

哼，除了这个奶娘，她手中还握着阿珠人生中的一件大事——祠堂上香入族谱，要想嫁个好人家，也得看是不是陈家女。

陈家嫡长女？她还不见得是呢。

周氏看了眼王福家的，道："好好伺候三小姐自有你的好处，你闺女也十五了吧，送到琉璃园吧，也算成全了你的主仆之情。"

阿珠回到琉璃园时，已经完全冷静了。

人往高处走没有什么错，王福家的或许是为了保住性命投靠周氏，也算情有可原……

阿珠愣愣地坐在绣房，现在她要一点一点地接受之前完全不认可的事和想法，而且还要适应，甚至习以为常。

阿珠嘲讽地笑了一下，眼睛不经意地瞟到手腕上的佛珠，一愣，突然觉得很刺眼，心中无比酸涩。无论何时何地，总要保持自己的本心。

阿珠站起来，铺上宣纸，也不用秋白上前服侍，自己磨墨写字。默写的是心经，一气呵成，阿珠打量着这一篇字，不如她之前写得好，字里行间带着愤愤不平，阿珠一下子将纸揉成一团，看着阳光透过琉璃窗，满眼的绿意。

眼前浮现出与了清师太在山上亭中饮茶的情景，那时候也是满眼的绿意，一阵风，迷了眼，了清师太笑道："阿珠，风吹草动，记住，纵使是命途乱了，心也不要乱。"

一旁秋白上前小声地道："姑娘，晓初姐姐来了。"

阿珠好似没有听见，又铺了一张纸，认真地写了一篇心经，这次再看，满意多了，虽然确实是多了几分锋利，但是比上一张从容多了。

阿珠满意地点点头，然后对秋白笑道："那就赶快请进来吧。"

秋白本以为阿珠不高兴，谁承想现在看起来却是心情很好的样子。

阿珠见到晓初，笑道："不知道晓初姐姐还记得我吗？记得小时候你一直陪我玩呢。"如果不是她与母亲被送到薄情庵，晓初怕也是她的贴身侍女了。

晓初就是王福家的闺女，出落得很漂亮，听了这话，连忙跪下，道："奴婢当不得姑娘姐姐的称呼，没想到姑娘还记得奴婢。这是奴婢的荣幸。以后奴婢就在姑娘身旁服侍了。"说着便叩头。

一旁的秋白也将晓初的卖身契送到阿珠手里。

阿珠看了一眼，又嘱咐了晓初几句，便让人下去了。

心里想着周氏的回击果然凌厉，给了她面子削了她的里子，看着好像是为她好，实际上从王福家的来看，晓初这个人就不堪信任，而且年纪大了心思也肯定多，占了她身旁仅剩的一个一等侍女的名额，秋白是另一个一等侍女，果然她还是太过鲁莽了，一入府就将底线露出来了。

心中多少有些后悔今日不该与周氏分辩，只是，不分辩就要吃亏了。

正想着，秋白突然跪下，道："姑娘，奴婢将被上有针的事告诉了夫人，也是怕姑娘吃亏，我……"

阿珠不想再提这件事，道："起来吧，我知道你的'好意'，这些话已经在敬正堂说过了，还是起来吧。"各司其职，只怪她现在没有能力辖制秋白。

秋白无奈地起身离开。

接下来几日倒是平静，没有人扰阿珠，阿珠静下心来琢磨着以后该如何。

关于晓初与秋白，阿珠想了很久，还是决定晓初帮她管着首饰月钱，平常秋白与她出去。毕竟晓初的卖身契在她手上，而且母亲说过奶娘是可信的，母亲不会无故说这种话的，虽然不可能完全信任却也不必太过防备。而秋白之前在周氏身旁服侍，了解陈家，大多数人也认识她，跟在她身边最好不过。

她还有四个二等丫头、六个三等丫头，可以留心培养着。

她不是没有心腹，只是她的心腹侍女留在了薄情庵，这自有她的原因。

阿珠每日清晨与晚上练字，做些绣活，中午小憩一下，看会儿书，再与丫头喂喂鱼，看着她们侍弄花草，也算是悠然自得。

其实陈家是有女学的，琴棋书画女红都有名师指导，只是因为宝珠与惜珠二人之前病了，因此才停下的。

而周氏一直不提这件事，怕是认为她服丧没过百天吧，也罢，反正还有不到两个月就过年了，待到年后再说。

阿珠放下笔，将抄好的经书放在一旁，她抄的是《金刚经》与《无量寿经》，抄了不少。

秋白知道阿珠写字时不喜欢别人打扰，见她停笔，才过来道：“玉珠姑娘来了。”

阿珠收好纸张，道：“今日来得早。”说完出去，与玉珠一起去了绣房。这几日玉珠几乎天天来与她一起做伴绣花，两人有一句没一句的，也算是聊得上。

最主要的是，阿珠也更了解了这些贵女的生活。

在薄情庵，她只知道大魏的贵女生活十分雅致，听玉珠说了之后才知道，几乎到了精致的地步，一月烹茶观雪，二月寒夜寻梅……月月都会有贵女做东举办宴会。

玉珠说的时候难掩歆羡，她们因为服丧，最少一年内都不能参加了。

阿珠的手顿了一下，她心中明白玉珠的担忧，以她们的处境嫁个良婿不是那么简单的。

腊月十五，阿珠按照惯例去华恩堂请安。正和她在如是居说的一样，自从病愈后就没有去打扰太夫人。

她习惯早起床，又与玉珠住得近，因此每每都是她二人先到。

玉珠本来有些微词，但是这样却能碰上叔父陈廷远，玉珠也不再多说什么。

今日自然也碰上了，两人向老太太请安后又向陈廷远请安。

陈廷远含笑应下，见阿珠手中有纸张，笑道：“又抄了经书？”

阿珠每日都会抄写经书，待到请安时送给老太太与周氏。

阿珠回道：“是的，二叔。”接着笑道，“上次二叔说还要指导阿珠的字，结果一直都没有碰上二叔。”说着将经书递给陈廷远。

阿珠眼神狡黠，总是噙着笑意，看起来古灵精怪，举止从容自信，不卑不亢，最吸引人的是还是她相当有精气神，让人感觉到十足的活力。

陈廷远接过经书，他心中一直担心阿珠与二房生嫌隙，但是现在看起来，阿珠一直对老太太与周氏都很尊敬，他也放心不少。陈廷远翻了几页经书，笑道：“嗯，字看起来比上个月写得流利了，底子很好，写字是个常性的事，不要急。等到过了年去了女学，想来这字要比你母亲写得还好呢。”其实这意思就是字没有长进。顿了一下，陈廷远继续道：“这段时间也别荒废了，我过会儿给你送些字帖，每日练上一页。”

阿珠福身道：“多谢二叔指导。”她要的就是去女学的承诺，这个陈廷远是个妙人，很多时候看似什么都没有看透，但是心里什么都明白。

老太太笑道：“你二叔一看到字啊、书啊，就忍不住当老师，在家教儿子还不够，又过来给侄女留课业。”

众人笑了一场，这时候周氏带着宝珠与惜珠过来了，众人纷纷起来，相互请安。

陈廷远与周氏几人说了几句话便离开了。

玉珠忍不住羡慕道：“二叔果然还是疼爱姐姐。”

阿珠笑道：“想来是妹妹写的字要比我强呢。”

这样一说玉珠脸上也带着高兴，之前周氏曾经专门为她聘请名师教导书法，她自然引以为傲。

这话宝珠自然也是听见的，问道：“阿珠姐姐抄经莫非是尼姑庵里养成的习惯？真是一心向佛。”语气里多少有些嘲讽。

阿珠笑道：“为几位长辈祈福，心中有佛，所见皆佛，宝珠妹妹不妨也抄几卷佛经，静静心。”

宝珠冷哼道：“我可不抄这劳什子……”

老太太不高兴地道：“不可无礼，以后每日抄一卷。”老太太虽然宠爱宝珠，但也是信佛的。

宝珠忍着怒火，盯着阿珠，恨不得将阿珠吃了，一旁的惜珠轻轻拉了一下宝珠的袖子，宝珠这才无奈地应下。

阿珠笑了笑，这个宝珠看着厉害，其实不过是个纸老虎，性子很容易就摸透。

她与宝珠早就生了嫌隙，以宝珠的性子，自己若是忍让，定会变本加厉，那又何必忍气吞声？

请安后，宝珠、惜珠跟着周氏回了敬正堂。

宝珠噘着嘴道：“母亲，那丫头也太过分了！吃着咱们的、住着咱们的，还这样不知好歹。”

周氏淡淡地道：“你也是口无遮拦，那些是你随便说出口的吗？”

宝珠知道周氏有些不高兴，装作一副很委屈的样子，低头不说话。

周氏叹了一口气道：“你不能学学惜珠踏实点？她可比你小三岁呢。”

宝珠撒娇道：“宝珠知道了，以后和妹妹学。”然后委屈道，“宝珠哪里敢不敬神明，还不是那丫头惹的。”

周氏瞟了一眼宝珠，道：“在人前要叫大姐姐。”

宝珠冷哼道：“她算哪门子的大姐姐。”

周氏警告地看了宝珠一眼，顿了一下，道：“罢了，罢了，我手里握着她命脉呢，你别急，到时有她好看的。”

宝珠自是一番撒娇，让周氏告诉她怎么回事。

夜晚。

陈廷远来正院，周氏上前服侍更衣，端茶送水，两人吃过晚饭，陈廷远道：“等到年后，就叫阿珠去女学。”

周氏没料到陈廷远一回来就提阿珠，笑意僵了一下，解释道：“这事妾身记着呢，妾身想着等大嫂百日后，正好过完年，再让阿珠去女学，现在连宝珠与惜珠都没有去女学呢。”

陈廷远笑道：“不过提醒一下夫人罢了。”

周氏想了一下，道：“正好与老爷商量一下阿珠入族谱的事。”

陈廷远看向周氏，道：“多亏你提醒我了，那就入吧。”

按照陈府的规矩，嫡子三岁后、嫡女九岁后、庶子十二岁后、庶女定亲时入族谱，一来是担心孩子养不活，二来也因为嫡庶有别。

而阿珠九岁时还在薄情庵，肯定是还没有入族谱。

周氏与陈廷远两人坐在榻上，中间有一个梨花木镂空万字花小几，周氏为陈廷远添了茶，叹道：“妾身一提怕是老爷又生气。”

陈廷远看着杯中茶，道：“说吧。”

周氏道：“阿珠当初毕竟是因为大嫂的事才受牵连去了薄情庵。”边说边打量陈廷远，见他并没有生气，继续道，“若不是因为穆家和太夫人出面让族里的人闭嘴，大嫂怕是……”

陈廷远不耐烦地道：“提这些前尘往事做什么？”

周氏道：“妾身是担心这次阿珠入族谱，族里的人怕是会提起往事……到时候再传出去，咱陈家腰板硬不怕外人怎么说，但是阿珠一个女孩子，将来毕竟是要出嫁的。”

说得合情合理，以陈廷远的性子是不在乎风言风语的，但是阿珠不行。

周氏见陈廷远不说话，继续道：“族里对于上回的事已经不满了，更何况现在族里一直给老爷施压，这次说不得可能会借机……”

陈廷远皱着眉头，族里确实一直施压让他在皇上身上下功夫，期待能一跃为贵族，只是说起来容易，做起来难。

陈廷远问道：“那你的意思就是不让阿珠入族谱了？”

周氏连忙道：“那怎么能行？妾身是这样想，阿珠刚从薄情庵回来，不如先请个妈妈教教礼仪，待到议好婚事再入族谱，一来是刚好过了这段老爷为难的时候；二来族里人见到阿珠举止礼仪，想着可以联姻，就是为了陈家的前程，也不会多说什么的。”

陈廷远琢磨了一番，道：“再议吧。”其实这就是应下的意思。

周氏哪里不懂，自是心中得意，百般应承。

又几日，琉璃园中阿珠与玉珠在绣房守着暖炉一起闲聊，两人都绣花绣累了。

玉珠看着外面白茫茫的雪地，敛了敛衣领，道：“今年雪下得有些早，正是围炉博古的时候，不知道是哪家小姐做东。”

阿珠给秋白使了个眼色，秋白上前给玉珠又添了一个暖炉，她这里没用火墙，不过阿珠并不觉得冷，若现在在薄情庵，定要在外面玩雪，去年阿路在时，他们还堆雪人来着，阿珠突然有点后悔不告而别……

玉珠笑道：“还是姐姐这里的丫头伶俐。”

阿珠笑了笑，正要说话，就听外面丫头道：“三小姐小心路滑……”话还没有说完，就听“啪”的一记耳光声音。

阿珠挑了下眉毛，这三小姐怕是宝珠吧，她的人当然不敢称宝珠为“二小姐”。

“谁是三小姐？”宝珠怒斥。

阿珠站起来披了件披风，走到门口笑道：“三妹妹过来了，快进来吧，别吹到风。”

宝珠一件鹅黄色披风，雪白色兔子绒毛镶边，里面是件浅黄色锦缎小袄，下面是橙色十二幅罗裙，脸上带着嘲讽的笑意，怒视着阿珠。

阿珠微笑着看着宝珠。

这幅场景被陈家老人看在眼里，心中几乎都浮现出当年穆氏与周氏针锋相对的场景。

宝珠笑道：“阿珠姐姐站在门前，我怎么进去？”

阿珠侧身，宝珠进来。

宝珠道：“姐姐这里不如我的满园暖和，毕竟没有地暖，哦，连火墙也没有。过几日阿珠姐姐也去我那里坐会儿。”

“多谢三妹妹了。”阿珠不知道宝珠为何突然来挑衅，那次被角别针的事已经过去有几天了。

三妹妹？宝珠恶狠狠地看着阿珠，反正这儿也没有别人。

宝珠冷哼道：“甭以为自己是什么大小姐、嫡长女，是不是陈家人还说不好呢。”

这话让刚到大厅的玉珠脸色一白。

阿珠眉头一皱，上前一步，道：“什么意思？”

阿珠嘴紧抿着，神情严肃，冷冷地盯着宝珠，宝珠没想到阿珠敢这样和她说话，微微后退半步，回过神来紧接着也上前一步，道：“哼，我只是提醒你，免得你不知道自己是什么身份。”

宝珠心中多少有些害怕，她没有见过哪个大家小姐可以有这样的眼神，果然是尼姑庵里的野丫头。

阿珠扶住宝珠的肩膀，冷声问道：“什么身份？”手上加大力度。

其实并没有用多少劲，但是对柔弱的宝珠来说却是从来没有过的体验，宝珠皱眉道：“疼，你放手！你这个野丫头！”

七珍上前，但是对上阿珠的眼神，七珍也不敢碰阿珠，只是哭道：“阿珠姑娘……”

秋白在一旁更不敢说话，她不管做什么都是错的，两面不讨好。

阿珠扯了一下嘴角，道：“七珍这是怎么了，我难不成还会害自己的妹妹不成？”说着却又用了些力道，“不是陈家人”这句话是她不能忍受的。

宝珠眼中含泪，道：“你到底想干什么，放手！不然我让母亲罚你！”

阿珠冷笑道：“那是你母亲不是我母亲。”说着靠近宝珠，在她耳边道，“你刚才是什么意思，说了就放手。”

宝珠恨恨地道：“你这个野丫头休想进祠堂上香入族谱。今年不能，以后更不可能！”

阿珠一愣，放开手，笑道：“哦，原来是这件事。”

宝珠揉着肩膀道：“没想到你如此粗野，别以为自己是什么嫡长女，你不配！”

阿珠眯着眼睛看着宝珠，宝珠又退后一步，正好碰到七珍，想到刚才受的屈辱，转身就给七珍一记耳光，道：“没用的东西！没看见她怎么对我吗？”

七珍捂着脸不敢说话。

阿珠笑道：“宝珠妹妹要想管教下人还是去自己的满园吧。”她还真不希望有这么个三妹妹。

宝珠敢怒不敢言，很明显，阿珠不是个任人欺负的人。

宝珠甩了衣袖道：“走！”

阿珠道：“等等，宝珠妹妹还没有说今日来姐姐这里有什么事呢。”她可不觉得宝珠来这儿就是为了撒野的。

宝珠转身，露出得意的神情，笑道：“差点忘记了，除夕那天要祭祖，两位姐姐别忘记了。”能进祠堂的只有上了族谱的正室嫡子嫡女，如玉珠就只能与妾室在外面，阿珠没有入族谱，到时……“还有，初六那日，母亲要办梅花宴，过会儿就有婆子过来给你们量身做衣服。”顿了一下，见阿珠想说话，宝珠道，“放心，知道你们服丧，不会出格的，梅花宴也不会请戏子，毕竟阿珠姐姐才回陈家，总要见见那些夫人的。”其实这件事才是她来的目的，只是听见丫头喊她三小姐，她一时生气，而且刚才的话不过是她瞎扯罢了。

按照周氏和陈廷远的意思，是不希望阿珠去祠堂的，免得尴尬。

阿珠道：“多谢宝珠妹妹。妹妹慢走。”

宝珠冷哼一声，转身离开。

阿珠也转身回了绣房，玉珠脸色依然苍白，眼中带着泪光，好一会儿，见阿珠不理会她，才忍不住道：“没想到姐姐还没有……这可如何是好？”

阿珠挑了一下眉，她心中并不是不担心，只是她不能露出半点，道：“船到桥头自然直。”

玉珠喃喃地道：“要不祭祖那日，姐姐就先不要去了吧？”如果阿珠没有入族谱，那阿珠这个妻之女和她这个妾之女就是没有分别的，玉珠心中有了些亲近之情，她们原来是一样的。

阿珠肯定地道：“不，我会去的。”她是陈家人，她是陈家的嫡长女，这不是入不入族谱的问题，而是，她本来就是！突然间，阿珠明白了，为什么母亲到死也惦念着让她回陈家。

玉珠突然惊呼道：“呀，宝珠妹妹回去了不会向婶娘告状吧……”

阿珠笑道：“她不敢的。”

她身旁的人不会说出去，宝珠也不会说出去。

以周氏绵里藏针的做事风格，周氏定然不准宝珠说这种话，若是周氏知道了，怕是宝珠就必须要受责罚了，不然周氏就担了坏人的角色了。

她不是周氏的女儿还如此了解周氏的做事风格，更何况是宝珠？

宝珠这次怕是只能打落牙齿往肚里咽。

宝珠总是这么冲动，说起来，这两次冲动的时候都没有看见惜珠，不知道是真的与她无关，还是……

玉珠又道："不如姐姐去求求二叔？还有三日才除夕呢。"

阿珠摇摇头不说话，宝珠肯定是从周氏嘴里知道的这事，周氏敢透露给宝珠，怕是已经过了陈廷远那一关。

不知是怎么劝动陈廷远的，看来周氏下了不少功夫啊。

阿珠看着窗外，白茫茫的，去年她还在母亲身边……那时母亲还能下地，带着她一起观雪，说陈家每年冬季都会蛰伏，待到开春时会举办桃花宴……

阿珠并没有看见玉珠眼中带着笑意，往年玉珠是最不喜欢祭祖的，因为那个时候她明白自己终究不是嫡女，今年却难得地期待，有人比她还惨，不是吗？

腊月三十，卯初。

陈家除了太夫人之外的女性已经都站在祠堂外。

阿珠站在宝珠旁边，宝珠脸上带着笑意。

周氏看见了阿珠虽然惊讶，但是也很快收敛下去了，眼中也带了抹笑意，今天给阿珠一个教训也是不错的。

阿珠则在一边的队伍里看见了二房的两个妾室，其中一个看起来气质很是清冷，让她感觉到熟悉，阿珠不免多看了两眼。

玉珠与生母王氏站在其中，虽然旁支中也有庶女，但是并没有带来，因此玉珠是陈家唯一的庶小姐。

陈家的男性已经在祠堂，例行开族会，待到族会结束后陈家重要女性才进入祠堂一同祭祖，能与男性一同开族会的在近几代里只有太夫人一人，可惜现在已经物是人非了，穆氏被关在薄情庵后，太夫人就不再来祠堂了，或许是觉得自己对不起陈家的列祖列宗。

老太太也没有来，经过阿珠这段日子的观察，老太太很尊重太夫人，什么事也不掺和，只是踏踏实实地享清福。

阿珠深吸一口气，心中也是紧张的，她做好了应对任何情况的准备，无论怎样，她都要站在这里。

在外面约等了一个半时辰，已经是将近辰初，宝珠已经喝了两杯热茶，"方便"了三次，这些人中也只有宝珠敢如此。宝珠又一次想"方便"的时候，被周氏的眼神制止了，宝珠正想撒娇，一名老妈妈站在祠堂门口，这名老妈妈姓田，据说在陈家服侍三代，终身未嫁，连太夫人见了她也颇为尊重。

田妈妈站在祠堂门口，是要唱名的，女眷要进祠堂了。

"陈氏家族第十三代嫡系世孙、族长陈廷远之妻，周氏。"

周氏微微颔首，走入祠堂，原本田妈妈会继续唱名"及其嫡女二人"。

但是这次却没有，而是唱名道："陈氏家族第十三代嫡长房世孙先族长陈廷和之嫡长女——"顿了一下，道，"陈掌珠。"

周氏停下脚步，转身惊讶地看向阿珠，不，是陈掌珠。

宝珠与惜珠也是刚要抬脚，皆顿住了，惊愕地看着陈掌珠，若不是在祠堂门前，宝珠怕是要喊出来了。

田妈妈是不会随便唱名的，她所喊的就是族谱上写的，也就是说，族谱上不但有陈掌珠，而且还写了名字。

按照陈家的规矩，除了男子，女子只写姓氏，若是陈家女，也不过是嫡长女、二女、三女这样的称呼，只有嫁入高门或皇室的，才会写上姓名。

可是陈掌珠才十一岁，陈掌珠，陈家的掌上明珠……只有陈廷和才能有这样的权利。

陈掌珠心中也是惊讶，但是面上一直很严肃，上前一步，向田妈妈微微屈膝，然后走到周氏身后，道：“婶娘？”

周氏则看向田妈妈，道：“田妈妈？”

田妈妈微微侧身，躬身解释道：“老身是按照族谱唱名，大小姐一出生，先族长便将大小姐的姓名记入了族谱。”

而掌珠的唱名之所以在周氏之后，是因为除去族长及其夫人，下面的唱名是按照远近长幼之序了，先嫡系再旁支。

周氏又看了一眼掌珠，深吸一口气，抬脚进入祠堂。

掌珠也跟着周氏进入祠堂，田妈妈继续唱名：“陈氏家族第十三代，直系二房，周氏之嫡长女、嫡次女。”

宝珠与惜珠还没有回过神来，田妈妈道：“三小姐、四小姐，请吧。”

宝珠与惜珠这才木然地进入祠堂。

接下来再唱名，便是旁系，如“陈氏家族第十二代，旁系某房某氏”“陈氏家族第十三代，旁系某房某氏及嫡女三人”，等等。

进入祠堂，女眷在右。

掌珠站在周氏左侧身后，心中除了无比轻松，更多的是感慨，母亲经常谈起父亲，但是她心中对父亲并没有多少的孺慕之情，潜意识中她认为，母亲落到这个地步，与父亲的心软是有一定关系的……没想到父亲早就将她入了族谱……

掌珠看着眼前的牌位，很快就找到父亲陈廷和、母亲穆氏的牌位，眼中一时积满了泪水。

掌珠有些疑惑，为何母亲从来没有提起过她入族谱的事？母亲是个好强上进的人，即使她从小生活在薄情庵，母亲也从来都不放松对她礼仪方面的培养，母亲给她很详细地讲过怎样请安、怎样祭祖等，那时候母亲就知道会有今天了吧……

约有两刻钟的时间唱名完毕，该进来的人都进来了。

由最年长的陈氏男子唱名道：“净水。”

有陈姓童男送净水，陈廷远净脸、净手。

“净巾。”送上擦手巾，陈廷远擦手。

“亮烛上香。”陈廷远到东边点烛，然后点香。

“恭迎列祖列宗。”说着男子跪下。

众人也跟着跪下，口中道：“今黄道吉日吉时，恭请列祖列宗前来享用肴馔果蔬，莅临发谱。”

陈廷远回到中间，双手捧香平举，由北转朝东、南、西至北鞠躬，然后朝祖宗像，双手举香过头顶，鞠躬三次，上香。

然后也跪下。

“向列祖列宗行大礼。”

众人三叩首。

“礼毕。”

众人起。

“进馔、进献供果……献酒、献饭、献茶……”馔指的是三牲，猪头（中）、全鸡（左）、全鱼（右），这个过程中，献酒时，众人须再行跪拜礼。

接着是陈廷远读祭文，读后，陈廷远带着众人向列祖列宗再次行大礼。

这时，会有其他重要支系已成家或分家的子侄上前领族谱，如果掌珠是男子，待到他成家时，也会上前领谱。

最后是焚献冥币纸钱，族人上香磕头。

掌珠是第一个，因为嫡系长房只有阿珠一人，且在族谱上写了姓名，等同男子……

掌珠第一次感受到这样的归属感，这是她的家族。

周氏恨恨地盯着掌珠，她只在嫁入陈家的那一年在祠堂上香磕头过，事实上若不是他们是嫡系，陈廷远根本没有资格当族长，因为陈廷远是庶生，周氏紧紧握着拳头，今天的耻辱她会记住。

代表陈廷远一房的是陈承业，周氏看见自己的儿子，眼中才有笑意，族谱上有名字又怎样？庶生又怎样？她们终究是嫡系的，她的儿子也会成为族长……

直到晌午，祭祖才结束。

多数陈家人回自家守岁吃年夜饭，也有人会留在陈家过年，周氏自是要忙碌一番，暂且不提。

只说掌珠已入族谱一事，早就传得后院皆知了，田妈妈的一句大小姐也算是为掌珠正名了。

如是居。

太夫人跪在佛前念经，直到听到祭祖结束后才站起来，对着菩萨默念道：“保佑我陈家平平安安、长长久久。”说完又跪拜三次才作罢。

一旁的赵善家的连忙扶着太夫人回房间，服侍太夫人饮了一回茶。

太夫人笑道：“老了，以前就是跪得再长也没关系的。”

赵善家的回道：“不是太夫人老了，是今年冬天比往年冷了些。”

太夫人看着外面的雪，道：“一入冬就下了两场，好像穆氏离开时也下了雪。”顿了一下，问道，“祭祖怎么样？”

赵善家的知道太夫人问的深意是什么，连忙道：“大小姐已经顺利进了祠堂了。”

太夫人点点头，道："田妈妈是个好的。"

周氏那点小心思瞒不过太夫人的，太夫人虽然对掌珠态度冷淡，但并不等于掌珠可以让人随便作践。不过她并没有出多大力，只是提点田妈妈暂且不要泄露掌珠已入族谱的事，免得周氏知道了又折腾。

太夫人可没有周氏想的那样落魄，陈家的仆人知道怎样做对陈家最好。

不过让太夫人没有想到的是，田妈妈会在众人面前为掌珠正名，一句大小姐的称呼，比谁都管用。

这个掌珠还是有些运势的。

不亏她当年力排众议，坚持要将掌珠的名字写在族谱上。

想到这，太夫人叹道："可惜老大没有这运势。"接着又道，"老二其实也不错，有点小心思可以理解，就是不够磊落，又娶了个小心眼的媳妇，唉……"

赵善家的已经习惯太夫人时不时地说这些，只是帮着填茶。

"打老二小时候，我就知道他是个什么人，懒得管教，穆氏是个心善的，嫁进来后愿意管教老二一番，我也没拦着……结果……唉，都是我心软。"

想来真的是太夫人年纪大了，现在越发爱说前尘往事，赵善家的劝道："太夫人与大夫人都是心怀慈悲，老天都记着呢。"

太夫人摇摇头，道："当初老大或许该听我的话，将掌珠养成宗女承嗣……"若是这样，怕又是一个局面。

看掌珠的性子倒是担得起，只是后来穆氏又怀孕了，大家又有了希望，谁知最后……老大家的终究是没有掌管陈家的时运，罢了……

这倒是赵善家的第一次听说，怪不得会把掌珠的姓名写上，原来是有这个打算，赵善家的不敢问下去，太夫人也不过是念叨一句，以后也就不再提这事了。

祠堂外，已经有三顶软轿等在那里。

宝珠与惜珠两人都不说话，一同默默地上了软轿自行离开，甚至连最基本的行礼告别都没有。

玉珠冻得脸色苍白，眼睛红红的，细看，身子还微微发抖。

掌珠看向玉珠，一般来说她二人是乘一个轿子的。

玉珠微微福身，道："今日姨娘有些咳嗽，所以就不能陪姐姐一同走了。"说完勉强地笑了一下。

掌珠颔首上了软轿，今日是除夕，玉珠想和王氏在一起也很正常，更何况今日这事对她们几个的冲击都很大，也包括她自己。

事实上，掌珠现在还处在兴奋中，她需要一个人独处一会儿。

回去的心情与来时的心情差别如此之大。

一路上，奴仆侍女遇见她的软轿，也都纷纷行礼，有的会讨好道："大小姐好。"

待到掌珠回到琉璃园，院子里的丫头们也一口一个大小姐地叫着，眉眼间都带着与有荣焉的神色，进了屋，晓初送上热茶，道："大小姐可想吃些东西？"

以前虽然这些下人侍女对她还算客气，但却不是这样的恭敬。

掌珠第一次如此靠近权力和地位。

掌珠下意识地摸着手腕上的佛珠，心情波动大的时候就会不由自主地捻佛珠。

一旁的秋白见掌珠不说话晓初也不敢继续说，便道："厨房的知道今日会忙碌，早已经提前给大小姐准备了各色粥汤、糕点，都在炉子上面，您想吃什么？奴婢去厨房要。"秋白仗着自己跟掌珠的时间长，又原本是周氏的人才敢如此。

掌珠回过神来，看了一眼秋白，笑道："咱院子里的人，继续唤我姑娘就好，秋白，过会儿每人赏一吊钱，过年了，咱们也喜庆喜庆。"

秋白与晓初都笑着应下。

掌珠接着道："今日有客，厨房那边定是忙不过来，你也不用去厨房了，咱这还有糕点，随意吃几口也无妨。"

这各色粥汤、糕点，可不是提前给她准备的，应该给宝珠预备的，若她今日进不得祠堂，这事怕是连知道都不会知道呢。

晓初听了这话连忙将糕点端过来，掌珠吃了几个，便道："你们都出去休息一下吧，下午还要给太夫人请安，晚上还要守岁，有的忙碌。"

今日除夕，就算太夫人再低调，也是陈家长辈、皇家封的一品夫人，他们都要去如是居请安的。

待到丫头们出去后，掌珠长出一口气，坐在床边愣了回神，然后走到书桌前铺纸磨墨。她已经习惯每日练字抄经书了，今日起得早还没有多写，只是碍于时间写了一篇。

看着自己写的字，掌珠平静下来，告诫自己，切勿飘飘然。

掌珠微微皱眉，她想不通的是，周氏为何不知道她已经入了族谱？就算最初不知道，但是不可能今天还不知道，周氏可是陈家的当家主母……

或许是有人在暗中帮助她？

掌珠觉得头有些疼，揉了揉太阳穴，放下纸张，走向贵妃榻，她需要好好休息一下。睡着的时候，掌珠唯一想的就是要记得拿着给太夫人抄写的经书。

满园可就没有琉璃园这么平静。

宝珠一言不发，进屋便将所有东西砸烂了，一旁的侍女吓得哆哆嗦嗦的，只有七珍劝了两句，毫不意外地得到宝珠的两记耳光。

宝珠砸完后，站在大厅中央，呼吸急促。她在忍耐，她不能哭。

陈掌珠？

她倒要看看无父无母的陈掌珠，是谁的掌上明珠？

宝珠平息了一会儿，心情平静了，让七珍将屋子收拾一下，回过头见惜珠已经吓得眼眶发红，眼中含泪，无奈地道："哭什么哭，没用，不就是个野丫头吗？以后有的是法子治她。"

惜珠连忙道："姐姐也不要生气，其实大姐姐人也不错。"

宝珠的火气噌地又起来了，怒道："她好，你去找她！"

惜珠手足无措。

宝珠干脆将惜珠推了出去，惜珠身旁的丫头九灵忙拿着外套跟了出去，主仆两人刚被赶到外面，就又听见屋内砸东西的声音。

九灵为惜珠披上披风，小声道："姑娘也是，知道二……知道三小姐不喜欢听到有关大小姐的话……"

惜珠看了眼九灵，道："不该说的不要说。"

九灵低头不敢说话。

惜珠道："走吧，难不成还在这里吃闭门羹？"面上不再有刚才的脆弱，冰冷冷的。

傍晚，陈廷远与周氏带着众人到了如是居的竹林外。

掌珠盯着竹林的入口，太夫人应该不会出来吧。

不一会儿，赵善家的将陈廷远和周氏及几位旁支叔伯请进去，掌珠见众人并不惊讶，就知道怕是这几年都是这个样子。

门口就只有陈承业、她、玉珠、惜珠，还有几个堂弟、堂妹。

掌珠看了一下，宝珠没有来。

惜珠轻声道："上午三姐姐有些冻到了，因此没有来。"

玉珠赶忙问严重不严重、咳嗽吗。

惜珠也装模作样地回答。

其实宝珠为什么不来，她们心中都知道。

不一会儿，赵善家的带着几个侍女端着热茶出来，这是太夫人赏的茶。

掌珠接过茶，抿了一口，是竹叶茶，唇齿留香。

掌珠将茶碗交给侍女，走到赵善家的身旁，赵善家的行礼，掌珠微微侧身，然后笑道："妈妈不必多礼。"并不与赵善家的多客套，从怀里拿出一本经书，道，"这是我为太夫人抄写的经书，还望妈妈转达。"

赵善家的双手接过，道："姑娘有心了。"

掌珠笑笑又回去了。

她的行为自然被其他人尽收眼底。

玉珠笑问道："我记得姐姐每日都抄写，每次给老太太请安时都送上两三本，怎么这次就送了一本？"

掌珠回道："心诚不在多少，只是阿珠一片心意。"其实她抄写的经书有太夫人的一份，若她每月初一十五都给太夫人送，一来打扰了太夫人，二来也有些打眼。

惜珠暗中撇撇嘴，掌珠这么说，那对老太太就是面子情了。惜珠这个时候倒是怀念起宝珠来，若是宝珠在，非挑掌珠的语病不可。

又有奴仆出来，放上蒲团，他们跪下朝门口磕了三个头。

不一会儿，陈廷远与周氏等人出来，周氏只嘱咐他们可以随意玩玩、轻松轻松，待到晚饭时再去敬正堂，众人自是各自乘轿散了。

惜珠则上了周氏的轿子。

周氏原本还平静的神色，出现了一丝担忧，道："宝哥儿怎么回事？我听奶娘说不舒服？"

惜珠露出伤心的样子，道："也没怎么样，就是有点咳嗽。"

周氏想了一下，道："是为了那小贱人吧。"

惜珠低着头没有回话。

周氏眼中怒火冲天，道："算那个小贱人走运，居然早就入了族谱，还写了名字！"

惜珠今年九岁，正是今日入的族谱，是陈廷远亲自写上的，因此对这些还颇为了解，便道："母亲，怎独独就她写上了名字？而且母亲都不知道。"

周氏看了眼惜珠，想说什么，最后还是咽下去了，道："这事以后不要再提了，那丫头机灵得很，以后不要和她对着干，藏拙为上。"

惜珠皱着眉头道："可是姐姐她……"

周氏想起宝珠的性格，也忍不住叹了一口气。

说话间，软轿已经到了满园。

周氏下了轿连忙去了宝珠的闺房，一进去就看见满地的碎片，宝珠则躺在床上，眼睛哭得都肿了。

周氏上去摸了摸宝珠的额头，没有发烧，便道："我的心肝，你这是怎么了？"

宝珠翻了个身，不理会周氏。

周氏叹了一口气，对着七珍几个丫头怒道："你们难道不知道清理屋子吗？若是不小心扎了脚怎么办？不会伺候人就滚！"

七珍几人不顾地上有碎片，连忙跪下，谁也不敢说是宝珠不让她们收拾的。

宝珠不耐烦地坐起来，道："哎呀，娘，你和她们计较干什么？"

周氏看着宝珠道："不过是骂了你几个丫头，你就不乐意了，刚才不是还不理娘亲吗？"顿了一下，道，"还咳嗽吗？是不是着凉了？"问着，还瞟了眼跪着的七珍等人。

宝珠没好气地道："让她们出去！"周氏点点头，七珍等人连忙离开，宝珠才道，"娘，我没什么事，就是不想看见她。"

周氏一听总算是松了一口气，道："你不必管她，娘亲自有办法整治她。"

宝珠道："娘亲就会这么说，这次就让她占了尖。"

周氏听宝珠这么说，一时不说话，宝珠一愣，以为周氏生气了，心中有些悔意，又觉得今天的事让她受了辱，便哭道："我也是为了娘亲好，她是那个女人的孩子，那个女人以前就总和娘亲对着干，她回来肯定是为了报仇的……说不定她也是什么怪物，再说族谱上有了她的名字，莫非她还想继承家业不成？"

周氏冷声道："胡说！噤声！"

周氏从来没有和宝珠这样说过话，宝珠吓得不敢说话，只是抽噎。

周氏看着宝珠这样哭，心里又是心疼又是气宝珠口无遮拦，因为宝珠说的几乎都是对的，原本掌珠一出生时，太夫人就想培养掌珠为女承嗣，长大后招赘夫婿，或者是从其他房抱个陈家的孩子抚养。

只是这些周氏不能和宝珠说……

周氏转头看向一直不说话的惜珠，道："你快过来劝劝你姐姐，别傻站着。"

惜珠知道周氏这是在自己找台阶下呢，却也只得过来劝宝珠，道："姐姐何苦较真呢？便是忍她又如何……"话还没说完，宝珠便拿起身旁的枕头扔出去，哭道："凭什么我就让着她！我不依！"哭得更厉害了。

周氏不悦地看向惜珠，见惜珠被枕头砸个正着，也就不多说什么了，先安慰宝珠道："你对你妹妹发什么火，不是告诉你了吗？娘亲有办法治她。"

宝珠有些不好意思地看了眼惜珠，她也是一时气急。

周氏又道："晚上乖乖地去吃年夜饭。"

宝珠噘着嘴道："不想见到她。"

惜珠对周氏道："不如让姐姐先休息休息？"

周氏沉吟一番，摇头道："不成，你还得去，今日不去，初六的梅花宴就去不了了。"连年夜饭都不去吃，一定是重病，梅花宴去了肯定会留下话柄的。

宝珠道："不去就不去。"其实语气中已经有了松动。

周氏自是听出来了，笑道："傻孩子，去是为你好，你也不小了。"

宝珠听了，面上一红，有些羞涩，低头不语。

在大魏，贵女们十一岁就开始相看夫家，到十二岁就正式议亲，十三四岁便订婚，待到十六岁过了及笄，便出嫁。

而那些大家门庭选择自家宗妇，就是从这些贵女小时就相看，看个三四年，也就知道品行到底如何了。

周氏看她这样，终于放心了，又对惜珠道："你姐姐也是气性大，你别怪她。"

惜珠站起来道："母亲千万不要这样说，折杀了惜珠，惜珠怎么会怪姐姐。"

周氏点点头站起来道："好了，我也去忙了，这几日你可不要再出幺蛾子了。"

宝珠不依不饶地道："那这次……"

周氏皱了一下眉，道："那丫头暂且不能动，等过了这段时间吧，放心，动不了她，可以动别人。"周氏笑了一下，自是出去忙碌。

宝珠这边不好意思地拉过惜珠，拿着自己的珠花让惜珠随便挑选，算是道歉。

掌珠进祠堂上香一事面上算是过去了。

快戌初的时候，众人已经在敬正堂坐好，值得一提的是老太太去了如是居陪太夫人用饭。

陈廷远及旁支的叔伯等男人们在前厅用饭，只说偏厅周氏、掌珠等人。

掌珠独自坐在廊下，偶尔逗弄一下一个才三岁多的堂妹，倒也不觉得孤单。

快用饭了，周氏还没有来，玉珠也没有来。

掌珠自从竹林出来后就没有见过玉珠了，玉珠肯定不会做出迟到的事。

掌珠微微皱眉。

宝珠一直和几个堂弟堂妹玩耍，玩得累了，用手绢擦了擦额头，笑着走过来，道："大姐姐是在等玉珠姐姐？"宝珠与惜珠早就来了，看起来好似今天什么事也没有发生过似的。

宝珠一身浅蓝色绣兰花的长袄，头上别着一支蓝色琉璃兰花，看起来多了几分沉静，周氏心思很细腻，毕竟穆氏还没有过百天，身为侄女的宝珠和惜珠在衣裳头饰上从来没有红色的东西。

掌珠笑道："不知道三妹妹可知道你二姐姐在哪儿？"宝珠不喜欢喊玉珠二姐姐的。

宝珠虽然冲动，但是被人提点后，就知道对方是有意激怒她，宝珠勉强忍耐住，道："玉珠姐姐生病了。"

掌珠挑了一下眉，道："生病？"刚才看着还好好的呢。

"是的，被她姨娘传上的，咳嗽。"宝珠说完，就懒得搭理掌珠，又跑去和惜珠等人玩。

掌珠没说话，过了一会儿，慢慢地摊开手心，满手的汗。

玉珠对她说，姨娘咳嗽要去探望，不过是托词，那时候也只有她二人，没想到周氏就知道了并且马上就用上了……最重要的这是在警告她。

玉珠怎么也是大房的人，周氏说揉搓就揉搓。

不一会儿，周氏来了，一身墨绿色的长裙，看起来很端庄，脸上带着笑意，不知道怎么回事，这一刹那，掌珠想起来穆氏的身影，或许，在她小的时候，也有过这样的场景，除夕，穆氏走进来，摸摸她的脸看她冷不冷，然后笑道："进来吃年夜饭吧……"

掌珠马上回过神来，周氏等人已经进了偏厅。

周氏并没有解释玉珠为何不来。

掌珠难免感觉孤立不安，事实上周氏对她并不冷漠，反而相当热情，这个菜做得好，给大小姐送去……

这顿年夜饭在掌珠眼里好似吃了很长时间。

饭后，众人在周氏身旁打趣了一会儿，直到周氏过足当家主母的瘾，才对大家道："这个时候也差不多了，咱们去闹老太太吧，这次可得看着老太太，务必得守岁成功。"

老太太年纪有些大了，不见得能坚持住守岁，因此，周氏才这样说。

众人笑了一场，一同去了老太太那里。

华恩堂，众人先给老太太请安拜年，老太太打赏后，又唤了说书的女先生，听了几段欢喜的段子，倒是一番热闹。

老太太笑得合不拢嘴，由一个妾室熬成这样，绝对是难得，只能说老太太生了一个好儿子。

今晚掌珠随身伺候的是唱月，晓初被她老娘叫去守岁，秋白自愿留下看园子，她大小姐的威风也不过就中午那段时辰罢了。

掌珠冷眼看着周氏与老太太这里演着母慈女孝，宝珠则在一旁撒娇耍赖的，倒是奇怪为何惜珠这样备受冷落，她只知道惜珠与陈承业是龙凤胎，陈承业身子偏弱……或许这其中还有什么蹊跷的。

掌珠虽然一人，但是并不显得孤零零的，偶尔与几个堂妹说话，偶尔又拿糖块逗弄小堂妹，倒是怡然自得，无形中，那几个堂妹也都喜欢和掌珠亲近。

掌珠与一个小堂妹在说做冰花的事："将夏天收集的各色花瓣放在水杯里，晚上放在外面，只一夜就会冻上，白天将冰块取出来，挂在门外，有趣得很……”一旁的几个小堂妹听得都很入神。宝珠轻轻扯了一下老太太的衣角，噘着嘴。

老太太只当宝珠是和小姐们撒娇吃醋，拍了拍宝珠的手，扫了眼大厅，问道：“玉珠那孩子怎么没来？”

这边老太太讲话了，掌珠多人停止聊天，玉珠是长房的人，这话自然是掌珠回。

掌珠站起来，回道：“听三妹妹说，是生病，阿珠打算明日去看看呢。”

老太太叹道：“这孩子可怜见的，大过年的……”

周氏道：“老太太放心，我一听玉珠病了，就请大夫过去。”说着顿了一下，叹道，“唉，大夫说是有些着凉发热，还咳嗽了，怕是要在屋里休养一段时间了。”

掌珠手不自觉地握成拳头，这个周氏也太狠了，这话说的，若是再严重几分，没准就变肺痨了。

老太太担心地道：“哎哟，这可不好，得赶紧吃药，我那里还有几株人参……”

周氏笑道：“哪能拿老太太的，我早就送过去的，本不想告诉老太太的，怕您担心，没想到……”说着看了眼掌珠。

老太太倒不在意，挥挥手道：“不碍事不碍事。”对一旁的大丫头道，“给二小姐端些糕点、糖块，大过年的，自己孤零零的……”

周氏虽然笑着，眼中却带着几分不高兴。

掌珠默默地回到座位上，忍不住笑了一下，这个老太太真是有意思，她可不信老太太不清楚怎么回事，这时候掌珠倒是觉得老太太与陈廷远果然是母子，都是面上糊涂心里门清。

还有一个时辰便是子时，这个时候旁支的婶娘与二房的两个妾室陪着老太太打牌，惜珠一旁看着，周氏去偏厅休息，宝珠拉着几个堂妹去花房看花，还有几个年纪太小的堂妹睡着了。

掌珠见没有人理，便悄悄出了华恩堂。

外面的冷意让掌珠清醒了不少，掌珠哈出一口气，不必被那么些奴仆盯着，觉得轻松不少。

正想着，就听见脚步声，掌珠连忙收敛，走过来的是唱月，手里拿着披风，笑道：“姑娘，不如披上衣服再散心？”声音甜甜的。

只这一句话就让掌珠对唱月心生好感，若是晓初或秋白，怕是会劝她回去。

掌珠道：“我穿得多，披上衣服倒是累赘。”

唱月笑道：“那我给姑娘拿着，姑娘冷了就披上。”

掌珠点点头。

唱月年纪小，爱说话，忍住不住道：“姑娘，华恩堂后面有一处梅林，不如去那里采几枝梅给老太太、夫人赏赏？”

掌珠看着空旷的庭院，虽然漂亮，总来也就不觉得新奇了，说来这陈家后院，她也很少游玩，问道：“可太偏僻？”

唱月想了一下，道：“虽然离月门有些近，但是那里也有婆子看守，奴婢小时就经常与姐妹去那里玩耍，且二月寒夜寻梅时，三小姐曾经带着人去那里采过。也曾去那里收集过雪，并不算禁地。”

唱月这个丫头果然会揣摩人心思，稍加培养也不错。

掌珠笑道：“你带路吧，不过这个时节怕是梅花没开呢。”

唱月顿了一下，不好意思地道：“呀，那里好似没有蜡梅。”

掌珠忍不住笑道：“走吧，不过是随意散散步，不必计较这些。”

说着两人自是去了梅林。

这梅林实则不偏僻，从月门出去，走一小段就到了陈廷远书房，可能是因为连着前院，所以后院女子来得少，好在有婆子看守。

掌珠打赏了那个婆子一吊铜板，若是有小厮进来帮她们应付一番，婆子笑道：“鲜有男子从这里走，就是有，也是老爷的小书童，过来给老太太请安的，是能见女客的。”

二人这才放心进了梅林。

梅林里，掌珠感觉空气中带着一种清冽的香味，掌珠手指划过一个小小的花蕾，问道：“这梅花还没有开，那初六的梅花宴在哪里举办？”

唱月回道：“在满园的梅林中，现在含苞待放，待到初六那日，正好盛开，据说风吹过，花瓣翩翩落下，显得娇柔可爱呢。”

“满园？”掌珠问道，这周氏还真是宠爱宝珠呢。

唱月点头道：“本来满园的竹林是和这片竹林连在一起的，后来三小姐喜欢，便设了个匝道，将蜡梅拦在满园里。”

掌珠笑道：“倒像是她做出来的。原来这是千梅林。”

掌珠想起来了，母亲曾经说过这片梅林，叫作千梅林，如彩带一样从后院一直延伸到前院，有各种梅花，从腊月到二月一直都有梅花盛开。不过母亲认为梅既然“无意苦争春”，那她就没必要设梅花宴，免得“一任群芳妒”。

这片梅花就锁在了陈家。

母亲当时带着苦笑道：“我当时只觉得梅花活该，谁让它不争春呢？结果自己争了半辈子，最后也落得锁起来的地步。”

当时她不大懂，现在，似乎明白那抹苦笑的由来了。

“千梅林？奴婢倒是没有听说过，想来没有匝道前肯定当得起这个名字吧。”

掌珠不与唱月解释这番话，慢慢地在竹林里走着，选了几枝有花骨朵的黄梅枝剪下来，走着走着见到不远处有处房屋。

掌珠问道：“那是哪里？”

唱月踮脚看，想了一下，道：“应该是王姨娘的地方，望月居。”

掌珠一顿，道：“居然住在这儿。”王姨娘寡居，是应该住得偏僻些。

唱月回头张望了一下，道：“姑娘走得有些远了，若是再向左走个两刻钟，就到了琳琅园了。”

掌珠想过去探望，迟疑了一下，道：“罢了，先回去吧，改日我再过来了。”

待到掌珠两人走后，望月居的门打开，玉珠站在门口。

王姨娘赶忙道："我的祖宗，难不成你还真想冻着？快进来吧。"

玉珠进去就想将桌子上的糕点和糖果挥在地上，王姨娘拉住玉珠道："你何苦糟蹋这些东西呢？"

玉珠赌气道："我不吃别人吃剩下的。"

王姨娘叹气道："姨娘这里没什么好东西，姑娘恐怕还要在这儿住上几天呢……何必为了大小姐亏待自己呢？"

玉珠听了王姨娘的话，心中更是堵，最后才道："她既然都到了门口，难道就不知道过来看看我？她又何尝当过我是她妹妹？我这个庶生的身份，活着也白白遭人耻笑，不如冻死算了。"

王姨娘愣了一下，道："姑娘，是埋怨我是个姨娘？"

玉珠不说话。

王姨娘哭道："都是我的不是，误了姑娘的终身，只是姑娘既然明白这些，又何苦与大小姐争这些？将来出嫁，得了公中的嫁妆，姨娘也给你攒了些，姑娘又是陈家的小姐，嫁到书香门第也不是不可……"

玉珠道："听听你说的，什么出嫁，什么嫁妆，这是应该在我这儿说的吗？姨娘要是再这个样子，我还不如回琳琅园'养病'！"

这句话吓得王姨娘不敢再哭，她也是难得能离女儿这么近，只恨周氏将她女儿养得不食人间烟火，只当自己是嫡出的大小姐。

玉珠自是回到床上想辙，她不能像王姨娘说的如此没志气，以她对周氏的了解，将来说不好就把她随意地打发了，别说和世家，连书香门第恐怕都挨不上。

她心中当然怪王姨娘，是个妾也就罢了，又为何偏偏嫁给陈廷和？就算如此，她又为何有个同岁的姐姐？掌珠又为何回来？

玉珠早就泪流满面。

再说掌珠，手里捧着数枝黄梅，一进华恩堂，便是满屋的清香。

她回来的时间刚好，再过两刻钟便是子时了。

自有丫头去取花瓶，待到插好后，掌珠才道："阿珠见那边梅林中已经有含苞待放的花蕾了，便折了几枝过来送给老太太和婶娘，也算是借花献佛了。"

老太太笑道："今年天冷些，已经有花蕾了，往年还要等段日子呢，过来让我瞧瞧，冻着没？"

掌珠走到老太太面前，老太太拉着掌珠坐在身边，道："手倒是不凉，下次可要多穿些衣服。"

掌珠笑道："多谢老太太关心，阿珠记下了。"掌珠倒是觉得老太太这些日子对她的态度好了不少。

子时一到，众人放爆竹烟花，老太太又赏了不少的铜钱。

熹平三十七年，陈掌珠十二岁。

第三回 夫人私谈议婚事

初一这一天，陈家很静谧。

昨晚老太太已经发话了，今日清晨不必请安，大家只在屋中休息。

掌珠醒来的时候不过才辰正一刻。

门外秋白听见声音进来，见掌珠也不过刚醒，便轻声问道："姑娘要不再多睡会儿？现在还早呢。"

掌珠摇摇头，眼神还不是很清明。

秋白想了一下，道："不如在床上歪会儿？奴婢准备些吃食？"

掌珠愣了一会儿，已经清醒了，问道："不是说让你休息吗？怎么来伺候了？"

秋白笑道："晓初姐姐已经休息了，姑娘身旁没个大丫头怎么能行？等晓初姐姐回来了，奴婢再休息也不迟。"

秋白说完见掌珠没有什么吩咐就出去了，不一会儿带着一个小丫头端着梳洗用品进来，笑道："姑娘躺在床上也不用动，奴婢服侍您梳洗。"

让丫头端着盆，秋白自是润湿毛巾，为掌珠擦洗。

掌珠心中倒是纳闷，这秋白怎么这样殷勤？

梳洗后，秋白又进来将小几放在床上，端来热腾腾的小米粥与两碟小菜，都是她爱吃的。

掌珠心中不得不承认，论伺候人，整个琉璃园里没有人能比得上秋白。

掌珠想了一下，道："唱月呢？"

秋白笑道："那丫头昨日回来后累得不行，奴婢就让她多睡会儿了。"

掌珠心中明白了，秋白怕唱月得宠，而且秋白是周氏的人，但是周氏不见得就信任她，而自己也不信任她，秋白年纪大了，也想为自己打算打算。

掌珠佯装不悦道："不过是守岁，哪里就累到了？罢了，让她歇着吧。"又对秋白道，"你也没吃呢吧，坐下来陪着我吃些吧。"

秋白又盛了一小碗粥，偏坐在床沿。

其实掌珠本意并不想收用秋白，一来秋白是周氏的人，二来秋白太过重利，现在想来，一个能用利收买的人比用情收买的人用得更方便。

母亲用情收买的奶娘，现在不也是……

饭后，掌珠找出一些药丸，这是她离开时薄情庵时了清师太送的，掌珠挑出来两颗，装在精致的小木盒里，又拿出六根琉璃钗、几根银钗，将秋白叫进来，吩咐道："这药丸与两根琉璃钗是送到二小姐那儿，告诉外面天冷，我若过去怕是带了寒气过去，过两日她好些，我再去看她。剩下的四根琉璃钗，三小姐与四小姐处各两根；银钗就送到其他堂小姐处，拿着玩也好赏人也好。"

秋白看着手上华美的琉璃钗与银钗，银钗是足量的，她只以为掌珠的东西是份例里的，没想到掌珠还有私房。

掌珠笑了一下，道："三小姐那里怕是看不上这钗子，就说这钗子本身不值什么钱，却是请人雕刻的，怕是天下也只有这几根呢。"

秋白更是吃惊，手中拿着钗子也分外小心。

掌珠道："去吧，今天冷，去的地方又多，你找几个小丫头与你一起去。"

秋白应下出去。

过了一会儿，掌珠就在窗前看见秋白叫唱月拿着银钗和药丸走了，自己则拿着四根琉璃去了满园和珠玑楼。

掌珠笑着摇摇头，这个秋白的心思就这么浅白。

掌珠摘下手镯，在花纹处按了一下，手镯打开，里面有一个用牛皮纸包着的信，这是她母亲的遗言，还有一把小钥匙。

掌珠拿起这把钥匙打量，能用这把钥匙打开的东西并不在这里。

她从薄情庵带回来的只有一百两银子，还有些首饰、布匹、良药，这些都是明面的。

掌珠叹了一口气，若是知道在陈家如此步履维艰，她或许会再拿些银两。

掌珠想了一会儿，便铺纸磨墨，静心写两篇字，等着秋白回来，如果她没猜错的话，秋白怕是在满园吃了亏。

掌珠对这三个妹妹的性格摸得颇为清楚，玉珠见到她给的东西，怕是感动落泪；宝珠……若是不说那句话还好，说了怕是就把钗子摔了，怒骂秋白；惜珠嘛，大概也是高兴的样子，说些大姐姐很好之类的。

说实话，因为接触得少，惜珠年纪又小，她一时看不透惜珠。这才最可疑，惜珠不像她在外面长大，不过是一个普通的闺阁千金，虽说不至于一看就透，但也太模糊了。

将近半个时辰，唱月先回来，果然如她所猜测，玉珠很感动，其他堂妹反应都比较正常。

又过了半个时辰，秋白面色苍白地回来，只说宝珠与惜珠都很高兴，惜珠还赏了她一袋银豆。

具体怎样，大家心里清楚。

掌珠对这次试探颇为满意。

初六，梅花宴。

这一日清晨，掌珠等人在华恩堂请过安后就去了满园。

掌珠是第一次去满园，满园很大，几乎有十个琉璃园大，小桥流水、假山亭阁，果然，今日蜡梅全开，花瓣纷纷舞舞，仿佛仙境一般。

掌珠三人都在大厅，与周氏一同迎客。

每每周氏向人介绍掌珠时，都会说——这是大哥的遗孤，懂事得狠，在薄情庵长大，很得了清师太的喜欢。

掌珠就知道周氏没有安什么好心。

只是周氏说的是事实，她也不能公然反驳，太夫人与陈廷远都不在这儿，周氏越发地肆无忌惮。

掌珠看了眼宝珠，宝珠今日表现得很娴静，但是眉眼间的得意透露了些本性。

宝珠见掌珠看她，笑道："多谢大姐姐的琉璃钗，我很喜欢，只是以后姐姐不要这样破费了，妹妹的钗子够用。"

掌珠淡淡地回道："妹妹喜欢就好。"

宝珠哼了一声，小声道："丧妇长女，有什么好得意的……"

五不娶之首就是丧妇长女不娶。

掌珠豁然明白，她们几人在这里的原因了，周氏开始为宝珠相看夫君了，尤其，还有父母双亡、性情偏清冷的掌珠在这儿做对比。

每年陈家都会在年初办一次大型宴会，往来宾客，皆是名门世家、书香门第，可以说陈家的梅花宴或是当年的桃花宴都是贵族们一年交际的开始，办好了，这一年贵族宴会说不得都跟着陈家的风走。

周氏自然要好好利用这个机会了。

掌珠突然想到了玉珠，想来失去这次机会玉珠很懊恼吧。

"江陵府温家温夫人、温大小姐到。"这温夫人就是为穆氏吊唁的那名贵妇。

"温姐姐好久不见，没想到柔嘉已经这么高了。"周氏比往常要热络几分，温夫人嫡子正好比宝珠大两三岁，生得风流韵致、温文儒雅，被称为温如玉，不说这些，就是温家的家世，也是让众贵女欣羡的。

若不是温柔嘉比陈承业大上几岁，周氏更希望娶个温家的儿媳妇。

掌珠三人屈膝道："温夫人好。"

温夫人笑道："真是羡慕你，有这么几个宝贝花骨朵在家中解闷。"

"母亲，这是嫌弃柔嘉？"温柔嘉气质淡雅脱俗，般般入画，本就七分美色，衬得也有九分了。

由她就更能想到她兄长的相貌了。

温夫人道："就你调皮。"又道，"阿珠看起来气色好多了。"

掌珠屈膝道："多谢温夫人惦记。"

周氏笑道："宝哥儿，带着柔嘉进去吧。"闺阁女孩们都在园中玩耍。

温夫人看了一下宝珠，颔首同意，然后自是和其他夫人客套。

不一会儿，又来了几位夫人。

周氏却还一直向门口张望，似乎在等谁。

温夫人笑道："姜夫人怎么还没有到呢，想来被家务事给耽搁了。"

周氏笑道："说的是呢，咱们这些当家的主母出个门都不方便……"语气中难免流露出自豪。

温夫人笑笑不予评论。

"扬州府姜家姜大夫人到。"

周氏道："真是说曹操曹操就到。"然后对惜珠道，"你在这里陪着温夫人说会儿话，让你大姐姐跟我去就好。"

惜珠一愣，点头应下。

温夫人也挑了一下眉。

姜家，掌珠是听母亲说过的，与温家一样，是正经八百的世家，家大业大，在朝堂上与温家相鼎立，被称为姜党，只是在外面的名声不如温家响亮而已。

掌珠看着周氏，她是什么意思？

姜夫人看起来年纪要大些，三十五六，其实容貌颇为秀丽，只是神情太过严肃，见到周氏的时候扯了扯嘴角笑了一下，看得出来这个女人并不常笑。

姜夫人道："今日我来晚了，过会儿酒桌上我向大家赔罪。"说话倒是爽利。

周氏掩嘴笑道："姜姐姐太客气了。"说着拉过掌珠道，"这是我们陈家的嫡长女，之前她母亲生病，一直陪伴在身旁。"

姜夫人眼中闪过一丝惊喜，细细打量一番，笑道："果然与陈大夫人有几分相像。"说着摘下头上的发钗递给阿珠，"也没有准备，拿去戴着玩吧。"这发钗一看就知道是宫里出来的。

掌珠福身道："姜夫人好。如此贵重，掌珠当不起。"听语气这位夫人与母亲关系也不错。

姜夫人挑了一下眉，道："好名字！这品格也当得上陈家的掌上明珠。"姜夫人这句夸奖声音不大，但是大多数夫人都注意到这边，自然都听见了，皆看向掌珠，想必当年陈廷和与穆氏对她相当宠爱，虽父母双亡，但是毕竟是陈家的嫡长女。

后院里的门门道道，大家心里都有数，看人不能听一面之词，无论是姜夫人说的，还是周氏说的。

掌珠眼神一亮，这姜夫人真是个妙人！

姜夫人朝她点点头，便随着周氏进了大厅。

姜夫人不是很喜欢说话，只是听各位夫人聊天，偶尔说话必能说到点上，引人笑或是帮着转移话题。

温夫人则温温柔柔的，轻声细语，很多夫人都喜欢和她聊天。

只是姜夫人的眼神总是若有似无地飘来打量她，让她如坐针毡，或许刚才的帮助是有目的的，只是她身上有什么可图的呢？

众夫人聊着聊着，一位品级略低的夫人便聊到姜家的长子，今年十八岁，还没有定亲。

说到这里，她与惜珠就被周氏打发到后院玩耍了。

掌珠心中疑惑，姜家长子，不是应该姜夫人的长子吗？莫非不是姜夫人生的？

出了大厅，惜珠笑道：“还是外面松快。”

掌珠笑道：“那些夫人不是张口说服饰就是闭口谈摆设，听着好似念经似的。”

惜珠掩嘴笑：“大姐姐好风趣。”顿了一下，道，“大姐姐送的琉璃钗很是精致，惜珠很喜欢，本来今日想戴着，结果……大姐姐也知道我姐姐的性子……”

掌珠端详着惜珠的神情，道：“不过是个玩意罢了，妹妹不用放在心上。”并不评价宝珠与惜珠的行为。

说着二人已经走到了满园的暖房，众位小姐都在这里赏花喝茶。

屋内更是暖如春。

掌珠将外衣脱下交给秋白，玉珠不在，宝珠不理会她，进了屋，惜珠就不敢理会她了，坐在这里的不比那些旁支堂妹容易交流，可都是名副其实的贵女。

掌珠略想想便坐在一处小圆桌旁，慢慢品茶。

惜珠轻轻扯了一下宝珠的衣袖，宝珠想到前几日周氏嘱咐的话，无奈地站起来介绍道：“这是我大伯的女儿，之前一直在尼姑庵里，前几日才回到家里。”

大家其实多数都是知道她的，有的贵女忍不住惊呼道：“真的是在尼姑庵长大的？我和母亲去寺院祈福，住上一日就受不了呢。”

也有面善的贵女轻声安慰道：“想来吃了不少苦。”等等。

这些贵女都是千金小姐，锦衣玉食，对她们来说掌珠在尼姑庵里长大，简直是了不得的事。

掌珠只是面带微笑道：“母亲生病，自然是应该近身照顾的。”

这些贵女自然不知道穆氏当年是因为生下“怪物”才离开的，眼中都带了些敬佩。

温柔嘉轻声道：“不知道姐姐的名字是？”她母亲只称呼阿珠，但是陈家可不止这一个阿珠。

掌珠笑道：“闺名掌珠。”

坐在宝珠身旁的一个贵女忍不住轻声道：“什么生病，堂堂的陈家夫人生病了不在家里养病，去尼姑庵？”

众贵女眼中又都带了些探索。

掌珠挑了一下眉，看向那个贵女，是宝珠的表妹周书慈。掌珠又挑了下眉，道：“这位是周妹妹吧，听说周夫人也相当喜欢去寺庙谈经论道呢。”

刚才在前厅见过周夫人，是个相当和善的贵妇，言谈中确实颇为信佛，也问了她几句关于薄情庵的事。

令掌珠没有想到的是，这句话正好刺到周书慈了，周书慈的父母不走官场、不喜庶务，每日写字画画，近日又喜欢上佛法。

周书慈冷笑道：“哼，你一回来，宝珠姐姐和惜珠妹妹就病了，现在玉珠姐姐也病了，我看你身上有什么才去的尼姑庵。”

这话说得就过了，众贵女心中虽有疑虑，但是也都觉得周书慈怎么在主人家这样说话，众女看着掌珠，不知她会怎样应对。

掌珠没有反驳周书慈的话，也没有生气，只是站起来道：“各位在这里慢聊，我先告辞。”颇有些不和周书慈一般见识的意思，唱月服侍她穿衣后，主仆二人便离开了。

周书慈眼睛一红，没想到掌珠会一怒之下离开，如此不给面子。

宝珠安慰道：“表妹别担心，她戴孝，本身就不与咱们一同吃饭的。”

众女又回到之前的热络，只是温柔嘉很好奇掌珠，却又无奈没有办法打听。

再说掌珠这边，掌珠出了暖房便想去探望一下玉珠。她本应该早就去探望的，但是初二周氏带着宝珠等人回娘家，在院中当值的奴仆不得随意串门，掌珠也没有随意出门。初三、初四、初五来陈家拜年的多是陈廷和、陈廷远的下属，男性居多，她又不得出门，结果就拖到今日了。

掌珠沿着梅林小路走了小两刻钟，心情已经平静了，何必与那些人计较这些无中生有的呢？掌珠站住，深吸一口气，才注意到前方不远处有一名少年，这个距离她看不大清对方的相貌，但是看身量有十八九岁，穿着一件冰蓝色对襟窄袖长衫，靛蓝色的长裤扎在棉靴之中，掌珠愣住，这里怎么会出现外男？

想起那个月门，看来是从陈廷远书房那里过来的……或许是参加梅花宴的客人迷路了。

那男子看见她也是一愣，随即很快就明白自己闯入了后宅，因此朝掌珠点点头，痛快地转身离开。

掌珠松了一口气，她刚才还在踌躇是离开还是迎上去，毕竟她算是主人，只是男女有别……

那男子也算是有风度，知道避开，这件事也就悄声无息地过去了，可是那男子知道怎么回去吗？掌珠笑笑，罢了，这也不是她能过问的。

秋白小声道：“姑娘，奴婢看那男子长得倒是俊俏。”

掌珠眉头一皱，厉声道：“莫非这就是夫人教出来的规矩？”

秋白吓了一跳，连忙跪下道：“奴婢就是随口说说。”

掌珠道：“在夫人面前你也敢这样随口说说？”秋白不敢说话，掌珠道，“你若是不敬我这个大小姐，便回到夫人那里吧……”

秋白连忙求饶道：“还请大小姐恕罪，奴婢以后不敢了。”秋白一是因为自己是周氏的人，二是因为掌珠对她一向宽容，今日才敢如此胡说的，没想到掌珠这就发难了。

掌珠想着过会儿自然会有小厮寻那男子来，若是万一再碰上小厮，小事也变成大事了，她还是快去望月居吧，便道：“起来吧。”说完便带头朝前快步走，秋白只低着头紧跟着。

两人都没有注意前面拐角处的蓝衣男子。

他不知道路，尤其现在是在后宅更不敢随意瞎走，就暂且躲在这里待到这两人走后他再想办法，见主仆二人走远，才走出来，这女孩子脾气倒是大，陈家的大小姐？

男子甩甩头，不想在一个小女孩身上多放心思，抬脚便想原路返回，只是这样怕是与刚才那位姑娘一路了，若在这里等着小厮，极有可能碰见其他的姑娘，男子俊朗沉静的面容多了几分纠结。

今日的梅花宴，掌珠已经和周氏说过，她不会入席，跟着周氏见客便可以了，毕竟母亲不过才出百天，周氏自是同意的。

到了望月居，掌珠让秋白在梅林等她，自己一人进望月居便可，若是没有刚才之事，秋白绝对会劝阻的，今日，秋白终于明白，无论她是谁的人，她在掌珠眼里始终都不过是个奴婢。

望月居方方正正，不大不小，很是精致，但是看起来还是颇为冷清，一看便知是寡居之人所住，门口连个守门的丫头都没有。

掌珠在院中，刚要喊人，就听屋内玉珠的声音："什么好东西似的就天天往我这里送，不就是嫌弃我是庶女吗？庶生怎么了？二叔还是庶生呢，她敢嫌弃吗？有本事别回来啊！她若不回来我还是陈家的大小姐呢！"

"哎呀，你说大小姐也就罢了，何苦带上二老爷呢？若是万一……"劝说的想来是王姨娘了。

掌珠也不做听壁角之事，转身便离开。

她心中知道玉珠不喜欢她，却没有想到已经到了这个地步，也是，她并非从小与玉珠一起长大，并且她的回来让玉珠失了大小姐的名号，人家自然希望从来没有她。

对于玉珠，她已经失去了虚与委蛇的兴致了，也不会继续委屈自己刻意与玉珠交好了。

掌珠快步走，压根没有注意自己走向的并不是秋白所在的位置，而是更靠近月门。

"阿珠？"一个男孩的声音。

掌珠站住，心中一惊，现在陈家是不会有人这样称呼她了，更何况是个男孩，莫非……

"阿珠，果然是你！"

掌珠转身一看，一名身着银色长袍、俊美飘逸、面带温暖笑意的男孩，掌珠也颇为惊喜："阿路？"

阿路道："你离开薄情庵怎不与我告别呢？也好让我知道你去哪里了，那天等我到薄情庵，你已经走了大半日了！"

掌珠笑道："比较急，因此没有来得及说一声。还请阿路见谅。"这个时候掌珠似乎又回到薄情庵的状态。

两人笑了一场，一时不知该说什么，似乎有太多话要说。

"你怎么在这里？"两人异口同声。

阿路还是带着笑意，掌珠的笑意则慢慢僵住了，掌珠问道："这里莫非是二叔的园子？"她不知不觉地已经过了月门？

阿路则问道："二叔？你是陈家的大小姐？"

掌珠环视一下，这里种着松柏，又是摆着奇石，一看便知是男子的陈设。

这时，又传来脚步声，掌珠连忙道："这里不便说话，我先走了，改日有机会

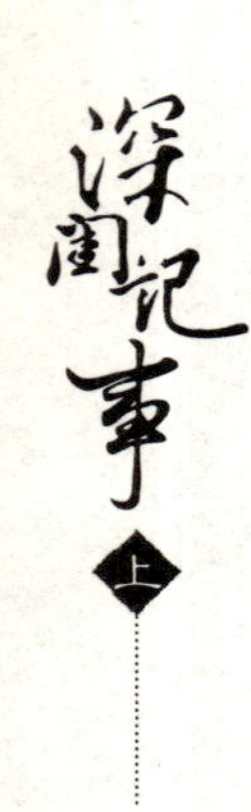

再详谈。”说着转身便走。

阿路想跟着走，就听后面传来声音：“温公子可在这里？”

一会儿走出来一名蓝衣男子，正是刚才迷路的男子。

阿路道：“姜公子。”

姜公子，姜铎，正是姜家的长子，已经明确的姜家继承人，年仅十八岁。

温公子，温润晁，字路领，温家唯一的嫡子，不必明确就已经是未来的继承人，今年不过十四岁，因为温文尔雅、相貌俊美，被人称为如玉公子。

姜铎笑道：“陈世伯的园子奇石林立，据说摆设又与八卦玄学相结合，很容易迷路。”他刚才便是从这月门出去的，好在自己步履快，才赶得回来，只是没想到又偶遇那位大小姐和温润晁的相遇。

温润晁回道：“多谢姜公子提点。”

温家与姜家两家政见不同，两家人无论在私底下还是众人面前一直都是相敬如宾，这次姜铎突然出来，让温润晁颇为惊讶，莫非姜家又有新的动作？

两人不过转个弯儿，便看见众世家公子在这里饮酒作诗。

温润晁心中相当庆幸是姜铎过来打断了他与掌珠，不然，若是让其他人看见……

陈廷远见他二人，一个沉稳俊朗，一个气质飘逸，又都是世家贵族，心中难免起了联姻之意。

两人到了这里，便默契地分开，温润晁与人谈诗浅酌，姜铎或看景或观棋，正是符合两家的作风，一个温和，一个蛰伏。

不一会儿，就有小厮过来，说是前面的老太太与夫人们想见见各位公子。

在大魏，每个月都会有这样的宴会，一来是让适龄女子进入贵族社会，二来也就是有联姻之意，这些贵公子也都是适龄男子。

前几年他给家中老太爷服丧，因此很少参加，现在皇上身体愈加不行，三五年内怕是要改朝换代，他不得不与这些官宦人家结交一下。

众人一行由满园侧门进了梅花林。

只见曲水流觞，花瓣纷落。

几排梅花挡住了众人的目光，只是影影绰绰地看见一些女孩子的身影，或蓝色绸缎或绿色衣袖，那边似乎听见有人来了，变得很安静。

众人走向贵妇们所在的宴席，周围也是一圈梅林，梅林与宴席之间是一条曲水围绕，脚下是木板，踩上去暖融融的，原来木板下面是暖炉，想来贵女那边也是这样。

众世家公子皆沉稳应对，也有嘴甜的讨得贵妇们喜爱的。

温润晁若有似无地向贵女的那边梅林处看了几眼，或许会看见阿珠的身影。

就听有贵妇人对温夫人道：“温公子果然当得起如玉公子的称呼。”

温润晁行礼，笑道：“多谢夫人夸奖。”举止优雅，神态谦逊，再配上这绝好的面容，那贵妇也忍不住脸红。

温夫人笑道：“你们可千万别如此夸他，他年纪小可当不得。”温夫人看向温润晁的目光很是宠爱，也有几分骄傲。

那贵妇问道：“不知道你家公子可有相中的女孩？若是没有，怕是整个江陵府的贵女都动心了呢。”

另一个贵妇也打趣道：“怕不止整个江陵府呢。”

众人都暗中打量温润晁，只见温润晁不急不躁，坦然应对众人的打趣，众人心中不免又增了几分好感，都竖着耳朵听温夫人如何回答，心中也想着自己家中是否有合适的女孩子。

温夫人抿了口茶，才笑道：“实不相瞒，家中太爷已经发话了，晁儿的婚事怕是要亲自过太爷的眼，而且晁儿不过才十四，年纪还小，再等两年再考虑，今日让他来不过是见见世面罢了。”

众人听音知弦，明白这是回绝的意思，有人叹可惜，有人欣喜，想着过两年，自己的女儿正好适龄。

温夫人打量一番，自是明白她们想的什么，温家几百年的历史，出过皇后，对于未来的当家主母自是要好好考察，更何况最近几年朝堂不稳定，晁儿十七八岁时再议婚也不迟，温夫人见姜铎只是安静地站在姜夫人身旁，便笑道：“说来姜公子也该议婚了，不知道有合适的人选吗？”

温、姜两家似敌似友，姜家会选什么样的主母，对温家来说也是很重要的。

姜夫人其实这次来的主要目的就是为姜铎相看人家，要不然也不会在大厅时暗中让姜家的一位门生夫人提起姜铎。

这个时候温夫人问话相当适宜。

姜铎神情如常，不怒不喜，对于其他人的打量并不放在心上，一看就颇有气度。

毕竟这里有很多贵女，这些世家公子请过安后便离开了。

姜铎虽不比温润晁俊美，但是沉稳俊朗，身家不比温润晁差，因此还是有许多夫人打听，只可惜这些人不是家世品级太低，就是所说的姑娘不是嫡出。

姜夫人也渐渐失去了应付这些夫人的兴致，只看着对面梅林中的贵女。心中琢磨着姜铎的婚事，庶生的肯定不行，家世太好或太差都不行……

梅花宴已经进行过半，没有出任何纰漏，接下来不过是夫人们、贵女们闲聊，周氏心中也放松不少，见姜夫人只是一个人在那里饮茶，便对姜夫人笑道：“姜夫人若是无趣，不如去花房赏赏花？”

姜夫人回道：“不必了，多谢陈夫人了，这梅花还赏不过来，又何必去花房？”

周氏笑道：“怕是比不得姜家的昙花。”姜夫人喜欢昙花，也善养昙花，可以说是江陵府一绝。

姜夫人露出些笑意，道：“过奖了。”

周氏又道：“掌珠也喜养花，若是有机会一定会请教一番的。”说着看向姜夫人。

突然提起掌珠，用意是什么，自然明了。

姜夫人道：“养花怡人，不知道宝珠小姐喜欢养花吗？”这算是试探，其实今日姜夫人来，也是想看看陈家三小姐宝珠，结果倒是看见了掌珠。

在姜夫人眼中，陈宝珠的家世反而比不上陈掌珠，宝珠父亲是庶生，母亲出自世家末位的周家，唯一可取的就是掌管陈家的是二房，这样的家世对姜家蛰伏的家风来说正好。

周氏一愣，心中很生气，姜家是好，但是偏偏有个姜家主母的传言。

其实根本就不是传言，而是真的！在周氏看来，说不好这就是诅咒。

历代姜家主母皆不受宠，夫君钟情小妾，这也就罢了，最让人吃惊的是，姜家还有个规矩，继承人不是立嫡，而是立长！唯一让人安慰的是长子生下来便交给大房抚养。

姜铎就是庶生！还好，姜夫人有个亲生的儿子，但是也不可能继承家业，反而得仰仗着姜铎。

周氏可不希望自己的女儿像姜夫人活得这样憋屈！想了一下，道："倒是让夫人失望了，宝哥儿这孩子好玩，不喜欢侍弄花花草草的。"宝哥儿可不能落个寄情于花草的生活。

姜夫人得到这样的结果并不惊讶，抿了口茶，掌珠不是不可以，只是掌珠没有兄弟的帮衬，于姜家少了些许的好处……

但掌珠的父亲是陈家的先族长这是不能磨灭的，娶了掌珠，陈家与姜家同样是绑在一起的。

过了一会儿，姜夫人慢慢地道："怎么没见掌珠小姐在？"

周氏眼中一喜，道："掌珠毕竟还在服丧，不敢过来，免得惹得各位夫人忌讳，她是个相当懂礼节的孩子。"

姜夫人点点头，道："以后若是有机会或许可以和掌珠小姐聊聊养花。"

周氏笑道："自是有机会。"

这就算双方有意议亲了，这事并不向外泄露，双方仍然可以继续相看其他人家或是回家商讨，若是最后无意定亲，口头暗示一下就可以了。

毕竟现在只是两位夫人口头上的试探而已。

约到申正时，梅花宴才算结束，各位夫人带着自家小姐陆续离开。

姜家马车上。

姜夫人抿着嘴，似乎在想什么，过了一会儿听到外面马蹄声，撩起帘子，见正是姜铎。

姜铎骑在马上，从乌黑深邃的眼眸中姜夫人也看不出什么来，英姿飒爽，更显着丰神俊朗，姜夫人一叹，这若是自己的儿子……罢了罢了，姜家不仅主母难当，族长也是不好当的，何苦让自己的儿子受罪。

姜铎见姜夫人看他，微微躬身，等着姜夫人吩咐。

姜夫人示意姜铎进来。

姜铎将马交给小厮，自是进了马车。

"母亲，有什么吩咐？"姜铎对于姜夫人颇为恭敬，眼中也带着尊敬。

姜夫人道："怎么不与他们再玩会儿？"

姜铎笑道："先送母亲回家也无妨，他们无非就是吟诗、下棋、酌酒、赌色子，以后有时间，再与他们聚也是一样的。"

姜夫人赞赏地点点头，但还是道："虽然你不喜，但这些东西是他们喜欢的，若想合群，偶尔玩会儿也可以的。"

姜铎道："多谢母亲教诲，铎儿记下了。"

姜夫人看着姜铎，这个孩子送到她身旁时才一岁，她从来没有隐瞒过他的生母是谁，但是她也从来没有以此贬低过他，这孩子是个有善心又念恩的，一直都很尊敬她，虽然不亲近她，但是她能感觉到姜铎对她是真心的。

姜铎疑惑地道："母亲？"

姜夫人回过神来，笑道："你觉得陈家怎样？"

姜铎听姜夫人这样问，神色没有变化，但是眼神微微闪烁了一下，姜铎自然知道姜夫人这样问的用意。

姜铎想起梅林中那个厉害的女孩子，这样易折性格的女孩，能担得起姜家主母的担子吗？

姜家主母不同于其他家族的主母，因为那该死的流言。

姜铎更倾向于母亲这样隐忍坚韧性格的女子。

姜铎想了一下，还是实话道："陈家若是在陈廷和的时代，孩儿并不赞同，陈廷和为人圆滑，甚是得皇上的宠爱，若是还活着，说不好将来也能官至宰相，太过打眼。但是现在是陈廷远为陈家族长，陈廷远完全是因其兄长才有这样的成绩，其实陈家现在是下滑的时候，所以若是陈家也不错。"

姜夫人沉吟了一下，道："我与你父亲商量一下，只是陈家嫡长女才十二岁，怕你还要再等四年……"

大魏男子成亲比女子要晚几年，但是真若等到姜铎二十三岁再成亲，就太晚了，只是若想娶到大魏贵女，怕也只有这样了。

姜铎挑了一下眉，道："嫡长女？"那位大小姐？

姜夫人难得见姜铎神情松动，问道："怎么了？你见过？还是听说过什么？"

姜铎连忙道："并没有见过，恰恰相反，我怎么从来没有听说过陈家……嫡长女？"

姜夫人道："我也是今日见到才想起还有这么个人。这位嫡长女也是个可怜的人。"顿了一下，想到这样说或许是姜铎未来妻子的人不大好，又整理了一下思路，才道，"这位大小姐是陈廷和的嫡长女，母亲是贵族穆家的女儿，陈廷和病逝后，她才陪着穆氏在外养病，去年九月穆氏病逝，她才回了陈家，因此大多数人都没有听说过。"

姜铎道："全凭父母做主。"

姜夫人想了一下，道："你……有没有……什么喜好？"

姜铎惊讶地看着姜夫人。

姜夫人轻声咳嗽了一声，道："喜欢与你谈诗词歌赋的，还是喜欢活泼一些的？"这话说出来姜夫人也觉得尴尬，但是……

姜夫人不希望下一任姜家主母也如她这般不得夫君的喜爱，或者说，她不希望姜铎也如他父亲一样为难，夫妻不和，总是不美的，姜夫人又道："至少不讨厌就可以吧。"

姜铎心揪了一下，他是知道姜夫人的难处，但是他也明白他父亲的不易，姜铎想了一下，道："总要有当家主母的气势的。"

姜夫人有些惊讶，笑道："女子还是以柔为好。我会留意的，还有其他的吗？"

姜铎笑道："并无其他，母亲喜欢就好。"

将来，他的妻子更多的是与这个家打交道，而不是他。

姜夫人道："你和你父亲还真像。罢了，我且帮你相看吧，若是有喜欢的定要告诉母亲。"

姜铎道："让母亲操心了。"

姜夫人摇摇头，开始闭目养神。姜铎见要到家了也就不下马车了，随手拿起一卷书打发时间。

他并不着急娶亲，他还有更多的事要去办，不想在儿女情长上多放心思，也从来没有在意过所谓的姜家主母传言一事，姜家历代都是如此，长子很少是正室所生，正室也很少受宠，在姜铎看来这大概是平衡后院的一种手段或者说这是一种变相的立贤的表现，若嫡子有能力，自然能登上继承之位。

只可惜大多数嫡子都被这个所谓的规矩限制了……

他对未来妻子的要求，只希望她能够得到姜夫人的喜欢，如此而已。

若是那位大小姐？姜夫人应该喜欢吧。

陈家，满园。

现在留下的几位夫人都是周氏的好友或是陈廷远下属的夫人了。

周氏松了一口气道："总算是结束了。"

几位夫人连忙捧场道："还是夫人厉害，若是我赶上过年可不敢弄宴会，非得鸡飞狗跳不可。"

周氏笑了一场，抬眼见娘家嫂子还没有走，定然是找她有事，周氏心中有些烦躁，她这个大哥大嫂别的不行，风花雪月最在行，莫非又惹母亲生气了？

几位夫人善察言观色，笑道："我们去赏赏梅花，不知能有幸剪几枝吗？"

周氏连忙派侍女跟着过去，然后才到周夫人面前，笑道："大嫂可是有什么事？"

周夫人笑道："小姑从来都这么八面玲珑，今日的盛景真应该画下来。"

周氏有些不耐烦，但也只能在一旁赔着笑。

过了一会儿，周夫人不好意思地道："这风景实在是美不胜收，都忘记说正事了。"

周氏笑道："大嫂请讲。"

周夫人道："小姑看书恩这孩子怎么样？"周氏还来不及说什么，周夫人就继续笑道，"书恩与宝哥儿青梅竹马，两家人知根知底，你也知道我的性子，若是宝哥儿嫁过来……"

周氏越听越生气，如此这样挑明了说是认定了宝哥儿会嫁过去？周氏之前确实是考虑过自己的娘家，但是周书恩与其父一样，只会风花雪月，哪里能挑起这个家，尤其今天见了温家公子，周书恩更不配！

周氏站起来，道："大嫂不用说了！"

周夫人不大明白为什么周氏会生气。

周氏还想说什么，这个时候宝珠、惜珠与周书慈、周书恩四人过来，周书恩十三四岁，斯文有礼，风流倜傥，相貌看起来还是很出彩的，只是周氏知道，他不过是个绣花枕头罢了。

宝珠与周书恩一起长大，只当周书恩是哥哥，并不在意男女之防。

周夫人见到这几人，很是高兴，对周氏笑道："看着倒是郎才女貌呢。"

周氏这时也不顾宝珠几人在场，道："大嫂，宝哥儿年纪还小，暂且不考虑这些，这事回头我回家和母亲再谈吧。"

宝珠听到这话，倒没什么感觉，反而周书恩有些羞涩，周夫人并不在意周氏的话，见周书恩如此，打趣地笑了笑，便与周氏告辞。

周氏也不挽留，送周夫人几人离开，又将那几位夫人送走后，周氏才气冲冲地回到敬正堂。

现在不过酉时，陈廷远喝得有些醉，半靠着床榻上，一旁夏彤正给陈廷远捶腿，两人有一搭没一搭地聊着，见到周氏进来都有些惊讶，按道理，周氏还有清点瓷器等事要做呢。

周氏冷声道："出去！"说完就坐在一旁生闷气。

夏彤赶忙站起来，整理了一下衣衫，匆匆出去了。

"夫人今日怎么了，今天我也是喝多了……"陈廷远知道今天自己做得有点过，在周氏的闺房调戏她的丫头，周氏虽然好权喜斗、爱慕虚荣，但是很少限制陈廷远亲近其他女人，陈廷远有喜欢的，只要身家清白，周氏都不反对他纳进来。

周氏挥手，没好气地道："和老爷没什么关系，等出了正月，就把夏彤给老爷送过去。"

陈廷远反倒过意不去，道："不急，以后再说。"顿了一下，问道，"夫人到底为何事？说与我听听，我也帮忙出出主意。"

周氏叹道："还不是我娘家嫂子！居然看上咱们家宝哥儿了。"

陈廷远笑道："原来是这个，一家有女百家求，这不是挺好的？之前你不也有这个想法吗？"

周氏道："老爷不是说宝哥儿年纪还小吗？"顿了一下，连忙道，"莫非老爷真想将宝哥儿许配给书恩？这可不成。"

陈廷远眯着眼看着周氏，道："你既然看不上他，那就算了。"陈廷远直接点出了周氏心里所想的。

周氏看不上自己的娘家，心里也有些尴尬，咳嗽了一下道："我也是想让宝哥儿嫁得好点儿，或许能帮老爷一下。"

庶四品礼部侍郎，听起来好，其实不过是个闲差。

陈廷远道："我用得着嫁闺女讨好处吗？"说完，又道，"我看着姜家那孩子不错？"

周氏一听，道："姜家不行！"

陈廷远冷笑道："你当你家闺女是凤凰不成？嫌弃这个，嫌弃那个的。"

周氏冷静下来，笑道："老爷误会了，我是琢磨着掌珠年纪比宝珠大点，大嫂又对老爷有抚养之恩，这门婚事，不如让给掌珠。"

陈廷远打量着周氏，想了一下，笑道："你是听说了姜家大妇的传言吧，不过是无稽之谈罢了，你去问问姜大人，他可不尊重发妻吗？"

周氏笑道："若是无稽之谈，对掌珠不更好吗？妾身是有这点儿小心思，但是也是琢磨着姜家公子年纪有些大，宝哥儿好玩，怕是入不了姜家公子的眼。"

陈廷远点点头，道："也对，若不是那姜家主母的传言，姜铎早就定亲了。那姜家有意吗？"

周氏道："姜夫人回去商量下，咱们也多相看几家。"

陈廷远闭着眼不说话。

姜家确实历代主母都是如此可怜，有的甚至没有自己的孩子，更甚者辛苦抚养长子最后被长子嫌弃或软禁，奉生母为老太君的。

其实这情况与陈廷远差不多，但是陈廷远相当孝敬太夫人，老太太也尊敬太夫人，他从来不觉得会有不孝敬嫡母的，也不觉得这样的嫡母有什么不好的，但是在她们这些贵妇的眼里，可不是这样，谁也不希望自己的女儿落得这样的下场……

所以她把掌珠接回来。

见陈廷远不反对掌珠嫁给姜家，她心情也好了几分，想了一下，问道："老爷看温家公子怎么样？"

陈廷远笑了一下，摇头晃脑道："好，此人只应天上有。"

这话把周氏逗笑了，道："老爷说得还真不差。"顿了一下，小心翼翼地道，"那您说配咱家宝哥儿怎样？"

陈廷远睁眼打量周氏，道："你心气倒是不小！"

周氏见陈廷远眼中带着嘲讽，忍不住道："难不成他家还看不上宝哥儿？也忒把自己当回事了吧。"

陈廷远冷哼道："是你太把自己当回事了。"

周氏站起来道："咱家宝哥儿哪里不好？"

陈廷远见周氏生气了，忍不住摇头，笑道："咱家要是和姜家联姻了，温家还会和咱们家联姻吗？再说，温家不急着娶亲，温如玉不过才十四岁！宝哥儿等得了吗？"

周氏一愣，她倒没有想到这层关系，都怪这个掌珠。

陈廷远接着道："夫人若是有本事，给老爷我找个温家女婿，老爷以后我向你俯首称臣。"说完就哼起小调。

周氏想和陈廷远争执，也说不出什么，只得道："反正书恩不成，老爷可别许出去。"陈廷远不理会周氏，继续哼着小调，气得周氏心里如堵了块石头，最后道，“夏彤明个就到你书房服侍，老爷爱什么时候收用就什么时候收用！”说着甩了一下手帕出去了，她还要清点东西呢。

周氏刚出来，就听见陈廷远在里面喊道：“夏彤，扶着老爷去祝氏那儿……”

气得周氏直跺脚。

其实，陈廷远看似风流好色，但并不轻易沾女人，而且在陈承业九岁之前，陈廷远都没有让妾室生下过一男半女，不然周氏也不会如此放任陈廷远的。

琉璃园。

掌珠回来后，就踏实地在屋中绣花，倒是外面丫头叽叽喳喳的，一会儿说那个小姐的裙子漂亮，一会儿又说宴上吃的都是梅花做的菜色。

掌珠只让秋白出去提醒她们什么该说，什么不该说。

想来，秋白应该比较深切地明白什么不该说。

秋白战战兢兢地出去。

掌珠突然间觉得，一个因利跟在你身旁的人更好控制……

外面丫头吵闹的声音小了，但是掌珠也无心绣花了，没想到今日会碰到阿路，这让掌珠对薄情庵越发思念，掌珠这个时候分外地感激自己从小生活在薄情庵，不然变得与那些贵女一样又有什么意思？

不知道周氏为宝珠相看得怎么样了，定了哪家的公子？

掌珠突然想起梅林中的蓝衣男子，不知道怎么回事，那身影现在却在脑海中越发地清晰，虽然相貌仍然不清晰，但是掌珠还记得那人的眼神，惊讶、沉默，还有她看不懂的东西，如黑夜一样好似能把人吞没。她曾在薄情庵与了清师太在帷幔后见过不少的香客，有老人，有小孩，有男子，有女子，有富商，也有乞丐，但从来也没有见过这样的男子。

掌珠笑了，她看到的毕竟多是平头百姓，贵族接触得少，如阿路那样的男孩，她不也从未见过吗？

若是宝珠能给这样的男子，倒是宝珠的福气。

掌珠放下正在刺绣的手帕，叫唱月进来陪她玩翻绳。

唱月今天被她打发去华恩堂和那儿的丫头玩去了，为的是能打听出什么消息来。

只是唱月毕竟年纪小，认识的也都是小丫头，打听出来的有用的消息极少，无非是哪家公子俊俏，哪家千金脾气不好，这已经了不得了呢。

唱月笑道：“他们都说那位如玉公子最是俊美，不，俊美这两个字都不足以形容如玉公子，尤其是如玉公子脾气极好……”

唱月说完见掌珠不说话，有些不明所以。

掌珠知道唱月年纪小，根本不知道这些，这话又是她让说的，只得嘱咐道：“千万记得，以后这种话无论什么时候、有没有旁人，都不得说。若是被人听去了，到时卖出去，我也帮不了你的。”

唱月脸刷地一下就白了，嗫嚅道：“奴婢知道了。”顿了一下，又连忙道，“姑娘让我说我就说。”

掌珠笑了一下，心中琢磨着这位如玉公子听起来倒好像是阿路，掌珠实在想不出还会有人比阿路更适合如玉二字的。

掌珠问道："你知道这位如玉公子是哪家公子吗？"

唱月回道："是温家的公子，温家就有这一位公子呢……"

掌珠一愣，若是温家的公子，那她知道怕是比唱月还多呢，母亲曾经特意给她说过现在的两党五世家。

倒是没有想到阿路有这样的家世……也对，被了清师太看上的又有几个简单的呢？

日子不咸不淡地过着，梅花宴一过，后院好像瞬间被打回了原形，全无过年时的生机。元宵节那日，本该也热闹的，只是陈廷远、周氏带着众人去看了花灯，只掌珠、玉珠留在后院，倒比平常的时候还清静。

也就满园一直是热热闹闹的，不时有丫鬟呈着服饰送进送出，宝珠最近经常被周氏带着参加各种宴会，连温家大小姐温柔嘉也专门下过帖子邀请过宝珠。只可怜惜珠被遗忘在珠玑楼。

惜珠倒是时常去看望玉珠。

这样一来，玉珠再过几日应该能"病愈"了，不然，惜珠就得"生病"。

掌珠对于这些小动静并不理会，不过每日练字、绣花、养花、看鱼、下棋，这琉璃园算是这后宅里真正平静的一处吧。

掌珠自梅花宴那日以后，就没有再去探望玉珠，只是每两三日给玉珠送些小玩意之类的，只要不显得她无情就可以。既然她怎样做玉珠都会怨恨她，她又何必再把心思放在玉珠身上？

玉珠倒是每每派谨言过来，时不时地说，昨日给大姐姐绣了个手绢，今日抄写了一篇佛经等，到好似两人感情十分好。

掌珠知道后，忍不住笑了一场，在这些小心思上，她还是差了几分，也罢，总比连面上的平和都维持不了要强，就如她与宝珠。

正月十六，晓初也终于回到琉璃园当值。

晓初这次告假时间这么长，是掌珠批准的，当然也因为是王福家的过来请求的。

掌珠写好最后一个字后，看了一遍，觉得还算满意才放下笔，抬头就看见晓初站在门口，笑道："倒是没有看见你进来，你母亲还好？"

晓初进来跪下叩头，道："让姑娘操心了。"她本不该休假的，偏偏……

掌珠笑道："无妨。你该谢谢秋白，她代了你的班，我这里没事。起来吧。"院里多一个不多，少一个不少。

晓初面色一白，自然明白掌珠的意思。

掌珠愿意放任晓初，是因为晓初的卖身契在她手中，晓初是愿意自己当棋子，还是跟着她，自己选。

晓初没有站起来，继续道："在家里没有什么东西给姑娘带的，带了些自家种的野菜，希望姑娘不要嫌弃。"

掌珠点头道："有心了。"

晓初顿了一下，又接着道："知道姑娘喜欢看书写字，从外面带了几本戏折子与字帖。"掌珠挑了一下眉，晓初继续道，"奴婢也不知道姑娘喜欢什么的，随意买的。"

掌珠笑道："有这份心思就好，回去和姐妹们好好聚聚吧。"

晓初这才站起来退下。

不一会儿，晓初送的书籍就被秋白拿进来，秋白笑道："晓初姐姐有些担心姑娘不高兴，刚才不敢进来呢，晓初姐姐倒是记着姑娘的喜好，姑娘也不要怪晓初姐姐。"

掌珠看了眼秋白，道："难得你为她说话。"这两个大丫头面和心不和，她早就知道，只是从未点出。

秋白笑道："奴婢不过是觉得晓初姐姐太过死板，但是毕竟是真心服侍姑娘的。"

掌珠道："好了，我知道了，你放下吧，我得闲了就看看。"

有了这话，秋白放下书籍，退下去了。

掌珠打量这些书籍，装帧漂亮，带着一股清淡的墨香，细细摸着可以感觉到纸张的精致，让人爱不释手。

这些书籍或是域志或是史志，也有琴谱之类的，还有几本王羲之的字帖，虽然种类多，但是也都是她偏爱的。

这晓初确实是花了心思，莫非真是怕自己怪罪她？这样也太大惊小怪了。

掌珠一时想不通，便随意从这几本书籍中抽出一本来，是琴谱，她在薄情庵中学了一段时间的古筝，只是她不喜，又总觉得打扰了穆氏，便不学了。

这琴谱是刚开始学才弹的谱子，对她来说不难，掌珠便向后翻，没几页就发现后面居然不是琴谱！而是话坊间传的佳人才子之类的风流韵事！

掌珠眼睛一眯，将琴谱仍在茶几上，这些人好手段！她第一反应就是周氏使的手段，但是说不好只是巧合……

掌珠看着这摞书，顺序都是按着她的喜好排的，掌珠拿起第一本，翻了一遍，并没有其他内容，但是第二本后面小半部分是段《莺莺传》，第三、四本一多半是一些小姐私奔类的戏折子。

剩下两三本掌珠也无心翻看，想来也是的。

若她是一个普通闺阁中长大的女子怕也难免心生旖旎吧。

只可惜她是从薄情庵长大的野丫头啊……

掌珠不动声色地将琴谱拿过来，放到这些书本里。

在薄情庵时，庵里有时会有被家族送来出家的女子，后来听了清师太说，多是一些不懂世事被男子欺骗后遭抛弃的闺阁女子，能被送来算是家族善心，有的怕是已经成为一缕香魂了。

当时她不明白身处深闺的女子怎么会被男子欺骗，既然是深闺又怎么会有男子？

后来她问母亲，母亲只是笑道："不是被男子欺骗，而是被自己欺骗，被那些话本骗了而已。"

后来母亲还特意给她讲了那些话本，千篇一律，无非是偶然相遇，或是丢钗或是丢手绢，若是家中同意便是好归宿，若是不同意便私定终身，私奔。

当时她只是觉得可笑，怎么会有人学这些话本……

现在她才明白那是被这些东西迷了心窍。

掌珠微微皱眉，可是现在她该怎么处理？

掌珠想起晓初进来时就很不安，又失口说是戏折子，似乎是在提醒她，秋白又突然替晓初说话……秋白经常服侍她，对她看书的喜好更清楚一些……

掌珠让丫头将晓初叫进来。

晓初和之前一样，一如的沉稳。

掌珠打量一番晓初，直接开门见山地问道："谁让你送来的这些书本？"她这次算是赌一回。

先私下质问晓初，若是当着众人问罪最后结果不过是晓初以书本装订错误之类的理由来搪塞她……再追究下去最多就是把晓初赶出去，最后自己落个苛待下人的名声。

母亲临终前和她说过，奶娘是可信的……这句话或许是错了，但是奶娘身上总是有可取的吧，不然母亲为何会这样信任奶娘？

晓初倒是很平静，连忙道："家里其实一直都很惦记姑娘，这次把我接回家也实在是……"具体原因没有说，但是大家心里都明白，无非是周氏那边动的手脚，"家里人就想着给姑娘带些东西，知道一般吃食姑娘不放在心上，后来还是……"顿了一下，道，"还是四小姐提醒妈妈，您喜欢看书，因此就让四小姐帮忙挑了几本书。"

掌珠一愣，居然是惜珠！

她一直以为是周氏！

晓初低着头不敢说话，她其实从一开始就不同意自己妈妈干出这种背弃主人的事，偏偏妈妈总说留在陈家才最重要……她这次根本就不想带着这些书进来，她虽然与掌珠接触得少，但是知道掌珠不是一个轻易受人摆布的人。

所以她只能这样明哲保身了。

"秋白也知道吗？她怎么知道的？"

晓初道："这个奴婢不清楚，奴婢从未与秋白说过这些。"

掌珠想了一会儿道："是你母亲让你这么说的？"

这个问题有点难，晓初想了一会儿，低声道："我母亲不认字的，只以为姑娘会喜欢。"

掌珠道："好，我知道了，你母亲在陈家不容易，我并不会怪她的选择。"

晓初跪下道："姑娘大恩大德，我一定会记得的，绝对不会做背弃姑娘的事。"

她是个聪明人，若是像秋白那样两边倒，将来只会受埋怨，倒不如选一个。

掌珠笑了一下，并不承诺什么，道："起来吧，就说我叫你进来是打赏你，这书买得好。"说完给了晓初几个银豆。

晓初也不知道掌珠怎么想的，怎样处理这些书本，但是也不多说什么，掌珠让干什么就干什么。

正月十八这一日周氏带着惜珠回娘家参加游园会，倒是把宝珠留在家里了。

宝珠这些日过惯了宾客满席的日子，猛地一闲下来倒是不适应，在满园自是待不住。

玉珠那里，宝珠是不稀罕去的，也就琉璃园让宝珠感兴趣些，不知道掌珠这个大小姐知道她这几日的风光后会怎样羡慕。

宝珠这次聪明了，让人提前去琉璃园说了一声。

掌珠知道后，不难猜出宝珠的心思，倒是心生一计，这姐姐给妹妹善后也说得过去吧。

因此当宝珠过来的时候，掌珠手中拿着做工精致的书本正在看。

宝珠经过这些日子的磨炼，倒不如之前那般任性，表面功夫会做了不少，笑道："妹妹倒是羡慕大姐姐呢，能在这里躲个清静。"

掌珠笑道："妹妹今日不也躲了清静？不知道婶娘为何没有带三妹妹去参加宴会呢？莫不是三妹妹不小心得罪了哪位千金小姐？"以宝珠的性子，这是肯定的。

周氏带惜珠，不带宝珠的原因，就是不想让周家还有什么希望，只是宝珠不知罢了。

宝珠冷哼道："她们有什么好得罪的？不过是惜珠这些日子太闷罢了。"掌珠刻意看了放在一旁的书本，问道："不知道妹妹来有什么事？"言下之意就是送客。

果然，宝珠被挑起了兴致，道："莫非大姐姐不想我来不成？大姐姐看的什么书？这装帧倒是漂亮。"说着就向前一步想拿过书。

掌珠抢先拿起来，道："不过是打发时间罢了。"

宝珠狐疑地看着掌珠，嗤笑道："大姐姐好小气，莫非一本书也不能看？还是这书有什么不对劲的地方？"

掌珠咳嗽了一声，然后装作不在意的样子，道："妹妹自然可以看。"

宝珠一把拿过掌珠手里的书本，看了一下，确实是精致，她的吃穿用度向来都是最好的，等闲物品入不了她的眼，这本书刚才掌珠又如此爱护，一定有什么猫腻，宝珠细细品味，才道："墨用的是兰墨，隐隐看着比普通的黑墨多了一丝颜色，而且还带着兰花香，纸用的是薛涛纸，细腻光滑，字体看起来是仿的梅花体，大姐姐这书果然精致难得，是收藏的好东西。"说着手紧紧攥着，莫非掌珠是怕她拿走这书？

掌珠挑了一下眉，她只认出这字是梅花体，倒是不知道其中还有这么多的讲究，可见惜珠下了大功夫，若是普通闺阁女子见到这书，就算不被里面的内容所吸引，怕也是如宝珠一样想据为己有，若是被"有心人"看见，这名声也就毁了。

宝珠见掌珠不说话，眼珠一转，笑道："大姐姐肯割爱送给妹妹吗？"宝珠才不稀罕别人的东西，尤其是掌珠的，不过是看掌珠这样舍不得她高兴罢了。

掌珠回过神来，心中忍不住想这宝珠比惜珠差远了，惜珠是一步一步引人入坑，这宝珠是一步一步赶着上钩。

掌珠惊讶道："妹妹难道没有这书？惜珠妹妹没有给你送去？"说完一副惊觉说错话的样子。

宝珠一挑眉，道："这是惜珠送的？送了几本？给我拿出来！"宝珠大小姐脾气也犯了。

掌珠不语，心中一时拿不准主意，这书若是让宝珠看了……宝珠毕竟不是害她之人，她原本不过是让宝珠拿走这本没有问题的书，给惜珠一个教训。

现在都拿走，也未尝不是一个办法。

宝珠恨不得将书撕掉，惜珠怎么可以给这个贱人送书？！又为何不送她？这书纸张还是新的，就是最近新买的，掌珠和她的侍女不可能出去，那就肯定是惜珠了。

惜珠莫非是不高兴母亲经常带她出去？可是惜珠毕竟才九岁，还不急着去呢，再说与她一起去，万一被她遮了光芒就不好了。

宝珠越想越难过、生气，见掌珠不说话，就认定是掌珠又在惜珠面前说什么了，惜珠年纪小，定然是被掌珠哄骗了！

宝珠直接闯进掌珠的闺房，见到床榻上摞着七八本装帧一样的书籍，恨恨地抱起来，转身就走。

掌珠跟在宝珠身后，扶了一下额，这宝珠气性太大了。

掌珠道："三妹妹！"

宝珠将书一下子塞到七珍怀里，道："带回去。"

七珍抱着书不敢抬头。

宝珠看着掌珠，道："惜珠送错了，到时候我代惜珠补偿你。"

宝珠能站在这儿说场面话就算不错了，若是以前怕是直接就走了。

掌珠皱着眉头道："三妹妹误会了，这是惜珠妹妹身边奶娘送过来的，不过是因为晓初告假一事……"

话还没有说完，宝珠冰冷冷地道："我知道了。"宝珠根本不信，一个奶娘能送这种文雅的东西？

掌珠叹了一口气。

宝珠道："大姐姐继续忙吧，我就不叨扰你了。"说完转身带着七珍走了。

掌珠看着宝珠气冲冲的身影，第一次心生无力感，这真是秀才遇见兵，有理说不清。

罢了，拿去吧，自然有人会把这事告诉周氏和惜珠的，周氏不知道书的实情，但是惜珠一定会阻止，到时候宝珠也看不了几页。

宝珠回去不一会儿，就让人送了两幅字迹，说是供她赏玩。掌珠对书法赏玩还算略懂一二，看得出来这是难得一见的好东西，这宝珠也忒好面子了。

掌珠摇了摇头，这姐妹俩性子差太多。

这事到了这个地步，掌珠便不放在心上了，没想到下午的时候玉珠就派谨言过来安慰她，说什么别放在心上，宝珠也是心情不好……

掌珠知道玉珠的小心思，无非是让人觉得宝珠性子不好，让所有人都知道她二人不和，玉珠这人啊，能诋毁就绝不遮掩，能挑起是非就绝不文过饰非。

其实她只要说这书是送给宝珠的，与宝珠并没有置气，这事就小事化了了。

可她还真不能这么说，说了，若是让人见到那书的真面目，她就得担上害人的名头，周氏怕是要恨死她……只得让玉珠钻了个空子。

一个煽风点火，一个又不能压下去，因此等到周氏和惜珠回来的时候，就听说了宝珠大闹琉璃园的事。

周氏微微皱了一下眉头，但是这几日的应酬已经让她懒得管这些了，想来宝珠一时脾气大，掌珠又向来不会忍让才发生的口角，周氏想了一下，让身边的妈妈拿了几根钗去给掌珠“赔罪”，姿态先做低，对宝珠总是没有坏处的。

一旁的惜珠听了周氏的吩咐，道：“不如我与妈妈一同过去吧。”

周氏笑道：“这样最好。回头让你姐姐好好谢谢你。”又赏了惜珠一根金钗，然后让两人去了琉璃园。

掌珠没有想到一日之内她这琉璃园这么热闹，这可是头一回。

掌珠本以为这两人是过来兴师问罪的，心中连托词都想好了。

但是周氏身旁的妈妈一过来，就又是行礼又是福身的，一口一个大小姐不要生气，弄得掌珠连忙闪躲，惜珠也在一旁为宝珠说话，说什么这几日太累等，掌珠才明白，怕是她们还不知道怎么回事呢。

掌珠心中忍住笑，这周氏做事又是一个套路——擅长火上浇油、转劣为优，这一道歉，宝珠的任性就变成懂礼，她的隐忍就变成了欺幼，只可惜周氏不知道事由，若是知道怎么回事，怕就是派妈妈过来感谢赠书而不是道歉了。

只是到这个时候她也不能说那书是送的！

掌珠顺着两人话说下去，笑道：“原来如此，让婶娘放心吧，宝珠妹妹的性子我是知道的，不过就是姐妹们一时没说对付罢了。”

两人心中倒是惊讶掌珠痛快地承认她和宝珠吵架的事。

妈妈自是回去复命，惜珠则是多留了一会儿。

惜珠今日穿了件樱草色襦裙，多了些活泼，想来也是很高兴出去玩的。

掌珠现在可不敢小看惜珠，惜珠不过是年纪小，一时想不到她是从薄情庵长大的，这次送书才送得颇为鲁莽，但是单从用意上来讲，绝对狠毒。

惜珠慢慢地与掌珠说着今日的见闻，谁穿了新衣服，谁戴了新首饰，玩的什么游戏等。虽然不过是平常的事，但是从惜珠嘴里说出来，让人听起来也有些向往。

掌珠也是个会聊天的人，一迎一合，两人看起来倒好似认识许久的好朋友。

过了一会儿，惜珠才慢慢地道：“今日去外祖母家，其实是为了大姐姐的。”

掌珠一愣，问道：“我？”

惜珠点点头，笑道：“我是小孩子，因此那些夫人聊天，也不是特别避让，就听见母亲与一位夫人谈起大姐姐的婚事。可是门好亲事呢！”说完打趣地看着掌珠。

掌珠没有想到周氏会想着自己，她以为周氏巴不得她无人问津呢，只是周氏说的又会是什么好人家吗？

掌珠笑道："妹妹可不要乱说，小心我告诉婶娘。"毕竟是提到婚事，掌珠多少还是有些心乱。

不过，掌珠这样，倒让惜珠认为掌珠看了那些风流韵事。

惜珠连忙认真地道："这是真的，惜珠可不敢拿这种事说的。"说完便不再说。

掌珠心中有些犹豫，若是知道了也好有个防范，只是惜珠……

掌珠对上惜珠那一双带着深意的眼眸，心中一颤，想起了惜珠这人不简单，连忙镇定下来，笑道："惜珠妹妹若是想告诉大姐姐就只管说，若是不想说，大姐姐也知道妹妹这是为我好。"

惜珠毕竟比掌珠小，听掌珠这样一说，一时也想不出好对策，只得道："不想告诉大姐姐又何必对大姐姐说呢？只是惜珠也不知道她们所说的是谁，只听着，应该是姓——姜。"

姜？姜党？

那可真的就是门好亲事呢！

惜珠以为掌珠愣住是高兴，便在一旁掩嘴笑道："虽说有什么姜家大妇的传言，但也不过是传言，大姐姐不必担心。"

"什么传言？"这个她可真的不知道。

惜珠一愣，知道自己说漏嘴了，站起来道："不过是闲言碎语，我出去一日也乏了，妹妹就先回去休息了。"

刚说完就见九巧急急忙忙地进来，惜珠见状不高兴地瞪了眼九巧，带着九巧离开后，掌珠才问晓初，道："九巧这是什么事？"

晓初道："好像是三小姐找四小姐吧。"

掌珠摇摇头，看来惜珠有段时间不会来她这里嚼舌根了，只是惜珠刚才说的有几分可信？

九巧就是请惜珠去满园的，惜珠一听宝珠又耍小性子，心中烦乱。

惜珠到了满园，一进去，就看见宝珠闷闷不乐地坐在一边，屋里东西倒是齐全，没有砸得稀巴烂，不然周氏也不会以为只是闹脾气。

连惜珠也是如此想，安慰道："姐姐，这是怎么了？何苦与她置气呢？"

宝珠瞪了眼惜珠，道："我没有生她的气。"

惜珠问道："不是她，又是谁呢？"

"你。"

惜珠忍不住笑道："姐姐不要逗惜珠……"话没说完惜珠便顿住，因为宝珠的神情很认真，惜珠并不知道自己怎么惹了宝珠，问道，"姐姐，你怎了？"

宝珠恨恨地看着惜珠，道："你做了什么你自己知道！"

惜珠本来就疲惫不堪，宝珠又如此胡搅蛮缠，惜珠也不高兴了，道："我不知道。"

宝珠听惜珠这样说，就更生气了，道："你以后别叫我姐姐，你还是找你的大姐姐去吧！"

这话说得有些重了，惜珠眼圈一红，道："我一回来，就听说姐姐又和大姐姐闹别扭呢，连忙去帮姐姐善后，又是道歉又是行礼的，没想到姐姐还这样说我。"惜珠开始嘤嘤地哭，心中想着，宝珠到底怎么了？

谁知宝珠听了这个，反而怒道："你自己想去，就别拿我当借口！"说完进了屋里，将那几本书抱了出来，扔到惜珠身上，"既然讨好她，又何苦再来我这儿？亏我事事想着你，有好东西都知道给你送去，没想到你是个白眼狼。"

你自己想去，就别拿我当借口——这句话其实误打误撞地说到惜珠心里，惜珠有些恼怒，只是看到地上的书本，心中更多是惊讶，联想到今日发生的事，多少也猜出来一些，只是来不及细琢磨这些，连忙问道："姐姐可有翻看？"

宝珠哪有心思理会这些，只是道："我知道你嫌我脾气不好，既然如此，你以后便去找脾气好的吧，也不必理我这个姐姐。"说着也哭起来了。

一个是急得直哭，一个是气得直哭，两人谈不拢，一齐在满园哭起来了。

惜珠是真不知道怎么办了，她怎么会想到宝珠会误打误撞拿了这些书籍回来，若是看了……不对，这书籍应该今日拿回来的，又这么生气，想来还没有时间翻看，得赶紧拿走，照现在这个样子，说不得母亲就要过来了，看到这些书，自然就知道怎么回事了，到时怕是会怪罪她。

惜珠连忙敛住泪水，对宝珠道："姐姐怎么会这么想呢？这些书不过是奶娘想讨她欢心，免得晓初在那里不好过，找我出主意，我才对奶娘说送些书，怎么就会让人传成我送的了呢？也不知道是哪个黑心的说的。"这书的事就又推到奶娘身上了。

宝珠性子虽然不好，但是其实很好哄骗，而且她刚才说得也太过了，也担心惜珠真的不理她，听了惜珠这样说，便信了，就问道："你当真没有讨好那贱人？"

惜珠连忙道："我讨好她作甚？姐姐也太不信任惜珠了。"

宝珠才笑道："我就知道惜珠不会抛下姐姐的，只怪那贱人挑拨离间。"

惜珠心中长出一口气道："既然如此，姐姐日后还是要离她远一些。"见宝珠又要说什么，惜珠连忙道，"我自然也不会与她亲近的。这书既然已经在姐姐那里，让我拿去烧了吧。真是可恨的东西。"宝珠自是同意。

只是在九巧拿着这些书离开的时候，宝珠随便从里面抽了两本出来，道："这书装帧确实精致，我留两本。"顿了一下，笑道，"而且就算是给妹妹提个醒，以后可不能这样了。"

惜珠心中担心，但是听宝珠这样说，心中又是生气，便随宝珠拿去了，这两本书一本是琴谱，一本是史志，想来宝珠是不会看的。

待到惜珠回到珠玑楼后，心中一阵烦躁，看见这些书就更烦躁，自是让九巧拿了烧去。心中更恨掌珠狡猾，也不知道掌珠是否看见后面的内容……

今日这两姐妹吵架一事，周氏早就知道，她一时忙碌没有走得开，后来又听说两人和好了，也就笑了一场，并没有管这事。只是想着也该把玉珠放出来了，有个人在一旁劝着，或许会好些。

当晚，宝珠躺在床榻上想着今天的事，心中还是有些不高兴，怎么也睡不着，便拿起史志想撕掉解气，没想到撕了几页发现后面的内容有些蹊跷，心中只觉得怕是惜珠的奶娘被骗了，拿别的书顶替，早知道这样就不该拿了回来，好借机奚落掌珠一番。

眼神一瞟，看到里面一句“翠裙鸳绣金莲小，红袖鸾销玉笋长”，这形容得倒是有趣，宝珠便耐着性子看了下去……

没几日，玉珠便“病愈”出了屋子，先是去敬正堂请安，又是去华恩堂请安，然后又挨个地去了琉璃园、满园、珠玑楼，很是一番折腾。不过这后院也因此热闹了一番。

出了正月，陈家后院便同以前一样了，周氏也不日日出去做客，只在家中操持庶务。倒是一片风平浪静，宝珠也很少出幺蛾子，周氏只当是女儿长大了，知道在给自己相看夫家也懂得矜持了。

这一日，玉珠难得去了琉璃园。

玉珠自从“病愈”后不像以前那般日日来掌珠这里绣花了，倒是去惜珠那里更勤快了些，这一次生病，让玉珠更会低头了，这个家，还是周氏说了算。

掌珠心中多少有些怅然，玉珠毕竟是她父亲的血脉，她们不同心也就罢了，现在更是不亲近，罢了，个人有个人的缘法，不必强求。

多日不见，玉珠有意奉承，掌珠有意应承，两人看起来比以前关系还好了几分。

玉珠笑道：“这些日子，宝珠妹妹也不知道怎么了，都没有出过几次满园。”

掌珠挑了一下眉，道：“倒是没有听说三妹妹生病啊。”心里隐隐有些猜测。

玉珠道：“哪里是生病了，听说是在绣什么东西，没时间出来。”

掌珠心中想着，莫非宝珠看了那害人的东西？惜珠又怎么没有管呢，问道：“那四妹妹没去探望三妹妹？”

玉珠笑道：“自是去了几回的，没坐一会儿就被赶出来了。”

掌珠知道宝珠八成是迷上那些话本了，口中只道：“三妹妹性子倒是变了。”

玉珠拍了下手，道：“可不是，那日我在珠玑楼，宝珠妹妹还特意送来了一副水晶棋子，让我们玩耍呢。”以前宝珠哪里看得过惜珠与别人玩？

掌珠微微笑了一下，并不说话，她不杀伯仁，伯仁却因她而死……

玉珠见掌珠的笑意有些僵硬，叹道：“姐姐不必担心，婶娘不会将姐姐忘了的。”

掌珠一愣，问道：“妹妹这是何意？”

玉珠说这些其实就是为了引出这个，便直接道：“宝珠妹妹这个样子，还不是知道婶娘在为她相看夫家？”女儿家说到这个总有些羞涩的，但是在玉珠眼中却是不满，她非嫡非长又服丧，其实是形势最不好的一个，偏偏还被人遗忘。

掌珠这才明白，原是众人都这么看宝珠，因此没有察觉出宝珠的变化有什么不对的。

玉珠见掌珠不理会她，心中恨得牙痒痒，若不是因掌珠入祠堂惹怒了周氏，她又怎么会受牵连“生病”？现在又在这里装羞涩，只是想到今天来这里的目的，只得温柔地笑道：“过几日温夫人会办‘寒夜寻梅’，姐姐去吗？温夫人是母亲的挚友，前几次温大小姐请姐姐，姐姐都没有去，这次温夫人特地请大姐姐，若不去，怕是不好吧。”

她们服丧头一年，除非主人家特别邀请，不然她们是不去的，而玉珠想去，但是也要掌珠去她才可以去。

前几次？温大小姐？

怕是过年时温柔嘉特意请过她，但是都被宝珠吞了帖子，不过她本来也不打算去的，但是这次是温夫人……

掌珠笑道：“自然是要去的，只是还是要和婶娘打好招呼的。”顿了一下，问道，“这是四妹妹和你说的吧？”

玉珠心中高兴，也没有设防，便道：“那日正好和惜珠妹妹在满园，便知道了。”说完后，不好意思地道，“我与惜珠妹妹去探望宝珠妹妹……”

掌珠才不管玉珠去哪里，和谁交往，只是问道：“不知是哪一日？”

玉珠道：“二月初八，听说温夫人家中的梅林虽然不如咱家的大，但是却是最喜欢在寒夜里开呢。白日看着还是花蕾，晚上一看便有开的了。”

掌珠来了兴致，道：“莫非当真夜里去？”

玉珠微微显出得意，道：“我以前参加过一次，当然是夜里，‘二月寒夜寻梅赏灯猜谜’，这可是咱大魏贵女最喜欢的呢。姐姐放心，整个梅林都有婆子把守，林中各式花灯，几乎灯火通明，贵女们三五成群，或是寻梅或是猜灯谜，最后看谁寻的梅最漂亮，谁猜对的灯谜最多。只是这梅可不能随意剪的，只准剪一枝。”玉珠边说眼中露出向往。

这玩得确实是精致，掌珠心中多少也有些期待。

第四回 你来我往含锋芒

二月初七，周氏带着掌珠等人清晨就从陈家出发了，她们要在第二日下午到江陵府温家。

因为这次路程不算短，所以掌珠、玉珠、宝珠三人共坐一辆大马车。

跟着掌珠来的丫头是唱月，玉珠见她年纪小，便让她去了另一辆马车，让谨言服侍掌珠与她。

掌珠与玉珠已经在马车外等了好一会儿，宝珠才慢悠悠地来。一身镶银丝边紫罗兰色彩绘芙蓉罗裙，腰际一条水芙色纱带，外着银色暗花厚实长袄。

宝珠微含笑意，眼神青春灵动，睫毛纤长而浓密，如玉的耳垂上戴着淡蓝的坠子，粉嫩的嘴唇泛着晶莹的颜色，轻弯出很好看的弧度，道："让两位姐姐久等了。"

掌珠与玉珠一愣，宝珠果然不一样了，以前是一个不懂事的顽童，现在则是一个略带小女儿情态的姑娘了。

不一会儿，周氏来了，看到宝珠这个样子很满意，微微嘱咐了大家几句，众人便上了车。

七珍本是要跟着宝珠在一辆马车上的，偏偏宝珠不想让七珍服侍玉珠，就将七珍打发到另外一辆。

直到马车驶出陈家，惜珠也没有来。

掌珠惊讶地道："四妹妹不去吗？"这次连玉珠都去，惜珠怎么会不去呢？

玉珠只是安静地绣着花，不说话。

宝珠淡淡地道："四妹妹不喜欢参加这些个宴会，所以不去了。"

掌珠看了眼宝珠，宝珠眼中微微带着不高兴，莫非是和惜珠吵架了？

掌珠不再多问。

宝珠确实和惜珠吵架了，起因还是那些书册。

宝珠早就将拿的两本书看了数遍，有的段落甚至能背诵下来。刚开始看并不觉得好看，慢慢地看下去才觉得妙不可言，看完后更是回味无穷，细细品味其中的情节，那佳人与才子好似历历在目，宝珠才懂得古人口中的“结发为夫妻，恩爱两不疑”是什么意思。

只恨自己身旁没有知心的人，心中感叹不能抒发，图生一种“便纵有千种风情，更与何人说”的惆怅。

第一个话本，宝珠便回味了数日，才想起或许那本琴谱后也有，翻看后，果然如此。

只可恨琴谱后的话本居然只是一半，这让宝珠如何受得了。

宝珠自是去找惜珠，问惜珠要那些书籍，惜珠回道：“烧掉了。”宝珠虽然生气，但也怪不到惜珠，只让惜珠的奶娘再去买那些书来。

惜珠无奈，只得让奶娘去买，这回买来的自然是正常的书籍。

宝珠满腔的等待瞬间化为乌有，更是生气，非要惜珠奶娘再去买她要的“书籍”。

惜珠无奈劝宝珠，那些风花雪月的书不过是打发时间，万万不可入迷，宝珠才知道是惜珠搞的鬼，两人又是生了回气。

只是这次事由两人都知道不能宣扬出去，并没有闹大，除了身边的大丫头，没有人知道。

过了两日，宝珠过来恳求惜珠，只将琴谱后面的半部给她就好。

惜珠无奈让奶娘去了外面买了话本给宝珠。

宝珠看完后又哪会善罢甘休，又来央求惜珠，惜珠这次无论如何也不同意，两人便真生气了。

陈家，珠玑楼。

惜珠坐在一旁生气掉泪，一想到周氏说的话就哭得更厉害。

周氏对她说：“你年纪小，去了说不得会是宝珠的陪衬，倒不如先不去，等你姐姐定了门好亲事，自然也就有人相看你。”

怎么她去了就会成为陪衬？

定是宝珠撺掇的，不然母亲怎么会不带她去，连玉珠都去了呢。

不就是那几本书，大不了给她便是了！

惜珠停止掉泪，脑中有了个计划……惜珠摇摇头：不行，那可是自己的亲姐姐，怎么能如此害她？

都怪这劳什子话本，惜珠生气地将书摔在地上。

其实她自己也看的，不过是解解闷，虽有些瘾头，但看到宝珠这个样子也就完全没心情看了。

“惜珠，你若是不给我找来，我就告诉母亲，说你引着我看这些书，哼，到时候母亲就更加讨厌你了。”

惜珠忍不住又是一阵哭泣，宝珠最后虽然没有告诉母亲这些事，却让母亲不带她去“寒夜寻梅”，这可是她盼了很长时间的。

“……到时候母亲就更加讨厌你了。”

更加……更加……

宝珠早就知道母亲讨厌她！

她们都知道！

惜珠大喘着气，那就别怪她了，惜珠捡起地上的书，慢慢地回到闺房……

第二日，马车里三人小睡一会儿后，醒来谁也不说话，玉珠依然低头绣花，掌珠读书，只宝珠无所事事，车轮咕噜的声音搅得宝珠心情很是烦躁，这时候宝珠有些懊悔没有带惜珠来。

她也不是有意的，本来她只是和母亲随口说说，没想到母亲心中也是这样想的，只是担心惜珠不高兴，见她说了，也就应下了。

宝珠心中生气，也见不得别人好，便一把将玉珠的绣架夺过来，玉珠哪里想到会这样，针在手上划了一道红痕。

掌珠看向宝珠，微微皱眉，之前的大家闺秀现在又变回了任性的千金小姐。

宝珠在掌珠面前多少有些收敛，轻轻咳嗽一声道："车颠簸得厉害，玉珠姐姐还是不要绣了，免得眼睛坏了。"叫声姐姐算是给面子了。

玉珠"嗯"了一声，道："多谢宝珠妹妹。"

宝珠随手将绣架扔到茶几上。

玉珠只是低着头。

掌珠并不帮玉珠，这人要是自己都不知道保护自己，别人帮了又有什么用？宝珠只会更变本加厉地欺负玉珠。

掌珠低头继续看书。

宝珠得意地朝玉珠笑了一下。

玉珠轻声道："大姐姐也别看了吧，对眼睛不好。"

掌珠放下书卷，对谨言道："现在什么时候了？"

谨言笑道："申正一刻。"说完从八宝阁里取了一些点心放在茶几上。

宝珠冷哼道："这个时候还吃什么点心。"

玉珠笑道："宝珠妹妹多少吃一块儿，宴会上毕竟夫人、小姐众多，怕是也吃不了多少。"

宝珠听了这话，拿起一小块儿梅花糕细嚼慢咽了起来。

掌珠也拿起一块儿，车里的气氛好多了。

不一会儿，就到了江陵府陈家的宅院，在这里停留一下，是为了更衣洗漱一番，大半天的舟车劳顿，周氏等人服饰多少都有些不整。毕竟是去温家做客，自然还是要郑重些，更何况周氏还存了联姻的心思。

七珍服侍着宝珠去了周氏隔壁的房间，掌珠与玉珠在一个房间。

玉珠笑道："大姐姐，宝珠妹妹就那个性子，您别见怪。"

掌珠听了这话，忍不住笑道："是二妹妹别见怪才对。"这玉珠还当她是刚回陈家的阿珠吗？

玉珠知道自己一时说了错话，只是笑道："大姐姐说的是。"

有的时候掌珠也相当佩服玉珠的卑微。

约有一刻钟的时间，几人都穿戴好了，宝珠将外面的长袄换成了一件披风，换了几件首饰，看起来多了几分俏丽。而玉珠与掌珠两人只不过是整理了一下衣着。

几人又换乘小轿去了温家。

这小轿就只能载一位小姐和贴身侍女，掌珠这才松了一口气，还是自己一个人自在，和玉珠、宝珠坐一天比她在薄情庵打坐一天还累。

唱月笑道："姑娘累了吧，我给姑娘捏捏肩？"

掌珠摇摇头，道："不必。"

唱月小声地道："今天和七珍姐姐聊天，七珍姐姐说三小姐最近都喜欢闷在屋里，也不许她们进去，不过脾气倒是好了很多，很少动手打人了。"

掌珠"嗯"了一声，便开始闭目养神。

掌珠看得出来，宝珠虽然脾气暴躁，但是还算是单纯，又不知世事，现在作风不似从前，估计是看了那些话本，掌珠心中有些无力感，她之前做的是对还是错？

酉初二刻，陈家的轿子准时到了温府大门。

与陈家同时到的还有周家。

关于宝珠与周书恩的事周氏已经和周太夫人说清，只是周氏看到周夫人时，脸上还是有些尴尬，周夫人则一副无所谓的态度。

与周夫人来的自然还有周书恩与周书慈。

周书恩见到宝珠忙上前打招呼，宝珠则躲到一边，不高兴地道："表哥是男子，怎么跟着女眷一同进来了？"宝珠自比佳人，自然觉得应当才子来配，周书恩在宝珠眼里算不得才子，宝珠自是要离得远远的。

周书恩一愣，没想到宝珠会这样，道："我只是想过来看表妹一眼，再去前面。"

周书慈拉过宝珠，对周书恩做了个鬼脸，道："哥哥还是快去前院吧，不要和我们玩闹了。"又对宝珠笑道，"你都不知道我哥哥他知道今日你来，有多高兴呢。走，咱们一同进去吧！"

宝珠只低着头并不理会周书慈的话。

周氏也只当没有听见，与周夫人先行上了软轿去了后宅。

自有婆子、侍女过来服侍掌珠等人。

最后走的玉珠，对正挠着脑袋还不知道怎么回事的周书恩道："表哥还是快去吧，过会儿怕是有其他家的女眷来了。"

周书恩脸一红，匆匆地点点头，连忙去了前院。

虽是二月寒冬，但是沿路走来一直都能看见绿意，温家的院落比起陈家多了些温婉，处处透着亲近，当然这也就少了些严肃。

天色有些晚，树上的花灯已经被点亮，或红或黄，看着甚是热闹。

领着她们去后宅的是两个小丫头，脸上洋溢着笑意，连带着她们的心情也好了起来。

还未进大厅，就听见里面的阵阵谈笑声。

周氏和周夫人刚进大厅，温夫人就笑道："正说着你们家几个如花似玉的姑娘呢，结果你们就到了，真是不禁念叨。"

周氏爽朗地笑道："本以为我们早了，没想到诸位夫人来得更早。"

温夫人看向掌珠等人，掌珠等人连忙行礼问安，温夫人送了表礼，又问路上累不累等，知道她们是从别院里过来才放心。

温柔嘉过来，大大方方地给几位夫人行礼，然后对温夫人道："我的母亲大人，您还是放了她们吧，让她们与女儿去一旁玩吧。"

周氏笑道："果然是姐姐的开心果，不像我家的这个，生来就是来找我要债的。罢了，让她们一旁玩去吧。"

温夫人无奈地摇摇头，戳了一下温柔嘉的脑袋，对周氏等人笑道："这个小东西，就知道在你们面前卖好，私下就知道气我。"

温柔嘉噘着嘴，道："母亲……"

温夫人故意板着脸，道："罚你带着几个妹妹去见见各位夫人，然后才可以去玩。"又对着周氏、周夫人道，"咱们几个安心坐这儿聊吧，陈夫人的头面是哪里打的？倒是精致……"

周氏无奈地看着温柔嘉带着掌珠等人去那边见其他夫人，她本想过会儿只带着宝珠认一圈，倒没想到被温夫人抢先了，现在只得与温夫人话家常。

掌珠几人尚不知一进门，周氏与温夫人已经交锋了一场，只是跟着温柔嘉见礼，温柔嘉活泼可爱，又是主人家，这一路下来倒是欢声笑语，听得周氏甚是觉得刺耳。

掌珠在见到姜夫人的时候，眼中带着些打量。

惜珠说周氏给她定的姜家……不知道是不是真的，还有所谓的传言，又是什么？

掌珠心中其实并不信惜珠的话，两家议亲向来不张扬，惜珠就算是个小孩也不可能知道她"定"了姜家的。

不过，掌珠不得不承认她对姜家有些感兴趣。

姜夫人出身孔家，孔家是五大世家之一，名副其实的书香门第，文学大家，出过数名帝师，学子满天下。因此姜夫人最是守规矩，不喜风花雪月。

姜夫人也在暗中打量掌珠，掌珠在几人中身量最高，双目炯炯有神，修眉端鼻，一颦一笑之间，高贵的神色自然流露，更主要的是掌珠身上带着一种灵性，这是大魏贵女身上没有的。

姜夫人心中也是有些满意的。

再观温柔嘉几人，则略显孩子气。

姜夫人笑道："听陈夫人说，掌珠小姐喜欢养花？"

掌珠回道："夫人叫我掌珠就好，只是喜欢看丫头侍弄花草而已。"相对来说她赏花的时候更多。

姜夫人讶然，看来这周氏根本没有与掌珠商量过婚事。

姜夫人点点头，让几人去拜见其他夫人。

一圈下来，几人才去了一旁的花厅。

温柔嘉拍着胸脯对掌珠道："妹妹好厉害，居然和姜夫人说那么长的话，姜夫人可是十分严厉的，比我的女红师傅还严厉呢。”

掌珠对温柔嘉的印象不错，笑道：“不过只是回了一句话罢了。”

周书慈哼道：“说不得尼姑庵里的尼姑要比姜夫人更严厉呢。”

宝珠正色道：“表妹可不要这样说，太失礼了。”

周书慈惊讶地看着宝珠，才觉得宝珠似乎变化很大。

掌珠心中觉得，这宝珠看了些话本，倒是更懂礼了，也算是误打误撞吧。

花厅中还有其他贵女，温柔嘉又带着掌珠认了一圈，众贵女见掌珠与温柔嘉在一起，当中虽有好奇掌珠身世的，也有自视甚高瞧不上掌珠的，但是也都礼让三分。

掌珠这才算正式进了大魏的贵女圈。

掌珠对温柔嘉端正行个礼，道：“多谢柔嘉姐姐了。”

温柔嘉避开，连忙道：“无须行礼，不过是主人家应该做的罢了。”顿了一下，眨着眼睛，道，“再说你与我哥哥也算是同门。”

掌珠一愣，道：“阿路果然……你是阿路的妹妹？”

温柔嘉笑道：“我不知道你嘴里的阿路，不过，我哥哥字路领，一直都跟随了清师太学论辩，若是你也是了清师太的弟子，那就是同门了。”

掌珠笑道：“算不上弟子，不过是旁听罢了。”

温柔嘉摇摇头道：“我可是听我哥哥说，了清师太最得意的一名弟子就是住在薄情庵的一位姑娘呢，想来就是你了。只可恨他说不得随意说其他姑娘的闺名，竟然一直都没有告诉我，现在你我相识，他定然高兴。”

掌珠只得道：“那就多谢柔嘉姐姐与令兄的夸奖了。”

温柔嘉又与掌珠聊起薄情庵，掌珠也难得有人爱听这些，倒是聊得尽兴。

只是一旁宝珠与周书慈眼中带着不满。

约有一刻钟，就有一位妇人进来，对温柔嘉道：“大小姐，大少爷过来给夫人请安，怕是要请各位贵女回避一二。”

温柔嘉皱着眉头，道：“真是的，定然是受了那些狭促鬼的撺掇，非要从这里走。”

众贵女则笑道：“早就听说如玉公子，这次也算是沾光识得庐山真面目了。”

众贵女边说笑边躲去厢房里，或是站立在屏风后。

宝珠站在屏风后也颇为好奇，如玉公子，听起来风采奕奕，就是不知道到底如何了。上次梅花宴她只顾与贵女谈服饰，倒是没有在意什么如玉公子。

一时间，众贵女屏息凝气。

这时，从门口进来一个秀雅的少年，身着冰蓝色罗衣，发丝如墨，脸上带着温和又略尴尬的笑意，似是从画中走出来，少年低垂着眼帘，并不肆意张望，匆匆而过，但是姿态娴雅，衣和发飘飘逸逸，让众人好似感觉春风拂过。

这人果然是阿路。

掌珠先回过神来，却发现众女还是躲在一旁不说话，似是还在回味，掌珠轻声咳嗽了一下，众人才回过神来，只是一时都很羞涩，只和亲近的好友才小声交谈。

“你可看见如玉公子的衣服？绣着雅致竹叶花纹的雪白绲边，想来是喜欢竹子……”

“如玉公子腰间的那块羊脂玉，我也有一块呢……”

温柔嘉无奈地摇摇头，一副每每都这样的神情。

掌珠的反应倒没有这么大，她六岁在薄情庵就认识阿路，初时她以为阿路是女孩，后来才知道是男孩，只是已经看习惯，并无杂念。

温柔嘉见掌珠如此平静，倒是高兴，两人相谈甚欢。

宝珠自屏风出来后，一直在愣神，心中将这如玉公子过来的场景反复数回，与那才子佳人的风流话本相重合，竟觉得如玉公子从这借路就是专门为了瞧上她一眼。

那一颦一笑，都是为了她。

宝珠一时神魂颠倒起来……

从大厅传来众位夫人的笑声将宝珠吵醒，见众贵女已经聚在温柔嘉身旁打探如玉公子。

毕竟众人都是未出阁的少女，说来说去不过是羡慕温柔嘉有这样的兄长。

宝珠听听也不感兴趣，将来这些人会羡慕她有这样的一个夫君，这样想来，就觉脸上红红的、热热的。

不一会儿，晚宴开始，每人身前一小方桌，桌上数碟吃食，众贵妇、贵女边吃边欣赏歌舞。

宝珠看着这些蓝衣舞娘，想到如玉公子，越想越按捺不住，生怕有人抢了她的先。轻轻扯了一下周氏的衣袖，周氏低声问道：“何事？”

宝珠这个时候也顾不上害羞，回道：“母亲看那如玉公子怎样？”一句话说完，脸更是红得要滴出血来。

周氏皱了下眉，看宝珠这样，自然知道是动了春心，周氏连忙道：“回去再说！”

宝珠心一冷，想那才子佳人的话本里，父母总是不同意的，宝珠又道：“母亲这是为何……”声音大了些，离得近的夫人、小姐难免看过来。

周氏笑道：“近来天冷，一时倒是吃不下东西，你只管自己吃，不必服侍我。”

众人才收回目光。

周氏低声道：“回去再做打算。”

宝珠这才无奈作罢。

待到吃完后，温夫人对大家笑道：“我也不拘束各位小姐了，这梅林就在后面，有婆子、侍女把守，若是迷路了，只管向一个方向一直走，不出一炷香自会看见侍女，各位小姐选了自己喜爱的梅枝便剪下来，还是按照每年的规矩，为了怕众位夫人爱女心切，就交给诸位公子评选，不知今年谁是最会赏花的人呢。若是有不喜走动的小姐，在这里猜灯谜也可，猜对得多，本夫人也是有赏的。”

说得众人笑了一场。

众女自是或结伴或独行地去了梅林。

温家的梅林与陈家的千梅林不一样，陈家胜在数多，而温家的梅林胜在“独”，几株梅加上奇石小溪，自成一景，这梅林中有数个这样的景色。在寒冬的夜晚透着一种冷，倒是贴合了“寒冬寻梅”，恐怕有些贵女是不喜欢的，怪不得温夫人会说不喜走动的可以猜灯谜。

大多数贵女没有向林中深处走去，只在附近寻梅。

掌珠却想沿着石板路向里走走，这夜中的梅别有一番风味，配上这冷，梅才有了些“疏枝横玉瘦，小萼点珠光”的意思。

掌珠突然间明白母亲为何从不开梅花宴了，陈家的梅算不上真正的美，“墙角数枝梅”的梅才算美。

温柔嘉叹道：“有梅无雪不精神。可惜缺一场雪。”

掌珠回过神来，发现宝珠与周书慈已经去他处，玉珠也不知去哪里了，只有温柔嘉在身旁，回道：“现在这个时候若是下场雪，梅是精神了，等到雪化怕就是零落成泥碾作尘了。”

温柔嘉道：“妹妹说的还真是，每每下了雪，梅花也就落了。”语气颇有些失落。

掌珠笑道：“只有香如故。姐姐守着这片梅林还怕看不到梅吗？”

温柔嘉打量掌珠，笑道：“果然是妹妹会说话。”顿了一下，道，“我陪妹妹走走？”

掌珠回道：“姐姐不必陪着我，我随意走走吧，说不得寻到一株好梅呢。”她是主人家，还要招待其他贵女，定是不能一直陪着自己的。

温柔嘉从侍女那儿提过一盏花灯递给掌珠，道：“梅林里为了意境，花灯少些，妹妹提着花灯吧。”温柔嘉看出掌珠想去梅林深处，她小时候也是极喜欢去梅林里，小溪、木桥、梅花、弯月，确实漂亮。

掌珠道：“多谢姐姐了。”说着提着花灯，斜挎一个小篓去了林深处。

且说大厅处。

宝珠本来是去寻梅了，但是不一会儿就回来了，留在周氏与温夫人这里卖好讨巧，周氏自然知道宝珠是想讨好温夫人，只是现在并不是时候，一个姑娘家的若是太自降身价，别人哪里会正眼瞧？

周氏想着回去要和宝珠好好说说，好在温夫人只当宝珠年纪小，爱撒娇，自是去招待其他夫人。

姜夫人笑道：“有个女儿就是贴心，陈夫人好福气。”

周氏连忙笑道：“姜夫人过奖了，将来若是有个贴心的儿媳妇也是一样的。”

姜夫人道：“正是这个理。”顿了一下，道，“刚才我听掌珠小姐的意思，似乎只喜欢赏花不喜欢养花？”

周氏秀眉一挑，提起精神，道：“掌珠年纪还小，不喜欢也是可以培养的。以后如果姜夫人肯指点一二，想来掌珠会更喜欢的，不知道姜夫人……”周氏将姿态摆得很低，姜家这门亲事她是势在必得。

姜夫人笑道：“赏花之人通常都喜欢养花的。”

周氏一愣，这是什么意思？是定下这门婚事，还是作罢？

姜夫人看了眼周氏，周氏想攀上姜家又不想牺牲自己的女儿，掌珠对于周氏绝对是好人选，对于姜家……也是这样的。

她其实已经是和家中商量，姜家对于掌珠还算认可，虽然陈家现在的族长不是掌珠的父亲，但是姜家也不需要再锦上添花了，掌珠无父无母、无兄无弟对姜家来说其实是没有负担，而且姜家还可以借掌珠父亲的名声……

但是姜夫人并不想这样快地就告诉周氏，周氏这个人无利不起早，若是知道如意了，怕是又新生枝节。

姜夫人笑道："陈夫人不必着急，掌珠小姐毕竟还在孝中，养花一事慢慢培养，不急。"姜夫人说完便出去看众家小姐猜灯谜。

周氏听了先是一喜，后来又一琢磨，这姜夫人说和没说一样，并没有定下来，真是狡猾，不过听这话音姜家还是有意的，不然大可一口回绝。也罢，掌珠毕竟在服丧，再说她还不信姜家能找到比掌珠还合适的人选。

掌珠沿着蜿蜿蜒蜒的小路走在梅林中，不时地看见刻着诗句的石头，倒是与这梅相得益彰。

掌珠原本由赏花变成了赏景，每一株梅都各有妙趣，她干脆一株也没有剪。

走着走着就看见前方有一处小池塘，一棵歪脖红梅立在一旁，旁边就是两三块奇石，上写着"不拟折来遮老眼，欲知春色到池塘"，掌珠觉得甚是有趣，走到池边，一勾弯月映在水中，池水很浅、很清，可以看清池底的小石子，掌珠蹲下，想捡起池底的一颗石子。

"池水凉，还是不要摸的好。"

掌珠顿了一下，从池边捡了块红色的石头，才站起来，笑道："是有些凉，但是比起薄情庵的井水还差一些呢。"站在她身后的正是阿路，温柔嘉的哥哥温润晁。

温润晁站在梅中，让周边如画的梅都失了色，而温润晁则是画中走出来的天人。

温润晁微微笑了一下，看着她空空的竹篓，道："不是寻梅？没有寻到梅吗？怎么走到这儿了？"

掌珠笑道："不舍得剪下来，随意走走。"看了一下四周，道，"这里莫非不是梅林？"

温润晁挑了一下眉，想起了两人在薄情庵经常玩的诡辩，回道："只一棵梅树，不算林，何来梅林？这里不是梅林。"

掌珠将石头放在篓内，便道："那敢问阿路，这棵梅树在何处？"

温润晁张嘴就要说梅林，还好打住，略想一下，道："在我的书屋旁。"

原来这里是温润晁的书屋。

掌珠摇摇头道："阿路此言差矣，那请问阿路的书屋又在何处？"掌珠并不是要温润晁回答，又从池中捡了一块石头，继续道，"这块石头在哪儿？在我掌心。我又在哪儿？梅树旁。那么这块石头在何处？你我所在方圆中虽只有这一棵树，但你我眼所望去是什么地方？"

"是梅林。"

掌珠笑笑将石头扔在地上，道：“阿路眼光要放远哦。”

温润晁无奈地摇摇头，道：“早就知道不是你的对手，偏偏还想试试。”

掌珠得意地笑着，仿佛又回到薄情庵两人在了清师太面前诡辩的日子。

温润晁看到掌珠的笑，心生羡慕，这笑带着自信与骄傲，还有一丝的恣意，仿佛谁也无法破坏、阻挡。

掌珠被温润晁这样盯着有些不自在，问道：“我怎样回去？”

温润晁道：“你不必担心，我平常在这里读书，不会有其他人过来，倒没想到你走得这样深，你从左边这条小路这儿一直走下去会比较近。”

掌珠笑道：“那就多谢路领公子领路了哦。”说毕并不留恋地向左走。

温润晁听见掌珠喊了他字，只觉得心中一阵暖流，待回过神来，掌珠已经走得有些远了，温润晁有些后悔，该与掌珠再多说些话的。

温润晁摇摇头，进书屋取了两本书，便走了。

这时，从另一旁的梅林中走出两个男子，一着黑衣，一着灰衣。

灰衣男子正是姜铎，姜铎走到池边，捡起掌珠扔的石头，手中摩挲着。

黑衣男子身材英挺，轮廓棱角分明，黑眸蕴藏锐利，宛若黑夜中的鹰，孑然独立在那儿，周身盛气逼人，笑道：“这小女子倒是有趣。”见姜铎不说话，继续道，“孤以为是碰见一对小情人私会，没想到不过是斗嘴。”

姜铎不赞同地看向黑衣男子，如此毁坏女子的名声可不好，道：“宽敏兄，过会儿便要评梅了，宽敏兄可要去看？”

黑衣男子，字宽敏，道：“自然，说来那女子没有寻梅，倒是和孤的想法一样，这么多漂亮的花，何苦只取一株？”

姜铎并不理会黑衣男子，只与黑衣男子一同从另一条小路走，两人速度很快，脚步很轻，不一会儿已经走得没影了。

掌珠没走几步，便看见有其他贵女也在寻梅，心中松了一口气，若是被别人看见总会误会的，心中正这样想着，就听到急促的脚步声，掌珠还没有看清来者何人，就被这人推倒在地。

掌珠抬头，才看见是宝珠，怒气冲冲地死盯着她，掌珠微微皱眉。

宝珠见掌珠头上一对吊珠簪在鬓间摇曳，眉如远黛，肤如凝脂，红唇紧抿，清新动人，宝珠心中更气，怒道：“你个贱人，居然跑到梅林里……”勾搭这个词怎么也说不出来，只气得喊，“不要脸！”

原来宝珠也想寻枝好梅，没想到走得太深……远远地看见掌珠与温润晁说话了，只是并不知道说什么。

掌珠站起来，拍拍身上的土，神色淡然，宝珠的声音不小，已经有贵女看向这边，宝珠上来还想掴掌珠，被掌珠一手握住。

宝珠气得大骂，无非是贱人、不要脸、没有教养之类的。

掌珠手上用力，宝珠疼得骂不出来。

掌珠淡淡地道：“你看见什么了？你敢说吗？”

宝珠自是不敢说的，她虽然任性，可也是正经的大魏贵女，她从小就被教导关于家族、名声的重要性，姐妹间纵使是不和，但是一损俱损，一荣俱荣，她心里明白只要她一说出掌珠与如玉公子私会，不仅掌珠完了，陈家的几个女儿都完了。最后这事若是压下来，也怕是如玉公子迫于无奈与掌珠定亲，她相当于为他人作嫁衣，不，不能说。

宝珠眼神渐渐眼神清亮，终于从怒火中清醒了。

掌珠继续道："知道这里是哪儿吗？是谁家吗？"语气淡淡的，但是很有压迫感。

宝珠恶狠狠地瞪着掌珠，掌珠冷声道："说！"

宝珠咬着牙道："这里是温家梅林。"

掌珠笑了一下，道："知道就好，要撒野还是回自己的地盘比较好，免得被外人说我们陈家没有教养。"说着放下宝珠的手。

宝珠揉着手腕不说话，眼中充满恨意。

掌珠并不在意笑道："三妹妹，你剪的梅掉了，我再帮你剪一枝吧。"说着从篓里拿出小剪，踮起脚剪了头上一枝有几个含苞待放花蕾的梅枝，然后放入宝珠的小篓里。

一旁的贵女只当宝珠是因为梅花掉在地上不高兴发生了几句口角，一般堂姐妹间、嫡庶姐妹间是容易发生争吵，但是毕竟是人家家族内的事，并不多理会。

掌珠又问道："三妹妹一起回去吗？"

宝珠冷哼一声，转身快步回大厅找周氏，心中只觉得自己从来没有这样受委屈过。

掌珠心中微微叹了一口气，低头看见那枝残梅，捡起来，放到篓里，这可真是"只有香如故"了。

等到掌珠回到大厅，众女已经都在了。掌珠环视一圈，没有看见玉珠，微微皱了一下眉，只得先坐在宝珠身旁，宝珠冷冷地瞥了一眼掌珠，继续在周氏身旁撒娇，满脸的笑意，和刚才完全两个样。

只有十名贵女将自己寻的梅送去评选，这十名贵女年纪也稍微大些十三四岁，正在议婚中，目的不言而喻。

最后赢的是孔家的小姐，孔小姐折的梅，放在瓶中的时候还是花蕾，送到那边的时候竟然开了，满室的梅香，孔小姐当仁不让地成为今年的寻梅人，据说还有一位公子为此吟了首诗：无事不寻梅，得梅归去来。雪深春尚浅，一半到家开。

不过掌珠听众位夫人聊起，这位孔小姐并没有议亲，只是言谈中脸上带的竟然是歆羡。

掌珠心中不大明白这是为何，却又无人能解惑，一时觉得身旁没有个上了年纪的人总是不行的，或许可以机会询问温夫人？这时，掌珠才看见玉珠回来，玉珠坐在一旁，小声道："在梅林中走远了，忘了时间了。"

掌珠感觉到玉珠周身并不带着冷气，篓中的梅花几乎都要开谢了，玉珠怕是没有去梅林吧。

掌珠看着满堂的贵女、夫人说笑，珠光闪烁，只觉得每个人都带着秘密，都带着自己的小心思……掌珠心中涌起一丝胆怯，她想回到薄情庵……

就听温夫人笑道："今晚多谢各位夫人、小姐的莅临寒舍，如果有喜欢梅的小姐、夫人，可再去林中剪几枝……"

"寒夜寻梅"就算是结束了，众位小姐、夫人，开始约定下个月的三月三女儿节或者是三月闲厅对弈……

待到周氏等人离开温家的时候，已经是亥时初（晚上九点），温夫人只好派人护送周氏回了别院……

回到偏厅，一位年纪偏大的女总管已经站在里面了。

温夫人笑道："坐下吧。天冷，喝口热茶，不急。"

女总管听话地坐下喝茶。

温夫人长出一口气，今天只要将那位孔小姐推出来就算圆满成功了，其他的都好说，温夫人问道："你先说说大少爷在梅林书屋的事吧……"满园的贵女，自然要好好看着，万一有个意外，温家也不好交代。

女总管自是如此这般地将事讲一遍，还有掌珠与宝珠之间的争吵，以及关于玉珠……

听后，温夫人摇头笑道："这陈家三个女儿都不是吃素的，玉珠小姐一事既然没有闹出来，不过是走错了偶遇罢了，万万不可传出去毁了人家女儿的名声。"女主管自是应下才告退。

温夫人也就不把玉珠放在心上了，至于掌珠与宝珠……

不是温夫人抬高自己的儿子，为晁儿吵架的名门贵女每年总有几个，只是……

温夫人没有想到了清师太的那名得意女弟子会是阿珠，她也是之前才知道穆氏所休养的尼姑庵竟然会是薄情庵。她去过很多次，穆氏从来没有要见过她。

温夫人叹了一口气，就算是她知道，她也不方便见穆氏的。

正想着，就听一个清脆的声音："娘亲，今晚我与你一起睡吧。"

温夫人见是温柔嘉，忙搂入怀中，道："大晚上的，怎么不多披件衣服呢？"然后，又摸摸温柔嘉的手，发现不冷才作罢。

温柔嘉挣脱出来，道："女儿年纪都已经大了，不要总是搂来搂去的。"

温夫人无奈地道："不是你天天撒娇的时候了。"顿了一下，道，"你今日感觉阿珠怎样？"

若是穆氏和陈廷和还活着，晁儿和阿珠倒是绝配，只是现在的情况……

温柔嘉露出些笑意，想了一下道："性子清冷，但也不是那种清高孤傲之人，是个有主意的女孩。"

温夫人笑道："和她母亲一个样。那你看宝珠呢？"

其实她的本意是宝珠，晁儿性子开朗灵动，找个一样活泼的女孩子，晁儿也不会太束手束脚，只是这宝珠太过冲动，不过是看见个没影儿的事，就如此大动干戈，温家可不能有这样的主母。

温柔嘉道："和普通贵女差不多，没什么特别，娘亲，今天她为何与掌珠生气？"

温夫人笑道："以后可不许这样嘴碎，不过一时言语不和罢了。"

温柔嘉噘着嘴道："就知道训女儿。"

温夫人揉揉温柔嘉的头，道："你也不小了，这几年怕是就……"

温柔嘉听了这样的话，捂着耳朵道："我可不听这些，这辈子都在娘亲身边。"

温夫人笑着摇摇头，母女俩又说了会儿话，才休息。

陈家别院。

周氏皱着眉头看着跪在下面的宝珠。

她是万万没有想到自己的女儿会这样……不知羞耻，不过是见了那如玉公子一眼，就……

宝珠眼睛红红的，一副决绝的样子，就这样直挺挺地跪着。

母女俩谁也不说话。

过了好一会儿，还是周氏先道："你先起来吧。"

宝珠问道："母亲，那女儿说的……"

周氏厉声道："站起来！"

宝珠吓得一激灵，才慢慢地站起来，屋中的侍女、婆子早都被赶出去了。

宝珠站起来小声地哭。

周氏一把拉过宝珠，盯着她道："为了一个男子，你就在这里哭成这个样子？你大小姐的骨气呢！"周氏是恨铁不成钢！

宝珠看着周氏气急败坏的眼神，心中对才子佳人的渴望不知不觉减少了许多，她好像是做了一场梦，只是一想到如玉公子，心中又有些不舍，喃喃道："母亲，我……"

周氏无奈地叹道："你的婚事，我自有打算，绝对要让我的女儿风风光光地大嫁，以后万万不许再发生今日之事。好在你还有点心眼，没有把阿珠的事嚷嚷出去。"

宝珠生气地道："阿珠怎么配得上如玉公子！她……"

周氏道："以后不要再提此事了，她的婚事已经定了。"

宝珠很是惊讶，问道："谁？"

周氏想了下，道："你以后自会知道。"

宝珠知道掌珠不可能与如玉公子定亲，自是高兴，对周氏撒娇道："那如玉公子，女儿……"说着也不好意思了。

周氏道："这事从长计议，嫁入温家不是一朝一夕的事。"言语中已经是认可了。

宝珠更是高兴。

周氏心中对宝珠的变化有些惊讶，只等着回家再好好查一番。

这一夜风平浪静地过去，第二日早晨，周氏等人出发回苏州城。温家自是又派人送出了城，还同来时一样，周氏一辆车，掌珠三人一辆车，宝珠因前一日与掌珠吵过架，在车上并不理会掌珠，几人倒是相安无事，一路无话，此处不再赘述。

第二日到了陈家，惜珠已经在门口等待了。

周氏心中对宝珠多少有些失望，见到惜珠如此乖巧，难免关心道："天冷，就不用到门口迎接了，再冻着。"说着牵起来惜珠的手，随即道，"这么凉，怎不拿着暖炉？"说着责备地看着惜珠身后的丫头。

惜珠笑道："拿着的，不过见到母亲回来了，就交给丫头了。"

周氏点头道："你的孝心我知道，以后还是要照顾好自己。"两人边说边走向敬正堂。宝珠跟在身后，眼中只是有些委屈，并没有愤怒，毕竟是自己的亲妹妹。

玉珠很是惊讶，掌珠只当没有看见，两人各自回了自己的园子。

第二日清晨，就听说周氏发落了几个满园的丫头，并让惜珠搬进了满园。

掌珠听到这个消息，不知不觉地松了一口气，宝珠变化如此大，周氏必然会察觉的，这样的结果总是好的。

她并不希望那几本书对宝珠产生什么重大的影响，她是不喜欢宝珠，甚至是讨厌，因为宝珠对她以及她母亲的恶意，但是她不会为此就害宝珠，如果宝珠一定要有什么不幸的话，那么也不应该是因为她。

惜珠从珠玑楼搬到了满园，也算是乔迁，掌珠与玉珠还特意过去给惜珠送了礼物，不过手帕、香包一类。

满园。

玉珠道："真是羡慕宝珠妹妹和惜珠妹妹呢，能吃住同行。"

惜珠道："我现在住在原本姐姐的绣楼里，离得还是有些距离呢，不过是一个园子里，离得近了些。"

宝珠无奈道："我叫你和我一起住，你偏要住在那里。"

这是掌珠在"寒夜寻梅"后第一次见到宝珠。

宝珠还是之前那样的打扮、那样的举止，只是脾气看似收敛了不少，掌珠道："近些也好有个照应。"

宝珠看了眼掌珠，眼中带着冰冷冷的恨意，掌珠有些不大明白，莫不成就单纯地因为梅林中的事？

宝珠冷哼道："是啊，省得再遭了谁的暗算。"

掌珠眼睛一眯，宝珠这是什么意思？莫非把书的事算到她头上了？掌珠看向惜珠，这个罪魁祸首获利最多。

这其中的缘由，怕就只有惜珠一个人知道了。

惜珠笑道："大姐姐，今日我摆了两桌，不如一起吃？"

玉珠也有些期待地看着掌珠，现在面上玉珠都是唯掌珠马首是瞻。

掌珠笑着摇摇头道："不方便，你们在这里痛快地玩吧。"

宝珠冷哼一声，这人还真当自己是嫡长女。

玉珠敛去眼中的失落，也跟着笑道："你们还可以浅酌些梅花酒，上次温夫人送的，我都没有舍得喝呢。"

提到"寒夜寻梅"，宝珠想到如玉公子，想到自己在梅林受到的侮辱，直恨得牙痒痒，惜珠则因为自己没去，脸色也不大好，这一句话倒使场面冷清了。

玉珠故作忐忑不安。

掌珠道："我就先走了，再次恭贺妹妹乔迁之喜。"玉珠跟着站起来。

惜珠笑道："我送两位姐姐。"

没想到宝珠也道："我送送大姐姐。"最后大姐姐那三个字咬得尤其重。

掌珠笑了一下，道："多谢三妹妹了。"宝珠在她面前何时讨到过好处？她还怕她不成？说完先行走出去，宝珠紧跟着掌珠。

玉珠有些迟疑，问惜珠："她们没事吧……"

惜珠见玉珠故意拖延时间，也无所谓，看着掌珠和宝珠的背影笑了一下，道："又能有什么事？"

玉珠见只有她两人，便道："妹妹要是有时间就多找我坐会儿，我过来也是一样的，你也知道，大姐姐这人喜欢静，我平时也没有什么意思。之前的事还多亏了妹妹。"玉珠指的是惜珠"探病"一事，玉珠现在指望不上掌珠，宝珠她也不敢指望，只有惜珠还能靠一靠。

惜珠叹道："玉珠姐姐的不易，惜珠是明白的。"惜珠说得又好像感叹自己似的。

说完，两人相视一笑。

这边，宝珠跟着掌珠，两人到了满园外面，掌珠道："三妹妹有什么话就直说吧。"

宝珠冷哼道："我只是警告你，不要妄想什么如玉公子。"

掌珠一愣，"扑哧"笑了，原来就和她说这个。

宝珠不高兴地道："你笑什么？"

掌珠回道："三妹妹，你我这是谁在妄想呢？"

"你！"宝珠又想骂人，对上掌珠威胁的眼神，宝珠只得咽下去，道，"你还不知道吧，你的婚事已经定下了，所以，别妄想了。"

掌珠心中一惊，面上并不显出来，只是道："你一个小姑娘，还是老老实实地在满园里绣花吧，别琢磨那些旁门左道。"

宝珠怒道："若不是你，我又何必被母亲责骂！就你最黑心！"

掌珠挑了一下眉，道："那书是哪儿来的，想必你很清楚。"

宝珠冷笑道："你不必离间我们姐妹的感情，自己换掉了书，你还想赖别人吗？"

掌珠明白惜珠是怎么脱身的了，不过是这样简单的一个谎言，宝珠就信了。

看着宝珠的样子，掌珠摇头笑了笑，也难怪，她不过故意说了一句话，就能将宝珠的话都套出来，更何况亲妹妹惜珠呢？只是不知道周氏是否也信。

这时，惜珠与玉珠也出来了，两人自是告别。掌珠回到琉璃园后，忍不住想，宝珠也说她的亲事定下来了，莫非惜珠说的是真的？宝珠的话要更可信，毕竟宝珠与周氏更亲近，或许说周氏有动静了，她安排的真是姜家？

掌珠长出一口气，其实她知道与否都不重要，她的婚事本就不是自己能做主的。

还好，周氏总要过太夫人那一关的。

掌珠真有点恨这种不能自己掌握的感觉……看着琉璃窗愣神，总应该有什么东西她能把握吧。

日子一天一天地过去，天气慢慢变暖。

三月三女儿节，闲厅对弈，自有贵族夫人办宴会，只是掌珠等人并没有去，只周氏自己去了。

宝珠与惜珠只被关在满园里。

玉珠有些迷惑，但是掌珠知道，恐怕还是因为那书籍的原因。周氏怕是下了禁足令。

连女学都没有让宝珠、惜珠去，她与玉珠自然也没有去。

掌珠也不知道周氏心中打的什么主意，按说周氏一定是恨透她了，只是为何没有动静？

掌珠这个时候才发现她与周氏对抗，还差得太远，之前也不过是误打误撞占了先。

敬正堂。

周氏抿了口茶，看着衣袖的纹路，道："老爷最近总去祝氏那里？"

下面站着的是夏彤，容颜憔悴。

那日不过是陈廷远一时兴起，过了酒劲也就不觉得夏彤有什么好，夏彤现在在陈廷远书房处当闲差，就是红袖添香也轮不上她，但是在别人眼中她是被老爷"收用"过的，想嫁出去也是难了，因此，她不得不继续跟着周氏。

夏彤连忙回道："是的，夫人，老爷在书房时十之七八唤祝姨娘伺候，剩下一两次只是自己一人。"

周氏瞟了眼夏彤，夏彤不敢说话，周氏才道："废物。"她还指望夏彤能分宠一二，结果陈廷远根本不拿正眼看她，白搭了她身边的一个丫头。

冬青在周氏面前小声道："夫人，看时辰，大小姐就要到了。"

周氏这才对夏彤道："好了，我知道了，你下去吧。"

夏彤想说什么，也不敢说出口，只得在门口的时候，从袖里掏出两根银钗，塞给以前与她一同当差的大丫鬟春色，只求能在夫人高兴的时候提上她两句，将她唤回来。

夏彤走后，春色撇撇嘴，谁敢在夫人面前提她？那不是找不自在吗？且说这银钗的分量也不足……

周氏叹了一口气，她在家中忙里忙外的，陈廷远却只知道风花雪月，宠幸别人也就算了，偏偏是那个祝氏，甭以为她看不出来这其中的猫腻，这祝氏可有些那个人的身影……

周氏忍不住又想到掌珠，这个小妮子倒是滑手，可惜了惜珠的妙计，惜珠做了什么她若看不出来，岂不是白活了这么多年？

正想着，就听见脚步声，周氏脸上又挂上温和的笑容。

掌珠进来后请安，两人客套一番，掌珠坐在下首，不知道周氏有什么打算。

周氏笑道："我近来也是忙，你那里有时可能就顾不上了。"

掌珠连忙道："多谢婶娘关心，掌珠那里一切都好。"

周氏道："你这孩子就是这么懂事，那日我见到你奶娘就应该想到的，你那里还差个妈妈。"

这……掌珠还真不能反驳。

周氏继续道："徐妈妈是家中的老人，以前是从宫中出来的，与太夫人也是有交情的，以后就在你身旁服侍吧。"

与太夫人有交情？莫非是太夫人的人？

说着进来一个四十多岁的妇人，盘着头，看着倒是干净，只是身材有些魁梧，让人觉得有些凶。

这人真是从宫里出来的？

徐妈妈对着掌珠行礼，道："大小姐安好。"

掌珠连忙道："妈妈多礼了。"

周氏又将卖身契塞到掌珠手里，对徐妈妈道："以后好好服侍大小姐。"

徐妈妈道："老奴明白。"

掌珠握着徐妈妈的卖身契，并不觉得轻松。这人看起来就知道不是好惹的，若是太夫人的人还好，若不是……纵使手中有她的卖身契，她也不能把与太夫人有交情的人卖了……

掌珠谢过周氏就带着徐妈妈回了琉璃园。

一路上倒是惹人注目，这徐妈妈的气势不像是小姐身旁的妈妈，倒是有些像丫头们的教导婆子。

这样的一个妈妈并不是只有掌珠有，而是按照陈家的规定，每位陈家小姐，除去奶娘还应该有一位妈妈，这位妈妈的作用则是在言谈举止上多劝诫教导小姐。

玉珠、宝珠、惜珠都有的，听说因为宝珠不喜欢她的教导妈妈，因此那位妈妈很少能进满园，连带着玉珠与惜珠身旁的妈妈也不敢入园管教，不过好像因为这次书的事，这些妈妈才又被周氏请回来，现在都与各位小姐住在一起。

这女孩身旁，还是得有个老成的妈妈，不然什么时候着了别人的道都不知道。

掌珠心中慢慢地想着怎样对待徐妈妈，这妈妈并不同于侍女，算是半个老师，可不像秋白等人好对付。

到了琉璃园，丫头们看到掌珠身后的徐妈妈，都自动不敢大声说话。

掌珠心中笑了，这徐妈妈还是有些用处的，至少可以震慑院子里的丫头，只希望她同面上看起来一样铁面无私。

掌珠向秋白等人介绍了徐妈妈，便安排徐妈妈住在她闺房的隔壁，徐妈妈神色上才露出些满意，缓和了许多。

想来徐妈妈心中也是担心掌珠给她吃排头，若是一来两人就你来我往一番就不美了。

接下来一段时间，两人相安无事。一般情况，只要掌珠不出屋，徐妈妈也不会刻意地在她身边，除非掌珠传唤。

但是掌珠要是迈出闺房一步，如看丫头们侍弄花草、喂金鱼之类的，徐妈妈就会在不远处待着，这个时候掌珠就会让徐妈妈过来陪她看。

次数多了，徐妈妈看见掌珠出来就会陪到她身边，有时两人还会多聊几句。

掌珠笑道：“不知道徐妈妈在陈家当了几年的差了？我年纪小，身边也没有个老人儿，因此不知道。”她其实是问过晓初和秋白的，只是两人都不知道这个徐妈妈的来历。

徐妈妈面上依然严厉，中规中矩地道：“老奴是熹平二十五年进的陈家。”说着眼神闪烁了一下，只是坐在一旁看鱼的掌珠没有看见。

掌珠一听笑道：“有十二年了呢，那年正好我出生。”

徐妈妈看了眼掌珠，道：“老奴之前是宫中尚仪局的宫女，年龄到了就出宫了，被陈家荣养。”听语气，多少有些骄傲。

掌珠确实是惊讶，她没想到这个徐妈妈还有这等身份，在宫中能活着出来的宫女可不多。

掌珠站起来道：“之前是掌珠失敬了，还请徐妈妈见谅。”掌珠从“寒夜寻梅”那次，心中就希望身边有个年长的人能指导她一番，很多事，她阅历不够，是看不出行道的。

而且从宫中待过，不说礼仪上的，就说对各个世家也是了解的，若是能告诉她一二，也是她求之不得的。如宝珠等人，想来不必问周氏就会告诉，而她知道的，还仅仅是从母亲那里得来的只言片语。

这真是刚想瞌睡周氏就送了枕头。

徐妈妈见掌珠如此，连忙避让，眼中闪过一丝笑意，但是还是板着脸道：“大小姐多礼了，以后万万不得如此，主仆尊卑不得混乱。”

掌珠笑道：“多谢妈妈教导。”

她身旁如晓初、唱月，她们不能给她过多的建议，而秋白，大多数则是很明显的反面建议，次数多了也就没有什么价值了。

不管这徐妈妈到底是谁的人，她自己不傻，兼听则明。

徐妈妈算是掌珠手下的一员大将了。

徐妈妈不负众望地将琉璃园的那些小丫头都制住了，见掌珠颇为青睐唱月，更是好好地教导了唱月一番，也省去了掌珠不少时间。

只是，一主一仆、一青涩一老成、一活泼一古板，两人难免会产生矛盾。

首先徐妈妈十分不赞成掌珠女红的时间如此短，并且掌珠的女红只能说一般，所以徐妈妈认为可以将下午看书的时间拿来做女红，徐妈妈虽然并不觉得女子无才就是德，但是相比而言，女红更是重要。

掌珠则认为，她虽然不可能考状元，但是她也不打算当绣娘，女红拿得出去就成了。

徐妈妈又认为，就算如此也该绣一个拿得出手的大件，将来嫁出去才不会被嘲笑。

掌珠听了这话才细细问，然后才知道，原来在大魏，大多数贵女出嫁时都会带上自己绣的屏风，或是送给婆母，或是自己摆设，这东西通常提前两三年就开始绣了，而掌珠从来不知道这件事，穆氏之前也没有教过，想来以穆氏的性子也是觉得这东西可有可无吧。

掌珠有些迟疑……

徐妈妈再添一把火，说了句不客气的话："若是大夫人在，大小姐就是不绣，老奴也是不会多说一句半句的，只是现在正是大夫人不在，大小姐才更应该绣，更应该时时刻刻都做一个标准的大魏贵女。"

这话如针一般刺了掌珠的心，她不绣，众人只会说果然是没有母亲教导的姑娘，众人只会更加苛刻。

掌珠不得不妥协，决定恶补三个月的绣艺，然后就开始绣成亲时的屏风。

也只是这三个月暂且不看书，待到绣屏风后，便还是之前的作息。

徐妈妈无奈同意。

但是总体来说，这一仗徐妈妈赢。

接下来徐妈妈又要求掌珠学习烹饪、裁剪……

关于这些掌珠根本就不与徐妈妈多沟通，直接拒绝，且没有任何理由，如果非要追问理由的话，掌珠只问徐妈妈一句话，她将来莫非是嫁入小门小户不成？她这贵女当的还不如小家碧玉。

掌珠干脆从二等的丫鬟里，挑了两个丫头，让她们跟着徐妈妈学习烹饪与裁剪，又选了一个给徐妈妈，让徐妈妈教会这个丫头梳头……

这下徐妈妈有的忙了。

这一仗，徐妈妈败，且还收了三个徒弟。

徐妈妈是明白了，这位大小姐要是认定的，几乎就不会改也还好，她也不是真的要教掌珠这些……

徐妈妈的到来就好像投入水中的石子，不过激起了些许的涟漪，很快便又恢复平静了。

如是居。

太夫人捻着佛珠对赵善家的道："她那里怎么样了？"

赵善家的笑道："一切都很好，大小姐很有慧根。"

太夫人笑着点点头，过了会儿道："这人本来就是给她准备的，只是送去得晚了些，不过这样也好，掌珠身上的那股野性对徐妈妈来说也是个挑战。"

这徐妈妈当年就是太夫人寻来给掌珠的，没想到一下子拖了这么多年，现在也算是物归原主了。

赵善家的见太夫人高兴，就将刺绣与烹饪一事告诉了太夫人，笑道："这徐妈妈是遇到对手了。"

太夫人听后摇头道："不是徐妈妈遇到对手，而是周氏遇到对手了。"说完冷哼道，"咱们这位夫人是想磋磨人呢，这徐妈妈也是个人精，那边受了周氏的嘱托，为了交差总得要向掌珠提两句。"

赵善家的一愣，原来如此，安慰道："太夫人不用担心，徐妈妈心里有数，不会磋磨大小姐的。"

太夫人笑道："我可没有担心，我倒是想看看周氏知道搬了石头砸自己脚时的场景呢，要不是她主动要找什么教养妈妈，我还想不出法子把人送过去呢。"

赵善家的也跟着笑了一场。

徐妈妈确实和太夫人有交情，但是在周氏眼里也不过是主仆关系，而且更认为她这个失势的老太婆已经众叛亲离，身旁的人巴不得都躲得远远的，这徐妈妈又本身是个冷情的人，与她本就不热络，相貌又凶，这周氏就将主意动到她头上了，许了金银，就盼着徐妈妈能辖制住掌珠……

其实徐妈妈不见得没有这种打算，将来随着掌珠出嫁去了夫家，自己也成了管家婆子……

太夫人又道："让她好好历练也是好的。"过了好一会儿，叹道，"这么好的苗子……当初就该坚持着……"

当初穆氏与陈廷和都舍不得自己的女儿当女承嗣，怕孤独一生，因为他们明白，掌珠一旦是女承嗣，怕是难招赘到如意郎君，而且也不会让她生孩子，定是从其他陈家血脉抱养孩子……

她当时也是心软，也是担心掌珠并不合适，又正巧穆氏又有孕……这事也就作罢了……没想到最后……

一步错，步步错。

人间四月芳菲尽，山寺桃花始盛开。

掌珠站在门前看着外面晴朗的天气，绿意越来越浓，以前在薄情庵，这时山上已经是开满桃花了，母亲喜欢桃花，会与她一起收集花瓣，做桃花糕，喝桃花茶，她们也一起做过花冢。

桃花开起来，就是一朵紧挨着一朵，密密层层，宛如一片朝霞，争先恐后地展现自己的艳丽风姿。

母亲说，人就应该这样活着。

掌珠不知道母亲是真的这样想的，还是她从来没有这样过所以羡慕。

有的时候，并不是想怎样就怎样的，总要有屈服的。

正想着就见门口进来个小丫头，禀告道："姑娘，三小姐、四小姐过来了。"

掌珠笑道："正好，我也松快松快。"她已经在绣房里闷了一个多月了，不但识了诸多线与颜色，穿针引线更是没有问题，这些日子让她突然觉得自己从小就未出过陈家，一直活在这小小的绣房里。

因此她每日都站在这里望望天，告诉自己，她知道外面有多广阔。

不一会儿，宝珠与惜珠两人进来，不过一个多月的时间，宝珠看起来已经沉稳了许多，惜珠看起来也活泼了些。

跟在宝珠与惜珠身后的除了两人的贴身侍女七珍与九巧，还有两个妈妈。

掌珠对宝珠与惜珠道："总算把两位妹妹盼过来了，我这天天绣花没意思得很呢。"

宝珠知道掌珠这段时间一直在绣花，想来是被妈妈辖制住了，心中颇为得意，但是现在也不会显出来，而是笑道："听说大姐姐的绣艺越来越好了，可要给我绣两条帕子啊！要大姐姐亲自绣的呢！”

这宝珠，真是学聪明了，也学会暗中使坏了。

掌珠忍不住看了眼宝珠的妈妈，是位看起来很慈祥的妈妈，气质很好，就说她是位夫人也是有人信的，据说这位妈妈曾经是某位公主的妈妈，公主夭折被放了出来，周氏想办法给弄了过来。

惜珠的教养妈妈则看起来要有气势得多，看来周氏为自己女儿找的妈妈很是用心，知道惜珠性子偏软绵，就找了这样的妈妈。

那两人见掌珠看她们，屈膝行礼，掌珠受了礼，然后道：“秋白，请两位妈妈与徐妈妈一同坐会儿吧，上好茶。”

两位妈妈略一推辞。

掌珠不理会，拉着宝珠与惜珠进屋。

惜珠有些惊讶掌珠对妈妈的态度，看起来倒不像是被妈妈辖制住的样子。

惜珠进来后，悄声道：“大姐姐，徐妈妈看着好似很凶啊，没有欺负你吧？”

掌珠笑道：“妹妹多虑了，说到底，咱是主子。”心下明白这两人怕是过来看她被妈妈磋磨的样子吧。

虽然宝珠不喜欢掌珠，但是还是同意这句话的，难得跟着应和掌珠：“这句话说得对，妹妹，你也不要太过隐忍，要时时拿出你主子的谱，莫非那婆子欺负你了？”

掌珠忍着笑，这宝珠也不过是面上变了，性子哪里变了，怕也是难变了。

惜珠心中暗恨宝珠蠢，笑道：“哪里会欺负，倒是帮了不少忙，免得被人骗了。”说着偷偷看了眼掌珠。

宝珠听到这个，全然忘记刚才的话，跟着惜珠道：“说来，也该让妈妈们进来看看，免得有乌七八糟的东西，污了我们的眼。”

因为书籍周氏狠狠责备过宝珠，很是讲过一番利弊，她才知道这东西有多大的坏处。

她若是误信了书中所写，私会乃至私奔，到时候没有贵女的身份，就什么也没有，又怎么嫁入高门，还怎样嫁给如玉公子？

这掌珠心思就是狠毒！

掌珠挑了一下眉，刚要说什么，就听惜珠道：“姐姐不能这样说，有徐妈妈在，肯定是没有的。”这是认定掌珠之前有东西了。

掌珠收起笑意，道：“惜珠妹妹这话说的是，我身旁既没有能出门的奶娘，又没有闲钱，更不知道城中哪里有好东西，怎么会有什么能入两位妹妹眼的东西呢？”

惜珠生气地看着掌珠，她对宝珠的解释就是送到宝珠那儿的书被掌珠换了，而对周氏的解释是，是奶娘出的主意，她虽然知道，但是也没有过问……

她身上才没有嫌疑的。

宝珠狐疑地看了眼惜珠，看见惜珠在瞅着掌珠，不再说话。她心中虽有些疑惑，但还是觉得掌珠哄骗宝珠的成分更多。

一时安静下来，这时，秋白端着茶果进来，掌珠笑道：“两位妹妹尝尝这桃花茶，是今早丫头们新采的。”

宝珠尝了下，一种花香沁人心脾，道：“莫非是在珠玑楼那儿采的？”说完又狐疑地看着惜珠，她还是觉得惜珠与掌珠关系奇怪。

掌珠道：“不是，琉璃园这儿也有两棵桃树，不过经常听说四妹妹的珠玑楼桃花满楼，甚是漂亮，现在正是赏花的时候。”

惜珠笑道：“那大姐姐有时间就过去看看也无妨，这桃花不仅可以泡茶喝，也可以做糕点。”

说到这，两人难免分享怎样做糕点等，相谈甚欢。

宝珠生气地放下茶杯，道：“你们聊，我先走了。”说完站起来就离开了。

掌珠与惜珠都没有动，过了一会儿，掌珠笑道：“四妹妹满意了？”惜珠和自己好，宝珠只会更讨厌她。

惜珠笑道：“我不大明白姐姐的意思。这桃花茶可是大姐姐送上来的。”

掌珠叹了一口气，道：“四妹妹何苦这样呢？”

惜珠站起来，看着掌珠道：“妹妹从来都没有想和大姐姐作对过，你我不一样。”说着扬起一抹得意的笑意，这种笑容，惜珠从来没有过，看起来让惜珠平和秀丽的容貌有些丑陋，惜珠道，“我姐姐就是看不清，她一个父母双全的嫡女，又得母亲喜爱，有必要和大姐姐争吗？”

掌珠皱着眉头道：“这是你不和我作对的原因？”

惜珠点头道：“我，父母双全，堂堂礼部侍郎的嫡女，有必要与大姐姐作对吗？”

掌珠深吸一口气，这个惜珠说了两遍父母双全，论伤人，这惜珠才是个中好手。

掌珠皱了一下眉道：“那你处处怂恿宝珠针对我是为了……”

惜珠淡淡地道：“母亲总得看清她的女儿哪个聪明吧。”

无论宝珠怎样对掌珠，掌珠又怎么回应，宝珠在周氏眼里只会是挑起事端的人，周氏收残局的次数越多，就越会讨厌掌珠，当然，或许也会渐渐地不喜宝珠……

掌珠一时无言，过了一会儿，道：“婶娘她为何对你如此……”

惜珠看了眼掌珠，恢复之前的平静，道：“今日和大姐姐说这么多，就是想告诉大姐姐，您怎样，都与我无关。其实，大姐姐不如帮我一二，日后日子也好过些。”

这是惜珠今日说这些的目的？

掌珠问道：“你也是这样和玉珠说的？”

惜珠笑道：“大姐姐果然聪明，只可惜玉珠姐姐没有什么用。”

掌珠无奈道：“你又何必做这些？你与宝珠都是姐妹……”

惜珠道：“您与玉珠也是姐妹呢。好了，妹妹先告退了，大姐姐想去采桃花便去吧。”

掌珠送走惜珠，心中一时乱如麻，理不清头绪。

不一会儿，徐妈妈进来，见掌珠难得的沉默，问道：“姑娘这是怎么了？”

掌珠笑道："有一事正好请教妈妈。"

徐妈妈道："姑娘请讲。"

掌珠道："听闻宫中不说妃嫔间，就是宫人间也争宠，即使是亲姐妹也会如此，这些掌珠倒是能理解，只是不知道为何家中姐妹也会如此？"

徐妈妈只当掌珠问的是她与玉珠、宝珠等人的关系，便道："趋利避害本就是人之本性。"

掌珠道："若是能公平是否就可以避免了呢？"

徐妈妈见掌珠说得认真，也认真地道："如何又能公平呢？姑娘平时喜欢唱月服侍……"徐妈妈见掌珠想说什么，笑道，"是，唱月更会伺候些，只是那鱼缸里的鱼儿，姑娘不也是喜欢花色漂亮的吗？"

掌珠摇头道："这些又怎么能类比呢？若是亲生的，莫非也有喜和不喜？"

徐妈妈一愣，道："儿女是父母的债，从心底里，每个孩子对母亲都是一样的，只是有的时候，或许会觉得某一个孩子更需要疼爱。更何况，姐妹之间争风吃醋并不是姑娘口中的争宠，更多的是无意之举，是希望得到父母的认可罢了。"

掌珠想了一下，道："……或许是吧。"

徐妈妈见掌珠不说话，便退下，心下想这掌珠莫非说的是宝珠与惜珠？

晚上，掌珠看到桌上的晚膳，笑了一下，这宝珠真是幼稚得可笑……在饭菜上动手脚，桌上是三菜一汤，应该是一凉一素一肉，现在，都是素菜，苦瓜炒肉只有苦瓜……

秋白解释道："姑娘，厨房说，老太太那边点的菜都比较难做，因此没有时间给这边做……"

掌珠摇头道："没关系，正好去去火。"说着夹了一筷子苦瓜。

厨房不是傻子，不敢真拿剩菜馊饭来对付她，虽说都是素菜，但是做得也精致，味道也不错。

掌珠因此并不在意。

结果一连十天都如此，不但油水已经完全没有了，连分量也减少了，厨房越来越过分了。

掌珠看着这"三菜一汤"，一旁的秋白、晓初、徐妈妈表情都很凝重。

秋白小声地道："厨房说，有几个厨子请假了……"连理由都很敷衍。

掌珠道："无妨，吃吧。你们也出去吃吧。"

三人对视一眼，最后徐妈妈点点头，秋白和晓初才出去。

不一会儿，掌珠吃了一碗米饭，三菜一汤已经都吃完了，她平时会把饭菜赏给晓初和秋白，可见现在的菜量有多少。

掌珠表情微微凝重，道："徐妈妈不饿吗？"

徐妈妈道："不饿，大小姐想怎么办？"

掌珠咬牙道："这……厨房越来越跋扈，若是再隐忍下去，他们只会变本加厉……我毕竟是陈家的嫡长女，怎么能让他们这样作践……或者是时候反击了。"

徐妈妈看着还很稚嫩的掌珠，这个小女孩有时让人捉摸不透，不像普通从小生长在宅门里的贵女，但是，毕竟还是个孩子，便笑道：“大小姐知道若是在宫中发生这种事又该如何？”

掌珠想了一下回道：“在宫中，怕是更不好办，要看这样做的人的玉阶、家世、受宠程度，而且还要看自己的处境，以及是想藏拙还是……”说到这儿，掌珠也明白了徐妈妈的意思，这么说来，能让厨房有这么大的力度……掌珠顿了一下，问道，“莫非这些是周氏干的？”

徐妈妈笑道：“刚开始应该不是，后来怕是了。至少是默许且支持的。老奴看着或许姑娘是受了池鱼之祸。”周氏对付的另有其人。

掌珠一愣，想了一下，拍手笑道：“姜还是老的辣，我也一直想不透呢。”开始宝珠在吃食上动手脚，不过是故意整治，她派晓初去过厨房也就过去了，但是结果却相反……她这才有些忌惮。

徐妈妈被掌珠的样子逗笑了，道：“是姑娘身在其中，难免想不通。”

掌珠又想了一下，笑道：“那或许罪魁祸首不是周氏，而是真正遭殃的人。”或许周氏根本不知道她遭殃，是周氏真正对付的人拖她下水，只要她告厨房一状，自然解了那人之围。

好个玲珑心思，只是不知道是谁。

徐妈妈惊讶地看着掌珠，眼中有着赞叹。

徐妈妈道：“那姑娘……”

掌珠道：“那我就更要反击了。”或许还能找个同盟。

徐妈妈却满是担心，掌珠并不在意，一个时辰后，掌珠让秋白进来。

第二日，秋白领了菜肴就直接去了敬正堂，见到周氏，就跪下开始哭：“厨房苛待大小姐，还说这是夫人的命令，奴婢实在是看不过厨房如此污蔑夫人……”

周氏皱着眉头，有些惊讶，她完全不知道厨房也把掌珠的伙食动了手脚。

周氏问道：“几天了？”

秋白回道：“有十几日了。”

周氏又问道：“怎么才来？”

秋白再回道：“大小姐不准我们过来。”

周氏道：“为何？”

秋白道：“奴婢不知。”

周氏看着跪在下面的秋白，秋白后背慢慢被汗润湿，想起昨晚掌珠说的话——

“你今年已经十五了，总该为自己打算吧……你现在的处境不必我细说了吧，若是想当墙头草，我也无所谓，不过是占着我这儿的一个大丫头的名额，你若是想跟着我，我就想办法把你卖身契弄来……”

周氏过了会儿，道：“知道了，你回去吧。”

秋白一愣，这周氏的反应与她们预计的不一样啊，不是应该将掌珠叫来对峙吗？

周氏眯着眼道：“怎么了？还有事？”

秋白连忙道：“没有，奴婢告退。”

周氏道："嗯，你的忠心我是知道的。"这句话说得秋白更是害怕。

秋白刚要退出去，就听门口有人给掌珠请安的声音。

掌珠进来给周氏请安后，就道："秋白这丫头，我是不能要了，婶娘。"

秋白一听满脸的惊愕，连求饶都忘记了。

周氏挑了一下眉，笑道："莫非是因为厨房菜肴的事？这可与秋白无关。"

掌珠道："自然是无关，只是我已经告诫过她不许打扰婶娘，之前被角别针也是如此，她既然不听我的话，要她又有何用？"

秋白已经回过神来，跪下，瑟瑟发抖，不知道掌珠是故意这样说的还是真的，总之，今天只要她从琉璃园被赶出来，那就只有被卖这一条路。

周氏听了这话，点头道："话是如此，只是她也是为你好。"

掌珠冷笑道："她是奴婢，就该听我的，这秋白我是不能要了，我再买一个。"

周氏看着秋白，心里计算着是重新给掌珠买一个还是再送给掌珠一个合适，这时看了眼偏门，见夏彤在那儿，心中有些烦，她这事还不少呢，便道："若是让人牙子来，买新的再调教，怕是还有段时间，这秋白你就先用着，好歹看在她为你好的分儿上。"

掌珠笑道："那也好，那婶娘就将她的卖身契给我，免得她不听我的，听婶娘的。"

周氏一愣，才知道掌珠是这个意思，她倒被掌珠给绕进去了。

周氏想说什么，掌珠又道："一提卖身契，莫非婶娘就想给我买新丫头了？只是新丫头还要调教，怕是还有段时间呢。"

周氏瞪着掌珠，居然敢在她面前撒野。

周氏怒极反笑："为了一个丫头，就与我撕破脸皮？"

掌珠站起来将食盒踢翻道："婶娘也别怪我，现在这些奴婢不知道自己是奴婢，当自己是半个主人，以为有什么命令就可以作践主子。掌珠也是为了辖制住她，才想要秋白的卖身契，不然她怎么在琉璃园当差，那她当的是谁的差？婶娘的差？"

对待周氏，掌珠想的方法就是犯浑，对周氏若是来后院里的那一套，怕是不管用。

周氏挥了挥手道："把秋白的卖身契拿来。"又笑道，"掌珠小姐好大的脾气，不过是个卖身契，就又是踢食盒又是大声小气的，果然是没有母亲教，这怎么能代表我们陈家呢？我身为你婶娘，若是再不理不睬就说不过去了。"

掌珠转身看向周氏，周氏淡淡地道："一粥一饭，当思来之不易，罚掌珠小姐一个月的斋饭，也让掌珠小姐思思这其中的不易。"顿了一下，笑道，"掌珠小姐是从薄情庵回来的，应该是吃得惯斋饭吧。"

掌珠屈膝道："多谢婶娘恩赐。只是，之前婶娘可没下令让我吃斋饭，厨房那边也该有个交代吧？"

周氏盯着掌珠，她不明白掌珠为了秋白这么个唯利是图的丫头，就和她公然翻脸？这也太不值得了，咬牙道："你放心，厨房那边也是该好好查查了。"

掌珠这才拿过卖身契离开敬正堂。

周氏看着还跪在一旁的秋白，道："还愣着干什么？跟着你家小姐走吧。"

秋白这才哆哆嗦嗦地站起来，跟着掌珠离开。

直到跟着掌珠回到了琉璃园，秋白才结结巴巴地道："姑娘，这……夫人……"

掌珠笑道："今日你也看见了，你的话她以后若是还信的话怕是太阳都要从西边出来了，所以，你最好不要有其他的心思了。"

秋白哪里还敢说其他的，只是连忙应下。

徐妈妈连忙询问，掌珠说了之后，徐妈妈也是惊讶，为得秋白如此，值得吗？就算值得，可是就这样大大咧咧地得罪周氏，也不妥，掌珠还需要磨炼。

不仅仅掌珠一人要吃斋，整个琉璃园都要吃斋饭，而且量更少了，自然有丫头不乐意。

掌珠则更好奇周氏要对付的是谁，让周氏无暇顾及这边。

掌珠二话没说，谁不满意就直接送到周氏面前，这种丫头她不要，再送来其他的丫头也好，买新的也好，反正她送出去的丫头别想让她再要。

周氏简直是在帮她清理门户呢。

琉璃园才算安静下来，没有人敢质疑掌珠说的话。无论周氏送过来的饭菜多差，掌珠也能吃下去，她在薄情庵还吃过野菜，莫非还怕这些制作精良的素菜？

周氏也不敢送残羹冷炙的。

如是居。

太夫人听说了，无奈地摇摇头，这性子比她母亲还锐利几分，胆子也大，毕竟不是在宅院里长大的，多了点野性。

不知道这样是好是坏，以后怕是要吃点苦头，才能收敛。

周氏是当家主母，要是想对付掌珠，自然不会单单从吃食上做手脚。

送来的布料也都是外面一层是好的，打开便有被虫咬过的孔，衣服不是小一些就是大一点儿。

周氏是个好面子的人，她能动的也不过就是吃穿用度，而这些恰恰是掌珠不在意的地方。

别的方面，周氏并没有动分毫，份例绝对按日子发放，只是在周氏的眼皮子底下，就是有钱也没有人敢管琉璃园的人。

周氏也没有再送新的丫头，只说还在采买调教。掌珠倒也图个清静。

玉珠来她这儿哭了两次，很同情她的样子，还偷偷地送来吃食，最后让掌珠都送回去了，她若是吃了就是不知悔改。

吃斋饭的这些日子宝珠有的时候会来琉璃园奚落掌珠，在掌珠眼里，也不过是小孩子的招数，什么今日她吃的什么饭、得什么布料等。掌珠不过一笑而过。

惜珠躲在满园不出来，这些事，惜珠是从来不掺和的。

这三个妹妹真是性格迥异。

很快，吃斋饭的一个月就过去了。已经是五月下旬，日子过得倒也平静，即使拿回来的膳食还是油水少，但是也不会如之前一样那般清汤寡水了。

现在琉璃园的人几乎少了一半，剩下这一半的人虽不见得忠心于掌珠但至少不会是周氏的人，掌珠心中还是高兴的。

掌珠现在已经开始挑选花样，为自己出嫁的绣品做打算，与徐妈妈再三地商量，掌珠最后终于定了一幅万马奔腾的花样。

徐妈妈只是无奈笑道，一般鲜有女子绣这种花样，掌珠却无所谓，她就是看着漂亮。

那就只能当送给未来姑爷的礼物了，只是这一点，徐妈妈并没有告诉掌珠。

这一日，掌珠正与徐妈妈一同配色，就见唱月拿进来一个精致的八宝盒，还有几匹布。

掌珠笑道："这是哪儿来的？"

唱月回道："是旖旎苑送过来的礼物。"

"旖旎苑？"掌珠看向秋白。

秋白比起之前更加恭敬，连忙回道："这是二老爷的妾室祝姨娘的院子。"

掌珠放下手中的线，笑了一下，道："哦？怎么突然地给咱们送礼物了？"

唱月笑道："祝姨娘今日诊出有喜了。老太太高兴，每个院子都赏了。祝姨娘送来些东西，说希望肚子里的孩子能像大小姐这般漂亮。"

掌珠与徐妈妈对视一眼，看来让周氏手忙脚乱的就是这位祝姨娘了。

"祝姨娘几个月了？"

唱月回道："将近两个月了呢。"

掌珠点了一下头，正是那个时候她这里的饭菜开始有问题的，这个祝氏真是沉得住气。"拿来我瞧瞧这八宝盒。"

唱月呈上东西，然后与秋白退下去。

掌珠对徐妈妈道："多亏了有徐妈妈在，她们才这么懂规矩。"徐妈妈回道："都是老奴应该做的。"她或许并不算忠于掌珠，但是她确实能做许多掌珠做不了的事，这就是她的价值。

掌珠先翻了下布匹，然后打开八宝盒，第一、二层装着精致的糕点，这是知道她最近吃得不好，第三层是一些精致的花样，正好她现在要研习刺绣，第四层几个格子里装着漂亮的琉璃珠，不算昂贵，也不惹眼。

掌珠笑道："这个祝氏也是个有心的。以后有她在二老爷身旁，也能帮咱们防着点夫人的动静。"掌珠脑中想起了祝氏的模样，看着是个安静的女子，举止倒不像是小门小户，身上的气质也很不错，总是让她觉得熟悉。

徐妈妈摇摇头，道："这个祝姨娘若是聪明的，怕是不愿意蹚这浑水。"

掌珠疑惑地看向徐妈妈。

掌珠虽然聪明，但是对于宅院里的门道还是摸不清。

徐妈妈道："祝姨娘现在肚子里怀的是二房第一胎庶生孩子，怕是相当讨二老爷的欢心，但是，这后院里，说一不二的还是夫人，她要是想保住孩子，还是要对夫人俯首帖耳。夫人是个场面上的人，之前喜事没出来，夫人百般折腾，但是，现在既然全家上下都已经知道了，就肯定会保祝姨娘生下孩子。"掌珠对于祝姨娘怕是就没有那么大的用处了。

掌珠拿着琉璃珠发愣，道：“这么说这些东西是还人情？”那她这些日子的斋饭不是白吃了？而且也完全和周氏撕开脸皮了。

徐妈妈笑道：“姑娘，或许祝姨娘送这些只是证明她是个会感恩的人。”

掌珠疑惑地看着徐妈妈。

徐妈妈道：“后院中不过是东风压倒西风，祝姨娘毕竟不过才不到两个月，到底能不能生下孩子，又能不能活着生下孩子，还没个定数。”

祝氏不可能帮掌珠的，将来她的孩子还要在周氏手底下讨生活，但是祝氏总要先生下孩子，这个时候，祝氏又不能完全地指着周氏。

掌珠叹了一口气，她始终不能完全懂这些后宅的女人。

也好，总算有些情谊了。

至少祝氏一有孩子，宝珠应该不会再找她麻烦了吧。

敬正堂。

周氏生气地道：“没一件顺心的事！”

宝珠与惜珠坐在一旁都不敢说话，最后还是宝珠道：“娘亲，不过是个妾生的孩子，别放在心上。”

周氏瞪了眼宝珠，无奈道：“这么大了也没个心眼。”

她先让掌珠钻了空子，又让祝氏逃过一劫，心中自然不高兴。

掌珠还好说，早晚嫁出去，只是这祝氏。

周氏想了一下，道：“你们以后别去旖旎苑玩，免得冲撞了她，再让她纠缠上。”

宝珠与惜珠应下。

宝珠才小心翼翼地道：“母亲，我们这个月可以出去吗？”

周氏不高兴地看了眼宝珠，宝珠可怜兮兮的，自从上次“寒夜寻梅”她就没有出去过，还处处受那老婆子的限制。

周氏本想应下宝珠，但是想到现在自己事多，肯定看顾不好宝珠，若是宝珠再一冲动做出什么事，她就更手忙脚乱了，便道：“若是听话，乞巧节的时候带你出去。”

宝珠虽然不满意，也只得应下，与惜珠一同出去。

周氏看着两人出去，才无奈地摇摇头，真是没有一个省心的。

周氏道：“叫夏彤进来！”

夏彤畏畏缩缩地进来，已经没有当年大丫头的气势了。

周氏道：“那贱人怀孕你没有看出来？”

夏彤连忙跪下道：“奴婢确实是不知，她还服侍老爷来着……哪里想到已经是有孕了。”

周氏啐道：“废物，要你有什么用！”顿了一下，道，“那狐媚子定是早就知道了……”

夏彤不敢回应。

周氏闭上眼睛不说话，她其实也有察觉，所以才让厨房搞鬼，没想到还是让那贱人挺了过来。最可恨的是还让掌珠钻了空子。

周氏看向夏彤道："你，以后服侍祝姨娘吧，好好服侍，不许有任何差错！"

夏彤连忙谢恩，她以为这次定然被卖，没想到去服侍祝姨娘，只是周氏这话里的语气……

周氏笑了笑，希望夏彤能领会她话里的意思。

这边宝珠与惜珠出去好半晌都没有说话。

还是惜珠先道："姐姐，总算是乞巧节能出去，也是好的。"

宝珠随手掐下一朵花扔在地上，道："还不是那个女人！不然母亲肯定同意我出去的，我可不想要个庶生的妹妹或者弟弟。"顿了一下，道，"莫非你想要？"宝珠现在越来越多疑。

惜珠道："我当然也不想要。"眼珠转了一下，道，"或许咱们可以帮一下母亲。"

宝珠眼睛一亮，问道："怎么帮？"

惜珠小声在宝珠耳边说了几句，然后道："只是母亲不让咱们去旖旎苑……"

宝珠笑道："有我在，你怕什么？再说，说不得母亲就是让咱们去呢。"

惜珠挑了一下眉，没想到宝珠会这么理解周氏的那句话，或许以后再骗宝珠就没那么容易了。

惜珠想了一下，道："只是有大姐姐在……"

宝珠怒视惜珠，道："你为什么总提起她？更何况，我们二房的事与她有什么关系？"

惜珠连忙道："姐姐误会我了，我是听说大姐姐那次为了厨房的事在母亲面前……"

宝珠看着惜珠道："我也知道这件事，可是和祝姨娘有什么关系？难不成你知道的比我多？"

惜珠一时语塞。

宝珠想了一下，道："你在掌珠那里安排人了？"

惜珠道："是琉璃园里有个丫头和我的丫头关系不错，我才知道的，只是后来被大姐姐打发走了。"

宝珠道："哼，这野丫头！"又对惜珠道，"你毕竟是陈家的嫡小姐，怎么能总是打听这些事呢？不成个体统。"

气得惜珠七窍生烟。

宝珠平常难得装姐姐的风范，今日一试，见惜珠无话可说，心中很是高兴，便觉得自己应该这样，这才像个姐姐。

掌珠看着送进来的两套吉服，每套吉服包含中衣、窄袖短袄、十六扇罗裙、宽袖对襟长袍。

一套雅青色与灰色相配，上面绣着翠竹，看着十分淡雅。

一套淡黄色与白色相配，没有大篇幅的绣花，只是袖口领口裙边绣着精致的金纹蝴蝶。

这是掌珠回陈家后第一次给她做这样郑重的吉服，因为顾及她守孝，所以颜色都很淡，也和她平日的喜好相近，掌珠也甚是喜欢。

其实掌珠的行李中也有吉服，只是没有拿出来过。

掌珠看了一下，衣服完整，没有窟窿，也很合适，这周氏要干什么？

周氏身旁的妈妈笑道："姑娘，这是夫人为您准备的，乞巧节那日参加宴会时穿的衣服。"

掌珠看了眼晓初，晓初自是上前打赏银子，掌珠才笑道："有劳妈妈了，只是不知妈妈是否知道参加什么宴会？我年纪小，也好有个准备。"

"老奴可不懂这些，只是负责过来送衣服，姑娘看着合适就好了。"

掌珠点点头，让晓初送出去了。

这时，秋白才出来，轻声道："这妈妈是夫人身旁的二等婆子，想来确实是不知宴会什么的。"

自从秋白正式成为掌珠的人之后，秋白与晓初就调了个位置，秋白很少出去，在院子看家，晓初则跟着掌珠出入，眼看就成为琉璃园的大丫头。

掌珠问道："这乞巧节每年都如此？"

秋白对这些了解得还是少，只得道："夫人每月几乎都有这种宴会的……"她也不知这个算不算是重要的。

徐妈妈进来，给掌珠行礼后才道："这乞巧节对平头百姓的女子来说，是第一大节，但是对贵女们来说与三月三女儿节差不多，不过是个宴会的名头，倒是每三年的五月韵华斗丽才是重头宴会，主要是十二岁至十六岁的贵女参加，出色者几乎都会嫁入皇室。"

掌珠道："那看来这次乞巧节是婶娘用得着我了。"

徐妈妈不说话。

掌珠叹道："或许就只有三妹妹知道了。明天初一去华恩堂请安，不知道能看出什么端倪吗？"

掌珠也有一个月没有去华恩堂了，老太太那边也没有询问过，想来是知道周氏所谓的惩罚了。

第二日，掌珠一早拿着抄写的经书去了华恩堂。

在门口倒是没有多等就被请进来了，老太太笑道："果然还是你最早。"

掌珠请了安，将经书交给老太太，老太太眯着眼看了看，笑道："知道你有孝心，写这些费眼睛，听说你在练刺绣，把精力放在那上边吧。"

掌珠回道："也不过每日抄写一本罢了，不碍事的，默写经书为的是心静向佛。"

老太太点点头，道："也对，你们年纪小，抄抄经书就好，可千万不要日日只知道念经，免得身上沾了那萧条的气息。"

掌珠回道："老太太说的是。"

正说着周氏带着宝珠、惜珠进来，玉珠也跟着一同进来。

玉珠现在基本上已经光明正大地跟在周氏身旁了。

几人互相请安，周氏对掌珠面上还是好得很，笑道："衣服昨日送过去了，看着可有要改的地方？若是不喜欢，就直说，还有一个月的时间才到乞巧节呢，有的是时间折腾。"

掌珠笑道："婶娘多虑了，掌珠很是喜欢，无论是布料还是做工，都是上等的，掌珠实在感谢婶娘。"

周氏掩嘴笑道："婶娘也不要你别的，不如给婶娘绣两个香包吧。"

掌珠回道："婶娘既然要，掌珠自然遵命。"周氏并不提乞巧节宴会的事，怕是问下去也白问。

宝珠也笑道："那大姐姐也给我做两个吧，我看你那儿的香包精致得很呢。"

掌珠开玩笑地道："当初我回来的时候可是给妹妹几个香包、手帕，结果一次也没有见妹妹用过，想来是不喜欢我绣的呢。"这母女俩莫非真当她是绣娘？给周氏绣只当是送长辈了，给宝珠绣算怎么回事？

宝珠愣了一下，她早忘记那些东西放哪儿了。

掌珠问道："我倒是想知道三妹妹的华服做好了吗？想来是相当漂亮呢。"

宝珠连忙笑道："那是，不如等下，大姐姐就去我那儿看看吧。"能比得过掌珠，宝珠自然是高兴。

掌珠道："那就叨扰三妹妹了。"

惜珠与玉珠有些惊讶地看着掌珠，难得这两人没有吵架。

宝珠既然是显摆自己的华服，人越多越好，也少不了玉珠，几人便想要一起去满园。

老太太很高兴这四人亲如姐妹，也不多留，让四人一起好好玩。

华恩堂就只留下老太太与周氏。

周氏笑道："老太太近日睡得还好？"

打了这些年的交道，老太太也明白周氏这是有事要说，道："年纪大了，晚上睡得轻些，还好有你管着家，我和太夫人也就放心了。"老太太一副万事不理的样子。

周氏继续笑道："那还是因为有您在这儿坐镇。"顿了一下，道，"今日也是有件事想让老太太参谋参谋。"

老太太笑而不语。

周氏道："您看温家公子怎么样？"

老太太惊讶地看了眼周氏，道："自然是好的。"

周氏只是笑眯眯地看着老太太。

老太太问道："莫非你是想让宝珠……"

周氏笑道："还是老太太的眼睛雪亮，您也是看出这两个孩子般配。"

老太太闭上眼睛想着。

周氏并不打扰。

其实太夫人与老太太都与温家沾亲带故，应该算是温家太爷的表妹吧。

因此周氏今日才向老太太提起，陈廷远觉得高攀，她偏要试试。

过了会儿，老太太才道："若是能联姻，自是好的，只是温家怕是……"

周氏心中暗恨这母子俩看不起人，但是扬着笑脸道："若是能在温家面前美言几句……"

老太太道："这得问问太夫人，若是美言，怕也只有她才说得上话。"

周氏正是这个意思，但是她与太夫人之间的嫌隙不小，她怕是连见都见不到太夫人。

周氏目的达成，才笑眯眯地离开。

老太太心中叹口气，觉得周氏这次怕是要失望了，只是她总要试试的，若是宝珠真能嫁入温家，她也算扬眉吐气了，有的时候，某些事看似没有希望，但是一旦把握住机会说不得会有转机。

就好比她现在这个老太太的位置。

满园。

宝珠高兴地让丫头捧着她的两套吉服，这吉服要比掌珠的看起来靓丽些，是橙色绣秋叶与粉色绣桃花，穿起来一定很活泼。掌珠不得不佩服周氏的眼光。

只是宝珠的华服虽然漂亮但是没有掌珠想象得华丽。

掌珠也撺掇惜珠把华服拿出来，惜珠两件吉服也差不多，并不出彩。

想来玉珠的也是，难不成这次宴会的主角不是宝珠？

宝珠谈起衣服来，自是滔滔不绝："这华服其实与往年的样子差不多，只不过这罗裙多了两扇，颜色淡了些，绣花精致些，但是这样说不得反而能在乞巧节上耳目一新呢。"

掌珠趁机问道："不知道咱们这次乞巧节是在哪里过？"

宝珠刚要说，一对上掌珠的眼，就笑道："大姐姐不要着急，到时候你就知道了。"

掌珠看向惜珠，惜珠也是朝她暧昧地一笑。

掌珠心中"咯噔"一下，不会是去姜家吧？

始终不说话的玉珠才淡淡地道："还是大姐姐有福分。"

连玉珠都知道一二了……

待到两人回去的时候，玉珠才道："真的很羡慕大姐姐呢。"这语气中居然多了几分嘲讽。

掌珠想了一下，道："莫非二妹妹也知道姜家所谓的传言？"

玉珠吃惊地看着掌珠，道："原来大姐姐是知道的啊！"

掌珠不知道，因此并没有说话。

玉珠想了一下，道："这次乞巧节确实是去姜家，听说姜家夫人亲自点的大姐姐的名字呢。"

掌珠笑了一下，道："二妹妹知道的倒是多。"

玉珠一顿，趁机讨好道："不过是惜珠妹妹随意说的几句罢了。至于传言……玉珠就真的不知道了。只是想来不是什么好的传言。"

掌珠道："多谢二妹妹了，这情分我自是记得。"

玉珠干笑了一下，正好到了琳琅园便下了软轿。

掌珠也下来了，道："我随意走走。"她也有段时间没有出屋了。

掌珠想到梅林，便走去梅林，现在已经没有梅花了，之前的热闹景象看起来颇为萧条。

从琳琅园后面的梅林走，就能到王姨娘那里，这母女俩离得近也挺好的，不知道祝氏的旖旎苑在哪里。

问了晓初，才知道这旖旎苑其实离王姨娘不远，但是要热闹很多。离着陈廷远的书房更近，好像就在月门附近。

掌珠干脆朝那个方向走去，祝氏身上的熟悉感，让她忍不住靠近过，她想了多日终于想出像谁，她想看一下、证实一下。

掌珠在梅林中慢慢地走，枝条上长着嫩嫩的小绿叶，只是这片梅林似乎比冬季还要沉静，没有梅花，几乎没有人来这儿了。

掌珠却越发觉得自在，她曾经想过，或许一辈子住在山中也是不错的。

在梅林中游玩许久，掌珠才笑道："怎么走了半日还没有旖旎苑？"

晓初回道："姑娘在林中赏玩费了些时间，且旖旎苑在珠玑楼的后面，路程可不近。"

掌珠笑道："那当时就应该从满园直接去旖旎苑，倒是绕了一大圈。"

主仆两人走了一段时间，就见前方有一棵杏梅树，现在已经结了杏梅，只是还很小，绿绿的，看着就让人心里觉得酸。

晓初道："姑娘，这杏梅树后面就是旖旎苑了。"

掌珠望去，见树下有两名女子，一女子携着竹篓在摘杏梅，一女子坐在树下的藤椅上。

掌珠慢慢地走过去，被坐着的女子吸引，这女子穿着一身月白色长衫，手中拿着书卷，神情颇为惬意悠闲，只是这女子身上有种倨傲感，似乎并不易亲近。

这女子听到声响，抬起头，露出一张美丽精致的面容，嘴角噙着若有似无的笑意。

掌珠站住，眯着眼，眼前似乎出现母亲拿着书教她《三字经》的场景。

掌珠回过神来，心中已经确认，这位就是二叔的妾室祝氏，也确认这位祝氏确实像自己的母亲。

祝氏看到掌珠有些惊讶，站起来朝掌珠招手。

掌珠没有迟疑，走过去，确实是太像自己的母亲，并不是相貌，而是气质。

掌珠走过去，祝氏屈膝行礼笑道："大小姐安好。没想到来到我这小舍。"

这祝氏说话的语气与别人也不一样，带着几分矜持。

掌珠看向一旁摘杏梅的侍女，问道："这杏梅还没有成熟，怎么就摘？"

祝氏笑了一下，道："三小姐喜欢吃青杏梅，因此才摘的。"顿了一下，叹道，"只可惜这杏梅了……"

掌珠明白，这是宝珠出的幺蛾子磋磨祝氏，就是不知道周氏知不知道了。

一旁的侍女不高兴地道："吃也就罢了，还非要姨娘每日亲自摘二十个杏梅，姨娘怎么能……"

祝氏看了眼侍女，侍女才无奈地闭上嘴。

祝氏道："平时惯得她没规矩，大小姐请见谅。"

掌珠打量祝氏，祝氏不到二十，祝氏现在满打满算也不过怀孕两个月，不可能显怀，头三个月又尤为重要，若是天天采摘杏梅，哪里能行，这宝珠心也忒……不见得是宝珠，宝珠能想出这么精致的主意？

每日二十颗，不多不少，就是出个什么意外，也不能就赖这二十颗杏梅上。

掌珠回道："不碍事。上次收了姨娘的八宝盒也没有来道谢，姨娘也要见谅。"

祝氏连忙道："奴家知道大小姐不方便，怎会在意？而且大小姐太客气了，本来就是该奴家谢大小姐的。"顿了一下，祝氏不好意思地笑道，"本该请大小姐进去喝杯茶的，只是现在实在是不方便……"

掌珠只当祝氏说的是她怀孕一事，她也本来就想看看这祝氏是不是真的如自己猜想，现在已经证实了，也就不在意了，道："叨扰姨娘了。"说完转身离开，只是还没走，就听见旖旎苑里噼里啪啦摔东西的声音。

掌珠惊讶地转头看祝氏。

祝氏尴尬地笑了笑。

掌珠再看向旖旎苑，看是有人故意如此的了，怪不得祝氏不回屋里，而是坐在外面。

待到掌珠回到琉璃园已经过了午时。

徐妈妈站在门口见到掌珠回来，才踏实，道："姑娘这一上午不见人，吓了老奴一跳。"

掌珠笑道："人又丢不了，有什么担心的？"

掌珠吃了几块糕点，便与徐妈妈闲聊，徐妈妈怕掌珠现在小憩存了食，话也就多些。

她们主仆二人心中明白，现在两人对对方还算信任，徐妈妈想过得好得依靠掌珠，而掌珠想日子轻松些也需要徐妈妈的帮助。

掌珠笑道："徐妈妈不如给我讲讲各个世家的故事？"

徐妈妈道："不知道姑娘都知道些什么呢？"她不能一下子都说了，不然日后又怎么显出自己的用处？

掌珠笑道："我知道的不多，知道当世堪称贵族的只有两大家族，都算上是后族，分别是薄家与穆家，薄家向来低调神秘，我知道的并不多，穆家还算了解的。"

徐妈妈笑道："大夫人便是出自穆家，大小姐知道这是自然的。"

掌珠笑了一下，接着道："接下来便是两大政党，姜党与温党，对于这两家，我就不是很了解了。"

看来掌珠是想听这两家的事了。

徐妈妈略想一下，道："姑娘，现在怕是三大政党了。"

掌珠有些吃惊，道："莫非徐妈妈说的是崔家？"

这下换徐妈妈惊讶了，没想到掌珠也知道崔家，心中又谨慎了几分，这个女孩毕竟是出过宅门的，不能小看。

徐妈妈道：“崔家是平民出身，算是新贵，上边很是看重。”

掌珠点头不语，在权谋上她还差了几分，一时看不懂这崔党出来是什么用意，也不多想，便道：“我看着这姜家比温家还要低调，名声似乎也不比温家，这是藏拙？”

徐妈妈道：“姑娘果然玲珑心，姜家风格一向如此，闷声发大财。”

掌珠听徐妈妈这样说，忍不住笑了。

徐妈妈接着道：“但是实际上姜家的族人要比温家的族人还多，温家是一脉传承，姜家每代几乎都是四五个兄弟，现在姜家是三房鼎立，分别是姜宁府、姜安府、姜仁府。”

掌珠道：“果然是大世家。”

徐妈妈道：“正是，温家虽然是独根独苗，但是声名鹊起，这两家比起五世家来说多的就是权力。”

掌珠叹道：“是啊，虽然多的只是权力，但是却大不一样。”

徐妈妈继续道：“接下来的五世家姑娘想来就知道得更多了，文孔武熊商有周，南陈北莫五世家。”

掌珠点了一下头，问道：“听说这姜家有什么传言，徐妈妈知道吗？”

徐妈妈一愣，这掌珠不打听别人家就说姜家，莫非是……

徐妈妈想了一下，道：“这传言本不该对你们女儿家说的……”

掌珠看了眼徐妈妈，干脆地道：“徐妈妈也不必套话，你我是一根线上的蚂蚱，不论我将来在哪儿，身旁怕是也少不了妈妈的协助。”顿了一下，掌珠见徐妈妈脸色不变，就知道徐妈妈怕是没放在心上，只能再加把劲，道，“前几日我听说婶娘有意将我许配给姜家……”掌珠满意地看到徐妈妈脸色变了，只是说不清徐妈妈的表情是高兴还是凝重，笑了一下，道，“不知道所谓的传言是什么？”

徐妈妈问道：“姑娘又是怎么知道的？信可准？”

掌珠无奈道：“徐妈妈又何必想这些？我自有方法知道，想来我也是能配上姜家的，这话虽然没有十分准，却也不无可能，无风不起浪。”

徐妈妈道：“这是自然。”想了一下，道，“若真是姜家的话，倒是一门好婚事。”若是掌珠真的嫁入姜家，对她来说是最好的，姜家才适合她大显身手，小妾、庶子、小姑子……

只是不知道这个消息作准不作准。

徐妈妈看着掌珠不明白的样子，笑道：“说来那些传言不过是说姜家大妇向来不得夫君喜爱，只是又有哪家的大妇讨夫君喜爱？”

掌珠还是有些疑惑。

徐妈妈道：“大妇要的是尊重，只有那妾室要的不过是一时的宠爱。”顿了一下，道，“说句不客气的话，姑娘您看看敬正堂那位就明白了。”

周氏也是不得陈廷远喜爱的，但是在后院中说一不二。

掌珠眯着眼，半躺在床上，这就是所谓的姜家传言？

徐妈妈知道掌珠要休息，便为掌珠盖上薄被，出去了，看向如是居的方向，最后怕是要她才能做主，或许该去趟如是居了。

又到了六月十五，掌珠去华恩堂请安的日子。

这次掌珠请安带的不是经书，而是一罐腌渍杏梅，而且这次来得也比较晚，周氏等人都到了，掌珠才来。

宝珠笑道："大姐姐今日起晚了吧？"

掌珠先给老太太和周氏请安，才道："出来的时候才想到忘记拿腌渍的杏梅了，又回去取了一趟。"

掌珠说完后就看宝珠和惜珠，宝珠没有什么反应，只惜珠脸色变了一下。

掌珠才将腌渍杏梅呈给老太太，笑道："老太太尝尝，这也是祝姨娘亲手腌渍的呢。"

周氏挑了一下眉，道："她腌渍的倒是送到你那儿去了。"

掌珠还就怕周氏不理她呢，听周氏这么说，连忙道："说的也是呢，婶娘，掌珠也觉得奇怪，后来一问才知道，是两位妹妹每日让祝姨娘采杏梅，祝姨娘想着两位妹妹都有杏梅，就我这里没有，所以今日特地送过来……我想着老太太前几日说吃不多，便拿过来给老太太尝尝。"

话还没说完，老太太与周氏的脸色就变了。

老太太看了眼杏梅，道："这杏梅还没有熟呢，你们两个何苦折腾她一个孕妇。"

宝珠与惜珠连忙站起来，宝珠还有些不明所以，道："祝姨娘不是喜欢吃酸的吗？"

老太太瞪了眼宝珠："她喜欢吃你也喜欢吃？以后不许去招她。"老太太指了个身旁的妈妈去看着祝氏，免得祝氏又"自作主张"做危险的事，然后老太太看向周氏，想说什么，还是没有说，道，"我今日乏了，你回去吧。"说完就转身离开。

掌珠笑了一下，拿着腌渍杏梅道："婶娘要不要尝尝？确实酸，想来祝姨娘怀着的是个男孩，不然怎么会做得这么酸？"

周氏淡淡地道："没熟就摘下来，只希望祝氏肚子里的孩子别是这样。"

说完带着宝珠、惜珠出去。

玉珠担心地看了眼宝珠，也跟着走了。

掌珠之所以帮助祝氏，目的就是让祝氏告诉她，所谓的姜家传言到底是什么。

第五回 论良配姜家内定

乞巧节宴会果然是在姜家举行。

七月初六，掌珠等人也开始准备去姜家。

从陈家到扬州府姜家需要一天的路程，这次周氏安排的时间很充裕，提前一天到姜家休息一晚，第二日参加宴会，晚上依然住在姜家休息一晚，之后再回陈家。

到底是为什么这样安排，大家心里都有些猜测。

掌珠心中也微微有些紧张。

她已经从祝氏口中知道所谓的传言，重要的并不在大妇不受宠，夫君心系小妾上，而是每任姜家的继承人都是受宠的小妾的儿子……姜家是一个不立嫡立长的世家。

这些徐妈妈没有告诉她。

是怕她觉得姜家非良人而拒绝？

看样子徐妈妈认为姜家很好。单纯从家世上来说，姜家很好……

若是母亲会怎样为她选择？

这次乞巧节宴会掌珠四人都去，宝珠非要与周氏一趟车，周氏无奈应下，最后是掌珠、玉珠、惜珠三人一趟车，还是谨言在一旁侍候。

其实马车够大再加上两个小丫头也是可以的，偏偏玉珠非要揽下这差事。

玉珠如此做小伏低，掌珠也无可奈何，她若拦下来，玉珠也不见得领情。

不过，好在玉珠与惜珠两人性子温和，一路上比去温家时要愉快多了。

两人言语上或多或少都会提及姜家。

只是玉珠有些嘲讽，惜珠则有些歆羡的意思。

这或许是嫡庶考虑问题的方向不同？

那她自己呢？掌珠发现自己是无所谓的……她想要的东西不会在这些人中实现，那么怎么选择都无所谓的。

傍晚的时候，她们到了姜家，下了马车就看到一个十三四岁的女孩，这女孩长相相当美丽，气质娴静沉稳，对陈夫人行礼后，笑道：“母亲让我迎着陈夫人和几位小姐。”

周氏暗中打量一番，笑道：“是姜大小姐吧，你母亲太客气了。”

掌珠见周氏并不是很热情，猜想这位姜大小姐应该是那位得宠妾室的女儿，也就是姜家长子的亲妹妹，若是有缘，这人就是她小姑子。

这样一想，掌珠也忍不住打量，只觉得这位姑娘大方得体，颇有大小姐的风范。

那女孩看着掌珠，大方地回道：“我是姜荷娘，行一，没想到陈夫人能认出来。陈夫人、几位小姐这边请。”

跟在后面的宝珠撇撇嘴，一个庶生的丫头，在这里装大小姐，还亲自出来迎客，真是没规矩。

这姜家的陈设又是一个风格，处处显得庄重华贵，好像里面住的不是人而是身份地位。

进了大厅，姜夫人迎上来。两家不免又是一阵寒暄。

在姜夫人身后，还站着一名女子，这女子看年龄也有三十出头，生得甚是妩媚勾人，什么话也没说，什么动作也没做，也会让人忍不住看两眼。与姜荷娘有七分相像。

这姜家莫非真是庶为长？连小妾都在大厅迎客了。

周氏心中不大高兴，这妾室是个什么东西，也敢出来，就是出来了也该对她问安，不过毕竟是姜家的家事，周氏也不便多说什么，只是眼中对姜夫人多了几分同情。

姜夫人没有刻意作践那名妾室，当然，也没有介绍她。

姜夫人道：“你们能早一日过来真是太好了，免得她们姐妹几人无趣，你我也好有个伴。”

周氏笑道：“姐姐客气了，我也是怕姐姐太过忙碌，过来先帮帮忙。”

姜夫人道：“哪里用得着客人帮忙，你只管安心地在我这儿玩几日。”然后看向掌珠，笑道，“过来，让我瞧瞧长高了吗？”

掌珠若是还不明白怎么回事，就白活了，走到姜夫人身后，行礼道：“姜夫人安好。”然后笑道，“不过才三四个月没见，哪里就长得这么快？”

掌珠只觉得姜夫人身后的那名女子，眼神锐利，死死地盯着她。

这名妾室姓崔，确实是最得姜老爷宠爱，生了长子姜铎与长女姜荷娘。

崔姨娘今日也在大厅，就是为了要看这位陈家大小姐，她已经听说夫人看上了这位小姐，只是她心中不放心，当然相看一番。

她这番心思，周氏与姜夫人自是知道，周氏勾了勾嘴角，这姜家的水可真深，掌珠这丫头嫁过去正好，夫家不得宠，自然就得依靠娘家，到时候掌珠就该后悔现在这番挑衅了吧。

姜夫人拍了拍掌珠的手道：“我看这孩子就与我投缘，晚上就跟着伯母一起住吧。”

掌珠迟疑了一下，看向周氏。

周氏连忙道："这自是好的。"

掌珠才道："那就打扰姜夫人了。"

随后又安排周氏几人的住所，周氏带着宝珠住一个院子，玉珠、惜珠与姜荷娘住在一起。

正说着，就有侍女进来禀告，大少爷与三少爷进来请安。

姜荷娘带着掌珠几人到一旁屏风后面，这边其实是一个小小的茶水间，想来是侍女煎茶的地方。

不一会儿，就听见脚步声，紧接着就是一个略微沉稳的声音和一个清脆的声音。

掌珠站在屏风后微微向外看，只见一个十八九岁的公子站在那里，神态恭敬，头略低，掌珠不敢仔细看，因此看不清男子的长相，但是也看出这人应该就是那日梅花宴在梅林中迷路的蓝衣男子。

倒是巧。

只是这两次都看不清男子的相貌。

掌珠听姜夫人唤那男子为铎儿，才知道这位姜大少爷名铎，姜铎，从名字听起来，就是个很清冷的人……

掌珠一时愣神。

掌珠身后的宝珠也歪头看了眼，只觉得年纪大的过于老成，年纪小的又太青嫩，觉得都没有意思。

这时，宝珠见惜珠给她使眼色，惜珠又看看掌珠。

宝珠会意，笑了一下，推了一下掌珠，宝珠到底顾及名声闺誉，没有使劲推，掌珠又不比平常闺阁女子娇弱，因此，掌珠只是吓了一跳，小声惊呼，身影动了动而已。

大厅内的几人自是听见，只有崔姨娘蹙着眉头，其他几人则是会心地笑了一下。

姜铎面色沉稳，只当没有听见。

他知道父亲基本上同意他与陈家大小姐的婚事，只等着陈家大小姐除服，姜家好提亲。

他本人倒是没有太大的感觉，只是心中略略期待这陈大小姐能给姜家带来不一样的风气。毕竟，这陈大小姐的性子不同于其他闺阁小姐。

梅林中的一瞥、寒夜寻梅的偷听，还有刚才那一抹青色的衣角，都让人期待……

屏风后的掌珠看了眼宝珠，宝珠与玉珠等人本还在偷笑，也都掩下了笑意。

掌珠脸色微红，但不是羞涩，而是惊吓，还好没有被推出去。

掌珠继续在屏风后观察外面的人，发现姜铎一眼也没有看向崔姨娘，对姜夫人异常的尊重，只可惜她看不见崔姨娘的表情。

掌珠又看向三少爷，这位三少爷才是姜夫人的亲生儿子，姜夫人对这两个儿子感觉倒是公平，从语气中听不出什么差别……

不一会儿，待到这两人走后，掌珠等人才出来。

宝珠行礼笑道："大姐姐，对不住了，刚才在屏风后踩了一下裙角，结果不小心碰到了大姐姐。"

周氏一把拉过宝珠，戳了一下她的脑袋，道："就你调皮。"

掌珠也只得道："不碍事的。"

众人这才散去。

掌珠跟着姜夫人去了松院，想来这是姜家的正院了。

松院显着气派与严肃，丝毫感觉不到这里有女子住过。这感觉与姜夫人身上的端正相得益彰。

到了正房，才觉得柔和些。

姜夫人笑道："这里是我住的屋子，不必拘束，随意玩耍，不会有外男进来。"这外男看来也包括了姜老爷。

姜夫人的亲生儿子比姜铎要小十岁，比姜荷娘小七岁……

这夫妻俩的感情果然很不好。

掌珠道："多谢姜夫人……"

姜夫人道："叫我伯母就好了，你先休息会儿，若是有什么想吃的就告诉我。"

掌珠行礼道："多谢伯母。"

姜夫人笑着点点头，方才离开。

徐妈妈与晓初这才进来服侍。

掌珠微微松了一口气，想说什么，看向徐妈妈，徐妈妈摇摇头，掌珠便躺在床上歪会儿，她也确实累了。

榴院。

崔姨娘道："大小姐忙完了吗？忙完了快请过来。"

这已经是崔姨娘第三遍催了。

话刚说完，姜荷娘便进来了，道："姨娘怎么这样急匆匆的？"

崔姨娘道："还不是为了你哥哥的婚事？我看那位大小姐不成，对夫人如此谄媚，举止轻浮，神色倨傲……"

姜荷娘无奈道："姨娘，在屏风后是她家三小姐搞的鬼……"

姜荷娘如此这般说来。

崔姨娘听后更是摇头："那就更不成，与姐妹不和，这性子又能好到哪儿去？就是不说这些，无父无母，不过就是担了个大小姐的名声，有什么用？还不如娶了你表姐，现在崔家也是新贵了。"

姜荷娘跺了一下脚，很不高兴，道："我表姐姓孔不姓崔。"

气得崔姨娘一句话也说不出。

姜荷娘想了一下，叹道："只是这婚事母亲与父亲已经商议好了……"

崔姨娘道："真真是我的冤家，罢了，你父亲那里我自有办法，至于夫人……你又何必太在意？你父亲同意了就成。"

姜荷娘想说什么，崔姨娘连忙道："你不要以为夫人就是真心为你，你看看那位玉珠小姐，论气质、相貌谁看出来是庶生？偏偏就被陈夫人压得说不了一句话，活脱脱的一个木头人似的。”

说得姜荷娘红了眼眶，道：“姨娘好生歇着吧，我先走了。”说完便转身离开。

晚饭还算简单，不过是一大桌，姜夫人、周氏及姜荷娘、掌珠等人一桌。

那位崔姨娘也没有来。

餐桌上鸦雀无声，只有侍女上菜色时，会介绍一下菜色、做法，这时姜夫人与周氏会说上两句。

几个女孩并不敢怠慢，纷纷将自己最好的用餐礼仪展现出来。

吃到一半，姜老爷也命人送了两盘菜。

众人品过后，这顿饭才算吃完。

姜夫人让人将餐桌收拾后，才对周氏道：“本来我那两个弟妹也想过来，只是我担心陈夫人舟车劳顿，倒不如明日一起见了好。”

周氏回道：“还是姐姐考虑得周到。”

几人又聊了几句，便回去休息了。

姜夫人也带着掌珠回到松院，对掌珠笑道：“你平时几点睡觉？若是无趣就陪我聊会儿。”

掌珠回道：“还早，我平时一般亥初休息，看会儿书或者绣会儿花，大概半个时辰后才睡呢。”

姜夫人点点头，笑道：“我看是看书居多吧。”

掌珠不好意思地笑笑。

姜夫人又道：“喜欢看什么类型的书？我这里也有，到时候回去的时候带回几本吧。”

掌珠眼神一亮，她看的书都是从薄情庵带回去的，基本上已经看完了，在陈家很不方便去买书，尤其是出了才子佳人话本的事，虽然可以向陈承业借，但是她也不好遇见陈承业。

掌珠知道刚才自己表现得有些明显，不好意思地回道：“不过是爱看域志之类的书，太麻烦……伯母了。”

这点小心思还是瞒不过姜夫人的，姜夫人笑道：“域志？我也喜欢看，走时便带两本回去，算是我借给你的，等看完了再还我。”

掌珠高兴地点点头。

她也不是特别爱看书，偏偏在陈家除了看书与刺绣，她也不能干别的，只得将感情寄情于书中的山水。

因为这一点，两人的关系似乎近了一些，似乎都明白对方被困在宅院中的无奈。

掌珠也发现，姜夫人其实并不像表面上那般严厉，不近人情，但是确实是不好亲近，要看是否合眼缘了。这样也好，总比周氏那般，看着容易亲近，实则骨子里透着冷漠的要好。

姜夫人笑道：“儿时看《大魏九域列国志》，书中说，海的那边有一国，国人金发碧眼白肤，当时只觉得有趣，很想亲眼看看，只可惜没有机会。”

掌珠来了兴趣，道：“小时候，母亲也曾经给我讲过《大魏九域列国志》，从未曾想过还会有大魏以外的国家，甚是好奇。”

两人越谈越有兴致，直到徐妈妈到姜夫人门外，姜夫人才发现已经过了亥初，姜夫人连忙道：“好久没有这么聊天，倒是耽误你休息了，你回去也不要看书了，早点躺下，明日一天还要参加宴会，也不轻松。”

掌珠颇有些意犹未尽，自从母亲死后，她还没有这样畅谈过了，姜夫人让她心生亲近，她完全不明白这样的女人怎么会不得夫君喜爱。

只是掌珠也明白姜夫人说得对，便行礼后回房休息了。

姜夫人看着掌珠出去后，忍不住感叹：当年那孩子若是还在，怕也是掌珠这个年龄。

一旁的田妈妈在姜夫人身边伺候多年，自然知道姜夫人想到什么了，便道：“这位陈家大小姐，思维敏捷、知书达理，若是以后能协助夫人管理后院，夫人也好有个伴。”

姜夫人回过神来，道：“这孩子敏感聪明，我倒是有些舍不得把她送进这姜家大院了。”花骨朵一般的女孩子最后只能在无人欣赏的地方枯萎，这是相当让人绝望的。

田妈妈道：“就怕夫人您心疼她，别人不会心疼。”

姜夫人想到周氏，摇摇头：“与其让别人糟蹋，倒不如送到我这儿呢。”

田妈妈想了一下，道：“夫人说的是，而且那边也有盯着这婚事呢。今天晚上老爷被她请过去了。”本来今晚姜老爷要在书房睡的，这位崔姨娘特地请了过去。

那边说的就是榴院崔姨娘。

姜夫人又恢复以往严厉的神情，淡淡地道：“她以为她盯着就管用吗？”

田妈妈不敢回话。

过了好一会儿，姜夫人又道：“第一个不饶她的就是她的亲生儿子。”

或许崔姨娘比姜夫人更懂姜老爷，但是姜夫人绝对比崔姨娘更了解姜铎。

姜铎是十分看重规矩的，这或许是每个姜家庶子继承人的弊端，他们明明是“不规矩”的产物，偏偏要最守规矩。

除去规矩，最重要的就是利益！

姜夫人知道崔姨娘想让自己的侄女嫁进来，这完全不可能，这崔姨娘真是被宠得飘飘然了。

崔家甭说是新贵，现在就是立刻摇身变成世家，姜家继承人也不可能娶姨娘的侄女……

姜夫人摇摇头，这事就留给姜老爷解决吧，她也该睡了，明日还有宴会呢。

另一边，掌珠也在和徐妈妈小声交谈着。

“姑娘，这姜夫人似乎很中意您。”徐妈妈与掌珠两人把话也挑开了说。

毕竟在别人家，因此徐妈妈说的声音很小。

掌珠点点头，道：“只是这姜家，似乎嫡庶不分……”

徐妈妈道："看姜夫人在后宅说一不二，怕是嫡庶不分有些误传了。"

掌珠不说话。

徐妈妈又道："姑娘纵使不乐意，也万万不要在姜夫人面前故意抹黑自己，女孩子的名声还是相当重要的。"

掌珠笑道："妈妈放心，我是不会做出这种蠢事的，更何况，我还会好好表现，毕竟姜家也是个不错的机会。"

掌珠知道，只有自己优秀才会有挑选别人的机会，而不是被人挑选。

徐妈妈这才放心。

第二日，乞巧节。

一大早，姜家门口便是车水马龙。巳初时，已经有众多小姐围坐在池塘的船坞中。其中就有姜家二房的女儿姜兰娘和三房的独生女姜莲娘，这两人年纪同她差不多，一个明媚活泼，一个娴静内向。

周书慈坐在宝珠身旁道："你们不知道，前几日，我父亲从别处弄来一座红珊瑚，那成色我都没见过，红得鲜亮，最难得的是有二尺来高，送给我祖母，我祖母看了也是喜欢。据说，这座珊瑚要一万多两银子呢！"

有的贵女欣羡，有的贵女不在意，嘴上嘀咕着："不过用几个臭银子买了个官，还敢在这里张扬，没羞没臊。"

周书慈气得眼睛都红了，只是碍于那名贵女家世相当好，周书慈不敢随意发脾气。

宝珠也觉得周书慈句句提钱很庸俗，却也不好阻止，只是道："听说你哥哥在家闭门读书呢？"

周书慈撇撇嘴道："从'寒夜寻梅'那日回来，就跟变了个人似的，每日看书，母亲和我很高兴，结果一听说今日的乞巧节，就非要过来。"

周书慈说完就见掌珠坐在那边与贵女下棋，便小声道："怎么今日她也来了？不是说服丧呢吗？"

宝珠轻声道："是姜夫人亲自提的名字呢。"

周书慈掩嘴道："莫非是想……"

宝珠轻轻点点头。

周书慈道："没想到姑姑还挺照顾她，找了门这么好的亲事。"周书慈看掌珠的眼光越来越锋利。

宝珠噘着嘴道："我倒没有看出来好，这一家人都跟木头人似的，笑都不会笑。想想就害怕。"说完还做了个动作。

周书慈也忍不住笑起来。

有人见她们聊得高兴，也都过来一起说话。

正说着，就见温柔嘉进来。

宝珠连忙站起来迎道："温姐姐今日来晚了呢。"好似与温柔嘉很熟的样子。

温柔嘉笑道："不晚，不是还没有开席吗？"

众人笑道："真真是眼中只看着吃。"

笑过一场，宝珠故作随意地道："不知道你哥哥来了吗？"

温柔嘉看了眼宝珠，道："他游学去了，因此没有来。"其实是因为提亲的人太多，干脆游学去了。

宝珠有些失望，道："就一人，可别出什么事。"

温柔嘉狐疑地看着宝珠，宝珠知道自己说错话了，脸红了，只是道："不过随意问问而已。"

温柔嘉笑笑，又与其他人打招呼，看见掌珠，又是好一番叙旧。

这乞巧节宴会，其实说来，不过是众家贵女在一起聚聚，重点在贵女身上，夫人们不过闲坐一旁，随意聊聊。姜夫人平时做人又苛刻，因此今日夫人们来得不多，温夫人与姜二夫人都没有来，但是各家贵女基本都来了，众世家哪能不给姜家面子？

周夫人笑道："看着这些女孩子，就想到自己年轻的时候，也是这般无忧无虑。"

周氏撇撇嘴，她是实在看不惯周夫人这副悲春伤秋的模样，这样心性的人还能在宅院里活，也是她命好。

周夫人在家受父母宠爱，嫁入了周家，又与夫君志同道合，甚得夫君喜爱，生一子一女，婆母虽然严厉，但是看在独子的面上也睁一只眼闭一只眼，因此周夫人越发天真烂漫。

周氏想到她过年时与母亲周太夫人说起宝珠与周书恩的婚事时的情景。

周太夫人无奈地笑道："我本也不同意这婚事，有个这样性子的儿媳，又怎么会想找个这样的孙媳？偏你大嫂撺掇，我也由着她，既然你这儿拒绝了，我自会对你大嫂说的。"

周氏听了这话犹被噎住般难受，吐不出来，也咽不进去。

她的宝珠怎么会和周夫人一个样子？

周太夫人见她这样，笑道："别怪我说你，宝珠的性子得好好板板……罢了，你也不爱听这些。我不想宝珠嫁进来，除了性子上的原因，也是不想让宝珠受苦，咱们周家空有财气，没有贵气，书恩的妻子不求家世出众，但是一定要挑得起这个家，等我去了，也放心将家交给书恩……"

后来她又知道宝珠迷上外面话本一事，更是生气，这宝珠的性子莫非真的不好？

今日只有温柔嘉来了，她也没有办法探探温夫人的口风，老太太那里也没有个话音。

姜夫人笑道："你家掌珠我甚是喜欢，若是能再住上几日就好了。"

周氏回过神来，笑道："不只姐姐喜欢呢，连家中老太太也十分疼爱，掌珠每日都抄写经书给老太太呢，我若是留下掌珠，怕是老太太连门都不让我进呢。"

姜夫人笑了一场，然后问道："哦？掌珠还喜欢抄写经书？"

周氏道："想来是从小养成的习惯，抄写经书也好，静心。"周氏看着掌珠的婚事几乎成了，心中更是烦躁，言语中难免露出不喜掌珠的意思。

姜夫人点点头不说话，过了会儿，田妈妈过来在姜夫人耳旁说了几句。

姜夫人笑道：“不过是取两本书，让他去吧。”田妈妈退下。

众人也不在意。

花园中，贵女们三人一组、五人一群，或是观鱼或是赏花，也有玩穿针引线的，她们不必应酬那些夫人，花园中小亭中有糕点果茶，饿了吃两块就可以。

也可以荷塘采莲，泛舟湖上，也准备了纸鸢等。

虽然比不上梅花宴有心意，比不上“寒夜寻梅”有趣，但却是最悠闲的，这让贵女们玩得更尽兴。

众贵女心情不错，掌珠也慢慢加入了她们的行列，掌珠发现其实从这些贵女的嘴中也是可以听到许多她不知道的事。

比如那位“寒夜寻梅”获胜的孔家小姐，原来是太子妃的候选人，早就被内定入宫的，说起来孔小姐算是姜夫人的侄女……

掌珠饶有兴致地听着这些贵女的八卦。

比如姜荷娘因为是长房长女，将姜兰娘、姜莲娘压制得很厉害……

再比如原来那位得宠的妾室就是新贵崔家的人，但是听说不过是同姓，谈不上多亲近……

掌珠倒是没有想到这一层，心中突然有些担心姜夫人，姜夫人怕是在后宅中更难过。

正想着就见田妈妈过来，掌珠站起来，田妈妈行礼，掌珠侧身避开。

田妈妈才道：“掌珠小姐，夫人说请您回松园里选几本喜欢看的书籍。”

掌珠一愣，这个时候去选？

田妈妈继续解释道：“晚上怕是二少爷会在那里，现在少爷们都在前院，掌珠小姐不要担心。”

掌珠笑道：“请妈妈稍等。”

掌珠转身与温柔嘉轻声说了两句话，又想告诉玉珠一声，免得谁都不知道她去哪儿了，才发现玉珠不知道去哪儿玩了，宝珠又一副不要过来的样子，掌珠只得与惜珠说了一声，才跟田妈妈回了松园。

掌珠知道田妈妈是姜夫人的心腹，因此与田妈妈也多说几句。

“不知道夫人平时忙碌吗？”

田妈妈自是愿意与掌珠说话，笑着回道：“夫人不是很忙，平时小事有三夫人帮忙，说来夫人与掌珠小姐真是投缘，老奴已经好久没有见到夫人如此高兴了。”

掌珠对后半句并没有什么感觉，倒是在意前面的话，原来是这三房帮长房打理庶务……

两人走到松林中，就听一个女声道：“好久不见表哥……”

掌珠脸噌地就红了，这声音不是别人，正是玉珠的。

掌珠不安地看着田妈妈。

田妈妈经历过的事毕竟比掌珠多，脸色根本就没有变，只是比画了一个请往这边走的姿势，就好像什么也没有听见。

掌珠深吸一口气，看了眼松林，这个时候无论如何她也不方便上前阻止，就算是她一人，也只有偷偷走开的份儿。

这表哥是谁毋庸置疑，掌珠突然想起“寒夜寻梅”那日，玉珠也是不见踪影，莫非……

掌珠心中惴惴不安，不知道这田妈妈知道是谁吗？这事想必是要告诉姜夫人的，姜夫人知道后又会如何？

田妈妈一直都不动声色，将掌珠引到一处书斋。

掌珠道：“这里好似不是松园。”

田妈妈笑道：“左边就是松园，也可以从松园的小道过来，只是刚才……掌珠小姐进去便是，我在门口等着您，您也不必着急。”

掌珠心中不自在，恨不得找个地缝钻进去，听到可以进书斋了，掌珠也不再多问，连忙进去。

这个书斋不小，之前是个八角亭，后来被姜夫人改成了书斋，有四道门可以进入，里面是一圈一圈的书架，窗是翠绿色的窗纱，偶尔清风吹来，舞动着窗纱，在这里恍如隔世。

掌珠的心瞬间平静了下来。

手滑过一本本书册，仿佛感觉到了一个又一个的故事。

掌珠这时才明白母亲为何喜欢看书……

掌珠见自己眼前都是琴谱类的，并不感兴趣，向前走，这书斋不小，让掌珠很是观赏一番，若是自家，她可以在这里一天。正挑选着书籍，就听见后面有什么声响，掌珠心一提，回头一看，见窗户处有一只小白猫，掌珠长出一口气，拍了一下胸脯，被玉珠吓得，她都疑神疑鬼了。

还是赶紧挑几本走吧，玉珠那事还是她心中的一块石头呢。

掌珠手中已经有两本域志和一本诗词了，又随意拿了本史志，转身就走，结果却见身后不知何时站着一个身着靛蓝色长袍的男子，掌珠手中的书籍掉在地上，好在没有喊出声，只是愣住，竟然紧紧地盯着他。

这人浓眉下一双瞳仁炯炯有神，带着些许的疑惑，高挺的鼻子，厚薄适中的红唇慢慢地勾起一抹微笑，似乎是惊讶她会这样……

他应该是姜铎……

这一次倒是看清了他的相貌。

掌珠回过神来，她怎么会这样盯着他看？连忙低下头，看着地上的书籍，现在该怎么办？

这人确实是姜铎，姜铎不慌不忙，道：“你是帮哪家小姐取书的吧？”

掌珠没有说话。

姜铎笑了笑，蹲下去捡那几本书。

掌珠看着他的领口、袖口都镶绣着银丝边流云纹的绲边，不知道为何，这绲边好似烫人似的。

姜铎站起来，看了眼手中的书本，拿出其中的史志，道：“这本不适合女子看，内容无趣，不过是年代记录。”

这声音让掌珠的耳垂慢慢地变红，心里不知怎的暖融融的。

姜铎将那本史志放回去，又拿了一本，道：“可以看看这个。”说完递给掌珠。

掌珠看着这双修长白皙的手，没有想象的细嫩，很是宽厚。

掌珠接过书来，小心地没有碰上姜铎的手。

姜铎略站了一下，转身先离开。

掌珠这才抬起头，看着姜铎的背影，他又先走了。

掌珠这才抱着书籍从进来的那道门出去，发现田妈妈坐在一旁的藤椅上，支着脑袋睡着了。掌珠松了一口气，还好。

掌珠轻轻咳嗽了一声，田妈妈才醒来，站起来不好意思地道：“这两日为了乞巧节宴会有些忙碌，一直没有好好休息。”

掌珠回道：“不碍事的。”

田妈妈道：“老奴送掌珠小姐回花园，然后再将书本送回松院？”

掌珠笑道：“如此最好。”毕竟今天她先遇见玉珠与人私会，又在书斋遇见姜铎，自己心中也觉得有鬼，田妈妈把她送回去自然不会有人起疑。

她的手麻麻的，似乎感觉到书本上有姜铎的温度……

你是帮哪家小姐取书的吧……

是真的没有认出她来吗？掌珠心中摇摇头，怕是认出来才这样说的。

回到花园中，掌珠见玉珠回来了，众人也不觉得她的离开奇怪，掌珠才放心，将书籍交给田妈妈后，便坐在玉珠身旁，笑道：“玉珠妹妹，本来去松林中去采松果，却想到松果是九、十月结果的，倒是去早了。”

玉珠手一顿，满脸错愕地看着掌珠。

掌珠笑道：“玉珠妹妹也觉得我太可笑了吗？”

掌珠笑盈盈地看着玉珠。

按照掌珠的性子，她是不想理会玉珠的，她本就性子独，之前玉珠又不领情，她就更不强求了。

但是现在这事并不单单关系到玉珠一人，她自己无所谓，但是玉珠毕竟是她父亲的血脉，她怎么也不能让玉珠给父亲母亲脸上抹黑。

玉珠对上掌珠一双清冷的眸子，心中有苦说不出，这掌珠身上有种与生俱来的贵气与……正气？总是让她有惧意，仿佛别人说蝼蚁般的卑贱。

玉珠心中不服！正要说什么，掌珠对一旁的姜莲娘道：“莲小姐的钗子好精致。”

玉珠这才反应过来不该在这里说这些，心中更是堵，这掌珠真是气人！

已经是过了午时，贵女中已经有一大部分人去会客房小憩，也有一起绣花的，花园里的人并不多了。

姜荷娘过来请玉珠回去休息，宝珠、周书慈、惜珠三人早就回到周氏身旁了。

这掌珠、玉珠两人还在这里。

掌珠笑道："多谢荷小姐，玉珠今日晌午与我一起休息……"

姜荷娘看了眼玉珠，道："可是我招呼不周？"

掌珠道："荷小姐勿怪，我与妹妹向来亲近，如今在外面，她有些认生罢了。"

昨日不还好好的吗？今日怎么认生了？姜荷娘有些奇怪地看了眼玉珠，玉珠脸色难看得很，莫非是不舒服？

这姐妹俩一嫡一庶，说不得有什么猫腻，姜荷娘只是笑笑，自是离开。

玉珠这才收起笑意，难得露出怒意，道："你太过分了，你让她们怎么想我？"让这些贵女觉得自己怕嫡姐？觉得自己卑微？这时也有话直说了，道："我可不是你，占嫡占长，我为我自己谋划还不行？"

掌珠淡淡地道："你还在乎别人怎么想你？你难道不知道你做出来的事是什么后果？莫非是想以后在寺庙里吃斋念佛？"

掌珠面无表情地看着玉珠，玉珠知道自己做得不对，若不是周氏根本不把她放在心上，她也不会做出私会的事，玉珠微微后退一步。

掌珠见玉珠知道害怕，才淡淡地道："我不管你为自己谋划什么、怎么谋划，但是若是伤了父母的名声是万万不可的！"

玉珠冷哼一声，道："你们就知道名声、权力，谁为我想了？"玉珠心中甚是委屈，掌珠口中的父母，最多是生恩，可穆氏连生恩都没有，谁养她了？周氏磋磨她时谁又管她了？她现在却又要顾及那些不相干的人，她心中不服！

掌珠叹了一口气，道："你以为那周家就任你摆弄吗？"掌珠在说周家二字时说得很轻。

无论周氏想不想让宝珠嫁入周家，应该都不希望自己脚下的庶女成为自己的侄媳妇的。

玉珠道："你不用管。"

掌珠笑道："你不待见你的身份，但别忘了你因为姓陈才可以站在这里充贵女，才可以进行你所谓的谋划！"玉珠还想争辩什么，掌珠并不想听，话不投机半句多，掌珠道，"还是那句话，我不管你谋划什么，都不要伤了父母的名声，明日早晨才离开这里，这期间，你就一直跟在我身边吧。"

玉珠瞪着掌珠，只好默默地跟在掌珠身后，心中倒是松了一口气，她还真怕掌珠告到周氏那里去。

反正她计划得也差不多了，最后就看命了。

她终究是大魏贵女，闺阁女子，再为自己谋划，也不敢出格，不过是见两回面、说两句话罢了。

掌珠带着玉珠回了松院，其他人并没有多问，玉珠是第一次来松院，只觉得威严无比，这当家主母就是不一样。

玉珠笑道："还是姐姐好福气。"说完就和衣躺在床榻上。

掌珠看了眼玉珠没有说话，只是歪躺在贵妃榻上，正看见小几上摆着她选的那几本书，掌珠拿起一本书来，却也无心看，不过是翻弄一下，就迷迷糊糊地睡着了……

睡梦中，她梦见一蓝衣男子站在梅林中……

假山，亭中。

姜铎为一名男子倒茶后，并不说话。

那男子是与姜铎出现在“寒夜寻梅”的宽敏兄。

宽敏看向山下的书斋，挑了一下眉，邪邪一笑，道：“倒是没有想到姜夫人对藏锐如此关心，姜大人有此贤妻真是令人欣羡。”

藏锐是姜铎的字。

姜铎回道：“未来的姜家主母，如此慎重也是应该的。”

宽敏并不在意姜铎的官腔，继续问道：“那这位未来姜家主母，藏锐看着如何？是否倾国倾城？”

姜铎看了眼宽敏，道：“宽敏兄慎言，何苦影响人家女子的闺誉呢？”

宽敏摇摇头，笑道：“若是不漂亮，他日孤送你几个美人？”他这是非要逼着姜铎说出感受。

姜铎不赞同地看着宽敏。

宽敏无奈道：“罢了，真是个木头人。不过今日如此维护，也算对是你上心了。孤看，你们姜家的传言怕是要被打破了。”

姜铎道：“宽敏兄也信这个所谓的传言？”

宽敏失笑道：“不是信，是至今还没有人参透这传言呢。怕是连姜大人也不过认为这是‘规矩’。我看倒是姜夫人悟出一二来，藏锐，你说呢？”

姜铎笑着摇摇头，道：“手握重权与闲云野鹤宽敏兄会选择哪个？”

宽敏干脆地道：“你我同类矣。”

两人相视一笑，他二人无论是嫡子，还是庶子，他们的性子都不会让自己屈居人下的。

只是还好，他们都很幸运，生来就是手握大权的人物。

宽敏又道：“听说崔姨娘想让你娶崔家女？”

姜铎皱了一下眉，直接道：“放心，不会娶。”

这崔家是太子看上的人家，为的就是平衡两大贵族，让那些贫困书生明白，除了世家，他们也能出头，姜家若是娶崔家女，算怎么回事？

宽敏笑道：“真是谨慎，你们姜家人这种性子，难怪姜家屹立不倒。”

姜铎笑了一下，道：“过奖。”这笑中带了些自豪，他很高兴自己姓姜。

这时，过来一名小厮，低着头站在一边。

姜铎收敛情绪，问道：“什么事？”

小厮并不抬头，回道：“大少爷，老爷请您过去。”说完默默地退到一边。

宽敏看了眼姜铎，道：“看来你又要因为孤受过了。”

姜铎不在意地道：“那你下次别来了。”

宽敏挑了一下眉，道：“你可是第一个敢这样和孤说话的。”

姜铎笑道：“这才显出咱们十几年的情谊。”

宽敏道：“罢了，你先去吧，不必送孤了，说不得能在林中碰见某个贵女，因此有了一段风流佳话呢。”

姜铎无奈地摇摇头，自是去了姜老爷所在的柏院。

柏院，书房。

姜元慎年不到四十，看起来却年老了许多，身材颇为魁梧，颇有武将的风范，却是一个实实在在的文人。

姜元慎面色凝重，不满地看着姜铎。

姜铎规规矩矩地站在下面。

过了好一会儿，姜元慎怒道：“不是说让你离太子远些吗！”

姜铎只回道：“父亲说的是。”

这句话不说还好，说了姜元慎更是生气，将茶杯摔在地上，道：“每回都说我说的是，也没有见你听说一回！你是成心气我呢？！”

姜铎道：“儿子不敢。”

姜元慎深吸一口气，已经被这个木头儿子气得说不出话来，与他发怒就好像自己在对着木头人，要是对着木头人还好，至少木头人不会气自己。

这时，姜夫人进来，笑道：“老爷快息怒，这太子爷要来，咱也拦不住。”

姜元慎看了眼姜夫人，道：“你怎么来了？”

姜铎向姜夫人行礼道：“母亲安好。”

姜夫人才道：“妾身是想问问老爷，这陈家大小姐如何？不如定下？”其实，这不过是姜夫人的一个借口，不然姜元慎真要发起怒来，吃亏的还是姜铎。

姜元慎道：“就定她了，和陈家说声吧，免得节外生枝。”这个节外生枝说的是崔姨娘，崔姨娘近来在他耳边说得都烦了，姜元慎脾气不好，但是好在平常沉稳低调，守成绰绰有余，大事上从来不糊涂，自然知道姜铎婚事的利弊。

姜元慎对姜铎道：“你都要成亲了，还整日地跟在……他身边混……他是你能比的吗？记住，咱们是纯臣！”

姜铎这次只回了一个字：“是。”

姜元慎还想骂，看了眼姜夫人，才挥手道：“罢了，你跟你母亲出去吧！”

姜铎这才告退，与姜夫人一起回了松院。

姜夫人笑道：“你何苦气你父亲呢？你父亲说得也对。”

姜铎道：“儿子知道。”

姜夫人知道姜铎心里自有算计，也不多劝，只是道：“书斋之事，你不怪娘吧？”

这事就是姜夫人安排的，让两人都去书斋取书，在她眼皮子下，不会有什么事的。

姜铎道：“我明白母亲的心意。”

姜夫人长舒一口气，这不是自己亲生的，有的时候就是要小心翼翼，免得好心办坏事。

姜夫人又问道：“这掌珠小姐，你可厌恶？你若厌恶，告诉母亲，我自是和你父亲说回了这亲事。”

姜夫人问得也巧妙，只问是不是讨厌，不问喜欢与否。

姜铎想起那个小小的身影，怎会厌恶？

姜铎回道："母亲做主就好。"这就是不讨厌。

姜夫人也很高兴，连连回道："如此最好。"

掌珠与玉珠小憩后，两人便去了绣房与众女玩了会儿穿针引线，今日毕竟是乞巧节，总要应景的。

这一下午，掌珠一直在玉珠身边，玉珠虽然有意再见那周书恩一次，但是也没有机会了，心中自是不快。

至晚宴过后，这乞巧节才算过完。

掌珠送玉珠回荷院，到门口正好碰见姜荷娘与惜珠，姜荷娘笑道："你们姐妹感情真是好。"

惜珠掩嘴笑道："我也是今日才知道呢。"心中也是惊讶这姐妹俩怎会这样形影不离。待有机会好好问问玉珠。

玉珠不好意思地笑笑。

掌珠道："就不打扰你们休息了。"说毕告辞转身离开。

姜荷娘看着掌珠的背影，微微蹙眉，这个女孩可不是好惹的，她嫁进来合适吗？

玉珠见掌珠离开，才轻声道："大姐姐就是这样的性子，荷小姐不要介意。"

姜荷娘看向玉珠，要是掌珠是玉珠这个性子就好了……

几人自是休息不提。

掌珠回到松院后，见姜夫人已经回来了，笑道："伯母今日也累了吧？"

姜夫人道："还好，其他的都有仆人们去办，我也不过吩咐一下，偏偏就是陪那些夫人应酬累心，办宴会就是这个样子。"

掌珠没有想到姜夫人这么直言，一时不知道该说什么。

姜夫人道："坐这儿陪我说会儿话吧。"

掌珠听话地坐在姜夫人身边，想到书斋与玉珠的事，有些紧张，现在想来书斋一事似乎有些猫腻。

没想到姜夫人却道："我听你婶娘说，你喜欢抄写经书？"

掌珠回道："主要是练字与静心……"不知道姜夫人为何提起这个。

姜夫人点点头，道："我也喜欢写字，只是许久没有写了，既然只是练字与静心，就没有必要只抄写经书，若只抄写经书才静心，可见心还是不静的。"

掌珠一愣，回道："伯母说的还真是……"她确实很少抄写其他的，说不清是因为什么心才静，或许一直都没有静下来过。

姜夫人笑道："我这里有几本字帖，你拿回去抄写试试吧。"顿了一下，道，"任何东西太过迷恋都会让人失了本性，我也是信佛信因果的，这万物上都有佛法，又何必执着于抄写经书？事做过头了，真的也变成假的了。"

这掌珠的性子与她很像，喜欢钻牛角尖，不服输，不认输，她活了大半辈子才明白，人有的时候得学会放下……

虽然姜夫人说的掌珠并不完全同意，也只认为自己抄写经书不过是个爱好，但是姜夫人说得对，事做过头了，真的也变成假的了。

而她在薄情庵时也并不是只抄写经书的，是回到陈家才这样的。

掌珠站起来回道：“多谢伯母提点。”

姜夫人摇摇头知道掌珠并没有听进去，只是笑道：“有些事只有自己感悟出来才明白。”

姜夫人又问掌珠今日吃得可好、玩得可好，接下来也不过是闲聊，并没有谈论书斋什么的事，掌珠这才慢慢地放下心。

这次姜夫人记得时间，让掌珠按时回去休息。

掌珠知道明日就要回陈家，心中多少有些不舍。

姜夫人笑道：“你我以后还有的是机会，回去休息吧。”

掌珠回房间的时候一直都在想，这以后有的是机会是什么意思？

第二日清晨，掌珠等人都在房间收拾行李，姜夫人去了周氏所在的院子。

周氏一见姜夫人，笑道：“本该我去姐姐的院中辞别的，姐姐怎么过来了？”说着两人坐在院中小凳上。

姜夫人与周氏客套了几句，便直接进入主题，笑道：“你家掌珠兰心蕙质，又与我投缘，若是能留在姜家就好了。”这意思已经很明显了。

周氏一愣，姜家这么快就决定了？

心中既觉得高兴又嫉妒掌珠运气好，不过姜家的传言……

这两日她在姜家冷眼看着，这姜夫人也是说一不二的，那传言有些过了……早知道不应该早早决定掌珠……可是这立长不立嫡……

周氏一时没有说话。

姜夫人自然看出周氏的迟疑，笑道：“此事我已经禀告过我家老爷了，老爷也是觉得陈家家风甚好，就是不知道陈大人意下如何？”姜夫人将这件事上升到两个男人身上。

成与不成可不是周氏一句话能决定的。

她不过是给周氏面子才问她的。

周氏已经回过神来，笑道：“这是掌珠的福分，我家老爷自是没有不应允的，只是还要看太夫人。”

姜夫人挑了一下眉，道：“陈太夫人？是要问过她的意思。”

周氏道：“掌珠父母已故，说到底这亲事还是要太夫人做主，因此不能马上告诉姜夫人……”

真是风水轮流转，这回轮到周氏推托了。

不过姜夫人并不担心，一来是在大魏求娶贵女就是如此，不议个两三年也成不了；二来……她有信心陈太夫人同意。

姜夫人道：“那就拜托陈夫人在太夫人面前多美言两句了。”

两人又是一阵客套。

约过了半个时辰，掌珠等人上了马车，离开姜家。

掌珠从车窗中看了眼姜家大门，便放下帘布，以后还有机会？

陈家，如是居。

老太太与太夫人一同跪在小佛堂默念了一段经书。

这两人在一起，气质便立见高下。虽然皆穿着素雅，但太夫人明显气质更雍容。

念完经后，太夫人笑道："今日怎么来了？"

老太太扶着太夫人起来，笑道："我知道您不喜别人叨扰，因此也是无事不登三宝殿。"

她二人是嫡姐庶妹，老太太要比太夫人小十几岁，看起来自然要年轻、随和一些。

太夫人眯了一下眼睛，道："什么事？"她是知道这个庶妹，心机不重，尤其懂得审时度势，更会揣摩人的心思，所以才选了她做了夫君的妾室，今日来怕就是真的有什么事。

只是这周氏不论品行如何，管理陈家还是不错的，又会有什么事？莫非是掌珠？

老太太笑道："是关于宝珠的婚事。"她也知道这个嫡姐的性子，一句话能品出千般个意思，也喜欢有话直说，因此她也不绕弯子。

太夫人有些惊讶，道："不是有她父亲和母亲吗？"太夫人心中明白，怕是周氏看上了什么难攀的人家，不然不会求到她这里。

难不成是想入宫？现在大魏，陈家还有高攀不起的人家？

老太太道："她父母到底是不比老太太阅历多，因此想听听太夫人的意思。"

太夫人道："哪家？"

说到温家，老太太多少也忐忑，不知道太夫人会怎么想，老太太道："太夫人觉得温如玉如何？"

太夫人怔了一下，道："原来是他……"怪不得求到她这里了。

说起来，这温润晁确实是个良配，她虽然没有见过这个别人口中的如玉公子，但是她相信温家的家风，温家向来独根独苗，每个温家的公子都青出于蓝而胜于蓝。

而陈家，对温家来说算是不错的选择，但不是必须的选择。

老太太并不打扰太夫人，在这些家族上面，太夫人的眼光更高一些，老太太早就被太夫人压得死死的，她有今天，也是太夫人故意抬起来的，她自是尊重太夫人。

约一盏茶的时间后，太夫人才道："你回去告诉周氏，若是掌珠嫁入姜家，温家必然不会娶陈家女，除非圣旨赐婚。若是掌珠不嫁入姜家，也不过有三成的把握与温家联姻。让她想好吧，免得鸡飞蛋打。"

太夫人之前已经从徐妈妈口中得知了周氏的意思。

老太太则惊讶地道："掌珠，姜家？"这是她第一次知道。

太夫人点点头，道："就这样告诉她吧。"说完就闭眼捻佛珠。

老太太知趣，自是离开。

待到老太太走后，赵善家的给太夫人倒了茶，小心问道：“太夫人是不喜欢这姜家？”

太夫人道：“何来喜欢不喜欢，她周氏知道给自己孩子做打算，难道我就不知道做打算？就要推自己的孩子去姜家？”顿了一下，道，“比起姜家，温家确实是良配。”说完笑了一下，继续闭着眼捻佛珠。

徐妈妈在和她说周氏打算与姜家联姻时，她也觉得不错，那个所谓的传言虽然让人生畏，但是掌珠将来有了姜家的庇护，以后纵使她不在了，掌珠日子也好过些。

不过听到周氏打算将宝珠许配给温如玉的时候，她也动了心思，温家若是想娶陈家女的话，不见得掌珠不可以，温家更在意女子的品行，而且在太夫人心中掌珠也确实更合适嫁入温家……所以太夫人才说了刚才那一行话。

周氏肯定会为了自己的女儿，而暂时不为掌珠议婚的，哪怕是一成的机会，更何况现在是三成。

只是这三成把握到时候可不见得就是宝珠的了，说不好也是掌珠。

希望周氏别后悔。

回到陈家后，掌珠又回到之前的生活，看书、刺绣……

掌珠现在开始抄写姜夫人给的字帖，这字帖是专门给闺阁女子写的，纸张考究，字体纤美，掌珠本不喜欢，但是想着姜夫人说的也耐着性子抄写。

慢慢地，掌珠发现自己写的字有了变化，虽然一如之前的锋利，却好似多了几分柔和。

掌珠本不过是十二岁的小女孩，见此，自然是高兴的。

她心中还有一个疑虑，就是姜夫人所说的，日后还有机会，莫非是真的打算陈家联姻？

今日，宝珠、玉珠一同过来，这两人同行可真是有些稀奇了，而且居然是邀她一起去荡秋千……

玉珠笑道：“现在天气凉爽了不少，大姐姐和我们一起荡秋千吧，等到天冷了怕是就没有意思了。”

掌珠笑盈盈地看着玉珠，她可不觉得就是荡秋千这么简单。

宝珠一旁道：“玉珠姐姐直接说不就行了吗，何苦转圈子呢？”

玉珠才不好意地道：“那秋千在梅林中离着旖旎苑有些近，大姐姐也知道，祝姨娘才怀孕，怕是过去会打扰她……所以……”

掌珠心中明了了，她们是拿她当挡箭牌呢，遂道：“我去了不也是打扰吗？”

宝珠道：“我们知道你和她熟，你去打声招呼不就好了吗？”

掌珠问道：“你也想去荡秋千？”这倒是好理解这两人怎么一起来了，怕是玉珠是被宝珠拖过来的。

宝珠撇撇嘴道：“嗯。”然后不耐烦地道，“你到底去不去？真是磨叽，要不是你在老太太那儿告一状，现在也用不着你去了。”

就是因为采杏梅的事，宝珠已经被周氏限制去那片梅林了。

掌珠好奇地问道："那秋千就那么有意思？"就非要去？

宝珠生气地道："不去算了。"转身离开。

玉珠想拉宝珠，又知道宝珠肯定不听劝，就对掌珠道："其实那秋千就在旖旎苑的墙后面，那墙上开着一排蔷薇花，很是漂亮，宝珠妹妹经常让侍女收集那些花瓣，荡秋千时抛在身上。有时候宝珠妹妹去了，祝姨娘也会拿出些瓜果来，看着大家一起玩，宝珠妹妹每年都去那里玩，只是今年……所以才劳烦大姐姐跟着一起去。"

原来如此，那这样就说得过去了。前段时间宝珠还看了那坊间话本，想来更是想玩了，难怪刚才那样生气。

掌珠笑道："既然这样，那就一起去吧，听起来倒是漂亮。"

掌珠跟着玉珠一出琉璃园，就见宝珠坐在软轿上等着她们，很高兴的样子。三人坐着软轿一起去了旖旎苑。

掌珠心中还是有些怀疑，这宝珠的变化也太大了吧。

到了旖旎苑外，掌珠看见那满墙的蔷薇，也明白为何宝珠喜欢这里了，蔷薇花一簇一簇地盛开着，层层叠叠的花瓣间蝴蝶悠闲地飞来飞去，静谧而温暖，如一幅淡淡的画。

惜珠穿着一身嫩黄色的衣裙站在一旁，如画中人，掌珠忍不住道："果然好景色！"

惜珠见她们来了，笑道："已经备好茶点了，就等你们了。"

宝珠今日故意穿了一件月白色长裙，站在蔷薇边上看起来多了几分娇媚，嘬着嘴道："还不是大姐姐……"

掌珠看这里已经布置好了，紫漆描金海棠纹圆桌，还有四把小圆凳，在这里倒是搭配，一旁的树下就是秋千，果然有意思。

玉珠笑道："我陪大姐姐去趟旖旎苑？说来，我们是和祝姨娘借这片蔷薇花呢。"

宝珠哼了一下，也没有多说什么。

惜珠则道："那就有劳大姐姐了。"

掌珠笑道："举手之劳。"

毕竟祝姨娘是孕妇，身旁又有老太太的人，宝珠这两人以前又动过歪心思，也应该打声招呼，想来不过是在旖旎苑外荡秋千，又有这么多奴仆看着，定是碍不到祝姨娘的。

果然，祝姨娘那里没有问题，还送来不少水果。

惜珠笑道："还是得大姐姐去。"

掌珠才坐下，宝珠便站起来道："既然这样，我就先玩了。谨言，过来推我。"

掌珠无奈地摇摇头，这个宝珠倒是护短，这种体力活就会支使别人的侍女。

玉珠忙嘱咐道："你可要好好的，别伤了宝珠小姐。"

谨言连忙应下。

一时间，这蔷薇墙外便响起银铃般的笑声。

掌珠听着心里也舒服。

有一盏茶的工夫，七珍便走到秋千架旁，小心翼翼地道："姑娘，下来歇歇吧。"

宝珠自是不理会七珍。

七珍无奈再三催宝珠，宝珠才下来，已经是满头大汗，七珍连忙拿着手绢去擦，宝珠推了一下七珍，拿过手绢自己擦拭，然后将手绢扔给七珍，才道："你们也玩会儿吧。"

惜珠有些跃跃欲试，不过却看向掌珠，道："大姐姐不上去试试吗？"

玉珠也跟着道："大姐姐去吧。"

掌珠看向秋千架，秋千是软藤做的，座椅上面铺着厚厚的垫子，两条绳索上缠着漂亮的花藤……在薄情庵的后院里也有这样的一个秋千，她也好久没有玩了。

而且恐怕她不玩，玉珠和惜珠两人也不会玩，这两人可是十分尊长的。

掌珠站起来道："那好吧，我也许久没有玩了。唱月，过来推我。"

谨言看了眼玉珠，低着头退到一旁。

玉珠三人死死盯着掌珠，掌珠心中涌起一种奇怪的感觉，只是没有时间细想，坐在秋千上，慢慢地摇荡起来，心也跟着摇荡起来，上次玩，似乎是阿路……是温如玉推她，他们在了清师太面前虽然规规矩矩的，但是背着了清师太与母亲，经常一起玩耍，她只是薄情庵的一个野丫头，他也只是偶然来玩的小公子。

掌珠的头发随风飘起……

"阿路，再高一些。"

"阿珠，天空美吗？"

"好像伸手就能够到……"

刺刺，绳子要断的声音……

掌珠回过神来，连忙道："快停下来。"

只是刚才已经飞得很高，唱月年纪小又没有力气，一旁的谨言等人也是干看着，根本不可能这么快地停下来。

掌珠又摇荡了两下，绳子断了，好在掌珠已经有心理准备，最后的时候跳了下来，只是跳下来的时候踩到了裙子，跌倒了。

掌珠趴在地上，耳边只听唱月的哭泣声以及玉珠等人的关心声，她想的只有一件事，这秋千是谁割坏的？是谨言还是七珍？或者是她二人？是谁的命令？宝珠还是玉珠？

那么原因呢？

若单单是宝珠，掌珠信，但是还有玉珠？玉珠有什么理由？

原来这才是她们邀她玩秋千的目的。

掌珠捂着额头站起来，虽然感觉疼，但是并没有哭。

待到玉珠等人看见掌珠，皆吓得后退，惜珠甚至都吓哭了，宝珠指着掌珠道："你毁容了……"

掌珠的额头以及脸颊都有擦伤。

玉珠也跟着哭道："这该如何是好，都怪你这个丫头。"说着就上前欲打唱月。

掌珠冷声道："你敢动她！"

玉珠还真不敢动手。

掌珠道："都愣着干什么？去通知婶娘，请郎中！"

宝珠道："七珍，赶紧去敬正堂回禀我母亲。"

掌珠冷哼道："还是去旖旎苑借个软轿，再让那儿的婆子跑一趟才快些。"

宝珠想说什么，被惜珠扯了一下，又看了眼掌珠的脸，得意地笑了一下，也就不说什么了。

周氏听了婆子的回禀，请了郎中，才慢悠悠地去琉璃园，这时候郎中也诊过脉了，无非是擦伤，不能碰水，不能吃油腻辛辣，又开了些珍珠粉。

周氏不过是口头上说了玉珠几人几句，然后就想将唱月撵走。

掌珠道："多谢婶娘关系，这唱月害我如此，撵走也未免太轻了，还是留在我这里，我慢慢整治吧。"

周氏还想说什么。

掌珠又道："还好三妹妹玩的时候没出事，不然……只是不知道这秋千的绳子怎么就突然断了？在那里当值的婆子是谁？"

周氏一听，掌珠这是要挟她呢，那儿的婆子是她安排好监视祝氏的，若是被这事给撵走了，就得不偿失了。

周氏道："那唱月就留在你这儿吧，秋千一事婶娘一定给你查清楚，你就安心地休养吧。"

周氏如此说，掌珠就知道这事最后也是不了了之，只是唱月能保住也就行了，便又躺下休息。

周氏出了琉璃园，唤来身边的大嬷嬷，道："你拿着我的名帖去趟扬州城姜家，将此事如实告诉姜大夫人，掌珠极有可能毁容，无缘进他们家门了，怕是要一年以后才能知道是否还有疤痕，姜家若是等不及，就再相看其他人家吧。"

这是周氏这几日想出来的两全的方法。

先拖一下掌珠的婚事，姜家再找比掌珠合适的怕是很难，说不好姜家就等着了。而且掌珠毁容一事传出去，温家也不会相看掌珠的。这样，太夫人应该会好好为宝珠出把力吧。

你有张良计，我有过桥梯。

晓初喂完掌珠一碗粥，轻声道："姑娘再吃些？"

掌珠面无表情地摇摇头。

晓初心中叹了一口气，退了出去，在门口看见徐妈妈，小声道："姑娘还是什么话也不说。"好在该搽药搽药，该吃饭吃饭，现在还是每日抄写字帖、看书，只是在徐妈妈的劝说下不刺绣了，免得费神，但就是不说话。

徐妈妈也叹了一口气，看着掌珠的样子好似是心灰意冷，但是偏偏行为举止又不像。这掌珠怕是一时受挫，心里转不过来。

徐妈妈道："我进去劝劝姑娘吧。"这十来日，想来掌珠已经想清楚了。

掌珠见徐妈妈进来，将手中的书放下。

徐妈妈知道掌珠聪慧，在摔倒后还能保住唱月，只是性子太过纯良，想不到这些，秋千一事其实在徐妈妈眼里根本不算什么，不过是雕虫小技，微微福身，道："姑娘，这后宅就是如此凶险，姑娘以后还是要小心为上。"

掌珠不说话，想起那日宝珠荡秋千时的笑声，当时只觉得动听，只想着宝珠虽然骄纵，但是终究是个小女孩……现在却觉得笑声刺耳，似乎是在嘲笑她的愚蠢。

徐妈妈见掌珠还是这样平静，想了一下，道："前几日，前门的小厮看见夫人身旁重用的妈妈出远门了，老奴想着是去了扬州城姜家……"

掌珠看了眼徐妈妈，她也想到是因为婚事的事，只是——"是周氏？她不是一直希望我嫁入姜家吗？"声音分外清冷，就好似这事与自己无关。她现在面上有伤，只要动下嘴角就会疼，所以才不说话，倒不是徐妈妈与晓初想的那样心灰意冷。

徐妈妈道："怕是为了温家。"

掌珠听后点了一下头，她之前认为是宝珠、玉珠等人嫉妒她才如此，但是在她们眼中，嫁入姜家也不是好事，所以掌珠一直有些疑虑，不是没想过周氏，只是她想不到周氏的目的。

现在清楚了。

徐妈妈这次并不想隐瞒什么，直接道："因为温家，夫人让老太太求到太夫人面前，太夫人也动了心思……因此……"

掌珠道："周氏怕为我作嫁衣。"

徐妈妈道："姑娘聪敏。"徐妈妈顿了一下，继续道，"姑娘处境看似不妙，其实也是有不少优势的，还是请姑娘千万不要灰心丧气。"在她这个时候投诚，就显得有价值多了，到底姜还是老的辣。

掌珠走到镜子前，额头、脸颊，还有下颌都有些擦伤，现在只有额头和脸颊还有一点的伤痕，其他倒是好了很多，就是擦着药看起来很是惊悚。

掌珠道："妈妈继续说，怎么就有不少优势了？"

徐妈妈心中高兴，这是接纳她的意思。

徐妈妈道："姑娘的劣势老奴就不讲了。姑娘本身就是陈家的嫡长女，夫人再想磋磨也不敢在姑娘出嫁一事上动手脚，毕竟后面还有三小姐、四小姐，且若是姑娘有个一二，夫人的名声怕也不好，将来大少爷娶亲说不得又出事故。"

掌珠道："她还在乎名声吗？"

徐妈妈笑道："夫人是不在乎名声的，但是将姑娘接回来了就在乎了，不然她大可以将姑娘留在薄情庵。"

掌珠点点头，道："继续。"

徐妈妈道："姑娘还有太夫人，姑娘不要小看太夫人在府里的地位。而且，姜家说不得会等姑娘的，姜家公子年纪已大，若想娶贵女，就算不是姑娘，也怕是还有三四年才成亲呢，姑娘对姜家来说可是很好的选择。"

掌珠问道："那对温家呢？"

徐妈妈微微皱了一下眉头，道："说实话，姑娘对于温家怕是鸡肋。"

弃之可惜，食之无味。

徐妈妈继续道："姑娘还是看太夫人的安排吧。"

掌珠道："那我该如何？"她考虑这些天依然无所得。

徐妈妈抬头看向掌珠，笑道："谋定后动，徐徐图之。"

掌珠看着徐妈妈。

徐妈妈问道："姑娘可是咽不下这口气，又担心脏了自己的手？"

掌珠眼睛一亮，这徐妈妈真是会揣摩人的心思。

这善恶到底怎么区分，她做不出别人欺负到自己头上还隐忍的事，但是她也不想因为这个就下狠手，说来说去，她动不了周氏半分，动玉珠等人又有什么意思？不过是几个小女孩罢了。

徐妈妈道："姑娘别忘了旖旎苑那位。"

她？

掌珠问道："你收了她多少好处？"之前还说祝姨娘不会助她，现在却又说起好话来。

徐妈妈笑道："她有多少好处，若是不能帮姑娘，老奴也不会收的。"

掌珠看了眼徐妈妈，又道："你收了周氏多少好处？"徐妈妈之前是周氏的人，不然不会被周氏派过来。

她既然能背叛周氏，也能背叛她。

徐妈妈听掌珠这样说，跪下道："老奴之前确实是收过夫人的钱财，但是……这是太夫人让老奴如此的。"

掌珠惊讶地看着徐妈妈，原来这徐妈妈是太夫人的人。

掌珠想了一下，问道："太夫人与周氏，你听从太夫人的？"

徐妈妈没有说话，这意思是默认了。

掌珠又道："那我与太夫人，你听从谁的？"

徐妈妈的汗慢慢流下来，但还是很快选择道："我在姑娘身边服侍，自然是听姑娘的。"

掌珠道："记住你的话。起来吧。"

徐妈妈站起来，问道："那祝姨娘……"

掌珠道："我毕竟是在旖旎苑外摔倒的……"

徐妈妈笑道："姑娘放心，我会安排好的。"

徐妈妈办事利索，第二日，祝姨娘就来了。

祝姨娘一身青色长袍，现在四个多月，小腹微凸，有些发福，但是看起来干净利落，更添几分温和，祝姨娘笑道："也不知道大小姐怎样了，本来第一日妾身就想过来，只是担心给大小姐添麻烦，因此便晚了几日。"

之前掌珠毕竟还在搽药喝药，若是祝姨娘来了，再有个万一，谁也说不清，白白给别人当枪用。

掌珠道："已经好了许多。"掌珠并不笑，这模样，倒是与祝姨娘平日有些像。

祝姨娘想了一下，道："大小姐也不必多说，怕是牵动伤口疼，奴家只是来瞧瞧。"

掌珠看向祝姨娘的眼神颇为感兴趣，连徐妈妈这等会看眼色的人都没有察觉她不说话的真正原因，没想到祝姨娘一来就道出来了。

徐妈妈也才恍然大悟。

祝姨娘笑道："大小姐是大夫人亲自教出来的，怎么会轻而易举地就灰心？更何况，不就是摔了一跤吗？"

掌珠笑了一下，这祝姨娘真是有趣。

祝姨娘说得不差，她是半个主子，更懂得主子心里想的是什么。

掌珠问道："姨娘最近休息得还好吗？宝宝还好？"

祝姨娘回道："妾身没有什么事，只是，不是所有人都如姑娘这般善心。"顿了一下，叹道，"妾身有孕，一时也不好伺候老爷，夫人要给老爷纳妾，听说书香门第，模样漂亮。"言语中多了几分落寞，她与孩子靠的只有老爷的宠爱，否则……

掌珠想了一下，道："我一个姑娘家怕是不能帮祝姨娘多少，祝姨娘为了孩子，也不要太放在心上。"这意思颇有回绝之意。

祝姨娘自觉失言，看了一眼徐妈妈，徐妈妈面无表情，她若是想要掌珠帮助，怕也要拿出些东西。

祝姨娘笑道："其实夫人是个相当大度的主母，只要老爷喜欢的……"顿了一下，道，"可是，就偏偏针对妾身，大小姐不想知道是什么原因吗？"

掌珠瞟了眼祝姨娘，淡然地道："我知道。"

祝姨娘一愣，笑道："果然是大夫人教出来，妾身这一日学了不少。"

掌珠道："你还差得远。"

想学她母亲，祝姨娘道行还不够，画皮画骨难画虎。更何况，让她教一个姨娘学自己的母亲，然后勾引叔父？

她做不到。

祝姨娘道："所以妾身来向大小姐请教。"

掌珠不语，态度很明显。

祝姨娘咬了一下牙，这掌珠就是难对付，软硬不吃，油盐不进。

祝姨娘轻声道："不知道大小姐知道大夫人是因为什么离开陈家的吗？"

掌珠眼睛一眯，知道祝姨娘想说什么，冰冷冷地看着祝姨娘，却对徐妈妈道："徐妈妈，你知道吗？"

徐妈妈低头，额头冒汗，道："知道。"

掌珠看着祝姨娘，她不用非要从祝姨娘嘴里知道。

祝姨娘笑了一下，道："那您知道为何会生下……"

其实掌珠是知道她与母亲为何离开陈家，母亲生下的孩子夭折被大家传成生下怪物，才被迫离开陈家的，其实也因为母亲过度伤心，颇有些看破红尘的意思，只是为何弟弟夭折，她就不知道了，她从来没想过母亲真的会生下了怪物……

母亲并没有特意和她说过这些，似乎不在意，因此掌珠也从来没有问过。

掌珠看祝姨娘并不说下去，似乎有要她恳求之意。

掌珠道："徐妈妈，说，是什么原因，我母亲才离开陈家的？"祝姨娘是威胁不了她的。

徐妈妈有些迟疑，她一时闹不清这掌珠到底知道原因吗？看现在的表现好似是知道的……

徐妈妈道："大夫人是因为生下怪物才……"

"啪。"掌珠手中的杯子掉在地上。

徐妈妈一愣，莫非掌珠不知道？也对，见掌珠回陈家后，对周氏虽然不满，但是并没有恨意……那她这样直接说出来……

掌珠目光闪了一下，轻声问道："怪物？"真的是生下怪物，她以为只是谣传……

徐妈妈不得不说下去，道："小公子生下来，双眼颜色不一样，而且听说还有尾巴……"徐妈妈根本不敢看掌珠，继续道，"生下来就是没有气息……所以……才被赶出陈家的。"

掌珠不说话，衣袖盖上有些抖的手，原来是这样的，怪不得，怪不得这些人多是对她不屑，或许是恐惧。周氏如此光明正大地对她不满，太夫人又不管不顾……掌珠道："原来如此。"声音有些颤抖。

掌珠心很乱，说不好是生气还是伤心，努力维持平静，至少在祝姨娘面前。

大厅沉静了一会儿。

掌珠勉强情绪稳定些，才转头看向祝姨娘，问道："你是什么时候进陈家门的？"

祝姨娘看出掌珠很激动，但是比她想象的要冷静很多，回道："五年半前。"正是穆氏与掌珠离开陈家之后。

掌珠道："那你又怎么会知道原因？"

祝姨娘想了一下，站起来道："大小姐不如先想好，若是信妾身，便传个话；若是不信，妾身也不便多说了。"

掌珠顾不得脸上疼，冷笑了一下，道："这下祝姨娘倒是不怕周氏纳新妾了？"

祝氏道："大小姐，说句实话，夫人针对的不是妾身而是妾身像的人，折辱的也是她，妾身因她而受宠，因她而被弃，妾身认了。不过，若是大小姐看不过，倒是可以随时找妾身。"说着，屈膝行礼离开。

掌珠深吸一口气，然后道："你说的是真的？"

徐妈妈已经明白掌珠原来根本就不知道这些，就恨自己嘴太快。

掌珠道："我问你话呢。"

徐妈妈跪下道："老奴只知道眼睛一事，其他的就不知道了……"顿了一下，道，"太夫人也是知道的。"

掌珠紧紧握着拳头，想将屋中东西都砸了，她现在明白宝珠生气时为何砸东西了，因为除了砸东西，她也干不了别的。

掌珠忍耐了半天，还是将眼前的茶壶扔在镜子上面，镜子与茶壶都碎了。

掌珠阴沉地看着镜子碎片中的自己，表情狰狞，支离破碎，脸上还有伤痕，更是面目可憎。

掌珠双手捂住脸，她是怎么了？看到手腕上的佛珠，她到底是怎么了？

掌珠道："你先出去吧，我静静。"

徐妈妈慢慢站起来出去，掌珠又问道："你亲眼看见了？"

徐妈妈一愣，明白掌珠问的是孩子眼睛的问题，回道："老奴有幸在太夫人跟前看了一眼。"看着掌珠道，"确实如此。"

"是周氏干的？"

"老奴不知。"

掌珠闭上眼，点点头，道："出去吧。"

徐妈妈出去后，掌珠瘫在床榻上，眼泪流出来，一种无助的感觉蔓延全身，她该怎么办？她又能怎么办？母亲为何不告诉她这些？

掌珠坐起来，对啊，母亲为何不说？

当时母亲只是说弟弟夭折是她的错，最多说一句，胜者为王，败者为寇。

她知道母亲不是轻易认输的人，也知道母亲不是甘愿受人摆布的人，若是弟弟的夭折是他人所为，母亲定然不会放过那些人的……所以她单方面地认为，母亲是太伤心才搬出来的……而后来她听说的怪物，也只当是外人胡传的。

弟弟是别人口中的"怪物"，那母亲当真是自保都难……

所以，母亲不告诉她这些是为了保护她？

掌珠的心十分乱，当晚，掌珠又发起烧来。

这次，掌珠没有精力保护伺候她的人，这些人暂且被周氏关起来，周氏又安排了其他的侍女服侍掌珠，只有徐妈妈留下了。

周氏看了眼徐妈妈，道："徐妈妈你还记得当初我对你说的话吧？"

徐妈妈回道："自是记得。"

周氏道："记得却没有办？嗯？"

徐妈妈道："夫人误会了，夫人让老奴好好照顾大小姐，老奴一直都是如此行事的。"

周氏盯着徐妈妈，看了眼躺在床上昏迷的掌珠，说不好，这徐妈妈说的是真还是假的。自从掌珠将琉璃园的丫头清出去一批后，她对琉璃园的掌握就没有那么牢固了。

周氏道："你知道就好。好好照顾她吧，别出什么事。"周氏虽然讨厌掌珠，但是掌珠也是她用来联姻的一个筹码，而且若是有个三长两短，她可不想担苛责侄女的名声，早知道这样，就不应该把她接回来。

说完周氏便出去了，她明日还要参加宴席……

徐妈妈看了眼床上发高烧的掌珠，心中也一阵难过，掌珠是她见过最奇特的女孩，若是心肠再硬些，怕是送进宫都没有问题。

徐妈妈对掌珠虽然利大于情，但是这些日子过来，多少还是有情分的，徐妈妈自是看着那些侍女好好服侍掌珠。

掌珠昏昏欲睡，其实她是能听见外面的声音的，只是想睁开眼说话，却没有力气。

她从回到陈家，心中就一直提着一口气，不能让人小看自己……在知道自己母亲如此受屈辱后，她终究被压垮了。

掌珠一直在做梦，梦见薄情庵后面的那片野花，梦见母亲的笑容，梦见与阿路论辩，梦见了清师太对她说，孩子，记住，心勿乱……

掌珠感觉有一个女子在她身边哭泣，被这声音吵得头嗡嗡的，迷迷糊糊地醒来，想来是玉珠，她还没死呢，偏偏就和哭丧似的。

又听一个尖锐的声音："你哭什么，人又没死，不过是摔一跤，至于这样装病吗？"这人不用说，就是宝珠了。

这个宝珠最是有趣，有的时候总是误打误撞地说到点子上。

玉珠果然不哭了。

宝珠不耐烦地道："好了，看过了就走吧，明天还有宴会呢。我还没选好衣服呢……"声音越来越远。

没有了吵闹声音，掌珠慢慢地睡着了。

睡梦中她又回到初到陈家那一日，她才看清他们的眼神，像是盯着怪物一样，怪物？母亲原来是被这个名声逼得落落寡欢的，她要为母亲报仇……她要……

耳边响起了清师太说的，孩子，心勿乱……好像听到念经的声音……掌珠慢慢地睡踏实了。

等到掌珠醒来的时候，烧已经退了。

一个年轻的侍女笑道："姑娘，终于醒了，都已经睡了三天。"说着服侍掌珠洗漱，又喂掌珠喝粥。

掌珠缓过来之后，问道："姐姐是婶娘身边的冬青吧？"

"姑娘果然记性好，奴婢正是。"

掌珠道："这几日劳烦姐姐了，让晓初她们过来伺候吧。"

冬青一愣，这几人已经被周氏关起来了。

掌珠看了她一眼，疲惫地道："你也回敬正堂禀告夫人一声，我已经好了。"这就是送客了。见冬青没有动，笑道："莫非姐姐是想留在琉璃园？"

冬青连忙道："奴婢先去回禀一声，免得夫人担心。"

掌珠笑笑闭眼休息，她现在只装不知道人被关起来一事。

冬青刚走，徐妈妈就进来了。

掌珠道："周氏应该会放人吧？"

徐妈妈道："夫人没有把人发卖，想来就不会再在晓初她们身上做文章。"说起来，周氏不过是想要耍威风罢了，最多是磋磨一下秋白而已。

掌珠点点头，道："明日将祝姨娘请过来吧。我有话问她。"

徐妈妈连忙道："是。"只要掌珠振作起来就好。

掌珠又道："这几日妈妈怎样对掌珠，我都记下了，以后不会亏待徐妈妈的。"

徐妈妈抹抹眼角道："姑娘好了就成，就成。"

果然，没半个时辰，晓初等人就被放出来了，只秋白看起来瘦了不少，脸上也有瘀青。

掌珠多赏了秋白几个银豆，让秋白多休息几日再来当值。

掌珠才道："把镜子拿来我看看。"晓初迟疑了一下，拿着镜子过来，掌珠照了照，道，"只是淡了些。"细看还是能看到脸颊和额头上各有一道细细白白的疤痕。

晓初连忙道："姑娘不用担心，郎中说，每日抹些珍珠粉，过些时间就会下去的。"

掌珠又看了看，其实确实是不明显。

掌珠想了一下，道："以后若是有人问起我的脸，就说怕是毁了。"

"姑娘？"

掌珠道："没事，按我说的办，他们以为很严重，待到看见我后，发现并没有想象的严重，就是有人看见这细痕，也不会在意了。"

晓初这才明白，自是同意。

掌珠醒了，心气又回来了，好得越来越快，第三天掌珠已经下床在园子里散步了。

周氏身旁的妈妈过来探望，只说什么再在床上好好休息几日，说得掌珠烦了，掌珠便回道："郎中也说了，若是好些了就出来晒晒太阳，在屋子里闷的时间长了也不好，屋子里的被子也要晒晒。前日祝姨娘想过来，婶娘还说我这屋子里太闷，怕对孩子不好呢，怎么妈妈来了就非要我进屋去呢？"

因此，掌珠一直没有见到祝姨娘呢。

说得那妈妈只道："不过是担心姑娘累了，姑娘若是不领情，老奴也就白说了。"

掌珠瞥了眼她，笑道："妈妈这样说就言重了，你代婶娘来看我，我感激还来不及呢，怎么会不领情呢？妈妈回去可不要对婶娘乱说，若是引起误会就不好了。"

那个妈妈脸色一会儿青一会儿白的，匆匆告退。

晓初忍不住道："姑娘何苦和她们计较？"

掌珠道："我就是什么也不说，她嘴里也不会说出我的好话。"

掌珠自从病愈后比之前越发锐利了。

掌珠长出一口气，坐在树下藤椅上，道："叫徐妈妈过来，已经好几日没有绣屏风了，倒是觉得手有些生了呢。"

晓初向来听话，掌珠如何吩咐便如何去做，自是请徐妈妈。

不一会儿，徐妈妈便拿着绣品过来，两人坐下一起绣，丫头们自是在一旁晒被子，唱月与秋白也一同帮忙。

过了一会儿，掌珠才淡淡地道："周氏怕是察觉什么了吧？"

徐妈妈帮着掌珠分线，点头道："话又传过去一回，祝姨娘还没来，恐怕夫人盯着她呢。”

掌珠点点头，过了一会儿又道：“‘怪物’一事所有人都知道？”语气淡得好像在说这一针绣错了似的。

但是徐妈妈却忍不住颤了一下，定了定神才道：“当年的奴仆基本上都知道些捕风捉影的事，谁也没有亲眼看见。当年大夫人一出陈家，这事就不许再提起了，已经过去七年多了，基本上没有人再提起了。”

掌珠不说话，心中自有计较，陈家向来门风严谨，这事无论真假，怎么可能奴仆们都知道？自是有人从中煽动。

她现在只想查明真相，只是查明了又怎样？

祝姨娘不过是想借她的手压制周氏，嘴里又有几分真呢？

掌珠放下手中的针线，之前她回陈家，想的不过是按照母亲的愿望平平安安地出嫁，踏实地做一个大魏贵女，现在……她是一定要查出是谁害她母亲的，定要那人付出代价，若是要她如母亲般隐忍，是绝对不可能，她现在孤身一人，有何可怕的？

徐妈妈轻声道：“姑娘，宝珠小姐……”

掌珠回过神来，问道：“她怎么了？”

徐妈妈道：“老奴看着宝珠小姐怕是相当迷那位温如玉了呢。”

掌珠笑看了眼徐妈妈，道：“你知道的倒是不少。”

徐妈妈回道：“总要耳听八方，眼观六路，姑娘在外面，大夫人尚且告诉您陈家的事，现已经身处在宅院中了，就更要听得清、看得准了。老奴这几年也不是闲着的，多少还是有些朋友的。”徐妈妈语气中难免有些骄傲。

掌珠笑道：“徐妈妈正是我所需要之人。”

徐妈妈更是自得，然后道：“老奴想着，姑娘倒是可以利用宝珠小姐的这片痴情回击。”

掌珠愣了一下，其实她们心底都明白，她母亲的事少不了周氏的手笔，就算不是这事，她脸上的伤可是周氏干的。

掌珠并不是那心慈手软之人，只是对于宝珠……她虽然不喜，到也不至于非要置她于死地的地步。

她还是想听听祝姨娘口中的真相。

徐妈妈看出掌珠不愿动手，心中阵阵遗憾，掌珠就是心肠软。

徐妈妈也实在不明白，掌珠为何对宝珠心软，还是劝道：“老奴知道姑娘心地善良，只是，她们为了婚事可以对姑娘下毒手，您又何必有所顾忌？若是温家定了宝珠小姐，怕是姑娘的婚事也会有波折的……更何况那周氏……”

掌珠看向徐妈妈，在她看来，温夫人不见得会定下宝珠，掌珠心中知道这些个夫人心中相当能算计，定不会让自己吃亏的，从各方面看，宝珠都不适合成为温家主母的，所以掌珠并不担心。

不过掌珠还是问道：“徐妈妈有什么计策？”

徐妈妈回道：“老奴是想着过几日十月深秋赏菊时，让宝珠小姐出点乱子……”

掌珠摇摇头，道："不必，若是整治她，我自有法子。"她可还记得宝珠对那坊间话本的喜爱。

徐妈妈道："若是提前定下婚事……"

掌珠笑道："妈妈不急，我的婚事不也是要定下的时候出了岔子吗？先少安毋躁，不急。"

徐妈妈无奈，不再劝说掌珠。

事实上，周氏确实是防着掌珠，十月深秋赏菊，根本就没有让掌珠去，最好的原因就是没有病愈。

掌珠没去，玉珠自然也不能去。

玉珠也来琉璃园一阵哭泣，掌珠只戴着帷幔看玉珠表演，并不多理会。玉珠只觉得掌珠因为破相的事性子大变，心中多少有些爽快……

玉珠之前见过掌珠搽药的脸，只觉得甚是难看，并不知道这其实是掌珠故意的。

掌珠只等着玉珠哭完了离开，没想到玉珠哭完了还赖在琉璃园，掌珠才明白应该是周氏如此安排的，心中一阵硌硬，这个周氏，真是逼她对宝珠动手。

玉珠当真陪在她身边两日，直到周氏回来，才不再来，气得掌珠说不出话来。

徐妈妈又在一旁敲边鼓，掌珠心思也难免动摇，没几日便去了满园，说是看看宝珠带回来的菊花。

这是掌珠在秋千之事后第一次露面，戴着帷幔。

宝珠对掌珠倒是热情，似乎两人之间从来没有生过嫌隙。

宝珠笑道："大姐姐是过来赏菊的？这可是巧，我们昨日从孔夫人那里得了不少菊花呢。孔夫人就是姜夫人的舅妈，啊，对了，姜夫人也去了，还问大姐姐的呢，只说可惜，还说给大姐姐送些玉肌露，听说是宫里出来的，想来大姐姐脸上的伤痕一定会下去呢。"

掌珠看着宝珠得意的笑脸，若是陈家的人都和宝珠这般简单就好了。

掌珠回道："那我一定好好谢谢姜夫人。"

宝珠并不急着带掌珠去赏菊，倒是拉着掌珠去了自己的闺房。

进了闺房，宝珠就开始把自己新得的首饰、衣服拿出，让掌珠帮忙参谋哪个配哪个，还让几个丫头左右前后各捧着镜子，这是讥讽掌珠无颜呢。掌珠也是过一会儿才察觉出来，心中只好笑这宝珠在这上面倒是学得精致。

掌珠戴着帷幔别人也看不清她的神情，只打量宝珠的闺房，袖中装着一个小小的话本，这是她让徐妈妈找来的，徐妈妈知道后，觉得甚是妙，心中更是佩服掌珠。

掌珠想着将这东西塞在宝珠的书籍中，却发现宝珠鲜有看书，又想着不如就故意放在枕头下，只是这样太过明显，但现在也只能如此了，好在宝珠将很多衣服都扔在床上，宝珠身旁又围着四五个丫头，惜珠也不在，掌珠只是装着去看衣服就走到了床边，拿起枕头，却见下面有一本书。

掌珠回头，笑道："我看着这钗子配那件青色衣服好看。"

宝珠看了看，道：“大姐姐说笑了，这桃花簪，我看着配那件粉色的才好看，我穿上试试。”说着让丫头服侍她换衣服，又是一阵忙碌。

掌珠趁机拿出枕头下的书，一看，居然是一本坊间话本……

这是谁给宝珠的？

掌珠看着这装帧与做工，与上次惜珠给她的一个样，甚至更精致，这话本的来历不言而喻。

没想到惜珠还在给宝珠看这些话本。

掌珠的惊讶是无法形容的，又放好枕头，将袖中的话本收了收，看来不需要她动手了。

掌珠看着宝珠兴致勃勃地换衣照镜，天真烂漫……

宝珠应该已经知道这东西的坏处了……

或许就是因为这样宝珠才敢看，惜珠也才敢给的，只是有些东西虽然知道是错，但是潜移默化中，总会有什么改变的。

掌珠说不出来的感受，她既高兴不用自己动手，又感叹姐妹情谊凉薄……

掌珠直到傍晚才回到琉璃园，回了琉璃园便将手中的话本烧掉了，徐妈妈一阵惊讶，掌珠只是道：“以后不许再提这件事，就当从来没有发生过。”

徐妈妈连忙应下。

掌珠愣愣地看着正在燃烧的话本，她很庆幸自己没有将话本放在满园，若是放了她与惜珠又有什么区别？

她若是整治宝珠，就要用正大光明的法子，这些小偷小摸的，自己和她们又有什么区别？她也不会愚蠢地去提醒宝珠，有些事就是自然而然的，或许从惜珠将话本送到她这里来就已经注定了……

没过几日，姜家派人送来了玉肌露，亲自送到了琉璃园。

不知道是巧合还是姜家故意的，姜家人来陈家的时候，周氏正好出去参加应酬还没有回来，又要到年关了，周氏也不过再出去几次就要在家忙碌了。

周氏见温家与宝珠的事大有可能，根本就不想让姜家人见到掌珠，但是偏偏今日她不在。

姜家人是守礼的，让人送了礼去如是居，待到那边有回话后，又去华恩堂请安。

老太太更是不管事，哪里知道周氏的想法，姜家人说去琉璃园，老太太也不会拦着，还派人送到了琉璃园。

掌珠知道这几人是特意过来看她脸上的伤痕的。

掌珠略犹豫了一下，终究是没有戴着帷幔，毕竟姜夫人说的话对其他人来说很有分量，将来她说一句脸没事，比自己站在众人面前还管用。

来的人是姜夫人的心腹田妈妈，姜夫人早就嘱咐过了，因此之前还有些神情凝重，待见到她之后，可以说是笑得合不拢嘴：“看到大小姐没事就好，大夫人自从知道您受伤了，心里别说多难受了，就怕大小姐日子过得不舒服。”掌珠看田妈妈这样激动，心中也跟着高兴，有一种总算有个人关心自己的感觉。

她知道，就算她的脸真的毁了，或许姜家这门亲事算了，但姜夫人还是真的关心她。

掌珠笑道："多谢姜夫人和田妈妈的关心了。"

田妈妈回道："这玉肌露对这小疤痕最是管用，宫中也没有几瓶，大小姐每日睡前抹一些，不出几日，保证您比之前还漂亮。"

掌珠被这田妈妈逗笑了，连忙应下来。

田妈妈又道："大夫人还带来了两盆她亲自养的昙花，大夫人说昙花虽一现，但是世人偏喜欢为这一现守夜，这也才是真正的赏花人。"

掌珠愣了一下，道："多谢姜夫人。"

田妈妈接着道："大夫人怕大小姐闷，又送了几本书，只是劝大小姐不必日日都看，免得费眼睛，这书有的是，不急。"

掌珠心中还是感动，这姜夫人想得很周到。

田妈妈离开的时候掌珠送了几条自己养的红蝶尾金鱼。

周氏下午便回来了，田妈妈自是又去请安，周氏对田妈妈多少有些冷漠，态度很明显，怕是觉得宝珠定是能嫁入温家了。

至于掌珠那里，周氏再想法子，其实掌珠很好找婆家，只是不见得如姜家那般对自己有利罢了。

暂不提周氏这边的小心思，只说田妈妈回到姜家，如此这般与姜夫人说了之后。

姜夫人长出一口气，道："没事就好，这后宅的勾当，她一个无父无母的孩子可不好应付。"

田妈妈恭敬地回道："老奴倒是看着这掌珠小姐有几分夫人的神采。"

姜夫人笑了一下，道："你也是这么觉得？说是送来了六条红蝶尾？这天有些凉了，可别冻死。"

田妈妈笑道："夫人，放心，已经着了一个会养金鱼的丫头进来当差了。"

姜夫人点点头，道："她可说了什么？"

田妈妈想了一下，道："掌珠小姐说，世间人多是赏花人，这懂花的人却是少，倒不如当这观鱼客，不必懂鱼，鱼也不必懂人。"

姜夫人听完，忍不住笑了一场，这个掌珠，不愧是跟着了清师太学诡辩，真真是牙尖嘴利。

田妈妈也跟着笑了，又道："掌珠小姐其实是怕夫人总是看账本、刺绣，眼睛太累，看看鱼，练练眼神。"

姜夫人摇头道："怪不得她喜欢养鱼。"

正说着就有仆人禀报，大少爷过来了。

说完，姜铎便进来了，见姜夫人眉眼间带着笑意，有些惊讶，姜夫人很少笑，这一笑，倒是有了些朝气，遂问道："不知道母亲有什么欣喜的事？"

姜夫人笑道："没什么，不过是陈家大小姐给我讲了一则笑话罢了。"

姜铎一听事关掌珠，忍不住问道："不知道她怎样了？"

姜铎是知道掌珠脸受伤一事的，陈家派人说了这事后，姜夫人就马上告诉姜铎了。

姜铎心中多少有些遗憾，除却自己的遗憾，更是有些替这位大小姐担心，将来可怎么找婆家。

姜夫人见姜铎是真的担心，想了一下，道："说是不严重，但是还是能看到那疤痕的……"姜夫人看向田妈妈，两人多年的默契，田妈妈连忙道："老奴亲眼看见的，额头上有一道疤痕，若是头发挡住，也不是很明显的。"

姜铎听姜夫人这样说，问道："母亲还是觉得陈大小姐合适？"

姜夫人叹道："从家世以及掌珠小姐的品行来说，是最合适的，只是你若嫌弃她相貌……"

在婚姻大事上，姜夫人从来都不会自己做主，一定要问过姜铎才定。姜铎也不觉得有什么羞涩，在这上面，两人都以家族为先。

姜铎回道："母亲无须考虑我。"

姜夫人笑了一下，道："如此最好。"

姜铎又道："只是我听闻，陈家似乎想与温家联姻……"姜铎皱着眉，姜家自然不会与温家做连襟的，两大政党若是有所联系，第一个不同意的就是皇帝老子。

姜夫人眯着眼道："还是你这里的消息比较快，我说那周氏怎么突然冷淡了下来，掌珠又怎么会出事，缘由在这里。"姜夫人毕竟是女人，比姜铎更是知道后院里的勾当。

姜铎挑了一下眉，道："或许，只是陈家一厢情愿，不然我又怎么会这么快接到消息？"

姜夫人道："想来是了，说不得温家不想得罪陈家，便想让咱们家先出头定下掌珠，他们也好有借口不应这门亲事。"

姜铎回道："温家向来这样行事。"

姜夫人想了一下，道："此事我知道了，你就不必放在心上了，我自有安排。"顿了一下，道，"我今日得了几条红蝶尾，你拿去两条吧，时常看看，免得累到眼睛。"说着姜夫人忍不住笑了。

姜铎不明所以，自是应下。

待到姜铎出去，田妈妈担心地问道："温家莫非也看上掌珠小姐了？"

姜夫人笑道："若真是看上了掌珠，不需咱们动手，周氏第一个动手。"说完顿了一下，道，"眼皮子浅！"

田妈妈道："难不成是宝珠小姐？"

姜夫人道："妈妈就不必担心了，温夫人最是聪敏，她的儿媳，她挑得可精致得很，宝珠小姐是入不了温夫人的眼。不过，你也提醒我了，若真是相中了掌珠，就怕……"姜夫人不说话。

田妈妈见姜夫人表情有些凝重，便不敢说话，不明白之前还放心现在怎么又担心了。

姜夫人心中所想的是，就怕这两人两情相悦，怕是温夫人也会为了自己儿子退一步，更何况掌珠相当出色，并不是配不上温如玉。

她得赶紧想个法子了。

十一月，文阁刺绣，基本上各个府上都停了宴会，开始忙碌过年的事，不过是各府的千金们私下邀约刺绣罢了。

自从掌珠上次去了满园，宝珠就相当喜欢请掌珠过来玩耍，更是喜欢在掌珠面前照镜子，打扮得花枝招展的。

有的时候宝珠请了客人过来，也会将掌珠叫过去。

掌珠倒是无所谓，想去了便去，不想去了就说自己乏了。

宝珠也不生气，只当掌珠羞于见客。

这段时间倒成了两人关系最好的时候了。

掌珠最常做的就是看着那两盆昙花。

徐妈妈笑道："姑娘，这个时节昙花还开不了呢，纵使开也是晚上开呢。"

掌珠叹了一口气，道："徐妈妈知道这昙花的典故吗？"

徐妈妈道："老奴不懂，还请姑娘说来。"

掌珠依然看着昙花，过了好半天才道："传说昙花是一个花神，每天开花，四季灿烂，后来她心悦一个每天为她锄草的男子，玉帝知道后，大发雷霆，把昙花花神贬为一生只能开一瞬间的花，将男子送去灵柩山出家，赐名韦驮，让他忘记前尘，忘记花神。可是花神却忘不了男子，她知道每年暮春时分，韦驮尊者都会上山采春露为佛祖煎茶，就选在那个时候开花，希望能见韦驮尊者一面！遗憾的是，春去春来，花开花谢，韦驮还是不认得她！因此昙花又叫韦驮花，总是选在黎明时分朝露初凝的那一刻才绽放。昙花一现，只为韦驮。"

徐妈妈听完后不语。

掌珠转身道："这应该是姜夫人的写照吧。"姜夫人或许只希望姜大人能正视她一眼。

姜夫人送这花来，是想让她做好将来会过上如昙花一样的生活的准备吗？

或许世间连赏花人都难得。

第六回 再斩情丝三珠离

很快就又到年关了，掌珠回到陈家已经一年多了，今年周氏以掌珠身体不好，阻止了掌珠祭祖。

掌珠心中虽不悦，但是好在族谱上已经有了她。

她要做的就是蛰伏，待到时机，她自会一鸣惊人……而且，她也想趁着今日，见见祝氏。

祝氏怀孕，不能祭祖，这一日府中的奴仆也多在祠堂……

掌珠戴上帷幔，带着秋白去了旖旎苑。

果然，这一路上见不到几个仆人，大家都去祠堂那儿露脸去了。

所以到了旖旎苑，夏彤看见掌珠时很是惊讶，并没有仆人提前告诉她，夏彤想说什么却被秋白拦下，秋白笑道："夏彤姐姐，你我也好久没有一起玩了，今日咱们也聚聚吧。"

夏彤想拒绝，秋白紧紧拉着夏彤的衣袖，小声道："你真当自己现在还是夫人身旁的大丫头啊。"

夏彤一愣，装着不耐烦，但是却跟着秋白走了。

旖旎苑的人只当没有看到，夏彤自认是夫人的人没少在旖旎苑摆大丫头的谱，还是老太太身旁的妈妈过来后才安分些。

夏彤跟着秋白到了暗处，夏彤拍了拍衣褶，道："秋白妹妹现在好威风，是大小姐身边的大丫头，令人羡慕。"

秋白却小声道："你以为大小姐就信我？"

夏彤冷哼一声，道："不知道秋白妹妹今日来什么事？若只是玩耍的事就算了，我还要去祝姨娘身旁当差呢。"

最后几个字声音尤其大，想来一定传到屋里去了。

秋白无奈道："妹妹我是看在咱二人一同当差几年的分儿上才提醒姐姐的，姐姐既然不领情，那妹妹也没有办法。"说完一副你随意的样子。

夏彤脚动了动，终究没有迈出去，叹道："我是没有妹妹运气好，难不成大小姐也把我的卖身契要来吗？”

秋白笑道：“大小姐可没有这个本事，但是她有啊。”说着瞟了眼祝姨娘屋里。

夏彤也看着那边若有所思。

不说这二人，只说掌珠进去后，就见祝姨娘半靠在床边，连忙道：“姨娘好生歇着，不必起来了。”

祝姨娘还有一个多月就要临产了，肚子已经很大，也不客气，道：“妾身实在不方便，还请大小姐见谅。”

掌珠拿出两双虎头鞋子，对祝姨娘笑道：“前一阵跟着徐妈妈学做了两双鞋子，希望姨娘不嫌弃。”

祝姨娘连忙道：“哪里会嫌弃。”说完看向一旁的妈妈，道，“妈妈替我给大小姐拿些我以前酿的杏梅酒。”

那妈妈连忙道：“这东西自是应该我老婆子去取。”说着连忙出去。

祝姨娘掩嘴笑道：“这个妈妈是老太太身旁的，最是和气，事事谦让，真是有什么样的主子就有什么样的仆人。”

这个妈妈知道她们有事谈，巴不得赶紧出去，免得牵连自己，这一出去还就不进来了呢。

掌珠看着祝姨娘，祝姨娘看着没有胖，而且还瘦了些，但是精神相当好，还是一如既往的干净利落，丝毫没有普通孕妇的蠢笨，老太太也是妾室出身……掌珠遂笑道：“姨娘可要好好学学呢。”

祝姨娘眼神闪烁了一下，只是摸着肚子，口不对心道：“只要孩子健康平安就行。”

掌珠笑了一下，直接道：“不知道祝姨娘还愿意与我交易吗？”

祝姨娘无奈道：“大小姐来得有些晚了。我只求孩子健康平安。”

掌珠笑意隐去了，挑了一下眉看着祝姨娘，她之前一直没有来找祝姨娘也是因为她不确定她是否能够接受答案，现在祝姨娘这样说……看来是周氏找过她。

祝姨娘继续道：“当初也是妾身心急了，以为夫人纳个新人，妾身就会失宠，结果……”

结果陈廷远还与以前一样，甚至更经常来她这儿了，她也就不想挑唆掌珠与周氏的关系了，免得周氏一气之下做出什么出格的事，到时候她得不偿失。

掌珠道：“那也多谢姨娘告知我之前的事。”

祝姨娘看着掌珠淡然的脸庞，手摸着肚子，心中有些纠结，之前确实是她冲动了，但是她也不想就这么得罪掌珠，这个女孩可是厉害的人物，就从她一直不声不响地装毁容，单凭这份心机，就不是普通人能有的。

掌珠站起来道：“姨娘也不必忧虑，我自会查明真相的，姨娘要好好保重，我陈家子嗣确实是单薄。”

祝姨娘手顿了一下，若是她生个儿子，将来她也说不得就如老太太那般……她说不得最后还是要与掌珠联手。

祝姨娘道：“大小姐别生气，这往事……说实话，具体怎样妾身是不知道的，但妾身敢肯定哪位是主谋。”

掌珠笑道：“姨娘所说，我知道。”

祝姨娘咬了咬牙道：“但是大小姐也只是猜测吧。”

掌珠挑了一下眉，看着祝姨娘。

祝姨娘轻声道：“妾身能肯定她是主谋。”顿了一下，接着道，“是二爷说的。妾身也只能说这么多了。”

掌珠道：“多谢祝姨娘了，这事我领情了。”说完便出了院子。

回到琉璃园后，徐妈妈见掌珠脸色不大好，也没敢问。

掌珠盯着从祝姨娘那儿拿来的杏梅酒，她在祝姨娘那儿表现得很沉稳，其实心中很是难受，这祝姨娘怎么就能肯定？陈廷远也知道，难道就放任周氏去害她母亲？又到底是怎么害的？母亲向来小心。

掌珠发现她越发地想知道了，心中的恨意越来越强。

她……心中不甘……

掌珠猛地站起来，她要去如是居问太夫人，她要知道到底发生了什么。

掌珠拿着帷幔匆忙地出去。

晓初、秋白等人一愣，一时不知道该谁跟着去，倒是唱月手脚快，拿着掌珠的披风，紧跟着掌珠出了门，两人对视一眼，便作罢，说来，她二人终究不算是掌珠的心腹。

掌珠一口气跑到如是居门口，好在一路上没有奴仆看见。

掌珠这次比较急迫，因此也没在竹林外等，而是直接进来了，到了门前，掌珠一时不知道该如何。

赵善家的出来，见到掌珠有些惊讶，轻声道：“太夫人在念经，大小姐怕是要等会儿了。”顿了一下，道，“每年都会如此的，还请大小姐见谅。”

掌珠点点头，道：“是我鲁莽了。”

赵善家的见掌珠只披了一件披风，有些担心，道：“不如先进来。”

掌珠进了太夫人的佛堂，这小小的佛堂竟然和薄情庵母亲的佛堂一样。

掌珠听着太夫人敲木鱼低声念经，心突然平静下来了，掌珠慢慢地跪在太夫人身后，低声念经。

赵善家的一愣刚想叫掌珠起来，就见太夫人对她使眼色，赵善家的只得出去。

掌珠闭着眼，想到了母亲，在她的印象中，母亲从来没有慌乱过，也从来没有露出过一丝半毫的嫉恨、不甘……母亲真的不在意那“怪物”一事吗？

母亲为了她才屈居尼姑庵，不然那时父亲已经去世，弟弟又……母亲又有什么可恋的？不过是因为她……

“你好好想想你母亲的心意吧。”太夫人的声音。

有徐妈妈在，太夫人自然是知道掌珠一举一动的。她也没有阻拦，掌珠要学会要而不得。

掌珠睁开眼睛，看着眼前的佛祖，太夫人已经念完经出去了，这里只有她和佛祖。

掌珠眼眶一红，心中前所未有地委屈……

母亲的心意……

母亲为什么不告诉她这些，到底是怎么回事？她不知道怎么为母亲报仇……她……

或许……

母亲就是不想让她报仇。

这怎么可能！

掌珠心思更乱了，似乎明白母亲的心意了但是又不想确认。

“你走吧。等你想清楚的时候再过来吧。连自己都不能顾全呢，想那么多又有什么用？不过是徒生烦恼罢了。”太夫人的声音从里屋传出来。

掌珠眼中的泪一下子流了出来。

唱月小心翼翼地扶着掌珠起来，轻声道：“姑娘要不先回去？”

掌珠摆脱唱月，走到里屋门前，跪下端正地磕了三个头，这是给太夫人请安的意思，然后才站起来扶着唱月离开。

赵善家的连忙送掌珠出去。

里屋的太夫人摇摇头，这个掌珠，真是倔强，也难怪穆氏不告诉掌珠这些，不是不想报仇，而是掌珠这性子，很容易走偏了，到时怕是会成为周氏那般只会用心计的女子，不得夫君宠爱。

这女子啊，能保持一分心善就要保持一分。

更何况掌珠也查不出证据，因为她也完全没有查出证据，不然又岂会让周氏霸占后宅？

太夫人一叹，她这辈子，唯一看走眼的就是周氏。

下午众人来到竹林给太夫人请安，太夫人还是照例让陈廷远与周氏进来，掌珠没有来，也没有与周氏等人一同吃年夜饭。

太夫人自是有办法不让周氏知道掌珠今日去了旖旎苑和如是居。

这后宅，有时真正占上风的并不是那个最得意的人。

熹平三十八年，陈掌珠十三岁。

一转眼，又到初六，梅花宴。

满园又是夫人、贵女满堂……

宝珠一身桃色绣花罗裙，看着娇媚可爱，宝珠这一年变化也相当大，不但长了个子，相貌也比之前明媚了不少，尤其是身上的气质，举手投足间更显小女儿的情态。

宝珠扯了一下玉珠，低声道：“她怎么没来？”

玉珠回道：“大姐姐她这几日都没有出屋，就是我去琉璃园，她也没有见我。”玉珠语气中虽然带着遗憾，但是心中很是畅快，去年她因为掌珠的缘故一直生病，今年却换了掌珠，风水轮流转。

宝珠笑了一下，又道：“哼，我看是怕吓着大家，丑八怪。”宝珠说完就去找周书慈、温柔嘉玩耍，不理会玉珠。

玉珠心中叹了一口气，想去前院“偶遇”周书恩，只是这在自家，反倒是不如别人家方便，总不可能是在自己家迷路吧。

玉珠按捺下心中的想法，她比去年大了一岁，胆子却不如之前大了，想起去年时自己，她现在心中就害怕，自己怎么会做出那种事情，想来那时也是被掌珠刺激的，得知掌珠要嫁到姜家，虽然嘴上讽刺，但是心中还是羡慕的。

满园的梅花着实美轮美奂，众人也不在意今年的梅花宴其实与去年一样。

温夫人笑道："这梅林果然名不虚传，倒是比我家的寒梅要漂亮许多，更适合这些闺中女子玩耍。"

周氏笑道："姐姐太过自谦了，若论意境，怕是这千梅林也不过就是个梅海，哪有什么意思。"

姜夫人也跟着道："我听着二位夫人倒是在这儿互夸呢。"

说着大家笑了一场。

周氏道："姜夫人就是风趣。"

姜夫人笑笑不语，这个周氏，之前叫姐姐喊得亲热，现在叫夫人就是想拉开距离，周氏这样做事，就没有想过别人会怎么看宝珠吗？

她们都默契地没有提起掌珠，倒不是都没有想着掌珠，而是温夫人听说了掌珠"破相"，不知道是否严重，贸然将人叫出来怕是不妥。

至于姜夫人，她知道掌珠没事就行，自然能找借口见到掌珠，也就没有提起掌珠。

周氏见状，心中很是满意。

琉璃园。

掌珠在绣一幅昙花一现的小屏风，那万马奔腾暂且放下了，反正还有个几年要绣，倒是不着急，这小屏风她是想送给姜夫人的。

徐妈妈轻声道："姑娘，不如出去走走？"

掌珠抬起头，看看窗外，看着倒像是要下雪的样子，看向徐妈妈。

徐妈妈才道："过会儿要下雪了，老奴想着雪中的梅花最是漂亮，姑娘也可以采些梅花上的雪。就算是无雪，采梅花也是可以的，过几日可以做梅花糕。"

掌珠点点头，道："妈妈说的是，我这几日是想采雪呢。"

这些日子，掌珠一直不苟言笑，众人一直都想着法逗她笑呢，掌珠心中自是领情，只是确实是没有什么可笑的罢了。

掌珠戴上帷幔，与晓初和唱月出去采梅花。

到了梅林，掌珠看着一大片梅花傲然怒放，心中倒没有感觉，只是唱月很是高兴，掌珠笑道："你们就采些梅花吧，要开盛的，花瓣无杂色但是又不能有残的。我就在一旁走走。"

晓初与唱月难得见掌珠高兴，自是同意。

掌珠慢慢向梅林中走，有时自己也会采几朵梅花，心情倒是好多了。

她依然琢磨不透母亲的心意，或者说不愿意琢磨透，但是正如太夫人所说的，她连自己都不能自保，如何想那么多呢？

"阿珠，阿珠……"

掌珠听见有人招呼她，惊讶地转头，就见温润晁在梅林中，温润晁一身银色暗花长袍，带着笑意，在这梅林中，仿佛仙人下凡，将这梅花都融化了。

掌珠吃惊地道："你怎么在这里？"

这里离前院可远得很，她是特地没有朝月门那里走。

温润晁已经是十六岁，比掌珠高了不少，头微微低，笑道："我是特意来找你的。"

掌珠左顾右盼道："这要是被人看见……"

温润晁笑道："无妨，我的小厮在一旁看着。实在是没有想到你是陈家的大小姐。"

掌珠无奈，对上温润晁那带着温暖的眼睛，只得回道："我也没有想到你是温家的公子呢。"

两人虽然一年未见，但是从这两句话中已经找到了曾经的熟悉感。

温润晁道："这牙尖嘴利真是没有变。"说完端详掌珠，掌珠也长个子了，看起来瘦了些，只是，"你怎么戴着帷幔，莫非也学着贵女们那般矫情了？这倒不是你的风格。"

掌珠道："我就是戴着帷幔，你不也认出我来了吗？"

温润晁伸手想将帷幔掀开，掌珠后退一步，看着温润晁不高兴的样子，忍不住开起玩笑来，故意伤心地道："其实我破相了，实在是难看，你还是不要看的好。"

温润晁一愣，道："毁容？"并没有再上前，担心问道，"怎么弄的？"

这下半年，温润晁确实是在游学，只是就算在家中，温夫人也不可能与他嚼别人家女儿的舌根，因此温润晁一点也不知道此事。

掌珠道："玩秋千时跌下来了。"

温润晁连忙道："我让母亲给你送点药丸来。"

掌珠道："不用了，现在也来不及了，有段时间了呢。不碍事的。"

温润晁自是以为严重，许久才道："这可如何是好，可是很严重？"声音自是慢慢地紧张。

掌珠一时摸不准温润晁的想法，只是道："不碍事的。"

温润晁还是不说话，左思右想道："不如你嫁给我？不然你毁容了也嫁不出去了。"

掌珠听后，很是惊讶，她从来没有想过要嫁给温润晁，即使是周氏想为宝珠相看温家，掌珠也没有这样想过。温润晁对她来说是，是儿时的玩伴，是兄长，是师兄，是一种回忆……

掌珠现在有些后悔刚才与温润晁开玩笑了。

温润晁说完后也被自己吓到了，他是一直这样想着，尤其是知道她是陈家大小姐后，两人家世相配，又一起长大，简直是水到渠成，只是掌珠现在毁容……

"姑娘，姑娘，看，下雪了！"唱月边过来边开心地喊道。

掌珠与温润晁一起抬头看，只见点点雪花飘下来，说不好是梅花还是雪花。

掌珠道："你赶紧走吧，我的侍女要过来了。"

温润晁点点头，道："我刚才的提议你想想。"

掌珠无奈道："这事怕不是你我可以决定。"

温润晁脚步缓了一下，回头看了眼掌珠，什么也没有说，快步离开。

掌珠这才觉得，这个与她青梅竹马的男孩已经长大了，并不是她眼中的那个公子哥了。

掌珠带着采的梅花刚回到琉璃园，就见姜夫人的妈妈已经在院中了，还是那位田妈妈。

掌珠笑道："让田妈妈久等了，刚才我去采梅花了。"

田妈妈行礼道："大小姐安好，刚才还担心您赶上雪呢。看见您回来了，老奴心里就踏实了。"田妈妈说得很是真诚，让人感觉不到虚伪。

掌珠带着田妈妈进了屋，忙让丫头去倒两杯热茶，田妈妈打量掌珠的脸。

掌珠笑道："夫人送的玉肌露很是好用，就是到了眼前，不细看，也看不出来呢。还剩下一瓶……"这东西是从宫里出来的，又是专用来消除疤痕的，想来是贵重。

田妈妈笑道："这就好，大小姐便留着就好了，夫人说这搽在脸上，皮肤白里透红。"

掌珠便也就留下了，本就是姜夫人的一片好意，她再送其他的给姜夫人便是。

正说着，就听外面欢声笑语，听着还有宝珠的声音，掌珠一时想不透，先把帷幔戴上了。

原来是温夫人也派婆子来看她了，温柔嘉也来了，宝珠、周书慈、惜珠也跟着，掌珠也猜到宝珠是过来看笑话的，只是玉珠不在，怕是……掌珠微微皱眉，可别有什么事。

几个姐妹相互见礼。

温柔嘉笑道："本来我是在梅林中赏花呢，正好看见我母亲派人来看掌珠妹妹，就跟着过来了，掌珠妹妹别见怪。"

梅林？

掌珠没由来地想到了刚才，想来不会那么巧吧。

掌珠笑道："怎么会见怪？我这里正冷清得很，姐姐和诸位妹妹过来正好。"

温柔嘉打量掌珠一番，她听语气倒是听不出来什么，她刚才确实是在梅林看见掌珠与她哥哥说话，只是听不清说什么，她心中多少有些疑虑，因此才跟着婆子过来。

温柔嘉道："不知道掌珠妹妹的脸好了吗？不知可以摘下帷幔吗？我听闻总是这样不透气，对皮肤也是不好呢。"

宝珠没想到温柔嘉这样说，得意地看了眼掌珠，小声道："可别吓到人。"

周书慈更是冷哼道："听说不能碰水，可别是许久没洗吧。"

温柔嘉微微皱眉，这两人也太过了，宝珠还是掌珠的堂妹呢……

掌珠倒是不在意，道："已经是大好了，只是天气冷，怕冻伤了。"

周书慈道："真是娇贵。"

温柔嘉见掌珠不愿意摘下帷幔也不强求，只是与掌珠闲聊，由养花到诗词，又细细打量掌珠的闺房，只觉得掌珠言之有物，虽以前有交往之心，现在更多了几分佩服，只是觉得掌珠不够随和，毕竟年纪还小。

宝珠三人只好在一旁听着，宝珠眉眼中隐隐带着不快，周书慈也不耐烦，直给宝珠眼色，示意她们先离开。

偏偏宝珠想与温柔嘉一起，因此并不理会周书慈。

掌珠却是看着分明，也想打发众人离开，她现在总是想起刚才温润晁的话语，心思纷乱，偏偏温柔嘉句句聊在点上，由不得她敷衍，好在戴着帷幔，众人看不见她的神色。

掌珠笑道："看这时候，怕是前面席上正热闹，听说去年时那些贵公子也给夫人们请安来着？你们可曾看见？"

这话说得正合了宝珠心思，宝珠笑道："去年可没有看真切，倒是那些贵公子讨人嫌，向梅林中看。"说着不好意思地笑了笑。

周书慈也跟着道："说不得有什么心思呢，去年'寒夜寻梅'，有位贵公子不就偶遇了姜家姑娘？听说姜家姑娘要死要活的……"见温柔嘉与惜珠不赞同地看着她，也知道自己说得太多了，好在田妈妈和那温家的婆子没在屋里。

周书慈撇撇嘴，这些话又不是她一个人说的，有什么好隐瞒的。

温柔嘉笑道："我们在这儿也待得挺久了，就不打扰掌珠妹妹了。掌珠妹妹好好休养。"

掌珠送温柔嘉几人出琉璃园，刚到门口，就见一个丫头慌张地跑过来。

宝珠看了眼，认出是旖旎苑的人，便不高兴地道："这丫头好没有眼色，不知道今日来的都是贵客吗？还这样横冲直撞的。"

连宝珠都认出这个丫头了，掌珠自然也认出来了，无论祝姨娘有什么事，旖旎苑的丫头都没有来琉璃园的缘故，好在那丫头机灵，对宝珠道："不好了，三小姐，祝姨娘发动了，要生了。"

宝珠最先注意的就是这丫头嘴里的三小姐，自从掌珠回来后，府上人都会称她为宝珠小姐，只有掌珠会喊三妹妹，连玉珠都知趣地喊她宝珠妹妹，偏偏这个丫头，还是祝姨娘的丫头居然不顾她的忌讳，完全没有把她放在眼里。

宝珠一时忘记温柔嘉还在身旁，上前就打了那个丫头一记耳光。

温柔嘉见状，更是皱着眉头，本以为宝珠只是骄纵些，哪个嫡女不这样，今日一看怕不仅仅是骄纵，应该说是跋扈。

温柔嘉轻轻咳嗽几声，这毕竟是别人家的家事，她也不能多说什么。

宝珠回过神来，才知道自己做错了，白在别人面前装模作样了。

一旁的惜珠赶忙道："你这个丫头，和我姐姐说什么发动了，这是我们该听的吗？"

宝珠才松了一口气，这就说得过去了，也恨恨地道："真是不懂规矩，就该卖了她！"

掌珠心中叹了一口气，道："你还是赶紧把事禀告给夫人吧，免得耽搁事。"

宝珠还想说什么，被惜珠拉住了。

那丫头赶忙起来转身又跑了。

掌珠对温柔嘉和周书慈道："想来是太过慌忙了，两位别见怪。"

几人自是离开，掌珠这才松了一口气，心中又是担心祝姨娘，又是想起温润晁的。

回到房中，发现田妈妈还在。

田妈妈笑道："老奴也该回去复命了，夫人送来几本字帖和书籍，给大小姐解解闷。"说着递上了两本书。

掌珠道："正巧之前借的几本书也看完了，还请妈妈替我还给夫人。"

田妈妈道："那就不扰姑娘了。"说完行礼离开。

掌珠手中看着这两本书，发现是手抄本，看起来像是男子写的，字迹端正，十分严谨，比她写的少了几分锋利。

掌珠不知不觉地想到了那梅林中的蓝衣男子，姜铎，应该是他写的吧。

掌珠的手轻轻划过这字，说来，掌珠与姜铎并不相识，但是掌珠能感觉到姜铎字里行间的想法，与她的一样，要飞出这个牢笼。

掌珠猛地回过神来，她这是在想什么呢，胡思乱想。

第二日晚上，祝姨娘生下一个儿子。

陈家嫡脉又添一名子嗣，哪怕是庶子，这也绝对是大喜事。

陈家族人不少，个个虎视眈眈，若不是有太夫人撑着、陈廷远娶的是周家嫡女，又加之当时陈廷和去世前也是希望是陈廷远继承衣钵，不然这陈家不见得是陈廷远当家。

就连太夫人也是高兴的，无论陈廷远是不是她的儿子，她总希望自己这一脉能够延续绵长。

太夫人让赵善家的送了不少孩子的玩意。

周氏知道后，只冷哼道："说不得就是给那个'怪物'准备的，用在这孩子身上也好，没准哪天就变成'怪物'了。"

心中却更是厌恶祝氏。

陈廷远大喜，亲自给这个孩子取了名，承祖。

周氏自是睡得不安稳。

这孩子让她想起了穆氏的儿子，都具有威胁，当然，陈承祖更有威胁！这名都让周氏恨得咬牙切齿，祝姨娘的孩子也配！算祝姨娘好运，没有被折腾死，又生了儿子。

也只能怪陈承业的身体不好，就算到了十岁，也让众人担心他是不是能活到弱冠之年。

只是周氏生完惜珠这对龙凤胎身体已经大伤，陈廷远又不经常来这里，她有孕的可能性太低了。

周氏也就只能指望着陈承业，很担心自己将来落个同太夫人一样的下场。

周氏一时应对这祝姨娘，就先把宝珠的婚事给放下了，女儿和儿子，自然还是儿子更重要。

温家。

温夫人无奈地道："好在她家小妾生了儿子，倒是免得逼着咱们这么紧。"

温柔嘉挑着弯眉笑道："莫非她家还上赶着逼婚不成？那么多人家都想嫁给哥哥，我也没见母亲这么难办过。"

温夫人忍不住摇头笑道："你这个丫头，莫非也学过诡辩？倒是厉害，以后万万不可，这女人，还是当柔顺。"

温柔嘉吐了吐舌头，道："知道了，母亲。"

温夫人这才正色道："这陈家是五世家之首，咱们不能卖个面子，也最好不要伤了面子。"顿了一下，道，"你瞅着那宝珠怎么样？"

温柔嘉皱着眉摇头，如此这般一说。

温夫人听了后笑道："果然与我看的差不多，这个宝珠可不是贤妻，那你看掌珠呢？"

温柔嘉想了想，最后道："才思不错，聪敏，只是太过锋芒，没想到从薄情庵出来还能是这个性子……其他的还是问哥哥吧，哥哥与她是师兄妹。"

温夫人叹了一口气，皱着眉，这样倒是与温柔嘉刚才十分像，道："我与她母亲是手帕交，若是她母亲还在倒是好，但是现在……对了，她的脸没事吧？"

温柔嘉道："没有看到，想来多少还是留下疤痕了吧。"

温夫人不说话，细细地琢磨，这温家的当家主母怎能脸上有疤？若只是相貌平平还好说。其次，若真是娶了掌珠，那就是把周氏得罪了，陈家还会想着掌珠？这联姻可不是结仇。而且，掌珠终究是无父无母、无兄无弟……

再者，柔嘉说得也对，掌珠太过锋利，这把宝剑怕是会误伤他人。

温柔嘉打量着温夫人的神色，最后小声道："女儿想着，不如让兄长游学吧……"这婚事还是拖两年。

温夫人慢慢地点点头。

琉璃园。

掌珠知道祝氏平安生下了孩子，心中也是高兴的，祝氏这人终归是与她没有恩怨的。

承祖，这名字好，陈廷远是庶生，他自然不会看不起庶子，又有太夫人的青睐，这个孩子指不定会有什么福分呢。

能给周氏添堵，她心中多少有些幸灾乐祸，倒是将温润晁的事给放下了不少。

这婚姻大事，可不是她二人说两句就可以的。

徐妈妈见掌珠这几日高兴，忍不住与掌珠道："姑娘可知道，那日祝姨娘的丫头为何来琉璃园？"

掌珠挑了一下眉，这事她还真没有细想，道："想来是周氏那边推托了？便找我想法子？只可惜当时温、周二位小姐在，不然……"还有宝珠、惜珠在。

徐妈妈笑道："姑娘没有猜到点上。"

掌珠来了兴致，看来这祝氏一举一动都是有深意的："妈妈说来听听。"

徐妈妈道："姑娘仔细想想，祝氏有孕，夫人盯得紧，怎么会不知道祝氏发动呢？更何况，产婆早就备好了，只要夫人一下令产婆就会马上去，夫人怕是难推托。"

掌珠笑道："她怕是第一个就知道呢。"

徐妈妈点点头，继续道："祝氏发动时，满打满算将将九月，算不得早产，但是说来还是早了些日子。"

掌珠点点头，这事她并不清楚，皱了一下眉头："偏偏梅花宴这一日发动……是周氏干的？"

徐妈妈想了一下，道："说实话，这一点老奴也不大清楚，但是想来是夫人有意，祝姨娘也顺势而为吧。"顿了一下，接着道，"夫人梅花宴忙碌，若是祝姨娘突然发动，一时来不及处理，更甚者是丫头不敢打扰夫人，不敢惊动那些贵妇，祝姨娘有个万一，夫人总归有个说辞的。"

掌珠有人指点，想得就会更多，淡淡地道："就算丫头敢打扰，她也有办法让人拦下丫头，自己只装不知道。"那么多贵妇，满园不是一般人能进的。

徐妈妈赞赏地看着掌珠，就是这个意思，只是有些话她不能说明。

掌珠又道："因此祝姨娘才派丫头过来，扰了我们，自然有人禀告周氏。"周氏知道了，在那些贵妇面前，她不但要马上请产婆，还要做得完美，"只是妈妈所说的祝姨娘顺势而为？莫非她早就知道会这样？"

徐妈妈道："姑娘说得不错，只是这祝姨娘如何得知，老奴就不知道了。不过老奴知道祝姨娘在知道自己发动后，最先来的就是琉璃园。"祝氏早就算计好了。甚至连试着去请周氏都没有，想来也是怕耽搁了时间。

掌珠没说，慢慢理清这些，才无奈地摇摇头，道："这后宅真是门学问。"顿了一下，道，"那妈妈看，这位小公子能否？"

徐妈妈微微皱眉，低声道："依着老奴看，应该可以活到大公子成亲生子后……"

掌珠一怔，她倒是忘记陈承业了。

她对陈家嫡脉这一代唯一的男丁——陈承业还是比较有好感的，是个正直的孩子，对她也比较尊敬，怕是个只认嫡不认长的人。

周氏是世家教出来的贵女，喜欢争权斗势，但是骨子里还是懂得以家族为重，若是陈廷远这一房没有子嗣，周氏就是罪人。

周氏也是担心弄死了祝姨娘的儿子，自己的儿子也没有长大……那就什么也没有了，倒不如落个太夫人的下场。

或许周氏会考虑让其他姨娘再生个儿子。

掌珠忍不住问道："她不能生了？"

徐妈妈含蓄道："夫人因为生下惜珠小姐和大公子，身体就不是很好。"

掌珠突然明白周氏为何不是很喜欢惜珠了……

满园。

惜珠在房间里哭，九巧在一旁，劝道："姑娘别哭了，再把眼睛哭坏了，夫人也是心情不好……”

惜珠哭得哽咽，道：“我也是她的女儿，怎么有气就往我身上撒？那孩子是我生的吗？”

这话说得吓得九巧跪在惜珠身边，道：“姑娘，这话可说不得，您还未出阁。”

惜珠叹了一口气，握着九巧的手，继续哭，她身边也就这个丫头还与她贴心些，其他又有谁知道她的苦？

就连亲姐姐宝珠都不明白。

这样想着惜珠哭得越来越伤心，九巧在一旁也着急。

因为祝姨娘生子的事，周氏难免想到自己伤了身子和陈承业现在病恹恹的身子，再看见惜珠什么事也没有，自然就生气。

惜珠哭道：“我与弟弟一同出生，怎么就非说我的不是，难不成若是没有我，弟弟就不会病弱，母亲就还能生？”

九巧这个时候也什么都不顾了，站起来捂住惜珠的嘴，道：“我的好姑娘，您怎么能这么作践自己？”

惜珠想起今天不过是脸上带了些笑意就遭到周氏无端的责骂，说她吃里爬外……她心中怎么能不伤心，道：“我……怎么不能作践自己了，这个家里面，不是谁都能作践我吗？”

从小有好吃好玩好穿的总是先送到宝珠那里，这也罢了，父母自有偏疼，她不怪，可是为何但凡有些不顺就要赖在她身上？尤其是因为业哥儿……

业哥儿若是有个小病小痛的，她也要跟着吃素念经的，甚至连药也要一同吃，说什么姐弟连心，好似业哥儿生病是因为她健康似的……

九巧连忙道：“姑娘万万不可这么想，以后夫人也是指着您的！”

惜珠惊讶，收了眼泪，道：“指着我？她不是有宝珠吗？”

九巧见惜珠总算不哭了，才松了一口气，规规矩矩地站在一旁，道：“姑娘，您想，宝珠小姐的性子您还不知道吗？更何况她现在又迷上了……退一万步，宝珠小姐将来若是嫁入高门，怕也有的让夫人操心。”

惜珠无奈地摇摇头，她伤心的就是因为周氏操心，若是这心有一半在她身上她也知足。

九巧见自己没有说到点上，心中也为惜珠伤心，忍不住道：“都怪这个祝姨娘，怎么不也生个……”顿了一下，道，“哪怕生个女儿也好啊。”

惜珠道：“你出去吧，我静静。”

九巧见惜珠说得坚决，无奈退下去，只想着过会儿端些糕点给姑娘，这一大早都没有吃饭。

惜珠愣愣地看着窗户，若是没有这个孩子，母亲大概不会这样不高兴吧，若是宝珠也越来越让人操心，母亲就会真的依靠她吧。

二月，温家照例举办“寒夜寻梅”，这次周氏只带了宝珠一人，而且这次是住在温家，如在姜家一样，这样的态度已经很是明显。

温夫人心中一时苦笑，好在她之前对外说温润晁不急定亲，温夫人也就装作不明白周氏的意思，将人安排在客房，这与姜家的待遇差远了。

周氏坐在屋中闷闷不语，她最近的心情很不好。

那个庶子是一事，还有就是宝珠，温家这个态度绝对不是温夫人自己的，怕是整个温家的……

宝珠也是知道的，不敢吵到周氏，但是眼看着自己的愿望就要达成了，宝珠心中怎么忍得住，最后还是坐在周氏身旁，小声道："母亲，再怎么说他也是庶生，弟弟又比他大十岁，你就别为那点子事操心了。"

周氏瞪了眼宝珠，跟她也说不清楚，只是道："我是为你操心呢。"

宝珠问道："我有什么操心的，我最近也没有和掌珠她们置气，母亲，您就等着我嫁进来给您争光。"

周氏一听，戳了一下宝珠的脑袋，看外面没有人，道："这种话你怎么能在这里说？难不成你以为你就肯定能嫁进来？八字还没有一撇呢。"

宝珠一愣，不高兴地道："怎么就八字没有一撇？温夫人挺喜欢我的，我又是陈家的嫡女，太夫人又与这边沾亲，怎么说都是有十足的把握，她们莫不是还能找到比我更好的，难不成是公主？"宝珠心中还真是一惊，若是这样她也没有什么办法。

周氏长出一口气，道："温家现在还不想定亲呢。"

宝珠低着头，她是不可能等下去的，耽搁不起。

周氏道："这话以后不要说，要是能结亲最好，不能就罢了，母亲自是给你更好的。"周氏心中还有一线希望，就是太夫人那里，但是宝珠易冲动，得先让宝珠做好心理准备。

宝珠不高兴地站起来，跺了一下脚，就想撒泼，但是对上周氏隐含怒气的双眼，也不敢了，转身就出去。

周氏摇摇头，并不担心，在温家，宝珠知道分寸的。

这边不成，就可以看姜家那边了……

宝珠迷迷糊糊地跑到园子里，若是如玉公子一时不能定亲，那她怎么办？谁又能了解她的心事？真是造物弄人。

待到宝珠回过神来，才发现自己跑到了梅林里面，想到去年此时，她第一次见到如玉公子，没想到今年却是这样……

宝珠竟然生出一种物是人非的感觉，心中一阵酸楚。

宝珠哪里曾想过这不过是自己的痴想。

这梅林现在还没有点上花灯，已经是有些晚了，宝珠心中一时害怕，就想离开，却听见前方有声响："母亲，为何突然让我去游学？"

是如玉公子！

宝珠难得聪明一回，在温家这样说话的，怕只有温润晁一人，宝珠稍微走近了，才看见前方一女子与一个少年在小溪旁说话，这是温夫人和温润晁。

宝珠一喜，她终于见到朝思暮想的如玉公子了。

温润晁今日穿的是一件青色锦缎长袍，看起来比之前更俊朗。

温夫人笑道："以前你念叨着游学，都怕我不同意，今日倒是自己不愿意了？"

温润晁也笑道："正如母亲说的，今日母亲怎么同意了？"

温夫人摇头笑笑道："与你的婚事有关，我与你父亲合计着，暂且不定亲呢，也让你出去历练历练。"

宝珠听到他们提到婚事，回过神来，开始认真地听。

温润晁问道："不知母亲可看上哪家小姐？"

温夫人挑眉，道："你如此问，莫非是看上了哪家小姐？"

温润晁脸色微红，更如画中人般，连温夫人都觉得自己的儿子如仙人般美丽。

温润晁道："母亲看陈家大小姐怎么样？"

宝珠一听，差点叫出声来的，赶紧捂上嘴巴，吃惊地看着这两人，好在这两人的心思都在谈话上，也不会想到会有人走到这儿来。

温夫人皱了一下眉头，道："你心悦于她？"心中说不出高兴还是不高兴，更多的是惊讶。

温润晁痛快地点点头，见温夫人脸上并无喜色，问道："母亲不同意？"

温夫人张口想回绝，又担心温润晁不高兴，想了一下，道："这事还需要与老太爷、老爷商量。"

温润晁回道："自是应该的。"温润晁倒是十拿九稳的样子，掌珠无论家世与学识上都是与他相配，他一时想不到有什么理由不同意，因此脸上带着些喜色。

温夫人道："此事你知我知就可，万万不可传出去坏了人家姑娘的名声。"

温润晁连忙道："还请母亲放心，那游学的事……"

温夫人道："再议吧。你就不要回梅林了，今夜贵女不少，别撞到谁。"温夫人又是嘱咐一番才离开。

若是平常温润晁自是能察觉温夫人的不同，只是温润晁心思还在掌珠身上，只当温夫人是惊讶，因此并没有多想，也离开梅林了。

这时，宝珠才出来，已经是哭得泪眼婆娑。

这个掌珠什么时候勾引的如玉公子，一定是去年……真是个狐狸精。

她可以接受如玉公子不定亲，但是绝对不能接受他娶掌珠！她也不允许！

宝珠心乱如麻，只想跑回院子里告诉母亲，让母亲阻止这件事。

宝珠没跑几步，就摔倒了，忍不住呜呜地哭起来。

这时有人将她扶起，居然是个男子，这男子虽然没有如玉公子俊美，却也甚是英挺，毕竟是外男，又被看见这样的丑态，宝珠一时忘记哭泣，也不敢看这男子，只盯着地上。

那男子笑道："别是跑迷路了吧，女厢在你的左边，快回去吧。"说着掏出手绢帮宝珠擦身上的土。

宝珠连忙道："我自己来吧，多谢公子。"说完抢过手帕擦拭。

男子道："快回去吧。"

宝珠这才想起她应该马上离开，赶紧匆忙离开，耳边只听着男子的笑声，又听一小厮道："崔公子该走了……"

原来他姓崔。

宝珠回到房间，早忘记了要和母亲说如玉公子与掌珠之事，宝珠又看手中的手绢，她一时忘记归还了，崔？倒是没有听说过世家中有姓崔的，莫非只是一介书生？

宝珠打开手帕，就见手帕一角绣着一个“寓”字，崔寓？

宝珠心怦怦乱跳，她从来没有离男子这样近过，这种感觉实在奇妙，莫非这就是心悦的感觉？

想起心悦这个词，宝珠就忍不住想到如玉公子与掌珠，既然如玉公子如此对她，那也就别怪她不客气了，如玉公子娶谁都行，就是不能娶掌珠！

“寒夜寻梅”宝珠也懒得寻，只坐在周氏身畔，等待时机告诉周氏，也想着说不得这些公子会进来请安，她还能再看崔公子与如玉公子一眼。

只可惜直到结束，宝珠也没有看见。

第二日，周氏带着宝珠自是回家，车上，宝珠自是如此这般一说，只是省去了后来崔公子一事。

周氏本来就对温家看不上宝珠一事不满，倒是没有想到会是这个原因，心中恨得牙痒痒，心中有些懊恼不该将掌珠接回来。

宝珠又是千般地回味昨日那一幕，两人一路上倒是无话可说。

掌珠三人这三日倒是没有什么事，掌珠虽是想看看祝氏，但也知道这个时候还是不要去的好。

等到宝珠回来，少不得又是拿出各种玩意显摆一通，只是对掌珠爱答不理的。

掌珠倒是有些惊讶，宝珠之前可是与她关系已经缓和得差不多了呢。

别人不知道，惜珠自是知道的。因为帮宝珠买那些话本，宝珠几乎有什么话都对惜珠说，惜珠也才知道如玉公子居然看上了掌珠，心中也是一阵羡慕与嫉恨。但是对惜珠而言，惜珠宁愿掌珠嫁入温家，也不是宝珠。

宝珠已经有很多最好的了，总不能让她事事顺心吧，惜珠也没有想到自己看到宝珠这样心中会如此畅快。

惜珠想了想对宝珠道：“温公子心悦她又怎么样？温夫人不同意就行。”

宝珠想了一下，问道：“话是如此，但是你怎么知道温夫人就不同意呢？”

惜珠道：“姐姐不是说温夫人说再议吗？若是温夫人同意的话，有怎么会这样敷衍自己的儿子呢？”

宝珠拍了一下手，道：“还是妹妹聪明，果然是旁观者清，我看如玉公子还没有妹妹透彻呢。”

惜珠笑了一下，她自然是比眼前的人聪明，想了一下，道：“妹妹想着，怕是母亲最近心情不好，没什么精力帮姐姐，不然的话温家怎么会不同意姐姐呢？”

宝珠之所以这么自大，多少也与惜珠一直在一旁捧杀有关系，否则宝珠不至于如此“痴情”。

宝珠叹口一气，道：“还不是那个祝姨娘，我倒看着祝姨娘与掌珠关系非同一般。”

惜珠也道："说的就是，这孩子来得不是时候，若是晚些时候，待到姐姐的婚事定下后出生，多好。"

宝珠道："罢了，不提了，说起来就生气。"她现在对如玉公子倒不是那么痴迷了。

惜珠一愣，这宝珠的反应和以前不一样啊，连忙道："姐姐，少安毋躁，我想的是，这祝姨娘早产一个多月，怕就是她搞的鬼，不然这一个月说不得母亲就把姐姐的婚事定下了……真是卑鄙。"

宝珠一听就来气，道："这个孩子就不应该生下来。"

惜珠低头，眼中闪过一丝笑意，道："其实现在也是来得及的，毕竟温家没有向别人提亲。"

宝珠道："孩子都生下来了，还怎么来得及？"

惜珠故意装作无奈地道："姐姐说的是，只盼着这孩子夭折吧。孩子才那么小，说不定吃点什么就噎死了呢。"

宝珠眼神一亮，只是又迅速地收敛下去，道："妹妹这话也就是你我说，可不能对外说。"

惜珠连忙听话地道："姐姐说的是。"

只说周氏，一回来换下衣服，来不及歇就去了如是居。

她除了过年时请安，基本上不来如是居。

不过这次周氏来，太夫人并不惊讶，问道："因为温家？"

周氏在太夫人面前还是相当守规矩的，回道："还请太夫人帮帮忙，若是宝珠嫁入温家，对陈家也是好的，若不是掌珠毁容了，媳妇也就想让掌珠嫁过去了……您看……"

太夫人看着周氏不说话，她之前本来是想将掌珠嫁过去，只是一来现在掌珠脸上有伤痕，二来也是因为祝姨娘生了个儿子，她有了更好的主意。

过了会儿太夫人道："明人不说暗话，我若是去求求温家老太爷，这事也不是不能成。"

周氏心中暗骂太夫人摆谱，既然能成，为何不早去求？

周氏面上笑道："不知道太夫人有什么需要的？前日，老爷拿回来一面西洋镜？不如太夫人拿去用？"

太夫人笑道："我一老太太要什么镜子，不过是最近觉得甚是无趣，果然是年纪大了。"

周氏心中有种不好的预感，道："太夫人的意思是？"

"把承祖抱过来吧……"

不行，周氏差点脱口而出，她宁可将业哥儿交给太夫人抚养！

若是太夫人养了陈承祖，将来起了什么心思，扶持承祖上位，那就坏了！这太夫人果然打得好算盘！

周氏整理好思绪，才笑道："太夫人想抚养孙子，自然是可以，只是，太夫人也知道，这承祖算起来才满月，身子骨也软，老爷都没有敢办满月，不如等承祖三四岁的时候，再给太夫人抱过来？”

说起来，太夫人要是执意要把承祖抱来抚养，她也没有办法的。

先拖几年，到时候承祖说不得还不愿来呢。

太夫人打量周氏，周氏比前几年多了些气势，但是想来也是因为管家劳累的缘故，显得有些老了。

太夫人心中叹了一口气，孩子她是要抚养的，但是她也不想把陈家搞乱，周氏想的就是她的想法，只是她并不打算打压业哥儿，罢了，免得周氏又出幺蛾子，太夫人道：“也好，我年纪大了，等他懂事了再抱过来好带些。”

周氏才觉得自己后背已经湿了，她也不想与太夫人斗，太夫人可不比穆氏那般容易对付。

太夫人继续道：“至于温家，我来问问吧，如果温家现在还没有表示，那怕是不成了。”

周氏暗恨太夫人，刚才还是求求温老太爷也不是不能成，现在就变成问问怕是不成了。

只是周氏也没有办法，想来太夫人为了陈家，也不会故意使坏的。

周氏问道：“不知道儿媳能帮上什么？”

太夫人道：“三月吧，三月闲厅对弈，叫那些贵公子、贵女来家中玩玩吧，我亲自写帖子请温家。”

周氏心中并没有欢喜，突然想到若是温家真的是看上掌珠，那可真是为他人作嫁衣了。

太夫人看周氏表情，只当周氏觉得写帖子不够，便道：“我会再给温老太爷写封信的，若是温家有三分意思，怕也到了八分；若原本没有，那就没有办法了。”

周氏半喜半忧，退出如是居。

周氏回到敬正堂后，宝珠与惜珠两人也在。

周氏笑道：“舟车劳顿的，怎么不去休息？”

宝珠拉了一下惜珠，笑道：“想和母亲一起用饭呢。”

周氏让两人到身边，拉过惜珠的手，笑道：“前一阵娘心情不好，倒是吓到你了。”

惜珠连忙道：“母亲千万不要这样说，惜珠只恨不能替母亲分担。”

周氏点点头，道：“哪里用得着你来分担。”

周氏说完惜珠还想说什么，却不想周氏放下惜珠的手又搂过宝珠，道：“下个月咱们‘闲厅对弈’，到时把你的小姐妹都请过来……”

惜珠讪讪地放下手，羡慕地看着周氏怀里的宝珠。

宝珠噘着嘴，道：“为何办‘闲厅对弈’？最是无趣，不过是一起玩棋子。”

周氏无奈地摇头道：“傻孩子……”自是在宝珠耳边细细地说了这次“闲厅对弈”的用意。

宝珠自是喜不胜收。

隔了几日。

宝珠与惜珠去了旖旎苑。

宝珠担心地道："去那里好不好？"

惜珠想了一下，道："其实我也是陪姐姐壮壮胆，姐姐若是不想去，咱回去就好。说来我也有些怕呢。"

宝珠不高兴地道："我怎么怕了，以前又不是没有去过！"

两人说着就到了旖旎苑后面，心不在焉地玩了会儿秋千，就进了旖旎苑。

一进去就听见婴儿的啼哭。

宝珠捂着耳朵道："烦死了！"

夏彤见是宝珠与惜珠，连忙笑道："两位小姐过来是……"

惜珠回道："我们玩秋千累了，想休息一下。"

夏彤一愣，宝珠道："难不成因为她毁容，我们还都不能玩了？"

夏彤连忙道："自然不是，两位小姐请到这边，小公子在换尿布，怕是扰了两位小姐。"

宝珠本来还有异议，现在则捂着鼻子去了偏厅。

两人喝了茶吃了糕点，祝氏自然过来陪着，又说了会儿话，见宝珠、惜珠一直不想走，心中也纳闷。

宝珠咳嗽了一下，道："不知道……不知道弟弟怎么样了？"

祝氏才明白这两人是来看陈承祖的，祝氏想着她们自是姐弟，没有不能见面的说法，更何况若是有了情谊，对他也是有好处的，遂连忙道："把祖哥儿抱过来给两位小姐看看。"

宝珠与惜珠面露欣喜之色。

不一会儿，奶娘就将祖哥儿抱出来，祖哥儿小手小脚，又刚刚换完尿布，不哭不闹，很是可爱。

宝珠还轻轻地戳了一下祖哥儿的脸颊，软软的，宝珠心中很是喜爱。

惜珠轻轻咳嗽了一下，宝珠才恢复之前的模样，道："就先不扰姨娘了，以后……我们可以过来看看祖哥儿吗？"

祝氏自是高兴地道："自是可以的。"

以后宝珠成了旖旎苑的常客。

陈家刚办完这梅花宴就有"闲厅对弈"，对其他世家来说，倒是有些奇怪。

陈家一向自诩世家之首，从不随意而动，这次必是有深意。

周氏一向不肯落人身后，此次更是慎重，生怕别人说她的不是。

为此掌珠几人还做了几套新衣服，都是新样子，赶在"闲厅对弈"前送来，只是……

掌珠看着这新衣，笑道："这就不怕别人说她的不是了？"

这长裙根本就没有缝合好，好在她检查了一下，若是明日穿上，怕不只是闹了笑话，说不好名声都毁了呢。

徐妈妈皱着眉头道："老奴缝一下吧。"现在再叫绣娘，怕是来不及了。

掌珠长出一口气。

徐妈妈道："不碍事，用不了多长时间的。"

掌珠道："罢了，就怕这衣服不止这一处，还是穿其他的吧。"

晓初想了一下，道："就只能穿去年在姜家做客时做的衣服了，不用披外面的风衣，倒也不显厚，虽然也有点小，我与徐妈妈改改也是无碍的。"

"如此，劳烦徐妈妈和晓初姐姐了。"

两人屈膝道："不敢当。"

秋白担心地道："只是若是夫人问起？"

掌珠摇头道："她不会细问的。"这衣服动的手脚这么大，周氏就是不想让她出彩，没想到她都"破相"了，周氏还不放心。

第二日，"闲厅对弈"，掌珠穿着浅黄色绣金纹蝴蝶的罗裙。

周氏只是笑着说了句，怕是新做的衣服不合大小姐的意吧？

掌珠自是不能与长辈争辩，一笑而过。

"闲厅对弈"并不算宴会，不过是两三伙伴厅下摆棋，观者不言，怕是这十二个月里只有十一月的文阁刺绣与之能比，同样的安静。

对弈的少，游玩的多。

迎客时，周氏也只带了宝珠，掌珠、玉珠、惜珠则在园子里招待那些贵女。

不一会儿，就见宝珠带着温柔嘉过来。

宝珠满面春风。

今日宝珠一身嫩黄色暗花长锦衣，用黄色线绣着大朵的花纹，一根橙色的宽腰带勒紧细腰，腰间系着一块翡翠玉佩，平添了一分儒雅之气，宝珠本就娇媚的容颜，更显得出众。

宝珠总是拉着温柔嘉说话，倒是把周书慈落在一旁，玉珠则在一旁陪着，周书慈也不显得无聊。

惜珠与几个贵女聊了一阵，就走到掌珠身旁坐下。

掌珠觉得惜珠这一年来变化颇大，似乎更沉静了，其实惜珠也是个美人坯子，细柳弯眉，楚楚动人，只是身上多了一丝阴郁的气息，让人不喜亲近。

惜珠笑道："掌珠姐姐脸上的疤痕好些了吗？"

掌珠戴着帷幔，坐在众贵女前有些格格不入，好在也有几个关系不错、性格偏沉静的贵女在身旁。这一点也颇让宝珠、惜珠两人嫉妒，明明不好打交道的一个人，但是还能交到朋友。

掌珠笑道："好多了。"

宝珠哼道："现在还怕冻到吗？我看是太难看了吧。"

掌珠不理会，这个惜珠，自己不动口，专门撺掇着宝珠。

"掌珠姐姐，不如咱们下棋吧。"说话的是姜莲娘，姜家三房的嫡女，不知道为何，姜夫人这次没有带姜荷娘来，反而带了侄女来。

姜莲娘和惜珠年纪差不多，看起来很内向，想来是因为受过姜夫人的嘱咐，才一直在她身边吧。

掌珠笑道："好，咱们去那边的小亭吧。"说完自是离开，不理会宝珠、惜珠。

也有与姜莲娘关系好的一同过来观战。

掌珠与姜莲娘连杀两盘一输一赢，掌珠才发现这姜莲娘也是下棋好手。

姜莲娘笑着摆手道："不行了，不行了，若是第三盘还来，我必然输，还是留着下回吧。"

掌珠也笑道："莲娘才是好棋艺，我比你年长，若是再过两年，怕我也不是你的对手。"

姜莲娘笑道："大哥哥也说我在这黑白子上有天赋。"

掌珠猜测着这大哥哥怕是姜铎了。

两人站起来让出位置，又有其他贵女坐下对弈，姜莲娘是个棋痴，看见有人下棋便不说话了，掌珠便悄悄离开，去一旁的桃花林赏桃花。

往年这个时候，母亲正办桃花宴。

自从祝氏出月子后，掌珠虽然去探望过，但是祝氏不冷不热的，看来是不想再提"怪物"一事。

正想着掌珠就远远地见宝珠鬼鬼祟祟地向后院深处走，这方向倒是梅林那一片，那边是旖旎苑和陈廷远的书房。

掌珠只觉这宝珠说不好也学着话本里的情节私会……

本不想理会宝珠，但是想到宝珠一直爱慕阿路，莫非这是要见阿路？

阿路胆子大，上回居然还进了梅林找她，就怕阿路这下受人撺掇，又混进后院。

掌珠心中这样一想，越觉得有可能，赶紧跟着宝珠去了后院，居然到了旖旎苑附近，莫非她想错了？

正想着就想离开，结果就见阿路在前面林中瞅着她偷笑，好似特意等着她，唬得掌珠心乱跳。

掌珠四处瞅瞅，没有其他人，宝珠也不在。

温润晁所站的梅林就是旖旎苑身后的梅林，是个小土坡，秋千就在小土坡下面，也不知道温润晁怎么走到这儿的。掌珠无奈地走过去。

温润晁笑道："我就知道你会在这里等着我。"

掌珠只当温润晁被人哄了过来，连忙道："我不曾与你约在这里，你别被人算计了。"

温润晁挑了一下眉，笑道："放心，无人传话，是我自己来的。"

掌珠这才放心，又四处看看，既然不是有人算计，那宝珠又来这儿干什么？心中来不及细想这些，问道："既然如此，怎么又进来呢？若是要人看见了，你还要不要名声了？怕是你这个如玉公子的名号就变成如狼公子了。"

温润晁无奈地笑道："想起上次在梅林相见，我怕你这次还在梅林等着我，就进来看看，没想到迷路了，就走到这儿来了，却不想你也在这儿，缘妙不可言。"

掌珠一时无语，她若不是看见宝珠鬼鬼祟祟的，怎么会来梅林？只是这时一时说不清，说不好宝珠又在附近，若是让她看见，怕是有的闹。

掌珠看向温润晁，温润晁神色温柔，眼带笑意，乌发用一根银丝带随意绑着，额前有几缕发丝被风吹散，和那银丝带交织在一起飞舞着，显得颇为轻盈。一身白色直襟长袍，腰束月白祥云纹的宽腰带，如玉公子果然名不虚传。

掌珠想解释又无从解释。

温润晁只当掌珠害羞，笑道："阿珠，我已经和母亲说了，母亲应下，又接到陈太夫人的请帖，想来是成了。你可高兴？"

掌珠惊愕地看着温润晁，她可听说今日"闲厅对弈"是为宝珠，想着就听见一旁林中有声音。

掌珠连忙道："我在宅中并没有听说此事，这其中定有问题，不是你想的如此简单。"

温润晁一愣，他从未想过会有问题，母亲对他的要求从来没有反驳过，现在静心想想，确实有许多的疑点。

掌珠见阿路愣在这里，道："你快走吧，此事从长计议。"

温润晁严肃地点点头，道："你放心，我一定娶你。"说完转身离开。

掌珠见温润晁离开后，心中还是有些担心，想回去，却见土坡下秋千旁宝珠怒视着她，这眼中的恨意让掌珠都忍不住后退一步。

宝珠眼眶红红的，没想到这两人已经到了如此地步，非你不娶，可真真是话本中的风流才子佳人，那她的一片心意岂不是被人践踏。

掌珠也不敢动，生怕宝珠激动闹起来，好在阿路已经走了。宝珠咬着牙，想大叫又叫不出来，心中怪掌珠不要脸，又怪母亲不早将她的婚事定下来，最后怪到祝姨娘生儿子耽误了她。这一想，宝珠转身就跑去旖旎苑。

掌珠踌躇了一下，远远地跟着宝珠，在旖旎苑停下，见宝珠进旖旎苑也没有人阻拦，想来是去惯了，只是这宝珠要干什么？莫非她早就要来旖旎苑？

不一会儿，宝珠就跑出来，朝着掌珠得意地笑了一下，又跑走了。

掌珠只觉得不对劲，宝珠对祝姨娘的敌意她是知道的……掌珠想了一下，决定去旖旎苑看看，刚走一步，就被人抓住手腕，掌珠只觉得这手温热厚重，心中一惊，转身一看，张嘴就要惊呼！

居然是姜铎。

姜铎低声道："别叫，快走。"说完拉着掌珠就往林中走。

掌珠那声惊呼卡在喉咙中，完全不知道怎么回事，只看着姜铎的手抓着她的手腕……

她二人没走几步，旖旎苑就有人大喊："姨娘，小公子不好了……姨娘！"

掌珠只觉得全身冰冷，是宝珠……若是她刚才进去的话，怕也沾得一身腥，到时浑身有嘴说不清。

两人走到梅林深处。

姜铎才道："你们陈家的后院把守也太松散。"声音低沉，带着微微的嘲弄。

掌珠脸一直红红的，好在戴着帷幔，不过掌珠很快将这种心思隐下去，问道："你怎么进来的？刚才怎么回事？这……"饶是掌珠向来冷静，心中也甚是觉得后怕与担心。

姜铎倒是淡然，神色平平，看向掌珠，掌珠比去年长高了一些，好似瘦了，还是穿着去年乞巧时的衣服。姜铎眉头微蹙，又恢复平常，道："跟着如玉公子进来，恰见那女子手握棋子，后来你都知道了。"言简意赅。

掌珠来不及思考姜铎的想法，只是想到，莫不是宝珠将棋子塞入祖哥儿的嘴中？

掌珠脸色苍白，现在离旖旎苑已经有些远了，但还是可以感觉到脚步纷乱。

掌珠道："你还是赶紧走吧……"

姜铎淡笑，道："还是你赶紧走吧，这里是男厢。"

掌珠脸色大变。

姜铎虽然看不见掌珠的表情，但是也感觉到掌珠的变化，道："我会找个婆子过来，说远远地看见位小姐在这儿，你只说你从前面那桃林走过来，谁知道走到这里了，这离刚才那里虽不远，但是不从门房那儿过是走不到这里的。我刚才让我的小厮将门房叫走了，门房就是为了自己不担个玩忽职守的罪名，也不会承认有人尤其是闺阁女子从那里过来。"

姜铎条理分明，叙述清晰，十分严谨。

掌珠皱着眉头，这才听出姜铎语气中似乎带着怒气，因为宝珠？

掌珠道："我……他……"

姜铎淡淡地道："别人的家事我是从来不管的。"顿了一下，道，"你好自为之。"说着转身离开。

掌珠快走了几步，想拉住姜铎。

姜铎转身，就见帷幔被风吹开，只觉得帷幔下的女子面容清丽，眉如弯月，眼若明星，顾盼之间端的是娇艳动人。姜铎连忙收回目光，掌珠低下头，手扶着帷幔，轻声道："多谢姜公子。"

姜铎眼神一沉，点了一下头，离开。

约有一盏茶的时间，就过来一位婆子，道："大小姐安好？怎的走这儿来了？请随老奴来。"

掌珠惊魂未定，倒也不用装害怕，按照姜铎所说的回道："从那边桃林走来，不知道怎么的就走到这儿来了。"

婆子并不疑。

掌珠心乱如麻，既想知道祖哥儿安好吗，又恨宝珠心狠手辣，怎能下此毒手。

又想到阿路信誓旦旦的样子……

掌珠猛地停下脚步，姜铎说他跟着阿路进来，看见宝珠，那应该是躲在宝珠附近，想来与宝珠一样，也听到了阿路所说的……

掌珠不知怎么的心中一阵懊恼。

婆子见掌珠停下，问道："大小姐？"

掌珠回过神来，看了两旁，道："这不是回后院的路？"

婆子笑道："大小姐不必担心，老爷知道您走岔了，就请您过去，这是去老爷书房的路。前面就是了。”

掌珠抬眼一看，果然是。

心下告诉自己要镇定，这个时候怕是陈廷远已经知道祖哥儿的事了。

果然两人还没有进书房，就见陈廷远匆匆出来，见到掌珠站在书房门口一怔，大概是忘记了是他要掌珠过来的。

掌珠连忙请安。

陈廷远已经是不耐烦，道：“业哥儿你先招待这些公子……掌珠……随我去旖旎苑。”话音刚落，已经是有仆人准备了软轿。

陈廷远与掌珠各自上了轿子，匆匆去了旖旎苑。

掌珠只觉得可笑，自己就是从那边过来的，没想到居然又要回去。

轿子起来的那一刻，掌珠感觉有人在看着自己，一抬头，正对上远处姜铎沉稳的眼眸，明知道姜铎看不见自己，掌珠还是低下头。

轿子走得很快，可见陈廷远很着急，掌珠心中不再琢磨那些乱七八糟的事，心中也跟着着急，她有些无法面对祖哥儿，总觉得祖哥儿这事或许与她有什么关系……

轿子是从门房过去的，在那里停了一下，陈廷远问道：“可有人从这里走过？”

掌珠心一紧，就听门房道：“姜公子的小厮过来着，但是并没有过去，想来是迷路了。”

陈廷远“嗯”了一声，并不在意，后来掌珠才知道陈廷远的书房是特意按照八卦摆设的，不少人走错过。

陈廷远又命人把守所有通过旖旎苑的路，进去的就不许出来。

掌珠庆幸刚才走得快。

越到旖旎苑越是忐忑不安。

旖旎苑安静得可怕，没有掌珠想象的热闹。

周氏已经在旖旎苑了，见到掌珠跟着陈廷远进来，有些惊讶。

陈廷远问道：“怎么样了？”

周氏道：“妾身也是刚刚才到。”转身对已经跪在地上的祝姨娘道：“到底怎么回事？”

祝姨娘脸色苍白，了无生气，看了眼周氏，回道：“没救了……”说完就开始抽泣。

掌珠心一紧。

陈廷远怒道：“到底怎么回事？！”

旖旎苑的人都跪着，没有人敢说话。

周氏并不说话，处在她这个立场，说什么都是错，心中有些高兴，叫祝姨娘得意，这下天谴来了吧，最好是照顾不周夭折了，就可以用这个借口将祝姨娘处理了，得来全不费工夫。

周氏心中打着如意算盘。

陈廷远耳边听着祝姨娘哭泣，孩子夭折了又没有人出来解释，上前就将祝氏一脚踹在地上，道："别哭了，是谁看着孩子的？奶娘呢？"

一个白白胖胖的妇人连忙磕头道："老爷，老奴一直在小少爷身旁照顾，只是……"

陈廷远终于找到个明白人，问道："快说！"

那个妇人看了眼周氏，额头触地道："今日梅花宴，姨娘特地嘱咐老奴时时看着少爷，别吵到他，可是刚才……宝珠小姐突然进来，说是想看看小少爷，宝珠小姐时常探望小少爷，老奴不曾有疑，宝珠小姐还拿起一块糕点喂小少爷，老奴说，小少爷不能吃糕点呢，宝珠小姐就让我将糕点拿下去，说是怕小少爷误吃了，老奴便听宝珠小姐的话，将糕点拿出去……不，不，老奴没有出去，只是走到门口将糕点交给外面的丫头，夏彤姑娘可以做证的……老奴转身回来的时候，宝珠小姐就跑出去了……过一会儿，老奴再看小少爷，就已经不行了…………"

周氏满脸惊愕，怎么和宝珠有关系？这是怎么回事？

陈廷远见周氏如此，就猜测应该和周氏没有关系，他还是了解周氏的，这孩子生下来，她就不会动手了，最少在业哥儿结婚生子前，那莫非是宝珠？宝珠怎么会有这种歹毒的心思？

一旁的掌珠见缝插针地问道："不知可请了郎中？"

这时祝氏又有些清醒，道："郎中呢？郎中呢？"

陈廷远看了眼自己带来的婆子，婆子自是去请郎中。

周氏一挑眉，问道："刚才是谁喊小少爷不行了的？"事关宝珠，周氏也慎重起来，没有心思幸灾乐祸了。

旖旎苑的人你看看我，我看看你，最后都看向夏彤。

夏彤支支吾吾地道："小少爷脸都变黑了……我……我以为……"

奶娘连忙指着她道："就是她，在我将糕点递给她时，她还缠着与我多说了几句话，不然说不定……"

夏彤吓得都傻了，她以为宝珠是受周氏指使才来的，所以……

周氏也气得说不出话来，她心中多半猜到是宝珠干的了，只有宝珠才会做得这么明显……

周氏瞟了眼陈廷远，陈廷远神色冰冷，周氏心一沉，只想着怎么把宝珠给择出来。

陈廷远狠狠地拍了一下桌子，然后道："你们两个站起来！"奶娘和夏彤完全不知所措。

陈廷远让两个婆子进来，道："把她俩带到小少爷的房间。"

陈廷远进了房间看了眼祖哥儿，闭上眼睛，将小棉被盖住祖哥儿的脸，脸色更是凝重，道："你俩站在当时宝珠在屋里时的位置。"

掌珠心中明白陈廷远要干什么了，这个时候陈廷远没有大怒牵连别人，也没有不问清事实就怪罪周氏、宝珠，可见还是个明事理的人。

陈廷远走到夏彤旁，道："你当时站在这儿？可想好了。"

夏彤想了一下，点点头，陈廷远看向奶娘，奶娘道："老奴发誓，就是在这儿，不差一步。”

陈廷远深吸一口气，对夏彤道：“说，屋里发生了什么？”

夏彤站在这里正好可以看见！

夏彤脸色惨白。

陈宅门外，一辆辆软轿或是马车，慢慢地离开陈家。

那些贵女只道今日散得早。

夫人们则知道，陈家后院怕是出事了，大家都是当家主母，多少知道这其中的猫腻，谁也不多说什么。

一辆青漆盘花的双辕马车，这是温家的马车。

温夫人、温柔嘉与温润晁都在上面。

温润晁疑惑地道：“怎么现在就走了？”他在前院知道得少，以前是夫人贵女们先走，他们这些贵公子会留下再玩会儿，今日却都走了。

温夫人闭着眼眼睛淡淡地道：“出事了。”

温润晁惊讶地问道：“什么事？”

温夫人睁眼看了眼温润晁，又闭上眼睛，道：“自然是人家的家事。”

温润晁想问什么也说不出口，只是看向妹妹温柔嘉，温柔嘉轻轻摇摇头。

温夫人又道：“你今日在哪儿玩的？”

温润晁连忙问道：“在前院……”

温夫人冷哼道：“连母亲都敢欺骗了吗？”

温柔嘉摇着温夫人的手，想撒娇，温夫人怒道：“你不必在这里替他遮掩，小心我连你一起罚。”

唬得温柔嘉眼眶已经红了，怯怯地坐在一旁，低头不敢说话。

温夫人又看向温润晁道：“你什么也不必说了，温家不会和陈家联姻的。”

温润晁一愣，一时说不出话来。

温夫人看着温润晁的样子，不忍心，叹道：“不是娘亲非要拆散你们，实在是陈家不是良配。”

温润晁是家中独子，虽事事以他为先，但对他的要求更是严格，温润晁明白自己的责任，很少做出格的事。

温润晁冷静下来，想了一下，道：“陈家曾一门三进士，阿……陈大小姐的父亲又曾任族长，颇受皇上喜爱，她母亲又跟您是闺中好友，她与我家世相当，就算是父母已故，但是留下的名气不见得是陈二爷能比的，更何况温家名声过旺，此时蛰伏一下也不算坏事。”

温夫人看着自己的宝贝儿子，这是他第一次与她争执，温夫人很高兴他能迅速地冷静下来，只是没想到陈掌珠在温润晁的心中占这么大的分量。

温夫人心中只觉得造化弄人，道：“你说的，你父亲与老太爷也都想到过。陈大小姐不过是空有个名声，但凡她父母有一位在世，这事也有五成准。”温夫人见温润晁还是不服气，才道，“今日你可知陈家发生了什么事？”

温润晁一愣，回道：“不知道。”

温夫人看向温柔嘉，拍了拍她的手，道：“你说呢？”

温柔嘉想了一下，道：“女儿也说不好，只是看着是陈夫人匆匆忙忙地离开。”顿了下，道，“陈家四位小姐，只有四小姐在满园中，其他三位小姐都不在……”

温夫人笑了一下，道：“这主人家都不在，自然是有猫腻，哼，怕是那位四小姐身上也有猫腻，不然怎么就独独她在？”

温润晁皱着眉，温家后宅一向安静，父亲虽有几房小妾，也都是宠着玩罢了。

温夫人摇摇头，颇为自豪地道：“你们生在温家也是福气。”

温润晁问道：“母亲，到底何事？”

温夫人心中越发觉得不能娶陈掌珠，尚未成亲还如此，若是成亲，怕是眼中只有儿女情长了，温夫人道：“怕是她家的庶子出事了。”

温润晁与温柔嘉对视一眼，半信半疑，温柔嘉才道：“……倒是没有听说……”

温夫人才道：“来禀告的婆子，慌慌张张，声音未免大了些，大概是说谁谁不好了，再看陈夫人，乍一听，眼中流露出来的是高兴，然后是凝重，这人怕是前一阵子才出生的庶子。”

温柔嘉道：“说不得也是她家小妾。”

温夫人笑道：“陈夫人向来‘心胸宽广’，从不苛待小妾，虽然陈家小妾不多，但是没有听说过谁病重，突然暴毙怕是不可能，只有孩子，才有可能。”

温润晁道：“只是这些又与我的婚事……”

温夫人收起笑意，眼神颇为严厉，道：“莫不是没有听说过家和万事兴？没有学过欲治其国者，先齐其家？”语气有些严厉。温润晁低头不敢说话，温夫人收敛些，才道，“一个孩子突然暴毙，会是什么原因？她家小妾莫非是吃素的，看不好孩子？再者，这三位姑娘不在家好好招待客人，又去哪里了？难不成三人一起生病？这事脱不开这三人！这种女子怎么能娶回来！”说到最后语气忍不住又重了。

温柔嘉连忙扯了扯温润晁的衣袖，温润晁不理会，过了会儿才道：“是我惹母亲生气了。”并没有说不娶掌珠的话。

温夫人知道温润晁一定没有听进去，眼眶也有些红，她就只有这一个儿子，以后还指望着他呢。

温夫人心中叹了一回气，也舍不得再说，只是道：“罢了，回去后你就收拾行李游学去吧。”

温润晁想说什么，只是被温柔嘉的眼神制止了。

陈家，旖旎苑。

郎中来了，陈廷远才没有一直逼问夏彤，掌珠则回避到另一个屋子，这里应该是祝氏的闺房，看着很是精致，喜鹊登梅的屏风，八角梨花木梳妆台，湘妃色的窗幔，还能闻到淡淡的奶香味，果然让人心生旖旎。

掌珠低着头不再打量，只是竖着耳朵听外面的声音。

外面静悄悄的，弥漫着一种恐怖压抑的气氛。

来的郎中是陈家惯用的，据说以前是太医……正想着，就听祝氏一阵凄凉的哭声，嘴中哭喊着：“……谁这么狠的心……如此害我儿……”

掌珠听着心里发寒，挑起帘子，就见郎中手里拿着一颗白棋子。

果然！

郎中又说了几句，掌珠也听不清，脑子嗡嗡的……宝珠听见她和阿路说话后受刺激才这样的，还是早就有预谋？

不一会儿，就见郎中退了出去，在外面自是知道什么该说、什么不该说。

掌珠趁机跟着郎中出去了，好在戴着帷幔，接下来就是他们二房的事了。周氏与陈廷远注意力都没有放在掌珠身上。

到了外面掌珠才觉得自己一身的冷汗，风一吹，打了个冷战，还没有走出旖旎苑，就听见里面祝氏大骂夏彤的声音："到底屋里发生了什么，你快说……"

接下来是周氏阴冷的声音："祝姨娘，这到底怎么回事还说不好呢，郎中也不知道祖哥儿是先咽气的，还是这个棋子……"

掌珠快走几步，根本不想听见这些话。

她猛地想起姜铎说的，看到一个拿棋子的女子……宝珠早就有准备了。

掌珠心中说不上来什么感觉，她现在才深刻地明白了后宅的残酷。一步错，就是会陷入万劫不复的深渊，早知宝珠会这样，倒不如之前让她沉醉在那些话本中……

掌珠失魂落魄地回了琉璃园。

唱月早回来了，见到掌珠，满脸担心，道："我的好姑娘，奴婢找了你好久……"

掌珠回过神来，问道："你和别人说了吗？可有人问你什么？"

唱月回道："奴婢只是在桃园那儿找您，有其他小姐问起您，奴婢只说您在桃园那儿赏花呢，倒是惜珠小姐问得仔细。"唱月素来知道掌珠不喜欢人跟着，因此开始并不担心，但是待到人都散了还不见掌珠，才心急。

掌珠疲惫地点点头，道："办得好。"

唱月看出掌珠神情不对劲，问道："姑娘可是不舒服？莫非是着了凉？您去了桃园，披风也没有披着……"

面对唱月的关心，掌珠心中舒服了许多，笑道："就你这丫头聒噪，赏你两块糕点。"话是这么说，但是掌珠一回房间便脱下外套，躺在榻上，长出一口气。

晓初看她这个样子，上前摸了摸额头，道："好像有些热……要不请郎中？"

掌珠连忙道："万万不可，现在后院正乱，告诉园子里的丫头们，谁也不许出这个园子，三天后再说吧。"

晓初虽然不知道什么事，但是很听话，帮掌珠盖好被子，自是退出去嘱咐小丫头们。

不一会儿，徐妈妈进来，轻声问道："可是出了什么事？这次倒是散得早。听说夫人也不在。"

掌珠闭着眼好一会儿，徐妈妈还以为掌珠睡着了，正要出去，就听掌珠道："祖哥儿没了……"

徐妈妈愣了一会儿，才明白掌珠说的话，道："这……是谁？"周氏不会做这种事，更不会在这个时候干……

掌珠摇摇头，道：“她们说是谁就是谁吧。”

满园，房间内，宝珠坐在床上，面无表情，眼神空洞，手不停地发抖，她不是故意的，真的，她就是当时一时冲动。

宝珠想起祖哥儿的小手小脚……她之前是不喜欢他，但是现在不是的，祖哥儿还是挺可爱的，眼神纯净，会朝她笑……

可是以后不会了，那颗棋子塞到祖哥儿的嘴里后，就不会了……

怎么会这样？

她当时，就是想要是没有祖哥儿，她就会嫁给如玉公子了。她并不比掌珠差，只是时机被耽误了，这是惜珠说的，她也是这样想的。

她怎么会比掌珠差呢……

正想着就听门口七珍道：“夫人，姑娘在睡……”话还没有说完，周氏就进了宝珠的房间，后面还跟着惜珠，满脸的担心。

周氏进来见到宝珠愣愣地坐在那里，气就不打一处来，上前就打了宝珠一记耳光，宝珠完全没有想到，摔倒在地上。

惜珠惊呼：“姐姐、母亲……”不知所措。

周氏走了两步，见到宝珠还是愣愣的样子，心中既生气又不舍，指着宝珠道：“你为什么这么干？”

宝珠还是呆愣愣的，脸上火辣辣的，奇怪的是心中的愧疚似乎少了些，多了些不甘……

惜珠连忙跪下抱住周氏的腿，道：“母亲千万别怪罪姐姐，姐姐也是关心母亲和哥哥，不然怎么会……”说着嘤嘤地哭起来。

宝珠回过神来，道：“娘亲，我……”

惜珠回过头看着宝珠，宝珠并没有看惜珠，而是看着周氏，道：“娘亲，我也不知道怎么回事，我……”

周氏拉开惜珠，走向宝珠，低头道：“告诉娘亲，你为什么这么干？谁教你的？”

周氏疼爱宝珠除了因为所谓的宝珠带来的好运，也因为宝珠在周氏眼中一直都是单纯的、直率的，周氏可以从宝珠的眼中看见最干净的自己，她知道宝珠骄纵、冲动，但是她仍然放任，就是因为这些，而宝珠现在……

她不能相信宝珠居然会做出这些。

惜珠跌坐在周氏身后，看着这一幕，她始终都不明白母亲为何会这样忽视自己，她现在更担心的是宝珠说什么来，母亲必然会怀疑她的……

宝珠想了一下，这才看了眼惜珠，然后道：“我以为母亲希望这样，我……我又听说那些下人嚼舌根，说以后业弟没了，陈家就是祖哥儿的了……”这些是惜珠教她说的。

周氏深吸一口气，转身看向惜珠，周氏不傻，尤其在这个时候，更何况宝珠刚才看了眼惜珠。

惜珠吓得后退一步。

周氏恶狠狠地道："孽障，你为何告诉她这些？"

这两个女儿她还是了解的，要是让宝珠想到这些，那是不可能的，宝珠何曾关注过这些。

惜珠刚才的心差点跳出来，听周氏这样说，心中反而松了一口气，连忙跪好，道："母亲，我……我听了那些话心中生气，就和姐姐说了几句，没想到……"

周氏气急败坏道："此时不是说这些的时候，你们现在马上收拾东西，我送你们去外祖家。"

两人都愣住，周氏喊道："七珍、九巧，马上收拾东西，带些衣服就好。"然后转身就离开，走到门口站住，咬牙道，"你们这些人既然不会服侍小姐，全部都卖出去。你们两个没听见我说话？莫非也想被卖？"

一时间满园的奴仆都跪下哭着求饶。

连宝珠都难保了，周氏更没有时间管她们，她现在还要去旖旎苑，夏彤说不说已经不重要了，陈廷远已经相信是宝珠干的了，她就怕陈廷远一狠心将宝珠送到尼姑庵，还不如她先动手。

旖旎苑。

祝氏已经哭得声嘶力竭，跪在陈廷远身旁，梨花带雨。

周氏看见祝氏这个样子就生气，这个时候还想着勾引陈廷远，夏彤跪在一旁瑟瑟发抖，想来已经说了。

陈廷远看向周氏，眼神冰冷，道："怎么处置？"

周氏心一提，看了眼祝氏，坚定地回道："妾身已经问清宝珠了，宝珠以为那棋子是平时吃的糕点，喂了祖哥儿，但是，无论如何，也是宝珠的错，该怎么处置就怎么处置，老爷只管发话。满园的奴仆，妾身先做主都发卖了。"

说完，周氏让人拿上一碟糕点，做得如白棋子一样，不细看如棋子一样，这周氏动作果然快，居然这么快就想到法子了。

陈廷远挑了一下眉，不觉得周氏会这样大义凛然，道："嗯，将宝珠送到尼姑庵，养养性子吧。"

周氏的心"咯噔"一下，果然如她所想，只是周氏神色不变，道："旖旎苑的奴仆也都发卖了吧。"祝氏脸色一变，周氏接着道，"当然，祝姨娘贴身侍女留下。"

祝氏想说什么还是咽下了。

陈廷远点点头，周氏继续道："这夏彤还有奶娘，照顾不周，一碗哑汤送到庄上吧。"这事自然是不能外传的。

夏彤听了这话，刚想哭闹，一旁的婆子早有准备，捂着嘴带下去了，奶娘已经晕倒了。

陈廷远道："她们既然招了，也该留一条命。"其实这就是同意了周氏的话。

周氏看向祝氏，继续道："祖哥儿如此，总也是脱不了祝姨娘的疏忽照顾，这奶娘也是祝姨娘亲自挑选的，御下不严……老爷，您看怎么处理？祖哥儿毕竟是陈家的第一个庶子……”

说完周氏看着陈廷远，说是询问，其实是威胁，若是陈廷远舍得处置了祝姨娘，让宝珠去尼姑庵吃几个月的素，她也认了。

陈廷远看向周氏，自是明白周氏的话，周氏说得冠冕堂皇，真要是处置祝姨娘绰绰有余，再看向祝姨娘，祝姨娘已经是不哭了，神色倨傲，眼中悲伤，倒是让他想起……

陈廷远道：“祖哥儿没了已经让太夫人、老太太伤心了，若是宝珠再去尼姑庵，只怕她们也于心不忍，只是也不能不管教……”

周氏痛快地道：“老爷说的是，我让宝珠与惜珠先去她外祖家住上三日，再送到庄上好好受受苦，免得越发地不知天高地厚。”顿了一下，道，“先去她外祖家，也省得外人误会什么，她们毕竟是女儿家。”

陈廷远点头，看向祝姨娘，道：“此事祝氏不能说没有责任，但是念在失子之痛，就罚一个月的月钱，吃三个月的斋吧。”

周氏看向祝姨娘，祝姨娘满是恨意地看着周氏，周氏虽觉得如此惩罚太轻，但是陈廷远毕竟在盛怒中，若是再反复……也罢，先如此吧。

这时进来一个婆子，正是赵善家的：“二老爷、二夫人，太夫人有请。”

二老爷、二夫人？

这称呼是太夫人故意提醒他们的身份呢，平时太夫人都会默许别人称他们为老爷、夫人。

陈廷远与周氏默契地对视一眼。

两人在很多地方上都有分歧，但有一点是他们一直都是坚持的，身份不能丢。

陈廷远站起来先出去。

周氏对祝氏道：“祝姨娘不必担心，我会尽快将旖旎苑的人补齐的。”说着，脸上带着若有似无的笑意。

虽然宝珠这一举做得太过鲁莽，但是不管怎么说，对周氏来说都不吃亏。

陈廷远背对着她，祝氏的脸已经相当狰狞，但是说出来的话，却如以前一样温柔：“多谢夫人。”

周氏点点头，她知道，从此以后，祝氏不会再隐忍了。

周氏跟着陈廷远离开，祝氏才跌坐在地上，欲哭无泪，她的孩子就这么没了……

如是居。

太夫人跪在佛前念经。

心中暗自悔恨，就应该将祖哥儿抱过来……

她想着周氏顾全大局的情况下不会伤害祖哥儿，却没有想到……

旖旎苑一出事，她就知道了，或许知道得比陈廷远夫妇更早。

太夫人本就有意抚养祖哥儿，自然在旖旎苑安插了眼线，只是还来不及安插在祖哥儿身旁……

太夫人叹了一口气，现在说什么也晚了，只能说这孩子和陈家没有缘分。

太夫人念完经，站起来，转身，看见陈廷远二人不知道什么时候过来的，也都跪在蒲团上。

两人都满脸的伤心。

太夫人面无表情，道："你们随我进来吧。"

这两人一进来就都跪在地上，口中道："是我们不孝……"

太夫人摇摇头，道："起来吧，你们这样成何体统？"

陈廷远与周氏听太夫人语气如此平和，心中多少有些诧异，太夫人的打算他们都知道的。

太夫人使了个眼色，赵善家的过来扶着陈廷远起来，周氏也无奈起来。

太夫人道："不过是个庶子罢了，不值得你们如此。"

这话说完，陈廷远两人并不觉得安慰，毕竟陈廷远自己就是个庶子……太夫人这语气，就好似弄死就弄死了……

庶子，这个身份终究是陈廷远的心病。

两人低着头。

太夫人问道："怎么解决的？"

周氏站出来如此这般地一说，太夫人点点头，道："处理得不错，只是宝珠两人不必现在就送出府，三天后吧。"

周氏诧异地看了眼太夫人，太夫人勾勾嘴角，道："知道送到娘家去避嫌，就不知道现在送出去有此地无银三百两的效果吗？"

今天处理了不少的奴仆，再同一天送出去，更是起疑。

周氏连忙道："还是太夫人想得周到。"

太夫人冷笑道："你也不必这样说，更不用担心我夺了你的掌家权力，我可没有那么多的精神管家。"

周氏不语，她确实有这样的担心。

太夫人道："这么多的心思，怎么就不知道教教女儿呢？"太夫人的语气颇为严厉。

周氏连忙跪下，道："媳妇记得了。"这个时候，周氏不知道怎么回事想到了穆氏，她也曾这样跪在穆氏脚下道歉……周氏心中不是滋味，多少年来，她心中的自卑一直都没有减少过。

太夫人继续道："和温家的婚事就算了吧，这样性子的女孩子，我可不敢保媒，结亲可不是结仇。她的婚事，我也不会管了。"顿了一下，想到宝珠终究是陈家的女儿，又道，"好好管管她，然后找个老实人家嫁了吧。"

周氏心中苦涩，宝珠可是她的心头肉，就这样……她怎么能甘心，但是在这个时候又不得不应下："……是。"

太夫人"嗯"了一声，又看向陈廷远道："我从来没有管过你们哥俩的子嗣，现在陈家嫡脉只有你一人，又只有业哥儿，你也该上上心了，祝姨娘若是想开了就继续让她在你身边伺候，若是想不开就送到尼姑庵去，也是个苦命的孩子。"

陈廷远低头应下。

太夫人闭着眼捻着佛珠，过了会儿，才道："今日的事让她们管好嘴巴，这点事，你总能办好吧？”问的是周氏。

周氏连忙回道：“是。”

“好了，出去吧。”

周氏这才起来，随着陈廷远出了如是居，两人直到出了竹林才都松了一口气。

陈廷远直接让轿子将他送到前院，周氏只得回了敬正堂。

马上将旖旎苑的奴仆尽数卖了，满园的奴仆也混在其中发卖了。

晚上周氏翻来覆去，怎么也睡不着，陈廷远这日并没有回来。

周氏心中又是心疼宝珠，又是生气宝珠，最后又难免拉扯到惜珠，虽知道这两个孩子都是为她好，但是……

唉，周氏也说不清，迷迷糊糊似睡非睡到天亮，就感觉小腹疼痛，周氏只当是葵水来了，并不当回事。

又匆匆将旖旎苑的奴仆都补上了，只是这人自然是周氏的人了。至于满园周氏并没有急着补上人手，免得被别人看出一二来。

这一日，外面也都知道，陈家的小公子因为奴仆的疏于照顾着凉得了风寒夭折了。

好在众人一时想不到宝珠身上。

处理这些事后，周氏靠在贵妃椅上，脸色苍白，皱着眉头，这次小腹相当疼，春色小心翼翼地在周氏耳边道：“玉珠小姐来了。”

周氏挥手道：“不见。”

春色迟疑了一下，还是小声地道：“奴婢看着玉珠小姐似乎也是想跟着宝珠小姐去庄上……”

周氏眉头一皱，春色只低着头，生怕周氏怪罪，若非玉珠给的银两足，她是万万不敢传话的。

周氏慢慢地喝了一口乌鸡汤，道：“让她进来吧。”

玉珠进来后行礼请安，见周氏很不舒服的样子，忙在一旁服侍，过了好一会儿，周氏才道：“坐下吧，听说你想跟着宝珠去庄上？”对于玉珠，周氏也懒得客套。

玉珠连忙道：“侄女听说宝珠妹妹和惜珠妹妹要去庄上学习，因此也想跟着去。”

学习这个词取悦了周氏，周氏笑道：“哦？为何？”

玉珠想了一下，似乎是下定决心，才道：“玉珠虽然不知道是什么事，但是想来是宝珠妹妹和惜珠妹妹惹了叔父不高兴，玉珠想着，若是单单就让她二人出府，怕是外人猜出一二来，倒不如玉珠跟着一起去，他们纵使猜怕也是猜到别人身上。”

玉珠这番话说得模棱两可，其实他们都知道宝珠等人为何出府……

就算三天后出府，也会有人怀疑的。

但是若是陈家四个小姐出府了三个，说不定会有人觉得剩下的那个小姐身上才有问题。

周氏挑了一下眉，语气温柔了许多：“还是玉珠想得周到，倒是委屈了你。”

玉珠回道：“玉珠不敢当，能为婶娘分忧，玉珠更是高兴。”

周氏点点头，道："放心，不会亏待你的。好了，回去，收拾东西吧，明天就和宝珠、惜珠先去趟她外祖家吧。"

玉珠努力掩饰眼中的兴奋，好在周氏不舒服，压根就没有注意到她。

玉珠退下后，周氏才道："又是个人精，怕是盯上公中的那点子嫁妆了，眼皮浅。"

一旁的妈妈赔笑道："不过是个把银子，夫人哪里看得上眼，不过是看她懂事听话，可怜她罢了。"

周氏笑着点点头，然后恶狠狠地道："就那个丫头让人咬牙切齿，也不见她替姐妹们求个情，白眼狼。"周氏说的自然是掌珠。

掌珠现在倒是想装装好人挽留宝珠一下，只是心有余而力不足，她自那日回来就一直不舒服，头疼，应该是着凉了，到后来越来越严重，已经发了一夜的烧。

偏偏掌珠不让人请大夫，尤其是掌珠听说祖哥儿夭折的原因就是风寒。

好在之前剩了些药，先凑合着吃些。

掌珠迷迷糊糊地梦见宝珠指着她，说她是凶手，又梦见祝姨娘怪她不阻止宝珠，又梦见惜珠、玉珠两人冷嘲热讽。

掌珠梦中有口不得分辩，每每都急得出一身的汗。

徐妈妈一旁看着十分担心，明日还要送宝珠等人离开，掌珠这样可如何是好。

宝珠走的那日，掌珠愣是多喝几服药，硬顶着发烧去送宝珠等人。

晓初跟在一旁，只悄悄地扶着掌珠。

好在所有人的注意力都在宝珠身上，就是有人看见她脸色如此苍白，也只当她是伤心。

掌珠也终于觉得陈家清静了，她还真没有想好怎么面对宝珠。

这一次想来是周氏真的发狠了，宝珠等人穿着简单，一共就两辆小马车，三位小姐坐一辆，侍女以及包袱坐一辆马车。好在只一人带了一个贴身丫头，衣服也不过各一个包袱，其他的都没有拿，冬衣等到冬天自会送去。

看来这次宝珠确实是要去吃苦了，不知道能不能受得住。

宝珠的眼神就如梦里的一样，怪罪指责的眼神，好似是她逼着她如此的。

掌珠一眼也不想看宝珠。

让掌珠想不到的是这其中还有玉珠，玉珠冷笑着："这两日大姐姐一直都不出来，因此来不及告诉大姐姐一声。"

宝珠只是点点头，她脑袋沉沉的，没有精力猜玉珠的心思。送走宝珠三人后，周氏这才回敬正堂，若是往常她也就发现掌珠的不同了，偏偏这次她小腹疼得厉害。越发觉得小腹疼，怕不是葵水那么简单，这两日量不减少反而多了，周氏猛地想起什么，连忙请了郎中……

掌珠自己也没有想到就这样蒙混过关了，连忙回了琉璃园，掌珠只觉得全身无力，头疼气虚，现在已经是大汗淋漓。

徐妈妈在一旁着急地道："姑娘，还是请郎中吧，您这个样子，老奴实在担心。"

掌珠摇摇头，道："不成，玉珠也跟着宝珠去了，众人必然疑我，我再找郎中，怕是……"

徐妈妈摇头叹气，晓初等人也是担心，偏偏掌珠固执。

掌珠躺在床上，很快就睡着了，不一会儿又慢慢地烧起来。

徐妈妈更加担心，若是总这样下去，烧坏了可怎么办？不得已，只能去趟如是居了……

想到这儿，徐妈妈忍不住拍脑门，她怎么没有早想到！

敬正堂。

周氏躺在床上，一只手伸出来，这个郎中不是去旖旎苑的郎中，是周氏专用的女大夫。

那女大夫皱着眉头，因与周氏是旧识，因此说话也直率，叹道："夫人滑胎了……"

周氏脸色更加苍白，道："我有了？多少日子？"声音带着些惊喜，也带着悲哀……心中痛得喘不过来气。

女大夫这才知道周氏根本不知道自己有孕过，连忙安抚道："夫人不必多虑，就算是知道怕也是……"

周氏问道："什么意思？"

女大夫叹道："夫人的身体本就大伤过，并没有调养好，现在就是有孕怕也是保不住的，因此夫人这些日子来也一直都没有感觉……"

周氏不知道该说什么，脑中一片空白，过了好一会儿，问道："多长时间了？"

女大夫道："一个多月吧。"

周氏点点头，又道："那我以后？"说着看向女大夫。

女大夫一愣，琢磨着该怎样回答。

周氏连忙道："你我认识这些日子了，知道我的为人，我只要句真话，自是不会怪你的。"

女大夫这才道："以后怕是就算有胎也保不住胎，夫人还是小心调养身体……"

周氏心中的滋味并不好受，哭又哭不出来，最后道："这些事还请你保密，千万别传出去……"

女大夫道："您也知道我的为人的。"见周氏心思并不在这儿，便道，"我先出去了，给您开些药，总要将体内的……排干净，夫人千万要保重。"

周氏回道："知道了。"

待到女大夫出去后，周氏才扶着额头流出眼泪来……她这是造什么孽了……

周氏虽然伤心，但是不敢表露出丁点，生怕别人看出些猫腻，她虽然有了嫡子，但是若是有小人知道她不能生，怕是会有惦记着，周氏不禁想到了穆氏……

周氏硬挺着每日处理庶务，竟然瞒过了众人，只是身体越来越差了。

不提周氏，只说徐妈妈去了如是居如此这般一说，太夫人一听如此，心中更是生气，道："她为了这虚无的名声倒是不怕把我气到。"

徐妈妈连忙道："姑娘她并不知道老奴过来，老奴也是担心姑娘……"

太夫人问道："几日了？"

"四五日了。"

太夫人叹了一口气，摇摇头。

掌珠与她母亲的性格一样，都是这么固执、倔强、好面子，甚至过之。

掌珠考虑的不是不对，而是总要有个轻重缓急。

太夫人站起来，来回地走，她出手也是没有问题的，甚至可以把掌珠接过来，只是……

太夫人并不想这样做，有些事要自己迈过去的，尤其是掌珠，掌珠的将来只能靠她自己的。

太夫人道："你回去问她，可是白白在尼姑庵里修行了？莫非只学了口中的那些诡辩？这点的事都想不明白吗？清者自清，既然想不开，那就让她这样吧。"

太夫人说完便去了佛堂，留下徐妈妈一人。

徐妈妈也不知道会得了个这样的结果。

赵善家的过来，轻声道："徐妈妈，太夫人怎么会害自己的孙女呢？"

徐妈妈拍着脑门道："唉，我这脑子，我马上就回去，等到姑娘好些了，再来禀告。"说着急急忙忙地离开。

徐妈妈到了琉璃园，掌珠倒是醒着呢，喝了一点粥，这几日她瘦得厉害，她心中也急，偏偏就是好不起来，日日做噩梦……

掌珠见徐妈妈进来，问道："你去如是居了？"说完便让晓初端着碗出去，"太夫人怎么说的？"

掌珠醒后听晓初说的，因此就一直都没有睡觉，心中多少有些期盼。

徐妈妈看着掌珠，脸瘦了一小圈，眼睛大大的，难得露出脆弱的表情，徐妈妈有些不忍。

掌珠笑道："莫非是让我自生自灭？"

徐妈妈连忙摇头，道："太夫人让老奴问姑娘，可是忘记了薄情庵？"徐妈妈顿了一下，终究没有把后面的话说出来。

响鼓不必重锤，这一句话掌珠必然就明白的。

果然，掌珠一愣。

薄情庵？

掌珠慢慢地躺下，看着琉璃园的窗户，她想薄情庵的时候就会看着这琉璃窗，最近看得越来越少了，不是不想，而是离薄情庵越来越远了。

她越来越像一个深闺中的女子了。

掌珠道："徐妈妈，我知道了，我歇会儿，你出去吧。"

徐妈妈不敢多留，自是退下。

掌珠闭上眼，想起了清师太所说的，不要忘记初心。

掌珠默念佛经，慢慢地睡着了，这次终于没有做噩梦。

第二日掌珠再醒来时，精神好多了，只是还是头疼得厉害，掌珠道："徐妈妈，去趟夫人那里吧，去请郎中。”

徐妈妈自是喜不胜收，连忙去敬正堂。

其实在祖哥儿夭折这一事上，掌珠一直都怪自己没有拦住宝珠，也多少都觉得自己是起因，但是……

棋子是宝珠早就准备好的，宝珠甚至之前就一直去旖旎苑，就是为了让其他人放松警惕。

或许有掌珠的因，但是最终的决定人还是宝珠，更何况祝氏就没有因吗？她若不是想沾宝珠的光，又怎么会放任宝珠？

掌珠心中才好受些，或许这有推卸的嫌疑，但是她的过她会担，不是她的过她也不会揽在身上。

徐妈妈去请郎中相当顺利，很快就将郎中带过来。

郎中不过说是着凉，开了些药，便出去了。

徐妈妈这才在掌珠耳边小声道：“夫人也生病了。”

掌珠挑了一下眉，这倒是没有听说，头还有些疼，并不多想，只是先记下，以后再说。

掌珠虽然有了心气吃药，但是毕竟耽搁了些时间，一时半会儿也没有好。

山路上，几辆马车慢慢地驶着。

这车里正是宝珠等人，她们已经从周家出来了，去庄子上“休养”。

宝珠撇撇嘴道：“难道在外祖家多住几日都不行吗？”宝珠已经忘记这次的罪魁祸首是自己。

玉珠与惜珠没有理会宝珠。

宝珠冷哼一声。

在周家住了三五日，宝珠又恢复之前的性子，尤其是周氏后来还送来书信与服饰，宝珠只当周氏原谅她，心中虽然还是觉得对不住祖哥儿，但是也慢慢地变淡了，只是每回在菩萨面前心中说句下回投个好胎罢了，这事也就抛到脑后了。

宝珠耐不住寂寞，又是勾着玉珠说话，无非是周家的被子不如自己家中的舒服，院子不如满园好，太挤等。

正说着几人就听见马奔跑的声音，宝珠来不及说什么，就感觉马车被撞了一下，宝珠差点摔在地上。

宝珠怒道：“怎么驾马的？”

外面车夫回道：“小姐，有人撞了咱们的马车。”

宝珠不高兴地道：“我知道了，赶紧走吧……”

话还没有说完，就听一个男声道：“实在抱歉，让小姐受惊了。”

车里宝珠等人面面相觑。

宝珠只觉得这声音耳熟，莫非……

宝珠撩起窗纱，却被惜珠拦下。

宝珠瞪了眼惜珠，拿起一旁的帷幔戴上，然后慢慢揭开窗纱，只见了外面的人侧面，但是宝珠还是一眼就能认出，这人正是那日扶她起来的崔寓。

宝珠脸一红，还好戴着帷幔，心中却甜丝丝的，只觉得是上天注定。

宝珠清了清嗓子，道："算了，公子也受惊了。我们没有事。"

惜珠与玉珠对视一眼，没想到宝珠会转变得这么快。

崔寓道："车轼有些裂痕，不知道小姐可有备用马车吗？"

宝珠还没有说话，车夫就道："没有……想来这样是没有事的。"

崔寓道："不知道还有几日的路车？若是时间长，怕是小姐们有危险。"

车夫道："还有大半日。"

崔寓笑道："那我就与你走半日吧，毕竟这事是因我而起。"

宝珠并没有听懂他们说的，但是还是高兴地道："那就有劳公子了。"

惜珠小声道："这样不好吧？"

宝珠道："那若是出了事怎么办？"

惜珠不再说话，她们并不知道裂痕不过是前面的扶手，并不碍事。

马车外面崔寓笑笑，赏了车夫一锭银子。

第七回 崔家逼婚天注定

已经是八月十里荷花的时候。

陈家却异常安静，若是去年，怕是满园的欢声笑语。

掌珠的病这些日子才好利落，这两日每日都来荷花畔赏荷。

秋白道："晌午日头大，姑娘早些休息吧。"

掌珠摇摇头，继续望着这些荷花，道："出来晒晒吧，觉得满身的寒气。"

秋白便不敢多说什么，退到一旁。

掌珠深吸一口气，闻着这花香，心中平静不少，这些日子在病中想了不少，在这后宅中就要按照后宅的规矩走，但凡优柔寡断一点，害的不仅仅是自己。

就好比母亲。

她不愿成为后宅的食人花，但也不会做柔弱的白莲花。

路终归是自己走来。

正想着，那边走来一名穿素衣的女子，掌珠笑笑，她没有白白来这里三天。

那人正是祝氏。

祝氏这些日子也是难熬，有了太夫人的话，祝氏连病也不敢生，加之陈廷远又有了新姨娘，且已经有孕，祝氏硬是撑着为祖哥儿报仇的一口气挺到现在。

祝氏行礼道："大小姐安好，妾身也就安心了。"

掌珠打量祝氏，祝氏瘦了一大圈，却更加我见犹怜，道："姨娘看似瘦了不少，还请保重。"

祝姨娘笑了一下，道："听说大小姐也才病愈，因为夫人盯着，一直不能给大小姐问安，请大小姐见谅。"

掌珠不再与祝姨娘客套，道："不知道祝姨娘还想那些陈年往事吗？"

祝姨娘看向荷花道："听说大夫人并不喜欢花？"

掌珠回道："母亲比较喜欢茂密的绿叶。"

祝姨娘笑道："大夫人总是这样与众不同。"

掌珠含笑不语，并不急着跟祝姨娘讲那些，现在祝姨娘若是想翻身除了依靠她还能有谁呢？

祝姨娘看向掌珠道："大小姐也是这样的，若是妾身有三分便知足了。"

掌珠知道这是祝姨娘的要求，叹道："祝姨娘，有时人若是追思，见白能想到月光，但是见到纸上的圆月，想到的只是不如真月。"

祝姨娘一愣，喃喃道："他想要的不过是他心中幻想的，并不是真的要……"

掌珠点头道："正是。"

她是不会相信母亲与陈廷远有什么关系的，更多的不过是陈廷远想象的罢了，若是母亲在陈廷远眼前，怕是陈廷远不会有任何心思。

祝姨娘笑道："多谢大小姐指点。"顿了一下，道，"大小姐不怕奴家知道了这些就不告诉大小姐当年的事？"

掌珠淡淡地道："这要看祖哥儿在姨娘心中到底有多重了。"而她，就是找别人也能知道当年的事，只是费事罢了，其实就是祝氏口中的话，她也不会全信的，这后宅里的真真假假她算是看明白了。

她想听祝姨娘说，无非也有帮祝氏的想法，祖哥儿夭折多少有她的原因……

祝姨娘神情变得凝重，冷哼道："她们母女把我当泥捏，我怎能忍下这口气！"

掌珠笑道："那姨娘请讲吧。"

祝姨娘叹了一口气，不再与掌珠打太极，道："大夫人嫁到陈家后十年没有生育……"

祝姨娘已经走了，掌珠只望着眼前的这片荷花，母亲不喜欢盛开的花，说是全盛之后就是凋落，还不如满眼的绿意让人舒服……

听母亲说过，她连画画也只喜欢画叶子，若不是碍于陈家的门面，每年的桃花宴就应该改成绿叶宴。

因此，祝姨娘走的时候，掌珠特意让祝姨娘采两片荷叶回去，能让陈廷远看一眼这荷叶，陈廷远必然能回忆起以前的事情。

果然，与祝姨娘相见后的第三日，掌珠就知道祝姨娘又复宠了，陈廷远再次进了旖旎苑……此为后话。

只说现在，掌珠转身往琉璃园走去，脑中则想着祝姨娘所说的。

祝姨娘说因为母亲当时已经有了孩子，只想生儿子，周氏便找了个秘方，想办法买通了母亲身旁的老人儿，将秘方递到了母亲那里，母亲当时信了，结果生下来个"怪物"。

母亲确实是处处出人意表，极喜欢拔尖，好在一辈子也都处在上峰，只子嗣一事是母亲的硬伤。

祝姨娘说的和她想的差不多，掌珠一点也没有惊讶，以母亲的性子，没有孩子时盼着孩子，生了女儿了，就一定盼着再生个儿子。

所谓的秘方还是有可能的，只是还有许多的细节没弄清楚，是谁将秘方递到母亲面前的？母亲谨慎，怎么会得了秘方就用？这秘方必然是找过郎中看过没有问题才用的。

好在总有收获，陈廷远无论酒醉还是清醒都对祝氏说过这件事，可见周氏送秘方这件事是肯定的。

到了琉璃园，掌珠便与徐妈妈一同做绣活，改着已经穿旧穿小的衣服。

因为她之前卧病在床，郎中也说要吃些清淡的，周氏更是肆无忌惮地苛待她，她这三四个月居然连肉星都没有见到，琉璃园的丫头好歹还能有两口肉，好在她在薄情庵吃习惯了，并不在意这些。

周氏见她这样，索性连衣服布料也不给她了，只说等到身体好了给做新的，就是打发丫头过去要，周氏那边也只说在紧着给新姨娘和未来的小姐、小公子做新衣，一时腾不开手。

掌珠夏季和秋季该有的布料、新衣、首饰就都没有送来。

晓初出去一打听才知道，原来庄子上的宝珠等人也都没有。

听说是太夫人给拦住了，既然是思过，送去那些好东西干什么？是思过还是出去玩？

太夫人更是找了个嬷嬷去庄子上教导她们。

周氏只能哑巴吃黄连——有苦说不出，她原本将宝珠等人打发出去当然不是去思过，不过是躲风头，没想到太夫人还来真的。周氏这边还要照看陈廷远的新宠萧姨娘，一时没有时间顾及宝珠等人，只是将气撒在掌珠身上。

姜家，松园。

姜夫人让人端来绿豆汤给姜铎，笑道："现在外面日头毒，也不要一味地喝酸梅汤，怕是存了寒。"

姜铎应下，自是喝了绿豆汤。

姜夫人笑盈盈，待到姜铎喝完后，才道："我想着过完年就去陈家提亲……"

"母亲只管安排就成。"姜铎心里想到那软软的小手。

姜夫人顿住，似乎有些难办的样子，姜铎察言观色，问道："母亲可是有什么难处？"

姜夫人想了一下，道："这事本就与你父亲说好了，我这两年看着这陈家大小姐也是不错的，只是近来听说她病了，她们家又出了那档子事。"

那档子事说的不仅仅是祖哥儿夭折一事，而是祖哥儿夭折后不到三个月，陈廷远从外面带回来个女子，那女子已经有一个多月的身孕。

这女子就是陈廷远的新宠，因此祝姨娘才急着找掌珠想办法，只是这些姜家母子不知道罢了。

姜铎不说话，等着姜夫人后面的话。

"陈家庶子夭折，想来是与她无关……"

姜铎道："确实无关。"

姜夫人没有注意到姜铎如此肯定的语气，接着叹道："你父亲说，若不是周氏逼迫，陈大人也不会如此打周氏的脸，担心陈大小姐……我倒是觉得她叔父的事扯不到她身上。"姜夫人倒是有些同情周氏，这做正室就是难，轻了管不了家，重了被人如此说。

姜铎神色早已经没有之前那般柔和，并不评价这件事，他在外面知道的要比姜夫人知道的多，陈大人确实是故意打周氏的脸，但是这个新宠早就是陈大人的外室了，不过是趁机过个明路。

姜夫人继续道：“倒是生病这事……看着掌珠身子骨不错，没想到爱生病。”谁家都希望找个健康的媳妇，病恹恹的难生养。

姜夫人只觉得夹在中间难做人，这两件事其实都是姜铎生母崔姨娘为了崔家女嫁进来才出的幺蛾子，姜大人想着这正室不过是娶回来做个管家婆，哪里会想到这些。

不过崔姨娘说的也是有些道理的，因此姜大人也有些质疑，最后都推到她身上……

姜铎见姜夫人支支吾吾的，多少也猜出来些，问道：“不知道陈大小姐现在病可好了？”

姜夫人道：“派人去了，只是没有见到人，听说已经是差不多了。”周氏可不敢再把掌珠弄死，不然她可就是罪人了。

这庶子夭折的罪，最终是让周氏背上了。

姜铎沉吟了一下，脑海中又想到掌珠在梅林中的身影，那日掌珠与温润晁的话他是一字不落地听了，但是在他看来，掌珠眼神平和单纯，根本没有所谓的情思，更何况温家也不会娶掌珠的。

姜铎毕竟年长，心思沉稳，略想想就知道掌珠或许从最一开始就不在温家的考虑范围内。

只是温润晁不懂罢了。

若温润晁有几分胆量，敢与家族争上一二，也不是不可能。

只是自那日“闲厅对弈”已经几个月了，温家都没有动静，温润晁也去游学了，可见事是不成了。

就算是成，难不成还不许他争争？

单纯地说来他也没有太多的情思，只是，这陈家大小姐看起来甚是不同罢了。

姜铎道：“众多名门闺秀，母亲与父亲都觉得这陈家大小姐的家世最合适、最有利，犯不着为这点小事就放弃。”

姜夫人听了自是高兴，连连点头道：“有你这句话就成了。我自会安排好。你不用担心你父亲那里。”

姜夫人唯一庆幸的就是夫君并不是不明事理的人。

姜铎也笑道：“还请母亲多多看顾，有母亲在，我也才安心，倒是劳累母亲了。”

姜夫人一听更是笑着合不拢嘴，与姜铎又闲聊了一会儿，才道：“你事也多还要念书，不必总来我这儿，也要照顾身体。”顿了一下，道，“有空也去崔姨娘那儿看看……”

两人之前一句未提崔姨娘，但是心中也都明白怎么回事。

姜铎这才正色地点点头。

他年纪小的时候也有过这样的事，崔姨娘或是看不上他身边的丫头、婆子什么的，不直接对他说，也不直接对姜夫人说，而是告诉他父亲，有时说的理由是对的，有时理由又是似是而非的，最后父亲又找姜夫人，姜夫人难免受苛责，只是姜夫人从来不会对他说这些，每次都是问过他才做决定的。

他也是略略长大后才知道这些的。

姜夫人对他说："男人就应该知道自己要什么，不要被别人的话语所限制……"

姜铎出了松院脚步略略顿了一下，就去了榴院，总要说清楚，免得崔姨娘再给姜夫人生出是非来。

到了榴院，崔姨娘自是高兴，一阵鸡飞狗跳，又是端茶又是拿出前几日得的笔墨纸砚。

姜铎道："姨娘不用如此忙碌，我略坐坐就走。"

话音刚落，崔姨娘已经是眼眶红了，道："可是我给你找了麻烦？"

姜铎微微皱眉，以前他也会探望姨娘，只是每每姨娘都要这样问上一句，莫不是他来就是因为她给他找麻烦了？因此他来得也就越来越少了。

话既然已经说到这个份儿上了，姜铎便直接道："过了年就去陈家提亲，我过来告诉姨娘一声。"

崔姨娘的脸色更加不好，道："是夫人定的亲？"

姜铎回道："我也应下了。"

崔姨娘连忙道："你若是不想，就去找你父亲，我……"

姜铎摇头道："姨娘不必多虑，陈家大小姐无论家世和人品，都是好的，姨娘放心吧。"

提到家世，崔姨娘没话可说，崔家女毕竟还是上不了台面的，崔姨娘坐在一旁揪着手帕，一脸愧疚。

姜铎心中叹了一口气，对于崔姨娘这样，他已经是习惯了，劝道："姨娘的心意我都是明白的，以后姨娘享福便是。"

崔姨娘只得无奈应下。

姜铎见事情办好，也不多留，自是离开，只留崔姨娘一个人不快。

这时姜荷娘才挑了帘子进来，对崔姨娘道："我就说姨娘不要做这些吃力不讨好的事，看，让哥哥厌恶了吧。"

崔姨娘恨恨地道："我也是为他好，那个什么大小姐一听就是脾气不好，身体不好的千金小姐，娶进来还不是你哥哥受罪。"

姜荷娘眼珠一转道："哥哥不是还可以纳妾吗？"

崔姨娘眼神一亮，按捺住心中的窃喜，她倒是忘记了这茬，正室管什么用？最后还不是妾室的孩子管家吗？

崔姨娘道："前几日夫人给你相看人家，你怎么……"

话没说完，姜荷娘就不高兴了，道："这事姨娘可别管，我自有打算。"说完就跑出去了。

姜荷娘想起去年在林中偶遇的那位贵公子，又与她哥哥交好……她知道那人说不准就是太子了……

崔姨娘这边不管姜荷娘的小心思，只自己打起了姜铎妾室的主意。

过了几日，薄情庵那边送来了一筐大枣，是今年新枣，掌珠也借着送枣的名义告诉大家，她已经病愈了。

用水晶圆碗盛了几碗红艳艳的大枣，看着很是漂亮，然后放在竹篮里，与唱月一起先去了如是居。

和之前一样，掌珠并不进如是居，只是将大枣交给赵善家的："掌珠现在已经好了，让祖母放心吧，祖母说的掌珠都记得。"她生病时太夫人的点拨，她会一直记得。

赵善家的道："大小姐安好了老奴就放心了，这段时间，太夫人也一直念着大小姐呢。"顿了一下，轻声道，"太夫人看似严厉，其实心中一直记挂大小姐，大小姐千万别怪太夫人。"

掌珠连忙道："还请妈妈不要这样说，怎么会怪太夫人呢？没有离开陈家时，掌珠年纪小，已经不大记得与祖母之间的亲密了，但是回来后对祖母也并不觉得生疏，想来之前祖母是很疼惜掌珠的。"

赵善家的听着直点头，太夫人之前可是想培养掌珠成为女承嗣的，又怎么会不疼惜？

掌珠想一下，也低声道："有一件事想问妈妈……"

赵善家的道："大小姐请讲。"

掌珠道："您可知道我母亲手中的那秘方是怎样得来的？"掌珠知道赵善家的肯定不会说什么，就是想看看她的反应。

果然，赵善家的脸色一变，道："这我如何知道？"

掌珠笑了一下，只要没有否认秘方的事就好，道："妈妈也尝尝这大枣吧，这枣树是母亲亲手种的。"说完便转身离开。

赵善家的连忙拉住掌珠，掌珠有些惊讶，赵善家的低声道："还请大小姐见谅，那秘方一事，大小姐万万不可再这样随意问别人。"

赵善家的自觉失态，赶忙松开手。

掌珠心中虽然诧异，却不表现在脸上，浅浅一福，转身离开。

赵善家的看着掌珠离开，心中叹了一口气，看着手中的水晶碗，这碗是当年穆氏最喜爱用的碗。

赵善家的转身进了如是居。

刚进去，就听太夫人道："她问了穆氏的事？"

赵善家的将水晶碗放在小桌上，道："关于秘方的事，太夫人刚才听见了？"

太夫人笑着摇摇头，道："我哪有这顺风耳，是知道她与祝氏见面了。"

赵善家的打趣道："太夫人没有顺风耳，却有千里眼。"

"你这嘴莫非是莲花舌？"说着两人笑了一场。

赵善家的见太夫人没有不高兴就好，对于当年的往事，太夫人也极其不喜欢谈论。

太夫人叹道："让她自己去查吧，只希望查到的结果不会让她失望。"

太夫人说完拿起一颗枣慢慢地吃，脑中想起了以前的事，就好像是昨天似的。

掌珠这边出了竹林，唱月松了一口气，掌珠笑道："我以为你什么都不怕呢，连对徐妈妈都敢顶嘴呢。"

唱月笑道："我哪里敢顶嘴，是徐妈妈喜欢奴婢撒娇。"

掌珠笑笑不说话，心中只想着赵善家的提醒她的模样，莫非是忌惮周氏？可是那表情又好像是担心她的模样……

正想着就见到前面一个妩媚的女子挺着肚子散步，身旁跟着两个侍女，这人看着眼生又大着肚子，应该是陈廷远的新宠萧姨娘。

萧姨娘看见她，便走了过来，微微福身道："大小姐安好。"

萧姨娘相貌精致，即使没有半点脂粉，也是相当娇美妩媚，难怪招陈廷远喜欢。

掌珠也受了这一拜，道："我前段时间也一直生病，倒是没来得及贺你有喜。正巧今日得了些大枣要给你送过去。"

萧姨娘掩嘴一笑，这一笑，媚态横生，道："多谢大小姐，奴家记下了。"顿了一下，道，"既然这样，那就不如大小姐现在给我吧，免得再跑一趟了。"

掌珠点点头，唱月从竹笼里拿了一碗大枣，好在上面配一个水晶盖，倒是也容易端着，掌珠笑道："就劳烦姨娘的侍女，要一路端着了……"话还没说完，这水晶碗就从侍女的手中滑落，摔在地上，水晶碗已碎，满地的大枣。

掌珠挑了一下眉。

唱月则不高兴地道："她是故意的。"

萧姨娘瞥了眼唱月道："大小姐的丫头真是没规矩。"

掌珠现在也明白，怕是这萧姨娘一开始就没有打算要这大枣，这萧姨娘一入陈家，就被周氏当作宝似的放在后院，生怕她有个闪失，现在看来，掌珠倒是明白了周氏的用意。

掌珠倒是不在意，这萧姨娘怕是看周氏苛待她，又觉得她没有依靠所以才敢如此，说不得也是受了周氏的挑唆，便道："罢了，不过一碗大枣，咱们还要去老太太那里。走吧。"

走到萧姨娘身边，掌珠笑道："姨娘脚下小心，若是自己踩到这大枣再摔一跤可就不好了，那句是怎么说的来着？自作孽不可活。"

萧姨娘冷哼一下，道："放心，奴家会小心的，尤其是小心别吃了什么不该吃的东西，再生下来个……"

掌珠冷眼看着萧姨娘，若不是萧姨娘有身孕，掌珠就一耳光打过去了。

萧姨娘故意捂着肚子道："哎哟，肚子好像有点疼。"

掌珠深吸一口气，道："走吧。"掌珠心中想起祖哥儿，想说一句，别像祖哥儿似的，但是终究没有说出口，萧姨娘虽然可恶，可是她不想诅咒孩子。

掌珠带着唱月离开，还能听见萧姨娘说什么装什么大小姐，谁让她给祝姨娘支招等。

掌珠对于这些言语倒是不在意，只是没有想到萧姨娘也知道所谓的"怪物"，莫非又是陈廷远说的？或者说是周氏暗示的？

周氏与陈廷远倒是不怕别人知道……

掌珠心中却沉甸甸的，或许这事还有其他的可能。

等到掌珠道到华恩堂的时候，正巧周氏也在。

掌珠许久没见周氏，只觉得周氏脸瘦了些，颧骨微凸，眼睛大大的，更显得神情严厉，嘴角紧抿的时候略略向下……

周氏看见她，眼中闪过恨意，然后笑道："掌珠终于好了，真是让婶娘担心。"

掌珠行礼请安后才道："让婶娘担心了。今儿个得了些大枣，给老太太送过来，正好婶娘也在，就免得我再跑一次了。"顿了一下，笑道，"还是婶娘心疼我。"

周氏听掌珠这样奉承，自然是高兴，她之前知道祝氏和掌珠有过联系，只是见掌珠这个样子倒不觉得掌珠知道了什么。

老太太也喜欢掌珠开朗懂礼，又许久没有见到她，拉过来好一番询问。

周氏心中看着不高兴，正想找个借口走，春色就进来禀告："夫人，崔家太太来了……"

崔家？他们家没有和崔家有来往。

老太太完全不理会周氏去哪里、见什么人，只笑着对掌珠道："以后多来这儿玩，不要在屋里闷着，免得闷出病来……"

掌珠也只得应下，暗中观察周氏。

周氏默默地抿了口茶，并不急着去见崔太太。

这崔家虽是新贵看似受皇帝喜爱，但是怕不过是皇帝的玩物，引着众世家转移视线，指不定哪天就被皇帝抛到脑后，因此世家们都看不上崔家，今日这崔家来陈家是为了联络感情？

周氏脑中想到崔家有两位公子、一位姑娘，莫非……

周氏看了眼掌珠，站起来去迎客。

掌珠则被周氏这阴森的眼神吓了一跳，这周氏怎么又惦记她了？

掌珠毕竟是闺阁女子，对崔家了解得并不多，自是猜不出周氏是什么用意。

不到一盏茶的时间，周氏就领着崔太太笑盈盈地进来，老太太与掌珠都有些惊讶，这种夫人间的应酬，周氏通常只在敬正堂……老太太不是正经婆婆，周氏难得如此的。

崔太太看着就伶俐精明，掌珠只看了一眼，想回避，这周氏怕是有什么其他的用意。

周氏笑道："你也不必走了，正好见见夫人，过了年就十四了，也该交际交际了。"

掌珠听周氏特意提了一下年龄，怕是有联姻的打算，心中很是生气，若是之前周氏没有提过姜家也就算了，既然提过现在又要物色第二家，她怎能不生气？

掌珠只屈膝道："崔太太好。"

崔太太倒是细细打量一番掌珠，虽然只是看见帷幔，但是隐隐约约地觉得是个清丽女子，笑道："这位就是大小姐吧，若是脸上无伤，怕也是个美人坯子，陈家的姑娘都是这样水灵灵的，看着就羡慕。”

周氏眼中带着笑意，道：“怎么不带崔小姐来？”

崔太太又看了眼掌珠，笑道：“她现在正在议亲，害臊了，不想出门。”

周氏微微皱眉，这个崔太太真是不会说话，议亲的这种事，只要没有定下来就最好别说出去。

周氏之所以在这里应酬崔太太为的也还是宝珠。

有了太夫人的话，周氏不敢明目张胆地为宝珠相看其他贵族家，这样难寻佳婿，不免又打起了姜家的主意，姜夫人最初不也是问的宝珠吗？

而这崔家好歹有个十几年的风光，维系着也不错，正好可以把掌珠送过去，掌珠也算为陈家做贡献了。

周氏心不在焉地敷衍崔太太，好在崔太太说话爽朗，两人聊着也算投机。

崔太太见周氏心情好些了，才道：“今日来，是有件事与夫人商量。”

周氏问道：“不知是何事？”

崔太太才慢慢地道：“前段时间，我家大公子为陛下办事的时候恰巧在路上遇到了贵府的马车。”

周氏眼跳了一下，这马车不会是……

崔太太继续道：“也是他鲁莽，将贵府小姐的马车撞坏，贵府又没有备用马车，因此我家大公子便送了一程。”笑了一下，道，“也巧，贵府小姐下车的时候，恰一阵风吹过，大公子不小心看到贵府小姐的面容，一见倾心，本想马上就来提亲，偏他身上有公差，前两日才交了差，得了陛下的赞赏，才敢来提亲。”

这一席话说得众人都不语。

掌珠这下倒觉得这个崔太太是个妙人，明明上不得台面的事非要在台面上说，她不要面子，周氏可要面子，这样光明正大地说出来，怕不是周氏一句年龄太小暂不议婚就能拒绝的。

周氏只觉得心跳得很快，但是还存着一丝希望，问道：“崔太太说的莫非是我家二小姐？”

掌珠心中冷笑，这周氏现在称玉珠二小姐了，怕是要混淆视听呢。

崔太太既然来了，就是有备而来，摇摇头道：“不是，是贵府的三小姐宝珠小姐。”

连闺名都知道了。

周氏噌地站起来，想直接轰崔太太出去，她的宝珠怎么能嫁给这群乡下人？

什么新贵，呸！不过就是穷书生，连书香门第都不是。

崔太太道：“陈夫人不要激动。”

周氏深吸一口气，慢慢恢复理智，这崔家少爷在陛下面前颇为吃得开，暂且还不能得罪，因此又坐下，道：“崔太太如何得知你家大公子看见的是三小姐呢？这事怕是传得有误。”

崔太太笑了一下，从袖口拿出一条手帕，道：“你家小姐为了感谢我家大公子，特意送的。”

周氏眼睛都直了，只恨这崔太太如此明着说，她现在要么认下这门亲事，要么将人轰出去。不然，就是承认宝珠做出这种事……

掌珠瞟了眼那手帕，确实是宝珠绣的。

周氏到底是见过大场面的，拿过这手帕道："说不得是她身边哪个丫头绣的。"话说得轻松，但是手却紧紧地攥着手帕。

崔太太笑道："明白夫人爱女心切，不如接回来好好问问？若是再拿出别的，怕是污了三小姐的名声。"

周氏想问你还有其他的？却也不敢问，崔太太这个性子就是没有也会能说出有来，更何况以宝珠的性子，说不得……

周氏深吸一口气，道："崔公子爱慕我家小女，实在是我家小女的荣幸，只是这事还需要与她父亲和太夫人商量。崔公子一表人才，也不急在这一刻。"

现在她与崔太太交锋怕是落了下乘，倒不如利用陈廷远的官职压压，这事也就随风而去了。

崔太太倒是惊讶地看了眼周氏，没想到这个时候周氏还能这样冷静，点头道："这是应该的。"顿了一下，道，"真是佩服陈夫人，看来妾身还是历练得不够。"

周氏不过是撑着一口气，心中早就急疯了，见崔太太答应得这么快，也说不好崔太太是怎么想的，说不得是想借此要个官职之类的？

周氏自是送崔太太出去。

掌珠也趁机离开敬正堂，老太太只当没听懂刚才两人的话，说头疼自是去休息了。

周氏再回华恩堂已经没有其他人了，恨得牙痒痒，她也是想嘱咐两句务必不要将今日的话传出去！偏偏一个两个的装糊涂。

周氏再看了眼手中的手帕，恨意十足，这是谁挑唆的！想了一下，转身去了陈廷远的书房。

这边掌珠回了琉璃园，拍了拍胸口，她还真怕周氏与崔家拉扯，到时候把她送出去，好在她们都错误估计了崔家志气，对崔家人来说，宝珠更有利可图。

掌珠刚到琉璃园，那边周氏就送来了新衣、布料、首饰，都是上乘的好东西，徐妈妈等人倒是惊讶。

晓初看到，只觉得高兴，难得开玩笑道："还是姑娘厉害，才出去送了回大枣这东西都送过来了。"

唱月被掌珠嘱咐过不要对别人说刚才的事，因此只跟着晓初将东西收好。

徐妈妈则看出些猫腻，跟着掌珠进了闺房，才道："可是出了什么事？"

掌珠表情微微凝重，道："崔家过来提亲。"

徐妈妈马上担心地道："提亲？该不会是姑娘吧？派的媒人？"

掌珠摇摇头，道："是崔太太过来的，为她家大公子提亲。"顿了一下，道，"是宝珠。"

徐妈妈一愣，松了一口气道："也对，想来崔家既然攀高枝，自然会选择宝珠小姐。"说完后自觉这句话说得不对，虽见掌珠不介意，但还是赶忙道，"这崔家胆子就是大，怎么就敢这样大大咧咧地来？夫人没赶出去？”

掌珠想到那手帕，将今日的事说了一遍，然后道：“我只是担心她情急之下把我给推出去。”

徐妈妈想了一下，道：“小姐不用担心，看崔家的样子，肯定是不依的，崔家现在急着站住脚跟，唯利是图，定会拣着光鲜的要，再说，崔家手中有的东西，怕是夫人不得不依。”

有徐妈妈这句话，掌珠心中踏实了不少，若是平常这些她也是明白的，崔家如此势利，定会嫌弃她孤女的身份。

只是想到万一崔家应下她，她心就一紧，脑海中就想到了姜铎离开的背影……

想来想去，嫁给一个见过的男子，总比嫁给素未谋面的男子好。

掌珠猛地想到温润晁，那个如玉一般温暖的男孩，在掌珠的记忆里一直只是薄情庵送她野花的小男孩，或许他已经懂得情爱了，但是这个时候，他并没有足够的能力让她依靠。

掌珠有些怀念以前单纯的日子。

徐妈妈并没有注意掌珠走神，在一旁继续道：“其实崔大公子也是个不错的人，崔大公子上次恩科，虽然名次不过二十几名，但是深受陛下喜爱，众人皆说，这崔家若是世家，怕是不是状元也得是榜眼、探花的，这崔家新贵这个名声不是白得的。”

掌珠回过神来道：“这位崔太太只称呼大公子，莫非不是崔大公子的母亲？”

徐妈妈笑道：“这崔家还有一个好处，就是没有婆母，只有这兄弟二人，姑娘口中的崔太太，其实是崔家同族的一个亲戚，带着一个女儿与他们兄弟俩在一起。”

掌珠惊讶道：“合着这崔家就这两个兄弟？”

徐妈妈道：“所以说这两兄弟都是有本事的，也算好人选。”顿了一下，道，“毕竟家底薄，四处攀亲，听说姜家的那位崔姨娘也成了这崔家的亲戚……”

掌珠一叹，怎么就这么乱，难怪刚才在敬正堂，崔太太那样打量她。

崔太太的来访如一石激起千层浪。

陈廷远自是大怒，指着周氏道：“你教育出来的好女儿，人家拿着一方手绢提亲来，改日还不得拿着肚兜逼婚！”

周氏心中恨陈廷远言重，却偏偏还指着他压下这事，也只能好声好气地道：“说不得是谁偷了手帕……”

陈廷远拍着桌子道：“崔家大公子可不是你这等妇人能泼脏水的！”

周氏哭道：“那要怎么办？还真把女儿嫁给他？”

陈廷远皱着眉头，现在这事已经不是内宅能解决的，一个不小心，陈家的女儿将来都嫁不出去，他也不能因为这事就对崔大公子施压，崔大公子虽然官职卑微，但是手握实权，又得皇帝喜爱，想到这，陈廷远道：“也不是不可……崔大公子也算是有能力之人。”

周氏心中堵得厉害，万万没有想到陈廷远居然会同意，宝珠可是她的命根子，她辛辛苦苦培养出来的女儿，怎么能嫁入这等人家？周氏冷冷地道："我是不会同意的！"转身便去了如是居。

陈廷远只是叹周氏妇人之见，心中开始盘算起这门婚事来。

周氏之所以去如是居，只盼着太夫人出面说句话，周氏这时才明白自己当了几年的家，其实不过是个管家婆，真正做主的人还是太夫人。

太夫人看着周氏跪在自己面前嘤嘤地哭，揉了揉太阳穴，道："我都躲到这里了，没想到还是躲不开你们。"

周氏自是好话说尽。

太夫人叹了一口气，周氏虽然可恨，这爱女之心倒是可贵，只是不知道这爱女里面是否有几分爱慕虚荣了。

太夫人道："你现在巴巴地接她们回来是打算坐实了宝珠要嫁入崔家的消息？"

周氏一愣，这才明白崔太太要她接回宝珠等人的用意，差点着了她的道。

周氏这才收起泪珠。

太夫人道："平时看你挺厉害的一个人物，怎么今日如此？"

周氏道："万万不可将宝珠嫁入那样的人家。"

太夫人冷笑道："哪样的人家？崔家是平头百姓，但是崔家大公子进士出身，你儿子是什么出身？业哥儿年纪小，但是崔大公子不过比他大十几岁，业哥儿到那个年龄能是个举人就不错了，更别提崔大公子已经为皇上办事了。"

周氏说不出话来。

太夫人想了一下，道："只是用这种下作的方法提亲就下乘了。"

周氏现在已经没有了主意，六神无主，她也是顾虑陈家的女儿们以后怎么出嫁，说到底，周氏是不想让自己的女儿背负这样的名声的。

太夫人笑道："要是以我的性子，就是让宝珠出家也不嫁他家的。"

周氏跌坐在地上，道："这怎么可以……太夫人……"然后怒道，"庄子上有老太太送去的嬷嬷，难道她就不看着点！"

"她终归是姑娘主子，你还指望一个嬷嬷就能看住她？她在你身边不也是出了乱子？"太夫人见周氏这个样子，终是体谅她做母亲的心情，才道，"此事暂且不理会，年底将宝珠接回来，问清楚，若是有什么猫腻，那就嫁了吧；若是没有，哼，崔家的新贵也做到头了，真是不知道几斤几两。"说完看了眼周氏，道，"你别想帮着做什么，这丫头已经毁了，好好看好惜珠吧。"又道，"姜夫人已经托人给我写信求娶掌珠，虽说我还没准，但是你也别弄出李代桃僵的傻事来，记住，你是陈家的儿媳妇。"

姜家办事才是办得妥帖。

最初先给陈家透信，有意联姻，相看好了就请交好的人家帮忙说合，掌珠是长房，周氏管不得，自然是与太夫人说合写信，看着就尊重，就算将来两家不成，也不伤和气。

周氏现在满心的悔恨，还不如嫁入姜家。就算不是姜家，周家也是行的……现在却是崔家，她心中不甘，可是——

周氏心中基本已经认定宝珠怕是与崔大公子有私情了，这是要嫁了……

太夫人道："这嫁人也有个怎么嫁人的法子，崔家是高攀，你还怕摆不了你岳母的谱儿？若是崔太太再来，你就压一压吧，这点子事你总该能做了吧，回去吧，以后别来了。"

周氏失魂落魄地出去，只想赶紧问清宝珠是怎么一回事，若是崔大公子下套勾引……周氏一叹，打压崔家管什么用？这样只会让宝珠嫁得更不好。

没过几日，崔太太又来了两三次，周氏只借口忙碌或是生病不见崔太太。

偏偏崔太太不是普通的官家夫人，只不过是个富家太太，只装故意听不懂周氏推托的话，见不着人，就送东西，弄得人人都觉得这崔家与陈家关系亲密。

周氏本就身体有些虚，又遇到崔氏这样胡搅蛮缠，又心痛宝珠，也就真的病了……只是周氏心气高，纵使是病着，也不肯放权，每日只在床上处理庶务，至于后院的小妾，一个得宠，一个有孕，周氏干脆让这两人先斗上一斗。

太夫人只装作不知道，免得周氏真的以为她要收回管家权力，只是背后与赵善家的说，若不是出了宝珠喂棋一事，说不得温家与掌珠一事还有些眉目……现在也只得与姜家联姻。

这些种种，琉璃园中的掌珠自然是不知，只是每日练字、刺绣，最近又喜欢上画画，字画一家，若非来了陈家，怕是早就学上了。

这一画就画到了腊月，今日宝珠三人便回来了。

清晨，掌珠放下笔，无心画画，对着晓初笑道："她们一回来，我怕是又要每日练字静心了。"这些日子周氏不刁难，掌珠过得相当自由自在。

秋白过来收下笔墨纸砚，晓初则笑道："几位小姐刚从外面回来，怕是性子有些收敛。"

掌珠道："别人我还信，不过她是不可能的。"在外面还能给周氏惹这么大的麻烦，回来怕也不会踏实待着。

唱月则拿来准备好的衣服让掌珠挑选，道："这两件都是近日新做的，姑娘选哪个？"

掌珠挥手道："穿之前的旧衣服吧。"这几人回来怕不知道怎样落魄呢，就算不落魄也要表现得落魄，不然不是白去一场？她何苦穿新衣服刺激她们？

掌珠又看了眼这三人，笑道："不必如此紧张，难不成还怕她们吃了我不成？"

晓初拿着帷幔道："姑娘，还戴帷幔吗？"

掌珠想了一下，道："不必了，早晚都要露出来，不必再装下去了。"宝珠等人说不得憋着什么坏呢，总要先震慑她们一下，至少换得几日的平静再说。

几人一番梳洗打扮，这一年，掌珠又长个子了，亭亭玉立，脸上一点疤痕也看不见，用了那玉肤露，皮肤更是细腻，眉眼长开了些，站在那儿不笑不语，周身自有贵气，让人不敢小看。

陪着掌珠出门的是晓初，掌珠笑道："看你们如临大敌似的。"掌珠只是有些担心以后的日子又风波不断，但是看这三人这样担心，心中的那一点紧张反而也没有了。

晓初笑道："也是担心姑娘，就怕她们心中还有怨言。"

掌珠点点头，惜珠、玉珠去庄子里与她一点关系也没有，偏偏宝珠是因为……更何况就她一人没有去庄子，怕是也都嫉恨她呢。

到了华恩堂，老太太还是如弥勒佛似的坐在那儿笑盈盈的，周氏则更显得瘦了，不似当年那般娇媚，身上的气势倒是又增了几分，看着让人心里寒寒的。

掌珠一进门，周氏闪了一下神，好似看见穆氏进来，居然一慌，挺直了腰板，似要随时回话的样子，还好马上反应过来，这掌珠与穆氏真是一个模子刻出来的。

掌珠请安后，老太太笑道："来，我看看你的脸，就怕落下疤痕。"

掌珠并没有过去，只是回道："已经是好了，想着今日见到妹妹们，也让她们高兴高兴。"又对周氏道，"听说前阵子婶娘生病了，我病也没有好利落，便不敢探望婶娘，怕传给婶娘病气，还请婶娘见谅。"说着行礼。

周氏虽然讨厌掌珠，但是谁都喜欢听软话，也不好当面生气，只笑道："如今也是好了，没什么大碍。"

她与掌珠之前几乎都闹僵了，但是人家见了她，该怎样还怎样，这份心机，宝珠有一半，她也就放心了。

掌珠又道："如此掌珠就放心了。"说着便坐到一旁。

周氏心中甚是想念女儿，时不时地看向门外，老太太与掌珠虽然有一句没一句地说着话，但是心中也挂念孙女，心中虽然恨宝珠不分轻重，但是毕竟宝珠在她身边多年，只认为宝珠被人哄了才如此。

掌珠只当看不见周氏与老太太这个样子。

不到一刻钟，就有侍女进来道："还请老太太、夫人放心，几位小姐已经进府了。"话刚说完，就见玉珠与惜珠进来。

周氏一愣，问道："宝珠呢？"

玉珠与惜珠刚要请安，听到问话，有些尴尬。

惜珠行了礼道："刚一回家中，姐姐就被父亲请过去了……"

周氏站起来，道："不早说！"转身就出了华恩堂。

周氏心中担心陈廷远会责备宝珠才因此着急的，这几日她越想越觉得对不住宝珠，听惜珠这样说，自是着急。

只有惜珠眼睛红红的，很是尴尬。

好在老太太拉过惜珠好好问一番，累不累、有没有受苦等，惜珠眼睛更红了，在家也就只有老太太对宝珠与她是一样宠爱，不分高低的。

掌珠难得见惜珠如此，才发现以前惜珠的任何表情都没有现在真实。至于玉珠，还是和以前一样，站在一旁淡淡地笑，脸色红润，看起来这次去庄子上她收获颇丰。

玉珠见掌珠看她，才对视，一进门玉珠就看见掌珠还穿着去年的衣服，并没有细看掌珠的容貌，知道她在周氏手下过得也不大好，心中微微得意，这一细看，才想到掌珠原是戴帷幔的，现在看来，脸上哪有什么疤痕，脸蛋娇媚如月，眼神顾盼神飞，朝她莞尔一笑："妹妹回来就好。"

玉珠只顾着打量掌珠的脸一时没有回过神来。

惜珠也看向掌珠，她早就猜测掌珠不会如此简单就破相的，倒不是很惊讶，只比玉珠反应快，道："大姐姐脸没有事就好。"只是这眼神瘆人，似乎还带着些幸灾乐祸。

掌珠心中只觉得惜珠越来越阴狠，只简单地回道："不过是抹了些脂粉，不碍事。"

这话说完，玉珠忍不住又细细打量掌珠，巴不得看见什么疤痕，结果也没看见什么，便道："还是姜夫人的玉肌露管用。"她们在庄子上，对府上的事知道甚少，玉珠这样说也不无试探的意思。

掌珠不过笑笑，并不理会，她就是讨厌这些人话里有话，还要猜测。

不一会儿，周氏就带着宝珠回来，周氏脸上还带着怒气，倒是宝珠看起来很是高兴，宝珠变化颇大，已经由一个顽皮的丫头长成大姑娘家，举止、眼神处都带着妩媚，颇有周氏年轻时的风范。

宝珠一进来就端端正正地给老太太请安。

老太太也高兴，只说宝珠长大了。

宝珠羞涩一笑，见到掌珠，虽然惊讶掌珠没有戴帷幔，倒是没有露出恨意，也不如玉珠惊讶，说不得刚才周氏提醒过。

更难得的是宝珠给掌珠行礼，笑道："大姐姐好久不见。"

掌珠颇受宠若惊，这宝珠可是头一回这样和她好好说话、好好行礼。

掌珠连忙道："妹妹回来就好，这满园少你，感觉整个夏天都好像缺点什么似的。"

老太太笑道："就少她的叽叽喳喳。"

众人笑了一回。

掌珠只奇怪宝珠为何变化如此大，也不知道崔家之事宝珠是怎样看待的。

掌珠见周氏很是不耐烦，怕是急着要问宝珠话，便先离开，玉珠本也要离开，却被周氏叫住了，怕也是要问个详细吧。

出了华恩堂，掌珠对晓初笑道："她们那笔烂账怕是有的算了。"

晓初笑了笑小声道："刚才听外面的侍女说，夫人与宝珠小姐在来华恩堂的路上就已经吵起来了。"

掌珠挑了一下眉，示意晓初继续说。

晓初又压低了一个话音，道："好像是夫人先对宝珠小姐哭诉，不希望宝珠小姐嫁入崔家，结果宝珠小姐说，她就想嫁入崔家……还说什么一见钟情的……"

掌珠顿住脚步，看向晓初道："这话怎么传到你这儿的？"

晓初有些尴尬，道："夫人最近忙碌，哪里有空约束侍女们。"顿了一下，道，"一见钟情的话，我是听九巧说的。"

掌珠点点头，知道晓初是借着惜珠奶娘的名义问的，而且说不得惜珠还巴不得别人都知道呢。

掌珠看向华恩堂，见几顶软轿抬向敬正堂，想了一下，道："这事由你打听清楚。”顿了一下，道，“想来九巧很乐意告诉你的。”说完带着晓初回到了琉璃园。

从宝珠喂棋这件事就知道宝珠是个很直接的人，就算是害人也是如此明目张胆，但是谋害祖哥儿这个事怕不是宝珠能想到的，她听祝氏说过，宝珠去旖旎苑的时候很喜欢祖哥儿的……

谁撺掇的很明显，这次崔家的事说不得也有她的身影，她到底要干什么？

知己知彼才能百战百胜，她总要了解事情的经过，免得自己着了道。

很快又到了祭祖那一日，宝珠等人都来了，宝珠虽然对掌珠还是爱答不理的，但是也不会出言挑衅了，聪明了很多。看着惜珠倒是比以前精神了不少，穿着也好了很多，周氏终于无奈地注意到这个小女儿了。

其实这一对比，还是宝珠相貌更出色，尤其是现在宝珠比以前稳重了不少，身上更有了贵女的气势。

周氏还是站在前方，但是周身的寒气让人不敢靠近。

掌珠已经知道宝珠与崔大公子是怎么回事了，正如崔太太说的，崔大公子撞坏了宝珠等人的马车，将车送到了庄子上，只留下喝了一杯茶，后来在宝珠住在庄子上的几个月里，崔大公子以各种借口来庄子上，或是送吃的或是送好玩的，甚至还借宿了一晚……好像是以赶公差，恰巧路过为借口住下的。

其实，这其中的猫腻，庄子里若没有人做内应，崔大公子是不可能如此张狂的，也不可能去了这么多次，以至于家里却没有收到消息。

而且难道太夫人不知道这些？或者是知道了故意不说？

不过就这一夜，崔大公子手中可是握着这三个人的名声，周氏必然要嫁宝珠了，不然连惜珠也毁了。

祭祖后，下午还同以往一样大家去给太夫人请安，晚上吃团圆饭，这个年过得平平，众人早早散了，甚是无趣。

熹平三十九年，陈掌珠十四岁。

周氏没有以往的心气，今年甚至不想办梅花宴，还是萧姨娘挺着大肚子在敬正堂劝了回周氏。

“夫人越是这样，那骚蹄子就越张狂！还当您是怕了她呢。”萧姨娘义愤填膺地道，口中说的自然是祝氏。

看来这几个月的较量，萧姨娘败北。

周氏皱着眉头忍耐着萧姨娘的粗鄙。

这萧姨娘虽然美艳，但好在跟她一心，不然周氏可没有这精神听萧姨娘说这些。

“你也快临产了，以后不要随意走动。”

萧姨娘一听周氏这样说，伤心地哭道：“我也是怕夫人被欺负，您都不知道那骚蹄子有多张狂，这些日子，哄得老爷天天去旖旎苑。”萧姨娘抬眼见周氏不耐烦，连忙收起眼泪道，“今年三位小姐都十四岁，也该让她们交际交际了……”

周氏听到这里，不耐烦地道：“好了，你回去休养吧，我知道了。”说着就将萧姨娘赶走了，对身旁的心腹吉妈妈道，“真是个没脑子的，好在忠心。”

说完便皱着眉头，今年理应大办梅花宴的，为的就是宝珠，但是宝珠……剩下一个掌珠、一个玉珠，一个可恨可憎，一个可有可无，这梅花宴办起来还有什么意思？

偏偏萧姨娘说得也有理，现在祝氏气焰如此嚣张……

周氏揉揉太阳穴，实在打不起精神来。

一旁的心腹吉妈妈自周氏嫁入陈家就跟着周氏了，已经猜到周氏的想法了，片刻后道：“老奴倒是觉得萧姨娘说得有理。”

周氏看了眼心腹妈妈，道：“妈妈想说什么就说吧。”

心腹吉妈妈笑道：“还是夫人的眼睛厉害。”然后道，“老奴知道夫人还在为宝珠小姐的事伤心，但是事已如此，夫人消沉下去难保不被别人钻了空子，毕竟夫人往后还有几十年呢。”见周氏没有生气，吉妈妈又道，“这次若是不办梅花宴，说不得外面怎么说夫人呢，没准就让人想到去年祝姨娘的事，更何况怕是太夫人也不答应。”

周氏一听自己身边的心腹妈妈也这样想，终于忍不住哭道：“这个家说来说去，还是那老太婆当！亏我当年用了那些心思……”

心腹吉妈妈连忙跪下道：“夫人千万不要这样说。”顿了一下，道，“您往后还有几十年呢……”说着别有深意地看着周氏。

周氏刚才也是一时情动，现在自是明白吉妈妈的意思，太夫人还有几年活头？

心腹吉妈妈继续道：“那萧姨娘若是生了儿子，您抱过来从小养着，就和自己生的一样；若是生了女儿，庶女对嫡母，哪个不是千依百顺的？您以后想抬举谁就抬举谁。”

周氏听心腹吉妈妈这样说，忍不住笑道：“唉，我就是放不下宝珠。”

心腹吉妈妈见周氏心情好些了，连忙道：“您正好可以看看这崔大公子是什么人？就像太夫人说的，您摆足了岳母的谱儿，还怕他不应承？”

周氏想了一下，慢慢地点点头。

萧姨娘出了敬正堂，七拐八拐地绕到满园的偏门，那里自有丫头等着，萧姨娘笑道：“告诉惜珠小姐一声，事成了，梅花宴肯定办。”

丫头点点头，笑道：“姑娘也说让您好生养着。”

萧姨娘连连点头道：“等着孩子生了，出了月子，再给惜珠小姐请安。”

丫头这才回去，萧姨娘慢悠悠地回了住处，这后宅，阎王好见，小鬼难缠啊。

姜家。姜夫人上马车前对姜铎道：“这次你和我去陈家，会有人带你去见太夫人，若是没有什么意外，这婚事也就有七八成了。”

姜铎回道：“谢母亲提点，我会注意的。”

姜夫人笑着上了马车，这婚事一成她也就了了心愿了。

不一会儿，姜荷娘也跟着上了姜夫人的马车，道：“这一道我服侍母亲吧。”

姜荷娘很少跟着去，这次怕是崔姨娘有什么猫腻吧。

姜夫人等人提前一晚到了苏州城，早有陈家的人等着接应，是太夫人派来的。

这次姜夫人也不客气，带着一儿一女住在陈家。

周氏再不乐意也不能驳了太夫人的面子，更何况陈廷远也特意嘱咐过万万不能把这个婚事给搅黄了。

宝珠的婚事指不上了，就靠着掌珠的婚事了，玉珠的婚事也很难比过掌珠，这个时候陈廷远也多少后悔宝珠的婚事，但也无奈。

气得周氏私底下对心腹吉妈妈埋怨，这一个两个的真把她当管家婆，对着姜夫人难免就有气，不是问为何没有带小公子来，要不就是夸姜铎，或是说说自己的儿子的趣事。

一点儿都不为掌珠着想，若是掌珠嫁入姜家后，还是要看姜夫人的脸色，或许周氏是因为想到这点了，说得更起劲。

这些嘲讽的话姜夫人又不是没有听过，并不在意。好在现在时间也不早，吃过饭便散了。

周氏并没有让掌珠等人过来陪饭，不过是让她们在大厅请了回安罢了。

姜夫人看着掌珠的脸没有事也就放心了。

姜荷娘在一旁扶着姜夫人，姜夫人笑道："你只管放心地玩，不必照顾我。"

姜荷娘还是送姜夫人去了客房，姜夫人耐着性子让姜荷娘服侍后，才将她送去琉璃园。姜荷娘可是袭承了崔姨娘的玲珑心窍，有过之而无不及。这次住在琉璃园是她自己要求的，就是不知道是不是崔姨娘授意了。

姜夫人只盼着这婚事顺顺利利的，千挑万选终于挑上了这么一个家世好，自己喜欢，姜铎也不讨厌的人……

琉璃园。

已经备好新的被褥，这次这样兴师动众，掌珠已经猜到和自己的婚事有关系了。

要到九月母亲才过世三年，现在家里已经着急她的婚事了……或许也是怕姜家反悔吧。

正想着姜荷娘已经过来，两人见面便姐姐妹妹地称呼着。

本都是有意交往，自然谈得来，躺在一张床上更是说起悄悄话。

姜荷娘小声道："你家要比我家漂亮些，多了些情趣，怪不得父亲不喜欢她，天天板着脸，弄得家里死气沉沉的。"

掌珠自是听出来这个"她"说的是姜夫人，只是不知道为何突然说起这个，是在挑唆她和姜夫人的关系吗？

姜荷娘好像就是这么随口一说，又说起在家里没个玩伴，两个妹妹不是骄纵就是沉闷……

说着，姜荷娘掩嘴笑道："怕也就是现在能称呼你妹妹，以后可就不能这么叫了。"说着瞟了眼掌珠。

掌珠笑笑，并不理会，也不觉得羞涩，这事还没个定论，姜荷娘又说得不清楚，她又怎么回呢。

倒是弄得姜荷娘无趣，好在丫头们都已经出去了，又拉着掌珠道："你不知道，姨娘天天都在家念叨，什么时候给哥哥娶媳妇……”

这话越说越远了，掌珠打岔笑道：“我看是荷姐姐想出嫁了吧？”

说来姜荷娘现在已经十六岁了，也不见姜家有什么动静。

姜荷娘一怔，有些腼腆道：“还早呢。”

掌珠看这样倒与宝珠看温润晁时的样子差不多，想来姜荷娘心中也是有心悦之人的，掌珠一惊，想起之前听谁说的什么姜家有个女儿寻死觅活地要嫁给林中偶遇的贵公子。

掌珠自是不在这个话题上说下去，姜荷娘也愣愣的，两人一时无话，只躺着各想各的心事。

第二日，两人起来，又同昨日一样，都不提晚上说的话。

吃早饭时没见到姜夫人，才知道姜夫人带着姜铎给太夫人请安去了，姜荷娘笑着看了眼掌珠。

掌珠面上不显，但是心中有些紧张，这婚事还没有一个人与她正式说过，就这样定下来，心中说不出的感觉。

倒是宝珠大方地笑道：“恭喜大姐姐了。”

刚说完就有侍女进来禀告：“崔太太带着崔大公子来了。”

宝珠眼中闪过诧异，随即又很高兴。

周氏却放下筷子道：“真是不懂规矩，这个时候来。”

宝珠笑意消失，只是规规矩矩地坐在那儿，一双眼睛却看着门外。

周氏让人收拾好饭碗，才道：“请崔太太进来吧。这里是女眷，崔大公子怕是要移步前院了。”

很快有侍女将崔太太请进来，又回禀周氏：“崔大公子被太夫人请到如是居了。”

周氏不高兴地将茶盅放在案上，宝珠则笑嘻嘻的。

几人便给崔太太行礼，崔太太对宝珠倒是没有特别照顾，反而是特别地打量了一下姜荷娘。

周氏便让她们几个人去满园玩耍了。

刚出了敬正堂，玉珠便对姜荷娘道：“听说荷姐姐与崔家是亲戚关系？”

宝珠热忱地看着姜荷娘。

姜荷娘一愣，这有点不大好回答，顿了一下，笑道：“我们府上的崔姨娘与崔家是亲戚。”崔姨娘能攀上崔家，身份也好看点。

玉珠笑了一下，知道自己问得有些鲁莽了。

宝珠也不大高兴，冷哼道：“不过是同姓而已。”崔姨娘虽然身份上好看，但是崔家可就不好看了。

姜荷娘只看了眼宝珠，与掌珠说着话，宝珠又冷哼，心中觉得姜荷娘因为自己嫁得不好才怠慢自己，又想到崔大公子现在就在如是居，心里又有些激动。

没一会儿就来了不少贵女，大家各自找各自的玩伴，掌珠正想着今年温柔嘉为何来得如此晚，就见一个侍女过来，行礼后对她道：“夫人请大小姐过去一趟。”

掌珠挑了一下眉，有些惊讶，与众姐妹说了一声，出了满园却见祝姨娘等着她，心中更是惊讶。

祝姨娘让那侍女回去，然后笑道："我带大小姐去个地方。"又对唱月道，"你去那边玩会儿，若是有人问你，你就说大小姐与姜夫人在说话。"

唱月看向掌珠："姑娘……"

掌珠看向祝姨娘道："不知道姨娘何意？"

祝姨娘笑道："大小姐放心，只有你我二人。再不走，怕是来不及了。"

掌珠心中隐隐猜到怕是和姜铎有关，只是不知道到底有什么牵连，朝唱月点点头，跟着祝姨娘朝竹林的方向走。

祝姨娘感觉到掌珠有些紧张，笑道："大小姐不用担心，妾身已经打听过了，姜夫人刚才不小心碰倒茶水，在换衣服呢。就算姜夫人这里说漏嘴了，妾身只推到老爷身上就行了。"

祝姨娘又回到以前的样子，清冷高傲，不食人间烟火，大概是因为当过母亲身上更多了几分韵味。

掌珠听祝姨娘这样说已经知道祝姨娘怕是都打点妥当，心中也就不再紧张，便问道："其实我一直有一事不明白。"

"大小姐请讲。"

"祝姨娘是怎么让叔父看到荷叶的？"当初她只是告诉祝姨娘母亲喜欢叶子，又劝祝姨娘剪了两片荷叶，其他的并没有多说，当时陈廷远已经有段时间不去旖旎苑了。

祝姨娘笑了一下，道："大小姐这么聪明怎么会不知道呢？"掌珠还是一脸糊涂，祝姨娘忍不住着摇摇头，好似没有想到掌珠连这么简单的问题都想不通，才笑道，"大小姐毕竟年纪小，对这男女之情……"顿了一下，道，"就容妾身多说两句，这男女之情有便好，但是一定要控制。"

掌珠还是不懂。

祝姨娘无奈道："若是陷进去了，难免自认为自己是最重要的，若是起了争执，一个人端着不放，另一个人又碍于面子……我将荷叶派人送过去了，说是亲自采的，荷叶送去时还有露珠。"

居然这么简单，完全没想到，她想着祝姨娘是受委屈的人，就算低头也是陈廷远去了再说。可见她终究没有了解过一个妾室的感觉。

两人已经进入竹林，只是并不是平常走的那条路。

掌珠道："姨娘这是？"

祝姨娘轻声道："大小姐，我带您看看未来的夫婿，算是报答您的荷叶之情。"

掌珠一听，知道祝姨娘这是变着法地询问她母亲的事，不过她还真想听听太夫人会说什么，只是脸还是有些红了，道："那如此堂而皇之地若是被别人看见？"

祝姨娘赞赏地道："放心，光明正大地才能显得咱们问心无愧，这条小路可以到如是居的后面，那里竹林比这里还要茂盛，仔细听或许还能听见只言片语。"

如此正合掌珠的意。

不一会儿，就到了如是居的后面，果然静谧又相当隐蔽，一旁还有个小鱼池，可能是太夫人放生用的。

太夫人等人居然没有在书房，而是在院中品茶，怪不得说仔细听可以听见只言片语。

一个竹藤方几，三个竹藤蒲团，太夫人、姜铎、崔大公子都盘坐在上面，赵善家的一旁站着侍候。

掌珠在竹林里一下子就被姜铎吸引住了，姜铎似乎偏爱蓝色长袍，今日穿的还是一件天蓝色提花暗纹，绣着青色祥纹，看起来倒是比以前精神了不少……以前？掌珠这才发现她原来一直都记着姜铎的相貌。

姜铎动了动，掌珠连忙收回目光，总觉得姜铎似乎知道别人在看他似的。

太夫人问道："你们都求娶我的孙女？"

姜铎回道："是。"没有过多的语言，就这一个字。

这一个字却让掌珠心里一震，掌珠不自觉地握紧手，似乎能感觉到姜铎手的温热。这一刻，掌珠突然明白她即将要成亲了，她要嫁给这个人了。

"我会好好照顾宝珠的。"说这句话的自然是崔大公子崔寓。

掌珠这才注意这位崔大公子，二十出头，可能是因为当家比较早的缘故，多了几分市侩，并没有姜铎的沉稳，但是也不是掌珠想象的那样轻浮，姜铎虽然半挡着崔寓，但是也可以看出来，崔寓也算得上一表人才、风流倜傥，难怪宝珠会倾心。

太夫人看了眼崔寓，道："我们家三小姐的婚事还是要让她父母点头，我这里同意是没用的。"

太夫人这话其实是暗指崔寓直呼宝珠的闺名，不守规矩。

掌珠离得有些远，看不清崔寓什么表情，崔寓只是回道："多谢太夫人指点。"

这个崔寓倒是会说话。

太夫人点点头，道："虽然她的婚事我不管，但是我们陈家几百年的世家，提亲就该有提亲的样子。"

这是嫌弃崔太太之前太鲁莽了。

崔寓连忙道："太夫人说的是，是我婶娘太过心急了。"

太夫人又道："我们陈家注重门第，说来说去也不过是自重，不会瞧不起你家，你年轻有为，将来更是有大好的前程，你也别白白辜负自己的能力，免得有人说你是靠着岳家起来的，那这妻子还不如不娶。"这话里话外的意思还是同意两人的亲事。

崔寓七窍玲珑心，怎么会听不出来？这样说不过是让崔家给陈家个面子，免得别人说宝珠的闲话，再说这话也确实说到点子上了。

太夫人都同意了，他们不过是在周氏面前做做样子罢了。有了里子，面子让几分又如何？

不管姜家怎么认为掌珠好，实际上终究还是娶宝珠利益大，太夫人在姜铎面前说这些，也算是安抚姜家。

说这几句话的时候，众人心思已经是百转千回了。

姜铎只是在一旁慢慢地品茶，既没有不满也没有高兴，让人看不明白他心中想什么。

太夫人也品了一回茶，才对姜铎道："听闻今年太子要大婚？"

这一句没影的话，又让众人心中起了涟漪，若是之前的话，掌珠还能猜到一半，这句话掌珠就完全不懂了。

姜铎放下茶杯，道："是。"心中也没有想到太夫人对现在的局势这么了解，今年虽然会选太子妃，但是说不好皇上压一压，这大婚到底是今年还是明年谁也说不好的，又道，"今年五月'韵华斗丽'会选出太子妃，想来年前应该就会成婚。"

太夫人道："朝堂上的事我不懂，宅门里的事还是知道的，甭说宅门，就是世家里最根本的也是传承。"

姜铎连忙恭敬地道："藏锐明白。"太夫人这是变相地说让太子赶紧生下嫡子，这样太子之位才更稳固。

大魏朝，历来太子与皇帝都不和睦，不，应该说关系比较冷淡，多数皇帝都是忌惮太子的。

掌珠只听懂了字面上的意思，字底下的意思则并不懂，不过掌珠倒是记住了姜铎的字——藏锐，这字起得倒是很符合姜铎。

三人又说了会儿现在的局势，本来想打探陈家的底细，没承想听着太夫人说，都受益匪浅，二人心中实在钦佩。

世家果然是世家，只要给一个机会，说不好就是下一个温家或者姜家。

祝姨娘见掌珠这边听着无趣，时间也差不多了，便带着掌珠小心翼翼地出了竹林。

直到走出竹林好一会儿，掌珠才松了一口气道："刚才还不觉得，出来时甚是紧张，生怕被人看见，万万不能有下回了。"

祝姨娘笑道："大小姐怕不是因为偷来这里紧张，是怕姜公子看到紧张吧？"

掌珠其实也说不好心中是什么感觉，就是觉得心里痒痒的，这姜铎可是能托付之人？

祝姨娘见掌珠微露小女儿的情态，想了一下，道："没几步，大小姐就可以见你家丫头了。"

掌珠回过神来，道："多谢祝姨娘了，我曾记得母亲十指不沾阳春水，但是却很会做糕点。"

祝姨娘一愣，没想到传说中的大夫人还会做糕点。

掌珠道："尤其是爱以花为料，也会采雪水、露水之类的，做得精致小巧，每次不过三五块，轻易不做。"

祝姨娘这才明白，也只有大夫人才能想出这些，这大费周章不过就做几块，可真真是不食烟火。

祝姨娘笑道："应该妾身谢谢大小姐。"大夫人做的糕点，想来陈廷远小时一定吃过。

掌珠道："就在此别过姨娘了，若是让别人见了，怕是姨娘麻烦。"

祝姨娘迟疑了一下，道："本想下回再与大小姐说，只是那位要生了，我也不好总出来闲逛，免得沾惹什么是非，一次就在这儿把话与大小姐说了。"

掌珠一愣道："姨娘请讲吧。"

祝姨娘道："我不懂什么大道理，只是这情啊、爱啊很是容易让人眯了眼，大小姐深处闺阁中，若是光想着这个，怕是迷了心窍，更何况这姜公子到底是什么性子，大小姐一点也不知，万万不可自己钻牛角尖，有时所想的、所看到的并不是真正的。"

祝姨娘说完后便转身离开。

掌珠慢慢地走着，祝姨娘所说的是她从来没有想过的，有时所想的、所看到的并不是真正的……这是什么意思？

果然没几步，掌珠便与唱月会合了，不过在刚刚，唱月正好碰见了姜夫人，掌珠连忙问道："你与姜夫人怎么说的？"

唱月虽然年纪小，但是机灵，道："我只说姑娘去那边玩耍了，也担心姑娘，怕姑娘回去挨说，姜夫人就说，让您回去的时候说陪在她身边说话来着。"

掌珠松了一口气，戳了一下唱月，道："你这丫头，倒是学会编派我了。"

唱月笑道："奴婢也是看着姜夫人对姑娘和气，才敢这么说的，姜夫人也真是厉害，奴婢就这么一说，没想到姜夫人意会出来姑娘有什么需要遮掩。"

掌珠叹道："姜夫人怕是一看到你就知道怎么回事了呢。"怪不得祝姨娘让唱月在这里等着，怕就是等着姜夫人呢。

两人说着已经到了满园。

温柔嘉也刚刚到。

宝珠虽然心悦崔大公子，但是也记挂着温润晁，就怕温润晁与掌珠的婚事成了，就腻在温柔嘉身旁，见温柔嘉看向掌珠。宝珠已经听说掌珠是去见姜夫人了，便快言快语道："大姐姐不知道干什么去了？也不和我们一起玩。"

掌珠倒没有宝珠这些心思，便说是与姜夫人说了会儿话。

温柔嘉挑了一下眉，想到母亲说的话，倒是没有想到掌珠会攀上姜家这么好的婚事，难道姜家就不在意那些不成？

宝珠听了笑盈盈的，又对温柔嘉问道："怎的今日就你一人过来？听说伯母病了？"其实宝珠是想问温润晁是否来了，若是温润晁知道她定亲会不会伤心？

掌珠刚进来，自然是不知道的，也仔细听着。

温柔嘉叹道："母亲是过年时忙的，我本来也是不要来的，但是偏偏母亲说她只是有些累，不碍事，非让我过来玩。"顿了一下，看了眼掌珠道，"好在我哥哥回来了，有他照顾着我也就放心了。"

掌珠奇怪温柔嘉为何看她，一脸茫然。

其他人听了如玉公子回来了，都纷纷询问如玉公子，倒是没有在意温柔嘉的小动作。

温柔嘉只是含笑应对着，心中却想着看来哥哥回来掌珠并不知，本来哥哥与母亲商定游学两年，回来再打算与陈家联姻的事，哥哥想着那时候掌珠也除服了，提亲自然是好。

但是也不知道从哪儿听来的掌珠要定亲，就巴巴地回来了，母亲气得装病在床。

温柔嘉也是不知该如何是好，在她看来掌珠学识、人品都不错，偏偏败在了无父无母、无兄无弟上，而且这陈家还有个痴情的宝珠……娶过来说不定还麻烦。没进门就已经闹得母亲和哥哥如此，若是……

温柔嘉心中对掌珠的好感也渐渐没了，只盼着陈家赶紧为掌珠定亲，也省得哥哥这边瞎耽误工夫。

正想着，就有侍女过来禀告："温大小姐，如玉公子来了，要见您。"

温柔嘉一愣，莫非是母亲真出什么事了？忙告罪匆匆跟着侍女出去。路上也想明白了，若真出事，哥哥何苦亲自过来，派个管家婆子将她接走便是。

那现在莫非是哥哥特意来见掌珠？

这事要是放在别的大家公子上自然不可能，但是在如玉公子身上就说不好了，前两年他还不是进了陈家后院去找掌珠？

真真是红颜祸水。

温柔嘉心中已经想明白，自然也有办法应对温润晁，见到温润晁便急匆匆地道："可是母亲有什么事？哥哥与我快些回去吧。"说着拽着温润晁想出去。

温柔嘉虽然已有准备，温润晁更是有打算，温润晁不为所动，神色淡淡地道："母亲安好，我来是要见掌珠。"

这话吓得温柔嘉连忙上前捂住温润晁的嘴，低声道："哥哥，你这样大大咧咧地说，就不怕伤了她的名声？"

她二人现在陈家迎客的大厅中，夫人、贵女们已经去满园了，不过有几个看屋子的小丫头。

那几个小丫头年纪小，在一旁玩耍，应该是没有听见，温柔嘉才放心点。

她倒不怕温润晁的名声坏了，她怕耽误了掌珠的婚事，到时候怕是嫁不进姜家，更嫁不进温家了，这不是毁了人家的一生吗？

她知道母亲的性子，事情到这个地步了，母亲肯定不会让掌珠进门的。

温润晁摇摇头，但还是要进去的样子。

温柔嘉死死地拉着温润晁，怎么今日跟魔怔了似的？

温柔嘉见温润晁穿得单薄，想来就是从家里直接过来的，莫非是母亲和哥哥说了什么？问道："哥哥身旁的小厮呢？怎么没人服侍？"心中想着先拖一拖，后面肯定有人过来。

温润晁不理会温柔嘉就想向里走。

温柔嘉连忙轻声道："哥哥，就算您要见掌珠，也不能这样进去，不说我拦着，就是陈家的人也不会让您进去。不如……"

温润晁看向自己的妹妹，眼神很平静，他之前并不知道掌珠要定亲，是因为正巧碰见了孔家的公子，两人相谈甚欢，无意中听孔家公子说姜夫人请孔太夫人出面写信给陈家说合，才想到或许就是求娶掌珠。

温润晁在自己的婚事上有些转不过弯来，但是能想得通姜家定不会给姜铎求娶宝珠的，那就只有掌珠了。

他才急忙赶回来，怕被姜家抢了先。

没想到母亲根本就没有打算求娶掌珠，不过是骗他，他自然生气。

今日又说掌珠已经与姜铎定亲，而且对他无意，他才匆忙赶过来，快马加鞭，几个时辰的路程，生生两个时辰就到了。

温柔嘉并不知道已经争吵到了这个地步，只是道："不如先去给夫人们请个安，只说你耽搁了，然后再去陈大人那里。"

温润晁不说话，似乎在思考。

温柔嘉一狠心，道："之前恨不得无意还能碰上她呢，这下有意还见不成吗？"

温润晁点点头，走了两步，道："她定亲了吗？"

温柔嘉不知道如何回答，温润晁道："你若不说，我自是问别人。"

温柔嘉连忙道："不是不告诉哥哥，是我也不知道。"温柔嘉见温润晁听了这话好像不大高兴，着急道，"我是真不知道，不过，既然我还不知道呢，怕也只是议婚，并没有定下来呢，今天陈太夫人见了姜公子，估计也差不多了。"

温润晁深吸一口气，道："知道了，带我去给那些夫人请安吧。"

温柔嘉心中又担心又生气，只觉得自己兄长与掌珠的婚事可千万别成，若是成了，还不将哥哥迷得神魂颠倒？

等到请完安后，温柔嘉还是跟着温润晁，生怕温润晁一冲动做出什么来，温润晁平时看着斯文儒雅，但是其实也很执拗，今天这个样子，怕是非要见到掌珠才行。

温柔嘉心一横，突然间想到个主意，道："哥哥若真是想见掌珠，妹妹可以帮一下。"

温润晁其实满身的疲惫，脑子也很乱，母亲说的那些他知道，只是，他舍不得放手，或许是因为他从来没有这样想而不得的时候。

温润晁终究是还念着母亲、妹妹还有家族，道："好，我只是要问她几句话而已，你也不要太担心。"

温柔嘉连连点头，放心了不少，想了一下，道："哥哥还请在一个地方等着，我安排好后，就派人过去。"

温润晁自是相信妹妹，道："我在梅林附近的那个月门那儿等你。"

温柔嘉也不敢骗温润晁，连忙应下，去了满园，只对大家说她哥哥来晚了之类的，众人知道如玉公子来了，又是好一阵议论，温柔嘉也不着急，只是看掌珠对温润晁没有什么热情，觉得自己哥哥白搭了一片真心，白白地和母亲吵架。

温柔嘉趁着宝珠不再纠缠她，去了掌珠身旁，见掌珠身旁还有姜荷娘，心中知道掌珠与姜公子的婚事八成是成了，笑着对姜荷娘道："刚才看着宝珠妹妹和惜珠妹妹去那边找你了呢。"温柔嘉并不知道宝珠与崔寓的荒唐事，不过随口找了借口支开姜荷娘。

姜荷娘挑了一下眉，自是懂眼色，道："找我？这两个小丫头怕是惦记上我新绣的香包了呢，我去找她们，免得以为我小气躲她们呢。"

掌珠笑道："那荷姐姐要好好地说说她们，在主人家还要客人的东西，真是没羞。"掌珠却猜到了宝珠的去向，应该是去找崔寓了，这个宝珠就是这样急躁，事情到这个地步了，再忍忍又怎样？难不成真想传出什么不好的风声才高兴？

只是温柔嘉这样说莫非是有什么事？

姜荷娘笑道："说的是呢，没事，这里是她的闺房，得拿些好东西孝敬孝敬我。"说完笑着离开。

温柔嘉与掌珠也笑了一场。

温柔嘉一时不说话，掌珠也不问，无奈温柔嘉才道："掌珠妹妹是知道我哥哥的吧？"

掌珠道："还是小时的事了。"

温柔嘉又道："不知道掌珠妹妹对我哥哥了解吗？"

掌珠打量温柔嘉，这个温柔嘉看着温婉可人，好似瓶中的百合，不但漂亮优雅，可供人欣赏而且也能解闷，可以说宜家宜室，掌珠道："温姐姐有什么话直说吧。过会儿荷姐姐若是过来了就不好说了。"

温柔嘉之前虽与掌珠关系好，但是也不过是见过几回面，哪里知道掌珠不喜那些暗示，只喜欢明示。

温柔嘉准备的那些打动人心、博取同情的话现在统统用不上了，只得道："掌珠妹妹既然这样说，那我直接说了。"顿了一下，轻声道，"我哥哥想见掌珠妹妹一面。"

掌珠紧紧皱着眉头，她还真没有想到，但是却又觉得这是温润晁做得出来的事，虽然温润晁总是给人随和有理、好说话的感觉，但温润晁也是有小脾气的，比起温润晁的母亲和妹妹，掌珠更了解他，因此掌珠道："好。"

她知道不见温润晁，怕是会有大乱子。

而且因为她与温润晁可以说是一起长大，对温润晁掌珠少了几分男女之大防。

只是这样完全超乎温柔嘉的计划，第一次有一种看不透掌珠的感觉，温柔嘉连忙道："掌珠妹妹不急，还有一事相求。"

掌珠道："温姐姐请讲。"

温柔嘉心中早就准备好了话，赶忙道："我哥哥也到议亲的时候，但是祖父和父亲都打算缓缓，只是我哥哥之前与掌珠妹妹一同玩耍，怕是有些舍不得掌珠妹妹，说来也好笑，居然想请我母亲向你家提亲，但是掌珠妹妹也在议亲，若是我家贸然提亲，怕是会耽误了掌珠妹妹……还请掌珠妹妹与我哥哥说清楚吧。"

温柔嘉这席话说得很隐晦，但是掌珠也听懂了，温家是看不上她的。

掌珠突然想到第一次见到温夫人时的场景，当时温夫人十分温和，没想到一转眼就又不同了，不过也可以理解，爱子之情。

温柔嘉见掌珠不说话，又连忙道："不是母亲有意阻拦，实在是祖父和父亲另有打算，若是真提亲也要等几年，那时候又是个什么情况，谁又知道呢。"

掌珠点头道："我知道了，在哪里见，去吧。"

温柔嘉不明白掌珠这个"我知道"是应下还是没有应下，但也只能这样了，再拖下去，真怕温润晁一时冲动就过来了。

温柔嘉道："就在梅林的那个月门那儿，我也随掌珠妹妹去，被人瞧见了我只说哥哥来找我的。"

掌珠道："好。"

两人便一同去了掌珠在陈家第一次遇见温润晁的地方了。

掌珠心中对于温润晁的执着多少有些感动，以前她不大懂这些，但是今日听到姜铎说那句"是"。她恍然开窍了，心中多少明白温润晁的想法了，只是她对温润晁只是玩伴、知己的感受。

两人走到月门那儿，见温润晁已经等着了，温柔嘉道："掌珠妹妹快刀斩乱麻吧，我在一旁等着，速战速决。"

掌珠听着温柔嘉这样说，忍不住一笑，这又不是打仗。

温润晁离得有些远，没有听见她们说话，但是却看见掌珠的笑，心中平静下来，似乎又回到了薄情庵。

掌珠走到温润晁面前，道："阿路长高了不少。"

温润晁心中一软，轻声道："你的脸没事。"

掌珠回道："是的，之前让你担心了。"

温润晁一时不知道该说什么，之前他要娶掌珠的原因是掌珠毁容了，他怕别人欺负掌珠，那么掌珠没事，他该怎么办？

掌珠见温润晁不说话，道："听说温夫人生病了，你该好好地照顾她才对。"

温润晁点点头，眼神温柔，掌珠也比以前高了，只是感觉不如以前活泼了，但是看起来更漂亮了。

掌珠继续道："树欲静而风不止，阿路可别像我现在这般后悔，母亲的话总是错不了的。"

两人早有默契，温润晁轻声道："阿珠也是这样想的吗？"

掌珠点点头，笑道："是的。"

温润晁道："我说我要……"

掌珠摇头道："阿路，我正在议婚中，怕是就要定亲，儿时的趣事我会都记得的。"

温润晁已经说不出话来。

掌珠看着温润晁，笑道："了清师太经常说，得不到不见得是失去，一定有更好的就在前面，要遵守上天的安排。"

掌珠浅浅一福，转身走到温柔嘉身旁。

温柔嘉回头看了眼温润晁，朝他摆摆手，示意他赶紧离开。

温润晁心里想的只是：你就是最好的，我不要更好的。

这一场梅花宴总算是平平静静地结束了。

温柔嘉对掌珠自是感激不尽，一结束马上带着温润晁离开，免得再生事端。

姜夫人这边也与太夫人达成协议，在掌珠除服后，就正式提亲，现在已经可以传出去了，免得有人再来提亲。

至于崔家这边，崔太太也是高高兴兴的，崔家以前很少参加这种宴会，这次能来已经很是高兴了。

只有周氏还是不高兴，她想来想去也不能让自己的女儿嫁到崔家，今日崔太太表现得实在是不懂规矩，巴结这个巴结那个的，完全不知道别人都在看她笑话呢。

偏偏别人还以为她和崔太太关系好，周氏恨不得找个地缝钻进去。

周氏终于将崔太太送走后，才笑着坐在周夫人身旁，道："嫂子，久等了。"

周夫人好性子，摇摇头道："你当家主母，自是繁忙，不必管我的。"

周氏笑道："已经忙完了，今日找嫂子是有一事相商。"

周夫人有些惊讶，道："不知道什么事能让姑奶奶如此？"

周氏顿了一下，道："是关于两家婚事的……"说起来她也有些不好意思，之前那么明显地拒绝了，现在只能先和嫂子说，让嫂子来提亲，她再回趟娘家……毕竟两家关系深厚，将来若是传出什么来，周家自然是向着她的，她再找个宝珠身旁的丫头顶替，崔家的事也就过去了。

但是周氏还是担心她这个嫂子脾气上来，就是不同意，那想的就都白搭了，结果，周夫人拍了一下手，笑道："太好了，我也本想和你提这事的。"

周氏自是认为周夫人还打着宝珠的算盘，也高兴地道："那就不必我费口舌了，不知道嫂子什么时候提亲？"

周夫人想了一下，道："不用与太夫人先说一声吗？"

周氏道："两家姻亲，这事太夫人只会高兴地同意，也给她老人家一个惊喜。"

周夫人道："好，那出了正月，我便来提亲。"

周氏连连点头，两人头一回说得如此高兴。

殊不知两人没提名没提姓的，都误会对方了。

温柔嘉带着温润晁回家后，心才算安定下来，她是真怕温润晁一时冲动又回陈家去。

温柔嘉先让温润晁回房间换衣服，她则马上去了母亲的卧室，一进去，温夫人就握着温柔嘉的手道："你哥哥没有做出什么事来吧？我是真后悔告诉他，哪里想到他会如此冲动，着人去追了，也没有拦住。"

温夫人见人回来了，就知道没什么大事，可这一天她是坐立难安，就怕陈家派人来。

温柔嘉赶紧如此这般地一说，也告诉了温夫人带着掌珠去见哥哥，又说掌珠将人劝住了，刚才哥哥还在车上对她笑着说，他做不出那些张狂的事。

温柔嘉只管在一旁捂着胸口说，她也是吓坏了，现在想想，她是再也做不出这种事来了。

温柔嘉过了好一会儿才发现母亲脸色很不好也不说话，连忙道："母亲别担心，我看哥哥已经转过弯了，现在回去换衣服，马上就来请罪呢……"

温夫人摇摇头，道："这掌珠是个好孩子，只可惜……罢了，反正他二人是不成。”顿了一下，又道，“你哥哥这么听她的话就更不行了。过会儿你好好再劝劝他，只盼着掌珠赶紧定亲才好。”

果然，不一会儿，温润晁换过衣服过来赔罪，温夫人知道温润晁怕是心里也不好受，并没有怪罪，反而说什么好好在家休养，掌珠也是她好友之女，她也会关照，你就如妹妹般对掌珠，等等。

温润晁心中感动，母子俩又重归于好，说了好一会儿话，温润晁才与温柔嘉出来。

温柔嘉笑道：“之前对哥哥失礼了。”

温润晁回道：“你说这话莫非是在埋汰哥哥？”

温柔嘉道：“妹妹可不敢。”

温润晁已经平静下来，也明白掌珠所说的话，他们二人的婚事终究还是要家里做主。

甭说家里本身就不同意，就是同意了，现在姜家与陈家议亲，无论成不成，温家都不会再和陈家议亲了，是他刚开始一听掌珠定亲，自己就乱了方寸。

其实就是现在他的心也很乱，掌珠说得对，他也同意，可是为什么心里还是难受呢？

温润晁心情不好，也不多说，便回了书房。

温柔嘉叹息一番，待到合适时机再好好劝劝吧。之后温润晁一直都读书，没有再去游学，也没有出其他的事，好似掌珠的事真的放下了，温柔嘉也就不敢轻易再劝，怕劝出什么想法来，只是谁也没有想到这不劝也差点出大乱子，就在五月的“韵华斗丽”，此事暂且稍后再说，且先说周氏这边。

那日周氏与周夫人有了约定后，心中很是畅快，只觉得算是了了一件事情。

但是心中合计着这事还不能告诉宝珠。

周氏想到宝珠的样子，心里也是生气，居然跟她说什么一见钟情、倾心？这孩子懂什么？又看过几个男人？

这崔寓明显是设了套让宝珠来钻，偏偏宝珠就上套。

退一万步讲，这崔寓真是个好的，这崔家也不行，就是不说门第，首先崔家银子就不够宝珠花的。

偏偏宝珠把她的好意当成驴肝肺。

虽然这事被周氏遮掩着，但是不知道怎么回事，还是传到宝珠的耳朵里了。

宝珠一怒，又想砸东西。

七珍连忙拦住，道：“姑娘，您也知道夫人最近心情不好，这东西若是砸了，怕真的就不会补上了。”

宝珠在庄子上也吃过苦了，知道这些东西是好东西，刚才也不过做做样子。

宝珠憋闷地坐在床上，想着崔寓说的话，泪忍不住就掉下来了。

七珍也不敢劝，宝珠性子是收敛了不少，却越发地多愁善感了，七珍只得悄悄地找惜珠去，宝珠心眼不多，七珍也只胜在忠心，最后这事又落在惜珠手里。

去庄子，本就是惜珠受了宝珠的连累，在庄子上惜珠也没少受宝珠的气，惜珠的性子更是阴霾，只是现在一时看不出来，只当是性子文静内向罢了。

惜珠知道这事后倒是惊讶，她惊讶的是没想到夫人身旁也有宝珠的人，略一套话就知道，原来是母亲与周夫人说话的时候，一旁端茶的正好是七珍的妹妹，是个巧合。

惜珠觉得宝珠真是走运，提前知道了，也可以防备。

宝珠见惜珠来了一直不说话，不高兴地道："妹妹有什么办法？快帮我想想，别愣在那里了。"

惜珠其实心中很不耐烦宝珠，但是好在宝珠一旦和崔家定亲，母亲也就不再管她了，自然就会关注自己了，便耐着性子道："其实，这事也好办，姐姐去探望一下玉珠姐姐，就什么都好办了。"

"她？找她有什么用？"

过了元宵节，宝珠便闹着去周家玩。

周氏本不想理会，但是想到让宝珠与周夫人、周太夫人熟络一下也不错，只是偏偏自己小日子难受得厉害，只劝宝珠过两日再说。

宝珠则说不过是去外祖母家玩会儿，她们姐妹几个自己去就好了，周书慈已经邀请她好几回了，她从庄子回来后还没有去过外祖母家呢。

周氏心中虽然对宝珠有些失望，但是毕竟是疼爱了这么多年，宝珠一撒娇，她心中也觉得孩子吃了那么多苦，何况她们自己去玩更自然，便应了。

因此只宝珠与惜珠两人去了。

两人再回来时也是满面春风。

宝珠只对惜珠道："没想到这个玉珠，还挺厉害，不声不响地就把表哥给拿下了。不过给表哥送了封信，表哥就巴巴地去求太夫人了。"

惜珠只是笑笑，心中则想，整个陈家也就你才这么没心眼。

宝珠又担心地道："你说外祖母能看见我的玉佩吗？就是看见了，能看出是崔家的玉佩吗？"

这是备案，若是周书恩亲自求太夫人不管用，就只能用这个玉佩表明宝珠已经心有所属，周家好歹也是世家，不会非要求娶一个心不甘情不愿的贵女的。

惜珠见宝珠又有些神神道道的，连忙劝道："外祖家肯定知道了，你没看见，外祖母还特意把你拉近了看？肯定会看见的，就是看不见，也有一旁的婆子、侍女着眼看的，姐姐放心吧。"

宝珠这才安静些，可是心中还是患得患失的，只盼着早日出了正月。

好在这些周氏都不知道，不然的话怕是还没出正月就被气病了。

一出正月，二月初八，周氏的哥哥周昀礼亲自带着媒婆登门提亲，大魏为显示求娶的诚意，一般都是男方的长辈或是官职略高的至交好友带着媒婆登门提亲，这次是周书恩的父亲亲自登门，更显着周家有诚意。

周昀礼一进门也被太夫人请去了。

周氏笑得合不拢嘴，自是准备酒菜招待，心里也才踏实了。

忙忙碌碌一天，直到晚上，周氏才有空对陈廷远道："我心里总算了了一件事。”

陈廷远有些惊讶地看着周氏，难得周氏如此贤惠，便道：“日子还在商讨中，毕竟要看掌珠那边，咱们家毕竟三个适龄的女孩子，说不得就赶到一起了，你提前准备好。”

周氏笑道：“这是自然，老爷不必嘱咐妾身，妾身也会安排妥当的，不会让您丢脸的。”

陈廷远笑了一场，两人难得气氛好，陈廷远心中多少还是有些担心，便道：“那你好好准备玉珠的嫁妆吧，别让人家说咱们亏待了她，多添两成也是不要紧的。”

周氏一愣，道：“老爷说谁？”

陈廷远挑了一下眉，道：“玉珠。”

周氏猛地后退一步道：“玉珠，怎么会是她！”

陈廷远皱着眉头，完全不知道周氏又犯了什么病。

周氏想了一下，道：“我哥哥定下的是玉珠？”

陈廷远点点头。

周氏险些晕倒，这是怎么回事？

陈廷远不高兴地道：“你不会癔症了吧？”

周氏摆摆手不说话。

陈廷远冷哼道：“算了，你好好休息吧。”说完便出去了。

周氏这才撑不住跌在地上，春色进来就看见周氏坐在地上默默流泪，赶紧扶起来，周氏只是哭，春色说去找郎中，周氏也不许，哭了好半天后，周氏才说了句：“我这是造的什么孽……”

周氏再次生病，这次就容不得她一边卧床一边看账本了，陈廷远做主请太夫人出来管几天家，太夫人自是不应，最后交到了老太太手里。

三月末，萧姨娘生产，陈廷远再得一女。

这一切也不过是二房的闹剧，掌珠只是每日绣花、看书，不理会这些，只是有的时候会想到阿路，不知道为什么，她总想起阿路那时的表情，那种眼神让人心疼。

现在的阿路再也不是当年给他采野花的阿路了，不，应该说她再也不是当年薄情庵的小女孩了。一眨眼便到五月“韵华斗丽”，五月“韵华斗丽”是在孔家，孔家在庐州，比姜家还要远些。众人都知道，今年的斗丽会相当精彩，因为是要为太子选妃。

各家名门闺秀几乎齐聚江南。

掌珠等人自然也受到邀请了。

这几个月，她与姜家即将定亲的事也传出去了，去参加这个宴会也不过是见见世面。

周氏的病拖拖拉拉一个多月，终于在四月中旬好了，为的就是也参加这个宴会，虽然宝珠的婚事也逃不过崔家，但是还有惜珠，她总得打算打算，这次说什么也要找个她满意的人家。

掌珠等人提前五天就到了庐州这边的宅子。

说起这个宅子，就不得不提一下之前的事，周氏生病顾不上管家，全部交给老太太管，可是老太太是个弥勒佛也管不了多少，有些事就交给了祝姨娘。

周氏哪里气得过，病好之后权虽然能夺回来，可是祝姨娘手中的那些东西却难办。

周氏也是个人物，一直忍耐着，在四月的时候将有关五月“韵华斗丽”的事交给祝姨娘，时间已经是有些短了，祝姨娘又是操持着给做新衣裳、打首饰，连去那里的马车都准备了又准备，自然不忘收拾庐州的宅子，忙得一塌糊涂。

只是祝姨娘毕竟没有周氏的势力大，庐州这边的下人虽然收拾了屋子，但是还是五月写信来故意询问是不是不来这里了，没有接到通知收拾屋子，周氏大怒，将祝姨娘骂了一顿，夺了祝姨娘的权力，处置了几个之前老太太和祝姨娘安排的下人，祝姨娘一时羞愧晕倒。

请了郎中，才知道祝姨娘又怀孕了，一个多月。

这下谁也不怪祝姨娘的“疏忽”了，毕竟是孕妇，难免有想不到的地方。

周氏只是恨得直咬牙，估计祝姨娘早就知道自己有孕了，故意如此的，现在弄得好像她想把祝姨娘的孩子弄掉似的。

连提前五天到庐州，都是陈廷远半赶着让她们提前来的，说是要表现得郑重，还说让她在外面多玩几天，养养身子。其实是怕祝姨娘在胎不稳的时候，又受周氏的苛待。陈廷远是想要个儿子的，他不像前几年那样对子嗣不放在心上了，年纪越大，越希望儿子多。

周氏暗暗哭了一晚上，她这一个正室却要为了小妾怀孕住在外面。周氏心中冷笑，赶她出来，就别怪她不回去，不亲自接她来，甭想她回去。

这一路上周氏都板着脸。看着玉珠、掌珠就生气，看着宝珠更是生气，居然对惜珠好了不少。

崔家正月后也来提亲了，被周氏一句病重，就支到四月里，崔家又上门提亲，周氏一概不见，等到五月直接带着众女来到庐州。

宝珠心里看着不舒服，但是无可奈何，好在知道最后还是会嫁入崔家，也就不在意这些了，只是缠着玉珠。

玉珠婚事已定，又是如此好，现在也开始绣一些结婚时的东西，宝珠也学着做，性子安静了不少。

这次来庐州，可比前几年出行的待遇要好很多，掌珠只觉得好像做梦一般，一眨眼，她也要定亲了。

因为这次是祝姨娘置办衣服、首饰，暗暗给了她不少好东西，而且姜家也送来了些衣服、首饰，周氏也只是睁一只眼闭一只眼，周氏只当她是别人家的媳妇了，更不会管她了。

她和周氏的恩怨似乎就这么了了。

只是她心中不服……

她母亲不能就这么白白受屈辱，这个想法一直存在她内心深处，她埋得很深，有的时候都觉得她忘记了，有的时候又会突然冒出来……

今日，终于到了五月“韵华斗丽”，掌珠前几日才知道这宴会居然要举办三天，孔家也准备了客房，但是除非与孔家相当亲近的人家，大多数世家、贵族都回自己的别院。

掌珠等人坐着软轿到了孔家门口，一见，居然是姜夫人在门口与孔家的少夫人一起迎客。

周氏笑道：“有劳几位了，怎么姑奶奶也在这儿迎客？”周氏口中的姑奶奶就是姜夫人，姜夫人是孔家女。

孔家几乎可以称为帝师，出过宠妃，门生满天下，但是相当会做人，相当低调，孔家人在朝中也只是编纂一类的职位，没有实权，不然怕也是同温家与姜家一样。

孔少夫人是个爽快的人，道：“我们姑奶奶哪是迎客呢，是等她儿媳妇呢。”

众人都笑着看向掌珠。

掌珠羞涩地低头。

周氏心中实在嫉妒，可是也没有办法，只是道：“我们先进去吧。”

掌珠朝姜夫人行礼，便跟着周氏走了。

孔少夫人低声对姜夫人道：“你这个亲家可是个难缠的。”

姜夫人道：“不过是个婶娘，好对付。”

孔少夫人点点头不说话。

这边掌珠等人去了孔家后院，这孔家又是一个风格，处处充满书香气，颇有意境。

早有不少贵女在园中，有认识的，也有不认识的；有一起聊天的，也有个别赏花的，个个般般入画，竟然比这园中的花海还要漂亮。

孔家大小姐带着她们认识众人，彬彬有礼，没有丝毫的傲气，这位大小姐可是太子妃的人选之一呢。

姜家三位小姐也来了，只是姜荷娘并没有与两位妹妹在一起。

姜二小姐姜兰娘要活泼些，对着掌珠道：“知道掌珠姐姐早就到了庐州，本想找你玩去，偏偏母亲不准我扰你。”说着朝掌珠眨眨眼。

姜兰娘的母亲是二房夫人，二房与大房素来有嫌隙，但是看起来她们的子女关系倒是不错。

以前大家还可以串串门，这定亲的风一吹出来，现在又不好走得太近，免得说两家太过轻佻。

掌珠对这两位姜家小姐感觉还不错，这两人都是嫡女，虽然一个活泼，一个文静，但是感觉都要比姜荷娘要单纯些。

几人打趣几句，掌珠问道：“荷姐姐呢？”

姜兰娘撇撇嘴，道：“找崔姨娘娘家侄女说话去了。”

姜莲娘扯了一下姜兰娘的衣袖。

崔家女？

那算起来应该是宝珠的小姑子，不知道是个什么样的人物。

正想着，姜荷娘带着崔家女就过来了。

姜兰娘哼了一下，道："我去那边逗鱼。"说着就走了，姜莲娘也想走，想了想还是留了下来。

崔家女年纪不少了，看起来好似及笄了，一身粉色衣裙，看起来楚楚可怜，步履轻盈，举止风娇水媚，真是一个俏佳人。

与掌珠站在一起，很明显，一个是撩人心怀的漂亮女子，一个是粉雕玉琢的小女孩。

崔家女盈盈福身，掌珠连忙躲开，崔家女笑道："掌珠小姐。"声音也很是好听。

掌珠挑了一下眉，笑道："崔姑娘。"

两人没有什么好谈的，崔家女好似只是打量她而已。

姜荷娘与掌珠笑着说了两句话，崔家女便借故去了宝珠那里，姜荷娘也跟着过去。

掌珠看着这两人，崔家女这个样子好理解，但是姜荷娘变化得也未免有些快，她可还记得姜荷娘住在陈家那晚，可是对她如闺中好友一样呢。

姜莲娘轻声道："掌珠姐姐，我听说我母亲说……"姜莲娘怯生生的开口，"听说崔姨娘之前想让大哥哥娶崔家女呢……"又赶忙道，"我也就是这么一听，作不得数的。"

掌珠笑道："谢谢莲娘妹妹，我知道了。"姜铎不可能娶一个姨娘的侄女的。掌珠也不多想，带着莲娘去找姜兰娘，一起去逗鱼。

对于"韵华斗丽"，掌珠了解得并不多，也不知道怎么个斗法，其实来这里的贵女都是十二岁以上，多半都是有议亲的对象或是已经定亲了，也只有几个重要的世家女没有定亲，这些人是都要嫁入皇家的，只是不见得是嫁给太子。

她们这些贵女将来嫁人了都是主母夫人，这些交际可少不了。

到底是大了些，不像头一年还有好多人嫌弃她是从薄情庵长大的，现在大家也都坐在一起好好说话喝茶了。

姜莲娘看着金色的大鲤鱼在抢着吃鱼食，突然轻声道："我也是头一次参加'韵华斗丽'，每三年一次，未出嫁的时候也就能参加两三次，待到出嫁若想来，怕先熬个十来年呢。"语气中似乎有些紧张害怕。

想来是家中正在给她相看人家，所以才有此感叹吧。

姜兰娘推了一下她，笑道："你才多大年纪，我都不怕呢，你怕什么？要出嫁也要我先出嫁呢。"

掌珠忍不住掩嘴笑道："你两个真真是不害羞。"

这两姐妹对视一眼，又开始嘲笑掌珠。

掌珠笑得愉快，不经意看见，宝珠随着崔家女偷偷摸摸地向林中走，掌珠微微皱了一下眉，这个宝珠总是这么……无知无畏。

掌珠只当没看见，她可不想再惹上是非了，上次遇见宝珠喂棋，这次……

没想到就她一闪身，姜兰娘本轻推掌珠一下，掌珠一不注意碰倒了一旁圆桌上的茶杯，弄脏了衣袖。

姜兰娘很是担心，连忙道歉，生怕掌珠误会她是故意的，毕竟长房和二房的关系很尴尬。

掌珠口中笑道："不碍事，不碍事。"心中只想现在怎么弄才好，这样子若是让人看见太失礼了。

还是姜莲娘冷静些，道："不如掌珠姐姐去兰姐姐的房间换下衣服吧，好在身量也差不多，这衣服明日烘干了再还给姐姐。"

姜兰娘连忙道："如此最好，掌珠姐姐跟我去吧。"

掌珠连忙应下，只是两人走的路居然是宝珠刚才走的路，掌珠心下惴惴不安，希望宝珠已经走远。

孔家喜欢树，满园种植了不少松柏、垂柳等，各成姿态，郁郁葱葱，看着心中甚是舒服。

掌珠忍不住道："我母亲最是喜欢绿叶，若是来了这里，必然喜欢。"

姜兰娘道："看来还真是有学问的人才喜欢这些，我就看不出来有什么好，也没个颜色……"

掌珠笑了笑，这姜兰娘就是率直，好在不惹人讨厌。

之前掌珠一直担心撞见宝珠，宝珠若是在这儿肯定不可能是赏木，说不得是趁机私会崔寓，这事，宝珠是肯定能做出来的。

有的时候还就是想什么来什么，她两人没走两步就听见一个娇滴滴的声音："没想到在这里遇到公子了，真是有缘。"

掌珠第一个想法就是宝珠，细细一听，却又听着不像是宝珠，总不能是玉珠吧？玉珠怎么与周家定亲的，她知道得并不详细，但是她应该是最早就有察觉的人。

掌珠的心都提到嗓子眼了，不论是宝珠还是玉珠，都是她陈家的人，这些让姜兰娘听见，她以后在姜家怎么立足？

掌珠看了眼姜兰娘，却发现姜兰娘脸色苍白，满眼的怒气。

掌珠侧耳倾听，那男人不过应付几句好巧之类的，声音带着些许的调戏，应该不是崔寓或者周书恩。

那女子又道："那日一别，许久未见，不知道公子还好？"

不是宝珠或者玉珠，是姜荷娘！

掌珠还真没有想到是她，不过她心中也没有幸灾乐祸，这人将来是自己的小姑子，她又是与姜兰娘一起发现的，姜兰娘见自己姐姐如此，心中也会觉得羞耻的。

掌珠扯了扯姜兰娘的衣袖，示意赶紧走。

姜兰娘眼眶都红了，她从来没有觉得如此没有脸面过。

姜兰娘摇摇头，掌珠也不知道姜兰娘想怎样，只希望姜兰娘别太过冲动。

姜兰娘定了定心神，朗声道："掌珠姐姐，这边是垂柳林，夏日时最是漂亮。"

那边立刻没有了声音。

掌珠虽然不大高兴姜兰娘将自己扯进来，但是她本身也在其中，便回道："果然漂亮。"

姜兰娘继续道："只是现在还在五月，若是再过些日子，叶子再大些、再绿些才好，那时候在这里玩捉迷藏，可轻易找不到人呢。"

掌珠没有说话。

姜兰娘道："掌珠姐姐，这边走吧。"

两人这才离开。

没走多远姜兰娘就道："掌珠姐姐别怪我说话难听，真真是不知羞耻，我怎么会有个这样的姐姐，竟然学会这些勾当。"说着抹了抹泪。

掌珠劝道："个人有个人的缘法，你以后还是不要提了，今日之事，怕是她现在就记在心里，心中不知道怎么怨恨你呢。"

姜兰娘冷笑道："那又如何，从来没有听过做错事理直气壮的，她有本事到大伯母那里对质去，我若是看见了不说，她后来看见你换了衣服也会想到咱们走那路，更会猜疑我，与其这样我为什么不堂堂正正地说出来，说不得她还盼着有人见到呢，她也就如了心愿，去了自己想去的地方。"

姜兰娘知道那男子是太子，这事在姜家早就不是什么秘密。

掌珠虽然对后面的话有些听不懂，但是前面的话确实如醍醐灌顶，这姜兰娘果然是个方正之人，掌珠多少有些自惭形秽，她看得居然还不如姜兰娘清楚。

是因为在这小小的后院？自己的心也就变小了？

掌珠联想到母亲的事情，她不会为了母亲的事情做什么错事，不会以此为借口就陷害周氏，但该是她母亲应得的结果，她也不会故意遮掩，周氏只要为她自己做错的事付出应该有的代价……

掌珠心中各种滋味，好似心中的石头终于落了地。

姜兰娘见掌珠一直不说话，不好意思地笑道："只是不好意将姐姐拉扯进来，日后，怕是她找你的麻烦。"

掌珠笑道："妹妹不必如此说，咱没做错什么有什么害怕的？更何况，将来她怕是已经嫁人了……"

姜兰娘高兴地笑着点点头，又道："也怪那个男的，不知道这边都是女眷吗？有本事正大光明地过来说话，在这种地方躲躲藏藏的，一看就没安好心……哼！若是有意，便求娶！若无心，就别做这龌龊的事。"姜兰娘越说越来劲，"她也不是什么好东西，若是一心想嫁，就大大方方地说出来，非他不嫁，嫁不出成就出家当尼姑，自有人给她张罗，我也佩服她的勇气，这么偷偷摸摸的，还不是怕鸡飞蛋打？"

掌珠闻言虽觉得姜兰娘说得有些过，但是也都在理，便笑道："莫非你想出嫁了？"

姜兰娘有些不好意思，嘿嘿笑道："我才不嫁呢，若是将来的男人这么没出息，多没意思。"

掌珠忍不住笑，又劝姜兰娘不可说这种话，两人去了房间换衣服。

从一旁的林中走出两个男子，一人正是和姜荷娘说话的太子魏恕，也是姜铎的好友宽敏，另一人是姜铎。

魏恕笑道："你这几个妹妹性子真是各有千秋。"

姜铎道："妹妹性子开朗天真，还请太子见谅。"姜铎口中说的妹妹自然指姜兰娘，完全不提姜荷娘。姜荷娘的命运如何，他已经不能控制，正如掌珠说的，个人有个人的缘法，姜荷娘这样做就要承担这样的结果。

魏恕无所谓，只是嘀咕道："孤怎么成没出息的了……"

这边掌珠也换好衣服，是件绯色长裙，这是姜兰娘的衣服，看得出来做工与布料相当好，更是现在最时兴的样子，衬托得掌珠端丽冠绝。

姜兰娘拍手道："没想到你穿着比我穿着漂亮，颇有气势呢，我穿着柔柔弱弱的，这颜色也相当配姐姐，就是好似小了些。好在看不大出来。"

掌珠虽然穿过正式的礼服，但是这种比较柔和妩媚的裙子没有穿过，倒不觉得羞涩，她知道自己的相貌怎样，身上更多的是自信，道："这新衣服先让我穿了，倒是过意不去。"

姜兰娘摇头道："说实话，我可不喜欢这衣服，穿着没那么不方便的，若不是我母亲逼着我拿来，怕是压箱底呢。"

掌珠笑道："你这张嘴真真是厉害。"

正说着，外面进来一个婆子，道："陈大小姐，温公子请您出去一见。"

掌珠一愣，道："谁？"

若是姜铎还说得过去，这温润晁怎么……

婆子也有些为难，她也很少遇见这种事，两人年龄相当，都没有定亲，又没有大人，偏偏做得这么光明正大，婆子道："温公子说是温夫人让他过来说几句话。"顿了一下，"他说你们从小认识，情如兄妹。"

掌珠一听，心中叹了一口气，温润晁是这个性子。

一旁的姜兰娘道："这才是做正事的人，姐姐去吧，我在这里等着姐姐。唉，倒是想暗中见见这位如玉公子呢。"

那婆子连忙在一旁劝，掌珠笑道："姜姑娘是开玩笑呢，还请妈妈带我去吧。"

这婆子才放心，逗得姜兰娘哈哈大笑。

掌珠倒是没有想到会是这种情况见到温润晁，那日回绝后，掌珠心中一直有些不安，总觉得这事不会这么了结，温润晁有的时候很执拗的。

见到温润晁，掌珠规规矩矩地道："温公子。"

温润晁也没有其他的表现，只是道："陈大小姐。"顿了一下，道，"我母亲听说你年前生病了，一直想来探望你，偏偏走不开，过了年陈夫人又生病了，她也不便单为看你而来，一时也就拖到现在了。"

一旁的侍女、婆子见两人这样，心中也就不觉得奇怪了，这两人在这么多人面前，还是别人家，能干出什么来？可见是温夫人真的让温公子过来的，具体为何怕是人家的私事了。

掌珠挑了一下眉，这话说得真真假假、似是而非，好似很有道理，但是掌珠一听，就知道这是温润晁自己编的，怕不是温夫人让他来的。

因此掌珠淡淡地道：“多谢温伯母了，我已经好了。”

温润晁又道：“本来是想让小妹来的，偏偏前几日我去薄情庵，了清师太想起了你，也想让我看看你怎么样了，我就过来了。”

这句话怕是说真的了，只是了清师太不会让他来“看”她，是温润晁自己想来看看她怎么样吧。

掌珠道：“多谢了清师太关心了，一别三年，我也没有去看她，实在愧疚。”顿了一下，道，“我很好，希望了清师太以后不要再惦记了我，不然我心里也会担心，她的一片苦心，我已经知道了。物是人非，我已经是放下了，想来她也会放下的。”

这最后一句话其实是对温润晁说的。

温润晁一愣，道：“你是她的得意弟子，怎么能说放下就放下呢，这么多年的情谊了。”这句话说得就有些明显了。

这些日子温润晁看似一直都在安静地读书，但是，他心中明白，他越来越放不下，就好像魔怔了似的，明明唾手可得，又怎么……更何况他想来想去，母亲说的那些理由也太过牵强了。

在他看来，难得一心人。

掌珠皱了一下眉，好在这些侍女、婆子心思单纯，若是换了某位夫人、贵女，怕是就会猜测出一些。

掌珠刚要说什么，温润晁又道：“这是我母亲和了清师太给你的，你好好拿着吧，也不必担心她们，我会处理的。听说你要定亲了，江陵府那边要比扬州城凉一些，多备些衣服。”说着将一个小木盒递给掌珠。

掌珠目瞪口呆，温家在江陵府，姜家在扬州城，温润晁这意思……而且不必担心她们，这个她们指的是温夫人吧。

温润晁到底干什么。

温润晁见掌珠不接这个盒子，便放在茶几上，就要转身走。

掌珠道：“温公子稍等。”温润晁站住，看向掌珠，眼中似乎带了些期待，掌珠道，“多谢温夫人的关心，虽然婚事还没有定，但是已经差不多了，待到定了日子一定告诉温夫人，温夫人记错了，我会嫁到扬州城。”

温润晁身子颤了一下，点点头，离开。

这是掌珠第一次明确要嫁到哪里。

原来掌珠并没有勉强……他以为掌珠也是不乐意的。

掌珠叹了一口气，物是人非，都不是当初的自己了，若是再在一起，心里喜欢的是以前的人还是现在的人？更何况她是知道温家不想娶她的，嫁进去又有什么意思？

她没有多喜欢姜铎或者多讨厌温润晁，她嫁给谁都一样，只是现在临时生变故，不说温家乱了，就是姜家和陈家也会大乱，何苦？

掌珠将心中对姜铎那一点点的好感埋藏得很深，用各种的理由说服自己……

掌珠拿起木盒，打开一看，是一个相当白皙没有杂质的玉镯，心“咯噔”一下，又细看了一下，上面还刻着温家的字样，说不得这东西是有一定代表意义的。

掌珠放到怀里，回到房间去找姜兰娘，心中则想着什么办法将这玉镯还回去，不然定成祸害。

掌珠回到房间却见宝珠也在，下意识地摸了一下木盒。

宝珠只当没有看见，大大方方地笑道：“听说如玉公子来见你？大姐姐就是有福气。”

姜兰娘不知她们姐妹间的事，只是跟着笑道：“我说也是，当时还想着偷偷地见一见呢，结果婆子哪敢让我去。”

掌珠笑道：“无非是保重身体的事，倒是替了清师太带了些话，问问怎么样了。”

姜兰娘本就没有怀疑，这样一听就更没什么想法了，只拉着宝珠问衣服好不好看，三人倒是高高兴兴地回到了后院，只是掌珠总觉得宝珠的眼神怪怪的。

她哪里想到宝珠之前来这边是想见如玉公子一面而不是崔寓，宝珠心想着她就要和崔寓定亲了，以后怕是不能见道如玉公子，因此想最后了一下心愿。

没承想宝珠如玉公子还没有见到，就知道如玉公子要见掌珠，心里难受得不行，这掌珠就哪里好了？

好在宝珠还不知道他们说的是什么，可是温润晁与掌珠所说的话，所有人都听见了，宝珠有心打听的话自会知道的，到时候明白什么意思了，怕是……

掌珠打定主意要赶紧将镯子送回去。

院子里，大家正评谁的画画得好，这五月“韵华斗丽”，第一天，或写字或画画或是呈上绣品供大家评定，谁的好便在谁的字画绣品下放一片绿叶，很是有趣，第二日、第三日则是乐器或歌舞了，一般不为嫁入皇族的贵女就很少参与了，不过也有为将来自己嫁得更好而献艺的。

众人虽然有因为掌珠换了衣服而惊讶的，不过私下打听原因了，也就算了。

只姜荷娘看着掌珠这样，心里不高兴。

她本就因为她们撞见她的私事不高兴，若单单是姜兰娘也就算了，偏偏还有掌珠，这个人嫁进来就是她的嫂子，在家姜兰娘看似听她的，其实从来没有把她放在眼里，只是二房的嫡女，姜荷娘平常也就让三分，所以今日的姜荷娘最恨的是掌珠，不知道劝着姜兰娘还居然放任姜兰娘，怕是故意的，现在心里肯定嘲笑她呢，姜荷娘面上一阵红一阵白的。

崔家女向来会察言观色，自然看出姜荷娘与掌珠不对付，虽不知道什么事但还是慢慢开导着，姜荷娘心中好了许多。

姜荷娘与崔家女两人年龄相仿，颇聊得来。

姜荷娘忍不住道：“唉，说起来我哥哥这婚事全靠我嫡母操持，也从不过问我哥哥，我和姨娘想帮忙，也无处下手，不然……”顿了一下，道，“姨娘一向都很喜欢崔姐姐呢。哥哥之前也提过你呢。”

崔家女倒是坦然：“崔家本就不能匹配姜家，我是不敢想的。”顿了一下，低声道，“只时常能看看他就很好了。”

姜荷娘笑道：“那真是我哥哥的福气了，只是最后还要看她了。”下巴指着掌珠扬了一下，脸上带着嘲讽的笑意，得罪小姑子，她胆子也真是大，那就别怪她了。

崔家女眼神一转，故作迟疑地道：“有一件事，不知道是否应该告诉你……”

姜荷娘心不在焉，心中正不高兴，随口道：“崔姐姐说来听听，不必客气。”

崔家女也不觉得不高兴，她本是从乡下长大，后来跟着两个哥哥到了这繁华的地方，又因为容貌出众，没少被其他贵女挤对，早就看惯这些贵女的脾气，便好声好气地道：“其实本不应该和你说的，只是……我听见那边的奴仆说那个如玉公子见了陈家大小姐。”顿了一下，见姜荷娘感兴趣，又忙道，“我估计也是那些奴仆瞎说的，如玉公子又怎么会见到陈家大小姐呢，听说他们是青梅竹马呢。”

姜荷娘道：“青梅竹马？”有的时候她们这些贵女还不如外面的女孩知道得多。

崔家女惊讶地道：“你不知道吗？听说这两人都是薄情庵了清师太的得意门生呢，从小就认识，只是现在如玉公子也不去薄情庵了，不知道是什么缘故。”说着叹息地摇摇头。

姜荷娘道：“这些仆人可不敢随口说什么的，怕是真的见面了，这也太不检点了。”姜荷娘想到自己，咳嗽了两声，补充道，“毕竟就要定亲了。”

姜荷娘想了想，只说自己忘拿荷包了要回去一趟。

崔家女知道姜荷娘是回去问那些奴仆，也不多说。

之前是她带宝珠去厢房，恰好听见里边奴仆说的，她有意打听一下，自然就知道他们说的话，那话里话外的意思可不是普通的问候，温夫人怎么可能打发自己的儿子进内院？就是送东西也用不着如玉公子，那东西肯定有问题。

要不说不要做亏心事呢，姜荷娘、如玉公子、宝珠都怀着其他的心思，最后也都不知不觉地被人发现了。

等到姜荷娘再回来的时候，眼神变得颇为诡异，对崔家女道：“不知道崔姐姐可以帮我个忙吗？”

崔家女挑了一下眉，道：“姜妹妹客气了，还请讲，若是能帮上自是义不容辞。”

姜荷娘道：“崔姐姐不用说得这么严重，不过是请您在宝珠小姐旁说几句话。”

崔家女一愣，这陈宝珠是她未来的嫂子，她不好得罪。

姜荷娘又道：“也不是什么不好的事，只是提醒一下她，若是陈大小姐做出什么事，怕是大家都没有面子，要是崔姐姐去说，宝珠小姐肯定感激你呢。”

崔家女点了点头，姜荷娘才又在崔家女耳旁说了几句话。

掌珠这边与兰娘、莲娘还有几个贵女聊得很投机，温柔嘉也在，不过倒是没有和掌珠说什么话。

自从上次梅林一事后，温柔嘉变得颇为冷淡，掌珠也理解，只是今日她想趁机还这个镯子怕是难了。

刚才趁人不注意掌珠已经先将镯子戴上了，不然装在盒子里很是不方便给。

这时宝珠突然过来，笑道："大姐姐这衣服真漂亮，刚才穿着还不显，现在越看越漂亮。"说着就开始打量掌珠。

姜兰娘等人并不知道宝珠是怎么想的，也只是一旁夸赞掌珠。

掌珠灵机一动，道："我看着倒是温姑娘的衣服才是漂亮。"说着走到温柔嘉身旁。

温柔嘉有些惊讶地看着掌珠，不过也配合地站起来道："这件衣服是江陵府正流行的，我看着倒是一般，满大街的都是，不如宝珠妹妹这件漂亮呢。"众人又都看向宝珠。

宝珠有些得意，能得到温柔嘉的夸奖，她当然高兴，一时也就忘记找掌珠是什么意思："这套衣服是京城的师傅做的呢，咱们这边还没有传过来呢。"

就有贵女们附和，又有贵女上前询问。

此时，掌珠趁机低声对温柔嘉道："多谢温姑娘了。"说着又牵起温柔嘉的手，故作打量温柔嘉的衣服，好在两人穿的都是宽袖长袍，尤其是温柔嘉的，袖子更是宽上两寸。

掌珠连忙褪下镯子顺手戴在温柔嘉手腕上。

温柔嘉这下脸上难免露出惊讶的神色，其他人没有注意，但是姜荷娘和崔家女是看得清清楚楚，虽看不清手中的动作但是也知道掌珠给了温柔嘉什么东西。

姜荷娘和崔家女对视一眼，这个宝珠真是成事不足败事有余，宝珠不这样，掌珠说不得还没有这个好机会呢。

温柔嘉只觉得手腕上多了个镯子，待到掌珠放下，她才看一眼，这一看更是大吃一惊这镯子怎么在掌珠手里？

姜荷娘上前道："温姑娘这是怎么了？脸色这么不好？莫非是生病了？"

众人的目光又看向温柔嘉。

温柔嘉笑道："没事，不过是有些倦怠了。我去里面坐会儿，过会儿就好了，你们慢慢玩。"说着就里屋找母亲，她心中想着，怕又是哥哥生出的是非，只是不知道具体怎么回事。

宝珠这边回过神来，道："大姐姐，我听说如玉公子去找你了呢，不知道是什么事啊，还送你了个盒子，拿出来大家看看吧。怎么不是温姐姐找你，让如玉公子去送，不知道是什么大礼呢。"

温柔嘉站住，转身看向掌珠，心中不知有多庆幸刚才掌珠将这个手镯给了自己，不然……

掌珠大大方方地笑道："是的，一来是温夫人问我身体好了吗？二来是代薄情庵的了清师太恭喜我就要定亲了。"不说，大家也知道是姜家。

温柔嘉松了一口气，朝掌珠点点头，她知道掌珠的心意了。

掌珠瞟了眼温柔嘉的手腕，有衣袖挡着看不见那玉镯，只是想着刚才戴着的时候，觉得甚是温润，就如阿路给她的感觉，果然是如玉公子，只可惜他们并没有缘分。

说实话，若是在之前温润晁早一步，或许……

只是一切都已经成定局了。

宝珠并不知道这些，心中虽然高兴掌珠当众承认要定亲，只是多少还是有些酸意，便道："是什么礼物，拿出来看看。"

宝珠既希望是什么定情之物又希望只是普通的东西，心中颇为矛盾。

姜荷娘与崔家女已经知道掌珠将东西还回去了，只想这宝珠为何不早问，不过若是那木盒是空的，这陈掌珠也不好交代。

众贵女也笑盈盈地看着，有的聪明人已经觉得这事不对了，只是都在一旁看热闹。

掌珠略略迟疑一下，从怀中拿出个木盒，这盒子上果然有温家的标记。

众人目光都在这盒子上，就连温柔嘉也是。

掌珠慢慢地打开，是一串佛珠，掌珠笑道："这是了清师太特意给我的，温公子怕坏了，便找个木盒装着。"说着戴在手腕上。

宝珠道："哦，我记得你以前也有个佛珠来着？"

其实这个佛珠就是掌珠之前戴的，只是当时先放在盒子里了，免得太过突兀，果然是佛祖保佑。

宝珠向来不关心掌珠，虽有印象却也不敢肯定，但是玉珠和惜珠确实认得这个佛珠的，知道掌珠说谎，奈何这两人一个已经定亲，一个也得到周氏的关注，都不想闹出什么幺蛾子来，也都不说话。

掌珠笑道："我虽有佛珠，只是今日没有戴过来。"

宝珠"哦"了一声，也不说话了，众人才散去。

温柔嘉远远地朝掌珠屈膝行礼感谢掌珠，若是掌珠拿出这手镯，两人的婚事没准就成了，这就出大事了……温家无形中就得罪了姜家，还有孔家……

掌珠笑了笑，心中居然有些苦涩，这样一来，她是将阿路得罪了，希望阿路不要怪她。

这一日的五月"韵华斗丽"结束后，掌珠等人跟着周氏回了别院，倒也没有什么事。

马车上，宝珠还是那副阴阳怪气的样子，其实只要不牵扯到如玉公子，宝珠也不会这个样子。

玉珠自从定亲后，就稳当了不少，在家也只是躲在屋子里刺绣，也经常去周氏那里，其实是盼着能学点什么，偏偏周氏气她抢了宝珠的婚事，根本不理会玉珠。

这次在宴会上，玉珠也一直跟周书慈在一起，奈何周书慈自认嫡女，根本不理会玉珠。

算是给玉珠泼了一盆冷水吧。

好在玉珠已经习惯忍耐，并不表现在面上。

掌珠知道这三人不管怎么样都在暗自打量她，还是因为如玉公子那一事。

就连到了别院，周氏也留下掌珠，抿了口茶，道："我也知道你和那位如玉公子青梅竹马，只是你也要定亲了，还是收敛一下好，毕竟还没定亲不是？若是出了什么事怎么办？甭说陈家丢了脸面，就是姜家也不会善罢甘休的。"

周氏这阴阳怪气的语气可真与宝珠如出一辙，怪不得是母女。

掌珠回道："多谢婶娘指教，掌珠明白。"

周氏又道："明白就好，也不知道姜家怎么想的，知道你在这儿，也不过来看看你，好在之前送了些衣服、首饰，不然我还真当她们另有打算呢。"

掌珠只是恭敬地站在下面。

周氏现在巴不得谁都出点事，好让她心里舒服些，可惜除了宝珠，谁都妥妥帖帖的，好在周氏顾虑大局，不会做出什么其他的事来，周氏也是看出来了，宝珠也就如此了。

周氏叹了一口气，挥挥手让掌珠下去。

掌珠看了眼周氏，只觉得这一年来，周氏变化极大，之前那个在她母亲面前逞威风的周氏已经不存在了。周氏身上更多的是怨气，她不再笑，连敷衍的笑也没有了，只是沉静地在一旁寻找到合适的时机，以得到些好处。

这个感觉又和惜珠有些像。

掌珠默默地退下，回到房间，躺在床上，她这一天也是累得不行，尤其还有阿路那件事。

掌珠心中一沉，不知道阿路怎么样。温夫人必然会训斥阿路，阿路自然会伤心，但更多的原因是她的拒绝吧。

今日的事，她这样做无论是对谁，包括阿路，都是最好的。

只是不知道阿路是否领情了。

第二日众人还是来到孔府，今日大家已经是熟门熟路，倒是觉得悠闲，也有些献艺的贵女很是紧张，总算大家也玩得尽兴。

晚上要散的时候，在大厅，温柔嘉拉住掌珠，轻声道："昨日多谢掌珠妹妹。母亲也很感激你。"

掌珠笑道："不必客气，毕竟我和阿路是青梅竹马，我可不忍心坏了他的名声。"

掌珠并不想与温柔嘉多说，温柔嘉比众多贵女与她谈得来，两人做事风格也颇像，只可惜两人终究不会有什么交集，今日温柔嘉也弹了一回古筝，温家对她未来的归宿已经表明得很清楚，怕是要入宫了。

掌珠正要走，却不想温柔嘉又道："回去我与母亲商量过了，玉镯已经归还的事暂且不告诉哥哥，等到宴会结束了，回去再说，还请你多担待。"

掌珠听弦知音，道："我不会告诉阿路的，也不会私下见阿路的，温姑娘放心。"

温柔嘉连忙道："我自是相信你的，只是我哥哥那里……"

掌珠看着温柔嘉的神色，心中猜到什么，笑道："说来，这毕竟是温家的事，我将玉镯已经还了，若是指着我劝说，怕是羊入虎口吧。"

温柔嘉倒是没有想到掌珠这样开玩笑，又说得如此直接，倒是有些不好意思，心中也气，却也知道这和掌珠没有什么关系，只是道："好歹你与我哥哥……"

掌珠道："我与你哥哥只是同门情谊，温姑娘放心吧。"顿了一下，道，"我先走一步，婶娘还在等我。"说着与温柔嘉点点头，便走了。

温柔嘉叹了一口气，过了一会儿，才走道一旁的暗室，轻声道："母亲，看来她真的是没有心思的。"

良久，温柔嘉才听温夫人道："就怕她没有心思，越没有心思，晁儿的心思越在她上面。"

掌珠虽然面上拒绝了温柔嘉，心中却更加担心阿路了，以她对阿路的了解，阿路只是一时想不开而已，若是好好开导，她又要定亲，阿路慢慢也就放下了，阿路虽然执拗，但并不是不通情理，他们之前的感情更多的是玩伴，毕竟以前阿路是没有动过这样的心思的，说来她和阿路又能有多少感情？感情再深又怎么比得过温柔嘉和温夫人？

只是看温夫人与温柔嘉怕是会来硬的，现在想来，阿路的游学也是为这些了。

掌珠现在倒是盼着与姜家的婚事赶紧定下来，让阿路死了这条心。

掌珠一时觉得自己心太狠，阿路要不是现在方寸大乱是不会做出给她带来麻烦的事，阿路一向体贴，知道若是惹出麻烦她的境地会如何……

掌珠叹了一口气，眼睛竟然湿漉漉的，她终归还是担心阿路的，她只希望阿路平平安安、高高兴兴的。

这一夜掌珠睡得很不踏实，第二日，颇没有精神，宝珠等人劝她休息，偏偏掌珠觉得，见过如玉公子就这样了，会惹人说闲话，不说别人，怕是宝珠心里就猜疑，宝珠现在也不过面上关心她而已。

好在第三日是晚上举行晚宴，掌珠白天在房中休息了一天，晚上好多了，就这样，宝珠也不免冷嘲热讽的。

这晚宴，怕是就决出谁是太子妃、谁是良娣了。

说来，掌珠却觉得如此得出太子妃很是儿戏，这太子妃说不得以后便是一国之母，却通过一个小小的宴会决定……

掌珠心中颇不明白。

徐妈妈提点一二掌珠才知道，原来历代太子妃都是如此决出，这是平衡后宫的一种办法，也给她们这些贵女一个机会，更多的是皇帝对太子的制约，只是她知道，这些是太子的制约或许有的时候也是太子的机会。

比如现在最后夺冠的当仁不让的是孔家小姐，这是早就内定好的，这样一来整个孔家就是太子的后盾了，看来在这太子妃上，太子是赢了。

掌珠对于朝政不大懂，这些也不过是猜测的，她只是看个热闹罢了。

在暗中观察温柔嘉与温夫人，两人和以前一样，掌珠心中有些不踏实，她总觉得这一晚阿路会在哪里等着她，掌珠只是咬着牙不去想，让他死心，或许就只能先伤害他了。

直到宴会结束，掌珠上了马车也没有见到阿路，温柔嘉也没有和她说什么。她心中才踏实点，或许只是自己想得太多了。

为期三天的"韵华斗丽"结束了，周氏让众人好好休息，暂且住庐州几日。

掌珠等人也都很是疲惫，也都没有想到周氏是不打算回去，都纷纷回房间休息。

众人便在这小小院落住下了。

第八回 终到掌珠出嫁时

宝珠与玉珠没有想到会长时间住在这里，拿的东西都很少，尤其是这两人都在绣嫁妆，偏偏这里针线用完了，宝珠很不高兴，外面买的针线哪比得上家里的好呢？

好在崔家人现在也在庐州，宝珠只想着不知是否可以见见崔寓，每日想着法子要出去。

周氏有了庄子上的教训，无论宝珠怎么说都不会让她出去的。

宝珠又盼着崔家人过来探望她。

这样也是有可能的，毕竟周家的人都给玉珠送了些东西，虽然夫人、小姐没来，但是也表现了周家人的注重。

想不到的是，没几日，姜铎亲自上门来。

宝珠、玉珠虽然口上与掌珠开玩笑，其实心里都羡慕掌珠，玉珠之前还觉得周家很给她脸面，但是姜铎亲自上门了，玉珠才回过味来，怕是姜家一直在等着周家这边先有表示，虽然她是妹妹，但是毕竟她是先定亲的，若是姜家贸贸然来，好似姜家上赶着来似的。

其实玉珠只是猜到了一部分，另一部分，姜夫人是担心他们早来了，就驳了玉珠的面子，让玉珠与掌珠之间感情有什么嫌隙，毕竟掌珠只有这一个妹妹。

周氏之前是看不上姜家这门婚事的，尤其是有那传言，什么大妇不受宠、嫡子不继承……周氏现在看见姜铎，姜铎举止有礼，相貌英挺，看着沉稳，周氏心里早就后悔了，尤其最初姜夫人是打听过宝珠的……

只是现在为时已晚。

周氏对姜铎倒是客客气气的，惜珠将来的婚事还没准儿呢，姜家也算是个靠山。

姜铎对周氏颇为恭敬，道：“本早就应该来府上请安，只是碍于两家议婚，怕是来早了，让别人觉得姑娘轻浮，因此等到现在才来请安，还请夫人别见怪。”

周氏听姜铎如此说，笑道：“贤侄客气了，不知道你母亲可还好？”

姜铎回答得很得体有礼，周氏真恨不得宝珠与掌珠对换。

这时周氏的心腹吉妈妈过来轻声在周氏耳边说了几句话，周氏眉头一挑，姜铎只当没有看见。

姜铎来这里自然还有一个用意，就是见见掌珠，见到她本人不大可能，但是哪怕在屋外听听声音也可以。

一来算是沟通感情，二来姜夫人不大明白这周氏留在庐州的缘故，外面已经传崔家与陈家联姻，现在陈家还能联姻的只有宝珠，姜夫人担心周氏不乐意，弄个什么调包之类的，所以让姜铎最好能见到本人。

周氏挥挥手，让心腹吉妈妈退下去，才笑道："下次来带着你妹妹一起过来玩玩，也省得她们闷。"

姜铎回道："我和母亲过两日便回扬州了，伯母要是有时间去扬州玩，风景还是扬州漂亮。"姜铎听出周氏有赶人的意思，又继续道，"我母亲让我给掌珠妹妹送来些小玩意，又听说二小姐、三小姐在寻思买金线呢，她那里正好有些，因此也一起送来了，希望能亲手交给掌珠妹妹。"

姜铎与掌珠正在议婚，事实上若不是为了等掌珠除服，说不得现在已经定亲，按这边的习俗，定亲后男女双方在仆人、婆子前是可以见面的，当然，这要看男方是否有心了。

周氏心中不大乐意，刚才心腹婆子过来也是说掌珠希望见姜铎一面，在屋中隔着屏风见就可以。

这一对比，周氏自然就想到宝珠，心中不是滋味，人家就可以守礼节，怎么宝珠就耐不住寂寞做出那些事？

只是周氏还是不想让这两人见面，她不顺心，怎么也不能让别人顺心？正想回绝，门房的婆子就过来道："崔太太、崔大少爷拜访。"

周氏本就有气，一听崔家更生气，倒也不为难姜铎了，笑道："说来也巧，我们大小姐也想见见姜公子呢，只是怕要隔着屏风了，毕竟你们二人还没有定亲，以后有的是时间，可别怪伯母。"

姜铎本以为要与周氏周旋好一会儿，现在周氏已经痛快答应，姜铎也不管是不是利用他挤对崔家，只是应下，跟着奴仆去了后院小厅。

后院小厅早就已经准备好了，姜铎一路上没有见到侍女、小丫头，引路的都是婆子，小厅中，一进门就是一面大屏风，还有几个婆子，有一个婆子就是周氏的心腹，离屏风最近的应该是掌珠身旁的徐妈妈。

姜铎一路上并不随便张望，就是进了小厅也是大大方方地道："掌珠小姐。"

掌珠只能透过屏风，模模糊糊地看见一个人影，也看不出来是胖了还是瘦了，倒是感觉好像是高了一些。

掌珠也大大方方地笑道："今日倒是烦姜公子过来一趟。"

掌珠声音还有些稚嫩，不似普通女孩那么娇气软绵，反而有些清丽的感觉，姜铎只觉得十分悦耳，这才知道原来掌珠是真的请他过来，心中没缘由地有些高兴，笑道："母亲让我给掌珠小姐及两位小姐送些小玩意。"

掌珠道："多谢姜夫人了，我绣了几个香包也请姜公子带回去给几位夫人和小姐赏玩。"说完徐妈妈就端着一个刻着五子登科的酸梨木盒子过来，姜铎接过来，一眼就看见里面还有一个扇坠，想来是给他的，等到明年他能用扇坠的时候，两人必然已经定亲了。

心思果然细腻。

两人不过又客套了几句，姜铎便出来了，自有人将他引出去。

掌珠才松了一口气，待到她回到闺房，才对徐妈妈道："妈妈看着怎么样？"

徐妈妈笑道："姑娘真是有福气，有这样一位姑爷，沉稳英俊，看着性子也是好。"

掌珠瞪了眼徐妈妈，难得脸上露出些羞涩，她今日这么做，一来是真的想见见姜铎，让徐妈妈帮忙掌掌眼，她毕竟年纪小，看不准人；二来她希望她见姜铎一事能传出去，阿路知道了，也就死心了。

想起阿路，掌珠心情又不大好，徐妈妈只当女孩子心思多，并不多说，便出去了，等到掌珠平静些，再与掌珠说道。

或许也真是到了有女孩心思的年龄，掌珠想，若是阿路早早让温夫人表露定亲的意思……掌珠摇摇头，温夫人说不得早就看出自己儿子的不同呢……

罢了，不必再想这些，总要看眼前的，姜铎今日的身影与牵她手那日的样貌融合在一起，掌珠心跳快了几下，他到底是怎样的人呢？

正想着，就听外面宝珠等人笑道："我们早就听说未来的大姐夫来了，还给我们带了金线呢，快给我们看看。"

掌珠无奈地摇摇头，这个宝珠，只要与如玉公子无关，她就高兴，性子真是简单，不简单也不能被人撺掇得喂祖哥儿棋子……

掌珠自是笑着让几人进来，众人皆打趣掌珠，也多少含着些羡慕。

再说姜铎这边，姜铎本要去与周氏告辞，就见崔太太带着崔寓也要离开，想必这两人又在周氏面前没得到好，他去了便是火上浇油，崔家人没准儿觉得他是故意给他们没脸的。姜铎便先站住，等到这二人走后才去周氏那里。

周氏脸色还是不大好，见了姜铎也只是随意应付两句。

姜铎想了一下，道："有句话，不知道小侄是否应该说。"

周氏挑了下眉，道："贤侄请讲，在这里只当自己家就好。"

姜铎心中笑了一下，然后一脸感激地道："这崔家虽然比不上世家年代久，甚至连新贵都是大家给面子称的，但是这崔家突然就这么起来了，也真是让人纳闷。"

周氏不说话心中慢慢思量，这外面的事她知道得少，但是不等于不知道，当家主母不能是聋子。

她一直觉得崔家不过是皇帝的玩物，听姜铎这样说，莫非不是？

姜铎见周氏不说话，也不便多说，他说的目的也不过是希望周氏将注意力放在宝珠身上，而不是掌珠身上，他说得不明白周氏才会慢慢琢磨。

姜铎躬身告退，周氏也没有时间理会。

姜铎回去自是将香包给姜夫人，里面果然有一个男子用的香包和一个扇坠，姜夫人笑着给姜铎，然后笑道："说是也要给其他人，但是毕竟没有定亲，都先放在我这儿吧，等到定亲了再去给你两个婶娘和姑娘们。"

姜铎应下，回去细细看了香包和扇坠，他也看不出绣功如何，只是觉得配色很出挑，颇有些轻狂的感觉，也是，有这么个婶娘，她是要有几分狂傲才压得住周氏，姜铎将香包和扇坠收在盒子里，待到明年就可以用了。

榴院。

姜荷娘坐在崔姨娘身旁，细细地道："姨娘，你是没有看见那陈家大小姐的张狂样，我看着怕是连她婶娘都不放在眼中呢。"姜荷娘也就只能和崔姨娘这里说说这些闲话。

偏偏崔姨娘坐在一旁掉泪，道："怕是更看不起我了。我命真是苦……怎么找了这样的儿媳妇……"

姜荷娘有些不耐烦崔姨娘说这些，皱着眉头道："姨娘可不能这样说。"这儿媳妇这个词可不是崔姨娘能用的。

崔姨娘哭得更厉害了。

姜荷娘无奈劝道："姨娘别着急，大家小姐自然有些狂傲，她又是孤女，是得硬气点，嫁进来以后又是主母，是要有气势的，再说除了这一点哪里都不错的，相貌、学识、家世等，姨娘别操心了。"

姜荷娘这些话说得还算中肯，主要是她还真怕崔姨娘将这婚事给搅黄了，她不喜欢掌珠，但是不等于她不喜欢掌珠的家世。

崔姨娘叹道："我知道，我只是心疼你哥哥，没有个知冷知热的。"顿了一下，赶忙问道，"你看那崔姑娘怎么样？"

姜荷娘讨厌崔姨娘问她这些问题，她毕竟还是姑娘家，但是也不得不道："相貌是不错，也算懂礼节，就是有些小家子气。"顿了一下，道，"太媚了，我看着心思也多。"

崔姨娘听了却高兴，道："傻丫头，她又不是……"正室，本想说这两个字，终究是碍于姜荷娘是个没出阁的姑娘没有说，道，"她要那么多的大气干什么，我看着不错。"

姜荷娘知道崔姨娘这是什么意思，想了一下，道："我虽不反对你给哥哥找个知冷知热的人，但是可别在这节骨眼上惹是生非，要是哥哥和陈家大小姐的婚事坏了，不说母亲不饶你，也耽误了哥哥。"

姜荷娘知道，只有哥哥越来越好、地位越来越高，她才能离那人更近些，这个掌珠还是必须要娶的，至于娶进来怎么样，那就不关她的事了。

姜荷娘说完就出去了。

气得崔姨娘哭得说不出话来，难不成她还会害自己的儿子不成？她不能亲自挑儿媳妇，挑一个中意的妾室还不成？

崔姨娘心中更是打定主意了，派人去给崔家送了一封信，也盼着姜铎赶紧定亲，她也好大展身手。

她们在庐州停留几乎有一个多月，连向来粗心的宝珠都发现问题了。

宝珠甚至以为周氏打算要拿她和孔家联姻，吓得不行。甚至连六月、七月两个月的宴会没有参加宝珠都没放在心上，只要不是将她嫁给别人就成。

最后居然是陈廷远亲自来庐州接周氏回陈家。

掌珠等人才察觉原来是这两人之间的问题，也不知道这两人说了什么，周氏最后高高兴兴地回了家。

掌珠心中也暗自佩服周氏好手段，做得不声不响的。

这个时候已经快八月了，接下来的日子，掌珠只在琉璃园里踏实地待着，等着除服。一眨眼已经三年了，她也要定亲了，这些日子掌珠的心情很是不好，她总觉得这样安逸对不住母亲。

每日耐着性子抄写经书，只是心思反而越来越乱。

直到除服当日，陈家大办了一场，又有温家、姜家等世家问候，也算是热闹一阵。

其实她持服两年就可以，她足足持服三年，连陈家也是如此，任谁都说陈家有情有义，掌珠心中更是抑郁，在穆氏忌日那天，狠狠哭了一场，心中才畅快些。

掌珠没有来得及悲春伤秋，十月初十，姜家请孔家第二子，现在太子的老师与媒婆提亲。

周氏本想拿捏一二，但是请的居然是太子的老师，而且这事本就与她无关，人家来了直接被请到如是居，周氏只得罢了。

掌珠这几日心情低落，听到这些，心里更是不舒服，若是母亲在怕又是一个光景。

毫不意外，这婚事自然是成的，双方只约定十日后交换男女双方的庚帖。

掌珠没有什么感觉，不悲不喜，想着前一阵还盼着早些定下来，现在定下来也不过如此。

这其中就好像没有自己什么事似的。

有太夫人看着，这事自然是顺利得很，交换庚帖合婚，十一月里又将合婚结果告诉陈家，自然是天作之合、宜家宜室之类的喜庆话。又送来一支玉钗、一块玉佩，说是定情之物。

掌珠回赠了一块印石，这是她父亲留下来的，据说是最喜欢的一块石头。

连太夫人看了都忍不住伤感，姜家见状更是高兴，不管是不是做戏，证明陈家是重视这婚事的。

后来姜铎拿着这块印石沉思许久，这印石是当年皇上送给陈廷和的，是送，不是赏，不是赐，皇上现在年纪大了，还时不时地提起这件事，若不是陈廷和去世，这掌珠说不定连他都攀不上。

而掌珠将这个块印石当作定情之物送过来了，更多的是怕别人因她无父无母瞧不起她吧。

十二月里，姜家开始与陈家商议聘礼的订单。

这些内容掌珠还是不知道，也没有打听，定亲后她更是不出房门了，众人只当她害羞了，她自己也不知道到底怎么回事。

很快就到了除夕这一日，还是同以前一样，玉珠今日很高兴，她的名字就要写在族谱上了，她从现在开始才真的算是陈家人了。

下午去给太夫人请安，太夫人最后居然留下了掌珠与玉珠。

玉珠很是紧张，自打她出生，她就没有见过几回太夫人，以前觉得家里最厉害的就是周氏，慢慢地才觉得，这个很少露面的祖母才是最厉害的。

两人见了太夫人规规矩矩地请安。

太夫人看着这两个亭亭玉立的孙女，心中还是高兴的，她虽然不闻不问，却并不是不知道她们的事。

这两个孙女她都很满意。

只是玉珠要强了些，好在这些日子稳当下来。

太夫人让赵善家的拿出两个盒子，道："一转眼你们都这么大了，这里面是我一些体己的，你们是我的亲孙女，我自然是向着你们的，你们选吧。"

玉珠死死地盯着这木盒，看着盒子做工一般，怕是不想太惹眼吧。玉珠知道应该让掌珠先选，只是一句话也说不出来。

掌珠笑道："妹妹先选吧。"

玉珠回过神来道："还是姐姐先选。"

掌珠道："虽长幼有别，妹妹年纪小，先选也无所谓。"

玉珠看向太夫人。

太夫人道："你先选吧。"

玉珠心中有些踌躇，看起来一模一样……太夫人会在这上面做手脚吗？若是做手脚何必让她们选，直接给就好了，她本身是庶女，少拿点也是应该的……

太夫人轻轻咳嗽一声。

玉珠连忙上前拿了掌珠面前的盒子。

掌珠才淡然地拿了另一个盒子。

太夫人又道："你们还有一年多就成婚了，到时走的时候，我一人给你们八千两银子，掌珠是嫡女，我另多给她两千两银子。二房的宝珠、惜珠也是如此。"说完看向玉珠。

玉珠马上道："这是应该的，玉珠心中不敢生怨恨。"

太夫人满意地点点头，又道："这东西给得有些早了，只是知道你们无父无母没有照应，定亲了，怕是那边也不怎么管你们了，这里面都是首饰，花样虽然不新，但都是好东西，你们也学着归置吧，若是被丫头偷了、被谁骗走了，或者是自己随意打赏人了，可别再找我要。"

掌珠、玉珠应下。

太夫人看向玉珠，嘱咐道："我知道你平常受了不少委屈，以后就是正房夫人，当家主母，大事可以忍耐，小情上该挺直了腰板就挺直了腰板，你已经是陈家人了，后面有陈家顶着，怕什么。"她之前若是疼爱玉珠，那将在薄情庵的掌珠置于何地？好在周氏对玉珠面上是不错的。

这席话说得玉珠眼泪汪汪的，连忙道：“我不会让祖母失望的。”

太夫人又道：“周家是门好婚事，门第好，婆母性子也好，只是也有不好的地方，这周书恩的性子你也应该知道，怕也是个风流的人，不过既然是你自己挑的，就自己忍下吧，以后不要埋怨谁，周太夫人虽然厉害，但是能挺得起周家，你也要好好学学。”

玉珠道：“是。”

太夫人道：“你做的什么事，我都清楚，好在没有出大问题，也还让你成了，算你厉害。以后记着，你的利益是最小的，夫家的利益是最大的，娘家的利益是其次，话已经说到这个份儿上了，你以后好自为之吧。”

吓得玉珠跪下不敢说话。

太夫人挥挥手道：“下去吧，我没怪你。”

赵善家的过来扶起玉珠，玉珠才颤颤巍巍地出去了。

太夫人看向掌珠，叹了一口气道：“你与温家小子已经没有缘分了。”

掌珠一愣，连忙道：“祖母，我与阿路他……”

太夫人摇摇手道：“你不必解释，以前的事我也不想知道，只是告诉你认清眼前的事，别耽误了以后。”

掌珠道：“是，祖母放心。”

太夫人一时没有说话，掌珠也不打扰太夫人。

过了好一会儿，太夫人才道：“我知道你心中多少怨我，觉得我没有帮你母亲，也没有好好对你们姐俩……”

掌珠听了连忙跪下，道：“祖母万万不可这么说，掌珠从来没有这样想过。”顿了一下，掌珠道，“掌珠知道祖母不容易。”

太夫人一时没有说话，擦了擦眼角，陈廷远毕竟不是她的亲生儿子，她又一心想着陈家，就只能这样六亲不认了……

太夫人叹道：“你起来吧，我也只是随口说说。起来吧。”

掌珠只得站起来。

太夫人道：“我也没有什么可嘱咐你的，你一向聪颖，姜家这门婚事选得也好，记着，过好自己的日子才最主要，我劝玉珠，让玉珠以夫家为重，但是我劝你，要以夫君为重，姜铎这人不简单。”

掌珠应下。

太夫人继续道：“至于所谓的传言，仁者见仁，智者见智，它总有你能利用的地方。”

掌珠道：“多谢祖母指点。”

太夫人打量掌珠，掌珠总是这个表情，很淡然，不悲不喜，你看不出来她怎么想的，连太夫人也是如此，真是和她的母亲很像，太夫人心中一阵难受，若是能生下个儿子……这个想法默默地隐下去。

太夫人道：“有的时候是不能强求的。”

掌珠一时不明白这句话是在说什么，看向太夫人。

太夫人轻声道："你在查你母亲生下……男婴的事？"太夫人终究不忍心称之为怪物，顿了一下，道，"我是知道的，你母亲错信他人吃了药。"

掌珠手中的盒子掉在地上，她寻了很久的答案，就被别人这样简简单单地说出来了。

掌珠强装镇定，道："还请祖母告诉我一切。"

太夫人道："我今日叫你来也是想和你说这件事，我不告诉你也是有我的原因，只是我看你这段时间沉闷得很，想来是一定要知道的。"

掌珠坚定地道："还请祖母告诉我一切。"

太夫人无奈摇头道："这事你知道得也差不多了，你母亲当时已经有孕，只是求子心切，当时已经知道这药方是周氏给的，而且有一定的风险，也愿意尝试……你母亲再孕已经很是难得，肚子里的孩子本就孱弱，结果……"

果然！

这就是掌珠一直不敢查下去的原因，母亲是自愿吃的。

掌珠一时不知道说什么，道："祖母……祖母您没有……"掌珠问不下去了。

太夫人叹道："我之前并不同意，但是那时候你父亲已经去世，你母亲并不同意让你承嗣……"

后来太夫人说的什么，掌珠已经听不见了，她甚至不知道自己是怎么回的琉璃园。

这件事罪魁祸首是谁？是周氏的狠毒？可是若是母亲不想要儿子又怎么会吃？若是太夫人不逼迫母亲，若是父亲没有去世，母亲还会这样吗？若是她承嗣又会如何？

这笔烂账已经算不清了。

她该怎么办？

掌珠一直想着这个问题，她应该报复周氏？她应该怨恨太夫人？

熹平四十年，陈掌珠十五岁。

自从除夕后，掌珠更是不会轻易离开琉璃园，满脑子都是这些，徐妈妈并不知道怎么回事，劝也劝不了。

玉珠来过一回，不过是想打探太夫人给她的是什么，掌珠直接让玉珠看那个盒子，甚至说，妹妹喜欢就随便拿。玉珠甭说不好意思拿，看都不好意思看，灰头土脸地回了琳琅园，想起太夫人说的那些话，玉珠也觉得自己做得不够大气，只闷头在屋里做绣活。

宝珠来过几回，不过是暗暗嘲讽，崔家来提亲，周氏虽然记住了姜铎说的话，面上倒是对崔家态度好了很多，但是也只说先忙碌掌珠的婚事。

惜珠倒是踏实，她现在得了周氏的意，杂事一概不管。

二月，祝氏产下一子。

陈廷远与祝氏都很高兴，只说当年的孩子回来了，周氏也不客气，过了满月就将孩子抱过来了，祝氏可能是早就有心理准备，并没有阻拦。

三月，姜家的聘礼单终于定下来了，开始商量婚期，在这上面两家颇有争议，姜家希望掌珠熹平四十一年三月出嫁，那时候掌珠十六岁，只是还没有过生日，太夫人则希望掌珠过了生日再出嫁。

最后太夫人让一步，掌珠五月出嫁，但是过生日时在陈家。

姜家没有异议。

掌珠的婚事总算是没有其他问题了，只等着出嫁前姜家送来聘礼……这就要等明年了。

宝珠以为这总该她的婚事了吧。

谁知道又开始忙碌玉珠的婚事。

宝珠恨得牙痒痒，在周氏那儿闹了两三回也不管用，只是每日默默流泪。

结果在五月的时候，出了一档子事。

姜铎居然要纳妾，而且是崔家女。

姜铎今年已经是二十多岁，有妾室也是说得过去的，但是这人是崔寓的妹妹，宝珠未来的小姑子，这就有问题了……

周氏指着宝珠骂道："你这不是比掌珠矮一头？人家是嫡女，你也嫡女，怎么就非要自甘堕落！"

周氏好似是报复宝珠似的，什么话寒心说什么话，最后看宝珠哭得说不出话来，心中不但不解气反而更是伤心，哭着道："现在就是你不嫁也不行了……真不知道你怎么就非要认定崔家了，以前多好的婚事……你……唉……"

周氏现在既要管着家又要照顾祝氏生的儿子，自己的儿子和惜珠照顾得更是精细，每天忙得走不开，只哭了一会儿便离开了。

宝珠这才放声大哭，没过几日终于是病了。

比起满园的宝珠，琉璃园这边则平静了许多，晓初等人都担心掌珠不高兴，偏偏掌珠还是和以前那样，说起来，自从除夕以后，掌珠就变得更是冷淡，也不爱出门，虽然别人说掌珠是害羞了，但是她们这些近身的人知道，掌珠根本不是因为婚事才如此的。

关于妾室的事，掌珠也只是"嗯"了一声。

急得徐妈妈在跟前不知道劝了多少遍，掌珠只冷声回问："妈妈希望我怎么办？推了婚事吗？"

自然是不能，徐妈妈也只得不再劝。

谁知道有那奴仆传小话，说大小姐就是因为没父没母才这样被欺负的……

这话自然就传到了掌珠耳朵里，掌珠心中更是难受，她不希望让母亲现在还因为自己不得安宁。

其实，她心中一直有应对的方法，只是并不着急罢了，现在是时候了……

掌珠带着东西去探望宝珠，还没有进去，就听见宝珠在里面喊："她来干什么？来看我笑话？让她滚！"

掌珠淡淡地道："听起来精气神还不错。"

七珍有些不好意思地看着掌珠："大小姐，姑娘她最近心情不好……"七珍总觉得掌珠哪里变了，好像比之前更不好亲近了。

掌珠道："我知道了。"说着就进去了。

七珍哪里敢拦着，秋白和唱月连忙拉着七珍到一旁说话。

掌珠进去后，见宝珠拥着被子靠着床头，手里拿着本话本，宝珠现在越来越不顾忌了。

宝珠一看见掌珠，将话本扔在地上，道："你来干什么？笑话我？"

掌珠不客气地点头道："是。"

噎得宝珠一句话也说不出来，好半天才道："笑话完了，就走吧。"

掌珠挑了一下眉，打量一番宝珠，道："你就这么点出息？"

宝珠性子本来就禁不住挑拨，面对周氏她心中有愧也不敢怎样，可是对掌珠，她从来都不怕的。

宝珠蹦下床来，瞪着掌珠冷笑道："说来我还可怜你，那妾肯定就是为姜家生儿子用的，将来你还要好好养大他，风水轮流转，那孩子也得叫我一声舅妈。"

掌珠倒不生气，道："这才像是你。"顿了一下，道，"生下来也应该叫你姨妈。"

宝珠眯着眼道："你还真让她过门？"宝珠之所以按兵不动，是因为她不相信掌珠会让崔家女过门。

掌珠心中叹了一口气，果然，宝珠在这儿等着她呢，只是若是她有动静，姜家就更有借口纳妾了。

掌珠脸上并不露出这些来，只是道："反正不是她也是别人，她的身份更特别一些。"

宝珠怒道："你想用她作践我来！"

掌珠很高兴宝珠能想到这一点，冷笑了一下，道："我作践你干什么，有什么好处？有好处的是别人吧？"

宝珠不说话，眼中带着不服，但是心中已经动摇了。

掌珠笑道："我有个主意，不知道你愿意配合吗？说实话，咱俩不和，我也不想和你故作亲近，偏偏这事捎带上你我了，待到咱俩出嫁后，各自在夫家，以后更不会有什么冲突。"

宝珠道："你想利用我？"

掌珠道："别把自己看得这么高，我也是看在你姓陈的分儿上，才想帮你一把，还是那句话，将来不是崔家女成为妾室也会是别人的。"

宝珠迟疑了一下，想起母亲骂她的那些话，无奈道："你先说来听听。"

掌珠上前一步，在宝珠耳边说了几句话。

宝珠脸色一白，道："那……万一若是不成，我可就……"

掌珠冷笑道："这事崔家人能办得出来就是为了作践你，你嫁进去就比我矮一头，算什么嫡出的大小姐，没嫁进去就这么作践你了，等你嫁进去，哼！"掌珠故意激她。

宝珠脸色更是不好，道："你少挑拨离间。"

掌珠道："干不干随便你，当初你都敢把棋子放在祖哥儿的嘴里，这点小事你不敢干？”

宝珠喂棋这件事掌珠是第一个这样明着说出来的，宝珠跌坐在地上，故意道：“我从来都不后悔！”宝珠确实是这么想的，之前是后悔过，但是现在不后悔了，她只是觉得不该在动了杀机后对祖哥儿产生感情。

掌珠道：“你想嫁入崔家，不单单是什么一见钟情吧？你嫁入崔家，崔家得把你当菩萨供着，崔家再厉害，在你有生之年也不能越过陈家，就算越过陈家了，你也是他们的恩人。”掌珠蹲在她身旁道，“你将来有个做小妾的小姑子，在娘家和那些贵妇面前能抬起头？”

宝珠咬牙道：“按你那么做真的能成？”

掌珠笑道：“我保证你没有一个做小妾的小姑子。”

宝珠点头道：“好，信你一回。”

掌珠点点头，转身离开了。

七珍才慌忙地进屋，扶起宝珠，宝珠看着门口喃喃道：“她怎么好像变了个人似的……”

姜铎纳妾的事越传越广，但是姜家没有任何表态，没有承认也没有否认，陈家也没有动静。

众人对这件事更加好奇。

谁知道最后先有动静的是崔家和温家。

崔家按捺不住，崔太太与崔寓再一次来陈家，这次必须要有个结果，他们甚至拿了宝珠的小衣。

就好像约好了似的，这一天温夫人来陈家做客。

这两方毫无关联的人马倒是碰到一起了。

温夫人朝崔太太点点头，才对周氏笑道：“我听说掌珠定亲了，特意来恭喜，你也知道我与她母亲的关系。”

周氏笑道：“那是掌珠的福气。”

温夫人点头道：“我看着这孩子就是有福气的，本来早就想来，也是怕贵府太忙乱，过来添乱。”

周氏笑道：“你来才好呢，掌珠毕竟父母早逝，您也多指点一番，我虽是婶娘，偏偏事又多。”

周氏与温夫人就好像没有看见崔太太似的。

周氏心中则担心崔太太说出什么不得体的话，再得罪温夫人，正想，崔寓去陈廷远书房请过安后，也来了，周氏便笑道：“掌珠现在都害羞躲在琉璃园不出来了，温夫人去看看？”

温夫人点点头，站起来就要离座，崔寓也进来了，朝温夫人行礼，温夫人看着这崔寓倒是相貌堂堂也不错。

周氏送温夫人出去，在廊下，温夫人低声道：“有句话也不知道当讲不当讲。”

周氏道：“温夫人请讲。”

温夫人叹道：“这崔家能得陛下的青睐定是不错的，你若是把他们逼急了，他们使出什么下流招数来……吃亏的还是宝珠小姐，更何况，这崔寓看着倒是个有才华的人，将来说不好大有前程。”

周氏眼圈一红道：“我知道，我心中自是有底的。”

温夫人点点头要走，就见那边宝珠大步流星地走进来。

周氏也来不及送温夫人了，道：“你怎么来这里了？赶紧回去！”

宝珠规规矩矩地给温夫人请了个安，道：“母亲，我就是想当面说句话，正好温夫人也在这儿，也做个见证。”

周氏生怕宝珠说出什么大逆不道的话，恨不得让人绑了宝珠下去，偏偏温夫人扯了一下周氏，周氏这一闪神，宝珠就进去了。

周氏连忙跟进去，温夫人也跟着进去。

崔太太见到宝珠，两眼放光很是高兴。

宝珠看了眼崔寓，朝思暮想的人就在眼前，宝珠眼睛一红，心一软，但是想到掌珠那些话，就咽下去了，紧跟着就道：“崔太太、崔大公子，这婚事我是不会应下去的。”

崔太太一脸惊讶，就是崔寓眼中也多了几分思量。周氏满脸的高兴，不明白宝珠怎么想通了。

崔太太马上就道：“宝珠小姐莫非是生病了？脑子烧糊涂了？难不成忘记您给……”

宝珠说了刚才那句话心里后悔得跟什么似的，但是听了崔太太这句话，心肠又硬起来了，道：“我陈宝珠从来说话算话，当初与崔寓哥哥说的话，说一不二。”

周氏几乎摔倒，这不是承认了有私情？

崔寓也有些迷糊了，这是怎么回事？

崔太太道：“那宝珠小姐刚才说的话……”

宝珠道：“我堂堂的陈家嫡小姐，却有一个当妾的小姑子，我是放不下这脸面的。当初我当崔寓哥哥是有才华之人，想着崔家也是清流之家，却万万没有想到居然会送自己女儿去当妾，算我看错了崔大公子！”这话说得崔太太脸红一阵白一阵的，就连崔寓的脸色也相当不好。

宝珠说了这席话心里畅快了很多，接着道：“我是大家出身，我们家的女孩子除非是皇上有命，不然绝对是不会做妾室的，宁可为贫妻不为富贵妾！就是小门小户也没有上赶着去做妾的道理。”说着屈膝朝崔寓行礼，道，“崔寓哥哥只当你我今生没有缘分，你放心，我心既然已经相许，就不会负了你，我自是去做尼姑。”

周氏已经哭得不行了，口中只道：“作孽啊……”她听了这话还不明白宝珠的用意？这下宝珠更要嫁给崔寓了，不然就只能做尼姑了。

温夫人也吃惊地看着宝珠，倒是没有想到宝珠这么有志气。

宝珠说完朝崔寓笑了一下，眼中的泪也流了下来，然后转身大大方方地离开了。

早有婆子扶起周氏，周氏对崔太太道：“让你见笑了，贵女们就是这个样子，一身的傲气难折。两位请吧，我女儿的话已经很明白了。”

见崔太太还是蠢蠢欲动的，周氏又道：“她是死了心做尼姑的，那些虚名还有什么用？崔太太现在就是拿出什么来，污的也是你们崔家人了。送客。”

崔寓脸色很不好，强撑着告辞，带着失魂落魄的崔太太离开。

温夫人看了半晌戏，对周氏道：“陈夫人教育出来个好女儿，实在令我佩服。”

好歹宝珠这样一说，之前的私情倒被人看淡了，众人只会觉得宝珠有骨气，有温夫人这句话周氏更不担心了。

就算以后嫁入崔家，崔家也不会拿着这些私情压制宝珠了。

周氏自是让人送温夫人去了琉璃园。

自己则去满园向宝珠问清楚。

这事很快就传出去了，宝珠更是被众人称赞。

这才是真正的大魏贵女，不过众人也都看着陈家呢，莫非真送宝珠去尼姑庵。

这时姜铎则亲自来陈家请罪，说的也很是诚恳：“家中确实没有为我挑选妾室的意思，就是有也要选个一年半载的，就是选好了也必然要经过掌珠小姐这边的同意。怎么会在定亲后就打陈家的脸？实不相瞒，确实提议过崔家小姐，但是听说崔家在与陈家议亲，因此我也推拒了。”

姜铎并没有说是崔姨娘提议的，他怎么能让个女人顶着这件事？

“之前虽然没有来，只当这是传言，若是贸然拒绝，担心会伤了崔家小姐的名声，却没有想到会闹到这个地步，实在是我的罪过。”

掌珠在屏风后默默地听姜铎说这些话，姜家到底为何一直沉默，她心中也一直在猜测，不知道这姜铎是不是替人受过了，只是通过这些事，她也明白姜家也不是什么好的去处。

掌珠道：“姜公子，你我既然已经定亲，便是嫁鸡随鸡、嫁狗随狗，姜公子也不必请罪，该怎样行事就怎样行事，我也不是小气的人，一哭、二闹、三上吊的事做不出来。”

姜铎心一沉。

掌珠又接着道：“无论如何，这件事都是姜家不尊重陈家在先，若是姜家对我不满……”

姜铎道：“我姜某只会有你这一个妻子。”

掌珠一愣，没想到姜铎说出这么重的话。

一辆舒适宽敞的马车在山道上慢慢前行。

车内是掌珠和宝珠。

掌珠慢慢地抿了口茶，很是舒服的样子。

宝珠恨恨地看着掌珠，恨不得将她手中的茶杯摔在地上。

掌珠瞟了眼宝珠，笑道：“宝珠妹妹可别忘记咱带的东西可不多，摔了就没有了。”

宝珠咬牙道：“不是说按照你说的做就能事成吗？”

掌珠笑道：“事成了啊。”

“可是我们却要去薄情庵当尼姑！”说着宝珠就忍不住想哭，她刚才走的时候为了面子，一直没有哭，其实心里早就后悔了，就不应该听掌珠的！

掌珠道："不过是住一阵，你着什么急。"

宝珠怒道："姜家已经来赔罪了，也不会娶崔家女了，你干什么还要去薄情庵！害得我也要跟着来。"

掌珠见宝珠情绪不稳定，无奈解释道："你以为这次去薄情庵和你去山庄'休养'一样？咱这是给陈家长脸。更何况，在薄情庵更自在，你不想见你的崔哥哥？"

宝珠满脸吃惊，忍不住笑道："真的？可是我之前那么说他，他不会怪我？"宝珠想到在庄子上的那段日子，还是很甜蜜的。

掌珠瞟了眼宝珠，道："他就喜欢你身上这身贵气。"顿了一下，想到两人毕竟是堂姐妹，将来怕是还要有交际，便指点道，"你有的家世是他一辈子也挣不来的，他就是再纳一百个妾，也寻不来你这样家世的女子，把心放在肚子里吧。"

宝珠瞪了眼掌珠，不再埋怨。

掌珠掀开一角窗纱，看向外面的青山，长出一口气，她终于又出来了。

掌珠闻到了这泥土的清香，慢慢地闭上眼。

现在已经是八月，在这山里走一点也不觉得热，姜铎纳妾一事已经三个多月了，除了姜家来赔罪外，崔家也有动静了。

掌珠万万没有想到崔家会如此……如此坚定，或许只是崔家女的坚定？

如果崔家要脸面的话，在姜家向陈家赔罪后就应该迅速地给崔家女找一门亲事，这所谓的崔家女做小妾的事也就成了误会。

可是，崔家女居然站出来说，她不是崔家人，虽然姓崔，但是她的父母兄弟早就死光了，和崔寓兄弟没有任何亲戚关系，不过是崔太太好心收养罢了。

为了给姜铎当小妾居然宁可诅咒自己的父母兄弟……

崔家兄弟只得一顶小轿将她送到一处小宅子里，表明他们是没有关系的。

这个时候，姜铎若是还不将这个女子纳为妾，眼睁睁地看着这个孤女自己在外面……怕是众人都说不过去，就连她也不得不同意。

没想到是姜铎只是对外说，一切都要等他成亲后说。

掌珠这才松了一口气，也借机说去薄情庵散心，表明她对崔家的处理还是不满意。

这事看着让崔家很无奈，其实若是崔寓有魄力些，认下崔女就是他们的妹子，寻一个好人家，把她嫁了也不是不可的，偏偏崔家放任，说不得心里还是打姜家的主意，生个儿子，再忍个十几二十年就熬出头了。

掌珠冷笑，这算盘打得好，不知道怎么回事脑海中出现姜铎的身影，他一定不会让这样的事发生的。

姜铎，应该是个不喜欢任人摆布的人吧。

姜铎说，他只会有她这一个妻子，这句话掌珠心中没有当真，却总是记着，她多少明白宝珠为何会如此痴迷情爱了。

姜铎说完这句话后，她就愣住，不知道该怎么回，她只记得当时姜铎笑了一下，又问她，有什么要求吗？

她当时说她想回薄情庵……

傍晚的时候，终于到了薄情庵。

掌珠心中很激动，她已经将近四年没有回来了，没想到她又回来了。

下了马车就看见了清师太在门口等着她，掌珠过去行礼，笑道："了清师太，我回来看您了。您还是以前的样子，一点也没有变。"掌珠努力让自己看起来平静些。

了清师太躬身行礼，笑道："阿珠的变化还是很大的，长大了。"

掌珠听见阿珠这两个字就好像又回到了从前。

宝珠咳嗽一声，朝了清师太行礼，然后道："师太先带我们去厢房吧。"宝珠是看在掌珠的面子上才勉强与了清师太说话。

了清师太行礼，笑道："跟我来吧。"

掌珠和宝珠住在一起，并没有住曾经的那个厢房。

厢房干净、明亮、宁静，没有那些华贵的东西，让人觉得很是朴实清雅。

宝珠松了一口气，道："我还以为会和尼姑住在一起呢。我累了，要好好休息休息。"宝珠说完就选了间向阳的房间进去了，七珍连忙跟着过去。

掌珠身旁的唱月也帮着掌珠收拾东西。

掌珠盘腿坐在门口，看着外面的样子，她又回到这里了，心里说不清是现在在做梦还是之前在做梦。

想来今晚应该会睡得踏实，她已经许久没有这样宁静了。

接下来几日，掌珠好像从来没有离开过薄情庵似的，清晨起来与了清师太一起做早课，和她们吃一样的东西，抄写经书，帮忙采摘，等等。

只宝珠觉得无趣，好在在这里只踏实地刺绣、看书就成，偶尔她也会去前面看看那些烧香拜佛的人，自己也默默地许下心愿。

这两人倒是井水不犯河水，难得这样平静。

九月的时候，陈家派人送了些秋衣，周氏派了心腹婆子过来，细细问了宝珠的饮食起居也就放心了。

掌珠这里虽然也有秋衣，但是自然少了些关心，平时不显，但是在这里，想起和母亲在一起的时候，掌珠也有些心酸。

宝珠心粗，不会想到这一层，待到婆子走了之后，宝珠高高兴兴地对掌珠道："我母亲已经答应了崔家的婚事，不过说要明年开始议婚呢。"

掌珠笑着应付了几句，知道周氏还是在拖，好在有了明确的时间。

宝珠又笑道："听说崔大公子为了能见到我母亲，居然跪在门口哀求呢。"

掌珠一听，愣了，看着宝珠笑得甜蜜，她也不便多说什么，周氏这么作践崔寓，就真不担心崔寓对宝珠不好？

崔寓若是心胸宽广之人还好，若是小气的，怕是将来都得还给宝珠。

宝珠笑意盎然，阳光下，看着很是耀眼，这时的宝珠是骄傲的、明媚的，只希望她一直都这样吧。

只是到第二日，就换成宝珠心酸了。

因为姜夫人也派心腹婆子过来送秋衣。虽然也给宝珠了几件，但是毕竟姜家是特意看掌珠的。

宝珠只盼着自己的婚事赶紧成。

田妈妈笑道：“掌珠小姐可比之前漂亮了，这青山果然养人。”

掌珠笑道：“妈妈就取笑掌珠吧。”她二人见面次数多了，也熟悉了很多。

田妈妈又轻声道：“知道过些日子是大夫人的忌日，夫人让我劝掌珠小姐不要太伤心，大夫人也是希望掌珠小姐高高兴兴的。”

掌珠道：“多谢夫人记得，我心里一直感激。”顿了一下，道，“田妈妈莫非要住在这里？”

离她母亲的忌日还有段时间呢，田妈妈这么早就过来……

田妈妈回道：“夫人担心小姐没有人照顾，虽说掌珠小姐在这里长大的，但是总归不如家里舒服的，因此派老奴过来了。掌珠小姐放心，老奴不会干涉掌珠小姐的任何事，您要是有需要老奴的就尽管使唤老奴，老奴也不过是让姜夫人安心罢了。”

掌珠笑道：“哪里能说使唤您呢？应该是请教，我年纪小，家里也没有人教导我，田妈妈走的路比我吃的盐都多，我也总算是有个商量的人了。”

这一席话将田妈妈哄得十分开心。

掌珠知道姜夫人关心她，这田妈妈来这里虽然目的不单纯，但是监视她的可能性比较小，更多的应该是担心再出现类似于崔家女的事件，姜家可以及时知道，甚至及时和她解释。

姜夫人没少用心。

田妈妈也确实如她所说，并不和掌珠住在一起，而是住在客房，掌珠若是唤她过来，她就过来，若是没事就安分守己地待着。

一眨眼就到了穆氏的忌日。

掌珠一人去了以前的厢房，到了那里，她却觉得和以前不一样了，想来是因为母亲不在了吧。

掌珠心中压抑，这里才是母亲真正喜爱的地方吧，陈家不过是个笼子，父亲去世了，母亲对陈家也就没有念想了。

掌珠并没有马上进入厢房，反而拿起竹篮去采野菜，母亲很喜欢吃这些野菜，说自己采得干净。

掌珠许久没有采，不过是蹲了一会儿，腿就酸了，慢慢站起来，这时有人扶了她一把，道：“我来帮你拿吧。”

掌珠吃惊地抬头道：“姜铎！”

姜铎笑着点点头，道：“你第一次喊我名字。”解释道，“我知道今日是大夫人的忌日，因此过来与你一起拜祭。这里是她故去的地方，想来要比在其他的地方更好。”顿了一下，道，“你我已经定亲，我来拜祭也是应该的。”

掌珠心中感激，一时不知道该说什么，只抬头看着姜铎，姜铎还是她印象中的样子，一点也没有变，她甚至没有丝毫的生疏感，好像两人认识了很长时间。

姜铎笑道："可是吓到你了？"

掌珠回过神来，大大方方地点头道："是的，没想到你会来。"

姜铎伸手道："我帮你拿着竹篮吧。"

掌珠将竹篮递给姜铎，姜铎这次还是很小心地没有碰她的手，姜铎这个人和姜夫人一样，是个相当守礼节的人，几乎都让人感觉教条化了。掌珠忍不住想到了在姜家书斋的事了，笑了一下。

姜铎一直注意掌珠的神情，自是看见这笑意，脑中也想到书斋的事了，便问道："书你看了吗？可喜欢看？"

掌珠道："只看了一两本。"

姜铎猜道："是域志类的？"

掌珠笑着点点头。

姜铎道："我也喜欢看那类的，只可惜父母在，不远游，否则定要看看这大好河山。"

掌珠这个时候才觉得姜铎有些许青春盎然的感觉，之前的姜铎给人的感觉太过稳重了，都不像他这个年纪的，虽然阿路以前也故意装作一本正经，但是举止中还是显露出来几分年少轻狂，不然也不会有那次的玉镯事件。

掌珠觉得这个时候想到阿路不大对，有些尴尬，她也不知道该说什么……

两人一时没有说话，好在姜铎并不介意，一同进了厢房。

掌珠也不再想这些，只觉得满脑子都是母亲的回忆，对她来说，或许这里才算是她的家，有她的童年，还有母亲。

掌珠一边看着里面的摆设一边不知不觉地道："我小时候从来没有什么嫡庶的观念，只有佛门弟子和非佛门弟子的观念。母亲的头发很长、很黑……只是后来掉了不少也白了不少，母亲对我说，年纪越大就会掉得越多，因为，人的烦恼会越来越少。三千烦恼丝掉完了以后就没有烦恼了，我当时真的信了，还希望母亲多掉些，这样就不会有烦恼了。"说着笑了一下，道，"那时候真是傻。"说完又看向姜铎，有些不好意思，自己似乎不应该和他说这些。

姜铎道："大夫人是一位值得敬佩的女子。"似乎怕掌珠不信，又道，"我以前听过母亲提起大夫人，说大夫人是女中豪杰，只可惜她没有机会认识。"

这话姜铎说得不假，姜夫人不但敬佩穆氏，而且也十分羡慕穆氏，只可惜……

掌珠高兴地笑笑，她很少对人提起母亲，就连阿路也是，她心中其实也是闷得不行。

掌珠带着姜铎到穆氏的牌位前，掌珠先恭敬地跪拜，然后是姜铎。

姜铎起来后，看着掌珠，这个女孩很特别，她很伤心，但是没有哭泣，仍然满面的笑意，姜铎知道，有的时候，一些伤心不是表现在脸上，而是刻在骨头里。

掌珠拿着竹篮子与姜铎慢慢地走出去，笑道："以前经常吃这些野菜，也从来不觉得难吃。现在吃了几年的富贵米，也不知道还喜欢吃吗？"

姜铎道："我倒是从来没有吃过。"

掌珠道："那我回头给你送去些。"

姜铎面露难色，道："我一会儿便要走了，这次本只是送妹妹过来……想到你也这里，今日又是……"

掌珠心中微微有些失望，但是并不表现出来，道："也不知道姜公子要去哪里，只是出这座山怕是要多半日，还是早早出了也好有所准备，免得晚上露宿荒山。"说着也笑起来，她实在想象不到姜铎露宿荒山的样子。

姜铎笑道："不会的，你们坐马车出山要多半日，我骑马，比你们要快小半个时辰。"顿了一下，还是解释道，"还要去一趟江陵府，不然倒是可以尝尝野菜。"

掌珠道："以后还有机会，不急于一时。"顿了一下，道，"不知道荷娘姐姐过来是……"怎么一个两个都跑到这尼姑庵里？

姜铎收起笑意道："她前段时间身子不好，郎中看也不管用，倒是有个云游四方的大师说，她要在庵里住上几日，听听木鱼响才会好，母亲本不信，结果她身子越来越不好，便只得送来试试。"

掌珠一听就知道这些是借口，想来还是因为姜荷娘的一片痴情。

掌珠心中一叹，无论是宝珠还是姜荷娘甚至是崔家女都逃不开这个情字。

掌珠道："佛门净地，想来没几日就会好的。"

姜铎点了一下头，顿了一下才道："大师说她要静养……"

掌珠连忙道："我不会去打扰的，待到她好些再去看她。"

姜铎道："年前应该就差不多了。"说完看了看天色，才道，"我也要走了，掌珠小姐保重。"

掌珠道："也还请姜公子保重。"

姜铎便转身离开。

掌珠才想到，他两人居然都没有提崔家女的事，应该是都没有想到，崔家女在他们心中已经不重要了，不过以后再想个辙处理罢了。

掌珠看着姜铎离开后，才转身离开，走到拐角处，就看到宝珠站在那里，满脸的不高兴，眼中还带着嘲笑。

掌珠不知道宝珠在嘲笑什么，她与姜铎已经定亲，而且姜铎是来拜祭她母亲的，他们说话也说得过去。

宝珠忍不住冷笑道："哼，你不也是如此！和男人私会。"

掌珠站住，转身盯着宝珠，她和宝珠这些日子和平相处，倒是让宝珠觉得她好欺负了。

宝珠微微后退一步。

掌珠慢慢地道："你最好管好你的嘴。"

宝珠心中还是有些怕掌珠的，却也不甘示弱，道："你还怕人说？"

掌珠扯了一下嘴角，道："我是怕我一不小心说出你什么事来。"

关于崔大公子的事，掌珠和宝珠心里都清楚。

宝珠心中一阵酸楚，她和崔大公子相爱怎么就不对了？

掌珠淡淡地道："你放心，我不会说，只要你不惹怒我，我也不想你玷污了陈家的名声，你也不希望吧，不是说你母亲已经应下你和崔家的婚事了吗？就别节外生枝了，小心以后永远住在薄情庵。”

宝珠的脸一阵青一阵白的，可偏偏掌珠说得都对。

两人因为这事好一阵没有说话，掌珠哪里会在意宝珠，她每日亲近了清师太还来不及呢。

这一日，掌珠与了清师太在亭中喝茶。

掌珠笑道：“若是能日日如此该多好。”

了清师太笑道：“你若是时间长了也就不喜欢了，若没有你回陈家的日子，你会如此喜欢现在？”

掌珠叹了一口气，算是同意了，她若没有回过陈家就肯定不会珍惜现在的。

了清师太看了眼掌珠，笑着抿了口茶，只闭着眼感觉这落叶这清风，好不自在。

掌珠也跟着闭上眼，心中却一阵烦乱，脑海中想到的是周氏、是太夫人说的话，是祝氏说的话，居然还有崔家女，她以为她不在意呢，各种人说的话充斥着她的耳朵，掌珠猛地睁开眼睛，她完全不能静心。

了清师太依然闭着眼，只是问道：“阿珠有心事？”

掌珠想了一下，道：“有一件事，我不明白，不知道师太可以帮我解惑吗？”

了清师太看着掌珠笑道：“阿珠想说便说吧。”若是想说早就对她说了，有疑虑便是不想说。

掌珠口中的话终究是咽进去了，她不能说关于母亲的事，她不想毁了母亲的名声，即使了清师太不会说给别人，她也不想让别人知道。

掌珠慢慢道：“我很想知道我母亲为什么希望我回去，又希望我过上什么样的生活呢？”母亲希望我报仇吗？我又应该向周氏报仇吗？

了清师太道：“我想，穆施主应该是希望阿珠更珍惜现在的日子吧。阿珠或许可以先问问自己想过什么样的生活吧。”

掌珠不说话，这也是她的顾虑，她觉得母亲是不希望她报仇的，只是她怎么也咽不下这口气。

掌珠忍不住问道：“真的会恶有恶报吗？”

了清师太道：“有的时候失了心，便是他们的果。”

掌珠摇摇头，她不喜欢这样的报应，如果那些人不在意她们的心，失了心又怎么算得上报应？

了清师太心中无奈地叹了一口气，掌珠怕是一时不能转过这弯儿了。

这时，过来一个小尼姑，朝两人行礼后，对了清师太道：“师太，太子殿下来礼佛。”

掌珠与了清师太颇为惊讶，太子在她们眼中一直都很神秘，怎么今日这样大大咧咧来了？

掌珠心中则想到了姜荷娘，这太子的胆子也真是大，莫非真是喜欢姜荷娘？那干脆收了，不皆大欢喜吗？

了清师太自是去了前面应对，掌珠想了一下，还是回厢房老实待着吧，这个太子可不是个容易对付的。她可不想一不小心听到什么不该听的话。

只是掌珠没有想到，太子向来是不按常理出牌，而且，姜荷娘住的位置离掌珠并不远……不想遇见，却偏偏歪打正着。

掌珠就要到厢房时，看见太子笑盈盈地走过来："听说你是藏锐的未婚妻？"

掌珠并没有见过太子，见这人黑眸蕴藏锐利，孑然独立在那儿，周身盛气逼人，再一听声音，与那日孔家柳林中的男人声音相差无几，掌珠也就猜到这人必定是太子了。

掌珠微微屈膝，道："小女子正是姜大公子的未婚妻。"掌珠见太子只是穿常服，想来是不希望别人知道他是太子吧。

掌珠身旁有徐妈妈又喜欢看些史志之类的，知道大魏太子与皇帝的关系都很玄妙，历来太子都很神秘，像魏恕，总是传闻在宫中养病，其实一直在江南。

魏恕打量一番掌珠，笑道："你不怕我？"

掌珠只是垂下眼帘，回道："不怕。"

魏恕挑了一下眉，道："听说你从小在这里长大？可有什么感悟？孤不大信这些，实在想不通为何有人求神拜佛。你小小年纪也信佛？"魏恕并不掩饰自己的身份。

掌珠倒是惊讶魏恕会问她这些，他二人今日第一次相见。

掌珠看了眼魏恕，魏恕相貌相对温润晁与姜铎来说，可就稍微差些了，好在身上的华贵是怎么也掩饰不下去的，颇有些盛气凌人。

魏恕见掌珠不说话，不耐烦地道："孤也不过好奇罢了，你若不想说也无所谓。"他心中对这个小女孩是有些好奇，刚才那些话也是不经意就说出来了，自己也没有想到，魏恕心中不知怎么有些烦乱，"去女厢怎么走？"

掌珠道："小女子去找沙弥给公子带路。"走了两步，掌珠站住，道，"信与不信，都是佛缘，小女子不好挡公子的佛缘，只是觉得，人，总该要信些什么。"

魏恕挑了一下眉，倒是不为难掌珠，道："不必去寻小沙弥了。"

掌珠一听，便真的不去寻沙弥，只回自己的厢房。

魏恕看着掌珠的身影慢慢远去，只觉得掌珠果真不似其他的贵女，倒是姜铎好福气，怪不得非要娶她。

魏恕正想着，就听有人道："公子是来看我的吗？"

这人正是姜荷娘。

姜荷娘在一旁站了一会儿，也是看见魏恕与掌珠说话，好在知道掌珠已经和自家哥哥定亲，只是魏恕专注的眼神让她心中还是很不高兴。

魏恕笑道："听说你在这里养病，所以来看看你。"

姜荷娘羞涩地笑道："多谢公子。"

掌珠回到厢房前，还是找了个小沙弥，让小沙弥告诉了清师太一声太子的去向，免得发生什么事。

到了下午，姜荷娘便来厢房"探望"她，原来后来了清师太亲自过去请太子，也打扰了这两人的好事。

姜荷娘自是没有什么好脸色。

掌珠也不介意，好好招待她，毕竟是未来的小姑子，只是掌珠心中很奇怪，为何太子不将姜荷娘收入房中？莫非是姜家不乐意？

姜荷娘虽是庶长女，但是同胞哥哥是未来的继承人，生母又十分得宠，她脾气养得和正经的嫡出大小姐没有什么差别，平时看着大方、得体、爽快，只是因为家中就有她这一个庶女，心中怕别人小看了自己，又多了几分要强。

姜荷娘对掌珠心中又是羡慕又是厌恶，真恨不得和掌珠的身份换上一换，就是无父无母、无兄无弟也行……

姜荷娘自是不知道掌珠也有她的难处，只觉得掌珠一帆风顺。姜荷娘一心只想要以小姑子的身份压制住掌珠，因此不说话等着掌珠询问。

掌珠见姜荷娘一直不说话，也不理会，静静地看着外面。

姜荷娘心中只觉得掌珠心中瞧不起她，冷哼道："你白天看见太子殿下了？真是无礼，为什么不行礼呢？"

掌珠看向姜荷娘，淡淡地道："没有见到太子。"

姜荷娘一愣，道："你居然撒谎？"

掌珠笑道："莫非荷姐姐看见了？"

"我……我自然是没有看见。"姜荷娘心中更是堵得很，她本想说她与太子的关系，让这个掌珠别小瞧她，偏偏……

掌珠其实完全不知道姜荷娘对她的敌意来自哪里，或许只是单纯地认为她坏了他们的好事吧。

过了会儿，姜荷娘才惋惜地道："之前崔姐姐的事，让掌珠妹妹伤心了吧？只是，掌珠妹妹心善，这崔姐姐无依无靠，怪可怜的，正好与姨娘同姓，姨娘想着她可怜，将来与姨娘做伴也是好的。"

掌珠看向姜荷娘道："这事怕是要姜夫人做主，与我何干？"

姜荷娘道："你就真不怕我哥哥纳妾？"

掌珠道："虽然与你哥哥定亲，但是我并没有嫁进去，这事不是我管的。况且，我也劝荷姐姐一句，这也不是你一个未定亲的姑娘能管的。说来，你哥哥纳妾这种小事怎么比得上你选夫家重要？"姜荷娘脸色噌地变了，掌珠笑了一下，这已经把人踩了，不踩死难不成还要她继续嘚瑟？便继续道："说起来，我嫁到你家，成了你大嫂，少不得也要为你的婚事参谋参谋呢。"

姜荷娘站起来，不说话，她倒是忘记了，就算她姓姜，将来也是嫁出去成为别人家的媳妇，这陈掌珠嫁进来就是姜家人。

本来对于掌珠，姜荷娘并没有威胁，姜荷娘无论嫁给谁也总会出了姜家门，偏偏姜荷娘一而再、再而三地挑衅，她自然不会忍耐，其实在陈家学的第一课就是忍耐，但是掌珠本性并不是如此的，而且现在身处薄情庵，掌珠更不会委屈自己。

掌珠淡淡地道："我送荷姐姐出去。"

姜荷娘脸色发青，冷笑道："你真以为自己是姜家大少奶奶了？"

掌珠道："难道不是？"

掌珠毕竟是一闺阁女子，又不是从小在后宅长大的，她所见的人少之又少，无非是宝珠等人以及奴仆，最多是几个性子温顺的贵女，若是有性子不好的也无非周氏、宝珠这类型的人，只要掌珠反击她们便会投鼠忌器，掌珠也就多了几分安宁。

周氏、宝珠毕竟与掌珠是一家人，正如掌珠想姜荷娘的那般，她们也认为掌珠总会嫁出去。但是姜荷娘不是这样的人，她心中已经将掌珠恨得死死的了。

姜荷娘没有像宝珠那样和掌珠撕破脸皮，而是道：“当然，你会是我哥哥的妻子，将来会是姜家的夫人。”顿了一下，笑道，“只是你别忘记了，将来的继承人，可不是你的儿子，咱们还是要从长远看，不是吗？”说完就转身离开。

掌珠皱了一下眉，道：“荷姐姐，听姜公子说你生病了，还是在厢房好好休养为好。”

姜荷娘冷声道：“多谢。”

掌珠继续皱着眉头，这个姜荷娘可真是表里不一，有点惜珠的感觉，只是掌珠和惜珠并没有利益冲突罢了。

大概十一月底的时候，陈家也传来消息，玉珠的婚事也定好日子了，是熹平四十一年十一月，那时候天已经冷了又到了年底，这日子选得可不大好。

宝珠很不高兴，如此一来，她的婚事要是定下来就要在她十七岁了，又要多等一段时间。

掌珠猜到，怕是这日子，周氏从中做了手脚。

这周氏是有多不喜欢崔家这门婚事。

掌珠心中暗暗摇头。

腊月时，这几日，天阴沉沉的，已经是偶尔地飘了雪花，一阵阵的寒风，宝珠早就躲在屋子里不出来。

掌珠本是每日早晨跟着去做早课，现在也被了清师太劝住了。

掌珠只每日起床后，在院中走几圈，也会去之前的厢房看看，说不得过年就要回陈家……

掌珠正想着就见门口走来一人，掌珠愣住了。

那人一身白衣，在这种天气里看起来十分耀眼，让人移不开眼。

那人笑道：“阿珠，不认识我了不成？”

是阿路。

掌珠见阿路的笑容如以前那样温柔，眼睛不知道怎么就湿润了，道：“阿路，你来了啊……”

她是知道温润晁早已经不与了清师太学习诡辩了，但是仍然会来薄情庵探望了清师太。

温润晁笑道：“听了清师太说你也在这里，就来看看你。”

“你……游学回来了？”

自从去年五月“韵华斗丽”以后，她就很少听说关于温润晁的事，只是听说他似乎又去游学了……

温润晁点点头，道：“是的，去看了你以前想看的山和水。”

掌珠心中颤了一下，那不过是小时说着玩的，没想到温润晁还记得，掌珠见温润晁与以前一样，只是道："我以为你还在怪我，我……"

温润晁摇头道："之前是很怪你，后来想想，也就没什么了，我去了很多的地方遇见了很多的人，有些东西本就是无能为力的。"顿了一下，道，"若是我愿意努力，你可也愿意？"

掌珠看向温润晁，这一年多，虽然温润晁还是那般儒雅，嘴角的微笑也是那样温和，但是掌珠还是觉得温润晁变得有些让她不认识了，这个如玉的少年似乎一下子长大了，内敛许多，似乎并不像以前那般快乐了，他不再是那个在梅林中说一定要娶她的阿路了。

掌珠道："我定亲了。"没定亲前她都不会同意，更何况定亲后？她不希望因为自己让温润晁的生活带来翻天覆地的变化，也不想让他的家人受到伤害。

或者她只能这样表达自己的心意了。

温润晁点点头，表示明白，笑道："说实话，你这句话不知怎么的也让我安心了。我一直都挺恨我的温暾，失去了最好的时机。"

掌珠道："你又怎知不会有更好的机会呢？"

温润晁大笑："我就知道你会这样说。"这笑声中多少有些遗憾。

掌珠叹了一口气。

温润晁继续道："说来，还没有祝贺你定亲。"说着从怀里掏出一个小木盒，接着笑道，"放心，这个不是玉镯。"

温润晁既然这样说，掌珠就知道温润晁不管是否放下，都不会再纠缠她。

掌珠笑道："多谢。待到你定亲，定送你大礼。"

温润晁点点头。

不知道是不是有意的，温润晁在给她盒子的时候，手若有似无地碰一下她的指尖——

"掌珠妹妹，你干什么呢？"姜荷娘的声音。

话音刚落，她和姜铎从转角出走过来。

"掌珠妹妹，你干什么呢？"

掌珠听见姜荷娘的声音，脸色未变，转身看去，见姜铎也在身旁，挑了一下眉。

掌珠平静地将盒子放入衣袖中。

姜荷娘与姜铎走过来。

姜荷娘笑道："本来是和哥哥散步，没想到碰到掌珠妹妹了，这位是？"

掌珠见姜荷娘笑得很得意，心下只是冷笑并不理会姜荷娘，对姜铎微微屈膝道："姜公子回来了？可顺利？"

姜铎回道："一切顺利，掌珠小姐还好？"

掌珠笑道："一切安好。"

不过几句话，却让人听起来这两人很是有默契。

姜荷娘抿嘴不说话，这个掌珠真是个妖孽，把哥哥迷得神魂颠倒。

掌珠又大大方方地道："姜公子，这位是阿路，想来两位是认识的。我二人儿时在了清师太门下学过诡辩。"

这事怕是找人查就能查到，要是细心，说不得还会查到阿路想提亲的事，不如她直接说。

姜铎自然知道这两人的纠葛，刚才他一见这二人在一起，心中多少也担心，好在他知道温润晁不会做出这种小人之事，而他也相信掌珠不会如此轻贱自己，现在掌珠大方说出来，姜铎心中更是放心，笑道："路领，藏锐自是知道。"

温润晁之前可能还有几分惆怅，现在在外人面前自是温文儒雅，笑道："藏锐，姜兄这字起得好。我与阿珠青梅竹马，自有兄妹之情，我二人母亲又是闺中好友，算来我也是阿珠半个兄长，再称呼你姜兄就不合适了，偏偏你又比我大上几岁……"

温润晁有心交好，姜铎自然也高兴，笑道："便是直接称呼在下的字又如何？早就听闻路领的棋艺高超，不知何时有机会领教一番？"

温润晁道："择日不如撞日，既如此那不如去茶室一较高低？"

姜铎道："如此甚好。"

掌珠早就站在一旁，并不打扰二人说话。

眼前这两人一个是自己未来的夫婿，一个是青梅竹马，掌珠心中突然有一种骄傲，这个时候掌珠不再觉得自己是孤单的。

姜铎与温润晁两人去了茶室，掌珠笑道："荷姐姐，咱们走吧。"

姜荷娘在旁边一句话也没有说，更没有人注意，心中很不高兴，看了眼掌珠道："掌珠妹妹，本来我应当喊你声嫂子，只是现在你还没有过门，我就托大说一句，妹妹也是定亲的人了，还是应该注意一下的好。"

掌珠冷笑道："荷姐姐，莫非不定亲的人就可以不注意了？"这话还是她自己留下吧。

姜荷娘板着脸道："你将来是我哥哥的妻子，自然眼中应该只有我哥哥一人，不能和别的男子亲近。"

掌珠道："姜姑娘还是注意言辞，我与谁亲近了？你若是指的刚才，你哥哥也是在一旁的。姜姑娘最好还是不要胡言乱语，免得坏了我和你哥哥的名声。"

姜荷娘道："你……"

掌珠继续道："你一个未定亲的姑娘，这些事可不是应该你说的。"说完掌珠便不再理会姜荷娘。

姜荷娘气得跺了一下脚，等她进了太子府，将来成了嫔妃，再找她算账！

等到下午的时候，姜铎过来与掌珠辞行。

两人也是在厢房的茶室中。

掌珠笑道："不知道姜公子今日的黑白棋是赢还是输？"

姜铎道："如玉公子棋艺高超，胜我三子。"

掌珠抿了口茶没有说话，姜铎这个人看着沉稳内敛，但是却不木讷，有的时候甚至比温润晁更会交际，这输了三子不见得是姜铎的真实实力。

姜铎这个人，掌珠还真一时看不明白。

姜铎现在对她很好，但是掌珠明白，因为她是他的妻子，不过这样已经是足够了，真不知道是否还会像姜家传言那般，他会喜欢上另一个女子。

姜铎也抿了口茶，道："这里的茶的味道似乎比平常的茶苦些。"

掌珠道："这水是清晨绿叶上的，带着青涩味，配上这茶就多了几分清冷与苦涩了。"

姜铎听了点点头，又抿了一口。

掌珠笑道："姜公子是觉得为了喝一杯茶收集露水太过费神费力吧。"

姜铎摇头笑了一下，道："不过是闺阁中的情趣。"话语中还是觉得没必要这样的，又道，"掌珠小姐也要回家过年了吧？"

掌珠道："应该是吧。"

姜铎从怀中掏出一本书卷，道："本想给你带些礼物，又不知道你喜欢什么，便选了一本书。"

掌珠拿过来，见是一本域志书，道："多谢姜公子。"

姜铎道："不必客气。"

两人虽是未婚夫妻，也算聊得来，但是一直都是这样彬彬有礼，倒是让人感觉生疏。

掌珠想，或许姜铎应该是喜欢这样的距离，不近不远，如此也不错，相敬如宾，倒比那些有感情的长久。

掌珠道："姜公子今日便走？"

姜铎道："是的，小妹也给你添了不少麻烦，且她的病也好得差不多了，也该回家过年了。"

掌珠沉吟了一下，道："不知道令妹与太子殿下……"

姜铎皱了一下眉道："太子殿下自有想法，不是咱们可以臆测的。"

掌珠才明白，原来是太子不愿意将姜荷娘收入府中，这就不知道为什么了……

掌珠看了眼天气，道："姜公子也该启程了，怕是要有个两三天才能到家呢。"

姜铎点了一下头，站起来，掌珠跟在姜铎身后，外面，姜荷娘已经准备好了，虽然还是温柔的样子，但是眼中对上掌珠的时候，满眼的恨意。

天比之前更加阴沉，风也越来越大。

姜铎站住，道："掌珠小姐不用送了。"

掌珠站住，刚要说话，却觉得这风中带着些清凉，笑道："下雪了，姜公子路上注意安全。"

姜铎一时愣住，刚才掌珠那个笑意居然分外好看，眼神也是带着笑意的，不过也只是一刹那。

姜铎点点头，带着姜荷娘离开。

令人想不到的是，这场雪下得很大，姜铎等人走了不过一个时辰，就又回来了。而温润晁也无奈地回来了。

没想到这一场雪倒是让这几个人聚在这小小的薄情庵。

姜荷娘有姜铎看着，也只得乖乖地在厢房里待着。

宝珠依然在厢房里看她的话本，根本不理会外面的事。

掌珠坐在茶室看着外面的雪，她很喜欢下雪，总觉得这雪可以洗净这个世界……

“阿珠果然在看雪。”温润晁走到茶室，笑道。

掌珠很是惊讶，道：“没想到阿路会过来。”

温润晁笑道：“只是想讨一杯茶。”

掌珠笑道：“请。”

温润晁坐下，静静地抿了口茶，道：“藏锐是个良人。”

掌珠笑了一下，道：“不过是输了你三子而已，便帮着人家说话，倒戈得倒是快。”

温润晁道：“好吧，算我说错了，不过肯定是个正人君子。”

掌珠笑笑不说话。

两人就这么静静地坐着，过了好一会儿，掌珠才道：“雪下起来的时候，你应该就要出山了，怎么又回来了？”

温润晁笑了一下，道：“只是想起小时候和你堆雪人的事了，便回来了。”

掌珠看向温润晁，温润晁笑意暖暖，眼神有些迷惑，似乎在想着以前的事，掌珠点头笑道：“我也想到了，只是现在不能痛快玩了。”

温润晁道：“长大了。”

掌珠点点头，抿了口茶。

两人就这么静静地看着雪景。

温润晁突然道：“本来我已经快要出山了，但是突然下雪了，我想，我是不是应该回来，我心中有些踌躇，想着，若是回来了，你不高兴怎么办？被人误会了怎么办？但是我若不回来呢？我会后悔，就像之前一样，因此我回来了。这个时候，我想除了这次以后再也不会有了。”

掌珠点头道：“和阿路一起在薄情庵品茶，以后应该很难有机会了。”顿了一下，笑道，“好在，还有这次。”

温润晁道：“是的，还有这一次。我要谢谢这场雪了。”

又过了一会儿，温润晁道：“你看我给你礼物了吗？”

掌珠笑道：“没看，但是我知道是什么。”

“什么？”

“石头？”

温润晁道：“果然被你猜中了，是我在泰山捡的一块。你没去过，看看摸摸这石头也好。”

掌珠笑着摇摇头，其实由这就充分地表现出阿路和姜铎的不同性子，一人送石头一人送书。

阿路多了几分诗意，姜铎多了几分理性。

她也说不清更喜欢哪一种，只是觉得这两人已经十分用心了。

如果可以的话，她更想回到小时候，永远不长大，她只是阿珠，不是陈家嫡长女，不是姜家未来的当家主母，阿路也只是阿路……

只是这也不过是奢望，人总是要有身份才活得自在的，若她不是陈家嫡长女，又怎么可能在薄情庵长大呢？既然已经如此，又何必想其他的呢？

外面一片白茫茫的，很安静，只听见雪的声音……

两人谁也没有注意，姜铎站在门口，姜铎听屋里两人如此说，想了一下，转身慢慢离开，既然只有这一会儿，他又何必去凑热闹？

这两人之间的情谊不是他能比的，姜铎没由来地羡慕温润晁，他虽然不能和掌珠在一起，但是他在掌珠心目中的地位不是自己能比的。

自己在掌珠心中，只不过是姜公子而已……

姜铎留下一行脚印，只是在这大雪中也慢慢地消失了。

今日是熹平四十一年大年初一，陈掌珠十六岁。

她在大雪停后就回陈家了，令人意外的是宝珠没有回来。

宝珠是在婚事定下后才回的陈家，比她晚了一年，婚期是明年五月。

宝珠也学聪明了，这样威胁周氏，当然也是做给崔家看，看看她为了崔寓几乎出家。

这个情况下，宝珠嫁入崔家除非犯下天大的错误，不然崔家就得当菩萨供着。

这么一个“冰清玉洁”“品质高尚”的世家贵女，崔家敢亏待吗？

只是宝珠没有想过，若是在崔家受欺负了，周氏是否还会管她？虽然崔家不会亏待她，但是宝珠一辈子在崔家，崔家自有办法整治她，宝珠到时候会有苦说不出。唉！

掌珠现在的感觉，更像是戏外人。

就连她对周氏的恨也慢慢地隐藏在心底，就像了清师太说的吧，周氏自有她在乎的人报复她。或许宝珠就是。

她只看着周氏慢慢地后悔吧……她把陈家握在掌中，最后也只是儿女离她越来越远。

掌珠笑了一下，回到房中，她这算是自我安慰吧。

在薄情庵的时候，她就想明白了，她做不来大奸大恶的事，宝珠喂棋的事还时常出现在噩梦中……更何况，别人知道周氏的恶行，业哥儿还怎么继承家业？太夫人怕是不喜欢的。

如果别人不知道周氏的恶行，她也没有必要毁了周氏，她内心深处只希望她母亲是清清白白的。

想来母亲也是这样希望的。

丫头和婆子们为了她的婚事很是忙碌，年前她将那座万马奔腾的屏风绣好了，其实有一大半都是徐妈妈和秋白她们绣的，但是配色却是她亲自配的，也算是用心了。

现在又是嫁衣还要给新郎做一件新衣，更别说什么鞋子、团扇、香包，这些虽然不用样样都是掌珠自己绣，但是给姜夫人姜老爷并几个婶娘、堂妹的，掌珠还是需要用心的。

她从薄情庵回来就开始准备这些，现在也是差不多了，她又需要挑选那些跟去的奴仆、丫鬟，她手中的田地与商铺也要处理。

在春暖花开三月的时候，掌珠也将穆氏遗言中的嫁妆给了玉珠。

说来也好笑，这个玉珠自诩嫁入周家，又有周家派来的婆子指点，便时时端着架子，已经不再是之前那个唯唯诺诺只会哭的软弱千金了。

不知道这样是好是坏。

掌珠也是后来才知道的，定亲后会有夫家的婆子过来帮忙，其实就是暗中教导，一般来说，也不会教导什么，这个婆子就是去女方家里好吃好喝待着，偶尔帮着传递个书信之类的。

但是玉珠毕竟无父无母，这周家的婆子就变成了教导。

掌珠身旁也是有的，就是田妈妈，田妈妈虽然住在陈家，但是除非掌珠招呼才会到掌珠眼前，很怕不讨掌珠欢喜。

掌珠每日忙碌，基本上也会让田妈妈帮忙，倒不觉得田妈妈是监视的。

这话说得就多了。

只说掌珠将嫁妆给了玉珠，玉珠十分感激，又一下子将掌珠当成恩人一般，弄得掌珠有些哭笑不得。

她之前没有给玉珠，一来担心玉珠贪得无厌，二来也是担心这些东西被周氏哄骗了，现在想来，若是早早给了玉珠，说不得两人的关系会好一些。

没几日便是姜家送聘礼的日子。

从姜家到陈家有个一日便到，姜家的聘礼不少，前面的马车出城了，后面的马车刚刚出姜家，用了整整两天，这聘礼才到了苏州城姜家别院。

等到真正送聘礼那日，又是一番热闹，聘礼先是绕城一圈，才进了陈家的门，从白天到日落，才完成。

太夫人甚是高兴，掌珠毕竟是陈家嫡长女，就得要这样的脸面。

周氏面上高兴，心中又酸又苦，算计来算计去，倒是给掌珠选了个这么好的婚事，偏偏还是自己选的。

自作孽不可活。

陈家自然也不能落了气势，三日后也是如此将家具大件准备好，送到扬州城，也是如此这般地送到了姜家。

掌珠这才知道这些家具太夫人早就命人去了姜家量尺寸打了出来，据说样子太夫人是改了又改。

掌珠心中一阵感激，也有了一丝不舍，她知道太夫人虽然看着严肃冷漠，但是对她还是在意的，若是太夫人一早就对她表现亲密，周氏指不定怎样闹，这几年来又会生出怎样的事端。

四月时，掌珠已经是定下陪嫁的人。

秋白、晓初、唱月三个侍女，还有一名侍女是在薄情庵服侍她的，只等着出嫁那日一同跟着她便是。

晓初，掌珠也特定问了，如果她不愿意跟着，掌珠自会把卖身契给晓初。

晓初只说她老娘已经不忠，自己一定会跟着掌珠的。

掌珠不禁怀疑，母亲一直说奶娘是忠心的，是不是其实指的是晓初。

至于婆子，自然有徐妈妈，剩下的两个婆子，都是官中派过来的，一个是农户家的，一个是商铺家的，这两大家子都跟着过来了。掌珠也说不好这是太夫人的人，还是周氏的人。

好在掌珠并不靠着这些。

至于田地和铺子，说好谈不上好，但是也不至于坏，周氏还是不敢在太夫人眼底下做这些乱七八糟的事。

连着玉珠的嫁妆也是如此。

一眨眼，便到了五月，还有几日掌珠就出嫁了，掌珠心中才生出几分紧张，嫁为人妇又会是什么光景？

和周氏一样吗？还是如姜夫人一样？

生儿育女、相夫教子……还有那些妾室琐事……

说起来，掌珠还有一件事没有办，这件事就有些难了。

崔家女。

这女子还真等到姜铎结婚了。

姜家一来仁义，二来不想与崔家产生矛盾，并没有直接拒绝崔家女为妾的事，不过是说崔家女若是嫁人，姜家会备好嫁妆，姜家也愿意帮忙物色好人家。

但是崔家女就是不嫁。

崔家也不管。

无论崔家女还是崔家都这么心狠，姜家更不能明面上拒绝了，宁得罪君子不得罪小人。

崔家明显是小人。

这件事干脆就抛到了掌珠面前。

入不入门，未来的姜少奶奶说了算。

明显是让陈家做这个得罪人的事，周氏也幸灾乐祸地劝过她，反正崔家女年纪都这么大了，又是个孤儿，现在年纪也不小了，她就进了门还能怎么样？也能显出夫人的大度。

在这件事上，甚至太夫人也认为让崔家女入门更合适一些。

掌珠只是先放着这件事，等到她成亲以后再说。

众人只当她默许了。

实际上掌珠心中自有想法，就这么被威胁着让人进门，这崔家女进门后恐怕更会张狂。

她……还是先看看姜铎的意思吧……

姜铎，她未来的夫婿……掌珠心中生出些异样来，姜铎这两年来偶尔与会来见她，当然不能像薄情庵那样随意，也是隔着屏风，她感觉两人应该算是熟悉了吧。

姜铎也会送来些礼物，有书籍也有一些小玩意，算是尽心了。

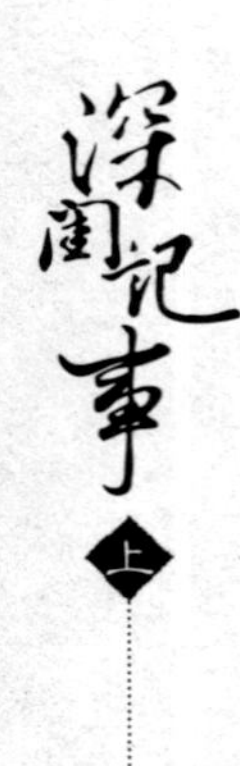

这婚事在所有人眼中，包括自己，都挑不出什么问题来，就连那些传言，似乎也一下子都不见了。

但是越是这样掌珠心中越是不安，越是看起来完美无瑕的东西，越有可能是镜花水月。

虽然掌珠烦躁，但是日子还是一天天地过，出嫁那日总会来临的。

那一日，就好像做梦似的。

掌珠一大早起来，被人服侍着梳妆、穿吉服，拜别太夫人，上花轿……

满目的红，耳中充斥着各种声响，说吉祥话的，敲锣打鼓的，掌珠坐在轿子中只感觉摇摇晃晃的，好一会儿，她的轿帘被掀起："别怕，咱们启程了。"

这是姜铎的声音，掌珠心中瞬时平静下来，也才知道原来根本还没有起轿呢。

这时，突然间安静下来，掌珠只听司仪喊道："起轿！"

掌珠深吸一口气，她这一走就不再是陈家人了……脑子里居然想起了第一次祭祖时的情景，心中五味杂陈，眼泪不知道怎么流出来了，掌珠闭上眼睛，心中暗道：母亲，我出嫁了……

第九回 各怀心思无真假

姜家，竹院。

掌珠坐在喜床上，头上盖着红盖头，眼睛只盯着脚下这块地，耳边尽是夫人、姑娘们的说话声。

有夸她家世好的，有说她嫁妆丰厚的，也有人小声说她从小生长在尼姑庵里，怕是命硬……

说着说着就难免说起了关于姜家大妇的传言。

姜家族长爱小妾不喜大妇、长子为尊的传言周氏总是忽略，就是怕她不嫁，后来周氏就真的不在意了，甚至也羡慕这门婚事了。

其实掌珠也是不在意的，她从来没有问过姜铎这个传言，看周氏就知道，不爱小妾的男人也不见得就喜欢大妇，至于后者……掌珠一时没有想过子女，更何况，她更希望孩子按照自己的意愿行事。

这些并不急。

只是没想到这些人本来带着羡慕的目光，慢慢地变成同情，就连掌珠也感觉到了，小小的传言居然让这些人如此，莫非这其中又有什么隐情？

“各位夫人，咱们让新媳妇休息休息吧，咱们去大厅闹闹姜夫人吧，好不容易讨到姜夫人的喜酒，咱们得好好灌她两盅酒。”这人明显在维护她，说完还轻轻拍了拍她的肩。

自有交好的夫人跟着应声，也有人笑着说她可找到机会灌醉自家大嫂了。

掌珠便猜测这人是一直帮着姜夫人料理庶务的姜三夫人。

又有一个尖锐的声音笑道：“弟妹心胸就是大，人家娶了新媳妇，将来指着新媳妇帮忙呢，怕是就忘了你呢。”

这人肯定是姜二夫人了。

当下就有人拉扯着姜二夫人出去，嘴里劝着：“那可说不好，姜夫人可盼着长孙呢。”

“哼，可惜不是嫡长的，说不得要等妾生了儿子才能生呢，她自己不就这样的吗？”

这话还没说完，人就被拉出去了。

掌珠只是冷笑，她连红盖头都没有掀起呢，这些人就给她下马威了。

不过越早露出马脚的人，越没有威慑力，她们也就只能这个时候给她下马威。

这时，一双手被握住：“侄媳妇，刚才说话的是你二婶娘，她性子直，你也别见怪。我是你三婶娘，你好好坐着，过会儿铎儿就进来，别害怕……”说完又拍了拍掌珠的肩膀，才出去。

掌珠笑了一下，这个三婶娘也不是个省心的角儿。

掌珠现在分外敏感，对每个人的行为都要揣摩一番，反倒是不那么紧张了。

就连姜铎，掌珠也是想了又想，或者说这是她的本能吧，除了母亲，就连自己的妹妹、身旁的丫头，她都是不信任的，更何况她对姜铎仍然不敢说是了解，最多是熟悉。

从陈家到姜家马车不过一个白天就能到，但是她这是轿子，又是上午出的陈家门，就算是傍晚赶到扬州，她也不可能晚上进姜家的门。

姜铎向来细心体贴，早就计划好这些，出嫁当日并不急着赶路，到了傍晚就在姜家别院休息，别院早就收拾得干干净净，第二日继续赶路，傍晚到了扬州城，还是姜家的别院，待到第三日，再迎娶一回。

这两处院落，姜铎将地契都交给她了，算是送给她的聘礼了。

掌珠都禁不住感叹姜铎做事面面俱到，不仅挑不出错来，她还念着姜铎的好。

这一路上姜铎不卑不亢，照顾中也带着尊重，给了她十分的体面。

掌珠心里既感激又觉得姜铎这样很让人畏惧。

掌珠居然生出了不敢亲近的想法，如此完美的人，让人倾心应该是很简单的事吧。

正想着，谁知盖头就被掀起来，掌珠一时惊讶，这是怎么回事？

站在她眼前的自然就是她的夫君，姜铎一身新郎袍子，脸颊微红，眼神却是十分清醒，嘴角勾起，带着笑意。

这应该是掌珠第二次认真地看姜铎吧，记得第一次是在姜家书斋，其他虽有几次见面，她却不能如此盯着姜铎看。

姜铎今年已经是二十二了，比之前看起来成熟沉稳了不少，依然担得起俊朗这个词……

掌珠脸色一红，低下头。

姜铎轻声道：“在想什么，刚才你的丫头行礼出去，你都没有反应，莫非是怕了？”

掌珠又看向姜铎，目光水润，带着笑意道：“妾身不怕。”无论未来是怎样，姜铎是良人还是狼虎，她都不怕。

姜铎挑了一下眉，走到一旁桌前倒了两杯酒，递给掌珠一杯，道：“以前喝过酒吗？”

掌珠笑道：“喝过，还亲自酿过呢。”

姜铎笑了一下，伸出手，道："希望每年都能喝到娘子亲手酿的酒。"

掌珠听到娘子二字多少有些羞涩，轻点了下头，然后也伸出手，姜铎笑着勾过掌珠的手，两人低头，再一仰头，喝了合卺酒。

喝完后，姜铎皱着眉将酒杯放在桌子上，又闻了闻酒。

掌珠疑惑道："可是拿错酒了？这酒倒是甜的，少了几分辣味。"

姜铎摇了摇头，问道："可是饿了？"

掌珠娇憨一笑，道："本有些困意，现在一问，有几分饿了。"

姜铎道："这糕点也太甜，我让人给你熬些绿豆粥，倒是也快。"说着便到门口叫了心腹小厮去煮粥。

掌珠本想说吃糕点就可以了，却没有想到姜铎动作这么快，也罢，喝些热乎乎的粥也舒服。

只是掌珠觉得越发困，抬手掩饰地打了个呵欠，这几日忙来忙去，莫非是终于礼成了，就懈怠了？

姜铎过来见掌珠这个样子，笑道："为夫帮你更衣吧。"

掌珠摇头道："那可不行，还是我自己来吧，实在不行也应该让晓初进来伺候。"话还没有说完，掌珠头上的花冠就被姜铎摘下来。

一头青丝落下。

掌珠年纪本就不大，现在又困意十足，难得放下戒备露出小女儿情态，姜铎只觉得掌珠人小小的，带着一种香甜的清纯，让人恨不得咬一口。姜铎心一颤，手挑起掌珠几缕发丝，很是软滑，青丝在手指间滑落，掌珠脸颊微红，这清纯中有几分妩媚。

姜铎指尖慢慢地滑过掌珠的脸颊，掌珠想躲开，却困得睁不开眼，只觉得眼前的姜铎好像有好几个身影，掌珠呢喃道："夫君……"

这软软的声音又让姜铎心里痒痒的，慢慢地解开掌珠衣领的纽扣……

掌珠就好像是个布娃娃任人摆弄，嫁衣脱去，只剩下素白色的中衣……姜铎正要继续，就听有人敲门，绿豆粥熬好了。

姜铎去门口接过两碗绿豆粥，他特地让人多加了绿豆，绿豆清热解毒……

姜铎拿着勺子一口一口地喂着就要睡着的掌珠，待到喝完后，掌珠也清醒了一点，姜铎这才一口喝下自己的绿豆粥，又让人盛了一碗，自己喂掌珠，掌珠吃了一半，便摇摇头，道："吃不下了……"她现在已经精神了很多，刚才就好像要昏睡过去，只是现在全身还有些无力，问道，"那酒里莫非有什么东西？"

姜铎笑笑，道："你醒了就好，要不要去洗澡？"

掌珠摇头道："没有力气了。"

姜铎道："我伺候你也是一样的。"

掌珠大概还不是很清醒，居然白了姜铎一眼，道："你平日都让人伺候，哪里会伺候人？"

姜铎失笑，他若会伺候人，莫非还真让他伺候？

掌珠揉揉太阳穴又道："那酒里肯定让人下东西了，我现在全身无力。"

姜铎这下承认道："不过是安神的。"

掌珠冷哼了一声。

姜铎坐在掌珠身旁，问道："怕了？"

掌珠回道："我刚才说过，不怕。"

姜铎打量一番掌珠，掌珠虽然看起来还是软软的，但是眼神清明，姜铎问道："你是清醒着呢，还是不清醒呢？"

掌珠道："你只当我是后者吧。"

姜铎觉得掌珠很有意思，这个女孩身上带着贵女的一切特征，但是又不完全是贵女那个样子，她身上还带着一股野性，让人想征服。

姜铎又挑起掌珠的发丝，掌珠扭头，姜铎道："不高兴了？"

"嗯。"

姜铎搂过掌珠，道："天大的事也赶不上咱们的洞房花烛夜。"

掌珠其实并不十分清醒，她只是意识到有人在酒中放了安神药，让她差点睡着了，若不是姜铎察觉，让她喝了将近两碗的绿豆粥，怕是这洞房花烛夜也成不了了。

可惜她现在精神不济，实在是想不通……

没想到就这一会儿，姜铎便搂着她躺下，掌珠有些紧张想离开这个怀抱，却又没有力气。

姜铎笑道："看来要感谢这安神药了。"掌珠不同于其他女孩，这般羞涩，怕今夜也难对付。

掌珠哼了一下。

这声音缠绵妩媚，更是勾得姜铎心中难忍，一下子翻身压住掌珠，轻声在掌珠耳边道："别怕……"

掌珠道："我说过我不怕。"

姜铎差点笑了，这个小女孩怕还是不知道今夜会发生什么吧，道："那最好。"说完吻上掌珠的唇，手慢慢地脱下掌珠的中衣……

第二日清晨，掌珠醒来的时候只觉得腰酸腿疼，头晕晕的，一时想不起这里是哪儿，只迷茫地看着屋顶。

"醒了？"

这哑哑的声音让掌珠猛地惊醒，这里是姜家，她身边是姜铎。

掌珠转头看向倚在床头的姜铎，姜铎也只是穿了中衣，披散着头发，看起来居然有几分妖冶，甭说见过，就是想，掌珠也没有想过会见到男子这样的一面，这……太失礼了。

姜铎歪头挑了一下眉，道："怎么了？"他的小新娘第一天的表现似乎有些……奇怪，姜铎摸着下巴，他对于女人的心思多少能摸清一二，却完全不懂掌珠，或许应该好好地沟通一下。

掌珠眯着眼道："你的头发散下来了。"

姜铎一愣，道："就这件事？"对于这场婚事，他们两人都是在利益为先的基础上挑选自己合心意的另一半，也就是说他二人对这个婚事都较满意，所以，姜铎还是希望能和掌珠过得愉快一些的。

他会考虑以后清晨先起来把头发整理好……

掌珠点点头，然后又揉太阳穴道："头有些疼。"

姜铎很自然地帮掌珠揉太阳穴，然后道："昨晚没有睡多长时间，等下午你再好好休息。"

提起昨晚，掌珠的脸才有些红。

姜铎忍不住笑了一下，掌珠的反应也未免太慢了，或许还是因为安神药的缘故，不过这样的掌珠让人感觉很可爱。

掌珠也看见姜铎的笑容，脸更红了，干脆又闭上眼眯着，任由姜铎揉着她的太阳穴，这才觉得好些，也渐渐清醒了，不知道这安神药是谁下的，好毒的心思，虽说姜铎只是说了句差点不能洞房，但是谁都清楚，若是不能洞房后果是很严重的，不说自己被质疑，就是姜铎怕也得不到什么好话。

掌珠睁开眼，握住姜铎的手，道："安神药的事不能就这么罢休。"

姜铎看到掌珠眼神坚定，就知道掌珠这次是真的清醒了，又是那个全身戒备的陈家嫡长女了。

姜铎在第一眼见到掌珠时，就知道这个女孩子和自己一样，每日都如身披盔甲的战士，时刻准备着去战斗。

姜铎没有应下也没有反驳，只是道："先查。"

掌珠对这个答案不是很满意，却也明白姜铎投鼠忌器，而她也不知道姜家的水有多深，贸贸然地对付谁，肯定会树敌，因此也只是点点头。

掌珠道："起床吧，过会儿还要去请安呢。"掌珠丝毫不扭捏，没有一点新媳妇的样子，这样也合了姜铎的意，姜铎虽然心中有好好相处的打算，但若是掌珠性子难处，他也不会刻意讨好的，好在这几年下来，姜铎也算知道掌珠是个什么样的性子。

姜铎先下了床，然后扶着掌珠下床，掌珠道："我的中衣和床褥子都换了？"

姜铎点头道："你昨晚太累了，睡得很沉。"

掌珠脸颊红红的，眼睛水汪汪的，根本不去看姜铎，姜铎想唤人进来，掌珠却拉住姜铎，摇头道："头发。"

姜铎笑了一下，自己将头发梳理好，戴上发冠。

掌珠看着姜铎的背影，脸上也浮起些笑意。

不一会儿，有丫头等人进来收拾屋子，晓初也进来服侍掌珠，一切就和在琉璃园一样。

姜铎穿了一件天蓝色纹祥云的长袍，看着倒是神采奕奕，看向掌珠时带着笑意。

掌珠也换上了绯红色宽袖对襟长袍，将头发绾起来，看起来就是个小妇人的样子，姜铎拿起一根竹叶玉簪，亲手插在掌珠的发髻上。

掌珠含笑低头。

屋里的丫头自是看得清楚，都明白她们的主人对这位新夫人的喜爱，怕是用不了一刻钟，整个院子就都知道了。

姜铎牵起掌珠的手，带着掌珠去大厅请安。

到了门口，姜铎才放下掌珠的手，先行一步，掌珠跟在姜铎的身后。

姜夫人看着两人这个样子，很高兴，笑道："别急，多休息会儿也是无妨的。"元帕早已经送到姜夫人那里，这儿媳妇又是姜夫人亲自挑的，自是喜欢。

掌珠适时地低着头，一副羞涩的样子，心中却想着，坐在首位的两人肯定是姜老爷和姜夫人，左手坐着的男人应该是姜铎的几位叔叔，旁边还站着两三个男孩，大约是姜铎的堂弟，右手边则是几位婶娘和堂妹，姜夫人身后站着个女子，那女子眼中含泪，应该便是姜铎的生母崔姨娘了。

两人自是跪下请安敬茶，姜老爷很严肃，掌珠只抬头看了一眼，还是能感觉到姜老爷心中的喜悦，姜夫人则表现得很开心，又赏了红包。

接下来就是给几位叔叔、婶娘请安，姜二老爷按道理来说是姜老爷那一代的嫡子，看着却颇不得志的样子，姜三老爷帮忙管着庶务，一副老实的模样。但是两位婶娘却看着很是精明，无论是不好相与的姜二夫人，还是看起来温柔的姜三夫人。

跪了这一圈，掌珠已经是有些累了，好在姜铎也跟在一旁。

接下来是平辈的堂弟、堂妹相互见礼。

几位堂弟，掌珠是一次都没有见过，有一个十分俊朗的男孩是姜夫人的亲生儿子姜钰，看起来对姜铎十分崇拜。其他两个堂弟，都是二房的孩子，一嫡一庶，嫡子姜铠颇为傲气，庶子姜铭则木讷些。

掌珠又见到了姜荷娘，姜荷娘已经十八岁，居然还没有定亲，和之前比起来，虽然更漂亮了，但是却不如以前爽朗大方了。

请安后，便是一起用饭，姜夫人也不用她在一旁立规矩，只让她好好地坐着，吃过饭后，单独留下掌珠。

众人知道这是婆婆有话要交代新媳妇，因此也都识趣地走了。

姜夫人握着掌珠的手，笑道："你是不知道我看见你有多高兴。你进门了，我就踏实了。"

掌珠也笑道："说不定以后，您总见到媳妇，就会烦了呢，母亲以后还是省着点看吧。"

姜夫人笑道："真真是牙尖嘴利，也就是碰见我这么好的婆婆。"

说着笑了一场。

掌珠这才道："本来也是有一事请娘拿主意。"

姜夫人道："哦？什么事？"

掌珠道："就是崔姨娘那里，妾身想着毕竟是夫君的生母，妾身理应探望一番。"

姜夫人高兴地拍着掌珠的手道："我留你下来就是说这事。"顿了一下，叹了一口气道，"其实是委屈你了，已经是一家人，我也不会瞒你，她是铎儿的生母，有时也会犯糊涂，你就多让让，也免得让铎儿为难。说来，是铎儿配不上你。"

掌珠算起来其实是有两个婆婆，虽然在礼法上崔姨娘只是半个奴才，可是别人都可以这么想，唯独姜铎的妻子不能这么想，这也是为什么之前姜铎并不好娶到家世好的妻子的缘故。

谁愿意对一个姨娘卑躬屈膝？

掌珠点头道："这个道理媳妇是懂的，还请母亲放心。"

姜夫人继续道："我知道你难办，我是吃过这上头的苦，以后她要是为难你，你只管告诉我，我替你想办法。"

掌珠笑着应下，心下也有些感动，姜夫人并不是敷衍她，但是也有些可怜姜夫人，她这个正妻怕是没少看崔姨娘的脸色。

姜夫人道："还有一事。"脸上露出为难的神色。

掌珠问道："还请母亲说。"

姜夫人道："就是孩子的事。"

掌珠一时紧张。

姜夫人已经开口了，后面就好说了，道："想来你也听说过关于传长不传嫡的传言。"

掌珠点点头，这没有好隐瞒的，难不成是不让她怀孩子？

姜夫人道："当年，我嫁进来的时候，也是不信这个的，想着先生下孩子，又占长又占嫡……没想到怀了两次，都流了，后来才知道，每位族长夫人都是如此的，都是在妾生下儿子才平安生下孩子的。"

掌珠只觉得汗毛都竖起来，忍不住道："也说不好是……"是那些妾搞的鬼，若是这样，那崔姨娘岂不是害过姜夫人？这恩怨情仇可就多了，难为姜夫人还如此对姜铎。

姜夫人叹了一口气道："这就说不好了，我查过，什么也查不到。"

掌珠不说话。

姜夫人紧紧地握着掌珠的手，道："今日和你说这个就是想告诉你，你要安心，若是你先怀了，我一定好好护着你。若是你不想先怀，我也不会强迫你。你只管踏实地当家做主就好。我吃过的苦头，定不会让你吃的。"

掌珠慢慢将手抽回来，看着姜夫人坚定的眼神，想来姜夫人对她这么好也有一部分是将打破传言的可能寄托在她身上吧。

掌珠慎重地道："多谢娘的提醒，我会想好的。"她会考虑的，事实上这不是她一个人的事，也是姜铎的事。

姜夫人点点头，欲言又止，她没有说的是，作为当家主母的她，如果查不到孩子怎么没的，那么就只有一个人能做到……

掌珠慢慢地回到竹院，秋白连忙到掌珠身旁，小声道："服侍大爷的几位来给少夫人请安。"

掌珠挑了一下眉，第一天就不让人踏实……

掌珠并不惊讶姜铎有通房，大魏男子娶亲比女子晚几年，身旁都会有一两个服侍的丫头，姜铎更是二十二才娶亲，身旁必定是会有人的。

之前想着姜夫人没有让田妈妈对她说，可能这几人并不重要，她也就没有追问。

经过昨晚的安神药以及姜夫人对她说的那一席话后，掌珠不这么认为了。

姜夫人对她好，但更多的是怕她不嫁进来，又怎么会对她说这些呢？

而且这几人毕竟在姜家的时候多，她不能掉以轻心。

掌珠略略思考了一下，就对秋白道："先让她们回去吧，等我见了崔姨娘再见她们。"秋白就要出去，掌珠又道，"对她们说时委婉点。"

秋白忙应下。

过了会儿秋白进来复命，掌珠正在镜前梳妆，毕竟是第一次请安，难免隆重些，掌珠从镜中看着秋白，笑问道："她们可有不高兴？"

晓初退到一旁收拾掌珠的行李，秋白自是上前帮着掌珠梳妆，回道："她们哪里敢不高兴，都说让少奶奶好好休息，她们也只是过来请安。"

掌珠道："倒是会说话。"

秋白轻声道："回话的一直是较年轻的那一位，好似三人以她为首。"

掌珠笑道："较年轻？她们年纪很大不成？"这个秋白，自从出了陈家，就好似又回到以前伶俐的样子，可见之前周氏给她的压力不小。

一口一个少奶奶，很适应这里。

秋白掩嘴笑道："奴婢怎么敢骗少奶奶？奴婢看着那个稍微沉稳老成的通房，估计都比大少爷还要大几岁呢。"

掌珠道："不戴这个金镶玉的，怪沉的。"

秋白忙拿了珍珠的头面，见掌珠不说话，才为掌珠戴上。

掌珠才嘱咐道："你也知道她们是老人儿，有些话放在心里就好，她们毕竟伺候大爷这么多年，没有功劳也有苦劳。"

秋白一听，小声问道："少奶奶不送走一两个？奴婢看着那个年纪小的颜色很不错。"

掌珠以后就是当家主母，对竹院的这些侍妾，更何况还算不上侍妾的通房，完全有决定权，只一句服侍大少爷辛苦了，以后可以出去享福了，就能打发走了，善心的主母再给个体面，多给些银子，把她们嫁给乡下人当正房娘子，别人也不会说主母什么。

掌珠叹了一口气，道："若送就要都送走，干什么要留下一个两个？如果送不了，就干脆一个也别送走，而且就算送走了，怕也会来新的。"

姜家太特殊了，谁都盯着姜铎小妾的位置，谁都盼着生下长子……更何况，万一这里有姜铎喜欢的呢？她现在还是希望和姜铎和平相处的，未来可还有几十年呢，她可不想和一个讨厌自己的人在一起。

秋白见掌珠有些不高兴，连忙道："少奶奶这身打扮虽然少了几分活泼，却更像个奶奶的样子，将来得个一品诰命也让奴婢沾沾光。"

掌珠笑道："就你嘴甜。"

说着笑了一场。

掌珠问道："可知道大爷去哪里了？"

晓初这才过来回道："大爷说是随老爷去了书房，怕是要午后才回来。"

这样也好，她正好趁着这时候安排一下琐事。

先是关于人手问题，她带来四个丫头、三个婆子，竹院还有两个大丫头供她使唤，其他二等、三等丫头又有数名，还有小厮等。

她只留了徐妈妈在身旁充当奶娘的角色，之前留在薄情庵的侍女继续负责她在外面的田地和铺子，晓初继续管着她的首饰，唱月和秋白还有竹院本来的两个丫头在她身旁贴身伺候，至于谁领饭谁传话，姑且再看。

她的嫁妆，姜铎特意开了两个库房让她放着。掌珠按单子对照后，又按照大件小件贵贱分类安排好，才算松了一口气。

等到这些事做完了，也到饭点了，掌珠便要去姜夫人那里，结果田妈妈过来，只道姜夫人那里平常午饭吃得少而且是斋饭，又知道少奶奶现在忙，让少奶奶不必过去服侍她。

掌珠虽然知道姜夫人说的是真的，但还是想过去，毕竟她是新妇。

田妈妈只得又劝道，姜夫人知道大爷过会儿回来，来日方长。

掌珠这才作罢。她只是喝了一小碗粥，便倚在床头看书，谁承想没看几页，书就被人拿走了。

掌珠一抬头，见是姜铎，便笑道："回来了怎么也不说句话，好服侍你换衣服。"掌珠下了床，见没有侍女进来，便服侍姜铎更衣。

姜铎见掌珠又是帮他解扣子又是拿衣服的，好不忙碌，心里有些暖暖的，笑道："你也别服侍我，好好休息吧，这两天赶路也很累。好好休息才是。"说着用书敲了一下掌珠的脑袋。

掌珠摸着脑袋，将衣服扔到姜铎怀里，道："妾身好心服侍你，你反而打妾身，真真是让人心寒。"这个姜铎平常看着挺稳重的，怎么私底下却是这个样子？果然是人不可貌相。

掌珠这样想着，谁知姜铎也是这样想掌珠的，掌珠看着好似个大人、通情达理，其实性子也是古灵精怪的。

让姜铎总是忍不住想逗弄一番。

姜铎自己穿上常服，揉着掌珠的脑袋，笑道："今日早晨说让你午饭后好好休息的，你偏要看书，还差这一时不成？"

掌珠拍掉姜铎的手，道："知道了，我的大爷。"说完躺在床上，道，"满意了吧？"

姜铎心中摇摇头，脾气还不小，掌珠之前能在陈家那样隐忍，也真是不易了。

姜铎给掌珠盖上薄被，道："乖，睡一觉吧。"

掌珠拉住姜铎的手，道："你要去哪儿？不休息会儿吗？"

姜铎笑道："可不敢休息，白日宣淫怎么能成？"

掌珠瞪了眼姜铎道："谁让你想这些龌龊的东西了……"说着也忍不住脸红了。

姜铎道："我去书房念书，你只管好好休息吧，今天下午没有什么事的。"

掌珠点点头，又突然道："夫君看什么时候去拜见一下崔姨娘？"一说到正事，掌珠言辞便不像刚才那般亲昵。

姜铎挑了一下眉，道："还是你想得周到，是该拜见，明日吧。"说完轻轻拍了拍掌珠，便去了书房。

掌珠微微皱眉，听姜铎的意思本不打算去拜见？关系这么僵？

掌珠微微打了个呵欠，算了，以后慢慢来，不急于一时，她也确实累了，先休息休息吧。

待到第二日。

掌珠与姜铎去了榴院。

掌珠心中忍不住咋舌，这崔姨娘怕是真受宠，石榴寓意多子，榴院这个名字就够刺姜夫人的。

掌珠第一次细打量崔姨娘，崔姨娘绝对算得上是美人，现在已经四十多岁了，眼神看着还像女孩子那般清纯，一颦一笑好似都带着风韵，这样的崔姨娘和在姜夫人身后的感觉完全不同。

现在才有宠妾的样子。

看来这崔姨娘也不简单，也对，能生下长子的人能简单吗？

崔姨娘见到她似乎有些紧张还带着些讨好，掌珠也不过是说些以后有什么事便来找她之类的客气话。

两人客客气气地说着话，姜铎也客客气气的，不过两刻钟，便离了榴院，这比掌珠想象的简单多了。

见了崔姨娘，自然就该见那几名通房了，掌珠也打听了一番。

姜铎身旁一共四名通房，有一个通房两年前病逝了，现在剩下三名。

这三名可是各有来历。

年纪最大的那位叫春茶，是姜太夫人在世时赏给姜铎的，春茶年纪要比姜铎还大上两岁，两人一同长大，情谊非凡。

掌珠只听了这一个，就暗自庆幸，好在没有将人打发了，不然就是对太夫人不敬了。

剩下两个人，一个是姜夫人送来的，一个是崔姨娘送过来的。

掌珠心中就忍不住想笑，姜铎哪里是享齐人之福，分明是被监视。

大魏女子回门一般是成婚后三、六、七、九、十日或满月，姜家离陈家稍远，便定了九日之后回门。因此掌珠便定下明日会会这三人。

姜铎知道后也没有说什么，态度很明显，他后院的事以后就交给掌珠了，掌珠心中还是颇为满意，像姜铎这样体贴的世家公子很少见了。

夜晚，掌珠躺在姜铎怀里，问道："夫君就不怕我将人打发走？"

说的自然是那三人。

姜铎手里玩着掌珠的发丝道："想来你总会和我商量的。"姜铎心中并不担心掌珠将人打发了，掌珠不会打没有把握的仗，更何况，就算打发了若是真在意想找到也是不难的。

掌珠在不知道他的想法的时候肯定不会轻举妄动的。

掌珠撇撇嘴道："为人妻子真是难，不但要管着家还要管着夫君的小老婆。"掌珠在慢慢地试探姜铎的底线，她明日对那三人也好有个章程。

姜铎伸手拍了一下掌珠的翘臀，笑道："管得好了，爷自有赏。"

掌珠抬头看着姜铎，道："夫君赏什么？"

姜铎对上掌珠这一双水润的眼睛，不知道怎么的，心中痒痒的。

他当初对于自己的妻子其实是没有什么要求的，在家世清白的基础上能给家族带来利益就好。

但是在那梅林中，他看见掌珠时，一切就变了，他看出掌珠和自己一样，都是个隐忍的人，他的兴趣才多了几分。

想着，有个这样的妻子也不错。

姜铎揉着掌珠的头发，道："你想要什么?"

掌珠笑道："我想要什么不重要，重要的是夫君想给什么。"

姜铎揉了揉太阳穴，有个太聪慧的妻子并不轻松，想了一下，道："送你一套苏州的院子？"

姜铎对于讨好女人多少懂点，无非是甜言蜜语和金银珠宝，他不喜欢说甜言蜜语，金银珠宝上还是可以满足的。

但是对于掌珠，他的妻子，姜铎又不知道是否该这样——妻子，总应该是不同的。

掌珠笑道："妾身可不敢收这么重的礼，管好她们本来就是妾身应该做的。"她之前已经收了姜铎两处宅院，况且她的嫁妆中也有，因此也不过是开个玩笑，倒是没有想到姜铎有这些房产，想来是私底下干的营生，待以后再慢慢了解。

姜铎便道："得妻如此，夫复何求。"

掌珠道："以前怎么没看出夫君的嘴如此甜？夫君可不要以为如此就罢了，宅院我虽然是不要的，可是夫君也万万不可藏些不清不白的女子在里头。"

这话其实不过是掌珠随口开玩笑的，当然，也算是警告的意思吧，大魏倒是有不少的贵公子养外室的。

只是掌珠这话说完后，姜铎一时没有说话。

掌珠反应过来，挣脱姜铎的怀抱，跪坐起来，惊讶地看着姜铎道："你莫非真的有外室？"其实掌珠惊讶大于生气，这毕竟是以前的事了，只是很难想象姜铎这么一本正经的人会有外室。

不知道姜夫人是否知道。

姜铎顿了一下，回道："我明日让人送走。"

掌珠一时不说话，惊讶消散了，慢慢地居然涌起一丝丝的伤心。其实掌珠理解姜铎有外室，毕竟家里的这几个都是上面给姜铎的，姜铎喜欢不喜欢也要受着，不见得可心，掌珠下意识地认为这个女人怕是对姜铎来说不一般。

可是姜铎说送走就送走，这个男人到底是无情还是多情？

姜铎解释道："经常出去办差，有的时候大半年都在外面，所以……"他自是不会去烟花柳巷那些地方……

掌珠收起心中的点点伤心，道：“是应该有个人服侍的。”语气颇为平静。

姜铎手轻轻拍着掌珠的后背，掌珠一时躲过，姜铎道：“披件衣服吧，晚上多少有些凉风，这事原是我的错，应该早就将人送走，是我疏忽了。”姜铎说完后，伸手搂住掌珠，掌珠并没有躲，好在现在是五月，掌珠身上并不凉，姜铎才放心，道，“我并不十分好女色，出门在外，有时难免要去些其他的地方，有这么个人在，我也有个借口。”

掌珠点点头，这一层她确实没有想到。

说来姜铎告诉她已经很不错了，就是不说，她又有什么办法？

掌珠心中沉重更多的是因为发现很多事并不是想象中那般如意的，有的时候就要面上装着贤惠，心里疼得流血，好在，她对姜铎没有太多的感情，他们是因利益而结合……掌珠心里好受多了。

掌珠道：“既然如此，也不必送走了。”

姜铎摇头道：“近几年不会出去办差了。”

掌珠并不知道姜铎口中的办差是干什么，或许和太子有什么关系，也并不多问，只是道：“那就把她接回来吧，毕竟你收用过了，送走又送到什么地方？她又住在外面，说不得知道一些你的事，还是接回来吧。她在什么地方？可是良妾？”

姜铎微微皱眉，掌珠说得不无道理，他办的差事确实和太子有关，见到的一些人虽然没有对这个外室说过，但是说不好会猜到一些，姜铎也就不说送走了，道：“在江陵府，是犯了事的官员的女眷。”本来就不是什么重要的人，姜铎也没有多说。他原本就是打算有了妻子，就将人送走的。

掌珠忍不住嘲笑道：“大少爷果然眼光高，等闲普通人怕是不能给您红袖添香。”

姜铎笑了笑，并不反驳。他并没有说什么时候去接，心里认为如果掌珠放心的话就是不接也没有关系。

第二日清晨，两人又同往常一样，掌珠为姜铎挑好衣服，待到姜铎梳理好头发后，才叫侍女进来服侍两人。

两人问安后便各自忙碌，丝毫没有吵过架的迹象，其实确实根本就不算吵架，不过是些小争执罢了。

回到竹院，掌珠就见大厅门外站着三位女子，这三人倒是勤快。

掌珠进了大厅，那三人屈膝行礼，看起来都很本分。

掌珠先进去换衣服，道：“她们什么时候来的？”

晓初回道：“来了半个时辰呢。”

掌珠冷哼道：“真不嫌早，那就让她们再等会儿。”

掌珠慢慢地换了衣服，又吃了杯茶，才让三人进来。

三人规规矩矩地上来给掌珠跪下请安，掌珠笑道：“都起来吧，说来你们是早就伺候大爷了，倒是我应该道声谢呢。”

三人都称不敢。

掌珠暗中打量着三人，娶妻娶德，纳妾纳容，这三人面容姣好，纵使那位春茶年纪看着有些大，却也是风韵犹存。

年纪最小的果然相貌绝美，举手投足和崔姨娘一个样子，叫作红榴，不用问，这个就是崔姨娘的人。

姜夫人送来的人，叫小金桃，看着甜美可人，总是带着笑意，让人舒服。

这三人在这儿一站，谁能想到居然都是通房？就是嫁到富商家当正室也是没问题的，再听听这名字，茶、桃、榴，都带有多子多福的含义。

都盼着能生下长子呢。

掌珠抿了口茶，道："你们服侍大爷多长时间了？"

红榴笑着回道："奴婢也有六七年了，比不得春茶姐姐。春茶姐姐得有十年了吧。"声音娇软，连掌珠听着都全身酥软。

春茶恭敬地道："奴婢在大爷七岁的时候就服侍了。"春茶并没有说出具体年份，眼观鼻、鼻观心，看不出什么情绪波动。

红榴拍手道："呀，都十五年了呢。真是让人羡慕。"

掌珠并不管这两人之间的明枪暗箭，问小金桃："你呢？"

小金桃个子娇小，未言先扬起笑容，回道："奴婢和红榴姐姐当差的时间差不多。"这小金桃看着很容易亲近。

掌珠一听，就知道这小金桃怕是要比红榴早点，这三人可都不简单。

至少都让姜铎满意。

掌珠道："以后你们继续好好伺候大爷，将来自有你们的好处。"

三人自是应下。

红榴又道："知道您进门，我们几个姐妹也没有什么好东西，只是绣些东西给少夫人当玩物，还请少夫人笑纳。"

掌珠倒是惊讶这个红榴这样卑躬屈膝，看来要比崔姨娘聪明些，或许也因为并没有受宠。

掌珠笑道："有劳你们了。"

春茶做了个冬天用的手拢，白色的狐狸毛上绣着漂亮的梅花，里面还有一层棉花，真是用心。想来是打听到陈家每年的梅花宴，认为掌珠也应该喜欢梅花。

红榴绣了件小屏风，上面是"连年有余"四个字，很是精致漂亮，这怕是没有三五个月是绣不出来的。

小金桃则做了两双鞋子。

掌珠笑着接过来，道："几位都是有心的，我自是记在心里。我也不怕告诉大家，若是谁能有喜，不论男女，便抬为姨娘。"

三人并没有很高兴，只是应下。

掌珠又道："我知道当年太夫人曾经说过，这大姨娘非春茶莫属，待过年时便禀告母亲此事。"

春茶这才一脸高兴。这大姨娘她可是盼了很长日子了，巴不得姜铎赶紧成亲。

红榴脸上就不大好看了，她本来就是要争这大姨娘的位置，也一向没有把春茶放在眼里，没想到掌珠就如此随意地先抬了春茶，偏偏还以太夫人为名头，红榴一句反驳的话也说不出来。

她可是崔姨娘给的人呢。

小金桃也是惊讶。

掌珠笑道："好了。你们下去吧，我也累了。"

待到三人出去，掌珠又看了看这些东西，才对徐妈妈道："这三人可真是人精，这么快就在我这儿打上主意了。"

这屏风和手笼做得这么漂亮，只要她用上，还怕入不了姜铎的眼？想来会问上一两句。

徐妈妈道："这鞋子还算低调些。"

掌珠摇头道："这鞋子一看就知道早就准备了，现在看来也不过大了一两分，过一两月冬天了便能穿，谁能告诉她我的脚的尺寸呢？"

必然是姜夫人了，田妈妈之前一直在她身边，鞋的尺寸自是能要来。

掌珠道："这是告诉我，她与姜夫人还有我是一路的。"

不说这三人，外面那个还不知道什么样呢。

掌珠摇摇头，不急着接外面的人进来，先看这三人怎么样吧，到时再接进来牵制她们。

一连几日，掌珠日子过得不忙不闲，每日清晨去松院请安，姜夫人也不用她立规矩，只是让她陪着聊聊天、吃吃饭，没一会儿姜三夫人就过来了，与姜夫人共同处理庶务，某位太夫人去世，关系如何，是否需要特别对待，又或者是哪个商铺进项比往年少了等等。

通常掌珠是不听的，进门第一天，姜夫人就和她说了，她不必管庶务，至于缘故，掌珠虽然一时没有摸清楚，但也正合她的意，她现在连竹园还没有弄明白呢，怎么管家？

到时候管了家，却和姜铎生分了，又有什么用？

因此这日掌珠一看到姜三夫人进来，就笑道："儿媳先回去了。"

姜三夫人听到这个话音，就道："你也不必躲着，多听听，将来上手也快些，我和你婆婆也就享享清福。"

掌珠听出这位温和的姜三夫人不过是试探，便笑道："才想偷个懒，就被三婶娘抓着了。侄媳妇愚笨，若是听听就能上手，那可是好了，可我听着只感觉头大呢。"

说得姜夫人与姜三夫人都笑了一场。

姜夫人笑道："他们才新婚，可不敢打扰他们，说不得铎儿还得埋怨我。"

姜三夫人拍了一下手道："倒是忘记你后日回门，原是准备几支宫里出来的钗子，你带回去给姐妹们赏玩，晌午给你送过去。"说完就让丫头去取。

这姜家虽然分家却没有分房，都住在一起，但是面积相当大，从姜夫人住的松院去姜二夫人住的丹院坐轿子要小半个时辰，姜三夫人与这里倒是要近些。

掌珠道了谢，姜三夫人又道："今日叫你留下也是有事的。你和铎儿大婚的部分谢礼是我帮着记的，前几日给了你婆婆，偏偏昨日我这里又收到一份。"

掌珠耐心听，理论上给姜家的随礼，女方是不管的，她这儿得了份礼单便罢了，姜三夫人今日与她说，怕是比较特别。

果然，姜三夫人抿了口茶，继续道："这礼只是说你二人的新婚礼物，且这人之前也送了礼。"

掌珠听着有些糊涂，与姜夫人对视一眼，其实这也正常，姜铎有些关系不错的朋友之前给了姜铎随礼，待到他们成婚后再由女眷给她一份，通常是摆设之类的，不值当姜三夫人特地说，便问道："不知道是何人？妾身回去也好和夫君说一声。"

姜三夫人道："落款是宽敏。"

掌珠却没有听过这个名字，想来是身份比较高贵。

姜夫人一副了然的神色，解释道："是太子殿下。"太子殿下与姜铎交好在姜家已经不是秘密了。

掌珠并不惊讶，只有这个人才至于这样神秘，便道："婶娘放心，我告诉夫君，这事也不会宣扬出去。"

姜夫人赞赏地点点头。

太子殿下就是不想别人知道，才转手从姜三夫人这边给，就是让人以为是个想沾光寻摸路子的普通人。

姜三夫人道："果然是个聪明的孩子。我已经派人送过去了，你回去清点一番。"

姜夫人也嘱咐道："自然也是要回礼的，你看着这东西若是出自女眷之手就按着女眷的喜好打点回礼，若不是，还要好好问问铎儿才好行事，回礼不要太张扬，贴心才好。"

这些掌珠心中知道，但是见姜夫人如此慎重，她也就装作受教的模样，果然姜夫人很高兴，又道："这事悄悄地办就好了，你公公不喜欢铎儿与……他交往，若是知道了，怕是又要训斥铎儿一番。"

这个掌珠倒是头一回知道，她还以为姜铎与太子交好是姜老爷一手促成的。

掌珠应下便退出去了。

略想想，大概也猜到姜老爷怕是想要当纯臣，不想站队伍，只是，太子已经稳稳地站着了，没想到姜老爷还是如此，倒是慎重，就不怕太子不高兴？

况且姜铎明摆着与太子交好，姜老爷也不过是干着急。

掌珠似乎抓住一些这父子俩搞的名堂，只是一时想不到点上，便也不想了，这才发现，自己的手帕落在松院，松院进进出出的虽然都是女大管事，但是若是被那些人捡去了，也总是不好的。

掌珠本想派丫头去取，又觉得毕竟是婆母的院子，她自己去一趟还是比较妥当，便转身回了松院。

松院还没有管事过来，掌珠松了一口气，正要进大厅，就听姜三夫人哭道："大嫂可要帮帮弟妹……我也不求其他的，就是找个端正的人给老爷生个儿子……她就是我的大恩人，我待她肯定如亲妹妹一般。"

姜夫人劝道："人倒是好找，可毕竟要生儿子将来继承三弟的家业，总要慢慢地寻摸。等闲人，不说入不了三弟的眼，怕是根本就入不了你的眼。"

姜三夫人继续哭道："因此才找大嫂拿个主意，您认识的人多，总能有出路的……"

姜夫人一时无言，她认识的人多，可是认识的人都是大家小姐，哪家小姐肯过来做妾？还是如此年长的？

只听姜三夫人慢慢地哭。

掌珠万万没想到总是笑眯眯的姜三夫人会如此，她虽然嫁过来几天，但是也听说姜三夫人与三老爷感情十分好，即使姜三夫人只生一个女儿，姜三老爷也不急着纳妾。

这倒让掌珠想起自己的父母了。

掌珠一时也就没走。

过了会儿姜三夫人居然骂道："都怪那个挨千刀的，非要把自己的儿子过继过来，还说什么他是嫡脉庶子，身份也高贵，呸！"

姜夫人倒是语气淡淡："本来就是嫡脉庶子。"

掌珠皱眉头，这说的莫非是姜二老爷的庶子姜铭？

姜三夫人一愣，道："就是如此，我也宁可是我家的庶子，毕竟是三老爷的血脉啊。"

姜夫人安抚道："你也不要太心急，她不过是一说，真想过继也得有个两三年呢。"

姜三夫人点头道："也对，她自己的儿子也要成亲，怕是一时忙不过来。"

这两人说着说着就又说到若是二房嫡子姜铠成亲会如何如何。

这时掌珠才进去，拿了帕子离开。

这事比起太子一事更令人捉摸不透，姜夫人定然不会让二房把孩子过继给三房的，到时候这两房一联手，这姜家谁做主？

这大家族就是事多……

正想着掌珠已经回到竹园，就见三个通房站在门口请安，这几日这三人都是如此，她本来是说不必如此，偏偏这三人说什么少奶奶刚进门她们理该如此。掌珠知道，这三人与其说给她立规矩，不如说是做给姜铎看的。

姜铎这些日子根本就没有去看过这三人，听身旁的两个丫头说，姜铎之前也很少去的，最多偏一点红榴，想来是看在崔姨娘的分儿上。

掌珠让这三人进来。

这三人知道她后日回门，做了些香包之类的小玩意，说是打赏下人，免得她身旁的丫头再费神做了。

掌珠看着这些香包做得精致也就收下了，又与三人说了几句话，就想打发她们出去，谁知道红榴却突然捂住嘴干呕。

众人一愣。

红榴笑着道："还请奶奶见谅，可能因为天气热了，奴婢近些日子总是有些吃不下饭，一吃不下饭胃就不舒服。”

不说掌珠，就是春茶和小金桃也死死地盯着红榴的肚子。

掌珠愣了一下，道：“若是实在不行就请郎中，免得中暑。”

红榴只笑着应下，心中得意，这少奶奶也是被震住了，不然这个时候说什么中暑的话。

待到三人离去后。

晓初才紧张地道：“红榴莫非是有了？”

掌珠慢慢地道：“不知道呢。”

秋白道：“不是说大爷很少去她们屋吗？”

掌珠摇摇头，这就更不清楚了，毕竟是之前的事。

掌珠见这两个大丫头十分紧张，便道：“此事暂且不要提，等我有了章程再说。”

掌珠心中不紧张才怪，以前觉得无所谓，但是到了眼前，她心中却有些乱了。她的儿子不见得对继承家业感兴趣，但是她不希望儿子还没有出生就被剥夺了选择的权利。

掌珠强迫自己冷静下来，细细想红榴得意的神情，这人就不怕她下手？她又正好回门，这孩子要是有个三长两短也赖不上她。

掌珠好像明白了什么，冷笑了一下，让秋白进来，道：“你去查查这个红榴和谁关系好，这几日谁去过她那里。”

秋白应下自是去打听。

唱月进来服侍掌珠，担心地道：“姑娘可别太担忧，总归现在还没有生下来，再说谁知道是不是真的。”

掌珠笑道：“要我说这里最聪明的还是你这个丫头。”说着戳了一下唱月的脑袋。

唱月见掌珠心情好，只嘿嘿地傻笑。

掌珠道：“就是记性不好，以后要叫少夫人。”

唱月连忙应下，又说些行李准备得怎么样、礼物如何归置，掌珠这才想起太子的礼物，只是想着不如与姜铎一起看，便没有动。

晌午，姜三夫人的钗子果真送过来，秋白也有了信，只是姜铎在一旁，便在门口朝着荷院的方向指了一下，掌珠就明白，是姜荷娘找过红榴。

这姜荷娘和红榴两人之间怕是有猫腻，掌珠虽然想问清楚，但是碍于姜铎在一旁便不好开口。

姜铎看着手中的桃红桃花长颈瓶，微微皱了一下眉头，道：“这是御赐的瓶子。”

掌珠笑道：“太子殿下也不过是看在你的面子上才送来的。”

姜铎摇摇头，道：“我的意思是怕是圣上送来的。”

掌珠一愣，心中已经不想红榴的事了，只打量着这瓶子，道：“这……若是圣上想送也不用这么麻烦吧？”直接下旨赏赐就好，就算不想惹眼，直接暗中给姜老爷就好了，又何必从女眷这边给？

姜铎想了想道："这瓶子我小时入宫的时候曾经看到过一对红的，在太后的慈宁宫里。虽然说不好是太后又赏了一对给殿下，但是殿下是不会将赏赐的东西送来的。"

掌珠点点头，小心翼翼地拿起一只长颈瓶，这桃花雕得也是栩栩如生，颜色粉嫩不单调，掌珠微微地皱眉，道："桃花……"

姜铎道："听说岳母大人喜欢桃花，年年开桃花宴。"

掌珠看了眼姜铎，这人倒是细心，还知道这些，点头道："是的，都已经好几年了，我也不过是听母亲说过。"

姜铎笑道："我好歹比你大几岁，是参加过桃花宴的。啊，说来，我还见过你。"

掌珠放下瓶子，狐疑地看着姜铎，姜铎笑道："那年我六岁，母亲带我参加桃花宴，那时岳母正有身孕，那不就是见过你吗？"

掌珠嗔怪地看了眼姜铎，无奈道："这怎么算见过，反正我没见过你。"顿了一下，道，"这桃花宴怎么样？"她只听母亲说过，具体什么光景不知道，在陈家，也根本没有人说过这些，她对于母亲的回忆只是薄情庵那短短的日子。

姜铎将瓶子放下，想了一下，道："当时陈家的桃花宴美名远播，和现在的五月'韵华斗丽'一样出名，我一直央求母亲才有幸去一回，那时我只有六岁，现在记得并不清楚，但是还能想起岳母大人的光彩模样，说来，你要比岳母大人看起来倔强多了。"

掌珠也不关心这瓶子的来历了，问道："桃花宴居然如此有名？"

姜铎点头道："五月'韵华斗丽'是为了给皇室选杰出的女子，桃花宴则只是为那些藏在闺阁中的女子举办的，没有太多的目的性。大魏的贵女都喜欢参加，据说有些平民女子也慕名而来的，岳母大人特意在一处外宅也办了桃花宴给她们。"

这可真是掌珠头一回听说了，掌珠眼睛睁得大大的，闪烁着激动的光芒，她从来不知道母亲会这样做，听起来颇有些狂傲，果然是母亲才做得出来的。

姜铎看她这个样子，笑着拍了拍掌珠的肩膀，看向那两只瓶子，道："有不少的平民女子受了岳母大人的恩惠，据说其中更有一位女子成为圣上的宠妃，那位女子如何受了岳母大人的恩惠就不得而知了。更何况岳父大人与圣上关系也不同寻常，圣上送来两只瓶子也不稀奇。"

掌珠看着瓶子愣神不说话。

姜铎道："好好收起来吧，我倒是惊讶这是以太子殿下的名号送来的。"

掌珠让晓初收下瓶子后，听到太子，就想到了姜荷娘，最好早日将姜荷娘嫁出去，免得总是在家里给她添麻烦。

掌珠便道："传言圣上甚是疼爱太子殿下，太子殿下又与夫君交好，让太子殿下送来也是说得过去的。"

姜铎不置可否。

掌珠想了一下，道："说来，荷娘她……"

姜铎叹了一口气道："这事你不必急，今年年底会有个结果的。"

姜铎既然如此说，掌珠自是不会多问。

姜铎又询问是否整理好回门的东西，两人早就商量好，回门后在家中住三天便回来，反正十一月时她也要回去参加玉珠的婚礼，玉珠是她唯一的庶妹，她怎样也要回去撑撑门面的。

姜铎的生活很是规律，上午出去办差，若是不忙，下午就在书斋看书，晚上或是应酬或是与姜老爷商量事情。

因此待到晚上，掌珠才有时间问秋白关于红榴的事。

秋白毕竟是她带来的人，虽然能打听出来些东西，但也都是别人知道的。

无非是姜荷娘一向与红榴关系好，据说红榴身子不大好，月事并不按时，上个月的时候，并没有看见她的丫头洗晒衣服。但是姜铎确实很少去这三人房中，尤其是快要成亲的时候，几乎就没有再去，只红榴那儿去了一两次。

掌珠沉吟，莫非就这么巧？

第二日，这三人依然是过来请安。

掌珠见春茶和小金桃脸色都不好，红榴还是那副得意的样子，看来都觉得是红榴有了。这次红榴没有表现出干呕，但是据说昨天没有吃多少。

在这种诡异的氛围中，掌珠也不过说了昨天的那些话，又嘱咐道：“明日我与大爷回门，你们在家好好看家，若是有奴仆欺负你们，回来告诉我，我自会处置。”

三人自是应下。

红榴脸上还是那副冷笑的样子，毕竟这里她们已经住了几年了，还用掌珠说这些吗？

掌珠便让她们下去了，只春茶慢了一步，然后小心地道：“少奶奶，奴婢有句话不知道当讲不当讲？”看起来有些拘谨。

掌珠笑道：“春茶姑娘请讲，我也是才进门，很多都不懂。”

春茶马上道：“少奶奶万万不可这样说。”

掌珠不说话。

春茶才道：“奴婢看着红榴妹妹倒像是有了，不如请大夫看看吧。”

掌珠微微挑眉，这春茶还真把自己当个人物，她现在就是个妾室也轮不到她这样和自己说话。

掌珠抿了口茶，道：“哦？为什么？”

春茶果然道：“还请少奶奶不要怪罪奴婢多事，奴婢一直伺候大爷，有些事难免就管得宽了。而且奴婢是想，若是少奶奶不给红榴请大夫，将来有个万一，少奶奶也怕是要……大爷毕竟现在还没有子嗣。”

掌珠放下茶碗道：“好了，我知道了，你有心了。下去吧，这事我自有章程。”

春茶一时不知道掌珠是应下还是没有应下，但也恭敬地退下，她话说出来就好了。

掌珠冷笑，这个春茶向来是以太夫人的人自居，又伺候大爷长大，多了几分情谊，才什么都管。

徐妈妈小心地道：“她说得也不无道理。”

掌珠点头道："是如此，但这是在红榴有孕的前提下。"

徐妈妈道："少夫人是觉得她在诳咱们。"

掌珠道："应该是的。若没有喜，咱们兴师动众地请了大夫，说不得还得惊动姜夫人和崔姨娘，结果什么也没有，不说白高兴一场，怕是连大爷脸上也无光。"

徐妈妈想了一下，道："是这个理儿，就算万一真有了，她自己不请大夫，不好好照顾也赖不上少夫人，更何况她不敢不好好照顾自己。"

掌珠笑了笑，单纯地从每个人的表现来看，掌珠也不知道红榴是否有孕，但是她相信姜铎，姜铎不会让通房在她一进门就有身孕的。

掌珠早早睡了，等着明日回门，说来她并不是很想念陈家，若说有挂念，也是太夫人。

不说掌珠这边。

只说竹院后面的三间小院，这就是春茶三人住的地方，不是很大，一小院、一厅、一室、一个小绣房。

小金桃饭后在院中慢慢地走，竹院里就她这里有些竹子，小金桃揪了片叶子，笑道："这儿有的人啊，就是把肺吐出来也不管用，还真当别人是傻子。"

一旁的院子里传来摔杯子的声音。

小金桃笑了一下，才进屋休息。

红榴那屋，春茶担心地道："你别生气了，万一有了，可不好。"

气得红榴说不出话来，这春茶，也不知道是真憨实还是假憨实，连小金桃都看出她是装的，这人还在这儿担心。

她原本也没有故意装，不过就是干呕了一下，想着少奶奶面嫩又是新妇还不巴巴地请大夫？

没想到居然连问都没问，说不得是想走了之后再设计自己。

红榴如此一想，还是得装下去，便对春茶道："多谢春茶姐姐，天晚了，我想休息了。"

春茶连忙道："你是该好好休息，不要多想，若是缺什么就来问我要。"

红榴嘲笑道："我这里什么都不短，姐姐若是有需要的过来才对。"

春茶并不介意红榴的嘲讽，又嘱咐了几句才走。

红榴自己在屋里又想了会儿，然后让自己的小丫头去了趟荷园捎了几句话，等到少奶奶回来，她们再较量。

第二日。

掌珠与姜铎拜过姜夫人和姜老爷，便离了姜家去苏州。

除去她坐的马车，还有三辆马车，都是些物件、礼物等。

因为姜铎在一旁，她又戴着幔子，因此姜铎就将窗纱拉了起来，掌珠在马车里笑盈盈地看着外面的风景。

掌珠唯一去过的地方就是薄情庵，只对姜铎说这里的树比薄情庵的高。

姜铎便说他以前看过比这还要高的树，树上还有很大的果子，据说里面都是汁液，很甜。

掌珠跟着说她在书上看见过这树。

两人倒是相谈甚欢。

只是没走多远，就听见远远地传来马蹄声……

姜铎听见马蹄声，就叫马车停下来。

不一会儿，就见一个少年骑着纯黑色的马停在车前，姜铎伸手将窗纱摘下，道："我出去骑马，你不要担心，这是朋友。"

掌珠点点头，她看着那身影倒像是太子，便道："若是太子殿下的人，还请夫君代我道谢。"

姜铎颔首，便出去了。

掌珠微微掀开窗纱的一角，只能看见姜铎坐在马上的身影，腰背挺直，多了几分张扬，只是看不见那个人。

掌珠想来想去还是觉得那人和太子有关。

这两人关系这样好，可是姜老爷又很是不满，是做戏还是真如此？

谁真谁假？

掌珠一时不明白，没一会儿，那人便快马加鞭地先离开了。

待他们到苏州城时已经是傍晚了，按照大魏的习俗，回门要白天去，因此她和姜铎先住在苏州的姜家别院，陈家那边知道她进城了，便派了婆子送些吃食过来，倒是热热闹闹的。

这个婆子就是太夫人身旁的赵善家的。

掌珠免不了又问了一番太夫人的起居，直到晚上夜幕降临才送走赵善家的。

姜铎免不了笑道："等明日见到太夫人再好好问一番岂不更好？"

掌珠摇摇头，叹了一口气道："太夫人对我向来冷淡，我问怕也是问不出来什么的。"

姜铎挑了一下眉，道："你我定亲成亲，都是太夫人亲手操办的，我看太夫人并非冷情之人，对你也是百般疼爱的。"

掌珠笑道："这些我自是知道的，并不介意太夫人如此的。"顿了一下，道，"太夫人，我是懂的。"

姜铎一时没有说话。

他知道掌珠的处境，他也知道太夫人为何如此，只是没有想到掌珠如此清楚太夫人的意图。

姜铎不免想到自己，他不是姜夫人的亲生子，但却是姜家的继承人，若是对自己生母、亲妹太过体贴，在别人眼中会变成什么样？对姜夫人又是怎样的伤害？姜夫人对他是真心疼爱，他没有得到的母爱，姜夫人都给他了，他怎么能伤害姜夫人？

因此他才淡着崔姨娘和姜荷娘，只是这两人全然看不懂他的良苦用心。

其实也对，他没有付出什么，又怎么期待别人给他什么？

不知道掌珠是否也懂他？

姜铎看掌珠匆忙的身影，安排着明日要拿的礼物，然后又仔细地收拾着床铺，好似要住很长时间似的。

姜铎笑了一下，心里有些温暖，走到掌珠旁边，掌珠一时没有注意，不小心撞到姜铎怀里。

晓初等人见此都笑着退出房间。

掌珠哪里想到姜铎会如此，脸红扑扑的，拍了一下姜铎的手，道："你出去看会儿书去，一会儿就好了。"

姜铎趁机搂住掌珠，亲了一下掌珠的耳垂，在掌珠耳边道："和我出去走走？"

掌珠一愣，惊讶地道："出去？"说着挣脱姜铎的怀抱，转身看着姜铎，睁着大大的眼睛，亮晶晶的，满眼的惊讶。

姜铎笑意更浓了，道："出去。"

掌珠很高兴，大魏贵女虽然男女之大防比较严格，但是在侍女、婆子的陪同下，也是可以出门的，尤其是在赏月夜、元宵节。

只是之前她一直在守孝，宝珠等人又只喜欢参加宴会不喜欢出来，她竟是一次也没有出来过。

姜铎见掌珠高兴得不知道怎么办，便道："你换身粗衣，再带两个婆子，就好了。"

不一会儿，待掌珠换好衣服后，果真是一件简单的粗布麻衣，上面并没有多少花色，头发盘起，戴着一支珍珠钗，如此简单，更是衬得掌珠肌肤白皙，相貌清丽，一站出去就知道不是普通的农妇。

姜铎忍不住打趣道："这是哪儿来的小娘子？"见掌珠好像有些不大适应，就问道，"穿得可是不舒服？"

掌珠嗔怪道："我在薄情庵的时候也是这样穿的，怎么就会不舒服？"

姜铎道："你别紧张，又不会不让你去，若是不舒服就干脆换成平日穿的。"

掌珠摇头道："不必了，就如此吧，换来换去浪费时间。"

姜铎知道掌珠是出去心切，这个时候才像个小女孩。姜铎想了想，拿起幔子给掌珠戴上，其实这样一来就更不可能是普通农妇了，但也好过摘下来被别人盯着，道："那走吧。"

说着牵着掌珠的手。

掌珠脸一红，好在她戴着帷幔，别人看不见，他们除了成亲后第一日去请安时是牵着手，其他时候在外人面前并没有这样亲昵过。

掌珠才注意姜铎也穿着普通的长袍，一身书生打扮，这时才明白姜铎打量自己时眼中的惊艳是怎么来的。

这样简单的打扮只会让姜铎更优秀，就像夜中明珠，天越黑明珠才越亮。

他们在闹市一走动，那些小商贩自然看得出他们不是普通人，自是纷纷吆喝。

掌珠虽然平时看起来沉稳，其实不过是个十六的小女孩，见到平时很少见到的小玩意，就是做工粗糙也忍不住感兴趣。姜铎也依着掌珠，只要喜欢便买下，没一会儿跟来的小厮手上已经都是这些小吃和小玩意。

姜铎笑道："去茶馆坐会儿吧。"

掌珠高兴地点点头，去茶馆自然也是头一回。

姜铎看她样子好玩，忍不住笑了一下，两人说笑间便进了清风茶馆。

这茶馆门面看着小，但是一进来就知道这里不是等闲人能进来的，家具考究，摆件珍贵，掌珠轻声道："没想到闹市中有这样一块净地。"

这个茶馆的老板好似认识姜铎，直接请他们进了楼上的雅间。

掌珠坐在窗前看着外面的点点亮光，人来人往，心情颇好，抿了口茶，笑道："在这儿还能喝上露水泡的茶，真是难得。"

老板连忙道："夫人好厉害，一口便能品出是露水。"

掌珠又抿了一口，道："莫非是竹叶上的露水？"

老板很是敬佩，直说要送掌珠一罐露水。

待到老板下去，姜铎才道："我倒是尝出是露水，却没有尝到是竹叶。夫人厉害。"

掌珠忍不住掩嘴笑。

姜铎摘去掌珠的幔子，狐疑地问道："你是怎么知道的？"

掌珠道："我是看到这后院有竹林才这样说的。"

姜铎道："真是机灵鬼，你就不怕猜错了？"

掌珠反驳道："开门做生意，他说几句好话又有何难？这罐子水也不见得就是露水呢。"

姜铎无奈地摇摇头。

没一会儿，老板进来果然带进来一小罐子水，然后对姜铎道："姜公子，有贵客请。"

姜铎并不惊讶，对掌珠道："我先出去一趟。"然后出去了。

掌珠摸着茶碗上的花样，原来姜铎今晚出来是要见这位贵客，心中的畅快失了几分——罢了，能出来也已经不容易了。

掌珠看着熙熙攘攘的外面，一晃眼看见一个白衣少年，面如潘安，这是阿路！

掌珠仔细看了看，才注意阿路身旁还有一位戴着幔子的娇小女子，就是不知道这是何人了。

没一会儿，这两人便消失在人群中。

掌珠恍然中居然有几分寂寞，她终究只是个看客。

不免又想起她和姜铎这几日的相处，姜铎对她照顾有加，处处体贴，心思十分细腻，若不是她早就看明白两人之间的关系，她一定以为姜铎心悦她。

他们成亲之前的这三年，姜铎每月必送来吃食或是小玩意，都是亲自来，从这份毅力来说，姜铎就是个对自己狠的人。

可是姜铎对自己狠，对别人却没有这样的要求，崔姨娘和姜荷娘应该算是姜铎最近的人吧，偏偏他对这两人的容忍程度几乎达到放纵。

掌珠只觉得姜铎这人心思很沉，却庆幸她的丈夫是姜铎，丈夫这角色并不是很容易扮演的。她这个姜少奶奶扮演得应该还算称职吧。

掌珠坐了一会儿，觉得无趣，便想在茶馆里走走，结果一开门就见两个小厮在门口，掌珠一愣，那两个小厮连忙道："还请少奶奶先等等，大爷马上就过来了。"

掌珠顿了一下，听到对面房间传来说话的声音，什么圣上、孤、赶回京城……

两个小厮脸色很不好。

掌珠也不为难他们，点了一下头，便又回去了。

又等了片刻，姜铎才回来，笑道："碰上老朋友了，可是等急了？咱们走吧。"说着想拿起那罐水。

掌珠拦住姜铎，道："还是我拿着吧。"

好在不大，姜铎便依着掌珠。

到了门口掌珠将这罐水放在柜台上道："掌柜的怕是拿错了，这桃花上的露水并不适合沏茶，多谢了。"说着便先出去了。

姜铎很是惊讶，看向掌柜的。

掌柜一脸错愕，无奈地道："是贵人要送的，没想到少奶奶还真品出来了。"

姜铎想了一下，拿过这罐子水，道："东西收下了，代我道声谢。"

姜铎对掌珠也有了几分不一样的感觉，这个人也是他从来没有看清过的。

第二日一早，两人便去了陈家，陈家已经是大门打开迎接贵客。

两人自是先去如是居给太夫人请安。

赵善家的领着两人进如是居，在竹林中轻声道："知道您今日回来，太夫人一早就起来了，这些日子太夫人一直都很惦念您。"

掌珠眼中已经有了一层水雾，她无父无母，虽有个庶妹，却也不贴心，太夫人面上淡淡的，但是她知道太夫人是真心关心她的。

进了如是居，太夫人一身荷叶绿的对襟长袄，戴着是银边翡翠头面，看起来也是特意打扮过的。

掌珠心中生了几分不舍和感动。

两人跪下叩头、行礼、敬茶。

太夫人心中波动也很大，眼中也是带着一层雾水。

掌珠成亲时，太夫人毕竟丧夫丧子不好送掌珠，那一日她只在佛堂念了一天的经，希望她这个孙女能婚姻美满、子嗣无忧。

太夫人颤着手接下掌珠的茶，喝了一口，然后又接过姜铎的茶，喝了一口，笑道："你们都起来吧，以后你们美美满满的就好。"

自有侍女过去搀扶两人站起来。

三人随意闲聊，姜铎仔细地问了太夫人的饮食起居，又很是嘱咐一番。

掌珠话语少，只是一旁坐着，心中自是感动。

太夫人虽然对她缓和些，但是毕竟冷淡了几年，也不可能突然间亲近，有了姜铎在一旁调和，三人的气氛很融洽。

这样就很好了。

没一会儿，姜铎与掌珠又去了祠堂给陈廷和与穆氏敬茶请安。

掌珠感觉自己的心都在颤抖，她希望母亲能满意她现在的生活……

出了祠堂，姜铎被陈廷远请去，掌珠自是去了敬正堂拜见周氏。

周氏还是那个样子，装出一派当家主母强势的样子，只把她当客人。

只是现在的掌珠已经不是当年刚回陈家的掌珠了，她现在是姜少奶奶。

周氏不能把她怎样，甚至还要看她的脸色，对掌珠来说，周氏才是个客人。

周氏看着掌珠满面红光、神采奕奕的模样，心中越发地难受，她也看透现在的形势，自以为压婆婆一头，其实自己不过是管家婆，自己疼在心坎里的孩子从来都不满意自己的安排、处处与自己作对……

她现在的日子是越过越差，就连养在身边的庶子，她也不知道是不是在引狼入室。

或许，这就是报应？

掌珠并不在意周氏的走神，周氏这个样子都是她咎由自取，路是自己走出来的，怪谁？

掌珠心中倒没有多少报仇的快意，毕竟她从来没有报仇过，她更多的是明白因果这个词。

周氏又说了几句冠冕堂皇的话，也说不下去了，让掌珠去见见姐妹们。

掌珠出去后，就去了琳琅园。

玉珠那边也早就备好茶点，待到掌珠进了院子，就热络地过来，又是问她累不累、渴不渴，看起来两人很好似的。

玉珠已经出落得亭亭玉立，行事落落大方，哪里还是周氏教出来的那个娇滴滴的大小姐？

掌珠也乐意玉珠如此，这样将来不会被欺负，她两人毕竟有血缘，看着亲近些更好，她心中知道怎么回事就行。

玉珠见掌珠领情，心中也就放心了，她还真怕掌珠记恨着当年的种种，虽然她细想来似乎没有做过什么对不起掌珠的，但是总觉得似乎亏欠了掌珠。

两人聊了会儿又一同去了满园。

去了满园，没想到是先去了惜珠的阁楼。

掌珠记得，这个阁楼以前是宝珠的绣楼，没想到现在看起来不但有模有样，更是精致漂亮，惜珠已经十三岁，也更加有千金大小姐的风范，根本想象不到她曾经是宝珠的小跟班。

玉珠现在刻意亲近掌珠，便小声对掌珠解释道："自从宝珠妹妹定亲后，就很少踏出院落，婶娘也希望宝珠妹妹能好好学学管家。"玉珠身旁有周家的婆子，自然也学着管家，周氏也就明目张胆地大小眼了。

掌珠出嫁才不过几天，一切都有了翻天覆地的变化，或许在她定亲后就有了这些变化，只是她没有发觉罢了。

惜珠也笑着道："我已经去请姐姐了，大姐姐稍等。"

掌珠笑道："咱们姐妹先聊会儿也无妨的。惜珠妹妹几日不见，越发漂亮了，不知道以后哪家这么有福分呢。"

惜珠笑了笑，眼中倒是有几分落寞，掌珠心中倒是惊讶，按道理来说，宝珠的婚事不好，周氏应该对惜珠的婚事更加努力才对，这几年也听说周氏打听过几家，但是现在看来周氏并没有什么打算。

不知道周氏怎么想的。

玉珠多少知道点，只是现在并不方便解释，连忙转移话题道："大姐姐可是因为自己过得好，也都盼着妹妹们出嫁？"

掌珠笑道："我看是你也着急了吧。"玉珠的婚事在十一月，还有小半年。

玉珠脸上有些红晕，道："姐姐到时候一定要来，我心中有些怕。"

掌珠拍了一下玉珠的手，不管玉珠是真心的还是假意的，她在这个时候都是要支持玉珠的。

惜珠看着这姐妹俩，心中不好受，现在她与宝珠有些生疏了，不是她有意远离宝珠，而是宝珠远离她，惜珠本以为自己会高兴，但是并不是的……

正想着宝珠也来了，因为两人在薄情庵一同住过，因此宝珠对掌珠不像之前那样充满敌意，只笑道："我来晚了，你们聊什么呢？"

玉珠微微解释了一下。

宝珠打量掌珠，问道："你过得还好？"

掌珠本以为宝珠收敛不少，却发现说话还是这样横冲直撞的，或许姐妹里只有宝珠没有变吧。

掌珠点头应道："很好，多谢关心。"

宝珠哼了一下道："那你赶紧生儿子吧，免得被那些小贱人抢了先。"这话说得很不好听，但其实宝珠是好意。

掌珠心头摇摇头，与其教她管家还不如教她怎么交际应酬呢，掌珠猜测，这个宝珠嫁到崔家怕也是难管家。

惜珠连忙笑道："姐姐这话说得也有理，我们都想抱抱未来的小侄子呢。"

掌珠笑道："顺其自然罢了，不必着急。"

宝珠道："若是不能生，还是找个大夫看看。"宝珠如此说，则是因为穆氏嫁进来十年后才生女。

掌珠再体谅宝珠，这句话也不能忍了，冷笑道："差不多该吃饭了，咱们走吧。"

宝珠见掌珠不领情，脸色也不好，小声嘀咕道："好心当成驴肝肺。"

几人已经站起来，惜珠连忙挽着掌珠的手道："对了，明日中午我做东，来这儿，咱们姐妹好好闹闹，往常都是别人在这儿参加桃花宴，明日就咱们几个玩玩。"

玉珠自是连忙道好。

掌珠一时没有应下，心里只想着现在满园说了算的是惜珠。

惜珠又道："当初大姐姐回家，我本就说做东请大姐姐，结果先因为持服后来因为定亲种种事耽搁了，这次可不能再耽搁了。"

她们几人在闺阁中如此相聚怕是最后一次了，等到玉珠、宝珠都出嫁了，就没有这么容易单独聚在一起了。

掌珠想到这里，便道："如此甚好，没想到妹妹还记得。"

几人说笑着出去，只有宝珠满不在乎的样子。

这几人当初谁会想到会有今日亲近的模样？果真是世事难料，就是不知道以后又会是怎样的光景。

午饭后，掌珠带着姜铎参观琉璃园。

以前姜铎虽然来陈家探望过掌珠，但是两人为了避嫌并没有在琉璃园相见，姜铎这是第一次来掌珠的闺房。

中午姜铎虽然喝了些酒，但也不过是微醺，心中清醒得很。

姜铎笑道："这里清静，看来颇合你意。"其实是这里比较偏僻。

掌珠道："歪打正着。"

姜铎走向前，看着满窗的琉璃，道："倒是精致，就是读书的话未免太费眼。"

掌珠点点头，周氏的那点小心思瞒不了任何人的，只她自己认为做得无声无息。

姜铎进了屋，房间摆设很清雅，也没有太多的书，看着很中规中矩，姜铎看向掌珠。

掌珠不理会姜铎，笑道："你躺下休息会儿吧，晚上怕是才算喝酒呢。我是不能伺候你的。"

回门时，夫妻是不能同住的，姜铎应该会住在前院。

姜铎笑道："我满身的酒气，怕是惹你不高兴。"

掌珠摇摇头，推着姜铎躺在床上，道："没关系，不过是个住的地方。"说着给姜铎盖上毯子。

姜铎拉住掌珠，问道："只是个住的地方？"他一直都知道掌珠过得并不如意，最少在定亲前是这样的，但是他亲眼看见的时候，心中还是有些微微的疼。

周氏虽然表现得不明显，但是每天住的地方就让人不舒心，其他的又能好到哪里？

他的亲妹妹姜荷娘虽然是庶女，姜夫人也并不管教，但是姜荷娘的吃穿用住没有一件让她不满的……

掌珠对上姜铎的眼睛，才明白眼前的这个男人在心疼她，她失笑："我并不介意的，我对这里而言，只是个过客，你瞧，我以后不会住在这里了。"

姜铎满意地点点头，放开掌珠。

掌珠又安抚了几句，姜铎才慢慢地睡着。

掌珠只走在窗前，拿起一本她以前看的书，慢慢地看，心中是前所未有的安宁。

掌珠看了几页，便走神了，忍不住看向躺在床上的姜铎。

光线下的姜铎很宁静，身上少了几分平日的拘束，这样只看相貌，颇有些稚嫩，才感觉出姜铎不过是个二十二岁的年轻人罢了。

掌珠干脆将书放下，只坐在姜铎一旁，盯着姜铎，眼神中有着掌珠都不知道的点点情意。

这时唱月想进来，见如此忙退了出去，又见掌珠这样死死盯着姜铎，心中很是奇怪，也在门口偷偷打量姜铎。

平日里姜铎虽然说不上严厉，但是她们这些侍女也不敢死盯着大爷看，唱月这一看，见姜铎睡意酣甜、相貌俊朗，脸颊倒是红了几分，转身匆匆离开。

掌珠其实也是这样想的，她虽然与姜铎同床共枕，但是哪里会这样仔细看着姜铎？倒有几分新奇。

谁知道没一会儿，姜铎伸手就将掌珠搂入怀中，好在掌珠没有惊呼出来，轻声道："我吵醒你了？"

姜铎呢喃道："没，你也睡会儿吧。"声音迷迷糊糊的，掌珠忍不住笑道："这不大好，你好好睡吧，我不扰你了。"说着就要站起来，姜铎虽然半梦半醒，手却没有放松，只是道："你也睡会儿……"

掌珠无奈，又担心吵醒姜铎，只得和姜铎小眯一会儿。

晓初送茶进来时看到如此，连忙将门关上，守在外面。

好在两人不过眯了半个时辰而已。

姜铎醒来后倒是有些惊讶掌珠在自己的怀里，见到掌珠头发有些乱，眼神迷离，倒是别有一番妩媚，忍不住吻了一下掌珠的唇。

掌珠被这一吻弄清醒了，连忙推开姜铎，站起来整理衣服头发，看见衣服上都是褶皱，忍不住嗔怪道："夫君真是的，大白天，又是在人家的闺房……"说着自己脸也有些红了，也怪她坐在旁边盯着姜铎看。

掌珠向来大大方方的，就是床笫之欢也不像其他女子那般缩手缩脚，姜铎毕竟年轻，自然喜欢掌珠大大方方的，两人床笫之事倒是融洽。

只是今日这样羞涩，在掌珠身上难得一见。

姜铎忍不住哈哈大笑。

小憩一番，他已经是精神满面。

这时晓初才进来帮掌珠更换衣服，又轻声道："老太太已经醒了，今天精神不错。"

这几日老太太身子有些不舒服，因此他们上午也没有去拜见老太太。

掌珠两人听见如此，也不打嘴仗了，纷纷换下衣服携手去华恩堂。

老太太看起来确实是没有多大精神，应该是这两天暑气热到了，也没有多留他们，不过是嘱咐两句罢了。

两人才出了华恩堂就有侍女过来，一则请姜铎去前院，二则是请掌珠去如是居。

掌珠两人相视一笑，他们回来这三日怕是闲不住了。

掌珠坐了软轿去如是居，心中猜到太夫人必然会找她说话，只不过没想到这么快，她以为要等到她后日走时呢。

到了如是居，掌珠见太夫人在佛堂念经，便也跪在一旁，与太夫人一起念经。

且说姜铎这边。

原来请他去前院，因为崔寓来了。

按理说，崔寓专程拜访他太过郑重，只送些礼物，毕竟崔、陈两人还没有完婚。

好在陈廷远性子温和，对有才之人很是欣赏，并不介意崔寓如此降低自己身份，姜铎素来沉稳，就更不会把这些表露在面上。

虽然姜铎不是自己的女婿，但是陈廷远还是相当欣赏姜铎，崔寓除了家世差点，其他方面也颇为出色，尤其得圣上的喜爱。

陈廷远自是高兴。

几人慢慢品茶，倒也是聊得痛快。

陈廷远笑道：“本来要和你们一同谈天说地，奈何老夫年纪已经大了，精神不济，晚上又要与你们喝酒，先去休息会儿，你们就在这儿好好聊吧，若是需要什么只管吩咐他们。”

姜铎与崔寓连忙恭送陈廷和。

待到两人坐下，崔寓才道：“其实我来，也是有一事要寻求铎兄的帮助。”

两人年纪相差无几，真要算起来，崔寓年纪更长一点，但是偏偏姜铎是姐夫，因此崔寓才如此称呼姜铎。

崔寓这个人虽然有时姿态摆得很低，但是并不会让人轻视他，反而让人没有距离感，是个相当会交际的人。

姜铎并不讨厌崔寓，听崔寓这样说，姜铎一时不明白崔寓指的那件事，便道：“不知何事？”

崔寓需要张口求助的，想来多少都会比较棘手，因此姜铎并不应下。

崔寓道：“说来也是我给铎兄添麻烦了，在这个时候说。木槿，就是在下的堂妹，现在一直住在外面，至今未嫁，还请铎兄帮帮。”

姜铎微微皱眉，崔寓口中的木槿就是崔家女，那个说自己无父无母、无兄无弟的女子，为了进姜家的门，一直等到现在，想来也差不多是双十年华了。

姜铎暗中查过，其实这个木槿确实是崔寓的堂妹，没有上族谱，她母亲就是崔太太，崔太太是崔寓父亲的弟妹。

若真是孤女，也就好办了，就算不让她进门，名声虽不好听点，但是也不会有什么是非。

现在木槿看似是孤女实则不是，就不好办了，若是强行将她送走，崔寓必然会声讨他，小事变大，就因小失大了。

这崔家莫非就看上了姜家下一代长子的位置？

姜铎一时不说话。

崔寓无奈道：“唉，我也知道，这个时候实在不应该说这些话，只是木槿她性子倔，只说对铎兄一见钟情……”

姜铎才道：“崔小姐一片情意让在下感叹，只是此事自然是拙荆做主，当初也是交给拙荆了，在下也是爱莫能助。”

崔寓连忙道：“无妨无妨，我也是没有办法，才提一二，本就是她有意攀附，失了体面……”语气很是可怜。

姜铎只慢慢地抿了口茶。

不管从哪个角度，他也不希望这个崔木槿进门，第一是不想和崔家有联系，第二她姓崔，难免生母不会出什么幺蛾子。

其实就算是进门，他只要不亲近就行，但是崔木槿不惜撕破脸面进门，怕也是对长子志在必得，说不得准备什么手段了。

罢了，大不了进门了他再想法吧，但是这进门也要掌珠说，这样掌珠才不会失了体面。

崔寓也不过是点一下这事，便说起其他来。

掌珠这边已经和太夫人坐在茶室，说来掌珠除了佛堂和小厅，就没有去过如是居的其他地方。

她和太夫人也很少这样谈话。

太夫人道："看到你这个样子，我也就放心一半了。"

掌珠连忙道："是孙女让您担心了。"

太夫人笑道："你是我孙女，我自然要担心。"

掌珠惊讶地看着太夫人，这是太夫人第一次如此表明心迹。

太夫人继续笑道："你我都知道为何要保持这样的关系，你姓陈，陈家给了你体面，你总要付出些的，你我关系如此，陈家才能安稳。"

掌珠回道："祖母，我都懂的。"

太夫人点点头道："我知道你懂，你是个聪明的孩子，你现在长大了，嫁人了，出了陈家，也算是为陈家奉献完了，我也只希望以后若是陈家遭难，你不要落井下石就好。"

掌珠道："祖母……您万万不可这样说……"

太夫人摇摇头道："我知道你是个冷情的人，对陈家没感情，对你父亲也没有多少感情，但是你要记得，你的母亲是陈家的大夫人，你是她的女儿。"

掌珠见太夫人坚决，只得应下。

太夫人才满意地点点头，叹了一口气道："陈家不是在我手中败落的就好，你要怪就怪我无情吧。"

掌珠一时无言，过了一会儿才道："太夫人也有太夫人的责任，我也有我的责任。"掌珠还是称太夫人。

太夫人道："事事总是有许多无奈的，放心，你是陈家女，若是在外面受了欺负，陈家也不会置之不理的。"

掌珠心中不快，一时也没有说话。

太夫人笑笑，她知道今天这话说得有些重，却也不得不说，如此说，掌珠对陈家才会更没有感情，才会更恣意地活着。

两人就这样静静地品了一回茶，掌珠才退下。

赵善家的送掌珠出去，几次想说什么，却都不知道该怎么说，两人的对话她是都听见了的。

最后只得无奈道："大小姐，太夫人其实一直都挂念您的。"

掌珠只是点点头，顿了一下，道："其实我也是挂念太夫人的。"说完便出了竹林。

赵善家的却一时听不懂掌珠所说的，回去只学给了太夫人，太夫人只是叹了一口气，道："若是她父母还在多好。只希望他们别像她父母似的。"

掌珠出了茂密的竹林，才觉得松了一口气，她本以为太夫人是特意嘱咐她的，没想到却是怕她将来欺压陈家……

掌珠心中无奈，纵使对陈家没有多少感情，她又怎么会那样做呢，这里毕竟是母亲的家……

掌珠没有坐轿子，只慢慢地在园中走着，说来她对陈家并不算熟悉，以后再有这机会怕也得过几年了。

正走着，就见对面走过来一个着青色无花长袍的女子，头发绾成倭堕髻，看着很是清爽。

是祝姨娘。

她二人倒是有许久没见面了，就连掌珠成亲，祝氏也只是送了些东西而已。

祝姨娘见到掌珠微微行礼，笑道："少奶奶安好。"这个祝姨娘永远都是这样会看眼色。

近看祝姨娘还同以前一样年轻貌美，时间让周氏有了变化，对她却一点用也没有，就好像停在了祝姨娘身上。

掌珠笑道："姨娘多礼了。我正好在这里逛逛园子。"

祝姨娘道："巧了，我也是小憩后出来散散心，妾身陪少夫人走走？"

掌珠自是点头。

"少奶奶看着比成亲前要精神多了，人都说成亲如同再生，妾身见少夫人如此也就放心了。"

掌珠回道："姨娘看起来也比以前精神多了。"

祝姨娘对掌珠向来是有话直说，因此便道："这生子便又是重生了一回了。"

掌珠笑了笑，她不过才成亲几日而已，谁都盯上她生子的事了，掌珠心中一叹，姜家特殊是一个原因，还有一个原因，怕是众人也都想看她会不会像她母亲这般生不出孩子。

掌珠猛地停下，就这一点，说不好也是姜家娶她的原因，正室干脆生不下来孩子，妾室就得生下儿子了……姜铎会这么想吗？

应该不会的，姜铎虽然心思沉，但是他不会这样做的，掌珠也说不出为什么这么信姜铎，但是她感觉到，姜铎不会是这样的人。

祝姨娘见掌珠一时没有说话，就笑道："少奶奶对于子嗣不要着急，说来妾身也不过比少奶奶大几岁而已，妾身倒是觉得先把身子骨养好了，再生反而好些，而且也免得少奶奶把心思放在孩子上，倒是怠慢了姜大爷。"

"顺其自然，我和大爷年纪都不大。"掌珠笑意多了些真诚，祝姨娘是第一个劝她晚生孩子的人。

若是她母亲还在，想来这些话也该是她母亲说，没想到倒是让祝姨娘说了。

祝姨娘轻声道："今日来见少奶奶也没有什么事，只是觉得怕是以后见面的时候越来越少了，因此过来探望少奶奶。"

掌珠微微点点头，心中并不信祝姨娘所说的。

果然，祝姨娘道："我一直都佩服少奶奶。"

掌珠和祝姨娘又来到荷花畔，现在荷花畔正是清凉，很舒服，掌珠笑道："姨娘此话怎讲？”

祝姨娘道：“我一直都在想少奶奶为什么不报复周氏，现在才看明白，自有人收拾她。”

掌珠不说话，现在看来祝姨娘自认是收拾周氏的人。

祝姨娘道：“罢了，毕竟这些事都是娘家事，以后就不必少奶奶操心了。”

掌珠看着祝姨娘，正如祝姨娘所说的，她出嫁了，为何祝姨娘还如此示好？

掌珠想了一下，道：“我与太夫人一样，只想看到陈家繁荣昌盛。”归根到底，她背后有陈家，也才更加有底气。

祝姨娘笑道：“这是自然，妾身也希望陈家繁荣昌盛，而且妾身想这是肯定的。”不然她的儿子继承什么？

掌珠这下也明白祝姨娘的目的了，她是想自己的儿子将来继承陈家。

祝姨娘道：“我也要向少奶奶学习，不急，还有十几年呢，您就等着看周氏怎么受报应。”

掌珠想劝些什么，却想起了太夫人的一席话，只是不让她落井下石，却没说让她雪中送炭。

罢了，这些事她管也管不了，这陈家未来的继承人，也只能看个人本事了，这些与她无关。

掌珠好像明白太夫人为何要说这些话了。

两人也不过说了一刻钟的话，便散了。

到了晚上，周氏摆了一桌，他们前院也是一桌。

她们这里没有什么，不过是一道吃，闲聊几句，倒是前院拼酒拼得猛，掌珠心中有些担心姜铎，也不知道他酒量如何。

只是她也不方便去前院。

她出了敬正堂还没走，略站了站，没想到就被春色又请了进去，说是周氏有事请她商谈。

她从来没有想过周氏还有事找她“商谈”……

待到她回到琉璃园时已经该入睡了，问过晓初才知道，姜铎他们还在拼酒，怕是非要将姜铎喝吐了才罢休。

这也算是回门的规矩，掌珠也没有办法，只得让人熬了解酒汤，等到姜铎喝完酒务必让他喝下，又叫了姜铎小厮好好地嘱咐一番，虽说现在热，但也不要让姜铎吹到风……

第二日清晨，掌珠免不了又是询问一回，知道姜铎喝吐了不过是装装样子，心才落在肚子里，姜铎又让小厮带话，他今日上午怕也要好好睡一觉，只让她和姐妹们好好玩。

掌珠忍不住笑了一下，心中有些小甜蜜。

掌珠换了衣服便去了满园，心中忍不住想到昨晚周氏说的话，周氏居然恳求她劝劝宝珠。

“我虽然对你不上心，却也没有亏待你，也为你找了这么好的婚事，我不求你感激我，只求你帮我说宝珠两句，我的话她现在一句也不听……她这个样子将来嫁出去怎么办……”

掌珠忍不住冷笑，合着她还应该感谢周氏不成？周氏真是大言不惭。

她们在惜珠阁楼一旁的湖边吃饭，那里已经是摆了一圆桌，上面各式吃食，配上这水还有垂柳很有意境。掌珠见湖边没有人，便上了阁楼。

一进去就听玉珠与惜珠的说笑声，这两人感情倒是好。

掌珠知道宝珠还没到，干脆转身先去宝珠那里，反正她也有话对宝珠说。

周氏有一句说得对，无论她有多不喜欢宝珠，在外人面前宝珠就是她的妹妹，宝珠将来若是受了欺负丢了脸面，她也会跟着丢脸面。

掌珠进了宝珠的阁楼，以前她来过宝珠的阁楼，那时候也没有多打量，现在只是觉得有些昏暗，好似主人很少出来的样子。

掌珠直接进了宝珠的卧室。

宝珠无奈放下话本，道：“你总是这么没礼貌，在姜家你也是这样？”

掌珠道：“莫非将来你在崔家也日日看这些话本？”

宝珠顿了一下，道：“这你不用管，不就是管家吗？自然有奴仆。应酬什么的，我早会了。再说了，我用得着你管吗？”

这宝珠还是聪明的，只是掌珠话里有话，就知道她要说什么，想来这些话周氏跟她说了无数遍。

掌珠深吸一口气，道：“你穿好衣服，该去吃饭了。”既然宝珠不听，她也不多说什么。

宝珠瞥了眼掌珠，自是让七巧服侍她，她一边穿一边道：“你还是管好你自己吧，崔家女，你什么时候让她进门？”

掌珠挑了一下眉，笑道：“我什么时候说让她进门了？”

惦记崔家女的人还不少，昨日周氏还劝她，说什么进了门她说了算，怎么都好磋磨，何苦让崔家女在外面？

宝珠道：“莫非你不想让她进门？”

掌珠道：“这是我自己的事，你还是管好你自己吧。”

宝珠冷哼道：“你以为我乐意管吗？崔家都求到我这里了，我才劝劝你，昨天阿寓也来了，想来和姐夫也说了，你还是赶紧想法子吧。”

掌珠疑道：“你不希望崔家女进姜家门？”没想到崔寓亲自和姜铎说了，她心中倒是有个主意，只是不知道姜铎到底想不想让人进门了。

宝珠道：“哼，这种贱人就该死一万回。”

掌珠心中暗笑，这宝珠和崔家女又有何区别，都是一见钟情。

宝珠好像看出掌珠的想法，道：“我这可是明媒正娶，她算什么？”

掌珠惊讶地打量宝珠，或许宝珠并没有她们想象的那么傻，只不过宝珠看重的与她们都不一样罢了。

掌珠想了一下，道：“你不要以为崔家好摆布，他们敢娶你这尊大佛，怕也是有计较。”

宝珠这次倒没有反击，冷笑道：“还敢把我幽禁了不成？他们敢，我就敢把崔家闹得鸡犬不宁，看他们还敢不敢称贵族。”宝珠从镜子中看了眼掌珠，道，“还是孩子要紧，快生一个。”宝珠见掌珠要说什么，便道，“你也不用说了，反正咱们是谈不到一起。”

掌珠无奈地摇摇头，崔家娶了宝珠，不知道是福还是祸。

两人一同去了湖边，倒是让玉珠和惜珠惊讶。

几人吃吃喝喝、谈谈笑笑，不觉就到了下午，说来，她们几人算是第一次如此畅谈。

惜珠难免劝宝珠几句，宝珠更是不会听惜珠的话，生气地离开，惜珠无奈离席劝说。

玉珠笑道：“妹妹成亲时，姐姐可一定要来。”说着言语中还是带着骄傲。

她三人的婚事，玉珠觉得自己的才最好，家世够好，也没有什么传言，两家又相识，真是难得的好事。

掌珠心中却不这么认为，昨晚周氏也说到玉珠的婚事：“你若是愿意劝劝宝珠，我也就不妨告诉你周家为何选了玉珠……周家虽然列在五世家之内，但是已经早就不如以前了，周书恩性子和他父亲一个样，好风花雪月，周太夫人自然希望找个能撑门面的儿媳，厉害一点，玉珠之前行事，全在周太夫人眼中，她看重的也不过是玉珠的心思，她以后可有的苦吃了。”

掌珠却也不能说这些，只道：“自然会来，你是我的妹妹。”顿了一下，道，“妹妹以后在周家谨慎行事，毕竟这周家可不是咱们的外祖家。”

玉珠不知道是真感动还是假感动，眼圈一红，自是应下。

待到下午掌珠才回了琉璃园，只觉得很是乏力，一进了屋就见到姜铎坐在一旁看书，掌珠忍不住扬起笑容。

掌珠静悄悄地走到姜铎旁，还没有说话，就被姜铎拉到怀里，反吓了一跳。

姜铎笑道：“我从窗户就看见你进来了。”

掌珠拍了一下姜铎的手，道：“还是小心点吧，被别人看见就坏了。”

姜铎无奈放开掌珠，摇头道：“明明是你招我来，反而怪我。”

掌珠笑着站起来，打量一番姜铎，道：“你身子还好？”

姜铎放下书，道：“你也太小看我了，我也不过是做做样子。”

掌珠反而很喜欢姜铎这个样子，这样的姜铎感觉才像是个有血有肉的人。

掌珠掩嘴笑道：“你还是小声点吧，万一被业哥儿他们知道了，今晚怕还是劝你喝酒。”

姜铎果然不再说，掌珠忍不住又偷偷笑了一场。

姜铎不理会掌珠，只是指着一旁的画卷，道：“这是你画的？”

这些画并没有拿到姜家，掌珠点点头，道：“不过是闲时画的，画技平平，本要烧了，偏偏那几个丫头舍不得，明个走之前便烧掉。”

姜铎皱了一下眉，打开一张画卷，道：“画的虽然有些匠气，但是毕竟是你小时画的，留着也算个念想。”

掌珠走近看了眼，见落款是熹平三十八年，是三年前画的，那时候心情还算不错，也没有其他糟心事，她才有闲工夫摆弄这些。

掌珠摇摇头，道："不好，还是烧掉吧。"

姜铎看向掌珠道："你一幅也没有带到家里？"

掌珠点头道："嗯，没有满意的，而且画的也不多。"之前虽然说是上女学，但是偏偏周氏那边忙碌，而且宝珠等人也都没有上，因此这事也就算了。

再来这画也是凭着小时学的记忆才画的，多有不足，她又只那么一段时间想画过，都不满意，后来也就不画了。

姜铎将这几幅画拿在手里，道："既如此那就更要留着了。"

掌珠骨子里有穆氏的清傲，有时甚至可以说是挑剔，不喜欢有半点瑕疵的东西，因此并不想留下，只得道："以后妾身再给你画。"

姜铎笑着摇摇头，叫晓初进来，将画给晓初，嘱咐道："回了竹院，将这些画送到我书房，万万不能让你家少奶奶拿去。"

晓初笑着应下。

掌珠万分无奈。

姜铎拍拍掌珠的手，道："回头我教你画，可好？"

掌珠听了才露出些笑意，问道："藏锐也喜欢画画？"

掌珠总觉得姜铎心思沉，就是因为姜铎从来没有表露出喜欢什么或者说讨厌什么，在他眼中什么都一样，就是吃饭也看不出来他喜欢吃什么或者不喜欢什么口味。

现在姜铎表露出来了，自然勾起了她的好奇心。

姜铎眼中带着笑意，这是掌珠第一次喊他的字，平常总是一口一个夫君，有的时候听着软绵，但是更多的时候却是客气与尊敬。

姜铎道："以前为了养性子特意学过，说来近几年倒是很少画了。"

掌珠想了下，道："学的莫非是工笔画？"

姜铎颔首。

掌珠惊讶地道："男子倒是很少学工笔呢，看来我那几幅画给的是值了，能见夫君画一幅，可真是妾身的荣幸。"

姜铎笑着在掌珠耳边说了句话，掌珠脸红了，嗔看了姜铎一眼，道："夫君要是有胆子画，妾身也无所谓。"

姜铎哈哈大笑，只道："这可是你说的。"

掌珠跺了一下脚，道："没个正经。"说完便出去看晓初她们逗鱼。

姜铎只是笑着摇摇头。

当晚，姜铎跟着陈廷远认识一些亲朋好友聚了聚，好在他第二日就要回扬州，所以并没有喝多少，当晚还是住在前院。

回门离开娘家，规矩是中午以前走，因此，第二日两人并不在陈家吃午饭。

掌珠只在敬正堂等姜铎，与周氏有一句没一句地说着话。姜铎被太夫人请去如是居了，掌珠心中有些忐忑，也不知道太夫人会对姜铎说什么，只希望别和对她说的似的那么重。

周氏虽然看出掌珠心不在焉，但还是想打探宝珠怎么样。

掌珠心中无奈，她不过回来一天，哪里比得上周氏日日在这里，怎么知道宝珠到底怎么样，心中更盼着姜铎快过来。

掌珠只能应付道："三妹妹心里自有打算，婶娘要是心疼她，就给她几个得力但不张扬的奴仆。"

这话对周氏来说等同于没有说，这些事还需要掌珠提醒吗？她这个当娘的自然知道。

两人之间的气氛不知不觉就冷下来了。

好在，这时门房进来，说温家给大小姐送来贺礼。

周氏与掌珠一愣，掌珠成亲时温夫人已经送了贺礼，而且相当贵重，就算还要送，怎么送到这里了呢？也应该送到扬州姜家。

掌珠想了一下，问道："来的人是谁？哪个婆子？"

"回大小姐的话，不是婆子，是个小厮。送了，就走了。"

掌珠一愣，不知道怎么的，想起了那日她在茶馆是看到过阿路的，莫非是他？

周氏心中暗笑，她是知道一点温家的意思，现在看来，说不好如玉公子还没有死心，只是掌珠已经嫁人，若是姜铎知道……

掌珠只让人将贺礼拿进来，是个巴掌大的小木盒，很是精致，掌珠一愣，打开看了一眼，是用黄玉雕刻的一朵花，不是什么牡丹、菊花，是说不出来的一朵花，倒是像薄情庵的野花……

掌珠心一酸，将盒子盖上。

没一会儿，姜铎便过来了，两人又别过老太太和陈廷远，便离开陈家了。

玉珠三人，都是早晨告别过了，因此也没有来送。

掌珠两人离开时倒是有些落寞，掌珠心思并不在这上面，也不在意，只紧紧地拿着木盒。

两人先回了姜家别院，姜铎让一部分车马先回了扬州，只留下几个小厮和侍女。

掌珠奇怪地道："咱们不回家吗？"

姜铎道："我想着既然回来了，也应该去趟薄情庵的，一来给岳母上炷香，二来也该看看了清师太。"

掌珠十分感激姜铎如此体贴，眼圈都红了。

姜铎只笑着道："你不必如此，这是应该的。"

两人一阵赶路，在傍晚的时候到了薄情庵，了清师太见了他们也不惊讶，只对掌珠道："姜施主之前便派人过来告知你要来。"

掌珠更是心存感激，她毕竟在姜家祠堂拜祭过母亲，心中虽想来，却并没有提出来，哪里想到姜铎会如此细心地察觉到。

夜晚。

掌珠与了清师太共住一个厢房。

掌珠将温润晁送的那朵玉雕刻的野花拿出来，虽是不知名的野花，却雕得栩栩如生，好像是真的一般。

了清师太看了眼，道："情这个字总是让人牵绊。"

掌珠手指划过花瓣，道："它本是野花，无拘无束，却偏要用这么好的玉雕刻，又是怕摔了它又要珍藏它，便失了野花的趣味。"顿了一下，道，"师太，就将这花留在薄情庵吧。这个地方，对它来说才是归宿。"

了清师太只闭着眼念佛经。

掌珠叹了一口气，将花又放进木盒里。

第二日，掌珠自是与姜铎去了厢房拜祭穆氏。

之后，掌珠问姜铎，太夫人对他说什么了，姜铎只是道，要好好照顾她。

掌珠不信，却也问不出什么来了，便与女尼们一同做早课。

姜铎则去了了清师太的厢房。

姜铎将一沓银票放在了清师太面前，恭敬地道："这是太子殿下的一片心意，还请了清师太收下。"

了清师太笑道："他每年都如此，你每年都说这些话。不过是身外之物，殿下既然喜欢给这些香火钱，贫尼又怎么会拒绝？这是殿下的佛缘。"

这席话，了清师太每年也都这样说。

姜铎回道："是殿下的一片心意，不知道师太是否想回宫？"

了清师太淡然道："回答也同以前一样，贫尼已经是安天命的年龄了，对这些早就淡然了，希望殿下不要再这样执着了。"

姜铎笑道："正如师太所说，这是殿下的佛缘，也希望师太不要这样执着了。"

了清师太很无奈地摇摇头。

姜铎继续道："殿下说您不回宫也好，这几年怕是要有大动荡，您在这里更安全。"

了清师太只是默默地念经。

姜铎行礼，便要告退。

了清师太才道："阿珠是个很敏感却又冷情的人，希望姜施主日后好好对她，若无心切勿装成有心。"说完又闭着眼捻着佛珠。

姜铎一愣，下意识地解释道："之前已经打算来薄情庵了，殿下的事不过是顺道而为。"

了清师太并不理会姜铎。

姜铎就要出去，却见了清师太一旁的茶几上摆着一个小木盒，上面是一朵黄玉雕刻的花，这东西好像是掌珠昨日拿的，姜铎一时没有放在心上，便出去了。

姜铎信步闲走，就到了佛堂，看见掌珠跟着女尼们跪在大厅一同念经，小小的身影看着单薄，却又好似有什么东西在支撑着她，气场十足。

姜铎也默默地闭上眼睛，他只求家和万事兴。

图书在版编目（CIP）数据

深闺记事 / 源水漾著. — 北京 ： 九州出版社,
2015.5
ISBN 978-7-5108-3724-1

Ⅰ. ①深… Ⅱ. ①源… Ⅲ. ①言情小说－中国－当代
Ⅳ. ①I247.5

中国版本图书馆CIP数据核字（2015）第110442号

深闺记事

作　　者	源水漾 著
出版发行	九州出版社
出 版 人	黄宪华
地　　址	北京市西城区阜外大街甲35号（100037）
发行电话	（010）68992190/3/5/6
网　　址	www.jiuzhoupress.com
电子邮箱	jiuzhou@jiuzhoupress.com
印　　刷	北京博艺印刷包装有限公司
开　　本	700毫米×980毫米　16开
印　　张	38
字　　数	810千字
版　　次	2015年7月第1版
印　　次	2015年7月第1次印刷
书　　号	ISBN 978-7-5108-3724-1
定　　价	49.80元

深闺记事

SHEN GUI JI SHI

源水漾 著

下

九州出版社
JIUZHOUPRESS

第十回 掌珠怒显正室风

掌珠两人回到姜家，先去给姜夫人请安，姜夫人只笑眯眯地问陈太夫人可好，又说明日不必请安，先休息一天再说。

姜铎一本正经地回应。

掌珠发现姜铎回到姜家就变成这种老成的样子，像在琉璃园时的那种调情更是没有了，掌珠一时说不好姜铎是故意在陈家这样的，还是故意在姜家这样的。

姜铎变得忙碌起来。

掌珠也真正地开始了姜少奶奶的生活，小妾、外室还有那位崔家女的事情都需要处理。

崔家女倒是可以先放下，掌珠在等机会，崔家现在只是向她和姜铎透话，若是他们都不理会，崔家怎么办？怕是会继续闹大吧。她等的就是那个时候，破釜沉舟，到时候沉的就是崔家这条船。

因此掌珠先询问秋白关于红榴的事。

秋白没有和她回陈家，只在竹院看家。

秋白是个聪明伶俐的，自然知道掌珠留下她是干什么。

秋白给掌珠送来一碗莲子粥，掌珠小口小口地吃，秋白才道："少奶奶离开的这几日，只春茶姑娘来了一次，是想知道少奶奶有没有为红榴姑娘请郎中或者是特别照顾红榴姑娘。在少奶奶要回来的前两天，红榴姑娘的小丫头来过一回，说是红榴姑娘有些不舒服。"

掌珠擦了擦嘴，笑道："你怎么办的？"

秋白笑道："按照少奶奶离开之前交代的那样办的，努力拉着那个小丫头去夫人那里报备一声，说是请郎中，那小丫头吓得脸都白了，只说红榴姑娘只是昨晚没睡好而已。"

掌珠将碗递给秋白，道："看来这红榴果然是装的。大小姐去看过她吗？"大小姐说的就是姜荷娘。

秋白眼中露出佩服的神色道："这事第二天，大小姐就借故去看红榴姑娘了。"

掌珠颔首，这个红榴怕是先派那个小丫头过来打探，若是秋白有一点点不想找郎中的打算，红榴也就装怀孕装下去了。

若是红榴真怀孕了，那么她不在家的时候，最适合透露出来自己怀孕，从红榴的角度来说，她应该阻止红榴检查怀孕，不然以后就不好下手除掉“孩子”了。所以红榴在她要回来前才出这幺蛾子。

说不得红榴这两天一直期待她有动作除掉“孩子”。

掌珠叹了一口气，她若是真有这害人的心思，怕也就着了红榴的道。没想到红榴有这份心机，怕这其中也有姜荷娘的份儿。

秋白小声道：“少奶奶看怎么处置她？”

掌珠摇摇头，怎么处置？红榴从第一开始只是说不舒服，掌珠笑道：“说谎的人是要尝到后果的。”

秋白一时也不明白，这时晓初进来道：“少奶奶，三位姑娘过来请安，您看？”

掌珠道：“让她们回吧，明天再来，今天我休息休息。”顿了一下，道，“让秋白去说吧。”说着看了眼秋白。

秋白自是明白怎么回，便出去了。

不一会儿，掌珠与晓初便听秋白在骂道：“你们不知道少奶奶累了吗？连夫人还说让少夫人休息呢，难不成你们比夫人的脸面还大？还巴巴地过来打扰，若是不见你们，少奶奶还落个不贤。”

屋里，掌珠忍不住笑道：“这嘴巴真是利。”

晓初笑道：“是少夫人调理得好。”

就听那三人连忙道歉，然后离开了。

秋白这才进来，笑道：“这下心中才舒服了不少。”

掌珠道：“你看那个红榴气色怎么样？”

秋白想了一下，道：“奴婢看着倒是很好。”

掌珠点头不说话，看来是不打算生病了，也知道这招对她没用了，而且姜铎或许也会去她们房中了……

榴院。

崔姨娘无奈地看着红榴哭，不高兴地道：“你对我哭有什么用，有这劲头，你也应该去找大爷。”

红榴道：“姨娘，奴婢也就只能找您哭几声，奴婢前几日有些不舒服，还怕少奶奶以为奴婢有了，结果，少夫人居然连问也没有问。”

崔姨娘不说话，挑了一下眉，然后小心地问道：“你到底有了吗？”

红榴心中很不高兴，好在也是装哭，倒是更像了几分，道：“自然是没有的，有的话，奴婢一定会第一个告诉您的，但是看少奶奶如此不上心，奴婢真怕……”

崔姨娘叹了一口气，道：“她年纪小，自然不当回事，以后有夫人教导会好的。”崔姨娘并不好直接说掌珠不好。

红榴也感叹道：“唉，奴婢就是怕少奶奶年纪小伺候不好大爷，若是姨娘能教导两句，怕是大爷也高兴。”

崔姨娘摇头道：“你要明白你我的身份，可不能自以为是，要不然以后我也救不了你的。”

红榴心中不耐烦，这些她自然知道，又叹道："若是大爷身边有姨娘的人也就不怕这样了。"说着不好意思地道，"奴婢看着大爷并不喜欢奴婢，怕是耽误姨娘了。"说着又嘤嘤地哭。

崔姨娘不说话，这些她自然也早就看出来了，但是她有什么办法，本来她想先把崔家女弄来，等到掌珠嫁进来，说不定儿子都有了，却没有想到会这个样子。

红榴擦了擦眼睛，小声道："听说那位崔家姑娘还在外面等着大爷呢。"

崔姨娘眼睛一亮，随即又无奈道："我有什么办法。"

红榴暗中咬牙，想了一下，道："说来，姨娘毕竟是大爷的生母，给大爷找个可心的人自然说得过去，再说少奶奶面上不显，其实心里还是尊敬您的，说不得您提一下，这事也就成了。也说不好是少奶奶面嫩，才不好意思让崔家女进门的，唉，偏偏夫人也从来不管大爷的事。"

最后一句话倒让崔姨娘上心了，现在姜铎已经不小了，若不是姜夫人一直拦着，她早就当祖母了。

崔姨娘慢慢地点点头，心中想着怎么劝掌珠……红榴心中暗笑，自是不提。

第二日，掌珠给姜夫人请过安后，就回了竹院，这三人已经在门口等着掌珠了。

掌珠这次很痛快地让人进来。

掌珠笑道："我从家里也带了些小玩意，已经送到你们那儿去了，若是有喜欢的就再和我要。"

三人都行礼道谢。

小金桃更是不客气地道："奴婢看那花样倒是新，虽说扬州与苏州离得不远，偏偏最新的、最好的总是先到苏州。"

掌珠笑道："不过是些小玩意，以前我是最不喜欢绣这些花样的，这个还没有绣完，就有新花样传过来了。"

小金桃连忙道："绣这些东西哪里还用得着少夫人，少夫人若是不嫌弃奴婢的手艺，有喜欢的花样就送到奴婢这里来，奴婢帮着绣。"

春茶则还是微微皱着眉头，大概还是担心红榴，红榴则一副健健康康的样子，虽然没说话，但也看得出来，她好得很。

掌珠对红榴道："红榴姑娘可好些了？"

果然春茶马上关注起来。

红榴笑道："已经是好了，果然是那几天有些热。吃了两块西瓜就好了。"

春茶忍不住道："怎么吃西瓜呢，多寒。"

其实红榴的意思就是自己没有怀孕，偏偏春茶听不出来。

掌珠向春茶道："我年纪小，倒是不大懂这些，不过两块西瓜，我看红榴姑娘已经是好了……"

好在春茶虽然反应慢一些，却并不笨，知道不能提红榴可能有了的话，只是道："奴婢也是听老一辈的说，这西瓜是寒性，吃多了胃不好。"

掌珠点点头，故意一副担心的样子看着红榴。

红榴连忙道："奴婢确实已经好了，以后不吃西瓜就成了。"

掌珠道："要不还请大夫看看？"

红榴刚想拒绝，春茶就道：“如此最好，奴婢也担心红榴妹妹呢。”

掌珠马上让人请了大夫，只说对姜夫人那边说红榴可能有些中暑。

红榴气得咬牙切齿，现在请大夫有什么用？恨不得吃了春茶，小金桃只一旁笑呵呵地看戏。

掌珠只是一副笑模样，她本来也想治治红榴，没想到春茶这么会递话。

掌珠也没有让人避开，直接请大夫当面诊脉，免得红榴再出幺蛾子，搬了个屏风过来，她们在屏风这边，红榴、大夫、晓初等人在那一边。

羞得红榴拿了个手帕盖在脸上。

大夫诊脉后，红榴自然是什么病也没有，但是掌珠笑着问大夫：“她这几日因为天热睡不大好，吃不大好，可是中暑了？”

这症状说来倒是中暑的样子，大夫又是姜夫人的人，听弦听音，道：“是有些中暑，怕是要休养几天。”

春茶一听真是中暑，有些失望，红榴脸色白了几分，更加像是中暑了。

掌珠道：“那就请大夫开点药吧。”

一旁自有晓初跟着大夫出去。

掌珠对红榴道：“你回去好好休息，也不要过来请安了，身子重要，就等到立秋了再说吧。”

这一句话就相当于把红榴关到立秋了。

红榴差点跌坐在地上，要知道等掌珠回门后，姜铎说不好就可以去她们房里了，她们自然就可以怀孕了……结果……

掌珠挥挥手，让她们出去了。

掌珠对秋白道：“让人好好看着她，不许怠慢她，但是也不许她出来。”

秋白自是应下。

掌珠才松了一口气，只觉得心中出了口恶气。

红榴的事，在第二日请安的时候，掌珠在姜夫人面前提了一句。

姜夫人只笑盈盈地道：“你院中的事自己处理就好，我是相信你的，不过是个丫头，让她好好养病就行了。”

姜夫人对掌珠表现出绝对的信任，这让掌珠心中很舒服。不一会儿姜三夫人便过来，见到掌珠，趁着掌珠还没有出去的时候，连忙道：“铎儿媳妇，婶娘正好想求你一件事。”

掌珠心中一愣，相对姜二夫人来说，她确实和姜三夫人熟悉一些，但是两人也不过是点头之交，而且看姜三夫人的性子，怕是和每个人都是如此好的，掌珠还真说不清楚有什么能帮上姜三夫人的。

掌珠看向姜夫人，姜夫人朝掌珠笑笑，想来姜三夫人应该没有什么恶意。

掌珠笑道：“婶娘也未免太客气了，这事就算是掌珠办不了，掌珠也会让大爷帮忙想办法的。”

掌珠自然不会说办不了，只能把事情扯到姜铎身上。

姜三夫人拍着掌珠的手，道：“其实不过是小事，不必惊动铎儿的，更何况其实是咱们女人间的事。”

掌珠一时猜不到什么事，但是看此事还是女人间的事……

姜夫人趁机道："你们娘俩先聊，我去看看给老爷炖的汤怎么样了。"

掌珠电光石火间想到上次在这里听到只言片语，莫非是这事？

姜夫人出去后，姜三夫人才不好意思地道："其实这事本不该请你这个晚辈帮忙的，但是偏偏……"

掌珠心中已经有谱，并不接话，只是一副认真的样子。

姜三夫人无奈，只得主动道："唉，这事说来话长，我在生了你三妹妹后身子就不大好，虽然又怀过两次，但也都流产了……"说着姜三夫人叹了一口气，脸上露出伤感的神色，很快收敛接着道，"我是想着给你三叔纳一房小妾，就是生个闺女，也好过膝下就你三妹妹一人，再说能生闺女过两年说不定也就能生个儿子。"

果然是这事，掌珠道："自是应该的，只是……"只是这事为何非要找她帮忙？之前不是求到姜夫人那儿去了吗？

姜三夫人脸微微红，咬了咬牙道："这事确实是求不到你这里……"顿了一下，下定决心道，"我直说吧。你三叔和我对纳妾这事比较慎重，难免挑剔一些，毕竟指着她生下儿子，你婆婆那里也帮我物色着，偏偏没有合适的，这事我们都想办得隐秘点，因此就想起你了。"

掌珠明白，还有一个原因就免得姜二夫人从中作梗，姜二夫人也出身名门，是五大世家中莫家的姑娘，若是真使劲不让姜三夫人找到合意的女子当妾也不是不可能。

掌珠沉吟一下，这事她是不想管的，一来是辈分上不合适，二来是这就牵扯到三房的私事了。但是也不能袖手旁观，让二房过继孩子给三房，这样对大房肯定是不利的。

姜三夫人见掌珠没有马上拒绝，连忙道："想让你帮忙也不是非要你找个人，多一个人多一条路子，你写信问问你婶娘，看看是不是有什么人选。"

只能这样了，到底怎么帮还得问问姜夫人和姜铎，若是值得帮，找个满意的人也不是不可能。

掌珠灵光一闪，说不定可以……这件事，怎么也要掺和一下了，掌珠笑道："不知道三婶有什么要求呢？"

姜三夫人很高兴，拉着掌珠说了一上午。

掌珠回去后，脑子还嗡嗡地响，就凭姜三夫人的要求，姜二夫人不下绊子姜三夫人也不见得能找到合心意的。

最基本的要求，如相貌好、出身清白、性子好……这些都要有，也好说，可是，年龄上还有要求，不能太小要不不好生育，也不能年纪太大，双十年华左右最好，家世清白还不成，最好门第再稍微高一点点，但是还不能太好，最好不是庶女，或者就干脆是孤女，不会有什么亲戚找上门来。

这些要求倒是让她想到一个人……

掌珠叹了一口气，孩子果然是最重要的。

姜夫人也暗示她，要是能帮上最好，毕竟帮姜三夫人要比对付姜二夫人好办些。

掌珠回来时，春茶与小金桃已经先离开了，掌珠也无心应付这两人，只是坐在屋里喝茶，她想静静地待会儿。

其实她这个少奶奶也无非就是伺候好姜铎和姜夫人，其他时间别生是非，甚至连生儿子她都不必有负担……

掌珠无奈地摇摇头，有时候太轻松也不是什么好事。

正想着就见姜铎大步流星地走进来，掌珠脸上自然而然地露出些笑意，走到门口迎向姜铎。

姜铎笑道："我听母亲说你从松院回来的时候头有些疼？可是累着了？你该多歇两天的。"

掌珠心中暖暖的，昨晚她告诉姜铎红榴中暑了，姜铎也不过是点了一下头，掌珠笑道："不累，我又不是小孩子。"

姜铎弹了一下掌珠的脑门，笑道："你怎么不是小孩子？"

掌珠更喜欢这个和她开玩笑的姜铎，不过姜铎在姜家向来低调，今日怎么这么高兴？

掌珠问道："可是有什么高兴的事？"

姜铎一愣，笑道："看见你就觉得高兴而已。"说完便进了屋，饮下掌珠剩下的半盏茶。

掌珠无奈地摇摇头。

两人坐在小几旁，掌珠想了一下，道："今日三婶娘拜托我件事，我也正想问问夫君呢。"

姜铎叹了一口气道："这事还是求到你这儿了。"

看来姜铎知道是什么事了，掌珠点点头，问道："夫君你看，我这边该如何行事呢？"

姜铎知道掌珠是个谨慎的人，但是听到掌珠询问他，心中还是高兴，被亲近的人依赖当然是好的。

姜铎道："这事最好能办成，帮三婶娘一个忙，她心里也会记得你。"

掌珠微微皱眉道："只是，万一将来……"

姜铎想了一下，道："这是个问题，但是眼下，总比三婶娘家过继孩子强，实在不行，只得找到合适的人后，在同三婶娘讲清楚了。"姜铎见掌珠还是皱着眉头，道，"我也会暗中物色合适的人，到时候你直接说是你找到的就好。"

掌珠摇头道："你一个大老爷们，怎么物色？就是你那些小厮怕也是找不到什么正经的，不然三婶娘何苦把这事托给妾身，直接交给三叔好了。"顿了一下，笑道，"别到时候没给三婶娘物色到人，你这里倒是物色个人。"

姜铎一愣，无奈地笑着摇摇头，道："我好心好意帮你，你倒是拿话挤对我。"

掌珠装作一本正经的样子，道："妾身不敢说是有远见，怎么也算是以防万一吧。"

姜铎无奈道："可真是唯女子与小人难养也。"

掌珠道："可不是呢，外面的小女子可厉害着呢，见了夫君一面就一见倾心了。"掌珠指的是崔家女。

姜铎收起嬉笑的表情，正色问道："这崔家女你打算如何？"姜铎只觉得掌珠可能是吃味，心中不觉得讨厌反而是新奇。

掌珠一愣，笑道："我也想问问夫君呢，若是喜欢，我就让她进门也无妨。"

姜铎看了眼掌珠，道："此话当真？"莫非掌珠真的无所谓？这心又提起来了。

掌珠笑道："那要看夫君到底有没有良心了，我这新人还没有旧就又让新人进来了。"

姜铎叹了一口气，女人心真是大海针，掌珠明明不想让人进门，还非要说得这么隐蔽，若不是他心思细腻，说不好……

姜铎也就不再暗示，直接道："自是不希望她进门的，若是想让她进门早让她进门了。"

掌珠心中高兴，便道："夫君若是相信妾身，这事就交给我。只是夫君别怪我下手狠。"

姜铎更多的是好奇，故意作揖道："那就有劳夫人了。"

掌珠笑而不语。

两人也不过闲聊几句，姜铎便去了书房读书，掌珠本想小憩会儿，却不想崔姨娘让人传话过来，若是她得闲了，想和她说说话。

崔姨娘毕竟是姜铎的生母，即使身份尴尬，掌珠对崔姨娘也很是尊重，给姜夫人送去的东西，从来少不了崔姨娘，不过是减两分而已。

虽然掌珠不能时常探望，但是也经常派人过去询问，崔姨娘倒是第一次请她过去说话。

掌珠想了一下，道："大爷现在还在这里，我不得空过去，等到明日上午我给夫人请安后就过去探访姨娘。"

掌珠之所以这样说，是担心若是这次她放下姜铎直接过去，下次崔姨娘就敢晚上将她叫过去。

这话传到崔姨娘耳朵里，崔姨娘自然觉得掌珠对她不上心，很不高兴，却也无可奈何。

第二日，崔姨娘见了掌珠，也不客气，直接就道："我听说外面有个崔家女……"

崔姨娘刚开始对掌珠说这些的时候，虽然面上冷静，其实心中也是害怕，只是一想到自己是为了儿子好，这个儿媳妇又瞧不起自己，崔姨娘也就硬下心肠："你年纪还小，春茶她们年纪又太大，正好有个崔家女，接进来也无妨，你只要服侍大爷高兴了，以后必有你的好处，你这少奶奶的头衔也没有人抢。"

掌珠心中冷笑，这么个空头衔肯定没有人抢，合着真把她当木头人了。

不过掌珠面上还是一副安静的样子，让崔姨娘有种一拳打在棉花上的感觉，崔姨娘更希望掌珠出言不逊，她就有理由发作。

因此崔姨娘更不客气，道："你也别怪我说话难听，我也是为了你和铎儿好，早点生下长子，你也可以培养感情，心里也踏实，对吧？铎儿年纪都这么大了，总该考虑考虑以后了。这个崔家女一心只对铎儿好，又是你接回来的，一定会对你心怀感激，将来若是她对你不敬，我也不饶她。"崔姨娘似乎找到了当婆婆的感觉，又继续道，"虽然铎儿说让你看着办，但是哪只猫不偷腥？你可别真的傻乎乎不让人进来，铎儿心中说不得还要怨你，万一是铎儿亲自把人接进来，你脸上也无光不是？你好好想想吧。”说着抿了口茶。

掌珠只当崔姨娘送客，告辞离开。

崔姨娘一愣，这掌珠还没说要不要把人接进来呢怎么就走了？崔姨娘想追着问，又端着架子，罢了，反正她把话都说到这个份儿上了，掌珠应该会接人的，毕竟她算是掌珠的半个婆婆。

掌珠心中自然是不高兴想要发作，偏偏碍于崔姨娘是姜铎的生母……掌珠这个时候才深刻地体会到有两个婆婆的不易，尤其是被一个小妾如此说。

难怪周氏之前不乐意宝珠嫁过来。

掌珠虽然早就做好心理准备，但是心中还是恶气难平，她也不可能去和姜铎说这些……

不知不觉，掌珠走到花园。

姜家的花园并不比陈家的漂亮，不过是中规中矩的亭台楼阁而已，因此掌珠并不经常来，现在正是六月仲夏时节，天气炎热，掌珠带着侍女站在一旁的树荫下，正巧看见姜荷娘和三房的姜莲娘在池亭赏鱼，看着颇为惬意。

掌珠轻咬一下唇，姜夫人将宅院弄得跟铁桶似的，崔姨娘如何知道崔家女在外面痴情等待？姜荷娘时常参加聚会、宴会，自然消息要灵通些。

掌珠倒是没有想到是姜荷娘告诉红榴，红榴又告诉崔姨娘的。

不过这些事端确实是姜荷娘引起的。

姜荷娘现在十八九岁，也没有定亲，心中一直惦记着太子，纵使装作大方地参加各种宴会，但是背后说她的人不少，姜荷娘性情早就变了，看到掌珠顺利嫁到姜家，她心中更是嫉妒。

崔家女与她情况差不多，年龄也差不多，两人自然谈得来，更何况崔家女又处处赔小心，姜荷娘虽然对崔家女不算是真心的，但是身旁有这么个跟班的，姜荷娘自是高兴的，因此一直暗中和崔家女联系。

再说，将来崔家女要是能在姜铎的后院占一席之地，对她也是有好处的。

这边姜荷娘知道崔姨娘找过掌珠后，便给崔家女传了个口信，只说可以行动了，她便在自己的荷园看戏。

没过几天，外面就纷纷传言姜铎太过无情，是个负心人，抛弃了崔家女。

这话都已经传到姜家内院了。

姜老爷很不高兴，连着好几天都没有给姜铎好脸色看，因为并不想落实外面的传言，只挑着其他的错处骂了姜铎一顿。

因为姜铎之前说过这件事交给掌珠办，所以姜铎并没有对掌珠说其他的，也没有给掌珠施加压力，只是默默地挺着。

掌珠也暗自咬牙，就是不松口让人进来，现在让人进来，不就是承认他们有过私情了吗？而且，她想，崔家女应该还有后招。

果然，崔家女站出来说自己是心甘情愿的，她一心爱慕姜大爷，与姜大爷无关，况且这件事早就交给姜少奶奶处理了，她相信姜少奶奶一定会明辨是非的。又说什么能够认识姜大爷已经是她的福分了，如果不能进门，她一辈子也不会嫁人，如果姜少奶奶能开恩让她进门，让她端茶送水她也愿意，更愿意为姜少奶奶吃斋念佛。

总之，崔家女将自己塑造成大魏第一苦情女，众人也将目标转到掌珠身上。

就连其他的世家夫人都认为，不过是一个侍妾，收了房又怎么样？何苦把一个清白女子逼成这个样子？

姜夫人也难免问掌珠：“你这事如何想的？”人进来不进来都无所谓，但是姜家低调这么多年，实在不值得为了个小孤女如此让人说道。

掌珠笑道：“婆婆不必担心，掌珠心中有底。”

姜夫人想说什么，还是咽下去了。她要时刻记得，眼前的人不是自己的亲儿媳。

姜夫人知道崔姨娘找过掌珠，话里的内容她也知道八九分，姜铎是自己养大的，她也是心疼，只道：“你若是真不想让人进门，这事我处理也成，你和铎儿毕竟刚成亲，铎儿可说什么了？”

掌珠摇头道：“大爷只说这事交给妾身处理。”也算是变相拒绝了姜夫人。

姜夫人点点头，心中自是明白。

现在话都传到这个份儿上了，姜铎也没有多说一句话，看起来很信任她，姜夫人虽然有些担心，但也是想帮她。

掌珠心中还是有些感激的。

尤其她现在可以说是亲身体会到了姜夫人的不易。

掌珠想了想，便轻声在姜夫人耳边说了她的打算，姜夫人挑了一下眉。

掌珠问道：“不知道掌珠这样办，母亲觉得怎么样？”

姜夫人想了想道：“若是真能如此，自是好的。”

掌珠笑道：“媳妇还小，还请母亲多多指点。”

姜夫人叹道：“虽说有些狠辣，但是这崔家女若不是如此紧紧逼迫，她也不会落到这个地步。”

又过了几日，到了七月，姜家邀请各世家贵妇、贵女荷塘采莲，也算是掌珠第一次以姜少奶奶的身份出席宴会，这次她就不能像之前那样与贵女们到处游玩，而是与姜夫人一同陪着这些贵妇。

大多数贵妇都想知道掌珠怎么处理崔家女的事，这事出在别人家，她们自然只当看个乐子。

有很多人认为掌珠说不定会借这次机会将崔家女接进门。

陈家没有来人，周氏虽然巴不得过来看掌珠出丑，但是偏偏玉珠与宝珠的婚事她都要处理，自然是无暇过来。

众人坐在游船上，柔风掠湖，荷香阵阵，舒适得很，偏那没有眼色喜欢挑事的贵妇提起崔家女。

掌珠就等着有人问呢，便直言道：“唉，诸位婶娘、嫂嫂爱怜我，才会劝我，我如何不知？”这一句话把那些想挑事的人说得脸红，掌珠继续道，“其实不过是纳个妾，有何难，只是我才入门不足百日，婆婆和夫君疼爱我，才一直没有提，没想到那女人倒是使出这些手段逼迫我。”说着掌珠故意抹抹眼角。

底下自有人觉得掌珠可怜，有贵妇说什么事已如此，为了夫君的名声也应该接进来。也有人说什么崔家女在外面等了三年，也该进来。

掌珠听了，便问道："我也有一事不明，还请诸位婶娘、嫂嫂帮忙开导一番。"掌珠等到众人都静下来，才道，"这崔家女说是与我丈夫一见钟情，请问她一个未出阁的女子是什么时候见的？又是在哪儿见的？她既是孤女，又为何和崔家两公子住在一个屋檐下？若不是孤女为何自称孤女？莫非想嫁入我家想疯了？"还好周氏没来，不然这些话，掌珠自然是不能说的。

她可不想让崔家觉得自己好欺负。

众人窃窃私语。

掌珠又道："妾身知道是崔家心善才如此，也或者她与我夫君是不小心撞见的，只要有心，这些事还不能做到吗？只是，妾身不明白了，妾身也不怕诸位笑话，我十二岁的时候，我婆婆便与我婶娘暗中议婚，待到我十四岁的时候，才定下婚事，十六岁我嫁入姜家，这些年我恪守礼仪，阁楼都难得出一步，岂不是更痴情？怎么她一个只见过我夫君一面就日日思君的多情女子就得了赞扬？莫非我清清白白的女子也该自污？我大魏的贵族女子也要有样学样？"掌珠停下喘口气，其他人已经被掌珠震住了，这些人都是正室嫡女，就是有庶女，也难成为小妾，之前开口有帮着崔家女说话的，其实内心也都羡慕崔家女，她们自持身份自然不可能学崔家女，但是保不准别人会学。

现在听了掌珠一席话，也都为自己、为掌珠叫屈。

掌珠又冷笑道："我就奇怪了，我一堂堂大妇，还要接个小妾进门？那我大魏正室的尊严在哪儿？"

这话说出来，自然是得到众人的一致赞扬，若是掌珠这儿开了先例，难保自家也会发生这些事，若是家中的小妾都是这么进来的，那还不乱了？

有一贵妇道："这些小娼妇，要我说就应该直接浸猪笼，免得别的女孩子学坏了。"

自有人附和。

掌珠叹了一口气，道："不过，此事既然如此，为了我夫君的名声，也为了那崔家女的名声，也不能就这样下去了，她既然想给我端茶送水，那就来吧，自己拿着卖身契到我家角门来，我自是让她进来。"

掌珠的这席话在宴会结束后没几天，几乎所有的世家都知道了。

有人心中虽然觉得掌珠如此做有些狠辣，却也不再说什么，说来也是崔家女把人给逼急了。

有那心中不明白的，只觉得这姜少奶奶是在逼死崔家女，但凡要些脸面的女子都不会自降身份卖身的，但是崔家女又爱慕姜大爷，怕是只有一死了之。

一时间这风口又转向了崔家女，众人都等着看这崔家女如何行事。

周氏、宝珠等人知道以后虽然觉得掌珠这样做有辱崔家，但是心中却颇为解恨，尤其是周氏，这崔家周氏什么时候都不会看上眼的。

只可怜崔家女日日哭泣。

她要是拿着卖身契去姜家，不单单不要了脸面，更是承认掌珠说的那些话了，是她死皮赖脸地要进姜家的门……

崔家女一时不知道该如何，早知道就该前两年随了姜家的意，嫁了出去，偏偏姜荷娘总是在耳边撺掇她，只说嫁入姜家生下长子如何如何的好……她一时迷了心窍……

现在形势如此，怕是崔家更不理会她了，前几次也都是她厚着脸皮求来的，让她死肯定是不可能的，难不成真要自己灰溜溜地去姜家角门？那她还有什么脸面？

崔家女左想右想，最后只得传信给姜荷娘。

姜家这边因掌珠的一席话再次成为舆论的高峰，虽有些扬眉吐气的意思，但是姜老爷还是让姜夫人再三告诫掌珠，他们姜家一向低调，以后万万不可如此。

姜夫人自是应下，回头只说掌珠说得好，就连平常不怎么联系的姜二夫人也特意传话过来，直说掌珠很有气势。

有人高兴自然就有人不高兴。

崔姨娘在榴院气得直掉泪，只觉得是掌珠处处针对她，故意给她难堪。

崔姨娘哭着对姜荷娘道："我不过就是劝了几句，她若是不愿意接人也就算了，何苦把人家女孩逼到那种境地？真是心狠手辣。"

姜荷娘心中也颇为不高兴，又加上崔家女来信催，她也不知道该如何是好了，她自己已经十九了，本来家中给她相看了几门婚事，都被她拒绝了，偏偏太子那边也没有动静，姜荷娘现在哪里还有心思管崔家女，反正到这个地步，崔家女只有进门这一步了。

姜荷娘想了一下，道："不如等到崔姑娘进门了，姨娘把她接过来吧，免得最后受大嫂的折磨。"

崔姨娘擦了擦眼泪，道："她真的会来？"若是她早就一头碰死在柱子上了。

姜荷娘道："不然，还真死啊？"

崔姨娘想了想，叹道："等她进来再说吧，你大嫂会把人送过来才怪。"

姜荷娘也跟着叹气，她也没想到掌珠会如此狠，她本想借着流言让掌珠吃个暗亏，结果……总之，现在先把崔家女骗进来再说吧。

姜荷娘自是书信告诉崔家女，她来之后就在崔姨娘身边待着，和小姐一个样子，不必担心云云。

崔木槿接到信，又哭了一场，她又不是傻子，自然知道进了姜家门就不是自己做主了，哪里像姜荷娘说的那般容易。

崔太太拿过崔木槿手上的信，看了眼，没好气地道："当初是看有七八分的可能进他们家门，才让你这样胡闹的，结果，你看看现在……"

崔木槿抢过信，冷笑道："母亲不用说这些，我再胡闹若不是你们应下，我还真能搬出来不成？"

崔太太也是生气，道："你是我女儿，我还不为你好？当初若是听我的……"

崔木槿马上道："母亲还是别说这些没意思的话了，您和两位哥哥想借着我攀高枝，相看的人不是病入膏肓的就是儿子比我还大的鳏夫。"

崔太太怒道："你也别不知好歹，当寡妇总比当人家使唤丫头强，你要是生个儿子将来也就熬出头了。罢了，现在说这些已经晚了，你收拾收拾，明天送你去姜家。"

崔木槿虽然心中已经打算去了，但是听见自己的母亲这样说，还是惊讶地站起来，眼泪不停地流下来。

毕竟是自己的女儿，崔太太也是心疼，便劝道："咱们现在有奴仆使唤，在外面也被人尊称一句太太、小姐，都是托了你哥哥的福……你为你哥哥办点事也说得过去。"

崔木槿道："那是你，可没我什么事。"

气得崔太太也哭道："我天天在外面看那个夫人脸色听那个太太闲言碎语的，还要笑着赔小心，到了自己闺女这儿，我也讨不到好，真不知道我造了什么孽。"

崔木槿只有抹抹泪坐在一旁，不看崔太太，这些话前几年对她说还有用，现在再听已经没有什么感觉了。

说来她母亲虽只是崔寓的婶娘，但她是个嫡女，两个兄长又有出息，她想着自己比不上宝珠那些人，总也应该有个好去处，开始想着或许会嫁给个秀才、书生之类的，后来想着就是嫁给高门里的庶子也成……谁知道相看的那些人……她才起了其他的心思。

崔木槿心中是有苦说不出。

崔太太是个厉害的人物，不然崔家兄弟也不会还称呼她一声婶娘，也不过是哭两声，便又振作起来，对崔木槿道："你也别怪我说话难听，到了现在这个地步你除了去姜家还有什么办法？"顿了一下，道，"你若是想假死……"

崔木槿有些期待地看着崔太太。

崔太太无奈道："也不是不成，只是以后你怕是真的无父无母、无兄无弟了，到时候嫁到乡下当农妇吧。"

崔木槿冷哼了一声。

崔太太接着劝道："就像那姜大小姐说的，你进姜家，先在少奶奶跟前安分一段时间，没准不用崔姨娘接你，你就被姜大爷看上了，将来生下长子，怕是姜少奶奶还要看你脸色呢。"

崔太太自是拣好听的说，崔木槿也只装着事情就这么简单，故意装作害怕的样子道："我若进门了，被那毒妇害死……"

崔太太马上道："你哥哥肯定会为你出这口气的，你毕竟姓崔，姜家看在崔家的面子上也不会如此的，放心吧。"

崔木槿这才慢慢地道："那好吧……只是，我这里也没有什么积蓄……"

崔太太笑道："傻孩子，你哥哥和我早就准备好了，银子、衣服、首饰，保证你和嫁人一样，将来若是抬了房，你哥哥再送四箱子嫁妆进门，若是生了长子……甭说你哥哥了，姜家还不上赶着慰劳你啊。"

崔木槿这才露出几分笑意，好像事情就真的这么简单容易似的。

三日后，崔木槿坐着一辆小马车去了扬州姜家，一副如愿的模样，若有人问起来，崔木槿只说姜少奶奶开恩，准她伺候在身旁，姜少奶奶大恩大德，没齿难忘。

众人本来心中鄙视，如此一听倒觉得这崔木槿果然痴情一片，自然有这种想法的多是文人墨客，那些世家贵妇只觉得崔木槿好手段，怕姜铎的后院以后也平静不了。

当晚，掌珠知道崔木槿如此行事后，只对姜铎道："这崔家两兄弟真是能人，这个时候还能反败为胜。"

姜铎笑道："崔家兄弟是吃过苦的，家中的顶梁柱又时常在宫廷内走动，他们想的自是比你全面些，用舆论造势。"说着摇摇头，道，"只可惜用在这上面了。"

掌珠道："内宅就是内宅，他们也不过是帮崔家女这最后一回了。"

姜铎并不问掌珠打算对崔家女如何，只握着掌珠的手道："后院有你，我是放心的。"

掌珠看着姜铎的大手，心中暖乎乎的，这个人是除了母亲她最亲近的人，更是现在唯一亲近的人，她心中不知不觉地依赖姜铎，也不知不觉地投入感情，这感情更多的是亲情，或许还有一点点中意，掌珠其实也不是很明白自己的感觉。

姜铎看掌珠发愣，笑着摇摇头，之前看着掌珠强硬，好似小大人似的，其实掌珠还是个小女孩罢了。姜铎也更多地发现掌珠的不同，有不属于这个年纪的成熟、沉稳、狠辣，更有小女孩的天真、单纯，姜铎觉得他迎娶掌珠是多么正确的一件事。

两人一时不说话，让气氛生了几分暧昧。

掌珠回过神来就觉得姜铎直愣愣地看着自己，脸上也染了几分红晕，只低着头。

姜铎看出掌珠的异样，更是觉得掌珠可爱，一把搂过掌珠，低声在掌珠耳边道："你怎么了？"

掌珠脸更红了，嗔怪地看了眼姜铎，这个家伙肯定是故意问的，掌珠没好气地道："没事。"

姜铎轻笑，一把将掌珠抱起来，令掌珠惊讶的是，姜铎将她放在了桌子上，好在屋中没有侍女，掌珠有些不知所措。

姜铎就喜欢看掌珠这个样子。

掌珠扶着姜铎的肩膀道："快放我下来，这样成何体统？"

姜铎忍不住笑道："真是厉害，还和我说起了体统。"

姜铎走近了两步，让掌珠两腿夹着他，掌珠只低着头，小脸都要滴出血来，姜铎也不戏弄掌珠了，一手扶着掌珠的腰，一手拿起桌上的灯柱，吹灭……

这一日，姜铎的这三个通房都恭敬地站在正房门外等着掌珠从松院回来，神情也颇为严肃，如临大敌。

掌珠见到红榴也"带病"请安，一点也不惊讶，她今天在松院还遇见了姜二夫人了呢。

掌珠甚至感觉竹院的气氛都冷了几分，心中忍不住暗笑，不过是因为崔家女今日来了而已。

事实上，昨天崔家女就来了，据说是一到扬州就马上过来给她请安，态度很是卑微，没有带一个丫鬟，只拿了几件衣服还有一点碎银子，真的拿着自己的卖身契，到了角门。

掌珠心中一叹，她想到过这个结果，只是没有想到崔家女就真的如此……不要脸面……

她自然是派人盯着崔家女呢，知道崔家女身边不仅仅这点东西，崔家女倒是懂得收敛锋芒，只是不知道这是崔家女的意思，还是崔家的意思。

好在，掌珠早就下令门房的人不能欺辱崔家女，让丫头把崔家女领了进来，先休息休息，说来她现在也没有见到崔家女呢。

掌珠马马虎虎地应付这三人，今天姜二夫人可是嘱咐了她好半天，什么要是不听话就打一顿卖出去什么的，不知道是真这么想的还是撺掇是非呢，总之掌珠心中已经很烦了。

眼前这三人欲言又止，应该是想见见这位痴情一片的崔家女吧，最后还是被掌珠打发走了。

这些人这么兴师动众，有些可笑，说来不就是个丫头吗？到底她要怎样对待崔家女，端看崔家女是怎么做的，不过这些人既然如此看重这事，那她就要反其道而行之。

崔木槿现在住在竹院奴仆所住的一处小屋里，好在是单间，左边的屋子就是唱月的住处，右边是竹院原本大丫头的住处。

崔木槿面上看似平和，其实心中没底，她突然间希望被这些人凌虐，到时候外面自然有人会帮助她。

崔木槿已经体会到了舆论的好处，一路上不少文人夸赞她，还有那些个不懂世事的女孩子羡慕她……

只可惜，不要说掌珠凌虐她，就是住在这边的奴仆也没有人对她大声小气的，对她就好像真的只是在对一个侍女。

崔木槿心中有种不祥的预感，只等着见掌珠。

偏偏她住在这里一连五天，掌珠也没有见她，而她的卖身契也被拿走了，崔木槿心中更是不安，向那些奴仆打听，也没有人说什么，只说少奶奶忙碌。

崔木槿又开始想找姜荷娘，只是她一个侍女，甭说出竹院，就是出了这个院落都不可能。

崔木槿着急，姜荷娘也着急，只是她也没有办法。自从她给崔木槿回了信件后，她就根本传递不出去消息了，姜夫人每日让她在松院帮忙刺绣，还派了个婆子在她身旁，姜荷娘连见崔姨娘的时间都没有，姜夫人毕竟是嫡母，姜荷娘根本就不能反抗，她倒是想装病，奈何她心中一直盼着自己进太子殿，若是生病了，万一传出她身体不好的流言怎么办？

姜荷娘只能按捺住心中的想法。

今日掌珠去松院请安，姜夫人便拉着掌珠说起二房嫡子姜铠的婚事。

说起来姜铠的身份其实很好，他父亲就是嫡子，他也是嫡子，母亲是莫家的女儿，若非有姜家的传言在前，姜铎又争气，这姜家哪还有姜铎什么事？

掌珠之前见过姜铠一两次，是个颇为骄傲自负的少年，倒是符合大家少爷的身份，就是不知道性子到底如何了。

掌珠问道："不知道铠弟娶了哪家的闺女？又定了哪日成亲？"

姜夫人笑道："明年开春，日子还在商定中。说来，新娘也是你的姻亲，周家的二小姐周书慈，你妹夫的亲妹妹。她姑姑又是你婶娘……真是缘分。"

没想到是她，这周家钻营得倒是深，只是姜铠看着家世好，但是姜家做主的毕竟是大房……掌珠一愣，笑道："这倒是好，之前倒是没有听说是她？"

姜夫人低声道："这话也就是同你说，免得你将来在她面前说错话。你二婶娘其实并不满意这婚事。"语气中略带嘲讽地道，"她自诩嫡脉，几年前就开始挑儿媳妇，想给铠儿挑门好亲事，好帮衬着点，因此没有从她娘家找，我本来给她说我家侄女，偏偏她心中疑我使坏，没有应下，结果没出一年我家出了个太子妃，她又后悔了，可惜我侄女那时候已经定亲了，她就又看上了温家的姑娘。”顿了一下，笑道，“她眼光是好，只是合该她没有这福气，温家姑娘被太子又相中了，年前已经被送到太子殿了，她这才着急，其他人家的也知道她们二房在姜家是个什么样，也都没有同意，前几个月才勉强相中周家姑娘。”

掌珠听后连连点头，这样行事倒是符合姜二夫人的性格，道：“多谢母亲指点。”

这门婚事姜二夫人虽然不满意，但是利大于弊，周家商贾出身，二房肯定少不了银子。其实周书慈也是嫡女，是配得上姜铠的。

而看姜夫人的样子，也是满意这门婚事，怕是觉得这周家不会给二房太多的益处，至于为何，掌珠一时揣摩不到，待到日后再慢慢看着。

姜夫人只是笑着点点头，便去处理庶务。

既然在松院，就难免遇见姜荷娘，大面上两人看着很亲昵，实际如何就只有两人知道。

姜荷娘趁着姜夫人去前厅便对掌珠道：“大嫂，这些日子绣得我眼睛疼，不如陪我去看看天？”姜荷娘早就暗示掌珠帮她说话，偏偏掌珠视而不见，这次姜荷娘索性直接把话说明白了。

姜荷娘如此说，掌珠自然也不会拒绝，笑道：“也好，已经过了立秋，天高气爽。”

姜荷娘对一旁的婆子笑道：“我与大嫂望望天。”

那婆子恭敬地回道：“大小姐请。”

姜荷娘与掌珠来到院中小亭，那婆子跟在姜荷娘五步远，姜荷娘心中自是生气，只对掌珠道：“看来母亲也不放心大嫂呢。”

掌珠回头才看见那婆子，笑道：“这是母亲对你的宠爱，身旁有个婆子也多个使唤的人，她又是母亲身边的老人儿，自是妥帖。”

姜荷娘不客气地冷哼一声。

掌珠不理会姜荷娘看着天，自有侍女拿来茶点，掌珠现在的生活很是悠闲，没有什么事需要她处理，姜铎对她也是温柔细心，虽然偶有小烦恼，也不过都是小事，看着湛蓝的天空，细细品一口茶，真是神清气爽。

姜荷娘自然是看不惯掌珠如此，冷笑道：“不知道崔姑娘如何了？大嫂怎么不带着她给母亲请安？”

姜荷娘以前也是无忧无虑的千金小姐，只是总有那爱嚼舌根的人议论她的庶生身份，姜荷娘性子有崔姨娘的敏感细心又有姜老爷的要强与傲气，只是身为女子，不如姜铎见识广，又没有父母朋友开解，后来遇到太子，只当太子是她唯一的知己，自比班婕好，因此渐渐养成了现在的性子。

掌珠道：“崔姑娘？荷娘妹妹说的是木槿吧？她现在很好。”这个姜荷娘越来越耐不住了，居然直接问，生怕别人不知道她二人的关系。

姜荷娘道：“你把她软禁了？”

掌珠忍不住笑道：“软禁？荷娘妹妹言重了，她现在是我的侍女，不过还在学规矩，因此没有带她出来。”

姜荷娘笑道：“大嫂也不要太过了，她毕竟是大哥以后的侍妾，若是让人知道你如此，怕也是有辱大嫂的名声。”

掌珠疑惑地道：“你大哥的侍妾？不知道荷娘妹妹从哪儿听来的谣言？可不要外传，免得坏了木槿的名声。”

姜荷娘怒道：“大嫂！你别装傻了！”

掌珠站起来道：“荷娘妹妹，长幼有序，你最好注意言辞。关于侍妾的话也不是你一个未出阁的姑娘能说的，这句话我曾经是说过的，希望荷娘妹妹记住。”

姜荷娘也站起来道：“崔姑娘她……”

掌珠笑道：“木槿她进来之前说过，她最大的心愿就是给我端茶送水，其他的并不敢奢望。我想荷娘妹妹应该明白话里的意思吧。”说完转身离开。

姜荷娘一愣，当初崔木槿确实是说了，但并不是真的就端茶送水啊，没想到陈掌珠这么奸诈……

一旁的婆子走过来，恭敬地道：“大小姐，夫人该来了……”

姜荷娘跺了一下脚，只得回去。

外面的人也盯着姜家，只是一个多月过去，姜家什么事也没有传出去，没请过大夫，也没有什么暴毙的侍女奴仆，很安静。

众人的心思也就不在这上面了。

崔木槿也从最初的忐忑中慢慢地平静下来，不管怎样，她总算进了姜家。

她现在没有在掌珠身旁当差，只是帮忙收集露水或是采花等，倒是清闲，这样更好，不然明明以前两人同等地位，现在却如此。她心中不好受，只静静地等待时机。

日子一天天这样平淡地过着。

崔木槿就好像一块小石子落入水中，虽有水纹，却很快地消失了。

姜铎从来没有问过崔木槿的事，就好似没有这个人一样，春茶等人见状也都松了一口气，说来她们三个以前都是姜家的侍女，现在要是来个正经的良妾，她们也不好接受。

只是这三人不知道的是姜铎还有个外室。

姜铎自然不会闲着没事提起这个人来，掌珠也就暂且不提，毕竟姜铎最近都没有去江陵府。

过了八月十五，姜铎也很清闲，两人相处的时间倒是越发长了。

没几日，姜铎倒是开始教掌珠工笔画了，掌珠本就有些绘画功底，又细心，几日下来倒是像模像样了。姜铎自是忍不住一阵夸赞。

掌珠无奈道：“不过是能画罢了，夫君可万万不能在别人面前提起此事，免得都认为我画得很好似的，其实不过只是一般而已。”

姜铎摇头道：“刚刚学，能这样自是不错，你总是这般高要求。”

掌珠摇摇头，不理会姜铎，专心地画画。

姜铎见掌珠专心，自己也在一旁看书，两人下午经常这样度过，不见得聊什么，但是很舒服。

掌珠用了几日终于画完了一幅喜鹊登枝，只是左看右看觉得不好。

姜铎连忙将画拿过来道：“虽然看似稚嫩，但这是娘子的第一幅画，已经很好了。”

掌珠笑道：“妾身刚才还在想，夫君这次会怎么评价，果然还是这些词。”说着便想拿过画。

姜铎躲过掌珠的手，问道：“之前几幅画了一半被你烧掉了，好不容易完成一幅，你难不成还想撕掉？”

掌珠见姜铎这样紧张，忍着笑道：“夫君也说了好不容易完成一幅，妾身怎么会撕掉？”见姜铎还是不给她，便道，“妾身留着以后做个对比，也好知道哪里进步了，不会撕掉的。”

姜铎见掌珠如此，便将画给掌珠，无奈道：“没想到娘子如此顽固，若是生为男子，说不好将来就能考个状元。”

掌珠嗔怪道：“夫君还是不要打趣妾身，对妾身来说，画个画写个字虽然不是正事，但也不算不务正业；对夫君来说，这些不过是个情趣罢了。”

姜铎笑道：“我也不过是随口一说，心中实在羡慕娘子呢。”

掌珠道：“妾身还羡慕夫君可以走南闯北呢。”

姜铎道：“待到将来，子孙成家立业后，我便带娘子看看这大江南北，可好？”

掌珠笑道：“如此甚好，只是怕那时夫君便没有现在的心境了。”

其实，掌珠说得也差不多，姜铎谈不上有野心，只是想要他能得到的东西，例如姜家，就算没有所谓的传言，他也会争一争的，毕竟他有这个能力。

姜铎现在并没有一官半职，不过是帮着太子和姜老爷做些事，有时虽然忙碌，却也不费心，待到将来，不说有个一官半职，就是姜家这摊子事，姜铎也忙不过来，更何况，建功立业可比游山玩水更有成就感。

姜铎并不与掌珠分辩，这些事情等到他以后做的时候掌珠才会信。

待到他以后真的掌握姜家了，或许，姜家对他就不会那么重要了吧。

正想着，一阵风吹来，将桌上的纸张吹落到地上，姜铎连忙站起来关窗，却见外面一名身着柳色长裙的女子匆匆走过，这女子未施粉黛，清新动人，只是看着稍显单薄，神色忧伤，现在已经是九月，配上这落叶，居然有几分悲凉，姜铎想了一下，他不记得竹院有这样的侍女，那这人必是崔木槿了。

姜铎微微皱了一下眉头，只当没看见。

掌珠倒是没有注意这些，刚才姜铎提起子孙满堂，掌珠便想起了孩子的事，中秋时，各房人没少打探她是否有孕，好在有姜夫人挡着，掌珠一时半刻也没有问过姜铎关于子嗣的事，他是否也信那传言？

在这点上，掌珠还真不知道姜铎是怎么想的，但掌珠感觉，姜铎是不在意所谓的传言的，不然他不会与自己这样亲近，可是他自己毕竟是因为这个传言才成为继承人的……

姜铎回头见掌珠这样愣神，忍不住亲了一下掌珠的额头，道：“你想什么呢？”

却见掌珠吓了一跳，后退一步，道：“大白天的，夫君怎么好这样？”

姜铎笑道：“真是个小学究。”

掌珠道：“这里毕竟是书房。”

姜铎想了一下，道："你不必紧张，这里是自己的家。"姜铎观察掌珠许久，觉得掌珠之所以这样，一来是她本性谨慎，二来也是因为她现在怕是还没有习惯这里，心中紧张。

姜铎知道掌珠从小在薄情庵长大，与母亲相依为命，掌珠对人对事心中多少有些防备。

掌珠一愣，点头道："当然。"

掌珠却没有明白姜铎所说的含义，或许掌珠自己都不知道她心中是没有家这个词的，就连当年与母亲住在一起的厢房，掌珠也不认为是家，那里不过是母亲的房间，自然，陈家就更不算是家了。

这里，是家吗？

掌珠心中有些迷茫。

这边崔木槿从书房外一晃而过，已经是满头大汗，不知道姜大爷是否已经看见她了。

现在基本上已经没有人限制崔木槿的行动，只要她不出竹院就可以。

崔木槿渐渐也不像之前那样防备，她觉得或许陈掌珠就是做个样子，将来还是会把她送到姜大爷那里，因此才有了刚才的事。

不过她心中还是有些害怕。

回到房间，过了好一会儿，见没有人找她才放下心来，去了唱月那里，见唱月躺在床上没有精神，便笑道："唱月妹妹好些了吗？你初潮才来，平时又不知道保养，难怪会疼。"

唱月脸色苍白，勉强道："已经是比昨天好些了呢。"

崔木槿坐在床边，喂了唱月一口茶，才叹道："我今天在书房看见大爷和少奶奶，果然如你说的，情真意挚……"

唱月很高兴地道："你既然知道，就不要打扰她们了，少奶奶心善，等过两年必然会还给你卖身契的，再为你找个好夫君。"

崔木槿只是低着头，道："说实话，我也不在意什么好不好的夫君，只要大爷高兴就好，我就是远远地看着也是高兴的，这辈子能这样默默地在大爷身旁，我心中就满意了，不再奢求其他。"

唱月叹了一口气，道："原来你也是这么想的。"

崔木槿听了这话，心中一琢磨，才明白了什么，只是吃惊地看着唱月，唱月难受得要紧，也没有注意到崔木槿。

这边，掌珠回了房间，秋白便过来在耳旁小声禀告。

掌珠皱着眉头道："本来想给她个机会，没想到她死性不改。"

晓初见掌珠生气了，便劝道："木槿说来也是被家里逼迫的，现在更是卖身成侍女，自然想找靠山，少奶奶不如远远地把她打发了吧，免得她再出幺蛾子。"

晓初一开始就不是很同意将崔木槿弄进来，但是偏偏她做不了主。

掌珠知道晓初最是胆小懦弱，并不与晓初多说，只是对秋白道："那就按照咱们商量的去办吧。"

秋白自是出去安排。

掌珠坐在床上愣了一会儿，其实单纯地说来，她几乎没有设计过谁，在陈家也不过是小打小闹，便是宝珠看话本一事也不过是误打误撞。眼前崔木槿这事，倒是她头一回做，掌珠心中没有不安，她很明白，崔木槿落到现在这个地步，是她自己一步一步走过来的……

就连现在，她也只是设了一个套，就看崔木槿怎么走了。

第二日，秋白带着崔木槿在园中采摘菊花瓣，崔木槿头一次出了竹院，进了花园，看着园中的景致，只盼着有一天能够大大方方地来这里。

秋白没好气地道："木槿姑娘，能快些吗？少奶奶可等着花瓣做糕点呢。"

崔木槿无奈地笑着应下，心中满是恨意。

"秋白，这姑娘是谁？"说话的居然是刚刚路过的姜三夫人。

秋白连忙行礼，道："回三夫人的话，这是少奶奶的远房表妹。"

崔木槿刚要说话，秋白却回过头来狠狠地瞪了她一眼，崔木槿便不敢说什么，表妹听起来总比侍女好听。

姜三夫人皱了一下眉头，道："表妹？怎么没听你家少奶奶说过？"

秋白走近两步小声回道："是远房的，没有多少关系，不过是过来打秋风……"

姜三夫人明白地点点头，又看了眼崔木槿，才离开。

待到人走远，秋白才不高兴地道："都怪你速度太慢，才不小心遇见了三夫人。"

崔木槿连连道歉，才小声问道："不知道秋白妹妹为何说我是……少奶奶的表妹？"

秋白道："少夫人交代的，我怎么知道？再采几朵，咱们就可以回去了。"

崔木槿却细细地琢磨起来，她没有见过其他人，别人自然不知道她是崔家女，想来是陈掌珠不希望别人知道，莫非是想暗中把她……现在已经没有人在意她了……就算死了，谁又能为她做主？

崔木槿一阵害怕，她该怎么办？

掌珠万万没有想到事情会到这个地步。

不，事实上应该说，最后结果和她想要的一样，只是她没有想到过程是这个样子的。

"我上回对你说了纳妾的事，没想到你这么快就找到了……"

姜三夫人的声音，让掌珠回过神来。

姜三夫人昨天在花园遇见了崔木槿，没想到今天就找过来了，并且将错就错，当崔木槿是她的表妹。

她原本的心思，是崔木槿遇见姜三夫人，她再"不小心"透个三房要贵妾的信给崔木槿，崔木槿若是贪婪的人，自会想方设法缠上三房，说不好甚至勾引三老爷……

在掌珠眼里，崔木槿自然不是痴情女子，相反，怕是唯利是图，就算崔木槿不是，崔家也是的，崔家早晚会着急……但是崔木槿若真不上钩，她就留崔木槿几年，最后再送出去罢了。

没想到……居然是姜三夫人先动了心思。

掌珠刚才已经暗示过没有这个所谓的"表妹"，这人是崔家女，也不知道姜三夫人是没有听懂还是听懂了故意装傻，更是直言这人就是她帮忙找的小妾。

掌珠一时拿不准主意。

看姜三夫人这个样子，人肯定会要过去，但是不知道崔木槿的心思，若是不愿意，万一在三房闹出个什么事来，她这边怕是难办。

掌珠只怪自己考虑不周全，没想到姜三夫人在这里，姜还是老的辣，姜三夫人把崔木槿要去，在外人面前可是帮了她一个大忙……

“铎儿媳妇儿这是怎么了？莫非是舍不得‘表妹’？”

掌珠无奈，只得道：“这事都是我的不是，这‘表妹’其实是木槿姑娘，我怕她在外面害羞，才称是我表妹的。”说完尴尬一笑，“三婶娘，您看……这？”

姜三夫人有些惊讶地看了眼掌珠，她来之前就知道这个“表妹”是谁了，之前她真的以为是掌珠的“表妹”，不过后来一想，是崔家女也不是不可以，所以才过来要人，本以为掌珠会借故将人送过来，没想到这掌珠倒是实诚，也真是傻，让她把人带走不就成了？到时候生米煮成熟饭，谁也没有办法。

姜三夫人拍了一下手，惊讶地道：“哎呀，她就是那位崔家女啊！长得倒是俊，看着也是念过书的。”

姜三夫人毫不吝啬地夸奖崔木槿，掌珠并不介意，姜三夫人倒是闹了个没趣。

姜三夫人又问道：“你打算怎么处理她？莫非真抬了她为妾？”顿了一下，道，“说来，这木槿姑娘还真符合我的要求。”

这话说开了，姜三夫人就又表了个态度，这人总要是掌珠求着她送过来才合适。

掌珠心中叹了口气，只觉得自己以前太愚蠢，以为看透了每个人，其实根本就没有摸清楚。

掌珠只得装作可怜的样子道：“唉，先放在身边吧，主要是看大爷了。”

姜三夫人听到这儿，连忙问道：“铎儿可是有什么想法？”若是有了，这人自然是不能要过来了，只是要而不得，姜三夫人就更想要崔木槿了，这个人除了所有的要求都符合，还有一个最重要的要求也符合——当初她没有说出口的要求。

掌珠连忙摇头，腼腆地笑道：“大爷什么也没有说，想来还是顾忌妾身的。”她心中也希望崔木槿去三房，现在是个好机会，不能让姜三夫人放弃。

姜三夫人一听，还有戏，连忙劝道：“那你留着她在身边干什么？小心养虎为患，话都说到这个地步了，我看着她也合适，不如跟了我去……”

掌珠其实有些不明白姜三夫人为何非要崔木槿，单纯地说，崔木槿确实是合适，但是她口口声声地说爱慕姜铎，最后要是成了三房的妾……若是按她想的生米煮成熟饭倒也罢了，但是姜三夫人亲自要崔木槿，像是很诚心的样子……总是透着一股子怪异。

掌珠想了一下，道：“虽说她是我的侍女，但是她怎么进来的三婶娘也清楚，这件事我是不能做主，不如亲自问问她，若是她愿意，那就随婶娘处理了。”

姜三夫人略略想了一下，便同意了。

掌珠又忍不住问道：“那三叔那边……”

姜三夫人笑道：“后院自然是女人说了算，你三叔那边谢你还来不及呢，这事要是成了，我让他给你包个大红包。”

掌珠连连说不必如此。

姜三夫人道："那就请木槿姑娘过来吧，她若是没有意见，我就找个好日子把她接过去。"单纯说姜三老爷与姜铎，这两人完全没有可比性，毕竟从年纪上姜铎就已经胜出了，可是姜三夫人还是自信满满。

掌珠越来越不明白了，只叫秋白带崔木槿过来。

秋白这边没有收到掌珠的任何暗示，也不敢多说什么，只叫了崔木槿过来，一路上崔木槿怎么打探，秋白一句话都没有说。

崔木槿这一日一直惴惴不安，她现在是知道，她死也就死了，不会有人多说一句，就算是崔家找上姜家，怕是姜家给点甜头，这事也就过去了。

平常秋白对她总是颐指气使，今日反常地不说一句话，颇为不屑的样子，莫非今日便……崔木槿更是害怕，只盼着有人相救。

结果到了大厅，掌珠如此这般一说，崔木槿只觉得是上天待她不薄，命不该绝。本想马上应下，但又担心这是掌珠试探，因此故作迟疑。

姜三夫人笑道："你放心，以后不会亏待你，到我那儿就是妾，生了儿子就是贵妾，我也直说，这儿子我肯定是要抱走，但你可是我们三房的恩人。"

崔木槿一听，两眼放光。

姜三夫人自是看出来了，又淡淡地道："唉，我就一个女儿，倒是命苦，老爷虽然不到四十，可惜我这身子不成……若是木槿姑娘不愿意，我找别人也无妨。"

崔木槿听到姜三夫人只一个女儿，姜三老爷还不到四十，今天又被吓了一天，哪里还想到她当年说的爱慕姜铎的话，连忙应下："若是夫人不嫌弃奴家蒲柳之姿，奴家自是愿意的，只是少奶奶……"

崔木槿这般反应，还算在掌珠的意料之内，倒不惊讶，只问道："你可想清楚了，别最后反咬我一口把你送走，你可还要同崔家商量一番？"

崔木槿一时害怕一时惊讶的，心中早就乱了阵脚，见掌珠一副不同意的样子，就觉得掌珠是怕自己得意了报复她，连忙道："奴家已经想清楚了，奴家已经无亲人了，只听三夫人的话。"

姜三夫人听后笑得合不拢嘴，道："好，那此事就说定了，你还有什么要求？放心，一切按良妾的规矩办。"

崔木槿这样一听，心中只想着保命，道："既然这样，奴家住在这里已经不合适了……奴家在外面有一处小屋……"

姜三夫人连忙道："是这个理，不过我给你备个小院子就行了，以后就是你的了。你现在收拾收拾吧，过会儿与我一起走就好了。"

崔木槿道："多谢夫人。"说完便转身回自己住处收拾东西。

掌珠这边已经是目瞪口呆，这事就完了？

姜三夫人见掌珠这样，笑道："她一个小女孩，给个甜头就高兴，你放心，我以后好好对她，关于崔家的事，我这边自会处理，不会让你难办。"

事已经如此，掌珠也无可奈何，自是给了姜三夫人崔木槿的卖身契。

姜三夫人笑道："有了这个，她就更只有听话的份儿了。"

待到崔木槿收拾好东西，两人离开竹院。

掌珠想了半日，晚上忍不住对姜铎笑道："本以为了不得的事，结果在三婶娘手里，小半日就解决了。”

掌珠如此这般一说，又道自己想不明白。

姜铎听后，略略一想，便道：“你莫非真以为三婶娘要找一个十全十美的妾室？”

掌珠狐疑道：“莫非不是？以后生的儿子可是顶梁柱呢。”

姜铎道：“那也不必十全十美，婶娘找的就是看似十全十美又有大缺点的，以后生的儿子可是顶梁柱呢。”姜铎又将这句话送给掌珠，便不再说。

掌珠只一个人琢磨，才猛地明白，这儿子毕竟是妾室亲生的，若这个贵妾样样都好，姜三夫人将来怎么办？

往大了说崔木槿是没有德行、不守妇道，往小了说就是年纪小不懂事、爱慕虚荣。

这样的一个女人，就算三老爷多喜爱，将来生了儿子，三老爷也不敢让儿子亲近她的，而且，姜三夫人也可以用这一点辖制崔木槿和她的儿子。

更何况姜三夫人还有崔木槿的卖身契，要真是纳的良妾，这卖身契可不好弄到手。

掌珠才不信姜三夫人还会把卖身契还给崔木槿。

本以为自己事事掌握，结果还是被人算计。

掌珠想明白后，才对姜铎道：“果真姜还是老的辣，妾身自愧不如。”

姜铎揉揉掌珠的头发道：“你这样就很好。”

崔木槿一事，掌珠略略纠结半日也就算了。

歪打正着，总算把崔木槿给解决了。

正如姜铎说的，她这样就很好，人性这东西，她一时半会儿也不可能就摸清，更何况姜三夫人这种浸淫后宅多年的人，她更不可能摸清。

三房现在就一个嫡女，有妾室，但是没有庶子庶女，三老爷对姜三夫人百依百顺，三房又依赖着长房，姜三夫人在姜夫人面前又深得信赖，不得不说姜三夫人绝对是个厉害人物。

关于崔木槿的事，掌珠自是又和姜夫人说了。

姜夫人对掌珠道：“这崔家女去三房正合适不错，所以我才同意的，你三婶怕是心中很感激你呢。”

原来姜夫人在听掌珠说过以后，就已经想到了掌珠那晚才想通的问题。

掌珠也才知道姜夫人原来是让她借机给三房好处。

将来崔木槿生了儿子，三房的人不见得真的把崔木槿当恩人，但是肯定会感激掌珠的。

掌珠更是知道，自己在几位夫人面前太过稚嫩。

这事算是皆大欢喜，连崔家也高兴，现在虽然崔木槿被姜三老爷收房了，但是好在两家关系不必闹得太僵，将来生了儿子也可以继承三房。

总体说来划算。

不过还有一人不高兴，那就是姜二夫人。

姜二夫人本是想将庶子过继给三房，结果……

姜二夫人不比姜三夫人能忍耐，还特地来了趟长房，阴阳怪气地说了不少——

“你三婶娘做事也太霸道了，急匆匆地把侄儿的小妾拉到自己房里……”

掌珠自然要解释：“二婶娘误会了，那崔姑娘不过是个侍女罢了。”

姜二夫人性子要直一些，只笑道：“怎么回事咱们心中不都清楚吗？”

掌珠没有说话。

姜夫人就道：“你们大人的事，何苦赖小孩子？难不成她能阻止？更何况那崔姑娘也是亲口答应了。”

姜二夫人对掌珠多少顾虑一点，对姜夫人则没有，冷笑道：“你们这哪是婆媳？我看倒是亲母女，只盼着钰儿媳妇不吃醋。”姜二夫人口中的钰儿是姜夫人的亲生儿子姜钰。

姜夫人笑道：“你明年也是当婆婆的人了，自然就知道个中滋味了，怕是比我还疼儿媳妇呢。”

姜二夫人撇撇嘴，终究是没有再说过分的话，抿了口茶，继续道：“算了，我也不过是觉得铎儿媳妇吃亏罢了，人明明是你三婶娘要过去的，外人却觉得我们铎儿媳妇心狠手辣，我也是打抱不平罢了。”

这句话倒是说到点子上了。

若是崔木槿勾引姜三老爷也就算了，偏偏是姜三夫人要去的，掌珠自然不能对外说什么。

外人也就觉得掌珠将一个年纪轻轻的小姑娘给了姜三老爷，手段厉害。

掌珠倒是不介意，只捂嘴笑道：“如此更好，省得那些人再给大爷送女孩子。”

姜二夫人听了对姜夫人笑道：“你看看，倒是宠坏了吧。”

姜夫人自然是向着掌珠。

姜二夫人见讨不到好处，也就无奈地摇摇头，自是回去处理庶务琐事。

姜夫人才松了一口气，道：“她肯定是看你在这儿，不好撒泼耍赖。”

掌珠道：“是媳妇给婆婆添麻烦了。”

姜夫人摇摇头，道：“就是你不动手，我也要动手的，这崔家女可不能进咱家的门。”

掌珠又陪着姜夫人说了几句话，就回竹院了，春茶三人自然又在门口等着请安。

红榴现在已经“病愈”，也每日过来请安。今日这三人看起来倒是喜气洋洋，怕是知道崔木槿要去三房了。

掌珠无奈地摇摇头，这三人之前难得抱团，现在怕是又散了。

不过看着大家都高高兴兴的，掌珠也就不板着脸，让三人进来，三人处处讨好，哄得掌珠心情很顺畅。

自从她进门来，姜铎还没有去过这三人的院子，也就中午在她们那里吃过饭，加起来一只手都能数过来。

这三人也看出姜铎这是看重少奶奶，又有红榴之前的“中暑”，三人也明白，要想过得好，还是要讨好少奶奶。

过了几日，姜三夫人定下九月初八，将崔木槿接到三房，崔木槿正式成为一名小妾，只是不知道崔木槿是否已经回过神来了。

崔木槿一下子和崔姨娘平起平坐了。

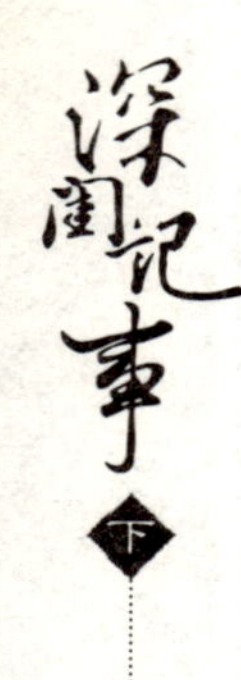

榴院。

崔姨娘只坐在那里生闷气，自从掌珠嫁进来后，她就没有顺当过。

她好心好意地想给掌珠添个帮手，掌珠把人家作践也就算了，最后还送给三房了，真是完全没有把她放在眼里。

崔姨娘想找个人诉苦都没有，姜荷娘好几日没有来，今天她才打探出，是被姜夫人给关起来了。想来还是那掌珠的过错。

崔姨娘以前虽然只是瞧掌珠不顺眼，现在却是实实在在地恨上掌珠了，只希望找个法子治治掌珠，偏偏她一个姨娘，还在姜夫人眼皮子下……哪里有什么办法。

崔姨娘想了半天，还是决定先把荷娘捞出来再说，最后亲自炖了一碗鸡汤给姜老爷送过去了……

第十一回 两人心悦解心结

没几日就是掌珠生母穆氏的忌日。

穆氏忌日那一天，姜铎带着掌珠去了扬州有名的柏山寺上香祈福。

说来，自嫁给姜铎后，掌珠还真没有出过姜家，这一次，心中虽然还想念着母亲，但是身边已经有了夫君，日子又过得平顺，掌珠心中的落寞倒是少了几分。

柏山寺很大很热闹，和薄情庵两个样子。

掌珠戴着幔子，也觉得很好奇。

下了马车，姜铎就紧紧握着掌珠的手，掌珠不好意思想抽回去，姜铎道："这里人多，省得你丢了。"

掌珠才无奈小心谨慎地跟着姜铎。

好在来这里上香的都是有夫君陪伴的小妇人，也都戴着幔子，倒也不觉得尴尬。

待到上香后进了寺院，倒觉得清静了不少。

姜铎才道："本来想带你去薄情庵的，偏偏我这些日子忙，实在脱不开身。"

掌珠连忙道："能来这里已经很高兴了，更何况过段时间我就要回苏州参加玉珠妹妹的婚礼，那时我再去趟薄情庵也行的。"

姜铎点点头。

掌珠隔着幔子看着姜铎，总觉得姜铎在外面又是一个样子，看起来有些严肃，颇有点让人退避三舍。

回门之前那晚在苏州逛夜市的姜铎一去不复返，就好像那日是掌珠做梦似的。

经过姜三夫人要人的事，掌珠不再觉得自己能轻易看透什么人。

姜铎本来就是她看不懂的，更觉得姜铎像谜一样。

姜铎带着掌珠慢慢逛寺院，道："这里还是与薄情庵不同的吧？"

掌珠笑道："很不同呢。看起来宽阔不说，而且多了几分热闹，薄情庵则显得有些凄凉了，来薄情庵上香的也多是那些失意的妇人，比不得这里。"

姜铎点点头，正要说话，这时，过来一个小沙弥，道："姜施主，有位贵客有请。"

姜铎拍拍掌珠的手，道："我先去一趟，你自己在这里逛逛。"说着就快步离开。

掌珠看着姜铎离开的背影，皱着眉头。

她记得上回逛夜市，也是这样。

姜铎这次是真心来这里陪她上香，还是正好有事来办，顺带陪她上香？

掌珠叹了口气，其实就是后者，她也应该高兴的，毕竟她能出来一趟是极其不易的，不能强求姜铎只陪着她来这里……她只是不喜欢这种感觉，一种好似被利用的感觉。

掌珠忍不住失笑，她也太看重自己了，说来她有什么地方值得利用的？

掌珠转身看着人来人往，或者说她不喜欢被欺骗？她以为对方用心了，其实对方只不过是有心……

是她对别人有太多的要求吗？

掌珠想不通，便去了大堂跟着那些沙弥一起打坐。

她现在只需要静心，就好像从来没有遇见姜铎似的，她不在意姜铎，自然就不会有这种感受了。

姜铎匆匆离开，他最近不是事多，相反是事情少，但是他更是不安，因为他已经几个月没有收到太子的信了。

太子早在成亲后就回到盛京，两人按约定一直传信，至少一个月一封，他怎么能不担心。

他担心太子一人在盛京会出现问题，若是万一……

好在前几日接到太子的音讯。

他确实早就定了今日要带掌珠来，因此将相约地点定了这里，更是忘记了当初了清师太的嘱咐，又哪里想到掌珠会不高兴。

姜铎进了厢房，却见太子在，忙道：“殿下不是在盛京吗？”

姜铎与太子自是好一番谋划，此处暂且不提。

只说掌珠踏实地在佛前打坐，心中却越来越乱，脑中浮现的都是姜家的各类人，直率跋扈的姜二夫人、温和有心机的姜三夫人、张扬恶毒的姜荷娘，还有看上去憨厚的春茶、不讨喜的红榴、活泼的小金桃……

掌珠心中很烦乱。

她以后恐怕就要和这些人一起生活了。

她又会变成什么样？她和姜铎就这样相敬如宾？

掌珠心中一时失望，此时更加想念薄情庵，在那里她总是能找到平静。

掌珠无奈站起来，默默地离开佛堂，心不静又岂是念几句佛经就能静下来的？

服侍掌珠的人都在外面，谁也没有想到掌珠会突然出去，因此，只是掌珠一人在后院闲逛。

掌珠反而松了一口气，她身旁每日都跟着奴仆，虽然在姜家活动范围更大了，但她也没有觉得轻松，好像哪里都有人在盯着她似的。

掌珠找了一处小亭，闲坐。风吹草动，命途乱了，我心不乱，话简单，却是难做到。

因为伺候的人不在，并没有人上茶，掌珠也不在意，她心中在意的或许还是姜铎的心意。

掌珠这才觉得，或许自己对姜铎产生感情了，其实也对，她与姜铎日日相处，她若不是个无情的人，总会产生感情的，她不想真的如姜夫人与姜老爷那样……

掌珠只是静静地坐在那里，想着自己的小心思，忘记了时辰，更是不知道自己的侍女也不知道她的行踪。

等到姜铎找到她时，天已经擦黑了。

现在已经是深秋，夜晚有些凉。

掌珠脸颊红扑扑的，眼中也带着错愕，一副她也不知道怎么回事的样子。

姜铎本来怒气冲冲，看掌珠这样，心中更是生气，上前摸了一下掌珠的脸，冰凉，道："你怎么跑到这里来了？不知道带着人吗？"

掌珠心中也是焦急的，她在这坐了好一会儿才发现没有侍女过来，自己又不能随意走动，天色已晚，她不见得能回到之前的大厅，就是回去，她又担心和找她的人走岔了，因此才在这里等着。掌珠已经被风吹透了，见到姜铎本来挺高兴，听姜铎如此说，心中也有几分委屈，只低着头。

姜铎哪有时间琢磨掌珠想什么，只把自己的披风摘下来给掌珠披上，又有侍女送上暖炉，姜铎交给掌珠。

掌珠诧异会有暖炉，这个时候用还早些。

姜铎也没有理会掌珠，只转身往回走。

这事说来还是赖她自己瞎跑，只是掌珠心中还因为之前的事有几分气姜铎，一时也不想道歉，捧着暖炉，低着头跟在姜铎后面，亦步亦趋。

没想到姜铎突然站住，掌珠一时不察撞上姜铎。

姜铎转身，牵着掌珠的手继续走，还是不说话，只是低着头的掌珠忍不住露出些笑意。

今日上香拜佛，也算结束。

不过姜铎没有带她回姜家，而是去了一家酒楼，掌珠有些惊讶，心中忍不住想，莫非还有事？

进了雅间，只有姜铎和掌珠两人。

掌珠这时才觉得姜铎应该是生气了，浑身散发冰冷的气息让她不敢亲近，得，还真如她想的，好像回到了不认识姜铎的时候，姜铎这个样子，就和她第一次见时一样。

掌珠摘下幔子。

姜铎只品着茶看着窗外，脸上很冷漠，掌珠想说什么也说不出来了，心中只能微微一叹。

不一会儿，自有店小二送上饭菜。

掌珠这才轻声道："不回去，不知道母亲是否会着急？"

姜铎道："我已经派人送信了，不然那时候回去，还要再给咱们准备饭菜，不如咱们外面吃了，免得母亲操劳。"

掌珠脸一红，默默地低头吃饭。

姜铎虽然好似在生气，但是掌珠说话他也会理会，也会给掌珠夹菜，只是在掌

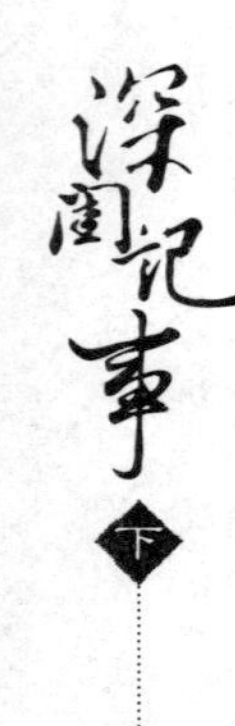

珠想说柏山寺时，就是说不出口。

罢了，等到姜铎气消了之后再说吧。

掌珠性子虽敏感，却因为从小在薄情庵的缘故，还算爽快，有些事想不通别人也开解不了的话，那就先不想了，既然现在一时说不清，那就过两日再说。

而且她也正想和姜铎谈谈关于“贵客有请”的事，如果姜铎是特意去某地而顺便带她去，那就最好不要以她为借口。

掌珠一时“想通”也就踏实吃饭了。

这边姜铎看掌珠好像没事人似的，心中的那些怒意竟然变成了委屈，亏他担心半晌，又是怕掌珠被人拐去，又是怕冻着吓着，还特意让人去买了个暖炉，又怕回家了掌珠因为这个被母亲唠叨，特意带着掌珠吃饭，之前姜铎不说话，是想给掌珠个教训，好好记住不能自己乱跑，结果掌珠现在却不理他……

姜铎这才明白自作孽不可活的道理，现在让他说话，他一时也不知道该说什么。

两人酒足饭饱后，自是回了姜家。

掌珠吃饱后，心情也好了很多，对姜铎还是笑盈盈的，只姜铎板着脸。

掌珠本想跟着姜铎去给姜夫人请安，姜铎只说自己去便好，毕竟天太晚，他也不过是在松院门口禀告一声而已。

临走前，姜铎这才板着脸告诫掌珠，无非是以后不准自己乱跑，要是冻到或者被人拐跑了怎么办，好在那里是寺庙，若是其他地方怕也是与名声有碍，又说今晚不在这里休息了。

姜铎说完这一通话，板着脸出去了，出了竹院，心中才松了一口气，说了该说的话，明天他俩应该就和好了吧。

姜铎自是去松院禀告，然后回书房休息，哪里知道他这席话在别人听来好像是埋怨。

连掌珠心中也是难受，这人何苦当着这么多人的面下她的脸面？

掌珠本来就冻了一下午，现在又觉得姜铎故意如此，心中生着气，这一晚也没有睡好，第二日竟然发起烧来。

姜夫人这边才知道怎么回事，叫来姜铎好一番埋怨。

“她嫡长女出身，心气自然大，你就是想教她又何苦当着那些婆子、侍女的面？你一向在外宅，哪里知道那些刻薄婆子嘴里说出的话有多气人？”

姜铎只躬身站在一旁，难得辩解道：“我也只是嘱咐一两句，谁知旁人听了却是这副模样。”

姜夫人听姜铎辩解自是高兴，有辩解总比沉默应下的强，她是不希望掌珠像她这个样子，但是毕竟心长在别人身上，她也没有办法。

姜夫人连忙劝道：“既然是夫妻俩的事，你们就自己在屋里说，她年纪小，可能会有不如你意的地方，你慢慢说，更何况她昨日在寺中走远了，说不得也是吓一跳，还等着你安慰呢，又哪里想到和你道歉？”

这话倒是让姜铎一点就透，连忙道：“我也是担心着急，倒是失了方寸。”

姜夫人笑道：“这话你就和她说好了，你回去照顾她吧，我听大夫说只是风寒，吃几副药就好了，你好好劝劝她。”顿了一下，道，“你父亲怕是不喜欢你这样儿女情长，你也别惹你父亲生气。”

姜铎应下后便回了竹院。

一到竹院，就见红榴在门口熬药，见到他，连忙过来请安，又是问累不累、渴不渴。

姜铎微微皱眉，道：“你不是在熬药吗？不必管我，别误了时辰。”说着就进了屋。

只恨得红榴跺脚，一旁看药的晓初，才道：“红榴姑娘，要不先回去休息休息？”

红榴甩了一下帕子道：“没听见大爷说要我熬药？我要是回去了，回头大爷找我怎么办？”

这时，秋白出来，对她二人比画了个噤声的手势，然后轻声道：“大爷嫌烦。”

红榴小声哼道：“怕是少奶奶嫌烦。”

只说屋里，姜铎坐在床边，见掌珠小脸烧得通红，一副没精打采的样子，很心疼，恨不得能把昨天的话收回来，只赶紧道：“你躺着好好休息，不用起来，我昨天是担心你又着急，说话才有些重，你可千万别放在心中。”

“担心你又着急”——这句话要是昨天就说出来，也就没有现在的事了。

掌珠听了，果然觉得心中舒服许多，道：“我就知道夫君是一时气急才如此说的。”

姜铎连连点头，又喂了掌珠一碗粥。掌珠心中哪里还有昨日的委屈？她以前生病了都是母亲喂，后来进了陈家，只是侍女喂饭，现在是姜铎，她心中更多的是感激。

这一生病，反而想清楚了不少事，她到现在的地步已经是比别人幸运不少，何苦求那么多？而且姜铎是真关心她，他二人总要一起过日子的。

掌珠握住姜铎的手，只道：“昨日也是我的错，忘记和侍女说一声了，你也别再生气了。”

姜铎道：“你好了，我就不生气了。”

掌珠又道：“以后也不许以我为借口去见那位贵客了，若是真不得已而为之，也该先告诉我的。”说了这话，掌珠心中的委屈才出来。

姜铎哪里会想到还有这样的事由，想起了清师太嘱咐过他。

姜铎道：“好，我知道了。这事也是我没顾虑到你这里，昨日不过是凑巧赶上一日，以后不会有这样的事了。”

掌珠笑了笑，又道：“那以后还带我出去吗？”

姜铎见掌珠撒娇，很是可爱，自然道：“自然出去，不是说好，要一同游山玩水吗？”

掌珠这才安心睡觉。

两人心中的误会已经解释清楚，都清爽。

掌珠与姜铎话也说清楚了，不再冷战，姜铎还特意陪了掌珠一夜，掌珠心中舒服，睡了一夜第二日烧就退了。

姜夫人摸了摸掌珠的额头，帮着掖了掖被子，道：“烧退了就好，没什么事，

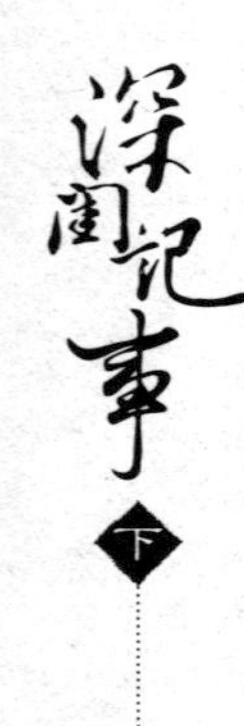

发发寒气，病一场也好，今年冬天就不会生病了。”

掌珠靠着大靠枕，笑道：“母亲不必当我是钰哥儿哄，我也不小了。”

姜夫人笑道：“你再大，在我眼中也是孩子。”说着叹了一口气，道，“钰哥儿也就比你小几岁，每次生病缠着我，还是小孩子的样子，说不得过两年也就有家室了。”

姜夫人不过是随口感叹几句，却也勾起了掌珠的思母之情，自她回了陈家，几乎没有人这样关心过她，就连那次额头上擦破皮了，陈家长辈也不过是派丫头过来看看她，说些大面上的话。就算太夫人关心她，也没有露出过关怀。

姜夫人见掌珠眼中有泪光，就知道自己说多了，连忙道：“你既然是我的儿媳，我也是把你当亲闺女的。说来，之前我那无缘的孩子若生下来怕也和你年纪一般大，该出嫁了……”

掌珠笑道：“本来母亲是来探望我，现在我却还要安慰母亲。”说着两人笑了一场，掌珠的手放在姜夫人的手上，道，“母亲放心，我也是把母亲当成我生母那般尊重的。”

这些日子以来，姜夫人确实对她很不错，她感觉得出来是真心对她好的。

姜夫人点点头，又道：“你年纪小，铎儿在你这个年龄已经在外面办差了，他心系大事，有时候难免疏忽你，你也别和他发脾气，只告诉他，他以后自会注意的。”

掌珠低着头道：“是我任性了。”

姜夫人笑道：“任性些也无妨，不然真同客人一般了。”

姜夫人又是好好安慰掌珠一番，掌珠心中感动，连连应声答应，姜夫人见掌珠乖巧的样子，忍不住道：“你和铎儿之间的事，我也不能帮什么，我若是他生母，自是为你撑腰时时教训他，偏偏……倒是委屈你了。”

掌珠连忙道：“母亲快不要这样说，我和大爷一直当您是亲生母亲，我看得出大爷是真心尊敬您的，想亲近您，也怕给您带来麻烦，他有他的苦衷，不想伤害任何人。”

姜夫人一听，有些激动，只拍着掌珠的手道：“好孩子，你能这么明白他就好，这些我都知道的，就是怕你误会，铎儿有你这样的好妻子真是大幸。”

掌珠只笑道：“我们是夫妻，自然应该互相懂得的。”

姜夫人点头，心中想着，她当年若是也同掌珠这样明白，或许不会到现在这个境地。

姜夫人又是嘱咐掌珠多休息几日，不要着急去请安，这才离开。

掌珠长出一口气，能有姜夫人这样的婆婆也是她的大幸。

又过了两三日，掌珠已经是大好，偏偏姜夫人怕掌珠病情反复，非要掌珠再在床上躺两日。

掌珠无奈只得在屋子里又躺了两三天，这几日姜铎虽然不是时时在这里，但是依然很体贴，眼中充满了关心。

掌珠是前所未有地安心，有的时候难免想起那个所谓的传言，这时掌珠却有了不同的想法，谁若是想毁了她平静的生活，她就将那人挫骨扬灰！她绝对不会如姜夫人那样委曲求全。

姜夫人身上可能还背负着孔家的重任，她身上没有，她母亲只希望她好好地生活。

等到掌珠可以出屋的时候已经是十月初了。

能出屋了，自然要来松院请安的。

一进大厅就见姜三夫人也在，今日姜三夫人倒是来得早。

姜三夫人看见她，连忙过来，笑道：“这事多亏了铎儿媳妇，我得好好地谢谢。”说着居然福身要行礼。

掌珠心中不明所以，但还是赶紧扶着姜三夫人，道：“三婶娘万万不可如此，掌珠哪里当得起？”

姜夫人也皱着眉头道：“三弟妹也高兴糊涂了，快快坐下吧。”

姜三夫人并不介意，笑得合不拢嘴，道：“是我高兴糊涂了……那也该好好谢谢铎儿媳妇的。”

过了会儿，掌珠才明白，原来是崔木槿有喜了。

不过掌珠可不觉得是她的功劳，姜三老爷和崔木槿都没有什么病，两人又都盼着有孩子，据说还请了大夫算计哪天行房生男孩……崔木槿要是没有喜才怪。

不过姜三夫人非要把这个功劳放在掌珠身上而非崔木槿身上，别人也无可奈何。

待到姜三夫人离开松院后，姜夫人才叹了一口气笑道：“她心里其实是不自在的。”

掌珠不知道如何接下去，姜夫人继续道：“年轻的时候巴巴地霸着后院，生怕别人抢在她前头，到头来却是这样。”说着笑了一下，道，“不过，也是三老爷愿意她霸着，一个愿打一个愿挨，旁人也说不得什么。”

姜夫人也不需要掌珠说什么，只当刚才自己没有说话，就问掌珠道：“身子可好了？这两日天气又冷了几分，可要多穿些，也不必天天来我这儿……”

掌珠笑道：“我走动走动，也免得身上太乏。我身子骨还是不错的，在薄情庵时大冬天也和那些女尼去做早课，母亲不用太担心。”

姜夫人道：“那就好，那就好。”说这几句话的时候，田妈妈已经几次过来请姜夫人过去处理庶务。

掌珠见姜夫人还有事忙碌，先告退了，心中突然间想到，崔木槿有孩子了，姜三夫人怕是要看着点吧，还会管家吗？

这事暂且没有人提起，但是崔木槿有喜的事就好像长了翅膀，不一会儿整个姜家大宅都知道了，大家看掌珠的眼光却有些异样。

掌珠一时闹不清楚，只回了竹院，竹院那三个通房透着一股喜庆，掌珠后知后觉地才明白，众人异样，莫非是因为觉得若不是崔木槿去三房，这孩子应该是姜铎的？

至于这三个通房自然是觉得，崔木槿不在竹院，她们还是有可能有孩子的。

掌珠无奈地摇摇头，姜铎夜晚一次也没有让这三人伺候过，怕是并不想让她们生孩子。

掌珠与她们还没有说一句话，就有一个丫头慌慌张张地进来，道：“姨娘今天病倒了，想请少奶奶看看。”

掌珠挑了一下眉，道：“崔姨娘？”

“是的，少奶奶还是过去看看吧。”

掌珠深吸一口气，她又不是大夫，去看什么？这崔姨娘怕是又有其他心思，便问道：“可请了大夫？有没有禀告给夫人？”

小丫头一愣，连忙道：“这是姨娘的老毛病了，知道夫人忙碌，因此没有禀告，姨娘今早心绞疼，这次尤其难受，已经吃了药，好了很多，只想看看少奶奶说几句话罢了。”

这一堆互相矛盾的话听得掌珠更是皱眉头，看来只是想现在请她过去罢了，掌珠见红榴也一脸惊讶的样子，看来是崔姨娘一时兴起，就先让红榴等人回去，想了一下，才问道：“你在哪当值？”

小丫头回道：“奴婢是竹院门房传话的丫头。”

掌珠点点头，看来这竹院除了红榴还有崔姨娘的人，或许是姜铎默许的，毕竟崔姨娘是他的生母。

就冲这一点，她也得过去看看崔姨娘，不为了崔姨娘也要为了姜铎。

掌珠站起来道：“我现在就去。”

小丫头高兴得连连叩头。

掌珠一路上想着崔姨娘到底是为何请她过去，说来说去，极有可能是关于崔木槿怀孕的事。

早知道如此，她还不如再在房中病上两日。

到了榴院，并没有几个守门的丫头，掌珠直接进去，刚到门口就听崔姨娘嘤嘤哭道：“我的命怎么就这么苦，想抱抱孙子都这么难，不说孙子，就是个孙女也行……”

“姨娘，您别急，嫂子不过才刚进门。您别急，说来大嫂年纪也不大，急不得……”这是姜荷娘的声音。

掌珠深吸一口气，有这样劝人的吗？掌珠就要说话，又听崔姨娘道：“我知道她年纪小，所以让她接崔姑娘进来，是接进来了，结果，给别人了，真是狠毒！”说着又哭起来，“我这是作了什么孽，想想，我的心就疼得好似流血，她自己不能生就算了，还不让别人生？你说说你哥哥这几日可去过别人的房里？”

掌珠皱着眉头，她不能生？

姜荷娘也道：“姨娘，你可不能这样说……”

“我怎么不能说了，她母亲就是成亲十年才生了她，难不成我也要等十年才能抱孙女？……”

掌珠听到这里已经听不下去了，想转身走，想了一下，她为何走？这些人背后有胆子说她，她就没胆子进去？

掌珠直接进了崔姨娘房里，就看见崔姨娘头上敷着毛巾，看着脸色不好，但是眼神很精神，姜荷娘坐在床边，满脸的担心，倒是看不出什么破绽。

姜荷娘连忙站起来，道：“大嫂安好，大嫂，姨娘她也是担心……”

掌珠冷笑道：“担心？担心什么？孙子？这是姨娘该担心的吗？”语气中加重

了姨娘两个字。

崔姨娘脸面上有些挂不住。

姨娘这两个字简直戳进崔姨娘的心坎里，崔姨娘在姜家里可以说是要风得风、要雨得雨，唯一不足的地方就是她是个姨娘。

但是也正是因为她是姨娘所以才会得宠，若是正室，怕也不可能有这些风光了。

崔姨娘将心头的那点自卑埋在骨子里，冷笑道："少奶奶说笑了，说来姜家规矩是长子继承，这子嗣的问题该是少奶奶你担心才是。"所谓的传言到了崔姨娘嘴里就是规矩。

掌珠并不在这上面计较，只道："姨娘明白就好，姨娘只管好吃好喝地在这里享受就成，何苦想那些有的没的？"

崔姨娘脸色越发不好，一时也没有说话。她刚才说那些话自然是给掌珠听的，只是没有想到掌珠听后不但不小心避开反而和她对峙起来，真是没有把她放在眼里。

一旁姜荷娘心中也暗恨掌珠不给崔姨娘脸面，姜荷娘虽然打心底里看不上自己的生母，但是她也不希望外人下崔姨娘的脸。

姜荷娘眼珠一转，故作担心地对掌珠道："大嫂也别生气，姨娘今日生病了，一时难受才说错话的……"

崔姨娘一听便捂着胸口喊疼。

掌珠看姜荷娘就气不打一处来，说来她从来没有与姜荷娘作过对，就是当年偶遇她与太子的私情，也是她自己不守规矩，莫不是还要赖在她身上？

姜荷娘向来谨慎，最多是之前给崔木槿传递过消息，其他也只不过是暗中挑拨，这种人真是讨厌！

既然管她叫大嫂，那就别怪她摆出大嫂的谱，掌珠道："荷娘妹妹，大嫂也说句不中听的，你年纪也不小了，就算一时不想出嫁，可也要有女子的娴静不是？姨娘若是不舒服自有大夫来，万一你染上病气怎么办？就算姨娘没有什么事，可是传到外面总是不好的，外面人嘴碎，有几个人能说荷娘妹妹有孝心？都会说荷娘妹妹是姨娘养大的，妹妹将来是要嫁入高门的，可能为了这个坏了自己的前程。你也不用担心姨娘生气，姨娘就你一个女儿，自然会想着荷娘妹妹的，我说得对吧，姨娘？"

崔姨娘脸色青白，掌珠这话里话外地咒自己病重，又暗示她名声不好，在姨娘的身份上踩了又踩，偏偏还在理上……

就连姜荷娘听了脸也是一阵红一阵白的，她要进太子府，姜家所有人都知道一二的，可是她只要生病或是名声坏了，就想都别想了，如果掌珠在外面随便说两句话……

掌珠见两人都不说话，道："我刚才来的时候已经请大夫了，给姨娘看看吧，心绞疼可是大病。"

崔姨娘怒道："陈掌珠，我可是你婆婆！"崔姨娘说完后就知道自己说错话了。

掌珠看着崔姨娘不说话，崔姨娘咳嗽一声，只看向别处，姜荷娘也好似没有听见般站在一旁，掌珠想说什么，还是咽进去了，崔姨娘这话说得对与错，在场的人都知道，更何况，她若是追究，这两人也不会承认。

三人一时谁也没有说话。

不一会儿就有丫头引着一个年纪大的大夫进来，还有田妈妈也跟着进来。

田妈妈进来了就好像感觉不到屋内的气氛似的，只对姨娘道："夫人知道姨娘的老毛病犯了，想着这两年没犯，现在突然犯起来，很担心，怕是之前的药不管用，就请了夫人常用的大夫过来，这位大夫可是从宫里出来的，重新给您配药，姨娘和少奶奶不必担心。"

崔姨娘一听这大夫原本是太医，觉得找回了几分面子，也正好不理会掌珠，便听话地让侍女服侍，放下床纱……

姜荷娘心中明白，这大夫一诊病姨娘怕是就要被关到过年了，但是她一个没有出阁的姑娘只能回避。

掌珠则与田妈妈在大厅等待，不一会儿大夫出来，自是说了些肝火太重、心虚损耗之类的词，开了养生的方子，又道这些日子最好是静养……

掌珠听了让人打赏，也不再进去见崔姨娘，只嘱咐那些丫头好好服侍崔姨娘，又对田妈妈道："有劳田妈妈了。"

田妈妈笑道："是有劳少奶奶才是，夫人一直忙碌，难免有疏忽的地方，好在有少奶奶一旁照料着。"

掌珠道："本是我应该的。"

两人正说着姜荷娘也出来了。

田妈妈又对姜荷娘道："夫人知道大小姐有孝心，因此就让大小姐也在榴院先歇息几日，也免得担心崔姨娘。"

姜荷娘一愣，脸色更是差，没想到她也被变相地关在榴院了，只恶狠狠地看了眼掌珠，嘴上还是笑道："多谢夫人体贴，我在这帮忙看着，也省得夫人惦记了。"

掌珠也懒得理会姜荷娘，只朝姜荷娘点点头，便与田妈妈一同离开。

直到出了榴院，掌珠才松了口气，道："好在田妈妈过来了，不然还不知道如何收场呢。"

田妈妈微微欠身道："夫人那边听到少奶奶被崔姨娘请去了，就猜到会是这样，因此让老奴请了大夫，没有让少夫人委屈就好。"顿了一下，道，"她这种把戏也不是一回两回了。"

掌珠叹了一口气，姜夫人只听到她被崔姨娘请去，什么也不问就向着她，可见很信任她，大概也因为很了解崔姨娘的本性，只是笑道："田妈妈言重了，不过是个拎不清的人，我也没有什么好委屈的。"

她心中倒是不知道该怎么和姜铎解释，这事确实是由崔姨娘惹出，可她若是忍耐一下，两边也不会针锋相对了。

崔姨娘总是他的生母，就算姜铎不觉得今日掌珠有错，可也一定不希望崔姨娘丢他的脸面。

掌珠回到竹园还在想着这事，想了又想，咬咬牙，这事她是没错，崔姨娘说什么她都可以忍耐，只是不该羞辱她的母亲。

掌珠回过神来对晓初道："晚上备些大爷喜欢吃的菜，再让小厮去趟书房，告诉大爷一声，今晚请他过来在竹院用膳。"平常姜铎晚上一般是应酬，大多数是不在竹院吃饭的，就是来了不过是喝碗小米粥之类的。

晓初今日一天都跟着掌珠，也知道是怎么回事，忙去准备。

掌珠叹气，崔姨娘毕竟是姜铎的生母，她这边总要安抚一下姜铎的，平心而论，姜铎应该也不希望他自己的母亲受辱，尤其是崔姨娘本就是妾室的身份。

待到晚上，竹院大厅烛火明亮。

今天白天的事姜铎多多少少是知道的，竹院有崔姨娘的人，榴院自然也有他的人。

他倒不怪掌珠如此行事，毕竟掌珠的婆婆确实是姜夫人，崔姨娘终究只是崔姨娘，但是姜铎本心还是希望掌珠多少忍耐一些，他本想找掌珠谈谈，没想到看掌珠的意思也想谈谈，姜铎并不想和掌珠产生矛盾……

因此竟然有了忐忑的感觉。

进了大厅，就见掌珠身着窄袖嫩黄色银边斜襟长袍，下面是橘色阔腿裤，看着很是精神简单，掌珠盘着头，多了几分小妇人的感觉，只是在姜铎眼里还是小孩子。

掌珠笑盈盈的，倒是没有看出有什么不高兴的。

姜铎不知不觉地心下放松了许多，心中也觉得今日敞开谈正好，日后也好有个章程。

两人都有心好好谈，气氛自然融洽。

对饮几杯，又吃了七八分饱，掌珠才端起酒杯对姜铎，道："今日之事本该妾身向夫君道歉，只是妾身心中也是不服的，因此先自罚一杯，还请夫君容我说几句话。"说完一仰头，将酒喝下。

姜铎挑了一下眉，他本就谨慎，见掌珠如此就猜想是否还有他不知道的事，说起来，姜铎不得不承认从崔姨娘和掌珠的性子来看，他是相信掌珠的，只是他也明白掌珠心气大，性子偏直率……

掌珠也并不是要姜铎回应什么，只是接着道："崔姨娘虽是姨娘，但是她毕竟是夫君的生母，没有崔姨娘自然没有夫君，也不会有妾身这个姜少奶奶，说来崔姨娘也是妾身的半个长辈，妾身不会瞧不起姨娘。姨娘一直在宅院里，或许与掌珠想的有不同的地方，妾身年纪也小，也自有想不到的地方。家长里短，难免有相互想差的时候，妾身不会与姨娘争辩，只是，姨娘若是出言辱没妾身的母亲，妾身也就只能拼着让夫君生气，争执一二了。"这番话本就是掌珠想好的，只是说到最后，自己也动了情，眼中带着泪。

姜铎一听这才明白怎么回事，心中有些心疼又是愧疚，上前握住掌珠的手，却也说不出什么话来，对于崔姨娘，他终归不能说出埋怨的话，甚至连心中都不能有埋怨，不然，他真怕自己会失了本心。

掌珠多少明白姜铎的想法，因此又道："希望夫君不要见怪。"

姜铎紧紧握着她的手，轻声道："我怎么会埋怨你呢，你是我的妻子。"

掌珠听到姜铎如此说，心中那点倔强也消失得无影无踪了。

掌珠本就是个人敬她一分她还十分的人，对姜夫人也是如此，更何况是姜铎？这事说来姜铎又何尝不是受害者？

掌珠看向姜铎，就见姜铎担心地看着她，这人也怕自己受委屈。

姜铎看着掌珠水盈盈的眼睛，道：“我也怕你埋怨我……”

掌珠笑道：“你是妾身的丈夫，妾身怎么会埋怨？”也紧紧握着姜铎。

姜铎心中一松，轻轻搂住掌珠，就好像搂着珍宝。

姜铎的身世看似比掌珠好些，有父有母，只是偏偏是姨娘生的，被父亲从小严格要求，生母那边所给的疼爱也少，多是拿他争宠，他身上的关爱更多的是来自亦师亦母的姜夫人，只是姜夫人为了他好，也不敢太过分亲近。

他小时朋友并不多，那些嫡子觉得他是庶子还要继承家业，心中更多的是不屑一顾，那些庶子却觉得是他好命，更多的是巴结与歆羡。

他也就养成了现在冷漠的性子，实际上，他并不曾因为自己是庶子而自卑过，他相信自己的能力，他倒想让那些人看看他的本事。

只是，他却对掌珠多了几分担心，他担心掌珠会因为这个受委屈，甚至会因此心灰意冷。

他是掌珠的丈夫，是姜家未来的家主，他希望他能保护掌珠、他在乎的人，包括姜夫人甚至是崔姨娘，只是崔姨娘似乎并不在乎这些……

两人自是一阵缠绵，竟然比之前更畅快淋漓，有一种心心相印的感觉。

事后，姜铎将掌珠搂在怀里，揉着掌珠的头发，问道：“你嫁给我可后悔过？”

掌珠回道：“没有。”

姜铎有些惊讶，掌珠回答得坚定却没有什么花言巧语，又道：“你我成亲还不到半年，就如此确定？”

掌珠心中无奈，如果说非要在姜铎身上找什么缺点，那么就是有些多疑，或者说多年养成的习惯，让姜铎太过谨慎。

掌珠心中虽然这样想，但是面上却不表露出来，只是点点头道：“妾身没有什么可后悔的，夫君模样俊朗、家世高贵、人品端正，说来倒是妾身高攀呢。”

姜铎被掌珠如此夸奖，虽然明知道掌珠是在开玩笑，心中也难免得意，连连点头，笑道：“如此说来，我还真是很不错呢。”

掌珠从姜铎怀里钻出来，斜眼看姜铎，皱眉道：“莫非夫君后悔娶妾身了？”

姜铎忍着笑道：“娘子琼姿花貌、大家闺秀、蕙质兰心，我怎么会后悔呢？娶到娘子可是我的大幸！”

掌珠听了这话可没有羞涩，只是道：“夫君好似吃了蜜，嘴真甜。”

姜铎捏了一下掌珠的脸颊，笑道：“刚才可不就是吃蜜了？”

掌珠捶了姜铎的胸脯一下，红着脸道：“真真是无赖。”

姜铎边笑边握住掌珠的小拳头，放在嘴上轻轻一咬道：“我就是个无赖，娘子也得忍耐。”

掌珠无奈又缩在姜铎怀里，道：“睡觉吧。”

姜铎笑着给掌珠盖好被子，搂着掌珠安然入睡。

掌珠一夜好眠，待到第二日醒来后已经过了请安的时间。

晓初过来服侍，只笑着道："大爷走的时候吩咐我们不要打扰您，也去夫人那替您回禀了一声，红榴等人大爷也给打发走了。大爷可真是体贴您呢。"

掌珠听后忍不住笑了一下，对晓初道："平常就看不出你嘴巴这么伶俐。"

晓初抿嘴笑，只是服侍掌珠穿衣梳洗。

姜铎也去了榴院探望了崔姨娘。

崔姨娘自那日以后就开始"静养"，掌珠倒是没有听见闹出什么幺蛾子，颇有些惊讶。

其实崔姨娘并没有掌珠想象的那么不懂规矩、不识抬举，事实上，崔姨娘在姜老爷面前可是最懂眼色的。不然怎么可能平安生下长子？

或许只有关系到姜铎，崔姨娘才会乱了方寸。

当然，这其中也少不了姜荷娘的撺掇。

因此姜铎去过崔姨娘那里之后，就让姜荷娘回她自己的荷院了。姜铎又去与姜老爷说了什么。

待到掌珠去给姜夫人请安的时候，姜夫人就对掌珠道："等到铠哥儿的婚事一过，就该荷娘的了，她也耽误挺长时间了。"

掌珠一愣，这姜荷娘不是太子内定的吗？

姜夫人只当没有看见掌珠的神情，接着道："她不出嫁，兰娘与莲娘也不好出嫁。"

掌珠心中琢磨着怕是关系着宫中，皇上与太子的关系若即若离，皇上应该是不希望看见太子再娶个姜家的女孩的，太子妃出自天下读书人之表率的孔家，柔良娣出自三党之一的温家，若是再有个姜家……

当然也不排除还有其他的原因，只是掌珠知道得甚少了。

掌珠并不提这些，只是道："母亲可有中意的人家？"

姜夫人摇头叹道："荷娘的婚事是你公公做主的，你公公眼界高，再加上那边……"下巴点了一下榴院的方向，接着道，"事事求完美，荷娘的婚事才耽搁这么长时间。"又恨恨地道，"结果这不讨好的婚事又落在我头上了！"

掌珠也跟着道："确实是难办。"

姜荷娘心中不但有人而且还是一人之下万人之上的太子，姜夫人还能找到什么人家？

姜夫人见掌珠跟着发愁，连忙笑道："你也不必跟我发愁，这事啊，最后怕还是落到铎儿身上，我今天和你说这个，也不过是随意聊聊，你听了不要说出去。"

掌珠听后，道："莫非这事还有回转的余地？"

姜夫人听后不语，只是过了好一会儿才道："怕是有什么计划，只是偏偏拉着咱们这些女人下水，实在可恨。"

掌珠并不懂这些，也不多问，回去后更是没有问姜铎。

两人经过上一次，只觉得感情更胜从前，相互见了，未言先笑，眼神都带着几分情意。

而且似乎也达成默契了，有什么事只直接敞开谈，都不猜疑对方，因此姜铎要是想谈这事自然会告诉她，不说就是还不到说的时候。很快就到了十一月，虽然没有飘雪，但是却阴冷阴冷的，好在掌珠身子好，没有小病小灾的，倒是姜荷娘当真病了，只躲在荷院里。

要到年关了，姜夫人那里也忙得很，也不必掌珠日日去请安问好，每过三五日去一次就好。掌珠本来想姜三夫人或许会放下庶务照看崔木槿，没想到掌珠把崔木槿看得太重了，姜三夫人继续帮着料理庶务。

这几日，掌珠也忙碌着，她要回苏州参加玉珠的婚礼，而且她今年的及笄礼也要在苏州办。

本来她是六月底的生日，但是六月刚回门，回门在娘家住得太长不大好，更何况玉珠和宝珠都是这一年及笄，太夫人干脆把及笄礼定在十一月，她们三人一同及笄，倒是热闹。

因此掌珠要提早回去几日。

姜铎也只是将掌珠送到陈家，然后去江陵府办事，待到掌珠要回来的时候再去接掌珠。

陈家，好似是很久以前的事了。

掌珠心中有一种说不出来的感觉，说想念肯定没有，说恨也谈不上，似乎是陌生人般。

她们四姐妹，掌珠跟谁也不亲近，这些日子，玉珠等人也没有给她写过信，她也没有刻意去联络，就连太夫人，掌珠也没有写信，她心中隐隐地有些怪太夫人说那些无情的话。

这次她一人又要住在琉璃园，居然会有些不安，她有些舍不得姜铎，可见人真的很容易依赖。

她去之前，姜夫人很是嘱咐姜铎，要把她好好地送到苏州，打点好下人，又是一番嘱咐她，生怕她一人照顾不好自己，对掌珠道："我本也是要同你一起去的，但是近年关，我这里脱不开身，我又是你婆婆，去了怕你放不开，倒不如留在家中等你回来……回去了，好好玩耍玩耍，难得回趟娘家，不必顾忌家里……这里是银子，你在外面别委屈自己……"

说得掌珠心中很感动又觉得甜蜜，掌珠笑道："母亲放心，我一定好好照顾自己，母亲和夫君也要保重。"

姜铎无奈，只笑道："不过只是小半个月，母亲也太过担心了。我出去办差也有去过一年半载的，也没有见母亲如此担心。"

因为有掌珠在，姜铎与姜夫人看似亲近不少，这些话要是以前姜铎定是不会说的，姜夫人心中也是高兴，只故意道："你一个大小子怎么能和你娇滴滴的媳妇比？你就是饿上一两顿也就当你是在自省。"

说着众人一笑，姜铎自是护送掌珠回苏州城。

姜夫人看着这一对璧人，感慨地对田妈妈道："我是真希望这两人好好的，千万别走我的路子。"说着居然抹了抹眼角。

田妈妈连忙劝道："说句不应说的，大爷和少奶奶都是吃过苦头的人，怕是更知道怎么体贴人，夫人不必担心。"

姜夫人连连点头，道："我是个知足的人，遇到铎儿这样的儿子，我已经知足了。只盼着他们都好好的。”

这次到回陈家掌珠两人清晨出发，傍晚就到了苏州城，并没有在别院休息，就直接去了陈家。

这时天已经擦黑，陈家已经烛火通明，掌珠二人从侧门进了陈家，先是给太夫人请安，又在华恩堂那里见了老太太和周氏，玉珠几人也在。

姜铎虽是外男，但也算是玉珠几人的亲戚，几人见上一面也是不打紧的。

这三人在掌珠成亲与回门的时候也不过是远远地看了几眼，现在倒是难得地打量，之前宝珠还觉得姜铎是个无趣木讷的人，现在看着姜铎对掌珠眼中含情，觉得姜铎这人也不错。

玉珠也暗中打量，她自觉嫁得好，难免心中起了攀比的心理，只觉得姜铎与周书恩完全不是一样的类型，姜铎沉稳老成，一看就是可依靠的人，周书恩看着还是比较稚嫩，过于风花雪月，玉珠心中直安慰自己，周书恩毕竟年纪还小……

只惜珠一人眼观鼻，鼻观心，以前惜珠感觉还只是个文静的小女孩，现在看着却好似多了几分冷漠。

姜铎也不过是问了老太太和周氏的好，又恭喜玉珠宝珠及笄，夸奖惜珠文静，不过几句话的工夫，然后便去了前院书房拜见陈廷远。

姜铎一走，玉珠几人无形之间松了一口气，才觉得她们似乎太重视了。

掌珠又询问老太太身体是否安好，上次她回门的时候，老太太有些中暑。

老太太笑道："已经好了，年纪大了，难免有点小病小灾的，你们别担心。"

掌珠连忙道："老太太身体康健比什么都强。"老太太对她其实比较一般，但是相对太夫人的无情、周氏的冷漠，老太太已经是很不错了，掌珠自从成亲了，对这些看得比以前清楚了不少，她当年要是主动亲近太夫人或者老太太，或许也不会是现在这样。

有的东西总要先付出的。

老太太自然留掌珠几人在这里吃饭，周氏现在比较沉默，倒是比之前精神好些了，或许是想通了，只是这眼中总有几分狠劲。

老太太只吃了碗粥，便对她们笑道："我年纪大了，身子也不大好，吃多了存食，你们在这儿慢慢吃，我在外面听段说书的。"

周氏等人都站起来，只掌珠有些惊讶，其他人看起来倒是很正常的样子，待到老太太到了外间，她们才继续吃，只是现在只有周氏在，气氛突然变得很拘谨。

后半场这饭吃得食之无味，掌珠倒是好奇，周氏与宝珠、惜珠之间发生了什么？

待到吃过饭后，周氏便带着惜珠离开了华恩堂，老太太也让她们三人自己去玩，只是别忘记时辰，毕竟掌珠今日刚到苏州，别累到。

三人出了华恩堂，也有些不自在，她们各有心思，各有立场，也互相作对过，倒是没想到现在却只剩下她们三了。

玉珠向来妥帖，不喜欢得罪人，便掩嘴笑道："本想请两位去我那里，偏偏我那里乱得很……不如找个亭子坐会儿？"玉珠还有十几日就成亲，自是忙乱，而且周家的婆子还在她屋中，她也不想让几人去。

宝珠没好气地道："大晚上的在亭子那里有什么好坐的？更何况你那里乱，我那儿就不乱了？"

玉珠笑笑不理会宝珠，她现在也不是非要攀着宝珠了，凭什么还要受她的气？

掌珠道："不如去我那里看看吧，只是不知道是否打扫干净。"

宝珠阴阳怪气地道："三天前，太夫人就已经着人收拾了，平常也有侍女过去打扫的，放心吧，委屈不了你。"说完嘀咕道，"真是嫁出去回来就成客了。"

掌珠倒不和宝珠理论这些，宝珠早晚也会嫁出去的，只是没想到太夫人会惦记着她，她以为太夫人……不知不觉，松了一口气，只觉得自己这些日子好像在对太夫人耍性子似的。

三人坐了软轿去了琉璃园。

到了后，玉珠笑道："果然和之前一样，就好像一直都住着人似的。"

宝珠来琉璃园的次数比较少，也看不出来什么，只是道："是挺干净的。"

晓初早就带着侍女将掌珠的用品收拾好，甚至还摆上了一些摆设，也泡好茶，只等着这三人，一进去连掌珠都以为自己从来没有离开过似的。

宝珠坐下，抿了口茶，道："没有想到在你这里喝了杯安生茶。"

玉珠神情也颇为惬意，她在琳琅园也没有少和周家的婆子斗，之前她还能耐着性子听那婆子的教导，后来她自己也懂得怎么做一个嫡出小姐了，那婆子却依然指手画脚，她本来想忍耐，结果那婆子却越来越过分……这小半年，她二人没少斗，玉珠也越来越明白将来她嫁入周家后会是怎样了……

玉珠成长不少，只宝珠还是当年的样子，年纪小时可以说是性子娇，现在再不收敛就是刻薄了，不过也好，宝珠嫁入崔家，厉害些总是没错的。

三人随意聊聊，宝珠便说起了周氏与惜珠，叹道："母亲也真是的，不细细帮妹妹打探婚事，非要攀什么高枝。"

玉珠只低头品茶，好似没有听见似的。

掌珠吃饭时就觉得周氏与惜珠不大对，但是也不知道是否方便问，只回道："当母亲的总是希望女儿嫁得好的。"

现在惜珠搬到敬正堂，玉珠自定亲后就没有找过她，平时只有宝珠一人，虽然可以看看话本打发时间，但是心中多少有些孤单，今日掌珠与玉珠都在，难免话多起来，冷哼道："哼，送进宫去算什么好？"

掌珠一愣，莫非也惦记太子？

玉珠却道："怎么算不得好，多少人想入宫呢！那可是平步青云的地方，更何况，惜珠妹妹将来入宫了，对宝珠妹妹也有好处呢。"

宝珠道："对我有什么好处，莫名其妙！"

玉珠笑道："我若是能沾惜珠妹妹的一分光也就知足了，偏偏……表哥是不喜欢读书的。但是妹夫可不一样，听说妹夫不是深得圣意吗？总之是对妹夫好的。"玉珠现在已经不是当年的那个两耳不闻窗外事的玉珠了，她是知道一些的，更加知道周家并没有她想象的那般好……

掌珠惊讶地看了眼玉珠，又收回目光，这三个妹妹的变化都在她眼中。

宝珠听了玉珠的话，一时不说话，最后还是道："那也不能就嫁给皇上啊，皇上都多大年纪了。”

掌珠这才明白周氏到底想干什么，这周氏的心怎么这么狠！这是鬼迷心窍了……

怪不得今日周氏与惜珠怪怪的，掌珠想了一下，道：“惜珠妹妹同意了？”

宝珠无奈道：“她反对有用吗？”

有用，掌珠是这样认为的，宝珠都可以反对周氏的安排，惜珠又为什么不可以呢？

宝珠又道：“母亲因为我已经心寒了，又怎么还能为了惜珠再伤心呢？更何况，母亲现在时时刻刻让惜珠跟在一边，她又怎么反对？”

玉珠却道：“你们也不要为惜珠妹妹担心，我看惜珠妹妹的样子，说不定也是愿意的呢。彼之蜜糖，吾之砒霜，宝珠妹妹应该最明白的。”玉珠也敢时不时地刺宝珠一下了。

说的就是宝珠的婚事，要是让玉珠嫁给崔家，她宁愿死。

宝珠只是冷笑道：“玉珠姐姐这句话说得对，哦，以后就要叫表嫂了呢，听说前几日表哥接回家一个小家碧玉，好像是秀才的女儿吧，最喜欢吟诗作对，颇对表哥的胃口。”

玉珠现在脾气也大起来了，听宝珠这样说，哪里坐得下去，站起来道：“太晚了，你们慢慢聊吧，明日我再来看大姐姐。”说着便离开了。

宝珠冷哼一下，道：“真当自己是什么嫡女正室了，她怎么嫁进去周家的她自己知道，和我一样。不过周家可不像崔家软弱，将来有她苦头吃。”

这话声音不小，也不知道玉珠听见没。

不过这却让掌珠想到了一个问题，之前周氏曾经和她说过为什么周家会看上玉珠，现在看来，还有个原因就是宝珠说的这个，玉珠嫁入周家的原因怕会是玉珠一辈子的污点……周家自有办法拿捏玉珠。

掌珠心中一叹，她虽然与玉珠感情一般，但也不希望玉珠落到这个地步。

宝珠看了眼掌珠，也站起来道：“我也不扰你了，有空就去我那看看吧，有那位崔木槿在，咱俩说不得以后还要打交道。”顿了一下，道，“你也不必担心玉珠，她敢嫁就做好心理准备了，甭以为她是吃素的，你还是收收你的善心，赶紧生个儿子吧。”

掌珠知道宝珠多少是关心她，也知道宝珠看似迷糊，其实看得也挺清楚，倒是宝珠这话把她逗笑了，善心和孩子有什么关系……

翌日清晨，姜铎便要离开陈家去江陵府，自成亲以来这是姜铎第一回去江陵府。

姜铎昨晚睡在前院，这后院毕竟还有女眷。

一大早，掌珠便在二门前送姜铎。

姜铎一身灰色常服，看起来颇干练，也少了几分富家公子的气质，就是不知道是干什么去了，怕是和太子有关。

掌珠猛地想起江陵府还有位外室，想了一下，便轻声对姜铎道：“你看着把那女子接到苏州吧。”在外面不如放在自己眼皮子底下，至少在苏州，有陈家人看着，她也放心点，免得那女子以为没有人可以辖制她。

姜铎对那外室虽然有几分怜爱，但是比起掌珠来，也不过是个服侍过他的女子，他是不在意的，只是在这儿也不便多解释，既然掌珠在意，带过来也无妨，姜铎点点头又对掌珠道：“办完事，若是早了，说不等能赶上玉珠妹妹成亲；若是晚了，等玉珠妹妹回门的时候我也能过来接你的，你安心住着，有人欺负你，你只需拿出姜少奶奶的气派来。”

掌珠听了，少了几分因为外室而生出的不高兴，忍不住笑道：“不过在娘家住几日，怎么会有人欺负我呢，夫君放心吧。”

姜铎只是轻轻扶了一下掌珠的胳膊，然后转身离开。

掌珠在门口看着姜铎的背影，这似乎是他们第一次分开这么长时间，掌珠心中痒痒的又十分踏实，似乎她有了依靠一般。

掌珠想起刚才姜铎说如果有人欺负她……

掌珠忍不住笑出来，以前不是姜少奶奶都没有人能欺负她，更何况现在？

“大姐姐在想什么呢？”声音清冷，是惜珠。

昨日她和惜珠就没有说上几句话。

掌珠敛下笑意，只是浅笑，道：“没想什么，看看景，小半年没回来了，都觉得陌生了。妹妹又怎么来了二门？”

惜珠看了眼刚才姜铎离开的方向，她刚才就来了，远远地看着掌珠与姜铎，阳光下，两人都带着笑意，还有怎么也掩不下去的情意，倒让惜珠想起了那年在庄子上看到的崔寓和宝珠……只是宝珠与崔寓的情意来得轰轰烈烈，去得怕也快吧。

惜珠回过神来，道：“请大姐姐回去，母亲怕大姐姐在这站时间长了，冻到。”

掌珠点点头，道：“走吧，有劳惜珠妹妹了。”

惜珠这个人看着文静不爱说话，但是心机重，掌珠不想轻易得罪，就算是和宝珠当面鼓对面锣的，掌珠也无所谓，但是惜珠……谁知道她会做出什么来？不叫的狗才会咬人。

两人慢慢地走，惜珠突然笑道：“想来大姐姐已经知道母亲对我的安排了吧……”

掌珠怔了一下，惜珠继续道：“怕是我姐姐早就大肆宣扬了，也不知道她是怎么想的，怕是相当高兴我攀了个‘高枝’了呢。”惜珠与话语中带着嘲讽。

掌珠微微皱眉，她们两姐妹之间的事，掌珠是不打算掺和的，人家再争吵也是亲的，说不好转身就怪她多管闲事，掌珠只回道：“你姐姐很关心你。”

惜珠一时不说话，过一会儿笑道：“大姐姐，我本以为我是无情的，其实你比我更没有情意。”

掌珠微微皱眉，这惜珠真是个挑事的人，掌珠只当没有听见，边走边看风景。

走到敬正堂时，惜珠才道：“大姐姐甭以为她是为我好，她是为她自己好，不然我母亲走什么路子把我送到宫里？”说着也多了些苦涩。

掌珠看向惜珠，惜珠虽然比她小三岁，但是个头跟她差不多，皮肤白皙，眼睛水亮亮的，满是冰冷，紧抿着嘴，神情冷傲，惜珠虽然不是绝美，却别有一番气质，好好调理，将来也是个冷美人，说不好将来也有一番作为。

惜珠的脆弱只是一闪而过，随后微微福身，便转身去了敬正堂。

周氏能把惜珠送到皇上面前，走的是崔家的路子吧，毕竟皇上可是相当欣赏崔寓的……

掌珠长舒一口气，惜珠说得对，要比无情她也不差。

不管宝珠是真担心惜珠还是装的，也不管惜珠是希望她知道这些有什么举动，掌珠都只当不知道这些，回了琉璃园。

她只要平平安安地过了这几日就好。

五日后就是她、玉珠、宝珠三人的及笄礼。

早前两日，就已经有亲戚、朋友、贵客来陈家，多是打算攀着陈家的小家族，不过陈家三女一同行及笄礼，这其中一个是两党之一的姜少奶奶，一个是未来五大世家周家的少奶奶，一个是新贵崔家的少奶奶，这在大魏朝都是难得的，一时成了盛事。

太夫人也很是重视，居然请了穆家的夫人为赞礼，这穆家是真正的贵族，也是后族。

又给掌珠请了孔家的当家夫人为正宾，为掌珠梳头、加笄、插簪、戴冠。玉珠的正宾是熊夫人，据说是周家请来的，熊家自然也是五世家之一，只是将门，远在边防，鲜少在人们面前露面。

宝珠的正宾是周氏费了大力请来的，是莫夫人，这莫家在五世家排名里可是仅次于陈家，可见周氏对宝珠还是很疼爱的。

至于赞者、摈者和执事，这三者算是助手，也都是五世家的夫人，此处不一一赘述。

文孔武熊商有周，南陈北莫五世家。

这一次，居然在陈家看到了五世家的夫人，怎能不让人激动？

掌珠头上插的是一支麒麟送子纹金钗，上面只是古朴的花纹，并没有宝石、翡翠等点缀，待到行礼结束后，孔夫人才告诉掌珠，这钗子看着简单，其实来历不凡，是孔太夫人也就是姜夫人的母亲的嫁妆，据说是当年的长公主送给孔太夫人的，曾经是哲敬章皇后的遗物，是姜夫人早早就送到陈家为她准备的，还有这木梳，是姜铎送来的……

掌珠心中只一阵阵地感动，她承认自己是个冷情的人，却没有想到会得到别人的真情，或者这感情里多少夹杂着一些其他的，但是谁的感情又是单纯的？

姜夫人和姜铎看起来也不是容易动情的人，但是他们对想保护的人会主动付出，这与掌珠是完全不同的。

掌珠难免想到太夫人与自己，或许当初她真的做错了……

掌珠心满意足的样子虽然有所收敛，众人也看得出掌珠的高兴，私底下难免议论，这掌珠虽然无父无母、无兄无弟，但是嫁了个好人家，婆婆疼夫君爱的……

这些话难免就传到了玉珠等人的耳朵里。

玉珠那双眼都要冒出火了，在玉珠眼里，正宾熊夫人不过是将门出身，虽是女子却是一身的莽气，玉珠只觉得太夫人对她不公，哪里想到自己是庶出，这熊家现在可是独霸一方的将门，手握兵权，堂堂的夫人给她当正宾，已经是很不容易了，而且玉珠头上戴的桃花簪可是太夫人的陪嫁，除了来历比不上掌珠的金簪，甚至比那金簪更名贵。

宝珠头上戴的是宝蓝点翠珠钗，这个是周氏的陪嫁，比起掌珠与玉珠的其实差了几分，但是样子却是大方好看。宝珠样样拔尖，但是却不深究，只觉得这东西本就是头上戴的，好看就好。对于正宾莫夫人，宝珠也觉得满意，她还以为母亲会因为崔家的事不理她呢……如此竟然比自己预想的好很多。

太夫人将她们的态度看得清清楚楚，心中只无奈，本以为玉珠只是小家子气些，却没有想到心胸如此狭隘，以为宝珠是个刻薄鲁莽的人，但毕竟是从小按着大家小姐养的，总是有几分气度的。

上午及笄礼结束后，众夫人、小姐自是一同用过饭后，贵女们便一同去游园，掌珠因为已经出嫁，也不方便与她们一起玩，就在前面与众位夫人看戏闲聊，并不觉得拘束，反而觉得比与那些贵女谈论衣服、首饰有意思。

毕竟众位夫人都是在后宅里摸爬滚打几年的，比不得那些贵女娇生惯养。

掌珠坐在离戏台偏远的偏厅里，刚才与孔夫人说了会儿话，现在就只有她一人，掌珠听着戏词，暗中打量那些贵妇，说来这里也有好些夫人她以前只闻其名不知其人。

首先就是那位熊夫人，看着很直率，与江南这些贵妇颇不一样，说话办事相当利落，相貌看着也有些厉害，怕不是好相与的。

熊家，她曾经听母亲说过，这一朝掌兵权已经是二十几年，但是其实熊家祖上出过宠妃，熊家很聪明，一朝掌兵权，待到新帝登基就会交出兵权，现在太子已经长大，怕是要有动荡了。

听说熊夫人之前是住在江陵府……

掌珠一时愣神，过一会儿才注意到温夫人已经过来，掌珠连忙站起来，笑道：“好久不见温夫人了。”

她记得还是当年宝珠与崔家谈婚事的时候，见过温夫人一回，那次温夫人来正好见到宝珠怒斥崔寓……

说起来，那日她是知道温夫人要来，才安排宝珠如此做的，不然怎么能宣扬出去？崔陈两家婚事已经成了，也没有必要再提这个了。

温夫人点点头，笑道：“看你神采奕奕，就知道姜家对你很好，这样我也就放心了。”

掌珠只是客气道：“多谢温夫人挂念。”

她初到陈家时确实真心当温夫人是长辈，只是后来……大概因为阿路，温夫人故意疏远她，又阻碍阿路与她的婚事，她心中虽不恨，却也没有办法像之前那般真心，只能说好在她对阿路没有动情……不然……

掌珠想到阿路，就难免问道：“不知道阿路最近可好？”

温夫人倒是惊讶掌珠的直白，再看掌珠，眼神坦荡，并不见情意，真的就只是在问当年的玩伴如何，温夫人苦涩一笑，她当年阻止晁儿与掌珠的婚事，最重要的就是因为晁儿对掌珠用情太深，而她并不见掌珠动情，她担心自己的儿子……罢了，现在已经这样，想这些也没有什么用，温夫人笑道：“很好，在外游学，想来今年也不会回来了。”

温夫人有些落寞，当初游学只是她对众人的一个借口，没想到现在成为晁儿对她的借口。

掌珠听后，倒是感慨地笑道："男儿能够云游四方，真是令人羡慕。"说完见温夫人有些落寞，便道，"阿路他向来妥当，温夫人不必太过担忧，免得阿路在外也惦记您。"

温夫人点点头，这话与阿路说的一样。

掌珠提起阿路，就继续道："若是他日如玉公子成亲，一定要请我喝杯喜酒，我与他毕竟有同门的情谊，届时还请温夫人通知我。"

温夫人叹道："怕是有的等了。"顿了一下，道，"他妹妹进了太子府，陛下与太子都盯着他的婚事……"话没有说完，掌珠已经明白其中的意思了。

温家既然站在太子后面，那么温家唯一的嫡子所娶的人肯定要对太子有利，而这是皇上最不想看见的，太子与皇上也不想为这事撕破脸，干脆就都装作不知道，等到皇上大势已去，温润晁的婚事才有着落。

而且怕这也是温润晁至今也没有个正式差使，只云游四方的理由吧。

两人离得近，掌珠才觉得温夫人已经比以前要憔悴许多，掌珠想了一下，问道："不知道柔嘉姐姐现在如何？"

一提起温柔嘉，温夫人有些撑不住，眼睛有些红，回道："太子倒是疼她，太子妃对她也好，唉，只是她不争气，年初落了红……"

掌珠只得在一旁劝慰。

温夫人也是闷得厉害，她平日里虽然朋友多，但是奈何她自己不想在外人面前露怯，因此一直憋在心里，今天看见掌珠，忍不住多说两句，心中已经后悔，慢慢整理好思绪，便笑道："以前，我与阿敏曾经说过，以后要在你的及笄礼上为你插簪……只可惜，还是未能如愿。"

掌珠笑道："温夫人不必在意这些，你我立场不同，自是没有这个缘分的。"她现在是姜家的媳妇，让温家人当她的正宾并不合适，这比不得参加温润晁的婚礼，不管两家关系如何，温家也会向姜家发请帖。

温夫人叹道："你懂得就好，一转眼也这么大了。"

两人叹息一番，温夫人便离开了。

掌珠过了好一会儿，才觉得温夫人说这么多，怕还有其他的用意吧，她是不能小看这些贵妇的，只是到底何意，两人谈到了太子，怕是要告诉姜铎……

这及笄礼办得热闹，整整开了三天的宴席，掌珠因为已经出嫁，又是姜家的少奶奶少不得这三天全应承下来，玉珠与宝珠不过第一日和最后一日出来应酬了一番。

待到结束，掌珠已经是累得起不来了，应付这些夫人比她成亲那日还累。

五天后，便是玉珠成亲的日子。

玉珠眼看着一天一天就要成亲了，之前想要时间慢些，怕去了周家露怯，怕周家看不起她，现在却希望时间过得快些，她也想如掌珠那般自在。

今日，玉珠已经是不耐烦看屋里人忙碌的样子，便想出去散散心，人已经走到门口，周家派过来的婆子却阻拦道："玉珠小姐，后日便是您成亲的日子了，这两日总要在家安安稳稳地待着，新嫁娘还是别乱跑的好。”

玉珠马上就要过门，这婆子万一向周太夫人告状，她也吃不到好，因此便敷衍道：“妈妈不必担心我，我不过是去看看大姐姐，一会儿便回来。”

婆子冷笑道：“玉珠小姐，不是老奴话多，这掌珠小姐现在是姜少奶奶，她除了在姜家那是没有人能管的，等您嫁进周家，以后想干什么就干什么，老奴不敢说一个字，再说她一个少妇，您一个黄花大闺女……”

“这是哪儿的婆子，怎么和姑娘家说起这个了，什么少妇、什么花黄大闺女……”说话的正是掌珠。

那婆子见是掌珠，忙行礼，不敢多说什么，也就是玉珠要嫁入周家，她才敢多说几句，不然就是个陈家奴仆也能把她打发了。

玉珠也不理会那婆子，只是笑道：“我正想去找姐姐呢，没想到姐姐竟然来了。”

掌珠道：“我琢磨着你后日出嫁，怕你明日忙碌，因此今日找你说说体己话……”

玉珠心中虽然嫉妒掌珠，怨恨太夫人，但是也明白，能为她撑腰的只有太夫人，而以后能靠得住的只有掌珠，因此道：“既然这样，那么咱们去暖阁吧，我这里乱糟糟的。”

掌珠自是应下。

两人携手去了暖阁，玉珠还回头得意地看了眼周家婆子。

周家婆子脸色阴晦。

掌珠今日找玉珠确实是要说体己的话，她二人毕竟是姐妹，掌珠也不希望日后玉珠受欺负。在暖阁，掌珠说话也不客气，便将当初周氏告诉她周家为何同意玉珠进门以及她猜测的原因都告诉了玉珠。

玉珠心中不知道是个什么滋味，只勉强道：“大姐姐也未免太过无情，将这些告诉我。”

掌珠一愣，道：“你倒不是第一个说我无情的人。”

过了好一会儿，玉珠才道：“你的无情和太夫人一样。”

掌珠没有说话。

玉珠继续道：“总以为这样就是为别人好，其实骨子里透着自私，你是怕我惹麻烦了找你帮忙吧？”

掌珠看向远处，从这个窗户正好可以看到如是居，她现在越来越明白太夫人的心境了，她们都是冷情的人。

掌珠回过神来，看向玉珠愤愤不平的样子，道：“你我这个样子最终还是要靠自己的。就算我帮你，又能帮几回？还能帮你过日子？路是你自己选的……”

好半天玉珠才冷笑道：“周太夫人既然喜欢厉害的孙媳妇，那我就做个厉害的孙媳妇，希望她别后悔。”顿了一下，道，“也希望你别后悔，说来，以后说不得换你求我呢。”

掌珠回道：“你有这个心气就好。”玉珠是个乐享安逸的人，在婚事成了之后，玉珠便不再钻研这些，只想着出嫁，后来还是周家的婆子来了，玉珠又打起精神来，如果不是周家的婆子在那儿，说不好玉珠现在会是什么样。

掌珠现在对玉珠说这些，玉珠才会小心谨慎……

掌珠又给了玉珠一支簪子，道："这里面是母亲给的银子，之前给你的那些是大面上的，这些你自己留好。"

玉珠满脸的惊讶。

掌珠道："记住，你嫁出去以后不仅仅是陈家的女儿，也是大房的女儿，你的母亲也是我的母亲，你若是办出丢了母亲脸面的事，我是不会轻饶你的。"

玉珠接过簪子，问道："当真是母亲留给我的？"

掌珠点头道："当然。这东西连太夫人都不知道，里面有一个商铺和一千两银子，不多，但是关键时刻，总是管些用的，最好在万不得已的时候用，我希望永远不会有那一天。"

玉珠自是谢过，脸上也忍不住带着笑意，叹道："说实话，妹妹我真的很怕……"

掌珠看向玉珠，想了想，还是提点道："周家如此，周书恩如此，你最好有个行事章程。"

玉珠点点头，道："我不求情爱，只求能安安稳稳地过日子。"

掌珠不多说什么，将来玉珠是周家人了，怕是又会是别的想法……

很快，玉珠成亲那日就到了。

办得也是相当热闹，周家更是看重玉珠，没有人敢怠慢玉珠，掌珠看着玉珠的轿子抬走后，心中虽然谈不上伤心，但是也有些感慨，希望玉珠这条路好走些……

掌珠这种心情很快就过去了，只等着姜铎来接她，这些日子虽然每天都很忙碌，但是她脑中偶尔会闪过姜铎的样子……

掌珠是玉珠回门那天在华恩堂那才见到姜铎，姜铎来陈家时已经是太晚了，姜铎不方便去后院，掌珠更不能去前院，掌珠只派了个婆子过去看看，又是安排食宿等。这一夜，掌珠心中也不知道姜铎事办得如何，可是赶路太累，有没有睡好。

现在看到姜铎，还同之前一样，心下也就放心了。

掌珠也没有想到自己会如此思念姜铎。

因为长辈与女眷都在这，姜铎也只是朝掌珠点了点头，他昨晚问了婆子好一会儿，知道掌珠应该是没有受欺负，但是现在见掌珠好像有些憔悴，不知道是不是有什么婆子不知道的，只想着过会儿有时间好好询问一番。

很快，玉珠与周书恩就过来请安。

掌珠已经许久没有见过周书恩了，之前也不曾细细打量，今日见，倒觉得周书恩斯文有礼，是个读书人的样子，只是举止言谈中带着些风流，见人先笑，眼里带桃花，但是不会让人觉得粗鲁，一看就知道是个多情的人……

玉珠低头含笑，看样子也是很满意，玉珠本就生得绰约多姿，现在更是多了几分娇柔，这两人站在一起真是般配。

连老太太都直夸这两人天作之合。

周书恩自是和姜铎一同去了前院用饭，她们这些女眷只在华恩堂一起用饭，之后她们便簇拥着玉珠去了琳琅园。

周书恩是宝珠两姐妹的表哥，宝珠与惜珠只好唤玉珠表嫂，玉珠难得在宝珠面前挺起胸膛，也难得与宝珠多说几句话。

不一会儿，众人就体贴地告辞，心中都明白玉珠心中肯定想去探望生母王姨娘。

掌珠是最后一个走的，玉珠不等掌珠问，便轻声道："大姐姐放心，书恩对我很好。"说着脸上扬起甜蜜的笑意。

掌珠见此，只高兴地说了几句，也离开了，心中却多少有些担心，这周书恩一看就是风流的人，玉珠要是真动情了，以后少不了事端。

只是掌珠也不能阻止玉珠动情，只希望玉珠早些能回过味来。说来她自己也不是这样吗？感情这事，只能自己体会……

刚出了琉璃园，一个婆子便上前，轻声道："大爷请少奶奶过去呢。"

掌珠神情也缓和不少，跟着婆子去了与前院书房相近的梅林，当初他们就是在那见的第一面。

那里已经有人备好桌椅，现在虽然还没有梅花开，但是已经有小小的嫩芽了，看着也颇有情趣。

掌珠忍不住笑自己，真是心中高兴看什么都觉得好。

姜铎一身青蓝色长袍坐在那儿，见到掌珠，眼神一亮。

两人心中都有对方，见了面倒好似第一次见面似的，一时不知道说什么。

两人愣了会儿，掌珠轻声咳嗽一声，低头问道："夫君中午喝得多吗？"

姜铎见掌珠脸上红晕，一副羞涩的样子，反而大方起来，拉着掌珠坐下，摸着掌珠的手有些凉，想着应该请大夫好好调养一下，嘴上却道："以前都是偷偷摸摸地来这里，现在光明正大地坐在这里反而不知道说什么了。"

掌珠想到之前，也忍不住笑道："只可惜这梅还没有开花，也没有下雪。"

姜铎道："以后咱们也种梅林，让咱们的孩子去寻梅，说不得又有一段佳话呢。"

掌珠连忙道："若是男孩子还行，若是姑娘家，可得好好养在深闺……"

姜铎见掌珠如此着急，忍不住大笑。

掌珠见姜铎这样，恨恨地白了眼姜铎，只道："真真是个无赖。"

两人喝了些茶，吃了些点心，掌珠才问道："事办得好吗？"

姜铎点点头，道："虽然不是很顺，好在已经办成了。"

掌珠想了一下，把温夫人和她说的事告诉姜铎，包括温润晁云游四方也一一都说了。

姜铎早就知道掌珠与温润晁之间的渊源，了解掌珠之后，更是相信两人之间光明磊落，知道掌珠当温润晁是兄长，心中应该也是担心，因此便多说了几句，道："和你猜想的差不多，皇上盯着温润晁呢，一旦他想出仕，怕是马上会给他指个公主，那温家就白在温润晁身上下那么多心血了。不过，他现在在外面游历四方也挺好，太子殿下自有安排给他。只是这事万万不能与其他人说，露出些马脚就坏了。"

掌珠点点头，道："妾身自是不会多说的。"只可惜温夫人要一直担心了，毕竟温夫人要是不担心了，别人就看出来了。

姜铎叹了一口气，又道："太子府规矩严，太子现在并没有孩子，怕是要等到以后了……”这个姜铎没有多说，事实上太子一年在太子府的时间也不过只有两个月，太子妃和良娣说来不过是太子府的象征……

掌珠却回味半天这句话，所谓太子府的规矩是什么？温柔嘉是按照“规矩”有的孩子，还是按照“规矩”没的孩子？掌珠也弄不清是太子自己不想要孩子，还是皇上不想让太子有孩子……总之这太子府可不像表面那么风光。

说起这个，两人的气氛一时就差了。

眼前的景色也不过如此。

掌珠想问关于外室的事，却觉得现在说好似找碴，姜铎心中也想提一两句外室的事又担心掌珠误会自己很在意似的。

两人一时都不语。

过了会儿，掌珠打了个喷嚏。

姜铎连忙道：“都怪我，忘了时间，你午后不是要小憩一下？”说着又想到之前挂念的，就问道，“可有人欺负你吗？”

掌珠笑道：“看夫君说的，这要是被别人听见指不定传成什么样呢？”丈夫总认为自己的妻子在娘家受欺负……要是让陈家听见，怕是不高兴吧。

姜铎道：“是我失言了，不过是你我之间的体己话罢了。”

掌珠又道：“自是没有人欺负我的，只是这几日有些累罢了。”

姜铎微微皱眉道：“本打算后日回家，你要是累了……”

掌珠问道：“还是夫君的事比较要紧，我这两日好好休息，也没有关系的。”

姜铎点点头，自是派婆子送掌珠回琉璃园，自己才回前院。

待到后日，玉珠中午前要走，掌珠也一起告别，两人去给太夫人请安，太夫人面上还和以前一样，也没有多说什么。掌珠心中暗自观察太夫人，却看出太夫人眼睛水润润的，明白太夫人面冷心热，心中暗自定下回去后要多给太夫人写信，不能像之前那样冷漠。

姜铎还是担心掌珠累到，两人先回了别院，第二日才启程回扬州，掌珠这时才抽出空来问那名外室。

姜铎见掌珠主动问，心中一松，便道：“想来昨天已经到苏州了。”

掌珠纳闷道：“昨天？”

姜铎笑道：“我带个女人回苏州是何意？我走后让她再过来的。”

掌珠心中满意，脸上带了些笑意，想了一下，又问道：“她住在哪里？”

姜铎看了眼掌珠，道：“应该是暂住客栈，等你安排呢。”说完便不理会掌珠了。

掌珠无奈地看了眼姜铎，这个家伙，若是她今日不问，难不成姜铎会让人一直住在客栈？

掌珠道：“我让她先住我的别院里吧……”

姜铎皱了一下眉，道：“不大好吧，毕竟是你的聘礼，不如再买处小院给她住吧。”按照姜铎的意思就是让她一辈子都住在外面，不必理会就成了。

但是掌珠却觉得这样不大好，如果不能打发她嫁人，那就好好安顿，免得这女子以后心生怨怼惹出是非来。

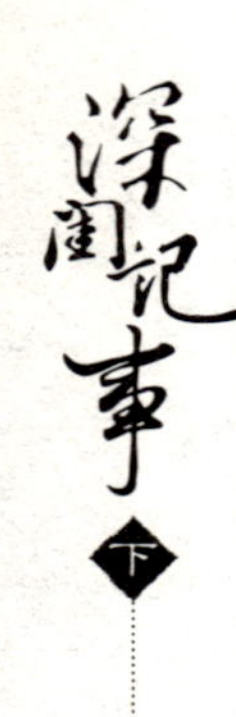

掌珠笑道："莫不成，我只有你们姜家给的？自己就没有体己的了？也太看不起我了。"

姜铎连忙道："娘子说如何就如何，我都听娘子的。"

掌珠忍不住摇摇头，这个姜铎看着成熟稳重，其实私底下也有幼稚的时候。掌珠便道："好吧，此事我自去安排。"

其实就算把人带到宅里去，掌珠也是无所谓的，只是一来现在不方便让人进去，两人回娘家一次就带个女子回去，说出去也不好听；二来掌珠还打算先留着这女子备用，将来说不得有用到的地方。

最少，这个女子是可以打压后院里的那三个人，只是她还摸不清这女子的性子。

因此掌珠想放自己手底下，好好地看看。

掌珠最后还是把人安顿在自己的小院子里，让个人好好服侍着，听下人禀告那女子生得很好，气质也是不错，而且那女子也想拜见她。

掌珠却没有应许，她虽然不知道那女子，但是那女子应该很熟悉她才对，崔家女那码事已经传得很清楚了。

那女子要是真想见她了，就应该学崔木槿，自己过来拜见……

掌珠倒是问了下人那女子叫什么，清葫……

掌珠问清是哪两字后，心中一阵无奈，又是一个盼着生儿子的人，后院的榴、桃，现在这个葫芦，哪个都是大肚子的东西，就是茶也是寓意生子。

她是不是也该……

第十二回 狠荷娘陷人不义

待到两人回到姜家，已经是十一月底，很快就要过年了。

姜夫人还是在忙碌，甚至都没有时间与掌珠好好说话。

掌珠心中虽然想帮姜夫人，但是怕会让别人误会，姜三夫人首先就不会同意。

掌珠也便放下了心中的想法，她现在已经在姜家小半年了，多少摸清楚了大家的行事作风，基本上，大家都会保持着面上的风光，人不犯我，我不犯人。

好不容易到了腊月中旬，姜老爷也开始歇息了，姜夫人也将过年时的事安排妥当。

这一日，掌珠正想去松院那儿请安，就见田妈妈过来请她过去，说姜夫人想着她怕冷，让她去暖阁，两人也喝杯茶聊聊天。

掌珠让秋白告诉红榴等人，今日不用过来请安，她自是去了暖阁。

这半年来，她房中的丫头基本上已经各司其职了，晓初负责衣服、首饰还有和陈家有关的礼尚往来，秋白则盯着红榴等人，也管着竹院里面的丫头，唱月则跟在她身边。竹院原来的那两个丫头，分别叫乐文、罗文，乐文管她房里的大件，哪个瓶子坏了、哪个桌角断了只管找她，看着有脸面但是也费心，最重要的是在外人眼中这个职责也只是亲近人才能担任的，罗文和唱月一样，经常跟着她在姜家走动。

掌珠之所以这样安排，一来是想让竹院的人明白，她对竹院和自己的丫头是一样看待的；二来掌珠觉得这两人说不好是姜夫人的人，她自是不能亏待了。

掌珠这一路上，一直都想着姜夫人叫她是何事，看起来颇有些郑重。

到了暖阁，就见姜夫人一身褐色螺纹开襟长袍，里面是灰色立领暗花长袄，看着很是雅致。

掌珠行礼请安，身子还没有福下去就被姜夫人扶起来，拉着她坐在小圆桌前，笑道："快进来暖和暖和，今年比往年冷些。"

掌珠刚进来就看见圆桌上已经摆着她爱吃的茶点，看来早就准备好了，就更加好奇姜夫人今日叫她来何事，姜夫人不是没有拜托过她什么事，但是像这种阵仗掌珠还是第一次见到。

姜夫人先是问她太夫人和老太太身体怎么样，又道："你回来，我就一直想问你，偏偏我忙，就耽搁了，也不知道你妹妹婚事办得怎么样？可顺利？”

掌珠含笑一一答了，只等着姜夫人先提。

果然，姜夫人向来直率，之前说的也确实是她想问的，说完这些便直接道：“今日，是想和你说说荷娘的婚事……”

之前姜夫人已经跟她透露过这事，只是当时说的是会交给姜铎，怎么到她这儿来了……

姜夫人自是看出掌珠的疑惑，无奈地道：“这事也是怪我，我本以为有铎儿在，你公公也不会急，谁知道他现在休息有了时间，便打听起荷娘的婚事，知道我这儿还没有人选，便生气了。”说着叹了一口气，道，“说我不给他办事，他也用不上我……”

掌珠连忙劝道：“父亲也不过是一时生气才这样说的……”

姜夫人见掌珠担心，笑道：“没事的，我已经习惯，他对我向来如此。”

这话让掌珠听起来有些悲凉，但是姜夫人面上却真的没有伤心的样子，姜夫人也不在这上面多说，只是道：“这样也好，让他自己去物色女婿去吧，也免得我找的不合他们心意。”

掌珠道：“那……定了是哪家？”没有定姜夫人又怎么会来找她？

姜夫人点点头，笑道：“定了，你猜是哪家？真是没想到，物色了这么多年会选了他家。”

姜夫人的表情让掌珠也猜不出是好是坏，看着是高兴可是好像又有点嘲讽，但是说不好也是嫉妒。

掌珠还就真好奇了，问道：“母亲快不要卖关子了，到底是谁？”

姜夫人道：“熊家，熊家三爷，今年二十五了，没有娶亲，上战场耽误的，手上沾的血怕是都洗不掉……”说着也是一脸的害怕，她们这些闷在后宅里的女人，不见得手上没有血，但是哪一个敢明目张胆地喊打喊杀？

这些将士在她们眼中都好似吃人恶魔似的。

掌珠一愣，还真没有想到，想起了熊夫人，便问道：“说来也巧，给玉珠妹妹当正宾的正好是熊夫人。”

姜夫人连忙问道：“是长夫人？看着如何？熊三爷正是她的小儿子。”

掌珠想了一下，还是实话实说道：“怕是不好相与。”

姜夫人叹了一口气，过了好一会儿，道：“早知还不如我去物色，偏偏老爷选了这么个人，将来嫁过去，怕是要去边防，那地方哪里比得上苏州、扬州？更何况熊三爷是武将，怕长得粗鲁……”

掌珠道：“看熊夫人的样子，倒不至于……”

说来熊三爷与姜荷娘还是般配的，这婚事单纯地看来是相当不错的，从处事风格来说，熊家比较低调，但是却握着实权，姜家不亏，熊三爷已经是有品级的将士，还是嫡子，配姜荷娘绰绰有余，姜荷娘高贵就高贵在她姓姜，想来熊家也担心太子上位后，对熊家打压，因此选了姜家的女儿。

说不好是知道姜铎与太子的关系。

姜夫人道：“他自己酒后定下来的，现在不好意思对荷娘说了，却让你来劝荷娘。”

掌珠一愣，面上露出苦涩的笑容，道：“父亲既然交给儿媳这事，我自是不能推托。”

她推托也没有用，还不如痛快地应下。

若不是之前有那么多事，姜荷娘心中又有人，她这个当嫂子的说这件喜事算是报喜，但是在姜荷娘心中和报丧是差不多的。

姜夫人又是安慰一番，道：“若我去说，怕是荷娘更不高兴，琢磨着你们年纪相当，平时有来往，才……”

掌珠道：“这些儿媳自是明白，母亲看我什么时候去说合适？怎么说合适呢？”

姜夫人心中还是有些忐忑，这事是姜老爷办得不地道，偏偏推给儿媳，还让她对掌珠说，若是掌珠心生怨恨……那她连着姜荷娘带掌珠都得罪了，姜荷娘好说，早晚出嫁，但是掌珠……她们关系很融洽，姜夫人实在很不想因为这事再生分了。

因此早就想到该怎么说，什么时候说。

姜夫人道：“这事我想来想去，你一个人说怎么都不好，等到明日我把荷娘招呼到松院来，到时候我与你在一块，也免得她说出什么颠三倒四的话。”

掌珠自是应下，想了一下，还是小心翼翼地问道：“太子那边……”

姜夫人倒不介意掌珠询问这些，只是道：“你公公向来讨厌掺和皇室的事，我看着怕是早就不同意，但是又碍于太子那边，所以没有明说。这次突然说起荷娘的婚事，说不好就是那边又有什么震荡了，这些事，咱们也就知道个大概，他们怎么说咱们怎么去做就好了。”

掌珠点头应下，道：“不知道夫君可知道？”

姜夫人看着掌珠，道：“想来是知道的。”

掌珠一愣，看来姜铎这次去江陵府，怕就是为了这事，只是没有告诉她，掌珠心中说不出是什么滋味。

姜夫人多少明白些，便劝道：“想来铎儿也是忙碌，一时没有告诉你。”

两人又喝了会儿茶，默默地坐了会儿，等到快中午时才散。

掌珠今日只觉得两眼一抹黑，不说外面的事，就是家中她也知道得少，她可不能这样下去，怕是给养废了，想到这掌珠脚步一顿，紧接着就回了房间，让晓初等人摆上笔墨纸砚，耐着性子写了一篇大字，然后告诉晓初，以后每日这个时辰她都要练字。

待到晚上，掌珠便和姜铎说了关于荷娘的事，姜铎不能和她说一些事，但是她不能不和姜铎说，果然，姜铎已经知道了，并不惊讶，道：“你明日和母亲好好和她说说吧，父母之命媒妁之言，她总是要嫁的。”

掌珠道：“我倒不怕妹妹埋怨我，就是怕她自己想不开。”

姜铎没有注意后半句，而是想到前半句，道：“这倒是我的疏忽，本来荷娘的婚事是我选的，想让父亲去劝说姨娘，没想到最后还是丢到你这里来了，荷娘以后会懂的，你和她说，她哥哥不会害她的。”

掌珠忍不住惊讶道：“这婚事是夫君选的？”姜铎并不像是卖妹求荣的人，更何况要卖也是卖给太子……姜铎也是知道荷娘与太子的关系，怎么转头就……

莫非……

姜铎见掌珠如此，无奈地道："他定下的。"

这个他指的是太子。

掌珠完全弄不清这几人的关系了……

偌大的松院不见个人影，只姜夫人的屋子点着几许灯光，姜夫人眯着眼坐着。

田妈妈静悄悄地进来，只在门口小心候着，姜夫人睁开眼见是她，有些惊讶，问道："莫非是竹院有什么事？"

田妈妈因为和掌珠的关系很亲近，所以姜夫人只让田妈妈关注着竹院，本来这田妈妈应该一直跟着掌珠的，但是姜夫人怕掌珠觉得自己监视她，便将人要了回来，果然，掌珠也没有挽留。

田妈妈走过来，轻声道："刚才秋白过来传话说，大小姐的婚事，少夫人会去荷园与大小姐说，就不让姜夫人操心了。"

姜夫人叹了一口气，道："知道了，让她去吧。"顿了一下，道，"我也是该歇歇了。"

田妈妈看姜夫人这样，心中有些不忍，便道："老奴看着少夫人是有孝心的，以后一定不会辜负姜夫人的。"

姜夫人摇摇头，道："将来……谁知道将来会怎么样？"说不得将来姜铎的小妾生了长子，掌珠就会惦记着姜家的权力了，那个时候掌珠还会像现在这样对她吗？

也说不得掌珠是个有造化。那掌珠有了自己的儿子，怕是更会惦记姜家的权力了。

田妈妈一时不知道该说什么。她服侍着姜夫人从少女成长到少妇……也是看着姜夫人怎么和姜太夫人斗的。

就是亲婆婆，婆媳之间还不见得顺当，更何况这不是亲的。

若是有个事端，丈夫会向着谁？

当年姜夫人与姜老爷关系如此差，姜老爷还不是帮着姜夫人夺权？

这姜家的大妇可不好当。

田妈妈嗫嚅道："那……总不能……"

姜夫人笑道："你这个老婆子，瞎担心什么？我若是用手段了，还不是把铎儿向外推？掌珠已经很好了，以后也不见得会有更好的。若将来，她真是想要这姜家的权，那就给她吧，大不了我跟着钰哥儿……"她当初既然给姜铎选择了掌珠，那就是她认可掌珠……

田妈妈赶紧说钰哥儿今儿个又得师傅的夸赞……

最后姜夫人只问了句姜老爷去哪里了，便让田妈妈去休息了。

待到吹灯躺床上后，姜夫人只瞪着眼看着床帐，心中酸酸疼疼的，姜老爷早在钰哥儿出生后就不来了，她院子里有两三个通房，还是她早年为了拉拢姜老爷，给他的，结果姜老爷也不喜欢……好在，姜老爷也不喜欢当年姜太夫人给他的丫头……

从姜老爷与姜太夫人的关系，姜夫人就学会了怎么和庶长子打交道了。当年她年纪小，想着真心换真心，因此，她与姜铎关系很好。

这是她做得最满意的一件事。

只是，这男人娶妻了，想得就不一样了；这女子嫁人了，也会想得不一样。

她只能把以后寄托在姜铎和掌珠的良心上。

她说将来可以跟着钰哥儿，其实也不过是随口一说，她是姜家的夫人，自然只跟着姜家族长……现在是姜老爷，以后也只能是姜铎。

掌珠也没有让她失望，这么快就察觉出来，她是在捧杀……她不会对掌珠不好的，有她在，什么事也不用掌珠操心，就是这次姜荷娘的婚事也是，将来掌珠只会更依赖她，掌珠只安安心心地当她的少奶奶就行了……就是将来她年纪大了，她会好好地教掌珠的儿媳妇，掌珠这辈子就是享福的命。

只可惜……

姜夫人叹了一口气，罢了，她这辈子就合该这样，只盼着掌珠能打破这所谓的传言吧。

第二日，掌珠并没有马上就去荷院，而是与姜铎吃过早饭，先见了红榴几人。

红榴几人倒是惊讶掌珠今日没有去松院请安。

红榴暗哼一声，这掌珠不知道去讨崔姨娘的欢心，偏偏去奉承那个没宠的姜夫人，早晚得后悔。

只是奈何掌珠手段厉害，与崔姨娘没战几个回合，就将崔姨娘给战“休养”了。

红榴只咬着牙耐心等着，她一定要怀上大爷的子嗣，大爷就是看在崔姨娘的分儿上也会给她子嗣的，到时候看她怎么整治这个姜少奶奶。

掌珠先见她们也不过是看红榴的态度，红榴很是规矩，也没有听懂她暗示的话，看来是没有接到什么消息。

掌珠并没有姜夫人想得那么深，她只是觉得自己不能总是靠着别人，毕竟从小到大她一直是自己解决问题，她也是个冷情的人，有姜夫人在身旁帮着虽然舒服，但是她不想麻烦别人。

她可不想自己被养废了。

掌珠见从红榴身上套不出什么消息，便让她们走了。

人刚出去，秋白便过来回话：“奴婢把一起赏花的帖子送到大小姐那儿，大小姐想来也是闷得时间太久，说择日不如撞日，定了今天……”

掌珠点了点头，姜荷娘确实好久没有出荷园了，才这样迫不及待，只是不知道姜荷娘知道自己要定亲的事，是否会后悔。

现在是腊月，要想赏花，得去花房，早晨的时候，掌珠就派人去和花房的人说了声，因此当掌珠到花房的时候，茶水果点已经备好，新培育出来的几盆花也被搬到跟前。

姜荷娘已经到了。

掌珠上前，笑道：“让妹妹久等了，我晚了。”

姜荷娘笑着福了福身，笑道：“不碍事的，大嫂毕竟要管着一整个院子，哪里像我这般清闲？”

两人携手坐下，掌珠才笑道：“怕是妹妹以后也清闲不得了。”

姜荷娘挑了一下眉，眼中闪过些喜色，让她闲不得怕是只有一件事，那就是成亲，莫非……

姜荷娘却还是装作没听懂的样子，笑道：“大嫂这么说是什么意思？”

掌珠道：“我昨日听母亲说，父亲已经为妹妹定了婚事，我特地来恭喜妹妹，等到恺哥儿成亲后，就是你了，妹妹可是要忙碌一番，若是有什么需要我帮忙的只管说。”

后面的话，姜荷娘没有放在心上，耳朵里只有那句，父亲已经为妹妹定了婚事……这是什么意思？

难道不应该是太子府来信要接她进去吗？

姜荷娘因为婚事，受了不少的冷眼，就等着苦尽甘来，让那些人羡慕后悔呢。

掌珠也不说话，只等着姜荷娘回过味来。

过了约一盏茶的时间，姜荷娘才问道：“定了谁家？”声音很是平淡，虽然看着冷静，但是对一个要出嫁的人来说，可不应该是这种态度。

掌珠道：“是熊家三爷。”

“啪！”姜荷娘手中的茶杯掉在地上，姜荷娘脸色苍白……或许是打击太大，姜荷娘反而不知道该怎么反应，是哭是怒还是怨……只呆呆地坐在那里。

掌珠虽然与姜荷娘不和，但是其实也没有什么事，看姜荷娘这样，她心中多少也有些不忍，想了一下，道：“熊家手握兵权，熊三爷人称武诸葛，现在也没有娶亲……”

姜荷娘这个年龄要是想嫁到世家，怕也只是做继室。

姜荷娘怒道：“闭嘴，我不想听！”

掌珠再看姜荷娘，姜荷娘眼泪已经流出来，只是强忍着不发作，姜荷娘虽不是嫡女却是被姜老爷捧在手心里养大，向来要强，就算是现在这个地步，她也不能让人小看她，尤其是掌珠。

掌珠不再说话，她就是明白姜荷娘这个性格，才要在外面告诉姜荷娘，若是在荷园，说不得姜荷娘会把持不住，现在想来，若是在姜夫人面前，姜荷娘说不得也得闹闹……

姜荷娘突然站起来道：“我先走了。”姜荷娘走路跌跌撞撞的，丫头都在外面，掌珠上前扶了一下姜荷娘，却被姜荷娘推开，姜荷娘冷声道，“我不需要你的可怜。你给我滚！”

掌珠站稳，深吸一口气，忍住心中的怒火，只道：“妹妹小心脚下。”

姜荷娘怒极反笑：“你是不是觉得我很可笑，你是不是终于如愿了，看我这个样子！”

掌珠道：“妹妹误会了，你我虽然感情一般，但是我也没有想过要看你笑话，更何况这门婚事并非不好……”顿了一下，想到姜铎，还是好生劝道，“你是姜家的长女，总要顾忌姜家的，父亲那么疼爱你……”

姜荷娘很不耐烦，忍无可忍地喊道：“你懂什么？不要以为你真的是我大嫂，你不过就是个顶着姜少奶奶头衔的女人，姜家需要一个拿得出手的女人！你永远也不是姜家人，和那个女人一样！”姜荷娘说完就跌跌撞撞地离开了。

掌珠愣住，原来姜荷娘是这么看待姜家大妇的，或者说这也是其他人的想法？

掌珠无奈地摇摇头，或许是她嫁入姜家的时间不长，没有切身的体会吧，她觉得这个姜少奶奶还是不错的。

掌珠离开暖房，这事也算是办完了，该说的都说了，姜荷娘要是再闹下去，只能是她不识抬举了。

待到掌珠离开后，从另一边的花丛中出来一个粉衣少女，这人是二房的嫡女姜兰娘……

姜荷娘回去后就开始生病，吃什么吐什么，就是喝药也全吐出来。

掌珠没有想到姜荷娘这样坚决，不管是装的还是真的，这份坚决让人不可忽视。

自是也将姜老爷惊动了。

姜荷娘为何如此，他们都知道，只是姜老爷还是把姜夫人和姜铎骂了一顿。

看来姜老爷也没有把掌珠当成自家人，掌珠心中苦笑，也罢，在挨骂的事上还是别把她当成自家人了。

只是掌珠还是要安慰姜夫人。

谁知，姜夫人只是摇着手道："无妨，你公公这么做不过是抹不开面子，自己给自己找台阶下罢了。"

掌珠还是道："这事都是媳妇没有办好，没想到荷娘妹妹会……"

姜夫人冷笑道："这事谁办也办不好，你也不必自责，她要是闹自然就会大闹，小打小闹怕是不会有人理会的。"顿了一下，道，"要过年了，今年是你头一回在家过年，给苏州那边的节礼可准备好？缺什么就只管和我说。新婚第一年，新媳妇不回娘家，你要是想家了，就等开春了回家看看。"

掌珠明白姜夫人的意思，是不想再提姜荷娘的事了，只笑道："母亲忘记了？五月是我堂妹宝珠妹妹的婚事，我正好可以回去。"掌珠心里也不是很惦记陈家，不过太夫人那里是要多写几封信的。

姜夫人笑道："我都忙糊涂了，可不是，我这里正好有几匹宫里赏下的薄纱，我年纪这么大了，哪里用得上，你拿去用吧，夏天用上正是漂亮，玉珠和宝珠也都送一匹吧，放在节礼上。"

掌珠猜这是为姜荷娘的事补偿她呢，便福身道谢，心里想着姜夫人做事就是这样润物细无声，让你心中感恩，却也不会让你觉得受之有愧。

姜夫人又嘱咐她一些关于过年的规矩等，掌珠一一记下。

两人正说着，田妈妈就进来，见到掌珠，一时不说话，掌珠识趣，便起身要告辞，姜夫人连忙笑道："你这个婆子，有什么话就直说好了。"说着拉着掌珠坐下，接着道，"我现在闲下来，就想找人聊聊，铎儿和钰哥儿哪里有空过来，我就指望你了。"

掌珠总觉得姜夫人在她面前有些卑微，但也连忙笑道："如此最好，我也想听母亲说说话呢，让媳妇受益匪浅呢。"

姜夫人笑道："我就是怕你嫌我烦。"说着示意田妈妈回话。

田妈妈心中早就着急了，连忙道："崔姨娘听说大小姐的婚事，就跑出来了，

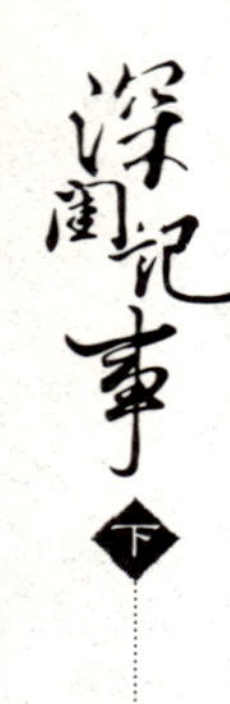

说是去找老爷……”

掌珠心“咯噔”一下，崔姨娘毕竟是姜铎的亲生母亲，如此做，不说姜铎面上无光，就是她自己也觉得上火，只看着姜夫人。

姜夫人皱着眉头，问道：“可拦住了？”

田妈妈摇头道：“没有……崔姨娘手中拿着剪刀……没有人敢拦着。”

姜夫人忍不住道：“这母女都是能豁出去的人。”

掌珠不说话，但是心中也是认同的。

姜夫人没好气地道：“罢了，让她去吧，就是她不去，我也想把她送到老爷面前，让他们当面对峙呢，免得最后都埋怨我。”

掌珠有些尴尬，刚才还觉得姜夫人在她面前卑微，现在崔姨娘的事一出来，又觉得自己对不住姜夫人。

电石火光间，掌珠似乎明白姜夫人的用意了，只要有崔姨娘在，姜铎和她都会觉得愧对于姜夫人，若是姜夫人没安好心也好办，偏偏姜夫人对姜铎和她都好……

不过好心总比坏心强。

姜夫人又与掌珠略坐了坐，才道：“你也回去吧，我心中还是不放心，得去一趟。”

掌珠道：“那就有劳母亲了。”

姜夫人笑道：“你放心，崔姨娘毕竟是铎儿的生母，自是要给她留脸面的，你回去也不好和铎儿说这些，他是不喜欢听的。”

掌珠应下，自是回了竹院。

心中只细细想了想姜夫人的行事作风，处在姜夫人这个地步，是不好办……

掌珠只让徐妈妈盯着前院，过了好一会儿她才得知，崔姨娘已经被送回榴院，据说也没有什么失态的举止，之前的所谓拿着剪刀，也没有传出来，就好像崔姨娘就是去了趟前院书房，如此而已。

或许崔姨娘被说服了吧，单纯地说来，熊家也算个好人家的。

下午崔姨娘就去了荷园……

只是事情并没有如掌珠等人想得那般顺利，姜荷娘看似好像听了崔姨娘的话，但实际上还是“病得厉害”，不过三五日，已经瘦了不少，崔姨娘看了就只掉泪，却也不敢去前院找姜大爷。

因为姜荷娘的婚事，姜铎这几日也是吃不好睡不好的，时常地叹气。

这事掌珠怎么劝都有些说风凉话的嫌疑，说来说去也不过是：“过几日荷娘妹妹就会想明白了。”

两人心中都明白，姜荷娘这个样子怕是想不明白了。

掌珠心中虽然不担心姜荷娘，但是看到姜铎这个样子，总是心疼的，便道：“不如夫君去劝劝荷娘妹妹吧，你们是亲兄妹，荷娘妹妹又在病中，看看荷娘妹妹也是人之常情。”

姜铎道：“怕是我去了也不成，若是她求我见太子，我该如何？”

“可是荷娘妹妹的身子……”

两人一时不说话，姜荷娘若是真生病也就罢了，偏偏姜荷娘如此糟蹋自己的身

子，就是为了逼姜铎。

姜铎是不可能放弃姜荷娘的。

掌珠叹了一口气，道："不如妾身去劝劝荷娘妹妹吧。"她这几日也是去过荷园的，只是她去了也说不了几句话，刚一开始劝，姜荷娘就是头疼胃不舒服的，要不就是该喝药了……

姜铎无奈，道："你去劝劝她吧，倒是委屈娘子了。"

姜荷娘与掌珠两人之间的纠葛姜铎虽然不清楚，但是也知道这两人不对付，平时姜铎也不强求掌珠一定要与姜荷娘关系好，现在他不好出面，也就只能让掌珠去了。

掌珠笑道："如何算是委屈呢？荷娘妹妹是你的妹妹，也就是我的妹妹。"

姜铎听掌珠如此说，便笑道："你只告诉她，我是不会害她的，会给她安排好的，让她好好吃饭吧。"

掌珠点点头，想了一下，还是问道："和熊家联姻一事，真是你提出来的？"

姜铎想了会儿，道："是我提出来的，荷娘年纪不小了。"

掌珠心中不大明白，如果姜铎不想让姜荷娘与太子有联系，最初就应该切断他们的关系，怎么会让姜荷娘在闺中等了这些年？若说同意，又怎么会提出联姻？

姜铎轻轻揉了揉掌珠的脑袋，道："你明日就好好劝劝她吧，希望她能明白。"

掌珠握住姜铎的手，道："她会懂你的一片苦心的。"

这话让姜铎一愣，问道："莫非你懂我的苦心？"说来，姜荷娘与太子的事可以说是姜铎做得最后悔的一件事，当年姜荷娘与太子在林中偶遇，也不过只是偶遇，那时候他正在与掌珠议亲，知道这两人偶遇之后，就马上去嘱咐姜荷娘，自然也告诉了荷娘对方的真实身份，却没有想到这倒成了他的错，荷娘竟然动心了。

而太子也确实有娶姜家女的打算，他当时想着，他与太子关系亲近，荷娘嫁过去也不会吃亏，也就放任这两人。

只是没有想到局势会是这个样子，太子不但娶了孔家女为太子妃，还纳了温家女为良娣，荷娘虽然不是不可能进太子府，但是怕也要再等太子登基以后，这怕是得有个几年……

是他耽误了荷娘。

掌珠自是不知道姜铎想起了这些，只是道："你是她亲哥哥，自然不会害她，一定是为她好。可惜我是没有一个这样为我好的哥哥。"

姜铎回过神来笑道："我也没有你这样一个善解人意的好妹妹。"

掌珠掩嘴笑道："但是你有一个善解人意的妻子啊！"

姜铎失笑道："原来是变着法地夸自己，真是羞羞。"这一笑姜铎这几日的烦恼倒是散了不少。

第二日掌珠给姜夫人请安后就去了荷院探望荷娘，心中想着该怎样劝说，因为事先并没有告知，所以到了荷院外面并没有听见里面像前几日那般闹腾。

掌珠摇摇头，进了荷院，却见到姜兰娘也在。

因为二房和大房的关系，所以自从掌珠嫁进来后，倒是很少看见姜兰娘，但是两人关系说起来还算是不错的。

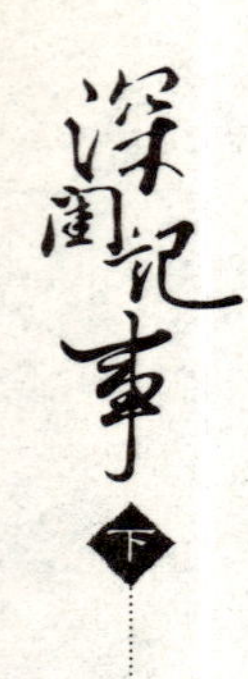

姜兰娘见到掌珠，脸上有些不好意思，屈膝道："嫂子好，我今日闲了，便过来探望荷娘。"

掌珠心中有些疑虑，笑道："有你来陪陪荷娘，她心情也好些。"说着又看向姜荷娘，轻声问道，"妹妹今日可好些？"

姜荷娘瘦了不少，脸色也是苍白，更显得一双大眼水汪汪的，微微瞟你一眼就好像在勾人般。

这时候姜荷娘和崔姨娘十分像。

姜荷娘对姜兰娘道："兰娘妹妹先回吧，谢谢你过来，等我嫁了，以后怕是不能这样说话了。"

这话说得不大好听，但姜兰娘并没有放在心上，只对掌珠道："大嫂子有空去我那儿坐坐，我就不扰你们了。"

掌珠送了姜兰娘，心中想着姜荷娘那句话，莫非是想通了？

掌珠刚要说话，姜荷娘便道："大嫂也不用说那些话了，这几日我也是想通了，我就这样病下去也没有用，我死了，你们也能找到别人顶替我。"

掌珠心中很高兴，道："荷娘妹妹，你放心，你哥哥是不会害你的，你只听你哥哥的话，准没错的。"

姜荷娘冷笑了一下，道："只是我想去柏山寺祈福。"

掌珠道："这事……也不是我能做主的，这些总要病先好起来的。"

姜荷娘道："自然用不着你，我自会和母亲说，到时候只希望你别扯我后腿，那日我在暖房说的话，还请大嫂不要放在心上。"

掌珠心中越来越怀疑，直到出了荷园，便对秋白道："你去查查二小姐这几日是不是天天来荷园。"

掌珠心一阵乱跳，她总觉得姜荷娘会有什么后招……

第二日，姜荷娘就派人去松院说自己想去柏山寺祈福，话说得也明白，说是要了了前缘，在佛前净心，吃吃斋饭，住几日……

这话说得让人不得不同意。

只是姜夫人向来稳当，并没有马上同意，只让姜荷娘先把身子养好些再说，不然受不了车马的颠簸。

姜荷娘倒是没有闹，同意了，老老实实地吃药吃饭，三五天就又养回来了。

只姜夫人私下对掌珠道："莫非她真是想通了？"一个固执这么多年的想法，几天就想通了？她是不信的。

掌珠心中也不信，更是不敢应承说姜荷娘想通了，只道："听说前几日兰娘妹妹天天过来探望荷娘妹妹，说不得是劝好了。"

姜夫人惊讶地道："原来是这样？"

掌珠道："不如问问兰娘妹妹？"

姜夫人想了想，道："罢了，问起来，少不得要过你二婶娘的耳，到时候她又有说法了。"

姜二夫人没少为姜兰娘打抱不平，姜兰娘才是姜家的嫡女，却一直屈居在姜荷娘之下，姜二夫人哪里受得了。这次若是问去，怕是姜二夫人更不高兴。

姜荷娘还没有整明白，她也不想让姜二夫人闹起来。

姜夫人道："罢了，不过是想去柏山寺，倒是比她之前闹腾要好许多。"

说完这些，姜夫人就准备好马车、婆子、小厮，因为姜荷娘说要住几日，姜夫人还特意准备好冬被、手炉甚至是木炭。

掌珠觉得姜荷娘有后招，姜夫人自然也会想到，派了四个力气大的婆子，只负责远远地看着姜荷娘，姜荷娘只要不寻死觅活，就不必管，还有八个小厮，但凡有点意外，两个小厮马上回到府上禀告，六个小厮守在柏山寺。

剩下的就是姜荷娘身旁的侍女和奶娘了。

姜荷娘知道后也没有不高兴，还特意来松院谢恩，说了些让母亲担心了之类的话，然后去了柏山寺。

现在是腊月底，估计住个三五日就会回来，总要在姜家过年的。

掌珠心中安定些，有这么多人看着，姜荷娘应该没有什么事吧。

姜家这才恢复往日的平静，熊家也派人上门提亲，姜家一时不敢应承下来，只说过了正月答复。

熊家派的婆子看起来颇壮，据说也会些功夫，一直跟在熊夫人身旁，见过多少场面，明白姜家是对婚事有其他想法，只面上恭敬，心下却生气，回去在熊夫人耳边如此这样一说，熊夫人冷笑，他家不在意姜荷娘庶女的身份，人家倒是摆起谱来。

只是想熊家要与太子沾上关系，怕也就只有在姜铎身上下手了，也只得慢慢等着。

待到熊家婆子回去后，姜铎只是叹了会儿气，也无可奈何。

姜家在几百年来一直都是纯臣、中立家族，在朝廷中扎根已经深，轻易不会被拔，当初太子与他交往也是有这个原因的。

姜铎心中对于姜家有更大的抱负，他不希望姜家在他手中只是延续，他更希望姜家在他手中能够辉煌，甚至，他希望那个所谓的传言在他手中断掉，他希望以后他的这一脉就是嫡脉……这也是他与太子交往的原因。

没想到后来两人觉得秉性相投，互相引为知己……

士为知己者死，他原本的利用，也慢慢地变成真心辅佐。

熊家想和太子有交情，太子又何尝不希望能和熊家沾上关系？所以特意派他去了趟江陵府暗示熊家，只是熊家太过沉稳，并不敢随意透口风，因此便打算先与姜家联姻……

姜铎与太子其实对于这个结果还是满意的，熊家毕竟手握兵权，沉稳些，也让太子放心。

只是姜荷娘闹出这一出，不和熊家结怨就不错了。

只盼着姜荷娘是真心想通了吧。

这其中的各种缘由，姜铎并没有告诉掌珠，在他眼中掌珠还是个孩子，姜铎虽然并不是姜夫人那样的捧杀，但是姜铎潜意识中觉得，掌珠只乖乖地当她的少奶奶就好，他会把外面的事处理得妥妥当当的。

众人虽然安心在姜家，但是也都一只眼睛放在了柏山寺的姜荷娘身上。

腊月二十八那日，姜家派人去接姜荷娘，掌珠在松院陪着姜夫人一起等姜荷娘回来。

掌珠眼皮一下接着一下地跳，总觉得会发生什么，就连姜夫人也一个劲地看着门外。

等听到姜荷娘进府的消息后，两人不约而同地松了一口气，总算是回来了。

只是这心还没有落下来，就见田妈妈匆匆忙忙地进来，结结巴巴地道："夫人、少奶奶……接回来的不是大小姐……"

掌珠猛地站起来！这怎么可能！

姜夫人满脸肃穆，咬着牙问道："那接回来的是谁？"

田妈妈道："是大小姐的贴身侍女。"

掌珠也管不了什么长幼先后，忙问道："接的时候莫非没有看见？"

田妈妈已经问过那些人，才过来回话的，连忙道："在柏山寺的小佛堂中看见的确实是大小姐本人。"

掌珠慢慢坐下，道："怕是上马车的时候才换的人。"

小厮不可能近身，那些婆子怕也是远远瞧着身形差不多……这事应该是姜荷娘早就预谋好的。

姜荷娘没回来，自然就不会让他们找到，更何况他们也不可能派人大肆找人，姜荷娘不要名声，姜家的其他小姐还要名声呢。

松院一时寂静。

姜夫人气得发抖，只是还坐在那里，纹丝不动，约有一盏茶的工夫，姜夫人才道："把大小姐请过来吧。"

掌珠与田妈妈一愣，还是掌珠反应快，连忙道："我与田妈妈一起过去吧，许久没见荷娘妹妹怪想她的。"

姜夫人轻轻点了一下头。

掌珠与田妈妈刚走出大厅，就听见摔杯子的声音。

田妈妈腿都已经有些抖了，两人都没有说话。

四个婆子和那个假装的"姜荷娘"都在偏厅里坐着，没有一个丫头，那四人只恶狠狠地盯着"姜荷娘"，要不是在松院，怕是已经厮打起来了。

田妈妈进去请了"姜荷娘"出来。

掌珠恍惚一看，确实和姜荷娘神韵挺像的，身材更是差不多，平时也没有见姜荷娘带过这个丫头，看来姜荷娘早就准备了这么个侍女……

三人进了大厅，地上已经没有茶杯的碎片，姜夫人面上也是带着笑意。

"姜荷娘"一愣，就听姜夫人笑道："在外面可吃得惯、住得惯？下人伺候得可好？"

那"姜荷娘"马上明白，这姜夫人是让她一直当下去，脸上忍不住露出喜色，她以为回来就是个死，连忙行礼道："多谢母亲挂念，自是不如家中习惯，只是为母亲祈福，是女儿应该做的。"

姜夫人"嗯"了一声，两人又虚情假意地说了几句，姜夫人就让丫头将人送回荷园："我知道你身子不好，回去就好好在屋中待着，崔姨娘那里你也先别见呢，免得她染上病气。”

“姜荷娘”乖巧地应下，自是戴着帷幔回了荷园。

姜夫人便不说话，掌珠想了一下，道：“母亲，这个时候怕也就只能这样了……”

姜夫人眼中带着泪光，拍了拍扶手，道：“她死一百回我也不心疼，只是这事你公公知道了，是该有多伤心又该多生气……还有铎儿……”姜夫人说着摇头。

掌珠轻声道：“说不好找上两三日就会找到了。”就算找到了，姜荷娘也不会回来了。

姜夫人叹息一番，便让那几个婆子进来，细细地问一遍。

才知道姜荷娘在柏山寺确实十分听话，不是在厢房就是在佛堂，也不会找奴仆的麻烦，更没有见什么陌生人……结果这些婆子就放松警惕了，谁也想不到姜荷娘会逃跑，她们也只是担心姜荷娘会寻短见。

上马车的时候，姜荷娘让一个丫头先过去了，就是这伪装姜荷娘的丫头，说是进去先将马车坐得有人气些，想来这个丫头去了又偷偷回来了，然后再扮成姜荷娘的样子出来……

他们一路上也没有发觉不对，半路上“姜荷娘”还在马车里对着婆子说了几句话，都没有人听出来不对。

若是他们早就发现了，说不得回去还能抓到姜荷娘。

姜夫人自是派人又去了柏山寺，果然，在姜家人走后，又有一辆小马车从柏山寺离开……

姜夫人气得肝颤。

这姜荷娘也真是狠心，这婆子和侍女都不要了，这些人回来就是个死！即使能不马上死，早晚也会死。

就算姜夫人真的让这个“姜荷娘”成为真正的姜荷娘，那么之前所有见过姜荷娘真身的人也都得死……

这事也不是她能定的，自然是找姜老爷和姜铎将事说个明白，掌珠只默默地跟在一旁。

这姜荷娘就算不把人命放在眼里，总要顾忌自己吧，自己一个人离开，她不怕出事吗？

姜老爷知道后，又是生气又是心痛，不好拿姜夫人出气，只恨恨地打了姜铎。

“都是你干的好事！”

姜铎跪下，掌珠也跟着跪下，不知道该如何是好。

一旁的姜夫人见状，拦住姜老爷，不高兴地道：“你朝孩子们撒气干什么？谁能想到荷娘会这个样子？”

姜老爷指着姜铎，怒道：“若不是这个逆子与太子交好，会有这些事吗？他当太子是知己，太子不过是当他是奴才罢了，就连熊家也不过是看在太子的分儿上才求娶荷娘……”说着又想上前踹姜铎，被姜夫人拦下，姜老爷不好对姜夫人太粗鲁，只是气得来回走，又继续骂道，“不要以为只有你自己最聪明，你妹妹都比你聪明，不然怎么从你眼皮子底下跑的？聪明反被聪明误，不是所有人都是你手中的棋子。”

这些话掌珠有些听不明白，但是心中也来不及琢磨，只想着该怎么办，回去又该如何劝慰姜铎。

姜老爷想了想，道："熊家那边你自己解决吧，想来你自己也有主意。"

姜铎想了一下，问道："那荷娘……"

姜老爷冷笑道："你妹妹不好好地在荷园里住着吗？不是说生病了吗？那就让她好好养着吧，养不好就是命了……"

掌珠心中一叹，果然，这"姜荷娘"和奶娘、侍女、婆子怕是都活不成了。

姜老爷又对姜夫人道："你把这事弄得好看些，别让人说出什么来，以后她的死活和咱们姜家没有关系！"

姜老爷见姜铎和掌珠还跪在下面，怒道："还不滚下去！"

姜铎站起来扶起掌珠，掌珠担心地看了眼姜夫人，姜夫人使眼色让姜铎先带着掌珠离开。

这两人刚出了姜老爷的书房，就听见姜老爷的怒吼："你是怎么教育孩子的，我把后院交给你，你就给我管成这个样子？"

姜铎停顿了一下，还是带着掌珠先回竹院，路上姜铎轻声道："我若是回去了，怕是父亲会骂母亲骂得更厉害。"

这也是他不和姜夫人太过亲近的原因之一，不但崔姨娘不想他和姜夫人亲近，他的父亲也是这样的。

掌珠道："母亲是知道的，夫君不要太过自责。"

姜铎站住，猛地问道："你是不是也觉得都是我的错呢？"

掌珠想了一下，笑道："说来，妾身并不知道夫君到底做了什么，但是妾身知道夫君一定有夫君的道理，妾身是相信夫君的。"

姜铎愣了一下，握着掌珠继续走，他什么都没有告诉掌珠，掌珠又怎么知道他做得对错？掌珠这份单纯的心思让姜铎心中很感激。

回到竹园，掌珠将姜铎推到房里，逼着姜铎脱下袍子为姜铎腿上的瘀青搽药。

这瘀青是姜老爷踹的，在大腿上。

掌珠见姜铎有些不好意思，忍不住笑道："本来妾身还有些不好意思，但是见到夫君这个样子，妾身也就没有什么了。"

姜铎见掌珠促狭的样子，忍不住摇头笑，心中的烦闷倒是去了不少。

掌珠小心翼翼地揉着瘀青，姜铎并不觉得疼，只觉得掌珠的小手小小的、软软的、暖乎乎的，再看掌珠，满眼的心疼，姜铎心中一暖，小腹有些痒，这个时候姜铎才明白，掌珠并不单纯是个孩子，还是他的妻子，是他的女人。

她会担心他。

姜铎伸手滑过掌珠发丝，见掌珠额头上有些汗，便握住掌珠的手，道："不用揉了，睡一晚上就会消肿了。"

掌珠皱着眉头道："明天怕是更青了，还是揉开了吧，很疼吗？我轻点。"

姜铎笑道："就你那点力气怎么会疼呢？我过会儿去书房让专门学过推拿的下人揉吧，白白累到你。"

掌珠斜眼看着姜铎，问道："是小厮吗？"

姜铎想了一下，才明白掌珠的意思，忍着笑，点头道："是小厮。"说完揉揉掌珠的头发，笑道，"这种醋也吃吗。"

掌珠脸颊有些红晕，她刚才也不过是随口一说，后院的三位加上那位外室，是她来之前就有的，她可以不计较，但是以后，自然能不纳妾就不纳妾……除非特殊情况……

姜铎正要说什么，就听见门外晓初轻轻咳嗽一声。

掌珠站起来，整理下头发，道："夫君先等等。"

姜铎摇摇头，这马上就变得正经起来了。

不一会儿，掌珠回来后，便道："母亲已经回松院了，现在还没有什么流言蜚语呢。"

姜铎也恢复之前的严肃表情，道："母亲后院向来管得严，就是有什么传言，也是故意放出去的。"比如说姜老爷因为荷娘病重责骂姜夫人之类的……

姜铎想到姜荷娘，一时不说话，过了好一会儿，才道："这事怕还是要劳烦你和母亲……"

掌珠一直就想问，姜铎想怎么解决，便道："是夫君的事自然就是妾身的事，还请夫君说来。"

姜铎叹了一口气道："只能兰娘顶替了。"

掌珠一听，道："这倒是好办。"说完便把兰娘去荷园几次的事说给姜铎听了。

姜铎听后叹了一口气，道："果然如父亲所说，我是聪明反被聪明误。自以为有把握，其实……"说着摇摇头。

这事还真得再麻烦姜夫人。

姜铎与掌珠两人都是晚辈，婚事的事也不好向二房说。

第二天，两人去松院向姜夫人请罪，又将这事说给姜夫人，姜夫人道："我心中也是这样想的，这没有什么麻烦不麻烦的，咱们都是大房的人，心自然是一处使。只是熊家……"

姜铎回道："外面的事母亲和娘子不必担心，我去解决。"

姜夫人点点头，又嘱咐道："若是熊家为难你，你就回来告诉我，咱们再想法子。"

姜铎道："他们多少会为难一下，这毕竟是咱们的错，但是他们想攀着太子，不会太过的。"

姜夫人这才放心。

掌珠问道："荷娘妹妹她……"就真的放任不管？

姜夫人看了眼姜铎，道："已经派人去找了，她总是姓姜，又是你妹妹。"虽说姜老爷说姜荷娘不是姜家人，但那也是气话，更何况让姜荷娘一个女孩子在外面，她心中也不忍。最重要的是，姜荷娘肯定不会善罢甘休的，她离家是为了进太子府，她没进之前，肯定会出幺蛾子的。

姜铎朝姜夫人深深一鞠，也不多说什么，自是出去。

二房就在大房的后面，只不过需要过一条小路，看着近，其实要坐软轿需要小两刻钟，因此姜二夫人轻易不来大房。

姜夫人更是很少去二房，掌珠也是第一次来二房。

二房姜安府占地不小，看着处处精致，比大房姜宁府看着更漂亮些，多了几分人情味。

二房的院落是以颜色命名，姜二夫人在丹院。

刚进丹院，姜二夫人就笑着过来迎接，笑道："真是难得来我这里，辛苦大嫂和侄媳妇了。"

姜二夫人虽然是笑盈盈的，但是语气却不善，她在大房还是有些人脉的，知道昨天大房出事了，只是不知道是什么事，想来也不是什么好事。

姜夫人对姜二夫人也不兜圈子，将事说给姜二夫人。

姜二夫人摔了茶杯，冷笑道："怎么？你们挑剩下的就给我们兰娘？这婚事我是不会同意的。"

姜夫人道："熊家那边必不会因此而看低兰娘的。"

姜二夫人只冷笑。

掌珠也在一旁道："二婶娘，这熊家手握兵权……"

姜二夫人听也不听，站起来道："送客。我是不会同意的。"

姜二夫人很是坚决，到让姜夫人和掌珠有些惊讶，这姜二夫人平时表现得不说唯利是图但也从来不是吃亏的主，本以为会好说服，没想到……

姜夫人又道："毕竟这是姜家的事……"

姜二夫人怒道："现在想起我们二房是姜家人了？以前怎么没有想到？"

其实二房若不是姜家二房，怕是过得更不如现在，只是这话谁也不能说。

姜二夫人见这两人不走，又道："熊家什么样我是知道的，我可不会让我闺女去他家受罪！"

"母亲，我愿意嫁到熊家。"姜兰娘走到大厅，跪在姜二夫人面前。

姜二夫人一脸错愕，怒道："你莫非见过熊家三爷？"

这话也就是姜二夫人问得出，要是别人怕也是私下询问。

姜兰娘道："我处在深闺，何曾见过他们？"

姜二夫人道："那你……"

姜兰娘坚决地道："女儿觉得这是门好婚事！"

气得姜二夫人怒道："你懂什么？"

姜夫人过来扶住姜二夫人，道："弟妹，这事我也不会逼你，你和兰娘好好地说，若是应下这门婚事，大房自会将婚事办得热热闹闹，绝对不会让人说出什么了，就是熊家，也是规规矩矩过来提亲的。"说着叹道，"说实话，这婚事确实是不错，熊家看起来粗野，但是后宅也少些龌龊，他们家一向尊妻……"

姜二夫人冷声道："二位，慢走，不送。"

掌珠只看着兰娘坚决的神情，想起兰娘那年讽刺姜荷娘的样子，她实在想象不到兰娘是暗中怂恿荷娘离家出走的人。

掌珠跟着姜夫人离开二房，来到这里也不过只有一刻钟。

三日后，二房答应大房的请求，将姜兰娘嫁给熊家，但是要求熊家必须按照规矩求娶，一步都不许省下……

大房自是同意。

熹平四十二年，陈掌珠十七岁。

因为姜荷娘的事，这个年过得冷冷清清的，姜二夫人称病，根本就不来大房，姜三夫人要照顾怀孕的崔木槿，也没有过来。崔姨娘“休养”，“姜荷娘”也在“病中”……

这样也好，也免得掌珠应付不来。

她也赶着过年，将春茶抬了房，伺候姜铎十多年的春茶终于成为姨娘了，也果然是竹院的大姨娘。

春茶自是高兴，她这个年岁，看姜铎的意思就知道，她不可能有身孕了，本以为一辈子只是小小的通房，现在一跃成为姨娘，当然高兴。

只红榴不大高兴，但也无可奈何，不过是冷嘲热讽罢了。

小金桃则一心一意地听从掌珠的话，崔姨娘对红榴来说是靠山，姜夫人对小金桃来说却是主子，姜夫人想看到姜铎与掌珠关系好，就肯定不会放纵小金桃的。

令人奇怪的是，崔姨娘对“病重”的“姜荷娘”一点关心都没有，让人不得不怀疑这姜荷娘离家一事是不是她也有参与，至少是知道的。

这一日已经过了正月十六，姜家最忙碌的时候已经过去了，众女眷都在屋中养精蓄锐，男人们则都出去应酬了。

姜兰娘却来了竹院。

掌珠心中诧异，但是也想与姜兰娘聊聊，两人便在竹院的小厅里喝茶。

姜兰娘性格随了姜二夫人，有什么话向来直说：“大嫂一定觉得是我怂恿她的吧？”姜兰娘并不提荷娘的名字，也不叫姐姐。

掌珠道：“事已经过去了，再提又有什么用？”

姜兰娘苦笑道：“看来大嫂还是这样觉得。”

姜兰娘见掌珠不说话，便道：“实不相瞒，那日在花房中不小心听到大嫂与她的谈话，知道她是不乐意的。哼，她的心思早就昭然若揭了，我当时心中想着，若是向我提亲该多好。”说着叹了一口气，道，“大嫂也知道我们二房，看着风光，其实……母亲又爱面子，这次为了二哥的婚事，已经花费不少了，二哥性子鲁莽，将来怕也就是这样了……我想着我要是嫁个好人家，好歹也能帮帮二哥……”这二哥指的是二房嫡子姜铠。

掌珠看向姜兰娘，她倒没有想到姜兰娘肯牺牲自己的婚事。

姜兰娘接着道：“正和大嫂想的一样，我才去探望她……谁知道，我还没有试探，她就先鼓动我，将熊家的婚事说得天花乱坠……”

掌珠也是满脸的惊讶，没想到是……其实也不是没想到，姜荷娘这样行事，也符合她的性子。

姜兰娘道：“说来，我也不算什么光明磊落，毕竟动过心思了，只是想着……以后若是出嫁，去了那么远的地方，怕是这辈子也难见一面了，你我难得谈得来，我怕你把我的不好记下，才解释一二的……”说着眼圈一红，若不是为了哥哥和母亲，她也不想嫁入熊家的。

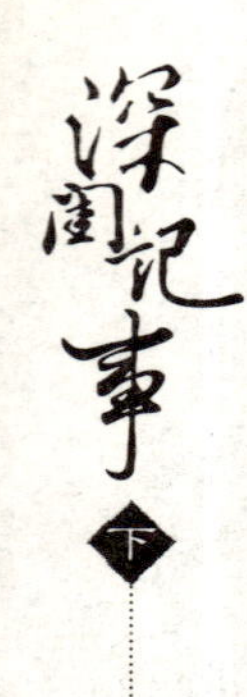

待到兰娘离开后，掌珠还没有回过神来，这世间的女子，总是有种种苦衷的……

待到出了正月，熊家自是上门提亲，也是热热闹闹的，有种非此女不娶的架势。

姜夫人这才放心，姜二夫人也才露出些笑意。

而姜荷娘现在是在何处也查出来了——薄情庵。

天色昏沉，山路曲折，周边的树都光秃秃的，掌珠在马车中只拿着一本书卷看着，不一会儿，马车停下来，掌珠奇怪地掀起窗纱，看向外面的姜铎。

姜铎微微屈身低头，皱着眉头道："下雪了。"

掌珠想了一下，道："那咱们快点赶路？"

姜铎仰头看了眼天，叹道："这雪不一会儿就下大了，怕是赶不到薄情庵。"

掌珠也望了一下，并没有什么感觉，只觉得这雪好像还伴着小雨，冰冰凉凉的。

姜铎回过神来，道："快进去吧，不要着凉，若是看书就多点几根灯烛吧。"

掌珠听话地点点头，不再探头。

姜铎笑了笑，没有想到当年在梅林看见的这位发脾气的千金大小姐，其实很是乖巧。

果然如姜铎说的，不久就见鹅毛般的雪花，从彤云密布的天空中飘落下来，地上一会儿就白了。

马车只能慢行，好在他们并不赶时间。

姜铎与掌珠是要去薄情庵，与她们同行的还有病重的"姜荷娘"……

在姜兰娘与熊家三爷的婚事定下来后，薄情庵的姜荷娘就主动给姜家去信，无非是请罪的话。

姜荷娘是看出来姜家不会把她真正抛弃的，或者是看出来姜铎不会把她抛弃，如果姜荷娘没有这个以后会继承家业的哥哥，怕也就是一死了。

姜荷娘看似请罪，实则是威胁，若是不帮她，她就站出去说自己是真正的姜荷娘，来个鱼死网破，她就是死，也要把姜家拖下去。

姜老爷收到信后来不及责怪姜铎就气病了，发起高烧。

这次病来得突然，姜老爷几乎是一病不起，姜夫人将老爷接到松院亲自照顾。

姜铎去了松院与姜老爷私下谈了一回，第二天就带着掌珠还有"姜荷娘"出发去薄情庵。

这次姜铎并没有对掌珠隐瞒什么："这次去薄情庵，一来是把这两个姜荷娘变成一个，二来也是要见太子一面。"

看样子这姜荷娘是肯定要进太子府了，连太子都惊动了。

掌珠想起这些就无心看书了，掀开窗纱，因为下了雪，天已经不像刚才那般阴沉，雪掺杂着雨点，地上本来白茫茫的雪，已经慢慢被润湿了，远远地看着姜铎，姜铎一身暗蓝无花的袍子，骑着马，英挺俊朗，并没有被这雨雪所屈服。

这个男人和她一样，是个很冷情的人，姜荷娘这一次行事如此过分，怕是不必姜老爷说，姜铎以后也不会让姜荷娘背着"姜"姓。

姜铎是姜荷娘的哥哥，但是他先是姜家的继承人，他需要掌管整个姜家，姜铎是不可能心软的。

不过掌珠并不觉得姜铎这样做无情，姜荷娘既然先抛弃大家，那就别怪他们放手了。

掌珠叹了一口气，伸出手接了几片雪花，看上去是透明的，很快地融化在手心。

掌珠觉得有趣，手又伸出去，结果却被姜铎一手抓住，姜铎佯装生气道："若是生病了可不许磨人。"

掌珠吐了一下舌头，抽回手，缩进马车里。

现在已经是二月中旬，这雪下一会儿就停了，慢慢地太阳也出来了。

这次姜铎停下掀起窗纱，笑道："这算是春雨吧，天气也快暖和了。"

掌珠不理会姜铎，只佯装看手中的书。

姜铎又笑道："天放晴了，可要和我一同骑马？"

掌珠放下书，看向姜铎，道："真的？"

姜铎故意打趣道："你若是不愿意就算了。"

掌珠连忙道："正好我也坐乏了，到外面透透气。"说着便起来要下车。

姜铎一下子把掌珠抱下车，掌珠只把头埋在姜铎怀里，她现在还是不大习惯在众人面前亲昵。

姜铎应该也是的，但是偏偏喜欢作弄她。

等到掌珠坐上马，才回过神来，就见姜铎一跃也坐在马上，掌珠道："我还以为我一个人骑马呢。"外面的空气清凉，很是舒服。

姜铎笑道："你一个人骑我可不放心。"

掌珠笑道："太小看我了。"

姜铎搂着掌珠的腰，突然吹了声口哨，马疾驰，掌珠先是一惊，紧接着也攥着马缰绳，倒是不慌张。

姜铎眼中闪过一丝赞赏……

待到姜铎与掌珠先到薄情庵，天还亮着，他们从扬州到薄情庵，虽然路途要远些，但是因为有官道，二人又是骑马，倒是快了些。

两人自是先去见了清师太。

茶室雾气袅袅，看起来了清师太已经等他们了。

两人进了茶室，先细细地品了一回茶，了清师太才笑道："你们是骑马过来的吧，比往常快些。"

掌珠低头不说话，他们两个人就这么骑着一匹马飞奔，这是她向往而又觉得从来不会实现的。

姜铎笑道："正是，看着天气不错，便骑马过来，其他人还在后面。"

了清师太笑笑，道："你们如此我就放心了，我也不耽搁你们了，想来心里一定着急吧，她在女厢房茶室那里，掌珠知道哪里，你们去吧。"

掌珠惊讶地抬头看向了清师太，她也要跟着去？

了清师太点点头。

掌珠只得跟着姜铎一起去了女厢房。

还未到女厢，就听见一阵古筝的声音，听着颇有种肝肠寸断的感觉，掌珠看了眼姜铎，姜铎面无表情，周身气场冷硬，这琴怕是姜荷娘弹的了，这是在……博取同情？

掌珠只是顿了一下，走到门前，敲了几下。

琴声停。

“进来吧。”声音柔柔弱弱的，也带着一丝清冷，在无情上面，姜荷娘与姜铎也是颇为相像的。

姜铎上前拉开门，姜荷娘一身白衣跪坐在琴旁。

姜荷娘看见姜铎两人，站起来，颇激动地道：“哥哥、大嫂……”声音中充满委屈。

姜铎看了眼姜荷娘，姜荷娘看起来清减不少，这些日子应该是和那些女尼一样，吃斋饭，姜荷娘哪里受过这些罪，只是这是她选择的，姜铎不理会姜荷娘，盘坐在一旁。

姜荷娘则看向掌珠，微微笑道：“大嫂看起来倒是胖了些。”

掌珠看着姜荷娘，不知道这个人为什么到现在这一步还有这样的优越感，她不知道她做的一切给家族带来什么影响吗？

掌珠道：“你们兄妹俩聊吧，我……”想来姜荷娘肯定要哀求姜铎，她并不方便在这儿。

姜铎沉声道：“坐下。”

掌珠与姜荷娘都是一愣，掌珠听话地坐下。

姜荷娘心中更是委屈，她这个亲妹妹居然比不过才入门几个月的掌珠！

三人一时都不语，姜荷娘向来能屈能伸，更何况这时候她不先低头，谁低头？

姜荷娘跪坐在两人面前，先为两人倒了两杯茶，才道：“哥哥和嫂嫂先尝尝，这是今年梅上的雪，是我自己慢慢收集的……”

话刚落下，姜铎便将茶杯挥倒。

掌珠从来没有见过姜铎这样生气过。

姜荷娘倒是不惊讶，只是凄惨地一笑，道：“哥哥这是怨妹妹了？”

姜铎怒道：“你可知道父亲都被你气病了？”

姜荷娘顿了一下，也生气道：“你少把责任推到我身上，爹爹要不是给我定了这门婚事，也不会这个样子！”

从这话中可以听出，姜荷娘别说自责愧疚，就是一丁点的后悔也没有。

姜铎定睛地看着姜荷娘，好似要认清这个妹妹，姜荷娘只转头看向另一侧，过了好一会儿，才道：“从来你就没有为我和娘着想过，你只想着你的家业……现在又来怪我了，爹爹怎么会突然让我定亲？还不是你提的！你和太子殿下那么好，就为我说一两句话又怎么样？”

掌珠叹了一口气，姜荷娘原来是这么想的。

姜铎听了这话倒没有那么生气了，慢慢恢复平和，自己伸手倒了两杯茶，抿了一口，才道：“你决定好了？一定要进太子府？哪怕以后你再也不是姜家人？”

姜荷娘一听，两眼冒光，高兴地道：“哥哥同意了？太子会来接我？”

姜荷娘全然不在意是不是姜家人，或许，她自己认为姜家不会真的抛弃她。

掌珠慢慢抿了口茶，只觉得这茶甚是清冷，从喉冷到心里，掌珠不经意地打了个冷战。

姜铎拉着掌珠站起来，道："太子会来接你的，但是你要记住，你进了太子府就不再是姜家人。"

姜荷娘这才在意起来，想了一下，看向姜铎，点头笑道："我知道，只是哥哥，你说，我要是不进太子府，我何苦闹这一出？难不成让我在这里终老？"

姜铎深深地看着姜荷娘道："希望你不要后悔。"

姜荷娘道："回头路不是人人都能走的。"

姜铎颔首，拉着掌珠离开。

姜荷娘从身后道："希望哥哥和嫂嫂能够百年好合，希望嫂嫂早生贵子，我会一直为嫂嫂祈福的。"

姜铎头也不回，只淡淡地回道："不必。"

掌珠跟着姜铎漫无目的地在薄情庵里走，掌珠不在意姜荷娘将怨气撒在她身上，她现在只是担心姜铎。

姜荷娘说的那些太令人寒心，从姜荷娘的角度来说，其实并不算错，对一名女子来说，姻缘也确实重要……但是姜铎不能为了她一人……

掌珠摇摇头，她也不知道何为对何为错了。

姜铎见掌珠一脸纠结的样子，忍不住问道："可是她的话伤了你？"

掌珠看向姜铎，从她第一次见到姜铎，姜铎的神情就是比较严肃的，从来不会像阿路那样时时带着温润的笑容，也就是这段日子私底下，她才见到他有另一面，掌珠想，若是姜铎也有阿路的出身，或许……

姜铎见掌珠不说话，便道："她性子要强，从小娇惯，不敢朝我怎么样，自然就把气撒在你身上……"

掌珠回过神来，道："夫君，多虑了，我并不在意。"

姜铎点点头，想了一下，问道："为什么不在意呢？"姜荷娘说的话虽然不是特别恶毒，但是够堵心。

掌珠问道："夫君到最后又为何不生气了呢？"

姜铎现在的状态可与刚见到姜荷娘是两个样，姜铎愣了一下，明白掌珠的意思，他不生气，是因为姜荷娘从来都没有懂过他，姜荷娘现在几乎把他当仇人，他对姜荷娘生气还有什么用？

而姜荷娘对于掌珠，怕也是连陌生人都不如。

姜铎问道："那你现在想什么呢？"

掌珠想了一下，道："妾身是担心夫君伤心。"这姜荷娘终究是姜铎的妹妹。

姜铎叹道："刚才是有些伤心，现在好了。"姜铎转身看向掌珠，问道，"你是不是也觉得我很绝情？"

掌珠道："从兄长的角度来说，或许是有些无情的，但是从族长的角度来说，若是对她有情了，怕就对他人无情了。很多事说来容易，做起来却是难的，面面俱到何尝容易？夫君不要挂怀，不过，我倒是觉得夫君若是早早对她说清这其中的关系，或许不会到这地步吧。"

姜铎点点头，不说话，牵起掌珠的手，想起掌珠在厢房里好像打了个冷战，便道："咱们回去吧，现在天还有些冷。"

掌珠看着被握着的手，抿嘴一笑，说实话她不大明白宝珠和姜荷娘所谓的爱情是什么，也不明白什么感情可以让这两人都抛弃真正关心自己的人，反正她觉得现在与姜铎很好。

第二日，姜铎居然与掌珠一起做早课，掌珠有些惊讶，但也没有阻拦，两人几乎天还没有亮就起床，一起挑水，一起念经，一起吃斋饭……

这一上午下来，姜铎居然觉得有些累，掌珠倒好像没有什么感觉似的，姜铎笑道："本以为你身子不好，看来往日的头痛脑热都是骗人的。"

掌珠笑道："夫君可不能这样说，我往日说没事，你们偏偏紧张，想着你们也是一片好意，我也只好按你们说的好好休息。"掌珠说着自己就先笑起来了。

姜铎无奈道："真真是个小没良心的。"

吃过午饭后，两人在掌珠经常休息的茶室中喝茶。

姜铎突然想到那年掌珠与温润晁便是坐在这里，只是现在已经物是人非了，姜铎看了眼掌珠，这个总给他带来惊喜的小妻子，此时正拿着水晶杯，放在眼前。

掌珠见姜铎瞅她，便道："杯中景，很清澈。你试试？"

姜铎鬼使神差地拿起水晶杯，这里面是掌珠带来的桃花水，并没有泡茶，只放了一两瓣花瓣，闻着淡淡的花香。

姜铎并没有感觉出什么，便笑道："想来是因为你我心境不同吧。"

掌珠放下杯子，看向姜铎。

她没有姐妹兄弟，对于姜铎心中的感受只能猜测一二，很难感同身受，昨日劝的那些话也不过是空话，全要看姜铎是否想开。

姜铎慢慢道："于姜家她不是姜家人，于我她是我妹妹。"

掌珠笑道："正该如此。"

姜铎又道："她日后要进太子府，我少不得要贴补一二……"

掌珠痛快地道："自是应该的，只是这贴补也要有个章程，夫君可要想好了，妾身自是听夫君的。"

姜铎笑着应下。

"此时此景又有佳人陪伴，藏锐果然悠闲。"说着一个身着银色对襟宽袖长袍的男子进来。

姜铎与掌珠站起来，这人是太子殿下。

掌珠多年前见过一回太子，只是当时没有细看，这几年太子自是有变化，但是那一身的华贵倒是没有变。

姜铎抱拳笑道："宽敏兄也好生清闲。"

掌珠想着便慢慢退到一旁，想先离开，太子却对她道："弟妹也坐下吧，倒是我打扰了二位，不过我也是想有一事请教弟妹。"

掌珠惊讶太子与姜铎称兄道弟，看来这两人感情真的不错。

掌珠看向姜铎，姜铎似乎也有些惊讶太子会留下掌珠，对掌珠点点头。

掌珠便又坐下，微微打量太子，感觉太子似乎比前几年更加邪魅，眼神也很阴鸷，掌珠只看了一眼便不敢多瞧，只将目光对上太子的衣领，问道："不知道阁下有什么事要问妾身？”

太子心中有些诧异，他见过那么多女的，只有掌珠一人一眼就觉得他危险，真是有趣。

太子笑道：“弟妹只和藏锐一样，叫我宽敏兄就好。”顿了一下，问道，“孤也不过是想知道，与熊家定亲的可是那年在孔家柳林中指责孤的女子？”

姜铎皱着眉头想，好像是有这么一回事。

太子口中说的自然是姜兰娘，掌珠没想到太子还记得当年的事，也不知道是何意，一时不知道怎么回答。

太子笑道：“孤不过是问问，当初心中觉得那女子甚是讨厌，现在想想觉得她说得倒是对。”

掌珠只道：“正是。”

太子本以为掌珠要多说几句，结果就这两个字，便笑道：“多谢弟妹了，说来，孤倒是有些遗憾。”

掌珠悄悄看了眼太子，太子也太过轻佻了，兰娘已经定亲了，现在又何必说这些？而且看太子的样子也并不是特别懊悔，掌珠便道：“妾身先下去了，两位慢慢聊。”

太子漫不经心地点点头道：“也罢，熊家其实也是门好婚事……”

掌珠看向姜铎，姜铎点点头，掌珠才出了厢房，只听见太子又道：“就按照之前的计划实施吧，老头子那边逼得太紧了……”

掌珠赶忙出了厢房。

厢房内。

太子站起来朝姜铎拱手道：“这事总归是宽敏的错……”

姜铎连忙站起来道：“殿下多虑了，本来是我没有处理好。”

两人又默默地坐下。

姜铎无奈道：“说来，总归是我不如殿下懂得女人心。”这一日的事早就在太子的意料之中。

太子早前一年就提出让姜荷娘假装被赶出姜家，然后他将人接到太子府，让别人认为太子府和姜家决裂。

姜铎并不同意，舍不得让姜荷娘担上这名声。

太子顾虑姜铎，并没有强迫，姜铎便想让姜荷娘嫁入熊家，太子可以接兰娘入府，这样大房也有借口和太子府决裂，虽然不如太子的方法明了，但也不算太差。

而太子对兰娘也有些印象……

结果，没想到……

姜荷娘这次是真的被姜家赶出来了。

姜荷娘对太子的感情是出乎他们意料的，太子对于姜荷娘没有多少感情，但是总归是朋友的妹妹，将来接到太子府，他自会好好对待。

太子只是道：“孤会待荷娘好的。”

五日后，姜荷娘被“偶然”过来上香的太子看见，太子一眼相中，要将“病重”的姜荷娘接入太子府，这个姜荷娘自然是真正的姜荷娘，至于假的姜荷娘也会跟在她身旁……这真假姜荷娘的事没有几个人知道，那四个婆子也跟在了真的姜荷娘身旁。

姜铎拦下，无非是说姜荷娘蒲柳之姿，高攀不起，而且需要静养，如此折腾怕是支撑不住。

偏偏太子对姜荷娘一见钟情，想将人抢走！姜铎几乎就要动手！

最后是姜荷娘求去，说什么曾见过太子一面，早早心生情意。

太子更是说，怪不得觉得姜荷娘面熟，原来缘分已经注定。

姜铎说若是接人也要按照规矩来，不能这样就把人接走。

太子见姜荷娘同意，哪里还在乎姜铎说什么，直接将人接走。

姜铎便说，如果姜荷娘一定要跟着太子走，那以后就不是姜家人！

太子也生气了，只说小小姜家在他眼中不过是尘埃……

太子府与姜家以后形同陌路……

这事不出几天就被大家传得沸沸扬扬，有说姜荷娘国色天香，怪不得动心，也有人说太子做事不地道，还有人说姜铎行事冲动……也有一部分人只是旁观，并不信这两家真的闹翻，毕竟不过是因为个女人而已。

众人都关注着姜家与太子府。

在这场闹剧后，姜铎便带着掌珠去了江陵府，走得悄声无息，在别人眼中好似灰溜溜的。

有人知道随行的还有姜少奶奶，就有人猜测怕是太子对姜少奶奶……

这下人们似乎相信这两家闹翻了。

第十三回 双喜临门起纷争

三月二十六是姜家二房嫡子姜铠的大喜之日。

姜二夫人虽然因为姜兰娘的婚事不大高兴，但是今天特别，姜二夫人难得对姜夫人和掌珠和颜悦色，居然还拉着姜夫人去接待客人，又笑着让掌珠去新房陪着新娘子。

想来过了今日，姜二夫人就不会如此了。

看着姜二夫人这样高兴，掌珠与姜夫人心中也都跟着高兴起来。

掌珠与姜铎是二月底才回的姜家，对外说是在外面静养，但是大家却都猜测是因为太子抢走姜荷娘，姜老爷不让姜铎回家，其实这两人真的是在外面静养，姜铎顺便查了江陵府的账，掌珠才知道原来姜铎已经管了姜家大部分的生意，甚至还有那边的人脉。

对于外面的风言风语，姜铎虽然不高兴，却也不能计较这些，甚至还故意装着失意去外面买醉了几回。

外面的人基本上已经确定姜铎与太子两人闹翻了，姜家和太子府形同陌路。

掌珠进了新房，与那些亲戚寒暄几句便打量着新娘子。

新娘子端坐在喜床上，看起来有些紧张，掌珠便笑着对周书慈道："别担心，一会儿新郎就来了。"

周书慈微微点了一下头。

一旁的人也笑着说些喜庆的话，又夸新娘带来的嫁妆多。

就有好事的人难免拿掌珠的嫁妆比起来。

周家在五世家中虽排末尾，但是钱财确是最多的，只是这样反而让其他人低看周家，周书慈嫁的姜家是数一数二的贵族，因此周书慈的嫁妆只挑着有来历的拿，并不敢太过露富。

在新房的基本上都是姜家的亲戚，说话难免直接些，便说周书慈的嫁妆怕是并没有都拿出来等，不然怎么会比身为孤女的掌珠还少？

一说起掌珠，众人便想起来了外面的传言，便暗中打量掌珠，倒是把新娘子忘了个干净。

掌珠这几日有些不舒服，想着可能是要来葵水了，这次她小日子比往常晚了几天，肚子有疼的感觉却不来葵水，掌珠想着过了姜铠成亲的日子再请大夫看看。说不好是在薄情庵时冻到了。

现在可能是因为新房人多比较闷，竟然觉得小肚子更疼了些，掌珠脸色就有些苍白。

那些贵妇互相交换眼神，都觉得自己或许说到点上了。

谁也没有注意，周书慈手中绞着手绢，很是用力。

掌珠想着自己是不是应该先出去，但是又怕别人误会，好在新郎已经被推入新房，大家热热闹闹地看掀盖头。

掌珠脑门上已经是一层细汗，暗暗使眼色叫自己的丫头过来扶着自己，掌珠慢慢退到外围，并没有看清周书慈，只感觉周书慈低着头，好像很羞涩的样子。

待到喝交杯酒后，新郎被人推出去喝酒，众人又夸赞了几句新娘便出去了，掌珠也跟着出去，本来她还打算与周书慈说会儿话，看来是不可能了，早知道应该之前叫大夫把把脉，掌珠现在觉得可不单单是冻到的原因，说不好……

想到这掌珠便快步出了新房，找了个借口先回了竹院。

坐在软轿上，掌珠小心翼翼地摸着小腹，莫非是有孕了？

掌珠对于这个孩子还没有什么准备，她母亲怀孕不容易，掌珠想着自己可能一时半会儿也不会有。

掌珠颇有些六神无主，只耐着性子先把了脉再说吧。

谁知道她刚到竹院，大夫还没有进府，姜夫人就过来了，掌珠很惊讶，想下床，却被姜夫人按住，姜夫人神情也很紧张，道：“你这孩子，怎么不早说。我听丫头说你肚子疼，就怕你年纪小，不知道这些……唉，也是我，没有顾到你这里。”

姜夫人是过来人，又盼着掌珠有孩子，自然是时时盯着掌珠这边，但凡有点风吹草动就会想到孩子上。

掌珠听起来姜夫人好像误会了，连忙道：“母亲，我也只是小日子推迟几日，不见得就是……而且这几日也隐隐作痛……说不好是冻到了。”

姜夫人拍拍掌珠的手，道：“你也别紧张，若不是就好好调养，若是了那就是大喜事了。”说着又忍不住责怪掌珠身边的丫头，道，“你们见少奶奶不舒服，不赶紧找大夫，就知道天天斗嘴玩闹……”

掌珠拉住姜夫人道：“是我怕冲撞了二弟的喜事，才没请大夫，没想到还是……”

姜夫人无奈道：“你的身子自然比这些喜事重要，若是万一有了……你也成亲过，知道新娘子腰上别着小镜子，这要是把孩子照没了……呸呸，失言失言……”

掌珠见姜夫人这样，哭笑不得，还说不紧张，姜夫人怕是紧张得很，掌珠倒是担心若没有怀孕姜夫人肯定会失望，但是掌珠心中还是希望没有怀孕，她突然有点惧怕……

正想着，大夫被请来，放下床幔，姜夫人只坐在一旁，大夫也不乱看，只低着头认真地把脉，一时间屋内安静得很，掌珠只听见自己的心跳……

再说周书慈这边，待到所有人都出去之后，周书慈就忍不住掉泪，周书慈的侍女劝道："姑娘，可不能掉泪……"

周书慈道："你看看她那样，就知道先压我一头，我盖头还没有掀呢。"

侍女左右张望，道："姑娘，这里毕竟不是家里，若是被听见怕是……"

周书慈一听更是委屈，只嘤嘤地小声哭。

周书慈虽然看起来厉害，其实性子与她父母差不多，天真烂漫，遇事心中自己先软了三分，又因为出嫁前父母和太夫人只一个劲地说，不要得罪姜家种种，周书慈只觉得自己嫁入狼窝了。

侍女连忙道："奴婢看着姑爷很是俊朗，看见姑娘的时候眼睛都直了，以后姑娘一定会和夫人一样得夫君宠爱……"

周书慈哭了一小场，心中已经舒服了不少，听了这话，笑道："当真？"

"奴婢哪里敢骗姑娘。"

周书慈才嗔怪道："怎么还叫姑娘？"

侍女连忙屈膝笑道："是，二少奶奶。"

周书慈满意地点点头，又道："你看看我是不是把妆哭花了？还有是不是要把这礼服脱了，还有我的凤冠……"

侍女笑着帮周书慈梳妆。

竹院。

姜夫人满脸担心地将大夫送出去，回到房中就见掌珠摸着肚子发愣，姜夫人坐在床边，握住掌珠的手，道："你放心，有我在，保证让你平平安安地生下孩子。"

掌珠回过神来，道："可是，太医说这孩子不稳当……"掌珠的声音无法控制，有些颤抖。

她才有宝宝一个多月，想来就是姜铎买醉后的那一次，之后又一路颠簸地从江陵府回扬州，好在姜夫人不让她立规矩，她也不管事，不然这孩子怕是……

姜夫人握着掌珠的手更紧了，道："大夫不也是说了吗？你的身子骨好，平时好好养着。"顿了一下，道，"你这是第一胎，难免会这样。"说着点点头，也好像是在说服自己，紧接着道，"这些大夫都这个样子，他们怕担责任，就把事说得严重些，等好了，就是他们的功劳。"

掌珠心中烦乱，这些话就如浮木般让她抓住，听得她连连点头。

大夫对她这一胎并不乐观，得知她之前喝过药又是一路颠簸，这孩子怕是难成形，只能好好养着。

姜夫人见掌珠如此，心中也有了信心，这是大房乃至姜家的第一个孩子，而且是长房嫡孙，一定要保住，哪怕是个女孩呢。

姜夫人又将侍女、丫头叫进来，好好嘱咐一番，看着房间素雅又让人送来些吉祥的物件，把尖的东西都搬走了，想着又把田妈妈留在竹院："这田妈妈你只管先用着，知道你身旁有徐妈妈，只是我也不放心，她也不过是看着那些丫头，帮着掌眼，你要是嫌她碍事，别叫她到眼前就好了。"

掌珠笑道："多个老人儿在，我心里也安生，母亲放心吧。"

姜夫人这才表现得十分高兴，她之前太紧张了，现在心中只剩下高兴了，若是掌珠生下长子，姜夫人居然眼睛有些湿润，她就盼着那害人的传言不攻自破……

姜夫人笑得合不拢嘴，又是嘱咐好半天，才回去。

掌珠才松了一口气，姜夫人眼中的兴奋与激动她当然不能忽略，她只希望这个孩子能平平安安的……

待到姜铎回来，知道掌珠有孕了，也是喜不自胜，就把掌珠当瓷娃娃似的，甚至连碰一下都不敢，掌珠忍不住笑道："你坐得近些，莫非还嫌弃我不成？"

姜铎这才小心翼翼地坐在床边。

掌珠道："可是喝了不少？"

姜铎摇头道："没有，帮着二弟挡了几杯酒而已。"

掌珠看着姜铎，握住姜铎的手，轻声道："大夫并不确定这个孩子能不能成形……"掌珠心中又突然害怕起来，她害怕让众人失望。

姜铎轻轻搂住掌珠，在掌珠耳边道："只要你平安就好。"

深夜。

姜铎靠着床头，搂着掌珠，两人只是这样静静地坐着。

怀孕一事对两人来说都是一个惊喜，或许对掌珠来说是惊吓。

她嫁入姜家后，没有人催过她生孩子，在孩子上她似乎完全没有压力，她也没有想过这么早就有孩子，记得回门那次祝姨娘还说让她先养好身体，而且姜夫人大概也是这个意思……

掌珠看了眼姜铎，姜铎应该还是很激动的，这个样子怕是一时半会儿睡不着。

姜铎帮掌珠掖了一下被子，道："你要是困了就先睡，是我吵到你了？"姜铎现在声音还是轻声细语的，生怕惊着掌珠。

掌珠抿嘴一笑，或许有孩子的一个好处就是可以看见不同以往的姜铎吧。

掌珠摇头道："我也睡不着呢。"想了一下，问道，"夫君是希望要个男孩吗？"

姜铎愣了一下，笑道："我还没有想这个问题。"

掌珠掩嘴笑道："夫君很高兴吧？"

姜铎点点头，道："很奇怪的一种感觉。"说着手轻轻地放在掌珠的肚子上，掌珠根本感觉不到姜铎手的力道。姜铎继续道："这里有我生命的延续，我很高兴。"

掌珠握着姜铎的手，疑惑地道："可是妾身并没有什么感觉，不然或许早发现些时候……"

姜铎见掌珠脸上有些愧疚的神色，连忙道："不必计较这些，说来最大错的岂不是我？"顿了一下，道，"他来了，是上天给我们，如果他留不下来，也是上天意思，不必顾虑太多。"

掌珠黯然地点点头，这个孩子来得意外，但是如果可以，她自然是想留下来的。

姜铎转移话题道："你希望是男孩还是女孩？"

掌珠想了一下，道："女孩。"

这让姜铎有些惊讶，大多数人都希望是儿子的，怎么掌珠……姜铎问道："可是因为传言的事？你……不要在意。"

这是姜铎第一次说起这个，掌珠好奇地道：“当真每一代都是这样？”主母不受宠，长子继承家业。

姜铎点头，看着掌珠，道：“是的。”

掌珠只是道：“我只是希望她是女孩。”大夫都说她这胎很不稳当，怕是生下来也是体弱多病的，若是女子还好办，若是男子，又是嫡长子，立足难上加难。

姜铎一时猜不透掌珠说的，只是摸着掌珠的后背，过了好一会儿，才道：“那些传言，不过是有心人传出来的而已……或许是从某一代继承家业的庶长子传出来的，也或许是某个不讨喜的正室夫人，甚至有可能是个不受宠的小妾嫉妒正室传出来的……不要在意。”姜铎说完见掌珠没有回应，一低头，掌珠已经睡着了，姜铎摇了摇头，小心翼翼地将掌珠放平，盖好被子。

姜铎今晚确实睡不着，这个孩子来得突然，一切计划似乎都要提前了……在心底，他也希望这个孩子是女孩，若是男孩，就要担负太多的希望，而他现在还没有能力保护他们。

第二日，新妇周书慈拜见公婆叔婶妯娌时，掌珠并没有来。

周书慈心中不高兴，她与掌珠虽然不对付，可是算起来她与掌珠可是姻亲呢，掌珠也太不给面子了，周书慈打算回门的时候和玉珠好好说道说道，她没有出嫁的时候就与玉珠斗个不分上下，现在她是姑奶奶了，玉珠更得让她几分。

姜夫人自然对外说掌珠身体不适，那天大夫进府，虽然走的是小道，但是要是有心人查的话自是能查到，这样说看起来也颇可信，不过姜二夫人就是不信的，昨日婚礼一半掌珠就回去了，姜夫人若是不给她个交代，她是肯定不会依的。

姜夫人只得私下透露一两句，姜二夫人这才明白，她根本没有往这方面想，姜夫人笑道：“她月份小，大夫又说身体有些弱，还是希望弟妹保守秘密。”

姜二夫人笑得灿烂：“这是当然的，这可是咱们姜家的嫡长子呢，当然要谨慎！”

姜夫人无奈道：“还不知道是不是男孩呢，就借弟妹吉言了。”

姜二夫人笑道：“我看肯定是啊，要是需要我帮什么，嫂子就尽管说……”说着送姜夫人上轿了。

姜二夫人见轿子远去后，才冷哼一声转身离开，她就等着看大房笑话，要是个儿子，这大房可有得斗了。

掌珠自从诊出有孕后，甭说出房门了，就是床都不下了。

崔姨娘和红榴也是，他们和姜夫人一样心中都想着孩子，掌珠这样，简直是欲盖弥彰。只可惜竹院围得和铁桶一样，她们根本探不出消息来。

不过在掌珠有孕两个多月的时候，消息还是传出去了，姜夫人并不意外，告诉姜二夫人后能坚持一个月没有消息传出来，已经很不错了。

据说是周书慈传出去的，大概是知道掌珠在她婚礼上诊出有孕很生气吧。姜夫人叹了一口气，这周书慈虽然看起来没有什么心机，但可不是个轻易能摆布的，怕是二房有得闹了。

二房想看大房的热闹，哼，还是先把自己的事理清吧。

掌珠的孕事一传出，阖府高兴，但是这高兴里面总有那么几分看戏的意味，好在掌珠不用出去应对。

姜夫人也再三地嘱咐："现在大家都知道你有孕了，这头三个月很是重要，你这胎又不稳当，所以就委屈你多在床上歇着了，要是想吃什么、想玩什么只管和我说。"

掌珠笑道："母亲放心，这些我是知道，为了孩子好，我什么苦都愿意吃，更何况不过是在床上躺着。"

话虽然这样说，但是日日这样躺着，掌珠也躺不住，每日只在房里走两圈，她现在似乎已经感觉到孩子的存在了，要说有什么变化，她也说不出来……只感觉这孩子似乎是在慢慢地扎根、慢慢地发芽。

之前想了很多，男孩女孩什么的，现在就只想孩子平安生下就好。

掌珠坐在窗边晒着阳光，看着窗外的风光，春色盎然，只可惜不能出去赏春。

大夫说这胎不稳当，绝对不是危言耸听，前几日下面还有点点血迹，好在保胎药一直喝着，大夫说，只要过了头三个月，就会好很多，快了……

正想着，就见田妈妈与晓初进来，两人脸上虽然带着笑意，但是眼中都有些紧张和担心。

掌珠笑道："这是怎么了？"

晓初小心翼翼地道："崔姨娘来看少奶奶了，少奶奶您看……"

田妈妈也道："若是少奶奶不舒服就推了也成的。"

别人都说生孩子傻三年，她这些日子在屋子里面闷着，好多事却都想明白了，看清了。

掌珠低头略略想了想，道："扶我回床上吧。"两人以为掌珠不见崔姨娘，都挺高兴，掌珠笑道，"然后把崔姨娘请过来吧。"

晓初只得应下，田妈妈见晓初如此，也不敢太劝，说白了她也就是过来替姜夫人安心的，没有什么资格说话。

掌珠安慰道："早晚都要见崔姨娘的，不如她来了就直接见，还能得个好名声呢。"而且她也想知道崔姨娘来这里干什么，说句没规矩的，她怀的可是崔姨娘的孙儿，崔姨娘莫非过来联络感情？现在也有些晚了吧。

崔姨娘进来，倒是满脸的担心，问道："我听他们说，你这胎不稳？可要好生养着！"

掌珠心中不大高兴，崔姨娘说的是实情，可是直接说出来也太伤人了吧，掌珠只是低头喝了口水，并不理会。

崔姨娘并不介意，又道："你喝的可是茶？怀孕还是别喝茶的好。"

掌珠笑道："多谢姨娘关心，早就已经不喝茶了。这喜事本来早就想告诉姨娘，只是我这月份小……"

崔姨娘摆手道："没事没事，怀孕是大事，是要谨慎的。"

掌珠长出一口气，这崔姨娘还算和气，而且也挺真诚的，也对，这毕竟是她孙儿，她应该只盼着好的。

崔姨娘便又嘱咐了一些，掌珠只点头应下。

崔姨娘才轻声道："大爷晚上可还在你这里歇着？"

掌珠一愣，点了一下头。

崔姨娘道："他是应该好好顾着你，女人生孩子可是不易，尤其是这头三个月。"

掌珠道："大爷向来体贴。"这崔姨娘葫芦里到底卖的什么药？

崔姨娘又道："只是怀胎十月，你让他素着也不合适，你这怀着孕呢也不方便伺候，我想着，你不如找个信任的人先伺候着大爷，等你生了孩子，无暇照顾大爷，也有个人选。"

掌珠没有想到崔姨娘会说这个事，这事她是想过，但是她自己给丫头伺候姜铎，她是不想做的。若是姜铎真看上，那就另说了。

掌珠回道："这……大爷对我身旁的丫头都挺平平的……怕是……"

崔姨娘笑道："那不如就把红榴推出去让大爷使唤两日。"

这话直白得让掌珠语噎，崔姨娘这话让她怎么回？她又没拴着姜铎的脚，姜铎愿意去自然就会去，本来他们从江陵府回来后，姜铎还偶尔去那几人房里睡过，后来她有孕了，姜铎就不去了，只每日陪着她。掌珠更不会傻得推姜铎出去。

崔姨娘只当没有看见掌珠的神情，道："你放心，红榴以前在我身边，有我拿捏她，现在你对她有恩，她就是你的人了。"

掌珠心中忍着气，道："我是从来不拦大爷的，大爷哪里住得舒服，就会去哪里，既然姨娘求到我这儿了，那就给红榴抬了房吧，以后就是我们院的二姨娘了。"

崔姨娘很高兴，直道掌珠宽厚、贤惠，说了一通才走，气得掌珠头疼。

姜铎晚上回来的时候，田妈妈在院中说了崔姨娘来的事，并且也把谈话内容简单地说了。

姜铎只皱着眉头。

掌珠有孕并不简单就是掌珠一人或者他的事，更是整个竹院乃至姜家的大事。

他心中可以认为孩子若是留下最好，若是留不下以后也会有。

但是别人不会这么想，这事会被升华，掌珠与他的压力瞬间增长。

除此之外，有些人也会开始蠢蠢欲动，比如崔姨娘。

崔姨娘的反应早就在他的预料之内，让他没有想到的是掌珠的反应。

以他对掌珠的了解，掌珠是真的没有把红榴三人放在眼里，从这里姜铎有的时候甚至觉得掌珠并没有那么在乎他，不过掌珠对那个外室还是挺上心的……

将红榴抬为姨娘，完全可以让那些想送丫头、送姨娘的人打消这个想法，也让崔姨娘高高兴兴的，掌珠这招四两拨千斤用得真是漂亮。

他倒是觉得自己太过小看掌珠了。

姜铎摇摇头，这事终归是崔姨娘惹出来的，希望掌珠没有生气。

他一进屋就见窗下摆着两个纯白的半人高的大花瓶，上面插着今日刚折的桃枝，或许屋里更热些，花已经半开，满屋的桃花香，掌珠靠在贵妃榻上，盖着粉色绣着桃花开的薄被，穿着一件白色细棉中衣，头发散开，手中拿着一卷书。

姜铎忍不住想到"南国有佳人，容华若桃李"这句诗。

掌珠见到他进来，放上书卷，抿嘴一笑，露出酒窝，更是可人。

姜铎已在外面换过衣服，便直接走到掌珠床旁，脱下外袍，也只穿着中衣。

掌珠道："夫君还是穿上吧，晚上还是凉些的。"说着坐起来想拿起袍子给姜铎披上。

姜铎顺势将掌珠搂入怀中，笑道："你这屋里就是个小火炉，没事的。"

掌珠问道："莫非太热？要不开窗……"

姜铎无奈笑道："我又不是小孩子，知道怎么照顾自己，你就放心吧。"

掌珠放下心来，眼珠一转，道："在外面自有人想着夫君，怕也不用你自己照顾自己。"

姜铎道："我怎么闻着一股酸味？"

掌珠瞥了眼姜铎，道："酸儿辣女，大爷是想要儿子了……妾身估摸着我这胎是女儿，您还是去别处吧……"说着就推了两下姜铎，见推不动，也就罢了，只躺回去，又拿起书看了起来，将姜铎晾在一旁。

姜铎刚才还想着掌珠不在乎他，现在看……

姜铎失笑，这女子的心思真是不易猜。

姜铎见掌珠不理他，干脆也躺在贵妃椅上，贵妃椅就那么点地方，掌珠怕压到肚子，慢慢地几乎全身都在姜铎的身上了。

前一阵子，姜铎担心她，碰也不敢碰她，现在知道不至于一碰她就不舒服，胆子就越来越大了。

掌珠无奈，将书卷放下，道："在这里躺着挤到孩子怎么办？还是去床上躺着吧……"

话刚说完姜铎就抱着掌珠起身，掌珠搂着姜铎的脖子道："你真是不怕你闺女吓到。"

姜铎问道："你吓到了吗？"

掌珠一愣，回过味来，狠狠地拍了几下姜铎。

姜铎笑道："别用力，小心咱闺女。"

掌珠忍不住掩嘴笑："你这贫嘴是哪儿学来的？小心我告诉母亲。"

姜铎道："是你太老实了。"

掌珠不再理会姜铎，自是转身盖上被子睡去。

姜铎想说红榴的事，想了想，还是算了，后院本就是掌珠说了算，她怎样说就怎样做好了。

第二日，掌珠便派人去红榴那儿，让她选丫头，又赏了些首饰摆件，准她在院里摆上一桌，请相好的姐妹玩玩。

姨娘与通房的差别，不过是月钱不同，多个服侍的丫头，屋里可以多摆些东西，如果她愿意的话，也可以将屋内的家具重新打一套。

半个奴婢和半个主子，终究还是有些不同的。

其实春茶、红榴、小金桃三人早就按照姨娘的份例领月钱了，不过就是差名分了，树活一张皮，人活一口气。

想来，红榴还是高兴的吧。这事不管怎么说都是红榴占了便宜。

不过红榴却不这么想。

她昨日从崔姨娘那儿得了信，说有好事等着她，本以为是今晚大爷来，谁知道却是她被抬为姨娘……

红榴气得脸色都白了。

晓初是专门过来送丫头赏赐的，见红榴这样，心中也惊讶，便笑道："少奶奶养胎中，所以不方便让姨娘过去，少奶奶心中也是对不住姨娘，待到小公子或小小姐生下来，再好好地给姨娘大办一场。"

红榴笑着道："哪里需要劳烦少奶奶，不过是小事一桩。"说着就随意挑了个小丫头，又看了看那些个摆件，勉强说了几句谢恩的话。

待到人走了，红榴忍不住向自己的贴身侍女抱怨："你说崔姨娘是不是专门扯后腿的，尽在这里添乱。"

侍女红萼有些不明所以，问道："姑娘成为姨娘了是好事？怎么……"

红榴瞪了眼红萼，道："这算哪门子的抬举？这是看着我可怜罢了，我还用得着她可怜吗？名不正，言不顺，再说，靠我自己也能成为姨娘。偏偏崔姨娘坏我的好事。"

红萼马上道："姨娘，小心身子，看着日子也是时候让她们知道了。"

红榴摸着肚子，笑道："是差不多了，今天他们一来我这里倒腾，怕是那边就收到信了。"

掌珠也在竹院听着晓初回话，心中也有些纳闷，这红榴想什么呢？

怀孕后，她就很少见这几人，这几人也识趣，只是在门口请安，送些自己绣的小东西罢了。

掌珠问道："你看着红榴有什么不同？"

晓初想了想道："奴婢看着好像胖了些。"顿了一下，道，"月事带听说每月也都是红萼洗着……但是……"谁知道是真的还是假的？

掌珠点点头，道："你把小金桃叫过来吧。"三个通房就剩下这个还不是姨娘，她总要安抚一下的。

不一会儿，小金桃就过来了，见到掌珠后问安行礼，才笑道："少奶奶气色不错，也胖了一些，我闲在屋里也没有什么事，给少奶奶绣了几块帕子和抹额。"说着已经交给晓初了。

小金桃从来就是这个样子，笑眯眯的，好像从来没有什么烦恼，让人一看就觉得喜庆，针线功夫也好，给掌珠做过两件长袍，不但合身，上面的绣花也精致漂亮。

掌珠笑道："你坐下吧，我这些日子也闷得狠，想找人说会儿话，就把你请过来了。"

小金桃闻言就偏坐在凳子上，笑道："少奶奶用得着奴婢就只管用。"

掌珠笑了一下，便与小金桃随意聊着，这小金桃也是个长袖善舞、八面玲珑的，顺着你的话说还不让人感觉是有意为之，与她说话真是舒服。

相比起来，崔姨娘就是个极其自我的人。

想到崔姨娘，掌珠脸上难免带出一丝不耐烦，小金桃察言观色便不再说话，掌珠回过神来，笑道："说来，让你过来还有一事，春茶和红榴已经被抬为姨娘了，你也不要急……"

话还没有说完，小金桃便站起来，道："少奶奶不必顾虑奴婢，奴婢也没有什么奢求，能伺候在夫人、少奶奶、大爷跟前就是奴婢的福分。”

掌珠听小金桃先说姜夫人最后说姜铎，就知道小金桃是在向自己投诚示好，只是小金桃真没有什么其他的想法？

掌珠暂时放下这个想法，只对小金桃道：“你安分自然就有你的奖赏。”声音淡淡的，但是自有一股威严。

主子给赏，奴婢就该接着，她有什么资格推让。

小金桃不该是这么不识抬举的人。

小金桃只道：“是。”一副欲言又止的样子。

掌珠微微皱眉道：“有什么事就说吧。”

小金桃走近两步，才低声道：“奴婢觉得红……姨娘似乎不大对劲。”

掌珠道：“怎么个不对劲法？”

小金桃道：“以前红姨娘总喜欢在她的小院里散步，这两个月却完全不散步了，以前吃饭总会剩下些菜赏给下人，现在也都吃了，还喜欢喝什么补汤……”

小金桃的暗示掌珠是听懂了，她也是这么想的，只是……掌珠看了眼小金桃，直接说道：“若是真有了，大可报上来，这也算是大喜事，她藏着掖着是何意？”怕我会害她？

小金桃低眉顺眼地道：“回少奶奶的话，我们侍候完大爷都会喝药的，没有大爷的命令，我们谁也不会……”

掌珠倒吸一口气，她多少知道她没有进门前她们三个喝了避子汤的，但是她已经进门了，掌珠问道：“莫非是每次？这半年也是这样的？”

小金桃回道：“是的，大爷的样子怕是要等少奶奶有了子嗣后才会停我们的药。”小金桃心中多少有些怅然，在她成为大爷的通房时，姜夫人就和她说过，别指望有孩子……

真的等到掌珠有了孩子，且这个孩子站住后才会让她们怀孕，那时候她的年龄怕是也不能生孩子了，她这一生就只能靠姜夫人和少奶奶了。

她哪里是被派来伺候大爷的，她是姜夫人送过来讨好掌珠的。

掌珠一时也没有说话，也没有注意小金桃的苦涩，过了一会儿，掌珠道：“她是怕这个孩子被灌了药打下去？”

小金桃并不说话，算是认可吧。

在大魏，有的大家族是有这样规矩的，尤其是皇室，嫡子没有出生前，通房有了孩子，趁着孩子没有成形，就灌药打下去，像陈家，陈廷远，也是等着嫡子站住了才让祝氏生孩子的……

想到这儿，掌珠不知道怎么回事，想到了太子府的温柔嘉，她那孩子说不定就是因为这个没的……

掌珠突然觉得肚子有点不舒服，手忍不住摸着肚子，小金桃见掌珠如此，吓得脸色苍白，道：“是奴婢多嘴了，奴婢去请大夫？”

掌珠摇摇头，果然她一个孕妇想不得这些东西，摆摆手，道：“你回去吧。”

小金桃便怯怯地退下，掌珠既没有说信不信也没说怎么办，这些就不是小金桃该考量的了，她只希望掌珠真的没事，不然就是她的罪过了。

掌珠自己又想了会儿，估计着红榴还是有喜了，这事她不知道也就算了，既然她知道了，就不能这样让红榴瞒下去，不然将来有个什么事她身上总要担责任的。

更何况……掌珠摸着肚子，这也是为肚子里的孩子积德。

掌珠将秋白叫过来，道："你去请大夫过来给我诊个平安脉，再送大夫去两位姨娘和小金桃那里，也给她们诊个平安脉。记住，你就跟在大夫身边，别让她们的丫头和大夫单独说话。"

秋白记下，自是去办。

掌珠摸着手腕上的镯子，红榴，她到底想干什么？

二房，墨院。

周书慈让小丫头给她敲着腿，心中恨姜二夫人恨得要死，天天让她立规矩，姜铠也不知道心疼她，想着眼珠就开始含着泪，只是这几日的打磨，已经让周书慈学会掩饰自己的真实想法了。

"二少奶奶，您的参汤。"白鹭捧着汤碗进来。

周书慈嫌恶地放在一旁，道："等下我就喝。"

站在一旁的侍女白鹤笑道："怕是凉了更不容易喝，这参汤趁热喝才有效。毕竟是二夫人的一片好意。"

周书慈没好气地道："我喝个参汤也需要听你的？"

白鹭是她带过来的丫头，白鹤是原本墨院的丫头，也并不叫白鹤，周书慈一进门就将白鹤的名字改了，她本意不过是觉得好听罢了，没想到在姜二夫人眼里，这却是挑衅的表现。

姜二夫人动动手指头，只说喜欢白鹭这个丫头，让这个丫头以后只管传丹院和墨院的话，就无形中渐渐让白鹭远了周书慈，待到周书慈察觉出来时，她身边已经是白鹤管着院子里的丫头了。

白鹤听周书慈这样说，只是笑笑不说话。

这样的主子才好伺候，最后这参汤不喝，也不会赖到她身上。

白鹭瞪了眼白鹤，这本来是她想说的话，白鹭对周书慈讨好地笑道："二少奶奶，我听说大少奶奶那边又请大夫进来了。"

周书慈挑了一下眉，笑道："莫非是流了？"

白鹭道："没有。"

周书慈踢了踢跪在脚边的丫头，道："你下去吧，敲得我腿怪疼的，没用。"

白鹤眼中带了些笑意。

白鹭感觉脸上红红的，又赶紧道："但是，却有一件大喜事。"

周书慈端起参汤皱着眉头喝了一大口，才道："什么大喜事？怀的是儿子？"

白鹭道："是……红姨娘有喜了。"

红姨娘？

白鹭解释道："红榴，大爷身边的通房，昨日被抬了姨娘，今天就诊出有喜了……"

周书慈愣了一下，笑道："果然是大喜事，哼，怀个孩子了不起啊，谁都会怀，看她还嘚瑟吗？"

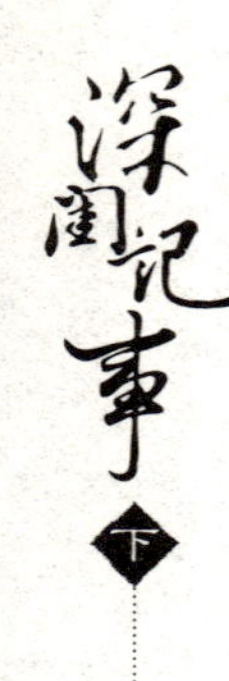

“那你也给我怀一个？”说着姜二夫人就从门口走进来，横眉竖眼，周身带着怒气，眼睛瞟了眼白鹭。

白鹭噌地跪下。

周书慈也赶忙站起来，尴尬地笑道：“婆婆怎么来了？可是需要儿媳做事？”

姜二夫人慢慢地走到周书慈跟前，周书慈额头微微冒汗，很多事上她看起来没有吃亏，但实际上已经被姜二夫人拿捏住。

姜二夫人一句话，就可以让姜铠三天不进她的房门。

姜二夫人只是瞪了眼周书慈便越过她，坐在周书慈本来坐的椅子上，周书慈赶忙奉上茶，姜二夫人抿了一小口，才淡淡地道：“我哪里敢用你做事，我怕累到你。”

周书慈只苦笑并不敢顶嘴。

姜二夫人看了眼周书慈，恨铁不成钢，这周书慈若是个厉害人物，也算她没有看走眼，偏偏是个提不起的阿斗，整天只知道顾着眼前，好在周书慈并没有什么坏心眼，就是小心眼加胆子小罢了。算了，反正她也不需要周书慈管家，只要给她生下宝贝孙子就成。

姜二夫人看得很清楚，自己的儿子也就是这个样子，等生了儿子她再好好教育也不晚，反正她还年轻。

姜二夫人摸了摸头上的钗子，才道：“站着干什么，坐下吧。”

周书慈才坐下。

姜二夫人才慢慢地道：“你是主子，是姜家的二少奶奶，不是那普通门户搬弄是非的长舌妇。”

这话说得周书慈又站起来了，一个长舌就可以把她休掉的。

姜二夫人继续道：“该知道的你得知道，但是要有分寸，在下人面前说那些是什么意思？想让所有人都知道你搬弄是非？记住，她是你大嫂。别让人说你没有家教。”

周书慈心中更加委屈，就许姜二夫人在姜夫人面前撒泼就不许她？

周书慈那点心思哪里瞒得过姜二夫人，姜二夫人继续道：“你要是真有本事在你大嫂面前说这些，我也佩服你，你要是没本事，就别说这些乌七八糟的。”又指着跪在地上的白鹭，道，“你也好好管管你带来的人，这些话该是这样回的吗？不怪你打听那边，但是要有分寸，学聪明点。我也不会把她怎么样，毕竟是你从娘家带来的。”

周书慈忙应道：“媳妇知道错了。”

这周书慈就是脑子不大好用，但是和她好好说她也能听进去几分。

姜二夫人点点头，站起来走到门口，站住，才转身道：“以后你不许与陈掌珠作对！”说完转过身来看着周书慈，道，“陈掌珠嫁进来时，身后就有个崔木槿盯着，现在崔木槿人呢？在三房怀孩子呢！身前又有个姜荷娘看着，姜荷娘人又在哪儿？已经被逐出姜家在太子府当小妾呢。凡是和陈掌珠作对的都已经不在竹院了，你自己掂量掂量自己吧。”说完便走了。

周书慈已经满头大汗，腿一软差点摔倒，白鹤赶忙扶住周书慈，白鹭也站起来想扶着周书慈，周书慈挥开白鹭，道：“你出去。以后别进我房里了。”说完就带着白鹤进了卧室……

竹院。

红榴已经有一个多月的身孕了。

比掌珠少一个月，掌珠心里算算日子，正好是她们从江陵府回来后红榴有的，那个时候姜铎和她还不知道自己有孕。

掌珠心中多少有些庆幸，若是她没有怀孕，现在的心情怕不是这么轻松吧。

只是心中对于姜铎的心悦之情少了几分，就好像一盆冷水泼在了发热的头上，她不能忘记姜铎不仅仅是她的夫君，还是姜家的族长，姜铎不可能只有她的孩子的，她不能让自己投入太多的感情……

掌珠深吸两口气，让心中的酸涩少几分，突然间有些无助，这种感觉就和她刚回陈家那时的感觉相似，孤立无援。

掌珠闭上眼，她想休息休息。

过一会儿就感觉好像有人搂住她，掌珠本就没有睡着，也猜到是姜铎，虽然现在并不是姜铎回来的时间，掌珠只是闭着眼。

姜铎将头埋在掌珠脖颈。

掌珠才睁开眼，她心中的那个缺口好似被姜铎补上了，掌珠这个时候才明白，她想将自己的感情撤出来太可笑了，她已经无可救药了。

掌珠眼睛有些湿润，轻轻地搂住姜铎，问道："夫君怎么了？"

姜铎道："对不起。"

掌珠沉默好一会儿，才道："这会是最后一个吗？"这句话说得很轻，她知道这是不可能的，但是她还是想问出来，就当是让自己死心。

姜铎微微搂紧掌珠，道："会的。"

掌珠一愣，并不继续问下去，就当是句安慰吧。

姜铎继续道："我从来都不希望我的儿子要经历我小时候经历过的苦涩，我也不希望你经历母亲那样的过程……我不想你伤心……"他承认，他得到红榴怀孕的消息时确实有些高兴，但是惊吓大于惊喜，如果不是因为红榴私自停药，或许姜铎会更高兴些……但是很快，他就开始担心掌珠，担心掌珠伤心……

掌珠对于他是不同的！

掌珠只是抱着姜铎，抹了抹眼睛，这话她能听到也算是一种幸运，不管是不是真心的。

第二日，姜家上下都知道姜铎的妾室红姨娘也有了身孕，甚至还有人传大夫说红榴这一胎的怀相很好，一看就知道是怀个小公子。

这话虽然已经传到外面去了，但是一点儿都没有传到掌珠的耳朵里。

竹院，闺房。

掌珠半靠在床上，徐妈妈、晓初、秋白、唱月、乐文、罗文都在。

这些人都一副紧张的样子。

掌珠忍不住笑道："不过是有孕了，你们也不必如此。"

徐妈妈想说什么，还没说，掌珠便道："不管外面传什么，你们都不许乱了阵脚，更不许背着我对那边动手。"

几人面面相觑。

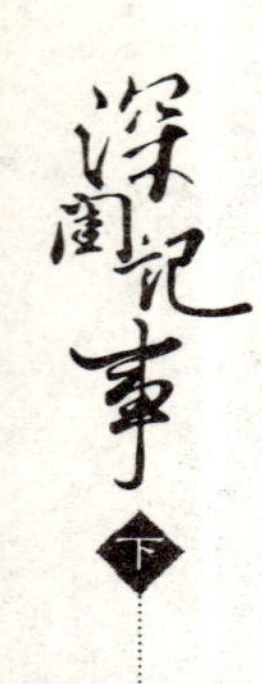

掌珠不悦道："你们要明白谁是你们的主子。"

几人一听，连忙跪下。

掌珠叹道："我知道你们是为我好，但是真正为我好就是让我平平安安地生下孩子，那边你们不准动手，不然，别怪我不客气。"

"是。"

掌珠道："好了，都起来吧，我也不过是先嘱咐你们而已。"

嫡庶之分，是永远的分割线，不然姜铎现在还耿耿于怀。

更何况，红榴怕是不用她出手，她自己就得先作起来。

屋中只剩下徐妈妈和秋白，掌珠道："以后那边有什么事都要告诉我。"她不会动手并不等于会屈服。

徐妈妈轻声道："外面现在已经说红姨娘这胎是男孩了。"

掌珠冷笑一下，摸着肚子，就是到现在她也希望自己怀的是个女孩，姜家谁继承可不是一个长子说了算，谁有本事谁说了算。

"查查这消息是从哪儿传来的。"说着看了眼秋白，秋白应下，转身离开。

徐妈妈又道："少奶奶心善，但是老奴就是担心会有人利用少奶奶的心善，到时候……"

掌珠道："多谢妈妈提点，这点我一时没有想到，怀孕了也懒得动脑了，脾气也有些大，妈妈别见怪。"

徐妈妈笑道："少奶奶客气了，奴婢们打心底里希望少奶奶平平安安、高高兴兴的，这些乱七八糟的事也不必少奶奶想，不然要我们何用？"

掌珠笑了一场，才问道："妈妈觉得该如何？我若是在那边安插人，怕也是……"

徐妈妈想了一下，才道："不如找一个专门看妇科的圣手，重新给红姨娘诊脉，毕竟昨天的只是请平安脉……"

掌珠点点头道："倒是个理由。这事妈妈安排一下吧。"

徐妈妈继续道："也可以利用这次抬房的事做文章，给红姨娘换换家具……"

掌珠想了想，摇摇头，这个有点过了。

徐妈妈不再说话。

不一会儿，秋白进来，就见掌珠闭着眼，徐妈妈坐在一旁，秋白看了眼徐妈妈，徐妈妈点点头，意思是掌珠没有睡着。

秋白小声道："少奶奶。"

掌珠道："说吧。"

秋白道："今天崔姨娘去看红姨娘了。"而且很高兴，风风火火地带着各种东西，要不是怕犯了规矩，崔姨娘都打算住下了，而且还对着红榴的肚子，一口一个孙儿地唤，直说肯定是男孩……只是这些就不好形容给少奶奶了。

秋白不说，掌珠也明白，掌珠叹道："若是能把人交给她就好了。"

只是这事不是她能做主的，而且这也是不可能的。

红榴交给崔姨娘照顾算什么？将来红榴若真是生下庶长子，这对于庶长子的名声也不好，本就有个庶字，再是姨娘看顾的，这身份只会更低。

三人一时都不说话。

掌珠才道："前几日给宝珠送去的东西今日怕是到了吧。"宝珠五月成亲，她肯定是不能去了，只能送去不少的礼物，还写了封信表达歉意。

掌珠心中倒没有什么遗憾，宝珠和崔家人，她本来也不是特别想看见。

秋白连忙回道："今日应该就到了，说不得过几日便有回信了。"

掌珠又问道："宝珠是五月十八出嫁吧，不知道会是何等风光。"

秋白笑道："想来三小姐一定会写信告诉您的。"

想起宝珠的性子，掌珠笑笑，可不是，她没有亲眼看见，宝珠心里肯定不甘心，觉得自己矮一头。

徐妈妈动作也快，上午说请大夫，下午就已经送到红榴的院里，徐妈妈笑道："红姨娘有身孕身子贵重，昨天请的大夫并不是这方面的高手，因此再给姨娘诊一回，也好给姨娘调养身子。"说着又给崔姨娘行礼，道，"少奶奶知道崔姨娘吃过午饭后还没走，特意送来些糕点。"

崔姨娘有些抹不开面子，只是笑了笑，她是太高兴了，没有顾忌到掌珠那里。

红榴皱了一下眉，不情愿地躺在床上伸出手把脉，这是什么意思？难不成还怕她作假不成？她是不怕陈掌珠动她，她巴不得呢，现在多少只眼睛盯着她呢，但凡她有点什么事，第一个遭殃的就是陈掌珠，说来，她这一胎若是不好，还真可以拿来陷害陈掌珠，可惜，她好得很。

崔姨娘也回过神来，在一旁看着大夫把脉，她本应该回避，但是却担心红榴。

大夫细细地把过脉后，又问了些之前是否吃过药、吃过什么东西，红榴的丫头一一答过之后，大夫才道："如夫人的身子很好，胎儿也很健康，平时可适当地少吃些。"

崔姨娘笑得合不拢嘴，她是过来人明白大夫的意思是怕胎儿太大，但是这也证明红榴怀的胎儿健康。

崔姨娘连忙感谢大夫，又问道："不知道，大夫看着是男孩还是女孩？"

徐妈妈也看着大夫。

大夫笑道："月份尚小，老夫看不出来。"

徐妈妈又对红榴说了几句，少什么就和少奶奶说之类的……便送大夫出了小院。

直到走进了掌珠所在的院子，大夫才轻声对徐妈妈说了几句话。

徐妈妈当时脸色就变了，又细细问了几句，才匆匆忙忙进了掌珠房里。

此时，掌珠正在与姜夫人说话。

掌珠笑道："母亲不必担心我，我不会在意这些的。"

姜夫人叹了一口气，道："怎么会不在意这些呢？自己明明是嫡妻怀着嫡子，却偏偏被那些人……"顿了一下，道，"看，我说这些干什么，你放心，只要我在一天，就不会让别人看轻你和孩子的。"

掌珠笑道："母亲真的不必担心我，我和我孩子的脸面，我自会挣来，谁也不会看不起我们的。"

姜夫人一愣，心中叹了一口气，这掌珠毕竟不同于普通女人，这个人和姜铎是一样的，都不好掌控。

她当初也不是没有想掌控过姜铎，好在，及时打住了。

姜夫人回过神来，道："你这样想我就放心了。"说着拍了拍掌珠的手，道，"我过几日再来看你，等你过了三个月，也可以出去走走了，总这样闷着也是不行的。不必送我了，你好好地歇着。"说完自是离开。

掌珠这才问徐妈妈，道："可是有什么事？"好在刚才姜夫人愣神，才没有注意徐妈妈突然进来。

徐妈妈轻声道："大夫说胎儿很正常，但是似乎比普通的孕妇……"这时就是在掌珠耳边很小声说了。

掌珠脸色也越来越凝重，惊讶地问道："能生儿子的药？"

徐妈妈点头。

掌珠恍惚间想到了母亲。

母亲当年也是想求儿子……

掌珠连忙问道："这药没有问题？"

徐妈妈道："大夫说是没有问题的。"

掌珠道："可是她的胎儿还是和别人有些许的区别。"掌珠想了一下，道，"这药容易得来吗？"

徐妈妈道："莫非少奶奶想？这怕是不好。"

掌珠笑道："能生儿子，为何不好？"

徐妈妈道："男女天注定，虽然老奴一直希望少奶奶喜得麟儿，但是违背天意总是不好的，若是少奶奶想请尊菩萨，奴婢一定去办。"

掌珠笑着摇摇头，道："我不会用的，你去找来，明天务必带回来。"说着便让徐妈妈出去。

这药能到红榴手上，怕也不是那么难找。

没准根本就是谁都能找到，母亲当初当成了神药，说不得就是有人故意为之，或许是刚开始吃没有什么问题，但是一直吃就会……

掌珠叹了一口气，这事虽然与周氏脱不了关系，但是更多的还是因为母亲贪心。

第二日，徐妈妈自是找来那求儿子的药。

掌珠才道："封了红榴的院子，不许人再去看她，着一人去搜她的屋，想来屋里还有这药，若是没有就把你找来的放在那里。"

徐妈妈一愣，昨日还说不动红榴，今日就……

掌珠继续道："国有国法，家有家规，本来她随意停药就没有追究她的过错，现在又随意吃药……若是她肚子里的孩子出事了，她赔得起吗？再说咱们这院子是个人就能弄进药来，这还得了？你只管去封，出了事自然有我顶着！"

昨日还想着以红榴的性子肯定会弄出点什么事，没想到这么快她就抓到把柄了，她让红榴看看，这家到底是谁当！

果然如掌珠所想，一下子就在红榴的房里查到药，红榴连藏都没有藏，红榴又哪里想到掌珠敢如此对她，只赶紧派了个小丫头去榴院……

在这一刻，崔姨娘与红榴才真正地看清妻与妾、嫡与庶的差距。

红榴派丫头去榴院求救，崔姨娘也收到了信。

但是——

崔姨娘出不去榴院一步，姜夫人不让她出去，就是死也不会被抬出去，平时让她随意走动，不过是姜夫人懒得管她而已。

红榴这边也是，她还怀着孩子，在屋里要死要活的，也没有人管她，只要她不出来就好。

红榴闹了一阵就停下来了，崔姨娘没有来救她，那就更没有人来救她了。

红榴从骨子里感觉到一种恐惧，她私自停了药，就是把她打死也说得过去，不过是姜家的传言救了她一命，现在又从她屋里找到药……

红榴之前的哭泣是想引起大家的同情，现在却是真的哭了。

姜家向来不缺子嗣的，这个还没有出生的“庶长子”没了也就没了，以后还会有……

徐妈妈听着屋里安静了，在外面轻声说了句：“这种主奴不分的人就该拉出去打死。”

秋白笑道：“妈妈还是别吓唬她了，免得出了什么事还要赖咱们头上。”

徐妈妈啐了一口，道：“这点事不用你来教，妈妈我当丫头的时候你还在娘胎里面呢。”说着就推门进去。

红榴躲在床上，发抖，什么也不敢喊了，之前还喊要见崔姨娘要见大爷什么，见了徐妈妈就跪在床上，道：“还请徐妈妈帮我跟少奶奶求求情，那东西我都没有吃，以为是什么补药呢，不过我还没吃呢，真的。”

徐妈妈心中冷哼，早干吗去了，现在才知道求情，之前不还挺硬气的吗？徐妈妈笑道：“我的姨娘，您这是干什么？快快坐下，这姜家的子嗣可在您肚子里呢。”说着上前扶着红榴坐下。

红榴顺着坐下，又道：“我肚子的孩子是少奶奶的孩子，我会好好照顾的。”说着又拉着徐妈妈的胳膊，“还请妈妈美言几句，那东西我是一点也没吃。”

徐妈妈道：“红姨娘，老奴说句交心的话，那东西搜出来的时候就只有一瓶底了，您说没吃，就是自己也不信。”

红榴很紧张，真恨当初鬼迷心窍吃了这东西，道：“妈妈，你说我该怎么办？那东西我真不知道是药，我以为就是补药呢。”

徐妈妈笑道：“是谁给姨娘的‘补药’呢？”

红榴顿了下，才诺诺地道：“是崔姨娘，说是补身体的。”

徐妈妈道：“已经都吃了一大半了……莫非你看崔姨娘心疼你，才故意说她的？姨娘可要想清楚。”

红榴连忙道：“我说的都是真的，崔姨娘早就给我送这些东西了，就盼着一举得男呢。妈妈救救我啊。”红榴已经被吓得完全没有思考能力了，她活下来只要生了儿子就可能一人之下万人之上，死了就一了百了，她自然求生欲望强烈。

徐妈妈安慰道：“姨娘放心，少奶奶向来心善，是怕你吃了不该吃的东西，伤了孩子才如此的，您只要踏踏实实的，肚子里又有孩子，谁也不会把您怎么样的。只是……”

红榴道：“妈妈你说怎么办就怎么办。”

徐妈妈笑道："简单，姨娘不如给大爷写封信，只把这事写清楚，再说些痛改前非的话就成了，大爷一看自然知道怎么回事。"

红榴连连点头，道："还是妈妈聪明，就是少奶奶那里……"

徐妈妈道："姨娘果然是忠心的，这时候还想着少奶奶，您放心，少奶奶也是默许的，说实在的这事因为有崔姨娘，少奶奶又能怎么管呢。"

红榴眼睛一亮，道："妈妈说的是，还请妈妈拿来笔墨纸砚。"连少奶奶都对崔姨娘礼让三分，她就更要把事都推到崔姨娘身上了。

其实也不能说推，她私自停药、吃生男孩的药，都是崔姨娘出的主意，红榴现在有一种被当枪使的感觉，心中又是委屈又是生气的，边哭着将信写完。

竹院这边很平静，只是桌子上摆着一小碟白色粉末，掌珠和往常一样，该干吗干吗，心中却是波涛汹涌，就是这东西害了她母亲……

掌珠握住拳头，现在这个东西又出现了。

徐妈妈过来轻声说了几句，然后将信放在桌子上。

是崔姨娘？

掌珠道："看看她给我的东西里有这个吗？"

徐妈妈道："老奴检查过，都没有问题。"

掌珠明白过来，苦笑一声，她这个嫡妻就算是生个男孩，怕也不会被他们委以重任的。

掌珠挥挥手让徐妈妈出去，看着这碟子粉末和信。

这信真的要交给姜铎？

这上面写的都是崔姨娘的种种，她亲手交给姜铎，让姜铎在她面前直面崔姨娘的种种？姜铎可能一辈子都会在她面前抬不起头。姜铎一定不会相信她不知道内容的。

掌珠叹了一口气，或者让徐妈妈等到姜铎来的时候再拿出信，干脆让徐妈妈再交给红榴，让红榴的丫头在姜铎还没有进来之前就送到姜铎的手里……

掌珠摇摇头，都不好，欲盖弥彰。

她毕竟是真的知道内容了，知道的事永远都不会变成不知道。

掌珠又看向窗外，过了一会儿，将那碗粉末直接撒到窗外，又拿起那封信，放在首饰盒里的夹层，罢了，就当没有过吧，她实在不忍心如此作践姜铎，在她眼中就是两个小妾互相指责，但是在姜铎眼中，有一个小妾是他的母亲。

这事她直接和姜铎说清就好……

她也不会和姜夫人说什么，这事本就是竹院的事。

事实上，姜铎要比掌珠知道得多些，或者说姜铎要更了解红榴和崔姨娘这两人。

红榴有孕的事一出来，他就猜到这其中少不了崔姨娘出谋划策，单凭红榴一人，红榴是不敢的。

他的女人不多，但是每个都怕他，除了掌珠。

姜铎站在竹院门口，掌珠是不同的，他有时甚至会在她的面前有些许的自卑，他甚至不知道该怎样自处。

这次他的生母和小妾又惹事了。

姜铎虽然知道只言片语，但是基本上已经猜得差不多了。

是他委屈了她。

姜铎脚步一顿，便转身离开竹院，去了榴院。

一到榴院，就听见崔姨娘的哭声，姜铎心中越发觉得冰冷。

崔姨娘哭得并不难听，相反，会让男人听得很是心疼，但是眼前这个男人是她的儿子。

崔姨娘见姜铎来了，故作冷静，道："大爷来了……我是一时不舒服才这样……"

这种可怜的样子，姜铎已经见过很多次了，早就麻木了，姜铎直接道："这次来是请姨娘帮个忙的。"

崔姨娘一愣，见不是因为那药的事，就放心了，果然是自己的儿子，便笑道："不知道什么事？姨娘能帮上一定会全力以赴的。"

姜铎道："姨娘也知道，夫人那里向来忙碌，掌珠年纪小，自己还有身孕，红姨娘那里，我们也不过是让婆子看着，最后出了今天这样的纰漏，我想着，不如另择一处小院，您和红榴住在一起，您也照看着点她。"

这一席话彻底把崔姨娘给打蒙了，这可是天大的好事……

崔姨娘想应下，却道："这……不合规矩吧，夫人和少奶奶那儿……"

姜铎道："姨娘只管放心，这事我可以定下。"顿了一下，又道，"红姨娘有了孩子，本就应该另择院子住下，只是一时没有来得及，正好一起办了。"

崔姨娘见果然是真的，高高兴兴地道："大爷放心，我一定好好照顾红榴，给大爷生个白白胖胖的大小子。"

姜铎抿抿嘴，道："我会派婆子帮着姨娘，姨娘放心，这婆子是我的人，是可靠的，也会派大夫，姨娘缺什么只管和我要就好。"也就是说崔姨娘的直属上司是姜铎了。

崔姨娘笑得合不拢嘴。

姜铎道："只是红榴毕竟是我的妾室，她对掌珠那边该有的规矩也得有……"

之前给了那么多好处，不过是让红榴低调一些，崔姨娘自是应下。

姜铎说完便想走。

崔姨娘又问道："不知道何时？"

姜铎站住，道："三五日吧。"

"好好，我正好收拾下……"

姜铎点点头，出了榴院，才叹了一口气，这孩子若是男孩他就继续让崔姨娘养，若是女孩就让红榴抚养。

姜铎没走几步就被姜老爷请到书房，而原因还是关于红榴的。

姜铎跪下请罪。

姜老爷难得好言道："起来吧，你还年轻，女人生孩子的事自然不懂。"

姜铎心中有些诧异，道："不知道父亲叫我来有何事？"

姜老爷看了眼姜铎，本想缓和几句，却又不知道该怎么说，他对这个孩子向来疾言厉色，两人根本没有话过家常，他是明白庶子为家主的苦楚，他也不想让姜铎犯他年轻的错误。

姜老爷想半天都不知道该怎么说，只得直接步入主题：“你的姨娘有孕了？”

姜铎一本正经道：“是的。”

姜老爷咳嗽两声，又问道：“她的孩子……”

姜铎看向姜老爷，他父亲从来都不曾这样过，就算和子嗣相关的，也不会是这样吞吞吐吐。

姜老爷道：“她的孩子将来若是男孩的话就交给你母亲养吧。”

姜铎一时糊涂，他母亲应该不是指崔姨娘，姜老爷虽然疼爱崔姨娘，但是绝对不会妻妾嫡庶不分的。

那就是说姜夫人！

父亲想把他的庶长子交给姜夫人！这就相当于已经定了未来继承人了……

姜老爷见姜铎不说话，就继续道：“你母亲和你妻子关系不错，她们谁养都一样的，一个养着庶长子，一个管家，挺好的。”这句算是解释。

姜铎听到父亲如此说有些惊讶，一时没有回话，心中开始琢磨父亲的想法。

父亲是个冷酷无情的人，心中唯一挂念的可能就只有姜家，就算是崔姨娘，也不过是一时的玩物。

但是今天这一举动，必定是关系到姜家，只是姜铎一时半会儿想不出个所以然来。在他看来，这对姜家并没有好处。

唯一出现的可能就是将庶长子交给姜夫人抚养后就会弱化了掌珠的存在，但是听父亲的意思，姜家就会交给掌珠管理，这样的话看起来勉强是公平的。

姜老爷见姜铎没有说话，似乎为了增加说服力，继续道：“你母亲把你教得很好，你媳妇又有孕，怕也是看不了两个孩子……”

这也算是个理由，只是……

姜铎无论如何也不会将庶长子抱到姜夫人那里的，事实上，若不是红榴私自停了药，他根本就不打算要庶长子的。

姜铎微微躬身，恭敬地道：“父亲，若是红榴生下庶长子，儿子已经决定交给崔姨娘照顾了。”姜铎很庆幸自己已经决定好了，不然现在不马上拒绝父亲，以后就更难办了。

单纯地说来，若是将来真是庶长子当家，那也绝对是因为庶长子能力强，而不是因为什么传言。

还有一点私心，他现在尚未继承家业，下一代的继承人又出来，他该如何自处？从他的角度，如果真是这样，他宁愿是掌珠的儿子……

姜老爷很惊讶，也很生气，这么大的事为什么不和他商量？

姜铎只是站在那里等待着姜老爷发怒。

姜老爷猛地站起来，手握着拳头，满面怒气，看着眼前冷静的儿子，姜老爷突然间明白，他老了，这个儿子他再也把握不了了，想着感觉胸口痒痒的，便咳嗽了几声，只是这气势就瞬间没有了。

许久，姜老爷有些失魂落魄，道：“你确定？这可是庶长子……”只有姜家，才觉得庶长子是个神圣的词，姜老爷心中也觉得可笑。

只是，姜家就是如此的，他也是庶长子……想着姜老爷又咳嗽两声。

姜铎回道：“儿子已经和崔姨娘说过了。”姜铎也有些惊讶，父亲脾气暴躁，一点小事都能触怒他，怎么今天……

姜老爷叹了一口气，坐下，见姜铎看着他，便道：“我知道你一直都看不起这个传言，一直都想打破。只是这已经几百年了……”

姜铎低头不说话，他不相信父亲没有过这样的想法，只是父亲失败了，但是这不能成为阻挡他的理由。

姜老爷知道姜铎听不进去，便冷哼道：“也罢，既然你非要如此，那就随你吧，反正你的小妾没一个合适生出庶长子的。”

姜铎心中还来不及感慨，就听姜老爷冷笑道：“我也活不了几年了，你就继续闹腾吧，我还能给你收烂摊子。”

姜铎跪下道：“父亲言重了。”

姜老爷见姜铎低头了，忍不住又劝道：“你可以再考虑考虑，就算你想打破那个传言，也可以一边准备着，先把庶长子抱过去……”

姜铎一阵心寒，他不能抱着这种心态试验，红榴的孩子毕竟是他的儿子，一个从小当继承人抚养的庶长子，将来若成不了继承人，他的儿子该怎么办？

父亲或许以前也是这样对他，但是他不能这样对自己的儿子。

姜铎坚定地道：“儿子已经决定好了，父亲不必多劝。”

姜老爷恼羞成怒，拍了一下桌子，道：“不知道好歹！”又道，“你外面不是还有一个吗？等你媳妇生下孩子，就接进来吧……滚吧！”

姜铎站起来行礼后告退，忍不住苦笑，他的家业还没有继承，这些人就开始算计他的儿子了……

待姜铎进了竹院，就见掌珠已经备好饭菜，这才是他的家，只在这个小小的院子里。

掌珠笑道：“知道夫君今日回来早，因此就备了饭菜，刚才还以为夫君要在父亲那里用饭呢。”

掌珠小腹虽然还没有凸起，但是已经开始穿着宽松的抹胸襦裙，外面穿一件宽袖长袍，看着有几分孕味。

姜铎心中觉得很是安宁，笑道：“没有，准备得正好。”

说着两人便坐下一同用饭，一时谁也没有提关于红榴的事，待到吃完后，掌珠刚要说话，就听姜铎主动道：“今日我回来之前去了一趟榴院，我打算请崔姨娘照看红榴，回头你收拾出来一处小院子吧。”姜铎并没有对掌珠说父亲对他说的那些，他不想让掌珠伤心。

父亲的话中可是对掌珠的孩子一字未提……

掌珠听后一愣又是一喜，这其中的各种好处，她自是知道的，没想到姜铎也想到了……而且也做到了，无论如何，红榴被崔姨娘照顾都是个最好的法子，尤其这还不是她提出来的，只是姜铎他……

姜铎一直看着掌珠，见掌珠先是预料之内的惊喜，随后又有些迟疑，便问道：“怎么了？”

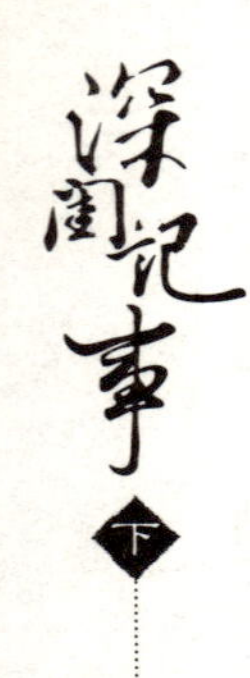

掌珠问道："那红榴生下孩子后？"

姜铎淡淡地道："是儿子的话就继续让崔姨娘照顾，若是闺女就红榴自己照顾吧。崔姨娘一人住本就有些孤独了……"姜老爷现在几乎已经不再去后院了，只在自己的书房，崔姨娘有事干也不会再出什么幺蛾子了。

掌珠站起来走到姜铎身旁，扶着姜铎的肩膀道："夫君确定了？"如果这样的话，这个庶长子的命运已经被定下来了……

姜铎握住掌珠的手，道："是的，这没有什么好纠结的。"顿了一下，道，"我会派婆子过去帮忙，还会请大夫在府中坐镇，你不用担心，若真是那边有什么事你直接安排就好。他们会听你的。"姜铎不希望掌珠认为他将她孤立，事实上，被孤立的是那边，只是不知道崔姨娘和红榴什么时候能明白过来。

掌珠轻轻地抱住姜铎，她好像感觉到姜铎心情不好……这样想着掌珠就拉着姜铎一起练字，他们两人倒是有段时间没有一起练字了。

姜铎确实有些失落，只是这种感觉也只维持了一小会儿，他本就不是个多愁善感的人，事已如此，他选择的已经是所有方法中伤害人程度最小的了。

他无愧于心。

洋洋洒洒，两人一起写了五篇大字，心情也都平和了不少。

姜铎笑看着这几篇字，道："没想到，你的字要比我的好很多，真是惭愧。"

两人字相比，姜铎的字更让人感觉到些许的锋利，到底是他的修为没有到家。

掌珠笑道："我怀着宝宝，倒不像别人说的那样情绪不稳定，反而觉得越来越平和了。"

掌珠这一胎其实怀得真的很凶险，她现在都不能出屋不说，大夫还说要尽量保持心态平和，不要太激动，好在掌珠平时就这样，不然出了红榴这事，怕是……

姜铎轻轻搂着掌珠，道："你怀孕不容易。"

掌珠想了一下，便把在红榴院中找到生儿子的药说了，只是隐去是崔姨娘撺掇的这件事，红榴若不动心，崔姨娘能撺掇吗？

姜铎听后道："若以后再出现这样的，就直接……"拖出去打死……

掌珠道："夫君，这是你的骨血。"掌珠不希望姜铎说出这样阴狠的话，尤其在宝宝面前，她不是对谁都心善，但是她希望她看到的是美好的。

姜铎看向掌珠，手轻轻摸着掌珠的脸颊，道："以后不会再有这样的事了。"

掌珠微微皱了一下眉，道："人总是多样的，我们控制不了的，我们只能做到控制自己。"不会再有了？除非姜铎不再纳妾？不去小妾的房里。

姜铎笑着点点头。他知道掌珠心善，若是以后真的再有这样不知道好歹的人的话，他会先解决的。

在他的心中，他的家人应该只有掌珠了，他们其实都是无依无靠的……

第二日掌珠便让人将竹院外的一处小院子打扫干净，这地方离竹院很近，只是不在竹院内，叫作萝院，又派人去请崔姨娘过来看是不是有需要添加的物件。

崔姨娘折腾了两三日才作罢。

掌珠又让针线房的赶制了衣服鞋袜，红榴除了她自己攒的金银细软什么也不必带，直接住进去就好。

刚开始红榴还当是赶她走，后来才明白是给了她个小院子，心中又惊又喜，知道自己终于过了这一关，又恢复往常的样子。

恐怕这其中的深意就只有崔姨娘与红榴两人想不通吧。

总之，过了五日，这萝院才消停下来。

掌珠终于可以继续平静地养胎。

姜二夫人听说，又特意把周书慈叫过来细细叮嘱："我之前和你说什么来着？现在那边好不容易有个妾室有孕了，这妾室有孕刚多长时间？前几天外面刚传出她怀的是儿子，结果呢？也被赶出去了，连带着崔姨娘也被限制在萝院了。你啊，以后别和那边作对……"

八月，三房崔木槿生下儿子，三房终于有后了。

崔木槿生儿子那一日，掌珠正与姜兰娘一同在花园中散步，姜兰娘的婚期是九月，也就还有小一个月了。

姜兰娘对这门婚事并没有太大的感受，一切东西都交给姜二夫人和丫头们，她每日则很悠闲。自从掌珠可以出屋后，她就时不时地来找掌珠。

掌珠虽然是过了头三个月，但是为保险，掌珠又在竹院闷了一个月，直到大夫说可以适当地散步，她才能出来。

现在掌珠满打满算才六个月，小腹已经微微凸起，脸色很好，吃得也好，颇为圆润，让掌珠看起来比以前温和不少。

这段日子，也没有人碍眼，掌珠每日都笑呵呵的，心情很是愉悦，掌珠心里琢磨着，这肚子里的孩子应该也是个好性的。

掌珠有感觉，她怀的肯定是个女孩。

姜夫人和姜铎怕给她压力，从来都不当面问大夫是男孩还是女孩，倒是听说崔姨娘"关心"地问过大夫，大夫只敷衍地说看不出来，但是崔姨娘那边还是当她这胎是女孩的意思。

据说红榴的孩子肯定是男孩，崔姨娘找了好几个大夫去看。

姜铎还就真的不管这两人了，随便她们闹腾，只要对孩子无害就好。

姜兰娘笑道："以前不觉得这院子漂亮，现在想着出嫁了以后看不见了，反而觉得有趣多了。大嫂当年也是这个感觉吗？"

掌珠看着这满园的花草，很是繁盛，只是已然有些秋色了，便道："我倒没有这个感觉，家里的园子我逛得也少。"

两人相交时间虽不长，但是交情已经很不错了，姜兰娘也知道掌珠在陈家的状况，刚要说什么，就见远处走来一行人。

正是崔姨娘与红榴，后面还跟着几个丫头和婆子。

自从红榴挪院后，也算懂规矩，还知道每月初一十五过来请安，只是掌珠并没有见她，掌珠并不想见到怀着姜铎孩子的人。

双方都是一愣。

就见红榴扭着腰肢过来，姜兰娘嗤笑了一声，掌珠扯了一下姜兰娘，让姜兰娘别多说话，姜兰娘是二房的，若是红榴出了什么事，姜兰娘也说不清，更何况，没必要为了红榴失了口德。

红榴过来倒是扎扎实实地屈膝行礼，一旁的崔姨娘很担心，红榴笑道：“给少奶奶请安，许久未见少奶奶，少奶奶可好？”声音还是同以往娇媚，只是皮肤不像以前白皙，脸上还有些痘痘，肚子和掌珠的肚子一样大，但是人却很瘦。

掌珠挑了一下眉，她听秋白说过，红榴身旁的妈妈怕红榴的肚子太大，将来不好生，硬是给红榴减食，所以红榴才这么瘦，掌珠知道那边有大夫看着，没有问题，便没有多管，只是道：“我很好。”

掌珠并不给红榴多说话的机会，但是偏偏红榴想多说：“唉，我就不如少奶奶安好，皮肤不好。”说着又笑道，“不过她们都说是男孩，怀了男孩的女子都要变丑的。”

掌珠确实怀孕后反而比以前漂亮了，但这更多的是气度的缘故。

崔姨娘打量一番掌珠，忍不住赞同红榴说的，这掌珠怀的应该是个女孩，毕竟是她的外孙女，崔姨娘便道：“少奶奶别伤心，以后再生个，少奶奶还年轻。”

掌珠深吸一口气，还用不着这些人看不上她女儿，掌珠摸着肚子故意笑道：“男女未定，姨娘也不用着急，别到时候失望。再说红榴肚子里的不也是我的孩子吗？是男是女我都会喜爱的。”

崔姨娘和红榴脸色有些凝重，红榴是不想将自己孩子交给掌珠的，看姜铎对崔姨娘就知道，母子生分了可不是什么好事。

崔姨娘早就想着要照顾孩子，毕竟是庶长子，将来继承家业跟她亲才好。

掌珠不理会这两人，点点头，便与姜兰娘继续游园。

这时，晓初带着一个妈妈过来，那妈妈过来笑眯眯地给掌珠和姜兰娘行礼请安，然后笑道：“老身是三房的妈妈，实在打扰少奶奶和二姑娘的兴致，我们姨娘生了儿子，夫人让老奴过来给少奶奶送鸡蛋，也让少奶奶沾沾喜气。”

掌珠一听，笑道：“果然是喜事，代我向你们夫人道喜。”

那妈妈也是笑得合不拢嘴。

姜兰娘从篮子里抓了两个鸡蛋，转身塞到红榴手中，笑道：“小嫂子也沾沾。”

红榴咬着牙拿着，却也不敢把鸡蛋扔掉。

那边簇拥着掌珠与姜兰娘离开。

红榴跺了跺脚道：“哼，她就是沾了喜气也生不出儿子！”

崔姨娘皱眉道：“你好生生的那么用力跺脚干什么，别吓着我孙儿……”

红榴瞥了眼崔姨娘，这是你孙儿吗？这是姜夫人的孙儿……便不理会崔姨娘自是在花园里溜达。

掌珠回了竹院就又得一好消息，宝珠来信，也有孕了。

掌珠忍不住笑着摇摇头，这个宝珠就连有孕也不忘记和别人显摆，宝珠五月出嫁现在八月，怕是一诊出来就通知大家了。

掌珠忍不住想，怎么玉珠一直没有消息，说来玉珠成亲也快一年了，只是此事并不方便写信询问，掌珠想着待到过年时再写信侧面问问吧，现在写信，不管问不问都会让惜珠联系起宝珠有孕的。

这个宝珠，也不知道收敛些。

夜里，掌珠与姜铎说起崔木槿来，掌珠忍不住道：“她倒是有运道。”去了三房就有喜，一生就是儿子，母子平安。

听说在三房也是好吃好喝的，主母大度，姨娘小妾们也没人找她碴，这人与人的运势就是不一样。

姜铎道："是三房运道好，命不该绝后。"

掌珠点头道："此话也有理。有时看似人在自己的选择的时候结果已经定下，实则……唉，我也不知道什么感觉了，既有种冥冥之中自有定数的感觉，又觉得好像是老天在开玩笑。"

姜铎忍不住捏了一下掌珠的下巴，笑道："你倒是一副参禅的样子。"

掌珠拍了一下姜铎的手，道："我也只是感慨一番罢了。"顿了一下，道，"若是我母亲有这运道……"就是她不生下儿子，妾室生下儿子也好啊。

一定又是另一番景象，或许她还会嫁给姜铎，至少母亲应该还在吧。

姜铎见掌珠有些伤心，这段时间掌珠很容易就伤感，大夫说孕妇这样很正常，但是每次姜铎还是耐心开导。

这次说到穆氏，姜铎想了一下，才道："岳父和岳母的感情很深，岳父并不介意没有儿子，对岳母来说，或许这才是最重要的。在岳父心里，岳母也是最重要的。"不然陈廷和大可因为穆氏无出纳妾。

掌珠道："鱼和熊掌不能兼得就是这个道理。"掌珠猛地想问姜铎会怎样选择，只是想到姜家毕竟不同陈家，怕是姜铎还是要生儿子的……

掌珠现在才体会到母亲与父亲的一些感受，一时不说话，只闭着眼默默地躺着。

姜铎揉了揉掌珠的头发，心中也想到这个问题，他会为了她而不要儿子吗？

姜铎一时也想不出个所以然来，他毕竟还是没有陈廷和的魄力。

掌珠却怎么也睡不着，过了好一会儿，才道："我母亲在我五岁的时候又怀了一胎，是个男孩，只可惜生下来就夭折了。父亲还是想要儿子的。人啊，还是要有运道。"

姜铎顿了一下，道："我听闻那时岳父已经打算将家业交给二叔父，只可惜岳父还来不及办这事就已经仙逝了。"

掌珠惊讶道："当真？"这事她还真不知道。

姜铎点头道："是的。据说已经去官府商议这事了，不然我又如何知道呢？这事当时虽然传得不广，但是世家之间还是有些风声的。"

掌珠心中五味杂陈，最后只道："人，果然不能太贪！"

穆氏最初没有想过会怀孕，只求菩萨能有孩子就好，结果有了掌珠，就想着既然能生了掌珠，就肯定还能怀，怀了就想最好是个儿子……

母亲当初落魄去了薄情庵，或许还有一部分原因也觉得自己太贪吧，如果不这么贪或许父亲也不会仙逝……

这一晚，掌珠睡得很是不好，脑海中都是这些东西，第二日就觉得不舒服，就请了大夫来。

连姜夫人也惊动了。

姜夫人得知掌珠没事只要好好休养就好，便对掌珠道："可是因为你昨天遇见

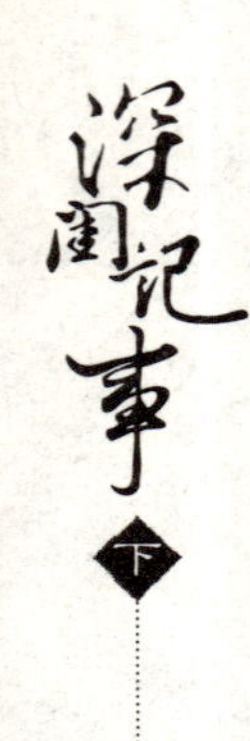

了红榴？若是如此，以后就别让她出来了。”

掌珠笑道：“她哪里值得我如此……”

姜夫人便又猜道：“莫非是崔木槿生儿子的事？你压力不要太大，生儿子女儿都一样……”

掌珠心中暖暖的，笑道：“母亲多虑了，就是我晚上做了噩梦罢了。”

姜夫人双手合十念了几声佛，道：“我派人去给你在寺里点几盏灯，你别怕。”

掌珠为了让姜夫人安心，便点点头。

姜夫人心中还是觉得可能和生儿子有关，姜夫人虽然口中说着生男生女一样，但是她心中还是盼着生儿子。她也觉得掌珠应该也是这样期盼的，轻声劝道：“我听铎儿说，红榴若是生男孩，就给崔姨娘养，那这个男孩就不足为惧了，你心中别有压力。”

掌珠道：“我知道了，母亲。”

姜夫人顿了一下，又道：“听说你公公还想让我养红榴的儿子，我可不养，以为生了庶长子就了不起了？为了这个你公公还和铎儿争执了几句。”

掌珠一愣，倒是不知道此事。

姜夫人笑道：“想来是铎儿怕你担心没和你说，已经好几个月了，我也是才知道的。”

姜夫人见掌珠表情凝重，电石火光间想到什么，连忙道：“你放心，你的孩子我不会抱过去的，你只管自己养。这孩子啊，还就得在亲娘身边，以前我看着铎儿，我就心疼……”说着抹抹眼泪。

姜夫人边抹泪，边后悔，她还真没有想到这一层，一来是掌珠的孩子无论男女，有父有母，她抱来养什么意思？她这一抱来，两边岂不生分？二来把孩子抱来就得把掌家的权力交给掌珠，在姜夫人的眼里，现在更相信权力，只有这个才更可靠。

当年她养姜铎，心中虽然真心喜爱，但是也没少胆战心惊，生怕做得不好，也生怕姜铎恨上自己。

掌珠见姜夫人这样，也多少明白姜夫人的想法，便握住姜夫人的手，道：“母亲放心，我是相信您的。”

姜夫人欣慰地点点头，心中却一阵发寒，她平时谨小慎微，就是对亲生儿子也不敢过多地管制，怕别人说她对这两个孩子不公……想她堂堂的当家主母却落到这个地步。

姜夫人也没了心思面对掌珠，两人又说了几句，姜夫人便离开了。

掌珠看着姜夫人的背影，说起来姜夫人在姜铎成亲后、姜兰娘出嫁后看起来更老了些，本来事事已经不必她亲临了，但是姜夫人或许怕她夺权又怕姜老爷说她，反而更用心。

掌珠摸着肚子想，这姜家的主母不好当。

姜夫人应该还是和萝院说了一声，以后红榴和崔姨娘就很少出来散步了，就是出来也是去另一边的小花园。红榴虽然心生不满，却也能只忍耐着，等生了儿子再扬眉吐气。

第十四回 一夜至宝喜临门

这一日又逢中秋佳节，宝珠那边又送来节礼，满满一车，掌珠忍不住笑道：“她这可真是当家做主了。”

唱月笑道：“怕也是三姑爷乐意呢。”

掌珠笑盈盈地点点头，道：“好在咱们这边早早送过去了，不失礼。不然……”说着摇摇头，然后问道，“二小姐的节礼可到了？”

唱月纳闷道：“还没，想来是路程有些远。”

掌珠摇摇头，今日已经是中秋节，宝珠故意今天送来就是为了显摆，不然一般都是早几日就送礼了，玉珠，她怎么了？就是看着姜家的面上也不会这样的，掌珠又问道：“周家给二房的节礼可送到了？”

唱月并不管这些事一时不知，一旁秋白连忙道：“听说昨日已经到了。”

掌珠皱了一下眉，看来是周书慈那边扣下了。周书慈不敢扣下东西，怕也不过是卖弄下小手段。

她与周书慈虽说是妯娌，但是却很少来往，主要是周书慈从来不过来。听姜兰娘说，周书慈和姜铠的关系很一般，和姜二夫人的关系就更一般了。

唱月这时从布匹中拿出一封信，道：“宝珠小姐也奇怪，送信居然放到了这里。”

掌珠道：“拿来与我看看。”怕不是又说今日吐了？或者是自己过得多好？宝珠给她写信的目的性很强，显摆。

她二人上次通信也不过是几天前宝珠说她有孕，现在还有什么好说的。

掌珠慢慢打开信，洋洋洒洒倒是写了好几页，掌珠微微皱眉，倒没有想到是关于温润晁的消息……

阿路终于要定亲了。

掌珠算了算，阿路今年已经弱冠，是应该成亲了，像姜铎这么成亲晚的，确实很少。

这不奇怪，奇怪的是与阿路成亲的女子居然是江陵府赫赫有名的软玉姑娘，听名字就应该猜到，这可不是什么好人家的姑娘……是千琴楼的歌姬。

掌珠翻了翻书信，后面两页都是宝珠讥讽如玉公子没有眼光、败坏门风以及软玉姑娘如何不自量力的话。

掌珠摇摇头，宝珠就没有想到自己？或许阿路真的喜欢那位软玉姑娘呢。

掌珠抬头看向外面愣神，阿路虽然为自己的出身骄傲，但是倒是很少介意别人的出身，不然当初在薄情庵也不会与她这个“野丫头”交往过深的。

掌珠心中只是担心，阿路这场婚事怕是难上加难，温夫人说不得会气疯了。

掌珠又看了看信，信中并没有其他有用的消息，想来宝珠也是听崔寓说的吧，知道得并不多，只是不知道这消息可信吗？

夜晚，姜家办中秋宴，只自家人一起吃顿饭，男人们在外院，女人们则在屋内摆了两大桌，夫人和姑娘们一桌，有脸面的姨娘一桌。

姜三夫人喜气洋洋地出现，对姜二夫人也不如以前那般小心翼翼，居然还问周书慈有没有好事。

周书慈一身海棠红的宽袖长裙，看着在这些妇人中最是漂亮，一听这话，脸色都变了。

姜二夫人只道：“他们才成亲，小两口还在腻歪中，不急不急。”心中却想，姜三夫人这孩子还不见得能养活呢。

周书慈故作害羞的样子低头，却恨恨地剜了好几眼掌珠，掌珠不明所以，关她什么事？

姜三夫人句句不离刚出生的孩子，就好像这孩子是从自己肚子里爬出来似的。

姜三夫人又对掌珠道：“你姐妹们可有消息？我听说你们成亲时间也差不了多少。”

掌珠笑道：“我三妹妹已经有孕了，说来也巧，正是五弟出生的那日报的喜讯。”崔木槿生的孩子排行老五。

姜三夫人拍手道：“真是巧！你妹妹呢？”说着转头看向周书慈道，“你嫂子可有喜了？想来也成亲快一年了呢。”

周书慈心中暗恨姜三夫人多嘴，但是也只得含笑道：“没送来消息呢，说不得就在路上呢，借三婶娘吉言了。”

姜三夫人还想说什么，就听姜二夫人道：“哎，你们听说那位如玉公子要成亲了吗？”

掌珠挑了一下眉，这事已经传出来了？

如玉公子谁不知道，就是处在深闺中的姜莲娘也是知道这人的，都好奇地看过来。

姜二夫人见众人不知道，得意地道：“说来这事已经在江陵府闹得沸沸扬扬的了，咱们离得远还没传过来，我也只是听我娘家妹妹说的。”

姜兰娘笑道：“娘就只管说吧，别在这里卖关子。”

姜三夫人疑惑地道：“我记得他年纪也不小了，定亲也没有什么惊讶的。”

姜二夫人掩嘴道：“可是他要迎娶的是名歌姬啊。”

众人很是惊讶，向来安静、不爱说话的姜莲娘问道：“迎为正室？这……”

姜二夫人道：“可不得。哎呀，听说把温太爷都气病了呢，说是要将如玉公子赶出家门呢。又听说如玉公子已经住在了千琴楼里……”

姜夫人看了眼掌珠，掌珠心中也明白这些话不能给在座的姑娘们听，好在姜莲娘坐在她身旁，扯了一下姜莲娘，低声道："两位妹妹陪我出去走走？"

姜莲娘自是点头。

三人便出了宴厅，来到偏厅，这里是个天井，坐在这儿正好可以赏月。

姜兰娘掩嘴笑道："我一听母亲说这些，就知道大嫂得带我们出来。"

姜莲娘道："二婶娘说的当真？"

姜兰娘点头道："八九不离十吧，就是不知道是不是真的赶出家门了。"

掌珠不说话，抬头看向圆月，她虽然相信阿路会真心喜欢一个歌姬，但是她不相信阿路会为了这个歌姬伤害他的家人。

阿路不会这样做的，不然当初他也就……

阿路这么做一定有道理吧。

掌珠对于温润晁娶歌姬，并不觉得特别不妥，当然这是对这两人而说，要是延伸到家族的话，阿路不会这样做的。

姜兰娘和姜莲娘毕竟还没有出嫁，便不提温润晁了，姜兰娘只对姜莲娘道："我出嫁了就该你了，你家可有打探？"

姜莲娘年纪虽然小些，但是也已经十四岁了，若不是姜荷娘耽搁了她们，说不定姜莲娘早就定亲了。

姜莲娘腼腆一笑，道："我要在家照看弟弟，一时不出嫁呢。"

掌珠看向姜莲娘，姜莲娘不喜说话，看起来胆子也很小，身上多少有些小家子气，但是相貌却是不错，颇有点我见犹怜的意思。

听姜莲娘如此说，她心中倒是个有主意的。

姜兰娘想了一下，道："三婶娘可同意了？"

姜莲娘点点头，道："已经和我娘商量好了。"

掌珠与姜兰娘对视一眼，若真是这样，姜莲娘怕是五年之后都不见得能出嫁。

姜三夫人不想放下手中的权力，肯定也不打算让崔木槿抚养这个孩子，就只能让姜莲娘看着了……只是可惜姜莲娘了。

掌珠轻声道："怕是要累到妹妹了。"

姜莲娘笑道："我觉得也挺好的，弟弟现在才不过一个月大，眼神天真烂漫，也喜欢笑，我倒是不累。"顿了一下，道，"我倒是觉得比嫁人轻松多了，之前我就担心我嫁人了母亲会受欺负，现在只要把弟弟养大了，就好了。"

姜兰娘毕竟冲动些，惊讶地道："那你怎么办？以后莫非真的就不嫁了？这怎么行？"

姜莲娘笑道："应该会嫁的吧，等弟弟上了族谱，念书了，我就可以考虑了，也不要紧，我不求大富大贵，只要人好就行，做个继室也没事，有姜家给我撑腰呢。"

姜莲娘想得很简单。

掌珠叹了一口气，姜荷娘、姜兰娘、姜莲娘这三姐妹，命都好，只是选择的都不一样，就看运道了。

掌珠毕竟是孕妇，姜夫人便早早地让她回来了。

红榴自诩有身子也跟着走了，崔姨娘只是眼中担心，却不敢离席。

姜三夫人心中惦记着家里的小的，便也带着姜莲娘离开了。

姜二夫人虽然没什么事，但是也不想看着姜夫人，再说她还要帮着兰娘准备成亲的事呢，也就走了。

婆婆都走了，周书慈就是想留下松快一下，也不敢了。

不到一刻钟，也就都散了。

姜夫人摇头笑道："往年人少，大家还都在这儿坐坐，现在人多了，反而留下的时间短了。"看向那边崔姨娘得坐不安稳的样子，道，"崔姨娘也回萝院照顾红榴吧。"

崔姨娘自是谢恩匆忙离开。

姜夫人摇摇头，这崔姨娘这样将来不见得讨到好，不过倒是一片热心，或许不会计较太多的得失吧。

姜夫人也让那些姨娘散了。

在座就只有姜兰娘了。

姜兰娘倒是贴心，上前坐在姜夫人下首，笑道："大伯母，这不还有兰娘吗？兰娘敬您，祝您儿孙满堂、多福多寿！"说着饮了一杯酒。

姜夫人虽然与姜二夫人不对付，但是很喜欢姜兰娘，知道姜兰娘是在家过最后一个中秋节，便道："你好好玩，想要什么只管和我说，要是闷了，就去找你大嫂子说说话，你们谈得来……"顿了一下，又道，"若不是荷娘她，你也不会……"

姜兰娘爽快地道："大伯母太客气了，我倒要谢谢她呢。"

其实从某种方面来说，他们大房还欠了二房一个人情。

没想到二房那对夫妻倒是生了这么聪慧的闺女，好在二房的嫡子姜铠不及姜兰娘聪慧，不然……

姜夫人点头赞道："你是个好孩子，你放心，有我一日在就不会让人欺负你母亲的。"姜夫人知道，姜兰娘最是放心不下她母亲。

姜兰娘闪过惊讶，眼中也有了水雾，便道："还是大伯母厉害，知道兰娘想说什么，我母亲性子倔强、心气傲，言语中难免得罪大伯母……"姜夫人想说什么，姜兰娘道，"请大伯母先听兰娘说完。"

姜夫人叹了一口气，点点头。

姜兰娘继续道："虽然如此，但是我母亲还是记得自己是姜家人的，未曾给姜家丢过脸，我也知道二哥的性子，将来虽然不至于有出息，但是也不会有什么大错，我母亲怕是将来也没什么依靠，所以请大伯母大人不记小人过……"说着已经流下泪，屈膝行礼。

姜兰娘就是放不下自己的母亲，将来若是姜铠不孝顺了，怕是在姜家无法立足。

姜夫人只看在熊家的面子上，也不会苛待二房的。

这是她嫁给熊家的主要原因。

姜夫人擦擦眼角，赶忙扶起姜兰娘，道："你这孩子何苦这样，你母亲的性子我比你还了解，你只放心好了，我与她不会出事的。"

两人又说了会儿话才散去。

姜夫人忍不住道："说不得是熊家的福气……"

竹院。

姜铎回来的时候并没有喝多少酒，不过身上的酒气还是让掌珠有些恶心。

姜铎赶紧洗了澡换了衣服才过来，轻轻地搂住掌珠，手摸着掌珠的肚子，道："闺女今天听话吗？"自从姜铎知道掌珠希望要女儿，他就直接称呼闺女了，他……心中也是希望是女儿的。

姜铎心中知道，这三五年之内，皇上与太子会决出胜负，几乎是你死我亡的结果，即使太子这边占优势，但是过程还是很惨烈的。若是儿子，那就是未来的继承人，他还是希望他亲自教导的。

至于红榴那边，生男生女没有什么关系，自然是女孩事少些，但是庶女也不好教养，姜荷娘就是个例子，高看不得低看更不成。

姜铎并不介意庶长子与嫡长子之间的争斗，胜者为王。在他眼里，他的庶长子更多是为了给嫡子练手。

掌珠笑道："当然听话，静得很，只在晚上这会儿动动。"

掌珠刚说完姜铎就感觉到手下有动静，笑道："果然是心有灵犀，将来肯定是我的小棉袄。"

掌珠道："好好，就和你亲……"掌珠闻着姜铎身上淡淡的清香，道，"今日怎么喝得少？父亲可是喜欢看你们畅饮的。"

姜老爷是喜欢热闹的，自己也喜欢喝酒，有儿子、侄子在就更高兴了。

姜铎道："明天我得出去办事，今天可不能喝多。"

掌珠有些惊讶，问道："这么急？刚过完中秋。"

姜铎搂着掌珠躺在床上，道："若不是中秋，怕是今日就要去呢。"

掌珠道："要去几天？"

姜铎道："五天左右，要去江陵府。"

听说是五天左右，掌珠就放心不少，她怀孕这段时间姜铎也会有这样的短途出差，便道："东西倒是好准备。"

姜铎只摸着掌珠的头发不说话。

掌珠想了一下，拍了一下手道："莫不是阿路的事？"

姜铎看向掌珠，问道："你也知道如玉公子要成亲之事？"

掌珠点点头，道："嗯，宝珠妹妹说的，刚才宴席上还曾说呢。我本以为是传言，没有想到是真的，不像他能做出来的。"

姜铎见掌珠一脸坦然，挑了一下眉，道："没想到他会爱上那个歌姬？"

掌珠摇摇头，道："没想到他会不顾家人反对娶她。"

姜铎惊讶道："难不成爱上歌姬对如玉公子来说很正常？"

掌珠笑道："爱上一个人难道不是一件正常的事吗？只是正巧那人是个歌姬。"

姜铎想了想，道："我还是觉得惊讶，在相爱之前就应该知道双方都不合适的。这种事还是不应该发生的。"

姜铎是一个现实理智的人。

掌珠道："夫君说得也有理，按道理来说，阿路应该会注意这一点的，或许他也不是因为爱情娶那名歌姬吧。"

姜铎诧异地看了眼掌珠。

掌珠有些不明所以，沉默了一会儿，猛地坐起来，道："莫非真是因为其他的？"只有这样阿路才会因为一个女子而如此伤害家人。

姜铎扶着掌珠躺下，道："别冻到，乖，睡觉吧。"

掌珠在姜铎怀里，一时不说话，越想越觉得自己猜得对，看姜铎这个样子，算是默认了吧。

若是原因……

掌珠想起姜铎之前说阿路的婚事要拖延，就是因为皇上要指婚，或许这次也是，阿路干脆自污……

掌珠轻声问道："太子的形势现在是不是很……困难？"

姜铎一下一下地摸着掌珠的背，叹了一口气，还是道："不是的，但是最好让人看起来很困难。"

掌珠心下基本上已经肯定刚才自己的想法了。

姜铎又道："不要想他了……"

掌珠听着姜铎声音里好似带着委屈，连忙道："我和他是没有什么的，你也知道我和阿路是了清师太的弟子。"

姜铎道："我知道。"

这三个字让掌珠分外踏实。

姜铎拉起掌珠的手，放在自己的胸口上道："我知道，你的心里只有我，我也是的。"事实上姜铎对于前者并不是很确定，他只确定掌珠的心里不会有阿路……不过姜铎最想说的是后半句，他的心里只有她。

姜铎并不清楚所谓轰轰烈烈的爱是什么样的，像宝珠那样不顾身份？像姜荷娘那样不惜抛弃身份？他只是觉得，他希望掌珠平安，希望掌珠高兴，只希望他们能这样平平淡淡地过一辈子……

掌珠抬头看向姜铎，眼睛亮晶晶的，嘴角上扬，心中暖洋洋的，很是感动。

第二日一早，姜铎便去了江陵府。

掌珠并没有问姜铎具体去干什么，或许促成阿路与软玉姑娘的婚事，也或许是破坏，这些毕竟不是她能管的，她唯一能做的就是祈求这两人都平安无事。

掌珠日子清闲，姜兰娘果然来竹园陪着掌珠说话，最后也忍不住将对姜夫人说的那些对掌珠说了，好在姜兰娘并没有提周书慈的事，掌珠与姜二夫人并不会有什么大的冲突，掌珠也就应下了。

两人又说到姜莲娘，都是感叹姜莲娘不易，只希望过两年姜三夫人想通了，放下手中的权力，安排姜莲娘出嫁。

时间倒是过得快，一眨眼便是五天过去了，只是姜铎还没有回来，只在书信上说是有事耽搁了。

掌珠心中难免担心姜铎，又忍不住想莫非是阿路有什么事，现在她只盼着从江陵府传来阿路成亲的事，或许姜铎就会回来了。

果然在九月初的时候，温家传出温润晁成亲的事，当真是娶那名歌姬，这件事一下子就成了众人茶余饭后的闲聊。

掌珠却只盼着姜铎早日回来。

在姜铎去江陵府的这些日子中，掌珠心中前所未有地忐忑与惆怅，或许是因为怀孕了吧。

那一晚与姜铎说的那些话，掌珠天天想，掌珠有些后悔不该这样明目张胆地关心阿路，虽然她自认为光明磊落，但是她终究没有顾忌姜铎的感受。

作为丈夫应该是不喜欢听到妻子嘴里说其他男人的名字。

掌珠为这个心中后悔不已，丫头们看出来她心情不好，变着法地逗她，她心情好些了，就又想起姜铎说的那一句话，他心中只有她，想得掌珠心中痒痒的，脸上又总是忍不住带出笑意，她当时不知道该怎么回答，就没有说话，现在却有一肚子的话想说。

在掌珠听到温润晁与软玉的婚事成了之后，就知道姜铎这差事是完成了，掌珠只感叹了一番，温夫人当初对温润晁的婚事可是挑了又挑，却落了这样的一个结果……而且应该也不知道这其中的内情吧，怕是会难受不已。

人各有命，这不是她能管得了的，掌珠开始数着日子盼姜铎回来。

按说，从江陵府到这里也就三天的路程，姜铎应该会很快回来了吧……就是有其他什么事，也会赶在九月中旬之前回来的，姜兰娘那个时候成亲。

姜铎此时人却在苏州府薄情庵。

姜铎在佛前郑重地许下愿后，便去了了清师太的厢房。

姜铎见到了清师太，恭敬地行礼，然后拿出一封信，道："师太，这是殿下的信。"

了清师太只是点了一下头，问道："掌珠可还好？听说她这胎怀得有点难？"

姜铎想到掌珠，眼中温柔了许多，回道："师太放心，她一切都好。大夫说好好养着就没事，掌珠在屋子里闷了四个月才能出去，她也是能忍得住。"

了清师太笑道："她是个坐得住的，比她母亲有福气，成亲就有孕了。她母亲知道一定会很高兴的。"

姜铎道："我在厢房给岳母上香的时候已经把这事说了。"

了清师太点点头，道："你是个好孩子，回去吧，掌珠一定惦记你呢。"

姜铎愣了一下，看了眼茶几上的信，了清师太笑道："我从那里出来就已经不管那里的事了，以前也不曾帮助过殿下，没有拖他后腿就不错了，后面的事他自己就看着办吧，不必知会我了……"了清师太没有看这信就大概知道是什么事。

太子想要登基，就只有让皇上成为先皇……那位是生是死，都与她无关了。

了清师太闭上眼念经。

姜铎看着茶几上的信发愣，上一代的恩怨他知道得并不多，他与太子都担心关键时刻了清师太会劝说放手，因此才有了这封信，没想到了清师太……

姜铎叹一口气，了清师太这样说也好。

姜铎站起来就想离开，转身前看见了茶几上的那朵黄玉雕刻的花，想了一下，从怀里拿出一个小盒子，里面也是一朵黄玉花，姜铎拿出来，放在那朵的旁边，然后行礼躬身离开。

待到姜铎离开后，了清师太才睁开眼，拿起茶几上的信，顿了一下，还是放在一旁的小火炉里，一瞬间化为灰烬……这世间的情爱，就是这样，转眼间就化为乌有……

姜铎离开薄情庵给京城传了飞鸽后，差事才算正经办完，看看天色，不过刚过午时，若是快马赶路，晚上应该能到家的。

姜铎心中也想着掌珠，不知道这几日怎么样了……

一旁的小厮却问道："大爷，不如在苏州府歇一晚？也免得少奶奶担心您骑快马。"

这个小厮是他从江陵府这边调过来的，一来是不想引起别人的注意，二来也是因为他的嫡系一部分留在了江陵府一部分快马加鞭先去京城。

姜铎看了眼这个小厮，并不说话，只是夹紧马的肚子，扬鞭疾驰。

小厮见姜铎如此，就知道清葫姑娘的打算又落空了，只得跟着姜铎快马疾驰，只希望能留在扬州，也比回到苏州听个外室调遣强。

竹院，灯火辉煌。

掌珠又是安排饭菜，又是看姜铎的衣服是否准备好，刚才已经有人报信来，姜铎已经回来了，只是被姜老爷叫走了。也对，姜铎总要先给父母报平安的。

唱月对掌珠笑道："少奶奶放心，丫头都仔细着呢，少奶奶还是赶紧坐下歇歇吧，免得大爷回来还当您这几天过得不好呢。"

掌珠忍不住埋怨道："本来平日大爷在家也不觉得有什么，这几日一不在，倒觉得房间里空荡荡的。"

掌珠坐了会儿，还是坐不住，便站起来，披上件披风，扶着唱月的手去了竹院门口等着姜铎。

这倒是头一回。

掌珠却不介意，能早些看见姜铎总是好的。

九月，天色黑得快，不过有点点的灯光，让人不觉得太暗反而有一种宁静安详的感觉，掌珠抬头看看天空，秋高气爽，就算是晚上也觉得天空广阔了几分，又星光闪耀，别有一番情趣。

正想着就见那边的小院也出来个人，提着一个小花灯，挺着肚子，这人必是红榴了。

竹院的位置要高一些，萝院则矮一些偏一些，所以掌珠一眼就看见红榴了，而红榴则始终没有看见掌珠。

掌珠示意秋白等人不要说话，眯了一下眼睛，红榴的目的很明显，和她一样。

或许，红榴以前也用这种方法拦下过姜铎。

掌珠有孕期间，姜铎也偶尔去探望红榴的，但是几乎没有在那里留宿过，毕竟崔姨娘也在，或许，这也是让崔姨娘搬过去的一个原因吧。

掌珠心中有些酸意，但是毕竟红榴怀着姜铎的子嗣。

掌珠只远远地看着红榴的身影，看得出来，红榴很期盼或许还有一些紧张，时不时地整理服饰，掌珠不禁觉得刚才的她和现在的红榴是一样的，原来自己已经这样依赖姜铎了。

掌珠渐渐地冷静下来，她与红榴是不同的。不光是妻妾之分，而是，红榴必须依靠姜铎，红榴自己也希望这样，而她不必，事实上她也不想将命运寄托给姜铎，虽然她和姜铎可以说是一根绳上的蚂蚱，但是她与姜铎不是依靠的关系，而是共同承担的关系。

掌珠好像想通了什么，现在的心情是这几日来最轻松的一次，她似乎是终于找到了自己的位置。

正想着，就听见前面有动静，是姜铎回来了。

那边红榴忍不住向前走了两步。

掌珠瞟了一眼，并不着急，只是站在那里，一瞬间，她考虑过要不要先回去，免得姜铎不好选择。随即，便将这个想法抛到了九霄云外，红榴跟她是没有可比性的，她也不喜欢这样虚伪的大度。

姜铎从松院回来，已经是一身疲惫，心中只想着掌珠这几日是否休息好，听母亲说，似乎心情不大好，可是被谁欺负了？

姜铎心中琢磨着这些，一抬头，就见竹院门前站着个娇小的女子，披着藕荷色的披风，站姿挺立，脸上似乎还带着笑意，一双眼睛只盯着他，姜铎都感觉到眼中溢出的关心。

姜铎心中一暖，居然都没有注意到萝院的红榴，大步向掌珠那儿走去，身后的一个小厮想提醒姜铎，却被另一个小厮拉住，这个时候提醒，不是没事找事吗？

红榴本以为姜铎是朝她走过来，羞涩一笑，却没有想到姜铎根本没有拐到她这边的小路，而是沿着大路径直走了过去，红榴这才惊愕地转身，看见掌珠站在竹院门口。

红榴气得脸都红了，咬得牙齿吱吱作响，好你个陈掌珠，咱们等着瞧！红榴将花灯扔在门口回了萝院，心中只想着以后怎样报复掌珠。

掌珠也没有想到姜铎根本没有看到红榴，不过掌珠也不会在这个时候提起红榴，掌珠对姜铎微微行礼，道："藏锐回来了。"

姜铎忙拉住掌珠的手，道："在这里等着，可冷？听说你心情不好？可是在屋里闷的还是怎样？"姜铎没有注意到掌珠的称呼变了。

掌珠面对姜铎连连追问，笑道："没有，妾身一切都很好，快进来吃饭吧，是不是饿了？"

掌珠领着姜铎进来，姜铎看着眼前的身影，总觉得掌珠似乎哪里变了。

进了竹院，姜铎只觉得全身都放松下来，换了衣服与掌珠一同用饭，心中无比踏实。

吃过饭后，姜铎从怀中娶出一个玉佩，道："这是如玉公子给咱们闺女的，他知道你怀孕了很高兴。"

掌珠一愣，看向姜铎，姜铎与以前一样，看不出是不是试探还是其他……

掌珠拿过这玉佩，细细一看，只是一个铜锁形状的玉，上面什么也没有，掌珠笑道："这是他自己雕刻的，以前他说过要为我的孩子雕个玉佩的，没想到他还记得。"说完便把玉佩放在桌子上，然后问道，"如玉公子与软玉姑娘何时成亲？"

姜铎拿起那玉佩，慢慢地磨蹭着，道："今年年底吧。"

掌珠笑道："那要好好准备贺礼了，之前我还曾对温夫人说去参加酒席呢，现

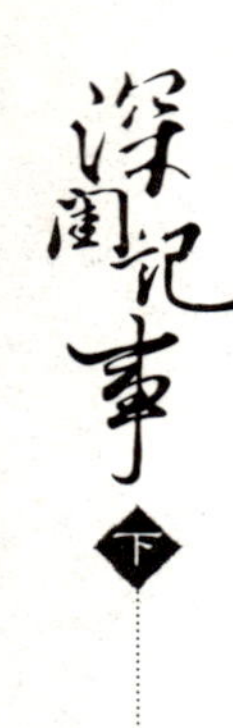

在是去不了了。”

姜铎点点头道：“他们应该不会办婚礼……”

不会办婚礼？

掌珠想到软玉的身份，也明白了，看来温家同意他们成亲不是没有条件的。

不举办婚礼，没有穿过红嫁衣，没有拜父母，没有喝过交杯酒，怕也只是有个温少奶奶的名头，谁也不会真的把她看在眼里的。

只是，好在进了温家，将来若是生了儿子，或许会好吧。

但是掌珠觉得，温家怕是宁可让温润晁的妾室生儿子也不会让软玉生孩子的。

掌珠忍不住道：“可真是世事难料。”顿了一下，笑道，“想当年，那些闺阁贵女没几个不想嫁给如玉公子的，就连宝珠也是这样的。”说着笑着摇摇头。

姜铎问道：“哦？你也是吗？”

掌珠看向姜铎，摇头道：“我没有想过的。”

姜铎与掌珠对视，两人似乎一下子看到了对方的眼底，姜铎是了解掌珠的，也知道她与温润晁以前的事，但是，见过温润晁之后，他想起这些往事，心中居然会忍不住担心，若是掌珠心中其实是希望嫁给温润晁呢？

尤其是今日，姜铎明确地知道了掌珠对他的含义，这个家对他的含义，若是单纯为了这件事疏远掌珠，这是不可能的，姜铎心中很担心掌珠离开自己怎么办？他希望掌珠永远这样真心地对他。

掌珠并不知道姜铎心里是这么复杂，她也没有感觉到姜铎的不信任，她只是不想自己不经意间伤害姜铎，其实她知道姜铎是个心胸宽广的人，但是不能因为对方坚强就任意地伤害对方。

掌珠也说不清了，她只是单纯地想解释。

两人一时不说话。

掌珠轻声道：“我与阿路可以说是青梅竹马，那时候在薄情庵，每日只是枯燥地与尼姑做早课，或者陪着母亲，有一日忽然发现还有一个小男孩也在薄情庵，他又与了清师太熟悉，便在一起玩了，没想到一晃就到了我回陈家的时候，当时也没有向他告别，现在想来倒是有些遗憾，好在后来又在陈家偶遇，后来阿路以为我毁容，便说要娶我……我当时很惊讶，从来没有想过，我原来可以嫁给阿路。”

姜铎笑了笑，道：“也就只有你这般傻，若是换了其他贵女，怕是早就想到了。”这些姜铎是大部分知道的，只是没有想到温润晁是以为掌珠毁容才想提亲的，或许那时候温润晁还不知道他心中是喜欢掌珠的。

姜铎居然心生庆幸，若是温润晁那时……

掌珠惊讶地道：“你不生气？”

姜铎似乎才明白掌珠说这些的原因，挑了一下眉，道：“我为什么生气？好女百家求，是我的荣幸。”

掌珠瞥了眼姜铎，笑道：“真是没羞没臊。”

掌珠心中轻松了不少，她知道姜铎没有误会，便继续道：“其实我没有毁容，倒没想到因为这个他当真向温夫人说了，好在我与他没有缘分。”

“好在？”

掌珠点点头，道："好在。"

姜铎手轻轻拨开掌珠的刘海，细细地看掌珠的额头，道："已经没有疤痕了。"

掌珠笑道："多亏了母亲送来的玉肌露。"

姜铎手捧着掌珠的脸颊，吻了一下掌珠的唇，道："当年在梅园里见到你，我就想着，谁家会娶了这个厉害的大小姐，没想到是我。"

掌珠拍了一下姜铎的手，道："我可不厉害。"

姜铎笑道："是是，你最是温柔了。"

两人相视一笑。

姜铎又道："我以前从未想过自己的妻子是什么样的，我知道，无论是谁嫁给我，都是委屈了对方，但是，当我知道母亲要向你提亲的时候，我心中虽觉得不配你、委屈你，却还是很高兴的，还是想宁可委屈你，也希望你在我身边。我……是不是太自私了？"

掌珠笑道："是又如何？"

姜铎道："我很感谢我的自私，可见，人有时就该只为自己。"

掌珠笑得直摇头，道："好吧，让我们感谢你的自私。"

姜铎问道："你知道那些传言时又是怎么想的？"

掌珠想了一下，道："大妇无宠，钟爱妾室，长子当家？"

姜铎点点头。

掌珠道："心中有些担心，但是我总觉得你不会这样的。"掌珠帮姜铎整理了下衣领，道，"我觉得我眼光还算是准的。"

姜铎弹了一下掌珠的鼻子道："是很准。"顿了一下，道，"如玉公子送了你一朵黄玉雕刻的花，我放在了薄情庵。"

掌珠愣了一下，道："放在那儿吧，那里最合适。"

阿路最适合的，还是那个薄情庵的阿珠。

或许现在的阿路也不是那个阿路了，他们缅怀的都是当年的阿路和阿珠……

本以为姜铎去了江陵府后就不会忙碌了，没想到反而比以前更忙碌，早出晚归不知道忙什么，不过姜家也没有人过问，连姜老爷都没有问。

没几日，就传来皇上罢免了几个江南这边的四品大官，这其中也有一名姜家人。

一时间风声鹤唳。

姜家脚跟站得稳当，又一向是纯臣的姿态，因此并没有太过牵连，那名姜家人也不过是旁支的，而且年纪也大了，就算不罢免怕也是过了今年就会请辞，只能说是晚节不保，清誉受损，倒是没有影响姜家。

但是对后院的女子来说，这也是天大的事了，若是皇上下手整治姜家……

就算将来姜铎有从龙之功，姜家也不过如此，二房、三房的人不免埋怨姜铎之前与太子走得太近。

连一向亲近大房的姜三夫人，这些日子都以照顾小孩为由，不来大房了。

姜夫人只咬着牙硬撑。

姜老爷更是狠狠地呵斥了一顿姜铎，几乎都说出要将姜铎赶出姜家的事，听说，当时崔姨娘得到消息，还特地在书房门前哭了一场，说她一个女儿已经被赶走了，难道连儿子也要赶走？

总之，闹得很大，几乎外面的人都知道了，但是姜夫人当时没有出现，掌珠本来还担心姜铎的情绪，没想到姜铎还是每日该干什么就干什么，姜老爷也不曾管，掌珠心中隐隐有些猜测。

很快就到了姜兰娘出嫁的日子。

掌珠是孕妇，不能参加，心中只期盼姜兰娘能够幸福美满。

竹院，掌珠在窗前听着外面热热闹闹的声音，脸上也带着笑意，她想起她出嫁时的场景了，心中忐忑不安，甚至没有什么感觉……但是现在想来却觉得很有趣，恨不得重新嫁一回。

正想着，就见乐文进来，手里提着食盒。

掌珠问道："怎么这个时候送点心来了？"

乐文行礼，然后笑道："二小姐那边送过来的，是二夫人最喜欢吃的玫瑰糯米糍，二小姐亲自做的，也给夫人送了些，夫人知道您这几日吃东西不香，正好看见奴婢在那边帮忙，就让奴婢拿了几块过来。"

掌珠看了眼乐文，这丫头倒是口齿伶俐。

乐文又道："奴婢想着就要到晌午了，怕是少奶奶又吃不下饭，就拿过来了，少奶奶尝尝？"说着把盖子打开。

掌珠闻到一股清香，甜甜香香的，再看那玫瑰糯米糍，粉粉嫩嫩、软软滑滑的，让人忍不住想尝尝。

掌珠过去拿起一块……

萝院。

红榴在窗前紧张地看着竹院的方向，心中忐忑，她也不想的，但是想起那日的屈辱，她就恨得咬牙切齿！更可恨的是，自从那日后大爷一次也没有来过！虽然她知道自己定会生儿子，但是她心中也咽不下这口气。

如果不是掌珠欺人太甚，她是不想害她的，她真的不想，但是她实在等不及她生儿子以后了，她现在就要看掌珠失魂落魄。而且今天最方便、最安全，她也只能拼一把了。

算算日子，掌珠满打满算还是不到八月，好像将将差几天！

七活八不活。

她既然下狠心了，就希望干净利落，若是万一孩子没害成，反而今天生了就不好了。这事做得隐蔽，她也不能让崔姨娘知道，崔姨娘肯定不会同意的，她只能自己办了。

阿弥陀佛，这事办成了，她愿意吃十年的斋！

正想着，一个丫头回来，满脸的兴奋，道："姨娘，成了！"

红榴笑道："好，重重有赏，回去闭好你的嘴，等过了这风头，就把你送出去成亲。"

丫头千恩万谢地出去了。

红榴总算松了一口气。

一刻钟后，就见竹院那边手忙脚乱、慌慌张张，连萝院都听见声音了。

崔姨娘站在萝院门口，担心地道："这是怎么了？"手指算了算，然后拍了一下腿，道，"莫不是早产了？哎呀，好在是七个月，不然……"

红榴听见，心中很不耐烦，要不是肚子里的孩子用得上这个老货，她肯定……罢了，为孩子积德，不想这些了，红榴笑道："不如姨娘去看看？"

崔姨娘笑道："你怎么出来了？外面乱哄哄的，还是在房中休息吧。"崔姨娘心中肯定是想去看的，但是想到姜夫人之前的叮嘱，她也不敢随意去。

红榴自然是看出崔姨娘的想法，便道："我看着少奶奶的身子这么弱，说不好……少奶奶年纪小，哪里懂得这些，现在夫人在二房那儿，竹院也没个长辈，姨娘就是在门口站着不说话，她们也安心。"

崔姨娘道："你说得也对，那我也去看看……"

红榴笑道："姨娘就放心我吧，我身体好着呢。"

崔姨娘点点头，便赶忙去了竹院。

红榴冷笑一声，匆匆回了自己的房间，从枕头底下拿出一个布娃娃……

竹院。

掌珠躺在床上，脸色苍白，额头上冒着细汗，大夫只在床边把脉，屋里只有徐妈妈和田妈妈，掌珠也没有想到这个时候她身边会是这两人，她并没有派人去请姜夫人和姜铎，毕竟今天是二房的喜事，若是她出了什么事，怕二房与大房之间的沟壑越来越深。

好在那玫瑰糯米糍只尝了一口就觉得不舒服，这个时候掌珠多亏自己身子这么娇气，不然……她刚才哪还有力气让大家不要慌乱，不准派人找姜夫人和大爷，还让人将那糯米糍收好，将乐文关起来看着，然后再去请大夫。

掌珠只觉得胃里恶心，小腹有丝丝的抽痛，身下也有点点血迹，田妈妈和徐妈妈都说并不是早产的迹象，但是还是准备好了一切，若是早产也不必慌乱。

大夫眉头紧皱，又让人将那玫瑰糯米糍拿来，检查一番，大夫才道："好在只咬了一小口，没有对胎儿造成影响。"

这话一说完，徐妈妈和田妈妈松了一口气，她们刚才担心得要命。

大夫道："只是……"

话没有说完，就听见屋外有吵闹声，徐妈妈眉一立，这是哪个丫头没长眼睛？

秋白进来，顾不得大夫还在这儿，屈膝道："崔姨娘想进来探望少奶奶……"

掌珠没有说话，田妈妈便道："老奴出去看看。"便与秋白出去，不一会儿声音便没有了。

掌珠轻声道："还请大夫直讲，可是有什么不好的……"

大夫马上道："少奶奶这胎怀得有些艰难，好在底子硬，只是那糕点中有活血的药，怕是会早产，快则这几日，慢则十几日。"

徐妈妈焦急地道："我们少奶奶现在马上就要八月了，若是八月早产，这可怎么办？"

大夫道："若是担心这个，就只能催产……"大夫顿了一下，道，"七活八不活，也不过是乡间传言，少奶奶大可不必信的。"

徐妈妈还是道："我可是看见不少的妇人都是因为这个……"生下死胎，后面的话徐妈妈没有说下去。

掌珠休息了一会儿，小腹并不如之前那般疼痛，只是觉得很累，听徐妈妈这样说，便问道："大夫若是不忙就细细说来，我也不知该如何是好。"

这个大夫是姜夫人素来用惯的，与姜家和孔家关系都不错，因此也就多说几句："老夫刚才诊脉，胎儿并没有任何影响，因此若是在胎儿健康的情况下，就尽量在母体内多留几日。至于徐妈妈刚才说的，是因为怀孕七月时胎儿已经不好了，这时若是生下来或许还有救，但是母体并不知道，等到八月再发现问题时，胎儿已经……"

徐妈妈道："是老奴无礼了，还请大夫见谅。"说着屈膝福下去。

大夫连忙避开。

七活八不活的话，掌珠也是听说过，又毕竟是第一胎，心中多少有些不大确定，便问道："大夫的意思是顺其自然？"

大夫道："少奶奶可与夫人和大爷商量商量，少奶奶现在若是吃催产药也是使得的。"

掌珠道："徐妈妈，请大夫去偏厅坐会儿，等夫人和大爷来，再将这些告诉他们，我休息会儿。"

不一会儿，屋中就只生下掌珠一人。

掌珠虽然很累，但是偏偏睡不着，手只慢慢地摸着肚子，肚子并不大，掌珠其实早就有感觉，这孩子来的时间怕是会比他们预计得早些。

掌珠心中多少有些愧疚，这个孩子的到来本就有些颠簸，等到知道后，她也没有觉得高兴，说不定这个孩子是知道了这些，才想早早到来，或者是早早离开，免得来了她也不高兴。

在掌珠咬了一口玫瑰糯米糍后，掌珠就明白什么是母子连心了，她身体不仅难受，小腹里那孩子好像狠狠踢了她一脚，她才连忙吐了那一口。

后来想想，除非这里面是剧毒，不然是不会这么快有反应的，掌珠只能说是老天不想让她失去这个孩子……

想着想着，掌珠居然哭了，就感觉到，有人温柔地帮她擦眼泪，掌珠一时也不知道是不是在梦中了，慢慢睁开眼，才发现已经天黑了，她屋里只点了一支蜡烛，昏昏暗暗的，原来她刚才真的睡着了，只是掌珠还是觉得很累。

坐在她身边的是姜铎。

掌珠看见姜铎，眼泪流得更多了，哽咽地道："藏锐……"掌珠突然觉得很委屈。

姜铎轻声哄道："乖，不哭，有我在呢，别怕，乖……"

掌珠刚才也不过是情绪失控，或者说没有睡醒，现在清醒了不少，慢慢不哭了，只是擦着眼泪道："难不成你还管生孩子？"

姜铎继续哄道："下回我生好不好？"

掌珠笑道："我又不是小孩子，就知道糊弄我。"

姜铎只是笑笑问道："已经熬好绿豆粥，我喂你喝一小碗？"

掌珠点头，姜铎就真的服侍掌珠喝了一小碗，绿豆属凉性，也不过就只有三四勺而已，掌珠都吃了，姜铎看着掌珠不够吃，又拿了一小块点心喂了掌珠，掌珠才觉得活过来一样，也有了精神，才问道："你和母亲怎么定的？催生还是等着？"

姜铎顿了一下，道："催生对你身体不好。"说完就有些紧张地看着掌珠。

掌珠道："我也是这么想的，就顺其自然吧，她什么时候想出来就出来，反正也不过这十几日了。"

姜铎帮掌珠整理了一下刘海，道："你忍耐几日，这几日怕是下不得床了，若是无趣，就让说书先生过来，你别累着。"

掌珠点点头。

姜铎又道："你先歇会儿，我一会儿再来陪你。"

掌珠知道姜铎是处理这糯米糍的事，便乖巧地点点头。

姜铎看掌珠这样子，心中很怜爱，伸手捏捏掌珠的脸颊，然后出了掌珠的房间。他一出去脸色就变得很凝重。

姜夫人还在偏厅，见姜铎进来，问道："掌珠可好些？怎么说的？"这个时候最想见到的肯定是丈夫而不是她这个婆婆，因此姜夫人一直在这里等着。

姜铎点了一下头，道："已经同意了。"这个孩子对姜铎来说，并不如掌珠重要。

姜铎知道女人的病痛，有的时候养几年看着管用，但是年纪大了便就又都出来了。

姜夫人有些不自然地笑笑。

其实姜夫人心中还是希望能够催产的，虽然对身体有碍，但是毕竟能保证孩子平安，掌珠休养几年还是可以生的，更何况就算掌珠身体无碍，怕也要等上几年再生孩子。

姜铎又道："这次事倒是劳烦母亲跑这里一趟。"

姜夫人连忙道："也是我没有看好，让人借了我的名头……"不知道是谁敢用她的名声送这些东西，姜夫人心中实在是恨得要命，她和竹院这边的关系好不容易这么融洽，结果……

姜铎截下姜夫人的话，道："这事必定与母亲无关的，我自会查清楚，劳烦母亲了。"很明显的送客，也很明显的客套。

姜夫人有苦说不出来，只得点点头，离开竹院。

姜铎这才让人去审问乐文，还有检查糯米糍，他之前已经派人去追赶姜兰娘的花轿，也不必惊动熊家，只需问一下姜兰娘身旁的丫头，让丫头传个话，就知道姜兰娘是否做这玫瑰糯米糍，做了多少个，给了谁，用的哪里的玫瑰、糯米，等等。

姜铎并不认为这是姜兰娘干的，因为这样做对姜兰娘以及二房并没有任何好处。

姜兰娘不敢得罪大房，肯定会努力自清的。

果然，姜铎只等了小一刻钟，姜兰娘那边便回话了，她确实做了玫瑰糯米糍，但是早在前一晚就给了姜二夫人，而且是全部都给了姜二夫人，并没有给姜夫人也没有给姜铠。

姜铎松了一口气，这算是从另一方面证明了姜夫人是清白的。

姜夫人若是想要了这个孩子的命，就不会用这样的借口。

其实姜铎心中也不认为是姜夫人，但是这事毕竟是借姜夫人的名声，姜夫人多少有些被殃及。

如果不是借口姜夫人，掌珠或许不会吃那东西。

现在就看乐文那边的回话了，姜铎并不指望乐文说出来，派人去查厨房那边，今天谁用了厨房的糯米和玫瑰，乐文从哪里拿的食盒……

乐文与罗文这两人是姜铎用惯的人，在他身边已经服侍五六年了，若不是他与这两人都没有什么心思，说不得已经收房了。

姜铎之前也查过这二人，并不是姜夫人、崔姨娘的人，他才敢放在掌珠身旁用，没想到还是有了纰漏。

厨房那边还没有查出什么来，倒是查出有人看见一个小丫头在竹院鬼鬼祟祟的，姜铎想查这个丫头是谁，轻而易举，这丫头居然是崔姨娘的人。

姜铎有些吃惊，他知道崔姨娘的小算盘，但是他还是觉得崔姨娘不会对掌珠的孩子动手的，那也是崔姨娘的……孙子孙女。

这个时候姜铎不得不承认，他与崔姨娘的关系无论怎么无视，还是存在的。

姜铎亲自带着人去了趟萝院，抓了那丫头，崔姨娘满脸的不解，姜铎只稍微问了几句话，就明白这事和崔姨娘无关，那么就是……红榴了……

红榴已经吓得脸色苍白，不问就知道怎么回事。

也从红榴的枕头下面搜出来个布娃娃。

姜铎看了一眼这布娃娃，狠狠地扔到红榴面前，道："你还有什么要说的！"

红榴哆哆嗦嗦地跪下，不敢说话，也不敢看姜铎，只盯着地面。

崔姨娘见红榴挺着肚子跪着，很担心，可恨的是旁边又有奴仆，这以后红榴的脸面还往哪儿放？这孩子生下来就又矮了半截。

崔姨娘想说什么，姜铎只淡淡地看了崔姨娘一眼，崔姨娘心"咯噔"一下，便不敢开口了。

说起来崔姨娘其实并不了解自己的儿子，但是她还是能看得出来姜铎现在真的生气了，不然不会那样没有感情地看着她的。

崔姨娘只担心地看着红榴，想着好在有大夫，过会儿就请进来诊脉，想来也没有什么事吧。

姜铎心中并不仅仅是生气，还有心寒，就算这事与崔姨娘没有关系，但也是崔姨娘没有看好红榴，他就不信崔姨娘没有察觉出什么来，不过是睁一只眼闭一只眼罢了。

掌珠可是他的妻子！

她们居然如此……

姜铎咬了下牙，上前走了一步，道："把她给我拖下去。"这拖下去，就生死有命了。

红榴一下坐在地上，连哭都忘记了。

也就崔姨娘还有理智，连忙跪下抱着姜铎的腿哭道："大爷，你不能这样啊，这肚子里的是你的儿子啊，你的庶长子啊……你看在我的面子上饶了她吧。"

红榴回过神来也开始哭，道："大爷，饶奴婢一命吧……"

姜铎身旁的奴仆都是他的嫡系，明白姜铎要真是想将人拖下去发落，只一个眼神，不会在这儿废话，所以他们才没有动。

姜铎心中不耐烦，但是却等着，不这样，红榴是不会说出他想知道的东西的。

果然，红榴开始抽泣着道："奴婢是一时鬼迷心窍，才……大爷饶命啊。奴婢也不知道怎么回事，奴婢……"红榴有些不知所措，她完全没有想到会有这么一天，当时只是脑子一热，而且也是崔姨娘总在她耳边说什么，掌珠要是生个女儿，要是没有怀孕就好了……一想到崔姨娘，红榴马上道："大爷，都是崔姨娘撺掇奴婢干的，奴婢才鬼迷心窍埋了这脏东西。"

姜铎皱着眉头，这个红榴说半天只说了这布娃娃，关于玫瑰糯米糍的事一句也没有提，是不关她的事还是她没有说出实话？

这时过来一个奴仆在姜铎耳边说了几句话，他们在竹院挖出了红榴让埋的布娃娃。

姜铎听完后只点点头，然后皱着眉盯着崔姨娘。

崔姨娘听了红榴的话一愣，顿了一下，才支支吾吾地道："我……我……"

红榴摸着肚子，一副很痛苦的样子，崔姨娘一咬牙，就道："我也就是随便说说，少奶奶要是生个女儿就好了，没想到她就……那东西就是求少奶奶生个闺女……"她是姜铎的亲娘，姜铎也不会怎么样，现在最重要的就是红榴的孩子要保住。

红榴赶紧点头然后求饶。

姜铎自然是看见她们的小动作，看样子红榴也说不出什么了，姜铎心里除了失望还是失望，崔姨娘到现在还在帮着红榴！

姜铎向前一步，一脚将红榴踹到在地上，崔姨娘惊讶地惊呼，道："大爷，那是你的孩子，你怎么能……"

姜铎冷声道："难道掌珠的孩子就不是我的了吗？"

崔姨娘连忙道："她又没有什么事，这东西不过刚埋下去，等生了才知道男女啊。"崔姨娘完全不知道倒底发生了什么。

姜铎冷眼看着红榴，道："这东西是让人生女孩的吗？"语气中带着十足的嘲笑。

红榴目光躲闪，只嘤嘤地哭。

这东西明显是咒人死的。

崔姨娘确实不知道这些，或许已经感觉到什么了，但是不管怎么样只是装傻抱着姜铎的大腿求饶哭泣。

姜铎闭上眼睛静了一息，便扶起崔姨娘道："姨娘好好照顾她吧。"说着便转身离开，自有奴仆将那个布娃娃收走。

崔姨娘和红榴都有点傻眼，这是怎么回事？她们没事了吗？

姜铎出了萝院，就有小厮上前道："大爷，那个丫头只说是红姨娘收买她，让她去竹院里埋东西，都是关于这些肮脏之物的事，关于玫瑰糯米糍的东西完全不知情。"

那个小丫头就没有乐文和红榴她们幸运了，拖出去便是打板子。

姜铎点了一下头，道："赏她一板子，送她走吧。"说完站住，道，"萝院的人只许进不许出，所有的丫头都换了。"

"是。"

姜铎回了书房，眉头紧皱。

看着桌子上的玫瑰糯米糍，很是可口的样子，这里面的药对大人没事，但是对孩子是极其不好的。

有人想要这个孩子的命还要保住掌珠。

崔姨娘也不过是希望这个孩子是女孩，不会要孩子的命。

红榴……

姜铎摇摇头，红榴的胆子不小，但实际上她手上没有什么人可以用，更不可能买通乐文，她最多就是埋个布娃娃。

姜夫人也不会干，就算她想动手也一定是个万全之策，斩草除根。

姜铎心慢慢地变寒，一个人出现在他脑中，这个人可以借用姜夫人的名声，可以支使动乐文，也有一定的理由要孩子的命而保掌珠。

姜铎坐在漆黑的书房里，一动也不动。

第二日，掌珠醒来就见姜铎坐在她跟前，掌珠现在精神不济，并不知道姜铎是不是在这里睡的，姜铎大大的黑眼圈，看出来没有睡好。

姜铎握住掌珠的手道："身子可好些？"

掌珠点点头，道："好多了，就是觉得有点沉。"说着摸着肚子，笑道，"好像是孩子在肚子里不停地长大，她一定知道自己就要出来了。我觉得她是个女孩，我感觉得到。"说着抬头看向姜铎。

掌珠心中的委屈又被勾出来了，姜铎希望是男孩还是女孩？

姜铎笑笑，道："只要是你的孩子我都喜欢，我也喜欢一个像你一样的小女孩，你不必担心这些。"说着轻轻地吻了一下掌珠的手，然后低声道，"我一直都很遗憾不能与你青梅竹马。"

掌珠忍不住笑道："你我年纪差太远。"两人相差七岁，掌珠在薄情庵的时候姜铎已经可以出去办差了，算是个大人了。

姜铎道："所以我才遗憾，不过好在你嫁给了我，还有了我们的孩子。"

掌珠松了一口气，道："我总觉得愧对这个孩子，她来的时候我居然不高兴，我……"

姜铎道："掌珠，我们都是第一次当父母，还在学习怎么成为父母。"说着轻轻地摸着掌珠的肚子，道，"她会明白的，我们以后都会好好对她的，她是我们的掌上明珠。"

掌珠笑着点点头。

姜铎拍了拍掌珠的脸颊，自是去忙碌，他想了一夜，总觉得还是应该要面对。

掌珠看着姜铎的背影，眼中带着连她自己都没有察觉的爱意，她没有问关于玫瑰糯米糍的任何事，她相信姜铎。

而且，事实上在她昨天知道那糯米糍有问题的时候，就已经猜到是谁了，这个人，就只能姜铎自己去解决了，她现在只踏踏实实地生孩子。

不一会儿，大夫又来把脉，笑道："少奶奶恢复得不错。"

掌珠听大夫带着笑意，就知道已经没有什么危险了，便问道："不知道何时会生？"

大夫道："这个老夫并不知道，随时都有可能，但是少奶奶放心，孩子与您都很健康。"

掌珠也安心不少。

姜铎出了屋子就见田妈妈跟在后面，姜铎并没有说话，而是出了竹院后，才道："不知道田妈妈有什么事？"

田妈妈看起来很憔悴，声音也带着颤音，道："夫人希望您能过去一趟。"说完，眼圈已经红了。

她是看着姜夫人长大的，明白姜铎这一去，怕是这几年的恩情也没了。她怎么不心疼，偏偏她怎么劝夫人，夫人都坚持己见。

姜铎愣了一下，道："待我去了父亲那里，自会去母亲那儿。"

田妈妈眼神亮了一下，但随即还是暗了下来，道："夫人说，请您务必过去，她有要事和您说……"

姜铎叹了一口气，点点头，便转身离开。

田妈妈想说什么还是咽下去了，用手帕擦了擦眼角，也跟着去了松院。

出了昨天的事之后，田妈妈就被姜夫人召回了，这个竹院，外人是不能再进去了，就连小金桃也送不出消息来。

田妈妈叹了一口气，她家姑娘怎么运道就这么差……

姜铎果真去了松院，姜夫人在松院的绣房，姜铎对这里有印象，他小时候姜夫人在这里刺绣，他在一旁背书，姜夫人脸上总带着温柔的笑意。

那时候姜夫人没有孩子，将对孩子的期盼之情都化成了对他的喜爱。

姜铎站在门口，想着小时候的事，脸上带了些笑意，他一直都很庆幸姜夫人是个正直心善的人，从来没有想过要带歪他。

即使后来姜夫人怀了孩子，对他也是一样的好，只可惜，很快就掉了，再后来姜夫人也就对孩子没有那么多期盼了。

姜铎脸上的笑意隐去，心中抽痛，他明白了姜夫人的无奈与痛苦了。

"可是铎儿在外面？快进来吧。"这句话姜夫人以前也经常说，却从来没有今天这么胆战心惊过。

她对姜铎的感情很复杂，最开始的时候不是没有想过捧杀姜铎，后来终究还是心软，不想这样毁掉这么一个孩子，到后来就是真心疼爱，只可惜姜铎很快就长大了，也有了自己的想法，两人难免互相心生防备，现在，姜夫人心中更多的是恐惧。

她恍然间明白姜老爷为何让她生一个儿子了，钰儿比姜铎小那么多，她将来就是为了钰儿，也不能得罪姜铎。

姜铎已经进来，却没有打扰姜夫人。

姜夫人回过神来，笑道："我年纪大了，就喜欢发呆了。"姜夫人看向姜铎，姜铎昨日在萝院的事她已经知道，想来是没有从那两人身上发现什么，这个时候姜夫人觉得自己把后院管得太好了，崔姨娘这两人不能在食物上下毒的，要不红榴怎么只能想出埋东西这种肮脏的想法？

若真是这两人干的，该多好……

姜铎道："母亲还年轻。"

姜夫人心中一酸，姜铎并不善言辞，但是姜夫人知道，姜铎心中对她还是尊敬的，只是以后怕是难了，以后这些对话可能就真的只是客套话。

姜夫人叹了一口气，道："年纪大了，昨天我让乐文去送玫瑰糯米糍的事，我都忘记了。"这话说出来，姜夫人就觉得轻松了，她担下来总比那人担下来强。

姜铎看着姜夫人，没有说话。

姜夫人强装镇定，道："这事是我失误了，差点伤了掌珠……"顿了一下，"好在掌珠没事。"

姜铎只点点头，道："儿子知道了。儿子先行一步。"

姜夫人惊讶姜铎的反应，昨天他在萝院大发雷霆，今天知道是她干的怎么可能会这样平静。

姜夫人猛地站起来道："你去哪儿？"

姜铎转身，恭敬地回道："我去父亲的书房。"

姜夫人道："我不是说是我给掌珠送的糯米糍了吗？"

姜铎道："昨日乐文已经说了。"

姜夫人咬着牙道："好，那糯米糍里的药是我放的，我就是不希望她生孩子，姜家历代夫人都不能生下儿子，怎么就她能？"

姜铎上前走了一步，站在姜夫人面前，道："原来是这个原因？"

姜夫人回避姜铎的视线道："是。"

姜铎笑了一下，道："我去书房。"他很清楚，姜夫人在骗人，她在维护他的父亲。乐文应该一直都是父亲的人，所以他才查不出来什么。

姜夫人猛地抬头道："你难道没有听明白吗？是我下的药。为什么非要去你父亲那里？"

姜铎扶着姜夫人的肩，道："母亲，我是您养大的，我知道您的为人，我能平安地长这么大，我就有理由相信您不会对掌珠动手的。"他昨日完全查不出姜夫人有任何嫌疑。能够在后宅这样神不知鬼不觉地动手的人，只有他的父亲。

姜夫人听姜铎这样说，泪终于流下，她自从生下钰儿之后就没有哭过，这是第一次。

她心里说不出地难受，握着姜铎的胳膊，道："你别怪你父亲，他也有他的苦衷，也是为了姜家好……你千万别断了和他的情分，他其实一直都以你为傲，只是从来不说罢了……"

姜铎看着姜夫人这样，心中也沉甸甸的，他一开始确实没有想到是父亲，后来，线索少得就好像那盘糯米糍是凭空出现的，姜铎才想到了父亲。

只是他没想到姜夫人会这样维护父亲，或许姜夫人心中对父亲也是喜爱的，父亲呢？父亲那次说要把庶长子给姜夫人养，或许也是真心为姜夫人好吧。

姜铎扶着姜夫人坐下，道："母亲放心，我只是有事与父亲相商罢了。"

姜夫人叹道："你父亲也是姜家的族长，这族长难当，你……以后就明白了……千万别怪你父亲……"

姜铎点头应下自是出去了。

姜夫人只默默地掉泪，想起当初她掉的那几个孩子，若是……

姜老爷看到姜铎来的时候并不惊讶，反而问道："在路上耽搁？"

姜铎回道："去看了一下母亲。"

姜老爷"哦"了一声，道："她啊。"

一时，两人都不说话。

姜老爷性子急些，并不耐烦这些，问道："你来有什么话对我说？直说吧。"话语中有些冲。

姜铎便直接问道："不知道父亲为何要送糯米糍给掌珠？"

姜老爷看向姜铎，他一直都对这个儿子很严厉，有的时候他自己都怀疑，姜铎还当不当他是父亲，其实他心里知道姜铎是优秀的，但是越优秀就越要有人看着他，姜老爷也曾经想过，要是这个儿子是姜夫人生的多好？

他自己又何尝不想打破那个所谓的族规？

但是姜老爷明白，还好姜铎是庶长子，这才能激发出姜铎所有的能力，姜老爷似乎有些了解为何是庶长子当家了。

他从小为了担得起这个族长，没少下功夫，身为庶子就更下苦功，姜老爷可以说他不愧对祖宗，只可惜他并不是一个称职的父亲。

对长子过于严格，对小儿子又是不管不顾，姜老爷心中叹了一口气，收起这些胡思乱想道："听你母亲说她吃得不好，我便送去了。"

姜铎道："可是这糯米糍中有打胎的药。"姜铎忍不住声音也大了些。

姜老爷冷笑道："她的孩子现在不还好好地在肚子里吗？关我什么事？"说着挑了一下眉，道，"你是来质问我？"

姜铎并没有像往常一样跪下请罪，而是道："我只是希望父亲不要因为所谓的传言就动手害了您的孙女。"

姜老爷气得拍了一下桌子道："孙女？你就知道是女孩？若是男孩呢？嫡长子？你要他怎么办？你要外人说姜家嫡庶不分吗？还不如我先下手。"

姜老爷这算是承认了。

姜铎道："父亲何苦为了这样的传言如此……"

"传言？若是传言你和我是怎样当上族长的？"

姜铎握紧拳头道："那也不必就因此要了那孩子的命！"

姜老爷看着姜铎，慢慢地平静下来，姜铎总是使他想起当年的自己，姜老爷叹了一口气，道："这不仅仅是传言，若真的是传言，为何上百年来，都是庶长子继承？这是上天对姜家的诅咒。"

姜铎道："我更认为这是对姜家的考验。"

庶长子继承家业，这个所谓的传言，在不断地激励着每一代的庶长子，庶长子为了担起来家业，自然就优秀。

嫡子……其实何来的嫡子？有一个庶长子身份的父亲，即使母亲是正室，那生出来的所谓嫡子也不会算是嫡的。

嫡庶早已经不分。

姜老爷怒道："嫡子继承家业必会天谴！"

姜铎道："无稽之谈!"

姜老爷指着姜铎，气得说不出话来，最后只是不停地咳嗽。

姜老爷端起茶杯灌了一大口茶，才止住咳嗽，道："当年那些事……"

姜铎道："我知道，但是我不会信的，更不会为了这个亲自动手杀了我的孩子！也希望父亲不要。"

这个所谓当年的事，大概就是追溯到姜家最初几代，版本也有很多个，最后传到他们耳边的也只有两个，第一个是姜家女在后宫独宠，残杀众女，当时皇后惨死，皇后死前便用自己高贵的血起誓，诅咒姜家如她这般，妻不受宠，庶子继承家业。第二个是当时姜家族长与好友一同游玩遇到强盗，好友被杀而姜家族长平安无事，好友正是家中的嫡子，因此好友家父母便下了诅咒。

若是违背，姜家必有大难。

这是姜家的秘密，只有族长知道，姜铎是从小就知道，只是这些早就被传得神乎其神，甚至都已经妖魔化了。

姜老爷见姜铎如此，也明白自己管不了姜铎了，心中居然生出几分骄傲，这才是他的儿子。

这些传言其实历代族长都不是很信的，但是，谁也不敢打破，更何况，若是改成嫡子继承家业了，他们这些所谓的庶长子族长不都被抹杀了吗？因此这个传言就这么一代一代地传下来了。

姜铎道："我还有一事想和父亲说，就是红榴那胎，以后不会录入族谱。"

姜老爷打开抽屉，扔给姜铎一把钥匙，然后挥挥手道："罢了，我以后不管了，我也老了，这个家早晚是你的。你出去吧。"

姜铎没有像以往那样推辞，拿着钥匙躬身离开。

过了一会儿，姜夫人才进来，一进来便掉眼泪，道："你何苦和他争执？年纪这么大了，若是有个好歹……"

姜老爷道："我就是有个好歹，铎儿也能撑起这个家，我已经放心了。"

姜夫人擦擦眼泪道："那些是孩子的事，你就不要管了，造的孽还少吗？"

姜老爷怒道："你给我出去！"姜老爷并不想面对姜夫人，她的孩子就是他弄没的……

他是没有脸见她的，若是当初他也如姜铎这般，或许……

姜老爷说完又咳嗽起来，姜夫人送上茶给姜老爷，姜老爷想挥掉，但是终究还是端着喝了。

不过一两天的时间，姜家已经是易主。

姜老爷扔给姜铎的那串钥匙便是打开放着姜家大印、地契、族谱匣子的。

有了这个钥匙，才算是真正姜家的主人。

姜铎没有想到姜老爷会这样冲动，他当时心中赌气，也就没有推辞，现在，他就是想还也不能还回去了。

族长还在位，却没有这钥匙，便是有名无实，担族长的责任却没有行使族长的权力，父亲这是……

姜铎叹了一口气，这把钥匙如此重要，父亲拿出来丢给他时却好像早就准备好了，或许父亲早就有了这个想法，只是父亲没找到机会给他吧。

也对，若是明着给他钥匙，这族长之位也要他来当。他年纪轻轻便当了族长，怕是有些人看不惯，不如父亲先在位子上坐着，他暗中将人收服。

姜铎心中五味杂陈，想起姜夫人说父亲一直以他为荣，又想起父亲咳嗽的样子。

姜铎只看着这钥匙发愣，心中明白父亲的苦心，只是残害掌珠腹中孩子的事，姜铎还是不认同的，两人的隔阂不是一下子就没的。

或许这样是最好的结果吧。

姜铎将钥匙收起来，第二日便如同以往一样，也亲自去给姜夫人请安，这姜家后院还是需要姜夫人坐镇的，姜老爷已经没有实质权力了，姜铎总要给些甜头，这二人心里才平衡。

当然，也因为姜铎对姜夫人还是相当信任的。

给姜夫人请安后，姜铎也还是去书房给姜老爷请安，父子俩就同往常一下随便说几句，然后姜铎便出去办事了。

一切都没有变。

但是下面的奴仆却是心里明白，姜家已经变天了。

这些奴仆最是眼睛灵光，若是连自己的主人都认错，怕是也活不长，不过，这也只是底下的波涛汹涌，面上是一点都看不出来的。

掌珠也在房中静静地养胎，她现在精神越来越好了，却也知道怕是这几日就要生了。

自从那一日后，掌珠身边一直都有人跟着，晚上睡觉时，脚踏上有丫头休息，偏厅也有守夜的。

这一日是姜兰娘回门的日子，掌珠派了个小丫头去看看，回来学给她听。

谁知道不一会儿姜兰娘过来探望她了。

掌珠心中有些惊讶，虽然姜兰娘现在是小妇人，两人见面倒是没有什么忌讳，但是全府上下都知道她最近不舒服，随时都要生，都躲着她，生怕她有个意外赖上谁。

不过有人能探望她，掌珠还是高兴的，因掌珠现在不能下床，所以晓初和秋白连忙摆上小几、搬来椅子、端上茶点，等等。

姜兰娘不过出嫁九日，掌珠再见到时却是觉得变化颇大，眉眼间更是爽朗，比不得之前眼中偶尔闪过的忧愁。

姜兰娘一身朱红色的宽袖对襟长袍，上面绣着石榴花开，看着很是喜庆，姜兰娘眉眼间都是笑意，道："我来给大嫂请安，嫂子可别嫌弃我贸贸然。"

掌珠也笑道："是你别嫌弃我才对，我这也不能下床招待你，就委屈你坐床边了。"

姜兰娘道："不碍事的，我过来也就是想和大嫂说说话，这样静静的最好。"说着便大大方方地坐下。

掌珠喜欢姜兰娘的性子，两人本就谈得来，一个因为怀胎，一个因为出嫁，两人身边一时也都没有什么可说话的人，今日正是谈得欢。

只是姜兰娘也时时看着掌珠的神色，担心掌珠太累。

这姜兰娘不过嫁人几日，越发地会看人眼色，姜兰娘就是今日不来，也是没有关系的，毕竟掌珠情况比较特殊，但是在这种时候过来，姜兰娘就有了几分“雪中送炭”的意思。不过好在，姜兰娘并没有什么坏心眼，不过是希望竹院能对二房好一点。

不一会儿，就听见门口有动静，掌珠与姜兰娘停下。

晓初笑着进来，道：“二姑爷过来接二姑奶奶了。”

姜兰娘噌地脸就红了，站起来，不好意思地道：“大嫂，他不懂咱们这边的规矩，武将出身……”

掌珠掩嘴笑道：“我知道的，没关系，你快去吧，看到他对你好，我也就放心了。”

晓初过来帮姜兰娘整理衣服，姜兰娘见屋中就只有她们三人，便笑道：“他看着有些吓人，但是人挺好，对我也挺好，他身边虽然有几个侍妾，但也都是上不了台面的，不过是别人塞给他的，婆婆婶娘也都是爽快人，对我很好的。”说着头也低下去了，朝掌珠行礼，便出去了。

掌珠摸着肚子感叹一番，这门亲事可是姜荷娘嫌弃的，对姜兰娘来说却是正合适的。

待到晚上，姜铎回来，除了脸色有些白，倒也看不出喝了酒。

掌珠笑道：“二姑爷是武将，想来很能喝的，藏锐还好？”

其实姜铎已经有些喝多了，不过是佯装平静而已，见掌珠开玩笑，便笑道：“头有些晕而已，没想到被娘子看出来了，怎么看出来的？”说着勾起掌珠的下巴，邪邪一笑。

果然，姜铎喝得有些多了。

掌珠道：“妾身看藏锐的眼神不一样，所以猜的。”顿了一下，怕姜铎听了这话又说些别的话，便问道，“今日，我听兰娘说二姑爷长得有些吓人？可真的如此？”

她虽然派小丫头去看了，但是小丫头回来只说熊三爷看着很是壮实，她们都不敢仔细看，形容得好像会吃人似的。

姜铎笑了笑，道：“无知妇人，如二妹夫那样才算真男人。”

掌珠低头掩嘴笑，姜铎只有喝多了才会这个样子，看着好似小孩。

姜铎见掌珠高兴，揉了揉掌珠的头发，才道：“二妹夫比我高一头，很壮实，内宅的丫头妇人看见是觉得可怕些。”

掌珠笑道：“听起来倒也没有什么。”

姜铎点点头，道：“看兰娘过得好，我也就放心了。”说完不再说话。

掌珠知道姜铎应该是想起姜荷娘了，当初姜铎若是多顾虑两分，或许现在就是另外一种状况，姜荷娘毕竟是他亲妹妹，姜荷娘这一入太子府，已经八个多月了，也不知道怎么样，连她和红榴有孕，姜荷娘都没有道喜，不知道是真的打算和姜家两断，还是不知道。

想到这，掌珠想起了红榴，她知道姜铎将萝院管制起来，虽然下人们避着她，但是晓初、秋白、唱月几人毕竟是她的人，她稍稍一问，便知道红榴干了什么。

掌珠脸上难免带出了几分不高兴。

姜铎回过神来看见，便问道："怎么了？可是想家了？"姜铎以为谈起兰娘回门，掌珠也想家了呢。

掌珠摇摇头，道："没有。我是想……"掌珠顿了一下，还是问道，"红榴的孩子藏锐打算……"

红榴办的这事其实不小，巫蛊之事无论在家中还是在宫中绝对都是重罪，只是红榴现在怀着孩子，崔姨娘又在身旁照顾着。

这事要是搁在其他大家族，怕是一碗药就灌下去，孩子能活就是命，不能活也就不能活了……

姜铎打算怎么办？

姜铎一时间面容严肃，紧接着又放松下来，道："这事你不用放在心上，我不打算给那个孩子上族谱。"

不上族谱？这倒是个方法，只是掌珠还是觉得哪里不对。

正想着，也不知道今天是太高兴了，还是闻了些酒味，掌珠就觉得肚子好像在往下坠似的，也有股暖流从腿上流下，掌珠一愣，紧接着脸色就苍白，她要生了！

姜铎本以为是自己说的那句话吓到了掌珠，却见掌珠攥着被子的手很用劲，也立刻明白，掌珠要生了。

姜铎迅速冷静下来，喊徐妈妈和秋白等人进来。

这些人这些天来早就做好心理准备，心中虽然也担心焦急，但却是迅速利落，徐妈妈本来已经找了两个强壮婆子要抱掌珠去产房，姜铎却一把将掌珠抱起来，一声不吭地去了产房。

徐妈妈与秋白对视一眼，眼中都隐隐带着高兴，主子受宠，她们也过得好。

产房那边产婆、大夫自是都已经准备好了，产婆跟着进去，看了一下，道："大爷，少奶奶怕是还得一会儿，您看您先……"

掌珠的心已经乱了，只紧紧地抓着姜铎，姜铎道："既然还要等会儿，那我再在这里陪会儿。"

产婆一愣，她的意思是离生下孩子还有段时间，不是还要有段时间才开始生孩子。

产婆为难地看了眼徐妈妈。

徐妈妈一时也不知道该怎么办，这个时候一直跟着的唱月上前道："大爷，少奶奶向来喜欢干净整洁，怕是要换衣服，您在这里少奶奶心中也是担心您的……"

姜铎看了眼唱月，又看向掌珠。

掌珠这个时候已经回过神来，点点头，掌珠吓得已经有点说不出话来，心中其实是很不想姜铎走的。

姜铎紧紧地攥了下掌珠的手，道："我在外面等着你，别怕，我在。"

掌珠心中好似有了勇气，道："好。"

姜铎一出去，产婆这边就开始忙碌起来，剪开衣服，备上热水、参片……

姜铎在大厅听着掌珠的叫喊，心神不宁，来回走动，酒早已经就醒了，唱月端着茶过来，道："大爷先喝点茶，少奶奶不会有事的。"

姜铎拿起茶杯，就又听见掌珠的喊声，手一颤，茶杯就掉了，姜铎突然想起什么转身就叫徐妈妈出来。

唱月只看着满地的碎片，叹了一口气，一片片地将碎片捡起来。

姜铎哪里还顾得上她，只低声对徐妈妈道："若是有个万一，保大，里面的产婆我之前已经交代过，但你也要在里面看着，若是万一……"

徐妈妈道："大爷您放心，少奶奶就交给老奴了。"

姜铎点点头，徐妈妈这才赶紧进了屋。

姜铎却出了竹院，站在门口，远远地看着萝院，以掌珠的聪明，等生完孩子就会想明白他说不给红榴的孩子上族谱是什么意思。

姜家不同于其他家族，因为姜家"嫡庶不分"，所以在姜家血缘反而变成其次，重要的是这个姓氏。

不上族谱就是姓姜也不是姜家人，这孩子若是生在别的家族还有活路，在姜家，也不过是被人作践成奴，他是不会让自己孩子这样的，为今之计，就是一碗药灌下去……

在这一瞬间，姜铎想开口叫人去把这事办了。

他早就想好了，掌珠的孩子一生下来，就叫人给红榴灌药然后将红榴卖了，若是孩子能活，那就是他的命了。

只是，姜铎回头看了一下院子里，他还能隐隐地听见掌珠的喊声，姜铎顿了下，等掌珠生下孩子，再办这事吧。

其实姜铎也可以等孩子生下来，就将红榴给卖了，但是他懂得离开生母的切身体会，生母无论多不好，那毕竟是生母。

他要是送走红榴，将来孩子长大了也会记恨他。

也不是不可以将这两人都留下，可是，他完全想象不到红榴抚养出来的孩子会是什么样，一个这样无知的母亲……姜铎顿住，他的生母何尝不无知？

姜铎脑中好像有一个声音在说，姜家是不一样的、姜家是不一样的，不上族谱的庶长子就和普通家族里没用的嫡长子是一样的，这个孩子以后的路很难走，几乎无路可走。

姜铎回到大厅，听着掌珠喊叫，脑子里乱哄哄的，觉得自己很可笑，一边听着掌珠生孩子，一边心中想着要杀另一个孩子。

姜铎又愣愣地坐了会儿，最终握了握拳头，决定等掌珠生下孩子就将给红榴灌药，红榴必须要受到惩罚，得让后院的人明白，有些事是不能触碰的！

姜铎自己安慰完自己，并不觉得舒服，反而心中更加沉甸甸的，盯着产房的门，那一声声的叫喊，好似在割他的心似的。

姜铎也说不好过了多长时间，只知道姜夫人和父亲都派人过来询问了，二房和三房也派人过来了，就连姜兰娘身旁的婆子也来了，姜铎看着这些人来了一趟又一趟，天都已经发白了，掌珠却还没有生下来。

问产婆，产婆却只是说很正常，有不少人都生好几天呢。

姜铎已经是坐不住，这时看见门口站着一个婆子，姜铎挑了一下眉，走到外面问道："怎么了？"

这个婆子是他安排在萝院的，没有什么事是不可能过来的。

姜铎心中有些烦，这个时候可别再出什么事了。

那个婆子脸上也有些尴尬，但马上回道："崔姨娘知道少奶奶生产后，很担心，想过来看看，被老奴拦住了，但还是要老奴过来看看，本来老奴只是想做做样子，偏偏崔姨娘让老奴送来这个。"说着手摊开，露出一块玉佩。

姜铎却眉头紧皱，拿过玉佩，烛光下一看，就是一块普通的观音玉佩。

这块玉佩看着并不是很贵重，但是姜铎却知道，这是崔姨娘很早之前在寺庙里求的，一直放在佛像前供着，崔姨娘每日都在玉佩前念佛经，一直都说是给他嫡子的。

那个时候他刚刚弱冠，崔姨娘知道自己不能决定他妻子的人选，但还是私下里帮着挑选，盼着他早早成家立业，有嫡女嫡子，偏偏老太爷那时候没了，也就又拖了三年。

姜铎问道："还说什么了？"

"姨娘说希望少奶奶母子平安。"

姜铎点点头，不再说话。

不排除崔姨娘是有挽回的意思。

姜铎叹了一口气，他心中不是不气崔姨娘，只是更多的是无奈，崔姨娘以前是秀才家的女儿，或许真的和那个新贵崔家有什么关系，崔姨娘最一开始也不是这样的，只是在这后宅待的时间长了，心性难免就变了。

谁也不是一成不变的。

或许他也应该给自己的孩子一个机会，崔姨娘既然那么喜欢那个"庶长子"，那就让那个孩子留在她身边尽孝道吧，以后如何，就看那孩子怎么走了。

姜铎将那块玉佩又还给婆子，道："把这个给红榴吧。"

话音刚落，就听见屋里一声婴儿啼哭的声音。

姜铎一喜，进了大厅，直接进入产房。

产婆有些惊讶，但是好在掌珠床前已经放了屏风，产婆只将孩子抱给姜铎，笑道："恭喜大爷，母女平安！"

姜铎心中本来担心孩子，但是进了屋却听不见掌珠的声音，有些担心，问道："少奶奶怎么了？"

产婆道："少奶奶没事，只是有些累了，睡过去了。"

姜铎点点头才看向孩子，是个小女孩，看起来很小，只是紧闭着眼抽泣着，声音很弱，姜铎连抱也不敢抱，只是看着，觉得嘴与下巴有些像自己，不知道日后睁开眼睛又会是什么样。

姜铎道："照顾好大小姐，少奶奶若是醒了就告诉我。"

姜铎让奶妈和徐妈妈先把婴儿抱下去了，这一会儿的工夫，产房里已经收拾得干净了许多，就好似刚才什么也没有发生似的。

姜铎在屏风后站了一会儿，只听见掌珠平稳的呼吸，姜铎想了一下，还是绕过屏风，走到床前，坐下，看着掌珠。

想来掌珠已经很是疲倦了，眼睛紧闭，脸色苍白，额头上还有细细的汗。

姜铎拿起手绢为掌珠擦了擦汗，这个时候看着，与刚出生的女儿是一模一样，姜铎忍不住笑了一下，现在才理解血脉是什么感觉，有一个像他也像她的孩子，一种说不出的满足感。

姜铎难免想到红榴的孩子，就算刚才没有想通他现在也不会动手的，他是做不到杀害自己的孩子的……

姜铎又看了会儿掌珠，才出了产房，虽一夜没有睡却也不觉得疲惫，反而好似又满身的干劲似的。

姜夫人与姜老爷得到母女平安的消息时，姜夫人心中难免有些失落，这个传言莫非就不能打破？姜老爷则很是高兴，所谓的传言能不打破自然是不要打破。

不管怎样，对于掌珠生女一事，大家还是表现得很开心。

掌珠醒来的时候已经是第二天早晨了，她几乎睡了十二个时辰，感觉自己已经是脱胎换骨。

掌珠自然也看见了她的女儿，女儿已经睁开了眼睛，大大的眼睛干净漂亮，清澈得可以映出她的身影。

这是她的女儿。

掌珠靠着床头慢慢地抱着女儿，好像作为母亲天生就会抱孩子似的，虽然刚才有些僵硬但是很快就适应了。

女儿很安静不吵不闹，听奶娘说，这两日也是这样，只饿了、尿了、拉了才哭几声，平时不是睡觉就是睁着大眼睛看着四周。

掌珠心中软软的，亲了亲裹着小被子的女儿，轻声道："宝宝乖，以后娘亲保护你。"

掌珠既是愧疚又是感叹，她居然曾经不欢迎女儿的到来……真是太不应该。

正想着，掌珠就听见给大爷请安的声音，姜铎进来了。

虽然不过这几日，掌珠却觉得好似很久没有看见姜铎了。

掌珠见姜铎想绕过屏风，连忙道："我这里没有收拾好呢，就隔着屏风吧。"

屏风对面的人顿了一下，还是走了进来，坐在床边，细细看着掌珠道："我不亲眼看看你，心里不踏实。"

掌珠本来心中有些怨姜铎太过鲁莽，她刚醒，头上只是盖了块方巾，身上还是那日的衣服，虽然没有血腥味了，但是出了些汗，自己总觉得满身汗渍，但是听姜铎如此说，心中便泛起点点甜意，抿嘴一笑，道："我很好。"

姜铎帮掌珠抿了一下发丝道："你辛苦了，好好养着。"

掌珠点点头。

掌珠虽未梳洗打扮，皮肤白皙，眼神水润，颇有一种西子捧心的韵味，姜铎一时看愣。

掌珠只低头看着孩子。

没一会儿孩子却哭了，奶娘连忙进来道："大小姐怕是饿了，奴婢先去喂奶。"

掌珠将孩子抱给奶娘，奶娘与孩子出去后，掌珠看了眼姜铎，又低头道："可有给闺女起名字？"

可能之前一直都觉得有孩子很不真实，两人谁也没有提给孩子起名字的事，都一直闺女闺女地叫着。

姜铎刚才有些尴尬，现在却已经收敛好了，笑道："已经想好了，你猜猜叫什么？和你的名字有异曲同工之妙。"

掌珠摇摇头道："藏锐就直接说吧，我现在是想不出来。"

姜铎笑道："至宝。叫作至宝。"

掌珠嘴里念叨了两回，道："果然是好名字，姜至宝，你我的至宝。"

之后的几天，姜铎每天都在屏风外与掌珠说会儿话，然后去看看女儿。

自从那一日后，掌珠就不让姜铎进来看她了，姜铎虽然不介意，但是她也不希望自己最落魄的时候让姜铎看见。

姜夫人亲自过来看过她，可能是因为糯米糍的缘故，姜夫人有些尴尬，坐的时间也不长，不过是嘱咐几句就离开了，然后让人送了不少东西来。

掌珠一时也不想理会这些，只等到出了月子再说。

姜兰娘也在回婆家之前过来与她说了几句话，互相承诺多写信，等等。

据说崔姨娘想进来看掌珠与至宝着，却被姜铎拦下来了，吃一堑长一智，姜铎暂时不想让掌珠和至宝落在崔姨娘眼里，崔姨娘本人或许没有什么坏心，但是却是好利用，还是谨慎防范一些比较好。

掌珠这月子才总算坐得踏实了，只是收到宝珠的信，宝珠的孩子在三个月的时候流掉了，算日子正好是掌珠生孩子的前两天，据说是被崔寓的小妾算计的。

掌珠叹一口气，陈家可不会善罢甘休的。

宝珠这封信，掌珠反而不知道怎么回信了。

她们姐妹几个，玉珠与她，很少有书信来往，不过是节礼往来，宝珠与她不对付，但是偏偏她的书信最多，掌珠都有点怀疑，是崔家非让宝珠写的。

她生了至宝，已经给陈家报信了，理应当也给玉珠和宝珠报信，但是宝珠刚刚流产，她这封信就好似在挑衅一般了。

更何况，宝珠若是因此讨厌至宝，可就不好了。

掌珠自己不怕那些风言风语，但是到了女儿身上，掌珠却不得不多考虑几分了。

掌珠干脆玉珠和宝珠这边都先不送信了，等到出了月子再说。

掌珠刚拿定主意，第二天掌珠就收到宝珠的又一封信，大概是加急的，不然就是那封信刚送出就紧接着写的。掌珠有点不明白宝珠怎么了。

一打开信，才明白，宝珠已经知道她生了女儿，特意写信"祝贺"。大概是周氏送的消息吧，周氏和宝珠这对母女现在的相处模式好似冤家，周氏总是对宝珠说某某嫁给谁谁，多好多好。宝珠却总喜欢对周氏说崔寓对她多好多好……

掌珠看完信，一笑，这个宝珠还真是性子越来越古怪了，她本以为宝珠定要酸几句，没想到除了开篇是劝她不要因为生了女儿不高兴，后面就都是夸赞至宝的，宝珠认为自己流掉的孩子投胎成为至宝了，还说名字与她的名字有一个字是一样的，果然是有缘。

看那意思，恨不得将至宝接过去由宝珠抚养。

掌珠摇摇头，完全不理解宝珠是怎么想的。

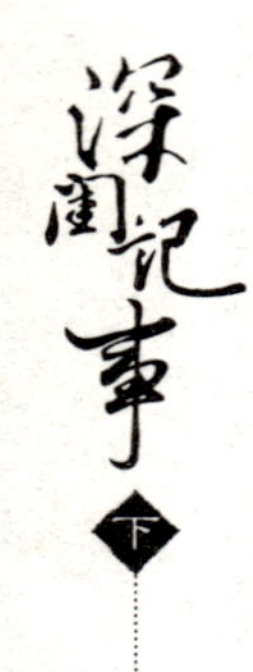

信中还简单地说了一下那个气她的小妾，已经被陈家卖到山沟沟里了。

这小妾仗着自己是崔太太买来的，处处与宝珠作对，宝珠自己走路不当心流了产，就赖这小妾，崔家为了平息陈家的怒火，也只得交出小妾了。

宝珠这性子真是越来越跋扈了，只是崔家也太没有担当了。

不管怎样，只要宝珠不会迁怒至宝就好，掌珠便也给宝珠回信，也给玉珠写信。

待到掌珠出了月子，已经是十一月。

今年冬天，天气很是寒冷，一向硬朗的姜老爷都病倒了，姜夫人日日伺候在身旁，本来崔姨娘也想去照顾，但是身旁有个怀孕的红榴，姜夫人也就让她留在萝院了。

姜夫人本来让掌珠管理家务，掌珠以至宝太小推辞了，姜夫人也没有多谦让，就将大部分权力交给姜三夫人了。

关于庶务这块，掌珠早就和姜铎商量好了，她现在是不沾手的，一来确实是因为至宝太小，需要她照顾着；二来也就是这三房的平衡之道了，大房无论庶务还是政事都是一手握着，已经足够打眼了，这庶务若是三房想多分点也无妨。

掌珠若是挑起这一块，以小压大，也有些麻烦，反正姜夫人不会真的放弃手中的权力的。

说不得这次也是试探，对姜夫人来说，姜三夫人比掌珠更让她信任，至少她可以从姜三夫人手中夺权，若是从掌珠手中就难了。

这一日，掌珠与姜铎正陪着小至宝玩耍。

至宝不过才一个多月，只会吃奶睡觉，也不是很磨人，很有意思。

姜铎拿着一个金铃铛，在至宝右边响了两声，就见至宝慢慢转头看向姜铎，大大的眼睛盯着姜铎，很漂亮，姜铎心中喜欢，忍不住从掌珠手中抱过小至宝。

小至宝早产，再加上本就体弱，因此比正常婴儿更小了些，好像一捏就碎的豆腐，姜铎一直都不敢抱，这次应该是一时不察，才抱了过来。

掌珠只掩嘴偷笑。

姜铎刚抱过小至宝就反应过来了，小至宝在怀里，他根本就感觉不到有重量，生怕自己用劲过大，见掌珠只顾着偷笑，想说两句，又怕声音太大吓到小至宝，只狠狠瞪了眼掌珠。

小至宝好似看懂了他们的互动，居然也咧嘴笑了两声，这让掌珠和姜铎心中感觉很是神奇。

小至宝好像继承了掌珠和姜铎冷情的性子，平日里除了哭也没有多余的表情，据奶娘说好似梦里笑过两声，掌珠与姜铎也都没有看见过。

这倒是他俩头一次看见小至宝笑，姜铎轻声道：“还是更像你一些。”说着便挺着腰板屈膝，将小至宝小心翼翼地还给掌珠，掌珠笑着接过小至宝，道：“你多抱抱就熟悉了。”

姜铎站在掌珠身旁，两人开始卖力地逗着小至宝笑，结果小至宝却迷迷瞪瞪地要睡着了。

姜铎也就不吵小至宝了。

一转眼，就见门口不知道什么时候站了个婆子，脸上虽然还带着笑意，但是眼中却是焦急，姜铎记在心中，便对掌珠道："你带着至宝去屋里休息吧，她要睡了，你也跟着睡会儿。这段时间辛苦你了。"

掌珠点点头："藏锐也是。"

姜老爷病了，掌珠作为儿媳妇虽然不方便在姜老爷身旁服侍，但是也得时常探望，帮着姜夫人熬药。而姜铎就要实打实地在一旁服侍，姜铎与姜夫人一人一晚轮着照顾姜老爷，好在姜老爷只是有些发烧，这些日子已经是好了。

掌珠进了里屋，那婆子才进来，连忙道："大爷，红榴姑娘发动了。"

自从红榴和崔姨娘被关在萝院，众人不知不觉又称呼红榴为姑娘了。

姜铎面无表情，只是道："产婆和大夫在？"

婆子道："在，只是……"

姜铎挑了一下眉，盯着婆子，婆子不敢停顿，连忙道："只是今日红榴姑娘是在屋里走路的时候不小心摔倒，才发动的，大夫和产婆看着并没有什么大事，想来红榴姑娘头一次生产，心中害怕请您过去看看……"说到后面婆子的声音越来越小，只恨自己贪图小便宜，收了几块银子为红榴说话。

姜铎眼神冰冷，好端端的一个人，又不是小孩子，知道自己怀着孕还能在屋里平地走路"不小心"摔倒？笑话！

姜铎倒是没有开口讽刺，只是淡淡地道："知道了，我这里忙，过会儿去看她，你回去吧。"

婆子连忙应下，不敢多说什么，匆匆离开。

姜铎叹了一口气，那红榴如此，想来是因为那块玉佩吧，以为他心中还惦记她，真是愚蠢。

那块玉佩给红榴，不过是向崔姨娘表明，掌珠这边不是她该惦记的。

姜铎已经没有了之前的好心情，只觉得有些累，起身便去了书房休息，免得再吵到掌珠母女。

姜铎出了竹院，路过萝院，听见里面的呼喊声，顿了一下，让小斯去交代产婆和大夫一句，保小，便离开了。

待到第二天晚上，红榴才诞下麟儿，母子平安。

红榴与崔姨娘自是高兴，听说崔姨娘在红榴生的时候在佛前跪了一晚上呢，看到自己的孙子平安诞生，崔姨娘高兴得直哭。

只可惜这只是她们萝院的态度，外面却没有她们想象的那么激动。

掌珠知道红榴生了儿子倒没有什么不高兴，她自己有了孩子才懂得做母亲的心情，她之前一直担心姜铎若是痛下杀手该怎么办……她不是心软，只是想给至宝积德，不希望姜铎对一个毫无反抗力的婴儿下手。

好在，姜铎并没有心狠到这个地步。

掌珠派人赏了东西，只让红榴好好养着。

姜夫人和姜老爷也是赏了些东西。

姜铎听了只是觉得有的时候，人的运道虽然好，却是架不住自己糟蹋。

他已经如此交代产婆和大夫，红榴还能自己挺过来，也真是命不该绝了。

可就是这样的运道，也怕是用光了。

红榴没有等到姜铎的宽慰，至于洗三和满月，因为至宝身体差没有过，红榴的孩子也就算了，红榴心中不甘却也无奈，她坐月子，也出不去，更见不到姜铎，姜铎一次也没有来，只听说孩子刚出生的时候，姜铎来探望过……

红榴就等着过年，说不得过年她的孩子就一举成为新的继承人呢。

奈何，姜老爷生病，三房忙碌，掌珠看着至宝，这个年居然就草草一过，今年原本多了两个孩子，却反而还不如往年过得热闹。

红榴想出院子见姜铎，谁也不让她出去，有的时候姜铎让人把孩子抱到书房给他看看，红榴很高兴。

这个孩子虎头虎脑的，不说比小至宝个头大很多，就是比普通的孩子也大，也结实不少，怪不得红榴生这孩子生得慢。

毕竟是自己的孩子，姜铎虽然不如小至宝那般疼爱，但是心中也是喜爱的，因此姜铎多少担心孩子这么壮是红榴吃了那药的缘故，因此才把孩子抱到书房请大夫看，免得崔姨娘和红榴大惊小怪。

大夫看后只说孩子身体健康，其他的还要等大些再看。

这些红榴自是不知道，她发现自己出不去的时候，又担心姜铎把孩子抱走，每日只是担惊受怕疑神疑鬼，渐渐地居然不让姜铎将孩子抱过去。

孩子既然没有事，姜铎倒是无所谓，他想见儿子还怕红榴阻拦不成？

在开春的时候，姜铎给这个孩子起了名字——姜恕。

这一年是熹平四十三年，陈掌珠十八岁。

第十五回 再遇阿路相无言

三月里，掌珠抱着小至宝去花园里晒太阳。

小至宝已经五个月了，脸色比以前红润多了，看着更是可爱，已经显露出来美人底子了，也比之前活泼一些了。

掌珠这才觉得带孩子有多辛苦，好在身旁有奶娘、丫头的。

掌珠抱着小至宝走到萝院旁的那条道上才看见萝院处站着一个人，是崔姨娘。

崔姨娘见到掌珠看见她，连忙屈膝行礼，脸上堆满笑意，掌珠微微侧身，只是朝崔姨娘点点头，便抱着小至宝继续去花园。

崔姨娘想过去，却被一旁的婆子拦住：“崔姨娘，您看？恕少爷还等着您陪他玩呢。”

崔姨娘顿住，无奈叹了一口气，她不傻，明白姜铎生气了，但是她是姜铎的生母啊……

不知道什么时候红榴已经走到门口，叉着腰不高兴地道：“不是说了吗？要叫大少爷，叫什么恕少爷？”

不是红榴敏感，她总觉得恕少爷是庶少爷，虽说姜家的庶长子金贵，但是也不见得要谁嘴里都提出来这些字眼啊。

那婆子也是会说话的，心里虽然看不上红榴，但是脸上还是带着笑意，道：“红姨娘快快进去吧，现在开春，风还是硬些若是吹着了可怎么办？到时候再让恕少爷染上病气……”

红榴自从生了儿子，腰杆子就硬起来了，脾气也越发古怪，听婆子这样说便啐道：“狗嘴里吐不出象牙，别再咒大少爷！你这婆子要是听不懂话就换别人来，是大少爷，不是恕少爷。”

这婆子是姜铎身边的人，只给姜铎卖命，也是有头有脸的，那里经得起红榴这样辱骂，更何况她早就知道这崔姨娘在姜铎那儿是什么地位，便冷笑道：“红姨娘说的是这个理，只是这恕少爷毕竟还没有上族谱，没有序齿，大爷起了名字已经是抬爱了，若是喊一声大少爷，怕是恕少爷也当不起。”

红榴还想说什么，崔姨娘却拦住，劝道：“至宝那里也不是没有上族谱吗？大爷确实是怕福气太盛反而不好。”

红榴冷哼一声，那个小丫头能跟自己儿子比吗？只是这句话终究是不敢说出来。

那婆子也冷笑，大小姐可是大爷亲口说的，只不过确实是怕福气太盛所以大家现在都叫至宝姑娘，这两个孩子还真是不能比，一个至宝，一个如土。

婆子看着红榴一扭一扭地离开，往地上吐了口口水，她巴不得离开这个鬼地方呢。

崔姨娘并没有影响掌珠的心情，掌珠坐在小亭里，看着满园的春色，对小至宝轻声道：“云对雨，雪对风，晚照对晴空。来鸿对去燕，宿鸟对鸣虫……”因为掌珠念得很有节奏，所以小至宝也跟着节奏摆动四肢，还咿咿呀呀地回应。

掌珠忍不住笑出声，一旁的奶娘夸道：“大小姐就是有天分。”

掌珠看了眼奶娘，奶娘连忙道：“是至宝姑娘。”

掌珠并不理会奶娘，只是继续陪着至宝玩，本来是两个奶娘来着，掌珠故意挑了这个相对来说更粗鄙的奶娘，至宝身旁有她，她不怕至宝被带坏了，掌珠更希望至宝接触的人多一些，至宝不同于她，怕是从小就要在金窝里长大，所以她就在至宝身旁安排一些不好不坏的人。

两人正玩着，就见远处也有一个女子带着一个小男孩过来，掌珠眯眼看了会儿，才发现是姜莲娘和小五爷。

小五爷才七个月，看起来比小至宝大了很多。

姜莲娘看到掌珠在这边，便抱着小五爷过来。

姜莲娘看着人小小的，但是力气却很大，居然一路都抱着小五爷，小五爷紧紧地搂着姜莲娘，两人很亲昵。

姜莲娘走到亭子那儿，对小五爷道：“这是你大嫂子。”

小五爷很听话，朝掌珠道：“达……”小五爷现在不过会说简单的字，想来大这个字经常说，才咬字比较清楚。

姜莲娘很是欣慰的样子。

“莲娘妹妹，许久不见了。”掌珠见姜莲娘神色，也很是喜欢小五爷，心中才觉得姜莲娘为了照顾孩子不嫁有些值得，便将小至宝交给奶娘，两人一起聊天。

姜莲娘笑道：“我这里一直都看着五弟，没有时间去给大嫂请安，还请大嫂不要介意。”

姜莲娘变化很大，看起来比以前厉害了几分，想来也是，姜莲娘一个未出阁的姑娘照顾小五爷，小五爷的奶娘首先就先不服，更何况还有崔木槿一边虎视眈眈地盯着，随便挑出个错，就能让姜莲娘成为三房的罪人。

姜莲娘却一点一点都应付过来了，并且让小五爷一直依赖她。

这姜莲娘也不是个简单的女子。

姜莲娘现在别的不行，对照顾孩子很是在行，正好小五爷又比小至宝大两个月，姜莲娘便将一些注意事项都告诉掌珠，两人说起孩子也很尽兴，只是不一会儿小五爷和小至宝都睡着了，两人怕风吹着孩子，也只得无奈各自回家，相约有时间再一起聊。

掌珠回去后也和姜铎感叹一番。

姜铎叹道：“莲娘自己也是不想出嫁的，不然三婶娘也是舍不得她这样的。”

话虽如此说，但是姜三夫人要不是存了留下姜莲娘的想法，姜莲娘也不会这样坚定的。

姜铎看掌珠神情有些暗淡，或许是因为掌珠生了孩子的缘故，掌珠现在越来越多愁善感。

姜铎抱住掌珠，在掌珠耳边轻声道：“你别想她了，她是姜家人，以后就是嫁不出去也不会有人亏待她的，你还是多想想我吧。”

掌珠孩子都生了，这点儿话还不至于让她脸红，掌珠推了一下姜铎，道：“都是当爹的人，怎么还这么不正经？”

姜铎笑道：“我要是正经，哪里来的孩子？”

掌珠虽然不会脸红，但是可说不出这些调戏的话，便无奈地道：“我看藏锐是喝多了。”

姜铎就喜欢看掌珠眼中含笑还非要装成一本正经的样子。

姜铎在掌珠耳边呼了一口气，道：“你闻闻我喝酒了吗？不过我确实是醉了。”

掌珠只觉得耳朵痒痒的，这个时候才不自觉地脸红。

掌珠想推开姜铎，却又推不开，干脆靠在姜铎怀里，两人也有段时间没有亲热了……

这时门边却传来脚步声。

掌珠一愣，姜铎却道：“不碍事，他们知道这个时候不会打扰咱们的。”

掌珠听着门口没有动静了，便羞涩地点点头……

第二日清晨，掌珠便询问昨晚到底是什么事，若不是重要的事，肯定不会在那个时候有动静的。

秋白看了眼唱月，笑道：“不是什么大事，昨晚萝院那边禀告恕少爷生病了，奴婢问过大夫，并不严重，就没有进来禀告。”

掌珠点了一下头，看向唱月，昨晚要是秋白，那门口根本就不会有声音，恕少爷生病是萝院的小把戏，刚开始大家还很紧张，一而再、再而三地出现，大家心里也就明白了。掌珠便让大夫继续留在萝院，她现在对那边的态度很平淡，她只想守护好自己的家，那些人眼不见心不烦。

小金桃也几乎不出现在她面前了，小金桃是姜夫人的眼线，这些姜铎心里其实有谱，虽没有做出过什么错事，只是糯米糍的事情一出，姜夫人也不敢再问小金桃什么，小金桃也不敢随意来正房了。

姜铎心中也硌硬这些事，因此不再去小金桃那里了，小金桃就这么“失宠”了，至于春茶，春茶干脆开始吃斋念佛起来，据说是为掌珠平安生女……

掌珠心中却无奈摇头，春茶算什么人，有什么资格为她吃斋念佛？只是春茶并不曾出过幺蛾子，掌珠也就随她了。

掌珠一时走神，待回过神来发现唱月已经跪下了，就笑道：“你跪下干什么？”

唱月才道：“昨晚奴婢不知道大爷与少奶奶……见萝院那边好似很急，我又担心怕是真的有事，就想进来禀告，好在秋白姐姐拦住了。”

掌珠笑道：“好了，我知道了，不过是小事，起来吧。”唱月自是站起来退下。

掌珠想着自从红榴出了月子，萝院就越发不平静，她也要想个法子震住那边。

姜铎是否去那里，掌珠不想去管，那里有他的儿子和生母，但是那边招惹她就不行。

掌珠想了一会儿，便让奶娘抱着小至宝一起去了松院。

说来，她有段时间没有去松院请安了，姜夫人也很识趣，并不过来打扰她，她们还是在姜老爷生病时，见过面呢。

其实姜夫人完全是被殃及的，单纯说糯米糍一事，与姜夫人是没有任何关系的。

姜夫人抹不开面子，她也就给她台阶吧。

正好萝院那边需要姜夫人压压。

掌珠与小至宝到了松院，姜夫人很惊讶，也很高兴，最主要的是掌珠还带着孩子来了，还让她抱，姜夫人更是说不出的感激，眼睛水润润的。

虽然她也知道自己是无辜的，但是姜夫人心中却总是有些愧疚的，若是能回到以前的关系，是最好的。

姜夫人抱着小至宝，很是喜爱，直说和姜铎小时一个模样，一会儿又说这眼睛像掌珠，简直都喜欢不过来。

掌珠只笑眯眯地看着，无论之前怎么样，多一个人疼爱至宝总是好的。

小至宝看起来也不讨厌姜夫人，一直盯着姜夫人看，偶尔还会咿咿呀呀地说话，姜夫人毕竟是带过孩子的，不一会儿就看出小至宝是饿了，便交给奶娘让奶娘下去喂奶。

果然，小至宝一到奶娘怀里，便想要喝奶，奶娘连忙下去。

掌珠笑道："还是母亲会照顾孩子。"

姜夫人望着奶娘离开的身影，道："你将来也就都懂了。孩子就是母亲掉下的一块肉，怎么小心照顾都不为过的。"

两人又说了几句小至宝的饮食起居，难免就说起姜恕，姜夫人道："那孩子我也就看了一眼，看着倒是虎头虎脑的，个头大得吓人。"说着低声对掌珠道，"我听说铎儿怕孩子有问题，还请了儿科圣手过来看呢。"

掌珠是听说过姜铎给姜恕请大夫的事，倒是不知道是因为这个缘故，便问道："想来是没事吧。"不然姜铎总该露出些不同的神色。

姜夫人摇头道："说不好，不过我听大夫的意思，怕是……"

掌珠叹了一口气，她心中一来可怜孩子，二来又怕姜铎伤心，后来一想，姜铎之前几乎动了杀心，现在孩子能活下来总比没了强，便也就将这事放心了。

姜夫人猛地想起一事，笑道："还有一事要和你说，总说孩子把正事给忘记了。"

掌珠道："不知道母亲有什么事？"

姜夫人道："你不用紧张，是件好事，你嫁入姜家一转眼也两年了，闺女都生了，之前因为一些乱七八糟的事，也没有带你出去走走亲戚参加宴会，我和你公公商量着趁着五月'韵华斗丽'的时候，你也办个宴会，请那些少奶奶过来聚聚。"

掌珠挑了一下眉，道："我记得'韵华斗丽'每三年大办一场，今年好像正好是。”今年她听着好像是为哪个皇子选皇子妃……若是她也一起办，怕是请不周全。

姜夫人道：“这个不用担心，今年‘韵华斗丽’也是在扬州办，周家办，包了整个百景园，到时候你只请那些个刚成亲的少奶奶过来，她们的孩子都没到年龄，不如在你这儿松快松快，想来更是乐意过来呢。”

掌珠笑道：“果然是周家阔气，包下园子办。”周家难得抢到这好差事，怕还是因为托了周书慈的福，众人是看在姜家的分儿才参加的，若是这“韵华斗丽”在苏州，看还有多少人去。

姜夫人知道掌珠所想的，便点点头，继续道：“现在就已经包下来了，是大阵仗。”又道，“到时候你那两个妹妹也都来，你们也可以聊聊天。”

掌珠道：“如此最好，就是周家那边知道咱们也办吗？”若是不知道，怕是还以为她们在和周家作对呢。

姜夫人拍拍掌珠的手，笑道：“我原本也担心这个着，不想掺和这事，结果你二婶过来请咱们办的，我想着咱们这边算是亏着二房，便应下了。”

掌珠略想想也就明白了，应该是周家求到了姜二夫人那里，周家只是五世家之末，以商为主，若真是大办三天，也就头一天有人，后面两天，那些个少奶奶、贵女就不见得喜欢来了，姜家办一天，总能分担些。

掌珠笑道：“有母亲在我也就放心了。”

姜夫人摇头笑道：“你早晚要自己来的，邀请名单你先看着以前的例子写个，回头我帮着你看看。”

掌珠应下，知道姜夫人这是在教她庶务，掌珠又问了些注意事项，便带着小至宝回了竹院。

姜夫人见小至宝已经睡着了，想留下来，又担心掌珠误会她想养小至宝，便忍住，只说给小至宝盖好，别吹着风，等等。

待到人走了之后，姜夫人才松了一口气，问田妈妈：“是萝院那边又出幺蛾子了吧？”掌珠虽然半点萝院的话没说，但是姜夫人一直都关注着竹院，也盼着掌珠过来，自然猜到掌珠的来意。

田妈妈笑道：“就是那些小事，恕少爷生病，崔姨娘想看看至宝姑娘。听说昨晚差点就要去屋里禀告大爷了呢。”

姜夫人微微皱眉，道：“你问的小金桃？”

田妈妈马上道：“您说过不让老奴问小金桃后，老奴怎么还敢去呢？这事竹院已经传遍了，是早晨的时候少奶奶问身旁的丫头时传出来的。”

姜夫人笑道：“也对，少奶奶突然过来却什么也不说，就是想让咱们打探然后悄声无息地把这事办了。唉，现在的孩子可比咱们那阵精明多了。”

田妈妈道：“少奶奶也是知道您疼爱至宝姑娘，事虽然小，但是经不住总是烦竹院。”

姜夫人皱着眉头，道：“可不是，崔姨娘真是吃着碗里的望着锅里的，手上沾着庶长子，这边又打起了嫡小姐的主意，可不能让她碰小至宝。”说着又对田妈妈笑道，“你刚才有没有看到小至宝，哎哟，可和铎儿一个模样，就是个头比铎儿小上许多，软乎乎的，别提多可爱了。”

田妈妈也跟着笑道：“奴婢看着倒是像少奶奶。”

姜夫人想了想道：“身上那点气韵倒是很像，总是那么淡淡的。”

田妈妈只跟在一旁笑，一个不过五个月的小婴儿，有什么气韵可说？不过是因为姜夫人喜爱罢了。

第二日，姜夫人便让田妈妈去萝院将恕少爷抱过去，说是想念孙子，甭说姜夫人有理由，就是没有理由也是想把孩子抱过来看看就看看的。

身旁的婆子自是高兴，红榴也高兴，连忙打扮孩子，将孩子送过去。

本以为中午前会抱回来，谁知道说是恕少爷在那边吃了奶睡着了，红榴又以为睡醒了总会送过来，结果到晚上才送回来。

送回来后，红榴细细问了婆子，知道姜夫人一直都很喜欢恕少爷，刚开始姜夫人恨不得每时每刻看见，后来因为手上有庶务，就叫奶娘将孩子抱到偏厅，那也每过一刻钟就将孩子抱到跟前看。

红榴这才放心，心中也是美滋滋的，没上族谱怎么样？别着急，指不定明年就上族谱了呢。

崔姨娘这边有些担心，便对红榴说是掌珠抱着小至宝去了之后姜夫人才叫人抱着恕少爷去的，别是有什么阴谋诡计。

红榴想了一番，也觉得有可能，很担心孩子生病。

第二天，姜夫人又让人将恕少爷抱过去了，又是一整天，一连三天如此，红榴不担心了，觉得应该是姜夫人更喜欢孙子才是。

只是崔姨娘却更加担心了，这孩子要是让姜夫人抢走了，她怎么办？

崔姨娘在红榴耳边很是一番嘀咕，不说这孩子将来和不和生母亲近，就说这孩子应该是继承家业的，在姜夫人手中养着算怎么回事？还不如养在掌珠那儿呢。

红榴更在意孩子认不认她，只是心中还是纠结。

结果，当天晚上，恕少爷居然留在了松院，第二天早晨才被送回萝院。

红榴和崔姨娘可是一晚都没有睡，崔姨娘心中也很矛盾，她在后宅的时日长些，好歹也是秀才女儿出身，多少明白这孩子姜夫人养着也比她养着强，但是她的女儿也出嫁了，姜铎也不理会她，她心中也是寂寞的，有个孩子在身边总是好的，而且姜铎也私下答应她让她抚养恕少爷了，崔姨娘实在不想放弃这个机会。

崔姨娘左思右想，恕少爷将来继承不继承家业，她总归是族长的生母，对她没什么大影响，她不如就顺势养了这孩子，过了这个村可就没这个店了，反正红榴说不得以后还有孩子……

崔姨娘打定主意，就开始劝说红榴，红榴在之前姜铎抱走孩子的时候就担心，更何况这回是姜夫人？

红榴本就不坚定的心立刻被崔姨娘说服。

待到第二日姜夫人又派人来接恕少爷的时候，红榴随便找了个借口搪塞过去，一连三次拒绝，姜夫人也明白了，便不再接恕少爷。

红榴和崔姨娘也就低调了几日。

只是日后红榴这边一去竹院请大爷，姜夫人第二日就要抱恕少爷过去，崔姨娘才明白什么意思。红榴虽然不服，却也不敢再以恕少爷为借口了，红榴与崔姨娘只商量着，等孩子养到六七岁的时候，再让姜夫人或者掌珠抱走。

只是到那时候不知道还有没有人想抱走恕少爷了。

掌珠却没工夫理会这些，这些人不闹到她眼前就好，只埋头研究宴会的名单，还有宴会菜品、布置等，这是掌珠第一次经手庶务，自是要办得尽善尽美，好在一旁有姜夫人看着，掌珠虽然忙碌却也颇有成就感，怪不得人人都希望手握着权力。

一眨眼，就到了五月，姜二夫人与掌珠、周书慈一同参加周家在百景园举办的“韵华斗丽”，第二日是姜家的宴席。

令人惊讶的是温夫人居然也带着她家的新媳妇曾经的歌姬软玉参加了……

这百景园妙就妙在每一处都各成一景，有静有闹，有山有水，有林有石，有江南的细腻也有北方的大气，正如其名。

掌珠对“韵华斗丽”倒是不感兴趣，对这园子很喜欢，她自从生了小至宝，就很少有这种闲情逸致了。

姜二夫人忙着带着周书慈交际，掌珠与一些相好的少奶奶、夫人打声招呼后，也就慢慢地逛着园子。

没走两步，就见温夫人带着一名甚是妩媚的女子进来，那女子是温夫人的儿媳妇、如玉公子的夫人软玉姑娘。

这软玉相貌甚是出挑，只是有些妖艳，虽然穿着端庄的礼服，姿势神态上难免露出歌姬的端倪。

温夫人大老远就看见掌珠了，见掌珠体态有些丰腴，神色端庄得体，虽还有几分当年的倨傲，却也只给人大家贵妇的感觉，温夫人心中各种滋味，当初不如成全了他们，也好过今日有苦往肚子里咽。

掌珠见温夫人走过来，便行礼道：“温夫人，好久不见。”

温夫人连忙扶起掌珠，笑道：“是好久不见，听说你已经生了闺女，怎么不见令千金？”

掌珠笑道：“她还太小，便将她留在家里了。温夫人若是哪日想见，便来家里瞧瞧。”

温夫人笑道：“如此最好，你可别怪我打扰你。”

掌珠也笑道：“不敢，不敢。”

这时温夫人才向掌珠介绍身边的女子：“这是晁儿的妻子卫氏，这是晁儿的师妹姜少奶奶。”

掌珠倒是第一次听见软玉的姓氏，脸上并没露出惊讶，只是笑道：“温少奶奶。”并不是掌珠看不起软玉，实在是姜家与温家的关系，容不得掌珠过分亲近，尤其是这软玉的身份如此不堪。

软玉这一路上已经是受尽了白眼，掌珠这一句温少奶奶已经让软玉高兴了，软玉笑道：“经常听夫君提起你呢。”

掌珠笑笑，并不多说什么。

温夫人心中也无奈，这软玉看着机灵，却是机灵过头，软玉与掌珠都已经嫁人，软玉说自家相公经常提起掌珠是什么意思？尤其是之前晁儿确实有意掌珠……

好在掌珠宽厚，若是别人还当她故意污蔑，挑拨她们夫妻感情呢。

真不知道这软玉是有心的还是无意的。

温夫人又与掌珠说了几句话，便带着软玉去与别人打招呼，温夫人虽然不喜欢软玉，可这软玉毕竟是晁儿的妻子，她总要教教她的，不能让外人看了笑话。

掌珠看着这二人离开的身影，温夫人可比以前老了许多了。

掌珠摇摇头，便带着丫头去逛园子，这一上午，掌珠都只慢慢地逛园子，一个人也甚是觉得有趣。

玉珠与宝珠，她之前也已经是见到了。

玉珠变化很大，办事越来越老练，一看就知道是被周太夫人教导出来的，行事作风居然有了几分周氏的样子，只是眼神也有了几分刻薄，玉珠见到软玉时，虽然礼节上没什么怠慢的，但是那眼神中的讥笑，谁都看出来。

玉珠也不过是和她说了几句话，便继续忙碌着，这次“韵华斗丽”毕竟是周家办的，玉珠这个周家儿媳妇没少操劳，掌珠心中颇有些佩服，她弄个小小的宴会已经是忙不开手，玉珠怕是相当不容易呢。

宝珠却一点变化都没有，还是那般喜欢掐尖，成为新贵崔家的少奶奶，也颇为惹眼，倒是知道帮着崔家拉关系走动，只在那边和一群贵夫人聊天，一时也没有时间理会她。

掌珠心中摇摇头，想起小时候的事，好似已经很远很远了。

掌珠坐在旖莲坞，拿着鱼食喂着水中的鲤鱼，心中有些惦念小至宝了，也不知道是否哭闹。

“姜少奶奶可真有闲情逸致。”

掌珠抬头，却见是软玉，便道：“温少奶奶若有兴趣也来喂些。”一旁的丫头自是为软玉拿来鱼食。

软玉看了眼道：“罢了，我可不如姜少奶奶命好。”

掌珠看了眼软玉，并不理会，她之所以多关注软玉并不是因为她的身世，而是因为她嫁给了阿路，既然与这个人合不来，她也没有必要委屈自己。

面对掌珠的云淡风轻，软玉心中不大高兴，别人看不上她，她也认，只是这掌珠……软玉看得出来不仅仅是温夫人拿她与掌珠比较，就连夫君也是的……

软玉忍不住道：“莫非姜少奶奶也看不起我？我可是您青梅竹马的妻子呢。”

掌珠扔下最后一把鱼食，才对软玉道：“我看得起你很重要吗？怕是温少奶奶连你自己都看不上自己呢。”掌珠并不是很明白软玉的敌意从哪里来。

这话噎得软玉一时没说话，过了会儿冷笑道：“这些话谁不会说，你又不是我，怎么会明白我的苦衷？”

掌珠看向软玉，不耐烦地道：“我也没有必要明白你的苦衷，莫非温少奶奶逢人便说这些？”说着便打算离开。

软玉连忙喊住掌珠，在掌珠身旁道：“还请姜少奶奶稍等片刻。”

掌珠挑了一下眉。

软玉轻声道：“过一会儿夫君会过来，他想……见姜少奶奶一面。”说这话时，软玉的心好似被刺一番，只是，她只能如此，她选择了温润晁就得要学着没有心，不然痛苦的只有她自己。

温润晁与她成亲时便说了，他没心……

那她也就试着没有心吧。

掌珠愣了一下，踌躇了一下，还是决定离开，便对软玉道：“你回去告诉他，他若是想见我，便来姜家，光明正大地来，不必如此偷偷摸摸的。”

说完转身离开。

软玉愣住，这掌珠也太……目中无人了。

待到掌珠离开后，才有一人从另一边走入旖莲坞，淡淡地看了眼软玉，道：“我早说过，她是个不一般的女子，你这些小把戏……”说着摇摇头，眼中带着些嘲讽，又忍不住笑道，“她果然还同以前一样……”

这笑意是软玉不曾看见过的。

软玉只觉得面上红红的，喃喃道：“相公，我……”

温润晁看也不看软玉，道：“你以后最好别找她麻烦了，最好明白自己的身份。”说着便离开了。

软玉一时瘫坐在凳子上，她明白温润晁这句话，她不过是帮温润晁避开皇上指婚的女子，没有她，有的是人想嫁给温润晁的……

软玉只觉得心中苦得要命，却哭也哭不出来，她在认识温润晁的时候不就知道了吗……

掌珠回到大花园中，随意找了个座位坐下，看着那些贵女三三两两的或画画或谈天。

不一会儿，周书慈便走过来，坐在她身边，掌珠倒是惊讶，周书慈自从嫁入姜家虽没找过她的麻烦，但是也绝对不亲近，看得出来周书慈好似在避着她，这次主动坐过来，当然令她惊讶。

周书慈也不客气，直接道：“刚才你和那个温少奶奶说话来着？”颇有点兴师问罪的语气。

掌珠觉得有点好笑，道：“碰见了就说了两句话。”

周书慈冷哼道：“哼，不过是歌姬罢了，看她那副样子，你那善心可别随便给别人，尤其是那种女子，免得丢了咱们姜家的人。”

掌珠觉得周书慈说得有些过分，便看向姜二夫人，轻声咳嗽了声。

周书慈顺着掌珠的目光看过去，见姜二夫人正在和温夫人说话，神情颇有些谄媚，周书慈尴尬地咳嗽了声，继续道：“我也不过是提醒你，那种人还是离她远些。”说着站起立便离开了。

掌珠无奈地摇摇头，周书慈真是随了她母亲，天真烂漫。

掌珠想到刚才，软玉不会无缘无故地说那些话的，是试探还是真的？

虽然掌珠与阿路许久未见，但是她还是觉得阿路不会如此鲁莽求见的，阿路知道她已经成亲了，不会给她找麻烦的。

掌珠叹了一口气，看来是那个软玉故意如此的。

掌珠品着茶，看着风景，偶尔与那些贵夫人说说话，不知不觉就到了下午。

不一会儿，过来一个小丫头，笑盈盈地对掌珠道：“姜大少奶奶，姜大爷来接您呢，在门口等着您呢。”

掌珠一愣，笑道：“别是你这丫头哄我呢吧。”话虽这样说，心中却是信了大半，也站起来。

小丫头掩嘴笑道：“奴婢哪里敢骗姜大少奶奶，也已经派了其他丫头禀告姜二夫人和姜二少奶奶呢。”

一旁的贵夫人也都笑道：“你快去吧，免得你家相公担心你，再说下去，我们可就当你在显摆呢。”

说着一旁的人都笑了。

掌珠便笑道：“各位可别忘记明日的宴请……”

众人都笑道：“那是当然。”

掌珠这才跟着小丫头去了前门，到了前门果然见姜铎的马车和马，只是人却不在这儿，倒是看见了温润晁。

掌珠一惊，没有明白过来。

温润晁还是以前的习惯，一身白衣，颇为飘逸，只是眼神有些沧桑，个子也长高了不少，以前的如玉公子，现在倒好似冷玉公子了。

温润晁见到掌珠笑盈盈地出来，有那么一瞬间，好似他才是接掌珠回家的人，若真是如此，该有多好！

两人一时都不说话，只互相看着对方，这个时候好像和最初那日在薄情庵相遇时的情景一样，只是现在身份早就不一样了。

掌珠最先回过神来，咳嗽一声，大大方方地行礼道：“阿路，好久不见，最近可好？”

温润晁笑道：“很好，知道你生了孩子，还没向你道喜呢。”

掌珠道：“也没有祝贺你新婚愉快。”

说完后，两人又不说话。

掌珠只站在姜家马车前，温润晁只站在一旁，又过了会儿，温润晁才道：“我是过来接软玉的，内子若是有礼数不到的地方，还请你见谅。”

这句话，掌珠已经是明白温润晁知道百景园里的事了，现在应该是温润晁故意让丫头找她出来就是为了道歉的。

果然，温润晁继续道：“姜公子去园子里接姜二夫人了，我便先让丫头请你出来了。”

掌珠点了一下头，道：“温少奶奶是个用情颇深的女子，令人敬佩。”

温润晁点点头不说话。

这时姜铎已经和姜二夫人出来，看见温润晁，两人不过点点头，温润晁与姜二夫人客套两句。

掌珠便问道：“弟妹呢？”

姜二夫人道：“刚才她有些不舒服，先来马车里了，本以为你在园中，没想到你也先出来了。”

掌珠愣了一下，据实回答：“丫头说夫君在外等着我，我便出来了。”

姜二夫人打趣道：“知道你们夫妻关系好，就不必在这儿说了，上车吧。”说着上了前面的车。

掌珠朝温润晁点点头，姜铎便扶着掌珠上了跟前的马车，果然，周书慈早就坐在车里，脸色十分苍白，也不知道是听了他们之间的谈话，还是因为本来就不舒服。

掌珠只闭目养神。

周书慈冷哼了一声，道："怪不得今天与温少奶奶偶遇呢，原来如此。你胆子可真大。"周书慈全都听见了，虽猜得出来掌珠与温润晁有什么猫腻，但是也不敢十分肯定，不过是想刺两句。

想着陈掌珠处处高她一等，其实，也不过如此，回去后，姜铎怕是不会放过掌珠。

其实周书慈完全是将事情夸大了。

掌珠并不担心周书慈，她只是心中有些担心姜铎，姜铎虽清楚怎么回事，但是会不会心里不舒服？会不会伤心？

她也是没有想到温润晁胆子那么大，不过，好在她问心无愧。

掌珠睁眼看了眼周书慈，道："弟妹还是好养身子，别万一是有了。"

这句话还真说到周书慈心底，她也是这样想，便不再理会掌珠，等她确定好了，再研究今日的事，反正她手中有掌珠的小尾巴了。

周书慈只觉得事事顺利。

回了姜家，姜铎与掌珠先去了松院去接小至宝，姜夫人自然是不舍，道："明日你还要有宴会，今天又这么晚，不如在我这儿住一晚？"其实这话姜夫人说出来就后悔了，她是真的担心小至宝休息不好，若是掌珠以为她想养小至宝就坏了。

姜铎看向掌珠。

掌珠倒没有察觉这个意思，她只是想今晚和姜铎谈谈，便应下了，道："那也好，就是麻烦母亲了。"

姜夫人没想到掌珠真的同意，很是高兴，又连连保证过了明天就将小至宝送回去。

姜铎与掌珠二人就散步回竹院。

姜铎握着掌珠的手，笑道："没想到你会把小至宝留在松院，我以为你会不放心小至宝呢。"

掌珠回道："我的闺女，我当然心疼，明日怕是又要抱出来给那些少奶奶看，今晚让她好好休息吧。再说放在母亲那里，我也是放心的。"

姜铎紧紧握了握掌珠的手。

掌珠脚步顿了一下，道："今日我和阿路……"

姜铎站住，看向掌珠，挑了一下眉，故意生气道："你不相信我？"

掌珠也故作生气道："你不吃醋？"

姜铎仰头笑了一场，与掌珠继续慢慢走，过了一会儿，才道："我吃醋，我怎么不吃醋呢？我相当羡慕你和他一同长大，但是要是让我选择，我宁愿前十年与你不相识，以后与你相伴。"

掌珠明白姜铎的意思，只要最后的胜利者是他，中间曲折点又如何？

姜铎继续道："对待失败者，我宽容些又何妨？"这话听起来就有几分傲气。

姜铎面上看着是个低调沉稳的人，实际骨子里有他的骄傲也有他的算计。当他信任一个人的时候就全身心地信任。

掌珠笑道："我白担心你了。"

姜铎看了眼掌珠，笑道："是我的荣幸。"

掌珠笑着摇摇头，叹道："我只可惜这如玉公子的婚事并非那般让人歆羡。"

说话间两人已经是进了竹院。

待到进了卧房，姜铎才道："你又怎知这不是他所求的？"

掌珠看向姜铎，不大明白。

姜铎笑道："如玉公子是个有抱负的，若是让他娶公主怕是形同要了他的命，并不是每个男子都是将婚姻放在前的，更多的还是家族仕途为主。"说着搂住掌珠道，"如你夫君我这样的男子，是很难找的。"

这话开头掌珠听着还是那么回事，听到后面掌珠就忍不住笑了，道："真真是不害臊。"

姜铎看着掌珠笑得开心，心中却并不如表现出来的那样不介意，他也应该找温润晁谈谈了。

两人曾在江陵府说过，温润晁已经说过不会再与掌珠有牵连的……

第二日，便是掌珠第一次举办的宴会。

其实姜家这里就相当于百景园"韵华斗丽"的另一个会场，掌珠邀请的都是年轻的少奶奶，与她同一辈分的，这些少奶奶多数是刚刚出嫁，在婆婆身旁自是拘谨，掌珠这个邀请来得正好，她们可以在这里松快一日。

这一点掌珠也是想到了，因此，也没有弄大的宴席，只在大厅、亭中、湖边小坞这三处摆了吃食，大厅自有歌舞是给那些喜欢畅聊的少奶奶准备的，亭中可作画可下棋是给喜欢安静的少奶奶准备的，湖边小坞则有说戏的女先生，或者点出戏也是可以的。

颇受众少奶奶喜欢。

她们一出嫁，这些宴会就仿佛是特意交际似的，再也没有闺中时的惬意了，因此掌珠这样安排甚是合她们的心意。

本来这次宴会是特地为掌珠准备的，掌珠也没有忘记二房和三房，特意请周书慈在湖边小坞、姜莲娘在亭中帮忙照顾这些少奶奶。

二房与三房自是乐意。

掌珠只是在大厅招待一部分少奶奶。

宝珠来得比较早，一来便嚷嚷着要看小至宝，掌珠无奈只得抱来小至宝，宝珠便想上前抱小至宝，伺候在她身旁的并不是七珍，是一个面生的丫头，连忙劝住宝珠，道："少奶奶的身子重要，若是至宝姑娘不小心踢着您……"

掌珠这才知道，原来宝珠又有孩子，刚要说话，就见玉珠进来。

宝珠见玉珠进来了，便不去抱小至宝，摸着肚子道："那就算了，这有孩子是得注意点。"

玉珠一听宝珠又有了，也只盯着宝珠的肚子看，然后尴尬地笑了一下，对掌珠道：“大姐姐安好，我这先去看看我们姑奶奶，我婆婆特意让我捎句话来……”

掌珠自是让侍女带着玉珠去找周书慈。

宝珠哼道：“嫁给我表哥后，就一副贵夫人的样子，这是忘记在家里吃的苦了。”说着冷笑道，“也不过是面上好看，她在周家可没少吃苦头，结婚两年多，也没有孩子呢。”

掌珠知道玉珠与宝珠结下梁子了，无非是玉珠眼高于顶，在宝珠面前端架子，在宝珠前一胎流产的时候还巴巴地过来劝说过，大概那个时候把宝珠惹怒了。

但是玉珠在周家吃了什么苦头，掌珠还真不知道，那毕竟是宝珠的外祖家，宝珠自然知道得多，趁着人来得少，便继续说玉珠：“我外祖母可是个厉害的人物，拿捏她还不是小意思？不说别的，只一句让她先学管家，孩子不着急，就暂且断了她想生孩子的念头，她也是个傻的，别人怎么说她就怎么做？她只想着将大权握在手中，却忘了我表哥那边……这两年，我表哥可抬进屋里不少人。好在我外祖母答应她，她没生嫡子前不会让别的妾室生孩子……不过……她生了儿子以后才有的罪受呢。”宝珠见来的人多了，也就不说这些了。

众少奶奶只说小至宝长得漂亮，纷纷给见礼，便一起看歌舞聊天。

掌珠让奶娘送小至宝回松院，心中只想着宝珠刚才的话，这周太夫人果然厉害，先哄得玉珠掌权，然后在好不容易可以掌权的时候让玉珠生孩子，等到生了儿子……周太夫人将孩子抱过去抚养，再让玉珠管家……玉珠不过就是个管家婆……

真是好手段，只是不知道玉珠知道吗？

不一会儿，众少奶奶看烦了，便提出去亭子或是船坞看看，掌珠自是带着她们游园。

另一边，姜铎与温润晁在园中假山中的小亭里说话。

温润晁是姜铎特意请过来的，只是姜铎并不先谈掌珠，而是笑道：“一别已经数月不见，路领可还好？”

温润晁抿了口茶道：“平平而已，不过是看书游学而已。”他被皇上盯上，一时半会儿是动弹不得，以前的胸中抱负，却没想到不能施展，这是他一生中的第二大憾事，第一憾事自然是……温润晁看向姜铎，这个男人他曾以为是太子身旁的跟班，却没有想到还是有一番作为的，太子南边的产业几乎都是姜铎在打理。

有的时候，这命运真是难以捉摸，他处处占高峰却落得现在……

温润晁将口中那声叹气全化作苦涩随着茶水咽下去。

姜铎道：“路领也不必太妄自菲薄，若是太子殿下没有路领这几年的奔波，怕也不会如此有把握，太子殿下自会承情的。”温润晁是个有能力的人，这两年虽然不能明面上走仕途、帮着太子，但是即使是暗处，温润晁也居然能构建出一套完整的情报系统……广交好友，三教九流都认识，谁能想象出如玉公子就是江湖上有名的陆拾叁呢，那位软玉姑娘，就是温润晁手中的一员大将。

温润晁笑笑不语，这时就见假山下面笑语盈盈，原来是那些少奶奶过来了。

温润晁望下去，就看见为首的是掌珠，能看得出来掌珠眼中虽然带着笑意却甚是不耐烦。

姜铎随着温润晁的目光看去，又看向温润晁，他看得出来温润晁眼中的情意。

温润晁感觉到姜铎的目光，迎上去，道："失礼了。"

姜铎道："我信任路领。"

这句话是真是假，温润晁不知道，但是不得不承认姜铎这句话完全限制住他了，这姜铎也确实是狡猾。

温润晁又看了眼下面的掌珠，才对姜铎道："她并不应该限制在后宅内，她应该是无拘无束的。"

姜铎笑了一下，莫非温润晁就能给她无拘无束的生活？

姜铎一口饮下剩下的半杯茶水，对温润晁道："或许对她来说生活并不能无拘无束，但是我给她的却是心上的无拘无束。"

温润晁挑了一下眉，道："这是何解？"

姜铎笑道："温公子，你的心把掌珠困住了。"温润晁虽说是不会与掌珠有牵连，却抓住机会便要见掌珠，这对掌珠来说何尝不是枷锁？温润晁心底一定希望掌珠后悔的……

退一万步，当初若是温润晁与掌珠成亲了，姜铎若是如现在温润晁这般，温润晁不会责怪掌珠？

得到掌珠不是最终的目的，最终的目的是让掌珠幸福下去。

温润晁无奈笑了一下，道："我本以为你我会成为朋友，看来是不大可能了。"

姜铎点点头，道："我从未想过你我会是朋友。"他不介意温润晁与掌珠的"过去"，因为他心中并不认为他们的那些算是过去，他也不会与温润晁假惺惺地成为朋友。

在姜铎眼里，温润晁就是个懦夫，他并不欣赏。

同理，温润晁也是如此。

温润晁笑着站起来道："或许，下次相见，你我会在京城。希望你不要给我夺回她的理由，告辞。"

姜铎也站起来，笑道："纵使有理由，你也不会成功的。恕不远送。"

掌珠先带着那些少奶奶去了小亭中，这里是姜莲娘招待，视野颇为开阔，可以看见湖中的风光，一旁也有花草欣赏，在这里，让人心中静了几分。

随着掌珠来的少奶奶，更多还是喜欢闹的，因此也不过留下了一两位，其他人就又跟着掌珠去了湖边小坞。

路上，自然有人打听姜莲娘的婚事，以姜莲娘现在的年龄若是出嫁早，也就成亲了，若是晚，也应该说定人家了，只是她们并没有听说过。

这事，掌珠已经问过姜三夫人，姜三夫人也和姜夫人商量过，实际怎么样就怎么说，因此掌珠便将姜莲娘为何不出嫁的事说了，众少奶奶纷纷感叹姜莲娘孝顺。

这样一说就不免说起进入太子府的姜荷娘，据说太子已经给她请封良娣了，将来怕是少不得一个妃位。

这事掌珠便不评论。

过年的时候，姜荷娘差人送过东西，只是被姜老爷扔出去罢了，姜家和太子府面上一直都是如此。不过，姜荷娘应该也给崔姨娘送过东西，姜老爷只睁一只眼闭一只眼罢了。

那些少奶奶见掌珠不理这茬，便也知趣不提姜荷娘了。

不一会儿，便到了湖边小坞，这里要凉快点，景色也很漂亮，她们在门口，就听着坞里一个女戏子在清唱莺莺会张生。

她们这些出嫁的小妇人听听这些已经是没有关系了。

只是宝珠冷哼一声。

她们进了湖边小坞后，才知道这出戏是玉珠点的，玉珠见到宝珠也稍微有些尴尬。

掌珠这才明白玉珠这是在暗讽宝珠呢，只是没有想到宝珠会过来，掌珠心中无奈，这种小手段甚是没有意思。

就有少奶奶笑道："果然还是这里有情趣。"

这些人自是各找平时交好的好友聊天，这时也不适合唱戏了，掌珠便让人在湖边谈弹琴吹笛。

掌珠先坐在周书慈身旁，笑道："有劳弟妹了。"周书慈并没有请大夫诊脉，因此掌珠也不知道周书慈是否有孕。

周书慈摸着肚子，道："哪里，举手之劳。"对掌珠爱答不理的。

周书慈昨晚是想请大夫把脉来着，但是怕万一有孩子了，今天的宴会就参加不成了，难得不必陪着婆婆应酬，她自己当主人，当然要参加了。

这时就有少奶奶说："那位温少奶奶可没有来呢。"特别加重少奶奶那个词。

就有人啐道："就她一个歌姬，也敢称少奶奶？哼！她若是敢在这儿坐着，我宁可去下棋作诗去。"

又有一个看着文静的少奶奶道："来了也无妨，咱这儿不正好差一个唱小曲的吗？正好补上。"

说着众人笑了一场。

掌珠道："本是请了她的，只是她要服侍温夫人，所以没有来。"说着看了眼刚才说话的三位夫人，不看僧面看佛面，温家可不是这几家能得罪的。

那三人尴尬地咳嗽了几声，就继续小声聊天。

周书慈瞟了眼掌珠，喝着茶道："我看她是不想见到谁，怕是无形之间成了红娘呢。"

除了掌珠，别人也不知道周书慈说的什么。掌珠只淡淡地看了眼周书慈，不理会她，便又坐到另一桌上，正是宝珠那一桌。

周书慈不高兴地放下茶杯，哼，有什么可骄傲的，反正是个不守妇道的人，这姜家大妇果然都不受宠。

周书慈昨晚想了一夜，越想温润晁和掌珠说的话，越觉得这两人之前有猫腻。

玉珠一直坐在周书慈身旁，她心中颇羡慕掌珠，她也想求掌珠一件事，只可惜一直没有找到机会单独和掌珠说话。

周书慈见玉珠坐不住，便故意笑着问道："大嫂，您什么时候给我生个小侄儿？我看着小至宝可真是可爱……"

玉珠脸色一白，心里恨不得把周书慈给掐死，但是面上却笑道："祖母说不着急，先让我管家。对了，祖母倒是念叨妹妹呢，妹妹若是有好消息一定要赶快告诉家里，免得家里记挂着你。”

周书慈摸着肚子，道：“自然。”

玉珠已经不想和周书慈掰扯了，便站起来也去了掌珠那桌。

周书慈低声说道：“下不出蛋的母鸡有什么用？”

玉珠紧紧握着拳头，只当没有听见，一旁有其他少奶奶听见的，只相互打了个眼色，别人家的姑奶奶都巴不得和娘家嫂子打好关系，这块可好，怎么不会来事怎么来。

玉珠和宝珠本不对付，偏偏宝珠又不是个愿意忍耐的，玉珠虽是个能忍耐的，现在却也不觉得宝珠值得她忍耐。

这两人没一会儿也冷嘲热讽起来。

掌珠揉揉太阳穴，她倒是没有想到这两个妹妹会如此，难不成以后这两人还见不得面了？

好在这两人也都是要面子的，并没有让别人看出破绽来。

到下午，众位少奶奶也就都告辞了，玉珠帮着掌珠送客，并不走，掌珠明白，这怕是有事与她说。

玉珠只等着宝珠走了再说，偏偏宝珠则一副热络的样子，就在一旁嗑瓜子不走。

玉珠忍不住道：“宝珠妹妹不是有喜了吗？怕是吃些这个不大好吧？”又说宝珠的丫头不会服侍宝珠。

宝珠扔下瓜子皮，道：“我的丫头可不是你能说的。”玉珠又想说什么，就见宝珠对掌珠道，“我也不在这里扰你了，这是我给小至宝的见面礼，我一看小至宝就觉得投缘。”说着一旁的丫头捧过来一个小木匣子。

掌珠并不推辞，笑道：“妹妹有心了。”

宝珠“嗯”了一声，迟疑了一下，叹道：“大姐姐有空也给惜珠写写信吧，她近来心情不好……”

话还没说完，玉珠便笑道：“哎哟，这要进宫当娘娘的人，心情还不好啊。真是不知福。”

宝珠冰冷冷地看了眼玉珠，对掌珠道：“你要是不想写信就算了，只当我没说。”

掌珠顿了一下，道：“何时入宫？”

宝珠眼圈一红，道：“怕是今年过年吧。”又想说什么，想起自己妹妹向来性子强，怕是不喜欢别人怜悯，便也不多说什么，转身离开了。

掌珠按捺住心中的疑问，看向玉珠，笑道：“不如妹妹今日住在这儿吧，咱们也许久没有聊聊了。”

这句话刚说完，谁知道玉珠就含着泪道：“还请大姐姐帮帮我。”

掌珠一时闹不清，这玉珠怎么就说哭就哭了？若是为了孩子的事，她也不是大夫……

掌珠道：“妹妹还是不要在这儿哭，免得被人看见，不如先与我去偏厅，慢慢地与我说吧。”掌珠并没有说帮与不帮，心中对玉珠虽然有怜悯，但是并不足以让她动情，说实话，玉珠若不是有事求她，又怎么会这样？

玉珠的眼泪可不值钱。

在偏厅，掌珠大概明白玉珠的意思了，是周书恩纳妾不少的缘故。只是听玉珠的意思并不是简单的哭诉，而是寻求帮助。

难不成她还去周家训斥一番周书恩？

若是父亲或母亲在世，还好说，毕竟是长辈，那现在，或许让她写信给太夫人？让太夫人说一二？只是这样玉珠还能在周家立足吗？

玉珠擦着眼泪，道："他纳妾也是应当的，只是带进来的那些个人……"说着叹了一口气，道，"我身旁的谨言虽是给了他，也是不如他的意。"

掌珠挑了一下眉，怪不得不见谨言，那宝珠身旁的七珍……

玉珠冷笑道："我是明白了，什么爱啊、情啊的，不过是谎话，就说三妹夫，之前不是哭着求着要娶宝珠吗？结果呢？宝珠还不是把七珍给了他？"

掌珠一叹，不说话。

玉珠看向掌珠，眼中露出羡慕，道："我们哪里像姐姐这么命好。"

掌珠看着玉珠哭泣不止，不想听玉珠这些酸话，便问道："妹妹有何打算？"

玉珠看了眼掌珠，道："书恩一直都觉得身边少个知心的人……说要是有个知心人也就不这么折腾了……"说着不好意思地看着掌珠。

掌珠挑了一下眉，这是什么意思？

玉珠继续道："姐姐会梳理人，我想要姐姐身旁的一个丫头，还请姐姐帮帮我。我看唱月年纪差不多，相貌也不错……"

掌珠一愣，怒从心中来，她身边的丫头都是自小跟着她的，不说感情，就说这在身旁伺候的人怎能给别的男人做小妾？说句不夸张的，身边的丫头可是知道她身上每颗痣的位置，喜欢穿什么样的小衣，给别人做妾算怎么回事？

若是嫁给小厮就是另外一回事，毕竟嫁出去了还是奴才。

掌珠站起来道："这事怕是不行了，姐姐也无能为力，妹妹不如在外面买个丫头好好调教一番吧。"

玉珠一愣，有些着急，继续道："那秋白、晓初都行。秋白以前不是婶娘的人吗？想来也不是什么好的……"

掌珠笑道："那就更不能给妹妹了。妹妹请吧，我也该去婆婆那里请安了。"说着就不理会玉珠，转身离开。

自有丫头过来送玉珠。

玉珠跺了跺脚，道："还请姐姐好好想着，我看着您那几个丫头年纪也大了，说不得以后就要给姐夫，还不如先给了我，免得她们有什么其他想法。"

掌珠已经是出了偏厅，也不知道听见没有。

掌珠回了竹院，身上还带着怒气，倒是把小至宝吓哭了。

掌珠连忙抱着哄。

送小至宝过来的田妈妈，还没有走，连忙劝道："少奶奶若是有什么不高兴的就和大爷、夫人说，别委屈自己。"

掌珠想起玉珠，心中又很不耐烦，道："不过是些琐事罢了，不知道小至宝在婆婆那里可听话？"

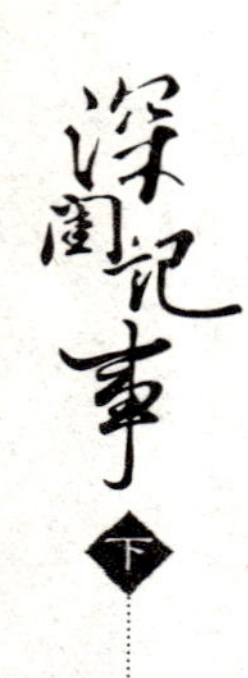

田妈妈见掌珠不想提，也不敢问，连忙把小至宝在松院这两日的事说了说，也并不敢夸姜夫人特别喜爱的小至宝，担心掌珠误会。

待说完后才离开竹院。

掌珠也哄睡了小至宝，让奶娘带了下去。

掌珠叹一口气，坐在屋里，想起玉珠那些话，恨得咬牙切齿，玉珠说这些话简直太可恶，可见玉珠从来都没有把她当过姐姐。

掌珠突然想到，玉珠为何要她的丫头，玉珠虽是庶女，但是这些东西应该不会不懂的，玉珠是冲着她还是冲着姜家？要她一个丫头又有什么用？

掌珠想了一回，并没有想通，便也不再想了，见桌子上放着宝珠送来的匣子，便上前打开，只见里面都是好东西，有象牙雕的美人梳、镶红宝石的玉钗……最最漂亮的是一朵大金花，有手掌这么大，金子打磨的花瓣相当薄，轻轻一吹花瓣微微颤，好似真的一般，这可难得，就是有钱都不见得能买到。

掌珠认出来这个，这个是宝珠小时候戴过的，宝珠相当喜欢，现在居然送来了，莫非当真这么喜欢小至宝？

宝珠倒是有心了。

掌珠又想起宝珠说的，惜珠要入宫了……惜珠今年才十五，圣上已经将近五十了，听说身体也不好……

掌珠正想着就见姜铎不知道什么时候站在门口，掌珠拍了拍胸口，道：“什么时候进来的，怎么没有声音，吓我好大一跳。”

姜铎过来，拿起掌珠手中的金花，笑道：“这可是个好东西。”然后又道，“我听丫头说你回来的时候不大高兴，就没有让她们通报，谁知道我进来的时候你在愣神，脸色不大好，怎么了？”姜铎边说边看着掌珠，满脸的关心。

掌珠心中暖融融的，也想和姜铎说说，但是话到嘴边，还是没有提玉珠，这事姜铎知道必然也会责怪玉珠，她倒不可惜玉珠，只是不想让姜铎白白生一场气，便道：“我在想惜珠妹妹，听说她要入宫。”

姜铎倒是没有怀疑，点头道：“听说是有这个打算，没想到是真的。”

掌珠叹息一番，想说什么还是咽下去了。

姜铎道：“之前消息传出来的时候，我只当是崔家一方面想的，没想到你婶娘和叔叔也同意了，怕是今年过完年就送入宫，你若是不想，不如我在那边与崔家商量商量？”

陈家要想这个时候向宫里送人，也就只能通过崔家了，崔家为了在皇上面前表现，也会乐意的。

掌珠惊讶地看了眼姜铎，想了一下，还是摇头道：“惜珠妹妹是个要强聪明的人，她若是不愿意，没有人强迫得了她。”

姜铎伸手揉揉掌珠的头。

掌珠愣了会儿，笑道：“罢了，个人有个人的缘法，不必想那么多了。我明日写封信问问吧。”

姜铎点点头，又与掌珠聊了会儿，什么今日宴会成功吗、累不累、小至宝是不是听话，等等。

说着这些琐事，掌珠心里也舒服多了，玉珠那边不管是什么意思，总之她是不会同意的，这种事玉珠也不会随便出去说的。

玉珠那边被送回了百景园，她和婆婆周夫人住在一起，周夫人性子烂漫，并不像普通婆婆那样约束玉珠，玉珠也过得自由，回去也不向周夫人请安，径直回房中休息了。

这场五月“韵华斗丽”几乎是玉珠亲手操办的，算是对她的考验，她嫁入周家已经两年多，现在操持家务几乎已经没有问题了，这次回家后再独自掌家一年，太夫人应该就让她生嫡子了……

玉珠想到这里叹了一口气，她不是不能生，是太夫人不让她生。

她一进门，回了门后，太夫人就直接和她说开了，先说她是怎么进门的，怎么勾引周书恩的。那个时候她年纪小，胆子小，已经是吓得腿软了，便什么都认了。然后太夫人又对她说，知道她是庶女不容易，要不是看在她有能力，也不会同意她进门。然后就将周家的现状说了，又眼中含泪说什么周家都靠她了，她被耍得团团转，事事听太夫人的。

太夫人才哄她说，让她学管家，等能管家再生孩子，等等。

她也就信了。

没想到丈夫因为这个处处留情更是没有理由地往家里领人，唉……

今日她向掌珠说要丫头的事，心中也很担心掌珠答应，这事居然是周太夫人暗示她这么做的，说什么掌珠可能私藏嫡母给她的嫁妆，还说什么有了这个丫头，周书恩就不会那样向家里领人了……

她不知道是因为那嫁妆还是因为周书恩，鬼使神差地就同意了。

今日说的时候，她内心还是不希望掌珠同意的，好在，没有同意，其实现在想想，掌珠就是同意了，有了那个丫头，知道掌珠私藏嫁妆又有什么用？她不会傻得和掌珠闹开的。

玉珠长出一口气，只觉得累得要命，便躺下休息了。

待到第二日，掌珠因为生气玉珠，虽是去了百景园，但也不过是露过面就回来了，玉珠知道掌珠不高兴，也并不在意，说起来，掌珠毕竟只有她这一个妹妹，将来也不会不管她的。

掌珠回了竹院，便给惜珠写信，也不过是劝慰的话，到最后，掌珠微微有些迟疑，最终还是没有写上若是不愿意她托人给崔家递话……只写上万事保重，愿荣华富贵，心想事成。

这个时候，惜珠应该是不喜欢听泄气的话吧。

惜珠这辈子可能就只希望出人头地吧。

掌珠叹了一口气，折好信，让人送走。

这三日的“韵华斗丽”总算是结束了，至于是哪位贵女有幸成为皇妃，掌珠也不在意。只听说这第三日远不如前两日，虽然看着还是那么热闹，但是温夫人与温少奶奶没有去，还有几家人也没有去。

夜晚，掌珠、姜铎正逗小至宝呢，就见唱月匆忙进来回禀：“二少奶奶流产了。”

掌珠只穿着件枚红色的中衣，姜铎穿了件白色细棉中衣，两人正说笑着，听了这话，一愣。

姜铎给掌珠披上件衣服，接过小至宝，先去了里屋。

这种事毕竟是女人间的事，他并不能管呢。

掌珠想了下，问道："什么时候的事？"

唱月连忙道："一刻钟前那边传来消息，奴婢就马上过来回禀了。"

掌珠挑了一下眉，这种事二房会传这么快？掌珠看了眼唱月，问道："秋白和晓初呢？"

没头没脑的，唱月一愣，回道："晓初姐姐在外面当值，秋白姐姐休息了。"

掌珠点了一下头，是了，晓初性子偏软，怕是拦不住唱月，掌珠想到唱月之前也有过这样的事，不是特别明白唱月为何如此，不过还是问道："是怎么回事？怎么流产了？"按理说要是有消息也应该是诊出有孕才对。

唱月一脑门的汗，回道："听说是二少奶奶与二爷争执，二少奶奶没有站好，摔倒了，见了红，这才知道二少奶奶原来是有了，没想到……"

掌珠叹了一口气，好不容易有的……

掌珠道："好了，我知道了，你出去吧。"这种坏消息，若是二房那边没有表示呢，她还是先装作不知道比较好。

唱月心中不明白掌珠为啥没有动静，但也听话地出去了。

掌珠看着唱月的身影，唱月今年十六，已经及笄了，看着比以前高多了，也俊俏些，看背影已经能看出腰身了……

掌珠猛地想起玉珠的话——还请姐姐好好想着，我看着您那几个丫头年纪也大了，说不得以后就要给姐夫，还不如先给了我，免得她们有什么其他的想法……

唱月莫非是……

掌珠脸色变得隐晦不明，唱月是唯一一个在她身边没有什么目的的丫头，没想到最后……

这事，她得想想。

果然，就是到第二日，二房那边也没有传出周书慈流产的事，众人只当不知道罢了。

又过了几日，二房才慢慢传出周书慈流产了，其实说流产有些夸张，大夫也说了，这是自然流产，这孩子本就不踏实，也不见得能保住，现在没了还不至于对身体不好。

好在周夫人还没有离开，姜二夫人便将周夫人和玉珠请过来，与周书慈说说体己话。

掌珠自然被请去与玉珠做伴，玉珠不敢提丫头的事，怕掌珠真答应，掌珠也不想理会玉珠，但毕竟是陪玉珠，还是简单地说了几句话，掌珠心里只想着，玉珠敢提要丫头的事，她就敢给。

正有一搭没一搭地说着话，玉珠身旁的丫头急急忙忙地过来，道："崔少奶奶传来消息，崔少奶奶在马车上流产了。"

掌珠与玉珠一同问道："什么？"虽然是相同的问话，玉珠眼中却带着些欢喜，掌珠只是单纯的关心。

丫头又重复了一遍，掌珠刚想说话，就听里屋，周书慈摔东西的声音：“叫那个扫把星出去，都怪她，我才没有了孩子……出去！”

掌珠有些不明所以，说她扫把星，她可以理解，但是周书慈没有孩子和她有什么关系？玉珠也狐疑地看了眼掌珠，掌珠的手都已经伸到二房里了？这么厉害？

屋里周夫人耐心劝着周书慈。

掌珠继续问那丫头关于宝珠的事，道：“可知道到底怎么回事吗？”

那丫头道：“奴婢并不知道，是崔家那边打发人来告诉的。”

掌珠点点头，不再说话，既然打发人来了，说不得也有宝珠的信，要是说宝珠在马车上流产的，怕是已经有好几天了。

不一会儿，这边周夫人也出来了，见到掌珠有些尴尬，掌珠也并不在意，将周夫人和玉珠带到松院，几人又客套一番，周夫人才离开。

姜二夫人待周夫人走之后，才忍不住道：“周夫人看着也不错，怎么养出这么不着调的女儿……”说着眼睛也水润润的，若不是向来与大房关系不好，怕是也哭起来了。

姜夫人劝道：“她们年纪小，哪里懂这些，就说掌珠，刚开始不也是不知道吗？罢了，是这孩子无缘。”

姜二夫人想说什么，看了眼掌珠，终究还是没有说出来，叹了一回气，便回了二房。

掌珠心中有些奇怪，回去后自是派人打听，二房终究还是靠着大房，想打探还是容易的，就是耗点时间。

掌珠现在倒是想知道宝珠的情况，果然宝珠确实让人带了一封信。

掌珠看后忍不住叹息一番，宝珠这次流产确实是意外，马车太颠簸了，已经是出现落红，没有马上医治，而是继续赶路回家，所以……

不过这不是令掌珠叹息的原因，真正的原因是宝珠字里行间带着些对当年喂棋子给祝姨娘所生孩子的悔恨……

宝珠认为，两个孩子的流产，都是报应。

掌珠闭上眼，以前她曾经想过，她希望宝珠受到报应，那时候她憎恨宝珠害死那个孩子，她从宝珠身上见识到恶，可是当宝珠的报应真正来的时候，掌珠心中不确定了……

如果真的是报应的话，那是否算是还清了呢？

掌珠睁开眼，提笔给宝珠回信，掌珠没有多说什么，只是给宝珠讲了一个故事——

从前有一人娶了两个太太，大妇无子女，小妇养了一个男儿，端正可爱，丈夫更加爱重小妇。大妇心内嫉妒起了杀心，外表佯装爱小儿如同亲子。男孩一岁多时，家中皆知大妇爱重小孩，无疑心，大妇心毒如同毒蛇，竟用针刺小儿，儿得病啼哭不止，家中大小都不知所以，不过数日，小儿夭折，大妇也哭啼，小妇思念啼哭昼夜不息，不复思想饮食，几至于死。后知为大妇所害，便誓欲报仇。

小妇一日到寺塔里问比丘：“大德！欲求心中所愿，当修何种功德？”

诸比丘答道："欲求所愿，当受持八关斋戒，所求如意。"于是即从比丘受八关斋戒便去，却过七日便死了。不久大妇生一女儿，年才一岁即死了，大妇端坐不食，悲痛啼哭甚过小妇。这样接连生了七次，或二岁而死，或三岁而死，或四五岁而死，或六七岁而死，最后一个养到十四岁，并已许人，临当出嫁，是夜猝死。

大妇啼哭忧恼倍于从前，既不说话，也不饮食，每日每夜只是痛哭流涕，垂泪而行。

二十余日后有一阿罗汉，见此情形欲为诸人解除宿怨，沙门问道："为什么这样呢？"

大妇道："我前后生了七个女儿，都是聪敏可爱，却都死了。这个女儿是养得最大的，今当要出嫁，便又死了，使我忧愁，痛不欲生！"

沙门道："小妇的儿子为什么而死？"

大妇一听这句话，颇为吃惊，但默然不答，心中惭愧不敢说什么。

沙门道："你杀人子，使其母愁忧懊恼而死，故来做你子，前后七次。"

大妇遂向沙门求哀欲得受戒。

那个小妇死了堕为蛇类，知道大妇明日欲到寺中受戒，即于道中等她，欲啮杀之。

沙门便对蛇道："今世大妇杀你的儿子，你今懊恼已七返生死，你前后过恶皆可度脱。今大妇前往受戒，汝断其道，你将世世堕入地狱中无有竟时，今现蛇身，怎么能及妇身？"

蛇的怨顿息，将头着地不喘息，似思沙门语。

沙门道："今汝二人以前夙怨从此结束，切莫再恶意相害，了无竟期。"

二人忏悔讫，蛇即命终，便生人中。

信中只有这一个故事，并没有其他的事情，掌珠读了又读，才折好着人送去。

掌珠也不知道宝珠会从这个故事感受到什么，每个人禅悟都不一样，大妇虽然暗指宝珠，但是掌珠更希望宝珠不要像那小妇一样，如此有执念……

人总要看眼前的。

掌珠的心也慢慢地平静了，之前因为玉珠要唱月，她心里总是不平静，现在想想，她还是要顾眼前的，如姜铎、如小至宝，甚至是姜夫人，她还不如将精力放在对她好的人身上。

没过两日，掌珠也知道周书慈为何流产了，听得掌珠哭笑不得，说来，这事也还真算是因为她。

周书慈让一个丫头给萝院传话，所传的是她看出掌珠与如玉公子关系匪浅……想来这话应该更难听些，周书慈的目的也不过是挑拨离间罢了。

没想到这话让姜铠听见，周书慈不懂眼色，还以为机会来了，居然想让姜铠利用这个打击大房……

姜铠虽然冲动，也从来都没有服气过大房，甚至可以说是自以为是，一直想凭借自己的实力夺过大房的权力，只可惜资质平平，不过却也算是个明白人，内斗可以，但是不能太过，这要是传出去，姜家的人以后还怎么立足？更何况姜铠也不相信掌珠如此不堪，姜兰娘为了二房远嫁，临走前再三地说不要小看掌珠，母亲也再三地提点，姜铠还是懂得的。

因此姜铠与周书慈便发生了争执，或许真的是周书慈没有站好，也或许是姜铠动手了，周书慈的第一个孩子就这么没了。

掌珠知道后也只能是无奈了，看来以后周书慈对她更有成见……

至于唱月，掌珠则打算找个机会将人打发了，只是她若是打发唱月，自然也要打发了秋白和晓初，毕竟这两人年纪也不小了，可是她院中还是需要她二人，掌珠只好慢慢再找机会。

让掌珠没想到的是机会来得很快。

还是因为玉珠。

掌珠也说不好，她这几个妹妹是上天为磨炼她而来的，还是为了帮助她的。

玉珠给她写了一封道歉信，因为要丫头的事，而且还是周家人亲自送过来的，并且也亲口道歉，这个婆子可是周太夫人身旁有头有脸的。

掌珠见到人，听了婆子说的，不看信也明白怎么回事了，她们都被周太夫人给耍了，尤其是玉珠。

这时，姜夫人和姜铎才知道玉珠有要过丫头一事。

掌珠暗自咬牙，这事她生气归生气，却不想惊动这些人，这些人必然会怀疑玉珠的家教，当时候难免会联想到父亲母亲。

竹院里。

掌珠对着婆子笑道："太夫人也太大惊小怪了，这事并不怪玉珠妹妹，玉珠妹妹和我要个丫头，不过是想帮着她管些事务罢了，毕竟玉珠妹妹身边的七珍给了妹夫……"

掌珠话说完，婆子脸上笑容顿了一下，道："那也是我们少奶奶太失礼了，怎么能要……"

掌珠打断婆子的话，道："其实，我当时也是有些怪玉珠妹妹的，我身边就这一个逗趣的丫头，便没有给，现在想想已经是后悔了，本来想找个机会给送去的，没想到婆子倒是来了。正好带走吧。"

婆子愣了一下，道："这……不大合适吧？"

掌珠冷笑道："这有什么不合适的？周家是个懂礼节的，难不成还把我的丫头给妹夫？"

婆子连忙道："这个肯定不行的。"

掌珠继续道："太夫人这么谨慎，我相信肯定不会的，这丫头不过是帮我过去照顾玉珠妹妹罢了。"

婆子还想说什么，掌珠道："这信啊，麻烦妈妈也给带回去吧，用个丫头，并不值当如此的。"

掌珠对秋白道："给唱月收拾收拾东西吧，随着这位妈妈去周家吧。"

秋白自是应下，领着婆子出去了。

掌珠这才握紧拳头，这个周太夫人真是厉害，这是想给玉珠定罪呢，这罪一定下来，玉珠以后就甭想在周家立足了，想拿姐姐的贴身丫头给自己丈夫，这种事说大可大，说小可小，这就是周太夫人手中的把柄，将来玉珠生了儿子，周太夫人更有借口抱过去，到时候玉珠管家，大家心里也不会服。

只是掌珠并不知道这事本就是周太夫人暗中撺掇玉珠，若是知道了，怕是更觉得周太夫人狠毒。

只是周太夫人千不该万不该把她父母的名声牵扯进来。

不过她们陈家姐妹可不是这么容易被欺辱的！

清晨，正是春茶和小金桃请安的时候，唱月过来辞别。

自过了年，她这里已经恢复以前的问安了，只是红榴不必来，红榴还算乖觉，每初一十五也知道过来请安，只是从来不会带恕少爷过来，估计是怕被留下罢了。

春茶一身灰色长袍，手上拿着佛珠，看起来很是虔诚，掌珠已经给她收拾出来一个小佛堂，让春茶在外面修行肯定是不行的，毕竟她是姜铎的大姨娘，打发出去不好看。

若不是掌珠看春茶是真的一心向佛，这个小佛堂也不会给春茶的。

小金桃则比以前瘦了些，气色也不大好，但是脸上还是带着温和的笑意，只每日琢磨着绣花，时不时地送上来个屏风之类的。

掌珠很是满意，再过几年，若是小金桃真没有什么恶意，倒是可以让小金桃教至宝刺绣……

掌珠回过神来，才想起唱月还跪在下面。

唱月穿着秋香色的小袄，下面是一件柳青色的百褶裙，头发还是丫头的样式，现在一看，才觉得唱月果然是长大了。

唱月巴掌大的笑脸尖尖的，脸色苍白，眼睛大大的，很是水润清澈，怕是知道要送她去周家，就一直哭吧，看着倒是我见犹怜的，只可惜在这里没有什么人怜惜她。

掌珠心中其实并不是特别伤心，也没有什么背叛的感觉，说白了，唱月不管有什么不该有的想法，也不过是在想，并没有行动，也好在没有行动，不然她们之间的这点情意就真的没了。

唱月对于掌珠还是不同的，说起来算是掌珠最单纯的一个“玩伴”吧，掌珠喜欢唱月在她身旁逗趣，因此，也不让那些丫头教唱月规矩，结果……

或许唱月这样离开，与自己也有关系吧。

她是主子，她对于奴婢的影响很大的，吃一堑长一智……

掌珠过去亲自扶起唱月，道：“你过去后，就只管把二小姐当成我，好好伺候着……”

唱月看着掌珠，眼中含泪，道：“姑娘，奴婢没……”

掌珠拍拍唱月的手，道：“我知道。”

唱月疑惑地看着掌珠，她不明白掌珠说的知道，是知道什么，是知道她爱慕大爷，还是知道她就是爱慕也没有打算勾引大爷？

她最近的表现是因为情不自禁，她只是想看看大爷，只是希望大爷对她笑一下，她不会做通房的，她也知道大爷身旁那些通房的下场，她就是希望在掌珠身旁当一个小丫头，这样还能时不时地看见大爷……

可是现在……

唱月虽然在掌珠身边的时间不短，其实从来都没有了解过这个主子，别人都很怕她，但是她没有，除了现在，她以前只觉得姑娘很好伺候，说好听的，逗笑了就好了……

唱月似乎才真正地明白她一直都是姑娘身旁的丫头。

掌珠让人拿了二十两银子，又拿了五根银钗、三根金钗，还有一些布匹，道："你过去了，我也不会亏待你的，这些都是我的心意，你收着，以后若是嫁人了，我自会再送你。"

唱月听到嫁人二字，已经是泪流满面。

掌珠看了眼秋白，秋白连忙笑着过来，搀着唱月道："唱月妹妹还是赶紧谢恩吧。"说着就扶着唱月跪下磕头，然后又扶起唱月退了下去。

掌珠将唱月的卖身契和书信放在一起交给玉珠了，她这样处理玉珠应该满意吧。

玉珠不会亏待唱月的，唱月是个聪明的，等醒悟过来，说不得就是玉珠身旁的一名大将了，玉珠身边现在估计都是周太夫人的人吧，这次差一点吃亏，以后也会学聪明的。

掌珠长出一口气，这事终于过去了。

掌珠这才看向春茶和小金桃，道："这事耽搁你们了，你们回去好好休息。"

两人自是行礼告退，待到离开后，小金桃忍不住道："少奶奶这是杀鸡儆猴吧？"

这是告诉她们别指望着身旁人上位，少奶奶连自己的丫头都打发了呢，更何况是她们的？

春茶只是捻着佛珠，转身离开了。

小金桃想说什么却也说不出口来，她也是闲得无聊随口说说罢了，现在倒是怀念红榴了，有她在还热闹些，现在就她一个人，连说个话的人都没有……

掌珠这几日就只在竹院等着宝珠、玉珠的回信，没想到最先等到的却是惜珠的信，惜珠的回信也颇为中规中矩，掌珠摸着惜珠的字，这字写得越来越好、越来越精致了，只是掌珠还是从这字里行间中感觉到了几分傲气。

果然，惜珠是不想被怜悯的。

惜珠什么样子，掌珠居然已经记不清了，只记得惜珠进敬正堂的身影，虽然个子小小的，很单薄，但是背脊挺直，颇有一种孤傲孑然的感觉。

印象中好像只有惜珠和宝珠在一起的时候，身上才多了些活泼的气息……只是到后来惜珠一直都是一个人，或许是从宝珠喜欢上那些话本开始吧，而那些话本正是出自惜珠之手。

一切似乎都是冥冥之中自有安排……

一转眼，就到了九月，掌珠并没有收到宝珠的书信，但却收到了宝珠抄写的心经。

掌珠摇头笑了笑，有的时候心性不定也不见得是件坏事，宝珠是个很容易信任别人的人，从她看话本上瘾就知道了，掌珠不过是讲了个故事，宝珠也就信了。也有可能是宝珠心中难受，她的故事就正好用上了吧，当发现爱情不能依赖的时候，只能找别的依赖了。

至于玉珠的回信，和掌珠想的一样，满纸的感激，甚至好像还有点点泪痕，并没有什么特别的。

明日是母亲的忌日，今日他们一家三口去柏山寺，连住三天吃斋。

去年因为她还怀着小至宝，那时候她连走几步都困难，更何况跪地磕头？

不一会儿，待到奶娘抱着小至宝出来，掌珠又问了一番是否带好东西，这才出发，轿子就在竹院门口，掌珠上了轿子抱过小至宝，这才起轿，因为还在姜家，并没有挂上窗纱，掌珠逗弄着小至宝玩，小至宝还差几天才满周岁，现在正是好玩的时候。

只是路过萝院的时候，正看到红榴抱着恕少爷，满脸恨意地看着掌珠，掌珠微微皱眉，这人心怀恨意的时候果然面目可憎，掌珠淡然地将窗纱挂上，她可不想吓到小至宝。

到了大门口，姜铎已经在门口等着了，亲自掀开轿帘，扶着掌珠出来，其他丫头和小厮都低着头，奶娘很有眼色，上前抱过小至宝，姜铎扶着掌珠上了马车，才接过小至宝，递给掌珠，掌珠瞅着姜铎一笑，接过小至宝，道："藏锐小心。"

姜铎轻轻点了一下头，道："放心。"

这才上了马，一旁的丫头和奶娘忙上了马车。

因为马车里有小至宝，所以马车走得很慢。

车中铺着厚厚的地毯上，小至宝在上面趴着玩，掌珠拿着小拨浪鼓逗她，小至宝虽然比小时候活泼了，但和别的孩子比还是安静很多，看到喜欢的拨浪鼓要几回得不到，也就玩别的了。

掌珠笑道："这孩子的性子也不知道是好还是坏。"她总是担心小至宝的性子如她无情，最后难免会像惜珠那般冷傲。

奶娘笑道："至宝姑娘是奴婢看见的最乖巧的孩子，少奶奶不必担心。"

掌珠笑笑不语。

不一会儿，小至宝睡着了。掌珠便掀开窗帘，这马车是姜铎亲自定做的，够大，为的是方便小至宝玩耍，窗帘是一层厚帘一层绣着暗纹的白纱，这样就可以看外面的风景了，果然是嫁人生子后，闺阁要求就没有那么严格了。

不过，掌珠不是看外面的风景，而是看姜铎，姜铎无论在何处，无论干什么，总是脊背挺直，这种挺直不是强硬，姜铎这样，总是让人觉得可靠，只要他在身旁，她就可以安心。

姜铎大概感觉出来她在看他，便低头看向她，朝她笑了笑，这笑让姜铎的神色柔情了不少。

掌珠低了一下头，这才看着外面人来人往，不一会儿便走到山道，姜铎便道："不如把白纱掀起来？这里没有什么人了。"

掌珠笑道："毕竟在山里，有些凉意，小至宝睡着了，怕是着凉。"

姜铎道："还是娘子想得周到。"

又走了半个时辰，这才到了柏山寺，已经是快到中午，正是人多的时候。

姜铎还是先扶着掌珠下来，掌珠戴着帷幔，双颊还是有些红，毕竟有这么多人看着……姜铎好似知道掌珠想什么，紧紧地握了一下掌珠的手，这却让掌珠更加羞涩。

好在掌珠抱着小至宝，一旁奶娘和丫头跟着，姜铎只护送掌珠进了殿里，然后又去忙碌，姜铎明日才会过来。

进了殿里，掌珠摘下帷幔，递给丫头，又让奶娘抱着小至宝行礼，她自己则也跪拜行礼，心中默念了一回经，才站起来。

自有比丘带她去了女厢，送上斋饭。

掌珠在这里只觉得时间过得很慢，很悠闲，抄经书，听主持讲经，好似又回到了以前。

待到第二日，掌珠起得早，与那些比丘做早课，吃了斋饭才回到厢房，小至宝已经醒来了，掌珠与小至宝玩了会儿，就有丘比过来请掌珠，姜铎已经在前面大殿了。

掌珠让奶娘好好带着小至宝，然后自是与姜铎会合。

没想到，大殿那里，除了姜铎，还有温润晁和软玉，掌珠微微皱眉，走近了，才发现温润晁脸色并不好看，姜铎还同以前一样。

软玉先笑道："姜少奶奶，好巧，今日阿路正好陪着我过来上香。"

掌珠朝软玉道："是巧。"又对温润晁点点头，温润晁也点了一下头，然后就站在姜铎身旁，姜铎轻声道："咱们去参拜吧。"又对温润晁道，"先行一步。"

一上午，姜铎与掌珠都在祈福，待到过了晌午才结束。

姜铎牵着掌珠的手，笑道："可还记得你走丢那一次？"

掌珠笑道："自然是记得，藏锐也太过小题大做了。"

姜铎道："我是真的怕你走丢了。"

掌珠低声道："不会的。"

结果没走两步，就又看见温润晁与软玉，温润晁眼中多少有些不耐烦，看见掌珠与姜铎后，又多了几分尴尬。

正巧奶娘抱着小至宝也过来，福身行礼后，道："至宝姑娘一直找少奶奶，因此奴婢才带着过来。"

掌珠连忙抱过小至宝，小至宝眼睛水汪汪的，脸颊还挂着泪珠。

姜铎将泪珠抹去，道："至宝乖，爹爹在。"

掌珠笑道："她找娘亲，可没有找你。"

小至宝见到娘亲了，只笑盈盈地道："亲亲……"

掌珠笑着亲了口小至宝，道："亲亲。"

掌珠与姜铎再抬起头来时，就见温润晁已经到了跟前，温润晁对上掌珠的眼神，居然有些紧张，这样的掌珠是温润晁没有见过的。

温润晁看向小至宝，笑道："她叫至宝？"

掌珠点点头，道："是的。"

温润晁道："看着又是个小美人。"说完知道自己失言，干咳一声，将腰上的玉佩解下来，放到小至宝的手里，道，"这是叔叔给你的表礼。"一旁的软玉看见，脸都绿了。

掌珠看了眼这玉佩，这玉佩好像是当年……掌珠刚想推辞，温润晁笑道："不碍事，不过是拿着玩的。”掌珠见温润晁坚定，料想是不会收回了，若是在这里纠结这个，怕是会引起争执。

一旁自有奶娘将玉佩收好。

姜铎道：“温公子有心了。”

温润晁摇头道：“并不知道会遇见几位，也来不及准备。还不要见怪才是。”并不等姜铎说话，就对掌珠道，“想起今日是伯母的忌日，已经为伯母念过一回经了。”

掌珠道：“多谢。”

这四人在这里实在没有什么好说的，温润晁便道：“我与内子先走一步，就不打扰二位了。”

待到人走后，掌珠才皱着眉道：“真是巧了……”看阿路的样子，怕是真的不知道她在这儿。

姜铎看着这两人的身影，摇摇头，这软玉自有人脉知道他们出行，野心不小，只可惜，对上温润晁怕是失算了。

只是这软玉果然是惹人厌，若是再有下回，就别怪他不客气了。

姜铎自是将掌珠送回女厢，他一人回男厢。

在男厢果然看见温润晁，姜铎笑道：“莫非你是特地来解释的？”

温润晁道：“一部分原因。”顿了一下，道，“你放心，以后不会发生这样的事。”这确实是软玉算计好的，应该是让他看见掌珠与姜铎恩爱的身影吧。

只是这事就算是软玉的错，他也不能推到一个女人身上。

姜铎笑笑，道：“我是相信如玉公子的人品的。”

温润晁冷笑道：“姜公子也不必给我下套，若是你错待阿珠，所谓人品也用不在姜公子身上了。”

姜铎并不想在这件事上磨叽，胜者为王，败者为寇，他让温润晁说几句风凉话又如何？便问道：“那另一部分原因呢？”

温润晁面对姜铎的时候总觉得使不出力，只道：“做好准备，明年入京。”

姜铎一愣，想了一下，道：“哪儿来的消息？”

温润晁笑道：“这恐怕不能告诉姜公子了。”

姜铎刚才也是出于惊讶才如此问，没想到温润晁居然将手都伸到宫里了。

姜铎又问：“全家？”

温润晁道：“极有可能。”

姜铎叹了一口气，食指指了一下天，道：“那位怕是不行了吧。所以这才……”挣扎一番。

温润晁不说话。

过了一会儿，姜铎回过神来道：“多谢温公子。”

温润晁道：“客气了。”说完便站起来走了。

姜铎只是看着茶杯沉思，现在太子的势力越来越大，但是再大也大不过皇上，只可惜皇上身体着实不好，明面上只有姜家敢与太子对着干，皇上怕是知道自己不行了，将姜家招到京城，也能牵制太子一二，给太子留个麻烦。

好在，姜家与太子不过是做戏，不然的话，待到太子登基后，姜家怕是没有好果子吃。

这皇上利用起人来，下手从来都不留余地。

姜铎虽然知道以后会搬迁至京城，倒是没有想到这么快，在这边的产业虽然大部分都可以留着，但是一部分也要处理的。

而且太子江南的这些产业也在他手中，这可不好解决。

姜铎一顿，说不得，皇上也是在试探姜家和太子的关系呢，皇上向来多疑……

如此一想，姜铎连忙派人去了京城，并不敢使用信鸽，若是被皇上盯上了，最好不要留下这些东西，这个时候才显出姜荷娘在太子府的好处，若是人不小心被皇上抓了，就只说是崔姨娘偷偷地给姜荷娘送东西就好……

姜铎几乎一夜没睡，只想着怎么安排家当，二房与三房怕也是要跟着一起入京……

第二日一早，姜铎与掌珠做了早课，两人便一同回了家，本来还要在这里吃了斋饭的，但是姜家那边传来消息，姜老爷病倒了。

因为去年那一病，姜老爷身体越发地不好了，天热了胸闷气短，天凉了也容易咳嗽。

这次怕是晚上着了凉，发烧了，来得很凶猛，人再一次被抬入松院。

掌珠与姜铎去时不急不慌，用了平时将近一倍的时间才到的柏山寺，这回来的时候赶路，比平时快了不少。

姜铎更是快马加鞭先赶回来了。

姜铎进了松院，只感觉很是安静，闻到一股很浓的药味。

姜夫人看见他有些惊讶，但还是轻声道："你父亲睡着了。"又紧接着问道，"怎么这么快就回来了？不是说没有什么事，慢点回来吗？掌珠和小至宝呢？别颠到她们。可有人护着马车？她们娘俩……"

姜铎连忙道："我也是担心父亲，所以先赶回来了。母亲不必担心，有小厮跟着，不会有事的。"

姜夫人这才放心。

姜铎又问起姜老爷的病情，姜夫人叹了一口气，道："也不是什么大病，就是去年落下的病根，到了春天就好。"

姜铎还是有些怀疑，要真是这样，就不必在松院了。

姜夫人道："你也知道，你父亲之前何等恣意，他现在这个样子，心里怎么能好受？以后冬天怕是就要在屋里过了，我想着，那就把他接过来吧，我看着，他还能按时吃药。"姜老爷毕竟是她的夫君、她的依靠，大夫虽然说得简单，但是姜夫人却担心，这个时候若是还不知道保养，万一……

姜铎点点头表示明白，正要问什么，就听屋里姜老爷道："铎儿回来了？进来吧。"

姜铎听着声音不如原来响亮，心中也多是苦涩，父亲在他眼中虽然很严厉，但是却从来没有这样脆弱过。

姜铎进了屋，就见姜老爷躺在床上，脸色苍白，因为年纪大，眼神不大好，看着好似有些迷离，头发已经白了一半，只穿着一件白色细棉中衣，或许是因为衣服的不同，看起来比以前瘦了很多。光听声音，姜铎就已经觉得难受了，看见这样的姜老爷，心中更是难受，只觉得自己不孝，父亲在他不知道的时候已经是这样老了。

姜铎上前单膝跪在地上。

姜老爷见他这副模样，心中也是不好受，但是嘴硬道："你这个样子怎么回事？摆给谁看呢？我死不了呢。"

姜铎听姜老爷这样说，心中反而放心了，能骂得出来就证明没什么事。

姜铎道："儿子担心您。"

这句话让姜老爷心中一暖，他以为这个儿子恨他呢，姜老爷想接着骂，那口气却卡在嗓子里，眼睛也水润，最后，姜老爷只握住姜铎的手，愧疚地道："还是让我一下子病死了吧，我死了，你守孝三年后，正好赶上太子登基，你也好大显身手，免得我耽误你……"

姜铎一听连忙道："父亲，万万不可这样说……"

姜老爷这些天一直都不好受，他自己知道自己的身体，怕也就是这几年的事，既然早晚都要死，早死才更好，好歹还能有些用处。

姜老爷又生气地道："你不要以为我这是在装模作样，我也不用让你领情，反正早晚都要死……"

姜铎已经是双膝跪地，紧紧地握着姜老爷的手，道："父亲！"这两个字的语气里包含了很多，有姜铎没有想到的恳求，也有让姜老爷惊讶的感动。

姜老爷看向姜铎，姜铎眼神坚定，神色严肃，姜老爷拍了拍姜铎的手，道："有你在我是放心的，你很好……"

姜铎坚定地道："我希望父亲也在。"

姜老爷惊讶地看着姜铎，他虽然不觉得姜铎会高兴他死，但也没有想到会舍不得他死，毕竟，他们之前的感情淡得如纸一般脆弱。

姜铎继续道："您千万别有这些想法，人的精气神若没了……"

姜老爷叹了一口气，道："我也是怕……"

姜铎道："你不用说这些，只听我的，好好养好身体。"

姜老爷心中高兴，却还是不耐烦地道："现在倒是老子听儿子的了。"

姜铎知道姜老爷刚才也不过是一时激动才会说出那些，病人有的时候总是脆弱的。

姜铎想了一下，道："父亲，明年怕是陛下会召你我入京……"

姜老爷一愣，叹道："要是我这时候死了，你们也就不用入京。"

姜铎连忙道："那样怕是陛下会不高兴。"姜铎见姜老爷在沉思，就又道，"陛下多疑，性格阴沉不定，又喜欢掌握一切，若是这次他不满意，怕是等到他那一天时会嫉恨咱们，父亲虽是为了我好，但是也要多想想姜家。"

姜老爷慢慢点头，若是皇上驾崩之前调动姜家人的职位，姜家吃不了兜着走，新帝也要三年不改父制，不如他活着入京，还能在陛下面前得几分好。

姜老爷小声问道："太子那边？"

姜铎回道："我已经派人询问。"

姜老爷叹道："我是怕新帝刚登基，你就……"

姜铎连忙道："那父亲就要多活几年。"

姜老爷想说什么，也只是无奈地点点头。

姜铎又劝了些话，说了些产业如何如何，姜老爷只点着头，一副都听你的模样，姜老爷生病中，很容易就累，不一会儿就睡着了。

姜铎这才出了房间，一出来就见姜夫人和掌珠都在，姜夫人眼睛通红，只过去道："多谢……"

姜铎连忙道："是我应该的。"

姜夫人拿着手帕点了点眼角，姜铎与掌珠这才回了竹院。

姜铎一直都没有说话，掌珠服侍着姜铎洗漱更衣后，姜铎才叹了一口气，道："我是从来没有想到父亲会有这样的一天。"居然会一心求死，父亲也真是为了姜家什么都牺牲了。

掌珠道："父母总是想为孩子奉献一切的。"

姜铎心情好一些，才道："你也听见了，怕是明年就要入京，也打点些东西吧，只是不要让人看出来。"

掌珠刚才听到些只言片语，便问道："这一去就不回来了吗？"

姜铎想了一下，道："或许吧，就是回来也说不好是……"守孝。

掌珠听出来了，也叹息一番，道："家中的事，你就不要操心了，我会安排好的。"

姜铎点点头，搂住掌珠，只感觉心中满满的，他不是孤独的，姜铎道："有你在真好。"

掌珠笑道："我会一直陪在藏锐身旁的。"

第十六回 京城人多居不易

时间过得也快，一眨眼就到了小至宝周岁，姜老爷病也好了一大半，这毕竟是他们姜家下一代的嫡长女，便请了亲朋好友，办抓周宴，也热闹热闹。

小至宝穿的红衣，额头上还点了个红点，也不爱哭，只跟着姜夫人认人，那些个大人看着小至宝这个样子，纷纷都夸小至宝有嫡长女的风范。

掌珠只在一旁掩嘴笑，知女莫若母，她是知道的，小至宝是懒得理会这些人。

抓周的时候小至宝也不负众望，抓到了一枚小印章和一个小荷包，倒也让众人满意。

小至宝周岁过了，一眨眼就到年底了，恕少爷的周岁不过是在萝院摆了一桌，姜铎过去跟着吃席面，也看着恕少爷抓周，抓了一本书，姜铎对他也没有什么大的要求，抓什么他都高兴。

只是红榴心中不高兴，这可是庶长子，怎么就这么平平淡淡地过了抓周宴？只是红榴向姜铎说什么，姜铎也不理会。

姜铎心里觉得红榴越来越不像话，第二日便派了两个嬷嬷给恕少爷，主要是照顾恕少爷，最好能让恕少爷少接触红榴。

快到年底的时候，京里的圣旨也传过来了，不仅让姜家全家入京，还封了姜老爷为安扬郡王，这名头也就在扬州这里唬唬人，在京城里就是听着好听，还不如姜家族长这名头响亮，族长这可是有名有实的名号。

外人羡慕姜家，陈家、周家、崔家也都来信送礼的，又有沾亲带故的人过来沾沾光的，很是热闹一番。

好在姜夫人和掌珠也早就有准备，这些事忙了五六天就过去了。

姜家看着好似风平浪静，但是这私底下却是波涛汹涌，谁心中都有着小算盘。

首先就是萝院。

崔姨娘和红榴毕竟见过的世面有限，只觉得这个安扬郡王很威风，又想着将来孩子连爵位一起袭了，真是风光。

只是崔姨娘想到她们若是跟着入京了，京城里规矩可大，这孩子怕是就不能养在身边了。

便抱着恕少爷道："唉，孩子这么小，若是在路上……"

红榴不高兴地道："姨娘别乱说。"

崔姨娘看了看四周，那几个妈妈都已经被她支走了，崔姨娘才道："我也是为了咱们大少爷好，这在路上这么颠簸，万一谁动了坏心眼……就是一路平安到了京城，又有个'水土不服'？我知道大少爷身体好，但是架不住有人……"说着看了眼竹院的方向。

这一说，红榴也担心了，但是又想起京城的繁华。

崔姨娘就又说："将来你儿子大了，你的荣华富贵可是多了去了，若是长不大……"

红榴咬着牙道："那莫非就不去了？"

崔姨娘心中一高兴，又接着道："说起来，咱姜家的大营毕竟在江南，在扬州，那京城再好，早晚也要回这的祠堂祭祖，咱守着这里不比别处好？"

红榴想着点了点头，这话说得对，落叶归根，就是要离开这里也要等孩子七八岁再说，那个时候孩子也认识那些叔叔伯伯了……

红榴笑道："还是姨娘对大少爷好，您放心，将来他忘不了您。"

崔姨娘笑得更高兴了。

崔姨娘这种想法其实也不算错，最主要的是她并不知道，这一去就不回来了，也不清楚姜铎与太子的关系，事实上有崔姨娘这种想法的还有其他人。

周书慈就是这样想的。

一来她舍不得离开江南；二来她孩子流产后与姜铠关系越来越差，也不觉得跟在他身边有多高兴；三来也是最重要的，就是她要是留在这里，那这里的大权她就握在手里了，宅里的事她弄得妥妥帖帖的，将来婆婆和丈夫回来，她也有底气，就是别人想夺权也难了。

只是周书慈一时不知道该如何和婆婆说，万一被看出来了，怕是只有跟着入京一条路了。

周书慈只眯着眼，想办法，养身子倒是一个好主意。

崔姨娘与红榴不入京更好，事实上姜铎也没有想过带着这几人走，恕儿只在这里长大，也不明白自己身份的尴尬，这样才最好。只是还要留下可靠的人，万万不能让崔姨娘、红榴将孩子带歪。

因此崔姨娘和红榴没有费什么心就留下了。

至于二房……从周书慈打定主意不跟着入京，就开始装病，刚开始姜二夫人还着急、担心，但是大夫请了也说不出个所以然，姜二夫人这才明白过来，心中忍不住大笑，周书慈真是个傻的，这样也好，让周书慈在这里留几年，以后就该求着入京了，也就知道这个二房到底谁当家了，不就是流个产吗？就一天天地在她面前装姑奶奶，他们家可不欠周书慈的。

因此，没几天，姜二夫人便沉痛地对周书慈说，她要是这样下去就不能入京了，周书慈也就顺着说，先留在这里看家，等他们回来。

这事报到姜夫人那儿，姜夫人本想提点周书慈一番，但是毕竟是别人的家务事，更何况这里最好也有个主子顶着，罢了，等到京里安顿好了，再派人接她来吧。

大房、二房都好说，偏偏三房那里有了分歧……

小五爷年纪小，姜三夫人实在怕小五爷出什么事，这可是他们三房的命根，她自己留下不行，崔木槿留下更不行，姜莲娘留下姜三夫人还是心疼……

崔木槿的意思则是带着小五爷去京城，这可是大好事，就算夭折了，她再生一个。

熹平四十四年，陈掌珠十九岁。

因为入京的圣旨，姜家年都没有过好，大家急急忙忙地将手上的事准备好。

太子那边也给姜铎传来消息，就两个字，入京。

姜铎收到信后，心中一叹，正如他们所想，皇上是要不行了，现在是最后的挣扎，说不好明后年太子就会登基，这最后的时刻是万分重要的，万万不可松懈，他在京中一来可以稳住皇上，二来也可以帮着太子。若是太子成功登基，他就更不用回来了，只辅佐新帝就好。

江南这边的产业，他也先管着，暂且不必换人，在皇上面前学着崔寓当宠臣就好。

姜铎长出一口气，心中既有欣慰也有忐忑，更多的是兴奋，他的心一直都不限于姜家……

掌珠毕竟是长房长媳，日日帮着姜夫人也很忙碌，因此小至宝就先抱到了松院，掌珠和姜夫人都可以看着，就是姜老爷也经常见到小至宝，听说姜老爷倒是很喜欢小至宝，小至宝对姜老爷甚至比对姜夫人还亲，倒是令人惊讶。

只有三房至今都没有商量好解决方案，姜三夫人还在踌躇该不该将小五爷留下来，留下来的话姜莲娘怕是就要跟着留下来，可是姜三夫人还是不忍心耽误姜莲娘的婚事，姜三夫人再喜欢小五爷，姜莲娘也是她亲闺女，姜莲娘今年正好十六，年纪也不算特别大，京城是繁华之地，人才济济，说不定就有合适的，到时候要是能结成良缘，岂不是正好？只是这一切条件都是要将人带去，不然怎么相看？

但是小五爷，姜三夫人是真怕夭折了，不是不能再找人生个儿子，但像崔木槿这么好的人选不好找，她还要帮着姜夫人掌家，若是再来这么一回，姜三夫人实在是没有什么精力了。

不过，过了正月姜三夫人也不用踌躇了，圣上居然又下了道圣旨，将姜莲娘指婚给何尚书的儿子何绍，姜三夫人接了圣旨之后就直接晕过去了，何尚书是陛下身旁的宠臣不假，论家世，何家也够格，只是这何绍……

这何绍的名声早就传到南方了，绝对的纨绔子弟，已经死过两任妻子了，都是被他虐待死的，家中更是美妾如云，姜三夫人现在已经是悔得肠子都青了，还不如早早将姜莲娘嫁出去呢，没想到……

为今之计就只能先拖着，将姜莲娘留在江南，反正并没有说具体的婚期……拖个三五年，等到太子登基之后再求个恩典吧，姜三夫人就是让姜莲娘出家也不会让她嫁给那种禽兽的。

这个结果也是姜三夫人和大房商量出的结果，姜铎自是不会眼睁睁地看着自己的妹妹嫁给何绍这种人渣！这皇上怎么会想到姜莲娘，说不得就是何家想过来沾光才如此的，不然皇上哪里会想起指婚这种事？

待到姜铎查了之后才知道，这其中也有惜妃的事，这位惜妃就是惜珠，前段时间刚刚入宫，深得陛下的喜爱，已经由入宫时的惜嫔晋封为惜妃。

姜铎并没有将此事现在告诉掌珠，免得掌珠不高兴，待到了京城以后再说吧。

三房的事不少，这事才刚刚过去，崔木槿那边就又出了幺蛾子，小五爷虽然留下，但她肯定是跟着姜三夫人一起上京，崔木槿心里虽不高兴，但是也无妨，等她有机会再生个儿子。只是崔木槿不知道的是，她坐月子的时候，姜三夫人早就在参汤中放了绝嗣药，崔木槿现在生不出来什么了。

暂且不说这些，只说崔木槿仗着自己是三房的大功臣，不是嫌弃这个东西不好就是嫌弃那个丫头不好用，好在姜三夫人看着她，说东西不好再京城买新的，丫头就暂且先用着，路途遥远，这些丫头好歹比较了解你。

因此崔木槿什么都没有得着，崔木槿见这里使不出劲来，就把手伸到娘家了，送了个丫头给崔寓，当然明面上只是说这个丫头好用，给哥哥用，但是意思大家都明白的。

这不单单是打了宝珠的脸，也相当于给掌珠一巴掌，掌珠心中只冷笑，这是看自己生儿子了，不过宝珠可不是个能忍的，这崔木槿怕是吃不了兜着走，掌珠只担心这宝珠别做得太过分。

也就十天，宝珠趁着给掌珠送些东西的时候，将人送回来，说崔家不认识这位崔木槿，丫头既然好用就自己留着用吧，当年崔木槿不认两个哥哥的事，所有人都是知道的，现在又想认，也要看崔家乐意不乐意，崔木槿是生了儿子，但是根上可是个奴婢。

崔木槿当时脸都变了，只哭着道："哥哥认不认我无所谓，我只是担心哥哥年纪这么大了，也没个儿子，所以才……没想到让大嫂误会了。"

姜三夫人为了姜莲娘也不可能得罪陈家的，只恨这崔木槿这般没有眼力见，便冷笑道："小崔姨娘，这事就轮不到你来操心了，崔少奶奶已经出去买了个良妾给崔大爷，以后那边的事你还是少费心吧，免得出力不讨好，姨娘还是看看还有什么东西没有收拾吧。"

崔木槿愣住，良妾？

姜三夫人见崔木槿这个样子，心烦得很，也懒得和她好好说，便道："良妾，和你这种卖身的可不一样！"说完便留下崔木槿一人发呆，自是去忙碌。

其实宝珠如此行事也出乎掌珠的意外，毕竟当初宝珠与崔寓是那么……相爱，宝珠怎么会主动买良妾给崔寓？她把自己的丫头给了崔寓，那也算是自己人。

宝珠给掌珠写的信里也说了这事了，大夫说她要好好养身子，慢慢调养，最好禁欲一段时间，过个两三年再有孩子就不会这么容易流产了，而且崔寓身旁没有什么正经的妾室，都是通房，她不如做主纳一个，免得崔寓将来从外面领回来。

崔寓现在越来越得皇上的信赖，若不是家世太低、年纪太轻，怕也要加官晋爵呢。

掌珠看了宝珠写的这些，心中也说不出来是什么滋味，他们每个人都在变化，一些自己坚持的东西已经慢慢地都不再坚持了，也不知道是好还是不好。

不过宝珠如此行事，也获得了崔家的尊重，都觉得这才是大家闺秀的行事风格。

掌珠也只是叹息一番，路都是每个人自己走的。

大家忙忙碌碌的，直到过了三月才准备妥当，主家这边只留下几个年长的仆人和妈妈，内院交给周书慈，外院交给姜家的一位伯父。

姜老爷的几位姨娘包括崔姨娘都留下，只带走了三个年轻一点的姨娘，本来这三个都不想带，但是担心到了京城皇上会往他这儿送人，毕竟皇上连姜莲娘都想起来指婚了。

竹院，只有红榴和恕少爷留下，春茶和小金桃跟着走。

二房周书慈留下，三房是姜莲娘和小五爷留下。

还没踏实几天，就有一位叫清葫的姑娘找上门来，说是姜铎的妾室，要跟着一起入京。

如同崔木槿当年进门一样，自己拿着卖身契去了角门。

掌珠这才想起来，姜铎还有个外室。

这清葫也是耐得住性子，这个时候才来，既然和崔木槿一样，不可能将她拦在外面。

因此清葫在掌珠面前磕了头就进了府，这清葫果然与小金桃等人不一样，一身的气度还真有点落难千金的意思，容貌也是上等的。

掌珠倒是对清葫入不入京有些纠结，她本意自是不想的，但是有了这妾，也就更能防着皇上塞人……

没想到，第二天春茶便过来自请留下，只说自己的根在江南，不想离开，她也一心向佛，不喜欢那等繁华的地方。

既然春茶留下了，那这清葫就只能跟着了。

不过决定之前掌珠还是让秋白查了下春茶和清葫的关系，并没有查出来什么，春茶可能就是真的希望清葫去吧，按着春茶的想法，春茶是真心实意地希望姜铎子嗣多一些……

掌珠心中无奈，这春茶也太实诚了……

对于清葫，掌珠这边倒是没有什么，没想到姜铎不高兴了，他的意思就是将清葫留下来，为何还要带走？他并没有纳妾的意思，他也不希望掌珠有这种贤良的想法，姜铎一深想，难免就觉得掌珠或许如宝珠那般是为了自己的名声，他并不希望如此，就算是因为皇上的缘故，难不成有了清葫，皇上就不会塞人了？该塞人还是会塞的。

他也自有办法应对。

掌珠与姜铎这两人难得地冷战起来……

从姜家开始准备入京，姜三老爷就已经带着一批仆人还有些行李过去了，帮着收拾屋子，接应后面来的人。

其实这个差事可是相当有油水的，既能先拓展人脉又能从中吃点小钱，因此三房也是乐意姜三老爷先过去的。

不过也很辛苦，三老爷几乎是在路上过的年，到了京城看过圣上赏赐的屋子，与几家相好的世家见过面，连忙写信回姜家告知再来时最好走水路，路途太过颠簸，还有京城这边的习惯以及房子的大小，女眷可多带些布匹首饰，这边没有江南细致等。

姜老爷接到信后，就让姜二老爷带着家具，甚至姜老爷和姜铎几人的爱马这些大件入京，听从姜三老爷的话走的水路。

算起来姜家几乎是全族搬迁，因此姜老爷将用惯的东西都带着，本说有的东西可以在京城买，只是姜老爷用惯的东西不见得多贵重，但绝对是有钱也买不到的，姜夫人干脆让姜老爷都收拾起来了。

至于家具，则是库房里留着一套根本没有用过的金丝楠木的家具，做工精致，就算你有钱再做一套，也不见得找到同样好的工匠打了，更何况京城里现在正流行南方的细致，京城有名的世家也是从南方打了家具送来，他们直接省了。

闹腾这么大的动静，周书慈和红榴这两方人马，自然觉得奇怪，看这个架势怎么像是一去不复返呢？

她们心中虽然有疑惑，但是也都觉得不大可能，更何况，这个时候那位清葫进了竹院的门，都等着看笑话呢，因此谁也没有细想其他的。

令人失望的是，姜铎既没有有了新宠就忘记旧爱，掌珠也没有打翻了醋坛子，这两人该怎样就怎样，一眨眼就到三月，大房、二房、三房带着人入京了。

周书慈这才有些伤感，只可惜姜铠跟着姜二老爷先入了京，周书慈对这个婆婆也没有特别不舍，这点儿伤感也就随风飘走了。

姜莲娘心中虽然难受，却也强撑着，她心中更忐忑自己的婚事。

除了姜莲娘，这些人就好像家长不在家的小孩子一样，怎么着都觉得轻松。

暂且不提这些人，只说船上的掌珠等人。

一共三条大船，一条船主要载着货物，一条船是男人们的，还有一条船是女眷的。

年轻媳妇里就只有掌珠一人，但是姜夫人、姜二夫人、姜三夫人也不必掌珠伺候，反正这三人身旁都有年轻的姨娘伺候着，只是掌珠还是每日过去陪着三人聊天。

说来也奇怪，她们几人都没有走过水路，却没有出现晕船的症状，反而是丫头、婆子里有几人晕船了，好在她们带着大夫也带了足够的药，倒也不用担心。

偏偏姜老爷也晕船了，最后只得将姜老爷抬到女眷的船上让姜夫人照顾。

这个时候掌珠与姜铎才有机会说上几句话。

平时，晚上都船靠岸后，她们女眷可以上来在甲板上走走，清晨船行前，姜铎会过来请安，也看看大家，虽然天天都见上面，却说不上几句话。

姜铎其实也是故意趁着这时候过来看看掌珠的，他听说有丫头、婆子生病了，虽知道掌珠没有晕船，但他心中还是挂念着。

姜铎心中不免后悔，何苦为了清葫和掌珠置气，最最让他无语的是，他生气了，但是掌珠却完全没有感觉到……这些日子姜铎在船上没有什么事，无非是写写字，偶尔赏赏风景，和姜老爷说说话，难得的悠闲，但是心中却是相当想掌珠。

若是两人在一条船上该多好，这风景果然是要与知心的人一同赏才好。

掌珠还真的没有察觉出姜铎因清葫与她置气，只当姜铎近日忙碌才如此，毕竟掌珠这些日子是相当忙碌，不但要收拾竹院的东西，还要安排萝院的人手，小至宝这里更是要好好地照顾，小五爷比小至宝大上几个月，身体也强壮，还尚且担心水土不服，更何况小至宝呢。

掌珠还要和陈家打招呼，也给陈太夫人写信，总之她也不清闲，哪里顾得上姜铎？

就是上了船后的那几天也是忙碌着，好不容易清闲几天，姜老爷又晕船了。

因此掌珠见了姜铎，只道："你也放心，这边有母亲和我呢，父亲不会有事情的，你也好好地休息着，别晕船，你那里可缺什么东西？"说着就让人去拿醒神丹。

姜铎难得好好看掌珠，结果却没有想到掌珠说了这些，无奈一叹，他就知道之前白白置气了，这位主儿肯定什么都没有感觉出来。

姜铎扶住掌珠，叹道："这些事不急于一时，你先告诉我，想我没有？"

掌珠哪里想到姜铎会说这个，好在丫头们见到姜铎在早就回避了，掌珠无奈道："我若是不想藏锐何苦说这些呢？"掌珠这话说出来，心中才觉得自己想姜铎想得都要发疯了。

掌珠说完，就感觉两颊红红的，但还是看着姜铎，道："藏锐呢？"

姜铎失笑："我自然也是。"说了这话，姜铎也觉得心里轻松，看着掌珠水润润的眼睛，就想将这小小的人搂入怀中，这人真是他的冤家。

掌珠拍一下姜铎的手，含羞看了眼姜铎，她自然看出姜铎这是动情了，轻声咳嗽一声道："父亲晕船几日了？怎么才送过来？看着很是厉害的样子。"

姜铎也咳嗽了声，这个时候这个地方，有些事自然也只是想想，刚才说那些话已经是不大好了，姜铎也一本正经地回道："父亲前几日闷闷的，怕是这两日天气有些热，一下子就昏昏沉沉的了，我本也是让他过来，但是你也知道他的性子……好在只是一般的晕船，大夫说过几日适应了也就好了。"

掌珠瞪了眼姜铎，道："你知道父亲的性子就更应该早早让他过来才好。"

姜铎笑道："是，是，是，都是我的错。"

掌珠跟着笑了一下，此时，奶娘将小至宝抱过来，夫妻俩又逗了会儿小至宝，又一同看了回姜老爷，姜铎才要回另一条船上。

姜铎到了甲板上，就看见一个穿着青色水袖上衣月白色百褶裙的女子站在那里看着远处，现在已经是傍晚，天色有些暗，远远地看去，这女子身材窈窕，配上这水这天，别有一番韵味。

姜铎脚下一顿，已经知道这女子是谁了。

这女子听见脚步声，转身，福身，轻声道："终于又见到公子了。"声音婉转清澈，不卑不亢，还带着一丝的感激与开心，旁人听着心中也跟着高兴。

姜铎挑了一下眉，道："嗯，既然入府了，就跟着府里的人一样称呼吧。"

这女子就是清葫，姜铎以前的外室。

那时候姜铎年轻，已经是懂人事，家中的几个通房各有各的来由，他也并不可心，见到清葫也是他正好奉太子的命令救清葫一家，偏生他晚来一步，清葫的哥哥虽得救，清葫却已经被卖到勾栏院，姜铎便将清葫赎出来，收作外室。

清葫被勾栏院调教过，自然懂得怎么服侍男子，姜铎确实有一段时间着迷，但是这兴头过去了，姜铎也就觉得索然无味了。

清葫听了姜铎的话，只是笑了一下，这笑意里似乎带着些苦涩，让人看着很心疼，只是天色已晚，姜铎心也没在清葫身上，自是没有注意，清葫只乖巧地道：“是，大爷。”

姜铎点点头，便离开这船，回了自己的船上。

清葫看着姜铎离开，心如针扎般疼，她本是大小姐却不想落到人尽可夫的地步，好在上天可怜她，让她留在姜铎身旁，那是她人生中最美好的时刻，只可惜也是匆匆而过，姜铎娶了妻子，她现在妾不妾、奴不奴的，其实，只要能留在姜铎身边，就是为奴也未尝不可，她只求下辈子托生个好人家，再与姜铎相聚。

清葫满眼的苦涩，一转身，就看见掌珠，愣了一下，福身道：“少奶奶。”清葫心中有不甘也有些得意，她感觉到自己的出现让姜铎与掌珠的关系产生了变化。

只是清葫不知道，这个变化其实是对这两人好的。

掌珠道：“以后天色晚了就不要来上面了，就是想出来散步，也要带着丫头。”说完就回去了。

晓初跟着掌珠回去，秋白却顿住，对清葫冷笑道：“清葫姑娘想来不晕船吧？”

清葫颇为冷淡地回道：“让秋白姑娘担心了，奴家很好。”

秋白道：“也对，在花船上待过，当然不会晕船了。”

清葫脸色一寒，不言不语地回房间去了，之前有的时候为了帮姜铎应酬，她在勾栏院的身份早就被抹掉了，大家就只知道她是落难千金，就算知道一点内情，也从来都不会当着她的面提。

清葫只咬着牙，眼中含着泪，她会让她们知道自己是真的心悦于大爷的。

掌珠回了卧室，对秋白笑道：“以后可不许这样说她了。”自从唱月走了之后掌珠对秋白与晓初更亲近了几分，无论这两人有什么目的，她们总归是忠心的，人哪能没有什么目的。

秋白笑着回道：“我也是替少奶奶出两口气，她还真以为自己是大小姐。”

掌珠想了想，道：“这个清葫可不简单，你就是招惹她以后也不要如此直白。”

秋白道：“看少奶奶说的，奴婢可不敢招惹她。”

晓初给掌珠倒了杯茶，问道：“奴婢怎么没有看出清葫姑娘不简单？”

掌珠抿了口茶，道：“她由一个千金大小姐落到那种地步还能活下来，而且顺利进咱们姜家，就是不简单的。”

见晓初听不大懂，掌珠就继续道：“能隐忍的人最是不简单。”这清葫身上倒是有几分惜珠的气质，只是没有惜珠阴沉罢了。

想想，一般的闺阁小姐进了勾栏院那种地方不死也去半条命，偏偏清葫就能让姜铎产生怜悯之心，而且还成为姜铎的外室，就算姜铎本来就是救清葫出来，但是之前怕是从来都没有想过要与清葫有什么关系吧。

再说清葫知道姜铎娶妻后，又被接到苏州城，那个时候清葫为什么不来找她？偏偏在入京之前？有可能清葫是一直看不清自己的身份，希望姜铎接她进入姜家，但是有了崔姨娘的前车之鉴，清葫若是个聪明人就不应该有这种想法，想来应该是想入府的时候知道她有孕了，聪明地选择等待。

掌珠想了一圈，虽然觉得这个清葫要比红榴等人难对付，但是心中还是有无比的信心，毕竟，只要姜铎没有这个想法，清萌再聪明也没有用武之地。

想到姜铎，掌珠不知不觉脸上带了些笑容，有姜铎在就好。

接下来的日子过得倒也平顺，姜老爷也渐渐适应了水路，天一天天渐热了起来，外面的风景也越来越好，一路上到也没有什么事发生。

到了五月初，姜老爷等也到了京城。

从姜三老爷出发去京城至姜老爷到京城，也有半年了，这安扬王府也收拾好了。

京城毕竟离着扬州远，姜老爷等人也很少来京城，因此姜三老爷便细细说了一通关于京城这边的风俗。

姜老爷听后只摇头道："我看着这里还是不如家里好。"

姜二老爷笑道："弟弟看着倒是觉得这边更大气些。"

姜老爷道："这倒是。"

姜铎扶着姜老爷在这王府里面慢慢地逛着，姜老爷还是忍不住道："看着就是比家里少了几分韵味，好在家具咱们运过来了，不然啊……"

姜铎只赔笑道："自是不如江南水乡漂亮。"

姜老爷听后道："对，我说少点什么呢，少了点水，回头在那里挖个湖……"看了眼道，"湖是不行了，没那么大的地方，挖个小水塘，养点鱼。"

姜三老爷自是应下。

再说掌珠这边，掌珠也是陪着姜夫人等人看后院。

姜夫人倒是挺喜欢这边的风格，觉得很大气，不像南方那边繁华迷人眼。

不一会儿，这两边的人就碰到一起了，姜老爷道："果然还是地方太小，这王府哪够咱们三家人一起住？"

姜二老爷这才道："大哥不必着急，前几日，圣上将弟弟调到直隶了，弟弟怕是过几日就要过去任职了。"姜二老爷一直担任闲差，难得有个正经差使，自然是高兴的，弄不好还能挣下些家业，以后不看大房的脸色，说着又接着道，"到时候弟弟得带着孩子们一起去。"

姜老爷一愣，道："……也好，也好。"

这样这安扬王府不过是多了姜三老爷这一房人，姜莲娘和小五爷也没有来，更是好安排。

姜铎与掌珠的院子在正院偏左边的位置，姜三老爷在偏右边的位置。

名字就还按照扬州姜家的名字叫，姜老爷和姜夫人在松院，姜三老爷在柳院，姜铎在竹院。

姜二老爷说是过几日就去任职，谁知道等姜老爷到了京城后，第二日就收拾行李去了直隶，似乎生怕姜老爷留住他。

姜老爷也只是叹息一番，私底下问姜铎："你二叔去那里不会有事吧，他并不知道那两位的事。"那两位指的就是皇上和太子。

姜铎想了一下，轻声道："皇上的意思怕是拉拢，不过太子那边应该是没有事的，毕竟二叔现在也没有做什么。"

姜老爷听了也只是叹息。

送走了姜二老爷，姜老爷就开始等着皇上召见，姜铎也等着太子府那边的消息。

其实本来太子是不应该出宫建府的，但是当年随着太子年纪越来越大，皇上越担心自己的安危，就干脆让太子出宫了，结果太子出宫没几年，皇上也回过味来，开始担心太子背后势力太大，就天天派人去太子府，说是想念实则监视，因此姜铎一时半会儿也联系不到太子。

皇上永远都慢半拍，或许这就是多疑的坏处吧。想得太多，错事时机。

皇上大约是想冷几天姜家，或者是想看姜家的表现，因此并没有召见姜家，倒是何家派人过来了。

不用三房出马，姜老爷直接将人轰出去了。

姜三老爷也是到了京城之后才知道自己闺女被指婚了，心中恨得要命，偶尔也遇到何家的人，姜三老爷也不过是面上过得去，就等着大房进京给他撑腰。

何家没想到姜家如此不给面子，这可是皇帝指婚啊。因此便到皇上面前哭诉去了。

姜老爷一见何家这么不要脸，也跑到皇上那儿去了。

皇上对于这样的情景很满意，姜家这样行事也难怪和太子府闹翻，再说了要是姜家和何家关系好了，那他这婚岂不是白指了？

皇上是既希望臣子听他的，又不希望臣子抱团。

何尚书哭诉，姜家看不起何家，还抗旨……

姜老爷却哭诉，何家儿子纨绔子弟，配不上自家闺女。

皇上笑眯眯地安抚一下，最后还是向着何家，只道他已经教训过何家孩子，你家只管把闺女嫁过去，若是有不好的他做主。

姜老爷这样行事自然是和姜铎商量过的，便也哭道，他姜家是忠君的，皇上就是让他死，他也二话不说去死，更何况只是一个闺女。既然皇上屈尊指婚，他们自然高兴地完婚，但是姜莲娘从小在南方长大，那边的习俗是自己绣嫁衣，不绣完是不能出门的，所以并没有来，还请何家耐心地等些日子。

皇上也不过就是过过和事佬的瘾，姜家如此乖觉，他心里自然高兴，其实这婚事也有试探的意思，只要姜家嫁闺女就成，至于这婚期，就由他们去商量，他是不管的。

毕竟姜莲娘是大家小姐，何绍是再娶，何家算是高攀，让让也无妨。

姜老爷心中这才松了一口气，只要拖上一年，他就有法子再拖两年，必不能让自家的闺女入火坑的。

当下君臣相谈，两人完全是一副相谈甚欢的样子。

姜老爷脾气大，性子耿直，有的时候说的话，何尚书都替姜老爷捏把汗，但是偏偏皇上喜欢，觉得这样的人用着才放心。

因此直到傍晚姜老爷才回家，姜老爷回到家后便拉着姜铎去书房密谈，将今日的事原原本本地告诉姜铎，又对姜铎道："我看着，陛下可不是等闲之人，性情极为善变，揣摩人心也相当厉害，你可要小心。"说完又嘱咐了不少。

姜铎虽然与太子关系好，但是却根本没有见到过皇上，所以姜老爷才如此。

姜铎自是应下。

姜铎回了竹院，见掌珠正陪着小至宝玩，便放下心中的琐事，也陪着这母女，问道："小至宝怎么还不睡觉？"

掌珠笑道："她若是睡早了，怕是晚上闹。今日请了大夫过来，只是三叔那里有个妾室水土不服，其他的都挺好的。"

姜铎道："那这些日子也要好好地养着，北方的夏天可与南方不一样。"

掌珠道："母亲已经准备好了，还熬了绿豆汤，你得闲的时候也要喝一碗。"

掌珠自生了孩子后，就有些圆润，看着比以前温柔不少，姜铎看着掌珠皮肤白皙，伸手捏了一下，道："好，好，我都听你的。"

掌珠笑着瞟了眼姜铎，将小至宝抱给奶娘，奶娘、丫头自然纷纷出去，掌珠才道："越来越不正经了。"

姜铎轻轻搂住掌珠，道："我知道，你就喜欢我不正经。"

掌珠无奈笑着拍了一下姜铎的肩，然后道："我这正事还没有说完呢，若是太子府那边召见我们或者是送来东西怎么办？这是母亲让我问的。"

姜铎正埋首在掌珠脖颈处闻着掌珠的香味，闻言道："该怎么办就怎么办。"

该怎么办啊？

因为姜铎在她跟前闹，掌珠一时想不明白。

姜铎看掌珠这个样子好玩，便轻轻点了一下掌珠的鼻子，道："别把荷娘当自己人那样办。"

掌珠恍然大悟。

若是与太子府没有牵连，那么她们还没有入宫请安呢，就肯定不能先去太子府请安，更何况不是太子妃请或送来东西，她们也不必回的。

姜荷娘毕竟只是一个良娣，不过是个妾，就是按品级，也不过是六品而已，安扬王这名号可是皇上赐的，不是一个良娣能指手画脚的，除非这位良娣成为妃子……

姜铎见掌珠愣神，很不满地轻咬了掌珠的耳朵，掌珠惊呼，姜铎便一把抱起掌珠……

除去最初几日不停地拜访人家以及参加各种的宴会外，其他日子就和在江南差不多。

掌珠很快地适应了京城的日子。

对比来说，掌珠似乎更喜欢北方这边的气候与风俗，只是有一点并不好，离皇宫太近，这样就难免与皇宫有牵扯。

本来，在大家的眼里姜家是老世家，虽不见得宠，但是也绝对从没有失宠过，好在姜家中立，不然怕是如温家的温润晁一样，无形中就被废了。

只是大家还是不看好姜家，姜家是纯臣，但是这无形之中就得罪了太子，将来说不得……

这就是皇上要的目的，用姜家先拖着太子，时间越长越好，他们父子俩斗了一辈子，皇上也绝不会承认自己输了，要是输也只是因为他的身体……

皇上身体近来越来越差，就好像秋天的树一样，看着好似满树的绿叶，没过几日再一看，不知道什么时候就都黄了，然后再猛地一看，叶已落尽……

这种细微的差别要积累到一定的时候才会被别人看出来。

皇上心中却是早就知道了，因此现在越来越喜欢年轻的妃子，惜妃正是这里最受宠的。

后宫中年纪小的不少，但是为何惜妃最受宠？因为惜妃从来都不笑，就好似古代的褒姒……这让皇上有了斗志，在惜妃面前，皇上觉得自己似乎还是年轻的。

这一日，惜妃服侍皇上起床，在惜妃的惜华宫，惜妃总是亲自服侍皇上，就好像是在普通的家里，皇上其实是不喜欢这样的，一个妃子再会服侍人，这种服侍是除了床上以外的其他事，哪里如真正的奴才会伺候人？

但是惜妃很厉害，她服侍得真的和真正的奴才一样，甚至更会看眼色。

这也让皇上更喜欢两分，他能让一个如此冷若冰霜、倨傲的女人如此低头，他应该还是厉害的。

皇上想到这些心中又充满干劲，他，还是年轻的，皇上看着惜妃冷傲的模样，捏着惜妃的下巴，道："前几日你说想见你姐姐？"

惜妃看向皇上，只道："是。"

皇上笑道："那今日就宣进来吧。"

惜妃微微扬起嘴角，算是笑了一下，然后深蹲下去恭送皇上。

惜妃不是不笑，只是不朝别人笑，只朝他笑……这事他还真的特意派人盯着过惜妃，十天，惜妃真的没有笑过一次，他甚至故意让人在惜妃面前出过洋相，赐给她金银财宝、封她为妃。也故意地说过接她父母来见她，惜妃从来没有展颜过……

但是在他夸她是人间难得女子时，惜妃笑了，那一笑，真是让人神魂颠倒。

皇上那时才明白，惜妃是真的把他放在心中了。

惜妃送走皇上后，才默默地坐在绣台前，面前摆着一幅五尺长三尺宽的绣品，上面画着一条飞腾的金龙，看样子只是刚开始绣，这个叫作千鳞金，这是她在家的时候一笔一笔画出来的，画了三年……

这上面真的有一千片龙鳞，她想着等她绣完了，也就解脱了吧，她说这千鳞金绣好了就会送给皇上，皇上很是高兴，但是他应该不知道她要送的是新帝吧，她看着皇上的样子，能活三年已经不容易了，皇上的眼睛现在已经不好使了，晚上一直都让她读书……

惜妃想着拿起针线绣了一片鳞，今天是入宫的二百一十七天……什么时候到一千天？

安扬王府。

掌珠接到请她入宫的旨意时有些惊讶，近来都是姜老爷入宫的次数多，皇上很喜爱姜老爷，几乎隔三岔五就要进宫，有一次姜老爷甚至还住在宫里了。

姜夫人也入宫过，只不过是给贵妃娘娘请安，说是也远远地看见过惜珠，但是连句话都没有说……

这一次居然是惜珠请她入宫。

确实是请，惜珠的言辞很客气，其实姜铎并没有在朝中担任任何职位，因此她和姜铎根本没有资格随着姜夫人或是姜老爷入宫，除非是皇上亲点。

来请掌珠的是皇上身边的大太监，这人姜夫人是认识的。

掌珠入宫这事实在很匆忙，一点准备都没有，只够她更换衣服的，偏偏那个太监还拖住了姜夫人，掌珠与姜夫人之间也只是眼神交换两次。

好在之前姜夫人告诉她过宫里的规矩。

请她来的大太监笑眯眯的，很温和，但是油盐不进，掌珠试探性地问了句她入宫的原因，大太监也只是回奴才不知，少奶奶不必着急，惜妃娘娘向来好说话。

大太监心中冷笑，何止是好说话，根本是不说话。

掌珠也乖觉地一句都不问了。

走过重重高门，转过条条游廊，终于到了一座宫殿，这里似乎有些偏，抬头看了眼，上面挂着惜华宫的牌匾，惜珠应该是住在这里，掌珠眼中带了些疑惑，那大太监难得主动道："惜妃娘娘喜欢这里的风景……"

掌珠轻轻一福，道："多谢公公了。"说着拿出个荷包递给大太监。

这太监侧身避开，但是手却接过荷包。

不过两句话的工夫，惜华宫门已经是打开，有两个俏丽的宫女引着掌珠进来。

掌珠并不四处打量，但是却看出这惜华宫是按照珠玑楼的模样布置的，院子里种的都是桃花，难道不应该是满园吗？

掌珠来不及想这些，进了大殿，就看到上面坐着一个身着淡粉色宫装的女子，这应该就是惜珠了。

掌珠行礼跪下请安。

惜珠并没说话，只让旁边一个大宫女过来扶起掌珠，轻声道："娘娘请您起来。"

掌珠抬头看向惜珠，就见惜珠面无表情、冷若冰霜地盯着她，掌珠顿了一下，惜珠慢慢地点了一下头，掌珠才慢慢站起来，心中只觉得这惜珠变化果然大，并不是指容貌上，惜珠眉眼间只不过比以前长开了些，而是周身的气质大不相同，尊贵中带着一抹冷傲又好像是嘲讽，很是锋利，让人退避三舍。但是想想，这样的女子向你展颜一笑时，该是何等美好，惜珠果然聪明，知道怎么利用自己的优势。

掌珠又顺着宫女的安排坐下，不一会儿自是端上茶果。

惜珠抿了一口，淡淡地道："喝吧，这是福建送来的大红袍。"

掌珠便也跟着抿了一口。

惜珠看着掌珠的样子，道："还是江南的好喝，本宫向来喝不惯，不过陛下喜欢。"

掌珠回道："各有各的风味，娘娘若是想念江南的茶，妾身让人送过来些。"

惜珠又抿了口，道："不必。"有些东西只有存在记忆里才是最美好的。

掌珠并不懂惜珠要说什么，叫她来什么用意，但是惜珠不问，掌珠也不主动说，她与惜珠并不亲近，可以说曾经还为敌过……

两人就这么默默地喝茶，过了会儿惜珠好似才想起旁边有这么个人，道："听说崔寓的小妾有了孩子？"

掌珠一愣，道："妾身并不知道这事。"

惜珠道："嗯，崔寓经常入宫，本宫也是听陛下说的。"顿了一下，道，"本宫的姐姐倒是有福气的。"她这一辈子怕是也不能有孩子了……

惜珠也觉得，这或许是她当年撺掇宝珠害了那孩子的报应。

掌珠也想到了那件事，只觉得宝珠与惜珠在孩子上确实都不顺利，道："借娘娘吉言了。"

惜珠点了一下头，又了过了一会儿道："本宫的院子是按照珠玑楼弄的，看着倒是想起儿时的事了。"说着只看向窗外。

掌珠跟着看出去，道："娘娘能得陛下喜爱，婶娘也就放心了。"

惜珠扯了扯嘴角，好似是嘲讽，道："是挺喜爱的，听说这院子里的桃花一年四季都开，地下有暖龙。不过我来的时候还没有这个，也不知道今年能不能开。"

掌珠露出惊讶，怪不得这宫殿这么偏，这里左右是树林，后面是假山，前面又是一个较为高的宫殿，正好给这里挡了风，地下再有暖龙。着专人看着，说不好会开。

掌珠道："若是开了，就和珠玑楼不一样了……"珠玑楼的桃树秋冬自是不会开的。

惜珠瞥了眼掌珠，道："你说得对。"然后看向一旁的大宫女，道，"明儿个让他们把暖龙拆了吧。"

宫女应下。

掌珠一时不知道该说什么。

惜珠又抿了一口，道："本宫昨晚没有休息好，今儿个就不留你吃饭了。"

掌珠自是行礼告退，临走前又看了眼惜珠。

惜珠自始至终就坐在上面的宝座上，就好像是个假人，神情从头到尾都没有变，掌珠就要出宫殿的时候，就听惜珠道："对了，听说你生了个女儿？果然比我们都有福气，下回带进来吧，说不定后面还有大福气。"

掌珠只屈膝行礼这才出去。

出去后只觉得后背满是汗，惜珠最后那句话是什么意思？

出了宫门，却见姜铎骑着马在不远处，掌珠见到姜铎心中才放心不少，忙走到姜铎面前，道："藏锐怎么来了？"

姜铎见掌珠没有什么事，才道："我来接你。"

掌珠见到姜铎很踏实，问道："你怎么知道我会这个时候出来？"

姜铎扶着掌珠上马车，笑道："我不知道，就是先过来等着你。"

掌珠愣了一下，问道："那要是留了饭，下午才出来，你岂不是要等上一天？"

姜铎笑了下，并不回答这个，而是道："难得出来一趟，咱们在外面吃，带你看看京城的热闹。"

掌珠刚要说什么，姜铎就把帘子放下，道："你放心，我已经打发人回去告诉母亲了。"

掌珠只得点点头，踏实地坐在车里，心中暖融融的。

不一会儿就听姜铎敲了敲马车，掌珠撩起窗纱，姜铎笑道："京城这边没有那么多规矩，你掀开窗纱看看吧。

掌珠还是戴上了帷幔才掀开窗纱，就见外面很热闹，人来人往，也有不少的妇人在街上行走，有的穿着华丽，有的穿着普通，华丽妇人的身旁通常有小厮、侍女、婆子跟着，身份立见高下，她居然还看见一名女子骑着马过去。

果然，京城倒是没有那么多规矩。

掌珠看得很是兴味盎然，心中的不安更是消失得无影无踪。

不一会儿就到了一家酒楼，掌珠仰头一看，名为鼎鲜楼，这酒楼一共三层，在集市上很气派。

车帘掀开，姜铎扶着掌珠下马车，姜铎见掌珠还戴着帷幔道："也好，娘子今日装扮颇郑重，也免得他人瞅见。"

掌珠笑道："有拿自家夫人打趣的吗？"

姜铎笑着摇摇头，握着掌珠的手进了酒楼，自有小二引着他们去雅间。

进了雅间，姜铎点了几个这里的拿手好菜，小二便出来了。

掌珠才摘下帷幔，道："没想到这里还有雅间，我看着大堂桌子满了还以为没有座位了呢，想着说不得藏锐也来一次欺压良民的事呢。"

姜铎给掌珠倒了一杯茶，道："看来让娘子失望了，这里常备着雅间给我呢，不必担心出现娘子说的状况。"

掌珠笑道："是我小看藏锐了。"

说着打量一番这雅间，装饰得很清雅，掌珠倒是想起苏州的清风茶楼了，回门那日姜铎曾经带她去过，那一次姜铎好像还碰见了太子的人……

掌珠想着抿了一口茶，笑道："这水是桃花上采的露珠。"

姜铎道："知道娘子喜欢，因此让他们常常备着。"

掌珠叹道："藏锐用心了。"姜铎要是用心起来，可真是让人暖到骨子里，掌珠忍不住打趣道，"今日不会有什么人要见藏锐了吧。"

姜铎一愣，才哈哈大笑，道："说不好……"

正说着就听见外面脚步声纷乱，一男子道："我听说我大内兄在里面……"话音还没有落这门就打开了，进来一个穿着天蓝色绣暗花的男子，这男子一双桃花眼，嘴上带着邪笑，相貌俊俏，就是眼神太放肆。

事出突然，掌珠来不及戴上帷幔，只觉得这男子死死盯着她，眼中带着调戏，掌珠心中不高兴，便戴上帷幔。

那男子笑道："哟，这是我嫂子吧，真是俊俏。"

姜铎面容冷峻，放下茶杯，很不客气地道："何公子，今日怕是没时间招待你了，请吧。"

何公子？

看来是那位何绍了。

掌珠心中直感叹，万万不能将莲娘嫁给这种人。

何绍向来霸道惯了，哪里受过这种侮辱？这姜铎可不止一次这样不给他面子了。

何绍向前走了两步，冷笑道："你我毕竟是姻亲，一起喝一杯也说得过去，难不成你还看不起你妹夫？那我可真替你妹妹担心了。"这话里带着威胁，反正就是个女人，嫁过来，他想怎样就怎样，姜铎要是识趣，就别摆大内兄的谱子，不然吃苦的还是他妹妹。

姜铎压根就不会将姜莲娘嫁给他，自然不怕这所谓的威胁。

姜铎一扬手，将手中的茶杯扔在何绍脚前，杯未碎未倒，里面的茶却尽数洒在何绍的脚上。

掌珠轻声道："夫君，这茶浪费了。"

何绍紧紧握着手中的扇子，咬牙切齿道："这小婆娘莫非是大内兄的姘头？可别让家中嫂子知道，大内兄不如将她给我？"

姜铎就是再好的性子也被惹怒了，站起来，掌珠有些担心地扯了一下姜铎的衣角，姜铎拍拍掌珠的手，示意她放心。

姜铎走到何绍面前。

何绍微微后退一步，又想到这里是他的地盘，他还怕姜铎这个外乡人不成？又挺着胸向前一步，结果还没有站好，就被姜铎狠狠地一拳打倒，一下子冲进来几个小厮，忙扶起何绍，这几人是知道姜铎身份的，并不敢动手，只挡在何绍前面……

何绍躲在小厮后面，捂着脸骂道："你们这群废物，怎么才进来！"然后又对着姜铎道，"好你个姜家庶子，甭以为有皇上撑腰就没有人敢动你，真是给脸不要！"话说得硬气，但是人却慢慢地后退。

姜铎还想动手，就听掌珠清冷的声音："夫君，过来吃饭吧。"

一旁送菜的小二早就躲在角落。

姜铎撇了一下嘴，道："滚！"

何绍嘴贱，又道："哎哟，还是小娘子心疼我……"

话还没说完，就见姜铎一拳将前面的小厮打开，一脚将何绍踹倒在地，这动作也不过就是一瞬间，那些小厮还没有反应过来，何绍就又躺在地上了。

姜铎拍拍手，才坐回座位，道："娘子尝尝这菜合口味吗？"

掌珠听话地夹了一筷子送入嘴中，道："还不错。"声音中还带着笑意。

这两人就好似没有听见何绍的哀号一样。

何绍被扶起来，指着姜铎说不出话来，或许也是不敢说，只道："你给我等着！"

"何公子这是怎么了？"

又是一个人。

姜铎筷子顿了一下。

掌珠听着这声音耳熟，好像是……太子的声音，但是却没有太子的威严。

何绍回头一看，是一个灰衣面容有些灰白的男子，何绍随意一拱手，道："殿下。"

掌珠挑了一下眉，莫非真的是太子？

掌珠看向姜铎，姜铎心有灵犀地点了点头。

太子又询问何绍怎么了，何绍没好气地回道："没事，在下先行一步。"

掌珠听着咋舌，这何绍胆子也太大了，如此对太子。

不一会儿，太子便进来，姜铎与掌珠站起来，太子笑道："你们坐吧，孤也是正好来这儿。"话里透着疏远和软弱，这样的太子掌珠倒是第一次见到。

掌珠迟疑了一下，道："不如妾身先去马车里吧。"

姜铎道："不必，不碍事的。"

三人便一同用饭，掌珠并不说话，只听着姜铎与太子说话，这个时候太子也变回了之前的太子，看来在京城太子一直以软弱和生病做挡箭牌。

掌珠听不懂他们说的什么，大概只是说些江南的生意怎么处理的，关于京城的这边说得少，想来这次见面应该真的是无意的。

两人不过是说了一刻钟，太子便朝姜铎使了个眼色然后将茶杯摔在地上，道："姜公子既然如此不识抬举，那孤也就不打扰你了。"

姜铎站起来拱了拱手，没好气地道："那就不送殿下了。"

太子气得咳嗽了几声，然后愤怒地离开。

姜铎这才叹口气，对掌珠无奈地道："本来我想和你好好吃顿饭来着，没想到却闹成这样。"

掌珠笑道："无妨，我吃饱了，只是藏锐没有吃多少。"

姜铎摇摇头，道："我也吃得差不多了。"

两人结了账，姜铎便带着掌珠回家，姜铎这次也在马车上，一路上，姜铎便解释太子的行为，果然如掌珠所想，太子是故意装成孱弱的，最初也是因为这个原因，让皇上掉以轻心将太子赶出皇宫，虽然后来皇上明白自己被骗了，但是众人是不知道太子真实实力的。

至于今天，确实是太子"偶遇"，应该是太子接到他来鼎鲜楼的消息故意找他来的，毕竟他们在京城虽然离得近，但却并不如之前联系方便。

只可惜碰见何绍，不然若是悄声无息的，他们可能会聊的时间长一些，这次两人还有好多话没有说呢。

掌珠道："或许有时间去趟太子府看看荷娘妹妹……"

姜铎想了想，点点头道："既然已经进宫了，有机会去趟太子府也是可以的。"

掌珠想了一下，问道："现在京城里的局势？"

姜铎看了眼掌珠，本来不想说，却看到掌珠满眼的关心，掌珠平日很少问他的事，想来这次是真的担心了，便道："没事，可以说是很好，就怕那人在最后的日子做出什么惊人之举。"那人指的就是皇上了。

说话间两人已经是到了家，先去了松院请安，掌珠将她与惜珠之间的谈话一字不差地告诉姜夫人和姜铎。

姜夫人叹道："你妹妹还是有造化的，能得陛下宠爱就好。"顿了一下，道，"你说惜妃这最后一句是什么意思？"

有大福气，什么样的大福气？

姜铎也皱眉，这惜妃肯定是意有所指，莫非是指她自己要当皇后？只是说起来惜妃应该更了解皇上的身体，惜妃应该明白这是不可能。

掌珠道："其实，我倒是有一个想法……"

姜夫人道："快说来听听。"

掌珠叹口气，道："以皇上的年龄，惜妃想要孩子怕是难，她说不定……"

姜夫人听了激动地拍了一下手，着急地道："莫非是想收养小至宝？"

掌珠沉重地点点头。

姜夫人紧张地站起来走了几步，问掌珠："你猜测得可准确？"

姜夫人是理解没有孩子的女人的心情的，惜妃若是动了这个念头就肯定不会善罢甘休的，想想，掌珠是惜妃的堂姐，生的又是个女孩，这孩子得了宫里贵人的喜欢经常入宫也是说得过去的，入着入着就成了别人的孩子，她们还要感恩戴德的。

掌珠上前扶着姜夫人坐下，道：“以我对她的了解，怕是会做出这种事的。”损人利己，再没有比惜珠做得更得心应手的，又道，“母亲别着急，这也只不过是推测，就算她真想这样怕也不会马上就行动的。”

姜夫人心中焦急，小至宝虽然养在掌珠那里，但是姜夫人也是喜欢得很，最令人惊讶的是，小至宝非常喜欢姜老爷，姜老爷也很喜欢小至宝，面对小至宝的时候，姜老爷就是一个普通的爷爷，若是让姜老爷知道……

姜夫人一时已经乱了方寸，道：“怎么不着急，万一明天就下来旨意了呢？”这事惜珠既然决定了，就不会拖下去，小至宝现在已经一周岁半了，再大点就懂事了。

掌珠看了眼一直不说话的姜铎。

姜铎只是皱着眉头，与掌珠对视一眼，才道：“惜妃不会轻举妄动的，毕竟陛下还在。”

这一句话将姜夫人说蒙了，她还是不大明白。

姜铎解释道：“陛下向来多疑、阴晴不定，惜妃更加了解，不然也不会得宠，她若是急急忙忙地收一个养女，陛下首先就不会同意的。”这不是明摆着说陛下老了，不能行敦伦之事了吗？

姜夫人想了一下，才明白，松了一口气，道：“可是吓我一跳。”说着拍着胸脯。

姜铎与掌珠相互看了一眼，并不多说什么，又劝了姜夫人几句两人便一同回了竹院。

到了竹院才知道，小至宝被姜老爷给接过去了，姜铎也没有想到这对爷孙感情这么好，一个脾气又不好，一个说话还不利索，一老一小倒是能玩到一起，姜铎这时候难免有些遗憾没有生个儿子，若是小至宝是儿子也不会有惜妃之事了。

两人进了里屋，姜铎才问掌珠，道：“惜妃真会如此行事？”姜铎虽然分析出后果，但是却没有想到惜妃会这样想。

掌珠叹了一口气，道：“若是别人我也说不好，但是惜珠的话，就会如此。”顿了一下，道，“你大概不知道，宝珠也很喜欢小至宝。”这姐妹俩抢东西可是经常的。

姜铎也大概明白了，也只得道：“好在暂且还没有这个担忧。”

掌珠看了眼姜铎不说话，这一切都是建立在陛下活着的前提下，若是陛下突然驾崩了……惜珠怕是会动手了。

虽说新帝与姜铎关系好，可是太子与惜妃的关系是晚辈与长辈，太子迫于压力肯定不会对太妃们动手的，甚至为了名声还要好好对太妃们，到时候惜珠只要经常召小至宝入宫，慢慢地住的时间越长……

惜珠善于放长线，五年八年的她等得起，就算是小至宝懂事了也无所谓，小至宝懂事了或许就会为了家人更听惜珠的话了。

惜珠要的更是一个说话的伴，不是所谓的母爱。

姜铎也明白这些，但是……以太子的计划，皇上怕也就这一两年了。

两人都没有说话，过了会儿小至宝回来后，两人只可劲地与小至宝玩了个痛快，无论如何，那些事还不在眼前，到时候什么光景还说不好呢。

这事两人只按捺下去，令人没想到的是，虽然有问题出现了，但是并不是出在小至宝身上，而是出在掌珠身上。

那一日鼎鲜楼的事，不知道被谁传了出来，只说姜少奶奶美若天仙，惹得姜铎与何绍大打出手，这个也就罢了，单纯地说来，也是这么回事，问题是，后面还加上了太子，说是太子见到姜少奶奶也是惊为天人……

这两人明明有嫌隙却还坐下喝了一刻钟的茶，可是后来却又不欢而散，当时坐在一起的还有姜少奶奶……

要知道，当年太子可是在寺庙里“抢”了姜铎的妹妹姜荷娘的，这一次，若是太子做出什么出格的也是有可能的。

人们就喜欢往那方面想，再加上有人刻意向那边引导，这传言就越传越真了。

众人就只看着姜家的态度了，莫非姜家真愿意吃下这个亏？无论真假姜家总要有所表示吧。

大家也等着太子行动呢，有那聪明的，只觉得太子不见得是看上了姜少奶奶，那是在给姜家下马威呢，谁让姜家从来不把太子府放在眼里呢？

一时间，这京城里只太子府和安扬王府显眼。

这谣言出来的第三天，太子妃就请姜夫人和姜少奶奶去太子府叙旧，太子妃姓孔，与姜夫人同族，论起辈分来，姜夫人算是太子妃的姑妈，而太子府内最受宠的两个良娣温柔嘉、姜荷娘，一个是掌珠的好友，一个是小姑子，所以姜家的女眷其实和太子府很近的。

之前姜夫人也以娘家的名义给太子妃送了些东西的。

看来这两家是想把这事变成女眷间的事，也有人猜测，没准这姜少奶奶进了太子府就出不来了呢。

太子府，太子妃笑容和蔼，见到姜夫人与掌珠只是聊着江南的事情，太子妃入京已经有七八年了，自然是想家乡的。

掌珠默默地打量太子妃，太子妃穿的是深蓝色斜襟缎裙，裙上用羽毛绣着白鹤，头上点缀翡翠的头饰，看着有些老成。太子妃相貌姣好，与姜夫人眼角有一点像，不笑时和姜夫人一样身上透着一股严厉，只是太子妃更多了几分上位者的气势。

温柔嘉就坐在太子妃下首，看着很温婉柔顺，偶尔说几句话，太子妃说话时，只含笑在一旁，好似听得很认真。穿的是一身藕荷色长裙，不显山不露水，但是也不会让人忽略她，从外貌上看，温柔嘉要比太子妃长得柔和些，但是气势却差远了，这一对比温柔嘉身上难免就贴上妾室的标签。

当年那个落落大方的嫡女温柔嘉已经不存在了。

掌珠心中微微叹息。

太子妃其实也暗中打量掌珠，这人她从太子嘴里听到过几次的，一个女子，能从太子嘴里出来，就相当厉害了。当然，太子妃是相信太子不会看上掌珠的，太子妃毕竟是太子的发妻，娘家又是太子坚强的后盾，因此太子也会和太子妃说些外面的事。

太子妃是知道姜铎与太子关系匪浅的。

太子妃一时看不出来掌珠有什么与众不同的，只是觉得这个女人比平常女子要冷一些，相貌虽算上乘，但是太子妃眼中也不过是平平，倒是这大家嫡妻的气势还是值得赞扬的。

太子妃笑道："听说姜少奶奶与柔良娣以前是好友，你们不如去花园里走走吧。"

温柔嘉站起来行礼，乖巧地道："是。"

掌珠也行礼道："当不得太子妃称呼少奶奶，太子妃只喊妾身陈氏就好。"

太子妃笑着点点头，这个掌珠是个懂礼节的。

掌珠便与温柔嘉去了花园，到了一处小亭，坐下，自有人准备茶果，这太子府可真是美轮美奂，好似到了天境，掌珠笑道："这园子就是在江南也很少看得见呢。"

温柔嘉回道："我头一回来时也是这样觉得，后来还是觉得江南好，毕竟那里有人气，这里是仙气，待的时间长了，就感觉自己成仙了，不是活生生的人。"这语气中有几分落寞。温柔嘉说完后，连忙道："看我，说什么呢。不知道你过得还好？"

掌珠并不在意温柔嘉前面说的话，无论是有意还是无意，温柔嘉心中怕是都想倾诉的，掌珠淡淡地笑道："很好。"并不问温柔嘉怎样，而是道，"来之前温夫人也让我给良娣带了些东西，都是一些家乡的小东西。"

温柔嘉眼睛水润润的，道："有劳姜少奶奶了。"既然掌珠不愿意和她有牵扯那就算了。

温柔嘉是个聪明人，在任何时候都会选择最有利的道路，太子与姜家到底怎么样，她不知道，但是她知道太子妃对姜家很不错，她只要跟着太子妃做一样的就好。

两人便说了些以前的话，温柔嘉忍不住故意试探道："好像是在孔家吧，你与我哥哥也是在亭中相见……"

掌珠微微皱眉，想了一下，道："以前的事我不记得，好像是没有的。"

温柔嘉又道："那时候我小，以为……结果害得你二人……都是我的过错。"这倒是温柔嘉心里话，若是知道将来她哥哥娶了个歌姬，还不如当初就和掌珠在一起呢。

掌珠笑道："过去就过去了，良娣不必在意，若是有机会，能一起再把盏言欢倒是幸事！"

掌珠如此大方倒让温柔嘉没话可说。

这时，那边过来一个穿橙色长裙的女子："这不是大嫂吗？"声音中带着挑衅。

这人自是姜荷娘。

掌珠也想着这姜荷娘会什么时候出现呢，没想到倒也快。

姜荷娘在京城也算是有名的，传言太子相当宠爱她，几乎与太子妃并驾齐驱，若是不是有些场合只能太子妃出马，怕是太子妃也不过是个摆设了。好像有一次宫里有宴，皇上居然还让太子带着荷良娣，相当不给太子妃面子，很难想象一个小小的良娣会有如此风景，都有人传言将来若是太子登基，说不好要封个贵妃呢。

掌珠站起来，屈膝行礼，道：“荷良娣。”

姜荷娘看了眼温柔嘉，道：“没想到姐姐也在。”温柔嘉毕竟比姜荷娘入府早，还是正经八百按礼节进来的，且一直得太子喜爱，姜荷娘不得不让温柔嘉几分。

是以，温柔嘉没有站起来。

温柔嘉笑道：“来，妹妹也坐吧，我正和姜少奶奶说江南的事呢，说来也有几年没回去了，妹妹想不想家？”

姜荷娘一身嫣红色对襟宽袖长袍，里面是茶白色裹身长裙，腰上系着秋黄色的带子，看起来那细腰好似不盈一握，姜荷娘不在意地坐在石凳上，道：“大嫂也坐下吧，几年不见，大嫂好像是丰盈了些。”

温柔嘉多少知道姜荷娘与姜家的恩怨，掌珠并不想认这个小姑子，便也跟着道：“姜少奶奶请坐。”

掌珠朝温柔嘉笑着点点头，便坐下。

姜荷娘瞥了眼温柔嘉，这个女人就喜欢和稀泥，好似和谁关系都好似的。

姜荷娘又看向掌珠，她今日一来是让掌珠看看她活得有多好，二来也是担心掌珠对太子真有什么不该有的想法……虽然掌珠不大可能被太子收用，但是得不到的才是最好的，要是这样一直勾着太子的心可不成。

姜荷娘入太子府也有两三年了，她本来对姜家就是怨大于思念，姜家又从来没有好脸色，她自然也不会处在姜家的角度思考了。

姜荷娘抿了口茶，直接道：“我听说那日……大嫂‘偶遇’太子殿下了？”这大嫂二字可是咬了重音了。

掌珠道：“荷良娣消息灵通，那日妾身与夫君吃饭时，殿下正好也来此。”这可是太子主动过来，可不是他们招惹的，不过看样子，姜荷娘还是认为太子与姜家真的闹翻了。

姜荷娘冷哼一下，道：“你还记得你是我哥哥的妻子就好。”

掌珠大概明白姜荷娘的意思，心中只觉得好笑，这姜荷娘莫非把每个女子都当成情敌？

温柔嘉只喝着茶，看着风景，很入迷，好像完全听不见她们聊什么似的。看来温柔嘉就是来看戏的。

掌珠笑道：“多谢荷良娣提点，为妻之道妾身懂得。”顿了一下，继续笑道，“不知道荷良娣过得怎么样？崔姨娘是惦念您，您去年送过去的东西，崔姨娘看见了不知道多感动。”

姜荷娘脸色一变，咬牙切齿，看了眼温柔嘉，忍住心中的怒气，道：“感动就好，不知道父亲母亲安好？”

掌珠只看着园中风景，这个时候温柔嘉适时地道：“听说姜少奶奶生了一位千金，怎么没有抱来？”

姜荷娘已经不算是姜家人了，她的母亲就只有崔姨娘，不是什么姜老爷和姜夫人，所以掌珠也不打算回答姜荷娘的话，温柔嘉这边递话过来，掌珠乐得高兴，便回道：“她年纪小，还不懂事，而且生下来就体弱多病，不敢带她出来的，等到她年纪大些，再带来与柔良娣看看。”

姜荷娘如何不知道这两人搞的鬼，已经是忍无可忍了，便将茶杯重重地放在石桌上，杯中的茶已经是洒出来了。

温柔嘉与掌珠看向姜荷娘，好像不知道姜荷娘为什么如此失礼。

姜荷娘站起来，指着掌珠怒道："你嫁入我们姜家三四年，生个丫头片子也就算了，为何体弱多病？又撺掇着家里人将庶子留在姜家老家，你有何居心？"

掌珠站起来，笑道："荷良娣以什么身份指责妾身？"掌珠气势并不比姜荷娘低。

两人论品级，掌珠是差些，但是论起靠山来，掌珠可比姜荷娘好很多，不说姜家就说陈家，姜荷娘也该让三分的。

太子可不会为了姜荷娘惹到姜家和陈家的。

掌珠不等姜荷娘说话，就对温柔嘉道："妾身看着时间差不多了，不如回去吧。"

温柔嘉只当刚才没听见没看见，也笑道："那咱们走吧。"又对姜荷娘道，"荷娘妹妹可去前面送客？"

姜荷娘才不理会温柔嘉，只对掌珠道："我告诉你，其他的我不管也罢，但是太子，你甭想招惹。"顿了一下，冷笑道，"不要以为我不知道你和那个如玉公子的事。"

温柔嘉不高兴地道："荷娘妹妹怎么说起这些没有的事？"

姜荷娘瞥了眼温柔嘉，道："怎么后悔了？要不是你在你母亲面前说她坏话，该是成为你嫂子吧，哼，有这么个嫂子……不过也比歌姬强吧。"

温柔嘉眼睛已经湿润，这话是她最不想听到的。

掌珠道："妾身听不懂荷良娣的话，不过如果荷良娣还这样口无遮拦的话，可别怪妾身在太子妃那里说道说道了。"

姜荷娘毕竟在太子府待了几年了，心里虽然看不起太子妃，却也不敢直接在嘴上说，只道："请便。"

温柔嘉与掌珠刚要走，就见太子走过来，姜荷娘已经是一副温润佳人的模样，笑意暖暖，屈膝行礼，温柔嘉与掌珠自然也是行礼。

太子看起来还和那日鼎鲜楼一样，很温暾雅致。

太子笑道："都起来吧。"然后又道，"你们是要去大厅？"

掌珠只低着头，温柔嘉回道："正是。"

太子道："既然如此，孤也和你们一起去。"又对姜荷娘道，"荷卿既然生病了，就在屋里好好休息吧。"

姜荷娘想说什么，但见太子微微皱眉，也只得应下目送太子三人离开，恨得姜荷娘直跺脚，只想着太子是否听见她刚才说的话。

这边太子走在前面，温柔嘉走在太子后一步，掌珠则在最后。

到一处抄手走廊，太子道："柔嘉，孤与姜少奶奶说几句话。"

温柔嘉一愣，马上道："妾身好似有条帕子落在亭中，过去取一下。"

掌珠倒是惊讶太子会和她私下谈话。

太子笑道："你放心，孤没有恶意。"

掌珠看向太子，认真地道："殿下莫非真的如传闻那般觉得妾身惊为天人？"这句话不是开玩笑，而是认真的，她要的就是太子的一句话。

太子有些惊讶，这掌珠胆子倒是大，笑道："孤虽觉得你惊为天人，但是也懂得朋友妻不可戏。"

掌珠蹲下去，行礼道："谢殿下金口玉言。"

太子忍不住大笑，道："君无戏言，你倒是聪明啊。"先让他把话放在这里，以后若是有个万一，好堵他的嘴。

掌珠道："妾身失礼了。"

太子摇摇头道："我若是昏君，怕就是说了这话也可以当作忘记的。"

掌珠笑道："殿下向来光明磊落，纵使不得已时用些其他手段，但是殿下也不会违背诺言的。"顿了一下，看向太子，道，"您与藏锐的情谊不就是这样才会这么深的吗？纵使外人皆认为你们不和，纵使是在身份前面，您与藏锐也不会改变当初的情谊的。"

太子一时不说话，点点头，道："你果然不简单。藏锐没有看错人。"太子打量一番掌珠，心中也有一点遗憾，果然还是藏锐火眼金睛，一眼就看出掌珠的不同来……

不过他就算是看出掌珠的不同来，他也不会娶掌珠为妻，掌珠永远也不会是做妾的人。

想到这太子忍不住笑了一下，他对掌珠哪里就有这么深的感情？或者说连感情都不算，只能说很欣赏吧，若是个男子，就更好了。

掌珠道："不知道殿下要和妾身说什么？"

太子道："已经不用说什么了，你说的与孤想的是一样的。"

此时，温柔嘉也回来了，笑道："妾身的帕子怕是找不到了，白去了一趟。"

太子笑道："不过是个帕子，回头赏你匹布。"说着已经是继续去大厅的路上。

掌珠并不在意这些，只是觉得这温柔嘉真是会看眼色，这时间掐得正好。

温柔嘉跟在太子身旁笑道："那妾身就多谢殿下了。"

太子故意道："孤看你是故意骗了这匹布吧……"

温柔嘉故意道："殿下既然知道可不要说出来啊，让姜少奶奶听见了，怪羞人的……"

说着不一会儿就到了大厅，太子妃和姜夫人看见太子也都有些惊讶，太子妃看掌珠眼神又深了几分……

小花厅，太子妃表情闲适，端坐在垫子上看着外面的秋叶落下，温柔嘉则站在一旁为太子妃斟茶，手如柔荑，肤如凝脂，这两人一坐一站、一静一动，倒成了别人眼中的风景。

温柔嘉呈上一杯白瓷金边茶杯，越发显得指若削葱根，太子妃接过茶杯，慢慢地抿了一口，笑道："自从你来了，本宫再喝旁人的茶竟然不觉得有你的一分香。"

温柔嘉慢慢坐在一旁捧了茶杯抿一口，笑道："娘娘若是喜欢，那妾身就日日给您沏茶。"

太子妃笑着摇摇头，道："本宫可不想耽误你，与本宫在一起，怕是也会成我

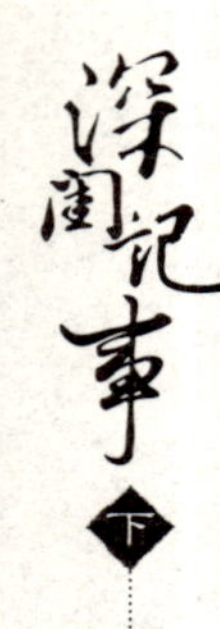

这般，只是画上人，一个摆设罢了。”这话意虽然听起来有些悲凉，但是太子妃表情里却是一点这个意思都没有。

温柔嘉道：“娘娘就是喜欢与妾身说玩笑话，妾身比您入潜邸晚半年，但是那段时间也是一起过来的，说句不应当的话，妾身怕是比殿下更了解您，纵使是个摆设，妾身也愿意陪着娘娘。”温柔嘉这话说得相当诚恳，话虽夸张些，却也说出来心中所想的八九成。

太子妃这时候倒是叹了一口气，又看向窗外，温柔嘉口中说的“那时候”是指她们刚入潜邸的时候，那是四五年前吧，那时候太子势力没有这么强，最少明面上是没有这么强的，而且太子以养病为由闭门不出或是借口在庄子上养病，实则去了江南，一个来回短则十几日，多则两个多月，那个时候她和温柔嘉日日害怕，害怕皇上派人闯进府邸……到时候她们二人死也就罢了，最怕的还是坏了太子的大计。

说她二人相依为命也是不为过的。

太子妃年纪虽然小，却也早就做好心理准备，这个太子妃不好当，她与太子之间更多的是君臣盟友，最后才是夫妻，他们都是有大抱负的。

没有想到的是，她与温柔嘉倒成了朋友，也算老天宠爱她，让她还能找到些寄托，一个人身上若只是阴谋与权势，那该有多可怜。

温柔嘉也不说话，跟着太子妃看着窗外，当年太子为了怕引起皇上的注意，甚至都不敢让太子妃怀孕，谁知道她刚入府邸那年冬天就有了身孕又恰巧被皇上知道，那时候太子在“庄子上养病”，皇上以“正统未有，妾先有孕”为由让贵妃送来一碗绝嗣汤，这汤药下了肚，不仅孩子没有了，就是身子也要毁了，是太子妃挡在前面，以试药为借口喝了一大半……

好在太子妃身子本来就好，喝了一大半虽然也伤了身子，但是养了这些年也是好了。

温柔嘉入了这太子府才明白很多，所谓的真情不是没有，只是难寻，而一旦有这深情，就很想呵护它。这东西太可贵了。

温柔嘉这才明白自己哥哥的心情了……

就这样静静坐了一刻钟，太子妃才笑道：“咱们以后有的是时间这样坐着，过不了多久咱们就要换个地方这样坐着了。”

温柔嘉这才小心地问道：“那位的时间到了？”语气中难免带着笑意，若不是那位她的孩子也不会没有了，太子妃也不会遭了这么多年的罪。

温柔嘉并不知道皇上与太子之间到底有什么过节，连太子妃知道得也不详细，但是她却知道这父子俩将来一定闹个你死我活……

太子妃点了一下头，拍了拍温柔嘉，示意她不用着急，道：“殿下前几日与本宫说了一两句，你听过就算。”

温柔嘉连忙应下。

太子妃又问道：“你看姜荷娘和陈掌珠是真的不和？”

“是的，娘娘。”

温柔嘉是故意引掌珠去那亭子的，也自有人去给姜荷娘传话，她二人每日在府中，很有时间，这府中上下的人，除了太子就是她们的人，太子也是暗中认可的。

太子妃想了一下，道：“她俩互相牵制也挺好的。”语气微微有些沉重。

温柔嘉也有些担心道：“莫非殿下真的对陈掌珠……”这陈掌珠可是相当有魅力的，毕竟她哥哥已经陷下去了……而且这陈掌珠确实有两把刷子。

太子妃道：“有姜铎，应该不会，最少这几年不会。”等到登基后……天下稳定了，说不好就……

温柔嘉了解太子妃的性子，喜欢将任何情况都做好准备，更何况若是掌珠真得太子的心悦，那绝对是个劲敌，她们从来不求太子宠幸别人，但是却不能动摇她们的地位。

太子妃一时没说话，过了会儿才道：“若真是这样，就只能将她留在宫里了。”

温柔嘉听了有些惊讶，这是什么意思？却见太子妃眼中带着笑意，似乎很笃定的样子，温柔嘉心中也踏实了几分。

且说掌珠这边从太子府回了家后，外面的流言蜚语就少了几分，毕竟太子府与姜家都没有表示，众人见没有什么戏可看也就安静下来了。

当然，这其中也有姜铎个人的功劳。

其实这次这么容易压制，是因为这背后的人是何家而不是皇上，不然的话，可没这么容易的。

姜铎心中只冷笑，这账以后自是要好好清算的。

掌珠在家没几日就收到了宝珠的信，宝珠给崔寓的小妾有身孕了，宝珠言语中很高兴，或许对宝珠来说这个孩子只不过是她用来忏悔的，无论是男是女，只要生下来，宝珠也就踏实了。或许，那个时候宝珠还是以前的那个宝珠了……

掌珠也不过是回了封信祝贺而已，至于玉珠，还是没有什么好消息。

姜家老宅也寄来了不少的书信。

连周书慈也送来了一封请安信，看来这些人是明白姜家老宅成为空宅了，只是除了姜莲娘有机会，谁也不会被接入京的。

很快便到了寒冬腊月，这是姜家第一次在京城过年，姜家却高兴不起来。

姜老爷再次病倒了，这次真的很严重。

第十七回 宴会入险难脱身

来京城这半年，姜老爷看似颇受恩宠，很得皇上的信任，但是每回入宫都是毕恭毕敬，小心翼翼，绷紧了弦，生怕一个不小心惹怒皇上，这个样子身体能好吗？去年好不容易养好的身子，现在又毁了，这次若想养好，怕是难了。

现在，姜夫人已经将管家的权力交给了姜三夫人和掌珠，姜夫人只照顾姜老爷。

这一个月相处的时间，恨不得比之前十年相处的时间还要长，姜夫人都忍不住感叹，世事难料，没想到最终陪伴他的人是她。

姜老爷何尝不是这样想的呢？

令他们高兴的是，掌珠会将小至宝送过来，掌珠一来是要帮着管家；二来也是因为在姜老爷病倒后，掌珠就成了进宫的红人了，惜妃总是找借口让她入宫，有时也会说让掌珠带着小至宝入宫，掌珠总是以小至宝身体不好为由拒绝，惜妃还就真的派了太医过来看，得出小至宝确实是体弱多病，惜妃也才算作罢。

这一日，掌珠又被惜妃请到宫里品茶，入宫一事，掌珠已经很是熟悉了，倒是不如之前拘谨了，当然也不会大意。

其实，话说惜妃让她入宫也没什么事，就是两人一起坐着，随意聊聊，惜妃不喜欢说话，聊得就更少了。

惜妃已经从之前那个院子搬出来了，说是要是拆了那些地笼太麻烦，不如直接换个地方，现在住的地方还叫惜华宫，里面的布置没有按照陈家的楼阁布置，用惜妃的话就是，再装扮也不是原来的地方。

掌珠刚进入惜华宫就觉得不对劲了，一来是院中人要多了些，而且多是太监；二来大厅中传来一个男人的声音。

皇上在这里，掌珠便想避出去。

领着她的太监笑道：“姜少奶奶不必担心，陛下性子向来宽厚。”

掌珠还想向外走，就听屋里有人问道：“外面怎么了？”是个男人的声音，听着颇有威严，这人必是皇上了。

那太监站在门口，弓着腰回道：“奴才带着姜少奶奶来了。”

屋里安静了片刻，皇上就道：“嗯，既然如此朕就先回去吧。”

掌珠心中才松了一口气，今天这事这么巧，必然是有人安排的，只是不知道为什么有何目的。

不一会儿，掌珠就听见脚步声，她已经是跪在地上等着皇上离开了。

掌珠只觉得一个人站在她面前不走，眼前只是金黄色的袍子，掌珠道："妾身给皇上请安，皇上万岁万岁万万岁。"

"你是惜妃的堂姐，对朕不必如此拘礼，她一个人自己住着闷，你好好陪她。"

"是。"

皇上好似想了一下，又道："便是住上几日也是无妨的。"

掌珠连忙道："多谢陛下体贴，只是家中事务繁忙，家翁又病倒……"

"好了，朕不过随便说说。"说完便离开了。

大冬天的，掌珠已经是满身的汗，又有小太监过来扶她起来，掌珠站起来才看见惜珠站在门边，浅浅地笑，这一笑，就好似拨开云雾见晴天似的，确实是漂亮。

掌珠随着惜珠进了大厅，面对惜珠的时候，掌珠还是不自觉地带着防御之心，这个惜珠可从来都不是个好相与的。

惜珠穿着素雅，在这寒冬中更让人觉得没有什么热乎劲儿。

今天，惜珠难得与掌珠多说几句话："你放心好了，陛下向来宽厚不会怪罪你的。"

掌珠回道："那也是妾身草率了，应该派人先来看看试试的。"

惜珠打量了一番掌珠，道："你总是这样谨慎，不累吗？"

掌珠只客气地回道："在陛下和娘娘面前理应如此。"

惜珠不理会掌珠，抿了口茶，又道："小至宝又生病了？"

掌珠道："是。"

惜珠扯了扯嘴角，眼中带着讽刺，她的打算果然瞒不了掌珠，皇上这个年龄不是不能行敦伦之事，不过是费点劲罢了，更何况皇上年纪大了，心思也不在这上面了，每月有一两次已经是不错了，不过惜珠却是不想伺候皇上的，她也不想生养皇上的孩子，她都已经这样了，她可不希望她的孩子也成为别人的棋子。

但是一个人确实寂寞，因此她就动了收养个孩子的打算。

也不一定是掌珠的孩子，只是掌珠表现得如此紧张，居然让她觉得很有趣，突然觉得她似乎终于可以控制别人了，入宫对她本人来说，总算是有些好处的。

惜珠又道："本宫听说安扬王身体不好，你现在也管家了，小至宝留在家里谁照看？你婆婆可嫌弃她是个女子？"

掌珠心"咯噔"一下，原来今日惜珠是来发难的，掌珠敛了敛心神，笑道："多谢娘娘关心，娘娘多虑了，小至宝不但得妾身婆婆的喜爱，更是得安扬王的喜爱，妾身的公公生病，心情经常不好，好在有小至宝在，倒是能博老人一笑，也算替妾身和夫君尽孝了。"这些说辞掌珠早就想好了，没想到真的派上用处了。

其实要是惜珠想抚养小至宝，只让要皇上向姜家递个话就成，无论姜家愿意不愿意都得把小至宝送进来，但是惜珠必然不敢和皇上提这个的。

惜珠道："你是真不怕过了病气。"

掌珠只站在一旁，不说话。

过了一会儿，惜珠朝一旁的宫女打了个眼色，一个大宫女就带着其他人出去了。

掌珠心中更加担心，尤其是想到皇上说不妨多住几日……宫里的人从来是不会说没用的话……

人都出去后，惜珠才道：“姐姐坐吧，你我也好久没说体己话了，说起来我们也有几年没见了，再见面因身份有别不得不如此，唉，我也是没有想到的。”

掌珠迟疑了一下，还是听惜珠的话坐下了，道：“娘娘福气好才会有这样的运道。”现在自己相当于在别人手中，她不如看看这惜珠到底是要干什么。

惜珠道：“什么福气不福气的，说到头还是为了家里罢了。”顿了一下，道，“既如此，姐姐就不必如此拘束了。”

掌珠笑道：“妾身知道娘娘心善，但是无论如何礼不可废，妾身知道娘娘的心意就好了。”

惜珠不高兴了，抿了口茶，她是忘记这掌珠最会捅软刀子了。

这个掌珠，就算是这样，也从来不把自己的傲气放下，真真是令人生气，她到底有什么资格如此硬气？

惜珠虽在上位，其实骨子里却是自卑的。

惜珠忍下心中的怒气，她入宫了，除了在皇上面前她根本不会这样忍气吞声的。惜珠道：“你知道本宫的心意就好，你与本宫是同族姐妹又一起长大，情分自是不同以往，本宫有一事请你帮个忙，不知道你可愿意？”既然软的不行那就直接来硬的吧。

掌珠道：“还请娘娘说来。”若是惜珠说小至宝的事，她是肯定不会答应的，反正惜珠不会马上让人抱进来。

惜珠笑了一下，这是名副其实的笑：“本宫想请姜少奶奶帮本宫去趟太子府，就说本宫同意了。”

掌珠一愣，她怎么也没有想到和太子有关，而且还是她去传话，惜珠知道太子与姜家的关系？这所说的又是什么事呢？无论什么事，总是要紧的。

这些问题在掌珠脑中纷乱，掌珠看了眼得意的惜珠，逼自己冷静下来，她现在只有一个问题，如果惜珠可以和太子联系上，那么之前怎么联系的现在继续怎么联系就好了，为什么要过她的手？

掌珠难得地显出慌乱，或许，刚才关于小至宝的问题都是惜珠故意说的。

惜珠道：“你也不必担心，这事与你无关，你只管去回这句话。”

掌珠恢复冷静道：“妾身与太子府联系并不多……”

惜珠嗤笑道：“姜家和太子府虽然关系不好，但是你婆婆和太子妃，你和太子府那两个良娣关系可不一样……”

看来惜珠不知道姜家与太子府真正的关系，掌珠心中踏实了一些，又道：“妾身并不知道您与太子有什么事，但是妾身贸然去了怕是耽误了娘娘的事。”

惜珠道：“本宫自会安排的。”

掌珠顿了一下，站起来道：“还是请娘娘收回成命，姜家与太子府不相来往是妾身夫君亲口说的，公公也是应下的，妾身实在不敢违背家训。请娘娘恕罪。”说着屈膝行礼。

惜珠看着掌珠，怀疑道："你们之前不是还有过来往，不是太子亲自送你出来的？帮本宫带句话又怎么样？"

没想到惜珠连这些都知道。

之前惜珠的一句"我同意了"，几乎让掌珠以为太子让惜珠对皇上干什么……但是听惜珠的意思，她并不知道姜家和太子府的事，可是太子不见得会用惜珠。

但是无论如何，掌珠先离宫问清楚，哪怕以后再应下来，也比现在就仓促答应好。

掌珠道："毕竟妾身的婆婆是太子妃的姑母，因此才有了一星半点的来往，但是以姜家的名义是不会有的。至于所谓的妾身与太子的风言风语，全部都是误传。"

惜珠见掌珠一副撇清关系的模样，便道："罢了，站起来吧。"

待到掌珠站起来后，惜珠又道："你出宫吧，本宫没什么事了。"

掌珠应下，自有宫女、太监送她出宫，掌珠只觉得脑子昏沉沉的，已经完全不知道该想什么了。掌珠站住，看了眼天空，这宫里的天都死气沉沉的，让人喘不过气来。

只说这惜华宫，待到掌珠离开后，惜珠站起来，不带着任何宫女，去了一旁的偏厅，进了屋，便跪下，道："皇上万福。"

皇上并不叫起，道："你看着她说的是真话假话？"

惜珠想了一下，道："臣妾看，陈掌珠确实与太子没有关系，臣妾说了那句话后，陈掌珠没有担心或者高兴的神色，只是奇怪。再从言语中听着，姜家和太子府倒是八成闹崩了。"

皇上还是皱着眉头，道："这不见得，姜家不傻，为何要与太子顶着干？这不是自断前程吗？"

惜珠了解皇上，知道皇上这是想听好听的，便道："姜家才不傻呢，他若是不听皇上的，他听谁的？"

这话果然把皇上哄开心了，笑道："爱妃快起来吧，今日这事你办得好。"说着将惜珠搂起来。

惜珠只是淡淡地笑了笑，就乖乖地在皇上怀里待着。

这个时候皇上是不希望别人打扰的。

其实，刚才那句"我同意了"是皇上让惜珠和掌珠说的，就是在试探掌珠，掌珠虽然是一介女流之辈，但是在姜家和太子府起的作用可不小，尤其是与太子好像"有染"，说不得就知道什么。

掌珠今天说的这些令皇上还算是满意，至少看起来姜家确实是忠心的。

皇上虽然觉得自己还能硬撑个五六年，但是太子却等不及了，他不能坐以待毙，他要废太子！而未来的接班人，他也想好了，他最小的儿子，不过才十五岁，现在最少是听话的……但是废太子不容易，不然他不会耗到现在，不过如果有姜家、崔家、何家再找两家大臣支持，也不是不行……

皇上想的这些惜珠并不知道，惜珠倒是真的希望自己和太子府有关系，她是看得出来的，皇上可不见得能斗得过太子，能斗得过太子的早不在人间了……

当晚，掌珠就将宫里的事说给姜铎，姜铎也是惊讶，想了会儿，轻声道："太子宫中虽有眼线，但是人可不是惜妃。”

掌珠着急地道：“那惜妃说这些话莫非是试探？”

姜铎连忙安抚掌珠，道：“你回答得很好，不用担心，殿下那里自有安排，无论惜妃是何意，咱们只需要以不变应万变。”

掌珠心中安定了几分。

第二日，皇上却下旨给安扬王赐药，又下旨立姜铎为安扬王府世子。

这事看起来是好事，但是皇上是不能随便赐药的，谁知道这药是让人死还是让人活？尤其是还立了世子，这药就更让人不放心了。

这药是吃还是不吃……

松院，院中站了两排士兵，面无表情。

屋内偏厅，掌珠与姜夫人很是着急，刚才大太监宣旨的时候他们都听见了，陛下赐药。

现在姜铎、大太监、姜老爷在内屋，陛下念在姜老爷年纪大，不必出来领旨。

这药若是不喝下去，外面那些士兵可不是好惹的。

姜夫人急得已经是眼泪直打转，只是这个时候，她是万万不能表现出弱势来，姜老爷若是有个万一，她也好震着下人。

想到这儿，姜夫人心中又急又怕。

掌珠看起来要比姜夫人冷静些，但是心中却比姜夫人想的还要多，她现在只庆幸小至宝没有在她跟前，若是有个万一，小至宝还能被送走……

掌珠想着看向内屋紧关着的门，姜铎在里面，他应该有办法吧。

屋内。

姜铎看着大太监手中捧着的汤药，没想到这药是在宫中煎好的，放在小火炉上一路端过来，现在上面还冒着气，但是在姜铎看来，这气可是催人命的。

皇上莫非怀疑姜家了？

不然不会让惜妃问掌珠那些问题，现在来这么一出极有可能是试探，可是他怎么能让父亲以身试险？

来的这位大太监姓刘，是皇上的嫡系，也是掌珠第一回入宫时身旁跟着的人。

刘太监年纪偏大，相貌斯文，看着也亲和。

刘太监将汤药放在一旁的小几上，然后朝姜铎微微躬身道：“杂家之前承蒙太子庇护，保住一命。”

姜铎一听脸色终于缓和了，若这刘太监真的是太子的人，那再好不过，只是他从来没有听说过，这样一想姜铎的神情又有些凝重，万一这也是皇上的计中计……

刘太监继续道：“但是杂家从小伺候陛下，无论姜大爷是谁的人，杂家都是皇上的人。”

姜铎微微皱了一下眉，道：“在下不明白刘太监的意思。”

刘太监从怀里取出一枚玉佩呈给姜铎，姜铎接过来一看，果然是太子的物件，又看向刘太监，刘太监道：“太子曾经救过杂家一命，今日便将这命还给太子，也算是报恩了。”顿了一下，道，“这药并不置人死地，相反，它可以让王爷快些好。”

姜铎与姜老爷互相对视一样，虽然知道这药不是毒药，但是也不一定是什么好东西，陛下要是施恩又何必做得像现在这个样子？

刘太监道："这药中含有一味名为'快活散'的药，可以让王爷很快病愈，但是以后怕是离不开这药了。"

姜铎脸色一白，真若是上瘾了，一日不吃"快活散"就会全身无力，严重时甚至会疯癫，吃时间长了就会越来越瘦，晚上睡不着觉，最后难逃一死。

姜老爷表情倒是很淡然，他到了现在这个地步，就算这药不是毒药，他也不见得能活过明年，他若是能出些力也算是死得其所了。

姜铎连忙问道："刘大人可有什么办法解决还请说来，姜某一定不会亏待刘大人的。"

刘太监笑了一下，道："杂家说句托大的，见过的荣华富贵不比大爷少，更何况杂家孤身一人，也没有什么牵挂。"顿了一下，道，"杂家之前说过，这一次是来还太子人情的，若是大爷与王爷不想喝下这碗药，杂家便这药埋入土中，对皇上只说王爷喝下了，杂家回去自尽。若是王爷愿意喝下这药，杂家只当刚才在屋中的话什么也没有听见。还希望大爷勿怪杂家，杂家若非要报恩，这些话也是不会说的，只会公事公办。杂家给二位留下些时间……"说完退到一边。

姜铎单膝跪地对姜老爷道："父亲，这药不能喝。"

姜老爷靠着床头，摇了摇手，道："刘大人告诉咱们这些已经是仁尽义至了，你何苦难为他？我喝了，大家皆大欢喜。既保全了姜家，也保全了太子。"虽然太子有办法，但是皇上若是反击，也是一场硬战，不如喝了它，到时死的人也少点，他就当积德了。

姜铎道："父亲，就算皇上知道咱们与太子的关系，也不会影响太子的，您何必……"因为那枚玉佩，所以姜铎已经确定刘太监没有说谎，不然姜铎是不会说这些的。

姜老爷看向满脸担心的姜铎，心中暖融融的，如果让姜铎这样念着他的话，他是愿意喝下去的，姜老爷难得和颜悦色地解释道："你也不必安慰我，那些大夫虽然不敢和我说实话，但是我是知道的，能熬到明年冬天已经是万幸了。我不想一直在床上躺着，这药送得还真是及时。以后的日子让我同以前一样，我是高兴的。"

姜铎一时说不出话来，眼中含泪，心下难受得紧，忍耐了一会儿，才道："父亲，大夫说养着还是有希望的……"

姜老爷道："我说过了，我不想躺在床上像个废物。"说完朝刘太监道，"刘大人麻烦你把药端过来。"

刘太监应下，端起药站在床边。

姜铎连忙道："父亲，就算您想喝这个，也不必喝这药，这药性怕是太大……"

姜老爷怒道："逆子，让你干什么你就干什么，我早点死，你也好当家做主，反正我之前对你们也不好了，死了也就死了！"

姜铎道："父亲，您对自己也不曾好过啊。"

这话惹得姜老爷已经是眼泪流下了，姜老爷点头道："你知道就好，你知道就好。”说着用袖子擦擦眼泪，又沉声道，“你母亲虽然不是你的亲生母亲，但是对你是极好的，真心把你当亲儿子对待，以后，你对她好些。你弟弟，是你母亲的亲生儿子，倒是个不错的孩子，我想着你以后有可能会疑心他，等我没了，就让他出去游学吧，免得碍你眼……”顿了一下，拍了拍姜铎的手，道，“这些话也是你爷爷这么和我说的，我知道这其中的滋味，你不信那些家训就不信，只是我看不到你打破的那一天了……”说完趁着姜铎不注意，抢过药来，一下子喝下去了。

他说这么多也就是为了让姜铎分心，不然姜铎将这碗药抢来摔了就坏了。

姜铎还是抢过汤药摔在地上了，只是汤药已经喝得只剩下一口了。

听到碗摔碎的声音，姜夫人和掌珠已经是进来了。

姜夫人只在床边小声地哭，掌珠则在姜铎身边跪下。

一旁的刘太监将碎片一一放在盒子里，他心中自然是希望姜老爷喝下药的，不然刚才他也不会听话地将汤药端过来。

刘太监收拾好还是微微躬身道：“大爷放心，杂家只说药送来，您虽然有些担心，但是王爷还是一口饮下，后来失手打碎了碗。”顿了一下，又道，“杂家与太子已经没有任何关系了。”刘太监知道他选择了皇上也就等于选择死，但是他对皇上是忠心的，他这辈子只有一个主子。

姜铎只无力地挥挥手。

刘太监这才躬着身退出去，与外面的士兵离开了安扬王府。

姜老爷看了眼他们，这才道：“你们别在这儿哭丧了，该干什么就干什么去吧。”顿了一下，轻声道，“说不得外面还有他的人。”

姜铎与掌珠这才站起来退出去，临出去的时候掌珠回头看了眼姜老爷与姜夫人，姜夫人只是端着水喂姜老爷，表情很柔和，姜老爷虽然还是那副不服的样子，但是眼中也是有笑意的。

或许在最后的这段时间，他们都是很珍惜的，姜老爷也是不希望姜夫人在他身边劳累吧。

她和姜夫人在外面已经听见了这个药是怎么回事了，姜夫人刚开始虽然有些激动，后来就开始不停地哭，或许，她早就猜到姜老爷的选择是什么了。

姜铎则是满身的挫败感，他是想拦住的，只是……

掌珠轻声道：“藏锐，父亲选择了他最想要的生活。”

姜铎叹口了一气什么也没有说。

第二日，姜老爷就开始发高烧，但是过几日退烧后，姜老爷果然痊愈了，和以前一样，有时也会咳嗽，听姜夫人说晚上经常睡不着觉，但是看起来却比没生病之前还要精神。

姜老爷好了之后，就马上入宫请安谢恩，皇上也真的相信姜家了，开始与姜老爷商量着废太子，姜老爷听后更加觉得他应该喝了那碗药，不然……

“陛下，废太子可难可易，若是太子身上有污点自是容易，但是太子他……”

皇上不高兴地道：“哼，他身体不好，朕看是难当大任！就这一个理由就够了。”

姜老爷只是应下，心中却猜测，皇上怕是还有其他的计策，不然不会这样肯定，只是姜老爷一时探查不到。

太子那边得到皇上要废太子的消息，也只是冷笑，本来他还想让皇上多两年活头，但是偏偏皇上自取灭亡，那就别怪他不客气了。

就在这种气氛下，熹平四十五年，掌珠二十岁的时候，迎来了掌珠最大的一个变故，也是大魏朝最大的变故……

熹平四十五年，正月十五，姜铎、掌珠受邀参加宫中的赏灯宴会。

大庆殿是一入皇宫第一个宫殿，是举行大典大朝会的地方，恐怕只有皇上大婚或者大寿、打仗大胜的时候才会打开。

姜铎与掌珠能赶上这一次宴会，也算是有福，有些五六十岁的老臣也不过是第一次来。

这次皇上之所以大开大庆殿对外宣布是为了太子，皇上自知年纪已大，无心政事，通过这次宴会，显示出太子的身份。

这是皇上第一次示好，这么多年来，大臣们只知道太子病弱，但是与太子接触得甚少，有这样的一个机会大臣们也是高兴的。

太子若不是早就知道皇上有废太子的想法，说不好就真的信了……

只是太子虽然知道皇上的真实想法却不知道到底有什么计谋，皇上肯定是挖了陷阱让他跳的，不然皇上怎么废太子？但是关于这一部分皇上甚至都没有告诉姜老爷，皇上心里还是不信任姜家的，难为姜老爷喝下了药……

太子这次入宫参加宴会，只带了太子妃一人，还是皇上特别要求的，难得皇上这次给太子妃脸面。

他们身边可信的人，只有他的小太监和太子妃身旁的小宫女，其他的都是皇上安排的，太子明白这怕是鸿门宴，说不好就是有去无回……

皇上动手也太快了而且也相当隐蔽，太子完全没有接到宫中暗线的情报……好在他已经有所准备，调熊家秘密回京，但是皇上毕竟快一步，熊家到京怕是要三五天之后。

太子看着外面飘着大雪，他记得弟弟死的那年是下大雪，母亲那年走的时候也是下大雪，这大雪似乎就代表不吉利。

太子妃走到太子身旁，微微躬身，道："殿下，咱们该入宫了。"

太子回过神来，看向太子妃，太子妃一身红色朝服，看着很有威严，这是他心目中皇后该有的样子，这个太子妃，他是喜欢的，只是有太多的事让他没有时间去付出感情，去维护感情……

太子执起太子妃的手，道："这些日子辛苦你了，你嫁进来不但一日没有享过太子妃的荣誉，反而一直心惊胆战、受尽侮辱，孤一直心中有愧……"

太子妃倒是爽朗，看着太子，眼中虽然没有含情，但是却带着执着，轻声道："殿下言重了，妾身是殿下的妻子，就应该承受这其中的责任。"不管是太子妃还是皇后都是有得有失的，她享受了太子妃的荣耀，就该付出些什么。

太子看到这样的太子妃有些惊讶，他忙得连自己的太子妃都没有认清过，太子妃果然没有选错，太子握紧太子妃的手，道："这次入宫怕是……你可愿意去？"

太子妃笑道："只要殿下带着妾身，妾身就随着殿下。"

太子心中自是有感动的，他与太子妃是结发夫妻，其中的波折坎坷他们心里都知道也都过来了，他欠了太子妃不少，就算太子妃不去，他也是理解的，更不会怪罪，但是太子妃如此跟随他，让他心中产生了年少时的雄心壮志。

太子道：“好，那与孤一起去吧。”

太子妃心里不是不知道这次入宫的凶险，但是那又如何？若是有个万一，她一人苟活也不过是受侮辱，她骨子里是不允许自己退缩的，她是太子妃。

太子妃与太子相视一笑，便上了御辇。

大庆殿。

姜铎跟着姜老爷与那些官员打招呼，掌珠则随着姜夫人去了一旁的宴殿。

按道理来说姜铎现在虽有个世子身份，但是这种地方也不是他们能来的，姜老爷的这个安扬王也不过就是皇上哄骗他玩的，根本没有什么实质的好处。

只是奈何姜家现在深受帝王宠爱，大家也就谦让一两分。

姜夫人与掌珠那里也是如此的，掌珠背后还有个惜妃，大家面上谦让，心中却不大看好姜家，以前姜家算是纯臣，现在……

不过就算这样也有不少人羡慕姜家，大多数人都是知道太子身体不好，谁也说不好这个太子可以做到什么时候呢。

宴会已经是过了一半，众人把酒言欢，一片盛景，皇上待太子也是很好，反正皇上在面上一直都对太子很好，经常御赐汤药、美人以及各种宝物，因此除了一些重臣，很少有人知道皇上与太子两人关系其实是不好的。

皇上让太子坐在他旁边，有时也会让太子与几个重臣敬酒，一副笑语晏晏的样子，太子心中却更是打鼓，他太了解这皇上了，皇上这个样子是最危险的时候。

太子面上好似感动，心中一时却觉得难受，更觉得恶心。这样的场面总逼得他想起当年的事，好像也是在这样的一个宴会后，他就陆续失去了弟弟和母亲。

他生母就是那位薄情庵的了清师太也是皇帝的发妻，薄皇后……

薄家与穆家都是大魏的后族，地位甚至远远高于姜家和莫家，名副其实的贵族。

只是穆家越来越低调，这一百年来并没有出过一位皇后或宠妃，薄家则越来越盛。到了薄皇后这一代，穆家出了一位美人，传闻国色天香，德行兼备，更有仙人说她命格大贵，得此女者得天下！

皇上慕名将人接入后宫，直接封为穆妃……就是这个穆妃就改变了她母亲薄皇后的命运。

妻不如妾，更何况穆妃给皇上带来的新鲜感远远高于薄皇后，皇上便渐渐冷落薄皇后。薄皇后深爱皇上，皇上之前虽也有宠妃，却从来没有痴迷过，薄皇后自是又担心又心痛，暗中查探穆妃，但是这个穆妃还就真没有任何出格的地方，此时穆妃已经有一个月的身孕，不知道是巧合还是穆妃的阴谋，孩子流产了，穆妃借此陷害皇后一口，薄皇后与皇上大吵一架……裂痕因此而生。

穆妃自是不会善罢甘休，穆妃也是个心狠的，第二次怀孕后，又借故流产陷害皇后，至于穆妃为何能下如此狠手，太子也是不明白的，后宫妃子应该懂得母凭子贵……或者穆家与薄家有什么恩怨？更或者穆妃本来就不能生孩子？

这个问题一直到现在都是一个谜。

说来也巧，那个时候又有一个妃嫔流产了，这些就都归到薄皇后头上了。

薄皇后也不是个泥人，手中也有些权力和人脉的，或许是因为爱得太深蒙蔽了她的眼睛，她并没有完全地了解皇上，更应该说不了解不爱她的皇上。

薄皇后手中人脉一动，再加上穆妃总是在皇上耳边说什么众人只知薄家不知魏家，皇上本就疑心大，心中便认为薄皇后不将他看在眼里，薄家想称皇帝，薄皇后便受到了皇上的苛责。

薄皇后哪里想到会这个样子，她性子本就坚韧不屈，宁死也不说软话，皇上已经把薄皇后当成薄家的代表，心中生了厌恶之情，而穆妃则假借皇上之手想对当时不过十一岁的太子动手。

当时薄皇后已经有两个儿子，长子便是太子十一岁，次子十岁，可见当年她与皇上的感情还是很好的。

太子想到这眼中忍不住露出悲伤。

他与弟弟长得很像，对那些见到他们只能跪拜的士兵奴才来说更是难辨，穆妃当时想造成他为母拿剑冲向乾清宫的假象，当时他并没有在东宫，弟弟却在东宫，听了乾清宫里发生的事，一时冲动冲出去，此时当然没有拿剑，但是不管他拿没拿剑，到时候都会变成拿着剑。

弟弟就这样被穆妃安排的侍卫刺伤了。

母亲听后悲恸欲绝，拿出凤印，将穆妃软禁，将那几个侍卫砍了头，但也彻底激怒了皇上，皇上想废后。

太子现在还记得，弟弟身受重伤，握着他的手道："父皇……不，陛下……现在已经疑心我们了……母后说不得也不能脱身，不如让我死得值一些……"

那时候他年纪小，出了这种变故反不如将死的弟弟脑子清醒，弟弟继续道："我代你而死，宫中就没有太子了，他说不得看你可怜，会待你好些，等到他后悔了，有外祖家在，你必然还是太子……母后说不得也能保住地位。"

太子死了，皇上一时是不会动皇后的。

他当时是不答应的，弟弟死了，却不能有自己的墓穴，这让他如何答应？

"你代我活下去不是很好吗？我也能享受一下太子的风光……"

最后他不得不答应了。

果然，当时皇上知道太子死了，心中虽然恨薄家也恨"太子"想拿剑杀他，但是他心中还是伤心的。

为了给薄家和朝臣一个交代，他便立了"次子"为太子。

这个小儿子皇上还是比较了解，冲动、单纯，是个好掌控的人，现在小儿子没有了哥哥，薄皇后他早晚也会收拾，因此他倒不担心这"小儿子"做大。

说来他的儿子也就这两个大些，三皇子不过才两岁而已。

其实这里就可以看出皇上自私与无情，因为直到"太子"下葬，他都没有看一眼，并不知道其实死的是二皇子，甚至也没有去安抚活着的"二皇子"。

待到下了立太子的圣旨，太子去谢恩的时候，皇上才知道怎么回事。皇上心中更是恨薄家和皇后，因此从废皇后已经到了杀皇后的地步。

只是刚刚死了“太子”，又立了“太子”，一时不好对薄皇后下手，只是将薄皇后软禁。

这也给了薄家救皇后的机会……

三年后薄皇后以残杀皇室子嗣为由被处死，其实是秘密地来到薄情庵修行，若不是薄家施加压力，怕是薄皇后就真的被处死了，薄家也因此蛰伏起来。

宫中就剩下年仅十四岁的太子。

太子闭上眼，担心那些如潮的回忆会不小心让他发狂，他没有一天不想击垮皇上的，再忍耐些，过几日就可以了。

皇上温和地看向太子，笑道：“宽敏在想什么？朕记得你最爱喝这梨花白了，今日不妨就多喝几杯吧。”

太子笑着回道：“是，父皇，孩儿记得当年小的时候，还曾偷偷饮过。”确实有这事，但是那不是他干的，是弟弟……

太子说完便饮了一杯，心中也想着皇上到底想让他干什么，莫非是想让他发酒疯？或者这是毒酒？

想着太子看向姜铎，姜铎那边也时刻注意着太子，见太子看他便摇摇头。

这里所有的膳食都是没有问题的。

皇上看着好像大权在握，其实早就剩下空壳子了，他们的人不少都在皇宫中了。

皇上这时又对太子道：“你去宴殿给贵妃敬一杯酒，然后随刘太监去朕的书房将圣旨取来。此圣旨相当重要，你要亲自去取。”

听到贵妃两字，太子眼中迸出恨意，这位贵妃就是穆妃。

但是后面的圣旨又是为什么？莫非趁机诬陷他？

皇上笑了一下，小声对太子道：“你莫非害怕朕陷害你？这些大臣可都听见朕说的话了。”

这倒是，只是皇上怕还是有什么安排，但也由不得他不去，太子道：“儿臣遵命。”

皇上点点头，太子与刘太监便离席而去。

在外人面前，只觉得这父子感情相当好，并没有察觉出其他来。

皇上想着自己的计谋即将成功，嘴角忍不住扬起笑意。

宴殿。

掌珠一直随着姜夫人应酬这些命妇，有时还要上前和那些妃嫔打招呼。

惜妃今日没有来，说是身体不舒服。

这倒是让其他妃嫔心里舒服些，这个惜妃本就不言不语的，又得宠，她们实在是不喜欢和她应酬。

听说掌珠是惜妃的堂姐，也都忍不住打量掌珠，掌珠心中早就不舒服了，却也无奈只在这里应酬着。

看着时间，总算是挨到宴会快要结束，穆贵妃却将掌珠请过去了。

主殿，掌珠给穆贵妃行礼请安后，便恭敬地站在一旁，只觉得上首坐着一个服饰华美、面容美丽的女子，最最让人惊讶的是，这女子给人的感觉相当亲和，并没有上位者高高在上的霸气。

掌珠心中不自觉地放松些。

穆贵妃笑道："你不必拘谨，因你夫君是陛下的能臣，本宫便想请你过来慰劳下，结果刚才一直应付那些命妇，倒是把你忘记了，委屈你了。"

这穆贵妃说话相当客气。

掌珠连忙道："多谢贵妃娘娘体贴，贵妃娘娘言重了……"

穆贵妃笑道："好了，不用说这些官话了，你坐下来歇会儿吧，本宫最是明白应酬这些人的难处。"

掌珠便坐下，心中对穆贵妃有些好感。

穆贵妃确实是个很亲和的人，两人谈话，穆贵妃既不会让你说不上话也不会让你觉得眼前就是普通人。

不一会儿就过来一个小太监禀报："太子过来请安。"

掌珠听了忙站起来，穆贵妃脸上也有些着急，现在让掌珠出去有些晚了，穆贵妃道："都怪本宫，与你聊得太过尽兴了，本以为太子要晚些时候过来的……"

掌珠忙道："是妾身没有看好时辰。"

穆贵妃想了一下，道："本想让你在屏风处躲一下，但是这样也不好，不如你从这密道去本宫的寝殿，帮本宫取碗醒酒药吧。到时候你从正门进来，外面的人自会知道你是给本宫取东西，并没有碰见太子。"见掌珠脸上有难色，便解释道，"这里出去的只有大门和这暗道了，你也不必担心，这不过是本宫为了从寝殿过来方便走的一条道罢了，方便行走。让本宫身旁的大宫女陪着你，不会走丢的。"

其实她碰见太子是没有关系的，但是看穆贵妃的样子好像是与太子有什么话要说，而且，她与太子之间毕竟被人传过风言风语，此时再遇见，说不得让别人说出什么来。

掌珠便行礼退下，与大宫女浅儿从密道出去了。

不一会儿，太子便进来，按照礼数敬酒后，便出去了，他已经习惯如此，为了让皇上觉得他被以前的事吓到了，他便装作对穆贵妃很尊敬的样子。

穆贵妃虽不相信，但是也从来不会欺压他，穆贵妃总要维护她的形象的。

这次穆贵妃却叫住他，道："你也不要忙着走，可是陛下让你去取圣旨？"

太子回道："是。"

穆贵妃笑道："那就恭喜太子殿下了。"

太子并不说话。

穆贵妃继续道："你可是还嫉恨本宫？"

太子只是道："孤先告退了。"说完就要走。

穆贵妃却突然将手中的杯子摔在地上，惊恐地道："你想要干什么？！"这话音一落，连着外面也突然安静下来。

太子冷笑着看着穆贵妃，莫非穆贵妃想装成他要行凶？这屋里可是有不少的宫女呢，他就不信这些宫女没有一个不说谎话，更何况他站在下面，穆贵妃坐在上面……明眼人知道他不可能动手。

太子一言不发，转头离开，等到他登基后自是会手刃她。

待到太子出去后，穆贵妃才问道："那丫头到了吗？"

"娘娘放心，保证让他二人遇见。"

掌珠心中总觉得不对，但是人已经和浅儿到了穆贵妃所在的宫殿，也没有办法，只能谨慎行事。

掌珠心跳得厉害，越发觉得自己不该听穆贵妃的话，若是她回家后，在穆贵妃的寝殿找出什么木娃娃之类的，她难免受牵连，都怪穆贵妃太会蛊惑人，让她一时失了防备。

但是，掌珠也有些想不通穆贵妃为何打她的主意，只希望是她想得太多了吧。

大多数嫔妃都去参加宴会了，虽然每个宫殿灯火辉煌，却也是难得寂静，让人深处其中都觉得瘆人。

好在浅儿拎着食盒出来，对掌珠笑道："姜少奶奶看一下，里面是一罐醒酒汤，下面是个小火炉，免得天冷凉了。"这是让掌珠看看这里面有没有问题。

掌珠细细看了一下，道："多谢浅儿姑姑了，还是我拿着吧。"

浅儿笑道："姜少奶奶客气了，这本来就是奴婢该干的，您过来也不过是避嫌才来一趟的。姜少奶奶，这边请。"

虽然已经在回去的路上了，但是掌珠心中越发不安，看着周边静悄悄的，便问道："浅儿姑姑，这里可是回宴殿的路？"

浅儿笑道："咱们要从正门进去，因此才从这里走，且现在下着雪，这里也好走些，倒是麻烦姜少奶奶了。"这浅儿和穆贵妃一个样子，看着和气，说的话也好听，但是没有什么实质内容。

掌珠心中已经猜到这次怕是凶多吉少了，这回程的路越走越森严，怕不是什么好地方，她现在最好是马上就离开，但是去这儿？不知道这里离惜华宫近不近……

刘太监引着太子去书房，边走边轻声道："殿下，老奴确实不知道陛下到底要干什么，陛下今日也确实在书房中写了您即位的圣旨……"

太子点了一下头，道："说不好皇上因为你送药那次对你产生怀疑了。"

刘太监脚步慢了下，无奈道："老奴确实辜负了陛下。"

太子停下，道："你若是愿意效忠孤，孤自然给你个好结果。"

刘太监叹了一口气，道："老奴始终都忠于陛下。"

太子嘲讽地笑了一下。

刘太监看了眼下得淅淅沥沥的小雪，心中明白，说不得这一夜就是他的归宿了，忍不住多说两句，道："老奴一生最后悔的就是那次被太子所救，老奴本想做忠仆，却终究被这条狗命耽误了。"语气中很是哀叹。

太子道："看来是孤多管闲事了。"

刘太监道："老奴不敢这样想。"

太子并不多说，他心中只想着皇上的用意到底是什么，莫非是把他拘在书房？可是皇上是当着百官重臣说的让他来书房……或许是书房藏了什么东西诬陷他？

两人走着，就听前面传来脚步声。

太子与刘太监站住，刘太监也满脸的疑惑。

掌珠与浅儿刚过了拐角，就见前面是刘太监与一身明黄的太子。

掌珠心“咯噔”一下。

太子也愣住。

两人心中已经明白怎么回事了，没想到是这种小把戏，比他们想的巫术之类的轻多了，但是也不好说清楚。

巫术之类的东西，一旦沾上，就必然要查个水落石出。但是类似于“幽会”“有染”一事怕是……

浅儿屈膝道：“太子殿下吉祥，姜少奶奶已经给您带过来了。”

掌珠一时情急，转身就给浅儿一记耳光，道：“真真是黑白不分。”

浅儿跪下哭道：“姜少奶奶为何还要生殿下的气？殿下之前也是不得已的。”

掌珠看向太子，越对浅儿施暴他们越说不清楚，就是杀了她，也只会证明他们之间有染。

太子看了眼这个浅儿，这人果真是太子府的丫头，皇上为了这个圈套下了不少功夫，想来不一会儿就会来大臣之类的人吧。

加之他之前与掌珠的风言风语，怕是所有人都会信他与掌珠有私情吧。

就算有人注意到太子根本不是自愿来这里的，而是被皇上派过来的，也会被别人忽略的，更何况就说他早就准备好了也是有的。

这好色，沾惹朝廷命妇，怕是就是名声上的污点了。

原来皇上不是不信任姜家，而是利用姜家，无论皇上信不信姜家与他有矛盾，现在这样一来，怕是姜家都要与他对抗了，毕竟他“沾惹”了姜少奶奶，这招也真是毒。

这些不过是太子一刹那想明白的，现在这个状况，只能避重就轻了……

太子朝掌珠使了个眼色，示意掌珠先离开，他与这个宫女不清不楚，总比和掌珠不清不楚强。

掌珠也明白太子的意思，只是她要去哪里……

太子看向掌珠指了下右边的一个小道，掌珠虽然不知道是去哪儿，但是按照太子说的总不会错的，大不了就说她走错了……

这时掌珠已经听见太子身后有脚步声了，好在她在拐角的另一边，掌珠想走，却被浅儿抱住腿，浅儿喊道：“姜少奶奶，你不能不顾太子啊……”

太子与掌珠并不想对浅儿施虐，她刚才的那一记耳光，打得就有些鲁莽，浅儿身上没有伤，才最好，免得又沾上凌虐宫女的名声。

但是事到如今，凌虐一个小宫女也比掌珠留下好。

太子上前就是一脚，将浅儿踢开，掌珠这才脱身去了右边的小道，一走进去，就被一个人捂上嘴巴：“跟我走……”

太子那边自然不知道掌珠这里，只看了眼刘太监，刘太监一直冷眼看着这些，心中也是明白了皇上的计策，那姜少奶奶走了，太子怕还是要脱一层皮。

刘太监微微躬身道：“殿下，老奴会如实禀告。”

太子心中安定一些，只要刘太监不落井下石，他也少些麻烦。

刘太监这话刚说完，后面就是何尚书与崔寓，还有几位御史过来，众人朝太子行礼。

崔寓只看着脚尖，好似没有看见太子前面还跪着个宫女似的。

何尚书胆子大，看了眼地上跪着的宫女，笑道："殿下，老臣刚才好像看见一位蓝衣女子从那边跑了，不知道这是怎么回事？"

后面跟着的御史有一两个是皇上的人，剩下的则是朝中的中立大臣，眼中有怀疑，他们确实是看见有个蓝衣女子跑过去了。

再看一眼跪在地上的宫女，这怕是……

太子面上平静，道："你们来这里是？"

何尚书笑道："皇上命我们过来陪着殿下取圣旨，倒好像打破了殿下的好事？"

太子看了眼地上跪着的浅儿，道："不知道哪儿来的宫女，撞到孤身上了，孤责备几句，罢了，你也起来，走吧，下回看着路。"

何尚书眯了一下眼，可不能放掉这个机会，若不是崔寓在路上故意与那几位御史说话耽搁了时间，他们肯定能抓个正着。

何尚书冷笑道："可是老臣刚才看见一位蓝衣女子呢……太子这是……"

太子严肃地道："天色昏暗，孤看你是眼花了，莫非是平时亏心事办多了？"说完抬腿便想走。

谁知道浅儿却抓住太子的衣角，慢慢道："殿下，我按照您的吩咐将姜少奶奶带过来，您怎么能欺辱姜少奶奶？姜少奶奶不从，您还想下毒手……是奴婢替姜少奶奶挡了……"说着慢慢直起身子，就见浅儿腹中插着一把匕首，这匕首上雕刻着龙的图腾，只有皇上或者太子才能有……

太子盯着浅儿，不明白这浅儿与他有何冤仇，非要置他于死地。

何尚书一看，连忙道："哎哟，这是怎么了？莫非是有刺客？快来人！有刺客！"话音一落，周边已经是出来不少侍卫，看来就埋伏在附近。

太子倒是不怕这些人，只担心掌珠是否安全离开，别被这些侍卫抓住。

何尚书自是又叫了太医给浅儿医治。

何尚书对太子道："既然发生这种状况，老臣看这个圣旨也不能取了，殿下还是与老臣回去复命吧。"

太子笑道："何尚书莫非是想违抗圣旨？"

何尚书挑了一下眉。

太子道："敢问各位重臣，皇上命孤与你们来干什么？可有收回成命？"

何尚书刚想说话，太子又道："被一个不知来历的宫女说了几句不明不白的话，就可以违抗圣旨？"

太子心中还真想看看那所谓的圣旨是什么，里面写的肯定不是禅位，说不好是废位，不然他若真是取了这圣旨，那还得了？

何尚书笑了一下，道："那老臣就与太子去一趟吧，希望太子不要后悔。"

太子轻声道："也希望何尚书不要后悔。"何尚书之所以想拉他下位，是因为他的小女儿是五皇子妃……他的太子之位可是相当稳固的，这些雕虫小技就想拉他下位，想得也太简单了。

何尚书心中多少明白的，但是为了将来的荣华富贵，还有皇上许下的诺言，他也要试试的。何尚书脸色暗了下来，只跟在太子身旁，自有侍卫和太医将浅儿抱走。

太子这样也有拖延时间的意思，无论这圣旨到底是何意，都要看今晚他这罪名是否成立，只希望掌珠跑出去了，只单单这个小宫女，他还是有办法的。

若是牵扯到掌珠，就真的有嘴说不清了，怕是没有人会信他们是清白的。

一行人去了书房，却发现书房根本没有所谓的圣旨，刘太监脸色一白，跪下道："老奴是亲眼看见陛下将圣旨放在这里的，怎么会没有呢……"

何尚书脸色也不好看，顿了一下，道："没想到殿下居然会偷圣旨……真是大逆不道！"

太子听何尚书说他偷圣旨，无奈笑道："何尚书说得好像亲眼见过一样，莫非何尚书知道什么？"他是没有动圣旨的，这是谁干的，是帮他，还是害他？

何尚书怒道："老臣当然不知道！"

太子冷着脸道："那就请父皇来后再断定吧！"

何尚书敢怒不敢言。

崔寓这个时候道："卑职倒是觉得现在闲杂人等还是不要踏入书房内，免得毁坏证据。"

太子看了眼崔寓，点头道："说得不错。"

太子道："在场的各位还请去偏殿稍微休息一下，至于何尚书和刘太监还请与孤一起在这个小厅稍等一下。"

何尚书道："不知为何让老臣在这里等着？"

太子笑道："咱们三人毕竟刚才进了书房，说不定身上就有什么东西，还是待在这儿别动比较好。"

何尚书不高兴地道："老臣身上有什么东西，说不得殿下……"反正他与太子早就不对付了，此时就更不用装模作样了。

太子道："孤身上有没有东西也会在这里，何尚书莫非是怕被查出什么来？"

何尚书年纪不过是四五十岁，看着一表人才、风流倜傥，尤其嘴上功夫最厉害，不然不会讨得皇上的欢心，也是一个有脑子的人。无妨，先按照太子说的办，反正今晚必须将太子拉下位，这圣旨是不是太子偷的，也都是他的罪过了，再加上勾搭朝廷命妇，太子这头衔马上就易主了。

也容不得太子反抗，毕竟这里都是皇上的人，太子反抗更是好，说不定还能按上个逼宫的罪名。

何尚书笑了一下，便坐在书房一旁。

太子也悠闲地坐下，只刘太监站着，这里面只刘太监是受牵连的，无论这圣旨有还是没有，他都逃不过一个出气筒的结果，刘太监也早就坦然接受了，先死也有先死的好处，至少不会亲眼看见皇上被太子拉下马的场景。

皇上遇到太子，肯定是没有胜算的。

皇上……已经老了……

不然皇上不会不信任他的。

太子这边心中也在想着是谁办的这事，很明显现在这圣旨是对他不利的，不翼而飞自是好的，至少打了个皇上措手不及，但到底是谁办的呢？

姜铎？他有下手的机会吗？

崔寓？这家伙唯利是图，知道皇上没有胜算的时候，已经暗中投诚了，但他可不会做这种冒险的事。

怕还是姜铎干的了，只是不知道姜铎怎样想到要偷圣旨了。

太子看着黑漆漆的外面，心中有一个大胆的主意，若是熊家这两天能到的话，倒是可以直接逼宫……今日这事出了，善了是不可能了，他说不好都不能全须全尾地出这个书房，最好的结果也是被皇上软禁。

不一会儿，皇上面无表情地过来，并不询问太子，而是将何尚书宣进去询问。

太子和刘太监对视一眼，刘太监眼中满是无奈，皇上果然不信任他了。

何尚书自会将今日的事添油加醋地说一遍，果然，就听见书房内皇上摔杯子的声音以及怒吼："这个逆子，居然做这等不知羞耻的事！"

大庆殿。

太子离开宴席后，紧接着就是几个大臣，现在又是皇上离席，自然让他们觉得奇怪，看来是发生了什么事。

姜老爷轻声对姜铎道："皇上今日并没有告诉我会有什么事，但是你我都没有进入书房，怕是皇上防着咱们呢。"

姜铎咬了咬牙道："说不得这里面也牵扯了咱们，所以皇上才不让咱们跟着去。"

姜老爷一愣，道："莫非是你母亲和你媳妇？"

姜铎点头道："我也是有些担心她们，现在咱们只能困在这里了。"

姜老爷叹了一口气，道："只要太子没事，她们就不会有事的。"顿了一下，极小声的道，"那圣旨你……"

姜老爷虽然不知道今天皇上要干什么，但是知道皇上下午写了一份圣旨，而皇上为了营造出这圣旨是禅位的圣旨，也没有刻意隐瞒，所以姜铎知道这个圣旨的消息要比太子早些，他与太子联系很不便，有些事并没有办法马上交换意见，他只能先安排人看了圣旨的内容并且偷走。

当然皇宫可不是这么容易就能进去的，这圣旨也是在晚宴的时候被他们的人偷的，事实上，现在人还在宫中，姜铎心中也颇担心。

想来太子还能自保，但是掌珠……姜铎心里很不安。

不说大庆殿这边朝臣们担心，就是宴殿里的妃嫔、朝廷命妇，也是担心得很，她们的一切都寄托在自己的夫君和儿子上面，一听说皇上那边出事了个个都担心得要命。

姜夫人已经连面上的冷静都装不下去了，毕竟掌珠被穆贵妃叫进去了，现在也没有出来。

穆贵妃虽然安抚了大家，但是也不过说些无关痛痒的话。

姜夫人无奈看向太子妃，太子妃很沉稳，只给了一个让姜夫人安心的眼神，太子妃心中也只想到了一件事，那就是只要太子没事，她们就都没事。

掌珠进去太子妃是看见了，太子进去太子妃也看见了，穆贵妃喊的那句话她也听见了，设了什么局太子妃也猜到一二，她刚刚已经让贴身侍女去后边宫殿找掌珠了，虽然也只是碰碰运气，但是总好过什么都没有做要好，也好在那个宫女出去了，现在的状况就是人可进来，但是却出不去了。

大家都担心的掌珠此时却在一个空的宫殿里了，一个女子对掌珠道："我帮你也是为了我自己的前程，只要你答应日后让太子留我一命，我自会做证你与我一直在一起，没有与太子私会。"

掌珠道："我本就没有与太子私会。"

"嘀……你是不是与太子私会与我无关，但是我不出去做证，怕是你就有了这个名声了，到时候连太子也跟着你一起倒霉。"

掌珠微微皱眉，与其受这人要挟，不如当时没有跑，还可以辩解，现在跑了，若是没有人做证，旁人只会觉得她畏罪潜逃。

"你别担心，我也没有强求你什么，不过是最后留我一条命，就是没有你太子日后登基了也不会找我麻烦的，我就是想活得好些，这个要求不难，日后你我两清……"

掌珠叹气，事到如今也只能这样了，点头道："好，那什么时候出去？"

"要等等了。"

"等到什么时候？"

那女人笑道："等到对我最有利的时候，不然我把你交出去，皇上转头就把我砍了。"

掌珠想了一下，问道："你就知道什么时候最有利？"

"嗯，凭感觉，皇上对太子要痛下杀手了，太子若是再不反攻，怕是就没命出去了。"说着又笑了一下，道，"那到时候，我就只能将你交给皇上了。"

掌珠不理会她，只慢慢地闭上眼睛道："有的时候选择最有利的也不见得就是最好的，比如说入宫。"

大庆殿与宴殿的人无论多着急，也只能在待着，一点一点看着天亮。

现在对于姜铎等人，没有消息就可以说是好消息。

已经传来风言风语，"太子在书房发疯想要刺杀皇上……""太子偷窥圣旨被抓……""太子见色起意对一个小宫女施虐……"

都是这类对太子不好的消息。

但是姜铎与太子妃听了却放心了，传出这些传言，怕就是皇上还没有能力马上拿下太子。

太子妃面对众人的白眼或者幸灾乐祸的神情也忍得住，只是坐在那里眼观鼻鼻观心，这些人她会一一都记下的。

当然其中也不乏怜悯的或者是不信的。

比起宴殿这边的不安，大庆殿这边则更显得沉静许多，无论传过来什么，大家都面无表情。

这些官场上的老狐狸明白，只要没有圣旨，就什么也不算。

这时不知道哪里传出来个声音，说是太子睡了姜少奶奶，这个消息自是能传到姜铎耳朵里，气得姜老爷都喘不上来气，姜铎转身就将那几个说小话的人打了。

大家都知道姜老爷身体不大好，现在又是皇上眼里的红人，若是出个什么意外，没准他们都得陪葬，马上派人收拾出来一个小房间，让姜老爷躺下休息。

姜铎自是跟着过去照看。

不一会儿来了一个小太监，送上茶盏，轻声在姜铎耳边道："熊家人到京城了。太子被软禁在书房。"

姜铎眼中一喜，只要太子活着就是好消息，更何况熊家也来了，他们算是有枪用了，立刻道："让他们准备进宫。"

"是。"

姜铎眉头微紧，道："可有陈氏的消息？"

"没有。"

姜铎叹了一口气，道："你出去吧，不要来得太勤，免得惹眼。"罢了，没消息就是好消息。

"是。"

床上的姜老爷睁开眼道："熊家来得正是时候。"

姜铎看着外面道："这就要看熊家的忠心程度了。"现在太子不在，他也不能出去，熊家真的就会按照约定帮太子？逼宫可是灭九族的……熊家会干吗？

姜铎想得不错，但是姜铎少算了一个人……

书房。

皇上看着脸色苍白的太子，悲痛地道："宽敏，你何必如此？你是朕的儿子，只要你认错，朕是会原谅你的。"

"儿臣并没有办过父皇说的那些事，还请父皇明察。"太子声音沙哑，从昨晚开始他就没有睡觉、没有喝茶，之前又喝了不少酒，现在身子有些吃不消。

不过皇上也没有好到哪儿去，皇上晚上虽睡了两个时辰，眼圈却还是乌青，看着也好像老了几分，太子暗想说不得这是皇上兴奋的，终于可以将他除掉了。

皇上拍了一下桌子，道："你不要敬酒不吃吃罚酒！朕这里都是有凭有据的！"

太子笑道："父皇既然有证据又何必问儿臣？直接给儿臣定罪吧。"

皇上道："还不是因为你有个好外祖家。"

皇上要的就是太子认罪，不然以后的仗太难打，他年纪大了，没有那么多精力了，若是十年前，他就敢手刃太子。

也不知道皇上的想法太明显了，还是太子太了解皇上了，太子笑道："您在我十一岁的时候都被迫立儿臣为太子，就是五年前、十年前，您也不敢动手的。"

不敢！

这个词让皇上深恶痛绝，他是皇上，他居然也有不敢的事！

皇上怒气冲冲地站起来，打了太子一耳光，道："你和你的母亲一个德行！仗着自己是薄家人就如此！当初朕若不是以为死的是你，朕也不会再立你为太子的。"

太子只是笑笑，不说话。

皇上却更加生气，道："就是这个样子，你们眼中的不屑！"皇上似乎有些不能自已，语无伦次道，"你想成为皇上？你以为皇上就可以为所欲为？当你成为皇上之后你就明白了，原来还有人能限制你，这种滋味可不好受，以后与其你与你外祖生分了，不如朕先替你办了，你只要承认这些，你还是太子，宽敏，你要记得朕是你父皇，不会害你。”

太子长出一口气，认真地看向皇上，道：“父皇，儿臣从来都没有想过成为皇上就能为所欲为。”

皇上似乎不大理解太子这句话，歪头认真想。

这个时候外面响起三声爆炸的声音，太子脸上带了些笑意，没想到他们来得还是很快的。

皇上此时也反应过来了，怒道：“这个逆子，来人，给朕绑起来，朕要废太子！”这句话说出来后，皇上觉得分外舒服，他或许早就应该动手了。

皇上提笔亲自写下圣旨，又道：“宣所有朝臣与嫔妃、命妇去大庆殿，朕要废太子！”

大庆殿。

众朝臣与命妇已经是在殿内，有名号的妃嫔也都在场。

皇上妃嫔无数，但是说得上号的也不过六七位罢了。

他们都在焦急地等着皇上到来，不知道短短的几个时辰内到底发生了什么。

已经从宫闱传出要废太子的消息了，这个消息对朝臣们来说却是晴天霹雳，他们虽然不了解太子，但是太子也没有什么过错，母族更是薄家，怎么能说废就废呢？

在皇室子嗣这方面，大魏一直都遵守着立嫡，无嫡立贤的规则，立太子是很严格的事情，废太子更是如此，静观大魏朝数百年，虽然皇上与太子的关系都很紧张，只是闹到废太子这一步的实在少见，更也没有废太子成功的。

太子妃也只是面色冷静，倒是博得了大家的几分好感。

因为殿中有命妇和妃嫔，所以大臣们并不肆意打量，都规规矩矩地站着。

姜铎悄悄地看了一圈，并没有看见掌珠，心更是沉重几分了，看向姜夫人，姜夫人眼中也很焦急，看来她也不知道发生了什么。

姜铎只希望时间过得快一点，等到熊家人入宫就好了。

约半个时辰，皇上与太子入殿，皇上虽然换了件龙袍，看起来略微郑重，但是也难掩老态。太子看着倒是有些落魄，只是这两人一前一后还是能感觉到太子的年轻。

太子当然没有被绑着过来，不说是没有人敢绑太子，就是有人敢绑，太子也不是那等任人欺负的人。

太子了解皇上，只表现出任人宰割的样子，皇上多疑，猜想他是不是想装可怜，皇上自不会绑他让他顺心的。

皇上多疑得已经病态了。

皇上坐上龙椅，包括太子众人下跪呼万岁。

皇上看着跪着的百官，心中才觉得这个江山是自己的，他面对太子的时候总是有一种紧张感，觉得江山不是自己，觉得自己会随时死去，甚至生出自己不如太子的想法，就连昨夜，他也想着莫非这圣旨丢了是天意？

可是那几声爆炸的声音将他惊醒，他不能手软心软，他只要活着就要紧紧地握着江山，当年他也是这么熬着将自己的父皇熬死的……太子也一定盼着他死的。

皇上看了眼小太监，小太监喊道：“起。”这小太监是顶替刘太监的，声音既洪亮又清脆，和刘太监年轻的时候一个样，皇上觉得自己好像又回到了以前。

众人起身后，穆贵妃等五位妃嫔坐在龙椅两侧的小座上，皇上与穆贵妃并没有注意惜妃没有来。

百官站在大殿左侧，命妇站在大殿右侧，太子站在中间。

皇上满意的眼神在看到太子的时候，变得严厉憎恨。

皇上道：“念吧。”

那小太监上前一步，展开圣旨，将圣旨上的内容清楚大声地念出。

简单说来，这上面写着太子的八个罪名：“不孝、无后、体弱、无为、性情暴虐、奢侈、好色、结党营私。”

小太监念完后，走到太子面前，跪下，双手呈给太子，道：“请皇子接旨。”

众人听了这圣旨，面面相觑，这内容也太欲加之罪了……

这里也就无后说得对，太子已经快三十，却没有子嗣。

这时自有老臣站出来道：“太子尚且年轻，虽有不足，却也并不出格，况且也并没有证据。还请皇上三思。”这人曾是太子太傅，与太子有所接触，颇为了解太子，只是过于正直，得罪不少人，并没有什么大的作为，皇上却喜欢用他，一个没有任何关系的人才会忠诚，听说就是和太子的关系都很一般。

皇上万万没有想到第一个出来反对的居然是这个人，气得心怦怦乱跳。

穆贵妃送上一碗茶，皇上接过来居然发现自己手在抖，一怒之下摔到地上，怒道：“这个孽障居然在宫闱里轻薄朝廷命妇，若不是看在他是皇子的分儿上，就该杀头！”

太子挑了一下眉，皇上已经动了杀心。微微低头，看向斜后边的姜铎，姜铎轻轻点了一下头。

其实姜铎心中也是担心的，看皇上这个样子最后怕就只能逼宫，只是熊家人入宫并不容易，就算成功但是太子名声却是不好了。

众朝臣惊讶皇上所说的轻薄命妇，这个就可大可小了。

皇上高兴自己的话引起大家的反应，并没有注意太子的小动作。皇上道：“敢做敢当，莫非你不承认？可是有人证的！你碰见前去给贵妃取醒酒汤的姜陈氏，胆大包天，想非礼她，结果却被她跑了，你又想杀人灭口，杀死贵妃的宫女浅儿，朕说得没错吧。”

姜铎猛地抬头，第一个想法就是掌珠现在在哪儿？姜铎自是不会相信太子轻薄掌珠的，但是掌珠肯定是因为这个才不见的，莫非被皇上软禁了？

姜铎看向太子，现在皇上盯着太子，太子一时无法安抚姜铎，只是向前一步，对皇上道：“还请陛下明察，儿臣确实碰上这个浅儿，但是被诬陷的，这浅儿是儿臣府上的一个三等宫女，前一阵被儿臣的妾室责骂了几句，想来是心生不愤，因此才受了小人的蒙蔽，被安排入宫，陷害儿臣！”

皇上眼睛一眯，这才想起来这个宫女是他安排在太子府的，不知道怎么回事，他现在脑子越来越不好使，好多事不是记错了就是忘记了，不然他也不想这么快动手的。

皇上又道："她一个小小的宫女怎么入宫？说不得是你安排她入宫，让她带着姜陈氏过来与你私会。"

姜老爷和姜铎以及姜夫人站出来，皆道："还请皇上给陈氏一个清白，陈氏向来忠贞，绝对不会做出有辱家门的事。"

皇上看着本来是自己人的姜家反驳自己，心中更是生气，怎么一个个都背叛他了？皇上其实本就想利用掌珠是姜家人激起姜家人对太子的不满。这事若是太子说出，姜家人自是不满，可是这话是皇上说出来的，明显是往掌珠身上泼脏水，他们也不能坐视不管。

这时，一直不说话的穆贵妃道："还请陛下听听臣妾的话。"

皇上看向穆贵妃，眼神多了几分温柔，道："爱妃请讲。"

穆贵妃道："今日臣妾请姜少奶奶过来说了几句话，没想到就碰见太子进来敬酒，太子看见姜少奶奶后竟然想轻薄她，在宴殿的命妇们可是都听见了的，因此臣妾便让姜少奶奶从暗道去了臣妾的寝殿取醒酒汤，算算时间，殿下从宴殿出去说不好就能碰见姜少奶奶。至少看来不是太子与姜少奶奶私会。"

本来是想设计成两人私会的，现在怕是不行了，但是总是可以让太子脱层皮的。

太子恶狠狠地瞪着穆贵妃，刚要说话，就见太子妃站出来，道："儿臣当时就在宴殿，虽听见贵妃娘娘说了一句你要干什么，但是并没有听见其他声音也没有看见什么，单凭这一句话并不能证明什么。"

穆贵妃笑了一下，道："可是你们看见姜少奶奶进去了，也没有看见她出来，现在都没有她的踪影，她去哪儿了？总不能真的是畏罪潜逃了吧。"

"贵妃娘娘，她与臣妾在一起。"在外面响起一个清冷的声音，这人就是惜珠惜妃。

站在惜妃旁边的就是掌珠。

姜铎松了一口气，只要掌珠没在皇上手里就好。

穆贵妃一愣，问道："哦？本宫不是让你去取醒酒汤了吗？你怎么和惜妃在一起？"

掌珠屈膝行礼，然后回道："路上遇见惜妃娘娘，惜妃娘娘请妾身过去聊聊，妾身便随惜妃娘娘一起去了。"

惜妃傲然道："正是如此，后来听说陛下召见大家，臣妾才带着她一同过来。"

大堂一时安静。

众朝臣已经听出皇上口中的矛盾，明白皇上是找理由废太子，现在看这废不废太子倒好像是家事不是国事，众人只将疑问放在心中，好好思量这队伍该怎么站，也都有评估太子的意思。

皇上生气地拍了一下龙椅，指着惜妃道："你这个贱人，枉费朕如此宠爱你！"

惜妃面无表情，淡淡地道："臣妾只是看见什么说什么罢了。"这句话更是气得皇上七窍生烟，皇上只觉得心中的血上涌，皇上深吸一口气，压下这种感觉。

穆贵妃倒是冷静，只淡淡地道："那这样问吧，你和太子可相遇？"又问太子，"殿下可遇到姜少奶奶？你们可说话了？"

太子和掌珠都控制着自己看对方，掌珠只低着头，太子先道：“孤确实是看见姜少奶奶了，也说了几句话……”

穆贵妃笑道：“那你看见惜妃了吗？刘太监刚才已经将你们见面的经过说出来了，并且签字画押了，当然，他说得还不太详细，他现在在宫正司继续‘回想’呢。”

太子咬了咬牙，刚要说，就听掌珠道：“太子殿下并没有见到惜妃娘娘，浅儿姑娘将那醒酒汤摔在地上，殿下罚她跪，便让妾身先行一步，妾身这才碰见惜妃娘娘。”

穆贵妃冷笑道：“只是这些谁又能做证？不过是你们两人说得算，本宫看，怕是真的有奸情。”

皇上笑道：“还是爱妃聪明，此事朕也不想深究，太子被废，惜妃被打入冷宫，至于陈氏就交给姜家自己办吧。”

没想到皇上居然不再询问就直接定罪，这所谓的罪名简直就是荒谬！

穆贵妃心中也叹了一口气，若是知道皇上如此粗暴简单，当初就不如陷害太子使用巫术，这样还简单，之所以选择现在这一个不过是想徐徐图之，将废太子弄得合乎情理……

众朝臣听皇上如此不分青红皂白，皆跪下求情。

只太子一人站着，面对着皇上。

皇上挑了一下眉，冷笑道：“怎么？你敢违抗朕的旨意？莫非是想逼宫？弑父夺位？”

皇上这是逼太子认命。

太子要是敢说一个是字，皇上就更有借口废太子了。

下面跪着的姜铎心中很着急，看了眼姜老爷，姜老爷摇摇头，示意姜铎不要着急，这个时候就算出面也应该他出面。

姜老爷想了一下，跪行几步道：“陛下，立储一事实在重要，陛下不如暂且将殿下关押，待证据确凿时再下旨……”

话没说完，皇上就冷哼道：“朕说的就是证据。”

姜铎歪头看向太子，这个时候就只能逼宫了……

太子向前迈了一步，两旁就出现侍卫，看来皇上已经是准备好了。

太子这才道：“父皇，儿臣确实与陈氏是清白的，父皇万万不可听信小人……”

皇上冷笑道：“你们在外面的传言，朕已经是听说过了，你们在宫中无论是幽会，还是偶遇，朕都不想再查了，总之，如此德行的人不能成为太子！”

太子和姜铎都没有想到皇上如此不讲理，这样反倒不好办了，皇上毕竟是皇上，就算重臣反对，皇上也可以一意孤行的。

姜铎想说什么，皇上却道：“姜铎，莫非你还想为这个侮辱你妻子的人求情？可真是大方！”

姜铎一口气憋在心中。

太子咬牙道：“儿臣并没有做过圣旨上说的任何一件事，儿臣以薄氏、魏氏的血起誓，儿臣不曾做过有辱皇家的事，因此恕儿臣不能遵旨！”说着拿起小太监手中的圣旨扔进一旁的暖炉里，圣旨瞬间被火吞噬。

不仅皇上惊讶，就连朝臣也同样惊讶，没想到太子有如此魄力！

皇上指着太子道："你……你这个孽子！"

穆贵妃倒是赞赏地笑道："不愧是薄皇后的儿子。"

太子看也不看穆贵妃，道："儿臣是陛下与朝臣选出来的太子，上了族谱，禀告天地神明，儿臣决不允许有人污蔑皇室的血脉，还请陛下明鉴！"说着上前走了一步，前面的侍卫被太子的气势震住，纷纷往后退了一步。

皇上满脸的不可置信，从来没有想到自己的儿子敢对他如此，太子面上一向都是尊敬他的，怎么……莫非太子真的动了杀心？皇上眼中又多了些恐惧，现在太子的神情和当年薄皇后的神情一样，他一直以为他忘记了，原来一切都压在他的心底，当初薄皇后也是这样说的吧，也说不允许别人污蔑她……一切好像都在重演，只是这个儿子并不如薄皇后好对付。

皇上只是恍惚一下，连忙道："你个不孝子，还不给朕绑了他！莫非等他弑君？"语气中也带着恐惧，这反而也让那些侍卫都不敢动了。

这时何尚书站出来道："你大胆，敢在皇上面前如此放肆！"说着又指着姜老爷道，"王爷，莫非你也不管？他可侮辱了你家儿媳妇！更何况，不管怎样，太子也不该如此放肆！不对，你已经不是太子！"说完又朝皇上跪下，道，"我等愿意追随陛下！"

皇上的信心回来了，站起来笑道："好！好！果然是忠臣！来人，把这逆子给朕抓起来！如若不从，格杀勿论！"这话迫使那些侍卫不得不上前。

这个时候姜铎也顾不了多少，赶忙站在太子在一旁，保护太子。

皇上冷笑道："你们姜家果然……"

话没说完就从宫外涌入一批士兵，以迅雷不及掩耳之势将皇上与太子围起来，将那些大臣、朝廷命妇阻隔在外面。

姜铎松了一口气，来得太是时候了。

皇上也愣住，一时分不清这人是自己的人马还是太子的人。

领军的是熊三爷，熊三爷拱手道："臣已按照陛下的命令将大庆殿包围，陛下请放心。"

皇上已经明白眼前的人肯定不是自己的人，但是怎么可能是太子的人？太子怎么可能会有军队？皇上现在不仅心乱跳，脑子也嗡嗡的，或许这是姜家的人？姜家是忠于自己的吧，皇上现在心神已经是乱了，不相信自己会输，感觉自己还在梦中，或者只当自己在梦中，皇上指着太子道："你们还不把太子给朕绑起来！这个逆子，朕要逐他出皇室！"

太子与姜铎对视一眼，两人都明白对方所想的，皇上不对劲，今天频频失常，不然皇上今日就算废不了太子，也是可以打一场胜仗的。

熊三爷笑了一下，对太子道："殿下，请。"

太子点点头，又对皇上笑道："父皇，您也累了，不如与儿臣一起走吧。"

外围的朝臣并不知道里面怎么回事，但是听见太子这样说，也都猜到了，何尚书叹了一口气，跌坐在地上，他真是鬼迷心窍了才会觉得太子是无能之人。

姜老爷、掌珠等人也松了一口气。

皇上愣了一下，跌坐在龙椅上。

其他的妃嫔脸色也都难看得很，只穆贵妃神情轻松，对皇上道："臣妾扶着您吧。"

皇上呆愣地看着穆贵妃的笑脸，这一刻他感觉刚才什么也没有发生，慢慢地站起来，让穆贵妃扶着走出大殿。

太子与姜铎才真正松了一口气，他们就怕这个时候皇上有过激的行为，不然就真的会血染大殿了。

现在就还剩下最后一个问题了，怎样冠冕堂皇地继位？

冲突看似是解决了，但是大庆殿的官员、命妇仍然不能出去。

何尚书夫妇已经被派去伺候皇上，当然这只是名义上，实际上，他们与皇上一起被软禁了。

其他嫔妃也都被关进自己的宫殿内，没有太子的命令不得出门走动。

太子最先做的事就是请了他信任的太医给皇上把脉，原来皇上也吃了那"快活散"，因此有时会头脑不清楚，也会出现幻觉。而且皇上怕是服用了很长时间……

太子一时愣住，或许当年，皇上就已经服用了……

姜铎忍不住问道："这么长的时间难道没有人发觉？"

太医回道："皇上饮用的'快活散'是精心配置的，很是精良，少量服用确实能健体，但是剂量是慢慢加重的，因此……"

怪不得皇上会这个样子。

太子问道："陛下现在如何了？"

太医道："因为今日饱受惊吓，一时刺激了陛下体内的药性，但是却因为没有饮用药物，陛下一时支撑不住，所以现在已经昏迷不醒了。"

太子眯了一下眼，大庆殿时，穆贵妃想给皇上喝茶的，结果却被皇上给摔了……

太子道："你好好伺候陛下，不要再给他吃'快活散'了，让他保持清醒。"

太医想说什么又咽下去了。

太子道："你放心，我知道不吃会怎样，不会怪你的。"

太医自是应下。

太子这才问熊三爷，道："你是怎么进来的？"

熊三爷笑道："卑职有如玉公子给的令牌。"

姜铎笑道："原来是他，倒是把他忘记了。"

太子点头，又疑惑地道："只是你们比预期的快两三日？"

熊三爷看了眼姜铎，道："这就要问姜大爷了。"

姜铎这才道："家父毕竟深得陛下喜爱，虽然不知道宴会有如此危险，却也猜到怕是有波折，因此我才让三爷早入京来。"

熊三爷点了一下头。

太子想了一下，道："莫非你现在手中的人就只有大殿那些？"算算也不过二十来人，怪不得当时并没有对抗，不然，还真不见得能打得过对方。所谓的将大庆殿包围也不过是危言耸听……

熊三爷道："正是，这二十五人是卑职的亲兵。后面的人最快也要明早到。"

说完三人一时不说话。

那么今天也相当重要，若是让其他人知道他们手中并没有兵，那么后果不堪设想。

大庆殿内的朝臣也是万分紧张，不知道何时会改朝换代，他们又是否会平安。

只盼着时间快一些过。

现在已经是中午，众人饥肠辘辘，很是烦躁，若非看见门口有官兵，怕是已经有人受不了出去了。

这时，有侍卫、侍女进来送饭，又告诉大家明日早晨才可以出去，还请大家先在大庆殿安歇。

至于原因之类的，什么也没有。

好在大庆殿够大，官员在左半部分的偏殿小厅，那些命妇则在右半部分，总算是可以好好歇歇了，只是不能随意走动。众人只是愁眉苦脸，觉得或许自己不会再出去了，今日之事毕竟是皇家秘辛……既不见太子出来解释，更没有皇上的话音……

姜夫人握着掌珠的手，轻声道："你没事就好。"

掌珠感觉到姜夫人手的冰凉，还在颤抖，连忙道："让母亲担心了。"

"没事，没事，只要你平安就好。"

掌珠轻声简单地和姜夫人说了怎么回事，姜夫人更是口中念阿弥陀佛，只盼着今日的事情赶紧过去。

掌珠也是如此希望，她想起惜珠眼中的兴奋就觉得不寒而栗，这个感觉倒是和穆贵妃一样，这些人都是不怕事大的人，但是也多亏惜珠了，不然……惜珠胆子也是大，皇上向来宠爱她，偶尔会透露些话语，因此她才得知圣旨的事，也因此那晚她就一直在书房附近的废殿里等着……还真让她抓住机会了……

天阴沉沉的，太子道："今晚怕还是有一场大雪。"

姜铎喝了一口酒，道："也好，地上有雪，白茫茫的，他们若是偷袭也是不方便。"当然反过来对他们也是有弊端的，不过，这个时候自然要往好处想的。

太子笑着点了点头，也喝了一口酒，道："无论结果怎样，好在倒是有你们与孤在此饮酒，也算是孤的福气！"

熊三爷向来豪爽，便道："殿下不必太过担心，卑职的亲兵都是万里挑一的好手，誓死保太子平安！待到明日清晨，便能如了殿下的心愿。"

太子笑道："还是熊三爷说得好，是孤太落了大家的士气！"说着三人共同饮了一杯。

现在已经是傍晚，再熬六个时辰，时间说长也不长说短也不短。

这一个白天，整个皇宫都是死气沉沉的，好像有什么事要发生，大家都静气凝神，那些宫人话也不敢说，走路小心翼翼的……

太子三人此时正在勤政殿，之所以选在这里，是因为这里离前面的大庆殿最远，而且从勤政殿出去，过中德门，就是皇上的寝宫乾清宫，皇上现在正在那里"休养"。而且正好在前朝与后宫中间，若是真有突发状况，从中德门出去可以转移到宫外。

太子三人已经分析过了，以现在的情况，皇上再扳回局势的可能性很低，皇上重文轻武，手上虽有兵符，却无兵可号令，太子只看好令人捉摸不透的穆贵妃就好。

令他们担心的是有人趁乱夺权，不管是其他皇子还是朝中重臣，这些人极有可能趁机动手，现在可是个好机会。

天色已经有些发暗了，配上这阴沉的天气更让人喘不过来气，外面刮着大风也让人冷到了骨子里。

姜铎这个时候来大庆殿巡视一遍，也想将太子妃和掌珠等人接到集英殿。

集英殿就在勤政殿的右边，是皇上平时宴请大臣的小宴殿，也方便突发状况时逃离皇宫。

没想到姜老爷坚决反对，他在大庆殿待着才不会引起众人的怀疑，更何况，这次事情要是平息过去，姜家未来的走向也还要重新计划，他此时最好与大家有难同当。

姜夫人自是也跟着姜老爷，就是姜老爷劝姜夫人也不管用，姜夫人道："你我夫妻多年，感情虽不佳，但你是我夫君，我是你的妻子，本就应该有难同当，年轻时不曾随过心，现在老了，孩子大了，我也没有什么顾虑了，便在这儿陪着你吧。你身体本就不好，若是突然发病也好有个照应……"

姜老爷就只有叹息，他本就重病，也熬不过今年了，但是姜夫人一片深情……姜老爷拒绝的话也说不出来，因为这一别说不好就是生死离别。

太子妃则也要留在大庆殿，她是未来的一国之母，留下可以安抚大家的情绪。

姜铎见如此，也只能无奈应下："还请太子妃保重身体，太子也十分关心太子妃，太子当时便对在下说太子妃会过来，果然如此，实则令在下佩服。"

太子妃只是含笑点头，她都到这一步了，若是过去了便一步登天，她自是要把握。

姜铎便只将掌珠接到集英殿。

两人路上走着，掌珠并不在意身后的侍卫，握着姜铎的手，轻声道："藏锐，你放心，我不会死的。"掌珠跟随着姜铎去勤政殿，不是她怕死，而是为了若真有万一可以苟活下去，这个万一，就是姜铎或许会……

姜铎点点头，紧紧地牵着掌珠的手，承诺似的道："我知道，我也不会。"

两人相视一笑，不多说别的，这个时候他们的心意是相通的。

他们与姜老爷、姜夫人不一样，姜老爷与姜夫人颇有些看透生死的意思，而掌珠与姜铎还有很多事要做，小至宝还小，掌珠还想生一个孩子，姜铎还想带着掌珠大江南北地去看看，也还有些话要对掌珠说……

所以他们不能死，必须活着！

就算大军逼近，就算到最困难的时候，他们也都要活着！

在集英殿门前，掌珠道："若有万一，我在薄情庵等着你。"

姜铎点头，道："好。"

掌珠看着姜铎身影消失在官道上，心中虽有几分失落，但是更多的却是踏实，她知道，姜铎会保护她的。

这个男人也是她可以依靠的。

这一刻两人终于明白对方在自己心中的地位，他们或许不曾说过相爱的话，但是一个眼神间就明白了对方的心思。

不一会儿，掌珠居然感觉到脸上湿湿的，摸了一下眼睛，伸出手来，下雪了，他们就是在雪中梅林中相识的……

过了一会儿，掌珠只觉得雪越下越大，身上有些冷了，才叹了一口气转身进了宫殿。

才进宫殿，就见一个穿着灰色骑马服的女子在殿中，这人居然是姜兰娘！

姜兰娘个头比之前高挑了不少，看着很是飒爽英姿，性子越来越洒脱，笑道："路上接到大哥的消息，让我们快马加鞭，我本来应该在后面的部队里，但是实在担心三爷，便一同跟来了，好在我来了，还能保护你。"说着甩了甩马鞭。

她在熊家也学了些防身功夫，其实也算不上功夫，不过是比平常女子动作敏捷些罢了。

掌珠笑道："能看见你真好。"

姜兰娘也点点头，拉着掌珠坐下，叹道："我也是这么想的，刚才一路进来，我也是吓得够呛。"

掌珠拍了拍姜兰娘的手，两人才慢慢聊着……

此时，太子踏着大雪去了乾清宫，皇上还在睡梦中，看起来睡得很踏实，就好像从来没有这样踏实过似的，不过太子并不是去看皇上的，而是来看穆贵妃的。

若是今晚大乱，说不好以后他就没有机会见穆贵妃了，因此才冒险前来。

穆贵妃坐在偏殿的小庭中看着大雪，雪花纷纷扬扬的，身上已经是有不少雪花，穆贵妃却乐在其中，好像很高兴似的。

穆贵妃这个时候看着，确实漂亮，就好像是不小心落在凡间的仙女，太子也是一时愣住。

穆贵妃听见声音，转头看向太子，笑道："殿下来了，坐吧。"

太子与穆贵妃之间从来没有争吵过，但是两人都知道对方是劲敌。

太子看了眼小几上的茶盅，道："娘娘早就知道孤会来？"

穆贵妃倒了杯茶给太子，笑道："是的。你来问我为什么。"

太子坐下，道："正是。"

穆贵妃抿了口茶，笑道："因为我恨魏家、薄家，也恨穆家。"

太子看向穆贵妃，穆贵妃现在应该快五十了，但是看起来却和三十岁出头的女子一样，皮肤白皙得不成样子，太子想了一下，道："你也吃了'快活散'？"

穆贵妃叹道："殿下英明，我以前就想，若是我的孩子能有殿下一半聪明就好了。"

太子轻轻拍了一下小几道："你很清楚，你流产和我母后没有任何关系。"

穆贵妃看向太子，摇头笑道："殿下不懂女人的，真真假假，实实虚虚……"

太子微微皱眉，感觉这个穆贵妃也不是很正常，便继续问道："你到底为何如此做，弄得天下大乱！"

穆贵妃忍不住大笑，道："天下大乱？多谢太子褒奖，我得了这一评价就是死也值得了。"

太子看穆贵妃一副疯癫样子，猜测问不出来什么，便站起来要走。

穆贵妃停下笑声，轻声道："殿下，我说的是真的，我恨魏家、薄家、穆家才这样做的，我完全不明白为什么会有这些世家和贵族，又为什么我就非要入宫，可是哪里有那么多为什么呢？一切都是命……不过……皇上身上的'快活散'，最初可不是我给的……我也是后来才知道皇上一直在用这东西，我尝试了一下，吃了果然很舒服……哦，对了，甚至就是这段时间皇上身上的药剂加重也不是我干的……我只不过是陪着皇上一起吃罢了！前后这两人，太子心中猜猜吧。"

太子看着穆贵妃，觉得穆贵妃这个时候也没有必要骗人，心中也着实惊讶，但是并没有露出来，继续问道："为何恨他们？"对于这一点，太子还是不大相信，难不成就因为这个害得他母后出家，他弟弟惨死……

穆贵妃歪头想了一下，道："其实好像也没有什么，说出来也不过是贻笑大方，一切不过是因为求而不得……求而不得，舍而不弃……得之我幸，不得我命，我看，倒是应该反过来，得之我命，失之我幸……"

穆贵妃边说边玩着地上的雪。

太子摇了一下头，这个穆贵妃已经疯了，转身离去。

穆贵妃嘴里喃喃道："为什么恨……爱上不该爱的人却要入宫，为了入宫姐妹残杀，姨娘也死了……入宫后发现最后凶手居然是她，又发现自己不知道什么时候不能生孩子……以为是胜利者其实不过是一败涂地……呵呵……"笑着嘴角已经流出的血慢慢滴到洁白的地上，看着很刺眼……

茶中是有毒的，她为了引太子喝茶，都赔上自己了，结果太子还是一口没有喝，真是谨慎，不愧是薄皇后的儿子。

穆贵妃慢慢地躺在地上，抬头看着天空，一片片雪花落在她身上，希望这雪能洗干净自己……

太子从乾清宫出来，转身回勤政殿，路过集英殿，猛地想到了姜兰娘。

那个他曾经远远看过一眼，心中觉得很可爱的女孩，倒是个有魄力的女子，居然冒险与夫君一同回来。

太子笑了一下，不过多年看过一眼，没想到现在也没有忘记，真是令人惊讶。

他现在年纪不小了，又经过大风大浪，心早已经是坚硬，这个时候却生出一两分的苦涩，或许是因为穆贵妃的那些胡言乱语吧。

求而不得，舍而不弃……得之我命，失之我幸……

太子甩甩头，这个时候自是不能儿女情长。

太子只看了眼集英殿，便进了勤政殿，不出意料的话，今晚肯定会有人出兵试探的。

果然夜里，熊三爷的亲兵便擒了几个偷袭的士兵，太子下令，斩下头颅挂在大庆殿之前的丽正门上！看谁还敢在陛下重病时造反！

或许这个方法真的震慑了那些人，待到天要亮的时候，才有一小拨部队突击，试图进入皇宫，自是被熊三爷的亲兵杀尽，但是熊三爷的亲兵也就只剩下

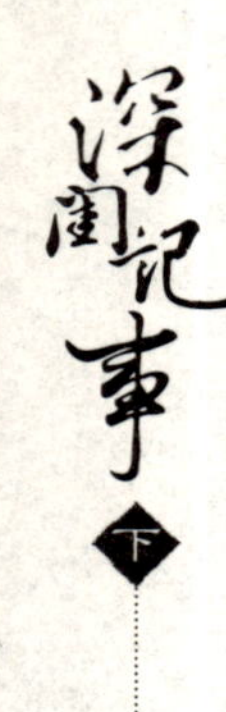

十五人了。

被杀死的敌军，也全部被割下头颅挂在门上，以儆效尤。

最重要的是，宫外有人想攻入皇宫，宫内也有士兵造反，只能庆幸皇上重文轻武，不然他们的处境更是困难。大庆殿已经有几个官员被刺杀了，这是想引起大臣们的恐慌，让太子等人乱中出错。

好在过了一个多时辰，熊家兵来了……

第十八回 雪化春来万事兴

雪已经慢慢化去，阳光下，好似一切都被清洗过似的，干净、明亮，天也渐渐暖起来了。

皇宫的那一夜，已经过去了十几日，一切又恢复平静，就好像什么也没有发生似的。

只不过是皇上病重，太子监国而已。

而已，这个词充分地表明了事情过渡得相当顺利和平稳，没有人提起那日所谓的废太子，也没有人说什么圣旨丢失。

当然，对于大家被困在大庆殿，皇家也总是要给个冠冕堂皇的理由。

皇上毕竟是在宴会上病发的，为了皇上的安全，甚至是大家的安全，才将大家困在大庆殿，直到证明皇上病发没有人为因素。

至于那一晚在丽正门前的头颅，这个说法自然还算是真实的，那些人都因意图谋权造反获罪，因此官员们在大庆殿也是为了保护他们，其实他们当中一些普通官员甚至都不知道那晚还发生了突袭，以及有一些官员还被刺杀了。

对他们来说，好在一切都过去了。

这事过去三日后，就传出穆贵妃因为照顾皇上过于辛劳，一病不起，又三日后，薨，以皇贵妃之礼下葬。

五皇子失足落水溺毙……

一切都在有条不紊地进行，待到开春的时候，太子已经无声无息地掌握了整个大魏的大权。

掌珠抱着小至宝在小花园中晒太阳，今年的春天来得比较早。

小至宝四周岁多点，很喜欢跑来跑去，掌珠先让丫头在地上铺上厚厚的毯子，才放小至宝下来，小至宝早就迫不及待了，一下地便高兴地跑跑跳跳，掌珠也跟着小至宝玩了一会儿，才坐在一旁看着小至宝玩。

小至宝也就这个时候像个小孩子些，平常的时候除了她，谁也不给抱，就喜欢自己闷头玩，姜老爷倒是偶尔抱会儿小至宝，但是现在年纪大了，姜老爷也抱不了了，只让小至宝坐在他的腿上，教小至宝念书，没想到小至宝也耐住性子，喜欢和姜老爷在一起。

只是现在姜老爷的病更重了几分，也不让小至宝过来了，担心传给小至宝病气。

掌珠看了眼蓝蓝的天空，一切都好像是新的开始，但有新的开始就必然有旧的逝去。

姜老爷不行了，自从那一晚回来，就高烧不起，这个时候那个什么“快活散”也已经不顶用了，而姜老爷也不想吃它了。

姜老爷希望自己走的时候是清醒的，最少不要和皇上一样分不清是非。

所以，姜老爷现在瘦得好似皮包骨，看着让人害怕也让人心疼。

姜夫人也在一旁伺候着，也瘦得厉害，从宫里回来后，感情越发地好，就好像以前都是假的一样。

掌珠在一旁看得心酸，这两人心中或许早就想亲近，只是那所谓的传言害了他们，或者从他们的心里也是愿意为那传言献身的吧。

姜铎在宫中已经好几日没有回来了，她知道，姜铎是在陪着太子处理事情，姜铎现在也终于如愿了，终于能一展抱负，掌珠心中也在为姜铎高兴……

正想着这些，就见那边过来一个女子，这般没有眼色怕也就只有清葫了。

掌珠几乎忘记了还有这样的一个女子。

在那一晚之前，掌珠从来没有将清葫放在眼里，她是看得出姜铎对这个女子是无意的。但是过了那一晚，掌珠与姜铎都明白对方对自己的重要性，掌珠就更不喜欢清葫了。

清葫与小金桃等人并不一样，她的眼中充满占有欲，这种感觉让掌珠感觉不舒服，好像有一种侵略感。

清葫一身橙色对襟长袍，外面披着一件棕色软皮斗篷，神色平静，见到掌珠屈膝行礼道：“少奶奶安好。”

掌珠点头道：“安好，起来吧。”

清葫却并不介意，反而站在一旁道：“大小姐看起来很是活泼。”这就属于没话找话了。

掌珠看了眼清葫，不知道这个清葫打的什么主意，好不容易外面的事平息了，结果家里还不踏实，真不让人省心。

掌珠随意点了一下头，并不应下话。

清葫并不退缩，反而直指目标，道：“奴婢听说大爷在宫中伺候皇上有些日子了，不知道可平安？”语气中充满担心。

姜铎留在宫中的原因对外宣称的就是伺候皇上。

在那一晚后，姜家和太子的意思都是继续保持之前疏远的风格，姜家与太子还是关系一般。

这样对太子和姜家都有好处。

只是这些清葫并不知道罢了，清葫只担心姜铎在宫中出现危险，毕竟以前在京城数一数二的何家，已经被太子以贪污之罪抄家了，虽然姜家不至于落个这样的地步，但是姜老爷现在身体不好，要想整治姜铎，对现在的太子而言也是比较简单的。

掌珠回道："大爷没事，不日回来。"

清葫微微皱了一下眉头，突然跪下道："不知道奴婢何处让少奶奶不放心了。"

掌珠示意一旁的奶娘和小丫头将小至宝带下去才对清葫道："你这是什么意思？"

清葫表情坚定，看着掌珠，道："奴婢知道自己的到来让少奶奶心中不舒服，但是奴婢保证奴婢对大爷并不敢宵想，能在少奶奶和大爷身边服侍，已经是奴婢的荣幸，奴婢不会再做其他不守本分的事，还请少奶奶放心。"

掌珠挑了一下案眉，她何时不放心了？更何况这话倒让掌珠想起了崔木槿，她也这么说过，这一个两个的心思真是不简单。

清葫见掌珠并不相信，又道："少奶奶只需看奴婢的表现，奴婢早就想明白了，与其招惹大人厌恶，倒不如投其所好……"语气中难免带着些哀怨。

掌珠心中很讨厌这个女人在自己面前装模作样，便道："好了，我知道了，大爷也不会有事的，你走吧。"

清葫看着掌珠，眼中也带着些怀疑，掌珠的表现也总是和她预计的不一样，她说的话虽然有一些是故意的，但是大多数还都是真心了，为何掌珠是这样的回应？难道不应该感激吗？

掌珠已经是不耐烦了，站起来转身离开，自有侍女过去搀扶清葫，扶着清葫回去。

清葫回到院里，正好看见小金桃也在外面散步，两人点了一下头算是打招呼，清葫也是看不上奴婢出身的小金桃的。

小金桃却是不在意，只笑着："清葫妹妹回来了啊，可是碰上少奶奶了？"

清葫随意点了一下头，便进院里了。

小金桃无奈地摇摇头，这个怕也不是少奶奶的对手，随即叹了一口气，大爷的心在少奶奶那里，谁又能成为少奶奶的对手？

掌珠回到竹园，居然看见姜铎抱着小至宝玩。

掌珠惊讶道："怎么回来了？"

姜铎将小至宝交给奶娘，笑道："怎么，我还不能回来了？"

掌珠嗔笑地看了眼姜铎，道："真是的，我不过是惊讶说了句罢了，倒惹你不高兴了。"

两人现在已经是随意了不少，掌珠也喜欢耍耍小性子，姜铎也喜欢逗弄掌珠。

姜铎从掌珠背后搂住她，道："好好，是我的不是，我是想你了，才回来了。"

这种露骨的话，姜铎很少说，掌珠耳朵有些红，挣脱姜铎的怀抱，转身道："也有不少人想你呢。"这句话说的是清葫，掌珠心中自然是有些醋意的。

姜铎早就将清葫忘到爪哇国去了，自是也想不到这句话说的是清葫，只当是在说姜夫人和姜老爷，姜铎便问道："父亲，身体可好些？"

刚才那句话也是掌珠随口一说，姜铎没有听出来也就罢了，便道："还是那个样子，倒是母亲累坏了，过会儿你也过去请安吧，想来他们这几天没见到你也是担心的。"顿了一下，道，"宫里还好？"

姜铎点头道："没事，太子已经控制好了，就是现在杂事颇多，我才需要帮忙的，过了这几日就好了。”

掌珠点头道：“那就好，我想着既然已经没事了，不如就将莲娘妹妹给接过来吧。”何家已经倒了，那个所谓的指婚也就没有了，大不了再请太子指婚一次也行。

姜铎点了一下掌珠的鼻子，笑道：“你我倒是想到一块去了。”

掌珠拍了一下姜铎的手，两人相视一笑，便一同去了松院请安。

将姜莲娘接过来自是没有问题，现在小五爷也已经快五周了，听说身子骨很好，肯定不像之前那般怕苦，更何况现在看着小至宝没有事，那么小五爷就更没有事了，姜三夫人自是希望接姜莲娘过来，现在局势很不错，可以给姜莲娘寻门不错的婚事，最好要赶在皇上驾崩前……

宫里到底发生了什么事，姜三夫人不知道，但是知道姜家非但没事，怕是还要继续飞黄腾达，这就让人放心了。

不过既然接姜莲娘了，那么周书慈和红榴等人是否也接过来呢？

周书慈是二房的人，接不接要看二房的意思。

但是红榴等人，姜铎的态度就是不接，而且也很明确地说了，就让他们一辈子在江南吧……这句话就明确地告诉红榴，恕少爷是没有继承权的。

听说后来红榴听到这句话后，直接晕过去了，等到红榴病好了，那时候已经是五月了，姜莲娘带着小五爷已经到京城了。

与姜莲娘一起来到京城的除了小五爷，还有周书慈。

周书慈变化还是挺大的，并不像以前那般不懂眼色，除去了几分稚嫩，看着成熟了几分，但是身上却总是带着一股怨气。

周书慈本就不笨，等到人走了，也就发现自己原来是被抛弃在扬州了，这时想再来京城已经晚了，更何况二房也去了直隶，周书慈想哭都没地哭去。

周太夫人更是派婆子骂了周书慈一顿，又留下身旁的婆子给周书慈使唤，只告诉周书慈她是正室，上了族谱的，不用担心没有机会上京，先把扬州这边给整顿好了再说。

周书慈笑着对姜夫人道：“听闻妹妹要上京，我这个当嫂子的很担心，这才护送着妹妹上京，我已经给我婆婆和夫君写了信了，还请大伯母见谅。”

姜夫人笑道：“侄媳妇太客气，难为你一片心意，你也不用着急，就先在这边住着，等着你婆婆她们过来接你。”

周书慈笑道：“多谢大伯母了。”

姜三夫人也笑道：“是该好好谢谢你大伯母，知道你过来特意打扫出一个院子，也多亏你有心一路照顾着莲娘。”其实周书慈为什么“送”姜莲娘，大家心里都明白，姜三夫人这语气中就带着些嘲讽，明明是莲娘好心带周书慈过来，到这女人嘴里却又变了。

周书慈知道自己说的话不周到，惹到姜三夫人了，连忙道：“也该好好谢谢三婶娘的，我这见到大家也是一时高兴，倒是疏忽了。”说着眼中竟然水盈盈的。

姜夫人和姜三夫人对视一眼，这周书慈的变化倒是大。

周书慈说完抹了抹眼睛，笑道：“看我，怎么说起这个了。”然后对着掌珠道，“大嫂，怎么没把小至宝抱过来？我好长时间没见到她，在家就想着她呢，闲来没事也做了几个布偶，过会儿我给大嫂送过去，希望大嫂不嫌弃。”

掌珠笑道：“多谢弟妹了，弟妹才来，还是先好好休息，这些不着急呢。”

周书慈刚要说话，姜夫人就道：“还是掌珠说得对，你们舟车劳顿，还是先回去休息吧。侄媳妇要是有住得不舒服的，就直接和你大嫂说，就和在自己家里一样，别客气。”

周书慈笑着应下，心中却有些苦涩，说是等着二房过来接她，但是其实二房根本就不知道她跟着姜莲娘入京，指不定根本就不想接她来呢。

姜莲娘带着小五爷在一旁，一直都很安静，快两年的时间，姜莲娘被历练得越来越有当家主母的范儿了，小小年纪，看起来娴静沉稳，可不是同龄人能比的。

最少周书慈在姜莲娘身边，就被比下去了。

姜三夫人看着姜莲娘这样，心中也很高兴，连小五爷都不怎么注意。

小五爷被姜莲娘教导得也很好，不认生，只安安静静地站在一旁，看着比小至宝懂事很多。

虽然只是多了三个人，但是实际上却要准备两处院落，周书慈代表着二房，自是要安排出一个院落。小五爷毕竟是男子，也要准备一个单独的小院，这安扬王府就显得有些拥挤了。

姜老爷便发话让三房搬出去住。

这意思也就是分家，姜老爷知道自己也没多少日子了，干脆这些得罪人的事他就先帮着姜铎干了就成。

其实以前在扬州的时候已经分家，只是还住在一起罢了，现在只不过是放到明面上，不然姜铎是未来家主，却与叔叔们住在一起，以后肯定是不好行事的。

姜老爷做主，在京城给二房、三房买了两处大宅子，什么时候想搬过去就可以搬过去。

二房虽没在京城，但是周书慈不是在吗？关于宅子的安排，正好周书慈可以做主。

周书慈想在婆婆夫君面前表现，自是好好地整理，这掏的自然是自己的私房钱，反正周家有的是钱。

三房那里，只有姜三夫人还有些放不下管家权力，但若是姜老爷去世了，姜夫人自然也不会管家的，大房人并不多，根本就用不着姜三夫人帮着管家了，只是好在姜三老爷继续帮着大房管那些铺子。

姜三夫人想着姜莲娘还要出嫁，她也要照顾小五爷，心里才舒服许多。

待到八月的时候，三房已经从安扬王府搬出去了，离得也不远。

周书慈则还留在安扬王府，其实二房那里也整理好了，只是姜夫人实在担心周书慈一个人住在那里，虽有奴仆，但是并不多，也是新买的，因此就先将周书慈留在了安扬王府。

周书慈便时常地去找掌珠聊天。

这一日，周书慈边和小至宝在一旁玩，边对掌珠道：“大嫂，我前日看见你们屋里的那个清葫着。”

掌珠不在意地道：“她是喜欢在池子那边散步，北方的水毕竟少些。想来是想家了。”

周书慈看了眼掌珠，她以前最是看不上掌珠，但是奈何人在屋檐下不得不低头，她在扬州老家也想了很长时间，怎么这个掌珠就处处招人喜欢呢？

周书慈想了一下，才轻声道：“但是我看着她眼神总是瞟着门口，好像是在等谁似的，是在等大伯吧……”说完又马上道，“我也就是瞎猜的，大嫂可千万别和大伯吵架，不过，倒是要好好注意呢。”

掌珠看了眼周书慈，对奶娘道：“小至宝该吃奶了吧？”掌珠点点头，怪不得清葫总去那湖边，原来真是等人呢，等的除了姜铎还能是谁？

从大门进来，若是先回竹院就必然要经过那湖边的，之前她倒是没有想到，因为姜铎通常都是先去松院请安的，但是若万一……

奶娘连忙道：“老奴带着大小姐吃奶。”

周书慈便坐到掌珠身旁，等到奶娘抱着小至宝出去后，周书慈才道：“大嫂别怪我多嘴，我远远瞅着那位清葫姑娘，相貌、身段倒是好的，纳妾纳貌，也不必放在心上。”

掌珠看向周书慈，笑道：“多谢弟妹了，我会注意的。”

周书慈笑道：“我也是白提醒，大嫂心思玲珑，怕是早就知道了，只是我想着大伯毕竟还没有儿子，若是万一让她先占了……”接着低声道，“其实我倒是看着那个小金桃不错，大嫂可以考虑考虑。”

这话掌珠等到周书慈走后才明白过来，在别人眼中，姜家是庶长子继承家业的，既然红榴的恕少爷被留在江南，那就要别人再生个儿子了。

掌珠失笑摇摇头，这些人果真都被这祖训吓怕了，难道她就不能生个儿子了？

说来也巧，今日姜铎回来就是先回竹院，正是从湖边走过，也“正好”遇见清葫。

清葫见到姜铎，很高兴，上前一福身，笑道：“大爷。”

姜铎点了一下头便想走，但是清葫却继续道：“这段日子奴婢知道大爷在宫中照看陛下，想来一定很辛苦。奴婢也一直很担心。”最后这一句说得很轻。

姜铎道：“你不必操心这些事，只踏实着住在这儿就好。”说完抬腿就要走。

结果清葫却继续道：“大爷，奴婢一直挂念您……”

姜铎皱了一下眉头，站住，看向清葫，清葫比起前些日子有些瘦了，现在天气也凉了，清葫每日都在湖边，身体难免也不大好，看着孱孱弱弱的，更多了几分南方的纤细，招人怜爱。

这个女人他最初确实因为心中的一丝怜爱才将她收为外室，更多的也是纾解心中的烦闷，现在已经是没有那种感觉了。

这种无骨的女人不过是让人一时迷恋罢了。

姜铎心中叹了一口气，终究是他之前太年轻了，便道：“我本是不打算将你收进府里的，偏偏少奶奶可怜你，才准了你入府，既然进来了就好好地住着吧，以前的事不要想了。”

清葫脚下蹒跚了下，眼中的泪，瞬间流下，她是万万没有想到姜铎会这样无情，当年的情意说没就没了。

姜铎看清葫这个样子，道："你若是不愿意，我给你一笔钱，你回你哥哥那里也好，要我帮你物色个好人家也是可以的。"以清葫的相貌，再嫁给一个富商为继室也是没有问题的。

只是不能嫁到江南和京城了，但也算是个好选择了。

清葫一听，连忙跪下，哭道："还请大爷收留清葫，清葫没有别的想法，只想一心一意地跟着大爷。"

姜铎有些不耐烦了，刚要再说狠话，清葫又道："奴婢以后自是不敢打扰大爷的，奴婢只想远远地瞧着大爷，还请大爷圆了奴婢的心愿，奴婢是大爷救的，奴婢对天发过誓，愿意为大爷当牛做马。"

姜铎道："既如此，以后就踏实住着吧，没事不要上前面来。"

清葫失魂落魄地跌坐在地上，道："是。"

姜铎微微点了一下头，快步离开。

清葫看着姜铎远去的背影，心中如针扎般难受，她是真的一心一意地爱着他的，从来没有想过地位、身份……她只希望他偶尔分给她一个眼神就好，一句话也行……为何这样还是不可以？

姜铎到了竹院就见掌珠在绣小物件，掌珠其实很少做这些绣活，想来是给小至宝绣吧，不然哪里用得着掌珠动手？

就见掌珠穿着一件黄色绣秋海棠的长褂，下边是银色百褶裙，低着头，露出一节白嫩的美颈，落下一绺长发，看着多了几分妩媚。

掌珠就是这样矛盾的女子，明明就是端庄的，但是总是勾得人心中痒痒，看着是柔弱的，但是骨子里却是坚韧的。

姜铎忘不了掌珠和他说"放心，我不会死"这句话时的表情，明明柔柔弱弱的表情，但是眼中却是那般坚定，那个时候他才深刻明白，眼前的女人从没有依靠过别人，她是独立而美好的。

姜铎一时愣神，这个时候哪里还想起刚才见到清葫这个人。

掌珠绣了最后一针，抬头，正好对上姜铎的目光，温柔一笑，道："今日回来得早。"

姜铎回过神来，到掌珠身旁，将掌珠那绺长发抿到耳后，道："我今天先回竹院了。"

掌珠一愣，笑道："碰到清葫了？"其实这句话更多的是好奇，掌珠从来不觉得每日在同一个地方等着一个人是件浪漫的事，在她眼中，只有闲人才会这样。

这下换姜铎惊讶了，问道："你怎么知道？"掌珠并不是那种会派人监视他的人，掌珠这个人喜欢阳谋，从来不弄这些小把戏。

掌珠道："她日日去那湖边散步，天气都凉了也是如此，我便猜测怕是等你了，果然，也亏她有毅力。"

姜铎轻轻捏了一下掌珠的脸颊，道："你这是……吃醋还是夸赞？"姜铎可不相信掌珠会吃醋，这倒让他有些不舒服了，奇怪，这不应该让掌珠不舒服吗？

掌珠笑着摇摇头，拿着绣活站起来，原来是一条腰封，青蓝色的上面绣着平安扣，细看，还用蓝色丝线绣了暗纹，看着既不惹眼又相当精致，这原来是给他绣的，掌珠笑着将腰封给姜铎围上，打量一番，才道："藏锐这些日子好像是瘦了。"

姜铎也没有想到这是给自己绣的，就先把刚才的话题放下，问道："你什么时候开始绣的？何必费心做这个，不是有绣娘吗？"

掌珠笑道："过年前就给你绣了，想给你做生日礼物，结果事太多就耽搁到现在了。"

姜铎拿起腰封，很是高兴，掌珠的绣工其实是相当好的，当年绣的万马奔腾，就相当漂亮，后来他勾着掌珠绣东西给他，都被掌珠拒绝了，掌珠说她不喜欢刺绣，姜铎也就罢了，没想到……

掌珠看着姜铎高兴的样子，忍不住道："不过是条腰封罢了，你若喜欢，我明日再绣几条。"她以前不想绣确实是不喜欢刺绣，也觉得绣这个太麻烦，这个也是她突然起兴的。

姜铎将腰封收起来，笑道："不必了，太费眼了。"说完，拍了一下手道，"有一个好消息差点忘记和你说了，本来先回竹院就是为了先告诉你呢。"

这个时候，掌珠竟然都没有把清葫放在心里，掌珠觉得，清葫若是能勾到姜铎的心，她管不管也没有用。掌珠问道："什么好消息，莫非……"姜铎是从宫里回来的，莫非是太子终于要登基了？

姜铎也猜到掌珠所想，道："和他人无关，是我和你的事。"

掌珠皱着眉头想了一下，摇摇头，道："藏锐还是快说吧，不要卖关子了。"

姜铎却是不急了，坐下，笑道："你先给大爷倒杯茶，一进来一口茶都没喝呢。"

掌珠嗔笑地看了眼姜铎，见姜铎不为所动，掌珠无奈地倒了一杯茶，道："大爷，还请用茶。"

姜铎摇头晃脑地抿了一口，道："娘子倒的茶就是格外香！"

姜铎已很少这样孩子气了，掌珠见姜铎这样就知道真的是好消息，连忙道："藏锐，到底是什么好消息？"

姜铎这时也不卖关子了，道："今日太子对我说，待到局势稳定，就让我带着人去周游列国。"

掌珠一愣，眉头微微皱，并不说话。

漂泊在外这算是什么好消息？

而且还是去其他的国家，这若是有个万一……

这些就算都可以接受，可是，姜铎的抱负也并非这个，姜铎更适合经营或管理什么。

更何况，这个所谓的局势稳定，应该就是指太子登基后，姜铎被外派，那相当于将他脱离了太子的核心，太子这是要干什么？卸磨杀驴？

或许掌珠表现得太明显，姜铎已经看出掌珠的担心了，姜铎握住掌珠的手，道："别多想，不过是去三五年，我可以带你一起去，你不是想游历大江南北吗？"

掌珠道："总不能这是为了我吧……"掌珠实在想不通姜铎为何这样高兴，姜铎的抱负就在眼前了，却……

姜铎拍了拍掌珠的手，道："也可以这么说。"

掌珠连忙道："你不必为了我如此的，不值当。"

姜铎笑道："为了你怎么值当，而且这并不单单为你。"顿了一下，道，"这也是为了姜家，姜家与太子府一直都是势不两立，而且将来明面上也是打算这样的，太子明面上是需要一个劲敌的，这个最好的人选就是姜家。将来太子登基，如果不对姜家做什么处置，是堵不上悠悠众口的。那么，把我外派，就是最好的。事实上，太子也需要我去一趟，闭关锁国这一套以后是不行的……"

掌珠这才松了一口气，道："我还当真以为是为了我呢。"她心中自是喜欢出去走走的，能有这个机会是最好的。

姜铎笑笑没有说话，其实还有其他选择，这个周游列国是给温润晁准备的，但是他想，趁着自己年轻，就带掌珠四处走走，以后只会越来越没有时间的。

姜铎嘱咐道："我只先告诉你，你不必说出去呢，外面要是有闲言碎语也不必放在心上，就连母亲那也不必多说的。"

掌珠笑道："我知道，你放心，我可不是小孩子。"

说完这事，两人去松院请安，姜铎单独与姜老爷说了会儿话，想来怕也是和这个有关。

在松院，其实气氛并不凝重，姜老爷和姜夫人也都不许别人愁眉苦脸的，两人现在很珍惜这最后一点时光，对他们来说，多一天就是老天赏赐的，这样一想，姜老爷的状态还就好了很多。

连大夫都被姜老爷赶走了，每日只赏赏花、逗逗鸟，听说前几天晚上还和姜夫人一起熬夜等着昙花一现呢。因此大家的状态也都轻松得很，有时都会忘记家中还有病人。

但是姜老爷不过是撑着最后一口气，想来是等着宫中的那位呢，姜老爷到这个地步多半都是因为宫中那位。

皇上两字现在就好像是禁词似的，都换成宫中那位了。

姜夫人虽然瘦了很多，但是现在却神采奕奕的，好似重活了一回似的。

屋里姜铎和姜老爷说话，这里姜夫人也轻声对掌珠道："这几日就多带小至宝过来看看你公公吧，你公公最近总是提起小至宝，他们爷俩也投缘……也让你公公走得踏实点。"

听姜夫人的话音，这姜老爷怕是熬到最后了。

掌珠心中酸涩，但是姜夫人却没表现出来什么悲伤，见掌珠这样，反而笑道："你也不必伤感，用你公公的话，就是他活够本了。"姜夫人还想说，唯一的遗憾，就是没有见孙子，但想了想还是没有说出口，这个时候何苦再加重掌珠的压力？

便转移话题道："我想着，过几日太子妃那边怕是会给咱们下帖子，你也准备准备，趁着现在还能出去见客便去吧。"说来太子还是欠着姜家的人情，当然也可以说姜家从龙有功，总之这两家是紧密得很，太子总会有表示的。

还真让姜夫人说准了，过了八月十五，太子妃便请姜少奶奶陈掌珠、熊三少奶奶姜兰娘、温少奶奶软玉去太子府赏月。

众人却将目光放在掌珠身上，因为已经有人暗中传，太子为何监国，还不是一怒为红颜？听说元宵节那晚，太子与掌珠有过私情……当然，这话也只是背地里说说罢了。

之前被嚼烂的流言又起来了。

其实这也是太子妃没有马上邀请姜家的原因，现在宫中那位就要不行了，听说姜老爷也要不行了，再晚，怕就没有时间了。

太子府能平安走到现在，是少不了这三人的夫君的，男人们之间自有约定，但是女眷们也是需要安抚的，不然她这个太子妃岂不真的成摆设了？

这一次掌珠来太子府看到的景象，可与上回完全不一样。

即使太子已经搬回东宫，但是宫外的太子府还是车水马龙，好不热闹，好在太子妃手腕厉害，已经是办得妥妥当当，只等着入主中宫。

掌珠、姜兰娘、软玉被安排在后院正房的大厅里，这大厅布置得富丽堂皇，与掌珠那次来时的低调完全不一样，从这大厅可以看到不远处的池水，自是也能看见天上的明月。

此时太子妃还没有来，掌珠便看着远处的池水，虽然天色已晚，但是池边立着宫灯，将半边池水照亮，颇有种半江瑟瑟半江红的感觉，这太子妃也是个喜欢风雅的。

姜兰娘只坐在一旁喝茶，软玉则走到掌珠身旁，笑道：“姜少奶奶，好久不见，近来可好？”

掌珠能感觉得到软玉对她的试探，想来也是为了阿路，只是掌珠还是觉得与其把功夫下在她身上还不如去讨好阿路简单。

掌珠笑着点头道：“很好，也许久不见温少奶奶了。”掌珠不过是跟着客套一句，就听软玉半埋怨道：“妾身在江南尚且不受人待见，在京城这种繁华地方，更是如此了，因此只在家中闷着，也没有拜访你。”

掌珠只是笑了笑，并不多说什么，软玉若是喜欢自我作践向上爬，她也管不着。

这时太子妃带着侍女进来，掌珠三人皆行礼问安。

太子妃连忙笑道：“你们不必拘束，本宫倒是应该感谢你们呢，快快请坐。”

掌珠坐下，就见太子妃今日带在身边的居然是姜荷娘，只是姜荷娘脸色并不好。

说来也对，下面坐着的三人一个是嫂子，一个是堂妹，还有一个曾经是歌姬，她这个堂堂的姜家大小姐却要站在一旁，自然觉得难看。

掌珠低头抿了口茶，悄悄与姜兰娘对视一眼，两人心中明白，这姜荷娘在太子妃手底下没讨到好，不然这种差事不会是她跟着来，倒是一直在太子妃身旁的温柔嘉没有跟来，这两人在太子府的地位高下立见。

软玉更是个八面玲珑的人，见这架势也猜到了，就觉得姜荷娘肯定是蠢的，抓住男人的心固然重要，但是也不能将当家主母得罪了，毕竟和太子妃在一起的时候肯定要比和太子的时间长的。

太妃笑道：“今日除了赏月还有一事，虽说外面的事都有男人们撑着，但是本宫还是要以本人的名义感激各位，若是没有你们……”

姜兰娘爽快地笑道：“太子妃太客气了，我们并没有做什么，做的都是应该的，太子妃再这样说下去，倒是要我们坐立不安了。”

太子妃看向姜兰娘，按道理来说，这里面就姜兰娘年纪小，但是也最重要，姜家与温家都是太子的嫡系，只有熊家，大家不过是因利走在一起，熊家是独立的熊家。

软玉也跟着笑道：“熊少奶奶说的就是这个理。”软玉虽然见过不少大世面，但是面对的毕竟是太子妃，她心中多少有些忐忑，只看熊少奶奶怎么做她就怎么做就是了，至于掌珠那边……软玉也说不清姜家和太子府的关系，因此并不掺和。

掌珠只默默地喝茶，不置一词。

太子妃笑道：“是本宫言重了。”说着端起酒杯，自有宫人为掌珠三人呈上酒杯，太子妃道，“不管怎么样，本宫记下三位了，他日若有用得着孔家，便只和本宫说就好。”说着饮下这一杯酒，三人也自是饮下。

太子妃是孔家教育出来的，又是太子妃，因此对于应酬并不在行，这场面就有些冷落，好在大家都不在意，也都不觉得不自在，只软玉与姜荷娘觉得不舒服，总感觉别人在打量自己似的。

一顿不言不语的饭总算吃完了。

太子妃才对姜兰娘笑道：“你与你姐姐也好久没见面了，想必一定有很多话要说吧，便去花厅聊会儿吧。”

姜兰娘当初为什么嫁给熊家，她们心中都知道怎么回事，姜兰娘与姜荷娘肯定不会姐妹情深，就算姜兰娘现在嫁得好了，心中也不会待见姜荷娘的，原来这太子妃作践姜荷娘，是为了讨好熊家。

好在姜兰娘并没有打算作践姜荷娘，站起来笑道：“好久没见荷娘姐姐了，确实有不少话要说呢。”

太子妃对姜荷娘点点头，姜荷娘才跟着姜兰娘去了花厅，只是脸色更是不好。

大厅中留下软玉与掌珠，太子妃不咸不淡地与这两人聊天。

太子妃并不待见软玉，软玉也感觉到了，心中虽觉得耻辱，但是也无奈，她身份摆在这儿呢，以后也永远不可能洗刷掉歌姬的污点，以前纵使知道差别，但是也没有今天这般感受明显，或许……太子妃今日的用意就是这个？

软玉猛然想通了什么，只觉得全身冰冷，她，其实是不适合温少奶奶这个位置的，软玉已经无心听着太子妃与掌珠笑谈了，便站起来道：“妾身见这池中的荷花开得好，便想去近处赏赏……”

太子妃连忙笑道：“本宫也是觉得这池中荷花好看，说来这池中的荷还是殿下为了荷良娣种的呢。”话说完，就有一位穿着粉衣的女子过来屈膝，看打扮应该是太子的妾室，太子妃道，“你带着温少奶奶去赏荷吧，若是想听曲子看戏只管传。”

那女子柔声道：“是。”

掌珠一旁看着却觉得这女子有些眼熟，太子妃见状，就解释道：“她，你也是见过的，以前是荷良娣身旁的侍女，后来殿下喜欢，就收用了。”

哦，是那位扮姜荷娘的女子。

那女子又朝掌珠屈膝行礼，掌珠侧身只受了一半礼，那女子才带着软玉出去了。

掌珠才对太子妃道："不知道太子妃想和妾身说什么。"不然不会支开软玉的。

太子妃一愣，笑道："姜少奶奶真是聪明，难怪殿下如此赏识你。"

掌珠微微皱眉，软玉对她有敌意，她理解，只是为何太子妃对她似乎也有些敌意呢？

太子妃继续道："姜少奶奶你应该明白本宫为何如此对待软玉吧？"太子妃并不称呼软玉为温少奶奶。

掌珠挑了一下眉，道："因为她的身份？"

太子妃点头道："她能成为温润晁的妻子不过是运气好，正好需要而已，现在已经过去了，她也该让贤了。"顿了一下，太子妃又道，"并不是本宫卸磨杀驴，只是软玉为妻，带来的不仅仅是别人对她的侮辱，也带来了别人对温家、温润晁的轻视，她撑不起来的，本宫也不会亏待她，一个贵妾便是八辈子修来的福分。"

掌珠心中叹了一口气，道："希望如玉公子能领太子妃的情。"

太子妃就觉得心中堵了一口气，温润晁确实不同意休妻，太子妃抿了口茶，压下心中的怒气，才道："本宫只是想提醒你，姜少奶奶，有的时候要看清自己的身份，不要妄想不属于自己的东西。"

掌珠看向太子妃，平淡地道："太子妃好像误会了什么。"

太子妃笑道："希望如此吧，本宫再次感谢姜少奶奶与姜家的帮助。"

掌珠道："太子与妾身的夫君是好友，情分不比寻常，太子妃不必再谢了。"

太子妃望着掌珠，过了会儿，才道："希望姜少奶奶一直都如此聪慧。你应该也想和荷良娣说会儿话吧，请吧。"

掌珠虽不想和荷良娣说话，但是也不想与太子妃在这里磨叽，便屈膝离开。

太子妃如此失常，怕只有一个原因吧，太子妃也信了外面的传言，但是……掌珠还是觉得有些不可思议，太子妃并不像那种偏听偏信的人，掌珠刚走两步，就明白太子妃为何会相信了，因为太子不知道什么时候站在她面前了，其他的宫女也都不知去何处了。

掌珠后退一步，行礼道："参见太子殿下……"

太子挥了一下手，道："起来吧，不必如此。"

掌珠这才站起来。

太子见掌珠这样谨慎，忍不住笑道："莫非你也不相信孤？"

掌珠回道："妾身与夫君都是相信殿下的，只是瓜田李下，为了殿下的名声也该避嫌的。"

太子看着掌珠，点点头，道："是该如此的，不过这次，孤确实是来这里等你的。"

掌珠惊讶地抬头看着太子，太子还是一身明黄色的朝服，与之前的懦弱和最早的阴邪都不一样，现在更像一朝太子了。

太子邪邪一笑道："当然，与风花雪月也无关。"

这才像当年的太子。

掌珠只看着太子，眼中并没有慌张，从心里来说，掌珠也不觉得太子是见色忘义之人。

太子笑着摇摇头，道："孤只想让你劝劝藏锐。"

听到丈夫的名字，掌珠表情才凝重，问道："什么事？"

太子道："关于周游列国的事。"

掌珠这才明白原来周游列国真的是为了她，太子再说什么，掌珠已经听不进去了，心中慢慢是感动，她甚至有一种想哭的冲动……

过了一会儿，掌珠才发现太子没说话，掌珠道："妾身会劝劝藏锐的。"

太子眼神一亮，道："那就交给姜少奶奶了。"

掌珠慢慢地摇头道："妾身并不敢保证能说服藏锐。"

太子挑了一下眉，道："哦？"

掌珠回道："妾身想，藏锐做的任何选择都是有他的原因的。他不是一个为情而放弃一切的人，他有他的考量，但是妾身一定会劝他的，只是也有可能会被说服，就像殿下一样。"太子不被姜铎说服，是不会让她劝姜铎的。

太子无奈地摇头笑笑，道："罢了，你们夫妻自己决定吧。"说着便转身离开，掌珠目送太子离开后，想到姜铎做的，脸上还是情不自禁地带着笑意，左转，去花厅，却正好见姜荷娘就在岔口处，一脸受伤的模样……

很明显，看姜荷娘的样子，她是误会了。

掌珠收起眼中的笑意，恢复平常冷淡的模样，想了一下，还是解释道："希望荷良娣不要误会。"这姜荷娘可能是刚站在那儿，根本就没有听见他们说话，只看见了她和太子站在一起。

姜荷娘怒气冲冲地瞪着掌珠，冷笑道："真是姜家的好少奶奶，居然做出这种事来。真是丢姜家的人！"

掌珠眯着眼看向姜荷娘，道："荷良娣最好清楚自己身处何地，在与谁说话，说的又是什么话，免得日后后悔。"

姜荷娘顿了一下，今天可是为了答谢姜家，才请的掌珠，她是不能得罪掌珠的，姜荷娘咬牙道："不过是命好，嫁了个好人家，但是我也要告诉你，你可别不识抬举妄想攀高枝！"她刚才看得出来，掌珠眼中是含情的，虽然她没有看见太子的神情，但是太子三番四次地对这个女人另眼相看，恐怕也是有些动心的。她是了解太子的，太子要是看上了某样东西，怕是非弄到手不可，她不就是这么进的太子府吗？

姜荷娘这样一想，就觉得千万不能让掌珠入宫，掌珠这人心机重，到时若是成为对手，她不见得会有胜算的。

在姜荷娘心中，皇上就是万能的，普天之下，莫非王土，率土之滨，莫非王臣。更何况是个女人，到时候掌珠来个假死，也就入宫了，对姜家来说面子上虽然不好看，可是她自己也不就这么入宫了吗？更何况是掌珠。

掌珠并不知道姜荷娘是这样想的，但是却知道姜荷娘肯定是误会了，掌珠也不愿与这个拎不清的人争辩，这人要是太子妃的话，她还勉强解释一番，掌珠便道："荷良娣若是没有其他事，妾身就不久留了。"说完便想转身离开。

姜荷娘道："等等，我当然有事。"

掌珠看向姜荷娘。

姜荷娘道："我不知道姜家是怎么帮助太子的，但是既然已经有和好的可能就和好，太子可是未来的皇上，之前得罪他了，现在还是趁机好好表现一番吧。你也劝劝大哥和父亲，该弯腰的时候就弯腰吧。我这边也会在太子旁边求情的。"

掌珠挑了一下眉，这姜荷娘其实更多的是为了自己吧，不过这也情有可原，掌珠道："外面的事妾身向来是不管的，荷良娣也就不要多费心了，好好伺候太子殿下吧，朝政上面的事可不是你我能决定的。妾身告退。"说着屈膝行礼，转身离开。

气得姜荷娘一句话也说不出来，姜荷娘恨恨地跺了一下脚，罢了，反正姜家也和她没有关系，等到姜家惹怒了太子，她再出来说几句话才会显出她的用处不是？

现在最主要的是怎么断了掌珠与太子的念想，可惜崔姨娘不在京城，不然也可以想想法子……

掌珠这边则回了大厅，大厅中除了宫女并没有其他人，掌珠就还坐在那个位子上看着外面的池水和明月，今日赏月才是最重要的。

掌珠心中不免想起太子所说的，也想起了姜铎所说的，但是正如她对太子回答的，她相信姜铎有他的原因，并不是单单因为她想周游列国。

不管是姜铎还是她，都不是那种不理智、为了爱情会放弃一切的人，他们明白，有的时候还有其他更重要的事。

或许也因为这样，她和他才更觉得对方是最合适自己的。

想到这儿，掌珠脸上带了些笑意，她很高兴自己嫁给了姜铎，若是当初选择了阿路，或许就不会这样了吧，阿路的性情更自由一些，愿意跟着心走……

其实或许像软玉这种性子的人才适合阿路吧，软玉是个坚强的女子，愿意为了爱情放弃一切，正想着，掌珠就见池边站着两个女子，定睛一看，应该是软玉和……温柔嘉吧……

毕竟软玉是温柔嘉的大嫂，这两人肯定有话说。

掌珠猜得不错，正是这两人。

温柔嘉笑道："其实今日请大嫂来，是我的主意，希望没有给大嫂带来麻烦。"

软玉回道："没什么麻烦不麻烦的，妾身已经习惯了，就是不知道大小姐有什么事要吩咐妾身？"软玉自知身份，因此对温柔嘉更是恭敬。

温柔嘉笑道："大嫂只称我柔良娣便罢了。"

软玉笑笑，并不作声，她这个小姑子可是个厉害的，在太子府混出一片天地来，更重要的是居然能讨得太子妃的全心信任，这是很不容易的。

温柔嘉也不和软玉客套了，道："我今日找大嫂来，也是有一事相求，想来大嫂也知道了，太子是打算为大哥重新指门婚事。"

软玉一听，心"咯噔"一下，好在之前就做好心理准备了，但是这心仍好似针扎一般，良久，软玉凄然一笑："太子贵为天子，我一个弱小女子又哪里敢不听？"

温柔嘉轻蹙眉头，道："我是知道大嫂最是知礼的，你为温家付出的，温家必定会记得，不会亏待大嫂的，今日我喊你一声大嫂，你一辈子就是我的大嫂，只是温家必然要有位温少奶奶装门面的……"

软玉挥手道："柔良娣不必说这些了，这些妾身明白，妾身自是不会霸占这温少奶奶的位置。”

温柔嘉叹道：“只是大哥他并不同意休妻的。”

软玉的心除了疼似乎终于有了些甜的感觉，只是这甜意过去了就更加显得心痛，软玉喃喃道：“他有这个心，我这辈子就算没白活。”顿了一下，坚定地道，“柔良娣放心，妾身会说服他的。就算说服不了，我也会自请下堂的。”

温柔嘉露出满意的笑容：“大嫂，你的恩情柔嘉会记一辈子的。”说着居然屈膝行礼。

软玉侧身避开。

屋内的掌珠自是不知道这两人谈的是这些，也不会猜到会是这些，只是静静地赏月，好似一切都与她无关。

掌珠虽然什么也没有干，但是她的举止神情还是都被记下来然后告诉太子妃。

太子妃心中叹了一口气，这个掌珠可不是个好降服的，若是将来真入宫了，说不好就又是一个穆贵妃，好在，现在太子还没有登基，就算登基怕也是要整顿朝政一段日子，她还有时间考虑怎么解决掌珠。

一场各自为政的赏月宴就这么结束了，临上轿前，掌珠好奇地看了眼姜兰娘，不知道姜荷娘对姜兰娘说什么了。

姜兰娘好似知道掌珠想什么，笑道：“这荷良娣也是个善心的，怕我嫁得不好，特地过来安慰我。”说完就笑着上了轿子。

掌珠这才明白，原来这姜荷娘是特意在姜兰娘面前显摆了，忍不住摇摇头，莫非这在宫中的女子都这么无趣？

想到宫中的女子，掌珠就忍不住想起了惜珠，自从皇上“病重”后，宫中的妃嫔便不得出自家宫殿，只有几个得宠的妃嫔会轮流照顾皇上，这其中本来是没有惜珠的，但是想来皇上怀恨在心，特意指派惜妃照顾他，却每每总是发脾气，这惜珠的日子也不好过，怕是只盼着皇上驾崩呢。

掌珠叹了一口气，惜珠是个有勇有谋的，不然也不会在元宵节那晚帮她了，将来的日子应该会如她愿吧。

掌珠不再想这些，待到了安扬王府，姜夫人早就派人候着，告诉掌珠不必过来请安了，明日再来也是一样的。

掌珠便先回了竹院，没想到房中姜铎正在画画。

姜铎已经是好久没有画画了，今日难得动笔，掌珠悄悄地站在姜铎身后，见姜铎画的是一个月下美人的背影，忍不住笑道：“这画的是哪家小姐啊？”

姜铎早就知道掌珠在身后，画了最后一笔，才笑道：“这是江南陈家的大小姐，你不认识吗？”

掌珠忍着笑，端详着画，道：“嗯，看着倒是有些像，只是不及那陈家大小姐一分。”

掌珠说完，自己也忍不住笑了。

姜铎无奈摇头，道：“真是没羞没臊。”说着捏了一下掌珠的脸颊，掌珠却握住姜铎的手，道：“藏锐想好了？”

姜铎挑了下眉，想了一下，道：“看来太子和你说过了。”

掌珠点头道："嗯，殿下让我劝劝你。"

姜铎揽住掌珠，低头吻了一下掌珠发际，道："你要劝我吗？"

掌珠伏在姜铎的怀里，闻着姜铎身上特有的气味，笑道："我相信藏锐，你有你的想法。"

姜铎长出一口气，手慢慢地抚摸掌珠的后背，过了一会儿，姜铎才道："太子毕竟是皇上，刚登基必然有很多事要处理，虽然我在是个帮手，但是我无形中也牵制了他。他是明白的，或者说他早晚都要明白，我和他毕竟是君臣。"虽也是知己，但是更多的时候是君臣，大家都要适应的。

姜家因为得到皇上的青睐，早晚会如日中天的，月满则亏，他不如就先下手吧。

远离朝廷，等到回来的时候重新开始，有的时候赢很容易，难的是退……

掌珠轻声道："我都听藏锐的。"

姜铎不仅仅是她的丈夫，也是姜家的家主、皇上的臣子……

时间就这么不紧不慢地过着。

一时间，掌珠这里也轻松得很，倒是腾出时间看江南那边的信件了。

宝珠似乎已经没有之前的低落了，她给崔寓安排的良妾生了一个女孩，宝珠很高兴，似乎觉得之前的罪过已经没有了，又恢复以前那般骄傲得意。

说是也要来京城呢，毕竟崔寓现在在京城，或许她不日就会启程来。

掌珠现在看来，宝珠这种性子也不错，活在自己的世界不受别人的打扰，她自己高兴了就好。

而玉珠那边也终于有了好消息，已经有了身孕三个月了。

其实玉珠有孕确实比较晚了，二十岁才有孕，难怪压力大，好在周书恩虽然美妾不少，但是还真是一个孩子都没有。

掌珠与这两个姐妹关系一般，但是她们能过得好，她也是高兴的，出嫁了才觉得她当初似乎真的太过冷情了。

掌珠写好这两人的回信，正巧田妈妈过来，说是姜夫人请她过去。

掌珠问道："可是父亲……"

田妈妈笑道："是老奴传话传得不好，三夫人与三小姐过来，所以夫人请您过去一趟，说说话。"

掌珠松了一口气，道："也是我太紧张了。"这几日姜老爷的情况也确实不大好，说不得就……

掌珠换了衣服就与田妈妈去了松院，一进去就见姜三夫人泪眼婆娑，姜莲娘则在一旁安慰。

姜夫人见掌珠进来，连忙道："你来得正好，帮我劝劝你三妹妹。"

掌珠狐疑地看向姜莲娘，姜莲娘倒是平静，站起来行礼，道："大嫂安好。"

掌珠道："三妹妹多礼了，只是不知道现在这是……"

姜三夫人抹了抹泪，叹气道："她真是我的冤家，我接她过来不单单是为了小五，我是想给她物色门亲事，结果相看一个不同意相看一个不同意，你说说她都多大了，能这么挑下去吗？"

掌珠看了眼姜夫人，姜夫人无奈地叹了一口气。

掌珠才劝道："三婶娘，三妹妹其实年纪不大，我看着京城里的姑娘嫁人要比南边晚些，您不要着急，咱们再好好地给三妹妹挑挑。"掌珠心中倒是纳闷，她看着姜莲娘不是那种挑剔的姑娘。

姜三夫人这个时候忍不住又掉泪，道："我本来也是这么想的，我就这么一个姑娘，嫁好点也是应该的，结果……那日她居然和我说……"说着又哭起来了。

掌珠并不知道到底说了什么，但是现在又不好问，只得看向姜莲娘，忍不住劝道："三妹妹还是快来劝劝吧……"

姜三夫人道："不用她劝，她别气死我才好。"说完就又伤心地哭。

掌珠也是束手无策，只得看着姜夫人。

这时，姜莲娘也颇为无奈地道："母亲何苦过来为难大伯母和大嫂？我也并不是说不嫁，只是想等着小五长大了再说。"

掌珠眉头微微一皱，等到小五爷长大？是指等到小五爷成亲以后，那恐怕最少还有十五年呢，到那时候，姜莲娘就真的成老姑娘了。

姜三夫人道："你们听听她说的话，那时候她就三十出头，还嫁什么？嫁给谁？难不成真想当继室嫁给五六十的老头子？还不如别嫁了呢。"

怕是姜莲娘打的就是这个主意吧，她不想成亲。

姜莲娘并没有否认，也只是叹了一口气。

姜三夫人继续道："说句大不敬的，这指不定哪天陛下就……到时候更是耽误她，现在有合适的为何不嫁呢？"

掌珠想了一下，道："是哪家？"莫不是因为姜三夫人太过势利？

姜三夫人自是听出来了，道："刚才我就已经和你婆婆说过了，我让她嫁人也不是为了我，是为了她自己，人选都是我和他父亲亲自挑选的，家世清白，人口简单，门第虽说比不上姜家，但是她过去也不会受气，我若是那等爱慕虚荣的，前些日子温家来提亲，我就应下了。"

掌珠与姜夫人惊讶地道："温家？"

姜夫人连忙问道："是给如玉公子提亲，他不是娶亲了吗？"若是说做妾，那是温家在侮辱姜家。

姜三夫人道："你们也知道如玉公子的妻子是谁，温家能愿意吗？怕是要休妻，但是就是休妻了，那个歌姬也是发妻，谁家愿意嫁过去？就是有那愿意嫁过去的人家，温家又看不上，她们就打起了莲娘的主意！"

姜莲娘只低着头坐在一旁，看不出神色来。

掌珠脑中突然有个想法，莫非这姜莲娘是想嫁给阿路？！

姜夫人自是没有想到掌珠这样想的，只道："确实不行，有没有那歌姬，姜家与温家也不会联姻的，这温家说不定还有别的考量呢。"姜夫人看得要远些，温家说不定是想利用姜家，毕竟温家应该清楚姜家与太子的关系更近，更甚者温家说不定都看到下一代了，将来温柔嘉生了皇子……虽然还有个姜荷娘，但是毕竟还有十几年，谁知道将来怎么样？

姜三夫人听了连忙拍着胸脯道："还好还好，我没有应下。"如玉公子的名声还是很大的，姜三夫人不是没有动心，但是她还是觉得女儿的幸福更重要。

姜莲娘听了这话，手紧紧捏了一下手绢。

掌珠道："不如莲娘妹妹去我那里吧，我与莲娘妹妹说会儿话。"

姜三夫人道："我也是这么想的，若是你们不忙，莲娘就是住几日也是无妨的。"一来让掌珠劝劝，二来也让莲娘和小五分开些日子，或许莲娘就改变主意了。

姜夫人笑道："还让莲娘住在你们三房之前的院子就好了，你就放心吧。"

姜三夫人道："在大嫂这里，我还有什么不放心的。"说完，姜三夫人又对姜莲娘道："你就别担心小五了，有我在呢。"

姜莲娘点点头，她不同意也不行，不然姜三夫人又哭又闹的，暂且住几日吧。

掌珠就与姜莲娘出了松院，向竹院走去。

两人走得很慢，也都不说话。

在掌珠印象中姜莲娘很文静，有些懦弱，没想到姜莲娘还这样固执。

走到一处小亭，两人坐下，自有奴仆送来暖炉、茶果。

掌珠道："你想嫁给如玉公子？"

姜莲娘猛地抬头看向掌珠，见掌珠眼神认真，既没有不屑也没有兴奋，姜莲娘便点点头，想了一下，又摇摇头，道："想嫁，但是也没有到非嫁不可。"顿了下，笑道，"试问，江南闺阁女子谁不想嫁他？"

掌珠听姜莲娘的话音不像是假话，掌珠想了一下，道："三妹妹的意思是说，不想嫁人，但是若是嫁给如玉公子，可以考虑考虑？"

姜莲娘愣了一下，笑道："还是大嫂解释得对。"

掌珠这下明白了，姜莲娘对阿路也没有多少感情，不过觉得是个好人家，那……姜莲娘的野心不小，再找一个比得上如玉公子的怕是难。

莫非这人心性也同惜珠那般？

掌珠这才觉得自己从来都没有了解过这个小姑子。

掌珠问道："那……三妹妹只想嫁如玉公子这般的男子？"

姜莲娘道："不是，确切地说，我没有想嫁的人。"顿了一下，笑道，"大嫂别怪我语气不好，在家中已经被我母亲问烦了，不过我倒是愿意和大嫂说两句呢，就是怕大嫂觉得我烦。"

掌珠笑道："哪里，我平日里也没有个说话的。"顿了一下，道，"你也别觉得大嫂烦，你年纪小，有些东西不如长辈看得远，你若不出嫁，将来……再说，你只看你大伯母、大伯这二人，大半辈子过去了，最后还是两人相守，你将来老了……"

姜莲娘叹了一口气道："还是大嫂说的比我母亲说的更有理些。"

掌珠期待地看着姜莲娘。

姜莲娘道："只是，我是真的不想嫁。并不是我一时兴起，我早就这样想了，我父亲母亲感情深，可是，还是为了一个儿子弄得鸡飞狗跳。荷娘姐姐当年痴恋太子，我虽然不知道荷娘姐姐现在如何，但是也知道怕是并不如意，整天不过算计来算计去的。兰娘姐姐倒还算顺利，只是要远走他乡。更别说还有那些不如愿的……像大嫂和大哥这样美满的婚姻可遇不可求。"

掌珠知道姜莲娘其实并没有说她与姜铎之间婚姻的缺点，那也是关于儿子的事。

掌珠想了一下，道："可是没有事事都如意的婚事，你这样也未免矫枉过正了。"

姜莲娘道："大嫂说得不假，什么事都是有风险的，既然如此，我不如就赌个大的，不嫁。"

掌珠摇摇头，姜莲娘想得还是简单，但是偏偏就是这样坚定，若是逼迫怕也成怨偶。

姜莲娘继续道："有小五在我身边，我也不觉得寂寞，我倒是觉得我省掉了成亲这一步，将来小五娶了媳妇，难不成还敢不敬我？"

掌珠对上姜莲娘，居然也无话可说了。

这时，外面突然想起了钟声。

这是丧钟！

掌珠猛地站起来，皇上驾崩了。

正想到这里，就有奴仆跑过来跪下，道："少奶奶、三小姐，夫人请二位过去，皇上驾崩了。"

姜莲娘脸上带了些笑意："得，我这婚事终于可以放下了。"

皇上的驾崩并没有引起多大的波澜，毕竟所有人心中早就清楚了。

皇宫已经悄声无息地摘下了那些颜色艳的装饰，大红的灯笼也都罩上了黑布。

太子魏恕，或者该叫作新帝，站在乾清宫，面无表情，他没有想象中的高兴，也没有想象中的解脱，一切不过是按照计划行事，父皇在该驾崩的时候驾崩了。

这一天他盼了很长时间，可是来临后他也没有觉得不一样，这天下他早就握在手心了。

想起乾清宫时，父皇自从不吃那"快活散"了，有几日是疯疯癫癫的，有几日是昏昏沉沉的，就连驾崩前，也是一直昏睡，他本以为会听到忏悔的话或者是一些所谓的真相，但是都没有。

就是父皇驾崩前，太医针灸，让父皇处在清醒的状态，父皇什么也没说，没哭没笑，就是静静地坐着，将拟好的圣旨让父皇誊写，也只是乖乖地誊写，看笔迹就和以前一样，好似之前什么也没有发生，但是什么也没有交代，然后慢慢睡着了，然后就再也不会醒来。

什么都没有……当年的事就这样被隐藏了……

穆贵妃死的时候还说过一句，希望来生不要生在皇室，似乎含有解脱也好像带着些愧疚。

不知道为什么他心中有些失落，他为弟弟和母亲报仇了，可是被报仇的人却浑然不知，真是让人无奈，

他吐出一口气，眼中有些迷茫，接下来该干什么？

"陛下保重身体。"

魏恕回过神来，见身旁是姜铎，道："有你在孤就踏实了。"

姜铎笑了一下，道："陛下该改称呼了。"

魏恕顿了一下，道："朕就踏实了。"

朕这个字好像有什么魔力，魏恕是第一次自称朕，却觉得好像已经说过很多遍了。

姜铎道："陛下放心，现在所有兵力已经准备好，不会出现任何突发事件。"

这传位的诏书虽是先帝亲笔所写，但是就怕有那些以先帝重病为借口想篡位的人，因此现在还算紧急情况。

魏恕点头道："你办事，朕是放心的。"顿了一下，道，"你确定明年要周游列国？"

姜铎微微躬身，刚要说话，就跑过来一名侍卫，单膝跪地，道："启禀陛下，安扬王府传话来，安扬王病发，怕是……"说着又看了眼姜铎。

姜铎脸色瞬间变得凝重。

魏恕道："你还是先回家吧，你父亲忠心一片，落到现在的地步，也算是为了朕，你送他最后一程吧。"

姜铎点头，然后又对魏恕抱拳道："陛下，明年出使他国一事，风雨无阻。"

就算是没有过了姜老爷的孝期他也要去！

魏恕无奈应下。

姜铎转身走了两步，魏恕突然道："藏锐。"

姜铎转身看向魏恕，这个时候喊他藏锐，他面前的人就还是宽敏，不是皇上，更或者也暂时不是太子。

魏恕看向姜铎，道："今日以后，咱们就按照计划行事了。"

魏家与姜家仍是对立，虽然之前也是这样，但是以后一个是皇上、一个是大臣了，就真的只能对立了。

而这对立也不可能像之前那般小打小闹了……

姜铎点头，道："理应如此。"他这一出宫，怕也是有个三五年不能再见面了。

魏恕道："保重。"

姜铎拱手，然后转身离开。

魏恕看着姜铎的身影渐渐远去，转身看向乾清宫，道："真的成了孤家寡人了。"

又站了一会儿，魏恕再转身，眼中已经没有之前的迷茫了，他现在是大魏朝的新帝了，他还有很多事要干，已经不能在这里浪费时间了。

这边姜铎快马加鞭出了皇宫，他没有想到先帝驾崩会这样刺激父亲，到了大门口，门前因为先帝驾崩，已经换上素色的灯笼，好在没有挂上白幔，他若是没有见到父亲最后一面，怕是会遗憾终生。

姜铎快步去了松院，就见掌珠与姜夫人已经在门口焦急地等着他。

姜夫人一看见姜铎，连忙轻声道："你父亲一听见丧钟，便大笑，怎么劝也劝不住，结果怒急攻心，吐了几口血。太医说，怕也就是这几个时辰了……"说着已经流下眼泪了。

这些日子是姜夫人嫁过来后最快乐的日子，现在也将没有了，她不恨姜老爷，她以为她恨的，但是眼睁睁地看着一个气血旺盛的男人变成现在这副骨瘦如柴的老人模样，她什么恨也没有了。

现在这个样子是对姜老爷最大的惩罚。

姜铎赶忙进去，就见父亲躺在床上，一直盯着门口，见他进来，连忙道："他当真驾崩了？"很急切的样子。

姜铎知道父亲一直都恨先帝，若不是先帝这一两年折腾他，父亲也不会变成这个样子，对父亲来说，还不如一死，偏偏……

姜铎忙道："已经驾崩，我亲眼看着他驾崩的。"当时太子、太医也都在。

他还亲手去试探鼻息，确实是没气了。

姜老爷脸上露出欣慰的神色，道："如此我也就放心了，他终于输了我一回。"说着又想大笑，姜铎想起刚才姜夫人说的，又担心姜老爷太激动，便轻轻拍着姜老爷胸部，帮着顺气。

只感觉好似在摸着骨头似的，姜铎心中难受得很。

姜老爷也深呼吸几下，压下心头的兴奋，又道："他可说什么了？"

姜铎道："什么也没有说。"

姜老爷有些疑惑，然后无奈地道："这个老狐狸，怕是到死都不想认输。"说完拍了拍姜铎的手，道，"他不认输，我是要认输了，能看着他先走一步，我已经满意了，心中没有挂念了，总算是松了一口气，不必在这儿挨着了。"

话还没说完，姜铎和姜老爷就听见外面姜夫人的哭声。

姜夫人最是了解姜老爷的，姜老爷能说出这丧气话，就证明已经是没有活的欲望了……

姜夫人哪里还忍得住，自是哭了。

姜老爷眼睛也湿润几分，有些哽咽，对姜铎道："我走了，也省得拖累你们。"

"父亲，我们……"

姜老爷摇摇头，道："你听我把话说完，就算你们不觉得我拖累，我也累了，也受够了这些罪了，我死了，你们轻松，我也轻松。"说着紧紧地握着姜铎的手。

姜铎看着这瘦得不成样子的手，也明白姜老爷的痛楚，自己若到了这一步，怕也是想求死的。

这时，掌珠搀扶着姜夫人进来，姜夫人已经是哭得不能自已。

姜老爷又对姜铎道："我生平最对不起的就是你母亲，你以后好好对她。"

姜夫人坐在床边，只知道哭，什么也说不出来。她要求姜老爷多活几日，可是她也是眼看着姜老爷这几日的样子，很受罪，睡不着，吃不进饭，而且心中更是受不了自身的变化。就这样看着姜老爷去，她也是舍不得。

姜老爷轻轻地握住姜夫人的手，道："不哭了……待到下辈子我补偿你……"

姜夫人反握紧姜老爷的手，收了泪，直点头。

有这一句话她已经是心满意足了，不求今生求来世。

姜老爷道："你这样，我才放心些。"又对姜铎和掌珠道："你们要好好孝敬她。"

姜铎与掌珠应下。

姜老爷想了一下，对姜铎道："我知道你与太子……陛下之间的情谊，只是你毕竟是臣子，要注意度。"

姜铎应道："父亲放心吧。"

姜老爷笑道："你从小就有主意，我自是放心的，只是……记住，姜家是纯臣，只忠于皇上。"顿了一下，深吸一口气，道，"我这辈子唯有两件事后悔。"说着看了眼姜夫人，然后又对姜铎道，"第二件事就是，我没有一直忠于皇上。"

姜铎脸上露出惊讶的神色，父亲不是一直都恨皇上吗？

姜老爷看着姜铎想说什么，还是没有说，接着道："我知道你是不屑于姜家所谓的祖训的，罢了，随你吧，只可惜我是不能看着你破了那祖训了……"

正说着，掌珠突然干呕一声，手下意识地捂住腹部。

姜老爷、姜夫人、姜铎都看向掌珠，心中都想到一件事，莫非……

姜老爷连忙道："快，快，请大夫。"说完又是大笑，然后道，"看来老天是让我心无挂碍，好，好！"

姜夫人赶忙帮着姜老爷顺气。

姜铎则扶着掌珠去了偏厅，轻声道："莫非真是有孕了？"按日子算，还是极有可能，这段时间他们也希望父亲能看见下一代，因此也都希望有孕，但是偏偏掌珠一直没有。

掌珠轻声道："八九不离十，因为上一次没有注意，这一次我特意看着日子，极有可能，但是毕竟日子太短，实在不敢对父亲说。"姜老爷这个样子，掌珠没有十成把握是不敢说的，她本想再过个几天再请大夫，没想到今日……

或许真是天注定？

家里本来就有大夫，因此过来得也快，也不必摆什么屏风，掌珠只打上帷幔，让大夫诊脉。

大夫皱着眉头把脉，过了好一会儿才道："恭喜世子，少奶奶有喜了。"

掌珠和姜铎长出一口气，都很高兴，或许父亲知道这件事后会精神振奋，毕竟父亲一直希望亲眼看着自己的孙子出生的。

大夫又道："只是时日尚短，少奶奶一定要保重身体。"

姜铎连忙道："可还是因为上次的缘故？她身子没有调养好？"

大夫摇头道："少奶奶调养得非常好，身子没有什么问题。"

掌珠又道："那孩子怎么不健康？"

大夫愣了下，笑道："少奶奶不必太过担忧，现在只是因为月份太小，孩子不易成形，脉象看着是有些不稳定，但是也属于孕妇正常的情况，前三个月保重身体最是重要。"

掌珠这才放心，对姜铎道："你快去告诉父亲。"

姜铎连连点头，匆忙去了里屋，掌珠现在既高兴又担心，只盼着姜老爷能挺过去。

不一会儿就听着里屋传来笑声，是姜老爷的。

掌珠眉头轻蹙，心中越来越不安。

很快就听见姜夫人的惊呼："元慎！元慎！"

掌珠站起来快步进了里屋。

就见姜老爷吐得满身的血，脸上却带着高兴的声音，嘴里道："好，好，要给姜家生个真正的嫡子……”

姜夫人转身看见掌珠，道：“你快出去吧，你身子怕是不适合。”

姜老爷只笑眯眯地看着掌珠，一副心满意足的样子。

掌珠心中也难受，她与姜老爷很少有交集，但是她感觉得到姜老爷为姜家的付出，甚至就是刚才姜老爷说对皇上忠心的话，她也听明白了。或许是旁观者清吧。

姜老爷若不是为了姜铎，怕也不会走到现在这一步，姜家一向是明哲保身的。

就比如说到了下一代，姜铎的儿子或许与魏恕的儿子感情好，拥护魏恕的儿子当皇上，姜铎能做到支持吗？

先帝对姜老爷来说，怕也不算是只有恨吧，也或许还有愧疚。

姜夫人对姜铎道：“你扶着掌珠出去吧。”

掌珠摇摇头，居然走到姜老爷身旁，他们其实从来都没有这么近过，掌珠牵起姜老爷的手，轻轻地放在自己的肚子上，道：“父亲，这里有您的孙儿。”

姜老爷眼泪一下子就流出来了，他的孙儿……姜老爷点头道：“你是个好的，姜家娶了你是姜家的福气……好……”说着手渐渐没有力气，滑到床上。

姜铎紧紧攥着姜老爷的手，道：“父亲，您安心地去吧。”

姜老爷这才慢慢地闭上眼。

姜夫人见姜老爷这个样子已经明白了，嘴里只哭着道：“元慎！元慎！”

这一日，先帝驾崩，安扬王去世。

宫中魏恕接到消息，心下感叹一番，便下旨让姜家人不必入宫祭灵，只在家中为姜老爷守孝吧。

姜铎递降世袭安扬王，虽也是王，但是却从二等降到三等。

又下旨意，将在直隶的姜二老爷调入京中。

众朝臣却听出这圣旨中的另一层含义了，新帝已经按捺不住开始削弱姜家的权力了，这安扬王死得真不是时候，哪怕坚持一年半载呢，毕竟有安扬王在，新帝好歹有所顾忌，不会马上动手，现在可以说是把姜铎等人软禁在安扬王府。而且也驳了姜二老爷的实权。

如果不是姜家根扎得深，说不好就要连根拔起了。

好在新帝刚刚登基，一时半会儿也不能大动干戈，毕竟还要顾忌其他老臣呢。

姜铎接到旨意，为了怕姜夫人和掌珠担心，只悄悄地告诉她们这是他与魏恕的计划，以后或许还会有其他的动作。

两人这才放心。

果然没几日，就有御史弹劾姜铎藐视皇室，将庶长子的名起得和皇上的名一样。

一个字“恕”。

又有御史弹劾姜家嫡庶不分，居然有庶长子继承家业的规定，违背了伦理道德。

果然龙颜大怒，命其庶长子改名为姜心，直接夺了这姜心的继承资格，为正其根本，魏恕定下姜家从姜铎下一代开始继承家业必须是嫡子，若无嫡子，只准过继嫡脉，不准庶子继承家业。

后来听说掌珠已经有孕，更是直言道，若生男孩，一出生便立为世子。

这事看着好像是好事，但是大家多少都知道姜家之所以庶长子继承是有什么诅咒的缘故，更何况新帝怕是早就知道了，没准就等着这样直接将姜家废了呢，倒是不费一兵一卒。

姜铎接到这样的圣旨，对掌珠笑道："心儿的名字我还真是没有想到，这事怪我了。"

掌珠道："有陛下的圣旨，你是称心如意了，不必再听什么祖训了，也算是正名了。"

姜铎点点头，道："这我也没有想到，怕是陛下故意的，他早就知道我恨极了这个祖训。"

这祖训让姜家很多年都嫡不嫡庶不庶，嫡心怀怨恨，庶心有自卑，大家早就忘记了这个祖训的目的是让大家都有机会继承家业。

掌珠叹了一口气，摸着肚子道："可是若是我没有生儿子……"

姜铎搂住掌珠道："没关系的，那咱们就过继，只要能把家业传承下去，就可以了，都是姜家人，又怕什么？"

掌珠点点头，道："不过我有预感，我会生下儿子的，不会让父亲失望的。"

待到先帝与姜老爷都入土为安后，已经到了年底，很快就要过年了。

对大魏朝来说，魏恕不过是由太子监国变成了皇上，就是名称了有了变化，因此大臣们也很容易就接受了，好像除了乾清宫换了主人，什么都没有变似的。

先帝的被称为魏平帝，新的年号是建兴。

一朝天子一朝臣，当年受荣宠的何家早就已经消失了，连所谓的姜党也被打压了，现在受宠的是温家和崔家。

一个世家，一个新贵。

魏恕之所以愿意用崔家，一来是因为崔家根基浅，好摆弄；二来也是因为崔家识时务，聪明。

至于温家，毕竟是老世家，已经打压了姜家，就不能再打压世家了，不然不是会让其他人心寒吗？

魏恕提出要给如玉公子指婚，被如玉公子拒绝了，说是糟糠之妻不下堂，就算是软玉自请下堂，如玉公子也不同意。

大家本以为魏恕会生气，毕竟现在魏恕的行事作风，要比先帝凌厉得多。

结果没想到魏恕在知道软玉姓卫后，居然决定收软玉为义妹，封为郡主，嫁给如玉公子，待到国孝以后，重新再成亲一次。

这可引起轰动了，这软玉莫非真是天仙下凡？怎么会让皇上如此做？

这也算是皆大欢喜了吧。

掌珠听说过，只是叹息一番，女人在这些人眼中不过是个棋子。

掌珠并不相信如玉公子对软玉有多少感情，她也不相信魏恕真的想要个义妹。

只可怜软玉了。不过人家也说不定乐在其中。

倒是那些曾经错待过软玉的人怕是要后悔了，这其中应该也包括温夫人和温柔嘉。

说起温柔嘉，她现在已经是三品柔妃了，与当年的太子妃，现在的孔皇后一同入宫的。

毕竟后宫还有先帝的嫔妃，而且还有地方要修缮，因此魏恕的妻妾是分批入宫的。

后宫需要皇后，因此皇后是最先入宫的，入住坤宁宫，柔妃被安排在离坤宁宫最近的也是东六宫之首的懿祥殿。

直到要过年的时候，姜荷娘才入宫，被封为荷嫔，入住长乐宫偏殿，与她一起入宫的还有当年扮她的侍女，居然也被封为嫔，被称为小荷嫔，入住合欢殿偏殿。

让姜荷娘这个大小姐和一个侍女平级，姜荷娘气得几乎病了一场，她把这些全部都推到姜家身上，毕竟她身上流着姜家的血，因此才得了魏恕的埋怨。

姜荷娘几乎指天骂地地多次宣告自己已经不是姜家人，真的与姜家断绝关系了，更不会给崔姨娘送东西了。

哦，还有一个人没有说到，就是惜珠，现在的惜太妃，年仅十七岁的惜太妃。

为先帝生过皇子的嫔妃都可以被儿子接出宫荣养，生过公主的嫔妃则可以在宫中荣养，驸马愿意接到自己府邸荣养也是可以的，剩下的被临幸过的妃嫔愿意下去伺候先帝，绝对不拦着，不愿意的话，可在宫中出家，也可出宫去庙里修行，大部分女子都选择了出宫在庙中修行。未被临幸过的妃嫔，则可以被家人接出宫，在家中修行，若是想出嫁，需要得到皇上的恩准。

无子无女在宫中荣养的就只有惜太妃一人。

惜太妃怕日子太过孤单，便想收养宝珠的庶女，崔家肯定是同意，宝珠更是乐意，皇上也就恩准了。

或许等到这个庶女长大了嫁人了，就可以接惜太妃出宫了吧。

总之，很快就到了大魏朝建兴元年，这时陈掌珠二十一岁，已经怀有三个多月的身孕。

第十九回 似君心不负相思

这一日是正月十五，宫中有大宴，许久未露面的姜铎和掌珠都被邀请参加。

皇上都不介意在国孝时举办宴会，他们自然也不能以守孝为借口拒绝。

姜铎则明白，这是皇上私下有话与他说。

安扬王府，松院。

姜夫人嘱咐道："在宫中也要小心，你现在是安扬王妃，也是有品级的，有人若刁难你，你也不必忍着，姜家自会给你撑腰的。"

其实这个所谓王妃，也没有什么实际的用处，最多就是在宫中不用行大礼，放到别处，就是说着好听，姜夫人以前也没有当回事，说来还不如姜夫人这个头衔让人生畏。

就是现在局势有所改变，姜家与新帝关系并不好，所以姜夫人才这样说。

掌珠笑道："母亲放心，我也不是好欺负的，更何况，我想宫中应该没有人想与我们为敌的，他们想离远点还来不及呢。"

掌珠现在已经过了头三个月了，而且她现在身体很好，只是肚子看起来要大一些。

太医也说没有问题，但是姜夫人还是担心得很，这肚子里的可是他们姜家的命根。

自从姜老爷仙逝后，姜夫人看起来一下子老多了，只将后院的那些姨娘遣散，留了一两个与自己做伴，也时常地将小金桃召到松院来，倒也不觉得烦闷，也不管家事，只是偶尔帮忙照顾小至宝，日子过得平淡安宁。

这一次掌珠与姜铎入宫，姜夫人心中实在担心，她已经经不起动荡了，若不是她还有个儿子，姜老爷又一心想看着掌珠生下儿子，说不得，她就跟着去了。

姜铎也在一旁劝道："母亲，别担心，这次陛下宣我们入宫，怕是有话要对我说，掌珠这边也有相熟的夫人带着，不会有事的。"

姜夫人道："好好，你们去吧，一定要注意，我这心里总觉得不踏实。"

姜铎与掌珠出了松院后，姜铎握住掌珠的手，道："你害怕吗？"

掌珠惊讶地看了眼姜铎，笑道："又不是没有进过宫，害怕什么？"那次都没事，这次又怎么会有事呢。

姜铎笑着点点头，道："说实话，我心里也有些不安，不过这次确实是陛下与我有事相谈，按理说，不会有事的。"

掌珠想了一下，道："想来都是肚子里的宝宝闹的，你放心，我会照顾好自己的。这次太医都说了，母子都很健康。"

姜铎笑道："说得对，我是被母亲影响的，也觉得时时都要有事似的。"

姜铎说着就扶着掌珠上了马车，又告诫车夫一定要稳、慢，不要着急。

掌珠在车里抚着肚子，脸上带着笑意，一旁的晓初也替掌珠高兴，现在姜铎只在正房休息，小金桃与清葫形同摆设，她们当然高兴。

到达丽正门，掌珠便与姜铎分开，她要去后面的宴殿，这次宴殿在后宫，是皇后第一次举办宴会。

姜铎并不方便嘱咐，只担心地看了眼掌珠，看见掌珠笑盈盈的让他放心，他心中才好些。

掌珠因为怀孕，皇后特许她乘坐软轿，这软轿本来只能一品夫人可以坐的。

掌珠坐在上面心中多少也生出几分担忧，但是想着她与皇后没有过节，应该不会有事的。

一路上倒是没有事，但是去的地方却有问题，掌珠居然被送到了长乐宫的偏殿，荷嫔住的地方。

掌珠挑了一下眉，莫非是姜荷娘想见她？

姜荷娘不是誓死想和姜家断绝关系吗？为何主动见她？

不过既然已经到了这儿，也没有必要退缩，姜荷娘不会愚蠢到对她的孩子动手的，她们之间也没有必要闹起来。

掌珠进入偏殿，就有宫女笑盈盈地请她进去，掌珠心中更踏实了几分，只是弄不清这姜荷娘请她来到底何意。

心才踏实，却见小花厅站着一个身着明黄色绣团龙长袍的男子，这人不用说，肯定是新帝魏恕。

掌珠满脸惊讶，怎么又偶遇了？难不成魏恕真的有什么其他想法？

魏恕眼中也带着惊讶，似乎不明白怎么看见掌珠了。

看来他们被人设计了，被谁？这有什么好处？

魏恕皱着眉，也是在想这件事，他之所以来长乐宫，是因为姜荷娘说她突然不舒服，请他过去看看，虽然他不是太医，也不想过来，也知道这不过是姜荷娘耍的小手段，但是想着姜荷娘毕竟是姜铎的亲妹妹，所以他就过来。

果然他看到姜荷娘活蹦乱跳的，根本就是没病的样子，看见他自是很开心，说是让他陪她去宴殿，他也无所谓，便应下了。

只是出宫殿时姜荷娘发现戴着的耳环不是一对，便进去换了，他就碰见了掌珠。

这事怎么听着都像是姜荷娘搞的鬼，她有什么用意？

掌珠微微屈膝，道："陛下万福。"

魏恕心中还是疑惑，只是也没有表现出来，道："起来吧，听说你怀孕了，身子还好？”

掌珠笑道：“多谢陛下惦念，一切安好。”

魏恕这才点点头，不再多说什么，这事还是透着诡异。

里屋的姜荷娘已经知道是掌珠进来，心中很是纳闷，皇上与掌珠的对话虽然正常，但是却又好像带着些特殊含义。

惦念，安好……

姜荷娘咬着牙，这个掌珠勾引皇上都到了她的寝殿！

等等，为什么到她这里？皇上今日突然过来，她很是惊讶，莫非是两人约好了？认为她可以遮掩，所以才来长乐宫？

毕竟掌珠来这里也算是有借口的。

那现在怎么办，她还出去吗？

姜荷娘本来带着笑意的神情已经变得相当落寞，她这个时候怎么能出去！

外面的魏恕与掌珠则越来越尴尬，掌珠已经让丫头进去禀告姜荷娘了，结果丫头进去了就再也没出来，好在她身边还有个秋白。

掌珠顿了一下，道：“想来荷嫔娘娘有事，妾身先行一步，改日再来请安。”

魏恕寒着脸点点头，他已经想到一种可能了。

姜荷娘是想以掌珠邀宠，不然如果是误会，她为何躲着不出来？

魏恕见掌珠离开后，冷声道：“既然荷嫔娘娘生病了，那就好好养病吧，也不用参加宴会了，养好了再出来。”说完也离开了。

屋内的姜荷娘听见后，恨得将梳妆台上的东西扔在地上，哭道：“他们之间吵架干我什么事？”

此时，坤宁宫。

温柔嘉正服侍着皇后换衣服，待到换好后，温柔嘉笑道：“再没有比娘娘更适合这身朝服的了。”

皇后照照镜子，也觉得相当合身，笑道：“若不是你盯着针线房，怕也不会这么合身。”

温柔嘉道：“能看着娘娘穿上这身衣服，是臣妾的荣幸。”

她们熬了这么长时间，终于等到这一天了，甚至本以为不见得能活到这一天呢。

皇后也长出一口气，道：“这宫中要是没有你相伴，怕是更无趣。”说着瞅着温柔嘉笑了一下。

温柔嘉道：“臣妾会陪在娘娘身边的。”

皇后无奈道：“这才入宫几天，大家的心就浮起来了，连宫外都有人惦记这里了。”

温柔嘉柳眉微微一皱，道：“臣妾看着陈掌珠不像是这样的人。”

皇后冷哼道：“本宫看着也不像，但是陛下……”说着轻声道，“陛下可是这样的人，他想要的没有得不到的。”

温柔嘉疑惑道：“那陛下真的对陈掌珠有意？臣妾听说陛下与姜公子私底下关系还是不错的。”

皇后点头道：“是不错，但是毕竟皇上是皇上了，这与太子的身份虽然只差一步，却是天壤之别，这天下都是他的了，陛下若是想要一女子……”她自己何尝不也是变了？

温柔嘉想了一下，道：“天下女子都是皇上的，皇上不见得就看上陈掌珠。”

皇后道：“希望如此吧。”

这是从角门进来一个宫女，轻声在皇后耳边说了几句，然后退下去了。

皇后拍了一下桌子道：“哼，皇上果然还是看上了陈掌珠。”

温柔嘉面露惊讶，道：“莫非他们在长乐宫……”

原来魏恕与掌珠在长乐宫偶遇，是皇后一手设计的，看看这二人是否有私情，若是没有，自是大大方方地说话，姜荷娘也大大方方地应对，为何姜荷娘不敢出来？当然顺手让姜荷娘更失宠了，也是不错的。

这招毕竟是险招，好在姜荷娘和皇后想的一样蠢，自以为是，不然也不会这么顺利。就算是不顺利，被皇上发现了，皇后也有办法把自己择出去，就是得死点人。

姜荷娘万万想不到她身旁的宫女是皇后的人，这宫女自是将事情原原本本地传过来。

皇后皱眉道：“这二人怕……本宫看，说不定是陛下一厢情愿，不然为何吵架？陛下为何迁怒姜荷娘？”

温柔嘉心中不愿意相信魏恕和掌珠是这样的人，但是偏偏有证据摆在她们面前，便担心地问道：“娘娘，那该怎么办呢？”

皇后道：“听说陈掌珠怀孕了？”

温柔嘉点头道：“现在已经过了三个月。”

皇后点了一下头，道：“咱们去宴殿吧，不能离开时间太久。”她是以换衣服为借口出来的，就是为了听宫女禀告。

温柔嘉听话地跟在皇后身旁去宴殿。

快到宴殿的时候皇后停下，道：“实在不行，就等陈掌珠生了孩子后，让她假死弄进宫吧。”

温柔嘉惊讶地看着皇后，道：“这……是为何……”为何反而弄进来？

皇后笑道：“本宫并不在意皇上宠爱谁，只是这男人的劣根性就是越得不到的越想要，那本宫就帮陛下将人弄进来吧，谁让本宫是贤后呢？弄进来了，陛下过些日子也就不喜欢了，就好比那姜荷娘。”顿了一下，道，“本宫也不希望陛下用情太深，不然和先帝似的……本宫就希望你或者我赶紧生下皇子，地位稳固了，咱们也就不必这样胆战心惊了。”

说着两人便进了宴殿。

这个时候掌珠已经在宴殿了，心中仍是觉得奇怪，只想着回去和姜铎说。

皇后与温柔嘉也暗暗观察掌珠，只觉得掌珠确实不如以前冷静，更加认定掌珠与皇上之间有隐情。

乾清宫，偏殿。

姜铎单膝道：“吾皇万岁万岁万万岁。”

魏恕笑道：“藏锐快快起来吧。”

姜铎起来后，笑道："臣唯一的遗憾便是不能看见陛下的登基大典。"

魏恕的登基大典事实上要在六月，但是姜铎是不能参加了。

魏恕微微皱眉，道："你还是决定要出使他国？陈掌珠现在可是怀孕了。"魏恕一着急直呼了掌珠的姓名，姜铎并没有在意，道："臣已经做好决定了。"

魏恕无奈摇摇头，道："不是要带着陈氏一起去吗？怎么舍得放下了？"

姜铎笑道："陛下，内人怀孕了。"

魏恕瞪了眼姜铎，没好气道："朕知道。"

姜铎解释道："本来臣也没有打算马上就带内人去，毕竟臣也怕有危险，待到臣先打个前站，再接内人过去。"

魏恕道："看来谁也不能劝动你了。"

姜铎拱手，并不说话，算是默认了。

魏恕只得递给姜铎一沓卷宗，道："这是那边的底细，你好好看看吧，既然去了，就一定要帮上朕。"

姜铎接过卷宗道："臣遵旨。"

他们心中都明白，出使列国是必需的，而且必须是个可靠的人，温润晁和他都可以，现在这个情况，温润晁更适合留下协助皇上。

而且打压姜家也是必需的。

姜家与温家势必要一个在暗、一个在明，所以，只能是姜铎离开故土。

两人又详细谈了一下，出使他国最首要的目的是什么，以及要得到什么消息，便先后去了宴殿。

这次宴会也圆满结束了，没有发生什么事，只是谁也想不到皇后打起了掌珠的主意。

掌珠本想告诉姜铎宴会之前发生的事，只是听说姜铎要单独出使后，一时先放下了，比起来，姜铎更是重要。

掌珠道："藏锐，你一人去怎么能让我放心？更何况你放得下心？"

掌珠第一次觉得她不能离开姜铎，这是一种很奇妙的感觉，心中痒痒的，又暖暖的。

姜铎也没有想到掌珠反应会这么强烈，他本以为掌珠就是对他也是冷情的，就好比去年那一晚，情况那么紧急，掌珠也只是说她不会死，只是说她会在薄情庵等他，并没有说其他缠绵的话。

没想到这一次，掌珠会表现得这么明显。

姜铎脸上露出了笑意，将掌珠搂入怀中，道："等你生下孩子后，我会回来接你的。"

掌珠摇摇头，道："不是因为这个，我是……我是担心你。"

周游列国比不得其他事，或许会出海或许会翻山越岭，到一个陌生的国度，可以说危机四伏，谁也说不好下一刻会发生什么。

姜铎道："我会好好保重自己，会好好地回来看你和孩子的，我保证。"

掌珠想说什么，还是咽下去了，叹了一口气。

就算他能保护好自己，可是有些事不是人力所能及的，天灾可是说不准的，她怎么能放心。

姜铎紧紧搂着掌珠，道："掌珠，就这一回，以后我们就不会分开了。"

掌珠心中还是不高兴，推开姜铎，道："我不明白，为什么非要现在离开大魏，我知道你的种种考量，可是，晚一年不可以吗？"

姜铎道："我也是怕你危险，我先探探路……"

话还没说完，掌珠就不高兴地坐在床边，道："我没有那么娇贵。"

姜铎真的没有想到掌珠这么生气，好像当初就是知道清葫的存在也没有这样过，姜铎也乱了方寸，他与她从来没有这样过。

姜铎握住掌珠的手，道："掌珠，对不起，我不知道你会这样……"

掌珠只看向一旁，她也没想到自己会这个样子，居然控制不住自己的情绪。掌珠心中想念几段佛经，发现却静不下心来。

她什么时候变成这个样子了？或许早就不知不觉地变了。

那么姜铎，他是否也是这样的？

姜铎或许觉得掌珠冷情，但是他自己又何尝不是这个样子？姜铎是个心狠的人，不然姜荷娘和崔姨娘不会到这个地步，姜铎从来都没有阻止过的。

就算这可以归咎为人各有志，那么姜铎对他的庶长子呢？

姜铎虽然对于江南那边并没有不闻不问，但是姜铎从没有对姜心付出过一丝一毫的父爱，他给的只是一个很好的成长环境。

姜铎曾经解释过，对于姜心现在的情况，最好就是从没有把他当父亲，不然以后只会更痛苦。

掌珠承认姜铎做得对，或许这其中蕴含着更重的爱，但是都不可否认，姜铎是个极其心狠且耐心很好的人。

姜铎对她呢？也是这样吗？掌珠才想到，姜铎从来都没有表现过对她的爱意，他们只像是最默契的搭档、夫妻，她适合当姜少奶奶，姜铎满意，就是这个样子。

这个想法好像一盆凉水浇在掌珠的头上，她只觉得浑身冷，忍不住打了个冷战。

姜铎见掌珠一直都不说话，现在还打了个冷战，赶忙搂住掌珠，问道："掌珠，怎么了？是不是不舒服？"

虽然姜铎的拥抱很温暖，但是掌珠心中却更加冷了。

掌珠努力压下心中的痛苦，问道："在你心目中，我是不是可有可无？"

姜铎连忙道："怎么会？你是我的妻子，你是小至宝的母亲，你是姜家的少奶奶……"

掌珠冷笑道："你要的不过是个合格的妻子罢了。"

姜铎与掌珠都没有说话。

姜铎不知道事情为何到了现在这个地步，他心中也是难受得要命，却偏偏不知道要说什么，或者说他已经无法用语言表达出他想的。

过了一会儿，掌珠长叹一口气，道："好，我知道了，会帮夫君准备好行李的，你也放心家里，我会打理好一切的。"

这话还是掌珠平时的语气，但是姜铎却能感觉到掌珠的心态已经变了。

姜铎闭上眼睛，用力抱着掌珠，道："掌珠，你不单单是一个合格的妻子，你还是我的妻子，你只是我的妻子，我不希望你有任何危险，所以无论你怀没怀孕，我都会先独自出使的。关于这一点，我只能说抱歉，我……我不知道该怎样说出我心中的想法，掌珠，你明白吗？"

掌珠听了这话，不争气地流下眼泪，她有多久没有这样哭了。

姜铎感觉心都碎了，蹲下，捧着掌珠的脸，轻轻吻她脸上的泪水，姜铎心中虽然不是很明白掌珠的纠结，但是他已经抓住一点头绪，他努力地把自己放在掌珠的角度去思考。

姜铎继续道："掌珠，我只是想说，你对大家都很重要，小至宝、母亲、姜家，还有我，你是任何人都不能代替的。这并不是一个合格的妻子、一个好的母亲就可以代替的，你只是你。"

掌珠看着姜铎，也不知道该说什么了，她该信吗？其实她在问自己的时候已经信了，姜铎不管说什么她都是信的，掌珠道："藏锐，我担心你，父亲和母亲这后半辈子你也看到了，现在只剩下母亲孤苦伶仃，她有儿子也有我们还有小至宝，可是我们都不是父亲，都不能代替父亲陪着她。如果我以后会如母亲那般，那么我宁愿与你一起走，你懂吗？"

因为哭泣，掌珠的眼睛水亮亮的，好像能映出自己的影子，姜铎的心软软的，道："我懂得，你不会是第二个母亲，我也不会是第二个父亲。"说着姜铎的额头抵着掌珠额头，道，"我们会永远在一起的，掌珠。"

掌珠点头应下。

谁也没有再提关于姜铎独自离开的事，他们都知道，这件事是改不了的。

二月初，皇上便下圣旨着姜铎为安扬使者，代大魏出使列国，三日后启程。

对外人来说这个圣旨下得相当急促，看起来好像是驱赶姜铎似的，众人心中也确实是这么理解，姜铎一来身上有孝，二来妻子有孕，这种时候居然还让姜铎远走他乡，可见皇上与姜铎的关系多么冷淡，而且据说宫中的荷嫔也失宠了……

姜家或许已经开始没落了。

姜铎出使列国的事也提前告诉姜夫人了，虽然姜夫人也不同意，奈何她也做不了主，只得千叮咛万嘱咐，也答应姜铎好好照顾掌珠。

而姜铎也提出带着钰哥儿一同去，只是看姜夫人是否同意了。

姜钰是她的亲生儿子，虽然是嫡子，实则可以说有名无分，她心中一直愧疚，好在姜钰性格开朗，志在游山玩水，姜铎能带着姜钰一起出去，也算是给姜钰一个历练的机会。

而姜铎这样做也是有风险的，毕竟若是姜钰有个万一，姜铎就担上谋害兄弟的罪名了。

姜铎完全可以不这样做的。

姜夫人当然同意，心中也感激姜铎，也是信任姜铎的。

第二日姜铎便出发了，今日姜铎与掌珠两人在书房作画闲聊，两人甚是珍惜这最后的时光。

掌珠笑道："藏锐不要动，待我画完这一笔就好了。"

姜铎无奈道："就不该相信你，我这在这里已经站了一个时辰了。"站着不要紧，最重要的是还要一直维持着微笑的神情，这可实在是不容易，"早知道就该我画你了。"

掌珠忍着笑道："我这不是要给未来的孩子看吗？再说也要给小至宝和母亲看。我的样子你就心中记得就好了。"

姜铎听了只得无奈摇摇头。

掌珠道："哎，你别动啊。"

两人正玩笑着，就见晓初进来禀："大爷、少奶奶，如玉公子到访。"

掌珠和姜铎都一愣，互相对视一样，姜铎扭了扭头道："你去看看，想来他是特地在我在家的时候来见你一面。"

掌珠放下笔，走到姜铎身旁笑道："藏锐吃醋了？"

姜铎笑着摇摇头，道："没有。"

掌珠微微皱眉，不高兴地道："为什么？"

姜铎见状，无奈地点了一下掌珠的鼻尖，道："我看你倒成了小醋桶。"掌珠似乎变得有些脆弱，任何事她都担心姜铎是不在乎她的，或许这就是一片痴情的表现吧。

姜铎不但不介意，反而更是喜欢这样的掌珠，真实、娇憨。

姜铎帮掌珠整理了一下头发，道："掌珠，你、我、你口中的阿路还有我口中的皇上，我们都是君子。就算我不相信温润晁，我也是信你。温润晁今日来，也是因为我在家，他为了避嫌才来，想来也只是叙旧的。"姜铎想到近日又有不少人在开始传皇上对姜少奶奶有意思，不然不会让他出使列国，便道，"皇上虽然已经是皇上了，或许你不相信他，但是我相信我和他之间的情谊，事实上，他或许只有这唯一单纯的情谊了，所以我想他不会做出出格的事的。"顿了一下，笑道，"你也要信我，我的身边，从今以后只有你的。"

掌珠听了，心中自是感动，她不觉得会有几个男人能像姜铎这样心胸宽广。

掌珠点了点头，道："我也相信藏锐的。那我去与阿路叙叙旧？"

姜铎道："好，你先去，我随后就到。"他说是相信温润晁的，但也不希望自己的妻子与温润晁太近，这只是单纯的吃醋。

掌珠掩嘴一笑，转身离开。

姜铎看着掌珠的身影，笑着摇摇头，掌珠越来越古灵精怪了，或许这才是真正的掌珠吧。

姜铎走到掌珠的画前，见掌珠画着一个男子手持扇子侧身站在窗前，看着确实与他有几分相像，却也美化了几分，看来自己在掌珠心目中是这样的。

姜铎想了下，提笔在一旁写道：只愿君心似我心，定不负相思意。

大厅。

掌珠与阿路再次相见，距离上回好像也有几年了。

掌珠一时竟然觉得时间如此快，他们都已经长大了。在掌珠眼里，温润晁变化更是大，当年温文尔雅的翩翩少年现在已经是俊朗儒雅名副其实的如玉公子了。

虽然依然温柔，但是却总让人感觉到距离，如玉公子是飘忽不定的，没有人知道如玉公子到底喜欢什么抑或是讨厌什么。

温润晁见掌珠出来，心中没有想象的那般酸痛，他以为他还会如当年那般不舍不甘，没想到现在只剩下感叹。

温润晁站起来，笑道："姜少奶奶，好久不见。"

掌珠笑道："也许久未见阿路了。"

阿路这两字让温润晁觉得十分亲切，他好像还是当年的那个毛头小子。温润晁道："在下听说，姜公子明日启程出使列国，所以今日特意来拜访，想来再见时怕是要几年以后了。"

掌珠道："也无妨，时间一眨而过，就好像之前一样。"

温润晁点头道："我本来听说姜少奶奶也去的，怎么？"

掌珠摸着肚子道："阿路也看见，我怕是只有生完孩子才能去了。"

温润晁挑了一下眉，道："你莫非生了孩子也要去？那孩子？"

掌珠笑道："孩子有母亲照顾，而且我也不过是去几年而已。"

温润晁不赞同地摇摇头，孩子一出生哪里能离开母亲？

掌珠看出温润晁所想的，便道："虽然有些对不住孩子，但是，有些事情总是不能两全的。"说着笑了一下，道，"最后陪伴自己的总还是另一半而非儿女。"

这件事掌珠早就想开了，从姜夫人、温夫人身上就可以看出来，为儿女牺牲再多，最后与自己相伴的还是另一半，儿女总是要远离的。

温润晁见掌珠神采奕奕，眼中充满自信，和记忆中的掌珠居然是一样的，不，应该说比记忆中的掌珠还要神采飞扬，这是他没有见到过的，温润晁忍不住道："你过得好就好。"

掌珠笑了一下，道："阿路过得好吗？"

温润晁道："很好。"

掌珠问道："真的？"

温润晁点点头，道："我即将在朝廷上大展身手，又娶了郡主，自是好的。"

掌珠道："每个人对过得好的定义都不一样，只要阿路真心如此想就好。"

温润晁苦涩一笑，并不多说。

这时姜铎也出来了，笑道："没想到如玉公子还能亲自送在下一程。"

温润晁收起刚才琐碎的情绪，露出和平常一样温和的笑容，道："姜公子为大魏出力，我等心生佩服，过来送一程也是应该的。"

姜铎笑道："如玉公子客气了，将来大魏还是需要如玉公子指点江山呢。"

掌珠在一旁听着两人说着似是而非的客套话，无奈摇摇头，这两人也说不出来是关系好还是不好，站起来道："我给二位准备酒菜，二位慢慢地互相恭维吧。"

姜铎挑了一下眉，没有说话，温润晁则笑了笑。

掌珠刚要走出去，就又听一个声音道："还请姜少奶奶也给在下准备一份。"

这声音……

掌珠猛地转头，就看见一身黑色长袍的魏恕，这笑容和声音，都和当年一样，就好像他还是太子一般。

魏恕是什么时候进来的？

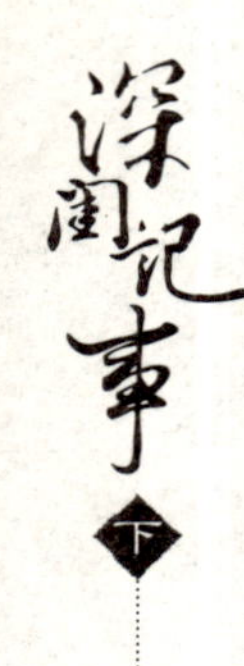

应该是温润晁带进来的。

掌珠看向姜铎，姜铎无奈耸耸肩，他虽然猜测魏恕会来，但是也没有想到是跟着温润晁一起来。

掌珠屈膝行礼，便出了大厅自去为他们准备酒菜。

那一晚，姜铎喝多了。

掌珠从来都没有见过姜铎这样失控过，或许姜铎心中也是不舍的。

姜铎喝多了说了许多，说他对姜家未来的期许，说他为什么非要出使列国，也说他是如何爱她的，不但说了，也小心翼翼地做了……

她怀孕四个多月，大夫说是可以行房的，但是不能太过剧烈。

掌珠想起这个脸就有些红，她都生了一个女儿了，可是想起昨晚还是觉得羞涩。

一大早，姜铎就神采奕奕地带着三百名亲兵，离开大魏了。

而那个时候掌珠还没有起来，姜铎是故意的，对姜铎来说，这不过是暂时的分开，但是对别人来说却不是这样的，所以他不想看见掌珠与他离别时的样子，他不想看见掌珠哭泣或者是强颜欢笑。

掌珠醒来后看着空空的床，就明白了姜铎的用意，他只希望她认为这是普通的一天，而不是分别的一天。

明白归明白，可是掌珠心中还是空落落的，或许和有孕也有一定的关系吧，她最近总是不安。

掌珠去了书房，拿出那日画的画，才看见上面姜铎写的“只愿君心似我心，定不负相思意”。

掌珠面带笑意手划过那几个字，她都可以想象姜铎写这几个字时的表情了，若是她说，写上这字还怎么给母亲和小至宝看？姜铎肯定会说，我只想给你看。

这么一想，掌珠觉得姜铎好像就在身边似的，猛地一回头，却只有自己一个人。

掌珠摇摇头，将画收起来，既然已经这样了，她也不能日日都这样低落，等到她生完孩子，姜铎就会回来接她了。

掌珠想着便也不觉得伤心了，换了衣服自是去姜夫人那里请安。

现在府上就只有她们这些女眷和小孩，庶务并不多，而且大部分庶务姜铎走之前已经交给了姜三老爷，她们也不用太过操心，只深居简出便好，若是有客人，便只说她养胎，能不见就不见，必须见了，就让姜夫人或者姜三夫人一起作陪。

姜莲娘也干脆搬过来了，姜夫人如此更是高兴，掌珠毕竟是孕妇，晚上只有丫头和婆子看着，姜夫人还是担心，姜莲娘和掌珠住在一起，更好。

至于二房，自从入京后，二房就不理会大房了，毕竟是因为大房，姜二老爷才没差使，现在只是闲差，二房自是不高兴，不过姜夫人也懒得理二房，大家只这样井水不犯河水。

夜晚，姜莲娘笑道：“大嫂想大哥吗？”

掌珠笑道：“当然想。”

姜莲娘倒是惊讶掌珠这么痛快，忍不住道：“喜欢一个人到底是什么感觉呢？”

掌珠想了一下，道："当你喜欢的这个人在你身边时你不觉得有什么不同，当这个人不在的时候，你才发现明明什么都没有变，可是平常最喜欢用的笔不好用了，平时喜欢吃的东西不好吃了，大概就是这样吧。"

姜莲娘歪着头思考了一下，道："还是不懂。"

掌珠也不和姜莲娘解释，只道："你若是不嫁人就永远体会不到的。"

姜莲娘道："既然如果这个人不在就事事不顺，那还是不要体会了。"

掌珠无奈摇摇头，也不劝姜莲娘了。

姜莲娘却见床头小几上摆着一个黄玉雕花，道："这是什么花？看着倒是平常，但是做得精致。想来是有什么特殊的含义吧。"

这黄玉雕花是昨日阿路送过来的，掌珠笑道："不过是一旧友送的，你要是喜欢便拿去吧。"

姜莲娘手摸着这花瓣，道："不了，我想送你的人应该想说什么吧。"说着又放下了。

掌珠心中惊讶，这姜莲娘倒是灵敏，猜出它特殊了，只是这般灵敏为何在感情上这般木讷？

两人躺下休息，一直到了四月，姜家都是如此。

在这期间，宫中也请掌珠入宫几次，但是每次都是由姜夫人陪着，不过是入宫陪着皇后或者惜太妃说会儿话，倒没有什么特别的。

今日，宫里传来消息，宝珠带着不到一周岁的女儿入宫给惜太妃请安，请掌珠一同入宫。

说来今天也巧，姜夫人和姜三夫人都去了二房那里，难得二房招呼她们。

那这入宫就只能掌珠一人去了。

掌珠心中并没有多想，她前几次入宫一次也没有同皇上"偶遇"，而且皇后等人的态度也很正常，这次应该也只是和惜珠、宝珠说说话，说来她也许久没有见到宝珠了，也不知道江南的亲朋都怎么样了。

此时，掌珠已经六个多月的身孕了，姜莲娘只是担心掌珠一人不方便，虽有侍女，但终究是侍女，有时并不顶用，便强烈要求跟着掌珠入宫。

掌珠也觉得自己月份有些大了，行动并不方便，便应了下来，又带了晓初，三人入宫了。

掌珠哪里想到，魏恕确实没有什么想法，但是皇后却有想法……

坤宁宫。

皇后对温柔嘉道："惜太妃那边已经打点好了吧？"

温柔嘉道："她那里倒是没有问题，只是若是让陛下知道……"

皇后笑了一下，道："皇上就算再厉害，也是个男子，他不懂女人的心的，不然他早就降服陈掌珠了。"

温柔嘉叹了一口气，道："臣妾还是十分不安。"

皇后看向温柔嘉，轻轻地拍了拍温柔嘉的肩膀道："放心，一切有本宫，就是万一出现纰漏，也有本宫顶着，绝对不会牵连到你的。"

温柔嘉还想说什么皇后却是不想听了，道："惜太妃那里可让人看好了，咱们只想让陈掌珠留下，可不是想要她的命，好好地伺候着，孩子和大人都不能有事。”

温柔嘉回道：“是。”

温柔嘉回了懿祥殿，愣愣地坐着，她有些不明白为什么要做这些事情。

在她看来，皇上就算对陈掌珠有意思，但是也没有到先帝的那种地步，退一万步，就是真到了先帝的那种地步，也不会是现在，更何况，把陈掌珠弄进宫来，皇上就不对陈掌珠感兴趣了？

皇后到底怎么了？

难不成，成为皇后就真的会有变化？

温柔嘉摇摇头，她是相信皇后的，皇后不是那样的人，当年的太子妃什么阵仗没有见过，皇后这个身份是不会让她变成这样的。

温柔嘉叹了一口气，看向窗外，她还记得那一日，皇后还是太子妃时说的话，日后有的是时间坐在一起……

那个时候的皇后绝对不是热衷权力的，现在到底怎么了？

温柔嘉眉头轻皱，唤来自己的心腹琴悦，轻声在她耳边交代几句，待到琴悦离开后，温柔嘉看向惜华宫的位置，要不是惜太妃也在一旁撺掇，她怎么也可以拦着点皇后，至少在她知道皇后为什么变成这样后再动手。

温柔嘉叹了一口气，只希望掌珠机灵些。

惜华宫。

这个惜华宫又和惜珠上次住的地方不一样，是为了给新帝的嫔妃腾地方才搬的，现在西六宫后面一个二进小院里，新帝恩典，还称为惜华宫。

掌珠入宫见惜珠，之前本应该要拜见皇后的，皇后却说她身子重了，就不必多走几步路了，直接去惜华宫吧，并且赐了软轿。而姜莲娘也留在前面的小殿里，一来惜太妃不想见到别人；二来这里确实比较偏，姜莲娘走过来太辛苦了。

宝珠也是坐着皇后的轿子过来的。

也巧，她二人的轿子正好一同到了惜华宫门前。

宝珠看起来有些丰腴，但是却更显得贵气，眼睛神采奕奕，一看就知道过得也很是舒心的。

宝珠身旁是一个三十多岁的妇人，怀里抱着个小婴儿，想来就是宝珠的庶女了。

宝珠也看见掌珠了，很高兴，笑道：“你我有三年没见了吧，我看你倒是有些老了，是因为又有了吧，唉，当母亲就是累，还是我好，直接当现成的。”听着语气，就知道宝珠一点也没有改。

掌珠笑道：“宝珠妹妹是个有福气的。”

这话到宝珠耳里倒觉得刺耳，哼了一声，道：“咱们也别在门口站着说了，进去吧，我也许久没见惜珠了呢。”

掌珠无奈地摇摇头，这宝珠哪里是没变，简直是变本加厉，不过现在的情景倒让她觉得好像回到了陈家。

两人进了大厅，就见惜珠上首端坐。

宝珠撇了撇嘴，还是规规矩矩地请安，掌珠也是，只是旁边马上有侍女扶起她。

惜珠穿着一件墨绿色长袍，看着很是素雅，与她脸上朝气的面容完全不符，惜珠才十八岁，却是守寡在宫中的太妃，怎么不让人唏嘘。

惜珠看起来却比先帝在世的时候精神多了，脸上也多了几分笑意，道："这孩子就是姐姐的闺女？快抱来我看看。"

惜珠很自然地称呼宝珠姐姐，宝珠脸上露出满意的神色，示意奶娘将孩子抱过去，道："嗯，她生母是个良妾，秀才女儿，性子也不错，是个知道身份的，太妃也多少知道她父亲的性格，我想着她将来长大了，性子定也温顺，太妃抚养也不错。"

掌珠摸着肚子并不言语，这抱养孩子和养个阿猫阿狗似的，只是不知道是这孩子是福还是祸了。不过惜珠也着实可怜，这孩子就是养了，到了十六七岁也是要嫁人的，那个时候惜珠也不过才三十五六，这一生也不过才一半而已。

惜珠听了也挺高兴的，她不过是要个解闷的，乖巧才好，奶娘到惜珠面前，跪下，抱着孩子给惜珠看，正巧，一直睡觉的小婴儿也睁开眼了。

惜珠没有见过这么小的孩子，只觉得很可爱，尤其是那一双大大的眼睛，清澈得让人不敢直视。

这孩子长得也漂亮，惜珠很喜欢，用手戳了一下孩子的脸颊，觉得嫩嫩的，便道："哀家是怕姐姐舍不得。"说着示意奶娘站起来。

奶娘是个聪明的，站起来只在惜珠身旁站着，不再回去。

宝珠笑道："太妃言重，你我嫡亲姐妹，妹妹想要什么只管和我说就好，一个孩子而已，将来再生便罢了。"

惜珠高兴地笑了笑，道："哀家不会亏待她的。"自有丫头带着奶娘下去，这事就算定下了。

惜珠这才看向掌珠，笑道："看到你又有孩子了，哀家也十分高兴，本不该让你跑一趟的，但是咱三姐妹也许久没聚一起了，实在难得啊。"

掌珠道："太妃说的是，只可惜玉珠妹妹不在。"

宝珠撇了撇嘴，道："她才来不了呢，她有孕后还没张狂几日，她屋里两个妾也有了。"

掌珠一愣，这些她倒是不知道。

惜珠看着宝珠这样，心中也想起了以前的日子，也是这个样子，宝珠处处拔尖、事事张狂，看谁都不顺眼，在哪里都要强，再看她，她现在贵为太妃，却也只是和以前一样，静静地看着宝珠，莫不是上天注定她们姐俩就这个样子？

惜珠心中叹了一口气，若是能回到以前多好。

只是就是回去了，她也不是当年的那个惜珠了。

她无子无女，其实应该出去戴发修行，有陈家接应着，过几年，来个病逝，她金蝉脱壳，嫁到一处平凡人家，也能把日子风风火火地过起来，只是她吃不得那些苦，她不能忍受自己比这些人低一头，现在这些人就算不甘心，不也要向她屈膝行礼吗？

就算她乐意，魏恕也不会让她出宫的，除非她死。

皇上最后那样疯癫，谁给皇上吃了这些猛药，魏恕虽然没说，但是也猜出来了……

如果当初她知道皇上去世后那些没有被临幸的女子可以回家修行，她或许就会另有选择了吧。

不能想这些了，人只能活在此时此刻，她既然选择在这宫里，就要活出个人样，别以为一个太妃就不能把后宫搅乱，当年一个穆贵妃还不是将这后宫搅得天翻地覆，没有穆贵妃哪里有现在的新帝。

她不如就把眼光放得长远一些，下一代十五六的时候，她可刚三十出头呢……

惜太妃看了眼掌珠，笑道："我可以摸摸你的肚子吗？也让我沾沾喜气。"

宝珠与掌珠对视一眼，她一个遗孀沾什么喜气？

掌珠一时想不到怎么回绝，却见惜珠走过来，伸手就要摸，出于本能掌珠后退一步转身躲过惜珠的手，然后道："实不相瞒，太医说妾身这次怀相虽然不错，但是肚子却比平常的孕妇大，让妾身不要太过劳累，还请太妃让妾身坐下歇歇。"

惜珠深吸一口气，道："赐坐。"

宝珠大大咧咧地道："妹妹还是别碰她的肚子比较好，若是有个万一，怕妹妹喜气没沾上，倒惹一身霉气。"

宝珠这话虽然说得不好听，但是却也解了掌珠的燃眉之急。

掌珠心中虽也觉得不大对劲，但是也说不出所以然来。

惜珠正要说什么，就听见里屋孩子在哭，惜珠对宝珠道："还请姐姐过去看看孩子怎么了。"

宝珠想说她哭我看有什么用，偏偏惜珠眼神冰冷，宝珠一时被震住，便呆呆地与侍女进去了。

惜珠捧着茶碗递给掌珠，道："尝尝哀家前些日子弄来的新茶，听说皇后那里都没有呢。"

掌珠心中已经有所怀疑了，这茶更不能喝了，宫里的女子事事以皇后为先，什么好的东西都是皇后选完后才算，这东西皇后没有，怕也不是什么好东西。

掌珠接过茶碗，只是放下，道："怀孕中不大适合喝茶。"

惜珠冷声道："你这是不放心哀家？"

掌珠已经明白这根本就是鸿门宴了，道："太妃可信吗？"说完站起来道，"旧已叙，妾身先退下了，太妃保重。"

惜珠微微抬手，自有宫女挡住掌珠，惜珠笑道："投鼠忌器，你肯用你肚子里的孩子与哀家抵抗？哀家可不介意伤及无辜。"

掌珠道："你若是不在乎我肚子里的孩子，早就将我限制住了，又何苦现在这样吓唬我？"

惜珠挑了一下眉，道："你说得对，但是就算你知道这些也不敢真的抵抗的，对吧？"说着看了眼掌珠的肚子。

掌珠不说话，她不明白惜珠到底要干什么。

惜珠"扑哧"一下笑了，道："咱俩也真有趣，只说不动。你从来都是审时度势的，也总能选择对你有利的时候，我们都不想伤害这肚子里的孩子，你也就识趣吧。"

掌珠道："你想要我干什么？"

惜珠道："姜少奶奶身子突然有些不舒服，不宜出宫，且在这儿住几日。请吧。"

掌珠想了一下，还是跟着侍女从角门出去，去了另一处阁楼。

惜珠对晓初道："你也跟在一旁伺候着吧，免得你的主人不放心。还有在外面等着的姜莲娘，也一起带过去吧。"

待到宝珠出来的时候，就只有惜珠一人了，宝珠也是满头的雾水，怎么只是进了回内殿，就什么都变了？

小院中，掌珠忍耐着恶心喝下一碗粥，然后道："还是打探不来任何消息吗？"

姜莲娘无奈地摇头道："我和晓初最多能出这个屋子，见到的宫女和太监也没有几个，只有送饭的哑巴太监，还有院中伺候的一个宫女，别说打探了，我就是多说几句第二日就会换个宫女，现在这个宫女叫默娘，更是不喜欢说话。"姜莲娘说着叹了一口气。

晓初也在一旁点头，她因为是丫头，有的时候会去给惜太妃回话，见到的人多几个，但实际上也是如此的。

掌珠心中沉甸甸的，只是看着外面。她在这小院中已经住了小半个月了，完全不知道外面怎么样，本来是想先暂时顺了惜珠的意思，她不出宫，姜家自然会想办法救她，宫里也总要给姜家一个回复的。

难不成就那句动了胎气，就能让姜夫人不追究？姜夫人可是连她人都没有见到，怎么会相信呢？

可是，现在都小半个月了，若是有什么动静，她总该会知道一星半点的。

把她留在这里到底要干什么？

掌珠摸着肚子思考着。

这一点，姜莲娘和晓初也猜不到，她们哪里会想到这是皇后想把掌珠留在宫里才有的这一出。

就连皇上也没有想到这会是皇后的手笔。

姜家现在几乎闹得天翻地覆，连皇上都已经开始怀疑了。

最初陈掌珠没有回姜家，对姜家只说是惜太妃留了一晚，姜夫人虽不高兴却也无可奈何，毕竟人已经留下了，而且宝珠也没有回去。

第二日宝珠是放出来了，但是掌珠还是没有人影。

姜夫人当然疑惑，直接入宫询问，皇后便装傻，只说人已经送出去了，还是坐着轿子，所有人都看见了。

但是掌珠却没有回来，姜夫人若不是心中存着要找到掌珠，怕是早就病倒了。

姜夫人已经完全蒙了，甭说掌珠没有回来，连姜莲娘和晓初都没有回来，若说是被强盗掳了去，总该回来个伤员吧，再说不吉利的，就是死也要见尸啊。

姜夫人派人暗中查了一遍，是从宫里出来个轿子，可是谁说里面就一定是掌珠呢？

而且姜夫人也去派人问宝珠了，宝珠说自她出来也没有见到掌珠。

姜夫人这就明白了是宫里耍的把戏。

掌珠可是怀着孩子，而且这三人中还有一个姜家小姐，可不能罢休。

姜夫人自是又来宫中要人。

皇后只咬定人回去了，这就惊动皇上了，这时候掌珠已经失踪五天了。

姜夫人都已经派人查到京城以外了，好在天子脚下，这一地带别说是强盗，小毛贼都没有几个，所以掌珠被歹人害了的可能性几乎为零。

当然这个歹人要是宫中的人的话，那就说不好了。

皇上一听这可不得了，这姜铎刚刚离开京城就出了这种事怎么可以，自然也是派人去查，甚至还请了惜太妃过来，仔细询问。

奈何惜太妃言语中并没有令人怀疑的地方，就连那几个抬轿子的人也都问不出什么来，这陈掌珠就好像凭空消失了一般。

更令人惊讶的是，与此同时，外面也都在传陈掌珠消失了，有人说是想念夫君，追着姜铎离开京城了，也有说是与情夫私奔了，更多的人还是在传这陈掌珠被皇上留在宫中当妃子了。

事实上，掌珠不见了这事，知道的人并不多，皇后也希望多拖些日子，但是这消息居然是姜家二房传出去的，二房心中恨大房断了他们的差使，得到这个机会自然是要好好打击一番。

反正他这一房过不好，大房也甭想过好，既然都是姜家人，那就有福同享有难同当吧。

但是掌珠被留在宫里的这个传言，却是皇后派人散布出去的。

这本来也是计划的一部分，只不过是提前了。

坤宁宫。

皇后皱着眉头对魏恕，道："陛下，既然已经到了这个地步，不如暂时对外称陈氏已经病逝了吧。"

魏恕看了眼皇后，还没有来得及说话，姜夫人便开口道："不行。掌珠肚子里还怀着姜家的子嗣呢，更何况活要见人死要见尸，妾身也相信掌珠现在还活着，妾身绝不允许掌珠不清不楚地病逝。"

姜夫人现在已经是满头的白发，更是消瘦得厉害，但是精神看起来倒是好了很多，她这是咬牙硬撑着，这个时候要是她再有什么事，姜家说不得就散了。

姜夫人觉得这应该是姜家的敌人干的，就是要姜家散。

皇后对姜夫人温和地解释道："姜夫人的意思本宫是明白的，只是这个时候，外面的传言实在是伤人，纵使陛下不介意，但是姜少奶奶却是被侮辱了，将来就是找到姜少奶奶怕也是……不如现在先说病逝，等到找到人之后，只说人遇到神医，只是要求隐姓埋名治病，好歹让姜少奶奶免于那些人的侮辱。"

姜夫人一时说不出话，外面甚至在传掌珠的孩子不是姜家的……

姜夫人心中难受得很，却是一直都不敢哭，生怕一时崩溃。

魏恕听了皇后的话，看了眼皇后，道："皇后想得倒是周到。"

皇后听了这话，心猛地跳了一下，面上努力维持着平静。

皇上自听到这事，并没有说什么建议，只是派人去查，皇后是知道皇上手上也是有暗卫的，好在皇上一时没有怀疑她。

魏恕说完这句话也不说话，他也在想到底是谁干的这事，基本上可以肯定掌珠是没有危险的，掌珠若是有危险，不管是谁干的，恐怕都要受到姜家全力的报复，到时候说不得两败俱伤。

所以魏恕并不是特别着急，他只是想知道对方是什么用意。

是想干掉姜家还是想干掉他？

奇怪的是现在的流言，看似对他不利，但是更多的好像是针对掌珠。

按道理来说，皇后出的主意还是不错的，让掌珠假死，或许背后的人就出来了。

可是这到底是为什么？

懿祥殿。

温柔嘉走来走去，现在到这个地步到底该如何？

按照皇后的意思就是等到掌珠生下孩子，将孩子送出去，对外说陈掌珠难产而亡，然后陈掌珠换个身份就以宫妃的身份留下……

这个方法虽然看似好，可是有一个最大的缺陷，那就是皇上根本就不想要掌珠。

温柔嘉看皇上这些日子的表现，很明显是不想陈掌珠出危险，但是也没想过得到陈掌珠。

偏偏皇后跟魔怔了似的，就认定皇上的担忧是喜爱掌珠的意思。

这以后可如何收尾。

这时琴悦进来，小声在温柔嘉耳边说了几句。

温柔嘉满脸惊愕，慢慢跌坐在椅子上，问道："你说的可都是真的？"

琴悦躬身回道："是的，娘娘，这是温夫人传进来的消息。"

温柔嘉脸色灰白，道："那……我哥哥已经知道了？"

琴悦看了眼温柔嘉，跪下道："娘娘，咱们的人实在是查不到，才拜托给公子的，也才能查出来……公子自然是知道了。"

温柔嘉摆摆手，让琴悦站起来，道："没事……也只能让他查才查到。"

琴悦站起来道："那娘娘，现在该如何呢？公子那边……"

温柔嘉这才回过神来，连忙拿出纸笔，匆匆写了几个字，道："你送给他，送出去，一定要亲手给他，给我留两天时间，我将此事解决！"

"是，娘娘。"

待到琴悦出去后，温柔嘉想了想，自己一个人从角门出去了。

小院。

掌珠被关在这里，虽然好吃好喝，但是心中担忧，也吃不进去多少，现在瘦了不少，肚子更显得大，掌珠还是耐着性子每日散步，不管怎么样，孩子最重要。

这时她正在院中慢走，就听见门口有动静，掌珠心中忍不住有期待，只看着门口。

进来的居然是温柔嘉。

掌珠略略一想，道："你应该不是来救我的。"看来这事和皇后有关，莫非皇后听信传言想要害死她？但是何必用这样大费周章？

温柔嘉道："我不是来救你的，我是来求你的。"

掌珠挑了一下眉，道：“求我？”

温柔嘉突然跪下，道：“我说的是真的。”

掌珠笑道：“我自身难保，又能答应你什么？而且，我猜得没错的话，我被留在这个地方，也有你的功劳吧？”

温柔嘉跪行几步道：“我可以救你出去，但是也请你答应我不要追究此事了。”

掌珠想了一下，道：“说实话，我不大明白，莫非我手中有你的把柄？还请柔妃娘娘说清楚吧。”

温柔嘉一叹，知道自己这样其实是把所有的底牌亮出来了，但是现在形势危急也只能这样了，以她对哥哥的了解，怕是最多一天哥哥就会告诉皇上的。

温柔嘉道：“此事是皇后所办，但是，那是因为皇后吃了‘快活散’才迷失心性的，我只求你不要追究皇后。”说着额头触地。

她也是今日才知道，原来御膳房给皇后送的食物中有“快活散”，难怪皇后越来越让人想不通。

“快活散”？

那个让穆贵妃、先帝迷失心性的东西，就连姜老爷也是受了那药的罪。

掌珠皱了一下眉，道：“还请柔妃解释。”

温柔嘉听出掌珠有缓和的意思，心中高兴，这件事皇后谋划得再天衣无缝，只要皇上不领情也是白搭。

温柔嘉现在心中已经是相当后悔，不该放任皇后如此行事的，也是她一下子成为柔妃，心中有了小计较，以为自己手中的权力滔天，可以为所欲为。

没想到她终究还是被这荣华迷住眼了。

温柔嘉对掌珠道：“我一直不明白皇后为何对你如此执着，便让兄长代为查一下，才发现皇后所用的饮食中一直都有“快活散”……掌珠，皇后也是被药所毒害才如此的，请你放皇后一马吧。”

掌珠皱着眉头，道：“柔妃娘娘还是请起吧。”

温柔嘉一喜，道：“你答应了？”

掌珠盯着温柔嘉，淡淡地道：“我到现在这个地步，并不是我想放过皇后就能放过的吧。”

温柔嘉连忙道：“只希望姜少奶奶不要落井下石……”

掌珠冷笑道：“柔妃娘娘说笑了，我现在连踏出这里都不行，怎么下石呢？”

温柔嘉自知失言，道：“我助你离开这里……”

掌珠想了一下，摇摇头，道：“恐怕不行。”

温柔嘉愣住，不解道：“为什么？莫非你当真想留在宫中为妃？”

掌珠恍然大悟，道：“原来是因为这个把我关在这里，皇后娘娘真是想多了，不过这样听起来怕是皇后娘娘还真吃了迷魂药。”

温柔嘉道：“姜少奶奶，你到底想如何？”温柔嘉也是急了，她本以为放走掌珠就可以了，但是好像是她想得太简单了。

掌珠道：“柔妃娘娘还是赶紧起来吧，妾身可担当不起。”说完示意姜莲娘扶起温柔嘉。

温柔嘉站起来，心中又是急又是害怕，而且也相当不理解。

掌珠看温柔嘉这个模样，心里觉得这温柔嘉可真是忠心耿耿，居然为皇后做到这一步，若是她冷静下来怕也就明白了。

掌珠道："姜家怕是为了妾身已经大动干戈了吧，我若是再走出去，怎么解释？就算骗得过姜家，又能骗得过皇上？"

温柔嘉本就聪明，刚才不过心急才想不到，现在已经是明白了，只觉得全身无力，只将身子依靠着姜莲娘，喃喃地道："不只这样，外面也已经传你与陛下……"

掌珠一愣，道："如此，我更不能偷偷摸摸地离开了。"

"可是你在这里不是正好印证了流言？"

掌珠想了一下，道："此事我可以答应你不会落井下石，但是你也要按照我说的去做，这样怕是咱们才有活路。"

如果外面已经传得沸沸扬扬的话，她和孩子怕都要被这名声所累，就算一时没事，将来若是被人提起，说不好会来个"病逝"，这皇后的手段果然厉害。

温柔嘉心中也是一团乱，不知道该如何，听了连忙道："还请姜少奶奶指点。"

掌珠道："这事你最应该去求的是皇上，不是我。"

温柔嘉眉头紧皱，道："那皇后娘娘能脱身？"

掌珠惊讶地看了眼温柔嘉，这温柔嘉对皇后也未免太好了……这种事她不想着把自己择出去，先想着皇后，而且温柔嘉完全没有想过求助皇上，掌珠也不知道该说是温柔嘉心目中这个皇后太厉害，还是皇上太无能。

掌珠点了一下头，道："皇上与皇后是少年夫妻，又一起同甘共苦，想来他也不希望皇后这样的，也从来没有怀疑过皇后，不然早就找到我了，更何况，皇上早晚都会知道，不如你去求。"

温柔嘉还是有些迟疑，问道："那你就能脱身了？"

掌珠道："这事本就是因皇上所引起，也算是欠我的，皇上与藏锐是好友，他定然不会让藏锐名声受损的。只是到底如何，怕还是要大家一起商量，但是你也要做好心理准备。"

温柔嘉之所以不想和皇上说，还是担心皇上一怒之下对皇后不利，但是掌珠说得也有理……

掌珠淡淡地道："皇后怕是不能控制自己的心性，拖得时间越长对皇后越不利，若是皇后再做出什么事来，说不得最后也只能落个'病逝'了。"

温柔嘉咬了咬牙，道："还请姜少奶奶说到做到，不要对皇后娘娘……"

掌珠笑了一下，道："我不会落井下石的，你若是再晚几步，我就是不落井下石怕也是晚了。"

这事就要抢在皇上知道之前去装可怜才管用，如玉公子都查到了，皇上查到也只是前后脚的事，而且还要抢在皇后又出阴招之前……

温柔嘉明白，不多说什么，转身去了乾清宫。

姜莲娘有些不明白，问道："大嫂，为何要帮皇后娘娘？"姜莲娘听得似懂非懂，但是也明白是皇后在后面搞的鬼。

掌珠道："皇后若是真服用了那'快活散'，事情恐怕就没有那么简单了。"后面的话掌珠也没有解释，"快活散"的事就够魏恕去查了，她要是再不满，怕也是惹人厌，该示弱的时候就要示弱。

掌珠知道自己不日就能离开了，心中的沉重少了许多，忍不住想起那"快活散"，这东西到底是从哪儿传入宫的？没想到现在宫中也有，倒是无孔不入。

乾清宫。

魏恕看着跪在地上的温柔嘉，温柔嘉额头已经磕出血了，眼中含着泪，道："陛下，还请陛下饶了皇后娘娘，娘娘毕竟是被这药迷失了心性，完全不知道自己干了什么。"

魏恕道："可是你知道自己在做什么。"

温柔嘉一时语塞，顿了一下，郑重地叩头道："陛下，臣妾做了什么臣妾愿意承担，但是皇后娘娘是无辜的……"

魏恕挑了一下眉，道："你倒是个忠心的。你先留着你这条命服侍皇后吧，皇后即刻起不许离开坤宁宫，一切饮食由你服侍，你可愿意？"

温柔嘉连忙道："臣妾愿意。"温柔嘉心中高兴，有了这句话，皇后的命和地位就都保住了，温柔嘉了解皇后，她若是因错失去皇后的地位，那还不如死。

魏恕想了一下，道："皇后那里也不要打草惊蛇，还装着陈氏仍被关在宫中的样子，她想发布什么命令就发布，只是不许她出坤宁宫，至于理由，你随便找一个吧。"

"是。"

其实魏恕想多了，一旦皇后没有服用"快活散"，不出三天便下不了床，昏昏沉沉，迷迷糊糊的。

好在皇后服用的时间并不长，太医说只让皇后这样养段时间就好了，另外还有一个大消息，那就是皇后和温柔嘉都有喜了……

魏恕果然暂且将掌珠放在一旁，只暗中告诉姜夫人一人，掌珠在宫中，至于原因魏恕没有解释，他也没有想好如何解释，如何圆满地解决这件事，现在最重要的就是这"快活散"到底是谁放的。

能让皇后无声无息地饮用，将来说不得有一天他就会"不小心"服用。

魏恕不由得想起了先帝，他总觉得有一张大网在慢慢地盖上这皇宫。

魏恕发狠，将御膳房的人都送到宫正司，一定要查出是谁干的，就连惜珠那里，魏恕也派人审问。

魏恕知道，先帝最后的重药是惜珠下的，他心中既恨惜珠，又有些感激……总比他自己动手好。

魏恕看着外面，这个方向是薄情庵的方向，或许是报应？这"快活散"在最先出现时是薄皇后带进来的，说是可以强身健体，也确实是这样的，太医检验过。

让先帝第一个吃的人就是薄皇后，谁知道先帝吃了太多，控制不住。

这时，一名侍卫进来，单膝跪地，道："安扬王求见。"

这安扬王以前是指姜元慎，现在是指姜铎。

魏恕希望自己和姜铎不要像先帝与姜元慎似的，只是君与臣到底不同于以前了。

魏恕道："不必进来请安了，着人带他去小院吧。"

掌珠不见的消息传到姜铎那里时他已经到了海上，而不过小一个月，姜铎就已经赶回来了，看来从接到消息就已经开始往回赶了。

好在掌珠并没有什么事。

小院。

自从皇上知道这件事后，掌珠的日子就更好过了，可以出去逛逛花园，补品更是源源不断地送进来，也有太医每日把平安脉。

但是掌珠对吃的最是注意，连皇后都中毒了，她更加小心，掌珠忍不住想到惜珠说的那句，这茶连皇后那里都没有……

掌珠觉得这事少不了惜珠，但是惜珠不见得能伸那么长的手，怕是有人早就布局了。

掌珠坐在院中的躺椅上，眉头紧皱，这时有一只手慢慢抚平掌珠的眉头，掌珠本以为是姜莲娘，却觉得手掌粗糙，好似很熟悉。

掌珠看向手的主人，是姜铎。

掌珠只愣愣地看着姜铎，眼神倒是平静，姜铎有些惊讶，挑了一下眉。

掌珠呆呆道："我又梦见你了。"

姜铎听了这话，眼神变得更加柔软，摸着掌珠的头发，道："你瘦了。"

掌珠捧着姜铎的脸，道："你也瘦了，而且好像也老了。"

姜铎为了赶路，满脸的胡楂，自然显老。

掌珠这动作是难得的亲密，想来真的以为是在梦中。

姜铎笑道："这不是梦，我来接你回家了。"

接她回家？回家……

掌珠慢慢地露出一个大大的笑意，道："原来是真的，不是梦……"

姜铎抱住她，道："是真的，我来接你回家了。"姜铎很是心疼，他看出掌珠的疲倦与高兴，虽然知道不会有危险，但是恐怕还是受到惊吓了，毕竟掌珠身怀六甲。

掌珠满足地闭上眼睛，这个怀抱温暖而稳定，她好久没有这么踏实了，掌珠长出一口气，道："能回家真好。可是这里……"

姜铎轻轻吻了一下掌珠，阻止掌珠接下来的话，道："你不用管了，一切都有我。"

掌珠点点头，这几日来虽然过得舒服，但是脑中的那根弦一直都紧绷着，在知道姜铎是真的来了之后她只觉得全身轻松，心里的那块大石头总算是放下了。

姜铎的手轻轻地摸着掌珠的肚子，道："对不起，我来迟了，让你和孩子受苦了。"

掌珠握住姜铎的手，摇头道："不，你来得刚刚好。我需要你。"掌珠的声音有些小，她现在放轻松了，就觉得有些累了，脑子昏沉沉的。

姜铎也察觉出掌珠的不一样，轻声道："可是累了？睡会儿吧。"

掌珠点头，道："头有些疼了，也有些累了。"

姜铎道："我先扶着你睡会儿？等你醒来，咱们就到家了。"他也不能马上出宫，这事总要解决的。

掌珠听话地道："好。"

待到姜铎服侍着掌珠睡下，姜莲娘才过来，道："大哥，您可来了，我和大嫂日夜担心，也不知道外面发生了什么。"说着叹了一口气，道，"大嫂晚上根本就睡不好觉，好在为了孩子还能吃些东西。"

姜铎沉着脸，坐下道："把你知道的都告诉我。"

姜铎匆匆赶回来，知道的都是些只言片语，当然，最多的还是那些关于魏恕和掌珠的传言。

姜铎紧紧握着拳头，他心中自有评定标准，他的妻儿绝对不能这么被人污蔑。

其实，姜莲娘知道的也并不多，但是温柔嘉说的那些她都还是记得的，便一一讲来。

姜铎眉头紧紧皱着，看来他知道得要比姜莲娘多，小院果然没有传进消息来，这样也好，省得掌珠操心，姜铎转头看向熟睡的掌珠，问姜莲娘："太医怎么说的？你大嫂身子怎么样？"

姜莲娘道："太医日日把脉，倒是没说什么，但是我看着好像是避重就轻，我也不敢对大嫂说，怕她心思更重，不如现在请太医看看？"

姜铎道："很好，传太医吧。"

这边太医看到姜铎回来了，心中也高兴，关于掌珠的脉象，他早就有谱了，只等着能做主的来呢，太医又把了一回脉，才对姜铎道："姜大人不要担心，夫人这两年将身子养得很好，胎儿和母体都很好，只是……"

姜铎道："只是什么？"

太医躬身道："只是夫人这次怀的是双胞胎……"

"双胞胎！"姜铎并没有太大的高兴，他心中更是担心掌珠，之前生小至宝就已经很受罪了，现在一下子生俩，这不更是遭罪！

姜铎皱着眉头，问道："当真没有什么事？"

太医道："因为怀的是双胞胎，肚子要比平常孕妇大一些，就是生产的时候怕也要费些劲，但是这些都是正常情况，只要夫人好好养着，也没有什么大问题。只是这些日子夫人太过费心神，也消耗了不少体力，所以这段时间最好能好好补养。"

姜铎松了一口气，这一次掌珠的情况其实要比上一次好多了，毕竟上次几乎都不能下床。

姜铎又问道："那现在我带她出宫应该没有问题吧。"

太医皱了一下眉头，道："最好再休养几日，不然路上太过颠簸，若是没入宫前倒没有什么……"

姜铎点了一下头，道："那且过几日吧。"姜铎也担心路上出现什么歹人，毕竟现在还没有解决宫里的事呢。

姜铎示意太医下去后，对姜莲娘道："就先辛苦妹妹服侍你大嫂了……"

姜莲娘道："大哥哥太客气了。"

姜铎道："若是掌珠醒来，就先告诉她这些，好好开导她，不要吓到她。"

姜莲娘自是应下，姜铎这才离开小院，直接去了乾清宫。

这时，在乾清宫的还有温润晁。

温润晁正是来禀告皇后服用“快活散”一事。

温润晁道：“这‘快活散’出来得无声无息且无孔不入，实在是让人不可小瞧。”

魏恕想了一下，道：“朕看着这东西怕是想灭魏氏一族。”不然为何只在宫中出现？不曾出现在民间，而且不是先帝就是妃嫔，这样品级高的人身上才有。

温润晁并不多说什么。

一旦魏家被平，能代替魏家的无非是穆家或者是薄家，说不好也会将温家与姜家捎带上。

这时，姜铎进来，单膝跪地行礼，魏恕连忙上前扶起姜铎，道：“是朕辜负了你，不能保护你的妻儿周全。”

姜铎道：“此事虽然因陛下而起，但是陛下并不知情，更何况，这群小人早就预谋好，防不胜防，陛下不必自责。”

魏恕见姜铎说得诚恳，心里也舒服了许多。他与姜铎毕竟是一同长大，实在不希望两人心生嫌隙。

魏恕道：“如今你打算怎样？陈氏名声已经受损，只要朕能帮上忙，便是下罪己诏，也是可以的。”

姜铎也有些无奈，道：“这事臣也在想，不知道是否有两全其美的方法。”

掌珠的名声是绝对不能受辱的，而魏恕能不伤了名声就不伤名声，毕竟魏恕才登基，国尚不能稳固。

魏恕叹了一口气，道：“怕是难两全其美，朕并不希望牵扯到皇后，这也算是朕的私心。皇后虽中毒，但也毕竟是她的一念之差，朕并不想将错处归咎到女人身上，说来说去，是朕的错。”如果他与掌珠有些距离，皇后也不会想到掌珠身上。

他堂堂的一国之君，岂能让女子背负这些？

姜铎叹道：“臣听说皇后有喜了？”

魏恕道：“皇后与柔妃都有喜了，两人相差不过几天。”这喜来得可真不是时候，毕竟皇后还在中毒中。

一直没有说话的温润晁，道：“臣倒是有个主意，但是只能顾及两全，陛下怕是要……”

魏恕道：“快说来听听。”

“快活散”的事虽然更重要，但是并不急迫，毕竟就算是想做些什么也不是一朝一夕的事。但是掌珠失踪这件事最为紧急，“失踪”的时间越长越不利。

温润晁道：“臣觉得此事只有将计就计才能让大家信服，也能让……姜少夫人脱身。”

魏恕眉头一皱，明白温润晁的意思，他现在只能当坏人了，只当真的是将陈掌珠软禁起来，是姜铎从宫中救出掌珠，这样皇后肯定没事，但是掌珠……

姜铎道：“那掌珠岂不是……”姜铎其实早就想到这个了，但是他还是更担心掌珠的名声，单纯地说来他只要掌珠好好地活着就可以，对于其他的无所谓。但是他堵不上悠悠众口，他也不希望掌珠承担她本就没有做过的事。

温润晁笑了一下，道："这个时候就是要烘托姜少奶奶高贵的品质了。"

魏恕与姜铎对视一眼，魏恕点点头道："如此最好，这个坏人朕愿意当。"反正也不是第一回，当年"抢"姜荷娘不也是这样？

其实这样还有一个好处，就是魏恕与姜铎表面上也真的决裂了。

对于这块，魏恕与姜铎两人本来打算"冷战"三五年就可，等到姜铎周游列国回来，两人关系慢慢修复好。

但是出现这件事和"快活散"一事，魏恕就改变主意了，这是有人盯着魏家呢，那么魏家就需要有一个暗中行事的人，这人非姜铎莫属。

姜铎拱手道："那就多谢陛下了。"

魏恕摇摇头，不再提这事，将关于"快活散"的猜测说与姜铎，姜铎想了一下，道："若是能弄到这'快活散'就好了，不知道是个怎样的东西，味道又是什么样，咱们看见了尝到了，也好去找出它的出处，总好过在这里瞎猜。"

魏恕道："这快活散朕倒是看见过，是先帝服用的，白色粉末，看起来和面粉差不多，但是这东西是宫中太医添加过其他香料的，并不是皇后吃过的，皇后吃了不过三四个月便如此，可见药劲十足。"

此时进来一个太监，跪下道："启禀皇上，惜太妃招了，说这药是陈夫人周氏给她的，说是能生儿子的药，惜太妃后来送给了皇后娘娘……"

魏恕、姜铎、温润晁三人面面相觑，这药不是"快活散"吗？怎么又变成生儿子的药了？

过了会儿，魏恕喃喃道："或许当初也是用这个借口哄着……他吃下的。"这他指的就是先帝。

姜铎与温润晁异口同声道："臣想起一事。"说完对视一眼，温润晁道："姜兄说吧。"他二人想到的应该是同一件事。

姜铎眼眸沉了一下，道："内人儿时曾在薄情庵居住，原因就是臣的岳母曾经生下过……不健康的孩子，后来臣听内人说，岳母曾经吃过生儿子的药，而且……"顿了一下道，"臣的妾侍也曾得到过这种药……"

看来，所谓的"快活散"不仅仅是针对皇室魏家，而是整个大魏朝的贵族。

关于"快活散"的事，自有魏恕和温润晁二人去查，这方面并不是姜铎所擅长的，他现在最重要的就是要安抚掌珠，更要演一场戏。

小院中，姜铎依然表情凝重，眉头紧锁。

掌珠看他这个样子好笑，这人还在为她怀了双胞胎心忧，掌珠忍不住道："藏锐，这是好事，你怎么不高兴呢？"

姜铎无奈地瞟了眼掌珠，他本以为掌珠知道后肯定也如他这般担心，没想到掌珠却是高兴得不行，完全没有之前的那些担忧和疲倦，这样只会让姜铎更担心，他实在无法想象掌珠若是有个万一……

掌珠好好睡了一觉后，已经是觉得精神极了，下了床，走到姜铎身边，道："藏锐，你不用担心，我和孩子都会好好的。"

姜铎点头道："自然，我也不会让你们有事的。"

掌珠笑道："所以，别愁眉苦脸了。"

姜铎见掌珠笑颜娇美，也情不自禁地笑了起来，他好像好久没有看见掌珠这样笑了，可见这孩子还是有点用的，想到掌珠肚子里的俩孩子，姜铎又皱起眉头，道："掌珠，如果你有什么事的话，我宁愿不要这个孩子。"

掌珠伸手抚平姜铎的眉间，道："藏锐，这是上天赐给我们的宝贝，我们应该感恩。"

掌珠说着握着姜铎的手放在自己的肚子上，道："藏锐，这是你我的孩子，他们的出生不是为了继承姜家，也不是为了打破那个什么传言，他们或许在一定程度上证明了你我的情意，也或许为咱们造成了一定的麻烦，但是他们是你和我的孩子。或许长得像你，性格像我，也或许有你的缺点也有我的优点，我们会看着他们长大、成亲、生儿育女，以后他们会有他们的人生，他们是你我的延续。藏锐，他们不是咱们的负担，我很高兴……"

姜铎看着掌珠异常大的肚子，手慢慢地摸，他居然感觉到胎动，他们在回应他。

姜铎惊喜地看着掌珠，心中渐渐涌上一股暖流，掌珠上次怀孕，因为身体不好，因此他除了担忧还是担忧，丝毫没有感觉到当父亲的喜悦。这一次掌珠也身处事端中，因此他也没有思考过其他的……

其实他根本不算是一个称职的父亲，他也从来不知道该怎么当父亲，就是对小至宝他也只会宠爱。

姜铎点头道："你说得对……"

这些也是掌珠在这个小院中想通的，她也是慢慢地学会当母亲，当她知道自己怀的是双胞胎后，她有的是喜悦而非害怕，她就明白了这些。

掌珠道："太医既然说我现在应该休养，那我就先在这里再休息几日吧。出宫的事就先缓缓吧。"

姜铎道："我也正想和你说这事，我恐怕还要演场戏。"说着笑了下。

掌珠挑了一下眉，道："演戏？"

姜铎神秘地笑了笑，并不解释什么。

姜铎只陪着掌珠睡了一晚，第二日天没亮就偷偷离开皇宫出了京城。

掌珠见到了姜铎也知道自己怀的是双胞胎后，不再如之前那般低沉，她感觉只要卧床几日，就可以休养好了。

等到掌珠醒来的时候，几乎到了晌午，这有了主心骨就是不一样。

晓初正笑着给掌珠梳妆时，就有太监过来通传，陛下来了。

掌珠并没有在屋中等待皇上，而是出了屋在院里接见皇上，成为皇上的魏恕，掌珠是第三次见到，但是每见到一次，掌珠都感觉到魏恕越来越像皇上了，难怪姜铎会有意远离魏恕，姜铎最是了解魏恕的，魏恕会是一个称职的皇上的。

掌珠微微福身道："还请陛下恕罪，妾身有孕在身，不能行大礼。"

魏恕一挥手，道："无妨，起吧。"

掌珠道："谢主隆恩。"这才站起来。姜莲娘与晓初站在掌珠左右，两人都怕皇上会做出什么，这两人都知道掌珠为何被软禁在这里。

魏恕见状，只是笑了一下，道："这些日子委屈你了，今日来是特地向你道歉的。”

掌珠道：“陛下言重了。”

魏恕听出掌珠语中带着疏离，猜到掌珠并不想与他有牵扯，便也不多说，转身离开了。

这倒是让这三人摸不着头脑，莫非皇上来这儿就是为了道歉？

掌珠想了一会儿也想不通，便回屋里休息，只耐心等待姜铎接她来，想来也就是两三日以后吧，这样想来，掌珠心中更加急迫，她心中想念小至宝，也想母亲，不知道母亲该怎样着急呢。

这一天注定不让人清静，掌珠午睡的时候，温润晁也来探望，他虽然光明正大，但是在这小院中，还是多了几分尴尬。

姜莲娘给温润晁奉上茶，道：“大嫂休息了，还请公子见谅。”姜莲娘是第一次离如玉公子这么近，心中甚是激动，但也知道现在是什么情形。

姜莲娘并不知道温润晁与掌珠的往事，只是现在来小院的人除了姜铎怕都有其他心思，就是不知道这如玉公子是何意。

温润晁抿了口茶，掩下眼中的失落，自从软玉成为郡主后，似乎变了性子，更加谨慎，生怕给郡主这二字抹黑，他其实也并不想与掌珠怎么样，他只是想找个人说说话罢了，终究还是他唐突了。

温润晁将剩下的茶一口饮下，道：“在下先走了。”

姜莲娘看着温润晁的身影，觉得很奇怪，今儿个这些人怎么都这么不正常，正想将茶碗收下，却见桌上放着温润晁的扇子，姜莲娘连忙拿起扇子小跑几步。

好在温润晁走得不快，正要出了院门，就听见姜莲娘喊：“温公子，温公子。”

温润晁转身，就看见姜莲娘薄汗素衣，眼中焦急，待见到他停下，眼中又一瞬间含笑，道：“温公子，你的扇子。”

纤纤素手，看着很舒服。

温润晁美人见过不少，倒是很少见到在他面前不做作的女子，接过扇子，笑道：“多谢姜姑娘。”

姜莲娘对上温润晁儒雅的面容，忍不住脸一红，只微微福身。

温润晁这才转身离去。

姜莲娘掩好门倚着门，只觉得心怦怦乱跳，这如玉公子果然配得上如玉二字。

夜晚，掌珠知道温润晁来过后，只是点了一下头，并没有什么别的神色，此事也就过了。

待到第二日，掌珠就知道皇上为何突然来了。

第二日，宫中已经暗中传言掌珠就藏在小院里，而被禁足的姜荷娘听说后，居然还过来辱骂掌珠，好在姜莲娘将人挡在了门外，这下掌珠就在宫中已经被众人知道了。

第三日，掌珠就听说了姜铎怒闯皇宫一事，只是被侍卫拦下来了。

掌珠想，原来是要演这么一出戏。

第四日，姜铎入宫与皇上大吵一架，皇上当时似乎还要将姜铎关入大牢，后来被皇后拦住了。

第五日，姜铎召集满朝文武大臣威逼皇上交出掌珠。

皇上自是从姜铎召集的这些人中查找出谁是忠臣、谁是奸臣，看这里面谁闹得最欢。

第十日，皇上无奈，只说掌珠是为了陪伴惜太妃才留在宫中，后来不小心动了胎气，因此多住了几日，并且答应如果太医诊脉掌珠无事后，就将掌珠送出宫。

第十二日，掌珠按照要求，故意在额头上摸了一抹红色，只装自己曾触柱威逼皇上。

第十五日，掌珠离开皇宫，回到姜家。

这事也才解决，除了皇上，皇后、掌珠都被择出去了。

魏恕身上则落了个好女色的名声。

好在是发生在国孝之后，君王守孝一日如一月，二十七个月，在魏恕身上不过是二十七天……

魏恕、姜铎、温润晁都以为这事已经过去了，但是奇怪的是，外面关于魏恕的流言却一日盖过一日，好女色已经渐渐地演变成荒淫无度、软禁皇后。

被择出去的掌珠再一次被牵连，她已经被人说成褒姒、妲己之流，似乎不死不足以平民愤。

乾清宫。

魏恕冷笑道："看来那个幕后之手见'快活散'不能毁朕便换了流言。"否则这事在他们有意打压下应该会慢慢平息的。

闹了这么大也不过是想还掌珠名声的清白，却没有想到……

温润晁叹道："都怪我……"他也没有想到幕后的人会有这么大的能耐。

魏恕道："派人查这流言是从何人口中传出的，虽不见得查到主使者，但是也能窥知一二。"

温润晁沉声道："是。"

姜铎只沉默不语，过了一会儿道："待到掌珠生下孩子后，臣就带她离开大魏。"

魏恕道："藏锐……"他们已经商量着，姜铎暂且不出使他国，留在大魏先查"快活散"一事。

再说虽然离开大魏可以平息流言，但是也太被动。

姜铎道："臣不是意气用事，事实上，臣之前出使闵国，虽只是停留几日，但是臣也感觉这闵国怕是大魏的强敌。"顿了一下，道，"而且臣觉得，这'快活散'不见得就是大魏之人所为。"

魏恕与温润晁一愣，这是什么意思？

掌珠回到姜家后，心情很激动，她以前从没有觉得陈家是家，就连薄情庵也是因为母亲曾经住过，她才有几分留念，没想到离开姜家才一个多月，她就已经想家了。

家原来是这个样子的。

姜夫人看到掌珠平安地回来，也是激动得说不出话，尤其知道掌珠怀的是双胞胎后。

掌珠心疼地看着姜夫人满头白发，道："母亲辛苦了，让您担心了。"

姜夫人眼中含泪道："回来就好，回来就好……"说着又招手让奶娘牵着小至宝过来，道："小至宝，你娘回来了。"

只两个月没见到小至宝，掌珠就觉得小至宝好像长高、长大了不少，掌珠本是冷情的人，但是这时却情不自禁地眼含泪水，因为肚子已经很大了，所以掌珠只能微微躬身，伸出手，道："至宝，我是娘亲。"

小至宝性子也随掌珠，冷情安静，只是看着掌珠。

掌珠伸手轻轻摸着小至宝的头，小至宝倒是没有闪躲，过了一会儿，才嫩嫩地喊了一声："娘亲。"

掌珠很是高兴，连连点头，道："娘亲回来了。"

姜夫人见掌珠好像很激动，连忙道："你也不要哭了，回来就好，可是累了？饿不饿？先好好休息吧。"

掌珠高兴地点点头，然后走到姜三夫人面前，福身道："婶娘，是我拖累三妹妹了。"

姜莲娘和姜三夫人连忙扶起掌珠，都道："不必在意，回来就好。"

掌珠这才回去休息。

回到姜家心中才是真正地放松，掌珠一下子狠睡了三天，这期间除了迷迷糊糊地喝些粥或者如厕，就一直在睡梦中，三天后才醒来。

"你可算是醒了。"

掌珠蒙胧中听见姜铎的声音，心中纳闷，姜铎不是已经出使列国了吗？掌珠只慢慢坐起来，姜铎递给掌珠一碗盐水，掌珠漱了口，清醒了，才想起之前发生了什么。

等到掌珠回过神来，晓初已经伺候着她净面了。

掌珠问道："我睡了多长时间？"

姜铎笑道："三天，我和母亲吓得都请太医了，太医只说你太累了，睡醒了就好了，你现在好些了吗？"

掌珠眉头轻蹙，道："觉得和以前一样……"

姜铎笑道："只要没有不舒服就好。"说着居然过来帮掌珠穿上衣服，一旁的晓初等人都退下。

掌珠心中暖融融地道："藏锐，你还走吗？"

姜铎道："不走了，就算要走也会和你一起走。"

掌珠高兴地点点头。

接下来的日子，掌珠感觉就好像真的回到了以前似的，姜铎还是早出晚归的，她从来不问姜铎去干什么，只要姜铎能平安就好。

只是过了十几日后，掌珠却发现不对劲了，竹院的侍女都没有什么，只是她有时去花园中散步，难免听见几句闲言碎语，掌珠心中已经发觉怕是姜铎那个所谓的演戏失败了。

她从皇宫里出来，怎么可能不让人怀疑？纵使是魏恕承担了所有的责任，但是有心人也能找到其中的破绽，这一招本来就是险招，也不过是利用魏恕的身份特别罢了，若是能成，她便是凤凰涅槃，自有人歌功颂德；若是败了，怕也要被口水淹死。

现在看来，怕是有人推波助澜，不想让此事就这样过去。

难怪这些日子姜铎回来得越来越晚。

掌珠知道姜夫人和姜铎是不想让她知道这些，只是外面的传言越来越凶猛，她即使身处后院，也难装不知道了。

掌珠只是不提这些事。

这一日，掌珠照例去花园散步，她现在已经九个多月了，离着临产越来越近了，肚子也越来越大，太医嘱咐她每日都出去走走，活动活动，生产时也好生。

掌珠走在小路上，与晓初、秋白聊着天，就看见前面站着一个素衣女子，掌珠长出一口气，这人也不用问，肯定是清葫，也就这人习惯等人，就是不知道什么事。

掌珠想了一下，并不想理会她，只示意晓初和秋白转身往回走。

清葫好不容易见到掌珠，自然不会这样轻易放弃。

掌珠虽日日出来散步，但是这花园也是到这个时候就清场，她能一直藏在这里等着掌珠，很不容易。

清葫快走几步，道："少夫人，少夫人。"

掌珠不得已站住，转身，问道："你有何事？"不是她害怕清葫，而是现在她身子重，出不得意外。

秋白站在她身旁，一副保护她的模样，而晓初则不动声色地离开，想来是去姜夫人那里了，这个花园离松院比较近。

清葫看出掌珠等人都有些紧张，忙后退一步，然后跪下道："少夫人，我对大爷是一片真心。"

掌珠不明白这个清葫怎么突然说这些，只敷衍道："好，我知道了，你走吧。"

清葫不知道怎么回事，眼泪刷地流下来，道："少夫人是否也同清葫一样，一心一意地对大爷？"

秋白道："你这贱妇，怎么敢拿少夫人与你比？"

掌珠深吸一口气，道："你要是没有什么正事，我便不与你在这儿闲谈。"说着掌珠扶着秋白转身。

清葫跪行几步，拽住掌珠的裙角道："少夫人！你既然一心一意对大爷又为何媚惑皇上？你既然真心对大爷又为何引得大爷与皇上决裂？你既然入宫了又为何与大爷出宫？"

掌珠一听，愣住，看向清葫。

清葫对上掌珠冷漠的眼睛，心中一抖，但还是直视，眼中带着质问与不屑。

秋白想骂什么却被掌珠制止了，掌珠只道："把你的手松开。"

清葫才注意自己一直紧紧抓着掌珠的裙角，连忙松开，又继续道："少夫人，您要是为了大爷就该站出来说句话啊。"

秋白这时听不下去了，一脚将清葫踢开，道："你这贱妇懂什么？听风就是雨，快滚！"

清葫说的这些话正是外面传的，其实外面传得更多的是关于魏恕风流的话，但是到女人嘴里就难免八卦起来，掌珠自也是成了别人茶余饭后的话题。

清葫跌倒在地上，冷笑道："少夫人也不过是为了所谓的少夫人这个头衔，心中一点儿也没有大爷，既然如此少夫人还是入宫吧……”

“入不入宫的，不用你来说。”说话的并不是掌珠，而是姜铎。

姜铎身后跟着晓初，姜铎正好在松院门口遇到慌张的晓初，一问便先赶过来了，正好听见这些话。

姜铎先看掌珠是不是有事，见没有什么事、脸色都没有变，便放心了，站在掌珠前面，将掌珠挡在后面，毕竟清葫这女人疯起来说不得什么都能干出来。

清葫一见是姜铎来了，情绪更不容易控制，只哭诉道：“大爷，奴家是真心为您好，您怎么能辜负奴家的一片真心呢？这个女人爱的只是荣华富贵。大爷，您睁眼看清吧。”

掌珠无奈地摇摇头，这清葫看着好像疯癫，但是眼神清明，很明显，她说的是她心中所想的。

难不成爱一个人就该如清葫这般失去灵魂？这就叫作全身心的爱吗？

不知道怎么回事掌珠居然想到了软玉，那个为了阿路甘愿自请下堂的女子。

姜铎嫌恶地看着清葫，道：“我与你没什么可解释的，念在你一片真心的分儿上，我再给你一次机会，你可以选择回到房间以后不许再出来，或者是去庙里修行。”

掌珠听了姜铎的话，看向清葫的时候已经是满眼的悲悯，这个女人为了爱已经失去自己了。最可悲的是她爱的男人却不爱她。

清葫绝望地看着姜铎，只是无奈地笑着，眼泪却越流越多，姜铎刚要说什么，就听清葫道：“大爷，您为什么不相信奴家？奴家是真的爱您，愿意为您付出一切的，而她！除了勾引男人，还会干什么？大爷！”

姜铎怒道：“放肆！既然你不愿意回去，即刻我便让人送你走。”

话音落，后面已经过来两个粗壮的婆子，这两个粗壮的婆子拉起清葫，毕竟有少夫人在，她们也不是特别粗暴，要是放在平常怕是就动粗了。

清葫果然发起疯来，怒道：“大爷，现在能让事态平息下来就只有这个女人一死了，哪怕是假死，大爷，您爱她就那么深？”婆子赶忙捂住清葫的嘴。

姜铎紧紧握了一下掌珠的手，道：“咱们回去吧。”姜铎怕掌珠吓到，声音十分温柔。

这前后一对比，谁都看得出姜铎对谁真心对谁敷衍了。

掌珠叹了一口气，问道：“外面已经这么严重了？”她以为过几日就好了呢，但是现在看来不是……

姜铎顿了一下，还是点点头。

现在连大臣都要姜家给出个交代，不然就是魏恕延缓登基……

谁都没有想到事情会闹成这个样，背后主使者背景怕是小不了。

掌珠只皱着眉头。

姜铎道：“别担心，一切交给我……”

两人正说着，就听后面传来婆子的惊呼声。

姜铎先回头，一回头就看见清葫满嘴的血，看来是吞了什么毒药，连忙捂住掌珠的眼睛。

掌珠虽没看清清葫到底怎么了，但是也是闻到了血腥味。

清葫躺在地上，血从她嘴里涌出，却笑了，道："大爷，我是真的爱你的……我愿意为你死，你看见了吗？大爷，我死了，你可以把我交出去，你可以说在宫中被软禁的是奴家……大爷，我……"说着眼角流出泪。

姜铎和掌珠同时叹了一口气，掌珠慢慢拉下姜铎的手，看向清葫道："你这是何苦？"

清葫却带着胜利的姿态笑道："你……你不懂，我是爱大爷的，你不是……"

说完只直愣愣地看着姜铎，似乎希望姜铎说什么。

这样许久后，姜铎上前一步，蹲下，手放在清葫的脖子上，道："已经没气了。"

说完姜铎手慢慢地放在清葫的眼睛上，但是手滑下后，清葫的眼却没有闭上，晓初等人吓得都后退一步。

掌珠想了一下，道："会按照你说的做的。"

姜铎再次将手放在清葫的眼上，手滑下后，清葫终于闭上眼了。

掌珠与姜铎回了竹院，两人都没有说什么。

掌珠的月份大了，精神不济，刚才又遇见这么多的事，现在已经是很疲倦了。

姜铎扶着掌珠上床，盖好被子，道："乖，好好地睡觉，其他的都不要管。"见掌珠闭上眼睛才转身离开。

待到姜铎离开，掌珠才睁开眼，看着百子百福的帐子，她不爱他？

掌珠心中猛摇头，不对，清葫说得不对，她是爱他的，只是……无论有多少种解释，在清葫的死上面，似乎都是苍白无力的。

就好像有一个声音在说，人家都愿意放弃自己生命，你能放弃什么？

掌珠无言。

清葫的死看似没有引起什么风波，人只是被抬走了，谁都不说什么，但是所有人看掌珠的眼神都变了，似乎都在指责她。

怀孕了，好像变得脆弱敏感了，掌珠明白他们所想的，他们认为是她逼死了清葫，是她拆散了一对有情人。

面对这个指责，掌珠并不介意，她行得正做得端，从来不怕这些闲言碎语，连蛊惑皇上这种指责她都不怕，更何况是这些。

说句实话，这清葫就算是她打死的也没有什么，不就是打死一个妾吗？

只是，掌珠想起清葫的死因，心中也是一番感叹。

清葫是为了成全她自己的爱而死的，甚至是为了证明掌珠不够爱姜铎而死的。

清葫这样或许就是给掌珠最大的报复，她愿意用自己来救掌珠，她要让姜铎永远记得她。

好大的魄力。

好强的……怨念……

只是，想到这个，掌珠突然发现，外面并没有传出其他的传言，也就是说外面还是传她蛊惑了皇上，姜铎是不想这样利用清葫吗？

这几日姜铎虽然在她面前刻意装得轻松，但是她还是瞧出来姜铎是有心事的，掌珠叹了一口气，大概是明白姜铎所想的。

他是觉得不能利用一个死人吧……

夜里，掌珠做梦，梦得很乱，梦见了小时候的事，母亲和父亲还活着，她的弟弟也活着，后来她出嫁了，她嫁给了别人，一个不认识的人，成亲前一晚，她心里不踏实，总觉得自己忘记了什么，忽略了什么，心好像被掏空了似的，直到她就要拜堂的时候，她想起来了，她结过婚啊，她还生了小至宝，她还怀了双胞胎，她的孩子呢？

她下意识地抚摸肚子，发现肚子平了。

掌珠吓一跳，猛地从梦里惊醒，只发现房间灯火通明，掌珠急得满头大汗，道："我的孩子呢？我的孩子呢？"

姜铎也坐在一旁，忙扶住掌珠的肩膀，道："掌珠，孩子在，小至宝在母亲那儿乖乖地睡觉呢，你肚子里的孩子也在，只是现在就要出来了。"

掌珠忙用手摸自己的肚子，发现还是大肚子，她的孩子还在，掌珠露出大大的笑容，然后道："藏锐，我刚才差点就回不来了。"

掌珠总有种感觉，如果她就这么忘记姜铎，忘记小至宝，她或许就不会醒来了。

姜铎并不明白掌珠是怎么了，但是看见掌珠满头是汗，又一副受了惊吓的样子，只觉得心疼，连忙安抚道："乖，没有事的，你就要生宝宝了，有太医在，还有产婆在，她们说你没有事的，比上次要好很多。"

掌珠这才发现自己已经在产房里面了，衣服都已经换了，或许是因为清醒了，感觉到肚子隐隐地痛。

姜铎看着掌珠不明所以的样子，笑道："你都不知道你睡得有多沉，连羊水破了你都不知道，她们帮你换衣服换房间你还是睡得那么沉，不过太医说你还要再等等，就快生了。"

掌珠也笑了一下，心中却越来越庆幸自己醒了，伸手摸着姜铎的脸，道："藏锐，还好我回来了……"

姜铎这才有些担心问地道："掌珠，你怎么了？"

掌珠摇摇头，道："我没事。"顿了一下，道，"藏锐，我很高兴能嫁给你，我……"

姜铎只当掌珠心里还记挂着清葫的事，连忙道："掌珠，清葫说的你不要放在心上，我们的人生不能像她一样只有爱、只为爱活着，你还有小至宝，你还有母亲，还有肚子里的宝宝……"

人要是都有爱就活，不爱就死，那又算什么？

再说，清葫算是真正的爱吗？她用死来威胁自己爱的人，怕也只是为了成全自己吧，虽然对于一个死了的人不必太斤斤计较，可也恰恰因为这样，清葫的死也就一了百了，姜铎只能无情地想，好在自己不爱清葫，不然，清葫这样的爱，他是承受不住的。

事实上，这些日子姜铎也在查清葫，在查清葫是不是吃了"快活散"，只可惜他并没有查出来，他虽然在清葫的房间找到一点"快活散"，但是丫头们都说清葫没有吃过这东西，这东西是怎么来的，大家也都说不清，所以姜铎也不能确认清葫到底有没有吃那东西。

掌珠知道姜铎误会了，但也并不解释，笑道："我知道的，藏锐，你也不要在意。"

姜铎看着掌珠，道："我不在意，明天，就会按照计划将流言放出去，只是怕你身上又要有新的流言飞语了。"

掌珠摇摇头，道："嘴是长在别人身上的，我管不了。"话还没有说完，就激灵一下——她肚子突然就越来越疼，疼得她说不出话，直冒汗。

姜铎一看，马上让产婆过来。

产婆看了眼，道："大爷，少夫人是要生了……您先回避一下吧。"

姜铎看了眼掌珠，点头离开，他在这里看着掌珠，怕是掌珠喊都喊不出来。

果然，姜铎刚一出去，就听见掌珠喊叫的声音了。

姜铎长出一口气，想起上次掌珠生小至宝的时候，他想着是不是要杀姜心，而现在，他则是要处理清葫。

姜铎让人将清葫的尸体抬出去，又让人去寺庙点了油灯，烧了纸钱。

清葫的尸体已经在冰窖中存了几日，现在抬出去和刚死的时候一样，姜铎只是看了一眼，心中道，希望下辈子不再相见。

虽然这次或许是清葫帮了忙，但是姜铎实在感激不起来。

关于制止流言的方案，他们已经商量过了，就如清葫所说，只让外人相信之前在宫中的是她，而非掌珠就可以了。

或许那些有脑子的人是不会信的，但是有的时候越狗血传得就越快，普通人信得也越多。

掌珠身怀六甲，皇上怎么会喜欢？

姜家向来是大妇不受宠，姜铎怎么会为了掌珠闯入皇宫？

怕是皇宫的女子另有其人。

当时在宫中的是三个女子，其一是掌珠，其二是姜莲娘，那第三名说是掌珠的贴身侍女，说不得就是被凌虐的清葫。

只可惜，掌珠怕是要承担恶妇的罪名，成为交出清葫的人了。

"爹爹，娘亲怎么了？"小至宝不知道什么时候过来了，扯着姜铎的衣角问道。

姜铎抱起小至宝，道："娘亲在给你生弟弟妹妹，一会儿就好了。"边说边看向奶娘。

奶娘尴尬地屈膝行礼，是小至宝非要过来的，小至宝有时候通情达理得不像小孩子，一旦倔强起来，也不是闹着玩的。

姜铎示意奶娘下去，奶娘才松了一口气。

小至宝脸上平静，但是眼中还是带着担忧，问道："娘很疼吗？"

姜铎道："会有一些疼，但是等到弟弟妹妹出来了，就不疼了。"

小至宝点点头，过了会儿又问道："有了弟弟妹妹，还会来看我吗？"小至宝想起那些看不见娘亲的日子，心中就很不高兴。

姜铎笑道："会的，娘亲和爹爹最喜欢小至宝了。"

小至宝这才甜甜一笑。

天色已经发白，但是孩子还是没有生出来，因为掌珠怀了双胞胎，情况很不一样，姜铎心里还是担心得很。

好在中午的时候，产婆喜气洋洋地道喜："恭喜大爷喜得麟儿！"

是个男孩。

姜铎心中一喜，道："少夫人可还好？精神好吗？饿不饿？"

产婆道："少夫人腹中还有一个，但是一切都很好，少夫人的精神也很足。"

"好，好，有赏。"姜铎本以为自己会很镇定，但是听到消息的时候，他还是忍不住激动。

所谓的传言祖训，他终于破了，父亲在天之灵也会高兴吧，姜铎又道："快快告诉夫人。"

姜夫人自觉自己是守寡之人，不方便来产房，因此一直在禅房打坐念经。小至宝也已经被送到姜夫人身边，产房血气重，掌珠又总是在喊，怕吓到小至宝。

这时，又来一个小厮，在姜铎耳边说了几句，姜铎点点头，那小厮便出去了。

这小厮说的就是关于外面传言的事，果然，话还没有去传，只是有人看见姜家抬出去个女尸，就自有人开始编故事了。

背后主使者就算是背景再大，怕也不能让所有人闭嘴。

那人会利用众人，他也会利用，越是猎奇，人们越喜欢传，现在就算是皇上说他心悦的是掌珠，怕也不会有人信了，大家只会觉得皇上是为了与姜家作对才故意这样说的。

到傍晚的时候，掌珠终于生下另一个孩子，也是男孩。

姜家大妇几百年不曾生下嫡子，掌珠一生便生了两个。

外人都说掌珠有福气，却也更加相信清葫是掌珠交出来的，不然为何清葫被抬出来那天掌珠正好生产？说不得就是这两人发生了什么呢……

建兴元年，六月十九，这一日就是魏恕的登基大典，大典如期举行，姜铎也身在大魏，只是他还是没能亲自参加大典。

清葫死，他以虐杀妾侍为由关在家中反省，做戏就要做全套，魏恕心中虽有遗憾，却也无可奈何。

而姜铎也正好利用这个时间陪着掌珠。

这一日是掌珠生下双胞胎的第七日，掌珠生产时间虽然长，但是还算顺利，只是生双胞胎并不像普通生产，这次掌珠怕是要好好调养一番了，或许还有生育的可能性。

姜铎则表示，不必再生了，他心疼掌珠受罪，现在这样就很好了。

掌珠醒来的时候只觉得很安静，屋里飘着奶香味，并没有血腥味，阳光暖暖的让人舒服。

掌珠露出一个满足的笑容，她最近这几天都没有做梦，或许是因为生孩子太累了吧，但是心中的幸福感却是不能忽视的，若是母亲知道应该会很高兴的。

掌珠想起母亲让她回陈家那一日所说的话：女人，是应该要嫁一回的。

"啊……啊呜……"是小宝宝嗯嗯啊啊的声音。

掌珠闻声看向床边的摇篮，两个儿子白白的、小小的，因为是双胞胎，比一般的胎儿小一些，但是比小至宝身体好很多。

两个儿子，看起来一模一样，但是掌珠却总能看出不同来，老大要比老二的额头宽一点点，鼻子高一点点，老二的声音则比较洪亮。

虽然刚出生，性子却已经定了，老二比老大淘气很多，稍有不顺，便哭闹不停。

掌珠笑笑，慢慢坐起来，这时候姜铎端着参汤进来，见状，将参汤放在小几上，然后扶着掌珠倚着床头，后面垫上软软的靠枕，其实也还是半躺着。

掌珠笑道："已经生第二回了，不必那么娇贵。"

姜铎先服侍着掌珠漱口，端过参汤，喂了掌珠一口，才道："这个时候怎么娇贵都不为过，乖乖地坐月子。"

掌珠喝下口中的参汤，想说话，却被姜铎连着喂了几口，直到喝完，才能开口说话，笑道："你怎么又进来了，我这坐月子呢，你管忙你的就好。"

姜铎放下碗，帮掌珠擦擦嘴角，道："我最大的事，就是照顾你。"

掌珠眉眼间露出笑意，道："我这里真的没事，有婆子、丫头呢。你也不必这么不放心。"

姜铎帮着掌珠捋了一下头发，道："我照顾你，不好吗？"

掌珠看着姜铎，道："好，怎么不好，只是……"

姜铎笑道："好就行了，不用在意别的。"

掌珠这才不说话，想了一下道："外面的事都已经平息了吗？"她生下孩子就睡了三天，接下来的几天只是看看孩子、吃吃睡睡，没有人和她说起过外面。

姜铎也不想瞒掌珠，点头道："嗯，清葫被抬出去的时候，不必我们传出去什么，自有人好像亲眼见到似的，将前因后果给说了出去。"说着忍不住摇头，道，"我现在是懂得什么叫作人言可畏，眼见为实了，不，有的时候啊，连眼见的都不见得是真的呢。"

掌珠听后，笑道："这事过去了就好。"

姜铎看向掌珠，道："只是你怕是要背了恶妇的名声了，咱们姜家的大妇继续不受宠……"

掌珠看向姜铎，道："藏锐，真的不必再为名声的事烦恼了，我不在意的。"

姜铎揉了揉掌珠的头，道："嗯，好。"

这时，掌珠听到礼炮鸣响，道："今日是陛下登基大典的日子，你怎么不去呢？"

姜铎道："我过会儿再去，一来恭贺陛下，二来也是有要事相商。"又要说什么，这个时候老二睡醒了，哭了，大概是饿了，声音很洪亮，老大自然也醒了，只是跟着哼哼几声。

掌珠此时并不急着问姜铎，自是让奶娘将两个宝宝带下去喂奶，笑道："我看着老大的性子和你像。"

姜铎失笑："不过才出生几天，怎么就能看出性子呢？"

掌珠道："我一想到或许不能陪伴他们长大，就希望能看到他们以后的样子。"

姜铎一愣。

掌珠继续道："你入宫也是商量出使列国的事吧。什么时候走？"

姜铎叹了一口气，道："什么都瞒不过你。只是这次时间或许会长些，不是你我想的三五年，或许会居住在某一国。你还愿意和我去吗？"

掌珠疑惑道："为什么？发生了什么？"

姜铎站起来走了两步，然后道："你可知道魏承帝与哲敬章皇后曾生下一名皇子，行四？"

掌珠皱眉想了一下，道："倒是知道，听过一些传言，这位四皇子年纪轻轻就护送濯莲去闵国和亲，虽是白身，却也在闽国受到贵族大夫的喜爱，后来居然娶了闽国公主，连当时大魏朝的皇帝都忌惮几分。只是这也是两百多年前的事了。"

姜铎叹道："两百多年对你我来说时间太长，但是对一个国家的发展壮大来说，两百年却太短。你可知道闵国现在发展得并不比大魏慢，或许该称为大闽国。"闵国这两百多年来一直在发展，大魏虽依然富庶，只是这些年来内斗已经消耗了不少国力，现在已经在走下坡路了。

掌珠并不打扰姜铎，姜铎回过神来继续道："有传言，当年魏承帝并没有死，而是带着哲敬章皇后去了闵国，后来又生下一子，此子天资聪颖，在四皇子的协助下，居然夺了闵国的政权。"

掌珠很是惊讶，道："可是现在闵国当权之人仍是闽家人……"

姜铎道："有两种可能，一是这个闽皇是傀儡，二是闽皇身上流着的是魏家人的血。"

"那我们……"掌珠有些糊涂了，那他们定居闵国又是为何？

姜铎坐在床边，道："掌珠，'快活散'比你我想象得更严重，这东西不知道从什么时候开始就已经在皇室贵族中流传，皇后吃的是'快活散'，先帝、穆太皇贵妃也是吃了它。惜珠手中也有这东西，说是能生儿子……"

掌珠的眼睛猛地睁大，生儿子……那这东西是……

姜铎握住掌珠情不自禁颤抖的手，道："我在清葫的屋里也找到了，但是不知道她吃没吃，还有红榴当年吃的也是。"顿了一下，道，"岳母当年吃的应该也是这东西……"

掌珠疑惑地道："可是……可是娘亲的症状和先帝他们不一样……怎么……"

姜铎道："这个还没有查出来，但是想来应该是有人慢慢调整药性，让药性隐藏得更加深一些，或许也是针对不同的人有不同的药性……"

掌珠愣了好一会儿才道："这东西是闵国传过来的？"

姜铎道："极有可能。"

掌珠心中不知道是什么感觉，她以为是周氏害的母亲，恨了几年，当初她纠结很长时间是否报复，最后终于放弃，心中不是没有过后悔，可是现在却告诉她周氏不是凶手，原来是闵国，原因却还是……

掌珠哭笑不得，她该恨谁？她该怪谁？她母亲不过是一个牺牲品罢了，周氏也好、陈家也罢，都是别人的一颗棋子。

姜铎一把搂住掌珠，只慢慢地抚摸着掌珠的后背。

掌珠眨了眨眼，将泪水吞回去，她哭什么，反正这些事也都是陈年旧事了，长出一口气，道："真庆幸，当年我没有对周氏、宝珠她们做出什么来。"

姜铎不说话，其实，还有一个关键问题掌珠没有想到——这药到底是谁给岳母的？姜铎心中想到一个人，只是没有说出来。

这个人，他希望掌珠永远也想不到。

“我们到底为何去闵国？”这是掌珠问姜铎的最后一个问题。

而这个问题也正是姜铎要问魏恕的。

夜里，姜铎一人从密道进入乾清宫。

此时乾清宫不但有魏恕、温润晁，还有孔皇后和温柔嘉。

孔皇后和温柔嘉二人现在都怀有四个月的身孕，孔皇后现在十分瘦弱，看起来好像老了几岁，脸色也十分不好，温柔嘉也瘦了些，但是精神还不错。

纵使是在乾清宫，温柔嘉也十分照顾孔皇后，两人关系看起来更是亲密了几分。

姜铎一进来，还是单膝跪地，道：“吾皇万岁万岁万万岁。”

这次魏恕并没有拦着姜铎，而是等到姜铎说完后，扶起姜铎，笑道：“朕一直都想听你这样说呢。”

姜铎笑道：“虽然不能在大典上说与陛下听，但是臣现在说也不晚。”

魏恕自是笑着点头。

姜铎又向孔皇后行礼，孔皇后连忙道：“姜大人不必多礼，本来这次本宫过来，也只是想对姜大人道歉的。”孔皇后声音有些沙哑，而且才说了这几句话就已经有些喘了，温柔嘉连忙递给孔皇后茶盅。

孔皇后抿了一口，才道：“之前本宫魔怔了，完全不知道自己做的是什么，不，本宫知道自己在做什么，只是无法控制住，就好像在看着另一个自己行事。”说完叹了一口气，站起来，道，“不管怎样，本宫都该向姜大人和姜少夫人道歉的。”说着便福身。

姜铎避开，道：“娘娘现在无恙就好。”

孔皇后明白姜铎这样不过是不与她计较，她对姜铎来说，不过就是个陌生人。

但是，这歉意总是要表达的，她确实对不住姜铎，也对不住陛下……要不是现在怀着孩子，她都想……

温柔嘉轻轻拍了拍皇后的手，皇后回过神来，笑了一下，好在她身旁还有温柔嘉，不然，她怕是在戒“快活散”的时候就死了，现在这样就很好了，等生下孩子，日后只吃斋念佛，看着风景变幻，何必想那些有的没的？

孔皇后对魏恕道：“臣妾先告退。”说着就与温柔嘉一同离开乾清宫。

温柔嘉的到来不过是为了服侍孔皇后。

姜铎看着这二人的身影，心中十分感叹，孔皇后也是走运的。

待到孔皇后等人走远后，温润晁才道：“臣暗中调查，已经在京城发现三十四处‘快活散’，这东西或是说有生儿子的功效，或是说有延年益寿的作用。至于江南怕是更多……”

魏恕紧皱眉头道：“这些人可已经服用？”

温润晁道：“大部分人都已经食用，其中又有一半怕是只能……”只能等死了，顿了顿，道，“软玉郡主身上也有……”

魏恕狠狠地拍了一下桌子，怒道：“欺人太甚！朕明日就下旨烧掉这些！”

姜铎问道：“这‘快活散’到底是什么东西？”

魏恕道：“朕已经让太医研究了，这‘快活散’由多种药物组成，其中一种就是罂粟。其他的具体是什么东西还没有研究出来，但是这也足够了，明日朕就下旨把这些所谓的灵丹妙药焚烧掉，不仅仅是这‘快活散’，还有别的灵丹妙药，并且也将严格限定罂粟的流通。”

姜铎道：“如此一来，怕是给他们重重的一击了。”

魏恕叹道：“只可惜不能连根拔起。所以，需要藏锐去趟闵国了。”

姜铎露出一丝疑惑，正如掌珠问的，为何去闵国？若是去收集情报，怕是他的身份并不合适；若只是周游，又何必长住？

温润晁也是如此想的。

魏恕看向这两人，道：“朕已经与闵国的皇帝闽易私下书信联系过了。”

温润晁与姜铎大惊！

魏恕咬了一下牙，道：“大魏现在看似风光，实则……”这话魏恕实在羞于说出口，他引以为傲的大魏，其实居然如此脆弱。

说来也对，这十几年，他只记得报仇夺位，而先帝也只记得临幸美人、防范他……他们都忘记了更重要的事。

魏恕继续道：“事实上，是闽皇先联系朕的，唉，大魏现在的种种，都在闽国的眼里，他们自然知道我们察觉了‘快活散’。他们想慢慢侵蚀我们的打算也暴露了。”

姜铎问道：“闽皇到底想怎样？”

是啊，到现在这个地步只是闽皇想怎样，不是大魏该怎么办，闵国国土不及大魏辽阔，但是闽国百姓骁勇善战。

魏恕道：“闽皇只问是战还是和。”

姜铎与温润晁对视一眼，沉默，自然是和，但是和就要付出代价。

过了一会儿，温润晁问道：“他们有‘快活散’这样的毒计，怎么会说和就和呢？是否可信？”

姜铎道：“臣也查过，现任闽皇单名一个易字，也不过登基三五年，比起前几任闽皇，闽易更温和一些，莫非这‘快活散’不是闽易……”

魏恕点点头，道：“闵国皇室要比大魏还要复杂，他们一分为二，一为血统纯正的闽氏，二就是带有魏氏血统的闽氏。就是不知道现任闽皇属于哪一族。而且这‘快活散’已经出现很长时间了，怕是闵国早布的局，只是被咱们误打误撞发现了。”

这样说就明白了，现任闽皇刚登基，想来也是不想开战的，但是也不能让大魏反击，便只好先下手。

姜铎问道：“只是不知这和的条件是什么？”

魏恕淡淡地道：“质子。”

“质子？”姜铎与温润晁异口同声道。

魏恕点头：“待到皇后和柔妃生产后，朕会与他亲自谈判。”

若真是质子的话，那么孩子才刚出生，确实需要有人照顾教导，这人选就是姜铎，那么姜铎就要跟着孩子一同去闵国了。

怪不得要定居。

姜铎与温润晁都想劝魏恕，但是心里都明白，这是最好的选择，打仗他们不怕，但是毕竟劳民伤财，大魏已经安逸了几百年，怕是一时经不起这种动荡。

这个时候可不是一个熊三爷可以搞定的。

若是闵国一心入侵，他们自然是拼死反攻，但是毕竟闽国也是求和……

魏恕笑道："你们不必如此担心，闵国既然也不想打仗，就得谈判，咱们不见得吃亏的。咱们送去质子，他们也该送来个人吧。更何况，只要这'快活散'消失二十年，朕就有把握能打赢闵国。或许咱们也该学学闵国，放长线钓大鱼。"说着魏恕又看向姜铎，道，"只是委屈藏锐了……"

姜铎拱手握拳道："陛下放心，臣自会完成使命。"

姜铎最是了解魏恕的，他说放长线，说不得就已经想好二十年后的路数了，当年魏承帝的儿子可以夺了政权，那么魏恕的儿子就可以，但是需要一个好老师。

魏恕看着姜铎笑着点头，藏锐果然懂得他的心。

第二日，魏恕果然下了圣旨，烧了不少所谓的灵丹妙药，又禁了罂粟，也斩杀了十几个庸医，这其中或许就有几个闽国的细作。这一来，京城与江南，不少大臣富商因为没有"快活散"而暴毙。

九月下旬，孔皇后与温柔嘉早产，各生下一个男孩，也就是大魏的皇长子、皇次子。

九月初的时候，天气已经凉了。

马车中，掌珠教小至宝认字，小至宝一时皱眉一时沉思，很有趣，不一会儿，姜铎又上了马车，陪着小至宝玩了会儿，掌珠便哄着小至宝睡了。

掌珠轻声问姜铎："咱们还有几天到苏州？"

姜铎道："也就这几日了。"

掌珠轻轻叹了一声，她还真没有想到，这么快就又回苏州，只是这次更多的是道别。

关于魏恕的想法，姜铎并没有对掌珠隐瞒，国家大事掌珠并不懂，对她来说，她只要跟着姜铎就好。

这或许是她对姜铎爱的表现吧，软玉为了爱可以自请下堂，清葫为了爱可以死，而她的爱却是生死相随。

若不在一起，爱还有什么意义？

也可以说这是掌珠的聪明之处吧。

自从掌珠知道以后极有可能定居闵国后，就尽量时时刻刻陪着小至宝，若是真定居闵国，又需要陪着质子的话，她是不想带着小至宝的。

所以这次回苏州探亲，掌珠带了小至宝，也让小至宝见见她的外祖家。至于双胞胎兄弟，年纪太小，实在不宜赶路。

他们已经在路上走了快一个月，天气渐渐凉，走水路太冷了，更何况，掌珠也想让小至宝看看风景，四处走走。

掌珠是在薄情庵长大，虽然也不怎么走动，但是见的人还是比在后宅多，掌珠也希望小至宝多见见人。

姜铎抱着小至宝，就好像是心中的珍宝，想到要分别，姜铎心中也生出了几分难受，皇后、温柔嘉生了孩子后，魏恕就要与闽皇谈判了，早则过年前去闵国、晚则年后，这样一算也没有几个月的时间了。

他倒是没有想到掌珠会这样坚定地将小至宝留下，掌珠真能狠下心，想着忍不住看向掌珠。

掌珠笑道：“你不会还想着带小至宝去闵国吧？”

姜铎叹了一口气，道：“是想着这事，但是也知道不能带她。”

掌珠点点头，道：“闵国皇室到底什么情况，咱们并不知道，小至宝是个女孩子，身处皇室怕是有时身不由己，还是留在这里吧。”

姜铎道：“只是有些不舍得。”

掌珠想了一下，道：“老大、老二带谁呢？”

一时间马车里静了下来，姜铎也没有说话。

小至宝他们不会带，但是双胞胎还是可以带一个的，总有一个孩子可以在他们身边长大，但是也必然有一个不能……

这也是难以抉择的。

这次回苏州城在掌珠眼里更多的是告别，本以为她只是个过客，其实，心中还是有怀念。

这个认知还是让掌珠高兴的，她以为自己是无情的，其实并不是，只是她之前没有学会怎么表达而已。

五天后，他们到了苏州，暂且住在姜铎的宅子里，并没有马上回陈家。

他们也听说了一些陈家的近况。

周氏唯一的儿子陈承业已经成亲，娶的是莫氏，但是莫氏一直都没有生孩子，连同妾都没有怀孕的，问题所在就很明显了。

事实上，据姜铎查的，怕是陈承业也吃了那“快活散”，具体是怎么吃的、为何吃的，这就不知道了。

这其实应该算是周氏的报应，但是掌珠也不觉得高兴，她与陈承业虽然接触不多，但是陈承业对她还算尊敬，当她是长姐……

陈家以后怕是要靠祝氏所生的孩子了。

姜铎这次来苏州的另一个任务，就是再次查看苏州、扬州是否还有这“快活散”。

小院中，掌珠整理了一下帖子，他们这次回来比较低调，并不想大动干戈，要拜访的人家并不多，只有陈家、周家两家，定下明后两日在陈家，第三日拜访周家，至于姜铎那边，也有两三家拜访，掌珠只留出十天。然后他们便去扬州。

姜铎虽然没有提，但是掌珠想着姜铎应该见见姜心，决定最后就去薄情庵。

那时候就要到母亲的忌日了，她已经几年没去了，也带小至宝看看她外祖母。

陈家虽然惊讶，却也欢迎。

尤其是周氏，宝珠现在在京城，惜珠贵为太妃，这二人过得比上不足比下有余，周氏心中算是满意了，就是觉得自己太孤单，没有个人说话，或许是年纪大了吧。

掌珠再见到周氏也颇为惊讶，虽然不过六七年，周氏已经相当显老了，额头上已经有了皱纹，头发也白了一些，只是看起来和蔼可亲了许多。

周氏自然看出掌珠的惊讶，不好意思地掩了一下头发，道：“我看起来老了吧，唉，不是为你妹妹操心，就是为你弟弟操心，你二叔也从来不管这些。好在还有承祖在身旁陪着。”

承祖就是祝氏所生的儿子，周氏的庶子，也算是陈承祖赶上好时候了，周氏膝下没有人陪伴，多出的感情就只放在陈承祖身上了。周氏见到小至宝，也很高兴，直说这和掌珠一个模样。

掌珠看到周氏这样，有些心酸。

周氏对她这样好，更多的也是为了宝珠、惜珠，毕竟只有她在京城，多少可以帮衬着宝珠、惜珠。

周氏也打听了惜珠的近况，她现在心中多少有些后悔。

掌珠只拣好听的道："惜太妃收养了宝珠的庶女，陛下仁慈，给那庶女一个郡主的品级，也让惜太妃有个依托，将来若是小郡主嫁人了，也可以将惜太妃接出来。"这话只能听前一半，确实是给了郡主的名分，也让惜珠抚养，但是毕竟皇后身上中毒与惜珠脱不了关系，陛下也是看在她是陈家女的分儿上饶她一命，怕是这一辈子都不能离宫了。

这样说不过是安抚周氏罢了。

周氏连连说好。

掌珠本想打听那个所谓生孩子的药，也就是"快活散"，但是偏偏陈承业的媳妇莫氏也在，掌珠便问不出口了。

这个莫氏看着活脱脱是第二个曾经的周氏，掌珠只暗暗摇头，当年陈家一心向上走一步，希望从世家成为贵族，几个女儿都嫁出去了，惜珠甚至成了皇上的妃子，可是现在陈家也还是这个样子。

拜见了周氏，掌珠便与姜铎一起去拜见陈太夫人，陈太夫人看着也老了一些，精气神还好得很，见到掌珠还是那副淡淡的样子，但是眼中已经有泪了，而掌珠不比之前年轻气盛，更懂得感情是什么了。

掌珠已经流了泪，跪下道："之前是孙女不懂事……"

陈太夫人也没有忍住，连忙用手绢擦擦眼角，笑道："你们能来看我，我就知足了，快快起来吧。"

陈太夫人年纪大，眼神已经不像之前好了，拉过掌珠，细细端详，道："长大了，长大了。"又抱过小至宝，说了和周氏一样的话，笑道，"简直和你一个模子，这神情中就透着那么几分倨傲。"说完又摇头道，"应该说是和你母亲一个样，是个大家闺秀。"

掌珠笑道："祖母不必夸她，她年纪还小呢，哪里就知道以后怎么样。"

陈太夫人听到掌珠叫她祖母，更是高兴。

接着两人又说了些体己话，掌珠劝道："祖母也不要太劳累，儿孙自有儿孙福。"这是劝太夫人不要太管陈家了，说句不好听的，二房看着已经是没落了，陈廷远只知玩乐，还是要看下一代的造化了。

陈太夫人哪里不知道这些，但是让她放下，她哪里放得下，这陈家若不是还有她在背后撑着，怕是更没有现在的光景，陈太夫人为了安抚掌珠，便道："这家我早已经管不了了，只让他们闹腾去吧。"

掌珠知道劝也不管用，心中却着实担心太夫人，她以后毕竟不在大魏，说不得太夫人就是去世她也不能回来，太夫人只有她和玉珠两个有血缘关系的人，玉珠指不上，到时候太夫人孤单单一个人……

想着这些掌珠眼中便多了几分悲伤。

太夫人自是看出来了，连忙问道："莫非你们回来了是发生了什么事？"

掌珠只看向姜铎，姜铎便将他们极有可能定居闵国一事告诉太夫人，关于什么"快活散"还有质子姜铎并没有说，只是拣着大面的话说了说。

太夫人满脸惊讶，只叹道："我说你们怎么平白无故地回来了。也好，出去见见世面，地广物博，是该多看看、多看看。"她心中也是明白掌珠的牵挂。

三人一时没有说话。

一旁的小至宝坐着没意思，玩着太夫人的手串，太夫人见小至宝喜欢，便摘下给小至宝戴上，笑道："你这小丫头，眼睛倒是贼。"这手串太夫人戴了几十年了。

太夫人毕竟心胸宽广，也已经想开了，就算掌珠不去闵国，不也是在京城吗？至于死后的事，人都已经没了，还惦记这些干什么，说不得将来她过个二十年，还能再见掌珠。

太夫人又是好好嘱咐一番这二人，才放人回去。

因着二人比较低调，周氏和陈廷远也都没有大摆筵席，只是摆了一桌，一起吃顿饭罢了，晚上两人住在琉璃园。

后院现在并没有女眷，就是陈廷远的妾侍和一个庶女也都住在了敬正堂，因此姜铎才能住在这琉璃园。

掌珠之前很不喜欢这里，这次看却又觉得这地方不错，便对姜铎道："可见人果然是境由心生，以前时时刻刻不想住在这儿，今日，却觉得自己当年不曾珍惜。"

姜铎从背后抱住掌珠，道："现在觉得喜欢也来得及。"

掌珠点点头，夜晚难免拉着姜铎说了不少曾经的事。

第二日，两人又在府上坐了半日，吃了午饭才离开，临走前，又去探望陈太夫人，陈太夫人交给了掌珠一封信，道："这上面是我的老朋友，人数不多，在闵国也不见得有多大的势力，不过倒是可交心之人，你们留着吧，若是能用到也是好的。"

姜与掌珠自是感激不尽。

拜别之后才离开陈家，掌珠坐在马车里，掀开帘子，看着陈府二字，当年母亲去世后心心念念地要回来，她更加明白了，这里是母亲的家，怎么能不回来呢？

只是不知道她再次来时，会是怎样的一个情景。

离开陈家，掌珠心中虽然五味杂陈，但是等到第二日，掌珠便好多了，有的时候，分别并不痛苦，分别之时的惋惜才痛苦。

这一日，掌珠与姜铎去了周家。

玉珠的运气不错，第一胎便生下儿子，还是长子，虽然她怀孕的同时，还有两个小妾也有孕了，并且还有个小妾为了生下长子，居然吃了催产药，只可惜生下一个死胎。

这其中玉珠有没有动手脚，就不得而知了。

再见到玉珠的模样时，掌珠脑海中想到的居然是周氏，也对，说来玉珠也是周氏养大的，身上自然有周氏的风范。掌珠对于玉珠也就放心了，玉珠有周氏一半的精明，那就足够了。

这次掌珠还带着小至宝，她想让小至宝多看看不同的人，谁真情谁假意，小至宝慢慢就明白了。

掌珠与玉珠没交谈几句，周夫人便来了，她自然是想问问周书慈的近况。

玉珠对这个婆婆比以前要尊敬多了，看来也是想明白了。

周书慈近况比以前要好一些，因为姜二老爷的差使没了，这个时候自然就指着周书慈了，周书慈又变聪明了，自然比以前讨喜了，就是暂时没有孩子，但是想来也快了。

周夫人这才放心。

待到周夫人走后，玉珠才笑道：“我这个婆婆真是个好命的，现在还这样天真。”她可不相信周书慈会过得好，就算变聪明了，心中怕也是有怨恨的吧，就和她一样。

她现在不管家了，孩子也被太夫人抱走了，周少奶奶这头衔也就是听着好听。掌珠并不多劝玉珠，玉珠性子比较执拗，越劝越钻牛角尖。

掌珠也没有透露她要定居闵国一事，等到她走的时候自会给玉珠留下些商铺银子，只希望玉珠学聪明些吧。

接下来几日掌珠又与姜铎拜访了些人家，一眨眼，十天便过去了，两人自是要去扬州。

扬州，姜家。

如果说掌珠回陈家比较低调，那么现在姜铎与掌珠回姜家几乎可以称之为隐瞒，除了姜家的几个德高望重的长辈外，没有人知道他们回来了。

两人虽是住在姜家，却没有住进竹院。

之所以这样，是因为姜铎并不想见自己的儿子……

姜铎叹道：“我体会过这种感受，既然不能教导他为何又要生他，他永远没有见过我，不知道我才是真正对他好。”

掌珠想了想，还是于心不忍，对于那个孩子，掌珠一点恨意都没有，她完全没有必要和一个孩子计较，至于红榴……这个女人已经在她脑海中越来越模糊了，掌珠劝道：“他总归是你的儿子，看一眼教导两句也未尝不可，更何况你当真不去看看崔姨娘？”

母子、父子，总是有牵绊的，姜铎是父亲也是儿子，他心中怎么会没有挂念？

在掌珠看来，姜铎不愿意去见姜心，更多的还是他心中有愧。

姜铎甚至不能给姜心一个身份。

姜心是他的儿子，可是不能上族谱，甚至连姜家人都不算……

姜铎没说什么，只是点了点头。

接下来的日子姜铎只先打理扬州这边的产业，与姜家的长辈们商讨一些事宜。

掌珠偶尔会从角门去竹院看看，她的事并不多，产业已经完全交给下面人去管，她只是从中拿出三个商铺两处房产，将来送给玉珠。宝珠和惜珠那里，她也各准备了两处房产，然后将剩下的产业分成三份，这自是留给孩子的，也不过是提前做准备罢了。

掌珠带着小至宝看着竹院，告诉小至宝她曾经在这里住过，小至宝却满脸的疑惑，看来是不记得了。

正说着，小至宝突然指着门口道："娘亲，那里有个小哥哥。"

掌珠看过去，就见门外有个小孩子趴在地上画画，那孩子穿着锦缎小袄，一看就知道是富贵人家的孩子，只是衣衫已经有些脏了，看个头要比小至宝高两头，满脸严肃，很是可爱。

掌珠一眼就猜出来，这小孩是姜心，模样看着很像红榴，就是有些胖乎乎的。

掌珠本想转身悄悄离开，但是看姜心一脸严肃，她也忍不住好奇，他这么认真在画什么。

掌珠牵着小至宝，走到姜心旁边蹲下，就见姜心手上衣服上都是墨点，正在认真地画一片叶子。

姜心也不认生，见旁边有人，就指着自己画的叶子道："我画得像吗？"声音很稚嫩。

掌珠看了眼，虽然只是小孩子信手涂鸦，但是已经很不错了，笑道："很像，谁教你的？"

姜心咧嘴一笑："我照着画的，不用教。"说完拿起那片叶子比画了一下。

掌珠一愣，姜心眼神单纯得不像话，看人时直勾勾地盯着人的眼睛，这清澈的眼神好像能把人心中的黑暗照亮。

姜心将笔递给掌珠，道："我不会写名字，你可以帮我写吗？我叫大公子。"

掌珠接过笔道："大公子？"

姜心点头道："嗯，娘亲让别人都这么叫我，不过他们都叫我公子。"

掌珠明白，怕是红榴还在做姜心继承家业的梦，掌珠想了一下，在纸上写下一个心字，道："你的名字叫作姜心，心这样写。"

姜心却好像没有听懂似的，道："这个字很好看，好像一幅画，我要画下来。"说完拿着那张纸站起来就跑了。

掌珠无奈地摇摇头，这个姜心怕是脑子不灵光……好在他是在姜家，有吃有穿，姜铎也不会让别人欺负了他，这样也好，没有什么责任，不会有人指责他。

虽是这样想着，掌珠还是忍不住叹了一口气。

这个时候，姜铎正好在萝院，他刻意避开姜心和红榴，来到了崔姨娘的屋子。

崔姨娘正在禅房中打坐念经，听说自从她帮着抚养了姜心性子就好了很多，开始吃斋念佛了。

姜铎站在门口，崔姨娘看起来还是以前的模样，她倒是没有显老，或许是因为和孩子在一起吧。

姜铎心中高兴，崔姨娘毕竟是他的生母，他心中怎么能没有孺慕之情。

姜铎进去，轻声道："姨娘……"

崔姨娘睁开眼睛，满眼的不可置信，只愣愣地看着姜铎。

姜铎笑道："姨娘，我回来……"话没说完，就见崔姨娘闭上眼睛，转动手中的佛珠，嘴里念叨：“佛祖保佑，千万不要让大爷回来带走我的心儿……佛祖保佑佛祖保佑，一切都是梦……阿弥陀佛。”

姜铎一愣，笑了一下，果然，他还是不要回来的好。

姜铎又看了眼崔姨娘，轻声道：“姨娘好好带着心儿吧，没有人抢走他的。”崔姨娘是真以为自己眼花了还是故意装作眼花了，这些姜铎也不再细想，他看到崔姨娘没有怨恨他就成。

他能给崔姨娘的也只有这么多了。

待到姜铎离开后，崔姨娘才睁开眼睛，已经是满眼的泪花，她不是故意的，她是真的怕姜铎会把心儿带走，她只有心儿了。看着心儿就好像看着姜铎小时候，才能弥补她心中不能抚养儿子的缺憾。

她真的不希望孩子再被带走一回了，她受不了。

刚才她真的以为是做梦，只是在那些话说出来后，她就知道，姜铎真的回来了，她怕，就干脆将错就错。

姜老爷殁了，姜荷娘入宫了，这些人都不需要她，只有心儿，她的心儿……

姜铎并没有去看红榴，听说红榴生病了也口口声声地念叨着要将姜心送到京城，今日若是见了他，怕也要魔怔了，而且，姜铎并不想看见红榴，就让红榴做一辈子梦吧。

有的人希望自己在做梦，有的人却一直都认为自己在做梦。

姜铎刚走出萝院，就见面前跑过来一个男孩子，小男孩一时没注意前方有人，直接撞到姜铎，一下子跌倒了。

姜铎赶忙扶起小男孩，他当然明白眼前的就是姜心，手有些颤抖，就怕姜心满眼的仇恨。

谁知道小男孩抬起头来，朝他一笑，道：“谢谢。”

居然都不问他是谁。

姜铎对上这双单纯的眼睛，多少也明白了，他听扬州这边的大夫说过，姜心有些“隐疾”……

姜心拿着自己画叶子的纸给姜铎看，笑道：“你看我画得像吗？”

姜铎点点头，心中满满的愧疚，还有些高兴，他希望姜心不认识他，就这样和他说话，这个毕竟是自己的儿子……

姜心又指着纸上的字，道：“这个字是我的名字，叫……叫……”

姜铎道：“心，这个字念心。”

姜心高兴地点点头，道：“对，这个字很漂亮，我也要学会画。”

姜铎揉揉姜心的头，道：“你喜欢画画？”

姜心道：“喜欢，因为我脑子笨，不会写字，但是我会画画。”

“好，以后找老师教你画画，好吗？”

姜心道：“老师都好凶……”

“那就找不凶的。”

姜心开心地点头，道：“好。”说完又道，“我去告诉奶奶……”然后就跑进去了。

姜铎心中说不出来什么滋味，只是告诉自己，这样也好，这样也好。

姜铎又看了眼萝院，就回了竹院。

一进门就见掌珠陪着小至宝，在院中玩耍，心中的遗憾莫名地被填补上了，有的时候他总要放弃一些人、一些事的。

姜铎与掌珠在扬州又住了两三日，便接到京城的消息，皇后与温柔嘉各生了一名皇子。

而皇上也启程要来扬州，与那位闽皇谈判。

姜铎叹了一口气，轻松了这些日子，总算要有正事了。

姜铎便带着掌珠、小至宝先去了薄情庵等着魏恕。

薄情庵，掌珠最是怀念，到了门口，还是了清师太在门口迎接，一切就好像几年前一样。

掌珠自是先去了当年的厢房拜祭母亲。

小至宝也是第一次来到这里，很是新鲜。

掌珠跪在母亲的牌位前，眼泪忍不住流下来，想说许多事情，却又不知道该从何说起，只先默默地告诉母亲，她过得很好，嫁给姜铎很幸福，又生了小至宝，还有一对双胞胎，她马上就要离开大魏了，以后怕是很难再来这里了……

小至宝也学着掌珠的模样跪着，看起来很是可爱。

姜铎跪拜，心中只道：日后一定好好照顾掌珠，请您放心将她交给我吧。

跪拜后，姜铎便先起来，去了了清师太那里，他有一事要验证。

姜铎对于了清师太并不陌生，其实很多年前他就一直在帮太子和了清师太传递信息，只是因为这事比较隐蔽，他来得很低调，居然不曾碰见过住在这里的掌珠，真是造化弄人。

了清师太盘坐在蒲团上，见姜铎进来，笑道："姜公子似乎有什么心事？"

姜铎看向了清师太，了清师太并不显老，却也不年轻了，一直都是慈眉善目的。他实在想不通自己居然怀疑了清师太。

姜铎想了一下，还是道："我岳母身上的'快活散'，就是那所谓能生儿子的药是……"

了清师太叹道："自然不是我干的。"

姜铎松了一口气，但还是问道："可是您知道是怎么回事？"

了清师太无奈道："等到恕儿来了，你就清楚了。"

姜铎并没有逼迫了清师太说，有些东西不论是身不由己，还是心甘情愿，都不能改变事实。

这"快活散"既然和当年哲敬章皇后所生的四皇子有关系，那么就会和薄家有关系，毕竟哲敬章皇后是薄家女，也是因为哲敬章皇后薄家才会一跃由富贾成为贵族。

更何况先帝所食用的"快活散"就是了清师太带入皇宫的，那么岳母所谓能生孩子的药，极有可能是薄家搞的鬼，从什么渠道给了岳母，周氏自己可能都不知道自己被别人利用了，所以岳母对这药深信不疑……

只是谁能想到最后岳母会在薄情庵修行呢？

这些他没有和掌珠说，他只希望掌珠不要伤心，也希望掌珠不要知道这些所谓的真相。以掌珠的聪明程度，若是深想不会想不到这些的。

或者说掌珠就是太聪明了，所以不想去想，岳母已经逝去，她若是深究这些，岂不是又挑起仇恨？这几乎就是国恨家仇了……

姜铎与掌珠就暂且在薄情庵住下了，只等着魏恕的到来。

这期间，姜铎也没有闲着，为姜心找一名老师，只教姜心画画，也特意嘱咐了姜心身旁的婆子，不用逼姜心，他想学什么就学什么。

姜铎千辛万苦寻了一名圣手名为金换命，让他去为姜心医治，等到十月底，这位大夫才来到薄情庵，告诉姜铎："公子的脑疾是从娘胎里带出来的，若是医治怕是要开颅，老夫有六成把握医好公子。只是老夫觉得，有时候人生难得糊涂，还请大爷三思。"

姜铎想了几日，才道："十年后，你再去扬州姜家，若是他愿意医治，便治吧。"

金换命只是笑笑便离开，若是十年后，他医治怕也只有四成的把握，可见这姜家大爷并不想医治姜心，也罢，他看那小公子虽有脑疾，但是或许也是他的福气，大智若愚。

十一月初的时候，魏恕才赶到，姜铎与掌珠已经在薄情庵住了小一个月了，两人就好比普通的夫妻一般，姜铎不是什么姜家的族长、安扬王、皇上的知己，掌珠也不是陈家的嫡长女，她只是姜铎的妻子，两人都甚是珍惜这段时光。

这一日，掌珠下厨做了几个小菜，已经端上桌上，看着外面天阴得很，便让小至宝回到屋里，道："这天看着怕是要下雪，你只在屋里玩，可好？"

小至宝乖巧地点点头，小至宝还和小时候一样，性子静得很，掌珠看着小至宝就好像看见了自己，如果不是时间不允许，她甚至也想让小至宝跟着了清师太住上一段日子。

如果自己不是因为遇见了清师太，也不知道会变成什么样子，或许活在仇恨中变得疯狂起来，说不得现在会因宝珠、惜珠等人过得不好而痛快。

掌珠笑了一下，好在没有成为这样的人。

掌珠看向母亲的牌位，母亲或许也不希望自己变成这样吧，所以对于当年生子的事绝口不提……

正想着，小至宝道："爹爹回来了。"

掌珠笑着看向门外，就见姜铎还有一男子一同走过来，掌珠挑了一下眉，自是又摆上一副碗筷。

待到两人到跟前，掌珠笑道："没想到魏公子也来了，好在已经备好清酒小菜，还希望不要嫌弃。"

魏恕一身黑色常服，比之前多了些稳重，只是这邪邪一笑，就露底了，一副纨绔子弟的模样。他心中很是高兴，掌珠只当他是普通人，登基后魏恕是彻底地明白什么是高处不胜寒了。

魏恕上前摸了摸小至宝的头，笑道："朕……真是羡慕你们的生活。"

姜铎请魏恕坐下，颇为得意地道："将来若有一日归隐田园，再请宽敏喝酒。"

魏恕眼神闪烁了一下，有些遗憾，听姜铎的意思，等到有朝一日从闵国回来是不打算入世了。

只是再遗憾，若真等一二十年后姜铎从闵国回来，怕也真的无法再在朝廷有所作为。他是信姜铎的，但是其他的大臣却无法相信这个在闵国皇室居住十几年的人。

姜铎以后或许就只能做个闲散王爷了。

老天果然是公平的，温润晁荒废了他最有活力的十年，但是以后总算是可以施展抱负，而姜铎却是恰恰相反。

这些不过是魏恕一闪而过的念头，便笑道："若真是如此，那我一定比邻而居。"

掌珠并没有想到这些，只是笑道："妾身怕二位都不能如愿了，二位可不是这山水中人，还是留给这山水一片安宁吧。"

魏恕与姜铎，这两人其实都是一类人，他们喜欢挑战，有抱负，他们绝对不会让自己的才华埋没的。

姜铎与魏恕一愣，相视一笑。

几人吃完后，姜铎自是与魏恕去了了清师太的禅房。

魏恕曾经发誓，他一定让母后以太后之尊回宫。

现在想来却觉得这个誓言很是幼稚。

姜铎都能想到了清师太身上，魏恕怕是更早的时候就联想到她了。

说实话，魏恕可以理解母后当年将"快活散"引入宫中，或许真的是想先帝强身健体，也或者母后是希望先帝早一日入土，自己的儿子可以早一日登基。

无论这种想法是多么无情或是阴险，魏恕都可以理解，权力是谁都想得到的。

但是魏恕万万没有想到，这"快活散"的背后，是闵国。

难不成薄家想成为卖国贼？

魏恕心情很是沉重，他既想听到母后的解释，又害怕……

魏恕进了禅房，见到了清师太，这位记忆中的母亲，无论心中怎么猜测，魏恕还是激动的，只单膝跪地，哽咽道："母后。"

了清师太看着已经长大成人的儿子，眼睛也是湿润的，念了声佛，然后道："起来吧，没想到这么快就见到你了。"这语气中多少带着些遗憾。

魏恕太后看向了清师太，现在只觉得母后又陌生又熟悉，这全身平和的气度曾经他是感觉不到的，母后到底是变了许多。

了清师太、魏恕、姜铎三人已经在禅房中默默无语地坐了一盏茶的工夫。

了清师太笑了一下，道："恕儿，你有什么就问吧，母后等这一天等了很长时间。"她心中也是纠结的，既想看着孩子早日登基，又担心他的质问。

魏恕早就做好准备，待到了清师太这样说，他已经没有意外了，有一种尘埃落定的感觉，魏恕道："母后，那'快活散'当真是薄家传入大魏的？"

魏恕一下子就问到点子上了。

了清师太赞赏地看着魏恕，然后道："事实上，应该说，是魏家传入大魏的。"

魏恕与姜铎相视一眼，两人眼中都表达了一个意思，果然如此。

魏恕又问道："那位闽皇身上可流着魏家的血？"

了清师太轻轻点了一下头。

魏恕和姜铎心里说不出的滋味，如果他们的敌人是闽皇还好说，可是含有魏家血的闽皇就难办了。

魏恕是不想自家人内斗的。

姜铎想了一下，道："还请娘娘细细说来。"

了清师太慢慢道："当年关于哲敬章皇后的事你们应该知道了，当初魏承帝确实是诈死，又与哲敬章皇后生一子，这位无名无分的五皇子与他的兄长四皇子很是有一番作为。因此这闵国皇室分成了两派，北闽与南闽，带有魏家血的是南闽，南闽虽然势大，但是毕竟不算是正统血脉。虽然都姓闽，但是早就内斗了很多次，现在南闽终于压过了北闽。"

魏恕皱着眉头，道："所以他们就打起大魏的念头了？"

了清师太笑了一下，道："大魏富庶，谁人不想沾光？只是这南闽怕是有更厉害的想法。"

魏恕惊讶道："他莫非还想统一两国？"

了清师太并没有回应，而是道："大魏上百年来一直是一方大国，人过的日子太平了，心就懒散了，目光也短浅了。"

魏恕看着了清师太，没想到了清师太也是支持两国统一的。

了清师太只伸手给二人倒了杯茶，又道："人的想法总是不同的，有人愿意平淡，有人想要更多。这南闽身上虽然流有魏家血，可是他们身上也有薄家的血。因此薄家也分出两派，一派便是支持这南闽，从龙之功谁不想要呢？"说着看了眼姜铎，又道，"不过，那'快活散'还真不是南闽引入大魏的，是闽国先皇，只不过南闽在有机会阻止的时候没有阻止。"了清师太长叹一口气，好像想起了什么，笑了一下，这笑容是魏恕没有看见过的，或者这其中还有了清师太的故事。

了清师太继续道："说来到现在得有快三十年了呢。时间过得真快。现任闽皇登基才五六年，更多的还是想握住闽国的大权，南闽也是借机提醒大魏，再这样下去，南闽怕是手到擒来。"

魏恕与姜铎对视一眼，心中却也是燃起了斗志，人不犯我，我不犯人；人若犯我，十倍偿还。

魏恕问道："母后这是看好南闽？"

了清师太摇摇头，道："两国统一是必然的，只看是鹿死谁手了。若是能不费一兵一卒自是好的。"说着念了声佛。

魏恕心中并不舒服，他心心念念的不过就是登基为皇，为弟弟报仇，将母亲大大方方地接入宫中，没想到原来一切都不过是别人的算计。

魏恕有些心灰意冷，站起来道："母后若是不愿入宫，孩儿便告退了。"

了清师太这个时候眼中才有了几分遗憾与不舍，待到魏恕走到门口的时候，才道："恕儿，当初你弟弟……我确实没有想到会伤到他……"

魏恕站住，转身看向了清师太，手攥紧，道："可是你最初的目的，就是想为了南闽，你……"你是叛国者这句话终是没有说出来。

了清师太摇摇头，道："恕儿，纵使没有我，也会有其他人，更何况我从来没有想过要害大魏，我只是希望能点醒大魏，大魏已经故步自封了。如果没有人相信那些东西，就不会有人去吃的，大魏会越来越强大。恕儿，我只希望衰落的衰落，胜利的胜利，而这中间，不要伤害那些老百姓。若是你能给大魏带来辉煌，那么我会以你为荣的。”

魏恕看着了清师太，道：“难不成你所做的就没有伤害到别人吗？”

了清师太叹了一口气，道：“难免会伤到一些人的，但是信念坚定的话，就不会的。恕儿，不能只看眼前，若是这样，等到南闽打过来的那一天，梦也都会醒的。”

魏恕点点头，道：“多谢母后教导，我明白了。”说完魏恕转身离去。

了清师太还想说什么却也说不出口，看向还坐在那儿的姜铎，笑道：“你也认为薄家这样做是错的吧？”

姜铎道：“怕是只有等到结果出来的时候，才知道是对是错。其实，您还有薄家那些人，说不得都是棋子，和我们一样。”

了清师太一时语噎。

她本意确实是希望有一个能够两国和平统一，但是并不一定就要伤及大魏的方法。

姜铎并不理会了清师太在想什么，只是道：“还请师太答应在下一件事情。”

了清师太回过神来，问道：“怕是与掌珠有关吧？”掌珠是她看着长大的，可以说掌珠在很大程度上弥补了她对自己孩子的思念。

姜铎点头，直接道：“希望关于‘快活散’的事，师太不要告诉掌珠。知道这些对掌珠来说并不是一件好事。您也知道掌珠的性子，不屑于争斗，而且，她很尊敬您，别让她失望。”

了清师太心情沉痛，或许对她们来说，她所谓的点醒魏家确实是伤害，只能应下，她也确实不想告诉掌珠这些。

掌珠好不容易才放下对于她母亲死的执念。

了清师太想到了什么，又突然道：“当年你岳母与穆贵妃是堂姐妹，只是你岳母族中已经没有家人，便被穆贵妃的父母收养，穆贵妃其实是庶生，两人一同长大，亲如姐妹，只是后来因为你岳父两人关系生疏，不过毕竟是一同长大，关系总还是不错的，那所谓生儿子的药……你岳父病逝前也曾入宫过……”了清师太后面就没有说下去。

姜铎倒是没有想到还有过这样的往事，而且后来他岳父陈廷和病逝说起来也透着几分蹊跷，只是这些怕也没有人知道所谓的真相了。姜铎道：“多谢师太告诉我这些，只是还希望师太守口如瓶，不要让掌珠知道。”

了清师太念了声佛，道：“施主放心。”这个时候师太就只是师太了，她以后不再和宫中有任何关系了。

一切终于都了清了。

姜铎出了禅房，长出一口气，关于“快活散”的谜团终于都清楚了，可是他并没有觉得轻松，反而感觉更加沉重。

南闽之所以没有动手，恐怕所谓的试探只是占一小部分，更多的是因为闽皇没有时间，待到闽皇掌控好闵国，怕也会出击吧。

以后，南闽与魏家的关系只会越来越远，说不得，便真的就要打仗了。

不管了清师太和薄家到底有什么目的，有一句话说得不错，两国最好能和平统一。

对大魏来说，有些困难，就算真正开战怕也就只有五成的机会战赢。大魏不会冒这个险的。

所以，现在就只能拖住南闽的腿了。

姜铎看了眼天空，才感觉到下雪了，这几日天一直都是阴阴的，一副风雨欲来的样子，这雪今日总算是下来了，这不过是这么一想，地上便已经有一层薄薄的雪了，姜铎赶忙快走几步回小院。

小院这边，小至宝已经跑着出去玩了，小至宝似乎很喜欢这里，总是随意逛，因为是在薄情庵，掌珠也并不担心，只随着小至宝去了。

掌珠便在花厅摆上了一小几，拿出她从桃花上采集的露水，加入收集的桃花花瓣，配上水晶壶水晶杯，很是悠闲。

这些时日，她似乎已经喜欢上这样的悠闲了，在这里看书或是喝茶，她觉得自己是属于这山水之中的。

正想着，就感觉有星星点点的雪花飘下来，掌珠心中欢喜，她是喜欢下雪的，这雪总能将万物清洗干净。

远处，走来一个白衣男子，掌珠眯着看去，这人应该不是姜铎，姜铎很少穿白衣，倒是有一个人喜欢穿白衣，而且也能将白衣穿出仙人之资，这人，应该是阿路吧。

掌珠心中高兴，只笑盈盈地等着那人走近，果然是阿路。

阿路拱手道："不知道可否讨一杯茶？"说完看向掌珠，露出温润的笑意，眼中的温柔可以将雪融化。

掌珠笑道："如玉公子快快请进。"

阿路拍了拍身上的雪花，坐下，掌珠便倒了一杯茶，道："阿路是陪着魏公子一起来的吧，早该想到是你二人一同来的。"

温润晁抿了一口茶，点点头。他来了之后，便去安排魏恕与闽皇相见的事宜，现在这两人见上了，一旁自有暗卫保护，他留着也就没有什么用了，便想起了掌珠，过来讨一杯茶。

他现在的心情很是平静，虽也怀念当年，但是也不过是感叹，当年的感情好像慢慢地流逝了，也好像慢慢地沉淀了，变成了一潭死水。

两人只静静地喝茶，并不说话，温润晁似乎并不想打破这气氛，他有一种自己与掌珠一直都是这样的感觉，直到这雪将外面染成一层白后，温润晁才道："以前好像说过，再也不会有这样的时候了。"

掌珠想了一下，道："可见老天还是眷顾你我的。"

虽然没有成为情人，但是也没有产生恨意，更没有变为陌路，心中都是磊落的，还能在薄情庵一同安静地喝茶，这是何等难得。

温润晁道："确实是眷顾。"他曾经想过若是他与掌珠在一起会是怎样，却一直都没有答案，总觉得，现在这样就已经很好了。

两人相视一笑，多年的默契，两人都懂得对方的想法。

姜铎已经在门口站了一会儿，心中难免生出几分醋意，记得那一年他似乎也是站在门口，只是他后来转身离开了，现在他却不想离开。正要进去，就听见掌珠道："藏锐若是在这里就好了，也可赏赏这雪。"

掌珠面前是一片白，没有一个脚印，耳边听着雪落的声音，只觉得舒服急了。

温润晁看向门口，道："他来了。"

掌珠这才惊讶地看过去，这才知道姜铎也在。待到姜铎进来，掌珠露出一抹笑意，起身迎着姜铎。

掌珠的表情都落在了温润晁的眼中，在他眼中，掌珠是一个静默女子，浅笑袪千愁，轻语醉春秋，虽不善言辞，亦自成风景。而掌珠在姜铎那里，却是活生生的人。

活生生的掌珠总是比如风景的掌珠好的。

姜铎大大方方地与温润晁打招呼，然后坐下，三人便一同赏雪，看起来好像匪夷所思，却和谐得很。

佛堂。

魏恕与闽皇两人相见后，互相打量一番，闽皇比魏恕年长几岁，一身的冰冷气息，如果说魏恕是阴邪的话，那么闽皇身上更多的是阴狠。

闽皇直接进入正题，道："本王提出的质子交换，你可同意？"

"闽魏两国一百年不开战，你可同意？"魏恕也不客气。

闽皇眉头微微皱了一下，道："一百年？你对你们大魏也太不自信了。"

"如果闽皇对闵国自信的话，大可不必要我大魏的质子。"魏恕知道闽皇也不希望为这缥缈的统一就公然打仗的。

闽皇笑了一下，道："不愧是魏家人。那么，本王要求皇太子来，并不过分吧？本王要大魏皇后所生的皇太子。"他自有人脉知道这些。

魏恕道："果然狮子大开口。"

闽皇看向魏恕，认真地道："你应该明白咱们的目的都是一样的。"

统一两国。

只是要看谁统一了。

闽皇道："两百多年下来，南闽身上的魏氏血液越来越少了，南闽需要的是大魏的支持。"

魏恕眯着眼道："你愿意归顺大魏？"

闽皇笑道："归顺？你想得太简单了。不论是魏家还是南闽，要的就是心齐。说来，你不会真的以为大家就是因为身上的魏氏血才会想要统一两国吧？你我皆为帝王，就更应该懂得，无论是推翻国家还是夺权，都要有一个借口的。"而所谓身上的魏氏血液就是一个借口。

魏恕道："朕更觉得是魏承帝当年的一个把戏。"魏承帝为何诈死？说不得就是为了这一天。

闽皇愣了一下，道："如果真是这样，本王相当佩服。"

魏恕道："我们都希望和平解决这事，那么只能让我们的子孙的血脉更近。"

闽皇道："所以你的意思是……"

魏恕道："一百年的时间其实并不够，但是朕已经看不到那时了，就留给子孙后代解决吧。希望闵国的公主可以来到大魏，闽皇看这样如何？"

若是闵国的公主成为魏国的皇后，那么将来生下太子……只是这怕是并不容易，也无妨，就算是嫁给魏国的贵族，将来的孩子也是有机会的……

这就好比魏国一点一点地同化闵国皇室，而闵国也可以这样的。

但是对大魏有什么好处呢？

或许只是拖延时间了，给大魏留出再次强大辉煌的时间。

无妨，干任何事都是有风险的。

闽皇道："成交。"

两人自是让人准备好文书，盖印生效。

一百年后，谁又知道会如何呢，他们都拭目以待。

待到闽皇走出佛堂的时候，就看见一个小女孩坐在门口，闽皇见这小女孩虽然穿得普通但是气质却是出众，想来不是普通人。

脑海中已经猜到是谁的孩子了，便蹲下，问道："你是谁？"

这人就是小至宝，小至宝只是防备地看着闽皇，并不说话。

闽皇想了一下，道："你是怎么进来的？"按道理来说这里有暗卫守着，她是不可能进来的。

小至宝指了指地板道："有一只小猫跑进来，我去抓……"

哦，原来在大家的脚底下，怪不得没有发现呢。

闽皇又问道："你父亲是安扬王吗？"

小至宝毕竟是小孩子，眼睛露出惊讶。

闽皇笑了一下，将一块玉佩交给小至宝，道："你以后想当皇后吗？"

小院。

魏恕来到小院就见三人共同品茶赏雪，便笑道："这个时候怎么能饮茶，该喝酒才是。"

掌珠笑道："已经是准备好酒了，只等着魏公子呢。"

魏恕坐下，四人雪中赏雪，最是惬意，这个时刻怕是只有这一回。

建兴二年，陈掌珠二十二岁，姜铎被封为第一个异姓亲王，安扬亲王。

同年二月，才出生五个月的皇长子被封为皇太子。

同年五月，姜铎、陈掌珠带皇太子前往闵国……

很多很多年以后，在薄情庵的花厅中，姜铎道："臣不曾打过仗，也不曾为国献策，但是臣敢说臣不曾愧对过陛下，不曾愧对过苍生。"对于姜铎，这一生的遗憾便是没有成为一个真正的良臣。

掌珠只笑盈盈地看着姜铎，这是她的丈夫，她顶天立地的丈夫。